© Jerry Bauer

Mariangela Cerrino wurde 1948 in Turin geboren. Mit achtzehn veröffentlichte sie ihren ersten Roman. 1990 erhielt sie den renommierten Literaturpreis ›Premio Talia‹ für den Roman ›L'ultima terra oscura‹. ›Die Seherin der Etrusker‹ ist ihre erste Veröffentlichung in deutscher Sprache.

Die Seherin der Etrusker Die Rasna sind stolz auf das Wohlwollen der Götter und scheinen für alle Zeit unter dem Schutz des Himmels zu stehen. Doch eine unter ihnen hat das Wissen, daß diese Zeit nicht ewig dauern wird. Die Köningstochter Caitli hat es im Feuer und im Wasser gelesen. Im Buch der Zukunft steht geschrieben, daß der friedliche Städtebund zerstört wird. Die Sieger werden sogar den Namen Rasna auslöschen. Die Ruma, die wir als die Römer kennen, werden ihnen den Namen »Etrusker« geben. Caitli und Larth scheinen von klein auf füreinander bestimmt zu sein. Doch Velvur, der oberste Priester der Rasna, der die Pläne der Götter ebenso kennt, greift in das Schicksal ein: Caitli bekommt vom keltischen Königssohn Axal ein Kind und zieht sich zurück auf das Heiligtum Tivrit, eine Insel vor der Küste Etruriens.

Caitlis Prophezeiung liegt schwer auf Larth, der von den Königen des Städtebundes zum Anführer gewählt wird. Todesmutig fordert er die Götter heraus, indem er sein Glück ohne sie machen will. Doch sein Aufbegehren gegen die Vorsehung hat einen hohen Preis: Verrat unter Freunden, Schlachten gegen übermächtige Feinde – über Generationen hinweg. Caitlis Vorhersehung wird sich schließlich doch erfüllen.

›Die Seherin der Etrusker‹ erzählt von jener Zeit, als die Machtgleichheit der Geschlechter vom Patriarchat verdrängt wurde. Der Roman läßt jene untergegangene Welt, die bis zum heutigen Tage eine große Faszination auf uns ausübt, in all ihrer Vielfalt und Farbigkeit wieder auferstehen.

Mariangela Cerrino

Die Seherin der Etrusker

Roman

Aus dem Italienischen von
Christa Efkemann

Fischer Taschenbuch Verlag

4. Auflage: August 1999

Veröffentlicht im Fischer Taschenbuch Verlag GmbH,
Frankfurt am Main, Oktober 1998

Lizenzausgabe mit Genehmigung des
Wolfgang Krüger Verlags, Frankfurt am Main
Die italienischen Originalausgaben erschienen unter den Titeln
›I Cieli dimenticati‹, ›La Via degli Dei‹ und ›La Porta sulla Notte‹
im Verlag Longanesi & C., Mailand

Druck und Bindung: Clausen & Bosse, Leck
Printed in Germany
ISBN 3-596-14039-0

Erster Teil

1.

Kurz vor Sonnenuntergang hatte sich der Himmel plötzlich verdunkelt. Bis zu diesem Augenblick war es ein sonniger Tag gewesen, fast zu warm für die Jahreszeit, aber mit einem stürmischen Wind, der sich in den verschlungenen Zweigen des Geißblatts verfing, das die Mauern des ganzen westlichen Flügels des Palastes von Tarchna bedeckte, der den Frauen vorbehalten war.
Aber dann waren von Westen her plötzlich Wolken aufgezogen. »Von Westen her, wie ein böses Omen«, murmelte Velvur, der Große Trutnot des Zwölfstädtebundes der Rasna und Hohepriester des Palastes von Tarchna, der hoch aufgerichtet und regungslos neben dem Bogendurchgang zu einem der Innenhöfe stand und so tat, als bemerkte er die Aufregung der Mägde wegen des nahenden Gewitters und seiner Gegenwart nicht, die sie fast noch mehr einzuschüchtern schien als das drohende Naturereignis.
Er hatte die Zeichen am Tag vorher gesehen, als er das jüngste in den Ställen des Palastes geborene Lamm geopfert hatte, und er fand sie jetzt in den Wolken wieder, die schnell über den Himmel trieben, sich auftürmten und zusammenballten, um auch das letzte Blau zu tilgen und jede Spur von Licht.
Velvur holte tief Atem und spürte plötzlich wie ein leichtes Fieber den Geruch und die Vibrationen des Blitzes in seinen Adern aufsteigen. Eine heftige Erregung begann von ihm Besitz zu ergreifen, die ihn von der Wirklichkeit seiner Gedanken abzuschneiden und ihn zu anderen Ereignissen und in andere Zeiten zu entführen drohte. »Nicht jetzt«, murmelte er leise vor sich hin. »Jetzt noch nicht.«
In diesem Augenblick näherte sich vom Inneren des Palastes her eine der Mägde Ramthas, der Königin von Tarchna. Aber sie wagte es weder sich bemerkbar zu machen noch das Wort an ihn zu richten. So wie sie

dastand, sah es fast so aus, als wolle sie in seinem Schatten Zuflucht suchen vor dem, was sich dort am Himmel zusammenbraute.
Velvur, der ihre Gegenwart gespürt hatte, drehte sich mit einem kleinen Lächeln nach ihr um, und die Magd nahm ihren ganzen Mut zusammen.
»Meine Herrin fragt nach dir, Großer Trutnot«, murmelte sie. »Das Kind will nicht kommen.«
»Es ist ein Mädchen, meine getreue Hasti, ein Mädchen«, sagte Velvur und schickte sich dann an, ihr zu folgen. Für einen kurzen Augenblick erhellte sich das Gesicht der jungen Frau. Nur ein schwacher Hoffnungsschimmer nach einer Nacht und einem Tag beständiger Wache, aber sie wagte es nicht, noch etwas hinzuzufügen.
Die Diener begannen die Lampen anzuzünden, als Velvur die Schwelle zum Gemach der Königin erreichte. Die Luft war hier viel stickiger, gesättigt von Schmerz und Angst, und die Mägde standen, zusammen mit den alten Frauen des Palastes, ratlos um das Bett der Königin. Alles, was sie tun konnten, hatten sie bereits getan: Heißes Wasser stand in den Becken bereit, und die Leinentücher warteten auf ihre Verwendung.
Vom Fenster her, das nur von einer großen, hellen Leinwand abgeschirmt war, drang, zusammen mit dem Rauschen des Windes, ein diffuses Dämmerlicht herein. Doch plötzlich schien es, als ob das aufziehende Gewitter eine Atempause eingelegt hätte.
Als hätte es sich für einen Augenblick in den Fäden dieses schimmernden Spinnennetzes dort unter dem Fenster verfangen«, dachte Velvur und ließ alles im Geiste an sich vorbeiziehen. Er lächelte verhalten. So wie das Gewitter schien für einen Moment auch die Zukunft in diesem Netz verfangen und in seine Hände gelegt zu sein. Aber das, was geschehen sollte, stand geschrieben.
Und das, was geschrieben stand, war unwandelbar.
Dann näherte er sich der Königin. Ramtha lag, erschöpft von den vielen Stunden voller Schmerzen, mit geschlossenen Augen auf dem Bett, gepeinigt von einer Angst, die auch Velvur ihr nicht hatte nehmen können. Sie hatte schon drei Kinder geboren, und alle drei waren gestorben, kaum daß sie das Licht der Welt erblickt hatten. Ramtha war noch sehr jung, aber König Tarchon hatte den Zenit seiner Jahre schon überschritten, und er hatte keine Erben.

Velvur beugte sich über sie, streifte ihre Stirn mit den Fingerspitzen, und Ramtha schlug die Augen auf. Sie hatten die Farbe von dunklem Gold und verloren sich jetzt auf der Schwelle zu einer Selbstaufgabe, die ihr, nach all den Schmerzen, als das kleinere Übel erscheinen mochte. Dann versuchte sie, sich ein wenig aufzurichten und zu Velvur zu sprechen.

Sie war schön, von edler Herkunft, und es war erst vier Jahre her, daß sie Tarchons Frau geworden war. Aber nun schien sich sogar ihr junger Körper zu ergeben und aus der Welt zurückziehen zu wollen.

»Sprich nicht, meine Königin«, murmelte Velvur und zog eine Ampulle mit einer bitteren, schwarzen Flüssigkeit hervor. Er setzte sie ihr an die Lippen, und die junge Frau schlürfte sie vorsichtig.

»Deine Tochter wird jetzt zur Welt kommen«, sprach Velvur beruhigend auf sie ein. »Ihr Name wird Caitli sein, und ihre Augen werden über Zeit und Raum sehen. Sie wird Athrpa geweiht sein, der Schicksalsgöttin, und durch sie wird eine mächtige Nation entstehen. Wenn sich unsere Zeit erfüllt hat, wird es diese Nation sein, die unser Volk zerstreuen wird, wie der Wind am Ende des Sommers den Staub verweht.« Ramtha biß sich auf die Lippen, und für einen kurzen Augenblick senkte Velvur seinen Blick in die Augen der jungen Frau. Dann krümmte sie sich schreiend zusammen, und der Hohepriester zog sich vom Bett zurück. Kurz darauf erfüllte der Schrei des Neugeborenen die unbewegliche Luft. Selbst der Wind hatte sich nun gelegt, und Velvur zerriß im Geiste die Fäden des Spinnennetzes. Dann richtete er sich hoch auf und ließ die gebändigte Kraft des Blitzes in den Heiligen Baum der Schicksalsgöttin an der Grenze des Waldes einschlagen, der auf dieser Seite des Palastflügels der Göttin geweiht war.

Nun sah er nur noch dieses kostbare kleine Leben vor sich, das für einen kurzen Augenblick in seine Hände gegeben war. »Caitli wird mich übertreffen, sobald sie herangewachsen ist«, dachte er. »Aber so steht es geschrieben, und so soll es sein.«

Die farbigschillernde Giebelseite des neuen Palastflügels, der nach Süden ausgerichtet und nach den Regeln des Gleichgewichts der Kräfte errichtet worden war, erstrahlte in einer solchen Schönheit, daß sogar die griechischen Händler aus Pyrgi nach Tarchna kamen, um sie zu bewundern. Tarchons Palast war dank dieses erst vor kurzem vollende-

ten Kunstwerkes seines Königs würdig geworden und somit auch seines geheimen Anspruchs, früher oder später der Re Supremo des Zwölfstädtebundes zu werden.
Diesen Tag hatte Tarchon feiern wollen, um die Göttin Athrpa zu ehren und mit ihr auch Caitli, die an diesem Tag fünf Jahre alt wurde. Vor allem aber wollte der König in seinem Herzen Dank sagen für die vorangegangenen fünf Jahre, die in seinem Leben, das auch vorher ruhig und zufrieden verlaufen war, die besten gewesen waren. Diese Jahre waren wirklich in ganz besonderem Maße reich und glücklich gewesen. Sein Hofstaat glänzte, und die Minen in den Bergen waren ergiebig wie nie zuvor. Es hatte keine Mißernten gegeben, nicht einmal Wettereinbrüche, keine Wolkenbrüche, keine zu heißen Winde, keine hereinbrechenden Horden, die das Land verwüsteten, keine Gefahren kriegerischer Auseinandersetzungen und auch keine Fieberepidemien, die die Neugeborenen oder die weisen Alten dahinrafften.
Seit seine kleine Tochter das Licht der Welt erblickt hatte, war das Leben im Palast so ruhig und heiter geworden wie der Ausdruck ihrer hellen, goldenen Augen, in denen tiefgrüne Punkte schimmerten, wenn das Wetter umschlug. Caitli schien sich in nichts von den anderen Kindern ihres Alters zu unterscheiden. Sie war nicht besonders gehorsam, ziemlich lebhaft und vor allem unglaublich eigensinnig. Doch Velvur hatte verkündet, daß nur dank ihr Thanaquil, ihre kleine Schwester, ohne Schwierigkeiten zur Welt gekommen war. Thanaquil war gerade erst einen Monat alt, aber Ramtha war nach ihrer Geburt schon wieder aufgeblüht. Sie hatte jetzt keine Angst mehr, das Bett mit dem König zu teilen, und Tarchon seinerseits machte keinen Hehl aus seiner Liebe zur Königin. Er las ihr jeden Wunsch von den Augen ab, und nur die Waren der besten Händler waren ihm gut genug für sie. Er war reich und glücklich. Aber er war alt genug, um zu wissen, daß nichts ewig dauerte und er wahrscheinlich eines Tages diesen Zeiten nachtrauern würde.
»Fürchtest du dich etwa?« flüsterte ihm Velvur ins Ohr, der plötzlich lautlos hinter ihm aufgetaucht war.
Tarchon haßte und beneidete gleichzeitig die Fähigkeit des Großen Trutnot, sich fast lautlos zu bewegen. »Als ob er unsichtbar wäre«, sagte man über ihn.
Tarchon verzog das Gesicht zu einem Lächeln und gab Velvur ein Zeichen, ihm zu folgen.

»Ich wäre ein Tor, hätte ich keine Furcht, Großer Trutnot«, bemerkte er leise, während sie sich gemeinsam auf den Weg machten, um den neuen Flügel des Palastes und die majestätische Giebelfront zu besichtigen.
»Du hast recht«, stimmte Velvur ihm zu. »Es ist der Mangel an Furcht, der die Menschen vom Leben trennt.«
Für einen Augenblick versuchte Tarchon zu begreifen, was sich hinter diesen seltsamen Worten des Trutnot verbergen mochte, aber an einem Morgen wie diesem, voller Sonne und fröhlichem Treiben, hatten weder Sorge noch Furcht ihren Platz.
Die Mägde und Knechte waren gerade dabei, das große Bankett vorzubereiten, zu dem der Adel und die vornehmsten Familien von Tarchna geladen worden waren. Der große Innenhof hallte wider von einem ständigen Kommen und Gehen, und Demestone, der griechische Händler, der sich persönlich um die Anordnung seiner Waren in einem noch leeren Raum des neuen Flügels kümmerte, stiftete alleine mit seiner Schar geschwätziger Sklaven mehr Verwirrung als alle anderen zusammen. Über die breite Straße, die zum Palast führte, näherte sich Laris, der Freund und Vertraute des Königs, mit seinem Gefolge, und dann waren da noch die Kinder, für die alles nur ein Spiel und ein großes Vergnügen war. Mit lautem Geschrei tobten sie durch die Räume des neuen Palastflügels und brachten Demestone zur Verzweiflung, der jedesmal lauthals protestierte, wenn sie sich unter die Sklaven mischten und sie von der Arbeit abhielten. Die Mutigsten unter ihnen wurden von Caitli angeführt, die immer wieder den Zorn des Händlers herausforderte, da sie einen Blick auf die Waren werfen wollte. Ihr Kopf, mit den zerzausten kupferroten Haaren, in die die Sonne flammende Reflexe zauberte, überragte um Handbreite die der anderen Kinder ihres Alters, selbst die der älteren, die sich ihr zugesellt hatten.
»Warum hat die Schicksalsgöttin sich ausgerechnet mein Haus ausgesucht? Womit habe ich das verdient, Velvur?« murmelte Tarchon vor sich hin. »Kannst du mir das erklären?«
»Ich bin nur ein armer, unbedeutender Hohepriester, mein König, der nur das sieht, was ihm die Götter erlauben zu sehen. Und im Moment sehe ich nur einen wütenden Händler, dem es sehr schlecht ergehen wird, sollte er es wagen, die Hand gegen sie zu erheben«, antwortete ihm Velvur amüsiert. Tarchon unterdrückte nur mühsam ein lautes

Lachen und schritt dann auf Demestone zu, dem es inzwischen gelungen war, die Kinder zu vertreiben. Nur Caitli war noch geblieben, und der Händler schien unschlüssig, ob er sie lieber ignorieren oder versuchen sollte, sie mit der Peitsche zu vertreiben.
Als er den König erkannte, sank er sofort auf die Knie. Dann bemerkte er direkt dahinter die Tunika in der Farbe des Hohepriesters, und sein Gesicht verfinsterte sich. Dieser Velvur hatte ihm gerade noch gefehlt! Ihm gelang es fast immer, seine Preise auf die Hälfte herunterzuhandeln und ihm damit das ganze Geschäft zu verderben.
Aber er versuchte, sich nichts anmerken zu lassen und sagte beflissen: »Dieser Tag wird dir Glück bringen, König Tarchon. Ich habe dir die beste und wertvollste Ware gebracht. Duftende Seide aus Babylon, Opale und hauchfeines Leinengewebe aus Ägypten für deine Königin. Das alles hat mich zwei Schiffe gekostet, die mit einer kompletten Mannschaft von Sklaven auf Grund gelaufen sind. Mehr als dreißig junge, starke und gut ausgebildete Sklaven!«
Da drehte sich Caitli, die bis dahin noch in den Waren gekramt hatte, nach ihm um und rief: »Warum sagst du so etwas? Das ist doch gar nicht wahr!«
Für einen Augenblick verschlug es Demestone die Sprache. Was sollte er auf diese zwar zutreffende, aber völlig unerwartete Anschuldigung antworten? Caitli war eigentlich noch viel zu klein, um zu wissen, was sie da sagte. Trotzdem fühlte er ein tiefes Unbehagen in sich aufsteigen. Dieses Kind wird mir noch den ganzen Tag verderben, dachte er zornig. Zuerst schleppt sie mir sämtliche kleinen Rotznasen des Palastes an, und jetzt beschuldigt sie mich auch noch, mit gespaltener Zunge zu sprechen!
Caitli war inzwischen damit beschäftigt, die Opale zu betrachten, die ein Diener auf einem Teppich ausgebreitet hatte. »Deine Schiffe werden zwar auf Grund laufen, aber erst nach zwei Jahreszeiten«, fügte sie beiläufig hinzu, und Demestone erbleichte.
»Habe ich dein Haus beleidigt, König Tarchon?« flüsterte er erschrokken. »Wenn es so ist, dann laß es mich wiedergutmachen, und rufe die Worte dieses Kindes zurück!«
Nun schaltete sich Velvur ein. »Die Götter sprechen manchmal durch sie, Demestone«, erklärte er. »Sie ist Caitli, die Tochter des Königs, und wenn du nicht gelogen hättest, dann hätte sie es nicht für nötig befun-

den, dir zu sagen, was das Schicksal für dich vorgesehen hat. Sei also in Zukunft vorsichtig, und vor allem sei dankbar für diesen Hinweis, den du als ein Geschenk betrachten solltest.« Dann wandte er sich Caitli zu und dem, was ihr Interesse hervorgerufen hatte: ein dunkler, wie mit Patina überzogener Opal, der an einer feingliedrigen, goldenen Kette hing und mit bläulich schimmernden, milchig weißen Linien durchzogen war.

»Ist es das, was dir gefällt?« fragte der König, der nun ebenfalls hinzugekommen war.

»Er gehört ihr!« beeilte sich Demestone zu versichern. »Als Dank für den Hinweis, den sie mir gegeben hat, und für das Wohlwollen der Göttin, welche auch immer aus ihr sprechen mag!«

»Es ist ein merkwürdiges Schmuckstück für ein Kind«, bemerkte Velvur, als Caitli die Kette hochhielt, um ihm den Opal wie eine Eroberung zu zeigen. Im einfallenden Sonnenlicht erschien er nun fast transparent.

»Er ist für Larth, der auf dem Weg hierher ist«, war alles, was die Kleine sagte, bevor sie davonlief.

Tarchon, der keine Lust hatte, sich von der finsteren Miene des Händlers den Tag verderben zu lassen, wandte sich noch einmal an den Griechen. »Ich werde mir deine Waren später ansehen. Heute abend werden alle vornehmen Familien und der Adel von Tarchna hier sein, und du wirst einen Platz an meiner Tafel haben. Schau also nicht so finster und freue dich über diese Auszeichnung.«

Demestone verbeugte sich und beschloß bei sich zu opfern, sobald er nach Pyrgi zurückgekehrt sein würde. Dann fühlte er die Augen der Sklaven auf sich gerichtet, die die Szene verfolgt hatten, und entschied, auch sie so bald wie möglich zu verkaufen und den Fluch von den Schiffen nehmen zu lassen. Und alles das nur wegen der schnellen Zunge eines kleinen Mädchens.

Der König hatte sich nun wieder, gefolgt von Velvur, nach draußen begeben, wo Laris mit seinem Gefolge schon fast den Palast erreicht hatte, und Tarchon ging ihm entgegen, um ihn zu begrüßen.

Laris war der Gefährte seiner Kindheit und Jugend gewesen, und nun war er für ihn wie der eigene Bruder geworden, den er viel zu früh in einer Schlacht entlang des Grenzflusses verloren hatte. Laris war gebildet, zuverlässig und treu, und nicht ein einziges Mal hatte er aus seinem Mund ein Wort gehört, das ungerecht oder ohne Mitgefühl gewesen wäre. Des-

halb hatte Tarchon schon lange erkannt, daß Laris der bessere Mensch von ihnen beiden war, und folglich auch weniger wohlhabend. Der hatte, so wie Tarchon selbst, Kinder verloren, die jetzt schon fast erwachsen gewesen wären, und bei der Geburt des letzten Kindes war auch seine Frau gestorben. Aber drei der Kinder waren ihm verblieben, von denen der älteste Larth war. Er war knapp ein Jahr älter als Caitli und stand nun mit zurückgelegtem Kopf da, so sehr in die Betrachtung der Giebelfront versunken, daß er gar nicht bemerkt hatte, wie alle anderen des Gefolges schon den Palast betreten und ihn alleine zurückgelassen hatten.
Larth versuchte gerade herauszufinden, was wohl dieses bunte Gewirr von Figuren zu bedeuten hatte, die sich scheinbar alle anschickten, ein geflügeltes Tier zu jagen, das so hoch über ihren Köpfen schwebte und so gewaltig und fremdartig war, daß es ihm geradezu monströs erschien. Selbst als der Vater, zusammen mit dem König und Velvur, sich zu ihm gesellten, um ihrerseits das Werk zu betrachten, senkte er nicht den Blick.
»Nun, mein kleiner Fürst, gefällt dir dieses in Stein gehauene Kunstwerk?« sprach ihn Tarchon an.
Larth wandte sich kurz zu ihm um, erhob dann aber gleich wieder die Augen zur Giebelfront und antwortete zögernd: »Ich weiß nicht. Was soll das denn für ein Tier sein?«
Velvur lächelte. Larths Augen waren von einem so dunklen Blau, daß sie fast schwarz schienen, und seine dunklen, glatten Haare waren ganz kurz geschnitten. Der Junge trug nur einen Lendenschurz, darüber ein kurzes Jäckchen, und eine Menge von Schrammen und blauen Flecken verrieten seine überschäumende Lebhaftigkeit.
»Das ist eine Chimäre, Larth«, erklärte ihm der Hohepriester. »Das ist etwas, das die Menschen nur dann erreichen können, wenn es so geschrieben steht.«
»Und was ist, wenn es nicht geschrieben steht und sie wollen es trotzdem haben?« fragte Larth mit Ungestüm zurück.
»Unser kleiner Fürst wird noch seine Spuren hinterlassen, Laris«, bemerkte Tarchon lachend und wandte sich dann, zusammen mit dem Freund, wieder dem Inneren des Palastes zu. Nur Velvur blieb zurück und ging in die Knie, um die Giebelfront aus der Höhe des Kindes zu betrachten. Aus dieser Perspektive schien sie noch größer und gewaltiger zu sein.

»Alles das, was geschieht, steht schon geschrieben, Larth. So folgt Zeit auf Zeit, alles wiederholt sich und erscheint doch immer wieder verschieden und neu«, erklärte er ihm. Larth behielt seine Meinung lieber für sich, aber Velvur spürte, wie sein kindlicher Geist sich widersetzte und an den Worten zweifelte.
»Caitli wartet auf dich«, sagte er also. »Sie hat ein Geschenk für dich. Es ist sehr kostbar und außergewöhnlich, und du solltest es dein ganzes Leben lang wie einen Schatz hüten.«
Aber Larth hatte die letzten Worte schon nicht mehr gehört und war längst in Richtung des Innenhofes davongerannt.
Gegen Mittag hatte sich eine für die Jahreszeit zu frühe Hitze über den Palast gelegt, und im Zirpen der Zikaden wandelte sich das Azurblau in ein weißes, flirrendes Licht. Die Vorbereitungen für das Bankett gingen langsam ihrem Ende entgegen, die Feuerstellen verbreiteten einen aromatischen Duft, daß die Mägde huschten nun fast lautlos umher, um die Festsäle noch mit Ginster auszuschmücken. Die Königin, die sich den ganzen Morgen über persönlich um die Vorbereitungen gekümmert hatte, hatte sich in ihre Gemächer zurückgezogen, um ein wenig auszuruhen, bevor sie Tarchon zu Demestone, dem Händler, begleiten und anschließend, gemeinsam mit dem König, die Gäste begrüßen und das Bankett eröffnen würde.
Außer Demestone nahmen noch andere Griechen am Bankett teil, die meisten von ihnen Meister der Malerei und Bildhauerei. Sie alle hatten inzwischen gelernt, ihren Unwillen über die Anwesenheit der Gattinnen und anderer Frauen des Hauses an den Festen und Banketten zu verbergen, und Tarchon tat nur zu gerne so, als wüßte er nicht, wie die Fremden über die Frauen der Rasna dachten. Was ihn anbetraf, so hatte er den Verdacht, daß sie vor allem neidisch waren.
Im weitläufigen Innenhof des Palastes besprengten zwei Mägde die Pflastersteine mit Wasser. Die Steine, die in der Sonne glänzten, waren von der Insel Aethalia hierhergebracht worden und so angeordnet, daß sie den Schriftzug ›Tarchon‹ bildeten.
Larth, der sich zusammen mit Caitli in eine schattige Ecke des Hofes verkrochen hatte, nahm den Opal in die Hand, den sie ihm gerade geschenkt hatte. Die Kette war noch etwas zu lang für ihn, sie hing ihm bis zum Gürtel und störte ihn ein wenig.
»Eines Tages werde ich einen noch größeren und prachtvolleren Palast

besitzen als diesen«, rief er aus. Caitli, die regungslos dasaß, zog die nackten Füße aus dem Streifen Sonne zurück, der nun auch ihr Versteck zu überfluten begann.
»Du wirst auch hier König sein«, erwiderte sie.
»Natürlich, und du meine Königin!«
Er hatte versucht, soviel Ernst und Gewichtigkeit in seine Stimme zu legen, wie er konnte. Es war nicht besonders viel und hätte jeden anderen zum Lächeln gebracht, aber für Caitli war seine Stimme so stark und entschieden wie die eines Mannes und ebenso bedeutend.
Mit einer raschen Bewegung beugte sie sich zu ihm hinüber, gab ihm einen Kuß auf die Wange und antwortete schlicht: »Ja, ich werde deine Königin sein.«
Ein wenig verlegen zog sich Larth von ihr zurück und bemerkte dabei Hasti, die auf der Suche nach ihnen war und sie gerade entdeckt hatte. Über dem Arm trug sie zwei weiße Tuniken mit golddurchwirkten Borden, die die beiden später tragen sollten. Jetzt kam sie über den Hof auf ihr Versteck zugelaufen und schimpfte: »Warum treibt ihr euch wie zwei streunende Hündchen hier draußen in der Hitze herum, anstatt euch drinnen auszuruhen? Ihr kommt jetzt sofort mit, ich muß euch noch baden und ankleiden. Der König möchte euch bei der Begrüßung der Gäste an seiner Seite haben.«
»Ich will aber auch danach noch bleiben!« erwiderte Larth trotzig.
»Das anschließende Bankett ist nichts für Kinder. Du wärst schon eingeschlafen, bevor überhaupt die Musik angefangen hat«, gab ihm Hasti zurück.
Doch Larth ließ nicht locker. »Du kannst es mich doch wenigstens versuchen lassen!« beharrte er. Aber Hasti schüttelte ungeduldig den Kopf.
»Ich bin zwar eine Dienerin, und mein Leben gehört diesem Hof. Aber soweit ich gehört und gesehen habe, kann keiner immer nur das tun, was er will.«
»Aber ich werde einmal König sein«, beharrte Larth.
»Mir scheint, für einen König gilt das noch mehr als für alle anderen. Auch das habe ich selbst gesehen und erlebt.«
»Können wir denn vorher noch die kleine Thanaquil anschauen?« mischte sich nun Caitli ein, noch bevor Larth etwas erwidern konnte, »Larth hat sie noch gar nicht gesehen.«
»Deine Mutter, die Königin, ruht sich gerade ein wenig aus. Aber wenn

ihr ganz brav und leise seid, dann lasse ich euch für einen Moment eintreten.«
Die beiden Kinder versicherten, keinen Laut von sich zu geben, und Hasti mußte über die Ernsthaftigkeit lächeln, mit der sie versuchten, ihr Versprechen einzuhalten, als sie sich auf Fußspitzen dem Gemach der Königin näherten. Sie gab den beiden Mägden, die vor der Tür wachten, ein Zeichen und schob dann die beiden vor sich her über die Schwelle.
Der Raum lag im Halbdunkel und war, nach der Hitze im sonnendurchfluteten Hof, von einer köstlich kühlen Frische. Ramtha lag, bedeckt von einem hauchfeinen Leinentuch, das eben ihren Körper verhüllte, auf dem Bett. Neben ihr in der Wiege lag das Neugeborene mit offenen Augen und lutschte am Daumen. Die beiden Kinder beugten sich von beiden Seiten über die Wiege.
»Sie ist häßlich«, flüsterte Larth kichernd und drückte der Kleinen seinen Daumen auf den nackten Bauch.
»Du bist ein Dummkopf«, gab ihm Caitli zurück. »Sie ist noch klein, wir haben auch mal so ausgesehen.«
»Das glaube ich nicht«, widersprach ihr Larth dickköpfig.
»Seid still!« ermahnte sie Hasti. »Nun ist es genug. Folgt mir jetzt wieder nach draußen.«
Caitli beugte sich noch einmal über die Wiege und streifte mit den Lippen die Stirn der kleinen Schwester. Dann nahm sie Larth bei der Hand, zog ihn hinter sich her und folgte Hasti.
Im Hause seines Vaters durfte Larth die Gemächer der Frauen nicht mehr betreten. Und dieser Raum, das Licht, der Duft, diese geheimnisvolle, pulsierende Stille, die ihn umfaßte, und das Wunder dieses kaum verhüllten Körpers, das ihm eigentlich verwehrt war zu betrachten, würden für immer wie verzaubert in seiner Erinnerung haftenbleiben.

2.

Im *Heiligen Wald des Gottes Tinia* herrschte tiefe Stille. Anderswo hatte der Frühsommer schon die Schluchten mit blühenden Brombeerbüschen überzogen und die nackten Äste der Bäume mit zarten Blättern bedeckt. Aber hier war alles noch kahl und finster. Nur an wenigen Stellen fiel durch die obersten Wipfel der hohen Bäume das Tageslicht ein, und der Wald war so dicht, daß sich kein Windhauch regte. Etwas Geheimnisvolles schien in der Luft zu liegen und ihr eine andere Dichte und Klangfülle zu verleihen.
Wahrscheinlich liegt es daran, daß dieser Ort heilig ist, dachte Larth, der dem Geleitzug folgte, der den Haruspizen und den adeligen Familien von Tarchna voranzog, die auf dem Weg zu den jährlichen Feiern in Fanu Veltune waren, bei denen auch der Re Supremo des Zwölfstädtebundes der Rasna gewählt wurde. Man kann sich nicht dagegen wehren. Es ergreift einfach Besitz von einem, fast so wie eine Krankheit.
Auch die Pferde waren nervös und der Weg ein kaum sichtbarer Pfad, der einem unaufmerksamen Auge leicht entgehen konnte. An einer bestimmten Stelle des Pfades bog der Geleitzug plötzlich scharf ab und verschwand in einem Felsentunnel, und noch bevor Larth sich versah, befanden sie sich schon mitten drin. Die Diener schritten ihnen mit Pechfackeln voran, und einer der Haruspizen hatte sich ihm genähert.
»Dieser Durchgang bringt uns nach Fanu Veltune, ohne daß wir über den *Berg des Gottes Tinia* ziehen müssen«, flüsterte er ihm ins Ohr. »Doch eines Tages wirst auch du auf diesen Berg steigen müssen, mein Fürst, um dich Tinia zu nähern und den Atem seiner Stimme und seine Macht zu spüren.«
Larth nickte, aber er war viel zu sehr damit beschäftigt, sich jede Ein-

zelheit des engen, in den Felsen gehauenen Tunnels einzuprägen, an dessen mit Wurzelgewirr bedeckten Wänden das Wasser herunterrann, als daß er sich wirklich bewußt wurde, was es bedeutete, auf den Berg zu steigen, der Tinia geweiht war, dem Herrn des Himmels und der Götter und dem Gebieter der Blitze. Zum ersten Mal durfte er an den Feiern in Fanu Veltune teilnehmen. Er war kein Kind mehr.
Der Tunnel öffnete sich wie der Rachen eines Tieres auf einen schmalen Uferstreifen, der mit schwarzem Kies bedeckt war, und dahinter schimmerte der See wie ein Spiegel aus Ambra, vom Wind gekräuselt und umsäumt von waldbedeckten Hügeln. In seiner Mitte lag die Insel mit dem Heiligtum des Gottes Veltune, gekrönt vom Berg der Göttin Turan, der Göttin der Liebe. Und diese Insel, die schon im Schatten lag, erschien ihm plötzlich so lebendig wie ein pulsierendes Herz, mit ihren flackernden Feuern, dem Widerhall der Musik, den Gesängen und dem aromatischen Rauch, der die Luft erfüllte.
Das muß der Mittelpunkt der Welt sein, dachte Larth, und fühlte sich von etwas ergriffen, das ihn festzuhalten schien. Aber rasch überwand er diese Empfindung und stieg vom Pferd.
Die Diener waren dabei, die Boote für die Überfahrt vorzubereiten, andere wiederum, die nicht zu Tarchna, sondern zu anderen adeligen Familien aus den zwölf Städten des Bundes gehörten, bewachten das Ufer und den hölzernen Steg. Auf dem schmalen Uferstreifen standen Hütten mit tief heruntergezogenen Schilfdächern, und daneben befanden sich die Einfriedungen für die Pferde. Die Feuer waren schon angezündet, und überall herrschte ein großes Durcheinander. Nur der See, mit den schattenhaften Umrissen der Insel, blieb davon unberührt und lag in majestätischer Ruhe da. Eine Schar Raben flog tief über den See gegen Westen, und Larth bemerkte, wie die Haruspizen ihnen mit den Blicken folgten und dann die Köpfe zusammensteckten. Es war ein gutes Zeichen, soviel wußte er: Sie nahmen das Unheil mit sich fort und brachten es an seinen Ursprungsort zurück. Zusammen mit seinem Vater und den Hohepriestern bestieg er das erste Boot, und die Diener begaben sich an die Ruder. Der Sonnenuntergang hatte alles in ein weiches Licht getaucht, ein leiser Windhauch bewegte die Luft, und in der Dämmerung schien die Zeit im Rhythmus der Ruder eingefangen zu sein. Da sah Larth, wie sich plötzlich von Westen her die Umrisse eines Falken am Himmel abzeichneten. Mit einem kurzen Flügelschlag

änderte der Falke seine Richtung, und für einen Augenblick glänzten seine Flügel weiß in der Sonne. Dann verschwand der Vogel in Richtung des Berges der Göttin Turan und ließ sich dort auf dem Gipfel nieder. Larth schaute sich um, und ihn beschlich das Gefühl, den Falken als einziger gesehen zu haben.
Er forschte in den Gesichtern der Hohepriester und schaute dann zu seinem Vater hinüber. Aber die ersteren waren still und in sich gekehrt, so als ob die Überquerung des *Heiligen Sees* jeden anderen Gedanken in ihnen ausgelöscht hätte, und sein Vater schaute zum *Berg des Gottes Tinia* hinüber, der in der Ferne in den Strahlen der untergehenden Sonne entflammt war.
Kann es sein, daß ich wirklich der einzige war, der ihn gesehen hat? Oder vielleicht war es ja auch nur ein Traumgebilde, eine Erscheinung. Ob ich mit Velvur darüber reden soll? überlegte Larth. Denn für den Bruchteil einer Sekunde hatte ein eisiges Gefühl von ihm Besitz ergriffen, diese weißen Flügel hatten sich wie ein schweres Gewicht auf sein Herz gelegt.
Das Boot glitt rasch über den See und machte dann an der Anlegestelle auf der Insel fest. Der schmale Strand war auf dieser Seite schon in tiefe Schatten getaucht und mit Feuerstellen übersät. Im letzten Licht des Tages waren viele Zelte und Unterstände zu erkennen, die sich, gleichmäßig angeordnet, bis in die bewaldeten Ausläufer des Berges hineinzogen.
Eine breite Straße, von Feuern in großen Bronzebecken gesäumt, führte zu einem ausladenden, kahlen Felsvorsprung, der von einem Amphitheater gekrönt wurde, das sich aus der natürlichen Anordnung der Felsen ergab. Hier fanden die Spiele statt, und nur für die Könige und Hohepriester war eine hölzerne Tribüne errichtet worden. Alle anderen Mitglieder des Adels und der fürstlichen Familien aus den verschiedenen Städten des Zwölfstädtebundes verteilten sich auf den Rest der Sitzplätze, denn vor dem Gott Veltune gab es keine Rangunterschiede.
Larth, der zusammen mit den anderen die Straße zum Amphitheater hochschritt, fühlte plötzlich, wie sich eine Hand auf seine Schulter legte und ihn zurückhielt. »Laß dich nicht vom Schein blenden, mein junger Fürst«, flüsterte ihm Velvur ins Ohr.
Larth hatte ihn nicht kommen hören, er hätte nicht einmal sagen kön-

nen, von woher er so plötzlich aufgetaucht war, denn obwohl viele Leute die Straße in derselben Richtung beschritten, war noch einen Augenblick vorher niemand so nahe an seiner Seite gewesen.
Larth blieb stehen und gab seinem Vater und den Hohepriestern, die auf dem Weg zu Tarchon waren, um ihm ihre Ehrerbietung zu erweisen, und dessen Pavillon weiter oben, hinter dem Amphitheater, errichtet worden war, ein kurzes Zeichen.
Dann wandt er sich dem Großen Trutnot zu.
»Ich darf nicht zu spät kommen«, erwiderte er.
Aber Velvur beruhigte ihn. »Dein Vater weiß, daß er dich in diesen Tagen nicht an seiner Seite haben wird, und Tarchon wird dich davon entbinden, ihm zu huldigen. Komm, folge mir. Heute nacht wird man den Re Supremo wählen, aber wir werden für diese weltlichen Dinge keine Zeit haben.«
»Weltliche Dinge, sagst du? Die Wahl des Re Supremo?«
Velvurs Gesicht verzog sich zu seinem üblichen, rätselhaften Lächeln – leicht überheblich und amüsiert zugleich –, so zumindest erschien es Larth, der sich in Richtung eines der unzähligen Pfade geschoben fühlte, die von der Hauptstraße abbogen.
»Ja, weltliche Dinge. Die Macht eines Königs für ein Jahr ist ein zu zerbrechlicher Rahmen, um darauf das Netz der Götter zu weben. Denk immer daran, Larth: Die Götter haben dem Hochmut der Menschen Grenzen gesetzt«, erklärte ihm Velvur.
»Wohin gehen wir?« wollte Larth wissen.
»Wir gehen zum Tempel. Morgen, wenn der neue Re Supremo gewählt sein wird, wird dort die Zeremonie des *Nagels der Zeit* stattfinden, und du und Caitli werdet die Auserwählten sein.«
Larth biß sich auf die Lippen. Er hätte lieber die Pferde gesehen, die jungen Fürstensöhne, die für das Truiaspiel ausgesucht worden waren, die Anlage und die Hindernisse im Labyrinth, das bei diesem Wettbewerb durchritten werden mußte, und vielleicht auch den König von Xaire, der als Herausforderer galt und wahrscheinlich nicht mehr als Re Supremo wiedergewählt werden würde. Die Zeremonie des *Nagels der Zeit* dagegen, die heiligste von allen, interessierte ihn nicht besonders.
Der Pfad war sehr steil und in der Dunkelheit kaum zu erkennen, aber Velvur schritt auf ihm voran, als wäre es heller Tag. Schließlich kamen

sie auf einem Felsgrat an, und Larth bemerkte, daß sie sich nun nach Westen wandten. Unter ihnen waren nur noch die dunklen Wasser des Sees zu erkennen, und in der Ferne leuchtete das türkisfarbene Licht des Abends hinter den Bergen. Die Lichter und das Treiben der Menschen hatten sie weit hinter sich gelassen, und wieder war die Weihe des Ortes wie ein Hauch zu spüren. Aber hier war es anders als im Wald von Tinia. Es schien aus der Erde selbst aufzusteigen und den Geist mit einem fast übernatürlichen Frieden zu umfangen.

Der Tempel war mit der aufragenden Felswand des Berges in einem Maße verschmolzen, daß er normalerweise nur in wenigen Momenten und nur bei einem ganz bestimmten Lichteinfall sichtbar wurde. Jetzt jedoch waren auf dem Platz davor viele Becken aufgestellt, in denen Feuer brannten und aus denen ein betäubender Duft von Weihrauch aufstieg. Ansonsten war der Platz leer, und auch der Tempel selbst lag wie verlassen da.

»Wundere dich nicht«, wandte sich Velvur an ihn. »Die Haruspizen und Hohepriester gehören alle den Fürstenhäusern an und wohnen deshalb der Wahl des Re Supremo bei.«

»Und du?« fragte Larth.

»Der König braucht meine Stimme nicht.«

»Wird es Tarchon sein?«

Velvur blieb stehen. Sie waren nun auf den Stufen des Tempels angekommen, und die Nacht war hereingebrochen. »Bist du so ungeduldig, daß du sogar die nahe Zukunft wissen willst?«

Larth schüttelte den Kopf. Dann wandte er sich um und ließ seine Augen über den nächtlichen See und die Linie der umliegenden Berge schweifen, die sich nun als dunkle Silhouette gegen den Himmel abzeichnete.

»Als ich angekommen bin, habe ich einen weißen Falken gesehen, der sich hier auf dem Gipfel des Berges der Göttin Turan niedergelassen hat«, murmelte er.

»Ich weiß.« Die Stimme Velvurs drang so leise wie das Raunen des Windes an sein Ohr. Dann schob er ihn wortlos zum Eingang.

Der Innenraum des Tempels war groß, wenn auch nicht so groß wie der des Tempels von Tagete, direkt vor den Mauern Tarchnas, und die ganze dem Eingang gegenüberliegende Wand bestand aus glattem, schwarzem Fels, der mit Nägeln bedeckt war. Larth legte den Kopf in den Nacken und sah sie in der Dunkelheit, die nur vom flackernden Schein der

Feuerbecken erhellt wurde, bis unter das hohe Gewölbe verschwanden. Auch dieser Ort war durchdrungen von einer heiligen Weihe, die Larth diesmal jedoch als fremdartig und kaum begreifbar empfand. Er ging auf die Wand zu und berührte den Felsen mit der flachen Hand. Er schien ihm merkwürdig warm und lebendig zu sein, und er fragte sich, was wohl ein Volk die eigene Zeit mit einer solchen Exaktheit zählen ließ? Welchen Pakt hatten die Rasna mit den Göttern geschlossen, und was würde sie vor dem Wahn der Vollkommenheit und ihrer eigenen Überheblichkeit bewahren?

Aber im Versuch, vor Velvur diese frevelhaften Gedanken zu verbergen, murmelte er nur: »Es ist noch viel Platz da.«

»So viel wie unserem Volk vorherbestimmt ist«, erwiderte ihm Velvur. »Zehn Jahrhunderte. Wenn es auf dieser Felswand keinen Platz mehr für einen einzigen Nagel gibt, dann wird auch der Name unseres Volkes vergessen sein.«

Larth verharrte einen Augenblick schweigend.

»Warum?« fragte er dann heftig.

»Du fragst mich warum?« antwortete ihm Velvur mit leiser Stimme. »Es ist die Ordnung der Dinge, Larth, der wir uns nicht entziehen können. Uns ist die Macht gegeben worden über das, was man nicht sehen und nicht hören kann. Wir können Ereignisse berühren, die noch in der Zukunft liegen, weil wir auch die berührt haben, die tief in der Vergangenheit verborgen sind. So leben wir mit dem Atem der Erde und in der Harmonie des Himmels. Vergiß es nie, Larth: Wenn du einen Baum tötest, stirbt mit ihm auch ein Teil von dir, und wenn du den Himmel vergißt, wirst auch du vergessen sein.«

Larth nickte. Aber er fürchtete, Velvur könnte seine Gedanken spüren, die sich gegen diese Vorbestimmung auflehnten, die einer, der einmal König sein würde, mehr als jeder andere wie eine mystische Erfahrung leben mußte. Denn ein König war für sein Volk auch immer Hohepriester. Also fragte er, im Versuch, ihn abzulenken, aber ohne Hoffnung, daß es ihm auch gelingen würde: »Wo ist eigentlich Caitli?«

Doch Velvur wandt sich wortlos und kaum merklich dem Teil des Tempels zu, der in den Felsen gebaut war, und Larth, der seiner Bewegung mit dem Blick gefolgt war, erkannte im Halbdunkel eine Treppe, die ins Innere des Felsens führte. Auf ihrer obersten Treppenstufe saß das Mädchen.

»Kann ich gehen, um sie zu begrüßen?« bat er.
»Natürlich.«
Mit schnellen Schritten und erfaßt von einer merkwürdigen Unruhe, die er nicht ganz verstand, ging er auf Caitli zu. Ihre ganze Kindheit über waren sie unzertrennliche Gefährten gewesen, und bis zu diesem Moment hatte er sie auch nie mit anderen Augen gesehen. Was war das plötzlich, dieser leichte Schauer, der ihn ergriffen hatte, diese unbekannte Hitze, die in ihm aufgestiegen war, als er sie erblickte? Caitli sah nicht anders aus als sonst. Sie trug den gleichen Chiton und die Haare offen wie immer. Aber auch sie war kein Kind mehr, und nur Larths Arglosigkeit hatte es ihm bisher verwehrt, dies zu erkennen. Er setzte sich neben sie und nahm ihre Hand in die seine. Er mußte jetzt ihre Wärme spüren, denn dieser Ort erschien ihm plötzlich wie ein Feind, wie etwas, dem er sich niemals würde unterordnen können.
»Vor uns war dieser Ort der Erdmutter Dia geweiht, und er wird noch anderen Göttern als den unseren geweiht werden«, murmelte Caitli und antwortete damit auf seine geheimen Gedanken. Sie machte das oft so, und bis zu diesem Augenblick war es immer ein Spiel gewesen.
»Ich werde eines Tages König sein an diesem Ort. Und du meine Königin«, erwiderte ihr Larth.
Caitli lächelte und erhob sich.
»Velvur wartet auf uns«, mahnte sie. Aber der Druck von Larths Fingern, die in die ihren verschlungen waren, war nicht mehr der des kindlichen Gefährten, und plötzlich sah Caitli das, was auch er gesehen hatte: Der große Falke mit den weißen Flügeln glitt von Westen heran und ließ sich auf dem Gipfel des *Heiligen Berges der Göttin Turan* nieder. Der Göttin der Liebe.
»Du, der du mir bestimmt bist, wirst nicht mein Mann sein.« Die Stimme war plötzlich klar wie Kristall und tönend in ihrem Kopf.
»Er wird von Westen kommen, wie alle schlimmen Vorzeichen, und seine Sprache wird nicht die unsere sein. Seine Haare werden die Farbe von reifem Weizen haben, seine Augen werden so blau sein wie der Himmel an einem Wintertag, und er wird der Schatten deines Lebens sein.«
Caitli unterdrückte die Stimme in sich. Larth hatte nichts bemerkt, aber Velvur löste seinen Blick von den hellen, goldenen Augen des Mädchens und behielt das wenige, das er wußte, für sich.

Am nächsten Tag wurde Tarchon zum Re Supremo gewählt. Die zwölf Streitäxte mit der doppelten Schneide, eine für jede Stadt des Bundes, wurden ihm zu Füßen gelegt. Aber durch den Rauch der Feuerbecken hindurch schien es Larth, als ob der König müde sei, und dieser Umstand kam ihm merkwürdig vor.
Wie konnte ein König am Tag seines Triumphes müde sein?

Larth lag schon seit einer Weile ausgestreckt im hohen Gras, ließ sich die Sonne auf den Rücken scheinen und betrachtete den Tibrin, der unter ihm dahinfloß. Genau in der Mitte des Flusses befand sich an dieser Stelle eine dicht bewaldete Insel, die das Überqueren erleichterte. Auf der anderen Seite des Ufers sah man Hügel und Erhebungen, auf deren Anhöhen sich zwischen dichten Waldstücken und flirrenden Sümpfen kleine Siedlungen ausbreiteten. Auf den Anhöhen stieg hier und da Rauch auf, und in der Talsohle, direkt hinter dem Ufer des Flusses, grasten kleine Schafherden. Aber die Luft war stickig und hatte einen ungesunden, fauligen Geruch.
Larth hatte eine Stadt mit Mauern erwartet und einen Feind. Einen wirklichen Feind. Aber das, was er hier sah, machte einen trostlosen Eindruck. Weder Mauern noch goldverzierte Häuser oder Tempel, kein Schmuck, keine Statuen, Musik oder Tanz. Nichts von all dem, was Teil seines Lebens war.
Barbaren, dachte er bei sich, diese Latiner, die unsere Felder verwüsten und die Ladungen aus unseren Minen stehlen, sind nichts als Barbaren, die kaum über ihre Grenzen hinausgeschaut haben.
Er drückte sein Gesicht auf die Erde und begann verhalten in sich hineinzulachen. Einer seiner beiden Gefährten, die sich neben ihm ins hohe Gras duckten, Tese, der etwas jünger war als er, schüttelte ihn besorgt.
»Was hast du?« flüsterte er.
»Nichts. Ich will nur diesen Feind von nahem sehen, ich will herausfinden, wieso er vier Männer der vornehmsten Familien unserer Stadt ermordet hat, obwohl es viel einfacher gewesen wäre, sie als Freunde zu gewinnen.« Tese verstummte, und Larth wandte sich zu seinem anderen Gefährten um. Es war Kae Aivas, und zwei der Toten gehörten zu seinem Haus. Ihre Erwähnung war deshalb eine ausdrückliche Aufforderung an ihn gewesen, seinen Plan zu unterstützen.

Aber Kae Aivas schüttelte den Kopf. »Das, was du vorhast, Larth, ist weder klug noch bedacht, und der König wird dich dafür bestrafen. Wir sind in die Metallberge geschickt worden, um in diesem Sommer in den Minen die Geheimnisse der Metalle kennenzulernen und nicht, um auf die Jagd zu gehen oder uns damit hervorzutun, die Latiner auszukundschaften!«

»Das mag sein«, gab Larth leise zurück, »aber ich werde dem König nützliche Erkenntnisse bringen, und dafür wird sich die Sache lohnen. Kehre ruhig zu den Unterkünften der Metallschmelzer zurück, damit sie sich keine Sorgen um uns machen. Tese wird mich mit den Pferden auf der Lichtung erwarten, auf der wir gestern gerastet haben. Von heute ab in sechs Tagen werden er und ich wieder zurücksein.«

Tese beugte sich seiner Entscheidung, ohne mit der Wimper zu zucken, doch des Gesicht des jungen Aivas verfinsterte sich. Er war überzeugt, einer der Besten der adeligen Familien Tarchnas zu sein, und als Larth ihn gebeten hatte, ihn zu begleiten, war er sehr stolz darauf gewesen. Deshalb hatte er auch nie verstanden, warum der andere, den Larth gewählt hatte, ausgerechnet Tese war, der einen wesentlich niedrigeren Rang hatte und noch dazu viel zu jung und schmächtig war, um für etwas anderes gut zu sein, als die Pferde zu hüten.

Aber es war schwer, Larth den Gehorsam zu verweigern, und in diesem Augenblick hatte Kae auch keine Lust, es darauf ankommen zu lassen. Er war durchaus nicht neugierig darauf, mehr über diese Latiner zu erfahren, und so gab er Tese ein kurzes Zeichen, sich in Bewegung zu setzen.

Dann fragte er Larth: »Brauchst du noch irgend etwas?«

Larth unterzog seine Ausrüstung einer kurzen Prüfung: Er trug nur den Lendenschurz und darüber eine schmucklose, kurze, schwarze Tunika. Darunter konnte er das Messer verstecken und auch den Opal. Seine Tebenna war zusammen mit dem Vorratssack bei den Pferden geblieben.

»Nein«, flüsterte er, und die beiden Gefährten schlichen davon, immer darauf bedacht, das hohe Gras nicht in die falsche Richtung zu bewegen, um sich nicht zu verraten. Larth blieb alleine zurück. Er legte sich wieder flach auf den Boden, drückte sein Gesicht ins Gras und versuchte, die Erde unter sich zu spüren, sie sich freundlich gesinnt zu machen. Er fühlte ihre leisen Vibrationen, die seinem Pulsschlag antworteten, und spürte, wie sie ein Teil von ihm wurde.

Diese Erde konnte ihm unmöglich feindlich gesinnt sein. Er hob den Kopf und suchte nach einem Zeichen, irgendeinem Zeichen, das er zu seinem Vorteil oder Nachteil deuten konnte. Aber alles um ihn herum war unbewegt. Nur der Rauch, der auf den Anhöhen in dicken Spiralen aufstieg, hatte sich wie ein hauchdünner, grauer Schleier über die Sümpfe und Hügel des gegenüberliegenden Ufers gelegt. Ein wenig wartete er noch ab. Aber an den Ufern war alles ruhig, und so entschloß er sich zum Aufbruch. Den ersten Teil des Flusses durchschwamm er bis zur Spitze der flachen Insel im Fluß, und von dort aus überwand er den zweiten Teil und tauchte dann auf der anderen Seite des Flusses, am Rande des bewaldeten Ufers, wo die Erde fauliges Wasser ausschwitzte, wieder auf.

Wenn unsere Meister des Wassers hier Hand anlegen würden, dann wären die Sümpfe schnell trockengelegt und fruchtbares Land daraus gemacht, dachte er bei sich, ich muß mich daran erinnern, wenn ich wieder zurück bin.
Dann machte er sich auf den Weg und kam schnell voran. Sein Ziel war der Hügel, auf dem er die ausgedehnteste Ansiedlung ausgemacht hatte. Unterhalb der Anhöhe angekommen, bemerkte er auf den festgestampften Pfaden eine Handvoll Männer. Es waren Bauern, die gerade dabei waren, das Vieh, das auf den Hängen gegrast hatte, wieder in die Einfriedungen zurückzutreiben.
Er tauchte im dichten Unterholz unter und erreichte kurze Zeit später auf dem unwegsamsten und verstecktesten Pfad zwischen der üppigen Vegetation den Rand der Ansiedlung. Neben ihm befanden sich die Stallungen, und die Häuser gegenüber standen dichtgedrängt und machten allesamt einen armseligen Eindruck. Selbst das größte Haus, welches das des Königs sein mußte, unterschied sich nur wenig von den anderen. Es hatte weder Insignien noch Wappen, nur ein paar Schilde und Lanzen waren an den grob behauenen Portikus gelehnt, der zum Eingang führte. In einem etwas entfernteren Laubengang spielten ein paar Kinder, und nicht weit davon, in einer Einfriedung, kämpften einige Knaben mit Schwertern gegeneinander. Sie waren viel jünger als er, aber Larth begriff, daß es sich, obwohl die Schwerter aus Holz sein mochten, nicht um ein Spiel, sondern um eine Ausbildung handeln mußte. Sicher war auch ein Waffenmeister anwesend, den Larth aller-

dings nicht sehen konnte, denn fast so, als wollten sie ihn wirklich umbringen, wurden demjenigen, der unterlag, die Demütigungen der Niederlage und heftige Schläge nicht erspart. Daneben grasten auf einer umzäunten Wiese einige Pferde, deren schlanker Wuchs ihm verriet, daß es sich um Tiere der Rasna handelte. Barbaren und Diebe, dachte Larth, während er flink in einen der Ställe schlüpfte, um sich den Blikken von zwei Männern zu entziehen, die auf ihn zukamen. Sie waren eben von ihren Pferden abgestiegen und führten sie jetzt am Zügel. Der eine war klein, von kräftiger Statur, mit breiten Schultern und einer Hakennase. Der andere war jünger, und obwohl sich die beiden nicht sehr ähnlich sahen, ließen ihre äußere Erscheinung und ihr Benehmen darauf schließen, daß sie enge Verwandte waren.

Die beiden Männer betraten den Stall, und Larth hörte, wie der Ältere sagte: »Du bist verrückt, Ancus. Du benimmst dich wie ein junger Stier, der im Frühling aus dem Pferch ausbricht und über die Klippen stürzt. Unser Großvater Tullus hätte strenger mit dir sein sollen. Du solltest nicht vergessen, daß ich der König bin, und was für alle unsere Leute gilt, das gilt auch für dich!«

»Sicher, Numa, du bist der König. Aber du bist ein König ohne Ehrgeiz, und alles, was du kannst, ist, dir den Bauch vollschlagen!« gab der Jüngere ohne jeglichen Respekt zurück und machte Anstalten zu gehen. Doch noch bevor er ein paar Schritte getan hatte, packte ihn der König an der Tunika und zog ihn so heftig ins Innere des Stalles zurück, daß er gegen eine der Mauern prallte.

»Das scheint mir nicht unehrenhaft zu sein, meinen Bauch zu füllen und den deinen, so wie den aller anderen. Was willst du? Soll ich vergessen, daß du mein Bruder bist? Willst du es so weit treiben, daß ich dich verbannen muß?« fuhr er ihn an.

Der junge Latiner, zwischen der Wand und dem König eingeklemmt, war jetzt nicht weiter als zwei Schritte von Larth entfernt, der sich hinter einem Heuhaufen verkrochen hatte. Sein Gesicht war inzwischen violett angelaufen, denn der König hatte ihm einen Arm über die Kehle gelegt und drückte ihm die Luft ab. Jetzt verminderte er ein wenig den Druck und schüttelte den Kopf.

»Du bist ein Tor, Ancus. Alles, was du kannst, ist, den Rasna ihre Pferde stehlen und hin und wieder eine Ladung Eisen. Aber selbst das gelingt dir nur schlecht!«

»Wenn ich die Männer hätte, die du mir nicht geben willst ...« keuchte der Jüngere.
»Damit die Rasna hierher kommen und Ruma zerstören? Was glaubst du, wie lange sie dafür brauchen würden? Weniger Zeit, als du brauchst, um dich vom Felsen Tarpei zu stürzen!«
»Das glaubst *du*! Aber wenn sie wirklich so stark sind, wie du sagst, warum haben sie uns dann nicht schon längst angegriffen?«
»Das, Ancus, will ich lieber gar nicht wissen«, erwiderte der König.
Was sollten wir schon mit einem barbarischen Volk und dieser faulen, sumpfigen Erde anfangen? dachte Larth und unterdrückte nur mühsam den Impuls, aus seinem Versteck hervorzukommen und zu antworten. Doch das wäre alles andere als klug gewesen. Die Unterhaltung zwischen dem König und seinem Bruder hatte ihn sowieso schon in einem Maße gefangengenommen, daß seine Vorsicht unmerklich nachgelassen hatte. Wie gut, dachte Larth, daß Velvur darauf bestanden hatte, die Sprache der Barbaren perfekt zu erlernen, die aus lauter Zischlauten zu bestehen schien und sich von der ihren so sehr unterschied.
Doch plötzlich drehte eines der Pferde, das in dem Heuhaufen gefressen hatten, der ihn verbarg, schnaubend den Kopf nach ihm, und sofort ließ der König seinen Bruder los. Der stürzte, ohne zu zögern, auf das Versteck des jungen Rasna zu, und im Augenblick fühlte sich Larth an der Kehle gepackt und zu Boden geworfen. Larth war für sein Alter sehr groß und muskulös, und seine Bewegungen waren durch die Unterweisungen im Ringen, das bei den Rasna wie eine Kunst gelehrt wurde, schnell und geschmeidig geworden. Aber Ancus' Kraft war roh und animalisch, und er war dreimal schwerer als Larth. Ohne Schwierigkeiten setzte er ihm einen Fuß auf die Brust und preßte seine Schultern auf den Boden. Dann beugte er sich zu ihm hinunter, riß seinen Kopf an den Haaren hoch, um ihm ins Gesicht zu schauen und zischte: »Du bist kein Sklave!«
Larths Gedanken überschlugen sich. Nach allem, was er bisher gehört hatte, war von dem jungen Ancus keine Schonung zu erwarten. Das einzige, was ihm blieb, war, Zeit zu gewinnen. Also versuchte er den Fuß auf seiner Brust zu ignorieren, führte eine Hand an den Mund und versuchte ihm mit Gesten klarzumachen, daß er stumm sei.
Als Antwort versetzte Ancus ihm mit dem Handrücken eine Ohrfeige,

die ihm fast den Kopf von der Schulter trennte. Dann zerriß er ihm mit einem Ruck die Tunika, und das Messer und der Opal kamen zum Vorschein.
Inzwischen war auch der König herangekommen. Er stoppte die Hand des Jungen, die wieder zuschlagen wollte, beugte sich dann über ihn und schaute ihn lange und forschend an. Schließlich zog er ihm das Messer aus dem Gürtel und übergab es seinem Bruder. Aber den Opal rührte er nicht an. »Du wolltest etwas über die Rasna wissen, Ancus«, murmelte er. »Hier siehst du das Ausmaß ihrer Macht. Sie waren schon da, bevor du gesprochen hast, und sie haben jedes deiner Worte gehört. Er ist bestimmt einer ihrer Magier, denn dieser Stein bringt Unheil. Rühre ihn nicht an, er bringt den Tod!«
Dann beugte er sich noch weiter zu ihm herunter, so weit, daß Larth seinen Atem spüren konnte.
»Du bist ein Magier der Rasna, der sich in einen jungen Mann verwandelt hat und hierhergekommen ist, um uns auszuforschen! Ist es nicht so?«
Larth schüttelte den Kopf, aber er gab keinen Ton von sich. »Er versteht uns«, stellte der Bruder fest.
»Sicher versteht er uns. Wir sind es, die die Rasna nicht verstehen!« gab der König zurück.
»Gut, dann wollen wir mal feststellen, ob er wirklich so stumm ist, wie er tut!«
Ancus zückte das Messer und setzte es Larth auf die Brust, anfangs nur mit einem leichten Druck, der die Haut ritzte und eine kleine Blutspur hinterließ. Aber Larth spürte seine Wut, dieselbe, die sich vorher gegen den König gerichtet hatte, und die nun in ihm ihr Ziel gefunden hatte. Sein Gesicht war direkt über ihm, und er sah seine dunklen, lebhaften Augen, in denen ein gefährliches Feuer flackerte, für das Larth noch zu jung war, um ihm etwas entgegenzusetzen oder es in die Schranken zu weisen. »Wenn du mir sagst, wer du bist, wird dir dieses Messer nichts antun«, zischte er, aber Larth schwieg, und Ancus stieß ihm wütend das Messer in die rechte Schulter. Nicht tief genug, um ihn zu töten, aber tief genug, um ihm heftige Schmerzen zu bereiten. Dann erhob er sich, und da Larth immer noch keinen Laut von sich gab, versetzte er ihm mit voller Kraft einen Fußtritt, der ihn über den Boden rollen ließ und zwischen die Hufe der Pferde beförderte. »Ich werde ihn unseren Jun-

gens überlassen, damit sie an etwas Lebendigem üben können!« rief er wütend und steckte sich das Messer in den Gürtel.

Der König hielt ihn zurück. »Nein, wer weiß, ob er nicht wirklich stumm ist. Und wenn er kein Magier ist, dann ist er vielleicht von vornehmem Stand und könnte uns auf die eine oder andere Weise nützlich sein. Wir werden morgen darüber entscheiden, falls er dann noch am Leben ist.«

Obwohl er sie nicht sehen konnte, hatte Larth bemerkt, daß auf der Schwelle des Stalles noch andere Männer erschienen waren. Auf Befehl des Königs hoben ihn nun zwei von ihnen hoch, brachten ihn in das Haus, unter dessen Portikus er die Schilder und Lanzen gesehen hatte, und legten ihn in einer Ecke des zentralen Raumes mit der Feuerstelle nieder.

Für einige Zeit blieb Larth regungslos ausgestreckt auf dem Rücken liegen. Er hatte keine großen Schmerzen, eher ein gefährliches Gefühl von Geistesabwesenheit, wegen des hohen Blutverlustes. Schließlich betrat eine alte Frau, gefolgt von einem jungen Mädchen, den Raum und begann die blutende Wunde zu versorgen. Mit ihren runzeligen und rauhen Händen breitete sie zuerst Blätter darauf aus und schlang ihm dann ein Stück Leinen fest um die Schulter.

Das Mädchen fragte ihn, ob er Wasser wolle, aber da er keine Antwort gab, gingen die beiden Frauen wieder.

Nach einiger Zeit hörte die Wunde zu bluten auf, und Larth richtete sich ein wenig auf und begann sich mit äußerster Vorsicht umzuschauen. Der König und die anderen Männer waren gerade dabei, zu Abend zu essen.

Ein paar Knaben hatten sich seiner Ecke genähert, tuschelten untereinander und starrten aus gebührendem Abstand zu ihm hinüber. Auch der König schaute hin und wieder mit einem flüchtigen Blick, der ein gewisses Mißbehagen und eine leichte Furcht erkennen ließ, in seine Richtung. Aber der jähzornige Ancus befand sich nicht unter den jungen Männern am Tisch, die offensichtlich von weniger aufbrausender Natur waren als er.

Erst sehr viel später leerte sich der Raum, und nur ein paar Sklaven blieben zurück, die auf dem Fußboden vor dem Eingang schliefen. Ob draußen noch Wachen aufgestellt waren, konnte Larth nicht erkennen. Das Feuer war fast erloschen und erhellte kaum noch den Raum, in dem sich der Rauch mit dem Geruch der Essensreste vermischte, die, dem Brauch der Latiner gemäß, am Ende der Mahlzeit in die Glut geworfen wurden.

Larth gelang es nur mühsam, sich aufzurichten. So fest eingebunden, tat ihm die Schulter zwar kaum noch weh, aber sein Kopf war schwer wie Blei, und seine Hände zitterten leicht. Die Sklaven lagen regungslos da und rührten sich auch dann nicht, als Larth einige Zeit später zwischen ihnen hindurchschlüpfte. Vielleicht schliefen sie wirklich so fest, oder sie hielten ihn tatsächlich für einen Magier und fürchteten sich vor seinen Zauberkräften.

Draußen unter dem Portikus war niemand zu sehen. Die Nacht war dunkel und ohne Sterne, es duftete nach Heu und reifen Gräsern, und die Luft roch nach Regen.

Caitli, dachte er und rief sie mit all seinen Kräften. Ein Gewitter, jetzt! Ich brauche es, um den Fluß zu durchqueren. Zeigen wir diesen Barbaren, was unsere Macht wirklich bedeutet!

Dann schlich er an zwei Wachposten vorbei hinter das Haus und erreichte nur mit Mühe die Talsohle und das sumpfige Ufergelände. Er mußte unbedingt den Fluß durchqueren, bevor der Schmerz und die Schwäche es unmöglich machten. Für einen Moment ruhte er sich keuchend im Schutz eines dichten Buschwerks aus. Seine Beine trugen ihn kaum noch.

Als er schließlich doch das Ufer erreichte, hatte sich das Gewitter schon über den Hügeln zusammengezogen. Die Blitze fuhren vom Himmel nieder, und der Donner rollte über sie hinweg, als wollte er sie in seinen Grundfesten erschüttern und Ruma erzittern lassen, das im Schein der Blitze taghell erleuchtet war.

Nur noch einmal drehte er sich um und warf einen letzten Blick auf die Ansiedlung auf dem Hügel.

Ich werde wiederkommen, dachte er mit einem kleinen Lächeln. Ich werde wiederkommen, das verspreche ich. Als Larth begann, den Fluß zu durchqueren, hatte es bereits heftig zu regnen angefangen.

3.

Larth öffnete die Augen, und ein Schauer überlief ihn. Er war nackt und nur von der Hüfte an abwärts in eine leichte Wolldecke gehüllt. Im *Gemach der Könige*, dem ältesten Teil des Palastes von Tarchna, war die Luft frisch und roch nach würzigen Kräutern. Er wandte den Kopf zur Seite und ließ seine Augen über die Feuerstelle aus schwarzem Stein schweifen, in der im Hintergrund des Raumes ein niedriges Feuer brannte. Nur mit Mühe erkannte er den Raum wieder, in dem er als Kind so oft gespielt hatte. Dieser Teil des Palastes war nach Osten ausgerichtet und öffnete sich zu einem versteckten kleinen Hof, der durch einen schmalen Durchgang mit dem Flügel der Frauen verbunden war. In diesem kleinen Hof befand sich ein Altar, der noch der alten Erdmutter Dia geweiht war, die Caitli immer geehrt hatte.

Sein Blick fiel wieder auf die Feuerstelle, aus deren steinernem Sims sich majestätisch die Figur eines Adlers mit ausgebreiteten Flügeln erhob, aus Stein gemeißelt, aber so lebendig und mächtig, als wollte er sich gleich in die Lüfte erheben. Larth schaute ihn an und hatte für einen Moment das Gefühl, als würde er sich tatsächlich bewegen und ihm Weg und Zukunft weisen wollen.

Über den Tisch neben der Feuerstelle gebeugt, war Velvur damit beschäftigt, etwas vorzubereiten, das Larth nicht sehen konnte. Es war zwar Tag, aber ein merkwürdiges Zwielicht erfüllte den Raum, und tiefe Schatten hatten sich neben dem Feuer eingenistet, die selbst die knisternde Glut nicht bezwingen konnte. Caitli saß im Halbschatten neben dem Fenster und hatte den Kopf leicht in den Nacken gelegt. Larth sah sie, und plötzlich fiel ihm wieder ein, wer ihn beim Überqueren des Flusses geführt und zu der Lichtung geleitet hatte, wo Tese mit den Pferden auf ihn wartete. An den Rest erinnerte er sich kaum noch. Die Wunde hatte sich sofort entzündet, und das Fieber war so gestiegen, daß

er keine Erinnerung mehr an den Weg von den Minen in den Bergen bis nach Tarchna hatte.
Als hätte sie gefühlt, daß Larth aus der Bewußtlosigkeit erwacht war, fuhr Caitli jetzt leicht zusammen und drehte kaum merklich den Kopf. Auch Velvur richtete sich auf und schaute zu ihr hinüber. Dann warf er einen Blick auf das Feuer, schaute kurz zu der dunklen Ecke hinüber, in der Larth lag, und begann dann, die Paste aus Schimmel und Tonerde, die er angerührt hatte, auf einen Streifen weißes Leinen zu streichen. Neben ihm lagen seine chirurgischen Bestecke, die er aber schon seit zwei Tagen nicht mehr benutzt hatte, weil die Wunde aufgehört hatte zu eitern und der Schulterknochen nicht verletzt worden war.
Als er seine Vorbereitungen beendet hatte, fuhr Velvur mit einer leichten Bewegung seiner Hand über die Paste, um seine Kraft in sie einfließen zu lassen, und im selben Augenblick fühlte Larth einen kalten Luftzug über sein Gesicht streichen, und etwas, von dem er nicht wußte, was es war, ließ ihn erbeben.
»Der Blitz, Caitli. Du darfst den reinigenden Blitz nicht zurückhalten«, murmelte der Hohepriester, und Caitli erhob sich mit einem Ruck, und ihr Körper spannte sich wie eine Sehne. Mit einer leichten Geste ihres ausgestreckten Armes berührte sie die Luft und mit ihr das unsichtbare, verwobene Geflecht, das Menschen, Erde und Himmel zu einem einzigen Wesen verband.
Larth fühlte, wie ein lebendiger Strom seinen Körper durchflutete, und im selben Moment durchdrang ein blendendes Licht den Raum, und ein heftiger Donnerschlag ließ den Palast erbeben. Der Blitz war in den kleinen Hof direkt vor dem Altar der Erdmutter Dia eingeschlagen, und die Luft war nun gesättigt und erfüllt von seiner reinigenden Kraft.
Larth öffnete die Augen. Caitli war an seine Seite getreten, und jetzt konnte er sie endlich klar erkennen. Sanft berührte sie die offene Wunde an seiner Schulter und flüsterte ihm lächelnd zu: »Du wirst wieder gesund werden.« Dann beugte sie sich über ihn, und Larth fühlte, wie ihre Locken über seine Wangen strichen. Ein unbeschreibliches Gefühl der Freude überkam ihn, er fühlte sich wie neugeboren und seltsamerweise unglaublich stark und ruhig. Sein Blick fiel auf den Großen Trutnot, der nun hinter Caitli getreten war und seine Hand auf ihre Schulter gelegt hatte.

»Vergiß das niemals, Larth«, sagte Velvur leise. »Vergiß nie, was Caitli für dich bedeutet, was sie für dich getan hat und das, was deine Augen heute gesehen haben. Das Leben kann Freude sein, aber es ist auch Mitleiden, und der Ruhm der Krieger wird aus den Herzen der Frauen geboren. Vergiß das nie, Larth.«

Larth senkte seinen Blick. In der Feuerstelle loderten die Flammen nun hoch auf, es hatte heftig zu regnen angefangen, und aus dem Palast hörte man aufgeregte Stimmen. Aber keiner wagte es, die Schwelle des Gemaches zu übertreten, um zu fragen, was vorgefallen war

Nicht einmal der König.

Seine Macht ist also noch größer als die des Königs, dachte Larth verwirrt, und Caitli besitzt dieselben magischen Kräfte wie er! ... Warum verwundert mich das eigentlich? Habe ich sie nicht selbst gerufen und sie um das Gewitter gebeten, als ich den Fluß durchqueren mußte?

»Ich habe Ruma gesehen ...« murmelte er vor sich hin, ohne sich bewußt zu sein, daß dies seine ersten Worte nach einer Ewigkeit waren.

»Du wirst es wiedersehen, sei ganz beruhigt«, antwortete ihm Velvur.

Caitli beugte sich noch tiefer zu ihm hinunter und küßte ihn mit halbgeöffneten Lippen sanft auf den Mund. Das Gefühl ihrer Lippen auf den seinen nahm ihm fast den Atem, und er umschlang sie mit seinem gesunden Arm und zog sie fest an sich. Zum ersten Mal durchströmte ihn das Gefühl des Besitzes, zwar nur flüchtig, aber so vollständig, daß er ganz tief in seinem Inneren den ungestümen Strom des Lebens pulsieren fühlte.

Von diesem Moment an ging es mit Larth aufwärts. Schon nach einer Woche konnte er das Bett verlassen, und nach einer weiteren Woche erlaubte Velvur ihm, dem König Bericht zu erstatten.

König Tarchon empfing ihn ruhig und gelassen. Im Grunde war nichts geschehen, was er hätte bedauern müssen, selbst Larths tollkühnes Wagnis nicht, und Velvur hatte sicher nicht zufällig darauf bestanden, ihn im ältesten Gemach des Palastes unterzubringen, denn hier war der Geist Tarchnas am lebendigsten. Dieser Geist mußte nun auch Larth durchdringen, denn nur mit seiner Hilfe und durch die Gunst der

Götter, die ein Zeichen gesetzt hatten, war der Tod überwunden worden.
Tarchon streifte mit einem kurzen Blick seinen Freund Laris, bevor er sich Larth zuwandte, der aufrecht und ehrerbietig, aber nicht unterwürfig, gespannt, aber nicht furchtsam vor ihm stand. Vater und Sohn waren sich darin ähnlich und trotzdem verschieden, denn der Sohn besaß eine Härte, die dem Vater fremd war. Laris hatte nie mehr gewollt als das, was er schon sein eigen nannte, und auch Larth erstrebte keinen Besitz um seiner selbst willen. Was er erstrebte, war Macht, und wenn dieses Begehren ihn groß machen konnte, so konnte es ihn auch mit derselben Leichtigkeit vernichten.
»Du hast also die Herausforderung gesucht, Larth, und ich frage dich nicht warum, denn ich kenne deine Antwort schon. Ich kann sie in deinen Augen lesen. Was ich aber nicht daraus lesen kann, ist das Ergebnis deiner Tat«, richtete der König das Wort an ihn.
»Ich war im Haus des Königs, und ich habe Ruma gesehen«, erwiderte Larth. »Es hat keine Mauern und ist noch nicht einmal eine richtige Stadt. Ich habe gesehen, daß die Latiner Barbaren sind, nichts anderes als Diebe. Es wäre viel besser für sie, uns als Verbündete zu haben und nicht als Feinde.«
»Das haben wir schon alles gewußt. Hast du dein Leben nur deshalb riskiert, weil du es mit eigenen Augen sehen wolltest?« fragte der König.
Larths Stimme ertönte nun hell und klar: »Es mit eigenen Augen zu sehen, ist etwas ganz anderes. Wir könnten ihre Sümpfe, die vom Wasser des Flusses überschwemmt werden, trockenlegen und das Land zwischen den Hügeln bewohnbar machen. Mit unserer Hilfe könnten sie eine richtige Stadt erbauen, wir könnten sie lehren, das Wasser zu nutzen, Felder zu bestellen, Waffen zu schmieden und die Heilkunde anzuwenden.«
»Und was würden wir dabei gewinnen?« fragte der König gelassen.
Larth schwieg einen Augenblick und dachte, daß er sich genau diese Frage auch selbst gestellt hatte.
»Eine Öffnung der Städte der Rasna nach Süden und ein Bollwerk gegen die Sabiner und die Falizier«, antwortete er dann.
Tarchon neigte leicht den Kopf.
»Das ist eine verständige Antwort. Die Rasna haben ihr Land nie mit

den Waffen erobern müssen, aber es scheint so, als würden unsere Nachbarvölker nur die Sprache des Schwertes kennen. Es ist sehr schwer, jemandem, der nur diese Sprache kennt, die Sprache der Vernunft begreiflich zu machen. Aber du hast recht. Wäre Ruma unser Verbündeter, dann wäre der Vorteil genauso auf unserer Seite wie auf der ihren.«

»Ich fürchte, mehr auf der ihren als auf der unseren, mein König«, gab Larth zurück.

Tarchon lachte belustigt auf.

»Deine Beobachtungen sind sehr scharfsichtig, Larth. Trotzdem werde ich dich bestrafen müssen. Du weißt das?«

»Ja.«

Tarchon nickte zustimmend. Ihm gefiel diese kühle Distanz, die niemals den erforderlichen Respekt vermissen ließ. Bei einem so jungen Mann war das ein vielversprechender Charakterzug, der jedoch von einer festen Hand geleitet werden sollte. Er mußte sich eine außergewöhnliche Strafe ausdenken.

»Gibt es sonst noch etwas, was du mir sagen willst?« wandte er sich noch einmal an Larth.

»Aus der Unterhaltung zwischen dem König Numa und seinem Bruder habe ich entnommen, daß der König bald in Schwierigkeiten geraten wird, weil sein Bruder versuchen wird, die Macht zu übernehmen. Wahrscheinlich wird er ihn umbringen. Ich weiß, daß bei diesem Volk diese Art der Machtübernahme üblich ist.«

»Und was schließt du daraus?«

»Ich glaube, daß der König Numa die Lage besser einschätzt und verhandlungsbereiter ist. Vielleicht hätten unsere Abgesandten eine gute Möglichkeit, von ihm gehört zu werden. Sollte aber sein Bruder Ancus König werden, wird es Krieg geben.«

»Ich werde deine Worte bedenken. Du kannst gehen, Larth. Sobald ich eine Strafe für dich entschieden habe, werde ich es dir mitteilen«, entließ ihn der König.

Larth beugte knapp das Haupt und verließ den Saal, ohne seinem Vater auch nur einen Blick zuzuwerfen. Tarchon verharrte für einen kurzen Augenblick schweigend. Vor seinem inneren Auge sah er schon die Verwirklichung all dessen, was er sich immer gewünscht hatte, und seine Augen glänzten vor Stolz.

»Er wird ein guter König sein«, murmelte er schließlich leise vor sich hin. »Kein anderer könnte ein besserer König sein für meine Caitli und für mein Volk.«
»Du könntest noch immer einen eigenen Sohn bekommen«, gab Laris zu bedenken.
Mit einer knappen Geste wischte Tarchon den Einwand des Freundes beiseite.
»Wenn es so geschrieben steht ...« antwortete er ihm wenig überzeugt.

Larth stieß einen Seufzer der Erleichterung aus, nachdem er den Saal verlassen hatte. In dem mit schwarzen Steinen gepflasterten Hof warteten schon der Rat und der Adel von Tarchna darauf, daß der König die Türen für die tägliche Audienz öffnen ließ, und direkt hinter dem großen Eingangsportal warteten, wie jeden Tag, die Bittsteller, Künstler, Handwerker, Reisenden und Händler darauf, vom König empfangen zu werden. Dicht gedrängt standen sie vor der Giebelfront, und Larth schien es fast so, als ob die monströse und unerreichbare Schönheit der Chimäre sie in ihren Bann geschlagen hätte.
Eine Gruppe von Haruspizen aus dem Tempel von Tagete näherte sich in einer Prozession von außerhalb der Stadt, um dem König die Deutung weiterer Zeichen zu überbringen, denn seit dem Einschlag des Blitzes, dem zweiten nach der Geburt Caitlis, hatten der Palast und der Altar der Erdmutter Dia für sie und die Einwohner der Stadt eine ganz besondere Bedeutung erlangt.
Larth stieg den Palasthügel hinunter und folgte der Straße bis zum östlichen Stadttor, dann bog er auf die breite Hauptstraße ein, die zum Herzen der Stadt führte, und erreichte die königlichen Übungsstätten, wohin ihn der Waffenmeister des Königs hatte rufen lassen, um die Heilung und Beweglichkeit des Armes zu begutachten.
Larth hielt ihn schon wieder für einsatzbereit, aber Tefrie, der Waffenmeister, gehörte auch zu denen, die keinen Widerspruch duldeten und sich Respekt zu verschaffen wußten.
Er war schon über die Mitte seiner Jahre hinaus, aber noch immer im Vollbesitz seiner Kräfte. Aus seiner Obhut wurde keiner entlassen, der nicht in der Lage gewesen wäre, jede Art von Waffe, vom Speer bis zum Krummsäbel, zu handhaben. »Es ist noch zu früh, um mit den Übungen

zu beginnen«, war sein knappes Urteil, nachdem er die Wunde begutachtet und ihn einige Bewegungen hatte ausführen lassen, um die Spannkraft der Muskeln mit seinen geschmeidigen Fingern zu prüfen. Larth zögerte einen Moment, aber dann beugte er sich dem Urteil ohne Widerspruch. Über das Gesicht des Waffenmeisters huschte ein vages Lächeln.

»Du warst noch ein Junge, als du am Anfang des Sommers hier weggegangen bist, und als ein Mann bist du zurückgekehrt«, stellte er zufrieden fest.

»Warum meinst du das? Weil ich vom Feind verletzt worden bin?« fragte Larth verwundert.

»Nein, nicht deshalb. Aber du hast meine Entscheidung ohne Widerspruch akzeptiert.« Mit einer Bewegung des Kopfes wies er über die Balustrade hinweg auf die tieferliegende Arena, in der Jungen und Mädchen, nur spärlich bekleidet, gemeinsam im goldenen Einfall des Sonnenlichtes miteinander übten. »Schau sie dir an! Jeder von ihnen hätte darauf bestanden, es zumindest auszuprobieren.«

Larth überflog sie mit einem Blick. Er kannte sie alle, aber mit niemandem dort unten verband ihn eine wirkliche Freundschaft.

»Sei vorsichtig, Larth«, murmelte Tefrie, der seinen Gedanken gefolgt war. »Die Straße der Einsamkeit ist ein schwieriger Weg. Du wirst Freunde und Gefährten brauchen, die deinen Schatten mit dir teilen. Wer sonst sollte dir im Kampf die Seite decken, wer den Rücken in einem fremden Haus, und wer wird deinen Namen nennen, wenn du ihn eines Tages vor die Versammlung der Könige trägst?«

Larth hielt mit einem kleinen Lächeln dem festen und kühlen Blick des Waffenmeisters stand. »Hier jedenfalls sehe ich sie nicht«, antwortete er ihm ohne Überheblichkeit. »Gute Krieger und edle Hüter ihres Hauses – vielleicht. Aber mehr kann ich nicht sehen.«

»Vielleicht fällt dein Blick zu weit«, erwiderte ihm Tefrie, und Larth lief bei seinen Worten ein Schauer über den Rücken. Es war, als ob ein Schatten ihn gestreift hätte, ein Gedanke, der nicht greifbar werden wollte.

»Vielleicht . . .«, murmelte er.

Die Sonne stand schon tief am Horizont, als er sich auf den Weg nach Hause machte. Am Himmel waren Wolken aufgezogen, und ein stürmischer, frischer Wind blies, der den herben Geruch von welken Kräutern mit sich brachte und das Ende des Sommers ankündigte.

Als er in seinem Haus ankam, hatten die Diener schon die Lampen angezündet. Sein Vater war noch im Palast des Königs, und seine beiden Brüder, Egene und Cneve, folgten dem Unterricht ihrer Lehrer.
Er lief ein wenig ziellos durch die Räume, und zum erstenmal erschien ihm sein Haus groß, leer und fremd. Dann begab er sich in das Schlafgemach im ersten Stock des Hauses, das er sich mit seinen Brüdern teilte. An die Fensteröffnung gelehnt, betrachtete er, in Gedanken versunken, wie in der Abenddämmerung die ersten Sterne zwischen den schnell vorübertreibenden Wolken aufgingen. Vielleicht entschieden sie im Palast gerade über seine Bestrafung, und vielleicht hatte der kampfeslustige Bruder des Königs von Ruma bereits seine Fallen gestellt, um seinem Bruder die Macht zu entreißen und dann gegen Tarchna zu ziehen ...
»Wenn es die Götter so entschieden haben ...«, hätte ihm der König geantwortet, wie immer.
Er unterbrach seine Gedankengänge und ging wieder in den ebenerdigen Teil des Hauses zurück. Die Tür zu dem großen Aufenthalts- und Schlafraum der Bediensteten war schon geschlossen, aber es waren noch Stimmen zu hören, aus denen er vor allem eine heraushörte: die helle, fröhliche Stimme eines jungen Mädchens, das er nicht kannte. Er trat ein, um einer der Frauen Anweisung zu erteilen, ihm das Bad zu bereiten, und schaute sich dabei um, ob er etwas über diese neue Stimme herausfinden konnte. Aber keine der im Raum anwesenden Frauen war ihm unbekannt.
Die älteste der Mägde hatte sich erhoben. Sie begleitete ihn in den Baderaum, und in kürzester Zeit war das Bad bereitet. Das Wasser rann, wie immer, warm an den Wänden der Wanne herunter, frische Tücher waren bereitgelegt, aber die Magd blieb noch, und da sie ihn schon seit seiner Kindheit versorgt hatte, wollte ihr Larth dieses Recht auch nicht streitig machen.
»Hast du sie gehört?« raunte sie ihm nun zu, während sie ihm dabei half, sich auszuziehen. Larth fuhr zusammen. »Wen meinst du?«
Die Magd lächelte. »Ihr Name ist Tyrò, und sie ist schon seit Mitte des Sommers bei uns. Demestone, der Händler, hat sie auf Kreta gekauft und dem König geschenkt, um damit seine Schuld abzutragen, wegen der Prophezeiung der edlen Caitli, die ihm das Leben gerettet hat, als seine Schiffe auf Grund liefen. Aber der König hat sie an deinen Vater,

unseren Fürsten, weitergeschenkt. Der König ist unserem Fürsten sehr wohlgesonnen, seine Traurigkeit bedrückt ihn, und die Weisen sagen, ein junges Mädchen ist die beste Medizin für ein altes Herz und ein leeres Bett.«
Larths Körper erstarrte unmerklich. Die alte Magd strich ihm über die Schultern und befühlte mit mütterlicher Fürsorge die Festigkeit der Muskeln und die Narbe, die seine Verletzung hinterlassen hatte.
»Sie ist sehr schön ... Ein paar Jahre älter als du«, flüsterte sie ihm ins Ohr, »und sie weiß mehr Dinge, als du dir jemals zu erträumen gewagt hast.«
Larth trat einen Schritt zurück.
»Schick sie zu mir«, befahl er ihr barsch.
»Sicher werde ich sie zu dir schicken. Sie wird dir die Essenzen und die Öle für dein Bad bringen«, antwortete die Magd mit einem verschmitzten Lächeln und verließ den Baderaum.
Larth tauchte ins warme Wasser ein und schloß die Augen. Er mußte völlig verrückt geworden sein. Dieses Mädchen war ein Geschenk des Königs an seinen Vater, der mit ihr vielleicht sein Bett geteilt hatte. Und außerdem – was sollte er tun? Er wußte noch nicht einmal, was er mit ihr anfangen sollte! Im selben Augenblick legten sich zwei zarte weibliche Hände auf seinen Nacken. Sie strichen leicht an seinen Schultern entlang und tauchten dann ins Wasser ein, zuerst nur bis zur Hüfte und dann tiefer, immer tiefer. Er ließ es regungslos geschehen und schaute sie an. Im goldenen Lichtschein der Lampen kam Tyrò ihm so jung vor wie Caitli und nicht, wie die Magd gesagt hatte, ein paar Jahre älter als er. Ihr langes schwarzes Haar wurde auf der Stirn mit einem purpurfarbenen Band zusammengehalten, und ihre Augen waren wie zwei tiefe, dunkle Brunnen über der schmalen Nase. Der Körper war zierlich und fest, und ihre braune Haut hatte einen goldenen Schimmer.
Sie trug nur ein weißes Hüfttuch, ihre Brüste waren voll und die Brustwarzen karmesinrot bemalt und hart. Larth wartete nicht ab, bis er sein Bad beendet hatte. So, wie er war, stieg er aus der Wanne, nahm sie bei der Hand und streckte sie auf einem der Badetücher aus. Sicher, vielleicht war er jünger als sie, aber dafür überragte er sie um einiges, und das machte ihm ein wenig Mut. Doch als er ihr schließlich das Hüfttuch gelöst hatte, wurde er unsicher, und Angst überfiel ihn. Hastig und ungeschickt drang er in sie ein und bemerkte verwirrt, wie sie sich

zurückzog, gegen ihn auflehnte, um ihn dann aber zu umschlingen und an sich zu ziehen.

Etwas später lag Larth, auf den Ellbogen gestützt, neben ihr und betrachtete diesen Körper, den er soeben erkundet hatte, so völlig hingerissen, daß für einen Augenblick alle anderen Gedanken ausgeschaltet waren. »Tyrò . . .«, rief er leise ihren Namen, und das Mädchen senkte die Augenlider, lächelte verführerisch und umschlang seine Hüften mit den Beinen.

»Was bedeutest du für meinen Vater?« murmelte er und gab damit seinen quälenden Gedanken Ausdruck.

»Für deinen Vater ist die Liebe nur eine kurze, heftige Woge, während sein Geist woanders weilt«, antwortete sie ihm. »Ich bedeute ihm gar nichts. Wenn ich nicht ein Geschenk des Königs wäre, hätte er mich schon längst verkauft.«

»Wie vielen Herren hast du schon gedient?« wollte Larth wissen, und Tyrò stieß nahe an seinem Ohr ein kleines Lachen aus. Dann griff sie in seine Haare und zog ihn an sich. »Willst du das wirklich wissen? Die Magd hat dich belogen, ich bin genauso alt wie du, und bisher hatte ich vier Herren, die viele alte und gierige Freunde hatten. Von ihnen habe ich viel gelernt.« Sie lachte wieder, und als Larth sie ein zweites Mal nahm, ließ es das Mädchen ohne Widerstand geschehen. Diesmal blieb Larth lange in ihr, so lange, daß es ihm schon fast wie eine Ewigkeit vorkam. »Warum bist du nicht Caitli?« flüsterte er ihr, von seinen Gefühlen überwältigt, ins Ohr. Aber Tyrò verstand seine Worte nicht.

Erst sehr viel später erinnerte Larth sich daran, sie wieder in die Unterkunft der Diener zurückzuschicken, und kehrte kurz darauf, nur in ein Badetuch gehüllt, in sein Schlafgemach zurück. Kaum hatte er den Raum betreten, entdeckte er vor der breiten Öffnung des Fensters die Gestalt seines Vaters, der auf ihn gewartet hatte. Der Raum war in tiefe Schatten getaucht, und nur eine einzige Lampe, neben seinem leeren Bett, verbreitete ein flackerndes Licht. Larth blieb regungslos auf der Schwelle stehen und ließ überrascht seinen Blick durch den Raum schweifen. Die Betten seiner Brüder waren nicht mehr da.

»Du bist nun ein Mann«, begrüßte ihn der Vater. »Es ist an der Zeit, daß du deinen eigenen Raum bewohnst, so wie es deinem Rang gebührt. Ich habe deinen Brüdern einen anderen Schlafraum zugewiesen,

und du wirst von nun an einen Diener haben, der vor deiner Tür schläft.«
Er kann unmöglich die ganze Zeit über hier auf mich gewartet haben, nur um mir das mitzuteilen, dachte Larth mit einem Blick durch die weite Öffnung des Fensters. In den dunklen Nachthimmel hatte sich bereits unmerklich das fahle, milchige Licht des Morgens gemischt. Es war kurz vor Sonnenaufgang. Laris seufzte und setzte sich müde auf eine der nahe stehenden Bänke.
Larth sah ihn an, und mit einem Schlag verschwanden seine Furcht und seine Schuldgefühle und machten einem schmerzlichen Gefühl Platz, einer Empfindung, die er nie zuvor gehabt hatte: Sein Vater war alt geworden, von einem Augenblick auf den anderen ein Fremder für ihn, und die ihm noch verbleibende Zeit würde nicht mehr ausreichen, um diesen fremden Mann kennenzulernen.
»Verzeih mir, wenn ich dich mit Tyrò beleidigt habe«, murmelte er. »Ich wußte, daß sie ein Geschenk des Königs an dich war.«
Doch Laris brachte ihn mit einer knappen Geste zum Schweigen. »Tyrò ziemt sich eher für das Bett eines jungen Mannes, wie du es bist, als für das meine. Sie langweilte sich mit mir. Hab keine Sorge, wir sind darüber beide erleichtert.«
»Ich danke dir. Aber du weißt auch, daß ich diese Nacht mit Caitli verbringen wollte und nicht mit Tyrò. Auch sie weiß das, und auch der König und Velvur wissen es.«
»Eine Sklavin für eine Königin. Ist es das, Larth, was dir die Ruhe raubt?«
Larth schwieg. Er hatte nicht geglaubt, daß ihm das so leicht anzumerken war.
»Der König hat deine Strafe entschieden. Deshalb habe ich auf dich gewartet«, fuhr Laris fort.
Larth schwieg noch immer, und der Vater schüttelte leicht resigniert den Kopf wie jemand, der, nachdem er mit aller Kraft eine Sache bekämpft hat, deren Vollzug nun hinnimmt, ohne sich weiter darüber äußern zu wollen.
»Velvur hat den König um Erlaubnis gebeten, dich für eine Zeitlang mit sich zu nehmen, und der König hat zugestimmt.«
»Wie lange?« Larths Stimme zitterte kaum merklich.
»Eine Jahreszeit . . . vielleicht auch zwei oder drei, solange wie es nach

Velvurs Urteil für deine Ausbildung nötig ist. Ihr werdet in einer Woche abreisen, und bis dahin wirst du im Palast nicht mehr empfangen werden.«
»Ich werde ein Krieger sein und ein König, kein Hohepriester!« widersetzte sich Larth bitter.
»Ein König muß das alles sein. Nur so, wenn du Krieger und Hohepriester in einem bist, wirst du auch König sein«, erwiderte Laris ruhig.
Larth schwieg, und Laris erhob sich, um den Raum zu verlassen.
»Warum hat Velvur uns das angetan?« hielt Larth ihn zurück.
»Caitli fühlt sich noch nicht bereit dazu, das Bett mit dir zu teilen, und du bist noch nicht bereit, König zu sein. Warum Velvur dich mit sich nehmen will, mußt du ihn selbst fragen. Aber vergiß nicht, er sieht, was wir nicht sehen können, und erkennt in den Zeichen der Götter das verwobene Muster unseres Schicksals, das wir nicht ändern können.«
Larth setzte sich auf den Bettrand, und die Flamme in der Lampe loderte leicht auf.
Caitli ist sehr wohl bereit, mir das zu geben, was mir Tyrò gegeben hat, und noch viel mehr. Das hat mir ihr Mund gesagt, ihr Körper und ihr Herz. Warum tut Velvur uns das an? dachte Larth und vergaß dabei, daß es für ihn verboten war, bis zu seiner Abreise den Palast zu betreten, und er sie deshalb nicht mehr wiedersehen würde.
»Ich werde Tyrò für dich rufen lassen«, sagte sein Vater. »Du kannst sie bis zu deiner Abreise bei dir behalten. Aber vergiß nicht, bei deiner Rückkehr wirst du sie hier nicht mehr vorfinden, selbst wenn du nur eine Jahreszeit wegbleiben solltest. Obwohl sie ein Geschenk des Königs ist, werde ich sie sofort nach deiner Abreise verkaufen.« Dann verließ er den Raum. Doch Larth war ganz in seine Gedanken versunken und hatte ihm schon nicht mehr zugehört. Er behielt Tyrò bei sich und lernte von ihr Dinge, die er nicht einmal zu träumen gewagt hätte, ganz so wie es die Magd vorausgesagt hatte. Aber, so merkwürdig es ihm auch vorkam, nach seiner Abreise vergaß er sie sofort. Und wenn er sich in den vier langen Jahren, die Velvur ihn von Tarchna fernhielt, an die Liebe erinnerte, dann dachte er dabei nur an Caitli.

4.

Der Wind, der über das Meer in Richtung der Küstenstraße und den reichen Quartieren der Händler von Pyrgi, der stolzen Hafenstadt von Xaire, strich, schien die Klänge und Stimmen des Todes mit sich zu tragen. Der Himmel hatte sich bedeckt, und die Wolken, die über das Meer herübertrieben, versprachen Sturm.
Trotzdem zog die festliche Prozession vom Palast zum Tempel der Göttin Uni, und eine große Menschenmenge säumte den Zug, der von König Aucnus von Xaire und König Tarchon von Tarchna angeführt wurde. Der Re Supremo war mit seiner Königin gekommen, um der Göttin für die unerwartete Schwangerschaft Ramthas zu danken.
Für das Kind, das sie unter dem Herzen trug, hatten alle Haruspizen vorausgesagt, daß es männlichen Geschlechts sei, und König Tarchon war sich der Gunst der Götter sicher. Sogar Velvur war rechtzeitig zurückgekommen, um als Großer Trutnot der Prozession beizuwohnen, und hatte endlich auch Larth wieder mit nach Hause gebracht. Doch der große, schlanke junge Mann mit den undurchdringlichen Gesichtszügen an seiner Seite, dessen wachem Blick scheinbar nichts entging, erinnerte kaum noch an den Jungen, den alle noch im Gedächtnis hatten. Ein Mann mit knapp bemessenen Bewegungen, in sich verschlossen und wie umgeben von einer dunklen, machtvollen Aura, schien über den ungestümen und impulsiven Jungen die Oberhand gewonnen zu haben. Keiner der jungen Leute, die früher mit ihm zusammen gewesen waren, wagte es auch nur, sich ihm zu nähern, um ihn zu begrüßen.
Larth suchte mit seinem Blick Caitli, und ihre Augen trafen sich im selben Moment, in dem Caitli wieder dieses beklemmende Gefühl, das über das Meer zu kommen schien, in sich aufsteigen fühlte.
Sie erbleichte, als sie an ihm vorbeischritt, aber in der festlichen Pro-

zession ging Caitli noch vor dem König, und so mußten sie sich auf diesen einen kurzen Blick beschränken. Die Musik der Flöten und die letzten Rufe der Menge übertönten nun das Raunen der Schatten, die drohend über das Meer kamen. Im Hafen hatten mehr als zwanzig Holkades, mit eingezogenen Segeln und Laderäumen randvoll mit Waren, festgemacht, die von weitem fast wie schwarze Unheilsvögel aussahen, die nur darauf zu warten schienen, sich auf ihre Beute zu stürzen.

Der Zug hatte nun den Vorhof des Heiligtums erreicht und verteilte sich um das große Becken für die rituellen Waschungen. Nur Velvur, König Tarchon und die Königin mit den beiden Töchtern schritten auf das Eingangsportal des Tempels zu, um das Opfer zu bringen, das Erstgeborene der Frühlingslämmer, das Thanaquil im Arm hielt. Das Mädchen schritt langsam und ganz versunken in die Aufgabe, die ihr anvertraut worden war, vor der Mutter her.

Sobald das Portal des Tempels sich hinter ihnen geschlossen hatte, umfing sie ein kaltes Schweigen. Nur die Flammen in den Feuerbecken, die den Weg bis zur Statue der Göttin Uni säumten, der Herrin über Geburt und Herdstätten, verbreiteten ein helles und warmes Licht. Aus dieser Entfernung schien die Statue wie umflort zu sein, aber mit jedem Schritt wurden ihre Umrisse klarer und deutlicher erkennbar.

Der Tempel war prunkvoll ausgestattet. Die Wände waren mit Blattgold überzogen, und auch die Lampen und die Krüge mit duftenden Ölen waren aus purem Gold. Schwere phönizische Teppiche bedeckten den Boden aus schwarzem Stein und verhüllten, purpurfarben und golddurchwirkt, den Portiko der Priesterinnen, der zu dem Teil des Tempels führte, in welchem die Männer ihre Gaben und ihren Samen der Göttin darbrachten.

Vielleicht ist es deshalb, dachte Caitli. Diese kalte Pracht ist aus dem Reichtum der Männer entstanden. Sie spricht von ihrer Macht und nicht von der Macht der Göttin und ihrer Gegenwart. Hier verbindet kein göttliches Band den Stein mit der Erde oder den Menschen mit dem Himmel. Ein leichter Schauer überlief sie. War es wirklich nur der Tempel, der ihr diese Gedanken eingab? Oder war es nicht vielmehr der Blick aus Larths Augen, der sich nach so langer Zeit, und nur so kurz, in die ihren gesenkt hatte? Diese tiefblauen, dunklen Augen, die für sie kein Geheimnis bargen, hatten sie in diesem kurzen Augenblick in Be-

sitz genommen, als hätten sie es schon hundertmal getan. Und das Glück über diesen Besitz war von ihm ausgeströmt wie ein unbekannter Duft.
Caitli hielt den Atem an. Das Glücksgefühl, das sie dabei durchdrungen hatte, war nichts anderes als die Widerspiegelung eines starken Stromes der Macht gewesen. Die Zeremonie hatte begonnen. Thanaquil hatte das Lamm überreicht, und Caitli spürte, wie sich plötzlich wieder dieses beklemmende Angstgefühl in ihr ausbreitete. Larths Bild verschwand vor ihren Augen, und in der lodernden Flamme des Feuerbeckens, das ihr am nächsten stand, erschien plötzlich das Gesicht eines unbekannten, brüllenden Mannes, der ein blutiges Schwert in der Hand hielt.
Erschrocken wich Caitli einen Schritt zurück. Außer ihr schien niemand etwas gesehen oder gehört zu haben. Aber der Große Trutnot, der bis zu diesem Moment etwas abseits gestanden hatte, kam nun auf sie zu.
»Folge mir!« befahl er kurz und schritt ihr voran. Ohne noch einen weiteren Blick auf das Gesicht und das Schwert in der Flamme zu werfen, folgte ihm Caitli schweigend. Sie durchquerten einen Durchgang, der ein wenig abseits im Halbdunkel lag, und erreichten eines der Gemächer, die den Priesterinnen vorbehalten waren. Es war ein großer Raum, der ebenso prunkvoll ausgestattet war wie der Tempel. Ein Dutzend Clinai stand im Kreis um ein großes Feuerbecken angeordnet, in dem sonst duftende Kräuter und Öle verbrannt wurden. Jetzt jedoch brannte kein Feuer, und das Gemach war leer.
Caitli schaute sich um. Über die Clinai waren weiße Leinentücher gebreitet, und in kostbaren Pokalen auf bronzenen Feuerstellen, die wie der Schlund einer Chimäre geformt waren, stand gewürzter Wein bereit.
Sicher war sie die erste Frau, die nicht der Göttin geweiht war, die diesen Ort sah.
Velvur legte seine Insignien, den gebogenen Stab, den hohen, spitzen Hut und den kostbaren Mantel ab, die er als Großer Trutnot bei den Zeremonien immer trug. Dann betrachtete er sie eine Weile schweigend, um herauszufinden, wie sehr sie sich in den Jahren seiner Abwesenheit verändert hatte. Caitli war groß, schlank und geschmeidig wie ein Schilfhalm. Ihre Haut hatte einen goldenen Schimmer, und ihr Gesicht war vollkommen ebenmäßig unter der Flut der dunklen Haare, in die das Licht kupferfarbene Reflexe zauberte. Nichts an ihr erinnerte

an die sinnliche Weichheit der Königin, und die purpurfarben bestickte weiße Tunika unterstrich noch den Hauch von Entrücktheit, die ihr die Besonderheit ihres Wesens verlieh.

Sie ist wie eine Quelle, dachte Velvur. Eine lebendige Flamme göttlicher Macht ... Eine gut gehütete jedoch, ein Hort puren Kristalls. Larth wird die Zeichen erkennen müssen.

Dann deutete er ein kleines Lächeln an.

»Such hier nicht die Göttin, Caitli. Die Priesterinnen hier sind nichts anderes als heilige Huren, die sich mit dem freikaufen, was die Gaben an den Tempel ihnen übriglassen.«

»Warum dann also diese Pilgerreise?«

»Weil es oft die Gewohnheiten sind, die einem Ort eine Weihe zusprechen, die er eigentlich gar nicht besitzt. Vor langer Zeit, als Pyrgi noch nicht die Stadt war, die sie heute ist, ließen sich hier einige phönizische Händler nieder. Sie brachten ihre Göttin Ishtar mit und erkoren sie zu ihrer Beschützerin. Keiner wagt es, den Bereich eines Tempels zu entweihen, selbst die Piraten scheuen davor zurück. Diese Phönizier also haben hier den Handel begonnen, und wir haben ihn dann später weiter ausgedehnt. Ishtar aber ist keine andere als unsere Göttin Uni, die auf diese Weise auch zu unserer Beschützerin wurde. So ist auch uns dieser Ort heilig geworden.«

»Sicher, aber da mein Vater auch der Erste unter den Königen ist, hat ihn König Aucnus von Xaire überzeugt, diese Pilgerreise anzutreten. Er wollte ihn als seinen Gast begrüßen, um Tarchna und den Städtebund um Hilfe gegen die focesischen Piraten zu bitten, die seit Beginn des Frühlings schon acht seiner Schiffe zerstört haben«, stellte Caitli ruhig fest.

Velvur nickte zustimmend. Die Königin hatte sich noch nie mit Regierungsangelegenheiten beschäftigt, das konnte Tarchon von seiner schönen Erbin nicht behaupten. Dann führte er sie zu einem der Clinai, hieß sie sich niedersetzen und schaute ihr mit einem fast abwesenden Ausdruck fest in die Augen.

»Was hast du in der Flamme gesehen, Caitli?«

Seine Stimme hatte einen tiefen, einschläfernden Tonfall angenommen, ein gleichmäßiges, sanftes Murmeln, das die Gedanken und die Zunge löste. Er benutzte nur sehr selten und nur sehr ungern diese Fähigkeit, denn es widerstrebte ihm, den Willen eines anderen Wesens zu beeinflussen. Zudem war ihm nur allzusehr bewußt, daß auf diese Weise im Gegenzug auch die Ängste und Nöte des anderen in ihn eindrangen. Nicht immer gelang es ihm, das zu ertragen, ohne dabei selbst Schaden zu nehmen. In den Jahren seiner Jugend hatte er oft darunter gelitten und hart bezahlt für diese Fähigkeit, die von denen, die ihre Schattenseite nicht kannten, so sehr beneidet wurde.

»Tod«, murmelte Caitli. »Tod, der vom Meer kommt.«

»Tod also ... Auch ich habe es gespürt. Während der ganzen Dauer der Prozession lag etwas Unheimliches und Drohendes in der Luft. Tod, der vom Meer kommt! Ich werde König Aucnus warnen, daß er die Wachen und die Posten im Hafen verstärkt.«

Caitli antwortete nicht. In diesem leeren Raum, der mit der Zeremonie im Tempel so gar nichts zu tun hatte, fühlte sie sich plötzlich so beklommen, als wäre sie in einer Gruft eingeschlossen, und das Bedürfnis nach den luftigen Hügeln von Tarchna und der Heiterkeit und Ruhe ihres Palastes stieg in ihr auf.

Velvur streifte ihre Stirn leicht mit den Fingerspitzen und löste damit die Spannung. Dann sagte er, um sie zu zerstreuen: »Ich habe gehört, man sagt von dir, du seist inzwischen in der Heilkunde schon besser als dein Lehrmeister.«

»Wenn das so ist, dann ist es allein sein Verdienst«, antwortete ihm Caitli, und Velvur nickte. Er hatte seine Schülerin gut erzogen, hatte all sein Wissen und seine Bildung an sie weitergegeben, aber er hatte immer gewußt, daß sie ihn eines Tages überflügeln würde. Und dieser Zeitpunkt näherte sich nun mit großen Schritten. Anders als er brauchte Caitli nun nicht mehr zu fragen.

»Wollen wir von Larth sprechen? Willst du?« schlug der Große Trutnot ihr vor.

Caitli nickte, und ihr Blick verlor sich in der Ferne. Auch Larth würde heute abend auf einem dieser Clinai sein, um seinen Obolus an eine Hure zu entrichten. Er war es, der dem König am nächsten stand, und er würde ihn deshalb ganz sicher, zusammen mit den anderen Männern des Adels von Tarchna, bei dieser bedeutenden und heiligen Zeremonie begleiten.

Wie kann ich mich gegen etwas auflehnen, das nicht zu ändern ist? dachte sie, kann es denn sein, daß eine Hure, die sich auf diese Weise ein Stückchen Freiheit erkauft, glücklicher ist als ich?

»Larth hat in den vier zurückliegenden Jahren viel an sich gearbeitet, Caitli«, fuhr der Trutnot fort. »Sein Geist war schon immer sehr stark, und wir beide wissen das besser als jeder andere. Aber nun ist er gehärtet wie glühendes Eisen im Eiswasser. Er ist Krieger gewesen, Reisender, Eremit, Schüler und Lehrer. Er ist zwar noch jung an Jahren, aber nicht an Erfahrung, und das unterscheidet ihn von den Männern, die er führen wird. Doch seine Einsamkeit ist ein Abgrund, der ihn von allen trennt. Nur du allein kannst ihn überbrücken. In all diesen Jahren bist du immer an seiner Seite gewesen. Keines der Mädchen, die sein Bett mit ihm geteilt haben, hat ihm je etwas bedeutet und trug doch gleichzeitig immer deinen Namen. Du hast sein Schicksal an das deine gebunden, als du noch ein Kind warst. Nun habe ich dir einen wahren König zurückgebracht. Was aber sagst du mir über die, die seine Königin werden soll?«

»Ich werde ihn nach dem Bankett sehen. Wenn ich wirklich seine Königin werden sollte, dann wird es in dieser Nacht sein, und dann wirst du ihn hier nicht sehen.«

In ihrer Stimme klang tiefe Erregung mit, aber trotzdem war sie fest und nur unmerklich getrübt von einer Spur Verzweiflung, die die junge Frau mit zu Fäusten geballten Händen vor der Brust in sich verschlossen zu halten suchte.

»Du mußt auf die Zeichen hören, Caitli!« mahnte Velvur.

Ein bitteres Lächeln umspielte Caitlis Lippen. »Hab keine Angst«, antwortete sie ihm. »Oder hast du uns etwa nicht nur deshalb getrennt, weil du den Zeichen nicht mehr ausweichen konntest?«

Velvur nickte zerstreut und begann widerwillig, seine Insignien wieder anzulegen. Er trug nicht gerne die Symbole seiner hohepriesterlichen Würde, denn es schien ihm fast so, als würde er sich damit des Hochmuts schuldig machen. Der Hochmut aber entfernte ihn von der wahren Macht, ohne die auch diese Symbole ohne Bedeutung waren. Aber selbst wenn einige kluge Köpfe diesen Zusammenhang verstehen mochten, das einfache Volk brauchte diese sichtbaren Symbole, denn nur so konnten sie im Gedächtnis aller haftenbleiben.

Er seufzte. Diese beklemmende, dunkle Furcht begann nun auch von ihm Besitz zu ergreifen.

Gemeinsam kehrten sie in den Tempel zurück, wo die Zeremonie inzwischen beendet war. Die Priesterinnen hatten sich zurückgezogen, und die Diener waren dabei, die Reste des geopferten Lammes und die goldenen Pokale zu entfernen, in denen das Blut aufgefangen worden war. Draußen hatte ein stürmischer Wind die Wolken weggeblasen. Der Vorhof des Tempels lag jetzt im gleißenden Sonnenlicht da, und der Zug begann sich langsam wieder zu formieren, um in den Palast von König Aucnus zurückzukehren, begleitet von Musik und Ehreneskorte.

Der Abend war schon fortgeschritten, das Bankett hatte seinen Höhepunkt erreicht, und die Tänzerinnen vollzogen die uralten Bewegungen der Geburt des Frühlings. Der Saal im Palast von Aucnus erstrahlte im Licht unzähliger Fackeln und hallte wider vom Reden und Gelächter der Gäste. Bei Anbruch der Nacht war ein kurzer, erfrischender Regenschauer niedergegangen, und die feuchte Luft war mit den Gerüchen der Stadt gesättigt. Der Wind blies vom Meer. Larth nahm einen tiefen Atemzug. Er hatte das Bankett verlassen und schritt nun, in Gedanken versunken, auf eine der zum Meer abfallenden Terrassen zu. Velvur hatte ihm von dieser unsichtbaren Gefahr erzählt, die zwischen Meer und Land zu schweben schien, und Larth konnte sie mit derselben Leichtigkeit wahrnehmen, mit der er die Beute in der Falle witterte oder den Feind, der sich einem Versteck näherte. Doch Aucnus hatte die Warnung eher leicht genommen. Er hatte zwar die Wachposten am Meer verstärkt, aber die Stadtwache hatte er nicht in Alarm versetzt, um die Händler nicht aufzuschrecken, die sich gesorgt hätten um ihre Ware, und alle Adeligen seiner Stadt waren beim Bankett anwesend.

Aber selbst Larth mußte sich eingestehen, daß diese dunkle, düstere Bedrohung in diesem Moment der letzte seiner Gedanken war, denn Caitli war ihm gefolgt und an seine Seite getreten. Im goldenen Licht der Feuerbecken, die auf den abfallenden Stufen der Terrassen verteilt waren, betrachtete er den Umriß ihrer schlanken Gestalt. Dieser Umriß schien ihm kaum mehr zu sein als der Schatten, der für so lange Zeit in Form anderer Gesichter und anderer Körper an seiner Seite gewesen und das Bett mit ihm geteilt hatte.

»Vielleicht träume ich ja immer noch«, murmelte er mit einem kleinen Lächeln und blieb stehen. Auch Caitli blieb stehen.

»Wovon träumst du denn?« fragte sie leise.

»Von dir, Caitli. Von dir, die neben mir steht.«

Larth setzte sich auf die niedrige Mauer, die die obere Terrasse von der darunterliegenden trennte, und Caitli stellte sich neben ihn. Das Pech im Feuerbecken, das die Stufen beleuchtete, brannte mit einer hoch auflodernden Flamme, die leicht vom Wind gebeugt wurde. Eigentlich hätte an dieser Stelle eine Wache aufgestellt sein müssen, aber in diesem Moment waren ihre Gedanken woanders.
Caitli hatte ihre Hand auf seine Schulter gelegt, Larth legte die seine über ihre, und für einen kurzen Augenblick schien es Caitli so, als ob Himmel und Erde den Atem anhalten würden. Die Musik, die Stimmen und Geräusche des Banketts, die Stimmen des Meeres und der Angst, alles das hatte sich in ein Nichts aufgelöst.
Larth zog sie an sich, umschlang sie und hielt sie lange in seinen Armen. Caitli fühlte den kalten Opal auf ihrer Brust und die warmen Hände Larths, die ihr das Gewand abstreiften, seinen Mund auf ihren Augenlidern, auf ihren Lippen, der zu ihrer Schulter hinabglitt, und ein Schauer überlief ihre Haut.
In diesem Moment erbebte die Erde. Zuerst nur mit einer leichten Vibration, einer kaum spürbaren Erschütterung. Larth hielt sie noch immer in seinen Armen. Seine Lippen streiften nun über ihre Brust, und seine Hände glitten an ihrem Körper entlang über ihren Leib, um ihr das Hüfttuch zu lösen.
Da bebte die Erde zum zweitenmal, und dieses Mal mit dem langen, dumpfen Brüllen eines verletzten Tieres. Caitli stieß einen Schrei aus und stieß ihn von sich.
»Die Zeichen. Du mußt auf die Zeichen hören!«
So hatte Velvur gesagt, und mehr als der Trutnot es je ahnen konnte, hatte sie es immer selbst gewußt.
Mit dem Rücken dem dunklen Rauschen des Meeres zugewandt, kniete sie sich in den Sand, und ein heftiger Schmerz zerriß ihr das Herz. Warnschreie drangen aus der Stadt und dem Palast an ihr Ohr. Aber um sie herum schienen die Leere und Dunkelheit so vollständig, als wäre dieser Ort herausgehoben aus Raum und Zeit.
Larth hatte sich, gleichgültig den entfesselten Naturgewalten gegenüber, neben sie in den Sand gekniet, sich seiner selbst und ihrer sicher, und auch dem Schicksal gegenüber, das in diesem Moment so greifbar nah und so leicht bezwingbar erschien.
Nun beugte er sich über sie und streckte ihr seine Hand entgegen.

»Willst du meine Königin sein? Jetzt und hier, für die Erde, das Meer und für alle Ewigkeit?«

Nicht mehr als der Bruchteil eines Augenblicks, tief und dunkel wie ein Abgrund, trennte sie noch von Larth, und alles in ihr schrie nach ihm.

Doch Caitli richtete sich auf, berührte seine ausgestreckte Hand mit den Fingerspitzen und griff dann nach ihrem Gewand.

»Nein.« Ihre Stimme war nur ein Hauch in dieser Leere und Dunkelheit, und Larth erstarrte.

»Warum?« fragte er. »Du warst heute ebenso bereit dazu wie an dem Tag, an dem Velvur uns getrennt hat. Warum, Caitli, sag mir, warum!?«

Caitli sah ihn regungslos an.

»Hast du nicht die Stimme der Erde gehört, Larth? Hörst du nicht die Stimmen dieser Nacht? Aus dieser Nacht wird nichts geboren werden, nichts, das mit Freude und ohne Angst in Erinnerung bleiben wird. Die Zeichen, Larth, höre auf die Zeichen!«

Larth zog sich von ihr zurück und erhob sich. Nur zu gut kannte er diese Caitli, die jetzt zu ihm sprach. Verwandelt und von einer so fremden Schönheit, daß sie fast nicht mehr sie selbst zu sein schien ... Keiner kannte sie besser als er, und keiner würde sie jemals besser kennen!

Er half ihr aufzustehen, strich ihr das Gewand glatt und streifte mit seinem Mund ihre bebenden Lippen.

»Auch die Zeichen werden eines Tages vergessen sein, Caitli. Glaube mir, auch sie werden eines Tages vergessen sein«, murmelte er, und seine Gesichtszüge wurden hart.

»An diesem Tag, Larth, und erst an diesem Tag, werden wir wirklich ausgelöscht sein«, antwortete ihm Caitli. Dann ließ sie ihn alleine und kehrte zum Bankett zurück. Das Erdbeben hatte zwar den Tanz beendet, aber außer ein paar Steinbrocken, die aus den Gewölben gebrochen waren, hatte es keinen größeren Schaden angerichtet. Die kurzen Momente der Panik wurden schon überall wieder von fröhlichen Stimmen übertönt, fast so, als ob nichts geschehen wäre. Doch Caitli hielt sich, von Kummer erfüllt, abseits und nahm keinen Anteil am fröhlichen Treiben des Festes.

Etwas später beobachtete der Große Trutnot den Zug der Opfernden im

Tempel der Göttin Uni aus einer Nische heraus, in der er sich verborgen hatte. Die Nacht war schon weit fortgeschritten, und die Haruspizen hatten sich auf dem Vorhof des Tempels versammelt, der von den Flammen der Fackeln, die die Diener aus dem Palast von Aucnus trugen, taghell erleuchtet war.

So fiel es Velvur nicht schwer, die Gesichter all derer zu erkennen, die in den Tempel eintraten. Gleich unter den ersten entdeckte er, direkt hinter König Tarchon, Larth, der einen ruhigen, aber schmerzerfüllten Eindruck machte. Die Zeichen zu erkennen und sich ihnen zu beugen, heißt nicht das Leiden auszuschließen, dachte Velvur bei sich und verließ kurz darauf den Tempel. Er hatte dort nichts mehr zu suchen. Schon seit langer Zeit hatte er ein stilles Abkommen geschlossen mit der Herrin, die an diesem Ort verehrt wurde, und ihre Gebräuche quälten ihn nicht mehr. Im Gegenteil, er hatte längst Frieden mit sich geschlossen. Sein Verstand war klar, sein Geist befreit und von einer tiefen Ruhe erfüllt. Wenn er sich an die Zeiten erinnerte, in denen ihn die Leidenschaft überwältigt hatte, dann konnte er sie nur noch als einen Umweg betrachten auf dem Weg, der ihm vorbestimmt war. Von dem jungen Trutnot, der an den heiteren Gestaden des Sees Prile und in der strengen Disziplin des Tivrit aufgewachsen war, war nur noch ein Abglanz übriggeblieben. Er hatte Frieden mit sich geschlossen und hielt die Kräfte des Kosmos in seinen Händen.

»Doch alle unsere Kräfte werden uns nicht retten«, murmelte Velvur und spürte im selben Augenblick das erneute Beben der Erde, kaum daß er seinen Fuß auf den Vorhof des Tempels gesetzt hatte. Es war nur eine leichte Erschütterung, zusammen mit einem kaum wahrnehmbaren, weit entfernten Grollen.

Ein Nachtvogel flog mit hastigem Flügelschlag und angsterfülltem Schrei an ihm vorbei, und er dachte: Kann es sein, daß nun das Beben der Erde auch die Luft erfaßt hat? Dann verließ er den Tempelbezirk und schritt unerkannt die Hauptstraße entlang, die schweigend dalag, um auf seinem Weg den Stimmen der Steine und des Windes zu lauschen und ihnen ihre Wahrheit zu entlocken.

Doch die Nacht war voller Angst.

5.

Als Caitli im Morgengrauen die Augen öffnete, schien der Tod seine kalten Flügel ausgebreitet zu haben. Es war kurz vor Sonnenaufgang, und sie konnte ihn fast körperlich spüren. Er hatte einen Geruch, eine Form, eine Stimme, unsichtbar, und doch so gegenwärtig, daß Caitli das Gefühl hatte, nur die Hand ausstrecken zu müssen, um ihn berühren zu können. Ein eisiger Hauch, der das ganze Universum, das aufsteigende Licht und die Sonne zum Stillstand zu bringen schien, hatte sie gestreift.

Für einen Augenblick blieb sie regungslos liegen. Das kleine Gemach im Palast von Pyrgi, das sie mit ihrer Schwester Thanaquil als Gast bewohnte, war kalt und von einem grauen Dämmerlicht erfüllt, das durch den schmalen Säulengang drang, der den Palast in Richtung der zum Meer abfallenden Terrassen begrenzte. Nur die fast erloschene Glut in einem Feuerbecken warf noch einen schwachen Widerschein. Neben der Türöffnung, die von einem Vorhang bedeckt war, der sich im Wind blähte, schlief eine Magd. Es herrschte vollkommene Stille.

Caitli glitt aus dem Bett und näherte sich Thanaquil, die unruhig, mit angespanntem Gesichtsausdruck und fest geschlossenen Lippen, die wie zum Weinen verzogen waren, im Bett neben dem ihren schlief.

Caitli streifte ihre Stirn leicht mit den Fingerspitzen. Auch du, Schwester, dachte sie, auch du hast diese Gabe von den Göttern erhalten . . . Aber mit dir wird sie sanfter sein, von dir wird sie weniger fordern.

Dann wandte sie sich dem Ausgang zu, stieg über die Magd weg und befand sich unter dem Säulengang. Von hier aus waren im ersten Licht des Tages nur undeutlich die Terrassen zu erkennen. Dahinter lag, in dichten Dunst gehüllt, das Meer. In Gedanken versunken ließ Caitli ihren Blick schweifen und sah plötzlich, wie schattenhafte Gestalten über die am tiefsten liegende Terrasse huschten. Kurz darauf tauchten auf einem der Durchgänge, die in Richtung der Innenhöfe führten, weitere Gestalten auf. Einige von ihnen schienen fast nackt zu sein, andere wiederum trugen kurze Mäntel und einen Brustschutz aus Leder.

Lautlos zog sie sich wieder ins Innere des Gemaches zurück, wo auch Thanaquil inzwischen wach geworden war und sich im Bett aufgesetzt hatte.

Caitli legte einen Finger an die Lippen, beugte sich dann zu der Magd hinunter und schüttelte sie.

»Steh auf! Bewaffnete Männer sind in den Palast eingedrungen. Du kennst die Gänge und Wege. Lauf und warne die Wachen des Königs!« flüsterte sie ihr zu.

Die Frau setzte sich erschrocken und schlaftrunken auf. Sie war klein und zierlich, und Caitli packte sie unter den Armen und zog sie hoch.

»Lauf!« befahl sie ihr noch einmal. Dann ging sie zu Thanaquil hinüber und zog sie vom Bett, während die Magd nach draußen huschte, um durch einen der Durchgänge den zentralen Flügel des Palastes zu erreichen. Caitli packte entschlossen Thanaquil an der Hand und folgte dann der Magd durch den Säulengang.

Sie waren noch nicht sehr weit gekommen, als ein durchdringender Schrei die Stille zerriß, der von den über dem Säulengang liegenden Terrassen kam. Die Magd blieb verängstigt stehen, aber Caitli packte die Schwester noch fester bei der Hand und zog sie zu einer schmalen Treppe, die vom Säulengang aus zu einer der oberen Terrassen des Palastflügels führte. Hier lagen die Gemächer, die König Aucnus für den Re Supremo und die Königin hatte herrichten lassen.

Dieser Schrei war von Ramtha gekommen.

Auf der letzten Stufe der Treppe angekommen, hielt Caitli für einen Augenblick inne. Die Terrasse war in ein fahles Licht getaucht und lag wie ausgestorben da. Nur der Wind trieb die Ginsterbüschel vor sich her, die noch kurz zuvor das Fest geschmückt hatten.

An der Palastmauer wehte einer der Vorhänge halb heruntergerissen nach draußen, und ein Röcheln unterbrach die Stille.

Mit dem freien Arm schob Caitli die Schwester hinter sich, überquerte dann die Terrasse und näherte sich dem Gemach. Auf der Schwelle angekommen sah sie die Königin. Sie lag auf dem Bett, mit dem Gesicht dem Licht zugewandt. Ihre Augen waren weit aufgerissen und starr, und über ihr lag mit seinem ganzen Gewicht ein Mann. Ein Streifen Blut rann von ihren Lippen und ein anderer aus der Seite, wo das Messer des Mannes sie getroffen hatte. Ramtha war tot, doch der Mann bewegte sich weiter wie rasend in ihr. Thanaquil schrie vor Entsetzen laut auf. Caitli schob sie noch weiter hinter sich, drückte sie in eine Ecke des Raumes und richtete sich dann auf der Schwelle hoch auf.

»So wie du jetzt von dieser Leiche Besitz ergreifst, wird der Tod von dir Besitz ergreifen, wo immer du auch sein magst!« Ihre Stimme hallte eisig in der Stille wider, und der Mann ließ jäh, mit einem fast verstörten Gesichtsausdruck, von Ramtha ab. Aber schon einen Augenblick später war er auf den Beinen, und ein kurzer Blick auf das Mädchen und die junge Frau genügten ihm, um sicher zu sein, daß dieser Tag sein Glückstag war. Die beiden waren eine lohnende Beute. Nachdem er sie selbst genossen hatte, würde er sie in jedem Hafen gut verkaufen können.

Mit einer flüchtigen Handbewegung, als wollte er Caitlis Worte wie ein lästiges Insekt verscheuchen, ging er langsam auf sie zu.

Caitli schob sich von der Tür weg und langsam an der Wand hinter dem Bett entlang. Nach ein paar Schritten stolperte sie über die Körper der Mägde ihrer Mutter, die mit durchgeschnittener Kehle auf dem Boden lagen, und erreichte schließlich die gegenüberliegende Wand. Hier führte eine Tür, die mit einem schweren, reich verzierten hölzernen Riegel verschlossen war, ins Innere des Palastes. Von dort waren noch keine Geräusche oder Warnrufe zu hören. »Flieh nur!« forderte sie der Mann höhnisch heraus und begann sich dann auf Thanaquil zuzubewegen, die sich atemlos und verängstigt in ihre Ecke drückte. »Ich werde inzwischen schon mal bei der Kleinen anfangen!«

Caitli tastete sich langsam vorwärts und fühlte plötzlich hinter sich die Waffen ihres Vaters, die an die Wand gelehnt waren: den königlichen Schild, das lange Ehrenschwert und den kurzen Krummsäbel mit dem kostbar bemalten Elfenbeingriff. Sie entschied sich für den Krummsäbel und ging dann ohne Zögern ihrem Angreifer mit erhobener Waffe entgegen, der so gezwungen war, sich nach ihr umzudrehen, um sie nicht aus den Augen zu verlieren. »Was willst du denn damit?« höhnte der Mann. Ohne den Blick von ihr zu wenden, streckte er eine Hand nach Thanaquil aus und riß ihr mit einem Ruck das Gewand herunter.

Caitli senkte ihren Blick tief in den seinen und murmelte im selben Tonfall, den Velvur bei ihr im Tempel angewendet hatte: »Du bist schon tot.«
Ihre Worte drangen wie Gift in ihren Gegner ein, lähmten seinen Atem und erfüllten ihn mit Angst und Schrecken. Mit einem Ruck stieß er Thanaquil von sich, und in diesem Augenblick erflammte die Klinge des erhobenen Säbels in den Strahlen der aufgehenden Sonne, die durch den zerrissenen Vorhang drangen. Geblendet bedeckte der Mann die Augen mit einer Hand, und im selben Moment stieß ihm Caitli den Säbel mit voller Kraft in die Brust. Diesen Stoß hatte ihr Tefrie, der Waffenmeister, beigebracht, mit beiden Händen am Griff, um die Körperkraft auszunutzen und mit aller Konzentration auf die Klinge, der auf diese Weise größte Kraft verliehen wurde.
Der Mann brüllte auf, bog sich in der Mitte zusammen und sackte tödlich getroffen zusammen. Caitli zog die Klinge heraus, packte Thanaquil an der Hand und zog sie hinter sich her auf die Terrasse hinaus, die noch immer verlassen dalag.
Aus dem Inneren des Palastes waren jetzt Schreie zu hören, und von den darunterliegenden Terrassen stieg Rauch auf. Etwas weiter weg waren im aufgehenden Licht der Sonne die Umrisse der Körper der ermordeten Wachen zu erkennen, die hinter den niedrigen Mauern der Terrassen und neben den Feuerbecken niedergestreckt worden waren.
Und in diesem Augenblick ertönten von der Stadt her endlich die schrillen Trompeten, und fast gleichzeitig war das Hufgetrappel der galoppierenden Pferde der Stadtwache zu hören.
Eine Schar von Männern rannte vom Meer her die unteren Terrassen herauf, und Caitli dachte: Sie werden nicht schnell genug hier sein. Sie werden zu spät kommen. Mit dem erhobenen Krummsäbel in der Hand stellte sie sich schützend vor Thanaquil.

Larth öffnete die Augen. Ein Gefühl, als ob ihn etwas gestreift hätte, hatte ihn geweckt. Aber vielleicht hatte er ja auch nur geträumt. In dem winzigen Gemach war die Luft heiß und stickig. Durch die halbgeöffneten Vorhänge konnte er in den saalartigen Raum sehen, in dem sie zuvor Wein getrunken und der Musik gelauscht hatten, bevor sie sich dann zum letzten Teil der Zeremonie zurückgezogen hatten.

Er setzte sich auf, und sein Blick fiel auf den Körper der Priesterin, die an seiner Seite schlief. Ihre hell gebleichten Haare lagen ausgebreitet um ihren Kopf, die Brustwarzen waren golden bemalt, und bis auf die Schatten, die das flackernde Licht der schon fast erloschenen Öllampen auf sie warf, war sie nackt. Sie war schön, so wie alle Priesterinnen der Göttin, und scheinbar alters- und namenlos. Kein Wort hatte Larth von ihr gehört, nur einen leisen Aufschrei, als er ihr seinen Samen als Opfer für die Göttin gegeben hatte. Ansonsten hatte sich der Ritus schweigend vollzogen. Larth wußte, daß auch der Schrei nur ein Ritual war, ein Ausdruck des Dankes, aber er hatte ihn trotzdem beruhigt und beschwichtigt.

Jetzt jedoch war seine Kehle trocken und sein Kopf schwer, seine Haut war mit Schweiß bedeckt, und ein Gefühl von Unruhe ließ ihm kalte Schauer über den Rücken laufen. Angst überfiel ihn.

»Aus dieser Nacht wird nichts geboren werden, nichts, an das man sich mit Freude und ohne Furcht erinnern könnte ...«, hatte Caitli gesagt.

Diese Worte schienen nun unvermittelt einen neuen Klang zu bekommen, der in Larths Geist immer und immer widerhallte, und plötzlich fühlte er Caitlis Gegenwart fast körperlich. Die junge Frau an seiner Seite bewegte sich unruhig im Traum.

Larth verließ das Bett, zog rasch seine Tebenna über und ging in den Saal zurück und von dort in den Tempel. Kaum war er dort angekommen, hörte er, wie jemand laut an das Hauptportal klopfte, durch dessen obere Ritze ein schwacher Lichtschimmer in den Tempelraum drang. Er schaute sich um und sah vor einem der Seitenportale einen Mann liegen, der zu Aucnus' Wache gehörte. Ein kurzes Schwert steckte in seinem Leib, und er lag mit dem Rücken zum Portal, das er mit letzter Kraft geschlossen haben mußte.

Larth ging zu ihm hinüber und kniete neben ihm nieder. Er war noch warm, und die Wunde hatte eben aufgehört zu bluten. Mit der Hand schloß er ihm die Augen.

Verzeih mir, wenn ich dir nicht die letzte Ehre erweise, dachte er und zog das Schwert aus der Wunde. Es würde zwar nicht sein eigenes sein, welches er, dem Brauch gemäß, im Palast zurückgelassen hatte, aber es war besser als gar nichts. Dann öffnete er das schmale Seitenportal und schlüpfte hinaus.

Einer der Diener des Königs Aucnus stand vor dem Hauptportal und versuchte noch immer, sich Gehör zu verschaffen. Er war es gewesen, der mit aller Kraft gegen das Portal geschlagen hatte.
Als ob plötzlich aus dem Nichts eine wilde Meute über sie hergefallen wäre, lagen überall auf dem großen Vorplatz die Leichen der nach den Feiern im Schlaf überraschten Diener verstreut. Nur in der Nähe zum Eingang des Vorhofes leistete noch ein kleiner Teil der Wache der beiden Könige Widerstand. Die Angreifer hatten sie umzingelt und zusammengetrieben, damit sie in der Stadt, in der alles noch ruhig war, keinen Alarm auslösen konnten.
Larth packte den Diener am Arm und zog ihn durch das Seitenportal ins Innere des Tempels. Der Mann hatte eine leichte Verletzung auf einer Gesichtshälfte, ein Schwertstreich, von dem sein Angreifer sicherlich gedacht hatte, er sei tödlich.
»Sie sind vom Meer gekommen, Herr«, stammelte er mit zitternden Knien und klammerte sich in Larths Tebenna fest. »Es war noch dunkel! Sie haben sich aus dem Nichts auf uns gestürzt ... Wir ... Wir schliefen noch alle!«
»Beruhige dich. Und jetzt lauf und alarmiere deinen König!«
»Ich bin nur ein Diener, Herr. Wie kann ich es wagen, in den heiligen Bezirk der Göttin einzutreten?«
»Weil ich es dir befehle!« herrschte ihn Larth ungeduldig an.
Der Mann wich einen Schritt zurück. Dann entschied er sich zu gehorchen, und Larth schlüpfte durch das Seitenportal wieder nach draußen.
Die Morgendämmerung hatte sich in ein milchiges Licht verwandelt, in dem nun die Angreifer um die kleine Schar der noch kampffähigen Wachen klar zu erkennen waren. Es waren focesische Piraten. Viele von ihnen hatten sich bestimmt schon seit Tagen in der Stadt aufgehalten und sich unerkannt zwischen die Händler und die Menschenmenge gemischt, die gekommen war, um dem Re Supremo zu huldigen. Es dürfte für sie nicht allzu schwierig gewesen sein, den besten Weg für den Überfall herauszufinden, dachte Larth und verfluchte den Leichtsinn Aucnus' und auch seinen eigenen. Jetzt erinnerte er sich wieder daran, wie ihm aufgefallen war, daß die Wachen an den Feuerbecken der unteren Terrassen des Palastes gefehlt hatten. Die wenigen, die dort postiert waren, mußten als erste aus dem Weg geschafft worden sein.

Larth setzte sich in Bewegung. Immer auf Deckung bedacht, schlich er über den Vorhof und tauchte dann plötzlich und unverhofft hinter dem Rücken der Angreifer auf, die völlig überrascht waren. Sofort begann er, sich zu den Wachen durchzuschlagen und machte jeden nieder, der sich ihm in den Weg zum Ausgang des heiligen Tempelbezirkes stellte. Von seinem Angriff mitgerissen, begannen sich nun auch die Wachen zur Wehr zu setzen, und schon nach kurzer Zeit hatten sie die Piraten aus dem Vorhof des Tempels hinaus bis zum Strand hinunter getrieben.

Unversehens fand sich Larth im Sand wieder, über sich das Gesicht eines der Piraten. Der Mann war wesentlich älter als er und von sehr kräftiger Statur. Für einen Augenblick lag Larth wehrlos auf dem Rükken, und das Gewicht des Mannes, der das Schwert zum tödlichen Streich über seinen Kopf erhoben hatte, erdrückte ihn fast. Aber im letzten Moment gelang es ihm, sich zur Seite zu rollen. Das niedersausende Schwert streifte an ihm vorbei ins Leere, und im gleichen Moment richtete Larth sich auf und stieß seine eigene Waffe in die Brust des Piraten, der tödlich getroffen zusammensackte. Sofort war Larth wieder auf den Beinen und rannte in Richtung des Palastes, gefolgt von den Wachen.

Dort angekommen schickte er zwei von ihnen vorsichtshalber zum östlichen Tor, auf die andere Seite der Stadt, von wo aus die Straße vom Land her ins Innere der Stadt führte. Hier waren das Tor und die Mauern nur sehr schwer zu erobern, aber durch den Angriff vom Meer her war dieser Schutz nun fast wertlos geworden.

Zwei andere schickte er, um die Stadtwache zu alarmieren, und lief dann, in der Hoffnung, daß der Rest der Wachen der beiden Könige nicht schon ganz vernichtet war, mit dem ihm verbleibenden Häuflein von ungefähr zehn Männern auf den Palast zu.

Von den unteren Terrassen stieg Rauch auf, der von den immer heller werdenden Strahlen der aufgehenden Sonne durchdrungen wurde, und Kampfgeräusche, Schreie und Warnrufe übertönten die morgendliche Stille. Doch jetzt war endlich auch aus der Stadt der schrille Warnruf der Trompeten zu hören und kurz darauf das Galoppieren der Pferdehufe der Stadtwache.

Larth übersprang mit kurzen Sätzen die niedrigen Mauern der Terrassen, ohne sich darum zu bekümmern, ob die Männer der Wache ihm

folgten. Dann lief er ins Innere des Palastes, dessen Wege und Gänge er nicht kannte und der ihm, verglichen mit der strengen Schlichtheit des Palastes von Tarchna, übertrieben groß und protzig vorkam.
Auf seinem Weg stieß er auf die Leichen von ermordeten Dienern und die Spur einer Beute, die vielleicht in der Eile des Beutezuges zu schwer gewesen war. Goldene Pokale und Schmuckstücke lagen in einem der Gänge herum, und dahinter, auf der Schwelle eines der Gemächer lag, nackt in ihrem Blut und leise röchelnd, eine junge Magd.
Larth bog in den zum Meer gerichteten Säulengang ein, lief eine schmale Treppe hoch und befand sich nun auf einer der obersten Terrassen. Er ließ seinen Blick streifen und entdeckte in der gegenüberliegenden Ecke Caitli, die mit dem erhobenen Krummsäbel in der Hand schützend vor Thanaquil stand.
Sofort erhob er sein Schwert und wendete leicht den Kopf. Ein Blick ins Innere des angrenzenden Raumes genügte ihm, um zu begreifen, was passiert war, und er gab den Männern, die ihm gefolgt waren, ein Zeichen stehenzubleiben. »Durchsucht den ganzen Palast«, befahl er ihnen, »und erschlagt alle Piraten, die ihr greifen könnt!«
Langsam ließ Caitli die Waffe sinken. Für einen Augenblick blieb Larth noch regungslos stehen, dann lief er auf sie zu und nahm ihr den Krummsäbel aus der Hand. Er gehörte zu den Waffen des Königs und somit zu seinen heiligen Insignien. Nur für einen kurzen Moment hielt Larth ihn in der Hand, dann legte er ihn Caitli zu Füßen, in Anerkennung ihrer Rechte als Erbin.
Thanaquil begann zu schluchzen, und Caitli ging, um ihr einen der Umhänge Ramthas zu holen. Sie legte ihn um die Schultern der Schwester, drückte sie dann fest an sich und begann sie leise zu trösten. Larth drehte sich um und ging mit gezücktem Schwert auf den Treppenabsatz zu.
Von diesem Schmerz, den Caitli in ihren Armen zu umfangen und zu dämpfen suchte, war er ausgeschlossen. Doch er konnte die Töchter des Königs mit seinem Leben schützen.

Der Überfall auf Pyrgi fand sein Ende, als die berittene Stadtwache von der Hauptstraße zum Tempel her die Stadt mit einem Ring umgab, den die Piraten, nunmehr in der Stadt eingeschlossen, nicht mehr durchbrechen konnten.

Zusammengetrieben zwischen den Mauern der Stadt im Osten und im Süden, der Stadtwache im Norden und dem Meer im Westen und behindert von der schweren Beute, von der sie sich nicht hatten trennen wollen, wurden sie von den langen Lanzen und Schwertern der Wachen durchbohrt.

Die helle Mittagssonne sah keinen einzigen Piraten mehr in Pyrgi, nur noch die Wunden, die sie der Stadt geschlagen hatten, die Toten, die nun beweint, und die Verwundeten, die versorgt wurden. Der Tempel, der mit seinen Reichtümern das letzte und eigentliche Ziel des Überfalls gewesen war, war unberührt geblieben.

Sobald die Kämpfe beendet waren, stürmte der Hauptmann der Wache von König Aucnus mit seinen noch verbliebenen Männern zum Ankerplatz der focesischen Schiffe, die auf die Rückkehr der Piraten mit reicher Beute und Sklaven warteten. Aber als sie dort angekommen waren, mußten sie feststellen, daß die Besatzungen offensichtlich gewarnt worden waren und schon Segel gesetzt hatten. So konnten sie nur noch hilflos vom Ufer aus zuschauen, wie die Schiffe auf dem Meer davonsegelten.

Larth führte den Trauerzug an, der die sterblichen Überreste von Ramtha in ihren Palast in Tarchna überführte. Auf dem zweirädrigen Wagen, der von einem prächtigen, silberbestickten Tuch bedeckt war, lag aufgebahrt der Leichnam der Königin, in weißes Leinen gehüllt und mit dem Purpurmantel bedeckt. Mit vom Schmerz versteinerten Zügen folgte ihr König Tarchon auf dem Pferd.

Doch Tarchon war der Re Supremo, und als solcher mußte er seine Pflichten wahrnehmen. Ramtha war gerade erst in ihrer Gruft beigesetzt worden, als der Palast sich schon wieder der Zusammenkunft der Könige des Zwölfstädtebundes öffnen mußte, die Tarchon die Streitäxte mit der doppelten Klinge überbrachten, wie es die Regeln vorschrieben. Der Vergeltungsschlag gegen die Piraten stand bevor. Es würde Krieg geben auf dem Meer, und die Machtsymbole der Städte wurden dem Re Supremo zu Füßen gelegt, um das Bündnis zu erneuern und zu bekräftigen.

Die Rasna mußten sich verteidigen.

Kurz vor Beginn der Versammlung beobachtete Caitli vom *Gemach der Könige* aus ihren Vater, der in dem kleinen, versteckten Hof vor dem

Altar der Erdmutter Dia niederkniete. In sich versunken und ohne sie zu bemerken, strich er leicht mit den Fingerspitzen über den Stein des Altars, der vom Einschlag des Blitzes geschwärzt war, im Versuch, aus diesem heiligen Ort Kraft zu schöpfen. Aber auch hier fand er keinen Trost, zu viele Erinnerungen und Gefühle stürmten auf ihn ein.
Caitli näherte sich ihm leise und strich ihm sanft mit der Hand über den Kopf. An keinem anderen Ort hätte sie diese Geste gewagt, aber hier, in diesem Moment, begriff sie sich nicht als Tochter des Königs, sondern als Hohepriesterin des Palastes. Tarchon blickte kurz auf, ergriff dann ihre Hand und führte sie an seine Stirn. Auch er sah sie in diesem Augenblick nur als Hohepriesterin.
»Was soll ich tun?« murmelte er kaum hörbar, und seine Stimme erinnerte an die eines Kindes, das zum ersten Mal in seinem Leben nach Rat fragt, mit einer Verzweiflung, die stärker war als jeder Funke Hoffnung.
»Du mußt auf die Zeit vertrauen«, antwortete ihm Caitli, »und König sein für die, die dich gewählt haben.«
Tarchon hob den Kopf und schaute sich um. In diesen Tagen hatte er nur an sich und seinen Schmerz gedacht. Er hatte alles vergessen, was vorher für ihn wichtig gewesen war, und auch jetzt konnte er sich nur mit Mühe daran erinnern.
»Steh auf, mein König!« befahl ihm Caitli und beugte sich zu ihm hinunter, um ihm dabei behilflich zu sein. Tarchon erhob sich mühsam und lehnte sich an den Altar, der über und über von weißen, rosa und gelben Blüten des Asphodelus bedeckt war. Die Blume des Todes, deren Blüten sich nur im Wind öffneten, schmückte nun auch das leere Gemach der Königin und bedrückte sein Herz. Aber dieser schwere Druck, der bisher auf ihm gelastet und seine Sinne gefangengehalten hatte, begann sich nun langsam unter Caitlis Berührung zu lösen. Er stieß einen tiefen Seufzer aus.
»Hohepriesterin meines Hauses«, flüsterte er. »Suche ein Zeichen für mich. Ein Zeichen, das mir sagt, was die Zukunft für mich birgt.«
Caitli wandte ihren Blick vom Gesicht des Vaters ab. Bienen summten, zu früh für die Jahreszeit, in den zarten Blüten des Asphodelus und saugten den Nektar, und das Geißblatt an der Mauer des Palastes stand in voller Blüte. Sein süßer Duft erfüllte die Luft.
Caitli berührte den uralten Stein, und ein Gefühl von Freude durch-

strömte sie. Aber gleichzeitig hatte sie das Empfinden, daß dieses Gefühl nur für sie bestimmt war, für sie alleine. Im letzten Moment unterdrückte sie den Impuls, die Hand auszustrecken und mit den Fingerspitzen die Stirn des Königs zu streifen, denn etwas, das von ihm auszugehen schien, hatte sie verwirrt und dunkel umfangen, etwas, das tiefes Leiden mit sich bringen würde.

»Die jüngste deiner Dienerinnen, Vultha, ist im siebten Monat schwanger von dir. Sie wird dir bald einen Sohn gebären«, sagte sie statt dessen.

»Wird er leben?« murmelte der König.

»Ja, und seine Zeit wird bald kommen.«

Und wegen dieses Sohnes wirst du mich verlieren, und dieses Haus wird keinen König haben, dachte Caitli, aber der schwache Hoffnungsschimmer, den sie in den Augen des Vaters aufglimmen sah, hielt sie davor zurück, ihre Gedanken laut auszusprechen.

Tarchon preßte kurz die Lippen aufeinander und richtete sich dann voll auf. »Du wirst beim Empfang der Könige an meiner Seite sein«, befahl ihr der König und wandte sich zum Gehen, »denn du bist von heute an die Hohepriesterin eines Hauses, das keine Königin mehr hat.«

»Wenn es so geschrieben steht«, murmelte Caitli und folgte ihm.

Larth wartete geduldig, bis Marce Vibenna auch für ihn Zeit hatte. Marce Vibenna, aus dem Geschlecht der Vibenna von Velx, war gerade dabei, die Kommandanten, die seinem Kommando bei dem Vergeltungsschlag gegen die Piraten unterstehen würden, und die jungen Männer der Fürstenfamilien des Städtebundes, die seine Wache bilden sollten, auszuwählen.

Die zweiundzwanzig Kriegsschiffe mit den bedrohlichen Rammspornen aus Bronze am Bug lagen bestens ausgerüstet und zum Auslaufen bereit im Hafen. Die stolzen Schiffe waren an der Mole von Pyrgi festgemacht, direkt neben denen der Händler, die kamen und gingen. Auf der Mole wimmelte es nur so von Menschen. Da waren die Händler, dann die Handwerker, Sklaven, Seeleute und einfachen Soldaten, zu denen sich die Angehörigen der Fürstenhäuser gesellten, und die jungen Männer aus den vornehmsten Häusern des Zwölfstädtebundes, die zum ersten Mal von ihren Familien getrennt sein würden und für die es die erste Gelegenheit sein würde, dem Namen ihrer Familie Ehre zu machen. Er ist anders, er sollte hier nicht anstehen müssen, dachte Marce

Vibenna bei sich, als er Larth in der Reihe der wartenden jungen Männer entdeckte. Vibenna war ein großer und massiger Mann mit grauen Haaren und kühlen, wachen Augen. Der beste Kommandant, den die Rasna seit vielen Generationen hatten, und die Rasna waren seit undenklichen Zeiten die Herren des Meeres gewesen. Viel länger als es sich die Völker, die nun versuchten, ihnen diese Vormachtstellung streitig zu machen, überhaupt vorstellen konnten. Seine Ernennung hatte die Zustimmung aller zwölf Könige gefunden und auch die des Re Supremo, der sie bestätigt hatte.

»Du bist also Larth von Tarchna«, Vibennas Blick verriet nichts von dem, was er dachte, obwohl ihm gefiel, was er sah. Ein gutaussehender junger Mann, mit einem Auftreten, bei dem man sicher sein konnte, auf eine Herausforderung auch die entsprechende Antwort zu erhalten.

»Man hat mir gesagt, daß der Große Trutnot dich unterwiesen hat«, fuhr er dann fort und ließ den Satz in einer Weise offen, als ob er eine Anschuldigung oder dieser Umstand eine Schwäche wäre.

»Ja, ich habe den Großen Trutnot auf seinen Wegen begleitet«, war alles, was Larth ihm darauf antwortete, und Marce Vibenna mußte lächeln. Er irrte sich nie im Urteil über seine Männer, und dieser junge Mann würde ihn nicht enttäuschen.

»Ein Soldat kann nicht immer nur menschlich sein, und ein Mensch nicht immer nur weise. Ich denke, daß diese Wege wesentlich nützlicher für dich waren als alle weiteren Unterweisungen im Kampf.«

Larth empfand eine Antwort auf diese Feststellung als überflüssig, und Vibenna warf einen Blick auf die königliche Fibel, die seine mit schwarzen Spiralen bestickte Tebenna aus weißer Wolle zusammenhielt. Das Symbol des Königs von Tarchna war eine große Verpflichtung. »Diese da«, bemerkte er dann und zeigte auf die Fibel, »solltest du aber lieber ablegen. Da du nicht der Sohn des Königs bist, wird es deinen Gefährten nicht gefallen, einen Fürsten unter sich zu haben, der sich eines Symbols bedient, das nicht das seine ist.«

Larth verzog erstmals sein Gesicht zu einem kleinen, flüchtigen Lächeln und bedeckte die Fibel mit der Hand.

»Vielleicht werde ich das tun«, war alles, was er darauf antwortete, und Vibenna spürte die Faszination dieses Lächelns, das für sich alleine eindrucksvoller war als jede Drohung.

Er deutete zur Mole hin.

»Ich möchte dich zusammen mit meinem Sohn Caile, dem jungen Mastarna und den Besten aus Velx auf meinem Schiff haben. Mein Schiff wird in allen Manövern die Führung übernehmen. Nicht alle sind würdig, dafür auserwählt zu werden, das weißt du. Und da gibt es noch etwas, das du wissen solltest: Ich schätze den Kampfgeist, aber ich werde in keinem Moment Fehler dulden, sei es auch der windstillste Tag und das ruhigste Meer. Außerdem gibt es auf dem Meer keine Privilegien des Standes ... und auch keine Symbole.«

»Ich habe deine Worte gehört, Marce Vibenna. Aber auch Tarchna hat seine Kriegsschiffe entsandt, mit den Männern aus dem Hause des Königs und den Fürstenfamilien von Tarchna, die von Aivas angeführt werden.«

»Heißt das, du lehnst meinen Vorschlag ab?«

Larth hielt seinem Blick stand.

»Nein«, antwortete er dann.

Vibenna schwieg einen Augenblick. Sein erster Eindruck hatte sich in allem bestätigt.

»In der Taverne von Deste wirst du deine Gefährten aus den Fürstenhäusern und den vornehmen Familien des Städtebundes finden und den Rest der Schiffsbesatzung«, sagte er abschließend. »Heute abend werden die Riten der Fürbitte vollzogen werden, aber ich erwarte, daß eine Stunde vor Sonnenaufgang sich alle auf den Schiffen eingefunden haben. Du und Mastarna, dem ich denselben Auftrag erteilt habe, werdet mir dafür verantwortlich sein, daß keiner fehlt.«

Larth nickte zustimmend, beugte dann kurz das Haupt und wandte sich zum Gehen. Marce begleitete ihn bis zum Ausgang und blieb dann noch einen Moment stehen, um ihm nachzuschauen. Dieser junge Mann konnte gefährlich werden. Der Sonnenuntergang warf nur ein trübes Licht auf den Hafen und die Stadt. Die Luft war schwül und gesättigt von Essensgerüchen, dem Rauch der Feuer, würzigen Kräutern und dem Geruch der Fische, die in Weinblätter gehüllt unter heißen Steinen gegart wurden.

Die Haruspizen waren damit beschäftigt, die Zeichen zu lesen und die Riten für die Nacht vorzubereiten. Aber der Tempel der Göttin Da würde auf seine Bitte hin verschlossen bleiben. Die Göttin würden sie erst wieder feiern, wenn oder, besser gesagt, falls sie zurückkommen würden, und Marce Vibenna war nicht wenig überrascht, als er erfuhr, daß der Große Trutnot persönlich seine Bitte unterstützt hatte.

Larth betrat die überfüllte Taverne von Deste und zwängte sich zwischen den jungen Männern hindurch, die sich dort versammelt hatten, während ihre Diener das Verstauen des notwendigen Gepäcks überwachten und die Waffen herrichteten. Sein eigener Diener war schon vor ihm da gewesen und wartete nun, zusammen mit noch anderen, in einer Ecke der Taverne auf ihn. Später, wenn die Schiffe Segel gesetzt hätten, würden sie dann alle wieder in ihre eigenen Unterkünfte zurückkehren, und deshalb waren die meisten von ihnen auch fröhlich und guter Dinge und hielten sich für wesentlich glücklicher als ihre Herren.

Doch kaum, daß Larth seinen Fuß in die Taverne gesetzt hatte, erhob sich einer der jungen Männer aus dem Geschlecht derer von Sveana, hielt ihm einen mit Wein gefüllten Becher entgegen und rief spöttisch: »Leute, ein Hoch auf den König!«

Larth tat so, als hätte er nichts gehört. Er kannte diesen Mann nicht und hatte auch nicht das Bedürfnis, ihn kennenzulernen. Aber ein großer Teil der jungen Leute um ihn herum erhob sich nun ebenfalls und stimmte, vom Wein und der bevorstehenden Abreise berauscht, in seinen Ruf ein.

Sie sollten sich nicht selbst überlassen werden, dachte Larth. Sie sind übermütig und haben noch nie in ihrem Leben wirklich Angst gehabt.

»Heh, Tarquinier, ich meine dich! Das Recht, König zu sein, verdient man sich nicht im Bett, und deshalb hat dein Symbol auch keinen Wert!«

Larth blieb stehen. Doch jetzt war einer der jungen Männer aufgestanden, der bisher, ohne sich einzumischen, an einem der hinteren Tische gesessen hatte, und stellte sich zwischen ihn und seinen Herausforderer. Er war geschmeidig wie eine Katze, mit einer bronzefarbenen Lockenmähne auf dem Kopf und trug das Zeichen eines der Fürstenhäuser von Velx auf seiner Tebenna.

»Er ist betrunken. Kümmere dich nicht um ihn«, rief er Larth entgegen und drängte den anderen mit seinem ausgestreckten Arm zurück.

Larth fiel erst jetzt auf, daß keiner an den Tischen eine Hand für ihn

gerührt hatte. Keiner, außer diesem jungen Mann, hatte sich an seine Seite gestellt. Er schaute ihn an und sagte: »Ich habe dich nicht um deine Hilfe gebeten.«
Ein flüchtiges Lächeln überflog das Gesicht seines Gegenübers. »Ich weiß. Aber ebenso gut weiß ich, daß der Kommandant Vibenna uns für alles, was heute abend hier passiert, hart bestrafen wird«, entgegnete er, und der Blick seiner hellen, grünen Augen war härter und drohender, als seine Haltung es vermuten ließ.
Mit einem Finger zeigte er auf den jungen Mann, der Larth provoziert hatte.
»Und auch du weißt das, Varxie, denn du bist schon einmal bestraft worden, seit wir hier auf den Aufbruch warten.« Dann wandte er sich wieder Larth zu. »Ich bin Mastarna von Velx, und ich lade dich ein, mit mir zu trinken.«
Larth nickte zustimmend. Ohne ihn zu beachten, ging er an dem jungen Adeligen von Sveana vorbei, doch Mastarna blieb aufmerksam an seiner Seite.
Da fielen Larth plötzlich wieder die Worte seines Waffenmeisters Tefrie ein: »Vielleicht fällt dein Blick zu weit . . .«
Er akzeptierte den Becher Wein, zu dem Mastarna ihn eingeladen hatte, aber sie tranken schweigend. Mastarna konnte warten, genauso wie er.
Larth sah Velvur nur noch einmal kurz vor der Abreise, während er mit Mastarna kontrollierte, ob auch alle Männer, die seinem Schiff zugewiesen worden waren, an Bord gingen. Der Große Trutnot hielt sich zuerst ein wenig abseits der Mole und beobachtete sie schweigend. In seinen Mantel in leuchtenden Farben gehüllt, erschien er Larth wie ein bunter Vogel.
Dann kam Velvur auf ihn zu und legte ihm eine Hand auf die Brust. »Vergiß nie, wer du bist, Larth, und vergiß niemals deine Träume.«
Larth drückte seine Hand, und ein Lächeln huschte über sein Gesicht. Vielleicht war es das erste Mal, daß Velvur zwischen ihnen aus den Tiefen seines Geistes das Gefühl hatte die Oberhand gewinnen lassen.
»Wirst du für mich über Caitli wachen?« fragte er ihn, und Velvur nickte knapp. Es schien ihm schon eine Ewigkeit her, daß Larth geglaubt

hatte, auch eine Chimäre könnte man erreichen, wenn man es nur fest genug wollte, und die Beharrlichkeit, mit der er an diesem Glauben festhielt, verursachte ihm Schmerz. Er konnte nichts mehr für seinen Schützling tun, der sich nun ein weiteres Mal von dem Ort entfernte, dem er angehörte. Er konnte nichts anderes mehr tun, als abzuwarten und zu beobachten. Immer in der Hoffnung, daß seine Unterweisungen hilfreich wären.

»Ich werde über sie wachen«, versprach er also, ohne ihm zu sagen, daß es Caitli war, die über ihn wachte.

Kurz nach Sonnenaufgang machten die Schiffe von der Mole los und zogen mit geblähten Segeln in die Weite des Meeres hinaus.

Ein weiterer heißer Sommertag stand bevor.

6.

Caitli saß, zusammengekauert und in einen warmen Umhang aus Wolle gehüllt, vor der großen Feuerstelle im *Gemach der Könige* und blies in die Flammen.
Seit einiger Zeit war es für sie zur Gewohnheit geworden, Stunden in diesem Gemach zu verbringen, und keiner wunderte sich mehr darüber, wenn sie die Anweisung gab, in dem großen Kamin das Feuer anzuzünden, und sich dann dorthin zurückzog. Hier waren die Kräuter, die Salben, die chirurgischen Instrumente und die kostbaren Schriftrollen, die der Große Trutnot ihr anvertraut hatte. Aber vor allem war da ein Fluidum, ein machtvoller Strom, vor dem die gelegentlichen Besucher furchtsam zurückwichen. Niemand außer Caitli war in der Lage, dieser Kraft standzuhalten und sie zu beherrschen.
Und keiner übertrat ungerufen diese Schwelle, selbst der König nicht. Nur Thanaquil hatte jederzeit freien Zutritt, denn auch sie hatte teil an diesem Strom und fühlte sich davon angezogen. Auch heute war Thanaquil an ihrer Seite, und nur mit ihr, die lebhaft, aufmerksam und neugierig war, gelang es Caitli zu vergessen, daß die Schicksalsgöttin sie zur Hohepriesterin und nicht zur Königin bestimmt hatte. In dem Gemach war es immer noch kalt. Der Winter war erst spät gekommen, aber dafür um so strenger gewesen, und auch der Frühling war rauh. Auf dem Meer gab es immer noch Stürme.
Jetzt streckte sie eine Hand über der Flamme aus, die sich vor ihr zurückzuziehen schien, und für einen Moment entstand die Vision einer Welle.
»Wo ist Mastarna?« murmelte Thanaquil und schmiegte sich auf der Stufe zur Feuerstelle an sie.
»Warte, hab noch ein wenig Geduld, dann wirst du ihn sehen«, gab Caitli fast tonlos zurück, ohne sich von der Flamme abzuwenden. Die

Dämmerung kroch in den Raum und verdichtete sich in den Ecken. Thanaquil erschauerte leicht.
Schließlich flüsterte sie: »Sind sie in Gefahr?«
Auch Thanaquil hatte Zugang zu diesen magischen Kräften. Aber niemals würde sie sie so wie Caitli beherrschen, das wußte sie.
»Jetzt nicht mehr, die Gefahr ist vorüber. Sieh selbst!« Thanaquil neigte sich vor und sah, wie aus einem dunklen Flecken im Feuer, so groß wie der Opal auf seiner Brust, sich langsam der Schatten Larths formte, größer und größer wurde und dann die Form seines Gesichtes annahm. Seine Lippen bewegten sich.
Caitli ballte die Hand zur Faust, als wolle sie die Erscheinung darin einschließen, und befand sich für einige Augenblicke auf dem Flaggschiff Vibennas. Sie hörte das Stöhnen der Verwundeten, die gebrüllten Befehle und sah hinüber zu dem feindlichen Schiff, das vom Rammsporn aufgespießt und geentert war. Zwischen toten Rasnakriegern hindurch ging sie auf ihn zu und streifte ihn mit einer zärtlichen Geste, die ihn erschaudern ließ. Er war mit Blut besudelt, aber er war nicht verwundet, und auch Mastarna an seiner Seite, der noch immer sein blutiges Schwert in der Hand hielt, hatte keine Verletzungen davongetragen.
Thanaquil hatte sich schon gleich beim ersten Mal, als sein Gesicht im Feuer erschienen war, in ihn verliebt.
Seinetwegen hatte sie, obwohl sie schon fünfzehn Jahre alt war, zwei Bewerber um ihre Hand zurückgewiesen. König Tarchon war ihre Entscheidung nicht ganz ungelegen gekommen, denn Thanaquil war das Ebenbild Ramthas, und allein ihre Anwesenheit gab ihm Trost.
Jetzt sah sie mit glänzenden Augen ins Feuer, bis schließlich Caitli die Faust öffnete, mit ihrer Hand über die Flammen strich und das Bild in tausend sprühende Funken zerstob.
Thanaquil zog den Mantel fester um sich. »Wann werden sie zurückkommen?«
»Bald«, murmelte Caitli. Selbst der Stein um sie herum war nun so warm und lebendig, als hätte er mit derselben Erregung wie sie an dem Geschehen teilgenommen. Caitli stand auf und warf eine Handvoll Kräuter ins Feuer. Sie hatte das Gefüge von Raum und Zeit durchbrochen, und das erforderte ein Dankesopfer. So wie alles, was geschah, hatte auch dies seinen Preis.

Dann zog auch sie den Mantel enger um sich und schloß die Augen.
Sie waren nun schon viermal vier Jahreszeiten unterwegs. Vier lange Jahre, die Larth, der sich von allem Neuen angezogen fühlte, trotzdem kurz erschienen waren. Er war immer begierig darauf gewesen dazuzulernen, und wenn diese Zeit ihm viel genommen hatte, so hatte sie ihm doch auch manches gegeben.
Ein Krieg, der für alle schon viel zu lange dauerte und der nun seine Früchte zu tragen begann.
Verdorbene Früchte, dachte Caitli, so wie alle Kriege sie hervorbringen. Tod und Zerstörung und viel Ehre. Aber dies ist allein die Ehre der Männer. Die Erde wird davon ärmer und mit ihr auch die Menschen, die immer nur das zurückbekommen, was sie gegeben haben.
Sicher würde sie diese Gedanken nicht vor dem in Kürze wieder versammelten Rat der Könige des Zwölfstädtebundes äußern, zu dem sie jetzt immer öfter gerufen wurde, um die Zeichen zu deuten. Das Volk der Rasna war dabei, die Vorherrschaft auf ›seinem‹ Meer wieder zurückzuerobern, und die Könige, die um den Handel der Städte und die Zukunft ihrer Söhne besorgt waren, hätten davon nichts wissen wollen.
»Sie werden als Helden zurückkehren«, murmelte Caitli vor sich hin, und der Gedanke an den Tod erfüllte sie mit Traurigkeit, einem tiefen Gefühl von Trauer, das sie nur mit Velvur teilen konnte. Aber Velvur war weit weg. Er hatte sich auf Reisen begeben, um das Geheimnis der Blitze zu erforschen und den Nachwuchs der Priesterinnen und Priester im Heiligen Zentrum des Tivrit, auf der Insel Fumosa, zu unterweisen.
Schon gegen Ende des ersten Sommers waren die Rasna in diesem Krieg fast dem Untergang nahe gewesen, als die focesische Flotte, die mit den Griechen verbündet war, in einem Überraschungsangriff vor Cuma viele ihrer Schiffe zerstört hatte. Auf diese Weise hatten sie fast eine ganze Jahreszeit verloren, weil sie ihre Flotte wieder vervollständigen und die verlorenen Männer ersetzen mußten. Anschließend waren sie nach Karthago gesegelt, um das alte Bündnis zu erneuern. Danach waren sie wieder in ihre eigenen Gewässer zurückgekehrt und hatten den Seekrieg gegen die griechischen und focesischen Schiffe vor der Küste von Motya wieder aufgenommen.

Seit dieser Zeit dauerte der Krieg nun schon ohne Unterbrechung an, ausgenommen der von den Herbst- und Winterstürmen erzwungenen. Aber jetzt war die focesische Flotte stark angeschlagen, und der Sieg der Rasna würde nur noch eine Frage der Zeit sein. Die Männer würden, als Helden gefeiert, bald zurückkommen.
Caitli fuhr aus ihren Gedanken auf, als plötzlich, mit einem heftigen Schlag, die Tür aufsprang. Auch Thanaquil fuhr erschrocken zusammen. In dem Raum, der nur schwach von den Flammen in der Feuerstelle und dem flackernden Schein der Lampen im schmalen Bogengang erhellt wurde, der den antiken Teil des Palastes mit dem Hauptflügel verband, zeichnete sich der kleine Schatten eines Kindes ab. Caitli hob den Kopf und wandte sich dem kleinen Jungen zu, der in der Türöffnung stand.
»Es ist dir nicht erlaubt, in dieses Gemach zu kommen, Vul. Das ist dir mehr als einmal gesagt worden. Muß ich dich erst bestrafen, damit du dich daran erinnerst?«
»Du kannst mich nicht bestrafen«, die kleine Stimme war schrill vor Aufregung, »denn ich bin der Sohn des Königs!«
Thanaquil war inzwischen aufgesprungen. »Du unverschämter kleiner Kerl!« rief sie und ging drohend einen Schritt auf ihn zu.
Der Kleine machte erschrocken einen Satz rückwärts. Dann drehte er sich um und lief fort, gefolgt von einer der Mägde, die auf der Suche nach ihm hinter ihm aufgetaucht war, ohne daß sie es gewagt hätte, auch nur einen Blick ins Innere des Gemaches zu werfen.
»Ich kann diesen Jungen nicht ausstehen«, murmelte Thanaquil und schloß heftig die Tür hinter ihm.
Als sie sich wieder umdrehte, fuhr sie leicht zusammen. Das Feuer war von einem Moment auf den anderen erloschen. Caitli hatte die Feuerstelle verlassen, um die Lampen anzuzünden, und das Gemach war in das tiefe Dunkel der Nacht getaucht.

»Wieso hat er ausgerechnet uns beide ausgewählt?« murmelte Masterna, den Blick auf die dunkle Linie der fernen Küste gerichtet, über der die fahle Sichel des Mondes hing, zu niedrig, um die Nacht zu erhellen.
»Wieso nicht?« sagte Larth, der neben ihm an der Reling des Schiffes lehnte, ohne den Blick zu wenden.

Mastarna schüttelte den Kopf. Vier Jahre an Larths Seite hatten ihm die Fähigkeit verschafft, ihn zu verstehen und ihm Freund zu sein. Das war keineswegs einfach gewesen, aber Mastarna war eigensinnig und zäh, und seine Bemühungen waren schließlich belohnt worden.

»Vibenna hat uns nicht mal genaue Anweisungen gegeben«, wandte er ein.

»Das heißt nicht, daß er deshalb weniger von uns erwartet«, antwortete Larth leise.

Mastarna drehte sich um und betrachtete nachdenklich das dunkle und leere Oberdeck des Flaggschiffes. Der Befehl zu absoluter Dunkelheit und Stille wurde strikt eingehalten. Von der vor ihnen liegenden Küste aus, von Alalia, dem nächsten Ziel der Flotte der Rasna, durfte ihre Gegenwart nicht einmal zu erahnen sein.

Aber gerade diese völlige Dunkelheit und Stille waren es, die ihn beunruhigten und bedrückten, denn sie verwandelten das Schiff in ein unheimliches, knarrendes Wesen voller böser Vorahnungen.

»Das ist alles nur Einbildung«, murmelte Larth. »Denk nicht weiter darüber nach.«

»Einbildung nennst du das?« erwiderte Mastarna leise, ohne sich noch weiter über die Fähigkeit Larths zu wundern, direkt auf seine Gedanken zu antworten. »Dasselbe hast du auch vor unserer ersten Schlacht vor Cuma gesagt, dabei hätten sie um ein Haar unsere ganze Flotte vernichtet.«

»Trotzdem sind wir beide noch hier, um darüber zu reden.« Larth lächelte.

Kopfschüttelnd setzte sich Mastarna auf eines der zusammengerollten Taue. Sicher war Larths Besonnenheit im Kampf wie auch während der langen Wartezeiten für die Männer sehr wichtig, die ihn als den Besten unter sich anerkannten und ihm gehorchten. Freunde hatte er allerdings keine. Die Männer folgten ihm zwar widerspruchslos in jeden Kampf, aber sollte er tödlich verwundet werden, dann wäre kaum noch einer da, um ihm beizustehen oder ihm die letzte Ehre zu erweisen. Für ihn selbst, Mastarna, galt das natürlich nicht. Respekt allein war jedoch zu wenig für einen, der, wie Marce Vibenna schon einige Male gesagt hatte, sich anschickte, eines Tages Re Supremo des Städtebundes zu werden.

Ein Boot näherte sich dem Schiff. Fast lautlos tauchten die beiden Män-

ner an den Riemen die Ruder ins Wasser, und ihre Umrisse auf dem nächtlichen Meer waren kaum mehr als zwei gespensterhafte Schatten. Mastarna erhob sich, und auch Larth löste sich von der Reling.
Aus dem Unterdeck tauchte die Gestalt Marce Vibennas auf, gefolgt von den Kommandanten der acht Schiffe, die schon das Flaggschiff erreicht hatten. Die letzten Monate hatten ihn zermürbt, und eine Verletzung, die nicht heilen wollte, hatte ihn geschwächt. Für einen Augenblick betrachtete er schweigend die beiden jungen Männer, dann murmelte er: »Morgen um diese Zeit wird unsere ganze Flotte hier sein, und sobald wir die focesischen Schiffe an der Reede brennen sehen, werden wir im Morgengrauen Alalia vom Hafen her angreifen.«
Larth nickte. Sie hatten schon mehrere Male den Angriffsplan durchgesprochen, und noch einmal darüber zu reden, erschien ihm vergeudete Zeit. Doch Vibenna war nie ganz zufrieden, für ihn konnte eine Sache nie sicher genug sein.
Marce Vibenna wandte sich nun an Mastarna. »Was ist, Mastarna? Du scheinst nicht besonders überzeugt zu sein.«
»Nein, das bin ich auch nicht. Denn im Gegensatz zu Larth halte ich eine Sache nicht schon alleine deshalb für gewonnen, weil ich mich entschlossen habe, sie zu tun. Ich denke lieber vorher darüber nach, was schiefgehen könnte, statt hinterher für meine Fehler mit dem Leben zu bezahlen.«
»Deine Vorsicht zusammen mit seiner Tollkühnheit sind mir ein wahrer Trost. Der eine wird niemals ein Feigling sein, sowenig wie der andere jemals sein Leben umsonst opfern wird«, antwortete Vibenna in einem Tonfall, der trotz des nötigen Ernstes eine leichte Ironie durchscheinen ließ. »Nun gut, ihr habt einen Tag und eine Nacht, um euch unter die Focesen zu mischen und ihre Schiffe in Brand zu setzen. Caile wird inzwischen die Fußtruppen im Süden Alalias an Land bringen und sich dort verborgen halten. Während die Focesen damit beschäftigt sein werden, das Feuer zu löschen, greift Caile dann mit seinen dreihundert Mann die Stadt vom Land aus an. In diesem Moment werden wir in den Hafen einsegeln. Bist du immer noch der Meinung, daß der Zeitraum, den du und Larth bei den Einwohnern von Alalia verbringen müßt, zu lang ist, Mastarna?«
Mastarna nickte. Der Tonfall Vibennas gefiel ihm nicht und auch nicht, daß die acht Kommandanten sich völlig aus der Unterhaltung heraus-

hielten. Jeder von ihnen hatte seine besten Männer für das Unternehmen vorgeschlagen. Folglich hielten sie sich nun mit ihrer Meinung zurück, um nicht als feige dazustehen, obwohl sie, wie er glaubte, eigentlich seinen Standpunkt hätten teilen müssen. Aber noch bevor er etwas sagen konnte, hatte ihn Larth schon in Richtung der Strickleiter geschoben, die die Matrosen inzwischen lautlos am Rumpf des Schiffes herabgelassen hatten.

Larth drehte sich noch einmal um, bevor auch er über die Reling stieg.

»Sei ganz beruhigt«, sagte er zu Vibenna, »die Schiffe werden in Flammen aufgehen und mit ihnen auch der Hafen von Alalia.«

»Klar!« stieß Mastarna zwischen den Zähnen hervor, während er sich an der Strickleiter nach unten hangelte. »Wenn es nötig ist, werden wir eben die Blitze zu Hilfe rufen.«

»Sicher werden wir das tun, wenn es nötig ist«, bestätigte Larth ungerührt und nahm an seiner Seite im Boot Platz.

Larth und Mastarna waren für ihr Unternehmen auf griechische Art gekleidet. Sie trugen ein kurzes Schwert und ein Messer und sprachen beide so gut Griechisch, daß es einem ungeschulten Ohr glaubhaft erscheinen konnte. Alles, was sie sonst noch bei sich trugen, war der kretische Bogen zusammen mit dem Köcher für die Pfeile. Keinerlei Insignien und keine Abzeichen verrieten ihre Herkunft, was bedeutete, daß sie der völligen Vergessenheit anheimfallen würden, falls sie bei diesem Unternehmen sterben sollten, bevor die Flotte der Rasna den Hafen von Alalia erreicht hatte. Das, und nicht der Tod an sich, war das wahre Ausmaß der möglichen, tragischen Folgen ihres Auftrages.

Den Opal hatte Larth allerdings nicht abgelegt, dessen orientalische Machart ihn nicht verraten würde und von dem er sich im übrigen sowieso niemals getrennt hätte.

Als er jetzt mit den Fingerspitzen darüberstrich, fiel ihm wieder die Furcht des Königs von Ruma ein und die von vielen Feinden nach ihm:

. . . ein Stein, der Unheil mit sich bringt. Er bringt den Tod

Doch für Larth war er ein Zeichen magischer Kraft, ein Zeichen der Macht.

Das offene Meer war ruhig, nur leicht gekräuselt von einer sanften Brise, und das Wasser der Bucht von Alalia spiegelglatt. Von einem

Ring von Felsen und Klippen umgeben, war die schon von Natur aus sehr enge Durchfahrt erst vor kurzem zusätzlich mit einem Wellenbrecher aus großen Steinblöcken verengt worden. Die noch verbliebene Öffnung reichte jetzt gerade noch für ein Schiff aus und war auf diese Weise leicht zu kontrollieren. Kein feindliches Schiff oder Boot konnte unbeschadet den Durchgang passieren, und die angrenzende, zerklüftete und felsige Küste bot keinerlei Möglichkeit anzulegen.

Das dunkle Boot näherte sich lautlos und schemenhaft dem Wellenbrecher, und während Larth und Mastarna schon über die Steinblöcke hinaufkletterten, legte es genauso lautlos, wie es gekommen war, wieder ab.

Auf der Höhe des Wellenbrechers angekommen, schauten sich Larth und Mastarna um. Die Brandung schlug sanft gegen die Felsen und ließ die feuchte Nachtluft leise vibrieren. Im Hafen war alles ruhig. Am Ende von jedem der acht Anlegestege brannten die Feuer der Wachen, und dahinter war eine geschlossene Reihe niedriger Gebäude zu erkennen, die still und dunkel dalagen, mit Ausnahme von ein paar Hafenkneipen. Hinter dem Hafen stieg die Stadt mit ihren enggedrängten kleinen Steinhäusern an, und auf der Höhe des Hügels, von den Flammen eines Feuerbeckens beleuchtet, das vor dem Opferaltar aufgestellt war, waren die Umrisse eines Tempels zu erkennen.

»Holz!« stellte Mastarna zufrieden fest und strich mit der Hand über eine der Anlegestellen, nachdem sie auf den steinigen Strand hinuntergestiegen waren. Dann kroch er unter die Pfähle und bestätigte: »Die Anlegestege sind aus Holz gebaut, kein Fels, keine Steinblöcke. Sie werden lichterloh brennen.«

»Ja«, flüsterte Larth, »insgesamt sind es elf Schiffe, die hier festgemacht haben, und das größte davon ist eine Holkas. Sie scheint schwer beladen zu sein. Wir sollten versuchen herauszufinden, womit.«

»Du hast einen guten Blick«, raunte Mastarna, während er das große Schiff, das tief unter seiner normalen Wasserlinie lag, mit den Augen abschätzte. »Vielleicht ist es mit Eisenerz aus unseren Minen beladen.«

»Möglich, aber lieber wäre mir eine Ladung ihres Öls, das nach Massilia geht«, meinte Larth.

»Heißt das, du willst es als erstes in Brand stecken?«

»Ich denke noch darüber nach«, antwortete ihm Larth zerstreut.

Inzwischen waren sie auf der Mole angekommen und wandten sich nun einer der Hafenkneipen zu. Auf der Mole herrschte auch zu dieser späten Stunde noch reges Treiben. Männer umstanden in kleinen Gruppen die Würfelspiele, und ein Stück weiter priesen die Kuppler den kürzesten und billigsten Weg an, die Nacht in netter Gesellschaft zu verbringen.

Falls es im Hafen Wachen gab, dann hielten sie sich von diesem Treiben fern, denn auf der Mole selbst war kein einziger bewaffneter Mann zu sehen.

Schließlich betraten sie eine der Hafenkneipen, die zwar gut besucht war, aber so schlecht beleuchtet, daß man nur mit Mühe die Gäste erkennen konnte. Der Steinboden war mit Stroh bedeckt, das im Hintergrund des Raumes zu großen Haufen aufgeschüttet worden war. Das also war die nächtliche Unterkunft, die der Junge vor der Türschwelle den Vorübergehenden laut anpries.

Sie durchquerten den Raum und setzten sich an einen der freien Tische. Im Vorbeigehen hatte sich zwar der eine oder andere Gast nach ihnen umgedreht, aber das war nicht mehr als die übliche Neugier gewesen. Ansonsten hatte keiner ihrem Erscheinen besondere Beachtung geschenkt. Es waren noch andere Fremde da, und der kretische Bogen, den sie sichtbar bei sich trugen, wurde nur zur Jagd benutzt und war keine Kriegswaffe.

Es dauerte eine Weile, bis der Wirt sich schließlich dazu herabließ, sie zu bedienen.

»Wo kommt ihr her?« brummte er in einem holprigen Griechisch und stützte beide Hände auf den Tisch. »Ich hab euch hier noch nie gesehen.«

»Von den Hügeln unserer Heimat«, antwortete ihm Larth. »Aber mein Freund und ich haben in den letzten Monaten leider nur wenig Zeit füreinander gehabt.«

Der Wirt verzog das Gesicht zu einer Grimasse, die deutlich erkennen ließ, was er von den griechischen Gewohnheiten hielt, und gab sich mit dieser Erklärung zufrieden.

»Seid ihr von Kreta?« griff er das Gespräch etwas später wieder auf, während er den Wein und das auf dem Feuer geröstete Fladenbrot mit Oliven vor sie hinstellte.

»Aus Tirinto«, gab Larth trocken zurück, goß für Mastarna Wein ein, hob ihm den Becher entgegen und setzte ihn dann fast an seine Lippen. »Laß uns diese Nacht feiern, mein Freund«, sagte er, und Mastarna ergriff den Becher schweigend und mit gesenktem Blick.

Der Wirt war inzwischen wieder gegangen, und Mastarna nahm einen langen Schluck. Dann stellte er mit einem kleinen Lächeln den roh geformten Becher ab.

»So also fühlt man sich als Geliebter«, murmelte er. »Das war nicht schlecht. Aber das nächste Mal werde ich den Liebhaber spielen und du den Geliebten.«

Larth erwiderte sein Lächeln. »Kritisiere nie die Gewohnheiten der anderen, Mastarna, nur weil sie nicht die deinen sind. Es gab keine bessere Erklärung als diese, um unser spätes Erscheinen zu erklären. An der Anlegestelle gibt es nur zwei griechische Schiffe, und mit einem von den beiden müssen wir angekommen sein.«

»Sicher, du hast ja recht«, stimmte ihm Mastarna zu, und für einige Zeit aßen und tranken sie schweigend. Das Fladenbrot war ganz vorzüglich, genauso wie der Wein.

»Das ist unser Wein«, meinte Larth schließlich. »Aus Velzna würde ich sagen.«

»Ihr Geschmack scheint sich inzwischen durch die ständigen Raubzüge verfeinert zu haben«, war Mastarnas trockener Kommentar.

Ein halbes Dutzend Männer hatte unterdessen die Hafenkneipe betreten. Sie machten den Eindruck einer Wachpatrouille und trugen die Abzeichen des Königs von Alalia. Sie sprachen kurz mit dem Wirt, tranken ein paar Becher Wein und machten sich dann wieder ziemlich lustlos auf den Weg, als würden sie alles andere lieber tun als das. Einige Gäste hatten sich schon auf dem aufgeschütteten Stroh im Hintergrund der Kneipe ausgestreckt, aber keiner der Männer der Wachpatrouille hatte sich die Mühe gemacht, die beiden Fremden zu kontrollieren.

Mastarna schaute ihnen hinterher und meinte dann nachdenklich: »Weißt du, ich glaube, wenn jeder einzelne die wichtigen Entscheidungen seiner Stadt mitbestimmen könnte, dann würde er seine Aufgabe besser erledigen.«

»Wie meinst du das?« fragte Larth zerstreut.

»Versuch mal, darüber nachzudenken, Larth. Wir sind von Stand, aus fürstlichem Haus, zu dem Männer und Frauen gehören, die wir als unser Eigentum betrachten. Unsere Diener, Soldaten, Knechte, Handwerker, alle sind sie an uns gebunden. Sie sind nicht frei und haben keinen eigenen Besitz. Unsere Herrschaft ist absolut. Sie wird an die Erben weitergegeben, und der Re Supremo ist das Ergebnis eines Jahr für Jahr erneuerten Paktes zwischen den Städten des Bündnisses. Aber ich denke, daß ein König, der sich sein Reich wirklich verdient hat, ein besserer König wäre. Glaubst du nicht auch? Und wenn seine Untertanen ein Recht darauf hätten, auch ihre eigenen Ideen zu verwirklichen, dann würden sie diese auch verteidigen wollen und wären deshalb viel mehr dazu bereit, dafür zu kämpfen ...«

»König muß einer mit Leib und Seele sein, mein Freund. Ein König spricht mit den Göttern, und er muß immer bereit sein, sich für sein Volk zu opfern, wenn es nötig ist«, antwortete ihm Larth leise. »Die Ideen ändern sich so schnell wie der Wind, und deine Untertanen, die dich heute feiern, schneiden dir morgen die Kehle durch, wenn ihnen jemand mehr verspricht, als du ihnen gegeben hast.«

Mastarna nickte düster. »Und was machen wir jetzt?«

»Was machen wohl zwei Verliebte zu dieser späten Stunde, nachdem sie gegessen und getrunken haben? Sie suchen sich ein ruhiges Plätzchen!« scherzte Larth.

»Na, wunderbar«, murmelte Mastarna.

»Laß uns zum Tempel hinaufsteigen. Von dort oben haben wir einen guten Überblick und können feststellen, ob die Stadt zur Landseite hin mit Mauern umgeben ist. Dann kehren wir bei Tagesanbruch wieder hierher zurück und schauen uns die Lagerhäuser an«, schlug Larth vor.

Sie verließen die Taverne mit dem Versprechen an den Wirt, morgen wiederzukommen, der sich beeilte, ihren Verzehr auf der langen Schuldnerliste der beiden griechischen Schiffe im Hafen einzutragen, in Gedanken an sein Lagerhaus, das sich im Tausch dafür mit kostbarem Öl und bunt gefärbten Stoffen füllen würde.

Dann stiegen sie zum Tempel hinauf.

Der Mond war schon untergegangen, und der Wind hatte vom Meer her aufgefrischt. Die feuchtwarme Luft, die er mit sich brachte, schien sich immer mehr zu verdichten und mit einer Spannung aufzuladen, die sich bisher aber nur als ein kribbelndes, unangenehmes Gefühl auf der Haut bemerkbar machte.

Der Tempel war in seinen Umrissen quadratisch angelegt und nicht sehr groß, in seinen Ausmaßen keineswegs mit den großen Tempelanlagen von Pyrgi oder Tarchna zu vergleichen. Aber von seinem Vorhof aus konnten Larth und Mastarna alles überblicken. Die Stadt hatte keine Mauern. Es schien, daß den Focesen ein Angriff vom Land her genauso unwahrscheinlich vorkam wie eine Überwindung der Blockade am Eingang der Bucht. Der zum offenen Meer hin unregelmäßig abfallende Hügel, auf dessen Höhe sich der Tempel befand, war auf der der Stadt abgewandten Seite steil und felsenzerklüftet, aber nicht so unwegsam, daß sich nicht dreihundert ausgebildete Männer, wie die von Caile angeführten, lautlos hätten anschleichen können.
Die Eroberung des Königspalastes, der ihr erstes Angriffsziel sein würde und dessen Umrisse sich in der Dunkelheit direkt unterhalb des Tempels abzeichneten, würde also kein großes Problem darstellen.
Der Tempel allerdings würde unberührt bleiben. Larth war in diesem Punkt unnachgiebig gewesen, als der Plan auf dem Flaggschiff vorbereitet und besprochen worden war. Jetzt widmete er der Gottheit des Ortes, welche auch immer es sein mochte, einen flüchtigen Gedanken, bevor sie beide wieder zum Hafen hinunterstiegen.
Es war kurz vor Sonnenaufgang, und die Luft war inzwischen noch drückender und schwüler geworden. Der Himmel war mit dunklen Wolken verhangen, und die bleierne Oberfläche des Meeres schien wie von einer inneren, geheimen und lebendigen Kraft bewegt zu sein.
In ihre Mäntel gehüllt, erreichten sie die Lagerhäuser. Die Sklaven hatten schon mit dem Beladen der Schiffe an den beiden letzten Anlegestellen begonnen, und aus den Hafenkneipen drang der Geruch von geröstetem Fleisch.
Der Besitzer des Lagerhauses, aus dem die Schiffe beladen wurden, war ein Focese, klein von Statur, mit Stiernacken und breiten Schultern. Er war gerade erst angekommen und hielt Larth und Mastarna für eine Abordnung der beiden griechischen Schiffe.
»Mit dem Beladen der Schiffe werden wir heute noch fertig, aber das Wetter schlägt um. Es ist nicht ratsam, sich aufs Meer zu wagen. In ein paar Tagen vielleicht. Sicher, in ein, zwei Tagen hat sich der Sturm wieder gelegt, dann könnt ihr nach Norden segeln«, redete er beflissen auf sie ein.
»Du hast recht. Unsere Kapitäne sind zwar derselben Meinung, aber sie

wollen trotzdem die Ladung an Bord haben«, erwiderte ihm Larth und begann sich dann für die mit Öl und Wein gefüllten Pithoi zu interessieren.
Der Mann zwinkerte ihm kumpelhaft zu, als Zeichen seines Verständnisses dafür, daß gegen die unverbesserliche Sturheit derer, die eine Stufe höher auf der Kommandobrücke stehen, nichts zu machen war.
»Der Palast des Königs ist angenehm und bequem«, meinte er dann. »Glaubt mir, eure Kapitäne werden keine besondere Eile haben, ihn zu verlassen. Mit dem letzten Schiff sind ein Dutzend karthagische Sklaven angekommen, nicht älter als zwölf oder dreizehn Jahre. Und unser König ist alles andere als geizig.«
»Das glaube ich dir gerne. Nur schade, daß unsereins nie in diesen Genuß kommt«, antwortete Larth lachend. »Was hast du denn dort drüben?« fragte er dann und deutete auf einen Stapel Pithoi im Hintergrund des Lagerhauses, die kleiner waren als die anderen und so sorgfältig aufeinandergeschichtet, daß es so aussah, als wären sie nicht Teil der Ladung.
»Diese da hinten? Das ist fermentierter Wein, der eine mit Honig, der andere mit Pinienharz versetzt. Ein wahrer Nektar! Die reine Essenz des Weines, aber sie brennt dir wie Feuer im Leib. Willst du davon probieren?« fragte der Mann.
»Warum nicht?«
Larth folgte ihm gutgelaunt, während Mastarna zurückblieb und die im Hintergrund des Lagerhauses vor einer Holztür aufgestapelten Pithoi betrachtete.
Der Focese öffnete eine davon und goß zweifingerhoch eine leicht gelbliche, fast farblose Flüssigkeit in einen Becher. Der Geruch war ziemlich unangenehm, was darauf hinwies, daß die Destillation recht unbeholfen gewesen sein mußte. Der Traubenkamm war durch eine Stockpresse gedrückt und dann unter Zugabe von weiteren Trauben zur Fermentierung gebracht worden. Aber der Geschmack war nicht schlecht, nur sehr stark.
»Mindestens zwanzig von diesen Pithoi gehen auf das Schiff!« rief Larth scheinbar begeistert aus, sobald er einen Schluck davon gekostet hatte.
»Dafür habe ich aber keinen Auftrag«, gab der Focese ein wenig überrascht zurück.
»Mach dir keine Gedanken, überlaß das nur uns. Ich versichere dir, wir

werden ein gutes Geschäft daraus machen! Ach ja . . . Pack ruhig auch noch zehn von denen mit Pinienharz dazu. Es erinnert mich an meine heimatlichen Hügel!«

Der Focese drückte mit einer verständnisvollen Geste seinen Arm. »Heimweh?« murmelte er.

Larth fing den neugierigen Blick Mastarnas auf, der erleichtert darüber war, wie einfach er den Händler um den Finger gewickelt hatte. Aber der Focese gab dem Blick eine andere Bedeutung.

»Ein wenig«, seufzte Larth. »Aber, wie du siehst, bin ich wenigstens nicht ganz alleine. Wenn du die Pithoi gleich auf das Schiff verladen lassen könntest, dann würden wir an Ort und Stelle dafür sorgen, daß sie richtig verstaut werden und hätten nebenbei auch noch ein bißchen Zeit für uns.«

»Ich verstehe.« Der Focese nickte mit einem maliziösen Lächeln. »Geht nur, ich werde sie sofort verladen lassen. Aber anschließend fragt nach Xanthos, er vermietet Zimmer in der Kneipe gleich hinter dem Lagerhaus. Bei ihm könnt ihr euch für wenig vergnügen. Sagt ihm einfach, daß ich euch geschickt habe.«

Larth nickte zustimmend, und während Mastarna schon nach draußen ging, nahm ihn der Focese noch einen Augenblick beiseite und redete mit verhaltener Stimme auf ihn ein.

Kurz darauf schritt Larth einer kleinen Schar von Trägern voran auf das griechische Schiff. Auf dem Oberdeck herrschte ein ziemliches Durcheinander. Die Sklaven kamen und gingen, und nur wenige Griechen waren als Aufsicht auf dem Schiff zurückgeblieben.

Mastarna war an Land geblieben, um die Augen offenzuhalten. Larth gab sich als einer der vornehmen Griechen aus, die seit Jahren als Gäste des Königs im Palast von Alalia lebten, und wies dann die Sklaven an, die dreißig Pithoi auf dem Oberdeck zu verstauen. Er nahm den Dank der Seeleute entgegen, ohne sich lange aufzuhalten, weil er befürchtete, daß sie sich über seinen Akzent verwundern könnten, und verließ kurz darauf wieder das Schiff.

Inzwischen war heller Morgen, und Larth und Mastarna machten sich auf die Suche nach Xanthos, nachdem Mastarna sich von dem Händler noch ein Gefäß mit Fett und einen kleinen Krug Öl besorgt hatte.

»Für den Körper«, hatte er ihm erklärt und den Focesen mit glänzenden Augen zurückgelassen.

Das Zimmer bei Xanthos war klein und muffig, aber es hatte eine Fensteröffnung direkt zum Hafen hin und einen separaten Eingang über eine steile Steintreppe, die über die Dächer der darunterliegenden Häuser führte.

In der grauen Morgenluft breitete sich ein lichter Dunstschleier über das Meer. Auch der schärfste Blick hätte die Schiffe der Rasna nicht ausmachen können, selbst dann nicht, wenn sie am Horizont aufgetaucht wären.

»Und was passiert, wenn nun unser freundlicher Händler mit jemandem vom Schiff oder vom Palast über uns redet? Dann wird unser Spiel auffliegen«, meinte Mastarna, während er den Stoff des einzigen Strohsackes zerriß, um mit dem Stroh die Pfeile zu umwickeln.

»Keine Sorge, das wird er nicht tun«, beruhigte ihn Larth. »Ich habe ihn eingeladen, uns heute nacht hier zu besuchen, und deshalb wird er äußerst diskret sein. Schließlich ist er nur ein Händler.«

»Wie kannst du so sicher sein, daß er nicht aus Neugier versuchen wird, etwas über uns in Erfahrung zu bringen?« wandt Mastarna ein.

»Weil du ihn erobert hast, und er nicht riskieren wird, dich für etwas zu verlieren, das er heute nacht selbst herausfinden kann«, gab Larth lächelnd zurück.

Mastarna stieß einen unterdrückten Fluch aus. Schon seit langem hatte er es aufgegeben, sich über die Schnelligkeit zu wundern, mit der Larth die geheimen Wünsche der anderen zu seinem Vorteil nutzte.

»Sicher, du bist unschlagbar darin, zu verkaufen, was nicht dir gehört«, fügte er ernster als beabsichtigt hinzu.

»Hab keine Angst, so billig wird er nicht davonkommen«, antwortete ihm Larth mit der gleichen Ernsthaftigkeit, während er sorgfältig auf dem Tisch die sechs Pfeile einen neben den anderen legte. Keiner davon durfte sein Ziel verfehlen, und der erste würde diese kleine, kostbare Ladung in Brand stecken, die sie gerade auf dem Oberdeck des griechischen Schiffes verstaut hatten.

Danach würde das Gewitter ihnen zu Hilfe kommen, das mit einer geradezu nervenzerrüttenden Langsamkeit aufzog.

Mit den Fingerspitzen strich er über den Opal, der sich nun warm und pulsierend anfühlte, und für einen Augenblick fühlte Larth sich eins mit Erde, Himmel und dem aufziehenden Gewitter.

7.

Tiefe Dunkelheit lag über dem Hafen von Alalia, und die feuchte Luft vibrierte über einem bleiernen Meer. Die Lagerhäuser waren geschlossen, und die Hafenkneipen quollen von Menschen über. Da es nach Regen aussah, hatten sich alle von der Mole her in die Kneipen gedrängt, und die Sklaven waren schon frühzeitig am Abend in ihre Unterkünfte gebracht worden.
Mastarna stieg den Weg zum Tempel hinauf in der Hoffnung, sich dort kurz vor Sonnenaufgang mit Caile und seinen dreihundert Männern zu treffen. Larth hingegen hatte sich auf den Weg zum Hafen gemacht und bog nun in die kleine Gasse hinter dem Lagerhaus des focesischen Händlers ein, hinter dessen Holztor die restlichen Pithoi gestapelt waren.
Dort angekommen, legte er den Bogen und die vorbereiteten Pfeile neben sich und zog ein leeres Rohr unter seinem Mantel hervor, das er mit einer in Öl und Fett getauchten Lunte versehen hatte. Er bohrte sein Messer in eine der Ritzen des Holztores, erweiterte sie so gut es ging und schlug dann mit einem trockenen Schlag ein Loch in eine der Pithoi. Dann steckte er sein Messer wieder in den Gürtel, schob das Rohr durch das Loch, plazierte es vorsichtig und setzte die Lunte in Brand.
Larth wartete noch einen Moment ab und beobachtete, wie sich die Flamme durch das Rohr fraß und schließlich ins Innere des Lagerhauses schlug. Dann nahm er Bogen und Pfeile auf, hüllte sich in seinen Mantel und verließ das Gäßchen wieder. Ohne gesehen zu werden, erreichte er einen kleinen Felsenvorsprung hinter dem letzten Lagerhaus, direkt oberhalb der Mole, und richtete sich dort geduldig auf eine lange Wartezeit ein.
Der Alarm wurde in dem Moment ausgelöst, als die ersten Flammen-

zungen aus dem zur Mole hin gelegenen Haupttor des Lagerhauses schlugen und dichter, beißender Rauch aus dem Inneren drang. Im Nu liefen die Männer aus den Hafenkneipen nach draußen, und während einer von ihnen versuchte, das Tor einzuschlagen, kam der stiernackige focesische Händler keuchend und brüllend angerannt. Nur mit Mühe gelang es seinen Kumpanen, ihn davon abzuhalten, sich durch die dichte Flammenmauer zu stürzen, hinter der seine Ware verbrannte.
In diesem Moment, noch bevor die Männer Vorrichtungen treffen konnten, das Feuer einzudämmen, frischte der Wind auf, und gleich darauf zuckte der erste Blitz nieder. Er schlug ins Wasser, direkt hinter der letzten Anlegestelle ein, und für einen Augenblick erleuchtete sein gleißender Lichtstrahl die Bucht taghell. Fast gleichzeitig zerriß ein ohrenbetäubender Donnerschlag die Nacht.
Aus den Unterkünften der Sklaven kamen erschrockene Schreie, und die Flammen, die nun schon aus dem Dach des Lagerhauses schlugen, begannen an den angrenzenden Dächern und der ersten Häusergruppe zu lecken, die direkt hinter der kleinen Gasse den Hügel hinauf anstieg.
Larth schlug im Schutz seines Mantels Feuer aus dem Feuerstahl, streifte dann den Mantel ab und legte den ersten Pfeil auf. Genau in diesem Moment kam eine Schar Bewaffneter von der oberen Stadt her in den Hafen gerannt, und er entschloß sich, noch ein wenig abzuwarten.
Die Mole war jetzt von den lodernden Flammen so hell erleuchtet, daß die Schiffe an ihren Anlegestegen ein leichtes Ziel boten. Allen voran das ihm am nächsten liegende schöne, große, griechische Schiff, bereit zum Ablegen, mit seinen Laderäumen voller Öl und den Pithoi mit Aquavit ordentlich aufgestapelt auf dem Oberdeck.
Jetzt setzte Larth die Spitze des ersten Pfeiles in Brand, und in einer kurzen Windpause schoß er ihn von der straff gespannten Sehne. Er bohrte sich in eine der unteren Pithoi des Stapels auf dem Deck des griechischen Schiffes, der zweite, gleich darauf, in die zusammengerollten Segel des Hauptmastes, und der dritte traf wiederum eine der Pithoi, die jetzt hoch aufloderten.
In diesesm Moment spürte es Larth. Es war wie ein leichtes Kribbeln auf der Haut, eine Art von Spannung, als wollte es ihm den Atem verschlagen.

Der Blitz, dachte er, und zum ersten Mal in seinem Leben erschrak er davor, aus einer ihm unergründlichen Furcht heraus. Einen Moment später fuhr der Blitzstrahl auf die Hauptanlegestelle in der Mitte der Mole nieder, schlug in das Schiff ein, das daran festgemacht war, und zersplitterte den Hauptmast, der wie Stroh aufloderte. Die Luft erbebte vom Donnerschlag, und in wenigen Augenblicken trieb der Wind die Flammen auf das danebenliegende Schiff zu und hüllte es in eine Feuerwand ein.

Schnell schoß Larth noch die letzten Pfeile auf das Strohdach der am nächsten liegenden Hafenkneipe ab und warf dann den Bogen weg. Die Focesen versuchten nun endlich das Feuer einzudämmen, aber einige von ihnen hatten inzwischen sein Versteck entdeckt und kamen auf ihn zugerannt, um ihn zwischen sich und den Männern der Stadtwache in die Enge zu drängen.

Larth verzichtete darauf, den Felsvorsprung wieder herunterzusteigen und kletterte statt dessen weiter den Hügelrücken hinauf, der auf dieser Seite die Bucht umschloß. Die Focesen flehten um Regen, während ein drittes Schiff in Flammen aufging, und die Frauen in den schmalen Gassen kreischend ihre Kinder in Sicherheit brachten.

Es wird keinen Regen geben, dachte Larth und fühlte, wie die Erde unter ihm, der Wind und das Meer antworteten: *Es wird keinen Regen geben.*

Er war schon ein ganzes Stück vorangekommen, als er plötzlich auf einem Felsstück ausrutschte und der Länge nach hinschlug. Schattenhaft sah er, wie zwei oder drei der Männer, die ihm schneller als die anderen gefolgt waren, an ihm vorbeihuschten, ohne ihn zu bemerken. Aber ein vierter hatte ihn entdeckt. Drohend kam er auf ihn zu, während Larth versuchte, wieder auf die Beine zu kommen, und gleich darauf sauste ein Schwerthieb auf ihn nieder, der nur knapp an seinem linken Arm vorbeistrich. Mit einem Satz war Larth wieder auf den Beinen und über ihm, und noch bevor er die anderen hatte warnen können, war der Mann schon tot.

Einen Augenblick wartete Larth noch ab. Aber als alles ruhig blieb, stieg er ein Stück weiter den Bergrücken hinauf und verbarg sich dann im dichten Gestrüpp einer Steineiche, um Luft zu schöpfen. Von hier aus umgab der Widerschein der lodernden Flammen Alalia wie eine Aurora. Die Blitze folgten nun so schnell aufeinander, daß kaum einer vom

anderen zu unterscheiden war, und das dunkle Gewölbe der Nacht schien von einem einzigen gleißenden Licht und dem tönenden Widerhall des Donners erfüllt zu sein.
Nach einem langen Umweg erreichte Larth schließlich die Anhöhe des Tempels. Von dort aus konnte er endlich ganz den in ein Flammenmeer getauchten engen Ring des Hafens übersehen. Acht der elf Schiffe brannten, und alle einsatzfähigen Männer von Alalia waren damit beschäftigt zu retten, was zu retten war. Verzweifelt versuchten sie die Flammen einzudämmen, bevor sie auch auf die zweite Reihe der Häuser überschlagen konnten, die hinter der Mole den Hügel anstiegen. Aber sie konnten nicht viel ausrichten, denn der böige Wind blies stürmisch aus allen Richtungen und fachte das Feuer immer wieder an. Das Portal zum Tempel war geschlossen, und aus seinem Inneren war kein Laut zu hören. Larth dachte, daß dieser Gott sehr zornig auf ihn sein mußte, doch gleichzeitig spürte er, daß die Kraft, die ihm beistand, stärker war als die, die diese Steine bargen. Eine Kraft ohne Namen, das Raunen der Erde unter seinen Füßen und der Wind auf seiner Haut . . . Es war, als ob ein ganzes Universum sich an seiner Seite befände. »Wir sind bereit«, flüsterte Mastarna, der sich ihm leise genähert hatte, und Caile Vibenna, der nun hinter seinem Rücken auftauchte, begrüßte ihn schweigend mit einem freundschaftlichen Kopfnicken.
Ansonsten lag die Anhöhe wie ausgestorben da, und Larth war stolz auf diese Schar gut ausgebildeter Kämpfer, die wahrlich der Wache eines Königs würdig war.
»Wo sind die Männer?« fragte er leise.
»Sie sind alle hier und bereit. Wir sind auf dem Weg vom Schiff bis hierher auf kein einziges Hindernis gestoßen«, antwortete ihm Caile.
Larth drehte sich um und warf einen Blick auf den dunklen Palast des Königs, der sich direkt unter ihnen befand.
»Gehen wir!« sagte er knapp.
Als sie den Palast betraten, war es kurz vor Sonnenaufgang. Der Rauch der Brände, die sich fast über die ganze Stadt ausgebreitet hatten, verdüsterte das fahle Morgenlicht, das aus einem Himmel drang, der von dunklen, schnell dahintreibenden Wolken bedeckt war. Die Gewitterböen hatten sich zwar gelegt, doch der Wind blies jetzt heftig aus Osten und entfachte immer wieder die Flammen, die schon den ganzen Stadtteil um die Lagerhäuser herum zerstört hatten.

Der Palast selbst war ein rohbehauener Steinbau mit vielen aufeinanderfolgenden Räumen und mehreren neuen, erst vor kurzem errichteten Flügeln, ein deutliches Zeichen des neuen Reichtums, den die griechischen Verbündeten nach Alalia gebracht hatten.
Nur die Palastwache war zum Schutz des Königs zurückgeblieben, die gleich im ersten Ansturm überwältigt worden war, und Larth betrat nun als erster das Gemach des Königs, mit dem blutigen Schwert in der Hand und gefolgt von seinen Männern, die brennende Fackeln trugen.
Der Focese stand vor einer der großen Fensteröffnungen zur darunterliegenden Stadt und betrachtete regungslos das Werk des verheerenden Feuers und die Manöver des feindlichen Flaggschiffes, das unversehrt die Blockade der Bucht überwunden hatte und nun Krieger auf dem Wellenbrecher absetzte, um der brennenden Anlegestelle nicht zu nahe zu kommen.
Alalia konnte keinen Widerstand mehr leisten. Im Bett des Königs schluchzte ein junger Ephebe, der mit dem König die Nacht verbracht hatte und unbeachtet zurückgeblieben war, leise auf. Leichenblaß und starr lag er da, mit zusammengeballten Fäusten und in Erwartung des Todes.
Larth warf einen kurzen Blick auf ihn und hielt Mastarna und Caile zurück. Dann näherte er sich dem König und berührte seine Schulter leicht mit dem Schwert.
»Wenn du der König bist, dann erkläre ich dich zu meinem Gefangenen«, sprach er ihn auf griechisch an.
Der Focese wandt sich mit einem Lächeln nach ihm um, das wie erstarrt auf seinen Gesichtszügen lag. Er war schon in reifem Alter, mit der ledernen Haut eines Mannes, der sein Leben auf dem Meer verbracht hatte. Um den Hals trug er eine fein gearbeitete Kette aus getriebenem Gold, die ein Goldschmied der Rasna sicher nicht für ihn geschaffen hatte. Eine Weile ließ er seinen Blick auf Larth ruhen, ohne seiner Eskorte Beachtung zu schenken, die sich seinem Befehl gemäß ruhig und regungslos im Hintergrund hielt.
»Ich habe geträumt, daß ein König kommen würde, um meinen Thron zu verbrennen«, murmelte er schließlich. »Bist du ein König?«
Larth setzte ihm die Spitze seines Schwertes auf die Brust und riß ihm damit die Kette herunter, ohne ihn zu verletzen.
»Mehr als du, der du ein Dieb bist«, fuhr er ihn an. Mit der heftigen

Bewegung hatte der Opal, den er nun über der griechischen Tunika trug, für einen Augenblick das Licht der Fackeln aufgefangen und es mit einer lebendigen Flamme zurückgestrahlt.
Entsetzt wich der Focese einen Schritt zurück.
»Ja«, ich werde dein Gefangener sein, »wenn du den Flammen Einhalt gebietest, die meine Stadt zerstören«, stammelte er, ohne auf die Anschuldigung Larths einzugehen.
»Du bist auch so mein Gefangener, und die Flammen werden erst dann erlöschen, wenn die Götter es wollen«, schloß Larth und wandte sich dann um. »Ich vertraue ihn dir an, Caile. Hab gut acht auf ihn!«
Der Focese warf einen zerstreuten Blick auf seinen Epheben und folgte dann, von den Männern der Rasna flankiert, Caile.
»Verschwinde!« befahl Larth dem Knaben, der keinen Moment zögerte und in einem der Durchgänge verschwand, die sich irgendwo hinter dem Bett befinden mußten.
»Wir sollten aufpassen, daß wir nicht in eine Falle tappen«, murmelte Mastarna, der als einziger zurückgeblieben war, und begann sorgsam die Wände und die zahlreichen Kostbarkeiten zu überprüfen, die den Raum füllten und ihn dem eines Händlers ähnlicher machten als dem Gemach eines Königs. »Auch auf allzu treue Diener sollten wir achten.«
»Es gibt keine allzu treuen Diener«, erwiderte Larth trocken.
»Das glaubst du«, widersprach ihm Mastarna und lehnte sich neben ihn an die Fensteröffnung, von der aus Larth nun die Stadt und die Schiffe der Rasna beobachtete, die sich fächerförmig vor dem Wellenbrecher verteilt hatten.
Regen, dachte Larth, sonst wird uns von dieser Eroberung nur noch ein Haufen Asche übrigbleiben.
Wie eine Antwort auf seine Gedanken, war gleich darauf ein fernes Donnergrollen zu hören, und kurze Zeit später durchschlugen die ersten Tropfen die trockene Luft aus Feuer und Rauch. Mastarna schaute nachdenklich seinen Gefährten an. Auch er hatte diese Art leichtes Erbeben gespürt, das die Veränderung im Wesen der Dinge verriet, aber er zog es vor zu schweigen.
Statt dessen füllte er zwei Kelche mit geharztem Wein und reichte einen davon Larth, eine wahre Kostbarkeit, auf der die Umrisse der eingravierten Zeichnung mit Gold umrandet waren: ein Falke, der mit ausgebreiteten Flügeln über einem Berg schwebte.

Larth hob den Kelch und betrachtete dieses Bild, das er vor langer Zeit wie eine Erscheinung gesehen hatte und das er nun, auf diesem Kleinod eingraviert, wiedergefunden hatte.
Caitli, dachte er, und die Sehnsucht nach ihr wurde eins mit dem Wunsch nach Regen und dem, seine Gedanken zu betäuben.
Er kostete den Wein, der stark und gut war, und leerte den Kelch in einem Zug. Dann goß er sich wieder ein und murmelte mit leichter Ironie an Mastarna gewandt: »Siehst du? Jetzt habe ich es mir verdient, König zu werden!«
»Paß nur auf, dasselbe könnte ich auch von mir behaupten!« antwortete Mastarna lachend, sich der Wirkung seiner Worte durchaus bewußt.
»Ja«, murmelte Larth, plötzlich ernst geworden, »du hast recht. Keiner außer dir wird meinen Platz einnehmen.«
Für einen kurzen Augenblick umarmte er ihn schweigend, leerte den Kelch und warf ihn dann weit von sich. Die Gespenster der Vergangenheit waren gebannt und hatten sich nun hinter den Regen zurückgezogen, der inzwischen wie ein dichter Vorhang fiel.

Der Zug schlängelte sich auf dem kaum sichtbaren Pfad durch den *Heiligen Wald von Tinia*, und nur wenige Strahlen des leuchtenden Herbsttages durchdrangen das Blätterdach der hohen Bäume und den Halbschatten des dichten Unterholzes. Die Musikanten kündeten mit ihren langen Trompeten den Durchzug in regelmäßigen Abständen an, und selbst dieser stille und heilige Ort schien ihre triumphierende Botschaft in sich aufzunehmen und den Klang in tausend Echos wiederzugeben: im Rauschen der Blätter und im lautlosen Wispern von Stimmen, die ein Mysterium in sich zu bergen schienen, das der menschliche Geist nicht erfassen konnte.
Nur noch die Hälfte der jungen Adelsmänner von Tarchna, die vor vier Jahren ausgezogen waren, erlebte bald einen Tribut, den das Volk der Rasna schon seit langer Zeit nicht mehr gezollt hatte: den Tribut des Ruhmes und der Ehre an die siegreichen Helden des Krieges.
Acht Haruspizen schritten dem Zug voran und lasen aus jeder kleinsten Besonderheit des Pfades die Zeichen. Aber die eigentliche Zeremonie erwartete sie in Fanu Veltune: Spiele, die diesen Sieg feierten, unter der Teilnahme aller zwölf Könige des Städtebundes. Das Volk der Rasna ehrte seine Helden.

»Darin zumindest hatte Marce Vibenna recht«, dachte Larth, »doch selbst Dankesschulden werden mit der Zeit vergessen sein, wenn sie von Menschen beglichen werden müssen.«
Marce Vibenna hatte sich nur kurz in Alalia aufgehalten und war dann wegen seiner Verletzung, die auskuriert werden mußte, nach Velx zurückgekehrt. Von diesem Moment an war Larth der eigentliche Kommandant der eroberten Stadt gewesen, bis ein Fürst aus dem Hause Vibenna dazu bestimmt worden war, ihn abzulösen – zu seiner großen Erleichterung. Zu herrschen fiel ihm genauso leicht wie zu kämpfen, und er hatte sofort erkannt, daß es nicht viel bedurfte, um sich der Loyalität der Diener zu versichern, die in einem fremden Haus genauso wichtig war wie die der eigenen Wachen. Meist genügte schon eine bessere Behandlung, um sich ihrer zu vergewissern. Als einer der letzten war er zurückgekommen, gerade noch rechtzeitig, um an der Zeremonie in Fanu Veltune teilzunehmen. Deshalb war ihm auch keine Zeit mehr geblieben, vorher noch in Tarchna haltzumachen. Er hatte bisher weder seinen Vater und seine Brüder noch Caitli gesehen.
Wie lange ist das alles her, dachte Larth, als er versuchte, sich an die Biegungen des Pfades und an den Eingang zum Felsentunnel zu erinnern, der zur Schatteninsel in der Mitte des Sees führte. Heute weiß ich genauso wenig wie damals, was mich erwartet. Aber inzwischen habe ich gelernt, mich selbst zu belügen und kann den Tag genießen, ohne mich darum zu kümmern, was geschrieben steht.
Wenn der Große Trutnot ihn hätte hören können, hätte er ihm bestimmt wegen dieser ketzerischen Gedanken Vorwürfe gemacht. Aber wahrscheinlich hätte er nur den Kopf geschüttelt, im Vertrauen darauf, daß es für alles den richtigen Zeitpunkt und den richtigen Ort gab.
Larth lächelte vor sich hin. Die Ungeduld war eine schlechte Ratgeberin und die damit verbundene Furcht eine Schwäche, an die man sich trotz allem so angenehm verlieren konnte.
Der Zug der Krieger bog nun scharf ab, und genauso plötzlich, wie es Larth in Erinnerung hatte, wurden sie von dem Felsentunnel verschluckt. Mit den Augen des nunmehr Erwachsenen betrachtet, kam ihm der Durchgang jetzt sogar noch enger vor, und er spürte einen eisigen Hauch, der ihm unter seinem warmen Mantel bis zum Herzen drang und ihm ein völlig unbegründetes Angstgefühl verursachte.
Larth überraschte sich bei dem Gedanken, daß die Furcht vor dem Un-

sichtbaren einen Helden eigentlich unberührt lassen sollte. Und trotzdem ist es gerade sie, die selbst das noch bezwingt, was unbezwingbar scheint, dachte er.

Am Ausgang des Tunnels angekommen, fand er den Strand mit den schwarzen Kieselsteinen genauso vor wie damals, und während der Überfahrt auf dem ersten Boot des Hofes von Tarchna hielt er seinen Blick fest auf den Himmel gegen Westen geheftet, immer darauf gefaßt, daß sich das Zeichen von damals wiederholte.

Aber die Insel lag traumhaft vor ihnen in den goldenen und roten Farben des Spätherbstes, und der Berg der Göttin Turan glänzte in der Sonne wie das Diadem einer Königin. Die Gewässer des Sees waren tiefblau und spiegelglatt, und die Wölbung des Himmels darüber strahlend blau und wolkenlos.

Es gab keine Zeichen zu entdecken. Oder sollte etwa gerade in dieser majestätischen Vollkommenheit das Zeichen für die Zukunft verborgen liegen?

Willkommen zu Hause.

Wie ein leiser Hauch streifte ihn plötzlich dieser Gedanke und nahm seinen Geist gefangen. Mit der Handfläche bedeckte er den Opal auf seiner Brust, und das Gefühl von Wärme, das ihn bei dieser Berührung immer durchflutete, brachte sein Blut in Wallung. Er wurde erwartet. Seine Königin entsandte ihm einen Willkommensgruß, viel kostbarer und heiliger als alles andere und mit derselben sorglosen Heiterkeit wie damals, als sie noch Kinder waren. Der Opal schien auf seiner Brust zu pulsieren, und sein Herz zog sich vor Freude zusammen.

An der Anlegestelle warteten seine Verwandten auf ihn, Freunde der Familie und viele junge Männer, die wegen ihres damals noch zu jugendlichen Alters nicht an dem Kriegszug hatten teilnehmen können.

Seine Brüder Egene und Cneve waren die ersten, die sich in der Menge zu ihm durchkämpften. Egene war ein hübscher, ernster junger Mann geworden, mit helleren Haaren, aber einer dunkleren Hautfarbe als er. Cneve hingegen war kleiner und hatte von der Mutter die weichen Gesichtszüge geerbt und die braunen, lebhaften und fröhlichen Augen. Larth hatte in all den Jahren nur noch eine sehr vage Erinnerung an seine Mutter bewahrt, aber der Anblick Cneves rief sie ihm jetzt im Übermaß zurück. Liebevoll fuhr er ihm mit der Hand durch die Haare

und schloß ihn dann fest in die Arme, was Cneve, in einer Mischung aus Befangenheit und Scheu, nur widerstrebend über sich ergehen ließ.
»Wie geht es unserem Vater?« fragte Larth und schob sich die Tebenna über die Schulter zurück, um mehr Bewegungsfreiheit zu haben.
»Wieso fragst du nach unserem Vater, wenn du die Symbole des Königs trägst?« antwortete ihm Egene, mit einem Blick auf die Fibel mit dem Adler von Tarchna.
Egene hatte seine Worte in einem ernsten und nüchternen Tonfall ausgesprochen, ohne eine Spur von Feindseligkeit. Er ist wie Lars, ebenso düster und leidenschaftslos. Er wird nie den Mut haben, sein Schicksal herauszufordern, und sein Leben lang nur Luftschlösser bauen, dachte Larth und schaute ihn einen Moment lang schweigend an.
»Egene hat das nicht so gemeint«, schaltete Cneve sich jetzt ein, und Larth mußte lächeln.
»Er hat genau das gesagt, was er sagen wollte, Cneve. Aber laß es gut sein. Ich trage die Symbole, die mir gegeben wurden, mit der festen Überzeugung, daß die Symbole unseres Hauses durch euch Ehre erlangen werden.«
Egene beugte knapp das Haupt und nahm das Lob verlegen entgegen. Larth konnte ihm vom Gesicht ablesen, was er über seine diplomatische Antwort dachte, aber hier waren nicht die Zeit und nicht der Ort, um diese Angelegenheit zu klären.
»Unser Vater hat keinen Lebensmut mehr, Larth«, fuhr Cneve fort. »Aber es ist keine körperliche Krankheit. Er teilt das Leid und die Trauer des Königs, und das ist es, was ihn zermürbt.«
»Ist er hier in Fanu Veltune?«
»Natürlich!« erwiderte ihm Egene kühl. »Aber er ist an der Seite seines Königs. Sie erwarten dich. Alleine, und noch vor der Huldigung an die Helden und der Opferzeremonie.«
Larth schaute ihn an und fragte sich, ob sich hinter der kühlen Distanz des Bruders nicht auch eine Spur Neid verbarg. Aber jetzt drängte sich Mastarna zu ihm durch, und er sah mit Erleichterung, wie sich dessen bronzefarbener, in der Sonne aufleuchtender Lockenkopf durch die Menge näherte. Während all der Schlachten, die ganzen langen Jahre über, war Mastarna immer an seiner Seite gewesen, und er fühlte zum erstenmal ganz deutlich, wie sehr er sich an ihn gewöhnt hatte.
Er ist mein eigentlicher Bruder, dachte Larth, und gleichzeitig wurde

ihm bewußt, daß er immer noch vor diesem Gedanken zurückschreckte, der bedeutete, daß eine andere Person dort ihren Platz einnahm, wo bisher in seinen Gefühlen alleine Caitli regiert hatte.
Mastarna umarmte ihn zur Begrüßung und machte ihnen dann mit seiner gewohnten Geschicklichkeit den Weg frei. Kurz darauf hatten sie die Anlegestelle hinter sich gelassen und stiegen die Straße hinauf, die zum Amphitheater und zu den dahinterliegenden Pavillons der Könige führte.
Überall waren schon die Feuerbecken aufgestellt, die die Nacht der Spiele erleuchten sollten.
»So habe ich Fanu Veltune noch nie gesehen«, rief Mastarna aus, im Bemühen, ohne Fragen zu stellen, den Grund für das spürbare Unbehagen des Freundes herauszufinden.
Larth schaute sich um. Er war nur ein einziges Mal hier gewesen, als er noch ein Junge war, und damals hatte er viel zu wenig gesehen, als daß er nun irgendwelche Veränderungen hätte feststellen können. Sicher, dies hier war nicht die Zusammenkunft im Frühling, bei der der Re Supremo gewählt und die Wiedergeburt der Erde gefeiert wurde. Dieses hier war ein besonderes Fest, zu Ehren der Helden, die das Meer von den focesischen Invasoren befreit hatten. Deshalb war auch der Adel noch zahlreicher vertreten als sonst, und es würde viele Eheschließungen geben, die bei der Abreise verschoben worden waren und nun ihren Segen von der Göttin Turan erhalten sollten.
Die heitere Stimmung lud dazu ein, den langen Krieg zu vergessen. Trotzdem waren überall, am Ufer des Sees, an jedem Weg und den Ausgängen des Tunnels Wachen aufgestellt worden.
»Seit wann bist du hier?« fragte Larth.
»Seit drei Tagen. Und auf dem Weg hierher wäre die Truppe von Velx um ein Haar in einen Hinterhalt der Latiner geraten.«
»Deshalb also alle diese Wachen.«
»Nicht nur deshalb. Seit dem letzten Frühling überqueren die Latiner und Sabiner immer öfter den Tibrin. Sie überfallen unsere Transporte aus den Minen und verwüsten unsere Felder. Der König von Velx und der König von Vatluna wollen darum den Rat des Städtebundes einberufen, sobald die Ehrung der Helden vorbei ist«, erklärte Mastarna.
»Keiner der Könige wird in diesem Moment zu einem neuen Feldzug bereit sein«, sagte Larth zweifelnd.

»Nein«, stimmte ihm Mastarna zu, »und das könnte dazu führen, daß die eine oder andere Stadt es im Alleingang versuchen wird.«
»Du meinst Velx?« fragte Larth.
»Bis jetzt ist es nur Gerede«, antwortete Mastarna ihm ausweichend. Aber sie verstanden sich auch ohne viele Worte, und Larth hatte die Botschaft des Gefährten begriffen. Wenn Velx sich entschließen würde, den Feldzug alleine zu führen, ohne die Zustimmung und Unterstützung des Zwölfstädtebundes, dann würde das bedeuten, daß Tarchna der Führung des Bündnisses praktisch beraubt war, und das war etwas, was Larth nicht zulassen konnte und Mastarna vermeiden wollte.
Mastarna begleitete ihn bis an die Schwelle des Pavillons des Re Supremo.
Der Pavillon war aus kostbaren, auf Pfähle gespannten Tuchbahnen errichtet worden und fast so groß und ebenso reich ausgestattet wie der Saal für die Bankette im Palast von Tarchna. Die Fürsten und der Adel aus den verschiedensten Städten des Bündnisses hatten sich davor zusammengefunden oder hielten sich im Schatten der umliegenden Baumgruppen auf und genossen den sonnigen Tag und die festliche Atmosphäre. Die Frauen trugen lange Gewänder, die an den Säumen bemalt oder bestickt waren, und bei jeder kleinsten ihrer Bewegungen blitzte reicher Gold- und Silberschmuck in den Strahlen der Sonne auf. Eine Gruppe von Musikanten blies die Doppelflöte, und der Klang der Musik schwebte wie ein Zauber über der Menge.
Larth betrat den Pavillon, ohne sich ankündigen zu lassen, und war sich dabei der auf ihn gerichteten Blicke und der kaum verhohlenen Neugier voll bewußt. Er trug die Symbole des Königs!
Als ersten sah er seinen Vater. Die Zeichen der Resignation, von denen Cneve gesprochen hatte, schienen ihm jedoch dieselben zu sein, die auch schon vor der Abreise des Sohnes sein Gesicht verdüstert hatten. Der König war allerdings sehr gealtert. Er war dick geworden und saß schwerfällig etwas abseits des Königsthrons neben Velvur, der ihm irgendein Ereignis zu beschreiben schien.
Von allen dreien hob nur Velvur bei seinem Eintritt den Kopf und lächelte ihm zu, mit Augen, die so wach und lebhaft waren wie immer.
Larth verbeugte sich vor dem König, seinem Vater, und wandte sich dann an den Hohepriester.

»Ich habe weder vergessen, wer ich bin, noch habe ich meine Träume vergessen«, sagte er leise und ließ die leichte Berührung seiner Hand auf der Stirn zu. Eine Berührung, die die Unruhe des Geistes und die Angst des Herzens besänftigen konnte und die Larth als Junge oft mit einer gewissen Abneigung hingenommen hatte, denn er war immer davon überzeugt gewesen – und er war es auch jetzt noch –, daß auch der Schmerz ein Recht hatte, ihm anzugehören.
»Ich weiß«, antwortete ihm Velvur leise. »Auch du bist nie vergessen worden.«
»Wir sind sehr stolz auf dich«, sprach ihn nun der König an, »und darauf, daß du unsere Symbole trägst.«
Larth wandte sich ihm zu und antwortete in einem leicht gereizten Tonfall: »Das ehrt mich. Aber wenn ich sie auch weiterhin tragen soll, dann sollte es auch einen Grund dafür geben.«
»Ich wüßte nicht, warum du dich von ihnen trennen solltest, noch will ich es«, gab ihm Tarchon beschwichtigend zurück. »Die Schicksalsgöttin hat mein Haus gezeichnet, und weder du noch ich können das Herz einer Frau zwingen, die weiter sieht, als unsere Augen reichen. Du mußt Geduld haben.«
»Die habe ich, mein König, und ich habe sie immer noch. Denn du hast dem Jungen damals, als du ihn von Tarchna entferntest, einen guten Lehrmeister mitgegeben.«
Velvur nickte mit einem zerstreuten Lächeln, als ob er ganz von der Flötenmusik abgelenkt wäre, die von außen hereindrang.
Tarchon erhob sich nun mühsam, von Laris unterstützt, der ihm zu Hilfe eilte. Eines seiner Beine machte ihm Beschwerden. Es war dick angeschwollen, und um das Knie herum hatte sich ein bösartiger Tumor gebildet. Tarchon machte ein paar Schritte und stützte sich dann mit seinem ganzen Gewicht auf Larths Schulter.
»Mein junger Fürst«, murmelte er, »ich habe zwar einen Sohn bekommen, doch der kann meine Nachfolge nicht antreten, weil er nichts weiter ist als ein kleiner Bastard mit dunkler Haut und Augen wie zwei Schlitze. Er ist noch ein Kind, und mein gesunder Menschenverstand sagt mir, daß ich ihn aus dem Palast entfernen sollte. Er ist seinem Charakter nach ein Knecht, der Sohn einer Magd. Aber mein Herz ist schwach, und der Junge ist schlau, und jeden Tag verschiebe ich die Entscheidung. Aber du bist der erste unter den Fürsten von Tarchna und

mir am nächsten. Was auch immer geschehen mag, du wirst der nächste König sein.«

»König sein, ohne deine Erbin zu heiraten? Das würde bedeuten, daß sich der ganze Adel von Tarchna gegen mich erhebt«, erwiderte Larth und stützte ihn bis zum Thron.

»Du bist noch genauso widerspenstig wie als Kind«, knurrte Tarchon mit zusammengebissenen Zähnen.

»Larth hat recht«, mischte sich nun Velvur ein. »Er will den Thron nicht unrechtmäßig besteigen, und auch du willst das nicht.«

Tarchon versuchte sich ein wenig aufzurichten und sagte mit Nachdruck: »Die Götter haben ihre Wahl getroffen!«

»Dann werden die Götter gut daran tun, ihre Wahl auch zu bestätigen«, erwiderte Larth in Mißachtung der Etikette, die nach diesen Worten Schweigen gebot.

Tarchon ließ sich schwer auf den Thron fallen und überging Larths Bemerkung.

»Der König von Velx hat darum gebeten, die Überfälle der Latiner vor den Rat des Städtebündnisses zu bringen«, wechselte er das Thema. »Ihn werden sie zum nächsten Re Supremo wählen, wußtest du das?«

»Ja«, antwortete Larth.

»Sieh ihn dir an, Laris. Er ist gerade erst zurückgekommen und weiß mehr als ich, der ich die ganze Zeit in meinem Palast in Tarchna verbracht habe! Wie beurteilst du eine Allianz mit Velx, Larth?«

»Ich habe auf dem Flaggschiff von Marce Vibenna gekämpft und je nach Augenblick und Umstand Gehorsam geleistet oder Befehle erteilt. Ich achte den Mut von Velx.«

»Du hast mit Mühe gehorcht und mit Leichtigkeit kommandiert. Das jedenfalls sagt Marce Vibenna von dir. Aber er sagt auch, daß er dir das Kommando in Alalia nicht deshalb anvertraut hat, um damit Tarchna zu ehren, sondern nur dich ganz persönlich. Und das ist, so wie ich Marce Vibenna kenne, das höchste Lob. Außerdem erzählt man sich, daß du den Blitzen und dem Feuer gebietest und daß die focesische Stadt so lange gebrannt hat, bis du den Regen gerufen hast. Deshalb sagt man von dir auch, daß du nicht nur ein Kommandant, sondern auch ein Magier bist.«

»So, sagt man das von mir?« gab Larth zurück, ohne mit der Wimper zu zucken.

Tarchon schaute ihn schweigend an, dann mahnte er: »Du hast deinem König noch nicht geantwortet.«

»Du meinst wegen der Allianz mit Velx? Ich bin dafür, denn nur auf diese Weise kann sich Tarchna seine Macht im Städtebündnis erhalten«, antwortete Larth.

»Ja, die Macht . . .«, brummte Tarchon. »Du kannst jetzt gehen, aber denke daran, daß ich dich jederzeit rufen könnte, denn du wirst mein Nachfolger sein.«

Larth verbeugte sich knapp, und als er den Pavillon verließ, folgte Velvur ihm nach draußen.

»Es muß etwas Wahres dran sein an dem, was sie über dich sagen«, bemerkte der Trutnot leicht spöttisch und versperrte ihm fast den Weg.

Larth kannte ihn viel zu gut, um nicht zu wissen, daß er auf etwas ganz Bestimmtes hinaus wollte und daß sein Schweigen vor dem König kein Zeichen von Gleichgültigkeit gewesen war.

»Du wolltest mich an deiner Seite haben. Warum wunderst du dich nun, daß ich vielleicht mehr gelernt habe, als dir lieb ist?« antwortete Larth mit einem knappen Lächeln.

»Gelernt? Sicher, du hast viele Dinge gelernt, Larth, aber deine Magie ist eine andere Sache. Du und ich, wir wissen das«, antwortete ihm Velvur und strich mit den Fingerspitzen über den Opal auf seiner Brust. »Willst du mich nicht nach Caitli fragen?« forderte er ihn dann auf.

»Muß ich das? Caitli und ich sind nie wirklich getrennt gewesen, das weißt du genausogut wie ich.«

Velvur nickte und zog ihn in den Schatten einer Baumgruppe. Wieder fühlte Larth alle Blicke auf sich gerichtet. Man sprach über ihn, über seine Macht über das Feuer und die Blitze, und fragte sich insgeheim, was es damit wohl auf sich hatte. Der Große Trutnot blieb vor einem der alten Bäume stehen und strich mit der Hand über seinen Stamm, als wollte er ihn streicheln.

»Auch ich werde langsam alt«, murmelte er. »Und genauso wie dieser Baum hier höre ich nun eher das Flüstern der leichten Brisen als das Brüllen des Sturms. Kannst du ihre Stimmen hören, Larth?«

Larth ließ seinen Blick umherschweifen. Ein anhaltendes, gleichmäßiges Stimmengewirr umgab sie wie das Rauschen des Windes, der aus

den waldigen Niederungen aufstieg und über die Hügel fuhr. Aber es war ihm unmöglich, auch nur ein einziges Wort zu unterscheiden.
»Nein«, antwortete er.
»Sie fragen sich, wie lange es wohl noch dauern wird, bis du Re Supremo bist. Sie haben Angst davor, denn sie sind gewöhnt daran, sich in ihrem eigenen Glanz zu sonnen. Du aber bist jung, und der Schatten deiner Macht verdunkelt die Sonne.«
»Das kann auch alles nur Einbildung sein«, erwiderte Larth, der es müde war, sich wie ein Pfau zu spreizen.
»Vielleicht«, antwortete Velvur, »ich weiß es nicht. Sag du es mir.«
»Wann werde ich Caitli sehen können?« fragte Larth statt dessen.
»Morgen, wenn die ersten Sonnenstrahlen die Spitze des *Heiligen Berges von Tinia* berühren und der Phersu beginnt. Die beiden Töchter des Königs folgen heute nacht den heiligen Pfaden, für sie wird dies eine Nacht der Wache im Tempel der Göttin Turan auf dem Gipfel des Berges sein. Erinnerst du dich noch an die kleine Thanaquil?«
Larth nickte nur. Das kleine Mädchen mit den zerrissenen Kleidern fiel ihm wieder ein, das Caitli mit dem erhobenen Krummsäbel in der Hand verteidigt hatte. Ein kleines, unscheinbares und erschrockenes Wesen.
»Sie ist so schön wie ihre Mutter geworden, und auch sie weist alle Bewerber um ihre Hand zurück.«
»Warum erzählst du mir das?« fragte Larth.
Velvur zuckte mit den Achseln. »Weil ich, im Gegensatz zu dir, die Stimmen der leichten Brise höre, mein junger Fürst. Geh nun, ich will dich nicht länger aufhalten. Deine Gefährten verlangen nach dir.«
Mastarna kam mit einer Gruppe junger Männer auf ihn zu. Es war an der Zeit, sich in die Arena zu begeben und die Athleten zu bewundern, die an den Wettkämpfen zu ihren Ehren teilnehmen würden. Da war das Truiaspiel mit seinen Pferden und Reitern, der Weitsprung, der Wettlauf und der Kampf der Sklaven, der allerdings endete, sobald sich einer der beiden Gegner ergab, wobei dem Verlierer nichts Schlimmeres geschah, als dem Gelächter der Zuschauer preisgegeben zu werden.
Larth verabschiedete sich von Velvur und stieg dann, zusammen mit Mastarna und den anderen, zu den Übungsstätten und Unterkünften ins Innere des Berges hinab, wo die Kämpfer sich auf die Wettkämpfe

vorbereiteten. Natürliche Felsgrotten waren vor langer Zeit erweitert worden und hatten ursprünglich vielleicht den Eremiten als Unterkunft gedient oder den Hohepriestern der Erdmutter Dia. Jetzt aber waren in diesen Felsenhöhlen die Sklaven und auch die freien Kämpfer aus allen Städten des Zwölfstädtebundes untergebracht. Vor jeder der Unterkünfte blieben sie stehen, wetteten auf den einen oder anderen Athleten und sprachen mit den Betreuern oder Waffenmeistern, um sich über den Ruhm der alten Kämpen oder die Qualitäten der jungen Herausforderer zu informieren. Die Luft war schwer von Öl, Schweiß und Essensgerüchen, die sich mit den Ausdünstungen einer Unmenge von Wein und denen einer unterschwelligen Furcht vermischten. Hinter der letzten Gemeinschaftsunterkunft machte das Gewölbe einen Bogen und wurde dann niedriger. Die dahinterliegende Zelle war tief in den Felsen gehauen, aber der Boden aus schwarzem Stein war trocken. Nur das Gewölbe schwitzte kleine Wassertropfen aus, die im Licht der Fackeln, die vor dem Eisengitter brannten, wie Perlen schimmerten.

Sie mußten sich jetzt direkt unterhalb des Tempels des *Nagels der Zeit* befinden. An der Rückwand der Höhle sammelten Rinnen das Wasser und leiteten es in ein darunterliegendes Auffangbecken ab, von wo aus ein System von Ablaufrinnen und Kanälen das Wasser aufsammelte und es in die Waschbecken der Unterkünfte leitete.

Larth blieb vor dem Gitter stehen. Der Mann auf der anderen Seite war so jung wie er. Die helle Haut auf den Schultern und der nackten unbehaarten Brust war von der Sonne gerötet, und die langen, hellblonden Haare fielen ihm über Stirn und Nacken. Seine Handgelenke waren in Ketten gelegt, die ihm nur wenig Bewegungsfreiheit ließen. Als einziges Kleidungsstück trug er eine Art Umhang, den er um die Hüften geschlungen hatte.

Aber neben sich hatte er einen Krug mit Wein und einen Teller mit Fleisch stehen, das noch warm sein mußte und das er noch nicht angerührt hatte, weil er sie hatte kommen hören.

»Er ist uns von Felsina als Ehrengabe geschickt worden«, bemerkte Caile Vibenna, der neben ihn getreten war. »Er ist etwas ganz Besonderes. Morgen wird er auf den Phersu treffen.«

»Hat ihm schon jemand gesagt, was das bedeutet?« fragte Larth und brach damit das Schweigen, das den Worten Cailes gefolgt war. Der

junge Mann hinter den Gittern wandte mit einer kaum merklichen Bewegung den Kopf nach ihnen um und hob den Blick. Keine Spur von Angst oder Ergebenheit lag darin, und seine blauen Augen waren so klar und ruhig wie das Wasser des Sees.
»Versteht er uns etwa?« fragte Caile erstaunt.
»Vielleicht«, murmelte Mastarna, leicht irritiert von der Anziehungskraft, die sich zwischen ihnen entwickelte. Auch die Gefährten hinter ihm schwiegen nun. Keiner von ihnen hätte es jemals gewagt, das Opfer zu verspotten.
Schließlich brach Larth das Schweigen.
»Befreie ihn von seinen Ketten«, befahl er dem Wachposten vor der Zelle. »Er wird sich morgen nicht verteidigen können, wenn er die Arme nicht bewegen kann.«
»Wie du befiehlst, edler Tarquinier«, murmelte der Mann und ging an ihnen vorbei, um die Zelle zu öffnen und den Befehl auszuführen.
Der junge Gefangene rührte sich nicht, selbst dann nicht, als seine Hände von den Ketten befreit waren. Aber etwas in ihm strömte eine tief verborgene Kraft aus. Er war geschmeidig, mit schmalen Händen und wohlgeformten, langen Fingern, vor allem aber hatte er eine besondere Art, den Kopf hoch aufgerichtet zu tragen, ohne sie eines Blickes zu würdigen.
»Diese Kelten sind unberechenbar«, murmelte Aule Vibenna. »Warum haben sie ausgerechnet ihn für den Phersu ausgewählt?«
»Sei still«, brachte ihn Mastarna zum Schweigen. »Selbst die Steine haben hier Ohren.«
Larth wandte dem Mann, der morgen das Opfer sein sollte, den Rücken zu. Mastarna hatte recht. Sogar die Steine schienen diese glühende Begeisterung zu teilen, die in der Luft lag und die sich sicher nicht nur deshalb abgekühlt hätte, weil dieser Mann, genauso wie er, den Tod nicht so ohne weiteres akzeptieren wollte.

8.

In dem großen Gewölbe, das direkt neben dem Tempel der Göttin Turan lag, hatten die Frauen die ganze Nacht über gelacht und gesungen. Hier war kein Mann zugelassen, keinerlei Gefahren drohten, und so war die Fröhlichkeit völlig ungezwungen und ausgelassen gewesen.
Die Priesterinnen des Tempels umsorgten ihre Gäste, die Königinnen und Fürstinnen des Zwölfstädtebundes, mit erlesener Eleganz. Caitli hatte Stunden mit der Herrin von Turan und ihren Schülerinnen verbracht, die in Poesie, Musik und den Schönen Künsten ausgebildet waren, und gemeinsam hatten sie die Wände des großen Saales bemalt, in dessen Mitte eine Quelle entsprang, die, blank wie ein Stück Himmel, in den schwarzen Basalt des Bodens gefaßt war.
Dies war das *Auge der Göttin,* ständig bewacht von einer der jungen Priesterinnen, die, in sich versunken, keinen Anteil am nächtlichen Bankett und dem fröhlichen Stimmengewirr nahm.
Thanaquil war schon den ganzen vorangegangenen Tag über aufgeregt wie ein Kind gewesen. Sie hatte das weiße, silberbestickte Gewand für den kommenden Tag vorbereitet und der Göttin Opfergaben gebracht, auf denen sie den Namen Mastarnas neben den ihren geschrieben hatte.
Genauso aufgeregt wie sie waren auch die jungen Mädchen gewesen, die ebenfalls die Nacht über gewacht hatten und am nächsten Tag heiraten sollten. Unter ihnen befanden sich die Tochter des Königs von Vatluna und die Töchter von Marce Vibenna, die nach Vei verheiratet wurden, um die Allianz zwischen den Familien zu stärken. Erst kurz vor Sonnenaufgang hatten sie sich zurückgezogen, um vor dem lang ersehnten Tag noch ein wenig auszuruhen.
Aber nach einer Stunde ruhigen und festen Schlafs erwachte Thanaquil plötzlich mit einem Ruck. Sie drehte sich auf den Rücken und starrte, noch schlaftrunken, auf die Decke aus schwarzem Basalt.

Die in den Felsen gehauenen Zellen der Gäste waren klein, aber kostbar ausgestattet, warm und bequem. Folglich hätte Thanaquil nicht sagen können, was sie geweckt hatte. Trotzdem war etwas Beunruhigendes zu ihr gedrungen, und was auch immer es sein mochte, es war noch da.

Caitlis Bett neben dem ihren war leer. Vom Schrecken an ein anderes Erwachen ergriffen, setzte Thanaquil sich auf, und die Erinnerung ließ ihr das Blut in den Adern gefrieren. Sie schaute sich um und sah Caitli, mit Tunika und Pupurmantel bekleidet, die offenen Haare nur leicht von einem goldenen Reifen gehalten, an der Türöffnung zur Zelle stehen.

»Wieso die königlichen Insignien?« fragte Thanaquil verwundert.

Das ›Auge der Göttin‹ hat sich getrübt . . . wisperten die geheimen Stimmen der Luft und des Felsens und erfüllten mit ihrem leisen, eindringlichen Raunen die Stille. Das also war es, was sie geweckt hatte! Thanaquil sprang aus dem Bett und griff nach ihrem Gewand.

Aber Caitli hielt sie zurück.

»Nein«, befahl sie ihr, ohne sich nach ihr umzudrehen. »Du bleibst hier.«

Thanaquil hielt mitten in der Bewegung inne. Sie kannte diesen Tonfall der Schwester und wußte, daß niemand ihr den Gehorsam verweigern konnte, wenn sie so sprach, nicht einmal der König.

Mit dem Gewand vor der Brust ließ Thanaquil sich wieder auf die Bettkante fallen, und Caitli verließ den Raum. Schweigend folgte sie der Magd, die sie gerufen hatte, bis in den Saal, wo die Herrin von Turan, sichtlich verängstigt, sie neben der Quelle erwartete.

Vor dem Wasser kniete eine der jungen Priesterinnen, die den letzten Turnus der Wache gehalten hatte. Sie hatte die Hände vors Gesicht geschlagen, schluchzte leise vor sich hin, und die alte Herrin von Turan strich ihr sanft über die Haare.

»Beruhige dich. Du hast keine Schuld«, sprach sie besänftigend auf sie ein. Sie war eine große, fast alterslose Frau, mit glatter, heller Haut und großen, wasserblauen Augen. Aber ihre seherischen Kräfte waren, verglichen mit denen von Caitli, nur ein fahler Schatten, der sie nun schwach und hilflos zurückließ.

Die Herrin von Turan wußte das nur zu gut und wandte sich jetzt Caitli zu, die stumm und abwartend dastand.

»Das *Auge der Göttin* hat sich getrübt. Seit langer Zeit ist das nicht geschehen«, erklärte sie und gab der jungen Priesterin ein Zeichen, sich zu entfernen und sie alleine zu lassen.
Ein fast unnatürliches Schweigen lastete auf dem Inneren des Tempels. Die ahnungslosen Gäste schliefen, und die Priesterinnen, die in einiger Entfernung einen Kreis um Caitli geschlossen hatten, schienen den Atem anzuhalten. Schon bald würde die Sonne über den Gipfeln der Berge aufgehen, aber hier drinnen stand die Zeit still, unbeweglich und fast bis zum Zerreißen gespannt.
Caitli spürte, wie die Spannung von ihr Besitz zu ergreifen begann. Langsam wandte sie sich der Quelle zu, deren Wasser dunkel geworden waren, und streckte beide Hände darüber aus, um die tiefen Schwingungen der Erde in sich aufzunehmen. Ein kalter Angstschauer überlief sie, und sie spürte, wie ihr Geist sich vor dem dunklen Abgrund zurückziehen wollte.
»Eine Fackel«, befahl sie kurz.
Eine der jungen Frauen beeilte sich, ihr eine Fackel aus einem der Bronzehalter an den Wänden zu bringen. Caitli kniete neben der Quelle nieder und hatte plötzlich das Gefühl, von einer tiefen, saugenden Kraft angezogen zu werden. Sie senkte die Fackel so tief hinunter, daß sie fast den Wasserspiegel berührte.
Und dann sah sie: Dies war der entscheidende Tag. Und alle kommenden Tage des Volkes der Rasna würden gezählt sein, für das, was an diesem einen Tag geschehen würde.
Sie sah das reiche Land und die blühenden Städte von feindlichen Heeren überschwemmt. Sie sah Tarchna, Vei, Xaire und Velx brennen und untergehen, die erschlagenen Menschen und die verwüstete Erde. Sie sah die zerstörten Dämme und Kanäle, die das Hochwasser zurückhielten, und endlose Sümpfe, die sich bis zu den Küsten ausbreiteten und nichts als Verlassenheit und Tod mit sich brachten. Sie sah die Städte bis auf die Grundmauern niedergerissen, damit sie für immer dem Vergessen anheimfallen würden. Und sie sah die Könige des Zwölfstädtebundes einer gegen den anderen kämpfen, sich den eindringenden Feinden beugen, und alles das, was einmal glanzvoll und voller Leben war, nichtiger werden als ein Schatten im Reich der Toten. *Aus uns wird eine Nation geboren werden. Die mächtigste aller schon vorgezeichneten Zeiten. Durch unsere Schuld und unseren Verdienst wird sie groß wer-*

den und sich wie ein Sturmwind über die uns bekannte Welt ausbreiten. Nie wird sie unsere Sprache sprechen und nie unseren Namen tragen. Ihr Ziel wird die Eroberung sein, die Macht und die Herrschaft, und sobald sie erstarkt sein wird, wird sie uns zerstören. Caitli hatte diese Worte nur sehr leise gesprochen, und trotzdem hatte ihre Stimme noch den letzten Winkel des Saales erreicht, um dann an den Wänden entlang in die Felsadern des Berges zu dringen und in einem Aufschrei voller Verzweiflung und Schmerz widerzuhallen, der für einen Augenblick die Träume der Schlafenden zerriß. Die alte Herrin von Turan hatte die Hände vors Gesicht geschlagen, und Caitli löschte nun, noch immer auf den Knien, die brennende Fackel in der Quelle, deren Wasser sich durch die Berührung leicht kräuselte.

»Der Große Trutnot bittet, eintreten zu dürfen«, zerriß plötzlich die Stimme eines der jungen Mädchen die atemlose Stille. Die alte Herrin von Turan zuckte zusammen. Auch für Velvur galten die strengen Regeln des Tempels, die keinem Mann Eintritt gewährten, aber nach kurzem Zögern gab sie voller Kummer ein Zeichen der Zustimmung. An diesem Tag, der gezeichnet war von so außergewöhnlichen Ereignissen, war auch die Ausnahme gestattet, einem Mann Zutritt zum Tempel zu gewähren.

Velvur blieb auf der Schwelle des Saales stehen, und obwohl er den Zeremonienmantel angelegt hatte, erschien seine Gestalt schemenhaft und unwirklich, wie ein Traum, im Licht der aufgehenden Sonne, das nun in breiten Dunststreifen in den Tempel einfiel, als wollte es die Angst vertreiben. Für einen langen Augenblick verharrte Velvur schweigend und in Betrachtung des Bildes versunken, das sich ihm bot.

»Ich war im Tempel *des Nagels der Zeit*«, sagte er dann, »und plötzlich empfand ich einen heftigen Schmerz. Ich fühlte tiefe Wunden bluten, und der Schmerz darüber brachte mich fast um den Verstand. Aber wie es geschrieben steht, so soll es sein.«

Caitli erhob sich. Das *Auge der Göttin* war nun wieder azurfarben und nur noch hier und da von dunklen Adern durchzogen, die die Sonne bald auslöschen würde. Sie war unversehrt durch Raum und Zeit gegangen, aber das, was sie gesehen hatte, ließ ihre Lippen erzittern, und noch immer hatte sie, in einer Geste hilfloser Verzweiflung, ihre Hände zu Fäusten geballt.

»Über das, was du gehört und gesehen hast, wirst du mit niemandem sprechen«, sagte sie leise an die Herrin von Turan gewandt. »Heute nicht und niemals, es sei denn, der Große Trutnot entscheidet anders darüber.«

Die Frau stimmte mit einer knappen Neigung des Kopfes zu. Sich der Autorität Velvurs beugen zu müssen, fiel ihr nicht leicht, aber sie hätte es auch niemals gewagt, sich dieser Entscheidung zu widersetzen.

Caitli wandte sich nun von der Quelle ab und ging auf den Großen Trutnot zu, der noch immer unbeweglich auf der Schwelle des Saales stand.

»Ich werde beim Opfer des Phersu anwesend sein«, war alles, was sie sagte, als sie an ihm vorbeischritt.

Velvur nickte, ihn beschlich das Gefühl, als wäre ihm ein Befehl erteilt worden, und er wäre nur deshalb hierhergekommen, um ihn entgegenzunehmen.

Wie ein Gewölbe, von einer üppigen Vegetation überwuchert, als wäre er eine Verlängerung der zahlreichen unterirdischen Grotten und Gänge, führte ein langer, gepflasterter Pfad aus dem Innern des Berges hinaus bis zum Amphitheater und endete vor einer Anzahl von offenen und nicht sehr tiefen Höhlen. Sie lagen unter dem Teil des Amphitheaters, wo der Adel und die Familien von geringerem Rang ihren Platz hatten, direkt gegenüber der Tribüne, die den Königen und ihren Angehörigen, dem Großen Trutnot und den fürstlichen Hohepriestern des Städtebundes vorbehalten war. Diese Höhlen waren ausschließlich den Athleten, Sklaven und den Priestern von Fanu Veltune zugänglich. Hier warteten die Athleten und Kämpfer auf ihren Auftritt, verfolgten die Spiele in der Arena und schätzten die Fehler und Stärken ihrer Kontrahenten ab, während die Stallknechte die Pferde aufzäumten und die Diener die Waffen, Öle und Ingredienzen bereithielten.

An diesem Morgen jedoch war das gewöhnlich fröhliche Treiben verhalten und wie erstarrt in Erwartung des Phersu. Solange das Opfer nicht vollzogen war, konnten die Spiele nicht beginnen, und das Stimmengewirr in den Höhlen und Unterkünften war gedämpfter als sonst.

Der Zug der Priester, dem die Musikanten mit den langen Trompeten voranschritten, folgte dem verborgenen Pfad, während das Amphitheater sich langsam füllte und die Könige ihre Plätze einnahmen.

Caitli, die Hohepriesterin und Erbin des Hauses des Re Supreme, folgte wie in Trance dem Großen Trutnot, der ihr voranschritt, und nahm die große Anzahl von Haruspizen an ihrer Seite nur undeutlich wahr. Als sie aus dem Schutz des Pfades ins Amphiteater hinaustraten, sah sie in die Strahlen der aufgehenden Sonne, die nun durch die breiten Öffnungen einfielen und die Thronsessel der Könige in Flammen zu setzen schienen. Doch die glänzenden Augen der Athleten und die Glücksbringer, die sie trugen, um das Schicksal günstig zu stimmen, und ihre erwartungsvolle Spannung ließen sie völlig gleichgültig.
Der Phersu stand schon neben einem der Ausgänge zur Arena. Er war ein großer, robuster Mann, mit breiten, wuchtigen Schultern und der dunklen Haut der Leute aus den Salinen. Er trug eine Tunika und einen kurzen, schwarzen Umhang, unter dessen Kapuze, die er tief über den Kopf gestülpt hatte, seine groben und ungeschlachten Gesichtszüge nur schemenhaft zu erkennen waren. An der Leine hielt er einen großen Wolfshund mit gebleckten Zähnen und glühenden Augen, der ebenfalls mit einem schwarzen Überwurf bedeckt war und dessen Wildheit nur durch die Kraft des Mannes gebändigt wurde.
Aber der Zug der Priester kümmerte sich weder um den Mann noch um den Hund. Der Phersu hatte keinen Namen, so wie das Opfer kein Gesicht hatte. Dem ersteren würde keine persönliche Ehre zuteil werden, weil er im Namen des Volkes der Rasna handelte, und der zweite war die Gabe an die Götter, um auszugleichen, was durch menschliche Hand genommen worden war.
Ein Schauer überlief Caitli in dem Augenblick, als sie die gegenüberliegende Seite der Arena erreicht hatte und die Wachen den Kreis öffneten, den sie um das Opfer geschlossen hatten: Der Mann war jung, mit der hellen Haut und den hellen Haaren der Völker des Nordens. Seine Gesichtszüge waren ebenmäßig und schön und seine Augen so blau wie der Himmel. Er war groß, schlank und sehnig, und sein Körper war unbehaart. Nur ein Hüfttuch bedeckte knapp seine Lenden.
Der Große Trutnot blieb vor ihm stehen, aber der junge Mann wandte seinen Blick von ihm ab und Caitli zu, so wach und eindringlich, als wollte er sich vor dem Kampf noch an etwas Schönes erinnern und diese Erscheinung für immer in seinem Herzen verschließen.
Velvur trat zur Seite, nahm die schwarze Kapuze, die einer der Haruspizen neben ihm bereithielt und die dem Ritus gemäß dem Opfer

übergestülpt wurde, und reichte sie an Caitli weiter, damit sie an seiner Stelle handelte. Einen Augenblick lang rührte sich Caitli nicht, fast so als ob sie sich weigern wollte, die Bewegung zu vollziehen, die den jungen, fremden Mann dem Tod ausliefern würde. Dann nahm sie die Kapuze entgegen und trat vor ihn hin. Mit den Fingerspitzen strich sie über seine Stirn und fühlte für einen Moment sein Wesen wie einen wilden, aber gebändigten Strom. Sie spürte seinen beweglichen und lebhaften Geist, hörte das Echo von ungesagten Worten und fing den Schatten eines leichten Lächelns auf den schönen Lippen ein.
Caitli murmelte die uralten Worte des Ritus, mit dem sie ihn der Erde weihte, und berührte ihn dabei leicht an Kehle und Brust. Dann hob sie die Kapuze hoch, stülpte sie ihm über den Kopf, und zwei Männer der Wache befestigten sie ihm auf der Schulter.
Jetzt war der junge Mann blind, und der schwere Stoff würde ihm bald die Luft nehmen.
»Man wird dich jetzt in die Arena führen«, murmelte Caitli und folgte damit den Worten des Ritus. »Dort werden dich der Phersu und sein Hund erwarten. Der erstere stellt symbolisch unser Volk und seine Schuld dar, der zweite die Kraft der Erde. Zusammen werden sie gegen dich sein. Aber die Erde ist gütig, und seit langer Zeit bringt unser Volk keine Menschenopfer mehr. Dir wird also ein Stock gegeben werden, und wenn du zu kämpfen verstehst und die Götter es wollen, dann kannst du gewinnen.«
»Welche Götter meinst du?« murmelte der junge Mann in der Sprache der Rasna. Seine Stimme klang dumpf unter der Kapuze und rauh durch die ungewohnte Aussprache.
Caitli ergriff ihn bei den Händen und führte ihn zu Velvur, damit dieser ihm den Stock überreichte, aber für einen Augenblick hielt sie seine Hände noch in den ihren, im Versuch, ihn das fühlen zu lassen, was sie selbst fühlte, und eine kosmische Kraft, die Macht der Götter, in ihn einfließen zu lassen, in welchem Namen auch immer der junge Fremde sie begreifen mochte.
»Namen sind nur das klägliche Bedürfnis der Menschen, das Unbegreifliche begreiflich zu machen, aber die Kraft des Universums ist eine«, antwortete sie ihm.
Der junge Mann strich an dem schweren Stock entlang und legte dann mit einem leichten Druck seine Hände über die ihren.

»Sag mir deinen Namen«, murmelte Caitli.
»Das Opfer hat keinen Namen«, mischte sich nun Velvur ein. »Axal«, antwortete der junge Mann. »Mein Name ist Axal.« Caitli trat beiseite. Nun war jede Minute kostbar für den Atem des Opfers. Die Wachen näherten sich und führten ihn in die Arena, während Velvur, Caitli und die Haruspizen sich zur anderen Seite des Amphitheaters begaben. Der untere Teil der Tribüne war für die fürstlichen Hohepriester bestimmt, wobei der erhöhte Platz in der Mitte dem Großen Trutnot vorbehalten war. Doch bevor Velvur seinen Platz einnahm, hielt er Caitli zurück und verwehrte ihr damit, neben Larth Platz zu nehmen, der auf sie wartete.
»Geh nicht«, flüsterte er ihr zu. Seine Gesichtszüge waren noch immer vom Schmerz gezeichnet, der ihn im Augenblick der Prophezeiung getroffen hatte. Trotzdem war in diesem Moment das Zentrum seiner Aufmerksamkeit Caitli, die, obwohl sie die königlichen Insignien trug, nun an seiner Seite blieb und somit in dieser Umgebung nicht mehr die Erbin des Königs war, sondern die seine. Indem er sie in diesem Kreis anerkannte, entzog Velvur sie dem König und befreite sie damit von ihrem Versprechen an Larth, obwohl das in diesem Augenblick niemandem bewußt wurde, am allerwenigsten Caitli.
Velvur seufzte leise auf und fühlte, wie ihn eine tiefe Traurigkeit überfiel.
Die Musikanten bliesen in ihre langen Trompeten, um die Sonne zu begrüßen, die nun schon so hoch am Himmel stand, daß sie den Gipfel des Berges Tinia beschien, und auf dieses Zeichen hin betrat der Phersu die Arena. Der Wolfshund jaulte auf und begann, heftig an der Leine zu zerren, während sich der Gefangene dem Klang der Trompete zuwandte und den Stock mit beiden Händen fest umschloß.
Über das Amphiteater hatte sich nun ein tiefes Schweigen gesenkt. Velvur ließ seinen Blick umherschweifen und wandte sich dann nach den Königen hinter sich um, im Bewußtsein, daß Larth, der neben Tarchon Platz genommen hatte, ihn beobachtete. Der Wolfshund war kaum noch zu bändigen, und diesmal hielt ihn der Phersu nicht mehr zurück. Er gab der Leine nach und stürzte sich dann, zusammen mit dem Hund, nach vorne, um ihn bei seiner Attacke zu begleiten.
Mit einem langen Satz sprang der Hund den Kelten an. Aber der mußte gelernt haben, mit Hunden umzugehen, denn obwohl er ihn nicht se-

hen konnte, drehte er sich mit einer schnellen Bewegung zur Seite und schützte mit Arm und Ellenbogen seine Kehle. Der Hund verbiß sich wütend in seinen Arm, aus dem sofort in Strömen das Blut floß, aber Axal ließ den Stock nicht sinken, im Gegenteil, er hob ihn hoch über den Kopf, benutzte ihn wie einen Knüppel und schlug so lange auf das Tier ein, bis es von ihm abließ. Für einen Moment blieb er regungslos stehen, und der blutende Arm, den er nicht mehr gebrauchen konnte, hing schlaff an seiner Seite herunter. Um ihn herum wirbelte eine Staubwolke.

Gemurmel ging durch die Reihen der Haruspizen. Caitli saß wie erstarrt da, und Velvur spürte, daß seine Macht gegen diese magische Kraft, die wie ein starker Strom zwischen diesen beiden floß, nichts ausrichten konnte. Caitli schien sie in ihre Regungslosigkeit eingeschlossen zu haben, und doch wußte Velvur genau, was die junge Frau dachte.

Der Mann der Prophezeiung. Der Mann, der von Westen kommt, wie alle bösen Omen.

Der Phersu, der den Hund für einen Augenblick zurückgezogen hatte, um ihm eine Atempause zu gönnen, ließ jetzt die Leine wieder locker und feuerte ihn an, doch das Tier scheute vor einem direkten Angriff zurück. Mit Blut besudelt und geschlagen, schien ihm nun eher Vorsicht angebracht zu sein.

Für einige lange Minuten beschränkte der Hund sich darauf, den Mann zu umschleichen, aber der Kelte konnte ihn spüren. Den Stock fest in der gesunden Hand und auf den Beinen immer noch sehr beweglich, versuchte er, sich nach ihm zu drehen.

»Er ist sehr geschickt«, murmelte Velvur. »Er läßt sich nicht von Angst und Panik überwältigen und benutzt den Stock, um das Tier einzuschüchtern und ihm den Mut zu nehmen.«

»Er will nicht sterben«, antwortete ihm Caitli. »Nicht auf diese Weise.«

»Es ist sein gutes Recht«, erwiderte der Trutnot, aber so leise, daß niemand außer ihr ihn hören konnte.

In diesem Moment sprang der Hund mit einem Satz nach vorne. Ein Aufschrei ging durch das Amphitheater, und unter der Wucht des Ansprungs fiel der junge Mann zu Boden. Doch mit einer blitzschnellen Bewegung des Stockes, die dem Zubiß des Hundes um ein Haar zuvorkam, gelang es ihm gerade noch, seine Kehle zu schützen. Mit einem trockenen Geräusch zersprang der Kiefer des Hundes auf dem harten Holz. Die Schmerzen und das Blut, das aus dem zerfetzten Arm des Mannes tropfte, machten das Tier jetzt rasend, aber der Kelte ließ nicht locker, und es gelang ihm, den Hund mit dem Stock zu erwürgen, obwohl ihm seine Krallen die Brust und den Rücken zerfleischten.

In der Arena war es totenstill geworden, und für einen langen Augenblick war nur das Keuchen des Mannes zu hören. Dann befreite sich der junge Mann von dem Kadaver und erhob sich mühsam mit Hilfe seines Stockes.

Der Phersu hatte sich einige Schritte zurückgezogen und die Leine fallengelassen, die jetzt zu nichts mehr nutze war. Er war zwar ein starker Mann, aber ein ausgebildeter Kämpfer war er nicht, und das Verenden des Wolfshundes hatte ihn verwirrt gemacht. Der Kelte, dessen Sinne durch die Blindheit geschärft waren, spürte die Furcht des Mannes ebenso, wie er den Hund bei seinen Angriffen gespürt hatte.

Er stieß einen wilden, rauhen Schrei aus, der typisch für sein Volk war, und erhob dann herausfordernd den Stock. Der Phersu stürzte ungeschickt und brüllend auf ihn zu, aber der Kelte wich zur Seite und schlug ihm mit aller Kraft den Stock so zwischen Schulter und Kopf, daß er ihm das Genick brach.

Röchelnd brach der Mann in die Knie. Dann rollte er zu Boden und blieb regungslos liegen.

Auch der Kelte, erschöpft und von dem Schwung seines eigenen Angriffs mitgerissen, fiel zu Boden. Den Stock noch immer fest in der Hand, blieb er auf den Knien liegen, und seine Brust hob und senkte sich heftig im Ringen nach Luft, das nun immer schwieriger wurde.

Noch lag ein lastendes Schweigen über der Arena, dann erhob sich ein Gemurmel wie das Summen eines aufgescheuchten Bienenschwarms.

Velvur stand auf und erhob beide Arme, um das Ende des Opferaktes anzuzeigen. Dann schaute er sich um und forschte in den Gesichtern in seiner Nähe und in denen weiter oben in der Arena, um den Re Supremo herum. Ihrem Gesichtsausdruck nach zu urteilen schienen Larth und seine Gefährten alles andere als enttäuscht darüber zu sein, wie der Kampf geendet hatte. Und wie die Haruspizen der Städte des Bundes, die sich entschieden hatten, sich nicht in einen neuen Krieg gegen die

Latiner und Sabiner hineinziehen zu lassen, die Weigerung des Opfers, den Tod zu akzeptieren, deuten würden, konnte er sich ausmalen. Aber auch diese Art, die Zeichen zum eigenen Vorteil zu deuten, zeigte an, daß sich die Zeiten zu wandeln begannen.
Wenn wir die Wahrheit weiter nach unserem eigenen Belieben beugen, dachte Velvur bitter, wird sie uns bald nicht mehr gehören.
Erneut hatte sich tiefes Schweigen über die Arena gebreitet. Zwei Männer der Wachen hoben den jungen Kelten auf und brachten ihn vor den Großen Trutnot. »Nehmt ihm die Kapuze ab«, war das erste, was Velvur ihnen befahl, und schon einen Augenblick später war Axal davon befreit. Er schloß, vom grellen Licht geblendet, für einen Moment die Augen, aber dann erkannte er die Menschenmenge in der Arena, unterschied die einzelnen Gesichter. Als er schließlich Caitli entdeckte, huschte ein kleines Lächeln über sein Gesicht. Ein Lächeln, das eine ganz offensichtliche Komplizenschaft enthüllte.
Er sollte vorsichtiger sein, dachte Velvur, aber sein Volk ist noch zu unkultiviert, und seine Gebräuche sind zu verschieden von den unseren.
Dann erhob er, dem Ritual gemäß, wieder die Arme und wandte sich Tarchon zu.
»Dieser junge Mann, der das Dankesopfer für unsere Helden sein sollte, die wir heute feiern, hat ihnen durch seinen Mut große Ehre gemacht. Sein Leben sei ihm deshalb geschenkt, und so wie es das Gesetz vorschreibt, wird er fortan Sklave des Re Supremo sein und ihm als Ehrengabe übereignet werden. Er wird also dem Hause Tarchna und seinem König angehören, solange ihm die Götter das lassen, was er sich heute erobert hat: sein Leben.«
Tarchon erhob sich, um die Huldigung des Kelten entgegenzunehmen, aber Axal wandte seinen Blick ab. Nur zu deutlich war ihm anzusehen, wie gleichgültig ihm sein neuer Herr war. Doch diesmal vermied er es, Caitli, die sich ebenfalls erhoben hatte, anzuschauen und ließ sich aus der Arena führen.
Caitli setzte sich wieder. Äußerlich gesehen, schien sie das Ereignis nicht sonderlich berührt zu haben, und Velvur bewunderte ihre Fähigkeit, Gefühle vollständig zu verbergen. Sie wäre wirklich eine vollkommene Königin geworden, dachte er, während die Diener die Arena säuberten, und die Vorbereitungen zu den Spielen begannen.

Velvur öffnete das Portal zum Tempel des *Nagels der Zeit*. »Komm herein«, murmelte er und machte einen Schritt beiseite, um Larth eintreten zu lassen. »Ich werde mich noch etwas länger hier aufhalten. Es gab da einige . . . Wie soll ich sagen? Einige tiefe Störungen in der Ordnung der Dinge, die ich besser verstehen möchte. Ich danke dir also, daß du gekommen bist. Du weißt, der Tempel steht dir immer offen.«
Larth deutete mit einer knappen Bewegung des Kopfes hinter sich auf Mastarna, der mit ihm zusammen das Bankett, das die Ehrung der Helden abschloß, verlassen und ihn begleitet hatte. Beim Erscheinen Velvurs war er eine Stufe hinter ihn getreten, fast so, als wollte er sich nicht zwischen den Lehrer und seinen Schüler stellen.
Velvur, der ihn gar nicht bemerkt hatte, beugte sich nun ein wenig vor. »Das gilt natürlich auch für dich, Mastarna, komm nur herein. Wenn du Larth bis hierher begleitet hast, dann betrifft, was ihn betrifft, auch dich. Diesem Freundschaftsdienst kannst du dich nicht entziehen.«
»Hast du mich etwa erwartet?« fragte Larth, während er Velvur ins Innere folgte. Der Tempel war leer, nur schwach erleuchtet von den Flammen in den Feuerbecken im Hintergrund, an die sich Larth nur zu gut erinnerte, und durchzogen vom Geruch des Wermuts, den der Trutnot auf die Glut gestreut hatte.
»Natürlich habe ich dich erwartet. Du bist mein Schüler gewesen, glaubtest du etwa, ich kenne dich nicht?« antwortete ihm Velvur mit einem rätselhaften Lächeln.
»Niemand kennt einen anderen Menschen jemals ganz«, murmelte Larth und blieb vor dem Thron für die Königsweihe stehen. Er erinnerte sich noch in allen Einzelheiten an die Zeremonie, die ihn zum erstenmal hierher gebracht hatte. Fast so, als wäre es erst gestern gewesen, spürte er die Gegenwart Caitlis und ihren Körper, nur in Duft und Licht gekleidet, kaum einen Schritt von ihm entfernt, während sie zusammen den Nagel in die Wand schlugen, der das Jahr der Rasna bezeichnete. Damals hatte er zum erstenmal das Verlangen in sich aufsteigen fühlen, und auch jetzt brannte dieses stürmische Verlangen wieder wie Feuer in seinem Körper.
Velvur legte ihm eine Hand auf die Schulter.
»Es gibt Dinge, die auch ein König akzeptieren muß, Larth. Das, was geschrieben steht, kann uns weh tun, aber es wird uns zerstören, wenn wir versuchen, es zu verändern.«

»Verändern, was geschrieben steht?« Larth lächelte grimmig und behielt seine Antwort, die an diesem Ort eine Lästerung gewesen wäre, für sich. Daß der Große Trutnot nicht mit ihnen nach Tarchna zurückkehren würde, gefiel ihm nicht, denn trotz allem war Velvur noch immer das Band zwischen ihm und Caitli. In ihm konnten sie sich beide wiederfinden und so tun, als ob noch alles so wäre wie früher.
Gedankenverloren schritt Larth um den Thron. »Ich habe zwar eine liebevolle Schwester, aber eine Königin habe ich nicht«, murmelte er. »Was meinst du dazu, Mastarna? War es nicht gerade das, worüber wir so oft gesprochen haben, während wir darauf warteten zurückzukehren?«
»Eine Ehe kann auch aus Vernunftsgründen geschlossen werden«, versuchte der Freund einzuwenden.
Larth schüttelte den Kopf. »Das gilt nicht für Caitli.«
»Ich glaube, du täuschst dich in ihr«, erwiderte Mastarna. »Ich habe sie heute die ganze Zeit über beobachtet, und sie ist genauso, wie ich sie mir vorgestellt habe. Ihr Vater, der König, braucht ihr nur die Hochzeit zum Wohle Tarchnas zu befehlen, und sie wird ihm gehorchen. Es dürfte für dich nicht allzu schwer sein, diesen Befehl von jemandem zu erwirken, der dich schon als seinen Nachfolger auserkoren hat.«
»Und du, Velvur, was rätst du mir?« fragte Larth.
»Nur durch eine Heirat wirst du König sein, und König wirst du werden. Aber keiner kann wandeln, was Athrpa entschieden hat.« Die Stimme des Großen Trutnot war ruhig und fest.
»Das ist die Antwort des Hohepriesters«, erwiderte Larth bitter. »Ich hätte aber lieber die des Freundes gehört.«
Velvur öffnete die Arme in einer Geste der Resignation. Er konnte nicht mehr dazu sagen als das, was er schon gesagt hatte. Der Hofstaat der Könige würde sich sehr früh am nächsten Morgen auf den Heimweg nach Tarchna machen, die Wege waren vorgezeichnet, und das, was in Zukunft geschehen würde, zeichnete sich schon vor seinem geistigen Auge ab. Mit Sicherheit hatte die Wandlung im Wesen der Dinge schon begonnen. Der weiße Falke, der von Westen herabgestiegen war, hatte seine Flügel ausgebreitet, und sie alle befanden sich nun in ihrem Schatten. Aber die Ereignisse waren zu sehr ineinander verwoben, um sie klar erkennen zu können. Schon seit langem hatte er gelernt, es hinzunehmen, daß ihm die Fähigkeit, Zusammenhänge zu erkennen, ganz

unabhängig von seinem Willen und seinen Wünschen gegeben war. Jetzt aber handelte es sich um Larth und Caitli. Er liebte sie beide, und deshalb fiel es ihm dieses Mal besonders schwer, den Dingen ihren Lauf zu lassen. Schließlich wandte er sich an Mastarna.

»Die Anfrage deines Königs um Waffenhilfe ist vom Rat des Zwölfstädtebundes abgewiesen worden. Wirst du trotzdem versuchen, anderweitig Hilfe zur Verteidigung gegen die Latiner zu bekommen?«

»Ja, vor allem die von Tarchna. Das ist kein großes Geheimnis«, antwortete ihm Mastarna. »Ich werde morgen mit dem Geleitzug meines Königs nach Velx zurückkehren, aber ich rechne damit, schon bald zusammen mit Aule und Caile Vibenna nach Tarchna zu kommen, um dort einen Pakt auszuhandeln.«

Ein kleines Lächeln huschte über Velvurs Gesicht. Thanaquil hatte schon der kurze Verlauf eines Tages genügt, um Mastarnas Herz zu erobern, auch wenn er sich dessen noch nicht bewußt war. Aber er ließ sich nichts anmerken.

»Sicher«, stimmte Velvur ihm zu, »du hast ganz recht. Auch ich habe mich vor dem Rat der Könige in diesem Sinne geäußert. Im Bündnis liegt unsere größte Stärke.«

»Was meintest du vorhin, als du von Störungen in der Ordnung der Dinge sprachst, die du gespürt hast?« mischte sich nun Larth wieder in die Unterhaltung ein.

»Es handelt sich um Ereignisse, die lange zurückliegen«, entgegnete ihm Velvur nachdenklich. »Jemand, der sehr viel besser als ich im Gefüge der Zeit sieht, hat einen Weg beschritten, den keiner von uns jemals in der Lage wäre zu gehen, und dem trotzdem alle von uns folgen werden. Ich weiß es nicht. Wie ich dir schon sagte, ist meine seherische Kraft dafür nicht stark genug, sie reicht nicht sehr weit.«

»Ist das, wovon du jetzt sprichst, bei Sonnenaufgang passiert?« fragte Larth.

Velvur nickte, und ihm wurde klar, daß auch Larth von dieser sengenden Welle erfaßt worden war, die Caitli im tiefen Brunnen von Zeit und Raum erweckt hatte. Und auch Larth war, wie er selbst, tief betroffen davon, denn das, was sie gehört hatten, war der Aufschrei ihres sterbenden Volkes gewesen.

9.

Schon in der Nacht hatte es zu regnen begonnen, und gegen Morgen war dann ein heftiger Wolkenbruch über der Insel und den Anlegestegen niedergegangen, der die Pavillons zerstört hatte, in denen die Diener damit beschäftigt waren, die Abreise vorzubereiten. Da aber das Wasser in die künstlichen Kanäle und von dort in die Auffangbecken abgeleitet wurde, waren keine größeren Schäden entstanden.
Kurz vor Tagesanbruch hatte es dann zwar zu regnen aufgehört, aber der Himmel war von niedrigen, dunklen Wolken verhangen, und ein stürmischer Wind peitschte das Wasser des Sees zu hohen Wellen auf, deren Kämme zu weißer Gischt versprühten. Trotz des widrigen Wetters hatten die meisten der Könige mit ihrem Gefolge bereits zum gegenüberliegenden Ufer übergesetzt, wo sich der jeweilige Hofstaat, zusammen mit den Athleten, Sklaven, Wachen und Dienern, die noch von der nächtlichen Arbeit durchweicht waren, nun zu Zügen formierte, die sich langsam in Bewegung setzten.
Als letzter der Könige hatte der Re Supremo mit seinem Gefolge den See überquert, und Larth erreichte nun die Spitze des Geleitzuges, direkt nachdem er den Felsentunnel durchquert hatte. König Tarchon, der wegen der quälenden Schmerzen im Knie nicht im Sattel sitzen konnte und deshalb schlecht gelaunt war, befand sich zusammen mit Laris im ersten der zweirädrigen Wagen.
Im zweiten Wagen, dem Larth sich jetzt seitlich näherte, befanden sich Caitli und Thanaquil. Der bestickte Vorhang war noch heruntergelassen, aber als er sich weiter vorbeugte, traf sein Blick auf das Lächeln Caitlis, die einen Finger an die Lippen legte und auf Thanaquil deutete, die zusammengerollt unter einer Decke in den Kissen lag und schlief.
»Sie scheint recht gerne zu schlafen«, murmelte Larth in einem leicht ironischen Tonfall.

»Die letzten Tage waren sehr aufregend für sie«, gab ihm Caitli zurück. »Sie hat sich ihren Schlaf verdient.«

»Und du?« fragte Larth.

Caitli erwiderte seinen Blick.

»Du weißt, daß ich daran gewöhnt bin zu wachen. Oder hast du vielleicht die vielen Nächte schon vergessen, die ich mit dir durchwacht habe? Seit der ersten Schlacht vor der Bucht von Cuma und danach in allen anderen Schlachten . . . bis Alalia.«

Larth nickte. Caitli hatte ihre Stimme zu einem leisen Flüstern gesenkt, denn was sie sagte, war nur für ihn bestimmt. Aber sie hatte in einer Weise von dieser so ungewöhnlichen Einheit zwischen ihnen gesprochen, als wäre sie so normal wie alles andere oder nur ein Spiel zwischen ihnen, und nicht das, was sie wirklich bedeutete: das Wirken einer magischen Kraft, der kraftvolle Strom der eigentlichen Macht.

Larth schwieg, und Caitli nahm nach einer kurzen Weile das Gespräch wieder auf.

»Mein Vater ist sehr krank, Larth, und diese Reise hat ihn mehr erschöpft, als er es sich eingestehen möchte«, sagte sie leise, ohne noch weiter auf ihre vorangegangenen Worte einzugehen. »Selbst die Reise im Wagen ist viel zu beschwerlich für ihn. Deshalb sollten wir in ein paar Stunden irgendwo haltmachen, damit er sich ein wenig ausruhen kann.«

»Sobald wir aus dem Wald heraus sind. Vorher nicht!« entschied Larth.

Caitli neigte zustimmend den Kopf, und Larth wandte seinen Blick von ihr ab. Wie sollte er mit dieser Frau umgehen? Er hatte zu Velvur gesagt, daß sie nie wirklich getrennt gewesen waren, und das stimmte auch. Die Vertrautheit ihrer Kindheit war niemals zerstört worden. Also mußte der Abgrund, der sie trennte, in der Zukunft verborgen sein, und diese ungewisse Zukunft mußte es sein, die sie beide bedrückte.

Der König könnte ihr die Hochzeit befehlen, und sie würde gehorchen, hatte Mastarna ganz richtig gesagt. Aber zu welchem Preis? dachte Larth und bedeckte den Opal mit der ihm zur Gewohnheit gewordenen Geste. Er fühlte den Stein so warm und ermutigend wie immer. Man spricht mir zwar magische Kräfte zu, aber sie sind nicht wirklich mein eigen, und nur Velvur und Caitli wissen das. Könnte es sein, daß ich eines Tages die Kraft und die Macht, die ich von ihr beziehe, verliere? überlegte er.

Larth ließ den Wagen an sich vorbeiziehen und gesellte sich dann zu seinen Brüdern und den jungen Männern der königlichen Eskorte, die nicht an dem Kriegszug auf dem Meer teilgenommen hatten. Da war Tese, der sein Gefährte in Ruma gewesen war, sowie Kae Aivas, der nun der Erbe des Hauses von Tite Aivas war.

»Er ist sehr ehrgeizig«, hatte ihm Cneve anvertraut, »einer der beiden Anwärter, die Thanaquil zurückgewiesen hat. Er will König von Tarchna werden.«

»Thanaquil wird niemals Königin sein, solange es Caitli gibt«, hatte ihm Larth darauf geantwortet.

»Caitli wird auf ihr Erbe verzichten, so jedenfalls sagt man, mein Bruder. Caitli wird verzichten, um sich der Göttin Athrpa zu weihen, und Thanaquil wird die Erbin des Thrones sein«, hatte ihm Cneve erwidert.

»Du vergißt, daß der König noch einen unehelichen Sohn hat«, hatte Larth eingewendet.

»Das ist wahr. Aber er ist noch ein Kind, und lange bevor er eine Gefahr werden könnte, wird schon ein anderer König sein. Dazu kommt, daß der Adel ein Auge darauf haben und es nicht zulassen wird, daß ein Bastard den Thron von Tarchna besteigt.«

Die Worte des Bruders kamen ihm jetzt wieder in den Sinn, während er Kae Aivas beobachtete, der, ohne sich um den Rest des Zuges zu bekümmern, neben Egene ritt. Die beiden tauschten hin und wieder ein paar Worte miteinander aus. Es ist zu hoffen, daß sie nicht wissen, wie krank der König wirklich ist, dachte Larth. Aber Caitli war es, die den König pflegte, und deshalb würde dem Thron von Tarchna vorerst keinerlei Gefahr drohen.

Und der kleine Bastard ist wirklich noch viel zu jung, beruhigte sich Larth und drückte seinem Pferd die Fersen in die Weichen, um an die Spitze des Zuges zu reiten.

Sobald sich der Hochwald gelichtet und einem niedrigeren Baumbewuchs Platz gemacht hatte, fegte der Sturm mit aller Kraft über sie hinweg. Der morgendliche Himmel war so düster und grau wie das bleierne Licht eines trüben Wintertages, und die tief hängenden Wol-

ken, die die Hügel und Felsabstürze entlang des alten Pfades in einen grauen Dunst hüllten, vermittelten das unterschwellige und bedrohliche Gefühl einer unmittelbaren Gefahr. Larth zügelte sein Pferd und befahl den Wachen, die zweirädrigen Wagen mit dem König und seinen Töchtern seitlich des Pfades zu eskortieren, bis sie schließlich einen Felsvorsprung erreichten, der Schutz bot. Sie waren schnell vorangekommen, und der Rest des Zuges, mit den Geschenken und Vorräten, den Dienern und Athleten, war zurückgefallen. Dies beunruhigte Larth sehr.
»Ich reite zurück«, rief er entschlossen Cneve zu und hatte sein Pferd schon gewendet, bevor der Bruder auch nur versuchen konnte, sich ihm anzuschließen.
Als er wieder in den Hochwald eintauchte, überfiel Larth eine merkwürdige Beklommenheit. Es war nicht Angst, eher das Grauen vor etwas, das diesen heiligen Ort entweihen und somit auch ihn verletzen könnte.
Hier drinnen war es stockfinster, und nur wenige einfallende Lichtstrahlen ließen die purpurfarbenen Blätter auf dem kaum erkennbaren Pfad aufleuchten. Undeutlich erkannte er zwischen den Baumstämmen einen Hirsch, der reglos und wie vor Angst erstarrt dastand.
Beunruhigt trieb er sein Pferd an und stieß schließlich, noch ein ganzes Stück weiter, auf den Rest des Geleitzuges. Er sah Tefrie und lenkte sein Pferd neben das seines alten Waffenmeisters, der es sich nicht hatte nehmen lassen, an den Feiern für die Helden teilzunehmen, die er ausgebildet hatte und noch immer als seine Schüler betrachtete. »Ich befürchte, daß uns Gefahr droht, mein Fürst«, murmelte Tefrie, sobald Larth an seiner Seite war, und ließ den Pfad nicht aus den Augen. »Wir sind ein Stück weiter zurück auf zwei Baumstämme gestoßen, die über dem Weg lagen und mußten anhalten, um sie wegzuräumen. Deshalb haben wir so viel Zeit verloren. Es schien zwar, als ob der Sturm sie gefällt hätte, aber trotzdem kam es mir ziemlich seltsam vor.«
»Waren Axtschläge zu sehen?« fragte Larth.
»Nein. Es sah wirklich aus, als ob der Wind sie umgeweht hätte, und die Stämme waren faul. Aber sie lagen mitten über dem Weg.«
»Der Pfad ist sehr schmal, so etwas kann leicht passieren«, meinte Larth nachdenklich.
»Das stimmt schon. Aber du bist umgekehrt...«, gab Tefrie zurück

und ließ damit durchblicken, daß ihm dies alleine genügte, um seine Ahnungen zu bestätigen. »Halte die Augen weiter offen«, antwortete ihm Larth und hielt dann sein Pferd zurück, bis die Diener und Athleten an ihm vorbeizogen, die die Karren zu Fuß begleiteten. Auf dem letzten der Karren saß der junge Kelte, der neue Sklave von König Tarchon.

Man hatte ihm den verletzten Arm in ein Stück Leinen eingebunden und mit einer Schlinge eng am Körper befestigt. Der andere Arm war am Rahmen des Karrens angebunden. Der Kelte saß regungslos, mit einem scheinbar zerstreuten Blick da, und eine halb zerrissene, alte Tebenna bedeckte ihm eben die Brust, die von den Angriffen des Hundes zerfleischt war.

Auch jetzt, genauso wie beim ersten Mal, als er ihn in der Zelle gesehen hatte, spürte er wieder seine Weigerung, das Schicksal einfach so hinzunehmen. Wortlos beugte sich Larth über den Hals seines Pferdes hinunter, um den Strick zu durchtrennen, der ihn an den Rahmen des Karrens band. In diesem Moment geschah der Angriff.

Ein Pfeil, der ihn eigentlich hätte tödlich treffen sollen, traf ihn von hinten in der Schulter, und sein Pferd machte erschrocken einen Satz zur Seite.

Die Diener stoben schreiend auseinander, während die Angreifer sich auf sie stürzten und ein Pfeilhagel auf die Athleten niederging, der die meisten von ihnen tödlich traf.

Doch Larth hielt nicht den Bruchteil einer Sekunde in seiner Bewegung inne. Er zügelte kurz sein Pferd und durchschnitt mit einem einzigen Schwung seines Schwertes den Strick. Dann warf er das Schwert dem Kelten zu, der es auffing und gleich darauf mit einem einzigen Satz vom Karren herunter war, gerade noch rechtzeitig, um Larth aufzufangen, der nun stürzte und zwischen die Hufe des Pferdes zu geraten drohte. Aber schon einen Augenblick später wirbelte der Kelte wieder herum, stieß das Schwert in die Brust eines der Angreifer und zog dann Larth an den Rand des Pfades. Die Angreifer hatten inzwischen alle Karren umgestürzt und kämpften noch mit Tefrie und den wenigen Männern der Wache, bevor sie eilig einen Teil der Beute zusammenrafften, die Pferde zusammentrieben und mit ihnen wieder im Wald verschwanden. Von da aus, wo der Kelte ihn niedergelegt hatte, war es Larth kaum möglich, etwas vom Verlauf des Kampfes mitzubekommen. Er konnte

sich kaum noch bewegen, und sie mußten ihn für tot gehalten haben. Das hatte ihm wohl das Leben gerettet. Aber das Feuer, von dem sie glaubten, er könnte ihm gebieten, wütete nun in Larths Körper, und er fühlte diesen Schmerz wie eine Art gerechten Ausgleich in sich brennen.
Er ballte die Hände zu Fäusten und zwang sich dazu, langsam den Kopf zu heben. Diese Stimmen hatte er schon einmal, vor langer Zeit, gehört. Damals wie jetzt war er verwundet gewesen und hatte geglaubt, sterben zu müssen. Aber dann hatte er gelacht über diese Feinde, die er mit der Unbefangenheit eines Jungen aufgesucht hatte. Jetzt jedoch war er beherrscht von der Vorstellung, sich dieses Volk früher oder später untertan zu machen.
Mühsam drehte er den Kopf. Nur eine Handbreit vor ihm starrten ihn die weitaufgerissenen, wäßrigen Augen eines Alten an, der von einem Säbelhieb erschlagen worden war, und der dunkle Schrecken seiner ausweglosen Flucht spiegelte sich noch in ihnen wider. Er erkannte den alten Diener, der ihn schon als Kind im sonnigen Innenhof des Königspalastes von Tarchna auf den Knien geschaukelt hatte. »Ich verspreche dir, mein alter Aras«, stieß er zwischen den Zähnen hervor, »ich verspreche dir: Eines Tages werden sie mir untertan sein!«
Plötzlich hatte sich wieder Stille ausgebreitet. Und in dieser Stille hörte er, wie Tefrie einem der wenigen Athleten, die noch unverwundet waren, zurief, er solle laufen und die Wachen des Königs herbeirufen. Mit dem letzten Rest seiner Kraft erhob er seine Stimme und schrie so laut er konnte: »Nein!«
Der Kelte und auch Tefrie kamen sofort auf ihn zugelaufen und knieten sich neben ihm nieder.
»Hier brauchen wir die Wachen des Königs nicht mehr!« sagte Larth mühsam. »Im Gegenteil, sie müssen sich sofort auf den Weg nach Tarchna machen. Noch wissen wir nicht, wie viele Latiner es gewesen sind und ob sie wirklich nur auf die Beute aus waren.«
Der Waffenmeister befühlte vorsichtig die Wunde auf seinem Rücken, aus der noch der Pfeil ragte, und warf dann dem Kelten neben ihm einen Blick zu.
»Wie du befiehlst, mein Fürst«, murmelte er und erhob sich. Auch die noch verbliebenen Athleten hatten sich inzwischen genähert, zwei von ihnen waren Ringer und der dritte ein junger Weitspringer. An ihn

wandte sich Tefrie: »Du hast den Befehl deines Fürsten gehört. Lauf also los und verliere keinen Augenblick!«
Der junge Mann rannte sofort los, während aus der Ferne ein dumpfes Donnergrollen zu hören war.
»Wir werden gleich damit beginnen, den am wenigsten beschädigten Karren zu reparieren«, murmelte Tefrie. »Mit dem werden wir dich dann nach Tarchna bringen. Aber zuerst müssen wir einen Unterschlupf finden und versuchen, den Pfeil herauszuziehen.«
»Eines nach dem anderen, Tefrie«, flüsterte Larth. Die Anstrengung hatte sein Gesicht mit feinen Schweißperlen bedeckt, und er unterdrückte nur mit Mühe einen Hustenanfall.
Auch der Kelte hatte sich jetzt wieder erhoben, und zusammen mit Tefrie und den noch verbliebenen Männern begannen sie, sich einen Weg durch das dichte Beerengestrüpp am Wegrand zu schlagen. Hinter einer Biegung des Pfades fanden sie schließlich einen Unterschlupf hinter einer Bodenerhebung, eine Art natürliche Grotte, die durch einen Erdrutsch entstanden war.
Der Kelte hatte unterdessen zwischen dem wenigen, das den Latinern entgangen war, einen Krug Wein und einige Decken gefunden, auf die sie Larth gebettet hatten. Nun setzte er sich auf eine der zusammengefalteten Decken neben ihn, legte das Schwert zwischen ihn und sich und schloß dann die Augen, um ein wenig Luft zu schöpfen. Tefrie und die zwei Ringkämpfer hatten in der Zwischenzeit schon damit begonnen, den Karren zu reparieren.
Larth nahm den Kelten nur undeutlich wahr, aber er konnte dessen Schmerz so heftig fühlen wie den eigenen. Fest grub er seine Hände in den feinen, schwarzen Sand des Grottenbodens und ballte sie zu Fäusten. Was hätte sie in dieser stummen Wache mehr vereinen können als die Weigerung, den Tod und ein vorbestimmtes Schicksal zu akzeptieren?
Ich habe mir diese Verweigerung inzwischen eingestanden, dachte Larth, aber daraus wird mir nichts Gutes erwachsen. Ein König ist auch Hohepriester für sein Volk und kann ihm nicht etwas auferlegen, an das er selbst nicht glaubt. König muß einer mit Leib und Seele sein. Ist er dazu nicht fähig, dann kann er auch nicht König sein. Mit großer Anstrengung hob er ein wenig den Kopf. Der Kelte saß immer noch regungslos neben ihm, und zwischen ihnen lag das blutbefleckte

Schwert. Ein heftiger Regenschauer ging über den hohen Felsblöcken nieder, aber der Boden blieb trocken.
»Warum hast du mir das Leben gerettet?« unterbrach Larth die Stille.
Die Antwort kam prompt, wenn auch ein wenig vom Akzent gefärbt.
»Weil du mir die Fesseln gelöst hast. Ich habe meine Schuld bezahlt.«
»Du sprichst also die Sprache der Rasna. Sogar besser als unsere karthagischen Verbündeten und die griechischen Händler, die schon seit vielen Jahren zu uns kommen.«
»Ich lerne leicht«, erwiderte ihm der Kelte.
»Sicher hast du auch einen Namen.«
»Axal.«
»Gut, Axal, ich habe ein Messer im Gürtel. Nimm es und versuch, mir diesen Pfeil herauszuschneiden«, forderte ihn Larth auf.
»Nein«, antwortete ihm der Kelte ruhig. »Dazu braucht man Feuer und jemanden, der dich festhält. Außerdem kann ich nur einen Arm benutzen. Warten wir, die Wunde blutet nicht.«
Larth lehnte eine Wange auf den Sand und versuchte Atem zu schöpfen. »Es ist nur, weil es so brennt«, murmelte er. Die Zeit entrann ihm jetzt. Ein Wassertropfen fiel auf seine Stirn, und ein weit entfernter Donner rollte vom Gipfel des Berges von Tinia bis in die Tiefen seines Heiligen Waldes herab.
»Du scheinst die Blitze nicht zu fürchten«, sagte er zu dem Kelten.
»Nur wenn sie mich zu Asche verbrennen«, erwiderte ihm Axal. »Und so leicht wird ihnen das nicht gelingen.«
Larth lächelte schwach.
»Geh und ruf Tefrie und hilf ihm dann dabei, diesen Pfeil zu entfernen. Er bringt mich noch um!« befahl er ihm. Aber statt einer Antwort sprang Axal mit einem Satz auf. »Still!« rief er, und noch bevor Larth sich über diesen Kommandoton aus dem Mund eines Sklaven verwundern konnte, hatte Axal schon mit dem Schwert in der Hand die Öffnung des Unterschlupfes erreicht.
Cneve, der jetzt in der Öffnung sichtbar wurde, wich mit ausgebreiteten Armen überrascht zurück.
»Wenn du ein Latiner wärst, dann wärst du jetzt schon tot, Bruder«, murmelte Larth. »Was willst du hier?«

Axal senkte das Schwert, und Cneve betrat den Unterschlupf, gefolgt von Caitli. Sie trug einen schweren Mantel, der ihr, vom Regen durchweicht, am Körper klebte, und die Haare hatte sie mit einem dunklen Schleier bedeckt, der von einem goldenen Reif gehalten wurde.
»Die Wache begleitet den König und sein Gefolge nach Tarchna«, erklärte Cneve. »Aber wir konnten dich hier unmöglich allein lassen. Ich, Tese und Kae Aivas werden mit vier weiteren Männern so lange hierbleiben, bis wir dich nach Tarchna bringen können.«
»Kae Aivas?« fragte Larth verwundert.
»Er will sich nur ins rechte Licht setzen, deine Rettung ist der letzte seiner Gedanken«, warf Caitli ein. »Cneve, bring mir ein wenig Holz für das Feuer und die Tasche, die auf meinem Pferd zurückgeblieben ist.«
»Das Holz wird naß sein«, gab Cneve zu bedenken und warf einen mißtrauischen Blick auf Axal, der noch immer mit dem Schwert in der Hand dastand.
»Bring es mir trotzdem«, befahl ihm Caitli. Dann kniete sie sich neben Larth nieder und strich mit den Fingerspitzen leicht über seine Stirn, eine Bewegung, die Larth so wohltuend wie einen Segen empfand.
»Du kannst nicht hierbleiben«, murmelte er.
»Warum nicht?« Caitli warf dem Kelten einen Blick zu. »Nur weil ich eine Frau bin?«
»Weil du eine Königin bist und in Sicherheit sein solltest«, erwiderte Larth.
»Das bin ich hier so gut wie überall. Rede nicht so viel, Larth«, mahnte sie ihn dann. »Du weißt, daß ich dir gleich sehr weh tun muß.«
Larth schwieg. Cneve kam mit einem Arm voll durchweichten Holzes und einer schweren Tasche zurück und ließ beides auf den Boden fallen.
»Schichte das Holz auf!« befahl er Axal.
»Schichte du es auf«, entgegnete ihm Caitli. »Danach geh und sage den Männern, daß sie sich einen trockenen Unterschlupf suchen sollen. Es wird die ganze Nacht über regnen, und die Latiner sind schon über alle Berge.«
Völlig verblüfft über ihre Antwort, tat Cneve wie ihm befohlen war, und in der Eile und Aufregung entschlüpften ihm einige Zweige. Der Feuerstahl war zwar trocken geblieben, aber die Äste waren völlig

durchnäßt, und nach zwei vergeblichen Versuchen, das Feuer anzuzünden, gab Cneve entnervt auf und reichte Caitli den Feuerstahl.
Caitli kniete sich vor dem kleinen Holzstoß nieder und entfachte den Zündfunken in ihrer hohlen Hand. Dann breitete sie mit einer Bewegung der Hand die Flamme über dem Holzstoß aus, und Cneve senkte verwirrt den Blick. »Wir werden noch mehr Holz brauchen. Dieses Feuer darf nicht ausgehen.«
»Ich werde gleich noch welches holen«, antwortete ihr Cneve völlig eingeschüchtert.
»Gut, aber vorher leg die Klinge deines Messers ins Feuer. Sie muß glühend werden.«
Dann beugte sie sich über ihre chirurgischen Instrumente, Leinenstreifen und Salben, die sie inzwischen auf einer Decke ausgebreitet hatte. In diesem Moment betrat Tefrie die Höhle und brachte ein irdenes Gefäß mit Wasser herein, das er draußen aufgestellt hatte, damit es sich mit Regenwasser füllte. Unentschlossen blieb er am Eingang der Grotte stehen. »Stell es neben das Feuer«, befahl ihm Caitli, ohne sich auch nur nach ihm umzudrehen.
Licht und Wärme hatten sich nun in der Grotte ausgebreitet, und Caitli wandte sich an Axal.
»Ich brauche deine Hilfe«, sagte sie zu ihm.
Axal hockte sich wortlos neben Larth auf die Fersen. Nicht Cneve und nicht Tefrie, dachte Larth. Trotzdem erschien es ihm ganz natürlich, daß sie für diese Aufgabe den Kelten zu Hilfe gerufen hatte.
Caitli hatte die Wunde jetzt freigelegt. Sie blutete kaum, aber um den Pfeil herum hatte sich eine schwärzliche Schwellung gebildet. Caitli bestrich sie mit einer Salbe. »Heb ihn ein wenig hoch und halte ihn so, daß er genug Luft bekommt«, befahl sie. Axal legte einen Arm um Larths Brust, zog ihn ein wenig hoch und preßte dann seinen Körper fest an den seinen.
Jetzt blitzte das scharfe Skalpell in Caitlis Hand auf, und Larth fühlte, wie der Kelte ihn kaum merklich fester an sich drückte. Eine stumme Geste, die ihm in jedem anderen Moment seltsam vorgekommen wäre, die er aber jetzt wie einen Trost empfand und mit Dankbarkeit akzeptierte. Dieser Mann hatte, so wie er, kämpfen gelernt und war trotzdem viel mehr als nur ein einfacher Krieger.
Er preßte die Lippen fest zusammen und hatte plötzlich das Gefühl, als

ob der Opal, der nun fest zwischen seiner und der Brust des Kelten eingepreßt war, aus Eis wäre. Dann drang die Schneide des Skalpells in das Fleisch und schnitt um den Kreis herum, den die Salbe bezeichnet hatte. Ein Strahl schwarzen, verdorbenen Blutes schoß heraus, und Larth bäumte sich auf, aber Axal hielt ihn. In einem einzigen Ansatz schnitt das Skalpell um die Pfeilspitze herum, und Caitli zog sie heraus. Jetzt strömte das Blut lebendig und rot aus der Wunde. Caitli bedeckte sie kurz mit der glühenden Klinge von Cneves Messer, bestrich sie dann mit Salbe und ließ sie offen.

»Legt ihn auf die Decken«, befahl sie und trat zur Seite, damit nun Tefrie Axal behilflich sein konnte. Gemeinsam legten sie Larth auf zwei Decken und hüllten ihn in eine weitere ein, ohne die Wunde zu berühren.

Larth feuchtete sich die Lippen an. Ein Gefühl von unendlicher Müdigkeit überkam ihn, aber er hatte keine Lust zu schlafen. Er versuchte, sich ein wenig aufzurichten, und Axal stützte ihn fest und sicher.

»Ich gehe noch Holz holen«, murmelte Tefrie und verschwand im strömenden Regen. Aber der Unterschlupf war wie durch ein Wunder trocken geblieben, und nur hin und wieder drangen ein paar Tropfen durch die Ritzen der Felsen. »Ich werde mal nachschauen, wo die anderen Männer untergekommen sind und wo sie die Wachen aufgestellt haben«, sagte Cneve und wollte dem Waffenmeister folgen. Aber Larth hielt ihn zurück. »Überlaß das Tefrie«, befahl er ihm, ohne die Augen zu öffnen.

»Aber der da kann jetzt nach draußen verschwinden«, gab Cneve zurück und zeigte auf Axal. Es störte ihn, daß es diesem Sklaven gestattet sein sollte, näher bei seinem Bruder und Caitli zu sein, als er es jemals gewesen war. »Nein«, antwortete ihm Caitli leise, aber in einem Tonfall, der keinen Zweifel daran ließ, daß dies ein Befehl war. »Auch er ist verletzt. Er bleibt hier.«

Tefrie war inzwischen wieder mit einem Arm voll Holz zurückgekommen, und Cneve folgte ihm in den Unterstand der Männer. Kae Aivas würde die bevorzugte Behandlung des fremden Sklaven mit Sicherheit nicht entgehen, und seine Zunge versprühte mehr Gift als die einer Schlange.

Axal hatte sich wieder mit dem Rücken an den Felsen gelehnt und zuckte leicht zusammen, als Caitli sich ihm nun näherte und seinen

Arm von dem provisorischen Verband befreite, den ihm der Waffenmeister angelegt hatte.

Dann strich sie mit der Hand über die tiefen Wunden und fühlte, wie ihn ein Zittern überlief. Axal senkte den Blick.

»Die Wunden müssen genäht werden. Ich werde dir wehtun müssen«, sagte sie leise.

»Das ist ein Schmerz, der vergeht«, erwiderte der Kelte, und Caitli sah den Schatten eines Lächelns, als die blauen Augen sich wieder auf sie richteten.

»Bist du wirklich eine Königin?« fragte er.

»Ich bin die Tochter eines Königs.«

Der Kelte lehnte den Kopf an den Felsen und ließ es schweigend zu, daß ihre Hände nun kundig seine Wunden versorgten.

»Und du?« murmelte Caitli.

»Ich bin der Sohn eines Königs«, Axal lächelte. »Aber dort, wo ich herkomme, gibt es keine Städte, nur kleine Ansiedlungen, und so klein wie sie, ist auch die Macht des Königs. Ihr hier würdet ihn nicht einmal König nennen. Aber wir ...«

Er unterbrach sich, und Caitli hob den Kopf. Sie hatte inzwischen den Schleier abgenommen, und das Feuer zauberte flammende Reflexe in ihr Haar.

»Ja ...?«

Axal wurde bewußt, daß er zum erstenmal, seit er gefangengenommen worden war, von seinem Volk gesprochen hatte. Er schüttelte den Kopf und schwieg.

»Ruhe dich jetzt aus«, murmelte Caitli und band den Arm wieder in sauberes Leinen ein, »und nimm dir eine Decke.«

»Und du?«

»Ich werde darüber wachen, daß das Feuer nicht erlischt.«

Der Kelte streckte sich an Larths Seite aus und schaute durch die Ritzen der Felsblöcke im Gewölbe der Höhle in den stürmischen Himmel. Larth war in eine Art wohlige Trägheit verfallen, und ein würziger Duft, der von den Kräutern kam, die Caitli ins Feuer geworfen hatte, erfüllte die Luft. Sie hatte noch kein Holz nachgelegt, und doch loderte die Flamme hoch auf und umgab sie mit einem warmen Licht.

10.

Larth erwachte von heftigen, brennenden Schmerzen in der Schulter. Nur mit Mühe öffnete er die Augen und sah in einen Sonnenstrahl, der durch einen Felsspalt in die Grotte einfiel, den schwarzen Sand aufschimmern ließ und den blonden Schopf des Kelten streifte, der ihm zulächelte. Das Feuer brannte nur noch schwach, und von draußen war das Geräusch von Hämmern und anderen Werkzeugen zu hören, mit denen die Männer den Karren reparierten. Larth strich mit der Hand über den Sand. Er war warm.

»Ich habe geschlafen«, murmelte Larth.

»Ja, die ganze Nacht durch und den halben Morgen. Die Sonne steht schon hoch am Himmel«, antwortete ihm Axal.

Larth stützte sich auf den Arm hoch und versuchte sich aufzusetzen. Es gelang ihm nur mit großer Mühe, aber diesmal rührte der Kelte sich nicht, um ihm zu helfen.

»Wo ist die Königin?« fragte Larth.

»Sie ist gegangen, um mit euren Göttern wegen der Toten zu reden, die immer noch hinter der Biegung auf dem Pfad liegen.«

Es stimmte, dem heiligen Ort war Gewalt angetan und den Toten noch nicht die letzte Ehre erwiesen worden.

Als Hohepriesterin hat Caitli die Pflicht, sich darum zu kümmern, aber als Königin hätte sie an meiner Seite bleiben müssen, dachte Larth und fühlte zwei Augen auf sich gerichtet, die ihm bis auf den Grund seiner Seele zu blicken schienen.

»Wer ist bei ihr?« fragte er den Kelten.

»Niemand. Ich habe gehört, wie sie deinem Bruder befohlen hat, hier zu bleiben.«

»Ehrt dein Volk auch die Toten?«

»Natürlich«, war die knappe und zurückhaltende Antwort Axals, und

Larth überlegte, daß er eigentlich viel zu wenig über andere Länder und andere Völker wußte, die vielleicht eine Gefahr, aber auch zum Vorteil für das Volk der Rasna sein konnten. Das würde er ändern müssen.

»Also gut, dann geh und wache über sie. Aber, egal was sie tut, unterbrich sie nicht. Und dann bring sie hierher zurück.«

Axals Blick war undurchdringlich geworden. »Ich könnte fliehen«, bemerkte er.

»Sicher könntest du das. Aber du wirst es nicht tun«, erwiderte ihm Larth.

Axal erhob sich mit einem kleinen Lächeln. »Nein, diesmal nicht.«

Larth reichte ihm sein Messer, aber Axal zögerte, es anzunehmen.

»Der Austausch einer Waffe ist bei meinem Volk ein heiliger Pakt, den man mit Blut besiegelt. Man vertraut sie keinem Fremden an«, sagte er leise.

»Ich habe dir schon mein Schwert anvertraut, also ist der Pakt schon vollzogen und besiegelt worden«, erwiderte ihm Larth.

Aber der Kelte beharrte: »Es ist ein schwieriger Pakt.«

»Wieso?« fragte Larth. »Das einzige, worum ich dich bitte, ist Treue und Gehorsam.«

»Ich kann dir weder das eine noch das andere versprechen, denn ich halte dich nicht für meinen Herren und mich selbst nicht für einen Sklaven«, antwortete Axal. »Meine Schuld dir gegenüber habe ich beglichen, und wenn ich auch noch meine letzten Verpflichtungen erfüllt habe, dann werde ich zu fliehen versuchen. Wenn du willst, kannst du mich gleich hier von deinen Leuten töten lassen. Aber wenn du mich bei dir behältst, mußt du wissen, daß ich auf die Möglichkeit zu einer Flucht nicht verzichten werde.«

»Ich werde das Risiko eingehen und dich behalten«, erwiderte ihm Larth. Er hielt noch immer das Messer in der ausgestreckten Hand, und Axal strich mit den Fingerspitzen über die Schneide und die schöne Einlegearbeit am Griff, den Adler von Tarchna mit ausgebreiteten Flügeln.

»Heute nacht wäre es einfach für mich gewesen, dir die Kehle durchzuschneiden und den Unterschlupf zu verlassen«, sagte er. »Ich sehe im Dunkeln fast ebensogut wie im Hellen und mache nicht mehr Geräusche als ein herunterfallendes Blatt. Aber deine Königin hat ein heiliges Feuer entzündet, und so sind wir miteinander verbunden. Keiner von uns kann dieses Band zerreißen, nicht du, nicht ich und auch sie nicht. Frag deine Königin danach, wenn ich sie hierher zurückbringe.«

Larth nickte zustimmend. Er wußte genau, was der Kelte gespürt hatte: Caitlis Macht, ihre magische Kraft. Zu ihrem Schutz hatte sie die tiefsten und geheimsten Gefühle in ihnen geweckt. Aber damit war auch ein enges Band geknüpft worden, das sie wie ein Netz miteinander verband, das sie nur sehr schwer wieder würden lösen können.

»Ich werde dir die Treue halten, wie ich sie einem Freund gegenüber halten würde«, murmelte Axal. Dann nahm er das Messer entgegen, versteckte es zwischen dem verletzten Arm und seiner Brust und ging nach draußen.

Als er den Unterschlupf verlassen hatte, erhob sich Larth mühsam und begab sich zum Ausgang der Grotte. Es war ein warmer Tag. Die Sonne stand hoch am Himmel, und wie mit dem Pinsel hingemalte, azurblaue Streifen blitzten durch die herbstlichen Baumkronen. Überall zeugten noch schimmernde Pfützen und Rinnsale von dem gestrigen Wolkenbruch und den nächtlichen Regenfällen. Aber von Westen her trieb der Wind schon wieder dunkle Wolken herüber.

Tefrie und die beiden Athleten waren noch dabei, den Karren zu reparieren, der schon fast wieder hergerichtet war. Nur eines der Räder fehlte noch.

Doch Cneve stellte sich Axal in den Weg und versuchte ihn aufzuhalten.

»Laß ihn gehen, Cneve«, rief Larth ihm zu. »Ich habe ihm den Befehl erteilt.«

Der Junge drehte sich erstaunt um. Er hatte sich Axal mit dem ganzen Überschwang und dem Leichtsinn seiner Jahre entgegengestellt, ohne sich über die Gefahr im klaren zu sein, denn dem Kelten konnte es egal sein, wer sich ihm in den Weg stellte. Aber vor allem begriff er nicht, warum Larth ihm vertraute, trotzdem befolgte er ohne Widerspruch seinen Befehl.

Axal setzte seinen Weg fort, ohne sich weiter um ihn zu bekümmern, und Cneve lief zu Larth hinüber.

»Warum läßt du ihn gehen?« fragte er, ohne seinen Unwillen zu verbergen.

»Weil ich möchte, daß er Caitli hierher zurückbringt«, antwortete ihm Larth ruhig.

»Wir können ihm nicht vertrauen, Larth! Auch Kae sagt, daß er zu fliehen versuchen wird und sich vielleicht sogar an die Latiner verkauft.«

»So, sagt das Kae?«

Cneve schüttelte den Kopf.

»Ich verstehe dich nicht. Ich hatte Caitli angeboten, sie zu begleiten, aber sie wollte nicht. Sie hat gesagt, es drohe ihr keine Gefahr, und für das, was sie zu tun hätte, dürfe es keine Zuschauer geben. Vielleicht befinden sich Charun und Vanth noch dort, um die Toten ins Schattenreich zu begleiten. Was sollte ich also machen?« fragte Cneve völlig verwirrt und gekränkt.

»Nichts anderes als ihr zu gehorchen, Cneve. Komm, hilf mir, mich zu setzen«, forderte Larth ihn lächelnd auf. »Ja, hierhin, hier kann ich mich anlehnen.« Er legte ihm einen Arm um die Schultern und ließ sich von ihm helfen, sich auf die schon trockenen Steine in einen Flecken Sonne vor die Grotte zu setzen. Die Wärme tat ihm gut und linderte ein wenig die Schmerzen in seiner Schulter. Aber er hatte immer noch Schüttelfrost, und das Atmen fiel ihm schwer.

Auch Tese und Kae Aivas kamen nun auf sie zu, und Cneve kniete sich neben ihn. »Unser Vater hat mich schon beiseite geschoben, er hält nicht viel von mir. »Ich möchte nicht, daß du das auch noch tust.«

»Ich werde dich nicht beiseite schieben, Cneve. Das verspreche ich dir. Die Latiner werden sehr bald ihre Antwort von mir erhalten, und wenn du willst, kannst du dann an meiner Seite sein.«

Cneve drückte ihm fest die Hand. »Ich vertraue auf dein Versprechen. Und ich werde immer an deiner Seite sein.«

Kae Aivas und Tese waren nun herangekommen, und Kae rief: »Ich bin erleichtert, dich so vorzufinden, Larth. Wir haben für deine Genesung dem Tempel von Tagete eine Opfergabe versprochen.«

»Ich danke dir, Kae«, erwiderte ihm Larth. »Aber wenn der Karren heute noch fertig wird, dann sind wir bald in Tarchna, und du kannst dir deine Opfergabe sparen.«

»Er wird fertig werden, mein Fürst«, rief ihm Tefrie zu und bearbeitete voller Schwung das letzte noch fehlende Rad.

»Daß die Erbin des Großen Trumot bei uns ist, gibt uns zwar allen Mut«, fuhr Kae Aivas fort, »aber es wäre unvorsichtig, eine weitere Nacht hier zu verbringen.«

»Unvorsichtig, für wen?« fragte Larth und strich mit den Fingerspitzen über den Opal auf seiner Brust. Kae Aivas zog sich einen Schritt zurück. Caitli als Erbin Velvurs zu nennen und nicht als die des Königs, war ziemlich verwegen, und er hätte es niemals gewagt, wenn er nicht geglaubt hätte, eine tödliche Müdigkeit auf Larths Gesichtszügen zu entdecken.

»Wirst du Velx' Antrag auf Unterstützung eines Angriffs gegen die Latiner unterstützen?« mischte sich nun Tese ein, der sich seine unbefangene Art zu reden bewahrt hatte.

»Du hast doch gehört, was ich meinem Bruder geantwortet habe, also weißt du, wie ich darüber denke. Warum fragst du noch?« antwortete ihm Larth.

»Weil ich an deiner Seite sein werde, wenn du gegen die Latiner ziehst«, erwiderte ihm Tese offen.

»Nur wenn der König damit einverstanden ist«, wies ihn Kae Aivas zurecht. »Denn nur der König kann entscheiden, wer für einen solchen Kriegszug bewaffnet wird.«

Larth schaute ihn an und dachte: Ich würde mir wünschen, diesem Adeligen aus meiner Stadt so vertrauen zu können, wie ich diesem fremden Sklaven vertraue, der mir das Leben gerettet hat.

»Schluß jetzt!« mischte sich nun Cneve ein. »Das Reden strengt ihn zu sehr an, seht ihr das nicht?«

Kae Aivas beugte knapp das Haupt und begab sich wieder ans eigene Feuer. Aber Tese blieb noch einen Augenblick stehen und schaute Larth besorgt an.

»Er wird beim Rat, den der König in dieser Angelegenheit zusammenrufen wird, mit seinem ganzen Haus gegen dich stimmen«, sagte er.

»Er ist nur einer von vielen«, erwiderte ihm Larth mit einem kleinen Lächeln.

Tese wandte verlegen den Kopf, betroffen von diesem Lächeln, das ihm tödlicher erschien als jede Drohung, und Larth kamen die Worte in den Sinn, die er während seiner Kindheit so oft aus dem Mund Tarchons gehört hatte: Einer genügt, um Zwist zu säen. Die Häuser des Adels müssen geschlossen hinter dem König stehen. Nur so kann die Stadt leben, wachsen und herrschen.

Sein Blick schweifte ab und folgte einer Schar von Mäusebussarden, die plötzlich im Azurblau des Himmels über den steilen Felsblöcken der Grotte aufgetaucht waren. Mit einem leichten Flügelschlag zogen sie gegen Süden. Larth beschloß, den Zeichen keine Beachtung zu schenken.

Caitli blieb stehen. An dieser Stelle war der Pfad schattig und düster, und ein grauer Dunst stieg aus der feuchten Erde auf, die die Regengüsse der vergangenen Nacht durchweicht hatten, anders als hinter der Wegbiegung, wo die Sonne durch die hohen Bäume schien.

Dies hier war eine andere, eine gekränkte, blutige und stumme Welt.

Die Leichen der jungen Athleten, der Wachen und Diener lagen, vom Regen durchweicht, dort, wo sie gefallen waren, zusammen mit denen der getöteten Latiner. Die besudelte Erde hatte ihr Blut getrunken.

Caitli blieb einen Augenblick regungslos stehen und holte tief Atem. Alles war stumm, und sie fühlte um sich eine völlige Leere, die sie erschreckte, ein Nichts, als ob es in diesem ganzen Wald keine Spur von Leben mehr gäbe. Sie breitete die Arme weit aus, um die Schwingungen der Luft in sich aufzunehmen und den unsichtbaren Faden der Zeit einzufangen. Mit geschlossenen Augen sah sie den Geleitzug vor sich, der eilig voranzog, um aus dem dichten Hochwald herauszukommen und dem drohenden Unwetter zu entgehen. Sie sah Tefrie an der Spitze des Zuges, der den Dienern befahl, ihren Schritt zu beschleunigen. Sie sah den letzten Karren, an den Axal gefesselt war, seine blauen Augen, die im dichten Wald nach dem Feind suchten, und schließlich Larth, der sein Pferd anhielt, mit Tefrie sprach und sich dann, am Ende des Zuges, zu Axal hinabbeugte, um ihn von seinen Fesseln zu befreien. Als der erste Pfeil, der den Angriff eröffnete, Larth traf, öffnete sie wieder die Augen.

Der Wald tönte noch vom Echo eines Aufschreis wider, eines Schmerzensschreis, der nicht menschlich war und zwischen den hohen Bäumen entlangstrich, an den Schluchten, Furchen und Felsabstürzen entlang, um dann wie ein giftiger Hauch den Frevlern zu folgen, die den *Heiligen Wald von Tinia* entweiht hatten, um sie einen nach dem anderen in ihren Häusern und auf ihren Wegen einzuholen.

»Keine Rache«, murmelte Caitli fast tonlos, »keine Rache. Nur Reinigung!«

Dann erhob sie die Hände zum Himmel, um den unsichtbaren Faden der Zeit wieder aufzunehmen. Jetzt war das Unwetter hier, und sie nahm das vibrierende Zucken des Blitzes auf ihre Fingerspitzen und ließ ihn über den Karren und den Körpern einschlagen, die sie umgaben. Für einen Moment leuchtete der Blitzstrahl hell auf, dann fuhr er wie ein weißer, gleißender Strahl den Pfad entlang und äscherte alles, was nicht menschlich war, auf seinem Weg ein, um schließlich auf dem Körper eines Latiners zu erlöschen, der mit einer Lanze der Rasna in der Brust auf dem Rücken lag. Gleich darauf erschütterte ein tönender Donner die Erde bis in ihre Tiefen.

Als hätte sie plötzlich alle Kraft verlassen, wankte Caitli rückwärts. Axal, der wartend am Rande des Pfades gestanden hatte, fing sie auf, und sie ließ es geschehen. Sie spürte den Arm des Mannes um ihre Hüfte, seinen Körper gegen den ihren, und lehnte ihr Gesicht an seine Brust. Sie fühlte, wie er sie beschützend an sich zog, und gleichzeitig den Nachhall einer entfesselten, lebendigen Energie, die nun wie ein Irrlicht zurückstrahlte und wie Fieber auf ihrer Haut brannte. Axal beugte sich über sie und küßte sie auf den Mund. Wie einem lange erwarteten Geliebten gegenüber öffnete Caitli ihre Lippen, und ein Gefühl von Lust durchströmte ihren Körper, das stärker und heftiger war als jeder andere Gedanke.

Nur mit großer Anstrengung machte sich Caitli wieder von ihm los und schaute ihm in die Augen, die plötzlich ernst und hart geworden waren.

»Ich bin hier, um dich zurückzubringen«, sagte Axal, ohne sie noch einmal anzurühren.

»Wirst du erzählen, was du gesehen hast?«

»Nur wenn du es willst.«

Caitli wandte den Blick von ihm ab. »Glaubst du an das Schicksal, Axal?« fragte sie leise.

»Warum fragst du mich danach?«

»Weil du tausendmal fliehen kannst, aber immer wieder dort sein wirst, wo wir uns wiedertreffen.«

Axal lächelte und strich ihr mit einer zärtlichen und vertraulichen Geste übers Gesicht.

»Du weißt, daß ich das Schicksal nicht akzeptiere«, sagte er.

Caitli nickte. »Du wirst mein Zeuge sein für das, was du hier gesehen

hast«, murmelte sie und machte sich auf den Weg zurück, ohne sich noch einmal nach ihm umzudrehen. Axal folgte ihr schweigend das kurze Stück den Pfad entlang. Kae Aivas, Cneve und Tefrie erwarteten sie schon besorgt vor der Wegebiegung. Sie hatten den Blitz niedergehen sehen, und der Donner war so stark gewesen, daß sie für einen Moment an ein Erdbeben geglaubt hatten. Aber sie wagten es nicht, Caitli anzusprechen, und dem Sklaven, der ihr folgte, stellten sie keine Fragen.
»Die Wachen aus Tarchna sind angekommen«, sagte schließlich Cneve, als sie sich dem Unterschlupf näherten, »und der Karren ist fertig«.
Caitli lächelte dem jungen Adeligen zu, der die Wachen kommandierte und schon auf sie gewartet hatte. Er machte einen etwas erschrockenen und verzagten Eindruck. Die eine Hälfte seiner Männer würde die Toten zurückbringen und die andere Hälfte sie und die anderen nach Tarchna zurückbegleiten.
»Der Wald ist gereinigt, hab keine Angst«, ermutigte sie ihn.
Der junge Mann beugte ein Knie und berührte den Saum ihres Gewandes, eine Ehrerbietung, die sonst nur dem Trutnot vorbehalten war. Caitli nahm sie wortlos entgegen, aber ihr Blick suchte Larth.
»Er ist schon auf dem Karren«, murmelte Cneve, »und ich glaube, er hat Fieber«.
Caitli eilte auf den Karren zu und kletterte hinauf. Tefrie hatte Axal mit auf sein Pferd genommen, und auch alle anderen waren für den Aufbruch bereit. Sorgfältig schloß sie die zerrissene Plane des Karrens, auf den Cneve die Tasche mit den Salben und Instrumenten gepackt hatte. Dann legte sie den Schleier wieder über die Haare und schmiegte sich an Larth, der auf den Decken lag. Seine Haut glühte, und seine Stirn war feucht von Schweiß. Es würde keine leichte Reise werden.
Sie streichelte ihm mit den Händen über den Rücken und fühlte, wie er bei dieser Berührung zusammenzuckte. »Mein armer großer König«, murmelte Caitli und strich ihm sanft mit den Fingerspitzen über die Stirn, um ihm Erleichterung zu verschaffen.
Hier, wo niemand sie sehen konnte, konnte sie endlich weinen.

Larth erwachte und hatte kaum noch eine Erinnerung an die Schmerzen der Rückreise. Die Bilder vermischten sich jetzt mit denen aus den

Jahren, die er auf dem Meer verbracht hatte, der Nacht in Alalia, als die Stadt brannte, und dem berauschenden Gefühl, als sie den Palast erobert und den König gefangengenommen hatten. War er vielleicht immer noch in diesem Palast?

Er öffnete die Augen, weil er das sichere Gefühl hatte, von jemandem neugierig beobachtet zu werden, und für einen Moment fühlte er nur das eigene Unwohlsein, zwar keine Schmerzen mehr, aber eine tiefe Erschöpfung.

Der Junge stand am Fuß des Bettes und starrte ihn an. Er hatte kleine dunkle Augen und schmale Lippen, trug eine Tunika aus feiner Wolle und Schuhe mit Bändern, die in bunten Farben bestickt waren. Ein kleiner Fürst hätte nicht besser gekleidet sein können als er.

Larth ließ seinen Blick schweifen. Der Raum war groß und mit vielen Teppichen ausgestattet. Auch die Wände waren mit schweren, bestickten Wandteppichen bedeckt, und in dem großen Kamin brannte ein Feuer. Seine Waffen standen ordentlich aufgereiht neben seinem Bett.

Sogar das Messer, dachte Larth, Axal . . .

Die Tür hatte einen schweren, hölzernen Riegel. Aber es gab noch eine andere, die vielleicht auf einen Hof führte und aus hauchfeinem Alabaster in einem bronzenen Rahmen gearbeitet war. Dies mußte einer der Räume im neuen, südlichen Flügel des Palastes sein.

Es war ein schöner Raum, aber er war nicht das *Gemach der Könige*. Diese neuen Mauern hatten noch kein Gedächtnis. Nun fiel sein Blick wieder auf den Jungen, der ohne sich zu rühren dastand und ihn anstarrte. Larth setzte sich auf und lächelte ihm zu.

»Ich nehme an, es gibt einen guten Grund, daß du hier stehst und mich anschaust. Hast du nichts Besseres zu tun?« fragte er ihn, während er die Arme reckte, um festzustellen, ob der Schmerz, der ihm für so lange Zeit den Atem genommen hatte, wirklich ganz weg war.

»Ich brauche nichts zu tun«, antwortete ihm der Junge trotzig. »Ich bin der Sohn des Königs!«

Larth nickte, als ob ihn diese Feststellung beeindruckt hätte. »Gut, nehmen wir mal an, es stimmt, was du sagst. Aber selbst dann hast du immer noch nicht auf meine Frage geantwortet.«

Der Gesichtsausdruck des Kleinen wandelte sich um in offene Abneigung. Dort, wo vorher nur eine feindliche Neugier war, machte sich

jetzt offener Haß breit, und Larth wunderte sich, daß der Blick eines Kindes so haßerfüllt sein konnte.
»Sie sagen, du willst den Thron, der mir gehört«, rief der Junge, aber in seiner Stimme klang eine kleine Unsicherheit mit.
Larth blieb keine Zeit mehr, ihm zu antworten, denn jetzt wurde der Holzriegel zögernd beiseite geschoben. Eine Frau erschien in der Türöffnung und rief den Kleinen, der ihr aber keinerlei Beachtung schenkte.
»Deine Mutter ruft dich«, mahnte ihn Larth.
»Sie ist nur eine Magd«, gab der Kleine abfällig zurück, ohne sich zu rühren.
Larth machte der Frau ein Zeichen einzutreten. Sie war klein und dunkelhaarig, mit dunkler Haut, runden Hüften und einem üppigen, ausladenden Busen. Sie gehorchte nur zögernd, als ob sie furchtsam sei, aber Larth hatte schon vor langer Zeit gelernt, echte Furcht von der gespielten zu unterscheiden.
»Du nährst eine Schlange an deinem Busen, liebe Frau. Sei vorsichtig, denn du wirst die erste sein, die gebissen wird. Bring ihn jetzt weg«, befahl er ihr.
Der Junge wollte protestieren, aber die Frau verschloß ihm schnell den Mund mit der Hand. In diesem Moment erschien Hasti auf der Schwelle, die Arme in die Hüften gestemmt und sehr wütend.
»Du hast deine genauen Anweisungen bekommen, Vultha, und diese Anweisungen gelten auch für deinen Sohn!« rief sie. »Ihr habt euch im Küchentrakt aufzuhalten, es sei denn, der König ruft euch. Ich werde dich bestrafen müssen, wenn du weiterhin ungehorsam bist. Du hast den Fürsten Larth in seiner Ruhe gestört, das werde ich dir nicht durchgehen lassen.«
Larth gab Hasti ein Zeichen, sich zu beruhigen. Sie wiederzusehen, brachte ihm die schönen Tage seiner Kindheit zurück und berührte ihn mit einer leichten Schwermut. Hasti schickte Vultha und den Jungen weg und schloß dann die Tür hinter sich. »Hat der Junge dich belästigt, mein Fürst?« In ihren Augen lag noch dasselbe Lächeln wie früher, und ihre Stimme hatte denselben still ergebenen und geduldigen Tonfall.
»Nein, er hat mich nicht belästigt. Seit wann bin ich hier?«
»Seit zwei Tagen. Du hattest sehr hohes Fieber, aber Caitli meinte, daß alle schlechten Körpersäfte ausgeschieden sind und du nur noch ausru-

hen mußt. Sie und Thanaquil haben abwechselnd bei dir gewacht. Erinnerst du dich denn nicht daran?«
Larth schüttelte den Kopf. Hasti stand vor ihm und schaute ihn an wie eine besorgte Mutter, die noch etwas sagen wollte.
»Was gibt es noch, Hasti?« fragte er also.
Ein kleines Lächeln huschte über das Gesicht der Frau. »Dieser Palast wird immer größer, und hier zu leben kommt mir immer schwieriger vor. Jetzt sind die Ecken voller Schatten, und manchmal fürchte ich mich.«
»Du fürchtest dich im Hause deines Königs?«
Die Frau seufzte und suchte mit dem Blick verzweifelt nach einer Beschäftigung, um nicht so still dastehen und seinen fragenden Blick ertragen zu müssen.
»Die kleine Thanaquil ist sehr verliebt in einen jungen Mann aus Velx, den du sehr gut kennst. Aber das ist ein Geheimnis.«
»Warum erzählst du mir dann davon?«
»Weil gestern der edle Tite Aivas in den Palast gekommen ist und zum zweitenmal für seinen Enkel Kae um ihre Hand angehalten hat. Und der König hat nicht abgelehnt, er hat nur um Bedenkzeit gebeten. Deshalb ist meine Kleine jetzt ganz verzweifelt, und Caitli ist zornig, weil sie hinter dieser Beharrlichkeit eine andere Absicht vermutet.«
Hasti schwieg. Sie hatte das gesagt, was sie bedrückte, und um nichts auf der Welt hätte sie daran gezweifelt, daß es ihr Recht war, sich an ihn zu wenden.
»Schick jemanden los. Er soll meinen Bruder Cneve suchen und ihn hierherbringen«, befahl ihr Larth. »Ich muß ihm eine Botschaft anvertrauen, die er nach Velx bringen soll.« Hasti verbeugte sich und verließ gleich darauf den Raum. Für einen Moment blieb Larth noch im Bett. Hasti hatte sicher gute Gründe, besorgt zu sein. Sie war zu aufmerksam und scharfsichtig, als daß ihr die Gefahrenzeichen um den König herum entgehen könnten.
Er stand auf, wickelte sich eine Decke um die Hüften und ging zur Tür mit den Alabasterscheiben hinüber. Er schob den kostbaren Bronzeriegel beiseite und öffnete sie halb. Es regnete, und der Wind fegte über den Hof, der zu den Gemächern der Frauen führte. Dahinter lag der alte Flügel des Palastes mit dem Altar der Erdmutter Dia und dem *Gemach der Könige*, wo seine Erinnerungen waren und Caitli, seine Königin.

In diesem Moment überquerte Azal den Hof in Richtung des alten Flügels. Er trug eine schwere, schwarze Tebenna, und er war alleine.
Larth schloß die Tür. Tefrie hatte recht, dachte er, der Weg der Einsamkeit ist ein schwerer Weg.
Er kleidete sich schnell an, zog seine weiße Tebenna über und machte sich zu den Gemächern des Königs auf. Sie lagen zum Haupthof hin, der jetzt leer war und vom Regen gepeitscht. Die Buchstaben, die den Namen Tarchon bildeten, standen eine Handbreit unter Wasser, und das schien ihm kein gutes Zeichen zu sein. Etwas weiter hinten brachte ein Haruspize aus dem Tempel von Tagete das tägliche Opfer dar. Er befahl einer der Wachen vorm Eingang zu den Gemächern, ihn anzumelden, aber er wartete nicht ab, bis der Mann zurückkam, und trat ein.
Tarchon lag auf einem Clinai vor dem großen Kamin, in dem ein Feuer brannte. Er war alleine und in eine schwere, bestickte Decke gehüllt, die nur das kranke Bein freiließ. Das Knie war um das Doppelte seines normalen Umfangs angeschwollen, aber sonst waren keine äußeren Anzeichen seiner Krankheit zu bemerken.
Er machte ihm ein Zeichen näherzukommen. »Caitli hatte also recht, als sie meinte, du wärst schon bald wieder auf den Beinen«, murmelte er und musterte ihn mit einem prüfenden Blick. »Wie konnte das geschehen, mein junger Fürst? Auf diesem Pfad lauerte der Tod, und keiner hat es gewußt!«
»Manchmal geschehen auch Dinge, die nicht geschrieben stehen«, gab Larth zurück.
»Alles, was geschieht, steht auch geschrieben. Das weißt du so gut wie ich! Erinnerst du dich noch an Demestone, den Händler?«
»Natürlich.«
»Er ist gestern mit seinen Sklaven und seiner Ware hier angekommen, und noch immer führt ihn sein erster Weg zu mir, um mir für die Warnung Dank zu sagen, die ihm vor langer Zeit das Leben gerettet hat. Unser alter Händler, der keine Feinde hat, es sei denn, er vergißt zu bezahlen!« Tarchon lachte kurz auf, aber es war ein gezwungenes, angestrengtes Lachen.
Larth schwieg. Der König schien ihm zu sehr mit seinen eigenen Gedanken beschäftigt zu sein, als daß er den Kopf frei gehabt hätte für das, was er ihm sagen wollte. »Verzeih«, murmelte er also, »ich werde ein anderes Mal wiederkommen.«

»Bleib!« antwortete ihm Tarchon. »Glaubst du vielleicht, ich weiß nicht, warum du gekommen bist?«
Dann befahl er dem Diener, der im Hintergrund des Gemaches bereitstand, einen Stuhl für seinen Gast ans Feuer zu rücken und heißen, mit Wacholder und Honig aromatisierten Wein zu bringen.
Larth gehorchte und wartete, bis der Wein gereicht wurde. Er glänzte dunkel in den kostbaren Kelchen, aber Larth nahm nur einen kleinen Schluck.
»Ich bin erleichtert, daß du weißt, über was ich mit dir reden möchte, mein König«, sagte er dann. »Ich möchte deine Zustimmung dazu, eine Truppe Bewaffneter gegen Ruma zu führen. Ich brauche nur ungefähr dreihundert Männer, mehr nicht.«
»Mehr nicht, sagst du?« gab der König zurück. »Der Winter steht vor der Tür, und du willst dreihundert Männer bewaffnen und sie in den Kampf führen! Du rechnest wohl damit, daß auch Velx dreihundert Männer bereitstellt.«
»Mastarna wird sie hierherbringen, sobald er meine Nachricht erhalten hat«, stimmte Larth zu.
Tarchon nickte finster. »Es gab also schon eine geheime Absprache zwischen euch. Muß ich glauben, daß der Fürst von Tarchna lieber mit einer anderen Stadt gemeinsame Sache macht als mit der eigenen?«
»Es ist nur das Entgegenkommen eines Freundes einem Freund gegenüber. Ich kann nicht wissen, ob Mastarna von seinem König das erhalten hat, um was ich meinen König bitte. Aber ich habe keine Zweifel, daß es ihm gelungen ist.«
»Genauso wie du keine Zweifel hast, daß es *dir* gelingen wird, nehme ich an.« Tarchon senkte den Blick in seinen Weinpokal, der fast schon leer war. »Sicher, du bist eben ein Magier.«
Larth antwortete nicht, und Tarchon lächelte etwas wehmütig vor sich hin. Er gab sich gar keine Mühe, das Bedauern über die eigene verlorene Jugend zu verbergen, das ihm ins Gesicht geschrieben stand.
»Tive Aivas ist gekommen, um mich um Thanaquils Hand für seinen Enkel zu bitten. Ich nehme an, dir ist klar, warum er diese Heirat will.«
Larth nickte, und Tarchon biß sich auf die Lippen.
»Ich habe nicht ja gesagt, aber auch nicht nein. Aivas ist einer der

mächtigsten Männer meines Adels, und er hat viele um sich geschart. Mehr als dein Vater und ich vorausgesehen hatten. Deshalb wäre es nicht klug, sich ihn zum Feind zu machen, so wenig wie es klug wäre, wenn du dich jetzt von hier entferntest.«

»Wenn ich mich jetzt von hier entferne, dann nehme ich alle die jungen Männer der adeligen Familien mit, die du fürchtest. Und ich werde es in einer Weise tun, daß sich keiner der Ehre Tarchnas und dem Frieden der Toten wegen dieser Verpflichtung entziehen kann.«

Tarchon betrachtete ihn nachdenklich. »Bist du dir denn wirklich so sicher, was die Latiner anbetrifft?«

Mit einem kleinen Lächeln trat Larth vors Feuer, um sich zu wärmen, und der Opal schimmerte im Schein der Flamme, die kaum merklich erzitterte.

»Ich werde Ruma einnehmen«, murmelte er.

Tarchon nickte. »Wenn es so geschrieben steht«, sagte er leise.

11.

Der Schatten, der an der Mauer des Bogengangs der Loggia entlangstrich, schien kaum den Boden zu berühren. Die in regelmäßigen Abständen angebrachten, bronzenen Lampen in der Form eines Adlers im Flug warfen breite, gelblich flackernde Lichtflecken, die die dunkle Männergestalt sorgfältig vermied.

Es war tiefe Nacht, und alle schliefen. Der Regen, der schon seit Tagen anhielt, trommelte aufs Dach und fiel in breiten Rinnsalen von den abschüssigen Flächen.

An der Stelle, wo die Loggia zur Galerie abbog, an der die Gemächer des Königs lagen, zögerte die schattenhafte Gestalt für einen Moment. Hier war an der Wand das Basrelief einer antiken Schlacht in den Stein gehauen, und als der Mann mit dem Rücken daran entlangstrich, beschlich ihn plötzlich ein beunruhigendes Gefühl, das ihn in Alarm versetzte.

Das, was er im Begriff war zu tun, würde gut bezahlt sein, und er konnte sogar an eine gerechte Rache glauben. Aber auch die beste Rechtfertigung konnte nicht die Tatsache leugnen, daß die Ermordung eines Königs in seinem eigenen Palast ein ungeheuerliches Verbrechen war.

Er zögerte noch immer, und ein Schauer lief ihm über den Rücken. Die Wache hatte sich gerade auf den Gang durch die Höfe begeben. Die Zeit drängte, und er schlich vorsichtig weiter. Aber er wurde immer unsicherer, und das seltsame Gefühl befiel ihn, als würde eine ihm unbegreifliche, dunkle Macht ihn aufhalten.

Leise, immer darauf bedacht, nicht das geringste Geräusch zu machen, um nicht die Diener zu wecken, drückte er die schwere Tür auf, die zu den Gemächern führte, und befand sich in einem der ersten Räume. Bis auf einen Diener, der regungslos in einer Ecke schlief, war der Raum leer. Vorsichtig näherte er sich der zweiten Tür, und diesmal zog er das kurze Schwert unter dem Mantel hervor. Kalt und schwer lag es in seiner Hand.

Er öffnete die Tür und sah in den Raum dahinter. Im Hintergrund stand das Bett, von zwei schweren purpurfarbenen Vorhängen verdeckt, und Schränkchen aus Elfenbein und Silber füllten den Raum. An der Wand hingen die Waffen, das königliche Schwert und die zweischneidige Streitaxt, das Symbol der Macht Tarchnas.

Als sein Blick auf die Feuerstelle fiel, sah er, daß das Holz verbrannt war, trotzdem loderten die Flammen hell und hoch auf. Er erschauderte, und ein eisiges Gefühl beschlich ihn.

Mit kurzen Schritten ging er auf das große Bett zu und hob das Schwert. Aber im selben Augenblick wurde er ergriffen, jemand schlug ihn mit dem Gesicht gegen die Wand und riß seinen Arm so heftig zurück, daß er brach. Er schrie laut auf, aber der andere verstärkte noch seinen Druck. Dann packte er ihn unter den Achseln und zog ihn in ein drittes Gemach, drückte ihn auf die Knie und riß ihm die Kapuze vom Kopf. Vor ihm saß der König vor der Feuerstelle, und hinter ihm stand, hochaufgerichtet, die Hohepriesterin des Palastes.

Sofort schlug er die Augen nieder, damit sie nicht in seinen Gedanken lesen konnte, aber er wußte, daß er in eine Falle gegangen war. Ein Netz hatte sich über ihm zusammengezogen und drückte ihm die Luft ab. Nun verstand er das seltsame Gefühl, das sich seiner bemächtigt und ihn umgeben hatte und das die Mauern auszuströmen schienen. Die Hohepriesterin des Palastes hatte die Kraft der Steine gegen ihn erweckt.

Larth, der ihn im Schlafzimmer des Königs überwältigt hatte, packte ihn jetzt bei den Haaren und zwang ihn, den Kopf zu heben.

»Dieses Gesicht habe ich schon einmal gesehen«, stellte er überrascht fest.

»Sicher«, murmelte Tarchon, »er ist mit Demestone, dem Händler, und seinem Gefolge angekommen. Du hast ihn gestern gesehen, als ich sie im Palast empfangen habe.«

»Ist es Demestone, der dich geschickt hat? Rede!« herrschte ihn Larth an und verstärkte wieder den Druck.

Der Mann preßte mühsam ein paar unverständliche Worte zwischen den Zähnen hervor. Das Netz zog sich immer mehr um ihn zusammen und drohte, ihn zu ersticken.

»Er ist kein Grieche«, murmelte Larth. »Er ist ein Focese.«
»Er wird nicht reden«, mischte sich jetzt Caitli ein.
»Dafür hat er nicht genug Angst.«
»Noch nicht... bald wird er sie haben!« stieß Larth wütend hervor.
Tarchon drückte fest Caitlis Hand, die sie ihm auf die Schulter gelegt hatte. »Ich bin sehr müde. Morgen werden wir wissen, warum er gekommen ist, um den König von Tarchna zu ermorden. Ich muß mich jetzt ausruhen, und auch ihr, meine Kinder. Es ist schon spät.«
»Morgen werden wir vor allem wissen, in wessen Auftrag er es tun sollte«, sagte Larth grimmig, packte den Gefangenen und stellte ihn auf die Beine.
Die Wachen waren schon vor einiger Zeit in Alarm versetzt worden, mit dem Befehl, ihn in den Palast eindringen zu lassen. Jetzt nahmen sie ihn in ihre Obhut und brachten ihn weg. Larth blieb zurück, und Caitli gab den Dienern ein Zeichen, den König in sein Schlafgemach zu begleiten. Dann blieb sie noch ein wenig vor der Feuerstelle stehen. Sie hatte schon seit einiger Zeit gespürt, daß etwas Drohendes in der Luft lag, und dieses Gefühl hatte sich immer mehr verdichtet. Doch erst an diesem Abend hatte sie die Zeichen klar erkannt. Wenn sie nicht so zerstreut gewesen wäre, hätte sie es schon früher gewußt und hätte Larth nicht bitten müssen, mitten in der Nacht aufzustehen, sich zu bewaffnen und ihr in die Gemächer des Königs zu folgen.
Eine so überstürzte Handlung war ziemlich riskant und konnte leicht mißverstanden werden. Viele der Haruspizen von Tagete wohnten im Palast, und der Große Trutnot mißtraute zutiefst ihrem alten Hohepriester Flasi, einem Adeligen aus dem Hause Aivas, der sich mit großer Zähigkeit und Geduld diese angesehene Position erobert hatte. Caitli war sich sicher, daß Flasi Aivas nicht zögern würde, auch aus diesem Ereignis seinen Vorteil zu ziehen. Larth, der sie so gedankenversunken dastehen sah, trat lächelnd neben sie.
»Es ist ja nichts passiert«, tröstete er sie. »Der König hat seine Zustimmung für den Feldzug nach Ruma gegeben, und Mastarna wird nicht lange auf sich warten lassen. Dann kann Thanaquil zu weinen aufhören, und ich werde alle mit mir nehmen, die von irgendwelchen Machtgelüsten befallen sind.«
»Die Zeichen sagen, daß es ein Fremder sein wird, der Unheil über den

Palast bringt. Ein Fremder, der von Westen kommt«, entgegnete ihm Caitli.
»Der Palast ist voller Fremder. Demestone und alle seine Diener sind Fremde, und sie sind von Alalia, das im Westen liegt, hierhergesegelt.«
»Aber die Zeichen haben sich nicht geändert, sie sagen immer noch dasselbe.«
Caitli drehte sich dem Feuer zu, um ihre Gefühle zu verbergen. Larth bemerkte es zwar, aber er gab diesen Gefühlen einen anderen Namen und eine besondere Bedeutung.
Er nahm sie bei den Schultern und zog sie leicht zu sich, um sie zu ermutigen. »Wir werden herausfinden, wer die Hand des Fozesen bewaffnet hat und was dahintersteckt. Ob es Rache war oder eine Verschwörung.«
»Verschwörung«, murmelte Caitli und fühlte den Schatten, den dieses Wort über den Palast von Tarchna brachte. Seit langen Zeiten hatten die Könige des Hauses von Tarchon kein ähnliches Ereignis befürchten müssen, und deshalb erschien es nun um so ungeheuerlicher.
»Werde ich deinen Schutz in Ruma haben?« fragte Larth.
»Warum fragst du mich danach?«
»Weil du meine Königin bist.«
Caitli lächelte und strich über den Opal.
»Natürlich«, murmelte sie.
Dann löste sie sich von ihm, und Larth schien, als ob sie es nur schweren Herzens tat. Zu viele ungesagte Worte lasteten zwischen ihnen.
Er befahl den Wachen, Caitli in ihr Gemach zu begleiten, und stieg dann zu den Zellen hinunter, wohin man den Gefangenen gebracht hatte. Der Zugang zu diesen unterirdischen Zellen befand sich im Dienstbotenhof. Ein steil abfallender Gang, in Tuffstein gehauen und sich ständig erweiternd, führte bis unter den alten Flügel des Palastes und teilte sich dann in viele Gänge auf, die zu engen düsteren Zellen führten. Davor, in der Mitte, befand sich der einzige größere Raum, der dem Verhör und der Bestrafung diente. Aber er wurde nur sehr selten benutzt. Der Überlieferung nach war dieses unterirdische Gewölbe früher, zu den Zeiten des ersten Tarchon, ein geheimer Kultort gewesen, oder auch ein Versteck. Aber jetzt war es nur noch ein dunkles Verlies, wo die Luft stickig war und voller übler Körperausdünstungen.

Larth blieb auf der Schwelle des großen Raumes in der Mitte stehen. Regenwasser tropfte mit einem monotonen Geräusch durch die durchweichte Erde und den Stein. Aber es wurde von einer Rinne aufgefangen, die in einen steingefaßten Brunnen führte.
Der Gefangene hing nackt, mit weitaufgerissenen Augen und schlaffen Gliedern zwischen den Ketten, an die man ihn gebunden hatte. Speichel stand ihm im Mundwinkel, und seine Beine waren noch naß vom Urin, den er während des Todeskampfes nicht hatte halten können. Laris in seiner Funktion als Zilath war schon da, und hinter ihm stand Flasi Aivas in Begleitung einer kleinen Gruppe von Haruspizen.
»Gift«, informierte ihn Laris knapp. »Vielleicht hat er es geschluckt, während sie ihn aus den Gemächern des Königs hierhergebracht haben oder als sie ihn auszogen.«
»Hat er noch etwas gesagt?« fragte Larth.
»Dazu hatte er keine Zeit mehr. Nur ein paar Worte in Focesisch, aber nicht einen einzigen Namen, nicht mal seinen eigenen.«
»Die Zeichen waren ganz klar«, mischte sich nun Flasi Aivas ein. »Ein Fremder, der von Westen kommt, wird Unheil über den Palast bringen. Die Zeichen sind seit vielen Tagen immer dieselben.«
»Seit der keltische Sklave nicht den Phersu geehrt hat«, raunte einer der Haruspizen hinter seinem Rücken, aber so laut, daß auch alle anderen es hören konnten.
»Genau, seit damals«, beeilte sich Flasi Aivas ihm zuzustimmen und wich dabei dem Blick von Larth aus. Flasi Aivas war ein hagerer Mann, nicht sehr groß, mit stechenden Augen, die tief in den Höhlen lagen, einer vorspringenden Nase und einem leicht ergrauten Spitzbart, und seine Machtgier war ebenso groß wie seine Fähigkeit, bei jedem Ereignis aufzutauchen, das ihm für seine Zwecke nützlich erschien.
Und nun sagte er dasselbe, was auch schon Caitli gesagt hatte.
»Dieser Focese ist aus Westen gekommen«, erwiderte ihm Larth. »Und wenn du wußtest, was die Zeichen sagten, dann wären wir gerne früher von dir gewarnt worden.«
»Die edle Caitli ist mir zuvorgekommen, wie immer. Da die Göttin sie erwählt hat, kann keiner sein wie sie«, antwortete ihm Flasi Aivas mit liebenswürdiger Stimme. Aber in seinen Worten lag fast greifbar ein eisiger Unterton. Laris faßte Larth am Arm und zog ihn mit sich zum Ausgang.

Schweigend überquerten sie den Dienstbotenhof und flüchteten sich dann vor dem Regen unter den Säulengang, der zum zentralen Flügel führte, und von dort aus in einen der offenen Räume, die zum Haupthof hin lagen. In der großen Feuerstelle verbreitete ein Feuer wohlige Wärme, und sie baten einen Diener, ihnen heißen Wein zu bringen. Dann setzten sie sich vor die Feuerstelle und verharrten eine Weile schweigend. Larth fiel es schwer zu denken, daß der Mann neben ihm immer noch über ihn bestimmen konnte, nur weil er sein Vater war. Er erinnerte sich an das letzte Mal, als sie wirklich miteinander gesprochen hatten. Es war die Nacht gewesen, in der die schöne Tyrò ihn zum Mann gemacht hatte. Damals fühlte er sich zum ersten Mal als Erwachsener, und sein Vater schien ihm ein alter Mann zu sein. Von diesem Mann, der da jetzt vor ihm saß, wußte er nichts, und das betrübte Larth. Es mußte doch noch etwas geben, das sie sich zu sagen hatten, bevor es zu spät war.

»Es ist merkwürdig«, begann Laris, als wäre er seinen Gedanken gefolgt, »es muß erst etwas so Schreckliches passieren wie der Versuch, den König zu ermorden, daß wir beide, du und ich, uns zusammenfinden, um miteinander zu reden.«

»Es tut mir leid. Aber du weißt, daß der König mir befohlen hat, im Palast zu wohnen«, versuchte Larth sich zu rechtfertigen.

»Ja, ich weiß.« Laris winkte müde ab. »Das ist es nicht, was ich meine. Die Zeiten sind schwierig, Larth. Schon beginnt der eine oder andere über die Krankheit des Königs zu reden, und dieser Flasi aus dem Hause Aivas würde alles tun, um den Enkel seines Bruders auf den Thron von Tarchna zu bringen.«

»Du meinst, er würde sogar einen Mord begehen?«

Laris hob eine Hand und gebot ihm zu schweigen.

»Du bist unvorsichtig, mein Sohn. Dieser Palast, der für dich immer wie ein Zuhause war, hat mehr feindliche Ohren und böse Zungen, als du denkst. Du solltest auf der Hut sein! Dein Ruhm als Krieger und als Magier weckt Neid, und so ist auch deine Allianz mit Velx eine Quelle des Mißtrauens.«

»Ja, das weiß ich. Schon seit ich Vibennas Vorschlag angenommen habe, mich auf seinem Schiff statt auf dem Schiff von Tarchna einzuschiffen. Aber es war das Flaggschiff, Vater, verstehst du? In jedem Hafen und in jeder Schlacht das erste.«

»Sicher, du liebst das Wagnis, und auch dein Kriegszug gegen Ruma ist ein solches«, erwiderte ihm Laris.
»Das mag sein. Aber gleichzeitig ist es auch eine Möglichkeit, die jungen Männer aus den Adelsfamilien mit mir zu nehmen und damit Tarchna und seinem König einen ruhigen Winter zu verschaffen«, sagte Larth und lächelte.
»Ich muß anerkennen, daß Velvur dir ein guter Lehrmeister gewesen ist«, sagte Laris.
Der Diener hatte inzwischen die zwei Pokale mit heißem Wein gebracht. Die feuchte Luft war erfüllt vom starken Duft der Gewürze, mit denen er vermischt worden war, und durch die Öffnung zum Hof, hinter dem Säulengang, sah man durch den dichten Regenschleier einen Streifen Himmel, der langsam heller wurde.
Laris nahm einen Schluck Wein und stellte dann nachdenklich den Pokal wieder ab. »Übrigens, über diesen Sklaven mit dem Namen Axal, den das Schicksal für dieses Haus bestimmt hat, ist bei mir vom Oberaufseher der Diener schon zweimal Beschwerde eingegangen«, nahm er das Gespräch wieder auf.
»Warum? Und warum ausgerechnet bei dir?« fragte Larth verwundert.
»Weil ich das höchste Richteramt ausübe. Er ist der Sklave, der sich nicht gebeugt und die Tradition gebrochen hat, weil er sich dem Phersu nicht unterwerfen wollte. Hast du Flasi Aivas gehört? Sollte er tatsächlich jemanden schützen müssen, dann wird es für ihn nicht schwierig sein, dem Kelten alle Schuld zuzuweisen.«
»Das mag sein, Vater. Aber warum die Beschwerde?«
»Weil er immer noch nicht gelernt hat zu gehorchen. Und außerdem ... Nun ja, er glaubt, was Besonderes zu sein.«
»Das ist er auch. Er hat mir das Leben gerettet!«
»Vergiß nicht, er ist ein Fremder«, gab Laris zu bedenken.
»Er ist ein Mann, der Wort hält. Und für mich reicht das aus«, erwiderte ihm Larth entschieden.
»Sicher, für einen König mag das gelten, aber nicht für einen Fürsten, der einen Thron erobern muß und sich besser um seinen eigenen Vorteil sorgen sollte.«
»Um seinen eigenen Vorteil?« Larth wunderte sich. »Noch nie habe ich dich die Gerechtigkeit gegen irgendeinen Vorteil eintauschen sehen, Vater.«

Laris schaute ihn mit einem undurchdringlichen Blick an. »Ich war gezwungen, die Beschwerde des Oberaufsehers entgegenzunehmen und mußte ihn bestrafen. Aber ich bin sicher, daß das nicht viel nutzen wird, und ich befürchte, daß er auf diese Weise nicht sehr lange überleben wird.«
»Ich werde die Sache dem König vortragen und den Kelten mit mir auf den Kriegszug gegen Ruma nehmen. War es das, was du mir sagen wolltest?«
Laris nickte zerstreut, seine Art zu sagen, daß es da noch etwas gab, worüber er am liebsten nicht geredet hätte. Larth wußte das und fragte deshalb: »Was noch, Vater?«
»Die edle Caitli hat seinen Arm gesund gepflegt und ihn deshalb ständig gesehen, mindestens einmal am Tag«, sagte er leise.
»Zwischen dem Opfer und der Person, die es dem Tod weiht, entsteht ein Band, das sich nur sehr langsam wieder löst. So lernt der eine den Tod zu akzeptieren, und der andere ist Mittler zwischen den Göttern und den Menschen«, erwiderte ihm Larth.
»Das ist wahr. Aber er hat den Tod nicht akzeptiert, er ist nicht tot. Ich sage es noch einmal, mein Sohn, der Palast ist inzwischen ein Ort geworden, dem du nicht mehr bedenkenlos trauen kannst. Alles hier kann sich gegen dich wenden.«
»Nein!« Larth erhob sich schroff und trat auf den Säulengang hinaus. Laris blieb in Gedanken versunken sitzen.
In diesem Moment öffnete sich das große Portal. Der Sonnenaufgang begann eben den noch immer von schweren Wolken verhangenen Himmel zu färben. Der Regen hatte sich in einen feinen, kalten Nieselregen verwandelt, und ein kleiner Zug verdeckter Wagen, begleitet von einer Handvoll Wachen, zog in den Hof ein.
Einen Augenblick später stand Velvur vor ihnen. Er sah müde und abgespannt aus.
»Ich bin also nicht der einzige, der diese Nacht durchwacht hat«, sagte er zur Begrüßung zu Larth, bevor er Laris hinter ihm entdeckte, der sich jetzt ebenfalls erhoben hatte und auf ihn zuging.
»Dem König geht es gut, aber der Mann, der ihn ermorden wollte, hat sich umgebracht«, informierte er Velvur, ohne ihn nach dem Grund seines plötzlichen Erscheinens zu fragen. »Wir wissen von ihm nur, daß er ein Focese ist und mit dem Gefolge von Demestone, den ich nachher

befragen werde, in den Palast gekommen ist. Willst du bei der Befragung anwesend sein, Großer Trutnot?«
»Sicher, nachdem ich den König gesehen habe«, erwiderte Velvur.
Laris verbeugte sich förmlich, und Velvur nahm Larth freundschaftlich unter den Arm und zog ihn beiseite.
»Ist alles gutgegangen?«
Larth schaute ihn an. »Warum fragst du mich dananch, wenn du es doch weißt?«
Velvur schüttelte den Kopf. »Die Stimmung in diesem Palast gefällt mir nicht. Wo ist Caitli?«
»In ihren Gemächern. Ohne sie, ich meine, wenn sie nicht gewesen wäre, dann wäre der König jetzt tot.«
Velvur nickte nachdenklich. »Dein Bruder Cneve wartet zusammen mit Mastarna vor dem nördlichen Tor darauf, daß es geöffnet wird. Mastarna hat viele Bewaffnete bei sich, und in diesem Moment wäre es nicht sehr klug, wenn sie in den Mauern des Palastes unterkämen. Man könnte an eine Verschwörung oder Schlimmeres denken. Deshalb rate ich dir, ihm entgegenzureiten und ihn zu bitten, seine Männer draußen ihr Lager aufschlagen zu lassen. Dann kannst du ihn, zusammen mit seinen Hauptleuten, hierher bringen.« Larth nickte, und der Große Trutnot wandte sich an Laris. »Begleite mich jetzt zum König. Aber bevor wir den Griechen befragen, will ich Caitli sehen. Und ich möchte, daß auch sie bei der Befragung anwesend ist.«
»Das ist gegen die Tradition. Gibt es dafür einen bestimmten Grund?« wollte Laris wissen.
»Oh, natürlich.« Velvur lächelte und schritt schon in Richtung des Hofes voran. »Wenn sie anwesend ist, wird dieser alte Gauner nicht einmal versuchen zu lügen.«

Larth hatte Velvurs Ratschlag befolgt und war sofort zum Nordtor geritten, vor dem Mastarna mit seinen Männern auf Einlaß wartete.
»Ich weiß, daß es unter Verbündeten nicht üblich ist, deinen Männern zuzumuten, ihr Lager hier aufzuschlagen, und noch dazu im Regen«, bat er ihn um Verständnis. »Aber in Anbetracht dessen, was heute in Tarchna passiert ist, scheint mir das die einzig mögliche Lösung zu sein.«
Mastarna nickte nachdenklich und warf einen Blick auf das Tor, das

offen geblieben war, nachdem Larth es passiert hatte. Ein Zeichen zumindest, daß sie doch noch Vertrauen zu ihm hatten. Dann wandte er sich mit einem kleinen Lächeln wieder Larth zu. Er kannte ihn inzwischen viel zu lange und zweifelte nicht an den guten Gründen für sein Handeln. »Du schaust wirklich fürchterlich aus«, war sein einziger Kommentar. Dann befahl er, ihm sein Pferd zu bringen, aber nicht die Waffen, und ließ Aule und Caile Vibenna zu sich rufen, die ihn begleiten sollten. Unter diesen Umständen wäre es unklug gewesen, die Stadt bewaffnet zu betreten und damit das Mißtrauen des feindlich gesinnten Adels von Tarchna noch mehr herauszufordern.
»Er ist im Heiligen Wald fast gestorben«, mischte sich nun Cneve ein, der zusammen mit Mastarna aus Velx zurückgekommen war und sich nun ebenfalls zu ihnen gesellt hatte.
»Einmal bin ich nicht an deiner Seite, und schon muß dir ein Sklave das Leben retten«, scherzte Mastarna feundschaftlich.
Larth zog es vor, nicht zu antworten.
»Hattest du Schwierigkeiten, deinen König zu überzeugen, dir die Männer für Ruma zu geben?« fragte er statt dessen.
»Frag mich lieber, ob es schwierig für mich war, ihre Anzahl auf dreihundert zu begrenzen. Und wie war es bei dir?«
»Ungefähr genauso.«
Cneve riß erstaunt die Augen auf, und Mastarna lachte.
»Er lügt besser als eine karthagische Hure, mein kleiner Cneve. Aber ich wette, keiner merkt es.«
Auch Larth verzog das Gesicht zu einem Lächeln, aber der Ausdruck seiner Augen blieb hart. Mit Mastarna an seiner Seite gab es nur wenige Dinge, die er nicht gewagt hätte. Kurze Zeit später passierten sie das nördliche Tor, nachdem Mastarna seinen Männern den Befehl erteilt hatte, das Lager für die Dauer von einigen Tagen vor den Toren der Stadt aufzuschlagen, und begaben sich sofort zum Palast. Aber der König hatte sich entschieden, niemanden zu empfangen. Erst am Abend, auf den Rat des Großen Trutnot hin, würde er eine Audienz für den Adel von Tarchna geben, um ihn zu beruhigen und über den mißlungenen Anschlag auf seine Person zu berichten.
Deshalb ließ der Große Trutnot, der, in Gegenwart von Caili, immer noch mit dem Verhör des Griechen Demestone beschäftigt war, bei ihrer Ankunft Thanaquil rufen und vertraute ihr die Gäste an.

Thanaquil hatte für ihre Bewirtung gesorgt, und Cneve hatte sich um Aule und Caile Vibenna gekümmert. Nun leistete Thanaquil während der Dauer des einfachen Mahls Larth und Mastarna Gesellschaft. Sie trug eine Tunika aus feiner, weißer Wolle, die blau bestickt war, und darüber einen wollenen Überwurf, der von einer goldenen Fibel geschlossen wurde. Ihre offenen Haare wurden nur von einem schmalen, goldenen Reif gehalten, und es war ihr anzusehen, daß sie Mastarna erwartet hatte und genau wußte, wann er kommen würde und warum sie gerufen worden war.

Als sie die Mahlzeit beendet hatten, schickte Larth nach Axal und wandte sich dann wieder Mastarna zu.

»Ich habe für heute in den königlichen Übungsstätten alle jungen Männer der Adelsfamilien Tarchnas zusammenrufen lassen, aber ich kann dich leider nicht mitnehmen. Sie würden mir vorwerfen, in gewisser Weise die Interessen von Velx zu vertreten, das du repräsentierst.«

»Da hast du recht«, stimmte ihm Mastarna zerstreut zu. Aber seine Augen waren auf Thanaquil gerichtet, die sich auf dem Clinai ihm gegenüber ausgestreckt hatte, und in seinem Blick lag alles andere als Gleichgültigkeit. Der gewürzte Wein war gut, und auch das Essen war ihm vorzüglich erschienen. Sie hatten viel geredet und im Grunde alle Themen angeschnitten: die Latiner, Ruma, das zu regnerische Wetter, den Überfall auf dem Pfad im Heiligen Wald. Nur das Attentat auf den König hatten sie mit keinem Wort erwähnt.

Mastarna hatte erfreut festgestellt, daß Thanaquil geschickt der Unterhaltung gefolgt war, über alles so gut Bescheid wußte, um hin und wieder eine Bemerkung einfließen zu lassen, und daß sie eine sanfte Stimme hatte ... eine wunderbar sanfte Stimme.

»Was ist los mit dir, mein Freund?« weckte ihn Larth aus seinen Träumen. »Man könnte fast glauben, du hast zuviel getrunken, dabei ist das dein erster Pokal.« Mastarna löste seinen Blick von den dunklen Augen des Mädchens und drehte sich dann nach Axal um, der auf der Schwelle erschienen war.

»Ich bin dir sehr dankbar«, wandte er sich an ihn, ohne sich darum zu bekümmern, daß man in der Öffentlichkeit einen Sklaven nicht begrüßte. »Du hast ein Leben gerettet, das mir sehr lieb und wertvoll ist.«

Axal schien der Geste keine Beachtung zu schenken, aber Thanaquil

schaute ihn erstaunt an. Larth erhob sich und schlug ihm mit der Hand auf die Schulter.
»Ich mache mich also auf den Weg, mein Freund. Aber ich werde versuchen, so bald wie möglich wieder zurück zu sein«, sagte er und schickte sich dann an, den Raum zu verlassen.
Mastarna fühlte sich etwas verlegen, aber er war ihm dankbar für die Zeit, die er ihm geschenkt hatte.
»Sicher«, murmelte er.
Als Larth den Hof betrat, nieselte es, und ein kalter, stürmischer Wind trieb dunkle Wolken nach Süden. Am Hauptportal des Palastes angekommen, stellte er fest, daß eine Wache von acht Männern auf ihn wartete, obwohl er gar nicht darum gebeten hatte.
Velvur, dachte er, oder der König selbst. Keiner sonst außer Laris und mir kann den Wachen Befehle erteilen, und mein Vater war es bestimmt nicht.
Axal schritt stumm hinter ihm. Es war das erste Mal, daß er die Möglichkeit hatte, den Palast zu verlassen und die Stadt zu sehen, und wie immer entging nichts seiner Aufmerksamkeit.
Über die breite Straße, die vom Palast hinunter zur Stadt führte, fegte der Wind, und viele Leute waren unterwegs, die zur Seite auswichen, um ihnen Platz zu machen. Dicke Rauchwolken stiegen aus den Werkstätten weiter unten auf, wo die Handwerker ihrer Arbeit nachgingen, und vom östlichen Tor her näherte sich eine mit Eisen beladene Wagenkolonne, die von den Schmelzstätten in den Metallbergen kam.
Eine reiche Stadt, mit gefüllten Kornspeichern und einem sicheren Hafen, eine Stadt, die sich dort unten in ihrem ganzen Glanz vor uns ausbreitet, dachte Larth und überlegte, ob der Kelte sich des ganzen Ausmaßes ihrer Kultur und ihres Reichtums bewußt war.
»Der Oberaufseher der Diener des Palastes hat sich über dich beschwert. Man hat mir gesagt, daß du bestraft worden bist«, sprach er ihn an und verlangsamte etwas seinen Schritt, so daß sie nun fast nebeneinander gingen. »Weißt du, wohin das führen kann?«
»Ich werde vorher fliehen«, murmelte der Kelte.
»Dazu besteht wenig Hoffnung«, entgegnete ihm Larth.
»Dann werde ich eben bei dem Versuch sterben«, erwiderte der Kelte leichthin, aber der entschlossene Ausdruck seiner Augen strafte seinen Ton Lügen.

»Du schuldest mir deine Treue als Freund, erinnerst du dich? Ich werde dich mit nach Ruma nehmen«, sagte Larth und dachte bei sich: und zwar bevor es Flasi Aivas gelingt, dir zu seinem Nutzen alle Schuld anzulasten. Ein Lächeln überflog Axals Gesicht. »Meine Schuld dir gegenüber habe ich bereits beglichen«, antwortete er in einem leicht herausfordernden Ton.
Kurze Zeit später erreichten sie die königlichen Übungsstätten, die schon überfüllt waren. Cneve war mit Mastarna und den beiden Vibenna im Palast geblieben, aber Egene war da und mit ihm alle jungen Männer aus den Adelshäusern von Tarchna, mit Kae Aivas an ihrer Spitze. Bei Larths Eintritt wurde das Stimmengewirr leiser und brach kurz danach völlig ab.
Tefrie kam ihm auf den Stufen, die zur Arena hinunterführten, entgegen. Als Waffenmeister stand ihm hier in den Übungsstätten das Hausrecht zu, und während der Spiele oder der Ausbildung war er es, der das letzte Wort hatte.
»Ich bin zwar nicht mehr jung, mein Fürst«, rief er, »aber ich habe mit meinen eigenen Augen die Schändung des *Heiligen Waldes von Tinia* gesehen. Und das gibt mir das Recht, dich darum zu bitten, mit dir kommen zu dürfen!«
Axal war hinter Larth stehengeblieben, und viele der jungen Männer fragten sich, warum das Schicksal ihn verschont hatte und er sich nun wie ein Keim des Unheils zwischen ihnen befand. Der Kelte seinerseits taxierte die Männer und überlegte, wie viele von ihnen es wohl wirklich mit Larth aufnehmen konnten. Er konnte keinen entdecken.
»Ich danke dir, mein alter Freund«, wandte Larth sich nun an Tefrie und legte ihm eine Hand auf die Schulter. »Dein Angebot ehrt mich. Du wirst an meiner Seite sein und dich um die Waffen kümmern.«
»Wenn es eine Prophezeiung ist, die dir bei diesem Kriegszug so viel Sicherheit gibt, dann sag es uns«, unterbrach plötzlich die schneidende Stimme von Kae Aivas die Stille. »Vielleicht hilft uns das, deine Begeisterung zu teilen.«
Jemand hinter ihm versuchte, etwas darauf zu erwidern, aber er wurde sofort zum Schweigen gebracht. Auch Egene setzte zum Reden an, aber noch bevor er auch nur ein Wort gesagt hatte, war Larth schon die letzten Stufen zur Arena hinunter und blieb vor dem jungen Aivas stehen.

»Brauchst du wirklich eine Prophezeiung, Kae? Hast du das wirklich nötig?«
Wie ein eisiger Wind fegte Larths Stimme durch die Reihen der Männer, und ein spürbares Unbehagen breitete sich in der Arena aus.
»Hör mir gut zu, Kae Aivas! Der künftige König von Tarchna wird auch König von Ruma sein«, fuhr Larth mit erhobener Stimme fort »Und er wird Ruma nicht nur der eigenen Krone bringen, es wird auch ein Geschenk an das Städtebündnis der Rasna sein.« Dann faßte er Kae Aivas fest ins Auge und zwang ihn, den Blick zu senken. »Willst etwa ausgerechnet du es sein, der dabei fehlt, Kae?«
»Der künftige König, sagst du...« Kae brachte seinen Satz nicht zu Ende.
Larth bedeckte den Opal auf seiner Brust mit der Hand und ließ für einige Sekunden diese Geste ihre Wirkung tun. Kae Aivas würde sich jetzt nicht mehr zurückziehen können, selbst dann nicht, wenn er es gewollt hätte.
Kae ließ noch einen Moment verstreichen und murmelte dann, ohne den Blick zu heben: »Auf nach Ruma! Für unseren König. Morgen wirst du tausend Mann am südlichen Tor vorfinden.«
»Dreihundert, Kae. Mir reichen dreihundert, aber die müssen in zwei Tagen bewaffnet und ausgerüstet sein. Und ich werde es sein, der sie auswählt.«
Dann begann er die Reihen der Männer durchzugehen und traf dabei seine Wahl nach der Familienzugehörigkeit und nicht nach den Fähigkeiten der einzelnen. Aus jeder der adeligen Familien von Tarchna wählte er mindestens zwei Mitglieder aus, die in der Erbfolge an erster Stelle standen. Die letzten fünfzig allerdings wählte er, ohne auf Herkunft oder Erbfolge zu achten, und nahm nur diejenigen, von denen er wußte, daß sie gute Kämpfer waren. Jeder der ausgewählten Männer würde zwei Diener, einige Pferde, Waffen, Verpflegung und Decken mitbringen müssen. Aber der Adel von Tarchna war reich genug, um ohne zu darben eine kleine Streitmacht auszurüsten.
»Was hatte es denn mit dieser Prophezeiung auf sich, die du in den königlichen Übungsstätten gemacht hast?« fragte Velvur behutsam und gesellte sich zu Larth, der auf dem Weg zum Audienzsaal war, wo der König den Adel empfangen würde.
Larth lächelte. »Du, als mein Lehrmeister, müßtest das doch wissen«,

gab er mit einem leicht maliziösen Unterton zurück und genoß die kleine Respektlosigkeit. Aber der Große Trutnot schüttelte nur nachdenklich den Kopf. Unter dem Säulengang, der von unzähligen Lampen und Fackeln taghell erleuchtet war, liefen die Diener geschäftig hin und her, um die Gefäße mit Wein und Honig in den Saal zu bringen. Ein starker Duft nach Weihrauch und verbrannten Kräutern zeigte an, daß die Haruspizen soeben den Ritus zur Reinigung des Palastes vollzogen hatten, um weiteres Unheil abzuwenden. Auch Caitli hatte in der offiziellen Funktion der Hohepriesterin des Palastes daran teilgenommen, und Flasi Aives war mit Sicherheit darüber nicht sehr erfreut gewesen.

»Eine Prophezeiung«, sagte Velvur leise, »das ist etwas, für das man bezahlt, Larth. Etwas, das du aus der Zeit nimmst, die noch kommen wird, und es in die Zeit versetzt, in der du es aussprichst. Aber das Netz der Zeit ist aus einem seltsamen Muster gewebt, und alles, was du nimmst, fordert einen Ausgleich. Mit was hast du ausgeglichen, was du dir genommen hast, um Kae Aivas' Zunge zum Schweigen zu bringen?«

»Mit gar nichts. Vielleicht war es ja auch gar keine Prophezeiung, nur eine Vermutung, ein momentaner Vorteil... oder auch nur ein Wunsch«, erwiderte Larth.

Velvur seufzte. »Wünsche sind für einen Magier sehr gefährlich, denn sie trüben den klaren Verstand.«

»Für einen Magier mag das zutreffen, aber nicht für einen König. Denn gerade die Wünsche sind es, die ihn anspornen«, erwiderte Larth.

Sie waren nun auf der Schwelle zum Audienzsaal angekommen, und Velvur blieb stehen. Das Licht drang mit einem sanften Schimmer nach draußen, und es schien, als ob dieser Ort zum lebendigen Mittelpunkt des Palastes geworden wäre, wohin nun alle drängten, um den König zu sehen.

»Hast du beim Verhör des Griechen etwas herausfinden können?« fragte Larth.

»Nein. Er wußte nichts vom Vorhaben des Focesen. Er hatte ihn in Alalia auf sein Schiff genommen, weil er sich sehr gut mit Stoffen und Farben auskannte, auch mit Gemmen und Juwelen. Man hatte dem Händler gesagt, er hätte einen guten Ruf.«

»Meinst du, er war ehrlich?«

»Absolut ehrlich. Er ist viel zu geizig, um die Stadt aufs Spiel zu setzen, in der er die besten Geschäfte macht, und er denkt mit Schrecken daran, was wir ihm antun könnten. Weißt du, dieser Grieche hat Angst, und Angst ist die beste Voraussetzung für jede Art von Magie. Denk daran, wenn du in Ruma bist.«
Velvur schritt ihm voran, und Larth folgte dem Großen Trutnot in den langen, schmalen Saal. Im Hintergrund konnte er den Königsthron sehen, das Schwert und die zweischneidige Streitaxt, die für diese Gelegenheit aus den Gemächern des Königs hierher gebracht worden waren. Und schließlich sah er auch den König, der einen düsteren Eindruck machte, und Caitli, in einem purpurfarbenen, mit Gold bestickten Gewand wie eine lebendige Flamme an seiner Seite.
Die Gäste aus Velx, um die sich Thanaquil kümmerte, saßen weiter unten, auf der rechten Seite, und die Musikanten bliesen die Doppelflöte.
»Wenn du in Ruma bist«, sagte Velvur leise zu ihm, während sie durch den Saal schritten, »dann vergiß nicht, daß du zu diesem Thron gehörst.«
Larth folgte ihm schweigend bis zum König.

12.

Es mußte ein Rudel Wölfe sein, das am Ufer des Flusses entlangstrich. Marcius, aus der Familie der Hostilii, war während der Nacht von ihrem Geheul wach geworden, und im stillen hatte er das schlechte Wetter und die Sturheit des Königs verflucht, der ihm nicht einmal erlaubt hatte, wenigstens für eine Nacht seinen Wachposten zu verlassen.

Aber das merkwürdige Gefühl, das ihn jetzt geweckt hatte, war etwas anderes. Etwas, das ihm einen Schauer über den Rücken jagte. Um ihn herum herrschte eine so völlige Stille, als ob die Nacht, und mit ihr all ihre Kreaturen, plötzlich den Atem angehalten hätte.

Marcius stand auf und packte das kurze Schwert, das neben ihm lag. Seine Gefährten schliefen noch. In der langen und schmalen Hütte mit dem weit heruntergezogenen strohbedeckten Dach bestand das einfache Lager nur aus aufgeschüttetem Stroh, über das jeder seinen Mantel gebreitet hatte.

Vor der Hütte waren vier Wachen aufgestellt. Eine Einzäunung für die Pferde umgab den Wachposten, und unter einem Unterstand befanden sich ein Brunnen und eine Feuerstelle, in der das Feuer nie ausging, als Zeichen für Ruma, daß alles ruhig war.

Lautlos erreichte Marcius die Tür und schob den Riegel beiseite. Draußen herrschte völlige Dunkelheit, das tiefe Dunkel, das der Morgendämmerung vorangeht. Die Kälte war beißend, aber unter dem Schutzdach brannte das Feuer hell und lodernd, und daneben waren die schattenhaften Umrisse von ein paar Männern zu erkennen.

Marcius hüllte sich fest in seinen Mantel und war froh, daß dieser neu und warm genug war, um ihn vor der Kälte zu schützen. Dann ging er entschlossen auf den Unterstand zu. Es war gegen den Befehl, daß die Wachen sich beim Feuer aufhielten, und es war seine Sache, sie wieder auf ihre Posten zurückzuschicken.

Das beunruhigende Gefühl, das ihn geweckt hatte, hatte er schon fast vergessen, aber ganz plötzlich stieg es wieder in ihm auf, und er blieb unentschlossen stehen. Die Schatten unter dem Schutzdach rührten sich nicht.

Sein Magen krampfte sich vor Angst zusammen, und in diesem Moment hörte er einen erstickten Schrei, der aus der Hütte kam, und als er sich umdrehte, schien es ihm, als hätte er in der Türöffnung einen Lichtschein vorbeihuschen sehen Aber um ihn herum blieb alles ruhig, und auch die Pferde gaben keinerlei Anzeichen von Unruhe.

So schnell er konnte, rannte er wieder zur Hütte zurück, aber hinter der Schwelle angekommen, stolperte er über ein Hindernis, und jemand packte ihn an der Schulter und schlug ihm ins Genick.

Eine Minute später, als der Schleier vor seinen Augen sich wieder zu lichten begann, fand er sich auf den Knien wieder. Ein paar Öllampen wurden gerade angezündet, und in ihrem Schein erkannte Marcius ungefähr ein Dutzend bewaffnete Männer, die in die Hütte eingedrungen waren. Sie waren ohne Rüstung und ohne Schild, hatten die Mäntel zurückgeschlagen und trugen nur eine Art Lederwams über den kurzen Tuniken und den hohen ledernen Beinbekleidungen. Alle seine Gefährten waren im Schlaf überrascht worden, und die meisten von ihnen standen nun, geknebelt und aneinandergefesselt, im hinteren Teil der Hütte. Nur einige wenige, die Widerstand geleistet hatten, lagen ohnmächtig oder tot auf dem Boden.

Fassungslos schaute er auf den jungen Mann, der mit dem Rücken zu ihm die Angreifer kommandierte. Er hatte einen rotbraunen Lockenkopf, einen sehnigen, schlanken Körper und war nicht viel größer als er.

»Wer bist du?!« brüllte er, so laut er konnte, in der Hoffnung, daß seine Stimme vielleicht doch noch Hilfe herbeirufen könnte. Der Mann drehte sich auf dem Absatz nach ihm um, gebot ihm mit der Hand zu schweigen und sprach ihn dann in latinischer Sprache an.

»Deine Gefährten sagen, daß der einzige, den wir töten mußten, euer Kommandant gewesen ist, und daß du der Enkel des Königs bist. Du bist noch ein Junge, also gehorche und verhalte dich ruhig. Vielleicht kannst du deinen Leuten nützlich sein.«

»Wieso sprichst du meine Sprache?« rief Marcius überrascht. Mastarna schüttelte leicht den Kopf. Er kannte sehr gut dieses Ungestüm, das in

der Stimme des Jungen lag und ihn bestimmt dazu verführen würde, irgend etwas Unbedachtes zu tun.
»Gehen wir«, befahl er seinen Männern, ohne ihn weiter zu beachten. »Bringt ihn nach draußen.«
»Ihr werdet uns alle umbringen müssen!« schrie Marcius und versuchte verzweifelt sich zu wehren, als zwei der Männer ihn packten. Mit einem Ruck drehte Mastarna sich nach ihm um und schlug ihm mit der Hand auf den Mund. Nicht sehr fest, aber fest genug, um ihn zum Schweigen zu bringen. »Sei vernünftig, wir werden dich und deine Gefährten nur dann töten, wenn wir keine andere Wahl haben«, herrschte er ihn an und befahl dann: »Knebelt ihn.«
Einen Augenblick später hatte Marcius einen Knebel aus Leder im Mund und wurde mit auf dem Rücken gefesselten Armen nach draußen getragen und über den Rücken eines Pferdes gelegt. Ohne seinen warmen Mantel, der ihm von der Schulter gerutscht war, fror er erbärmlich, und dort, wo ihn der Schlag Mastarnas getroffen hatte, brannte sein Gesicht wie Feuer.
Wer auch immer dieser Mann sein mag, er wird mir diese Erniedrigung eines Tages bezahlen, schwor sich Marcius wütend, während jemand die Zügel des Pferdes ergriff und ihn außerhalb der Einzäunung brachte. Das Dunkel war noch immer undurchdringlich und seine Lage unbequem und beschämend.
Warum haben die Pferde die Fremden nicht gehört? fragte er sich. Welche Magie besitzen sie, daß sie sich lautlos wie Schatten bewegen können, und was ist mit unseren Wachen und den anderen Posten entlang des Flusses geschehen? Er wurde immer beunruhigter, und ihm fiel ein, daß Ruma praktisch in der Gewalt der Angreifer sein mußte, wenn alle aufgestellten Wachposten in der gleichen Weise überrascht worden waren. Außerdem mußten die Männer der Wachablösung inzwischen auf dem Weg sein, und auch sie waren bestimmt in die Falle gegangen. Ruma, das geglaubt hatte, durch die Wachen geschützt zu sein, war schon vom Feind umzingelt.
Für einen Moment überkam ihn eine panische Angst, und er schloß die Augen. Sie bewegten sich in Richtung des Flusses, und die Hufe seines Pferdes, die tief in die sumpfige, mit hohen, rauhreifbedeckten Gräsern bewachsene Erde einsanken, bespritzten ihn mit Schlamm.
Auf einer kleinen Lichtung im dichten Buschwerk entlang des Ufers

hielten sie an. Von hier aus war ganz nah das Rauschen des Flusses zu hören, der durch die Regenfälle angeschwollen war. Noch andere Männer kamen herbei, aber auch sie trugen nur ein Lederwams statt einer Rüstung und darüber einen Mantel. Es waren nicht sehr viele, und sie bewegten sich in der Dunkelheit so stumm und lautlos, daß sie Marcius wie Gespenster vorkamen.
Irgend jemand versetzte ihm einen Stoß, und er fiel vom Pferd. Mühsam richtete er sich auf den Knien auf und sah sich aus den Augenwinkeln um. Schon bald würde es Tag werden, durch die dichten Baumkronen sickerte bereits die Morgendämmerung. Da ergriffen ihn zwei Hände bei den Haaren und zwangen ihn, den Kopf zu heben.
Und dann sah er ihn: Er kam vom Ufer des Flusses auf ihn zu, eingehüllt in einen schweren, weißen Mantel, der mit schwarzen Spiralen bestickt und mit einer goldenen Fibel geschlossen war. Sein ausgestreckter Arm, der nun den Männern bedeutete, ihn vom Knebel zu befreien, war am Handgelenk mit einem schweren goldenen Armband geschmückt, und Marcius war darüber fast genauso verwirrt wie über die Augen des Mannes.
Vom Knebel befreit, holte Marcius erst einmal tief Luft. »Wie heißt du?« fragte ihn der Mann in einem Latinisch, als ob er kein Fremder wäre. Der Mann mit dem Lockenkopf war nun ebenfalls hinzugekommen, aber Marcius beachtete ihn kaum, so sehr war er von diesen unerbittlichen Augen gefangengenommen.
»Mein Vater war der Sohn des Königs Tullus, aus dem Geschlecht der Hostilii. Er ist im Krieg gefallen, und sein Bruder Numa ist jetzt König. Mein Name ist Marcius«, antwortete er ihm mit fester Stimme.
»So bist du also der Neffe von Numa«, gab der Mann in einem Tonfall zurück, als ob er den König gut kennen würde.
Zu bestätigen, daß er der Neffe des Königs war, als wollte er einen Vorteil daraus ziehen, widerstrebte Marcius, aber er nickte trotzdem. Die Sonne war gerade über dem Horizont aufgegangen, und als der Mann nun den Mantel zurückschlug, hatte der Junge das Gefühl, als ob etwas auf seiner Brust wie ein dunkel loderndes Feuer aufflammte.
Und plötzlich erinnerte er sich wieder. Dasselbe hatte er schon einmal als Kind auf der Brust eines Zauberers der Rasna gesehen, den sie eine Nacht lang gefangengenommen und halbtot in das Haus des Königs gebracht hatten. Ihm fiel auch wieder ein, daß es ein Stein gewesen war,

den der König ihnen verboten hatte anzufassen, weil er den Tod brachte. Bei Sonnenaufgang war der Magier dann auf geheimnisvolle Weise verschwunden gewesen.

Marcius schluckte und fühlte, wie ihm ein unheimliches Gefühl den Atem abdrückte.

»Willst du wissen, was mit den anderen Wachposten passiert ist?« fragte ihn jetzt der Mann. »Keine Sorge, sie sind alle gefangengenommen worden, und dasselbe Los hat auch die Wachablösung ereilt.« Sein Blick schweifte ab, als ob er den Stimmen eines ungewöhnlich stillen Sonnenaufgangs dort hinter dem Rauschen des Flusses lauschte.

»Ja«, fuhr er dann fort, als ob es diese Stille gewesen wäre, die ihm die erwartete Bestätigung gegeben hatte, »wir haben sie gefangengenommen. Aber so wie du werden auch deine Gefährten nicht getötet werden, außer den wenigen, für die das Schicksal anders entschieden hat. Denn der Frieden ist schwierig, wenn die Seelen der Toten einen Ausgleich von ihrem Volk fordern.«

»Was willst du von mir?« fand Marcius den Mut, ihm zu antworten.

»Ich will, daß du zu deinem König zurückkehrst. Du wirst ihm sagen, daß der König von Tarchna und der König von Velx ihm ermöglichen, sich zu ergeben und Ruma unzerstört zu übergeben. Tut er das, wird seinem Volk und seiner Stadt nichts passieren, wir werden unsere Steinmetze und Baumeister hierherbringen, Meister des Wassers und des Ackerbaus, wir werden die Sümpfe in Kornfelder verwandeln, die Hütten in Paläste und aus Ruma eine richtige Stadt machen. Sollte er jedoch den Kampf wählen, werden wir ihn schlagen. Dann muß er mit Blut bezahlen, Blut, das an seinen Händen kleben wird.«

»Wie . . . wie ist dein Name?« murmelte Marcius.

»Ich bin ein Tarquinier, und mein Name ist Larth. Numa kennt mich, ich war schon einmal in seinem Haus. Sag ihm das und sag ihm auch, was du gesehen hast, und teile ihm meinen Vorschlag mit. Dann überbring mir seine Antwort. Ich werde bis Sonnenuntergang warten.«

»Du bist ein Magier der Rasna!« rief Marcius.

Larth zog sich mit einem kleinen Lächeln zurück, das die Härte seines Blickes und die Drohung, die darin lag, nicht milderte.

»Vielleicht . . .«, antwortete er und befahl dann: »Bindet ihn los und gebt ihm sein Pferd zurück.«

Plötzlich frei, blieb Marcius für einen Moment regungslos auf den

Knien, bis der Mann mit dem Lockenkopf ihn unter den Armen packte und auf die Beine stellte.
»Sitz auf!« befahl er, half ihm aufs Pferd und legte ihm die Zügel in die Hand. Der Junge ergriff sie, und schon einen Augenblick später war er im dichten Buschwerk hinter der Lichtung verschwunden.
»Die Brücke über den Fluß macht mir Sorgen«, murmelte Mastarna, während er ihm nachschaute. »Unsere Männer und unsere Waffen und Schilde sind noch auf der anderen Seite, und die Strömung ist viel zu stark.«
»Die Brücke wird halten«, beruhigte ihn Larth. »Und du wirst sehen, es wird alles rechtzeitig hier sein. Die Wachposten sind allerdings deine Sache. Sie müssen niedergebrannt werden, sobald der Junge wieder zurückkommt und uns mitteilt, daß sie den Kampf gewählt haben.«
»Glaubst du, das wird die Antwort sein?« fragte Mastarna ein wenig überrascht.
»Was würdest du denn tun?« erwiderte Larth und stieg aufs Pferd. Er hatte den größten Teil seiner Truppe unter dem Kommando von Kae Aivas und Cneve auf der anderen Seite des Flusses zurückgelassen, während die Vibenna sich um die Brücke aus Flößen kümmerten. Aber so beruhigt wie er war, was Mastarna anbetraf, der mit seinen Männern die Wachposten und die Deckung der linken Flanke auf dem Schlachtfeld übernehmen würde, so beruhigt wäre er gerne gewesen, was seine eigenen Truppen anbetraf.
»In jedem Fall wirst du immer das kleinere Übel für die Stadt wählen«, versuchte Mastarna seine Befürchtungen zu zerstreuen, und Larth lächelte flüchtig. Dann ritt er Richtung Ufer davon. Die Sonne begann nun langsam den Rauhreif aufzulösen, und ein leichter blauer Dunstschleier hing in der Luft.

Marcius saß neben dem Feuer, das in der hohen Feuerstelle brannte, die aus großen Steinblöcken um einen zentralen, runden Stein errichtet worden war. Eine Feuerstelle aus Stein, so alt wie das Leben selbst in diesen Hügeln und seit Menschengedenken immer im Haus des Königs.
Im ganzen Raum standen die Ratgeber des Königs. Alle hatten sie regungslos und in völligem Schweigen dem Bericht von Marcius gelauscht und den Worten, die ihm der Fürst der Rasna aufgetragen hatte.

Und alle erinnerten sich an den Magier, der in Gestalt eines Jungen hier in diesem Raum eine Nacht verbracht hatte, bevor er verschwunden war und ein Unwetter mit Wolkenbruch, Blitz und Donner hinterlassen hatte.
Ancus, aus dem Geschlecht der Hostilii, war der erste, der seine Sprache wiederfand. Mit dem Zeigefinger wies er auf den König und schleuderte ihm vorwurfsvoll entgegen: »Ich wollte ihn damals töten, aber du hast es verhindert!«
Numa hob langsam den Kopf und betrachtete einen Augenblick lang die Gesichter seiner Männer und das seines Neffen, der gerade aufgerichtet und blaß, aber ruhig dasaß. Es war das erste Mal, daß er im Rat der Erwachsenen saß. Der Junge hielt sich gut. Der König war stolz auf ihn und dachte, daß er ihm das sagen sollte, bevor es vielleicht zu spät war.
»Wenn ich es zugelassen hätte, dann wären die, die jetzt unsere besten jungen Männer sind, vielleicht schon lange tot. Nein, Ancus, es ist jetzt nicht der Augenblick, über das zu reden, was in jener Nacht vorgefallen ist«, antwortete er ihm und wandte sich dann an Marcius. »Bist du ganz sicher, daß du seine Bedingungen genau wiedergegeben hast?« fragte er.
»Ja, denn er spricht unsere Sprache, als wäre er einer von uns«, erwiderte ihm Marcius.
»Natürlich«, murmelte der König. »Wie einer von uns! Können wir sein Angebot, diese Stadt groß zu machen, zurückweisen?«
»Das müssen wir!« rief erregt Ancus. »Es sei denn, du willst zu ihm gehen und ihm die Füße küssen.«
»Alles hat seinen Preis, mein Bruder, und auch die Rasna haben den ihren. Aber solange wir ihn nicht kennen, können wir ihnen auch nichts zum Tausch anbieten«, erwiderte ihm der König.
»Wir haben es nicht nötig, Tauschgeschäfte zu machen. Wir haben eine Stadt, die sich schon über drei Hügel ausbreitet, wir haben Vieh, Pferde, Dienstboten und können einer Belagerung standhalten«, fuhr Ancus wütend auf.
»Aber unsere Häuser sind aus Holz und Stroh. Sie werden sie in einer Nacht niederbrennen. Hast du nicht gehört, was diese Griechen über Alalia erzählt haben?« wandte der König ein.
»Die Rasna beherrschen das Meer, aber hier sind wir auf dem Land, und

wir haben tausend tüchtige Männer, die zu kämpfen wissen. Sie stehen mit dem Rücken zu einem Fluß, der Hochwasser führt, und Marcius hat gesagt, daß er nur wenige Soldaten gesehen hat. Das bedeutet, daß ihr Heer noch auf der anderen Seite des Flusses ist. Bei der starken Strömung werden ihn nur wenige bis morgen überquert haben, und die meisten werden vom Strom abgetrieben werden. Gib mir die Männer, die ich brauche, und morgen bei Sonnenaufgang werden wir sie niedermachen«, rief Ancus.

»Vielleicht könnten wir die Sabiner um Hilfe bitten«, schlug einer aus dem Rat der Alten vor.

»Die Sabiner von Quirinalis sind schon auf unserer Seite, und die von Fidenae warten nur darauf, daß unsere Stadt zerstört wird, um sich dann wie die Geier auf die Ruinen zu stürzen. Nein! Wir können auf niemanden außer auf uns selbst zählen!«

»Das ist richtig!, stimmte der König ihm beschwichtigend zu. Das Alter, von dem man sagte, daß es mit der Zeit die aufbrausenden Seiten des Charakters milderte, hatte Ancus nicht verändert. Er führte nun die Truppen der Latiner an und hatte Frau und Kinder, aber er hatte immer noch nicht gelernt nachzudenken, bevor er den Mund aufmachte.

»Morgen bei Sonnenaufgang willst du sie also niedermachen, hast du gesagt?« fragte Numa noch einmal nachdenklich.

»Genau das habe ich gesagt!« gab Ancus in einem Tonfall zurück, als wollte er hinzufügen: Mit oder ohne deine Erlaubnis. Aber im letzten Moment hielt er sich zurück, weil er wußte, daß es nur die Angreifer begünstigen würde, wenn er sich in diesem Moment dem König widersetzte.

Numa wandte sich nun ohne ein weiteres Wort seinem Neffen zu, und sein ernstes Gesicht zeigte keine Gefühlsregung.

»Du hast gehört, was gesagt wurde, Marcius. Kehre also zu dem Fürsten der Rasna zurück und sage ihm, daß er unsere Stadt nur zu unserem Preis haben kann.«

Marcius versetzte es einen Stich, und sein Magen zog sich in einem plötzlichen Angstgefühl zusammen. Der König schickte ihn zum Feind zurück! Wie sein eigener Sohn war er in seinem Haus aufgewachsen, und trotzdem opferte er ihn jetzt, ohne zu zögern und ohne ein einziges klärendes Wort. Für einen Augenblick fühlte er sich völlig verlassen und alleine. Dann murmelte er: »Ich werde mich sofort auf den Weg machen«, und machte Anstalten zu gehen.

Doch Ancus hielt ihn zurück.
»Nein«, entschied er. »Er hat dir bis Sonnenuntergang Zeit gegeben, und erst dann wird er seine Antwort bekommen. Wir geben ihm nicht mehr Zeit sich vorzubereiten, als er uns gegeben hat.«
Marcius schaute zum König hinüber, der knapp nickte, so als ob das jetzt alles nicht mehr so wichtig wäre.
»Bei Sonnenuntergang also«, war alles, was er sagte.

Eine Schar von acht Adlern zog von Norden her über den Himmel den bewaldeten Hügeln zu, während die Sonne sich langsam dem Horizont zuneigte.
Gerade noch rechtzeitig war Larth, der ihnen gedankenverloren nachschaute, vor die provisorische, aber warme und trockene Hütte aus Zweigen und Schilfgras getreten, in der er sich ein wenig ausgeruht hatte. Axal, der vor der Hütte stand, wandte sich nach ihm um.
»Es ist ein gutes Zeichen«, sagte er.
»Auch für dein Volk?« fragte Larth.
Der Kelte nickte. Er hatte über Larths Schlaf gewacht und stand nun, eingehüllt in die schwarze Tebenna, das Schwert an seiner Seite, wie einer seiner Hauptleute neben ihm. Larth konnte gut verstehen, daß den adeligen jungen Männern seiner Truppe diese Vertrautheit äußerst merkwürdig erschien.
In diesem Augenblick näherte sich Cneve mit dem jungen Latiner, dem Neffen des Königs. Der Junge ritt stolz auf einem edlen, schwarzen Pferd, vielleicht mit der Absicht, die Rasna mit der Großzügigkeit zu beeindrucken, mit der sie es wie ein Geschenk anboten. Mit einer gespielten Selbstsicherheit sprang der Junge vom Pferd und blieb vor Larth stehen, ohne es sich jedoch verkneifen zu können, dem Kelten an seiner Seite aus den Augenwinkeln einen heimlichen Blick zuzuwerfen. So helle Haare und eine so helle Haut hatte er in seinem Leben noch nie gesehen.
»Der König hat sich für den Kampf entschieden«, erklärte er und senkte seinen Blick, damit der Tarquinier in seinen Augen nicht die Angst lesen konnte. Er war auf das Schlimmste gefaßt, aber Larth nickte nur, als ob das, was er ihm gesagt hatte, bedeutungslos wäre.
»Komm mit!« sagte er ohne jeden weiteren Kommentar, zog seinen Mantel um sich und ging ihm in Richtung des Ufers voran. Axal und

Cneve folgten ihnen. Im Umkreis der provisorischen Unterkunft befanden sich nicht mehr als zwanzig Männer, und Marcius sah mit Bedauern, wie sein Pferd weggeführt wurde.
Es war kalt, ein leichter Nebel hing zwischen den Bäumen und Büschen, und das Rauschen des Stromes schwoll in der aufkommenden Dämmerung immer mehr an.
Marcius kam der Weg sehr lang vor. Er überlegte, daß sie sich eigentlich schon längst in den Sümpfen befinden mußten, und die Vorstellung, daß die Angreifer, in Unkenntnis der Gefahr, sicherlich bald im Morast und dem Fließsand am Ufer des Flusses enden würden, tröstete ihn. Aber als sie aus dem Buschwerk heraustraten, bemerkte der Junge, daß sie sich genau an der Stelle des Ufers befanden, die am festesten und sichersten war. Der Fluß war von Nebelschwaden verhüllt, und an den Ufern brannten abgeschirmte Feuer.
In der aufkommenden Dunkelheit war ein schwankender Steg zu erkennen, der den Fluß überspannte und der von einer langen Reihe von Männern überquert wurde, von denen jeder ein beladenes Pferd am Zügel führte. Mensch und Tier setzten ihre Schritte in einem gleichmäßigen und sicheren Takt, und das Ende der Reihe war nicht abzusehen.
»Hast du so etwas schon jemals gesehen?« wandte sich Larth an Marcius, während er abschätzte, wie lange die Männer noch brauchen würden, um diese Seite des Ufers zu erreichen und danach die Gefangenen zum anderen Ufer zu bringen. Aber der Junge war viel zu verblüfft, um ihm zu antworten.
»Natürlich nicht«, sagte Larth. »Weißt du, dies hier ist die beste Stelle, um eine Brücke zu bauen. Die Ufer liegen nahe beieinander, der Untergrund ist fest und der Strom gebändigt durch die Biegung dort unten, die die Strömung mildert. Hier werden wir die erste Brücke von Ruma bauen.«
»Und was ist das?« murmelte Marcius, wider seinen Willen fasziniert, und deutete mit der Hand auf den schwankenden Steg.
»Das ist nicht für die Dauer bestimmt«, antwortete ihm Larth. »Es sind Flöße mit einem glatten Boden, die mit Tauen zusammengebunden sind. Es ist eine Art Brücke, die an einem Morgen gebaut und in einer Stunde wieder abgebaut ist.« Dann wandte er sich nach den Wachen um. »Genug jetzt«, befahl er, »bringt ihn zusammen mit den anderen Gefangenen weg.«

»Gestatte mir, zu meinen Leuten zurückzukehren und mit ihnen zu kämpfen!« bat ihn Marcius fast flehentlich, aber mit fester Stimme.
Doch Larth schüttelte den Kopf. Er verstand den Jungen gut. Er war ehrlich und mutig, und vielleicht war der Tag nicht mehr fern, an dem er ihn dafür belohnen konnte. Aber jetzt war er gezwungen, seinen Plan zu verfolgen. »Du bist der Neffe des Königs, und du bist mein Gast«, beschied er ihn deshalb knapp und wandte sich dann anderen Dingen zu.
Es war schon fast dunkel, als Marcius, mit den Händen auf dem Rücken gefesselt, den schwankenden Steg überquerte. Auf der anderen Seite angekommen, fand er die Wachen und alle seine Gefährten, die bei Sonnenaufgang gefangengenommen worden waren, gefesselt vor, bewacht von Männern, die keine andere Sprache als die ihre verstanden, was jede Art von Verständigung ausschloß.
Mit seinem Herzen war Marcius noch immer im Haus des Königs, aber als er sich in der Dunkelheit umdrehte, um einen Blick auf den rauschenden Fluß zu werfen, konnte er nicht anders, als über dieses Wunder zu staunen. Eine Brücke über den Fluß, wie konnte so etwas möglich sein?

Die zwanzig Wachposten, die die Stadt umgaben, hatte Mastarna noch vor Sonnenaufgang in Brand setzen lassen. Bis dahin hatten seine Leute, die in zwei Schichten Wache hielten, sie als Unterkunft und zum Ausruhen benutzt. Als schließlich der Morgen dämmerte, waren die Latiner über die Hügel heruntergekommen. Nur weniger als ein Drittel von ihnen war beritten, die anderen waren zu Fuß und mit Schwertern und Lanzen bewaffnet. Da völlige Windstille herrschte, hing der Rauch tief über den Bränden und schirmte so die Truppen von Tarchna ab, die an der rechten Flanke von den Sümpfen und dichtem Buschwerk geschützt waren.
Larth hatte für den Kampf ganz klare Befehle erteilt.
»Nehmt die Anführer gefangen und versucht, die Kapitulation zu erreichen. Vermeidet ein Massaker und macht so viele Gefangene wie möglich!« lautete sein Befehl, und er hatte hinzugefügt: »Der Frieden ist schwer zu erreichen, wenn ein Volk zu viele Tote zu beklagen hat, und eine Eroberung kann nur dann schnelle Früchte tragen, wenn die Eroberten sie kaum als solche empfinden.«

Der Sonnenaufgang begann den mit grauen Wolken verhangenen Himmel leuchtend rot zu färben, als Larth sein Pferd in Trab setzte. Er hatte inzwischen seine Rüstung angelegt, und auf dem runden Schild prangte der Adler von Tarchna. Der Kopfschutz ließ nur die Augen und die Lippen frei.

»Denkt daran«, murmelte er noch einmal, »so viele Gefangene wie möglich zu machen!«

Die erste Reihe seiner Berittenen stürmte vorwärts, vom aufziehenden Morgennebel verdeckt, und traf auf die Reihen der Latiner, noch bevor diese sie überhaupt hatten kommen sehen. Gleich darauf umzingelte die zweite Reihe Berittener die Bewaffneten zu Fuß, drängte sie in kleine Gruppen ab und verwickelte sie in einzelne Scharmützel.

Nun griffen auch Mastarnas Reiter von der linken Flanke her an, schnitten den Latinern den Rückzug zur Stadt ab und drängten sie in Richtung der Sümpfe.

Die Schlacht wäre noch kürzer gewesen, wenn die Rasna gekämpft hätten, um zu töten. Der Befehl, Gefangene zu machen indessen, zwang sie zu kleinen Einzelgefechten, die aber trotzdem noch etwa hundert Tote auf dem Schlachtfeld zurückließen. Der größere Teil von ihnen waren Rasna, und dazu kamen gut fünfhundert Verletzte, die meisten von ihnen Latiner.

Als Ancus und auch noch der letzte seiner Anführer gefangengenommen worden waren, wurden sie, mit den Händen auf dem Rücken gefesselt, auf ihren Pferden vorgeführt, und der Widerstand der Latiner brach bei ihrem Anblick in sich zusammen. Ein paar kleinere Gruppen hatten sich durch das dichte Buschwerk in Richtung der Sümpfe geflüchtet, aber Larth befahl, sie nicht zu verfolgen. Es hätte wenig genutzt, weitere Männer für eine Handvoll Versprengte zu verlieren, die sowieso wieder auftauchen würden. Aber er gab den Befehl, die Wachposten an der Brücke und die Wachen der Gefangenen am anderen Ufer zu verstärken.

Die Sonne stand jetzt schon hoch, aber ihre Strahlen durchdrangen nur fahl einen milchigen Himmel, und ein stürmischer Nordwind war aufgekommen, der die Asche der nächtlichen Brände zu einem staubigen Vorhang aufwirbelte. Larth übergab das Kommando an Caile Vibenna und an Kae Aivas, der sich in der Schlacht glänzend gehalten und bewiesen hatte, daß er bedingungslos einem Befehl folgen konnte. Dann ritt er mit hundert Mann aus Tarchna und Velx den Hügel zum Haus des Königs hinauf. Ihnen voran schritten Musikanten mit Trompeten, denen zu Fuß und gefesselt Ancus und der junge Marcius folgten. Es war an der Zeit, daß ein Volk von Barbaren und Dieben sich langsam daran gewöhnte, den Dingen ihre wahre Bedeutung beizumessen und somit auch begreifen lernte, die Menschen und Ereignisse auf eine andere Art und Weise zu sehen.

Mastarna, der an seiner linken Seite ritt, schaute besorgt hinter sich, um die Geschlossenheit der Reiterschar zu kontrollieren, die ihnen folgte. Ein Angriff der Latiner wäre zwar aussichtslos gewesen und deshalb unwahrscheinlich, aber Larth hatte nicht die Antwort der Haruspizen am Ende der Schlacht abgewartet, und es war auch nicht der übliche Ritus zelebriert worden, was viele von seinen Adeligen, die er zu seiner Begleitung ausgewählt hatte, beunruhigte. Andererseits hatte Larth strenge Befehle erteilt: Keine Frau durfte angerührt und in kein Haus durfte eingedrungen werden. Kein Tempel durfte entweiht, und es durfte auch nicht geplündert werden. Er hatte sogar damit gedroht, jeden eigenhändig zu töten, der die Tollkühnheit besitzen sollte, sich diesem Befehl zu widersetzen, und keiner hatte auch nur einen Augenblick am Ernst dieser Drohung und der Entschlossenheit, sie auch in die Tat umzusetzen, gezweifelt.

»Noch bevor sie beginnen, uns als ihre Feinde zu hassen, müssen sie uns für ihre Freunde halten«, sagte er jetzt zu Mastarna und ließ seinen Blick über die Menge von alten Männern, Knaben und Knechten schweifen, die sich auf dem Platz vor dem Haus des Königs versammelt hatten.

Numa blickte ihm mit undurchdringlichem Blick von der Schwelle seines Hauses entgegen.

Er war noch immer der stämmige Mann mit den harten Gesichtszügen, einem Hirten ähnlicher als einem König. Aber er bot ihm die Stirn. Aufrecht stand er da und senkte selbst dann nicht seinen Blick, als er den Bruder und den Neffen als Gefangene entdeckte.

Larth stieg als einziger vom Pferd ab und ging mit den Zügeln in der Hand auf ihn zu. Er war auch der einzige von seinen Leuten, der die Rüstung abgelegt und gegen eine kurze, schwarze, mit Gold bestickte Tunika eingetauscht hatte. Darüber trug er die zurückgeschlagene, weiße Tebenna, und der Blick des Königs wurde sofort von dem Opal auf seiner Brust angezogen. Ohne ein Wort zu sagen, näherte sich ihm Larth und umarmte ihn, fast ohne ihn zu berühren, aber so, daß er die Wärme des Steines fühlen konnte.

»Das Blut deiner Toten möge nicht an meinen Händen kleben, so wie das Blut meiner Toten nicht an den deinen kleben soll«, sagte er zu ihm. »Ich betrete dein Haus wie ein Gast.«

Seine einfachen, freundlichen Worte und seine Geste ließen Numa für einen Augenblick erstarren, aber dann verstand er: Der Sieger gab dem Besiegten die Möglichkeit, die Niederlage ohne Demütigung zu akzeptieren. Dies machte ihn für einen Moment sprachlos, und die Augen, die unerbittlich auf ihn gerichtet waren und ihm die Wahl und das Gewicht für die Zukunft überließen, durchdrangen ihn wie die Spitze eines Schwertes.

Aber gleich darauf hatte er sich wieder gefaßt. Mit einer fast freundschaftlichen Geste drückte er Larths Arm und erwiderte ihm: »Tritt ein, Tarquinier, du sollst mir willkommen sein.«

Larth drehte sich halb um und gab seinen Männern ein Zeichen abzusteigen. Dann überließ er mit einem kurzen, einverständigen Blick die Zügel seines Pferdes Axal und betrat, gefolgt von Mastarna, Aule Vibenna, Cneve und vier seiner älteren Kommandanten das Haus des Königs.

Bei seinem Eintritt fiel Larth auf, daß der Hauptraum des Hauses ihm viel kleiner vorkam, als er ihn in Erinnerung hatte. Ein flüchtiges Lächeln erhellte sein Gesicht; natürlich, seine Erinnerung war die eines Jungen. Trotzdem entdeckte er sofort eine Reihe von Gegenständen, die diesen Raum damals noch nicht geschmückt hatten. Da waren jetzt Schilde an den Wänden, Bronzeteller, Kriegsbeile und Lanzen aus den Waffenschmieden der Rasna und ein großer, getriebener korinthischer Schild, der selbst dem Palast von Tarchna Ehre gemacht hätte.

»Das sind alles Geschenke von Freunden«, versicherte Numa, der seinem Blick gefolgt war.

»Was den korinthischen Schild anbetrifft, so will ich dir glauben, König Numa«, bemerkte Larth mit Ironie in der Stimme und nahm ihm gegenüber neben dem Feuer Platz. Der Rat der Alten hatte im Hintergrund des Raumes einen Kreis um sie geschlossen, mit dem offensichtlichen Bestreben, so wenig wie möglich auf sich aufmerksam zu machen.

»Glaubst du mir, so will ich auch dir glauben«, war Numas kluge Antwort auf seine Bemerkung.
In hölzernen Bechern wurde nun Wein gebracht, der für die Zungen der Rasna zu sauer war. Nur der Becher des Königs war aus einfacher schmuckloser Bronze.
»Mein junger Neffe hat mir berichtet, daß du uns dabei helfen willst, unsere Stadt groß zu machen«, begann Numa nun das Gespräch. »Er sagt, du willst deine Meister kommen lassen, um unsere Sümpfe trokkenzulegen und die Erde fruchtbar zu machen, und daß du Paläste bauen willst, wo jetzt nur Hütten stehen. Was aber wird der Preis für diese Freundschaft sein, Tarquinier?«
»Kann Freundschaft einen Preis haben?« erwiderte Larth und befahl dann Cneve, Ancus und den jungen Marcius hereinzubringen. Seine Bewegung, die diesen Befehl begleitet hatte, ließ den Opal im Schein des Feuers aufglimmen, und es war, als ob sich ein Schatten um ihn ausgebreitet hätte. Numa bewegte sich unbehaglich auf seinem Sitz.
Doch schon einen Augenblick später standen die beiden Gefangenen vor ihnen, und Cneve nahm ihnen die Fesseln ab.
»Als Zeichen meiner Freundschaft werde ich dir deinen Bruder und deinen Neffen zurückgeben«, sagte Larth. »Ich habe allerdings keine guten Erinnerungen an deinen Bruder, und deshalb wirst du mir auch für alles, was er gegen uns unternehmen sollte, verantwortlich sein. Doch er hat Mut und einen wachen Geist, und unsere Meister werden ihm alles beibringen, was er von ihnen lernen will. Dasselbe gilt auch für alle anderen jungen Männer, die du zu diesem Zweck zu uns schikken wirst. Dies ist ein Teil des Preises. Dafür werden wir deine Frauen, deine Häuser und deine Götter unberührt lassen. Aber ihr werdet keine Waffen in die Hand nehmen, solange diese Freundschaft zwischen uns nicht gefestigt ist, und wann das sein wird, werden wir entscheiden.«
»Was du da vorschlägst, ist sehr schwierig, Tarquinier«, murmelte Numa, »denn wir befinden uns in einem offenen Krieg gegen die Sabiner von Fidenae. Sie stehlen unser Vieh und unsere Pferde, machen Beutezüge, und dabei morden sie und brennen unsere Dörfer nieder. Aber wenn du uns helfen willst, dann werden wir diese Nichtigkeit dir überlassen.«

Larth nickte knapp. »Gut, wir werden dich von diesen räuberischen Horden befreien. Aber du wirst uns sagen, wie wir dabei vorgehen sollen.«
Die Augen des Königs leuchteten für einen Moment bei der Vorstellung auf, sich zweier Feinde gleichzeitig entledigen zu können.
»Tötet sie!«, antwortete er ihm. »Und die Frauen und Kinder bringt hierher, als Knechte und Mägde.«
Der Tarquinier lächelte undurchdringlich, mit Augen dunkler als der Stein auf seiner Brust, der dem Feuer die Glut zu rauben schien.
»Nun gut, wenn es das ist, was du willst«, sagte er abschließend, und der König hatte das Gefühl, als ob er mit diesen Worten das Urteil über ihn und sein Volk gefällt hätte.

13.

»Alles hat seinen Preis. Um was du bittest, was du erhältst und was du nimmst.«
Larth stieß sein Messer in den Nacken des prachtvollen Widders, der für das Opfer ausgewählt worden war, und trat dann beiseite, damit auch seine Männer an dem Dankesopfer teilhaben konnten.
Der kalte Tag neigte sich dem Ende entgegen. Der Sonnenuntergang entflammte die Wolkengebirge eines fernen Unwetters am westlichen Horizont, das in den Bergen Schnee bringen würde.
Entlang des Flusses, an den bewaldeten Hängen und auf der Anhöhe des Hügels war der größte Teil der Hütten von Fidenae niedergebrannt – die Ruinen rauchten noch. Fast alle Männer waren getötet worden, einschließlich des Dorfoberhauptes und allen männlichen Mitgliedern seines Hauses. Die Frauen, Dienstboten und Kinder von Fidenae waren in einem der Pferche, gemeinsam mit dem Vieh, zusammengetrieben worden, um später nach Ruma geführt zu werden.
Larth hatte dem Oberhaupt des Dorfes dieselbe Möglichkeit zur Unterwerfung angeboten wie auch Numa. Aber als er sich geweigert hatte, wie es vorauszusehen war, hatte Larth ihn im Namen des Königs der Latiner zum Tode verurteilt, und im Namen des Königs der Latiner war Fidenae zerstört worden.
Fidanae war nur eine kleine Ansiedlung, von keinen Mauern umgeben, aber reich an Schätzen, die aus den Beutezügen der Sabiner stammten.
Diesmal hatte Larth seine Soldaten nicht zurückgehalten. Er hatte für diesen Kriegszug zweihundert Männer mit sich geführt, zu gleichen Hälften aus Tarchna und Velx, und im Wissen, daß Numa sich damit erhoffte, gleichzeitig von einem alten Feind als auch von den Besetzern befreit zu werden. Aber ebenso klar war ihm auch gewesen, daß er dem latinischen König eine Lehre erteilen mußte.

Nach der Strafaktion gegen Fidenae würde sich das Volk von Ruma hüten zu glauben, es mit einem schwachen Besetzer zu tun zu haben. Deshalb hatte er auch darauf bestanden, den jungen Marcius und Ancus bei diesem Kriegszug dabei zu haben. Sie sollten kämpfen, Zeugen werden und letztlich die Verantwortung übernehmen. Das Blut, das für Ruma geopfert wurde, klebt an den Händen seines Königs, dachte Larth, als er kurze Zeit später die Opferstelle verließ. Die Lagerfeuer entlang des Flusses waren inzwischen angezündet worden, die Wachen waren aufgestellt und die Hauptleute wachsam. Aber für alle anderen würde dies eine Nacht des Feierns werden. Die Beute war reich und sollte diesmal, auch das hatte Larth zugestanden, geteilt werden, einschließlich der Frauen, der Dienstboten und der erbeuteten Tiere.
Mastarna gesellte sich schweigend an seine Seite, und gemeinsam schritten sie auf das Haus des Dorfoberhauptes zu, das nicht niedergebrannt worden war, weil es ihnen als Unterkunft dienen sollte. Hier würden sie den Teil des Sieges vollziehen, der als der heiligste galt.
»Werden wir heute nacht zurückkehren?« fragte Mastarna.
»Nein. Erst morgen bei Tagesanbruch, wenn die Männer so zufrieden sind, daß sie mir in jede Schlacht folgen würden«, antwortete ihm Larth.
Mastarna nickte nachdenklich und ließ den Blick über die Feuer entlang des Flusses schweifen. Gedämpftes Gelächter und Geschrei klangen zu ihnen herüber. Die Männer feierten den Sieg, und der Geruch von geröstetem Fleisch begann sich in der Luft auszubreiten, aber aus den Pferchen war auch das Weinen der Kinder zu hören.
Als sie vor dem Haus des Dorfoberhauptes angekommen waren, blieb Larth stehen. Auf der Schwelle saß Axal in seine Tebenna gehüllt. Es war ihm nicht erlaubt einzutreten, und er hatte auch nicht das Recht, an den Feuern der Soldaten zu sitzen und an ihrer Beute teilzuhaben. Deshalb saß er abseits und alleine da, und Larth ergriff diese Einsamkeit, als würde er seine eigene Zukunft sehen.
»Axal wird diese Nacht mit uns verbringen«, sagte er entschlossen. Aber Mastarna schüttelte den Kopf und hielt ihn für einen Augenblick zurück.
»Tu das nicht. Das ist keine gute Idee«, warnte er ihn.
»Warum nicht?« fragte Larth. »Ich habe es Ancus gestattet, obwohl ich weiß, daß er es kaum erwarten kann, mich zu töten, genauso wie dem

jungen Marcius, obwohl er geschworen hat, sich an dir zu rächen. Die beiden werden mit uns die Speisen teilen, die Beute und die Frauen, um mit uns gemeinsam den Göttern für den Sieg zu danken. Warum also nicht Axal, der an meiner Seite gekämpft hat und mit seinem Schild und seinem Körper mehr als einen der Schläge abgefangen hat, die für mich bestimmt waren? Dieser Sieg ist auch seiner!«

»Axal ist ein Sklave, Larth«, erwiderte Mastarna. »Er ist der Sklave, der sich dem Phersu verweigert hat, und er könnte der Schatten sein, der sich über Tarchna senkt, so wie es die Haruspizen in den Zeichen vorausgesehen haben. Du selbst hast mir gesagt, daß auch Caitli diese Zeichen gesehen hat.«

»Caitli ist eine Frau, und als Frau hat sie ihre eigenen Ansichten darüber, wie die Männer einen Sieg ehren. Das, was heute nacht hier geschieht, ist ausschließlich unsere eigene Angelegenheit«, wehrte Larth den Einwand ab.

»Darüber zu schweigen, wird dir wenig nützen. Thanaquil hat mir verraten, daß dich Caitli, wann immer sie will, hören und sogar sehen kann. Du weißt das ganz genau.«

»Ja, das weiß ich«, stimmte ihm Larth zu und bedeckte den Opal mit der Hand. »Sogar viel besser, als du denkst.« Dann legte er ihm einen Arm um die Schulter, schob ihn so bis zur Schwelle und blieb vor Axal stehen.

»Komm!« forderte er den Kelten auf, und Axal erhob sich wortlos. Larth schien es, als ob er ein weiteres Mal seine Herausforderung annehmen würde. Eine Herausforderung jedoch, die sie zu Komplizen einer ganz anderen Art von Eroberung machte als der, die es heute zu feiern galt. Sobald sie die Schwelle übertreten hatten, kam ihnen Cneve, erregt von der Schlacht und dem reichlich genossenen Wein, entgegen.

»Wir warten auf den König!« rief er zur Begrüßung, und die Kommandanten von Tarchna und Velx taten es ihm gleich. Sie gehörten alle zu den Männern, die Larth nicht nach ihrer Familienzugehörigkeit, sondern nach ihren Fähigkeiten als gute Kämpfer ausgewählt hatte und die schon seine Gefährten auf dem Meer gewesen waren. Fast alle anderen Angehörigen des Adels von Tarchna hingegen hatte er in Ruma zurückgelassen, um zu vermeiden, daß sie sich gegen ihn zusammentaten.

Auch Mastarna, gefolgt von Axal, hatte nun hinter ihm den Raum betreten. Kaum daß der Kelte sichtbar wurde, zeigte Pelgi, einer der älteren Kommandanten, mit dem Finger auf ihn und rief: »Was hat denn der hier zu suchen? Er ist ein Sklave! Jeder hier hätte das Recht, sich seiner zu bedienen. Nur will keiner von uns es riskieren, dich zu beleidigen.«

Larth schritt ein paar Stufen zu dem erhöhten Teil des Raumes hinauf, neben die Feuerstelle, der Platz, der dem Oberhaupt des Dorfes und seinem Rat vorbehalten gewesen war. Dann gab er Axal ein Zeichen, ihm zu folgen, und drehte sich zu den Anwesenden um.

»Ich trage die Insignien des Königs von Tarchna, und dieser Mann ist sein Sklave«, sagte er mit erhobener Stimme und wies dabei auf Axal. »Für ihn hat er sich an unserer Seite geschlagen, und keiner von euch wird die Hand gegen das Eigentum des Königs erheben, es sei denn, er wagt es, den König zu beleidigen, und ist dafür auch bereit, die Konsequenzen zu tragen.«

Schweigen folgte seinen Worten. Dann hob Cneve erneut den bis zum Rand gefüllten Becher Wein.

»Auf den König!« rief er, aber keiner war sich mehr sicher, ob diese Huldigung nun dem alten König galt, der weit weg war, oder Larth.

Nun hob auch Mastarna den Becher.

»Auf den König!« rief auch er, und die anderen taten es ihm nach, im Bewußtsein, daß Velx sich nicht gegen Tarchna stellte, was die soeben gemachte, neue Eroberung anbetraf. Zumindest solange Tarchna die Führung im Städtebund hatte, würde es keinen Machtkampf zwischen den beiden Städten des Bündnisses geben.

»Bringt nun die Speisen!« befahl Larth und nahm damit die Huldigung an, die ihm als Erstem unter ihnen gegolten hatte.

Es gab Wein und Speisen in Hülle und Fülle, und die Flammen in der Feuerstelle schlugen hoch. Sie verbreiteten eine knisternde, wohlige Wärme, und schon kurze Zeit später saßen alle fröhlich beisammen. Die unter ihnen, die ein komödiantisches Talent besaßen, begannen nun, zum Vergnügen der anderen zu singen und kleine Satiren zum besten zu geben, und sogar die beiden Latiner gaben, vom Wein und dem Fest berauscht, ihre anfängliche Zurückhaltung auf.

Dann wurden die Frauen aus der Sippe des sabinischen Dorfoberhauptes gebracht: die Ehefrau, die Töchter, die Schwestern, Verwandten und Dienerinnen. In den Pferchen waren nur die alten Frauen und die noch zu jungen Mädchen zurückgeblieben. Larth, dem das Recht, als erster zu wählen, zufiel, wählte eine junge Frau mit üppigen Formen aus, die eine Tunika aus grober Wolle trug. Ihr Haar war mit farbigen Wollfäden durchflochten, und ihr stolzer Blick erinnerte an gewisse Mädchen aus Karthago. Er würde sie nach nichts fragen, weder nach ihrer Stellung im Haus noch nach ihrem Verwandtschaftsgrad mit dem toten Dorfoberhaupt und auch nicht nach ihrem Namen. Sie konnte die Ehefrau sein oder auch die letzte seiner Dienerinnen, für diese Nacht würde sie nur ein Teil der Beute sein.

Er nahm sie bei der Hand und führte sie zur Feuerstelle, wo Axal zurückgeblieben war, um die Heuhaufen aufzuschütten. Ihre Tebennas hatte er als Decken darübergebreitet, und Mastarna hatte sich schon vor ihm dorthin zurückgezogen. Nun begannen auch die anderen, zwischen Gelächter und Scherzen, die Frauen auszuwählen, und aus den Augenwinkeln beobachtete Larth, welche Wahl Cneve getroffen hatte. Ihm schien, daß sein Bruder seine Sache gut gemacht und offensichtlich auch keine Probleme hatte, die von ihm Erwählte mit dem jungen Marcius zu teilen.

Schließlich wandte er sich, mit der jungen Frau an der Hand, Axal zu. »Ist sie nach deinem Geschmack?« fragte er. Der Kelte nickte zerstreut. Er machte einen vollkommen nüchternen Eindruck, oder vielleicht hatte der Wein bei ihm auch keine Wirkung gezeigt. Larth fragte sich, ob das, was er ihm anbot, bei seinem Volk vielleicht als Beleidigung galt, oder ob er gekränkt war über die Art, wie er ihn kommandierte, obwohl er der Sklave des Königs war.

»Du kannst bleiben oder gehen«, bot er ihm an. »Es steht dir frei zu wählen, was dir lieber ist.«

»Ich habe schon gewählt«, gab der Kelte zurück und leerte seinen Becher Wein in einem Zug.

Larth führte die junge Frau zu den aufgeschütteten Heuhaufen, und sie ließ sich starr und mit zusammengepreßten Lippen auf das Lager drükken. Dann schaute sie, einem nach dem anderen, die drei Männer an ihrer Seite an, und als Axal ihr seine Hand auf den Leib legte, zuckte sie leicht zurück. Larth strich ihr mit der sanften Berührung des Trutnot über die Stirn. »Hab keine Angst«, sagte er zu ihr und dann zu Axal:

»Sie ist keine Jungfrau mehr, sie weiß zu genießen. Zieh du sie aus, mein Freund.«
Als seine Hände begannen, sich über ihren Körper zu bewegen, schloß das Mädchen die Augen, und plötzlich verschwanden wie durch Zauberei die Stimmen aus dem übrigen Raum, und sie vergaß alles um sich herum.
Da gab es nichts mehr, nicht einmal mehr den Gedanken an die Trauer und den Schmerz für die Menschen, die sie geliebt und verloren hatte. Sie fühlte nur noch das Leben, das durch ihre Adern pulsierte, das Blut, das heiß in ihr aufstieg, und die Harmonie dieser jungen Männer, die sie berührten und sie zum Instrument eines Ritus machten, der besitzergreifend war, sie aber auch gleichzeitig miteinander vereinte. Es war, als würde sie von etwas erfaßt, das sie nicht ganz begreifen konnte, etwas, das wie ein Feuer in ihr brannte und sie scheinbar lebendiger Teil der Erde, der Luft und des ganzen Universums werden ließ. Als würde durch sie der Tod, der diesen ganzen, unendlich langen Tag regiert hatte, sein Grauen verlieren für einen Samen, der sich miteinander vermischend in sie eindrang, um einem neuen Leben Ursprung zu geben.
Sie schrie laut auf und klammerte sich gleichzeitig an diese Körper, überwältigt von einem Gefühl, als ob das ganze Universum in sie einströmte und jeden anderen Wunsch vergessen ließ.
Die Nacht floß langsam dahin, und das Haus des toten Dorfoberhauptes war von Stöhnen und Seufzern erfüllt, die sich hier und dort in Schluchzen auflösten. Ein beißender, penetranter Geruch erfüllte den Raum, und dann folgte, im letzten Aufflackern des Feuers, ein tiefer Schlaf.
Larth wachte kurz nach Sonnenaufgang auf, weil irgend jemand sich bewegt hatte. Mastarna fehlte, aber Axal und das Mädchen lagen schlafend neben ihm.
Er erhob sich, band sich einen der Mäntel um die Hüfte und legte einen anderen über die beiden Schlafenden. Dann verließ er den Raum. Vor dem Haus angekommen, atmete er tief durch und genoß die kalte Morgenluft, die auf seiner Haut prickelte.
Mastarna kam ihm mit einem Krug voll eiskaltem Wasser entgegen, und Larth schüttete es sich über den Kopf.
»Das war eine schöne Nacht, mein Freund«, sagte Mastarna. »Die beste seit langer Zeit.«

Larth nickte. In dieser Nacht war er wirklich König gewesen, mit Axal und Mastarna ebenbürtig an seiner Seite. Der Tod hatte sich geschlagen geben müssen, weil sie gemeinsam stärker gewesen waren. Trotzdem verursachte ihm der Gedanke an diese Gemeinsamkeit ein leichtes Unbehagen, wie eine Schwäche, die er sich nicht hätte gestatten dürfen. Aber es war nur ein flüchtiger Schatten, der an diesem Morgen seine Lebensfreude kaum trübte.
An diesem Morgen gehörte ihm die ganze Welt.

Der Monat Velchitua zog sich träge hin und hatte zu allem Überfluß auch noch die ersten Insektenwolken mit sich gebracht, die nun in einem Streifen Sonne tanzten, der durch den Säulengang der Loggia drang.
Velvur wartete, daß Larth, der aus Ruma zurückgekehrt war und nun dem König Bericht erstattet hatte, die Gemächer des Königs verließ.
»Du hast also Kae Aivas dort unten gelassen. Also hast du vollstes Vertrauen in ihn?« sprach er Larth an, sobald dieser die Tür hinter sich geschlossen hatte.
»Nein«, erwiderte ihm Larth, »ich vertraue ihm nicht. Aber in Ruma untersteht er, was immer er auch tut, meiner Macht, und die Vibenna sind stark genug, ihm, wenn nötig, Einhalt zu gebieten. Außerdem läßt ihn Cneve nicht einen Moment aus den Augen. Ich weiß, was er tut und was er denkt. Besser, als wenn er hier wäre.«
»Aber er könnte sich mit deinen Feinden oder denen des Königs Numa verbünden und versuchen, dich zu stürzen«, wandte Velvur ein.
»Das ist es, worauf ich warte«, entgegnete ihm Larth.
Velvur nickte düster. Es gab vieles, das ihm Sorgen bereitete, nicht zuletzt Larth. Er kostete zwar seinen Triumph aus, aber er tat es mit Vorsicht, immer bereit, als erster zuzuschlagen, sollte jemand den Plan fassen, ihn anzugreifen. Es war genauso einfach, ihm zuzujubeln, wie ihn zu fürchten.
Der Gesundheitszustand des Königs hatte sich nicht gebessert, aber auch nicht besonders verschlechtert in diesen Wintermonaten, die sie damit verbracht hatten, auf Nachricht aus dem eroberten Land am Ufer des Tibrin zu warten. Die Totenehrung und die Aussöhnungsriten hatten stattgefunden, und oft waren Abordnungen der anderen Städte

des Bündnisses zu König Tarchon gekommen, die nun längst nicht mehr so ablehnend waren, was die Eroberung Rumas anbetraf.

»Flasi Aivas versucht dir zu schaden, wo er kann«, nahm Velvur das Gespräch wieder auf. »Spürst du nicht seinen Atem im Nacken? Allerdings kann er nicht leugnen, daß die Einnahme Rumas dein Verdienst ist, und er kann nichts gegen dich unternehmen, weil du den Adel von Tarchna mit einbezogen hast. Du hast damals bei der Wahl der Männer, die du mitgenommen hast, eine gute Wahl getroffen.«

»Bist du wegen Aivas hier in Tarchna geblieben, Großer Trutnot?«

»Dein Vater und ich haben über den König und seine Töchter wachen müssen. Hat denn der König mit dir noch nicht über Thanaquil gesprochen?«

»Wieso über Thanaquil?« fragte Larth erstaunt.

Velvur wiegte sorgenvoll den Kopf.

»Sie wird heiraten müssen, Larth. So oder so.«

Larth antwortete nicht, und Velvur fühlte, wie der Krieger sich seinen Worten widersetzte, genauso heftig wie damals, als er noch ein Kind war.

»Wann wirst du nach Ruma zurückkehren?« Velvur wechselte das Thema und schritt neben ihm bis zu einem Flecken Sonne in der Loggia.

»Nach den Feierlichkeiten in Faru Veltune. Wenn die restlichen Städte des Bündnisses damit einverstanden sind, dann können sie Handwerker, Lehrmeister, Heilkundige und Baumeister nach Ruma schicken, denn für Tarchna und Velx alleine wird es schon bald zuviel werden.«

»Nein«, warf Velvur ein, »das ist es nicht. Du willst Re Supremo werden, und deshalb fragst du nicht, sondern du gibst den anderen Städten des Bündnisses die Erlaubnis, sich am Aufbau von Ruma zu beteiligen. Auf diese Weise wird es leicht für dich sein, gewählt zu werden, weil sie dir alle verpflichtet sind. Aber sei vorsichtig, Larth, kleine Happen machen großen Appetit, und den Latinern kannst du nicht vertrauen, denn sie werden sich nehmen, was sie brauchen, ohne dir je ihr Herz zu schenken.«

»Würdest du denn dein Herz einem Eroberer schenken?« fragte Larth.

»Wie kann ich das wissen? Wir sind niemals erobert worden«, gab der Trutnot ihm lächelnd zurück. »Noch nicht«, hätte er hinzufügen wollen, in Erinnerung an die Prophezeiung, die Caitli im *Auge der Göttin* in Fanu Veltune gesehen hatte. Aber er schwieg. Es gab nichts, was er gegen diese kommenden Ereignisse, die nun ihren Anfang nahmen, hätte unternehmen können.

Er seufzte und ließ Larth im Glauben, es sei wegen anderer Sorgen. »Der keltische Sklave ist übrigens ein junger Mann von vielen Talenten«, fuhr er fort. »Mit seiner Hilfe bin ich dabei, einen Plan der westlichen Länder hinter dem hohen Gebirge zu zeichnen, und ich habe auch begonnen, seine Sprache zu erlernen. Er hat ein gutes Gedächtnis und einen messerscharfen Verstand. Wäre er ein Fürst der Rasna, dann gäbe es nur zwei Möglichkeiten: Entweder er wäre dein Rivale oder der treueste Freund an deiner Seite. In beiden Fällen wäre er es bis in den Tod.«

Larth lächelte flüchtig. Er wußte, daß es Velvurs Art war, ihn auf diese Weise darüber auszufragen, wie viele Regeln er gebrochen hatte, als er einen Sklaven an der heiligen Siegesfeier in Fidenae hatte teilnehmen lassen. Aber er tat so, als hätte er es nicht bemerkt.

»Man hat mir gesagt, daß der König ihn dir für die ganze Zeit deiner Arbeit zugestanden hat«, antwortete er statt dessen. »Ich bin darüber erleichtert, denn bei dir ist er in Sicherheit. Die anderen Sklaven und Dienstboten sind ihm nicht besonders wohlgesonnen.«

»Wie könnten sie auch? Du behandelst ihn nicht wie einen Sklaven oder Dienstboten, und er ist auch keiner«, war Velvurs Antwort.

Laris und einige andere Adelige, die wegen der täglichen Regierungsgeschäfte in die Gemächer des Königs unterwegs waren, kamen auf sie zu, gefolgt von den Haruspizen, mit Flasi Aivas an der Spitze, die das Öl und das Feuer für die Zeremonie brachten, die sie täglich als Fürbitte für die Gesundheit des Königs zelebrierten. Larth ließ sich gerne ablenken.

»Ich muß jetzt gehen«, wandte er sich an Velvur. »Laris muß eine Angelegenheit wegen einer Eigentumsvermessung vortragen, und der König hat mich gebeten, dabei anwesend zu sein. Willst du nicht auch mitkommen?«

Aber Velvur schüttelte den Kopf.

»Wenn der König mich nötig hätte, dann wüßte ich das, und außerdem habe ich nicht vor, Aivas die Zeremonie zu verderben. Meine Gegenwart bringt ihn immer völlig durcheinander, und ein Hohepriester von

Tagete, der sich ständig beim Ritual verhaspelt, ist kein sehr erfreuliches Schauspiel.«

Larth lächelte, und Velvur verließ die Loggia durch den Säulengang, der zum alten Flügel und von dort zum *Gemach der Könige* führte.

Innerhalb der dicken Palastmauern war es immer noch ziemlich kalt. Velvur fröstelte, und deshalb wählte er den ersten Durchgang, der nach draußen führte, und bog dann hinter dem Hof, der zum Flügel der Frauen gehörte, in Richtung des kleinen, versteckten Hofes ein, wo der Altar der Erdmutter Dia stand, zu dem sich das *Gemach der Könige* öffnete. So konnte er ein wenig die Sonne genießen, und er atmete tief die leichte Brise ein, die nach feuchter Erde und frischen Kräutern roch.

Die zarten Knospen des Geißblatts krönten die geschwärzten Steine des Altars, und Velvur verharrte einen Augenblick schweigend davor. Er hatte schon die Hand ausgestreckt, um ihn zu berühren, da hielt ihn ein Gefühl davon ab. Plötzlich kam er sich wie ein Eindringling vor, den unendlich vielfältigen Erscheinungsformen des Daseins gegenüber auf einen Schlag blind, und er fühlte sich alt und unglücklich. Aber das, was ihm da passierte, war ihm nicht neu. Es geschah immer dann, wenn die verborgene Kraft, die einem heiligen Ort innewohnte, ihn aus irgendeinem Grund heraus nicht teilhaben lassen wollte.

Als er noch sehr jung gewesen war, hatte er mit Zorn auf diesen Ausschluß reagiert. Aber die Jahre hatten ihn gelehrt, sich abseits zu halten. Da war Caitlis Stimme, die aus dem *Gemach der Könige* zu ihm drang. Und sie war so sanft und weich, wie er sie niemals zuvor gehört hatte.

Vorsichtig näherte er sich und sah, daß Caitli damit beschäftigt war, an seinem Werk – der Karte der westlichen Länder jenseits des hohen Gebirges – zu arbeiten. Velvur fiel ein, daß er Larth gegenüber seltsamerweise verschwiegen hatte, daß er nicht alleine diese Karte erstellte, sondern daß Caitli es war, die die Linien übertrug und die Beschriftung vornahm.

Sie saß auf einer kleinen Bank am Schreibpult, und Axal saß neben ihr. Ihre Köpfe berührten sich fast, so tief beugten sie sich gemeinsam über die Karte vor ihnen. Der Kelte bestand darauf, eine Linie zu verändern, die einen Fluß darstellte, und Caitli versuchte, den richtigen Verlauf der Flußschleife mit blauer Farbe einzutragen. Beide waren so in ihre Arbeit vertieft, daß sie alles um sich herum vergessen hatten.

Ein Sonnenstrahl fiel auf den Kèrnos vor ihnen und ließ die blaue Farbe aufleuchten, und plötzlich sah Velvur vor seinem geistigen Auge den Blick von zwei anderen Augen, die sie neugierig beobachteten. Er war nicht mehr blind, und das tief unglückliche Gefühl, das ihn noch kurz zuvor erfüllt hatte, wich nun einer Schwermut. Ohne sich auch nur umzudrehen, sah er den Knaben vor sich, der zusammengekauert auf der niedrigen Mauer hockte, die die Türöffnung zum Hof hin abgrenzte. Leise zog er sich zurück. Dann näherte er sich ihm von hinten und legte ihm eine Hand auf den Kopf.

Vul fuhr mit einem Ruck herum, und vor Schreck brachte er keinen Ton heraus. Velvur lächelte ihm zu.

»Ein Kind muß die Zeit nutzen, um zu lernen, Vul. Der König hat deine Unterweisung angeordnet. Müßtest du jetzt also nicht bei deinen Lehrmeistern sein?«

Vul wußte nicht, was er darauf antworten sollte, und fand es sehr mutig, der Stimme des Großen Trutnot sein Schweigen entgegenzusetzen.

»Komm«, sagte Velvur und nahm ihn bei der Hand, »ich werde mich persönlich darum kümmern, daß man besser auf deine Unterweisung achtet.«

Als Velvur mit Vul an der Türöffnung vorbeiging und den kleinen Hof verließ, fuhr Caitli leicht zusammen. In dem Fläschchen mit blauer Farbe hatten ihr kurz zwei Augen entgegengeblickt, deren Reflex nun schwächer wurde, und ein leichter, kühler Lufthauch, der durch die Tür gekommen war, hatte sie beide gestreift.

Caitli legte den feinen Pinsel beiseite und lehnte sich zurück.

»Der Große Trutnot war hier«, murmelte sie.

Axal hob leicht den Kopf, ohne den Blick von der Karte zu wenden. Hier, auf dieser Rolle eingefangen, schien ihm sein Land jetzt noch ferner zu sein, auf Linien und farbige Markierungen reduziert, die zwar alle richtig eingetragen waren, aber trotzdem so ganz anders als die Bilder seiner Erinnerung, die sich nun schon mit den Eintragungen in der Karte zu vermischen begannen.

»Hilf mir«, sagte er und lehnte sich nun ebenfalls zurück. »Du mußt mir helfen zu fliehen.«

Caitli erstarrte. Am liebsten hätte sie die Existenz dieser Worte geleugnet, aber einmal ausgesprochen, konnten sie nun nicht mehr zurückgenommen werden.

Axal war für sie ein offenes Buch. Sie erinnerte sich, wie er zum ersten Mal in das *Gemach der Könige* eingetreten war, entschlossen, vorsichtig und immer auf der Hut, sich gegen jede Magie, welche auch immer es sein mochte, zu verteidigen. Aber Velvur hatte ihm gegenüber seine Fähigkeiten als Trutnot nicht benutzt. Er wollte ihn nicht beeinflussen und hatte es einfach ihm selbst überlassen, ob er seiner Bitte, mit seiner Hilfe eine Karte seiner Heimat zu zeichnen, nachkommen wollte. Nach einer Weile hatte er ihn dann einfühlsam dazu gebracht, zuerst von seinem Land und seinem Volk zu reden und schließlich auch von sich selbst. Aber Velvur wußte auch, daß letztlich sie es war, die sein Heimweh in sich aufnahm. Und Caitli hatte sich in diesem Heimweh, in diesem Schmerz, den der Kelte wie eine Schwäche in sich verborgen hielt, schon verloren, noch bevor es ihr überhaupt bewußt geworden war.

Sie war verliebt. Und die Luft, die Sonne, die Zeit und alles um sie herum schien sich verändert und einen anderen Geschmack bekommen zu haben.

Sie waren sich nahe, ohne sich zu berühren, aber in Gedanken so miteinander vereint, daß Caitli sich manchmal sogar dabei überraschte, Ereignisse und Bräuche, von der er ihr erzählt hatte, für ihre eigene Erinnerung zu halten.

Aber Axal glaubte nicht an ein vorbestimmtes Schicksal. Er nahm für sich in Anspruch, selbst zu wählen, und da Caitli verliebt war, versuchte auch sie, das Rad des Schicksals zu ignorieren. Sie wünschte sich, für ihre Liebe kämpfen zu können, mit der Bereitschaft, auch noch das letzte Band zu zerreißen, das sie an dieses vorbestimmte Schicksal knüpfte, selbst wenn es sie das Leben gekostet hätte. Aber dafür reichte ihre Macht nicht aus, und was auch immer sie fühlte oder tat, konnte nicht dieses Wissen auslöschen, das sie in sich trug und das sie quälte.

»Du willst also aus Tarchna fliehen?« murmelte sie.

»Ich muß. Und ich muß es *jetzt* tun«, antwortete Axal leise

Caitli strich ihm mit der Hand übers Gesicht.

»Sie werden dich umbringen, Axal. Wenn sie dich fangen, werden sie dich zum Tode verurteilen. So lautet das Gesetz, und keine Macht auf der Welt wird daran etwas ändern können.«

»Für mein Volk ist das Leben im Jenseits eine Welt des ewigen Frühlings, ohne Kälte. Es ist eine bessere Welt, und selbst ein qualvolles

Sterben ändert nichts daran. Ich habe keine Angst vor dem Tod. Meine Angst ist viel mehr, nicht mein eigenes Leben leben zu können, sondern eines, das von anderen bestimmt wird.«

Er nahm ihre Hände und führte sie an seine Lippen. »Ich liebe und begehre dich. Das alleine würde schon genügen, mich zum Tode zu verurteilen, denn du bist die Tochter des Königs und seine Erbin. Und hier, genauso wie bei meinem Volk, gibt es Grenzen, die man nicht überschreiten kann.«

Caitli schaute ihn an und dachte: Aber es ist nicht nur das. Es ist auch wegen Larth, den du ebenso liebst wie mich. Du willst ihn nicht verraten, und du hast keine andere Möglichkeit, es ihm zu beweisen.

Dann entzog sie ihm ihre Hände und erhob sich.

»Gut, ich werde dir helfen«, sagte sie leise und fühlte noch im selben Moment, daß ihre Worte das Netz der Zeit, das schon geknüpft war, nicht berührten.

Trotzdem fuhr sie fort: »Sobald es dunkel ist, werde ich dir den Durchschlupf zum Heiligen Wald der Göttin Athrpa zeigen. Von dort aus gehst du immer an den Außenmauern des Palastes entlang bis zu dem Punkt, wo sie an die Stadtmauer grenzen, die im Westen an einem tiefen Taleinschnitt entlangführt. Ich werde dir einen Proviantsack mitgeben, und ich werde dir die Haare schwarz färben. Aber hüte dich davor, daß sie naß werden, denn wenn die Farbe ausläuft, werden sie dich erkennen, und du wirst verloren sein. Zu viele haben dich in Fanu Veltune gesehen und an der Seite Larths. Sie wissen, daß du zu diesem Palast gehörst.«

»Ich werde mich nicht lebendig einfangen lassen«, murmelte Axal. Dann wandte er sich wieder wortlos der Karte zu.

Es war schon spät in der Nacht. Ein heftiger Wind fegte mit leisem Heulen durch die Säulengänge des Palastes und brachte die Lampen zum Schwingen.

Im schützenden Dunkel vor dem Altar der Erdmutter Dia zog Axal Caitli an sich und hielt sie so fest, als wolle er sie nie wieder loslassen.

»Vergiß mich nicht«, flüsterte er ihr ins Ohr.

Caitli schmiegte sich fest an ihn, um ihm wenigstens die Wärme ihres Körpers mitzugeben. Aber alles an diesem Ort schrie ihr die Nutzlosigkeit seines Unterfangens entgegen. »Deine Götter werden dich begleiten«, flüsterte sie ihm schließlich zu und löste sich von ihm. Sie hatte ihm den Weg erklärt, den Durchschlupf in den Mauern des Palastes, um den Heiligen Wald zu erreichen, und die tiefste Stelle in der westlichen Stadtmauer, am Rande des Waldes, den er auf keinen Fall betreten durfte. Denn keinem war es erlaubt, den Wald der Göttin Athrpa bei Nacht zu betreten.

Ich aber werde es tun, und zwar schon sehr bald, dachte Caitli, und diese Sicherheit, die ihr in diesem Augenblick fast überheblich vorkam, tat ihr weh.

Axal schlüpfte geschmeidig durch den Durchschlupf, den Caitli ihm gezeigt hatte. Es war ein breiter Spalt, den der Blitz verursacht hatte, als er in den ersten Baum gleich hinter der Mauer eingeschlagen war: in den heiligen Baum der Göttin Athrpa.

Der Blitz hatte den Baum in zwei Hälften gespalten, aber wie durch ein Wunder war er immer noch lebendig und vom zarten Grün knospender Blätter bedeckt. Die großen Steinquader, die beim Einschlag des Blitzes aus der Mauer herausgebrochen waren, waren liegengeblieben und bildeten nun, bedeckt mit Moos und Schlingpflanzen, fast eine Treppe.

Axal schlich an der Außenmauer des Palastes entlang und gelangte dann, so wie es Caitli ihm beschrieben hatte, zur Stadtmauer, die an dieser Stelle durch einen engen Durchgang von der Palastmauer getrennt war. Hier war es stockfinster, es gab keine Pflanzen mehr, nur noch Steine und Geröll. An dieser Stelle, der höchsten Erhebung des Hügels von Tarchna, verlief die Stadtmauer am Rande eines wilden und waldigen Tales.

Axal warf sich den Proviantsack über die Schulter und kletterte dann an der Stadtmauer hoch, die hier sehr niedrig war. Dann ließ er sich auf der anderen Seite hinunterfallen und tauchte in das dichte Unterholz ein, immer mit dem Blick auf die Sterne gerichtet, die zwischen den noch fast kahlen Zweigen der Brombeer- und Haselnußbüsche hindurchschienen.

Teils kletterte er, teils rutschte er den steilen Abhang hinunter, und als er schließlich in der Talsohle angekommen war, blieb er stehen und drehte sich nach der Stadt um. Von Tarchna war nicht mehr viel zu sehen außer dem Umriß der Mauern und einem hellen Lichtschein am Himmel, über den der Wind die Wolken trieb.

Er wandte sich ab und machte sich auf den Weg durchs Tal. Von hier aus konnte er die breite Straße sehen, die vom östlichen Stadttor aus nach Velx führte. Er beschloß, ihr zu folgen, immer im Schutz des Waldes, in dem er sich fast lautlos bewegte und schneller war als jeder andere. In dieser Nacht, dem darauffolgenden Tag und der folgenden Nacht gelang es ihm auch, seinem Vorsatz treu zu bleiben. Auf der Straße waren sehr viele Menschen unterwegs, aber der Wald war dicht, und es genügten ihm nur wenige Stunden, um auszuruhen. Meistens schlief er nachts, wenn es im Wald so finster war, daß selbst er den Weg nicht mehr finden konnte, weil der Himmel sich mit einer dichten Wolkendecke überzogen hatte und, aus einer Laune des Frühlings heraus, ein eisiger Wind blies.

Am dritten Tag verbrachte er dann den größten Teil des Tages in einer felsigen Schlucht, denn es hatte zu regnen begonnen. Erst am späten Nachmittag wagte er es, seinen Unterschlupf zu verlassen. Der Regen hatte aufgehört, aber die Luft war feucht und kalt, und gegen Abend schließlich erreichte er eine Stelle im Wald, die gerodet worden war, um Platz für Weiden zu schaffen. Hier war die Vegetation weniger dicht, und am Rand der Rodung befand sich eine Hütte mit einem tief heruntergezogenen Dach, das mit Stroh und Lehm bedeckt war. Ein kalter Nieselregen hatte wieder eingesetzt. Er näherte sich vorsichtig der Hütte und stieß die Tür auf. Bis auf einen Rest Heu war sie leer.

Hier verbarg er sich, gerade noch rechtzeitig, um nicht naß zu werden. Er zog seine feuchte Tebenna aus, die er, um die Haare zu schützen, bis über den Kopf hochgezogen hatte, und schüttete ein wenig Heu in der hintersten und dunkelsten Ecke auf. Bisher hatte er fast noch nichts vom Proviant angerührt, den Caitli ihm eingepackt hatte: Fladenbrot, getrocknetes Fleisch und Feigen in Honig. Aber jetzt aß er etwas davon, rollte sich dann auf dem Heu zusammen und schlief ein.

Der Klang von Stimmen weckte ihn jäh. Einige Männer hatten die Hütte betreten, während andere noch damit beschäftigt waren, die Pferde unter dem vorspringenden Dach anzubinden. Der Regen rauschte jetzt so laut, daß er teilweise sogar die Stimmen der Männer übertönte.

Ein eisiger Schrecken durchfuhr Axal. Er erstarrte. Soweit er abschätzen konnte, waren es insgesamt ungefähr zwanzig Männer, Soldaten, die von Tarchna nach Velx unterwegs waren.

Sie waren gerade damit beschäftigt, ihre mitgebrachten Lampen anzuzünden, als Axal sich von einem Moment auf den anderen entschied. Mit einem Satz sprang er aus seinem Versteck hervor und rannte laut brüllend zwischen ihnen hindurch. Die Männer waren völlig überrascht, und bevor sie sich versehen hatten, war er schon draußen und warf sich auf den nächstbesten Mann, der sein Pferd noch am Zügel hielt. Er schlug ihn nieder, sprang auf und drückte dem Pferd die Knie in die Weichen.

Aber in diesem Augenblick traf ihn die Lanze von einem der umherstehenden Männer an der Schulter. Axal verlor das Gleichgewicht, das Pferd bäumte sich auf, und einer schlug ihm auf die Fesseln, so daß es stürzte und Axal unter sich begrub. Sofort wurde er von mehreren Armen gepackt, die ihn unter dem Gewicht des Tieres hervorrissen und ihn ins Innere der Hütte zerrten, wo inzwischen die Lampen angezündet worden waren. Dort warfen sie ihn auf den Steinfußboden. Einer von ihnen beugte sich zu ihm herunter und fuhr ihm durch die Haare. Die Farbe, die der Regen aufgelöst hatte, blieb zwischen seinen Fingern haften. Also packten sie ihn unter den Armen, zerrten ihn wieder nach draußen und tauchten dort seinen Kopf in einer Tränke unter, in der sich das Regenwasser gesammelt hatte. Sie drückten ihn lange unter Wasser, aber Axal leistete keinen Widerstand, im Gegenteil, er ließ alle Luft aus seinen Lungen entweichen. Doch der Hauptmann der Schar erkannte schnell seine Absicht und befahl, seinen Kopf herauszuziehen, noch bevor es ihm gelungen war, sich zu ertränken.

Dann brachten sie ihn wieder in die Hütte zurück und warfen ihn dort auf den Boden. Die Luft, die zu seinem Bedauern nun wieder in seine Lungen zurückkehrte, verursachte Axal einen starken Brechreiz, und keuchend lag er mit geschlossenen Augen da. Einer der Männer fesselte ihm die Arme auf den Rücken, einer brachte eine Lampe, und ein anderer legte ihm eine Kette um den Hals, zog ihn daran hoch und versetzte ihm einen Schlag, damit er die Augen öffnete. Da schließlich erkannten sie ihn.

»Sieh mal einer an, der Sklave des Phersu!« rief der Hauptmann überrascht. »Unser Nachtlager hier aufzuschlagen, war wirklich eine ganz ausgezeichnete Idee. Der König wird uns diese Gefangennahme reich belohnen.«

»Sei vorsichtig, er ist ein Dämon«, antwortete ihm einer seiner Männer. »Das jedenfalls sagen sie im Palast von ihm. Ein Dämon, der Unheil bringt. Vielleicht ist er an der Krankheit des Königs schuld.«

»Ein Dämon, der mit uns jedenfalls das Dach nicht teilen wird, hab keine Sorge. Zieht ihn aus und bindet ihn an den Pfahl für die Pferde. Aber rührt ihn nicht an, er ist der Sklave des Königs, und wir dürfen uns nicht an ihm vergreifen.«

Die Soldaten packten Axal wieder, brachten ihn nach draußen und zwangen ihn auf die Knie. Dann banden sie ihn mit ausgebreiteten Armen so fest, daß die Muskeln bis zum Zerreißen gespannt waren und die Kette ihm bis aufs Blut in den Hals schnitt. Bevor sie gingen, rissen sie ihm noch die Tunika herunter und ließen ihn dann nackt im eisigen Regen zurück.

14.

Larth blieb auf der letzten Stufe der Treppe stehen, die hinunter zu den Zellen führte. Der große Raum in der Mitte, Ausgangspunkt des unterirdischen Labyrinths, war von Fackeln erleuchtet, die an den Mauern angebracht waren, und die hoch lodernden Flammen in den beiden Feuerbecken wurden immer wieder von einem geheimnisvollen Luftzug zerrissen. Nicht weit von einem der Feuerbecken war Axal mit ausgebreiteten Armen an die Wand gefesselt. Bis auf ein zerrissenes Hüfttuch war er nackt, und auf seinem Körper, der von kleinen Wunden übersät und mit eingetrocknetem Schlamm bedeckt war, glänzte rot der Widerschein des Feuers. Er konnte sich nicht auf den Beinen halten, und deshalb hatten sich die Ketten tief in seine Handgelenke eingeschnitten, von denen das Blut in kleinen Rinnsalen über seine Arme tropfte.
Der Kelte hatte den Kopf vom Feuerbecken abgewandt, dessen Gluthauch ihm sicher schmerzhaft auf der Haut brannte, und sie hatten ihm die Haare abgeschnitten. Jetzt gingen sie ihm nur noch bis zum Kinn und fielen, vom Schlamm verklebt, aber wieder blond, wirr in seine Stirn. Zwischen den halbgeschlossenen Lidern blickten seine Augen starr und wie erloschen, und sein Blick belebte sich auch nicht, als Larth zu ihm trat.
»Warum gerade jetzt?« fragte Larth ihn bitter, und in seinem Tonfall klang mit, was er hätte hinzufügen wollen: »Und warum ausgerechnet du, mein Freund, dem ich vertraut und den ich so nötig habe?«
Axal schluckte mühsam und wandte den Kopf.
»Wegzugehen war die einzige Möglichkeit, um das abzuwenden, was deine Königin für uns vorausgesehen hat. Ich habe dir meine Freundschaft versprochen, und es gab keine andere Möglichkeit, sie dir zu beweisen, Tarquinier«, flüsterte er heiser, und ein kleines, herausforderndes Lächeln überflog sein Gesicht. »Deshalb ist es besser, du läßt

mich töten. Oder töte du mich, mein Freund, so wie es bei meinem Volk Brauch ist.«

»Ich soll dich töten?« fragte Larth ungläubig.

»Ja«, erwiderte ihm der Kelte, »bei uns erweist man diese Ehre dem Waffenbruder, der einem näher ist als der eigene. Wenn du verwundet bist, ist die sichere Hand des Freundes besser als die Folter des Feindes.«

Larth legte ihm einen Arm um die Schulter und stützte ihn, um den Zug der Ketten auf die geschwollenen Handgelenke zu mildern. Axal ließ es geschehen, und Larth spürte, wie sein erschöpfter Körper zitterte.

»Nein«, murmelte er. »Da ist ein Netz geknüpft worden, und wir waren zu dritt . . . Du mußt an meiner Seite bleiben.«

Axal schaute ihn mit einem traurigen, fast verzweifelten Blick an. »Was ist mit deiner Königin?« murmelte er schließlich.

»War sie es, die dir zur Flucht verholfen hat?« fragte Larth.

»Von mir wird das keiner hören«, erwiderte ihm Axal, und Larth nickte. Er zweifelte nicht an dem Kelten und auch nicht daran, daß seine Lippen niemals den Namen Caitlis nennen würden, was auch immer sie anwenden würden, um ihn zum Reden zu bringen. Dann ließ er ihn langsam wieder los und empfand wie einen Stich den Schmerz, sobald die Ketten wieder in die offenen Wunden in seinem Handgelenk einschnitten.

»Entweder der König wird dich mir überlassen, oder ich werde zurückkommen und dich töten. Das verspreche ich dir«, sagte er.

Axal schloß die Augen, ohne ihm zu antworten, und Larth verließ das unterirdische Gewölbe. Dann machte er sich auf den Weg zu den Gemächern des Königs, ohne sich darum zu kümmern, daß niemand außer Velvur dort unangemeldet eintreten durfte.

Ohne ihnen Beachtung zu schenken, passierte er die Wachen und die Diener im Vorzimmer, erreichte das Privatgemach des Königs und blieb auf der Schwelle stehen. Tarchon hatte sich gerade mit Hilfe eines Dieners angekleidet und erholte sich nun von der Anstrengung auf einem Clinai. Das schmerzende Bein hatte er hochgelegt, um sich ein bißchen Erleichterung zu verschaffen. Überrascht vom plötzlichen Eintreten Larths, hob er den Kopf und schickte dann mit einer knappen Geste den Diener aus dem Raum.

»Tarchna muß von einem mächtigen Feind bedroht sein, wenn du hier einfach so hereinplatzt!« bemerkte der König ein wenig sarkastisch, sobald sie alleine waren, und Larth mußte lächeln.
»Du weißt, warum ich hier bin, mein König.«
»Ich bin kein Hellseher, aber deine Angewohnheit, die Regeln zu mißachten, kenne ich leider nur zu gut. Es ist eine schlechte und äußerst gefährliche Angewohnheit«, erwiderte ihm der König. Larth antwortete nicht, und Tarchon wurde allmählich ungeduldig.
»Also, was ist los? Der Rat erwartet mich, und ich habe nicht die Absicht, deinetwegen alles durcheinanderzubringen. Was willst du von mir?« forderte er ihn auf.
»Den Kelten«, antwortete ihm Larth knapp.
»Der Sklave des Phersu kann nicht verkauft werden, das weißt du, und *diese* Regel kannst selbst du nicht ändern.«
»Dann schenk ihn mir«, beharrte Larth kühl.
Für endlose Sekunden betrachtete ihn der König finster.
»An Tollkühnheit mangelt es dir wahrhaftig nicht. Und was hast du dir vorgestellt, mir im Tausch dafür zu geben?«
»Ich habe dir erst vor kurzem ein Land erobert.«
»Ein Land von Barbaren und Dieben. Das waren deine eigenen Worte, erinnerst du dich?«
»Eines Tages wird dieses Land groß sein, und es wird den Tarquiniern gehören«, antwortete ihm Larth.
Der König machte mühsam Anstalten, sich zu erheben, aber Larth kam ihm nicht zu Hilfe. Tarchon hatte ihn nicht darum gebeten und war auch nicht der Mann, der sich helfen ließ. Nach ein paar vergeblichen Versuchen blieb der König schließlich dort, wo er war, und beschränkte sich darauf, das geschwollene, steife Bein zu verlagern.
»Weißt du, was sich die Stimmen im Palast erzählen?« nahm er dann das Gespräch wieder auf.
»Welche Stimmen meinst du? Könnte es sein, daß sie auch einen Namen haben?« fragte Larth.
»Ja, du hast recht. Es ist vor allem Vul, mein kleiner Bastard mit den Schlitzaugen und der schnellen Zunge, der die Gewohnheit hat, sich überall einzumischen«, entgegnete ihm der König mürrisch.
»Ich hatte inzwischen das Vergnügen, ihn kennenzulernen«, nickte Larth.

»Jedenfalls erzählt er überall herum, daß die Erbin des Königs ihre Zeit mit einem Sklaven verbringt, und da Vul noch ein Kind ist, glaubt man, daß entweder die reine Unschuld oder die Götter selbst aus ihm sprechen. Ich bin sicher, daß schon bald jemand zu beweisen versucht, daß Caitli es war, die ihm bei der Flucht geholfen hat. Also werden sie entweder diesen Sklaven zum Reden bringen, oder es wird ihnen gelingen, auf eine andere Art Beweise zu erbringen. Und dann werde ich meine Tochter aus dem Palast jagen müssen!«

»Das wird nicht geschehen«, erwiderte ihm Larth mit fester Stimme. »Dieser Sklave wird niemals reden, denn entweder du schenkst ihn mir, oder ich werde ihn töten. In beiden Fällen wird Caitlis Name nicht fallen.«

»Du würdest ihn wirklich töten?« fragte der König und schaute ihn überrascht an. Aber Larth antwortete ihm nicht, und Tarchon nickte vor sich hin. »Ja, du würdest es tun«, stellte er fest. »Für Caitli würdest du es tun. Er ist ein Dienstbote, Larth, ein Sklave, kannst du es wirklich zulassen, daß er es wagt, seinen Blick zu ihr zu erheben?« Aber Larth schwieg immer noch, und nach einer Weile schüttelte Tarchon mißmutig den Kopf.

»Bereite dich auf die Hochzeit vor, mein Sohn. Wenn nicht mit Caitli, dann mit ihrer Schwester. Eine der beiden muß dir den rechtmäßigen Titel des Erben bringen, bevor es zu spät ist. Und jetzt geh und rufe Velvur und Flasi Aivas herein, die bestimmt schon vor der Tür warten.«

Larth gehorchte und fand tatsächlich Velvur und den Haruspize von Tagete vor, die, zusammen mit den anderen Mitgliedern des Rates, in der Loggia warteten. Larth bat den Großen Trutnot und Flasi Aivas herein, ohne sich um die Neugier der anderen zu bekümmern, und blieb dann regungslos neben der Tür stehen.

»Mein junger Fürst hat einen Wunsch geäußert, der jedoch eures Rates bedarf«, begann Tarchon das Gespräch.

Flasi Aivas verbeugte sich knapp. »Ich freue mich mit dem Fürsten Larth über seine Eroberung und auch über die Ehre, die dank ihm Kae Aivas seinem Haus macht«, rief er aus und begleitete seine Worte mit einem verbindlichen Lächeln.

»Ich bin sicher, daß Kae der Aufgabe, die er übernommen hat, voll gewachsen ist«, antwortete ihm Larth. »Ich kenne ihn.«

Während er sprach, hatte er zu Velvur hinübergeblickt. Wußte der Große Trutnot schon vom Fluchtversuch des Kelten? Vielleicht waren Caitli und Thanaquil deshalb einen Tag nach seiner Flucht nach Fanu Veltune abgreist. Der Rückzug in das Heiligtum der Göttin Turan, so früh vor der jährlichen Zusammenkunft, bekam dadurch den Anschein, als ob sie vom Palast von Tarchna entfernt werden sollten. Vielleicht wollte Caitli Axal nicht sterben sehen, ging ihm durch den Kopf, und als sich seine Augen wieder mit denen von Velvur trafen, sprach für einen Moment eine so schmerzliche Hilflosigkeit aus dem Blick seines alten Lehrmeisters, wie er es niemals zuvor gesehen hatte.
»Was ist das Problem?« wandte sich jetzt der Große Trutnot ruhig und gelassen an den König.
»Das Problem ist der Kelte«, antwortete ihm der König. »Und die Frage ist, ob dieser Sklave nun sterben soll oder unserem Fürsten als Geschenk übergeben werden kann.«
»Das ist also deine Frage an uns«, murmelte Aivas mit schlecht verhohlenem Staunen.
»Ja, das ist meine Frage an euch«, gab ihm Tarchon zurück. »Und diesmal will ich keine Voraussagen, sondern nur euren Rat.«
»Sie sind die Früchte des ersteren«, beeilte sich der Haruspize ihm zu antworten, »und was das anbetrifft, ist der Große Trutnot sicher der reichere von uns beiden.«
»Ich schätze die Klugheit des Haruspizen von Tagete, der mir als erstem das Wort überläßt«, gab Velvur zurück und wandte sich dann an den König. »Das Schicksal dieses jungen Fremden ist in die Hände eines Tarquiniers gelegt, jedoch nicht in die deinen, König Tarchon«, sagte er. »Befreie dich also von ihm, aber vergieße nicht das Blut, das die Erde der Rasna verweigert hat.«
Aivas Gesicht hatte bei diesen Worten ein Lächeln überflogen, und nun strich er sich über den wohlgepflegten Bart.
»Du hast recht, der Sklave des Phersu ist etwas ganz Besonderes«, stimmte er Velvur zu. »Das Gesetz von Tarchna für die geflüchteten Sklaven kann auf ihn nicht angewandt werden. Deshalb habe auch ich keinen Einwand, daß er weiterverschenkt wird, aber erst nach einer Bestrafung, die ein Exempel für die anderen statuiert.«
Tarchon hob eine Hand und gebot Schweigen.
»So soll es sein! Der Sklave wird noch heute vor Sonnenuntergang

bestraft und dann wieder in seine Zelle zurückgebracht werden. Wenn wir aus Fanu Veltune wieder zurück sind, wird er dir gehören, Larth. Und was von diesem Augenblick an mit ihm passiert, ist dann nur noch von deiner Entscheidung abhängig.«
Larth verbeugte sich knapp. Dann verließ er den Raum, und Velvur folgte ihm schweigend.
»Wieso war Flasi Aivas mit deinem Vorschlag sofort einverstanden?« fragte Larth, sobald sich die Tür hinter ihnen geschlossen hatte. »Es wäre doch sehr einfach für ihn gewesen, seinen Tod zu fordern und ihm die Schuld für alles anzulasten, was im Palast passiert ist. Außerdem hätte er sich sogar seiner bedienen können, um Caitli, die er fürchtet, aus dem Palast verbannen zu lassen.«
»Das stimmt«, erwiderte ihm Velvur. »Aber Aivas ist nicht blind und weiß, daß du, außer Mastarna, der kein Tarquinier ist, keine Freunde hast und keine andere Liebe, außer Caitli, die nicht deine Königin ist, sondern die Hohepriesterin des Palastes. Er weiß auch, daß du dir diesen Sklaven zum Freund erkoren hast und dein Kampf um sein Leben für jeden ersichtlich ist. Also hast du endlich eine Schwäche . . . Sei auf der Hut, Larth, denn du kannst sicher sein, daß Aivas diese Schwäche früher oder später ausnutzen wird.«
»Und du, wie denkst du darüber?« fragte Larth.
Velvur schwieg und dachte bei sich: Ich werde weiter den Fäden eines schon geknüpften Netzes folgen. Mehr kann ich nicht tun.

Der Schmerz hatte eine tiefe Furche zwischen seine Augen gegraben. Wie ein Opfer an einen Gott, der kein Mitleid kennt, lag er ausgestreckt auf den nackten schwarzen Steinen der Zelle, und die weiße Haut seines Rückens war mit tiefen, blutigen Striemen überzogen. Aber noch stärker als die körperliche Qual war sein Gefühl einer unendlichen Verlassenheit.
Trotzdem hielt Axal dem Blick Larths ohne mit der Wimper zu zucken stand. Daß er nun ihm gehörte und nicht mehr dem König, war ihm noch nicht ins Bewußtsein gedrungen. Seine Flucht war mißlungen, und seinem Waffengefährten, nicht seinem Herrn, warf er das qualvolle Leben vor, das ihm nun mit dem keuchenden Atem des Schmerzes zwischen den Lippen zu zerrinnen schien.
Larth strich ihm sanft über die Schultern, und Axal stöhnte auf. An

dieser Stelle waren die Wunden so tief, daß das rohe Fleisch sichtbar wurde. Der ihn gepeitscht hatte, hatte mit Freude zugeschlagen, aber Larth hatte jeden einzelnen der Schläge gezählt, und eines Tages würde der Mann dafür bezahlen.

Larth schaute zu Velvur auf, der ihm gegenüberstand, und es war ihm egal, was er in diesem Moment von ihm dachte. »Kannst du etwas machen?« fragte er.

Der Große Trutnot machte ein kaum merkliches Zeichen der Zustimmung. Er hatte Axal schon einen Heiltrank, vermischt mit Wein und Honig gegeben, der ihn wieder ein wenig zu Kräften hatte kommen lassen, und er würde ihn auch bis zur endgültigen Heilung pflegen. Der Priester hatte viel schwächere als den Kelten wieder ins Leben zurückgerufen. Er wußte genau, wie der Wille, sich dem Tod zu widersetzen, zu wecken war, den Axal glaubte schon in sich erstickt zu haben und ohne den jede Pflege sinnlos war.

»Keine Sorge, Larth«, sagte er also. »Mich halten meine Studien hier zurück, genauso wie ein plötzliches Unwohlsein Flasi Aivas daran hindert, den Palast zu verlassen. Das jährliche Fest in Fanu Veltune wird also ohne uns stattfinden müssen. So werde ich über deinen Sklaven wachen und dafür sorgen können, daß er bis zu deiner Rückkehr wieder auf die Beine kommt.«

Larth kannte diesen leicht spöttischen Unterton in seiner Stimme noch aus der Zeit, in der er mit ihm auf Reisen gewesen war. Seine Studien waren vielleicht weniger ein Vorwand als das Unwohlsein von Flasi Aivas, der es als Ausrede gebrauchte, um im Palast zu bleiben, während der König, seine Töchter und sein Nachfolger abwesend waren. Aber es war die besondere Art Velvurs, die Dinge so auszusprechen, daß man nie genau wußte, wie er sie wirklich meinte.

Der Trutnot schickte sich nun an, ihn nach draußen zu begleiten. Der Geleitzug für die Abreise nach Fanu Veltune stand schon bereit. Es war ein warmer, fast heiterer Tag, mit einem leichten Wolkenschleier über den östlichen Hügeln. Im *Heiligen Wald von Tinia* würde schon alles knospen. Larth spürte, wie ihn der Gedanke an Fanu Veltune leicht erregte. Dort erwartete ihn der wahre Kampf, ein wesentlich härterer als der, den er am Fuß der Hügel von Ruma ausgefochten hatte.

Er würde sich Sevre von Velx stellen müssen, der versuchen würde, Mastarnas Anteil an der Eroberung einzufordern und der als der neue

Re Supremo einen großen Einfluß auf die anderen Könige des Städtebündnisses hatte, die jedem Pakt zögernd gegenüberstanden.
Und dann würde Caitli da sein, die er nach dem Warum fragen mußte.
Velvur begleitete ihn bis an die Spitze des Geleitzuges. Aivas hatte sich in seine Gemächer zurückgezogen, wo die Haruspizen des Konvents von Tagete ihre Unterkünfte hatten, wenn sie sich im Palast aufhielten. Die übliche Prozession erwartete sie, um sie bis hinter das Osttor zu begleiten, und die Glöckchen schwangen auf den hohen, gebogenen Stäben im Zeichen guter Wünsche für die Reise.
Larth stieg auf sein Pferd und ritt neben den zweirädrigen Wagen mit den königlichen Insignien aus Purpur und Gold. Aber die Vorhänge waren fest geschlossen, und er konnte weder den König noch Laris sehen, der ihn begleitete. Gleich darauf ritt sein Bruder Egene an seine Seite. Es paßte ihm nicht besonders, Teil des Ehrengeleites zu sein, aber es war ihm befohlen worden, und so gehorchte er. Er nickte ihm kurz zu, und Larth merkte, daß er ihm nichts zu sagen hatte. Schweigend schlug er also die weiße Tebenna auf die Schulter zurück, beugte zum Abschied kurz das Haupt vor dem Großen Trutnot, gab das Zeichen zum Aufbruch, und der Zug setzte sich in Bewegung.

Thanaquil kauerte in Gedanken versunken vor dem Feuer. Aus dem angrenzenden Gewölbesaal auf dem Gipfel des Berges der Göttin Turan waren immer noch Stimmen und leiser, von Flötenmusik begleiteter Gesang zu hören. Aber es war schon spät in der Nacht, und fast alle Gäste und auch der größte Teil der Hohepriesterinnen hatten sich zurückgezogen. Hier, in dem kleinen Raum, gab es außer den Flammen in den Feuerbecken kein Licht.
Aber diese Flammen hatten für Thanaquil weder Stimme noch Gesicht. Sie hob den Kopf und schaute Caitli an. »Warum kann ich nicht im Feuer sehen, was geschehen wird?«
»Du wirst es nur manchmal sehen können und meistens dann, wenn du es nicht möchtest«, antwortete ihr Caitli und hing dann wieder schweigend ihren düsteren Gedanken nach. Liebevoll betrachtete sie die Schwester: Sie war schön und verliebt, und sie hätte es verdient, daß der Reichtum und die Fülle ihrer von der Natur verliehenen Gaben voll erstrahlten, bevor sie verblühten.

Über die Flamme hinweg streckte sie ihr die Hand entgegen, und Thanaquil ergriff sie.
»Versprich mir, daß du mir gehorchen wirst, Thanaquil«, sagte Caitli zu ihr.
Das Mädchen nickte ernst. »Du weißt doch, daß ich dir immer gehorcht habe.«
»Das ist kein Versprechen.« Caitli lächelte, und Thanaquil hielt den Atem an.
»Warum willst du ein Versprechen?« murmelte sie.
»Weil du Larth heiraten mußt und du Königin von Tarchna sein wirst.«
Thanaquil versuchte ihre Hand zurückzuziehen, aber Caitli hielt sie immer noch fest.
»Ich liebe Mastarna, und er liebt mich auch!«
»Du mußt Geduld haben, Thanaquil«, versuchte Caitli sie zu beruhigen. »Glaube mir, der Tag wird kommen, an dem du mit Mastarna zusammensein wirst, und dann werdet ihr noch viele glückliche, gemeinsame Jahre vor euch haben.«
»Aber Larth will mich nicht!« gab ihr Thanaquil verzweifelt zurück. »Er liebt nur dich, alle wissen das!«
Es war ihre letzte Hoffnung, und sie klammerte sich daran wie an einen dünnen Faden, den der Sturm zu zerreißen drohte.
»Larth liebt mich nur deshalb, weil er sich gar nicht vorstellen kann, ohne mich zu leben«, entgegnete ihr Caitli und ließ ihre Hand los. »Aber mehr als alles andere liebt er sein Schicksal, das ihn dazu bestimmt hat, König zu sein. Er ist mit der Heirat einverstanden. Schon morgen wirst du während der Spiele deinen Platz auf der Tribüne neben ihm einnehmen, und du solltest eine wirkliche Königin sein.«
»Aber ich habe meinen und Mastarnas Namen in diesem Tempel hier dem Schoß der Göttin anvertraut«, antwortete ihr Thanaquil. »Und das, was hier verbunden wird, kann keiner lösen.«
»Ich weiß.« Caitli nickte bekümmert.
»Und du? . . . Was wirst du tun?« murmelte Thanaquil.
»Ich werde morgen Veltune verlassen, gleich nach Sonnenaufgang. Der Große Trutnot hat mir einen Kurier geschickt. Er braucht mich so schnell wie möglich im Palast.«
»Aber wie kannst du so etwas tun? Morgen beginnen die Spiele und die

Bankette, die Artisten von Samos werden auftreten, und Mastarna und Larth werden in diesem Jahr am Truiaspiel teilnehmen, und ...«
Sie unterbrach sich jäh, weil ihr plötzlich bewußt wurde, daß alles ganz anders sein würde, als sie es sich vorgestellt hatte. Ihr Bild an der Seite von Larth erschien von einem Moment auf den anderen mit aller Deutlichkeit vor ihren Augen, während das neben Mastarna schon zu einer zärtlichen Erinnerung, einer geheimen und unerfüllten Sehnsucht zu verblassen begann.
Sie drehte den Kopf beiseite und preßte die Lippen fest aufeinander, um nicht in Tränen auszubrechen.
»Velvur hat mir mitteilen lassen, daß der kleine Vul in einen tiefen Schlaf gefallen ist, aus dem er nicht mehr aufwacht«, erklärte ihr Caitli. »Und seine Mutter Vultha versucht Hasti dafür die Schuld anzulasten. Vultha ist ein Geschöpf von Flasi Aivas, und ich kann unsere Hasti nicht alleine lassen. Wenn Velvur nach mir geschickt hat, dann muß es dafür gute Gründe geben.«
Thanaquil nickte, aber eigentlich war ihr in diesem Moment dieser kleine Intrigant mit den bösen Augen genauso egal wie die treue Hasti.
»Larth macht mir angst«, murmelte sie. »Wirst du ... Wirst du mir nahe sein?«
»Ich werde dir immer nahe sein, solange du mit ihm zusammen bist. Du weißt, kleine Schwester, was ich damit meine.«
Caitli zog sie tröstend in ihre Arme, und Thanaquil ließ ihren Tränen freien Lauf. Schweigend schmiegten sie sich aneinander, und für einige Zeit vergaßen sie alles um sich herum.

Caitli verließ das Heiligtum der Göttin Turan noch in der Dunkelheit. Am Anlegesteg wartete schon eine Eskorte auf sie. Heute morgen würde die Zeremonie des *Nagels der Zeit* stattfinden, aber die Könige und der Adel befanden sich noch immer auf dem Bankett, befaßt mit endlosen Gesprächen, die alle mit der üblichen Feststellung endeten, daß nicht immer, was für das Bündnis gut war, auch für jede einzelne der zwölf Städte galt.
Ein leichter Windhauch fuhr über die noch dunkle Wasserfläche des Sees, und am östlichen Horizont wurde langsam ein schmaler Lichtstreifen sichtbar. Caitli zog sich fröstelnd den warmen Mantel enger um

die Schultern und bestieg das Boot. Die Männer schoben es ins Wasser und setzten dann schweigend über.
Am anderen Ufer angekommen, brannten die Feuer vor den Hütten der Knechte und Soldaten, und ein leichter Rauchschleier, der jeden Laut zu dämpfen schien, hing über den Dächern aus Stroh und Schilf. Die Insel im See war noch in Dunkelheit gehüllt, aber über dem Wasser schimmerte der erste Widerschein des Morgenrots.
In seine Tebenna gehüllt, müde und ernst, erwartete sie am Landesteg Mastarna. Er half ihr aus dem Boot und schritt dann neben ihr her, während die Eskorte sich beeilte, die Pferde zu zäumen und den geschlossenen zweirädrigen Wagen vorzubereiten.
»Sie sind noch alle im Bankettsaal, und ich habe Larth alleine gelassen, um hierherzukommen«, sagte Mastarna und hielt sie leicht zurück. »Warum wolltest du, daß ich komme?«
Caitli blieb stehen. »Wegen Thanaquil. Sie hat dich schon geliebt, Mastarna, bevor sie dich richtig kannte. Weißt du das?«
»Ja«, entgegnete ihr Mastarna. »Sie hat es mir erzählt. Aber damals war sie noch fast ein Kind, und ich glaube, es war für sie eher wie ein Spiel.«
Caitli schüttelte den Kopf.
»Nein, sie war kein Kind mehr, und es war auch kein Spiel. Ihr seid schon viel länger miteinander verbunden, als du glaubst. Hast du ihren Gürtel gelöst, Mastarna?«
Der junge Mann schüttelte den Kopf. Die Soldaten brachten die Pferde, und der erste Sonnenstrahl fiel auf den Gipfel des Berges der Göttin Turan und die zerklüfteten Felsen neben dem Tempel.
»Nein«, sagte er, »ich war Gast im Palast von Tarchna und konnte dem König die Kränkung nicht antun, seine Tochter zu berühren, obwohl wir es uns beide sehr gewünscht haben. Ich liebe Thanaquil und möchte sie zur Frau. Aber ich weiß nicht, ob König Tarchon damit einverstanden sein wird, denn ich bin kein Tarquinier und auch nicht der Erbe eines Königshauses.«
Caitli ging auf den zweirädrigen Wagen zu, und Mastarna folgte ihr.
»Ich weiß, daß ihr euch liebt«, sagte sie. »Aber Thanaquil wird schon sehr bald Larth heiraten, und ich wollte nicht, daß du es von anderen erfährst. Du wirst sehr stark sein müssen.«

Mastarna blieb abrupt stehen. Er fühlte eine starke Zuneigung zu Caitli, die allerdings nicht ganz frei war von Furcht. Sie war die Frau, von der ihm Larth oft und lange erzählt hatte, und doch war sie gleichzeitig so fern und unberührbar wie eine Göttin. Der Weg zur Macht bringt Leiden mit sich, dachte er. Aber Larth wird niemals auf diese Macht verzichten, egal, wieviel Leid und Schmerz er schafft. Mein armer Freund.

»Wirst du zu warten wissen?« fragte Caitli leise und ergriff seine Hände. Mastarna spürte, wie ihn eine wohltuende Wärme durchflutete und ihm den Druck nahm, der ihm die Kehle zuschnürte.

»Du meinst, das ist alles, was ich tun kann? Warten?« murmelte er.

»Ja«, bestätigte Caitli, »warten und an Larths Seite bleiben. Du bist mehr als ein Bruder für ihn, und du darfst ihn nicht verlassen.«

Mastarna nickte knapp. Die Sonne war inzwischen aufgegangen, und der Hauptmann der Eskorte hatte sich ihnen in respektvollem Abstand genähert, um anzuzeigen, daß der Wagen und die Männer nun bereitstanden. Der mit schwarzem Sand bedeckte Strand lag zwar noch im schützenden Dunkel, aber der See war schon vom Morgenlicht überflutet, und die Insel schimmerte im Azurblau wie ein kostbarer Edelstein.

Vom Tempel des *Nagels der Zeit* trug der Wind den Klang der Trompeten herüber, die die Geburt eines neuen Tages ankündigten, der Tag, an dem Sevre von Velx als neuer Re Supremo bestätigt würde.

Lange wird es nicht mehr dauern, dachte Caitli, dann werden sie Larth zum Re Supremo ausrufen.

Mastarna begleitete sie zum Wagen und half ihr einzusteigen. Ohne ein weiteres Wort schloß Caitli die dunklen Vorhänge, und der kleine Begleitzug setzte sich in Bewegung.

Mastarna kehrte zum Boot zurück. Das Bankett würde nun beendet sein, und Larth hatte sein plötzliches Verschwinden inzwischen sicher bemerkt.

Er mußte eine glaubhafte Erklärung dafür erfinden, und das würde die erste Lüge zwischen ihnen sein.

Die Wachen hatten Axal bis zum *Gemach der Könige* begleitet, dann hatte Velvur sie zurückgeschickt, und der Kelte hatte sich auf die Stufen vor der breiten Türöffnung zum versteckten Innenhof gesetzt. Velvurs Pflege hatte ihm wieder seine Lebenskraft zurückgegeben, und die tiefen Wunden hatten sich in rosa Narben auf dem Rücken und an den Armen verwandelt. Aber seither hatte er mit niemandem mehr ein Wort gesprochen, als hätte er die Sprache der Rasna plötzlich verlernt.

Velvur hatte ihn dort auf den Stufen sitzen lassen und so getan, als hätte er seine Gegenwart nicht bemerkt. Dann war er gegangen, um Caitli zu begrüßen, aber er hatte ihr weder erlaubt, Vul zu sehen noch Hasti zu sprechen. Statt dessen hatte er ihm befohlen, sich in den Heiligen Wald der Göttin Athrpa zurückzuziehen. Schon immer war es so gewesen, daß die Einsiedelei im Herzen des Waldes die Hohepriesterin des Palastes beherbergte, wenn dem Palast Gefahr drohte. Und somit war dies nun auch Caitlis Platz, so lange, bis die Zeichen sich geändert hatten.

Caitli hatte wortlos seinen Befehl entgegengenommen. Velvur seinerseits hätte sie gerne nach Larth gefragt und ob die Heirat mit Tharaquil nun vereinbart worden war. Aber dies war nicht der richtige Moment dafür.

Schießlich war er ins *Gemach der Könige* zurückgekehrt und hatte den Dienern befohlen, dafür zu sorgen, daß Axal gebadet und neu eingekleidet wurde. Als sie ihn wieder zurückgebracht hatten, hatte er ihn, ohne ihm Anweisungen zu geben, einfach eine Weile stehenlassen.

Nun senkte sich allmählich die Nacht herab, und eine laue Brise bewegte die üppigen Ranken des blühenden Geißblatts um den Altar der Erdmutter Dia.

Velvur hantierte mit einer Öllampe auf seinem Arbeitsplatz herum, zündete sie an und wandte sich dann endlich Axal zu. Eine Zeitlang betrachtete er ihn forschend.

Er hatte sich nicht getäuscht. Der Kelte stand neben dem Arbeitspult und strich mit den Fingerspitzen über die Karte seiner Heimat, an der die Arbeit nun unterbrochen war. Alles an ihm strahlte wieder Lebenswillen aus, der wie ein heißer, überschäumender Strom in ihn zurückgekehrt zu sein schien.

»Wenn ich mich nicht irre, ist die heutige Nacht für dein Volk eine ganz besondere Nacht«, bemerkte Velvur wie beiläufig.

Axal blickte von der Karte auf, und sein Blick traf auf den Velvurs, der ihn freundlich ansah und in dessen Augen sich der Lichtschein der Lampe spiegelte.

»Beltane«, fuhr Velvur fort, »wenn ich mich recht erinnere, dann nennt ihr diese Nacht Beltane.«

Axal nickte. Caitli hatte sich damals eifrig Notizen gemacht, als er ihr über die Bräuche seines Volkes berichtet hatte, und über Beltane hatte sie notiert: Eine ganz besondere Nacht, in der die Herden auf ihre Weideplätze getrieben werden und die Fruchtbarkeit der Erde gefeiert wird. Die Nacht, in der die Feuer entzündet werden und jeder sich mit jedem vereinigt, der dazu bereit ist, im Namen der erregenden Erneuerung der Erde und des Blutes.

»Auch für uns wird diese Nacht heute eine besondere Nacht sein. Die Zeichen sagen, daß zwei Monde am Himmel stehen werden, und das ist eine sehr seltene Voraussage. Komm!« forderte Velvur ihn auf und ging ihm auf den Hof voraus. Axal folgte ihm nach draußen. Die Nacht war hell, und der Wind hatte aufgefrischt, aber der Mond war noch nicht aufgegangen. Velvur gab Axal ein Zeichen, ihm bis zum Rand des Hofes zu folgen, der zum Wald hin mit einer Mauer begrenzt war.

»Der Wald der Göttin Athrpa ist für uns der heiligste Ort von allen. Unsere Überlieferungen sagen, daß hier Tagete eine Furche gezogen hat, um die Mauern des Palastes zu gründen, und daß er es war, der den Baum der Göttin gepflanzt hat.«

»Der Baum, der vom Blitz gespalten ist?« fragte Axal.

Velvur schmunzelte.

»Also hast du doch nicht unsere Sprache verlernt.«

Axal antwortete nicht, und Velvur stieg durch das Loch in der Mauer. Dann blieb er stehen und wartete, bis Axal ihm gefolgt war.

»Genau dieser Baum«, fuhr er fort. »Der Blitz hat ihn im selben Moment getroffen, in dem Caitli geboren wurde. Weißt du, es gab da einen Augenblick während ihrer Geburt, in dem ich in der einen Hand ihr Leben hielt und in der anderen den Blitz. Aber noch nicht einmal in diesem Moment habe ich mich frei gefühlt, selbst zu wählen. Meine einzige Freiheit war, das vorgezeichnete Schicksal zu erkennen und ihm zu folgen.«

Axal hörte ihm zwar zu, aber sein Blick hatte sich in der Dichte des Waldes verloren, wo von ferne der flackernde Schein eines Feuers zu erkennen war.

Velvur blieb am Saum des Waldes stehen, und ein leichter Schauer überlief ihn. Der Wind brauste in den hohen Bäumen, und der Himmel war nun mit Sternen bedeckt, die zum Greifen nahe schienen.

»Wenn es dir gelingt, den Wald zu durchqueren, dann feiere deine Nacht von Beltane, Axal«, murmelte der Trutnot.

»Ist das eine Herausforderung?« fragte Axal mit einem Lächeln.

Auch Velvur lächelte. »Vielleicht«, erwiderte er.

Dann drehte er ihm den Rücken zu und ging durch den Spalt in der Mauer wieder in den Hof zurück. Der Altar der Erdmutter Dia lag im Dunkeln, und der Duft des Geißblatts war so stark wie das süßeste Liebeselixier. Velvur überlief ein leichter Schauer, und er blieb neben dem Altar stehen, um einen Blick in das *Gemach der Könige* zu werfen. Selbst die Flamme seiner Lampe, die er auf dem Tisch zurückgelassen hatte, erzitterte leise.

15.

Im dichten Unterholz des Waldes war nicht die Spur eines Weges zu erkennen, aber Axal orientierte sich an den Pfaden des Rotwildes und sogar jetzt, im Dunkeln, fand er mit Leichtigkeit seinen Weg zwischen den Brombeerbüschen, dem wilden Wein und den verschlungenen Efeuranken. Er fühlte sich wie neugeboren, und das Blut pulsierte heftig in seinen Adern. Dieses noch so weit entfernte, flackernde und doch so machtvolle Feuer zwischen den vom Wind gepeitschten Bäumen zog ihn magisch an.

Die Einsiedelei der Göttin Athrpa, in eine Tuffsteinwand an der höchstgelegenen Stelle des Waldes gehauen, war sogar noch älter als die alten Mauern des Palastes und dessen unterirdisches Labyrinth. Sie bestand nur aus einem einzigen, nicht sehr großen Raum, der sich nach Osten hin zum Wald öffnete.

Und sie war erfüllt von einer magischen, göttlichen Kraft. Axal blieb auf der Schwelle stehen und schaute wie gebannt auf das Feuer, das in einem großen Bronzebecken brannte. Die Flammen loderten hoch auf, züngelten im Wind und leckten an den Chimären, die die runden Griffe an den Seiten bildeten.

Caitli kauerte nur wenige Schritte von ihm entfernt vor dem Feuer, aber er übertrat nicht den magischen Kreis dieses Lichtes. Jetzt hob sie den Kopf und schaute ihn an. Für jeden anderen wäre sie wie die Erscheinung einer Göttin gewesen, aber nicht für ihn. Für ihn war sie die Gefährtin des Feuers von Beltane. Keine Königin, nicht die geliebte Frau des einzigen Mannes, mit dem er den heiligen Pakt auf der Schneide des Schwertes geschlossen hatte, und auch nicht die Hohepriesterin, die weit in die Zeit hinaus sah und den Blitzen gebot.

Nur eine Frau.

Caitli ließ mit einer leichten Bewegung die Tunika von den Schultern gleiten. Nur mit dem Hüfttuch bekleidet, auf den Knien und mit nackten Brüsten, glänzend von duftendem Öl, bot sie sich zart und makellos den Blicken des Mannes. Jetzt übertrat Axal die Schwelle und kniete sich neben ihr nieder. Sanft strich er mit den Händen über ihren Körper und ergriff lustvoll das ihm Angebotene. Einen Augenblick später war Caitlis Hüfttuch gelöst und Axal über ihr. Ihre Haut pulsierte auf der seinen, und in einem Atemzug, mit derselben Furcht und Leidenschaft, übertrug sich sein Fieber. Eine Welle von Feuer und Wind ging über sie hinweg. Axal hielt seine Begierde nicht länger zurück, und zum ersten Mal drang er, mit dem sanften Ungestüm eines Frühlingsgewitters, in sie ein.

Das Feuer im Bronzebecken brannte bis zum Sonnenaufgang. Immer wieder hatten sie sich geliebt, und im Licht des neuen Tages war Axal wieder über ihr. Doch dieses Mal mit einem sanfteren Begehren, und Caitli spürte in diesem Samen, der sie erfüllte, den Anfang eines neuen und geheimen Lebens in sich aufkeimen.

Lange hielt sie Axal in ihren Armen, und am liebsten hätte sie sich nie mehr von ihm gelöst. Sanft strich sie mit ihren Händen über seinen Rücken, der von Narben gezeichnet war.

»Eine Tochter, Axal«, flüsterte sie ihm ins Ohr. »Wir werden eine Tochter haben.«

Der Kelte richtete sich auf, zog sie zu sich hoch und küßte sie. Er war noch immer in ihr, und überrascht stieß sie einen Schrei der Lust aus.

»Die Kinder von Beltane sind Kinder der Götter«, sagte er leise, und Caitli schloß ihre Arme um ihn, als wollte sie ihn für immer darin bergen und schützen.

Der Große Trutnot stieg zur Einsiedelei der Göttin Athrpa hinauf, als die Sonne schon fast im Zenit stand. Er folgte dem Pfad, der an der Palastmauer und dann am Waldrand entlang zur Einsiedelei führte. Ein schmaler, gepflasterter Pfad, der für alle anderen verboten war. Ein wenig außer Atem erreichte er die Anhöhe und blieb einen Moment gedankenversunken stehen, um der Göttin seine Ehre zu erweisen. Dann wandte er sich der Einsiedelei zu und sah direkt davor das Feuer aus dürren Ästen, auf dem ein Hase briet. Ein Teppich war auf dem Gras ausgebreitet, und daneben standen zwei halbgeleerte Pokale mit Wein und Honig.

Er lächelte und ging dann auf die beiden zu, die ihn nun ebenfalls bemerkt hatten.
»Du mußt nun wieder in den Palast zurückkehren«, wandte er sich an den Kelten. »Schlüpfe durch den Spalt in der Mauer und warte im *Gemach der Könige* auf mich. Dort bleibst du, bis ich komme, was auch immer geschehen mag.« Dann wandte er sich Caitli zu. »Auch für dich ist es an der Zeit, wieder in den Palast zurückzukehren. Du wirst Worte finden müssen für die Krankheit, die den kleinen Vul befallen hat.«
Ein Schatten verdüsterte Caitlis Gesicht so offensichtlich, daß Velvur sich für einen Augenblick fast schuldig fühlte. Trotzdem erhob sie sich und verschwand ohne ein Wort in der Einsiedelei, um wieder die ihrem Rang gemäßen Gewänder anzulegen.
Auch Axal hatte sich erhoben und ergriff nun einen Stock, um das Gestell zu zerschlagen, auf dem der Hase röstete, und das Feuer auszuschlagen. Die Worte Velvurs hatten ihm wieder bewußtgemacht, daß er nur ein Sklave war, und ihn an die Machtverhältnisse außerhalb dieses Waldes erinnert.
»Wir haben die Nacht von Beltane gefeiert, und auch deine Göttin«, sagte Axal, während er auf das Feuer einschlug. »Bist du nun zufrieden?«
In seinem fast anmaßenden Ton schwang Bitterkeit und ein so tiefer Schmerz mit, daß Velvur ihm beruhigend die Hand auf die Schulter legte.
»Zwei Universen haben sich heute nacht miteinander vereint«, erwiderte er ihm. »Ihr habt diese Nacht beide genossen, und das Glück, nach den Sternen greifen zu dürfen, ist sehr rar, Axal.«
Der Kelte schwieg. Jetzt, wo die Magie der Nacht von Beltane sein Blut nicht mehr erhitzte und sein Geist wieder klar war, blieb ihm nur noch die Liebe und die Erinnerung an diesen Besitz. Er machte sich keine Illusionen und fühlte sich auch nicht schuldig wegen dieser Nacht und dem Ritus, der seinem Volk heilig war. Trotzdem würde es nicht leicht sein, dem Blick Larths standzuhalten.
»Du willst uns also wirklich trennen, jetzt, wo du uns vereint hast?« murmelte er.
»Nicht ich bin es, der vereint und trennt. Geh jetzt, Axal, und achte darauf, daß dich niemand sieht«, entgegnete ihm Velvur.
Axal war schon im Wald verschwunden, noch bevor Caitli wieder er-

schien. Als sie aus der Einsiedelei heraustrat, bekleidet mit der weißen, mit Purpur und Gold bestickten Tunika, hatte sich Velvur in einen kleinen Flecken Sonne gesetzt, der ihm die Knochen wärmte, glücklich, daß auch er ein wenig von der Freude genießen konnte, die noch immer diesen Ort erfüllte.

»Ich bin bereit«, murmelte Caitli, und Velvur bewunderte ihre Gefaßtheit und den Gesichtsausdruck, der nichts von ihren Gefühlen verriet. Du wärst wirklich eine große Königin gewesen, dachte er und folgte ihr auf dem Pfad zur Stadt wie ein Knecht.

Der Pfad führte an der Mauer entlang, hinter der die Küchenhöfe und der Gästeflügel lagen, und von dort aus zum Portal des neuen Flügels, das von der Chimäre gekrönt war. Vor dem Portal hatte sich wegen des außergewöhnlichen Ereignisses von zwei Monden am Himmel eine große Menschenmenge gesammelt, und die Furcht vor dem, was die Hohepriesterin während ihrer Wache im Wald der Göttin Athrpa darin gesehen haben könnte, war von den Gesichtern abzulesen.

Flasi Aivas kam ihnen, gefolgt von zwei Dutzend Haruspizen, entgegen. Sie waren mit kostbaren farbigen Tuniken bekleidet, und sie trugen die Spitzhüte und hohen, gebogenen Stäbe für die großen Zeremonien. Mit ihnen verglichen sah der Große Trutnot fast unscheinbar aus, aber gerade deshalb schien er eine magische Ausstrahlung zu haben, eine Aura tiefer Vertrautheit mit der göttlichen Macht, die keiner Symbole bedurfte.

Flasi Aivas beugte tief das Knie vor Caitli.

»Der Himmel war heute nacht ein Spiegel außergewöhnlicher Ereignisse, edle Caitli«, rief er aus. »Zwei Monde sind am Himmel erschienen. Der eine so rot wie Blut und der andere wie ein goldener Lichthof, eine schimmernde Krone. Wir fürchten diese Zeichen. Vielleicht, edle Caitli, solltest du dich dem geheimen Bund, der schon im Moment deiner Geburt mit der Göttin geschlossen wurde, nicht mehr widersetzen und ihrem Ruf folgen.«

Caitli stand hochaufgerichtet vor ihm und schaute ihn lange reglos an, so lange, daß Aivas sich von ihrem eisigen Blick wie gebannt und durchbohrt fühlte.

Dann erhob sie ihre Stimme: »In dieser Nacht der zwei Monde bin ich im Schoß der Göttin geheiligt worden, Haruspize von Tagete. Ich bin nicht mehr die Erbin des Thrones von Tarchon.«

Nun fiel Aivas vor ihr auf die Knie, und alle anderen taten es ihm nach. Dann beugte er sich nieder und küßte den Saum ihres Gewandes.
»Ich ehre dich, meine Herrin, im Namen der Göttin, die den Knoten unseres Daseins löst. Von heute an werde ich bei jedem Sonnenaufgang für dich opfern, bis die Jahreszeiten die Blätter des Heiligen Baumes färben«, rief er aus.
Als er sich wieder erhoben hatte, strich Caitli ihm kurz mit den Fingerspitzen über die Stirn und fühlte den Haß des Mannes so stark, daß es ihr fast den Atem nahm.
»Ich nehme dein Opfer an, Aivas«, antwortete sie ihm jedoch mit ruhiger Stimme. »Die Göttin wird dir, was du ihr gibst, in gleichem Maße vergelten.«
Sie fühlte, wie Aivas unter dieser einfachen, uralten Formel zusammenzuckte, die wie ein Spiegel die eigenen Taten und Wünsche zurückwarf.
Dann schritt sie an ihm vorbei.
Velvur begleitete sie zum Bett des kleinen Vul, der in einem kleinen Raum des nördlichen Flügels lag und an dessen Seite eine Magd wachte.
Caitli blieb einen Moment auf der Schwelle stehen. Der Raum war abgedunkelt und die Luft gesättigt von Rauch und Kräutern, die auf einem Feuerbecken verbrannt worden waren, das zu nahe am Bett stand. Der Junge bewegte sich unruhig im Schlaf.
»Ich habe Hasti befragt«, flüsterte ihr der Trutnot zu.
»Sie hat dem Jungen ein Heilmittel verabreicht, um ihm Linderung zu verschaffen. Vielleicht war die Dosis zu stark, obwohl es dieselbe war, die sie schon seit vielen Jahren auch den anderen kranken Kindern im Palast gibt, und noch nie ist etwas passiert.«
»Vielleicht hat jemand noch etwas hineingetan, bevor ihm Hasti das Mittel verabreicht hat. Aber vielleicht ist auch etwas ganz anderes der Grund für seinen Zustand«, gab ihm Caitli leise zurück und befahl dann der Magd, das Feuerbecken vom Bett zu entfernen und Licht und Luft in den Raum zu lassen.
Auch Flasi Aivas hatte inzwischen das Zimmer betreten, gefolgt von Vultha, die sich zwar jammernd die Haare raufte, aber ansonsten einen wachsamen Eindruck machte. Flasi Aivas hatte schon seine Verdächtigungen geäußert und dabei sogar unterstellt, daß Hasti möglicherweise

die Befehle des Fürsten Larth befolgt hätte, der sich auf diese Weise unauffällig eines möglichen Erben entledigen wollte. Offen hatte zwar niemand seinen Worten Glauben geschenkt, aber einmal gesagt, war es unmöglich, diese Worte aus der Welt zu schaffen.

Caitli befahl der Magd, die Bettdecke zu entfernen, und ein Blick auf den schmächtigen Körper des Jungen genügte ihr, um zu verstehen, was geschehen war. Die erst vor kurzem entstandenen Wunden waren nicht verheilt.

Caitli hob den Blick und traf auf den von Flasi Aivas. »Es war der König, der befohlen hat, daß der Junge kastriert wird«, beeilte er sich zu erklären. »Ich selber habe die Ausführung überwacht. Aber der Kleine hat sich von einer der Fesseln befreit und das Seziermesser hat tiefer geschnitten, als es eigentlich nötig war.«

»Aus welchem Grund hat der König so etwas befohlen?« fragte Caitli leise.

»Er will einerseits nicht auf seine Gesellschaft verzichten, andererseits möchte er aber nicht, daß er eines Tages einen Schatten über den Thron von Tarchna wirft«, antwortete ihr Velvur.

Caitli legte ihre Hand auf die Wange des Jungen. Er hatte immer noch leichtes Fieber, das aber vor allem von der Überhitzung des Raumes und dem Rauch der Feuerstelle herrührte.

Sie strich ihm leicht mit den Fingerspitzen über die Stirn, und, unfähig ihr noch weiteren Widerstand entgegenzusetzen, riß Vul weit die Augen auf. Sofort legten sich seine Hände über die Wunden, und er schaute sie verstört und voller Abneigung an.

Er ist ein intriganter, kleiner Bastard, dachte Caitli, aber trotzdem fühlte sie Mitleid in sich aufsteigen.

Seinetwegen wird dieser Palast keinen König haben ... Und auch du wirst diesen Palast verlassen, flüsterten die Stimmen. *Es war eine Nacht wunderbarer Vorzeichen ... Du bist im Schoß der Göttin geheiligt worden. Zwei Monde waren am Himmel, und der goldene Mond krönte den blutfarbenen ...* Caitli lauschte den Stimmen und spürte ihr Gewicht schwer auf sich lasten. Diese Nacht, die sie mit Axal vereinigt hatte, weihte sie einer Zukunft, die sie noch nicht genau vor sich sah. Doch sie fühlte, daß sie die ursprünglichsten Kräfte des Universums gleichermaßen in sich einschließen würde: die Liebe und den Tod.

Bemüht, ihre Erregung über diese plötzlich so klare Erkenntnis zu verbergen, wandte sich Caitli an Vuls Mutter. »Dein Sohn hat uns etwas vorgemacht, Vultha. Er hatte zwar hohes Fieber, aber den langen Schlaf hat er nur vorgetäuscht. Wahrscheinlich wollte er sich an der armen Hasti rächen, die er verabscheut, aber sie hat ihm nur ein Mittel gegeben, um den körperlichen Schmerz der Kastration zu lindern. Vielleicht aber wollte er sich vor allem an dir rächen, denn er haßt dich, weil er weiß, daß du kein Erbarmen mit ihm hast und vor nichts zurückschrekken würdest, um im Bett des Königs zu bleiben. Ist es nicht so, Vultha?«

Die Frau senkte den Blick und wagte es nicht, ihr zu antworten. Caitli schaute zu Flasi Aivas hinüber.

»Ich bin sicher, Haruspize von Tagete, daß es dir jetzt nicht mehr schwerfallen wird, ihn zu heilen.«

Dann verließ sie den Raum, gefolgt vom Großen Trutnot. *Seinetwegen wird der Palast keinen König haben . . .*

Die Stimmen strichen an den Steinen der Loggia entlang, drangen in jeden Spalt, und Caitli versuchte, sie aus ihrem Geist zu verbannen.

Als sie den Durchgang zum ältesten Teil des Palastes betraten, schien die Sonne durch den hinteren Teil des Säulenganges und tauchte die Schwelle zum *Gemach der Könige* in ein gleißendes Licht.

Tese schlüpfte in den dunklen Durchgang zwischen den beiden Häusern, der ihm Schutz bot, und blieb einen Moment stehen. Ein heftiger, aber warmer Wind blies ihm die durchdringenden Gerüche der Stallungen auf der anderen Seite des geschlossenen Hofes in die Nase. In irgendeinem Pferch mußten Schweine sein.

Einige Knechte schliefen in einer Ecke unter dem überhängenden Dach eines Schuppens. Tese vermied sie sorgsam und strich eng an der Hauswand entlang. Bald würden alle diese Behausungen aus Schilf, gepreßtem Stroh und Holzstämmen niedergerissen werden, um richtigen Häusern Platz zu machen. Tese war sich der Wichtigkeit seiner Aufgabe bewußt: Es galt, diesem verwahrlosten Zustand ein Ende zu machen und dem Ort ein anständiges Aussehen zu verleihen, breite und gerade Straßen zu ziehen . . . Kurzum, es galt, eine richtige Stadt zu bauen, so wie Larth es gesagt hatte.

Tese hatte klugen Gebrauch davon gemacht, daß er damals der Gefährte

des jungen Larth bei seinem Streifzug nach Ruma gewesen war. Er war im Ansehen des Adels von Tarchna gestiegen, und nun, nach der Eroberung Rumas, war er ein festes Bindeglied geworden zwischen dem Ort, den täglichen Ereignissen und dem Mann, der hier bestimmte.
So fühlte sich Tese jetzt mit seinem ganzen Leben an Ruma und an Larth gebunden.
Mit Cneve teilte er sich die Aufgabe, Kae Aivas im Auge zu behalten. Aber er begnügte sich nicht damit und studierte gleichzeitig die Beschaffenheit der Erde auf den Hügeln und in den Sümpfen und fertigte sogar Zeichnungen an, auf denen die Schönheit Rumas schon der einer Stadt der Rasna würdig war.
Jetzt allerdings mußte er wieder seiner eigentlichen Aufgabe nachgehen, denn vor kurzem war Kae Aivas alleine und ohne Eskorte in das Haus von Ancus eingetreten. Kae hatte zwei Stunden vor Sonnenuntergang einen Kurier empfangen, der aus Tarchna gekommen war, und er hatte weder mit Cneve noch mit dem jungen Vibenna darüber reden wollen. Was mag wohl dahinterstecken? dachte Tese und schlich am Haus entlang. Vorsichtig blickte er um die Ecke. Es waren keine Wachen aufgestellt, nur ein Knecht, der eigentlich hätte wachen sollen, schlief zusammengesunken auf seiner Bank neben dem Eingang.
Tese schlüpfte unter den Portikus, und als erstes drang die harte Stimme von Kae Aivas an sein Ohr.
»Jetzt ist die Zeit gekommen, etwas zu unternehmen. Die Erbin des Thrones von Tarchna hat sich zurückgezogen. Verstehst du, was das bedeutet, Latiner?«
»Eine Frau als Erbin des Thrones! Es ist also wahr, was die Griechen von euch sagen. Alles, was ihr könnt, macht ihr im Bett!« antwortete ihm Ancus.
Nach der höhnischen Antwort des Latiners herrschte für einen Augenblick Schweigen, und Tese nutzte die Zeit, um sich noch näher anzuschleichen und in einen dunklen Winkel zu schlüpfen, von wo aus er durch eine Art Fensteröffnung in den Raum sehen konnte. Obwohl es schon spät war, brannte das Feuer noch hoch. Davor saßen sich die beiden Männer gegenüber. Sie waren alleine.
»Du solltest nichts auf das Gerede der Griechen geben, Latiner, sie sind nur neidisch«, ergriff nun wieder Kae das Wort. »Du wirst sehen, mit der Zeit wirst auch du deinen Spaß an unseren Bräuchen und unseren

Frauen finden. Wir können weder die einen noch die anderen ändern, dafür sind sie zu stark. Das einzige, was wir zu unseren Gunsten beeinflussen können, sind die Voraussagen der Haruspizen. Aber ich glaube, es ist nicht das, worüber wir reden sollten, meinst du nicht auch?«

Ancus stand auf und ging ein paar Schritte, dann drehte er sich nach Kae Aivas um und faßte ihn fest ins Auge. »Wenn ich dich richtig verstanden habe, dann willst du also den Tarquinier für mich in eine Falle locken?«

»Genau das habe ich gesagt«, bestätigte Kae.

»Und wenn er tot ist, dann wirst du die Erbin heiraten und König sein. Nun gut, aber wo ist der Vorteil für Ruma, wenn du an seine Stelle trittst?«

»Für Ruma wird sich nicht viel verändern. Es wird auch weiterhin einen eigenen König haben, aber mit mir wird er nicht mehr Numa heißen«, erklärte Kae Aivas.

Er wollte fortfahren, aber Ancus unterbrach ihn. »Es fällt mir schwer, jemandem zu glauben, der mit dem Feind paktiert, um den eigenen König zu verraten«, warf er fast verächtlich hin.

Kae Aivas hob eine Hand, als hätte er Angst vor diesen harten Worten und wollte sie weit von sich weisen.

»O nein, ich verrate nicht meinen König, denn mein König ist Tarchon!« gab er zurück. »Ich kämpfe nur gegen einen Mann, der nicht mehr Rechte hat als ich, diesen Thron zu besteigen. Wir sind zusammen aufgewachsen, und er hat sich nicht mehr Verdienste erworben als ich. Aber du bist noch viel zu barbarisch, um solche Dinge zu verstehen. Ich will deine Antwort, Ancus, und ich will sie jetzt.«

Der Latiner nickte nachdenklich. »Ich habe ihn kämpfen sehen, und ich sage dir, daß wir ihn hinterrücks überraschen müssen, ohne seinen Freund und ohne seinen Sklaven, die ihn nie ungedeckt lassen. Wenn du ihn mir alleine an einen Ort bringst, den ich dir noch sagen werde, und wenn es dir egal ist, wie er stirbt, dann wirst du ihn bald tot vor dir sehen.«

»Das ist das einzige, was zählt«, murmelte Kae Aivas und streckte dem Latiner seine Hand entgegen. Aber Ancus tat so, als bemerkte er es nicht.

»Und was ist mit Larths Macht?« fragte er. »Deine Leute sagen, daß dieser Mann ein Magier ist. Wieso fürchtest du dich nicht vor ihm?«

Sein Tonfall war ziemlich unverschämt, aber Aivas zuckte nicht mit der Wimper.
»Ich weiß, wie man diese Macht im Zaum hält, und es gibt auch schon jemanden, der sich darum kümmert. Das sollte deine letzte Sorge sein. Du solltest dich lieber um seine Leute hier kümmern, die ihm treu ergeben sind. Vor allem Tese und die Vibenna von Velx, die sich dein Haus teilen werden, sobald dein Bruder, der König, sich deiner entledigt haben wird ... Als letzten Akt seiner Unterwerfung unter unsere Herrschaft.«
Ancus verharrte einen Moment schweigend und überlegte, inwieweit die Drohung der Wirklichkeit entsprach. »Unsere Herrschaft, Kae Aivas, das wird in Zukunft deine und meine bedeuten. Vergiß das nicht!«
»Geh jetzt. Es ist noch nicht an der Zeit, daß ich dich als Gast in meinem Haus empfange.«
Tese zog sich vorsichtig noch ein Stück weiter zurück, aber plötzlich spürte er, wie er von hinten gepackt wurde. Jemand schlug ihm in den Nacken und drückte ihm dann mit dem Arm die Luft ab. Verzweifelt rang er nach Luft und versuchte vergeblich, sich aus dem Würgegriff zu befreien. Er wurde ins Haus gezogen, und Ancus befahl, ihn vor die Feuerstelle zu bringen. Der Mann, der ihn hielt, zwang ihn in die Knie, mit dem Gesicht den Flammen zugewandt.
»Sieh mal einer an, einer von Larths Getreuen, um die ich mich kümmern soll!« rief Ancus. »Was sagst du dazu, Rasna? Er hat zuviel gehört und gesehen. Aber wenn ich ihn jetzt töte, mit wie vielen meiner Männer werde ich dann dafür bezahlen müssen?«
Tese hob den Blick zu dem Gefährten seiner Kindheit und dem Freund seiner Jugend. In einem Augenblick zog die Vergangenheit an ihm vorüber und der lange, heiße Sommer, den sie in den Unterkünften der Metallschmelzer verbracht hatten. Zeiten wie diese, als das ganze Leben noch vor ihnen lag und es so leicht schien, es zu erobern, hatten sie nie mehr miteinander verbracht. Larth hatte sie damals als seine Gefährten ausgewählt, und in gewisser Weise war es ihm so vorgekommen, als hätte er dadurch auch ihr Leben miteinander verknüpft; mit einem festen Knoten, der für die Ewigkeit bestimmt war.
Auch in Kae Aivas' Augen schienen für einen Moment dieselben Erinnerungen aufzuflackern, aber sofort wurde sein Blick wieder hart.

»Bring ihn um!« sagte er knapp und wandte sich ab. »Um den Rest werde ich mich kümmern.«
Der Mann, der ihn immer noch im Würgegriff hielt, ließ ihn los und griff nach dem kurzen Schwert, das er an der Seite trug. Tese blieb auf den Knien liegen und rang nach Luft. »Die Macht Larths wird dich verbrennen, Kae«, brachte er schließlich mit keuchender Stimme hervor. »Denn alles, was ich weiß, werde ich dem Feuer anvertrauen!«
»Bring ihn um!« befahl Kae Aivas noch einmal.
Der Latiner hob das Schwert und schlug es ihm mit voller Kraft in den Nacken. Für den Bruchteil eines Augenblicks fühlte Tese das Bewußtsein des Todes in sich aufsteigen, als wäre es das Schicksal eines anderen und nicht das seine. Mit letzter Kraft richtete er seinen Blick auf die hoch auflodernden Flammen und ließ sein ganzes Sein von ihrer Hitze umhüllen und verschlingen.
Es wird jemanden geben, der in diesem Feuer liest, war sein letzter Gedanke, und Larth wird gerettet sein!
Dann stürzte er mit dem Gesicht voran in die Glut, die in einem sprühenden Funkenregen zerstob.
»Zieh ihn heraus!« befahl Kae Aivas.
»Tu, was er sagt, Anio«, bestätigte Ancus, »und bring ihn vor das Haus des Königs. Aber paß auf, daß dich keiner sieht.«
Der Mann gehorchte. Er löschte die Flammen, die schon begannen, an den Haaren und an der Tebenna Teses zu lecken, dann packte er den Körper an den Füßen, streifte ihm die angebrannte Tebenna ab und zog ihn nach draußen. Kae Aivas ergriff die Tebenna und schlug damit die Glut in der Feuerstelle bis zum letzten Funken aus. Gleich darauf war der Raum in tiefes Dunkel getaucht, das nur noch spärlich von einer Öllampe erhellt wurde.
»Du hast also Angst vor seiner Macht«, murmelte Ancus, und ein spöttisches Lächeln umspielte seine Lippen, während der Rasna den Raum verließ, ohne sich noch einmal umzudrehen.

Bei Sonnenaufgang fand Cneve den Leichnam Teses vor dem Haus des Königs. Mit dem kurzen Schwert noch im Nacken und dem vom Feuer verbrannten Gesicht lag er in einer Wasserpfütze.
Für einen Augenblick blieb Cneve wie erstarrt stehen. Dann schickte er einen seiner Diener, um den König der Latiner zu holen, und sandte

seine Wache zum *Hügel der Eichen*, wo die Vibenna mit den Truppen von Velx ihr Lager aufgeschlagen hatten.
Wieder alleine beugte er sich zu dem Toten hinunter und strich mit den Fingerspitzen über sein Gesicht: Es war kalt und steif.
Als er sich wieder aufrichtete, traf er auf den fassungslosen Blick von König Numa. Sein Leben lang hatte der König gekämpft, getötet und verwüstet, und er wußte besser als Cneve, was dieser Mord für sein Volk bedeutete. Plötzlich fühlte sich Cneve viel zu jung für die Bürde einer Verantwortung, die ihm wie ein Stein auf dem Herzen lastete.
»Ein Kurier!« befahl er den umstehenden Dienern und versuchte, seiner Stimme einen sicheren Klang zu geben. »Es soll sofort ein Kurier nach Tarchna reiten. Solange mein Bruder nicht hier ist, wird nichts entschieden werden. Und jetzt erweist diesem Leichnam die letzte Ehre. Wascht ihn und bahrt ihn auf!« Er wollte gehen, aber Numa hielt ihn zurück und legte ihm eine Hand auf die Brust.
»Sei vorsichtig, mein junger Fürst«, flüsterte er ihm ins Ohr. »Es gibt hier Kräfte, die ich nicht kontrollieren kann.«
»Also wird dein Haus das erste sein, das zerstört wird, König Numa«, gab Cneve bitter zurück und wandte sich dann dem Kurier zu, der schon wartend bereitstand.
Kurze Zeit später kamen auch die Vibenna über den breiten Pfad herauf, der zu der Ansiedlung führte, gefolgt von einer Hundertschaft berittener und bewaffneter Männer, die sich sofort in kleinen Gruppen um die Häuser verteilten, aus denen hier und dort aufgeregte Stimmen zu hören waren. Aber sie drangen nicht in die Häuser ein.
Als Cneve wieder zu Numa hinüberschaute, schien es ihm, als ob in seinen Augen eine gewisse Genugtuung aufblitzte, geradeso, als ob der König in gewisser Weise mit der Kette der Ereignisse, die der Mord hervorgerufen hatte, zufrieden wäre und bereit, seinen Vorteil daraus zu ziehen.

Der Regen fiel seit Stunden, und der Tibrin war über die Ufer getreten. Die tiefe Dunkelheit hatte selbst die Feuer der Wachposten auf der anderen Seite des Flusses verschluckt, die wieder errichtet und zusätzlich mit schützenden Mauern umgeben worden waren, und auch die Arbeiten auf beiden Seiten des Ufers für die erste Brücke waren nicht zu erkennen. Bisher war diese Brücke zwar immer noch zusammengefügt aus Flößen, aber die Latiner hatten ihr schon den Namen Sublicio, die Erhabene, gegeben. Es war eine Nacht, die man am besten im Trockenen vor einem freundlichen Feuer verbrachte. Aber der einzige Grund, der Mastarna dazu gebracht hatte, sich trotzdem auf den Weg zu machen, befand sich direkt vor ihm. Und Larth machte nicht den Eindruck, als hätte er die Absicht, guten Ratschlägen zu folgen.

Mastarna ritt an seine Seite, zügelte die Ungeduld seines Pferdes und beugte sich dann zu ihm hinüber. »Der Strom ist zu stark und das Risiko zu groß, den Fluß durch eine Furt zu überqueren. Glaubst du wirklich, daß sich das lohnt?«

»Das Risiko werden sie mir teuer bezahlen«, antwortete ihm Larth und drehte sich halb im Sattel um. »Was meinst du, Axal? Können wir es schaffen?«

Der Kelte trieb sein Pferd an seine Seite und witterte, dem Tosen des dunklen Stromes zugewandt, einen Moment in den Wind.

»Überqueren wir den Fluß«, sagte er dann. »Aber wir brauchen ein Tau.«

»Und was ist, wenn ihr drüben ankommt?« gab Mastarna zu bedenken. »Die Wachposten am anderen Ufer sind in Alarm versetzt. Unsere Leute könnten euch irrtümlich töten, noch bevor sie euch erkannt haben!«

»Unsere Leute werden uns gar nicht sehen«, erwiderte Larth. »Mach es so, wie ich es dir gesagt habe, mein Freund. Schlag hier in der Nähe dein Lager auf, und in der Morgendämmerung passierst du mit deinen Männern die Brücke und reitest zum Haus des Königs hinauf. Ich werde dann schon da sein. Es ist an der Zeit, daß diese Latiner lernen, sich vor dem Unsichtbaren zu fürchten.«

Mastarna nickte düster und gab den Männern den Befehl abzusteigen. Er hatte nur eine knappe Hundertschaft mitgebracht, da die Zeit nicht ausgereicht hatte, mehr Männer zu bewaffnen.

Der Kurier hatte sie auf dem Rückweg von Fanu Veltune erreicht. Larth hatte den König bis zu seinem Palast eskortiert. Dann hatte er Laris die Aufgabe übertragen, die Baumeister und Handwerker für die erste Abordnung nach Ruma zusammenzustellen und war gleich darauf zusammen mit Axal aufgebrochen. Mastarna war ihm schon mit den Männern vorausgeritten, die er unter den jungen Adeligen der Eskorten der Könige des Zwölfstädtebundes ausgesucht hatte. Sie alle gehörten

zu denen, die eher bereit waren, eine schon eroberte Stadt zu besetzen als zu kämpfen.
Nachdem ein Tau herbeigeschafft worden war, erteilte Mastarna den Befehl, einen Lagerplatz zu suchen, und folgte dann den beiden zum Ufer des Flusses. Axal hatte sich ein Ende des Taus schon um die Hüfte gebunden, und Larth war gerade dabei, dasselbe zu tun.
»Wenn einer von euch fortgerissen wird, wird der andere sich nicht mehr befreien können«, gab Mastarna zu bedenken.
»Nein«, erwiderte ihm Axal: »In meiner Heimat gibt es Flüsse, die dreimal breiter und noch viel wilder sind als dieser hier. Wenn wir sie nicht auf Baumstämmen überqueren können, dann machen wir es auf diese Art. Die Pferde werden uns unterstützen und wir uns gegenseitig. Das sind vier Kräfte gegen eine.«
Larth lächelte und schlug Mastarna freundschaftlich auf die Schulter.
»Sei unbesorgt, Mastarna, nicht der Fluß ist unser Feind«, beruhigte er ihn und folgte dann dem Kelten, der inzwischen den Pferden einen ledergeflochtenen Riemen um den Bauch gebunden hatte. An ihm befestigte er nun das Tau, das sie beide verband, kontrollierte noch einmal die Knoten und hielt dann einen Moment inne.
»Nimm dein Messer in die Hand«, sagte er zu Larth. »Wenn eines der Pferde untergehen sollte, oder wenn ich zu weit abgetrieben werde, dann mußt du das Tau durchtrennen und versuchen, alleine durchzukommen.«
»Dasselbe gilt auch für dich«, war Larths Antwort.
Axal strich kurz mit der Hand über den Griff seines Messers, einem Geschenk Larths, auf dem der Adler, das Symbol von Tarchna, eingraviert war. »Sicher«, antwortete er mit einem kleinen Lächeln. Dann sprang er aufs Pferd und trieb es mit fest angezogenen Zügeln ins Wasser.
Larth, der ebenfalls sein Pferd bestiegen hatte, wartete, bis das Tau sich locker spannte, und tat es ihm nach. Einen Augenblick später waren sie mitten in der Strömung, in Richtung der nur in dunklen Umrissen erkennbaren Insel in der Mitte des Flusses. Die Pferde trieben schwimmend leicht ab, und das Tau spannte sich straff. Aber das Zusammenwirken der Kräfte kam ihnen zu Hilfe, und schon kurze Zeit später hatte Axal mit seinem Pferd das schmale, steinige Ufer der Insel erreicht und gleich darauf auch Larth.

Da plötzlich erbebte die Nacht von einem dumpfen Donnergrollen, das lange nachhallte. Es schien eher aus den Tiefen der Erde als vom Himmel zu kommen, denn weder ein Wetterleuchten noch ein Blitz war ihm vorangegangen.

»Mir scheint, deine Götter lieben deine tollkühnen Taten nicht«, rief ihm Axal durch das Tosen des Flusses zu und trieb sein Pferd wieder ins Wasser. Larth preßte als Antwort darauf entschlossen seine Knie fest an den Leib des Pferdes und folgte ihm.

Diesmal spannte sich das Tau fast bis zum Zerreißen. Ein Strudel erfaßte den Kelten und riß ihn ein Stück mit sich fort. Larth spornte sein Pferd an. Das Tier schnaubte, hob den Kopf über den Strom und bog, in der verzweifelten Anstrengung, Boden unter die Hufe zu bekommen, den Rücken durch.

Durch die plötzliche Bewegung überrascht, wurde Larth aus dem Sattel gerissen, und dann war nur noch Wasser, Rauschen und Dunkelheit um ihn.

16.

Das Tau schnitt Larth fast unerträglich in den Brustkorb, aber es hielt ihn, und ein paar Augenblicke später tauchte er wieder an der Oberfläche auf. Es gelang ihm, den Lederriemen zu ergreifen, der um den Leib des Tieres geschlungen war, und er zog sich wieder aufs Pferd. Doch das Pferd trieb jetzt seitwärts ab, und wieder spannte sich das Tau bedenklich. Der Kelte schien kurz davor zu sein, im Wasser zu versinken, aber der Schein trog, denn er hielt sich seitlich am Hals seines Pferdes fest. Auf diese Weise drückte sein Gewicht nicht auf den Rücken des Tieres, dem es so gelang, aus dem Strudel herauszuschwimmen. Schon bald darauf hatte es mit seinen Hufen Halt auf dem steinigen Grund nahe des Ufers gefunden, und ein paar Augenblicke später war auch Axal am Ufer. Sofort befreite er sich vom Tau und spornte sein Pferd zum Ziehen an. Kurz darauf ergriff Larth seine ausgestreckte Hand, zog sich ebenfalls ans Ufer, befreite sich vom Tau, und dann standen beide atemlos im strömenden Regen.

»Die Art und Weise, wie ihr bei euch Flüsse überquert, ist nicht gerade die einfachste«, brachte Larth schließlich keuchend hervor und tastete nach den Striemen, die das Tau auf seinem Brustkorb hinterlassen hatte.

»Das habe ich nie behauptet«, erwiderte Axal und versuchte den Schmerz, den ihm die Narben auf seinem Rücken bereiteten, hinter einem Lächeln zu verbergen.

»Bist du immer noch überzeugt, daß ich dich als Freund verraten habe, als ich mich weigerte, dich zu töten?« Larths Frage war unvermittelt gekommen. Axal löste sich von ihm, ging zu den Pferden hinüber und ergriff sie am Zügel.

»Der Tod ist für mein Volk nicht das schlimmste aller Übel, Larth. Und selbst wenn du mich eines Tages töten solltest, wird deine Hand immer noch die Hand eines Freundes sein«, antwortete er ihm und reichte ihm die Zügel. Dann schwang er sich in den Sattel, aber Larth zögerte noch einen Moment. Gedankenversunken strich er über den Hals seines Pferdes, das sich jetzt wieder beruhigt hatte. Schnell aufeinanderfolgende Bilder gingen ihm durch den Kopf, aber sie waren zu flüchtig, als daß er sie hätte festhalten und erkennen können.

»Vor vielen Jahren hat mir einmal jemand gesagt, daß ich Gefährten brauche, die meinen Schatten mit mir teilen«, murmelte er. »Damals sah ich niemanden. Aber heute muß ich den Göttern danken, daß sie dich auf meinen Weg gebracht haben, nachdem sie mir schon Mastarna gegeben hatten.«

Axal nickte. »Unsere Götter sind zwar nicht dieselben, aber ich hoffe, sie wissen, was sie tun.«

Larth mußte lachen. Der Kelte, sei es wegen der Schwierigkeiten der Sprache oder von Natur aus, sagte oft in aller Unschuld die frevelhaftesten Dinge.

Sie setzten sich in Bewegung und ritten auf demselben Pfad den Hügel hoch, den Larth schon als Junge genommen hatte. Sie mußten einen Wachposten der Rasna umgehen, und schließlich banden sie die Pferde im hohen, dichten Buschwerk fest und gingen den Rest des Weges zu Fuß. In der völligen Dunkelheit ging der Kelte voran, und Larth folgte ihm zerstreut. Ihn quälten düstere Gedanken. Er hatte Tarchna und den Palast verlassen, ohne mit Velvur und Caitli gesprochen zu haben. Alles, was ihm von Fanu Veltune geblieben war, außer dem politischen Sieg, war die Gegenwart Thanaquils an seiner Seite, die bedrückende Last der bevorstehenden Hochzeit und eine gewisse Traurigkeit Mastarnas. Eine Traurigkeit, für die Larth die Verantwortung schwer auf sich lasten fühlte.

Und dann war da die Nacht mit den zwei Monden gewesen. In dieser seltsamen Nacht voller Magie waren die Priesterinnen der Göttin Turan bis zum See hinuntergestiegen und siebenmal ins Wasser eingetaucht. Die Herrin von Turan hatte verkündet, daß dieser Ritus die Vereinigung von zwei Universen darstellte und ein Sinnbild für dasselbe Antlitz von Liebe und Tod war.

Ihre Worte waren durch die Reihen der Menge gegangen, die Spiele, Bankette und Diskussionen verlassen hatte, um an diesem Ritus teilzunehmen. Aber mehr hatte die Herrin von Turan nicht sagen können

oder sagen wollen, und so hatte jeder seine eigenen Schlüsse daraus gezogen und weiter dieses Phänomen beobachtet, bis es langsam zu verblassen begann, um schließlich ganz zu verschwinden und einen einzigen, silbern schimmernden Mond zurückzulassen, der hinter den Bergen verschwand.
In diesem Moment blieb Axal stehen. »Wir sind bei den Häusern angekommen«, flüsterte er und zeigte auf den Lichtschein einer Laterne, der im dichten Regen und dem vom Wind gepeitschten Buschwerk kaum zu erkennen war.
Larth nickte und gab ihm ein Zeichen weiterzugehen. Cneve hatte bei Luceres, einem der alten Ratgeber Numas, Quartier bezogen, dessen Haus sich neben dem des Königs befand. Und Larth selbst hatte Kae Aivas die Anweisung erteilt, ebenfalls sein Quartier hier aufzuschlagen, damit Cneve und Tese ihn besser im Auge behalten konnten.
Aber jetzt war Tese tot, hinterrücks ermordet.
Der Hang war nun nicht mehr so steil, und die dichte Vegetation begann sich zu lichten. Axal deutete auf einen Pfad, der zu den Pferchen hinter den Häusern führte und von dort aus zu den Ställen und den Unterkünften der Knechte und Mägde.
Der erste Teil des Pfades war derselbe, der Larth als Junge zu dem Stall des Königs geführt hatte, aber dann entdeckten sie eine Abzweigung, die direkt zum Haus von Luceres führte. Vorsichtig schlichen sie sich an und betraten dann das Haus durch die Gesindestube, die merkwürdigerweise leer war. Aus dem Nebenraum drang ein schwacher Lichtschimmer, und als sie sich näherten, sahen sie, auf einem Tisch aufgebahrt, den Leichnam Teses. Ein durchdringender Verwesungsgeruch lag in der Luft, obwohl aus der Glut in den dreifüßigen Feuerbecken aus Bronze, die die Rasna mit nach Ruma gebracht hatten und von denen nun zwei neben dem Leichnam aufgestellt waren, der starke Duft von Kräutern aufstieg.
Larth gab Axal ein Zeichen, die Tür zu bewachen, und ging auf den Leichnam zu. Das Gesicht Teses war unbedeckt, stark aufgetrieben und fast schwarz verbrannt. Sein Körper war in eine schwarze Tebenna gehüllt. Larth strich ihm mit den Fingerspitzen über die Stirn. Tese hatte ihm immer Gehorsam geleistet. Es war zwar eher der blinde Gehorsam einem Befehlshaber gegenüber gewesen als das stille Einverständnis zwischen Freunden, aber er hatte sein Leben für ihn gegeben. Und nur das zählte.

»Was hättest du mir wohl sagen können?« dachte Larth und bedeckte mit der Hand den Opal auf seiner Brust. Wie einen glühenden Lufthauch spürte er ihn bis in seine Fingerspitzen pulsieren.
»Larth!« Cneve war hinter ihm erschienen. Larth drehte sich nach ihm um, legte einen Finger an die Lippen, um ihm Schweigen zu bedeuten, und zog ihn dann mit sich.
»Wo kommst du her? Und wie? Unsere Soldaten sind überall an den Wegen und an der Brücke verteilt! Warum haben sie keinen Alarm ausgelöst?« bestürmte ihn Cneve mit leiser Stimme, sobald sie draußen angekommen waren.
»Wir haben sie umgangen. Ich habe mit Axal den Fluß überquert, und dann haben wir uns durch das dichte Buschwerk geschlagen. Es ist an der Zeit, daß Numa etwas nachdenklicher wird. Was ist mit Tese passiert?«
Cneve zuckte mit den Schultern. »Ich weiß es nicht. Wir haben seinen Leichnam vor dem Haus des Königs gefunden, mit einem latinischen Schwert im Rücken. Tese verfolgte Kae Aivas wie ein Schatten. Was soll ich dir sagen? An diesem Abend hatte sich Kae als erster zurückgezogen, und gleich darauf ging auch Tese. Ich habe ihn nicht mehr lebend gesehen.«
Larth antwortete nicht, und Cneve fuhr fort: »Es tut mir leid, Larth. Vielleicht gab es da Dinge, die wir nicht richtig erkannt haben, und wir haben Fehler gemacht.«
Larth legte ihm tröstend einen Arm um die Schulter. Der Schmerz und die Gewissensbisse in der Stimme des Bruders taten ihm nicht weniger weh als der Anblick des Todes im verbrannten Gesicht von Tese.
»Beruhige dich. Ich werde jetzt zu Numa gehen, aber du läßt dich nicht blicken, bevor Mastarna, der mit seinen Männern hierher unterwegs ist, vor dem Haus des Königs erscheint. Axal wird bei dir bleiben«, wies er ihn an und wandte sich zum Gehen.
»Was hast du vor?« hielt ihn Cneve zurück. »Der König schläft zwar alleine, aber in seinem Haus wohnen Marcius und mindestens ein Dutzend Männer seiner Wache, alles Mitglieder seiner Familie.«
»Keine Angst, Cneve. Der König wird nicht die Zeit haben, sie zu rufen. Wer befindet sich sonst noch in diesem Haus hier?«
»Außer mir niemand. Ich habe alle Latiner, die in den Häusern neben dem des Königs wohnten, ausquartiert und an ihrer Stelle unsere

Hauptleute postiert. In dem Haus auf der anderen Seite des Platzes befinden sich jetzt die Vibenna, und auch Kae habe ich dort untergebracht, unter dem Vorwand, daß ich es nicht verantworten könne, wenn auch ihm etwas zustoße. Hier, im Hause von Luceres, bin nur ich allein zurückgeblieben.«

Larth lächelte.

»Das hast du gut gemacht, mein Bruder. Mir scheint, du lernst die Kunst des Befehlens sehr schnell. Auf jeden Fall müssen wir den Leichnam Teses heute noch verbrennen. Dann müssen wir die Feuerstelle und alle Feuerbecken hier im Haus mit Schwefel füllen und das Haus versiegeln und ausräuchern, bevor die verseuchte Luft das ganze Dorf ansteckt. Aber jetzt bring mir eine trockene Tebenna.«

Cneve beeilte sich zu gehorchen und brachte ihm eine seiner eigenen, die er zurückgelassen hatte, als er nach Tarchna zurückgekehrt war. Sie war schwarz, und die goldene Fibel, die sie schloß, trug die Symbole des Königs von Tarchna. Larth tauschte noch einen kurzen Blick mit Axal, der wachsam auf der Schwelle stand, und verschwand dann im Durchgang zwischen den beiden Häusern.

Ein grobbehauener Säulengang führte an den Frauengemächern vorbei zum Küchentrakt, und von hier aus schlüpfte er in das Haus des Königs. Alles lag im Dunkeln. Ein schmaler Gang brachte ihn in den zentralen Teil des Hauses zu einer steilen, kurzen Holztreppe, die zum Schlafraum des Königs führte. Vor seiner Tür schlief ein Diener, aber er war noch zu jung, um einen leichten Schlaf zu haben. Trotzdem strich ihm Larth eine daumengroße Portion schwarzer Paste auf die Lippen, die ihm einen tiefen Schlaf voller Träume bescheren würde. Sofort leckte sich der Junge im Schlaf mit der Zunge über die Lippen, und Larth stieg über ihn, verschwand im Schlafraum des Königs und schloß die Tür hinter sich. Einen Augenblick später spürte Numa, wie ihm jemand die Spitze eines Schwertes an die Kehle setzte.

Noch schlaftrunken versuchte er sich mit einer Handbewegung davon zu befreien, aber dann begriff er, daß das kein Traum war. Er öffnete die Augen und erstarrte. Nur zwei Öllampen erhellten das Zimmer, und so unterschied er anfangs nur einen dunklen Schatten, der sich über ihn beugte, und das vage Funkeln der goldenen Fibel mit dem Symbol des Adlers mit den ausgebreiteten Flügeln.

»Du bist ein König, der sein Wort nicht hält, Numa. Es ist dir gesagt worden: *Rührt keine Waffen an!«* hörte er eine ihm wohlbekannte Stimme.

»Tarquinier!« entfuhr es Numa unterdrückt. Aber statt einer Antwort glomm der Opal im Schein der Lampen auf, und die Flammen flackerten, als ob ein Lufthauch aus dem Nichts sie gestreift hätte.

Vor Entsetzen preßte Numa sich so fest auf sein Strohlager, daß das Stroh knisterte. Aber selbst dieses Geräusch erschien ihm plötzlich feindlich im eisigen Schweigen, das von der Figur Larths ausging. Eine Kälte, die bis in die Schwertspitze an seiner Kehle zu strömen schien und ihm den Atem nahm. Schweißperlen tropften ihm von der Stirn, doch er rührte sich nicht und senkte auch nicht seinen Blick.

»Du kannst mich nicht für einen Mord verantwortlich machen, an dem ich keine Schuld trage!« Er versuchte seiner Stimme einen festen Klang zu geben. »Du bist der König. Ein König trägt alle Schuld seines Volkes, und er ist es auch, der dafür bezahlt. Wußtest du das etwa nicht?« kam die eisige Antwort.

»Deine Tebenna ist trocken, und ich habe keine Männer den Weg heraufkommen hören und auch keinen Alarm gehört. Wer bist du? Ein Geist?« stammelte Numa.

»Du hast meinen Namen genannt, also weißt du, wer ich bin. Und ab heute weißt du auch, daß ich dich erreichen kann, wann und wo auch immer und daß du als erster bezahlen wirst.«

»Willst du mich töten?« murmelte Numa.

»Ich brauche dich nicht zu töten. Ich brauche deinen Körper nicht, weil ich die Macht über deinen Geist besitze. Vergiß das nie, Numa.«

Numa wandte seinen Blick von ihm ab und öffnete den Mund, um nach seinen Wachen zu rufen. Aber die Stimme versagte ihm, als hätte sie sich an der eisigen Kälte der Schwertspitze gebrochen, die noch immer seine Kehle berührte.

Inzwischen hatte sich ein leichter Rauch aus einer der beiden Öllampen erhoben, der einen süßen, starken Duft verbreitete. Einen Duft, den Numa nicht kannte und der ihn erschlaffen ließ. Ihm war, als löste sich ein Teil seines Bewußtseins plötzlich von ihm, schwerelos und ohne Angst, nicht mehr ihm selbst zugehörig und vergleichbar dem Klang einer Stimme, die ohne irgendeine Bedeutung oder Erinnerung in der Luft hing.

Er schloß die Augen. Eine heftige Übelkeit stieg in ihm auf, und er mußte sich erbrechen. »Der Tag wird kommen, Tarquinier, an dem auch du Angst vor deinen eigenen Schatten haben wirst«, stieß er zwischen den Zähnen hervor. »Und dann wird jemand da sein, der sich ohne Gewissen deines Geistes bemächtigt, so wie du dich des meinen bemächtigt hast!«

»Deine Götter erlauben dir, schon jetzt das zu erfahren, was du mir voraussagst, Numa«, erwiderte ihm Larth und drückte die Flamme der Lampe aus, in die er griechisches Opium getan hatte, eine rare Substanz, deren Rauch es leichter machte, das Bewußtsein anderer zu beeinflussen. Dann ging er auf die einzige Fensteröffnung im Raum zu und hob mit der Spitze seines Schwertes die geflochtene Matte hoch, die sie bedeckte. Im Osten erhellte bereits ein blasser Lichtstreifen den Horizont, und die frische, regengesättigte Morgenluft drang ins Innere des Raumes und vertrieb den Rauch.

»Erhebe dich jetzt!« forderte er Numa auf. »Die Soldaten der Rasna werden gleich da sein. Willst du sie etwa besudelt empfangen?«

»Gib mir vorher wieder den Teil von mir zurück, den du dir genommen hast!« erwiderte ihm Numa.

Larth lächelte und steckte das Schwert wieder an die Seite. »Kannst du ihn hier irgendwo sehen?«

Numa ließ seinen Blick durch den Raum schweifen. Nur noch in einer der Lampen brannte eine Flamme, aber schon so niedrig, daß sie kaum noch die Schatten der Nacht vertrieb. Draußen indessen brach ein neuer Tag an, und das fahle Morgengrauen unterschied sich in nichts von dem, was jedem anderen Sonnenaufgang vorangegangen war, den Numa in diesem Raum erlebt hatte

»Nein«, gestand er.

»Siehst du? Ich kann ihn dir nicht zurückgeben, und das sollte in Zukunft das Maß deiner Vorsicht sein. Ich werde dich nicht darum bitten, mir den auszuliefern, der Tese ermordet hat, und werde auch keinen deiner Männer töten, um seinen Tod zu sühnen Du hast ihn mit dem Teil von dir bezahlt, der jetzt mir gehört. Und wenn noch andere von uns ermordet werden sollten, dann wirst du immer wieder in derselben Weise bezahlen, so lange, bis es dich deinen Kopf gekostet hat, der dann nicht mehr in der Lage sein wird, einen klaren Gedanken zu fassen.«

Mit einem kleinen Lächeln ließ er seine Drohung auf den König wirken. Dann öffnete er die Tür und rüttelte den Diener wach.

»Hilf deinem König. Wasche ihn und kleide ihn an!« befahl er ihm.

Der Junge schreckte verschlafen aus seinen Träumen auf und schaute ihn mit großen Augen an. Dann erhob er sich langsam, und Larth schob ihn in den Schlafraum des Königs. Kurz darauf verließ Numa den Raum, gestützt von dem Jungen. Larth zog sich zurück, und als Numa die schmale Treppe hinunterstieg, kam ihm Marcius, gefolgt von zwei Wachen entgegen, um ihn zu holen.
Inzwischen war Mastarna mit seinen Männern angekommen, und auch die Vibenna, Kae Aivas und Cneve hatten ihre Unterkünfte verlassen und standen nun, zusammen mit den Kommandanten und dem Rest der Truppen der Rasna, die in Ruma verblieben waren, auf dem Platz vor dem Haus des Königs.
Mastarna war noch nicht vom Pferd abgestiegen. Er hatte Larth und Axal bisher noch nirgendwo entdecken können, und die Augen des Königs, der soeben unter die Tür seines Hauses getreten war, waren geweitet und seine Lippen violett gefärbt. Er sah aus, als würde er unter Krämpfen leiden. In Erwartung des Schlimmsten waren alle erregt und angespannt, und Mastarna begegnete den wachsamen und harten Augen von Ancus, der nun hinter dem König aufgetaucht war und eine Ruhe zur Schau trug, die er bei weitem nicht empfand.
»Ich grüße dich, König Numa«, wandte sich Mastarna an den König und zügelte sein Pferd, das unruhig tänzelte. Besorgt fragte er sich, ob und wann wohl Larth wieder auftauchen würde und wieviel des Planes, den sie miteinander in allen Einzelheiten besprochen hatten, nun ihm anheimfallen würde.
»Ich heiße dich wie einen Freund willkommen«, murmelte Numa.
»Ein Freund bricht nicht den Pakt. Der Tarquinier hatte dir gesagt: *Rührt keine Waffen an!*« erwiderte ihm Mastarna. Der König machte ein paar unsichere Schritte in das immer heller werdende Tageslicht hinaus, und ein Raunen ging durch die Reihen seiner Männer, die ihn umgaben. Mit einem Schlag schien er alt und schwerfällig geworden zu sein. Mühsam versuchte er den Kopf zu heben, aber das Licht blendete ihn, und er ließ ihn wieder sinken. Nur sein Blick schweifte unruhig umher, als suchte er etwas, das die anderen nicht sehen konnten.
»Ach ja...« murmelte er verstört vor sich hin. »Der Tarquinier...«
»Wir sind nicht grausam, Numa, aber der Geist des Toten erfordert eine Sühne«, fuhr Mastarna fort. »Keine Rache, denn sie ist wie ein Haus,

das auf Sand gebaut ist und bei der kleinsten Erschütterung in sich zusammenfällt. Deshalb will der Tarquinier dein Volk schonen. Aber ihr müßt alle eure Waffen abgeben, und wenn auch nur der kleinste Verdacht besteht, daß ihr welche zurückbehalten habt, dann werden wir eure Häuser bis in den letzten Winkel durchsuchen. Außerdem werden wir eine Zählung eures Volkes vornehmen.«

Die Latiner hatten ihn, soweit es die Waffen anbetraf, verstanden. Aber Mastarna hatte bemerkt, daß sie offensichtlich nicht wußten, was sein letzter Satz zu bedeuten hatte.

»Wissen deine Leute, was eine Zählung ist, König Numa?« fragte er deshalb den König.

Numa schüttelte den Kopf, aber nun trat Ancus vor und erhob drohend die Faust gegen Mastarna.

»Ich weiß, was ihr vorhabt«, rief er wütend. »Erst zählt ihr uns, dann trennt ihr uns von unseren Familien und macht uns zu Sklaven!«

»Nein, so ist es nicht«, antwortete ihm Mastarna mit ruhiger Stimme. »Wir wollen euch zählen, damit wir jedem von euch die ihm gemäße Aufgabe und einen Posten gemäß seinem Rang und Besitz zuweisen können. Das ist der Sinn einer Zählung, und deswegen wird sie durchgeführt.« Doch Ancus hatte inzwischen seine Beherrschung verloren.

»Wir lassen uns von euch nicht zählen und auch nicht vorschreiben, was wir zu tun haben!« schrie er mit zornrotem Gesicht und ließ dabei jede Vorsicht außer acht. Deshalb war ihm auch entgangen, daß inzwischen Larth hinter ihm im Eingang des Hauses aufgetaucht war, und auch sonst hatte ihn kaum einer auf dem Platz bemerkt, denn die Schwelle des Hauses lag noch im Schatten, und Larth trug die schwarze Tebenna. Dazu kam, daß sich nun die ersten Strahlen der Morgensonne in den Pfützen und auf den vom nächtlichen Regen noch nassen Dächern spiegelten und ein gleißendes Licht verbreiteten.

So hörte er plötzlich Larths schneidende Stimme hinter sich: »Dir bleiben nur zwei Möglichkeiten, Ancus. Entweder du unterwirfst dich und leistest den Treueschwur auf deine Götter, oder du stirbst hier und gleich!«

Ancus erstarrte, und auch alle anderen waren gleichermaßen überrascht, sogar Mastarna, obwohl er ihn erwartet hatte. Es dauerte eine Weile, bis Ancus wieder seine Fassung zurückerlangt hatte, dann drehte er sich langsam nach ihm um. Um Larths Lippen spielte ein leises,

drohendes Lächeln. »Ein Treueschwur?« murmelte Ancus. »Du verlangst einen Treueschwur von mir?!«
»Du hast gehört, was ich gesagt habe«, erwiderte Larth, und Ancus hielt düster seinem Blick stand.
»Gut, Tarquinier«, brachte er schließlich heraus, »ich werde mich dir unterwerfen.« Aber in seinem starren, feindlichen Blick war das genaue Gegenteil zu lesen. Numa hatte fast teilnamslos die Szene verfolgt. Jetzt wandte er sich an Ancus.
»Laß alle Waffen hierher bringen«, befahl er ihm mit gebrochener Stimme. »Und paß auf, daß es auch wirklich alle sind. Dann kümmere dich darum, daß die Zählung durchgeführt wird.«
Als er sich umdrehte, um ins Haus zurückzugehen, fand er sich Larth gegenüber. »Mein Haus ist auch dein Haus«, murmelte er.
»Ich weiß«, antwortete ihm Larth, ohne Ancus aus den Augen zu lassen, der nun als erster sein kurzes Schwert zog, um es auf dem Boden abzulegen. Auch Mastarna stieg nun vom Pferd, und die Vibenna und andere Freunde drängten sich zur Begrüßung um ihn.
Dies könnte der Moment sein, uns zu überraschen, dachte Larth. Wir sind viel zu schnell bereit zu vertrauen und unseren Erfolg zu feiern. Das ist ein Fehler, der nicht mehr passieren darf.
Ancus schienen dieselben Gedanken durch den Kopf zu gehen. Für einen Augenblick zögerte er, aber auch Numa hatte die Spannung bemerkt und hielt ihn zurück.
»Nein, mein Bruder«, murmelte er und legte ihm eine Hand auf die Brust. »Der Tarquinier hat versprochen, diese Stadt groß zu machen, und ich glaube ihm. Aber er kann daraus auch einen Haufen Asche machen. Vergiß nicht, daß du dich ihm unterworfen hast.«
Ancus legte sein Schwert auf den Boden, drehte ihm dann wortlos den Rücken zu und verschwand im Inneren des Hauses. Numa schaute Larth an. Das Entsetzen, das ihn bei seinem Erscheinen gepackt hatte, hatte nun einer Benommenheit und einem Gefühl von Schwäche Platz gemacht. Bevor auch er sich ins Haus zurückzog, lächelte er ihm unschlüssig zu und vermied es dabei, den Opal anzuschauen, der im vollen Sonnenlicht plötzlich klar und durchsichtig wie ein Eiskristall erstrahlte.
Als er gegangen war, gab Larth Axal, der ihm im Schatten des Hauses den Rücken gedeckt hatte, ein kurzes Zeichen und verließ dann das Haus des Königs, um sich unter seine Männer zu mischen.

Hasti hatte die ganze Zeit über versucht, ihre Tränen zurückzuhalten. Sie hatte Caitli beim Packen geholfen, und zwei große Reisesäcke und dazu zwei Truhen für die wertvollsten Teile standen nun bereit. Das war nicht viel, vor allem, wenn man bedachte, daß Caitli nichts anderes als die Erinnerung an diesen Palast auf dem Hügel von Tarchna bleiben würde. Sie war noch nicht abgereist, und schon fehlte ihr der Klang des Windes in den steinernen Ornamenten, die die Giebel schmückten, das Spiel von Licht und Schatten in den Höfen, das *Gemach der Könige* und der Wald ihrer Göttin.

Aber vor allem war es der Verzicht auf das Leben, für das sie erzogen worden war und aus dem sie sich jetzt viel zu früh zurückzog.

Thanaquil würde Königin sein.

Sie lächelte Hasti zu und zog sie dann in ihre Arme.

»Weine nicht, meine Amme«, versuchte sie Hasti zu trösten. »Ich werde wiederkommen, das weißt du doch.«

Hasti nickte und legte ihr ihre kundige Hand auf den Leib. »Ich habe dich großgezogen, und ich möchte dir nahe sein, wenn der Moment gekommen ist«, flüsterte sie.

»Dort, wo ich hingehe, werde ich nicht alleine sein. Und dann wird auch Velvur bei mir sein«, tröstete sie Caitli. »Er hat mir ins Leben geholfen, und er wird auch meiner Tochter ins Leben zu helfen wissen. Aber du bist die einzige, die davon weiß, außer Thanaquil. Du mußt dieses Geheimnis für dich bewahren.«

»Das schwöre ich dir bei meinem Leben«, antwortete Hasti mit tonloser Stimme und in Tränen aufgelöst. Caitli hielt sie noch einen Moment tröstend in ihren Armen. Dann löste sie sich von ihr, schloß die Truhen und ging, um sich von ihrem Vater zu verabschieden.

Die ersten Tage von Hermna hatten die engen Straßen von Tarchna mit einer glühenden Hitze überzogen. Die Ernte aus den umliegenden Feldern war schon eingefahren und in den Kornspeichern eingelagert worden, und der Palast, mit den weit geöffneten, von kühlen Leinwänden abgeschirmten Fenster- und Türöffnungen, war eine Oase der Ruhe im lauten Zirpen der Grillen.

In den Gemächern des Königs, die nach Süden gingen, waren die Fenster- und Türöffnungen mit dunkler Leinwand abgeschirmt, und der König hatte sich auf dem Clinai ausgestreckt. Er genoß die kühle Frische. Ein Diener hatte ihm aromatisiertes Wasser gebracht, und der kleine Vul kauerte auf den Stufen, die nach draußen führten, und spielte mit einem hölzernen Schwert und der aus Holz geschnitzten Figur eines Kriegers.

Caitli begrüßte den König und gab dem Diener ein Zeichen, den Raum zu verlassen. Dann befahl sie auch Vul, sich zurückzuziehen, der ihr nur widerwillig gehorchte. Als sie alleine waren, ergriff der König ihre Hand. Überwältigt von seinen Gefühlen schwieg Tarchon für einen langen Augenblick.

Die Entscheidung ihres Verzichts und ihr Wunsch, Velvur zum Tivrit zu begleiten, um sich nur noch dem Amt als Hohepriesterin zu weihen, waren sicher nicht unerwartet gekommen. Trotzdem fühlte sich Tarchon jetzt, wo der Moment des Abschieds gekommen war, hilflos und unvorbereitet. Weniger weil er sie nun nicht mehr um sich haben würde als wegen der Veränderungen, die ihre Abwesenheit im Palast mit sich bringen würde.

Die Haruspizen hatten die besten Zeichen für diesen Rückzug erhalten, und selbst Velvur hatte ihn, ausnahmsweise einmal in Übereinstimmung mit Flasi Aivas, als eine Notwendigkeit erklärt. Man könnte fast glauben, hatte Tarchon gedacht, daß die beiden sie unbedingt aus dem Palast entfernen wollen, aber mit Sicherheit nicht aus demselben Grund.

Der König hielt ihre Hand noch immer fest in der seinen und versuchte, wieder eine gewisse Haltung zu gewinnen. Caitli lächelte ihm zu. Irgendwie schien sie ihm verändert zu sein. Warum und wieso hätte Tarchon nicht genau sagen können, aber zweifellos strahlte sie eine neue, geradezu selbstvergessene innere Ruhe aus, fast so, als würde ein geheimes Wissen ihre Züge verklären.

»Als du geboren wurdest«, murmelte Tarchon, »ist deine Mutter wieder ins Leben zurückgekehrt. Sie war erst achtzehn Jahre alt, und vor dir hatte sie schon drei Kinder geboren, die alle gestorben sind. Lieber wäre sie mit dir gestorben, als das noch einmal zu ertragen. Und ich liebte sie so sehr ... Ich liebte sie so sehr, daß ich lieber auf Erben verzichtet hätte, als sie zu verlieren.«

Tarchon schüttelte den Kopf. Das alles hatte er schon so oft gesagt, und trotzdem sprach er immer wieder gerne darüber, denn so blieb seine Erinnerung wach. »Dann, im Moment deiner Geburt ist dieses Wunder passiert, und die Göttin Athrpa hat dich für sich gewollt. Mein Haus ist zweimal gesegnet worden. Es ist richtig, daß ich nun der Göttin das zurückgeben muß, was sie mir gegeben hat. Aber trotzdem werde ich dich vermissen, und du wirst hier im Palast fehlen. Thanaquil meint, daß selbst die Steine weinen können.«

»Wenn sie Ohren haben zu hören, dann mag es sein, daß sie auch weinen können«, antwortete ihm Caitli.

Dann entzog sie ihm ihre Hand, um ihm mit den Fingerspitzen über die Stirn zu streifen. Aber der König faßte sie am Handgelenk.

»Wende deine Künste jetzt nicht bei mir an«, murmelte er. »Nicht jetzt, in diesem Moment.«

Caitli zog ihre Hand zurück. »Ich werde morgen früh bei Sonnenaufgang abreisen, um die Hitze zu vermeiden. Aber wenn ich auf der Insel bin und du mich brauchen solltest, dann wird Thanaquil wissen, wie sie mich rufen kann.«

Tarchon lächelte. »Aus Ruma kommen gute Nachrichten. Unser Larth, der ›Tarquinier‹, wie sie ihn nennen, ist dabei, große Dinge zu vollbringen. Das Meer ist ruhig, die Grenzen sicher, und die Ernte ist reich. Du kannst beruhigt abreisen.«

Caitli beugte leicht das Haupt, und der König richtete einen zerstreuten Blick auf die vor der Türöffnung aufgestellten Leinwände, zwischen denen Vul nun Purzelbäume schlug.

Schweigend verließ Caitli das Gemach. Laris und Egene kamen ihr entgegen. Sie waren in ein Gespräch über Rechtsfragen verwickelt und verbeugten sich nur knapp vor ihr, ohne das Wort an sie zu richten. Und plötzlich empfand Caitli eine heftige Sehnsucht nach der Vergangenheit, nach all den Jahren, Tagen und Träumen. Ihr ganzes Leben eingeschlossen in einer Handvoll Zeit, ein Nichts im Vergleich zu dem, was ihr manchmal zu sehen gegeben war, und trotzdem alles für sie – ihr Leben.

Sie fühlte eine leichte Übelkeit in sich aufsteigen, die sie an das kleine Leben erinnerte, das in ihr wuchs und sie zu verändern begann. Dieses kleine Leben, das sie im ersten Licht eines neuen Tages empfangen hatte, nach einer Nacht mit zwei Monden, und nur ein Wort kam ihr dafür in den Sinn, ein Name: Thesan – Morgenröte.

17.

Larth warf sich unruhig auf seinem Lager hin und her. Tese kam ihm durch eine Gasse lodernden Feuers entgegen. Die Hütte in den Unterkünften der Eisenschmelzer schien zwar dieselbe zu sein, aber seltsamerweise war er alleine. Larth kam das merkwürdig vor, irgend etwas war anders als sonst, und plötzlich sah er es: Tese war kein Junge mehr. Er hatte tiefe Furchen im Gesicht, und der ernste Ausdruck seiner Augen war der eines Erwachsenen. Seine Gesichtszüge waren müde und gezeichnet von einer großen Anstrengung, so als hätte er einen langen Weg zurückgelegt.

Larth ergriff seine Hand und bat ihn, sich zu setzen. Tese gehorchte mit einem Lächeln, und die hohen Flammen loderten um sie.

Ein Traum.

Wie ein kalter Hauch streifte ihn dieser Gedanke, aber er rührte weder an der Wirklichkeit dieses Bildes noch an Larths Gefühl, körperlich anwesend zu sein. Nun lächelte auch er.

»Ich bin froh, dich zu sehen«, sagte er ehrlich erfreut. Tese nickte, aber in seinen Augen spiegelte sich tiefe Traurigkeit und eine große Müdigkeit wider. Doch das war schon immer so gewesen. Trotz aller Kraftanstrengung und aller Begeisterung, mit denen er jede seiner Aufgaben anging, war er immer früher als alle anderen erschöpft gewesen, und dann hatte er sich dafür geschämt. Das war auch der Grund, warum ihn Larth sich damals als Gefährten gewählt hatte. Er wollte ihm zeigen, daß er genauso gut war wie alle anderen.

»Du warst mit Kae Aivas zusammen, warum ist er nicht mitgekommen?« fragte Larth, ohne dieses kurze Aufflackern seines Bewußtseins zu verdrängen.

Teses Blick verlor sich in den tiefen Schatten jenseits des lodernden Feuers.

»Er kann nicht kommen. Er hat Angst, denn er hat mit dem Latiner Ancus einen Pakt geschlossen, dich zu ermorden. Kae wird dir eine Falle stellen, und der Latiner wird dich töten. Aivas will den Thron von Tarchna und hat Ancus dafür den von Ruma versprochen.«
»Wieso weißt du das?«
»Ich habe sie belauscht. Aber jetzt bin ich müde, denn der Weg bis zu dir war sehr lang und beschwerlich.«
Larth beugte sich vor, um ihn zu berühren, aber Tese entzog sich ihm.
»Es ist zu heiß hier am Feuer«, murmelte er, fast so als wollte er sich entschuldigen. Dann öffneten sich die züngelnden Flammen, und Teses Gestalt verschwand in den tiefen Schatten dahinter.
Larth öffnete die Augen.
Er lag auf dem Rücken und hielt mit einer Hand den Opal auf seiner Brust umklammert. Neben ihm schlief eine sabinische Sklavin, die ihm in dieser Nacht Gesellschaft geleistet hatte. Sie war noch sehr jung, mit krausem Haar und kleinen Brüsten, und hatte erst vor kurzem die Liebe kennengelernt. Jetzt schlief sie, mit dem Gesicht in die Armbeuge geschmiegt, und ihr nackter Körper zeichnete sich weich im Licht der aufgehenden Sonne ab.
Um ihn herum herrschte eine absolute Stille. Kein Lufthauch regte sich, kein Vogel sang, es war, als hielt die Erde den Atem an.
Irgend etwas Merkwürdiges schien vor sich zu gehen. Larth erinnerte sich an die Nacht von Pyrgi und dieses andere, schreckliche Erwachen, und für einen Augenblick vermischten sich diese Erinnerung und sein Traum miteinander. Er seufzte, löste die Hand vom Opal, und ein Schauer überlief ihn. Mit den Fingerspitzen zeichnete er das Profil des Mädchens nach.
»Caitli«, flüsterte er, als ob sie es wäre, die da neben ihm lag, und nicht dieser Körper, an den er sich schon bald nicht mehr erinnern würde. Das Mädchen bewegte sich leicht im Schlaf und schmiegte sich an ihn. Larth beugte sich über sie, um sie noch einmal zu besitzen. Heftig drang er in sie ein, und wie eine lautlose Meereswelle erfaßte ihn das tiefe Schweigen der Erde und der Luft und trugen ihn mit sich fort.
Sie war nicht Caitli. Sie hatte keine Stimme in diesem Ozean von Stille, der eine andere, geheimnisvolle Kraft in sich zu versammeln schien.

Die Erschütterung stieg aus dem Innersten der Erde auf und breitete sich wie eine Welle aus, bevor sie die Oberfläche erreichte und alles zum Erbeben brachte. Jetzt schrie das Mädchen unter dem Gewicht des Mannes laut auf, und Larth ließ von ihr ab. Das Beben flachte ab, um in der Spanne eines Augenblicks mit noch stärkerer Kraft zurückzukehren. Das Mädchen sprang aus dem Bett, raffte ihr Gewand zusammen und floh nach draußen, von wo nun Schreie und das Getöse einstürzender Mauern zu hören waren.
Wieder erbebte das Haus, erschüttert von einer unsichtbaren Macht, und in diesem Moment erschien Anio, der Diener von Ancus, in der Tür. Für einen Moment blieb er reglos auf der Schwelle stehen und schätzte die Situation ab. Der Mann, der sein Ziel war, lag hilflos und nackt vor ihm auf dem Bett. Nur der Opal schimmerte auf seiner Brust . . .
Anio unterdrückte das Gefühl von Angst, das in ihm aufstieg. Angst war etwas für die Alten und Schwachen, für einen wie König Numa oder für einen Jungen wie Marcius, aber nichts für einen Krieger. Die Göttin hatte die Erde erschüttert und ihm damit die Gelegenheit geboten, ins Haus einzudringen, und jetzt lieferte sie ihm den Feind aus, der wehrlos vor ihm lag. Aber im gleichen Moment spürte er auch, daß dieser Feind offenbar viel weniger Angst hatte als er, ihn geradezu zur Tat herauszufordern schien. Entschlossen hob er das kurze Schwert, stieß einen dumpfen Schrei aus und warf sich nach vorne. Mit einer blitzschnellen Bewegung ließ Larth sich vom Bett fallen, und im selben Augenblick flog das Messer mit dem Adler von Tarchna durch die Luft. Es drang in Anios Rücken ein, der in die Knie brach, und Axal erschien auf der Schwelle und schloß die Tür hinter sich. Sein Wurf hatte Anio so genau ins Herz getroffen, daß dieser den Tod nicht einmal gespürt hatte.
Larth zog sich am Bettrand hoch und setzte sich leicht benommen auf. Er hatte das Gefühl, daß der lebendige Traum von Tese, die Illusion der körperlichen Liebe mit Caitli, das Erbeben der Erde und dieser Anschlag auf ihn nichts anderes als die Glieder einer Kette waren, die er zwar versuchen konnte zu ergründen, aber niemals ganz begreifen würde.
Mit einem vagen Lächeln schaute er Axal an.
»Wie hast du ihn entdeckt?« fragte er den Kelten.
»Alle sind vor dem Erdbeben aus ihren Häusern geflohen, aber während

alle anderen nur nach draußen rannten, hatte er ein Ziel«, war Axals einfache Antwort.
Larth schüttelte den Kopf. »Was würde ich ohne dich machen, mein Freund?«
»Du würdest Wachen vor deinem Haus und vor deiner Tür aufstellen, so wie das jeder König tut.«
Larth lachte. Mastarna hatte ihm schon einmal dasselbe gesagt. Aber Wachen konnten davonlaufen, während ein treuer Freund ihn jederzeit mit seinem Leben verteidigen würde.
»Ich habe von Tese geträumt«, sagte er dann. »Vielleicht hast du mit dem Tod von Ancus' Diener seinen Tod gesühnt.«
»Wenn dich das beruhigt, bin ich erleichtert«, erwiderte Axal ungerührt, zog das Messer aus dem Körper Anios, säuberte es und steckte es wieder ein.
Larth lächelte. Dann lehnte er sich mit der Stirn an den Bettrand und schloß die Augen. Der Traum stand ihm immer noch vor Augen, und er fühlte sich merkwürdig bedrückt. Aber die Empfindung, sich mit der wahren, göttlichen Macht verbunden zu wissen, vermittelte ihm ein Hochgefühl und eine tiefe Genugtuung. Selbst die Erde hatte für ihn gebebt, und solange ihm solche Kräfte zu Hilfe kamen, konnten ihm seine Feinde nichts anhaben.
Caitli, dachte er und fühlte noch immer die brennende Begierde nach ihr in seinem Blut pulsieren.
War das wirklich der Preis? Verzicht und Opfer?
»Caitli«, murmelte er vor sich hin.
»Du hast dir eine andere Königin gewählt«, holte ihn Axal wieder in die Wirklichkeit zurück, und Larth wunderte sich über die Intensität des Blickes dieser blauen Augen und den leichten Vorwurf in der Stimme des Kelten.
»Was auch immer ich tue, mein Freund, Caitli werde ich niemals vergessen können«, erwiderte er ihm und erhob sich dann, um sich anzukleiden. »Denn wie kannst du etwas vergessen, das Teil deiner selbst geworden ist?«
»Vielleicht gewähren die Götter einem Menschen deshalb nicht alles, damit er ihnen nicht gleich wird«, erwiderte Axal.
Larth nickte nur unwirsch, und Axal packte den Körper des Latiners unter den Achseln. »Was soll ich mit ihm machen?« fragte er.

Larth spürte, wie er sich plötzlich vor ihm zurückzog, und es tat ihm leid. »Er ist ein Diener von Ancus, sorge also dafür, daß er zu seinem Herrn gebracht wird. Und wenn Ancus Fragen hat, dann soll er zu mir kommen.«
Axal nickte und zog den leblosen Körper nach draußen. Larth folgte ihm und trat unter die Tür, die auf den Platz führte. Aufgeregt und voller Angst waren die Menschen hierher zusammengeströmt, und die Kommandanten der Rasna hatten ihren Soldaten den Befehl erteilt, den Platz zu umstellen, da sie eine Revolte befürchteten. Aber Mastarna ging beschwichtigend mit Cneve und Marcius an seiner Seite durch die Reihen, und die Haruspizen, die mit den ersten Baumeistern und Handwerkern angekommen waren, vollzogen in der Vertiefung in der Mitte des Platzes, die den Latinern als Opferaltar diente, einen Dankesritus. So beruhigte sich die Menge allmählich wieder.
Das Erdbeben hatte nur für kurze Zeit das Leben und Treiben unterbrochen, und schon bald hörte man wieder hinter dem dichten Buschwerk der Hügel das Geräusch der Sensen und das Hämmern der Ambosse in den Schmieden. Auch die Steinmetze hatten wieder damit begonnen, Steine zu behauen, und die Meister des Wassers waren damit beschäftigt, den Verlauf des Kanals festzulegen, der die sumpfigen Niederungen trockenlegen sollte.
Larth ballte die Hand zur Faust. So wie er es schon einmal vor langer Zeit gewußt hatte, wußte er auch jetzt wieder, daß diese Erde ihm niemals Feind sein würde und daß diese Stadt, die er hier erbaute, einmal das Herz einer großen Nation sein würde.
Die mächtigste Nation der schon vorgezeichneten Zeit. Und wenn sich eure Jahrhunderte dem Ende zuneigen, wird es diese Nation sein, die euer Volk zerstreuen wird, wie der Wind am Ende des Sommers den Staub verweht ...

Dunkle, schwere Wolken trieben über den Himmel, den das aufziehende Gewitter in ein fahles Zwielicht tauchte. Doch der Blick über den Meeresarm war frei, bis hin zur Küste, über der schwarze Rauchwolken standen, zwischen denen man die hohen Schornsteine von Pupluna mit ihren Tag und Nacht flackernden Feuern erkannte. Aber auch ein Teil der Insel selbst war in dichten Rauch gehüllt, der aus den zahlreichen Essen neben den Eisenerzminen aufstieg, und deshalb, obwohl die Insel

eigentlich Ilva hieß, wurde sie meistens Fumosa, die Rauchige genannt.
Und auf dieser Insel, auf dem Berg Tiv, der nur an den unteren Häusern mit dichtem Wald bestanden war und dessen nackter, schwarzer Fels hoch in den Himmel aufragte, hatte die höchste Kaste der Hohepriester, die Trutnot, die Meister des Blitzes, ihren Tempel. Dort stand das Heiligtum des Tivrit.
Caitli blieb einen Moment stehen, um Luft zu schöpfen. Der Weg hatte sich in einen steilen Felsenpfad verwandelt, der nun an schroffen Abhängen vorbeiführte, auf denen im Frühling Veilchenteppiche und Ginster blühten, die aber jetzt kahl und abweisend waren. Sie hatte schon den größten Teil des Aufstiegs hinter sich gebracht. Aber der Gipfel des Berges war von tief hängenden Wolken verdeckt und nahm ihr so die Sicht auf ihr Ziel. Sie spürte das Gewicht des Kindes, das nun schon sechs Monde zählte. Der Rat der Trutnot hatte lange gezögert, ihr den Aufstieg unter diesen Voraussetzungen zu erlauben. Sie hätten ihn lieber bis nach der Geburt verschoben, und auch Insha, die Kustodin des Tivrit, hatte davon abgeraten. Aber schließlich hatte Velvur die Entscheidung ihr selbst überlassen.
Caitli zog den Mantel fester um sich. Hier, auf dieser Höhe, spürte sie noch deutlicher die Spannung des aufziehenden Gewitters, und für eine Weile überließ sie sich den Strömen dieser Energie, die zwischen Himmel und Erde flossen. Das Kind begann sich unruhig in ihr zu bewegen, und Caitli legte eine Hand auf den Leib, um es zu beruhigen. Sie spürte, wie es sich entspannte und dachte: Hab keine Angst, meine Kleine. Hier kann dir nichts geschehen.
Als sie wieder aufblickte, hatte sich dort, wo noch einen Augenblick vorher dunkle Wolken gewesen waren, der Himmel gelichtet. Caitli stieg weiter den Felsenpfad hinauf, bis zum höchsten Punkt des Bergrückens. Jetzt trennten sie nur noch ein paar Schritte von der dichten Nebelwand. Alles war plötzlich ganz anders und fremd. Die steilen Abhänge aus schwarzem Fels und die Ansiedlungen am Fuße des Tiv, tief unter ihr, sahen aus, als wären sie von einer Riesenhand hingeworfen worden, und die Luft war so prickelnd und berauschend wie ein geheimnisvoller Duft.
Eine heftige Sehnsucht nach Axal überkam sie. Nicht nach dem Mann, der sie, einem Ritus folgend, besessen hatte, sondern nach dem jungen

Mann, den sie im *Gemach der Könige* kennengelernt hatte. Von diesem jungen Mann kannte sie die Gedanken, die Ängste, Gefühle und Schwächen. Für ihn empfand sie eine tiefe Zärtlichkeit, und sie hatte Angst um ihn.

Ich möchte dich lieben, dachte sie, ich möchte dich jetzt lieben. Aber so wie eine Frau ihren Mann liebt, und nicht einem Ritus, sondern nur uns selbst hingegeben.

Aber da ist ein Netz geknüpft worden, und wir waren zu dritt...

Diese Stimme in ihrem Kopf war nicht die ihre, und mit einem kleinen Lächeln legte sie die Hand auf die Brust, über einen Opal, der nicht da war. Sie fühlte seine lebendige Wärme zwischen ihren Fingern, wandte sich der Nebelmauer zu und war nach ein paar Schritten darin eingetaucht.

Hier herrschte Windstille, und ein graues Dämmerlicht umgab sie. Die Feuchtigkeit in der Luft war so stark, daß sie sich in kleinen Tropfen auf ihrer Haut niederschlug, und sie sah kaum noch, wohin sie ihre Füße setzte.

Aber in diesem geheimnisvollen Zwischenstadium der Materie fühlte sie plötzlich weder Kälte noch Anstrengung, die Zeit blieb stehen, und es gab kein Gestern und Morgen mehr, kein Oben und Unten. Sie setzte sich auf einen Stein und hüllte sich in ihren Mantel ein wie in ein Nest. Dann ließ sie ihren Geist schweifen, bis er aus ihrem Körper heraustrat, und plötzlich sah sie sich von außen.

Sie war frei, freier als sie es je in ihrem Leben gewesen war. Wenn sie nur wollte, konnte sie nun Dinge erblicken, die unendlich weit in der Vergangenheit oder in der Zukunft lagen und trotzdem weder der einen noch der anderen angehörten. Die Zeit hatte sich vom Raum gelöst. Sie stand still und fand hier und jetzt ihr eigentliches Wesen.

»*Was willst du?*« Die Frage hatte weder Ursprung noch Stimme, ein leichtes Flimmern im Stillstand der Zeit.

»*Nichts*«, kam die Antwort. »*Oder doch, vielleicht Glück... Nein, nicht Glück, sondern Zeit. Ja, Zeit!*«

Sie sah sich selbst, wie sie den Kopf zur Seite drehte, langsam, so langsam, daß, wie in einem Mosaik, jedes Fragment des berühmten Raumes ihr Gesicht als eine Einheit widergab – unbewegt, lebendig und fremdartig. Jedes dieser Fragmente war ein Geheimnis, und jedes Geheimnis ein Schlüssel zu den *Zwölf Büchern*, und noch bevor sie sich dessen

bewußt geworden war, hatte sie schon tief im Inneren das Geheimnis ihrer Worte begriffen.
Sie war in den inneren Kreis eingetreten, den das Zeichen für *Kraft* und *Macht* umschloß, hatte die Magie der Symbole und den Klang der Worte in sich aufgenommen, die Leben und Tod, Vergangenheit und Zukunft, Glück und Schmerz bezeichneten, um sie nun wie ein Geschenk oder eine Verdammnis zu den anderen Menschen zu tragen.
War es wirklich das, um was sie gebeten hatte?
Ein leichter Schauer überlief sie, und sie spürte, wie das Leben sich wieder in ihr regte. Auch ihre Tochter nahm dieses Wissen in sich auf. Ihre Tochter *wußte*.
Caitli holte tief Luft und öffnete die Augen. Der Nebel hatte sich verzogen, und in einiger Entfernung leuchtete der Himmel über dem Meer azurblau zwischen den Wolken. Ein riesiger, scharlachroter Sonnenball sank im Westen dem Horizont entgegen, und ein paar Adler zogen hoch am Himmel ihre Runden. Sie stießen zu ihrer Beute in den Felsabstürzen und Abhängen des Tiv herab und begleiteten sie dann mit weit ausgebreiteten Flügeln während ihres ganzen restlichen Aufstiegs bis zum Tivrit.
Velvur hatte vor dem von Blitzeinschlägen geschwärzten Altar auf sie gewartet und kam ihr nun entgegen. Der Kälteeinbruch hatte die Spitze des Berges mit einer feinen Schneeschicht überzogen, und der Tivrit, der mystische Ort der Trutnot, erschien ihr fast fremd unter dieser knirschenden eisigen Schicht. Die Unterkünfte der Hohepriester waren in verschiedenen Höhen in die Felswand einer ehemaligen, nach oben hin offenen Eisenerzmine gehauen und untereinander mit Treppen, Durchgängen und Brücken verbunden, die in vielen Jahrhunderten von den Rasna in den schimmernden nackten Felsen gehauen worden waren.
Im Zentrum des ebenerdigen, engen Ausgangspunktes erhob sich der Altar aus schwarzem Stein, und nichts störte die karge Feierlichkeit dieses Ortes. Jeder Treppenabsatz war wiederum mit einem anderen verbunden, der weiter nach oben führte, bis zum Ende der Felswand. Auf jedem dieser Treppenabsätze stand ein Dreifuß, in dem Tag und Nacht ein Feuer brannte, und auch aus jeder der in den Felsen gehauenen Zellen stieg der Rauch der Feuerstellen auf.

Ganz oben auf der Höhe des Felsens befand sich eine geräumige Unterkunft für die Novizen, und von hier aus war der Blick frei auf die Bucht, den engen, gewundenen Meeresarm, der sie mit dem offenen Meer verband, die Unterkünfte der Minenarbeiter und Fischer und den kleinen Hafen.
Auf dem Tivrit befand sich nie eine feste Anzahl von Trutnot. Manchmal, abhängig von Jahreszeit oder Wetter, waren es über hundert, dann wiederum nur ein paar Dutzend. Die Unterkünfte im Inneren des Felsens waren warm und trocken, oft verbunden mit einem komplizierten Netz von Gängen, die zu Höhlen im Inneren des Felsens führten, in denen Vorräte gelagert wurden, Dienstboten untergebracht waren oder die als Unterrichtsräume für Novizen dienten.
Die alte Insha war die Hüterin des Tivrit. Die einzige im übrigen, die diesen Ort nicht verlassen durfte. Sie war es, die das Leben auf dem Tivrit lenkte wie eine weise Regentin, und auch wenn sich ihrer stillen Herrschaft kaum jemand bewußt war, so war doch ihre Anwesenheit auf dem Tivrit unentbehrlich. Sie war es auch gewesen, die Velvur den Titel des Großen Trutnot zuerkannt hatte. Aber das war jetzt schon sehr lange her, und obwohl Insha schon von diesem Tag an begonnen hatte, sich unter den jungen Novizen nach jemandem umzusehen, der dazu berufen sein könnte, einmal seine Nachfolge anzutreten, hatte sie bisher noch niemanden gefunden.
Dann jedoch hatte Velvur die Erbin von Tarchna mit auf den Tivrit gebracht. Insha hatte ihr keine Fragen zu stellen brauchen, sie wußte, Caitli war eine Trutnot, und ihr Name war auf dem Altar eingraviert worden.
Aber da war noch etwas anderes. Insha hatte es sofort gespürt. Eine Macht, die noch größer und stärker war als nur das. Sie hatte es aus der Art erkannt, wie sie sprach, wie sie die Worte setzte, mit kleinen, fast unmerklichen Pausen dazwischen. Eine Harmonie, aus der eine geheime Macht sprach, etwas, das den Geist wie im Traum umfaßte.

Caitli atmete tief durch. Die Wehen waren noch nicht sehr stark und kamen noch in langen Abständen. Es war noch Zeit.
Insha wendete sich nach ihr um. Ihre Gestalt zeichnete sich nur schemenhaft im Dämmerlicht des Raumes ab, und ohne ihr Gesicht zu erkennen wußte Caitli, daß sie lächelte.

»Es ist noch zu früh«, sagte sie beruhigend.
»Ich weiß«, antwortete ihr Caitli, und spürte wie von Insha ein Strom von Wärme ausging. Ihre Unterkunft war geräumig und warm, mit Teppichen und kostbaren Möbeln ausgestattet, und aus dem Feuerbekken, das den Raum beleuchtete, stieg ein angenehmer Kräuterduft auf.
Wieder setzte eine Wehe ein, diesmal etwas stärker und länger.
Axal . . ., dachte Caitli, und die Sehnsucht nach ihm durchzuckte sie schmerzlich.
Jetzt kam Insha zu ihr. Für einen Augenblick blieb die alte Frau regl os neben ihr sitzen, und Caitli spürte, wie auch sie Anteil an einem Schmerz nahm, der noch viel tiefer und heftiger war.
Axal wird durch Larths Schuld sterben.
Caitli biß sich auf die Lippen.
Eine heftige Wehe nahm ihr fast den Atem, und sie ergriff Inshas Hand, die sich nun zu ihr beugte und ihr dabei half, sich auf dem Bett auszustrecken.
»Es ist noch zu früh«, beharrte sie, aber Caitli befahl ihr, Velvu rufen zu lassen.
Insha gehorchte ohne Widerspruch und gab den Befehl an eine Dienerin weiter, die in einer Ecke des Raumes wartete. Die Frau machte sich sofort auf den Weg, und als sie die Tür öffnete, brachen für einen Moment mit aller Heftigkeit die Kälte und das helle Tageslicht herein. Caitli wandte den Blick vom Feuer ab.
Axal und Larth, dachte sie, ich liebe sie beide, aber auf ganz unterschiedliche Art und Weise. Und durch ihre Liebe zu mir lieben auch sie sich, viel mehr, als sie es jemals wissen werden. Es ist ein Netz geknüpft worden, und wir waren zu dritt . . . Dieses Netz darf nicht zerrissen werden. Larth muß das wissen, bevor es zu spät ist.
»Willst du mir von diesem Fremden erzählen?« fragte Insha leise und nahm ihre Hand.
Die Wehen folgten jetzt schnell und heftig aufeinander. Caitli lächelte, und die Erinnerung an Axal begann die böse Vorahnung zu verscheuchen.
»Er hat blaue Augen und eine Schwermut, die nicht Traurigkeit ist. Sie liegt in der Art seines Volkes und macht ihn wortkarg«, beschrieb sie ihn Insha. »Er ist der Sohn eines Königs. Aber in seiner Heimat gibt es

keine Städte, nur kleine Ansiedlungen, von denen jede ihren eigenen König hat. Sie haben sich nicht in einem Bund zusammengeschlossen, und mancher von ihnen kennt nur seine eigene Sippe. Sie sind kühn und verwegen, und für uns mögen sie Barbaren sein, aber unter ihnen gibt es auch Weise und Dichter, die ihre Lieder singen, und sie kennen die Liebe. Ihre Jahrhunderte zählen sie nur in Abschnitten von dreißig Jahren, und keiner von ihnen lebt sehr viel länger. Aber sie glauben nicht an das Schicksal, und bevor wir uns kennengelernt haben, hat Axal selbst den Tod nicht akzeptieren wollen.«

»Wieso sagst du, bevor ihr euch kennengelernt habt?« fragte Insha.

»Vielleicht weil er schon fast wie wir denkt«, meinte Caitli nachdenklich.

»Aber er ist ein Sklave des Phersu. Indem er sich geweigert hat zu sterben, ist all das, was er von diesem Moment an lebt, nicht mehr Teil seiner selbst!«

»Genau das ist es, was er uns nicht verzeiht, meine liebe Insha. Ist das so schwer zu verstehen?«

»Verstehst du es denn?« fragte Insha zurück.

Caitli nickte kurz und versuchte den Schmerz zu unterdrücken, der sie wieder wie eine Welle erfaßte. Insha strich ihr sanft über den Leib.

»Deine Tochter wird blond sein und ihre Haut so hell wie die ihres Vaters. Du wirst sie niemandem zeigen können, ohne dich zu verraten, es sei denn, du weihst auch den Kelten der Göttin Athrpa.«

»Das kann ich nicht tun. Er gehört nicht mehr dem König. Tarchon hat ihn Larth überlassen, und Larth wird ihn niemals der Göttin weihen.«

»Nein«, murmelte Insha, »das wird er niemals tun.«

Ein kühler Luftzug lenkte Caitli ab. Velvur hatte den Raum betreten, und die eisige Kälte, die draußen herrschte, haftete ihm noch an. Für einen Moment streckte der Trutnot die Hände über dem Feuer aus, und die Flammen loderten hoch auf.

»Wir sind gerufen worden, um an einem freudigen Ereignis teilzuhaben, Insha«, sagte er dann und näherte sich den beiden Frauen. Mit den Fingerspitzen berührte er kurz Caitlis Stirn und fühlte ihre Stärke. Sie hatte ihn nicht wirklich nötig. Aber Caitli wußte, wie wichtig es für Velvur war, an dieser Geburt teilzunehmen, und sie wollte ihn nicht ausschließen.

»Sie wird dieses Mädchen niemandem zeigen können«, sagte Insha und nahm ihm mit geschickten Händen den Mantel ab, während sie sich gleichzeitig mit einem Blick versicherte, ob die Dienerinnen auch heißes Wasser, Öl und Leinentücher bereitgestellt hatten. »Ihr fremdartiges Aussehen wird sie verraten.«
»Ganz im Gegenteil, Insha. Dieses Mädchen wird die Mutter eines Königs sein«, berichtigte sie Velvur.
»Sie wird ein Geschenk der Liebe sein«, erwiderte Caitli, »das größte, das jemals einem Mann gemacht wurde.«
Ein Geschenk für Larth, dachte sie, und dann verhalf sie ihrer Tochter auf die Welt und ließ es zu, daß sie sich von ihr trennte.

»Schauen Sie, Herrin! Thesan hat die neue Milch angenommen«, rief Tura lächelnd und zeigte auf die leere Blase, an der die Kleine genuckelt hatte. Vom heftigen Saugen war sie noch ganz rot im Gesicht, aber sie machte einen satten und zufriedenen Eindruck. Die junge Amme hatte selbst die weiße Ziege gemolken, die jetzt nebenan graste und die Velvur persönlich für diesen Zweck ausgewählt hatte.
Caitli lächelte, nahm die Kleine wieder in ihre Arme und drückte sie fest an sich. Sie war wirklich so, wie es ihr Name besagte. Sie hatte sie Thesan genannt und sie der Göttin der Morgenröte geweiht, die diese Widmung auch angenommen hatte. Und so wie die Morgenröte war sie hell und rosig, mit einem leichten blonden Flaum auf dem Kopf und himmelblauen Augen. Sie glich in allem ihrem Vater und war genauso schön wie er.
Thesan war nun schon zwei Monate alt, aber noch so klein und wehrlos wie die unzähligen Triebe der Bäume an diesem warmen Frühlingsnachmittag. Der Frühling war in diesem Jahr früher auf die Insel Fumosa zurückgekehrt und wärmer als sonst, und wie jeden Nachmittag hatten sie einen sonnigen, windgeschützten Platz knapp unter dem Gipfel des Tivrit aufgesucht, der so hochgelegen war, daß man einen weiten Blick über die Bucht hatte.
Caitli wiegte die Kleine in ihren Armen und grübelte darüber nach, woran es liegen mochte, daß ihre Milch so früh versiegt war.
»Sei nicht traurig, Herrin«, tröstete sie Tura und streichelte ihr leicht über die Hand. »Die Kleine ist zufrieden. Sieh selbst, sie schläft!«
Caitli lächelte. Tura war erst vor kurzem vierzehn Jahre alt geworden,

und ihre Leute hatten sie dazu bestimmt, auf dem Tivrit zu dienen. Sie war ein einfaches und gutes Mädchen, und Caitli hatte sie zwischen all den anderen ausgewählt, damit sie Thesan mit der Einfachheit, die ihr selbst eigen war, erzog.

Tura hatte neben einem der wenigen Bäume, die hier oben wuchsen, für Caitli eine Decke ausgebreitet, und sie genossen die Sonne. Die Brombeerbüsche begannen schon zu blühen, die Ziege naschte an den jungen, sprießenden Grashalmen, und Turas Geplauder war genauso angenehm wie das Summen der ersten Bienen.

Der Palast von Tarchna schien so fern wie ein Traum, und doch war er gleichzeitig nah, denn das Schiff, das am Morgen im Hafen angelegt hatte, war nicht eines der üblichen, die Eisen nach Pupluna transportierten. Sein Banner war mit dem Adler von Tarchna bestickt.

»Schlechte Nachrichten«, murmelte Caitli vor sich hin.

»Wieso kannst du das wissen?« protestierte das Mädchen, aber dann erinnerte sie sich wieder, wer ihre Herrin war. Sie errötete und stammelte verwirrt: »Verzeih mir, meine Herrin. Es ist nur, weil ich nicht möchte, daß du schlechte Nachrichten bekommst.«

Caitli beruhigte sie mit einer Geste.

»Die schlechten Nachrichten sind wie der Regen, Tura. Du kannst ihm nicht verbieten, daß er dich durchnäßt, wenn du keinen Unterschlupf hast«, antwortete sie ihr und wandte sich dann wieder der Kleinen zu, die jetzt an ihre Brust geschmiegt mit tiefem und ruhigem Atem schlief, die Händchen zu Fäusten geballt.

Kurze Zeit später sahen sie Velvur über den Pfad kommen, der vom Tivrit heraufführte. Er beeilte sich nicht, im Gegenteil, es schien fast so, als ob er die Gelegenheit nutzen wollte, die junge Frühlingsluft einzuatmen. Sobald er die beiden Frauen erreicht hatte, stand Tura auf, band die Ziege los und brachte sie zu einem entfernteren Platz.

»Ein gutes Mädchen«, bemerkte Velvur anerkennend.

»Ja, ich bin mit meiner Wahl sehr zufrieden«, bestätigte Caitli.

»Sie ist rein und unschuldig, und die Lebensfreude pulsiert in ihr wie ein starker Strom. Es stimmt, du hast eine gute Wahl getroffen.«

Dann beugte er sich über die Kleine, und als er sich wieder aufrichtete, suchte Caitli seinen Blick.

»Das Schiff im Hafen kommt aus Tarchna, und es bringt keine guten Nachrichten. Ist es nicht so, Großer Trutnot?«

Velvur seufzte und streichelte leicht über den mit blondem Flaum bedeckten Kopf der Kleinen.

»Auch ein Ereignis, das uns schlimm erscheinen mag, kann in Wirklichkeit nur die nötige Veränderung in sich bergen. Wir müssen nach Tarchna zurückkehren, Caitli. Dein Vater, der König, liegt im Sterben.«

»Thanaquil hat mich nicht gerufen, und ich habe keine Anzeichen gespürt! Warum, Velvur?« fragte Caitli.

Der Große Trutnot schüttelte leicht den Kopf.

»Wir müssen uns mit dem bescheiden, was die Götter uns senden, Caitli. Wir können nicht mehr sehen als das, was uns zugestanden wird, sonst könnten wir die Last nicht tragen. Ich habe es heute nacht gespürt. Es war, als ob eine große Traurigkeit meinen Raum überfluten würde, und als ich dann, direkt nach Sonnenaufgang, das Banner dieses Schiffes gesehen habe, da wußte ich. Wir werden morgen, gleich bei Tagesanbruch, abreisen.«

Caitli nickte. Die Kleine bewegte sich in ihren Armen und gähnte, sie war noch so klein . . . Eine zarte Knospe in einer rauhen Jahreszeit.

18.

»Vergiß nicht, daß du diesem Thron angehörst.«
Die Stimme des alten Velvur schien noch immer in der Luft zu hängen. Larth stand regungslos da. Die Zeichen für die Hochzeitszeremonie waren am Morgen ungewiß gewesen. Ein heftiger Wind hatte niedrige weiße Wolken vor sich hergetrieben, die an den Bergrücken hängengeblieben waren, und eine Schar Falken, die von Westen nach Süden flogen, hatten die Haruspizen als ein Vorzeichen für die Richtung gedeutet, die der neue König nehmen würde.
Bevor die Zeremonie ihren Anfang nehmen sollte, hatten ihn alle Haruspizen und Hohepriester aufgesucht. Alle, bis auf die eine, die Larth so gerne alleine gesehen hätte, und wenn auch nur für einen kurzen Augenblick.
Caitli.
Er hätte nur ein wenig den Kopf zu wenden brauchen, um wieder zwei Kinder vor sich zu sehen, die in einem schmalen Sonnenstreifen auf dem Hof zwischen den Buchstaben spielten, die den Namen des Königs bildeten.
Warum hat Velvur uns das angetan, dachte er, und wieder fühlte er den Kummer des Jungen in sich aufsteigen, der abreisen mußte, und in den langen Jahren, die er fern von Tarchna war, immer und immer wieder versucht hatte, eine Erklärung dafür zu finden. Er sah sich wieder in diesem Saal, wie er seinem Vater und dem König lauschte, um von ihnen die Geheimnisse des Regierens und der Macht zu erlernen. Aber noch klarer spürte er in seiner Erinnerung das Glücksgefühl, das damals die Mauern des Palastes durchdrungen hatte. Diese Lebensfreude, die Tarchon damals ausgeströmt hatte, die die Frucht seiner Liebe zur Königin war.
Thanaquil ähnelte wirklich sehr ihrer Mutter. Der gleiche Körper, der

in seiner kindlichen Phantasie damals für ihn die Vollendung der Schönheit war, und jetzt der Preis für den Thron. Ein um so höherer Preis, wenn er bedachte, wie unglücklich er damit seinen besten Freund machte.
Axal hat recht, wenn er den Göttern nicht traut. Denn wenn ihnen wirklich das Glück derer, die ihnen folgen, am Herzen läge, dann würden sie nicht so leicht auseinanderreißen, was zusammengehört, dachte er, ohne daß sein Gesichtsausdruck auch nur das geringste seiner Gedanken verriet.
König Tarchon war inzwischen bis zum Thron getragen worden. Er konnte zwar nicht mehr laufen, aber den Kopf trug er noch immer hoch, und die Krankheit hatte ihm nichts von dieser besonderen Art nehmen können, mit der er über seinen Adel herrschte. Doch sein Gesicht war aschfahl geworden und das Atmen zur Qual.
Trotzdem lag in seinen tief eingesunkenen Augen, die sich jetzt auf Larth, den ersten in der Reihe der Adeligen zur rechten Seite des Thrones, richteten, der Anflug eines Lächelns. Neben ihm standen Laris, Cneve und Egene, denen sich die anderen Adeligen von Tarchna anschlossen, von denen einer der ersten Kae Aivas war. Gegenüber, auf der linken Seite, war der erste in der Reihe der Gäste aus dem Zwölfstädtebund Mastarna, der eine würdevolle Ruhe zur Schau trug.
»Ich liebe euch beide«, waren seine Worte gewesen, als er gekommen war, um ihm noch vor der Zeremonie die Ehre zu erweisen. »Und wenn es so geschrieben steht, dann werde auch ich stark sein und ein treuer Freund.«
Larth ließ seinen Blick schweifen. Da waren Marce Vibenna und der Sohn des Königs von Velx, König Aucnus von Xaire, König Venthi von Faleri und der junge Marcius, den sie aus Ruma mitgebracht hatten, damit er einerseits selbst sah, was die Rasna so groß machte, um später seinen Leuten davon berichten zu können, andererseits aber auch um ihn selbst wie eine rare Beute herzuzeigen. Ein kleiner Barbar, der sich in eine Zeremonie verirrt hatte, die sein Vorstellungsvermögen bei weitem überstieg, zumindest aus dem zu urteilen, was ihm ins Gesicht geschrieben stand. So hatten wir uns diesen Augenblick, von dem wir so oft gesprochen haben, nicht vorgestellt, lieber Freund, dachte Larth, und sein Blick schweifte wieder zu Mastarna zurück, der ihn mit demselben undurchdringlichen Gesichtsausdruck erwiderte.

Doch jetzt zogen die Haruspizen, denen die Flötenspieler voranschritten, in den Saal ein, angeführt vom Großen Trutnot, der in seine zeremoniellen Gewänder gekleidet war und den Spitzhut und den gebogenen, mit Intarsien aus purem Gold verzierten Stab trug. Ihm folgte Flasi Aivas, genauso prächtig gekleidet, und gleich darauf die Träger der Symbole des Reiches, des Schwertes und der zweischneidigen Streitaxt. Ihnen folgte, zwischen zwei Reihen von Haruspizen, Caitli, die die azurfarbene, golddurchwirkte und scharlachrote Tunika der Trutnot trug und auch den gebogenen Stab, als Zeichen ihrer Weihe.
Die ganze vorhergehende Woche hatte man befürchtet, den König zu verlieren, noch bevor die Hochzeitszeremonie vollzogen war. Doch dann, direkt nach der Ankunft Caitlis und Velvurs von der Insel Fumosa hatte sich der König ein wenig erholt. Die Festlichkeiten konnten also wie geplant stattfinden, und obwohl es so schien, daß die schlechten Vorzeichen überwogen, ging nun doch alles seinen vorgeschriebenen Weg. Velvur war nun vor dem König angekommen und stellte sich zu seiner Rechten neben Larth auf. Flasi Aivas tat es ihm nach, aber Caitli blieb direkt vor dem Vater stehen. Der erste Träger der Insignien legte dem König das Schwert zu Füßen, gefolgt von dem zweiten mit der zweischneidigen Streitaxt.
Für einen kurzen Augenblick herrschte atemlose Stille im Saal. Der Wind flüsterte in den Ornamenten des Daches, als wollte er mit seiner Stimme den feierlichen Augenblick begleiten, und, als würden sie Antwort darauf geben, züngelten die Flammen hoch in den Feuerbecken. Caitli hob die Streitaxt mit beiden Händen auf. Dann trat sie auf Thanaquil zu, die neben dem Thron stand. Thanaquil war angespannt, sie trug das purpurfarbene Gewand der Erbin, und ihr schönes Gesicht war ernst und gesammelt.
»Mit dem Recht zu wählen, verzichte ich auf das, was mir durch Geburt zusteht. Thanaquil, Tochter von Tarchon und Ramtha, wird die Erbin des Thrones von Tarchna sein.«
Caitli hörte den Klang ihrer eigenen Stimme, als käme sie von den Lippen einer anderen Person. Und für einen Moment sah sie sich selbst als Kind in einer Ecke des Saales kauern und dieses Ereignis beobachten. Tiefe Traurigkeit stieg in ihr auf. Dieses Kind sah den Thron von Tarchna leer, und die, die sich eigentlich hätten freuen müssen, weinten. Betroffen faßte Caitli die Streitaxt noch fester, legte sie mit

gemessenen Bewegungen in die Hände der Schwester und schaute ihr dabei fest in die Augen. Aber Thanaquil hielt nur kurz ihrem Blick stand, dann senkte sie die Augen.

Eine Königin senkt nicht den Blick, dachte Caitli. Meine arme Schwester, dieser Tag wird kein Glückstag für dich sein.

Dem Ritual gemäß drückte nun Thanaquil die Streitaxt an ihre Brust, führte sie zur Stirn und legte sie dann dem König zu Füßen neben das Schwert.

Tarchon beugte das Haupt, zum Zeichen, daß er sowohl den Verzicht entgegennahm als auch die neue Erbin des Thrones anerkannte. Caitli stellte mit Erstaunen fest, wie einfach das alles gewesen war, und sah gleichzeitig mit Verwunderung, daß die Augen ihres Vaters wieder klar und lebhaft glänzten. Tarchon nahm ihre Hand. Er schien erleichtert zu sein und so ruhig und heiter, wie sie ihn schon lange nicht mehr gesehen hatte.

»Die Gegenwart meiner geliebten Tochter Caitli, die sich der Göttin Athrpa geweiht hat, erfreut mich«, sprach er mit feierlicher Stimme. »Dieser Palast wird immer für sie offenstehen!«

Caitli strich mit den Fingerspitzen leicht über die Hand des Vaters und trat dann an Velvurs Seite.

Nun nahm Tarchon Thanaquil und Larth bei der Hand. Für einen Moment schweiften seine Gedanken ab, und er dachte daran, wie Velvur, der damals die Hochzeitszeremonie vollzogen hatte, Ramthas Hand in die seine gelegt hatte. Aber inzwischen war so unendlich viel Zeit vergangen, daß er daran zu zweifeln begann, ob es diesen Tarchon, der einmal ein so glücklicher König gewesen war, überhaupt noch gab.

»Du bist nun Königin von Tarchna«, sprach er also mit fester Stimme an Thanaquil gewandt, »und Larth ist nun dein Gemahl. Morgen, wenn die Hochzeitsnacht vollzogen ist, wird Larth der neue König von Tarchna sein.«

Dann legte er die Hand Thanaquils in die von Larth. Larth ergriff Thanaqils Hand und fühlte, wie sie zurückzuckte, als ob der Druck der seinen zu heftig und schmerzhaft wäre. Sie schaute ihm nicht in die Augen, und Larth hatte das Gefühl, als ob er schuldig wäre für etwas, das er noch gar nicht begangen hatte.

Velvur beendete das Ritual, indem er Mann und Frau mit dem zeremoniellen Schleier bedeckte. Die Flötenmusik begann, und die Gäste

formierten sich, um nun in den mit Ginster ausgeschmückten Bankettsaal zu ziehen. Larth, der mit Thanaquil den Zug anführte, fühlte plötzlich aus der Menge die schmalen, dunklen Augen des kleinen Vul auf sich gerichtet, und als sein Blick auf ihn traf, konnte er ganz deutlich aus ihnen den Haß und die darin verborgene Drohung ablesen. Dem Jungen war es erlaubt worden, am Bankett teilzunehmen, aber noch bevor das Fest richtig angefangen hatte, lief er schon weg.
Der König allerdings schien wieder an der Gesellschaft und an den Gesprächen mit Laris Gefallen gefunden zu haben. Er interessierte sich sogar für den jungen Latiner, den alle – die einen scherzend, die anderen ernsthaft – auszufragen versuchten, bis es schließlich Cneve übernahm, Rede und Antwort zu stehen. Mit lauter Stimme erläuterte er die Pläne und Vorhaben in Ruma und rief schließlich Larth zu Hilfe, damit er auf die Fragen antwortete. Larth war ihm in einem gewissen Sinne sogar dankbar dafür, denn so brauchte er sich nicht um Thanaquil zu kümmern, die sich auf ihrem Clinai ausgestreckt hatte.
Mastarna hingegen befand sich genau am anderen Ende des Saales, und Larth wunderte sich ein wenig, als er Caitli und Velvur im Gespräch mit ihm entdeckte. Nach einer Weile stand er schließlich auf und verließ den Saal. Es war inzwischen Nachmittag geworden, und ein heftiger Wind war aufgekommen. Das Bankett war noch längst nicht beendet, denn am nächsten Tag würde seine Thronbesteigung zelebriert und gefeiert werden. Larth durchquerte den Haupthof und erreichte gemessenen Schrittes über eine der Loggien den Durchgang zum Küchenhof, wo er im Schutz der Mauern stehenblieb. Im Hof wimmelte es nur so von Dienern. Und zwischen diesem ständigen Kommen und Gehen sah er Axal, der, völlig gleichgültig dem Treiben gegenüber, etwas abseits auf einer Stufe saß und mit dem Zeigefinger Buchstaben in den Sand des Hofes malte.
Larth lächelte melancholisch. Da hörte er plötzlich die Stimme von Flasi Aivas hinter seinem Rücken.
»Mein Fürst ist wohl von der Zeremonie ermüdet?«
Larth wandte sich mit einer knappen Bewegung nach ihm um. »Gibt es einen bestimmten Grund, warum du mir bis hierher gefolgt bist?« fragte er unwirsch.
Flasi Aivas verbeugte sich. Larths Tonfall war zu brüsk gewesen, als daß er ihn hätte ignorieren können.

»Ich verstehe deine Ungeduld, mein Fürst. Jeder ist an seinem Hochzeitstag mit anderen Dingen beschäftigt, und es tut mir leid, wenn ich dir die Zeit raube. Aber das, was ich dir zu sagen habe, ist nur für dich bestimmt«, erwiderte er in einem geheuchelt unterwürfigen Tonfall.
»Deine Loyalität schmeichelt mir, Haruspize von Tagete«, gab ihm Larth ebenso höflich und ruhig zurück, und nur das leichte Lächeln und der drohende Ausdruck seiner Augen straften ihn Lügen.
Flasi Aivas trat noch einen Schritt näher an ihn heran. »Du hast Feinde, mein Fürst, vor denen du dich hüten solltest«, murmelte er.
»Wer hat die nicht? Schon ein neugeborenes Kind kann nicht sicher davor sein.«
»Natürlich. Aber wenn du willst, dann begleite mich zu Demestone, dem Händler, dann wirst du besser verstehen, was ich meine.«
Larth nickte knapp zum Zeichen seiner Zustimmung. Demestone war am Tag zuvor mit seinem Hof von Sklaven und vielen Waren angekommen und war jetzt dabei, seine Waren anzuordnen, in Erwartung des Adels während einer der vielen Pausen des Banketts.
Doch bevor sie sich auf den Weg machten, warf Flasi Aivas noch einen kurzen Seitenblick auf die Gestalt Axals im Küchenhof, was Larth nicht entging und ihn noch mehr gegen ihn aufbrachte.
»Demestone ist in Alalia gewesen«, erklärte der Haruspize, während Larth ihm folgte, »und offensichtlich hat er versucht, etwas über den Focesen herauszufinden, der letztes Jahr versucht hat, den König zu ermorden. Dieser Mann kam in Wirklichkeit aus Velx, auf Befehl von König Sevre.«
Larth wandte sich ihm abrupt zu.
»Willst du mir damit sagen, daß einer unserer verbündeten Könige einen Mörder gedungen hat, Aivas?«
»Überlege selbst, mein Fürst«, erwiderte ihm der Haruspize. »An der Eroberung von Ruma war Velx genauso beteiligt wie wir. Aber durch den Tod des Königs wärst du hier festgehalten worden, und wem wäre dann wohl die eigentliche Verwaltung Rumas zugefallen? Du vertraust den Vibenna und Mastarna, aber dein Bruder Cneve allein kann gegen sie nichts ausrichten, und so wäre Ruma in kürzester Zeit an Velx gefallen ... Vielleicht mit Mastarna als König.«
Larth schwieg. Sie waren inzwischen an der Schwelle des Pavillons an-

gekommen, wo der Grieche gerade dabei war, seine Waren auszubreiten. Kaum hatte er sie entdeckt, kam er ihnen entgegen und verbeugte sich. Der Raum war fast noch leer, denn der wertvollste Teil der Ware, der die Augen der reichen Adeligen von Tarchna zum Leuchten bringen sollte, war noch verpackt. Aber die Sklaven waren schon fleißig bei der Arbeit.

»Laß uns alleine, Aivas!« befahl Larth brüsk. Der Haruspize zögerte einen Moment, doch dann verließ er wortlos den Raum, nicht ohne Larth einen Blick zuzuwerfen, der seinen ganzen Ärger ausdrückte.

»Deine Göttin sei dir wohlgesonnen, Fürst«, murmelte der Grieche, als Aivas gegangen war. Larth lächelte matt und zog ihn beiseite.

»Ich würde sagen, du bist ziemlich tollkühn, Grieche. Jeder andere Ort als dieser wäre dir zur Zeit freundlicher gesinnt.«

»Sie haben sich meiner bedient«, beeilte sich Demestone zu versichern, »und an jedem anderen Ort als diesem wäre ich schon längst tot. Aber König Tarchon hat mir geglaubt, und so sehe ich es als meine Pflicht an, seinem Haus gegenüber treu zu sein.«

»Du wagst es, von Treue zu sprechen! Ich wollte, ich wäre mir deiner genauso sicher wie er, Grieche.«

Demestone schüttelte leicht den Kopf und zeigte dann mit dem Finger auf den Opal, den Larth über der purpurfarbenen Tunika trug.

»Du bist ein Magier, Fürst, denn nur ein Magier kann einen solchen Stein beherrschen. Er ist sehr alt und kommt aus den *Namenlosen Wüsten*. Niemand außer den alten Babyloniern hat sie durchstreift, aber trotzdem war er nur ein toter Stein, bevor die Kleine ihn damals berührt und für dich erweckt hat. Nur für dich, Fürst Larth, für keinen anderen. Ich erinnere mich noch an diesen Augenblick, als wäre er erst gestern gewesen! Ich könnte dich gar nicht betrügen, nicht einmal, wenn ich damit mein Leben retten würde.«

Larth strich nachdenklich über den Opal. »Gut«, meinte er dann, »ich will dir glauben. Aber jetzt erzähle mir etwas über diesen Focesen.«

»Der edle Aivas wird dir schon gesagt haben, was ich herausgefunden habe«, antwortete ihm Demestone bedächtig. »Der Focese hatte einen guten Grund, sich an Tarchna zu rächen, denn er war der Neffe des Königs von Alalia, den du entmachtet hast, als du die Insel erobert hattest. Er war mir damals von befreundeten Händlern empfohlen worden, die für ihn garantierten. Sie waren Griechen aus Milet. Aber ich hatte weder bedacht, noch wußte ich, wie nahe sie der ionischen Sache und damit auch dem Bündnis mit den Focesen standen. Jedenfalls war es für mich nach dem Mordanschlag trotzdem nicht allzu schwierig herauszufinden, daß sie glaubten, ein gutes Geschäft zu machen, wenn sie dem Mann die Gelegenheit zur Rache verschafften und damit gleichzeitig dem König von Velx auch den Arm, den er brauchte. Sie kommen genauso regelmäßig mit ihrer Ware nach Velx, wie ich hier nach Tarchna komme.«

Larth wandte sich ab. »Sevre, der König von Velx!« murmelte er ungläubig vor sich hin, und gleichzeitig stieg ein quälender Gedanke in ihm auf: Mastarna... Konnte es sein, daß Mastarna davon gewußt hatte? Konnte es sein, daß er an diesem Plan, der ihn zum König von Ruma gemacht hätte, teilgehabt hatte?

Entschieden schüttelte er den Kopf. Er wollte diese Zweifel nicht an sich heranlassen, denn das hätte den Sieg von Flasi Aivas bedeutet, der ihm dadurch den selbst erwählten Bruder genommen hätte, der ihm lieb und teuer war.

Demestone kam nun noch näher an ihn heran und sprach mit so leiser Stimme auf ihn ein, daß Larth sich zu ihm hinüberbeugen mußte, um ihn zu verstehen.

»Aber deine Feinde sind nicht nur in Velx, mein Fürst«, flüsterte er. »Du hast auch hier Feinde, zwischen deinen eigenen Leuten, in deiner eigenen Stadt. Sogar in deinem eigenen Haus. Ich bin immer auf Reisen, das weißt du... Also komme ich in alle Städte eures Bündnisses, und der Übergriff von Tarchna auf das Gebiet der Latiner erschreckt die Leute. Sie fürchten eine Allianz zwischen Tarchna und Velx und vor allem die Macht, die eine solche Allianz bedeuten würde... Selbst hier in der Stadt habe ich Kritik an deinen ehrgeizigen Plänen gehört. Es gibt eine gewisse Gruppe von reichen und vorsichtigen Männern, die glauben, daß Tarchna sich lieber wieder aus Ruma zurückziehen sollte. Andere wiederum sind überzeugt davon, daß Tarchna Ruma alleine beherrschen sollte. Den ersteren gefällt dein Ehrgeiz nicht, und die zweiten verstehen nicht, warum du dir Ruma mit Velx teilst. Zu den ersteren gehört dein Bruder Egene und vielleicht auch dein Vater. Dein Bruder hat es dir nicht verziehen, daß du ihm Cneve vorgezogen hast, der jünger ist als er. Und sicher ist Cneve nicht derjenige deiner beiden Brüder, dem der edle Laris den Vorzug gibt...«

»Der Große Trutnot hat recht, Grieche. Du bist so geschwätzig wie die Waschfrauen im Brunnenhof«, unterbrach ihn Larth trocken, doch die listigen Äuglein von Demestone funkelten für einen Augenblick vergnügt auf.
»Ich wäre deinen Göttern sehr dankbar, wenn sie den Großen Trutnot während des Verkaufs meiner Waren von hier fernhalten würden! Aber eines kannst du mir glauben, ich habe gelernt, genauso gut zuzuhören wie er. Und ich sage dir, daß du nur wenige Freunde unter denen hast, die sich morgen vor deinem Thron verneigen werden.«
»Gut, ich werde sehen, was ich für dich tun kann, und wenn du aufrichtig und ergeben bist, Grieche, dann soll es nicht zu deinem Schaden sein«, erwiderte ihm Larth und wandte sich zum Gehen.
Demestone beugte das Haupt. Er war tatsächlich ehrlich und aufrichtig gewesen, und es gab da noch einige andere Dinge, die er hätte sagen wollen. Aber auch er war inzwischen alt und vorsichtig geworden, und deshalb schwieg er.
Larth verließ den Pavillon und machte sich wieder auf den Weg in den Bankettsaal. Als er den Haupthof betrat, sah er Mastarna, der sich mit Marce Vibenna unterhielt. Die Diener waren gerade dabei, die großen Feuerbecken vorzubereiten, die bei Einfall der Dämmerung angezündet würden, und vor dem Bankettsaal waren die Zuschauer zusammengeströmt, um die Tänzerinnen zu bewundern, die soeben, begleitet von den Musikanten mit ihren Flöten und Barbitons und den Sängerinnen mit den Holzklappern, in den Saal einzogen. Einen Augenblick blieb er noch stehen, dann ging er auf Mastarna und seinen alten Kommandanten zu.
Als er zu ihnen trat, neigte Vibenna den Kopf und betrachtete ihn dann für einen Augenblick mit dem gleichen forschenden Lächeln wie damals im Hafen von Pyrgi.
»Ich habe nie daran gezweifelt, daß ich dich eines Tages als König begrüßen würde, Larth«, sagte er.
»Ich auch nicht«, antwortete Larth ihm mit einem kleinen Lächeln.
Vibenna nickte nachdenklich. »Kühnheit und Vorsicht. Solange ihr beide zusammen seid, wird man euch nicht schlagen können. Aber das wissen auch eure Feinde. Wäre ich noch euer Kommandant, dann würde ich euch raten, die Segel zu setzen und der Stimme des Windes zu lauschen.« Dann wandte er sich zum Gehen. »Ich wünsche dir eine

glückliche Nacht, Larth«, setzte er noch hinzu und verschwand in der Menschenmenge, die sich um den Einzug der Tänzerinnen, Musikanten und Sängerinnen drängte.

Larth und Mastarna schauten sich für einen Augenblick wortlos in die Augen. Es war Mastarna, der als erster seinen Blick senkte. »Ich werde morgen nach Ruma zurückkehren, sobald die Zeremonie beendet ist«, sagte er. »Wir werden uns in etwas mehr als einem Mond in Fanu Veltune sehen.«

»Wird dich jemand auf dem Rückweg nach Ruma begleiten?« fragte Larth.

»Nur meine Wache.«

»Auch Cneve wird morgen mit dem jungen Latiner abreisen. Ihr könntet den Weg gemeinsam zurücklegen.«

»Natürlich, wenn er will. Ich habe gehört, in Richtung Xaire soll es Raubzüge der Sabiner gegeben haben, obwohl es mir seltsam vorkommt, daß die Sabiner sich alleine bis in die Nähe von Xaire wagen. Dieser griechische Händler, du weißt schon, der gestern hier angekommen ist, hat davon berichtet. Ich erinnere mich nicht mehr an seinen Namen.«

»Du meinst sicher Demestone«, half ihm Larth.

Mastarna nickte.. »Genau, den meine ich«, bestätigte er.

»Er hat noch mehr gesagt als nur das«, fuhr Larth fort. »Er meinte, daß der Focese, der den König umbringen wollte, ein Neffe des Königs von Alalia ist, und daß er von Sevre, dem König von Velx, gedungen war.«

Mastarna schaute ihn so erstaunt an, daß Larth an seiner Überraschung kaum zweifeln konnte. »Wieso sollte er das getan haben?« fragte er. »Und mit welchem Ziel?«

»Um mich hier zurückzuhalten und dich in Ruma regieren zu lassen, das ja nicht nur von Tarchna, sondern auch von Velx erobert wurde.«

»Bist du gekommen, um mir das zu sagen?«

Mastarnas Stimme war sicher und fest, und Larth wandte seinen Blick ab. Zwischen den Schatten der nun immer dichter werdenden Dämmerung suchte er nach einem Licht, um sich von diesem Angstgefühl zu befreien, das plötzlich in ihm aufstieg.

»Ich möchte nur wissen, ob es wahr ist«, murmelte er.

»Es mag wahr sein«, gab ihm Mastarna zurück, »denn König Sevre ist ein ehrgeiziger Mann. Aber mit Sicherheit kommt er mit seinen Plänen nicht zu mir. Als er mir die Männer für Ruma zugestanden hat, hat er es bestimmt nicht nur mir zuliebe getan. Er verfolgte damit seine eigenen Ziele, so wie alle anderen auch. Der Hunger nach Macht läßt die Menschen die merkwürdigsten Dinge tun, und ich bete zu den Göttern, daß du ihm niemals in diese Falle gehen wirst. Aber was mich anbetrifft, so habe ich an keiner Verschwörung teilgehabt. Und selbst wenn wir aus irgendeinem Grund heraus jemals Feinde werden sollten, dann bestimmt nicht auf diese Weise, sondern nur von Angesicht zu Angesicht.«
»Feinde ...« wiederholte Larth lächelnd, und der Gedanke kam ihm so unwirklich vor wie die schimmernden Körper der Tänzerinnen unter dem hauchfeinen Musselin ihrer Schleier. Auch Mastarnas Blick schweifte nun ab.
»Ich werde beim Geleitzug in das Gemach der Königin nach dem Bankett heute nacht nicht dabeisein. Ich glaube, ich gehe gleich Axal suchen, und wir werden einen Becher auf euer Wohl trinken. Die Götter seien dir freundlich gesinnt, mein Freund ... Sonst wüßte ich nichts, was ich dir heute abend noch sagen könnte«, murmelte er und ging dann eilig davon, ohne sich noch einmal umzudrehen.
Larth schaute ihm nach und ging dann wieder in den Saal zurück. Es war kurz vor Einbruch der Nacht, und es war an der Zeit, wieder am Bankett teilzunehmen.
Im Saal waren das Fest und auch der Tanz inzwischen auf ihrem Höhepunkt angekommen. Caitli hatte sich zu Thanaquil gesetzt, und sie unterhielten sich mit leiser Stimme. Thanaquil nahm hin und wieder aus einem goldverzierten Glaskelch einen Schluck geharzten, starken Weines, der mit Ingredienzen versetzt war, die auf die Gelegenheit abgestimmt waren, und man hätte fast glauben könne, sie seien Komplizinnen in einem geheimen Ritual.
Als er zu ihnen trat, hob Caitli den Kopf und schaute ihn lächelnd an. Dann stand sie ohne ein Wort auf und nahm wieder ihren Platz neben Velvur ein. Zu viele Augen waren auf sie gerichtet.
Erst sehr viel später formierte sich der Geleitzug zum Gemach der Königin. Der Haupthof war von vielen Feuerbecken taghell erleuchtet, aber der Himmel hatte sich bedeckt. Auch der Wind hatte die Richtung

gewechselt und drückte nun den Rauch in die Säulengänge, die von einem starken Duft nach Kräutern durchzogen waren.
Velvur, als die höchste priesterliche Autorität, und Caitli, als die Hohepriesterin des Palastes, eröffneten den Zug. Ihnen schritten Lichterträger mit bronzenen Laternen auf langen Stäben voran, gefolgt von anderen, die betörend duftende Essenzen schwenkten. Ihnen wiederum folgten die jungen Leute und die Freunde des Paares, aber die normalen Hochzeitsgäste und auch die Alten waren von diesem Geleitzug in das Hochzeitsgemach ausgeschlossen.
Vor dem Gemach der Königin angekommen, öffnete die Hohepriesterin des Palastes die Tür. Der Raum war hell erleuchtet, warm und mit kostbaren Teppichen und Vorhängen ausgestattet. Die Mägde standen schon bereit, um das Paar für die Nacht vorzubereiten, angeführt von Hasti, die sich nun vor ihnen verbeugte. Nach langer Zeit würde das Gemach zum ersten Mal wieder zum Leben erwachen, denn diese erste Nacht mußte hier vollzogen werden, da es die Königin war, die den Thron mit in die Ehe brachte.
König würde Larth erst mit Beginn des neuen Tages sein. Caitli dankte Hasti mit einer knappen Kopfbewegung und wandte sich dann dem Paar zu. Sie nahm Larths und Thanaquils Hände in die ihre, führte sie an die Brust und spürte für einen Augenblick die heftige Flut ihrer feindlichen und verwirrten Gefühle.
Doch dann begann sie die Formel zu sprechen, und die Kraft der uralten Worte durchdrang den Raum und ihren Geist: »Der Palast heißt euch willkommen! Ihr seid das Fleisch seiner Mauern, der Atem seiner Gemächer, und seine Größe ist das Maß eurer Größe. Deshalb werdet ihr es nicht zulassen, daß er zerstört oder erobert wird, weil auch ihr sonst, zusammen mit ihm, zerstört und erobert werdet. Zeugt in dieser Nacht einen Erben für diesen Palast!«
Die rituellen Sätze waren gesprochen, und somit hatte das Paar den Segen erhalten. Larth nahm noch einmal das Bild von Caitlis Antlitz in sich auf, bevor sie sich zusammen mit dem Geleitzug entfernte, der wieder in festlicher Prozession in den Bankettsaal zurückkehrte. Als letzter schloß Velvur die Tür hinter sich.
Als alle gegangen waren, gönnte sich Larth ein langes Bad im angrenzenden Baderaum. Aber er schickte die Mägde fort, die gekommen waren, um ihm behilflich zu sein, und schenkte sich statt dessen Wein

ein. Er hatte den ganzen Tag über kaum etwas gegessen oder getrunken, und jetzt, wo sich über diesen Flügel des Palastes Stille gesenkt hatte, fühlte er sich plötzlich wie ein Eindringling in einem fremden Haus. Es war schon sehr spät, als er sich entschied, wieder in das Gemach der Königin zurückzukehren. Thanaquil war alleine und lag, bekleidet mit einem leichten Gewand aus hauchfeinem Musselin, auf dem Bett. Das Licht einer Lampe mit vielen kleinen Öffnungen hinterließ auf ihrem Körper ein bewegliches Schattenspiel, und in der Luft lag ein leichter Blütenduft.

Larth blieb am Fuß des Bettes stehen und schaute sie an. Unter seinem Blick kreuzte Thanaquil die Arme über der Brust und preßte die Lippen aufeinander. Selbst die betörendsten Essenzen und aller Wein des Palastes hätten sie nicht vergessen machen können, daß nicht er der Mann war, den sie an ihrer Seite haben wollte.

»Hast du Angst vor mir?« fragte Larth leise.

Thanaquils Blick verdüsterte sich, und sie rührte sich nicht. Trotzdem schien es Larth, den dieser Körper, der sich mit dem seiner Erinnerung vermischte, verwirrte, als ob ein kleiner, herausfordernder Funke in ihren dunklen Augen aufglimmen würde. Aber vielleicht hatte er sich das auch nur eingebildet.

»Ja«, flüsterte sie mit einem kleinen Seufzer, der es ihm leichter machte, sich ihr zu nähern. Gleich darauf war er an ihrer Seite. Er beugte sich über sie, löste ihr den Gürtel und streifte ihr den hauchfeinen Musselin ab. Jetzt war nur noch der Opal zwischen ihnen, und Larth zog ihn ab und legte ihn mit einer Geste beiseite, als wollte er ihn für all seinen Kummer und Schmerz dieser Nacht verantwortlich machen.

»Vor langer Zeit sagte ich in diesem Raum, du seist häßlich. Aber es stimmt nicht«, sagte er lächelnd zu ihr, während seine erfahrenen Hände die geheimen Plätze ihrer Lust suchten. Doch seine Augen blieben kalt, und Thanaquil wurde von einer tiefen Verzagtheit ergriffen. Sie war für ihn nicht mehr als irgendeine andere.

Larth nahm sie mit einer fast gleichgültigen Überheblichkeit, und als er merkte, daß sie sich ihm widersetzte, drang er mit Gewalt in sie ein und gab ihr den Samen, den der Palast forderte. Gleich darauf stand er auf, goß sich einen Pokal Wein ein und trat ans Fenster. Ein schmaler Lichtstreifen erhellte den Himmel im Osten, und ein Schwarm aufgeschreckter Drosseln flog vom Dach in den Hof hinunter.

Mit der rituellen Geste der Opfergabe erhob er den Pokal mit beiden Händen zum Himmel und leerte ihn dann in einem Zug. Er hatte die Erbin besessen und ihr seinen Samen gegeben. Die Hohepriesterin würde mit den ersten Strahlen der Sonne kommen, um den Vollzug zu überprüfen. Tarchna hatte einen neuen König.

Als ihm König Tarchon am folgenden Tag den Thron übergab und ihn zu seinem Nachfolger ernannte, strahlte die Sonne von einem wolkenlosen, kristallblauen Himmel. Die Gäste kamen, um ihm zu huldigen und ihn ihrer Bündnistreue zu versichern und boten ihm ihre Geschenke und Glückwünsche dar. Die Feuer auf den Stadtmauern wurden entzündet, um Tarchna den neuen König anzuzeigen, und die Tore des Palastes wurden geöffnet, um auch das einfache Volk mit Essen und Trinken zu bewirten und an den Hochzeitsfeierlichkeiten und der Ernennung des neuen Königs teilhaben zu lassen.
Velvur, der neben dem Thron stand, beugte sich zu Larth und umfaßte seine Schultern mit einer vertraulichen Geste, die nur dem Großen Trutnot vorbehalten war.
»Die Zeichen haben gesagt, daß deine Königin fruchtbar sein wird«, flüsterte er ihm ins Ohr. »Das wird zum Wohle Tarchnas sein.«
»Das freut mich«, antwortete ihm Larth mit undurchdringlicher Miene. Thanaquil an seiner Seite lächelte ruhig und gelassen. Es gelang ihr vollkommen, ihre Gefühle zu verbergen, so wie es einer Königin geziemte, und keiner sah ihr an, was in ihr vorging.
Velvur beugte sich noch weiter zu ihm hinunter, so daß niemand mehr seine Worte hören konnte. »Koste diesen Tag aus, Larth«, flüsterte er ihm zu, »denn heute bist du König geworden!«
Larth lächelte flüchtig und legte seine Hand auf die des Trutnot, der noch immer seine Schulter umfaßt hielt.
»Ich bin schon immer König gewesen«, war seine knappe und stolze Antwort.

19.

Obwohl schon sieben Tage seit der Hochzeit und der Thronbesteigung Larths vergangen waren, der nun den Beinamen ›der Tarquinier‹ trug, waren die Tafeln des Banketts immer noch für Reisende und Fremde gedeckt, die durch Tarchna kamen. Larth jedoch hatte die ganze Zeit in Gesellschaft der Rechtsgelehrten verbracht. Er hatte den Rat um sich versammelt, Vorschläge für künftige Entscheidungen gegeneinander abgewogen, und selbst dem Klatsch hatte er gelauscht. Dabei hatte er die Männer nach ihren Fähigkeiten und ihrer Loyalität abgeschätzt, ohne dabei den Rat von Velvur, König Tarchon oder auch den von Laris zu verschmähen, der in seiner Eigenschaft als höchster Richter und erster Ratgeber Tarchons in den laufenden Regierungsgeschäften besser bewandert war als der alte König selbst. Aber die Gemächer der Königin hatte er seitdem nicht mehr betreten und oft nicht mal seine eigenen.

Thanaquil wird noch krank werden, dachte Caitli, die sich in das antike *Gemach der Könige* zurückgezogen hatte. Wenn das so weitergeht, wird es nicht mehr lange dauern, und die Harmonie zwischen ihrem Geist und ihrem Körper wird zerstört sein.

Nachdenklich hob sie den Blick von der Schriftrolle. Es war die erste der *Zwölf Schriftrollen von Tagete*, und sie hatte gerade den ersten der Verse gelesen: Das Geheimnis der Macht.

Mit jenem, der auszieht zu säen,
endet die Macht des Universums
Ein Häuflein fruchtbare Erde
oder eine Handvoll Staub im Wind
Vernunft und Leidenschaft haben dasselbe Antlitz
und beide verzehren sich in den Mühlen des Schicksals

Caitli kannte diese prophetische Dichtung, seit sie denken konnte. Aber durch ihre besonderen Fähigkeiten eröffnete sich ihr der Zugang zu einer ungeahnten Erkenntnis über die Abgründe des Nichts. In diesen Dingen konnte ihr niemand helfen, selbst Velvur nicht, der ihr zwar auf den Pfaden der Logik der Worte folgen konnte, aber, anders als sie, nicht ihre tiefere Bedeutung zu erfassen vermochte.
Ihr Blick fiel auf die sonnenbeschienene Türschwelle, die zu dem kleinen Innenhof mit dem Altar der Erdmutter Dia führte, und plötzlich sah sie ihn – Axal. Mit einem kleinen Lächeln stand er einfach da, scheinbar nur glücklich darüber, in ihrer Nähe sein und sie sehen zu können. Für einen Moment blieb Caitli vor Freude fast das Herz stehen, und in diesem selben Augenblick spürte sie, wie sich die Vorzeichen erfüllten. Jetzt waren sie nicht mehr nur die Vollstrecker eines Ritus, und alles, was sie jetzt taten, würden sie vor keiner Gottheit mehr rechtfertigen müssen, nur noch vor sich selbst: als Mann und Frau. Sie erhob sich und ging auf ihn zu.
Axal umfaßte ihre Hüfte, und für einen Moment sträubte sich Caitli gegen diese Geste einer so ungewöhnlichen Vertraulichkeit.
»Sei vorsichtig«, flüsterte sie. »In diesem Palast gibt es zu viele Augen, und sie sind uns alles andere als freundlich gesinnt.«
»Dann soll es sich wenigstens für sie lohnen«, entgegnete ihr Axal und zog sie in seine Arme. Caitli schmiegte ihren Kopf an seine Brust, atmete tief seinen Geruch und seine Gegenwart in sich ein, und ihrer beider Lippen suchten sich. Doch gleich darauf machte sie sich wieder los und flüsterte: »Komm herein.« Zu sehr fühlte sie den Blick des Spions auf sich lasten.
Es ist doch nur ein Kind, dachte sie, während sie Axal nach drinnen zog, Vul, wie immer.
Axal folgte ihr in das *Gemach der Könige*, ohne sie loszulassen, und sie setzten sich vor die erloschene Feuerstelle. Die Freude über diese so lang ersehnte und gleichzeitig so gefürchtete Nähe erfüllte sie so sehr, daß sie sie kaum noch zügeln konnten. Auf diesen uralten Steinen an Axal geschmiegt, fühlte sich Caitli unendlich glücklich, und gleichzeitig wurde ihr bewußt, daß dies im Augenblick nicht viele in diesem Palast von sich behaupten konnten.
»Erzähl mir von unserer Tochter«, bat Axal.
»Unsere Tochter heißt Thesan. Sie hat die gleichen Augen wie du, und

so wie du ist sie so hell und klar, daß man nur an Liebe denken kann, wenn man sie sieht.«

Axal dachte, sie würde scherzen, und mußte über ihren Tonfall lächeln. Aber Caitli fuhr fort: »Glaube mir, Axal, unsere Tochter ist wunderschön, und sie besitzt eine große magische Kraft. Ihr werden die Könige von Ruma einmal ihre Zukunft verdanken.«

»Soll das heißen, sie wird in Ruma leben?« fragte Axal ein wenig überrascht.

»Für einige Zeit, ja.«

»Wirst du ihr sagen, wer ihr Vater ist, und glaubst du, sie wird darüber glücklich sein?«

»Ich werde Thesan von dir erzählen, und sie wird dich im Feuer sehen können, ganz als wärst du an ihrer Seite, würdest sie auf deinen Knien reiten lassen und sie aufwachsen sehen.«

»Aber wird sie auch glücklich sein?« fragt Axal noch einmal, und Caitli schloß die Augen.

»Für kurze Zeit vielleicht. So wie alle.«

Axal schwieg. Er wollte nichts mehr hören und nichts anderes mehr sehen als nur ihr Gesicht. Caitli strich ihm über die Stirn und zwang sich zu einem Lächeln. Ich sollte das alles nicht tun, dachte sie, zu seinem eigenen Wohle nicht. Aber wir gehören zusammen, trotz allem. Und dann flüsterte sie ihm ins Ohr: »Heute abend, wenn es dunkel und schon spät ist, dann gehst du zu Hasti. Sie wird dich zu mir bringen.«

»Und was, glaubst du, würde passieren, wenn ich ganz offen zu dir käme?« fragte Axal.

»Gar nichts«, antwortete ihm Caitli. »Die Hohepriesterin des Palastes ist niemandem verpflichtet. Außerdem bin ich die Tochter des Königs!«

»Sicher«, meinte Axal, »vielleicht würden sie dir den einen oder anderen Liebhaber zugestehen, aber ein Liebesverhältnis zu einem Sklaven bestimmt nicht, und erst recht nicht zu mir. Und Larth würde dir nicht einmal irgendeinen anderen zugestehen, weil er glaubt, daß du nur ihm alleine gehörst. Du wirst in alle Ewigkeit seine Königin sein, Caitli. Glaube mir, ich kenne ihn, denn ich teile seinen Schatten.«

»Deshalb mußt du auf dich aufpassen, Axal. Ich ...« Sie wandte sich von ihm ab, damit sie ihm nicht in die Augen sehen mußte.

»Ich weiß, da ist ein Netz geknüpft worden, und wir waren zu dritt ...« antwortete ihr Axal in leichtem Tonfall, um sie von ihren düsteren Gedanken abzulenken.
Doch Caitli gebot ihm zu schweigen. Sie hatte seinen Tod gesehen, obwohl dies das letzte war, woran sie in diesem Moment denken wollte.
»Ich weiß, Axal, du glaubst nicht an die Vorsehung, denn deine Götter sind nicht die unseren. Aber hör mir zu! Wenn du Larth nach Veltune begleitest, werdet ihr den *Heiligen Wald von Tinia* durchqueren. Er ist sehr groß und fast undurchdringlich, keiner wird dich dort je verfolgen ...«
»Willst du damit sagen, daß ich flüchten soll?« unterbrach sie Axal überrascht.
»Ich will das Vorherbestimmte nicht mehr akzeptieren, Axal. Ich weigere mich, ich will es nicht mehr ... Für dich will ich es nicht mehr.« Caitlis Stimme war fest, aber in ihr schwang eine so tiefe Traurigkeit und Sorge mit, daß sich Axal verwundert ein wenig von ihr zurückzog.
Die Eindringlichkeit, mit der sie gesprochen hatte, überraschte ihn. Doch gleichzeitig machte sie ihm auch klar, wie sehr er sich schon an dieses Leben gewöhnt hatte und wie selbstverständlich die Gegenwart und Zuneigung Larths schon von seinem Geist Besitz ergriffen hatte.
»Ich kann ihn doch jetzt, wo er mich braucht, nicht alleine lassen«, wandte er schließlich ein.
»Dann mach ihm das, bitte, auch begreiflich. Sorge dafür, daß er es weiß und dich dafür mehr liebt, als er dich jemals für etwas anderes hassen könnte, was immer es auch sein mag!«
»Deinetwegen?« murmelte Axal und streifte mit seinen Lippen sanft ihren Mund. Doch Caitli entzog sich ihm und erhob sich. Genau in diesem Moment öffnete sich die Tür, und Flasi Aivas trat ein, gefolgt von Velvur, der den Eindruck machte, als hätte er sich dem Haruspizen von Tagete erst im letzten Augenblick angeschlossen, mit dem festen Vorsatz, seine Absichten zu durchkreuzen.
Caitli drehte sich abrupt zu den beiden um. Der Blick des Haruspizen war auf Axal gefallen und spiegelte seine Überraschung wider, sie beide so weit voneinander entfernt zu sehen.

Aber er hatte sich schnell wieder gefaßt und verbeugte sich leicht. »Verzeih mir mein Eindringen, edle Caitli, aber ich habe gehört, du hast mit der Konsultation der *Heiligen Schriftrollen* begonnen, und ich konnte der Versuchung nicht widerstehen, mit meinen eigenen Augen die Macht der Worte von Tagete zu sehen«, wandte er sich an sie.
Caitli trat einen Schritt zur Seite und deutete auf die Schrift.
»Die erste der *Zwölf Schriftrollen* ist hier. Sie ist offen, du kannst sie betrachten, wenn du willst«, antwortete sie ihm.
»Vielleicht warst du gerade dabei, diesem Sklaven einen Auftrag zu erteilen? Ich wollte dich nicht stören und kann warten, wenn du es wünschst«, gab Aivas zurück, ohne sich von der Stelle zu rühren.
»Nein, er wartet auf mich«, mischte sich Velvur ein. »Ich habe ihn wegen meiner Studien über seine Heimat rufen lassen. Möchtest du die Landkarten sehen?«
Axal hatte sich auf sein Zeichen hin erhoben, und für einen Augenblick fürchtete Caitli, daß er die Ausrede, die Velvur ihm angeboten hatte, nicht akzeptieren würde. Doch der Trutnot hatte ihn fest ins Auge gefaßt, sein Blick sprach ihm Ermutigung zu, und schließlich ging Axal die Karten holen. Aivas kam näher, um sie zu betrachten. Mit geheuchelter Bewunderung und ganz den Höflichkeitsregeln folgend, die ein Haruspize dem Großen Trutnot gegenüber zu beachten hatte, beugte er sich über die Karten und tat dabei so, als sei er äußerst interessiert. Dann trat er neben das Pult, auf dem die *Erste Rolle von Tagete* lag, und beugte sich so lange ehrerbietig darüber, wie er es als Rechtfertigung für seine Bitte für nötig hielt.
Schließlich trat er ein paar Schritte zurück und verbeugte sich wieder.
»Ich danke dir, edle Caitli. Der König hat übrigens nach dir gefragt. Wenn du es erlaubst, werde ich ihm also sagen, daß deine Zeit zwar knapp ist, aber deine Tage heiter sind.«
»Sage ihm auch, daß er sich ein wenig mehr Schlaf und Essen gönnen soll.« Und Liebe, dachte sie, aber das sprach sie nicht aus. Aivas verbeugte sich noch einmal und verließ dann den Raum.
Als sich die Tür hinter ihm geschlossen hatte, drehte Velvur sich lächelnd nach ihr um.
»Die Beine des kleinen Vul werden zwar immer schneller«, bemerkte er, »aber mit meinen Ohren und meinen Augen können sie noch lange

nicht mithalten.« Dann lächelte er auch Axal zu und meinte: »Ich habe noch zu tun. Ich werde mich also dort in die Ecke setzen, und falls ihr euch irgend etwas zu sagen habt, seid unbesorgt, ich höre und sehe nichts.«

»Wir haben uns nichts zu sagen«, gab der Kelte kühl zurück, und Velvur warf Caitli, amüsiert über diese übertriebene Vorsicht, einen Blick zu.

»Nun gut, dann komm und hilf mir. Da gibt es immer noch viele Dinge, die ich wissen muß, um diese Landkarte zu Ende zu zeichnen. Wie bezeichnest du zum Beispiel eine Anhöhe? *Ard?* Ist das der richtige Ausdruck?«

Axal nickte und begab sich zu ihm hinüber. Caitli schaute Axal an und genoß ganz einfach nur seine körperliche Gegenwart.

Es war tiefe Nacht, als ihn Hasti, eng an die Mauer des Bogengangs gedrückt, über den Hof der Frauen führte. Axal folgte ihr wie ein Schatten bis zur Tür von Caitlis Gemach und verschwand dann lautlos im Inneren. Noch bevor er die Tür hinter sich geschlossen hatte, war Hasti schon wieder verschwunden. Mit schnellen Schritten durchquerte sie den Bogengang und dann den Hof, der wie ausgestorben unter dem Mondlicht dalag.

Caitli hatte das Feuer entzündet. In dem von Schatten gekrönten Raum hing ein leichter Duft, und kaum daß der Kelte eingetreten war, hatte sie die Tür hinter ihm mit einem schweren eisernen Riegel verschlossen. Nun saßen sie vor der Glut. Caitli ergriff Axals Hand und schaute ihn an. »Axal, mein Liebster, deine Schicksalsgöttin und meine Athrpa schenken uns diese Nacht. Wenn ich mir etwas wünschen könnte, dann wünschte ich, daß diese Nacht ewig dauerte und die Sonne nie mehr aufging.«

»Willst du etwa die ganze Welt in Dunkelheit versinken lassen, nur weil ein Mann und eine Frau sich lieben? Meinst du nicht, das ist ein bißchen zuviel verlangt?« antwortete ihr Axal lächelnd und zog sie fest an sich.

Caitli schlang ihre Arme um seinen Hals, und schon kurze Zeit später hatte sie alles um sich herum vergessen.

Zwei Wochen nach seiner Hochzeit führte Larth den Adel von Tarchna zu einer großen Jagd auf Hirsche und Wildschweine in die umliegenden

Wälder. Axal war wieder an seiner Seite, und keiner der Adeligen hatte es gewagt, dagegen zu protestieren, daß ein Sklave den Platz zur Rechten des Königs einnahm, ohne ihm wenigstens die Lanze zu tragen oder die üblichen Dienste eines Knechtes zu verrichten. Als sie wieder nach Tarchna zurückgekehrt waren, opferte Larth einen der Hirsche den Göttern und ließ dann die Hälfte der Beute an die Armen austeilen, so wie es im uralten Recht der Stadt festgeschrieben stand. Dann begab er sich noch am selben Tag, nur begleitet von seiner Wache und Axal, in die Werkstatt des Goldschmiedes Pava.

Hier hatte er als Kind seine Tage verbracht, bis ihn schließlich Velvur mit sich genommen hatte. Der gutherzige und geduldige Goldschmied, der zum Haus von Laris gehörte, hatte ihm oft stundenlang Geschichten von weit entfernten Orten erzählt, die er auf seinen Reisen auf der Suche nach seltenen und kostbaren Edelsteinen besucht hatte. So war die Bottega für Larth immer ein herrlicher Zufluchtsort gewesen, von Katzen bevölkert, die der Goldschmied liebte und hegte, und voller kostbarster Kunstwerke, die in keiner anderen Stadt ihresgleichen hatten.

Vor der Bottega angekommen, wies Larth die Wache und Axal an, draußen zu warten, und trat alleine ein.

Drinnen hatte sich nichts verändert, alles war noch genauso wie in seiner Erinnerung, und auch der alte Pava schien noch im Vollbesitz seiner Kräfte zu sein. Sobald ihm klar wurde, daß es der König war, der da zu ihm gekommen war, verbeugte er sich verwirrt und etwas unbeholfen. Das golden schimmernde, sanfte Licht in der Bottega war noch immer das seiner Kindheit, und ein Lächeln blitzte in Larths Augen auf, als er die Ecke entdeckte, in der er als Kind so oft gesessen und süße Feigen gegessen hatte.

Pava, der seinem Blick gefolgt war, murmelte: »Es ist nicht die Jahreszeit für Feigen, mein König. Aber ich habe einen Ziegenkäse, der zwei Monde gereift ist. Er ist köstlich.«

»Gerne will ich von deinem Käse kosten und mit dir trinken«, erwiderte ihm Larth und nahm auf dem Stuhl Platz, den der Goldschmied für ihn an den Tisch gerückt hatte. Der Alte verbeugte sich noch einmal tief und verschwand dann in einer Kammer, um gleich darauf mit einem Korb und einem Weinkrug wiederzukommen. Dann setzte er sich ebenfalls an den Tisch und schaute zu, wie Larth den Käse und das Brot

teilte, verwirrt darüber, in einem solchen Maße geehrt zu werden, daß der König ihn sogar bediente. »Womit habe ich das verdient?« murmelte er und nahm das Fladenbrot und den Käse entgegen und dann den Wein, den Larth ihm eingegossen hatte.
»Weil du es warst, der mir den Traum von fernen Welten geschenkt hat und die Lust, sie zu entdecken, mein alter Freund«, sagte Larth lächelnd, und der Goldschmied senkte den Blick.
»Ja, das mag wohl sein. Aber es gibt da noch einen anderen Ort. Für die einen ist es das Land jenseits des Meeres, für andere wiederum ... Dort unterscheidet sich der Tag nicht von der Nacht, und es gibt weder Wärme noch Kälte. Blumen gibt es dort und Musik ... und viele Katzen. Ja, da bin ich sicher, ganz viele Katzen in allen Farben, und manchmal reden sie sogar.«
Larth lachte. »Was mag das wohl für eine geheimnisvolle Reise sein?«
»Das ist eine Reise, die ich bald antreten werde, und ich hoffe, daß es mir an diesem Ort gefallen wird, denn ich werde für immer dort bleiben müssen. Aber zumindest werde ich dort nicht mehr das Gold nach den Launen der Mächtigen bearbeiten müssen und nach den ausgefallenen Wünschen der Frauen.«
Larth betrachtete ihn voller Zuneigung. »Dieses Land kann noch warten«, antwortete er ihm, »dafür sind uns deine Hände hier noch immer viel zu kostbar.«
Doch Pava schüttelte den Kopf.
»Ich habe gut gelebt. Ich habe immer das getan, was ich tun wollte, und auf meine Weise bin ich frei gewesen. Und ich bete zu Tinia, daß auch du das eines Tages von dir sagen kannst, wenn die Schicksalsgöttin deinen letzten Tag bezeichnet hat. Dem Jungen aber, der damals immer zu mir gekommen ist und meinen Geschichten gelauscht hat, kann ich nur eines sagen: Kein Land ist so groß wie das, welches wir in uns selbst tragen, und dies ist auch das einzige, das uns wirklich angehört.«
Larth leerte seinen Becher und erhob sich.
»Ich danke dir, Pava. Ich danke dir für alles, was du mir gegeben hast«, sagte er zu dem alten Goldschmied und hielt ihn zurück, als er sich ebenfalls erheben wollte. Dann verließ er die Bottega. Draußen hatte sich der Himmel verdüstert, und es hatte zu regnen angefangen. Seine Wache hatte Schutz unter einem Dach gesucht, nur Axal hatte sich

nicht von der Stelle gerührt und stand noch immer wie festgewachsen vor dem Eingang.

Zwei Tage vor der Abreise nach Fanu Veltune unterrichtete Larth die Königin davon, daß sie sich darauf vorbereiten sollte, ihn zu begleiten, und stellte eine Liste der Adeligen auf, die bei seinem ersten Auftritt als König vor dem Städtebund an seiner Seite sein sollten. Flasi Aivas allerdings hatte er davon ausgeschlossen, und es waren noch keine zwei Stunden vergangen, als der Haruspize von Tagete, mit versteinertem Gesicht und kerzengerade aufgerichtet, ungerufen in seinen Privatgemächern erschien. »Ich habe die Liste erhalten, mein König«, sagte er mit einer knappen Verbeugung.
»Gut«, antwortete ihm Larth in beiläufigem Ton, »ist dir noch irgend etwas unklar daran?«
»Ich lese den Namen meines Neffen als einen der ersten, und ich möchte dir sagen, wie erfreut ich über die Aufmerksamkeit bin, die du ihm schenkst«, kam die Antwort.
»Er ist einer der treuesten unter meinen Adeligen«, erwiderte Larth, und Aivas nickte leicht verunsichert. Im Tonfall Larths hatte eine Spur eisiger Ironie gelegen, die ihm das Blut gefrieren ließ. Im übrigen war es ganz offensichtlich, daß er nicht deswegen hergekommen war. »Gibt es sonst noch etwas?« fragte Larth.
»Du hast mich ausgeschlossen.«
»Das ist wahr«, gab ihm Larth ungerührt zurück. »Ich halte deine Anwesenheit hier im Palast für wichtiger.«
Aivas schwieg für einen Augenblick. Dann wandte er sich zum Gehen, um gleich darauf wieder stehenzubleiben. Ein kleines, maliziöses Lächeln umzuckte seine Mundwinkel. »Wirst du deinen keltischen Sklaven mit dir nehmen?« fragte er.
»Was zählt schon ein Sklave?« erwiderte ihm Larth mit gleichgültiger Stimme.
»Nichts, das stimmt«, gab ihm Flasi Aivas zurück. »Aber dann wäre es vielleicht besser, du würdest auch die edle Caitli vom Hof entfernen, damit sie dir nicht in aller Öffentlichkeit Schande mit ihm antut.« Seine Stimme war nun schneidend geworden, aber es war nicht sehr schwer, dahinter seine nur mühsam gezügelte Wut und seine Rachsucht herauszuhören.

Larth faßte ihn fest ins Auge. »Sei vorsichtig, Aivas«, warnte er ihn. »Was du da sagst, könnte dich teuer zu stehen kommen.«
»Ich bin als Haruspize von Tagete einzig und allein der Wahrheit verpflichtet!« erwiderte ihm Flasi Aivas. »Seit nunmehr fast einem Mond überquert dein Sklave den Hof der Frauen fast jede Nacht und betritt das Gemach der Hohepriesterin des Palastes. Erst kurz vor Sonnenaufgang verläßt er es wieder, und wenn du mir nicht glaubst, dann überzeuge dich selbst. Heute nacht wird es nicht anders sein.«
»Selbst wenn es so wäre, halte ich deine Anwesenheit hier für nützlicher, Haruspize von Tagete. Der Große Trutnot wird mich nach Fanu Veltune begleiten. Du kannst jetzt gehen«, beschied ihn Larth und wandte sich dann, äußerlich völlig gleichgültig, von ihm ab.
Aivas verbeugte sich und verließ das Gemach ohne ein weiteres Wort. Doch Larth konnte fast körperlich die Welle seiner Empörung spüren, die seine scheinbare Gleichgültigkeit nur noch weiter angefacht hatte. Sein Gehorsam ist genauso gespielt wie meine Gleichgültigkeit, dachte er. Wir setzen beide nur eine Maske auf, hinter der wir unsere wahren Gefühle verbergen. Er befahl den Dienern, das Feuer anzuzünden und ihm das Abendessen zu servieren, und den Wachen, jedem den Eintritt zu verwehren, der Einlaß begehrte. Im Raum hatten sich inzwischen die kühlen abendlichen Schatten verdichtet. Der Regen, der am Nachmittag nieselnd begonnen hatte, fiel nun in rauschenden Strömen und klopfte gegen das kostbare Alabaster in der Fensteröffnung zum Hof. Von hier aus konnte er den Flügel der Frauen sehen.
Er aß zerstreut und trank ein wenig Wein. Die Flammen loderten hoch und hell, und Larth goß sich noch einmal nach und setzte sich dann mit dem vollen Pokal vor die Feuerstelle.
Er kannte den Grund seines Unbehagens nur zu gut. Der Palast stieß ihn zurück, und Larth empfand diese Verweigerung wie einen Verrat, der einen tödlichen Abgrund in ihm aufriß ... Es war der Verrat seiner Königin, seiner eigentlichen, wahren Königin, und der Verrat Akals. Nicht der Verrat des Sklaven, sondern der des Freundes. »Der weiße Falke, der von Westen kam ...« murmelte er vor sich hin. »Nun haben mich also seine Flügel gestreift, und auch sie ...«
Der Wein war bernsteinfarben und lud zum Trinken ein. Er leerte den zweiten Pokal, goß sich wieder ein und hob ihn dann den unsichtbaren Mächten entgegen. Und genau in diesem Moment begann die Luft zu

vibrieren, und die züngelnden Flammen des Feuers beugten sich unter einem geheimnisvollen Luftstrom. Als käme eine Antwort auf seine Geste aus den Tiefen der Erde, hörte er ein leises Grollen und spürte, wie der Palast leicht erbebte. Ein paar Gegenstände rollten auf den Boden, ein schnelles, beunruhigtes Fußgetrappel in dem zum Hof hin gelegenen Teil des Bogenganges war zu hören, und dann war alles wieder ruhig.

Larth erhob erneut seinen Pokal, diesmal dem Palast entgegen. »Du wirst leer bleiben wie ein nutzloser alter Schrein, und das ist Caitlis Schuld. Aber ich werde in Ruma einen Palast erbauen, der wirklich der meine ist. Dort wird Thanaquil meine Königin sein, und sie wird lernen, mich zu lieben«, sagte er und leerte den Pokal in einem Zug.

Es war heller Tag, als Caitli die Schwelle zum *Gemach der Könige* überschritt und die Tür hinter sich mit dem Riegel verschloß. Vorher hatte sie die Wache, die sie bis hierher begleitet hatte, angewiesen, niemanden eintreten zu lassen, nicht einmal den Großen Trutnot.

Larth hatte hier auf sie gewartet, und nun waren sie alleine. Caitli trat an das Pult mit den *Heiligen Schriftrollen* und schaute nur flüchtig zu ihm hinüber.

Larth sah sie an und fühlte, wie sein Zorn auf sie verflog. Vielleicht war sein Gefühl auch nicht Zorn gewesen, sondern nur Enttäuschung.

Oder Angst?

»Ich muß mit dir reden«, sagte er, ohne sich auch nur einen Schritt zu bewegen in diesem Raum, der erfüllt war von einer magischen Kraft.

Caitli verharrte regungslos, so als wäre er nicht der König und dies kein Befehl, sondern eine Bitte.

»Ich höre«, gab sie ihm ruhig zur Antwort. Aber in ihren goldfarbenen, klaren Augen glomm ein zärtlicher und tröstender Funke auf. Larth wandte seinen Blick von ihr ab.

»Du hast deinen Feinden gezeigt, wie sie dich treffen und dir schaden können und damit auch mir. Warum, Caitli?«

Caitli erhob sich langsam und ging auf ihn zu, und plötzlich sah Larth sie mit anderen Augen. Jetzt, wo er wußte, daß sie Axal angehört hatte, blieb ihm ein Teil von ihr verborgen, zu dem er keinen Zugang mehr fand.

»Es liegt nur an dir«, sagte sie mit leiser Stimme und antwortete damit gleichzeitig auf seine unausgesprochenen Ängste, genauso wie sie es als Kind so oft zu seinem Vergnügen und seiner Verblüffung getan hatte.
»Es liegt an mir? Das wagst du tatsächlich zu behaupten?!«
»Natürlich, denn keiner würde es je wagen, deinen Sklaven zu tadeln oder dich wegen dem, was er tut, anzugreifen, wenn du ihn Athrpa weihen würdest.«
»Du erwartest von mir, daß ich ihn der Göttin weihe?« fragte Larth ungläubig.
»In dieser Nacht der zwei Monde haben wir beide von ihr die Weihe erhalten, denn niemals hätte er diesen Wald bis zu mir durchqueren können, wäre es nicht ihr Wille gewesen«, antwortete ihm Caitli. »Und wenn es nicht die Nacht von Beltane gewesen wäre, eine heilige Nacht für sein Volk, hätte er auch niemals die berührt, von der er wußte, daß sie deine Königin war.«
»*Meine* Königin?!« rief Larth spöttisch und legte aus Gewohnheit eine Hand auf den Opal auf seiner Brust. Im selben Moment durchzuckte ihn ein so heftiger Schmerz, daß es ihm fast den Atem nahm.
Caitli sah ihn regungslos an.
»Du hast Zeichen erhalten, aber du warst nicht in der Lage, sie zu erkennen, Larth, denn du bist kein Magier. Jetzt bist du zwar König, aber Magier bist du deshalb noch lange nicht. Auch wenn nur wir beide alleine das wissen.«
Larth rang nach Fassung. »Ich werde ihn niemals der Göttin weihen!« stieß er schließlich hervor.
»Dann schwöre mir hier und jetzt, daß du niemals das Schwert gegen ihn erheben wirst!«
Caitli stand jetzt nur noch eine Handbreit von ihm entfernt, und der Opal, den er immer noch umfaßt hielt, strömte eine sengende Glut aus.
»Ich habe diesen Stein für dich erweckt, und ich kann ihn auch wieder erlöschen lassen. Mehr als alles andere auf der Welt liebst du die Macht, Larth, und nur wegen eines Schwurs wirst du sie nicht verlieren wollen.«
Für einen Moment sahen sie sich wortlos in die Augen, und Larth hatte dabei das Gefühl, als ob er in Flammen stünde. »Nun gut«, murmelte er schließlich mit tonloser Stimme, »ich werde niemals das Schwert gegen

ihn erheben. Ich schwöre es!« Und bei sich dachte er, aber auch nicht für ihn. Auch das ist ein Schwur!
Caitli trat einen Schritt zurück und preßte ihre Hand auf die Brust. Ein tiefer Schmerz zeichnete ihr Gesicht, und ihre Augen hatten einen feuchten Schimmer bekommen. Aber Larth tat so, als würde er nichts davon bemerken, und gab sich den Anschein, als sei ihm das alles völlig gleichgültig.
»Axal liebt dich, Larth«, sagte Caitli leise. »Er liebt dich sogar mehr als seine Freiheit, die er für dich zu opfern bereit ist.«
Aber Larth war schon an der Tür und zog den Riegel zurück. Dann wandte er sich noch einmal nach ihr um. »Du wirst nicht mit nach Fanu Veltune kommen«, befahl er. »König Tarchon braucht deine Unterstützung.«
Caitli neigte ohne jede Spur von Unterwürfigkeit leicht den Kopf. Dann drehte sie ihm den Rücken zu, und Larth verließ wortlos den Raum.

Der Geleitzug des Königs setzte sich am folgenden Tag kurz nach Sonnenaufgang in Bewegung, angeführt von den Haruspizen und den Wachen. Der erste der zweirädrigen, bedeckten Wagen war der des Königs und der Königin, die in einen Mantel aus purpurfarbener Wolle gehüllt war und die Haare in ein golden- und silberfarbenes Netz geschlungen hatte.
Neben dem Wagen ritt Axal, das Schwert an seiner Seite und bekleidet mit einer schwarzen Tebenna, die mit einer bronzenen Fibel mit dem Symbol Tarchnas geschlossen war. Im zweiten Wagen befanden sich der Große Trutnot und Laris, dann folgten die jungen Männer der Eskorte auf ihren Pferden, die Wagen der Adeligen mit ihren Frauen, und den Schluß bildeten wiederum Wachen.
Es war seit langer Zeit einer der größten Geleitzüge, die Tarchna in Richtung Fanu Veltune verlassen hatten. Flasi Aivas hatte im Haupthof die Riten der Fürbitten zelebriert, und nun breitete sich der Klang der gebogenen Trompeten weit über die Mauern des Palastes aus, bis hin zur Ebene.
Der Regen, der in der Nacht gefallen war, hatte die Lebensgeister der Stadt geweckt. Er hatte die kleinen Gassen, die Dächer, Mauern und die Hauptstraße saubergewaschen, und jetzt erstrahlte der Himmel wieder azurblau, und die Sonne schien warm.

Das Volk hatte sich direkt hinter dem Portal des Palastes auf beiden Seiten der Straße aufgereiht, und von überall her brauste nun Jubel auf. Thanaquil beugte sich aus dem Wagen und winkte der Menge zu. Es war ihr ein leichtes, vom Volk geliebt zu werden. In Ruma, dachte Larth, wird es ihr noch leichter fallen. Nur noch einmal schaute Larth zurück, um einen Blick auf den Palast zu werfen und auf die Chimäre über dem Portal, die immer kleiner wurde, je weiter sie sich entfernten.

20.

Die Dämmerung war hereingebrochen, nur über dem westlichen Horizont hing noch ein heller Lichtstreifen. Nach Osten hin häuften sich die Wolkenberge, und in dem kleinen Dorf, das von Wald umgeben war, herrschte schon Dunkelheit. Ein beißender Rauch von nassem Holz lag in der regenfeuchten Luft.

Marcius öffnete die Tür zu einer der Hütten und drehte sich noch einmal auf der Schwelle um. Das Dorf hatte nicht mehr als zehn Häuser, die sich aneinanderdrängten, und daneben ein paar niedrige Einzäunungen für die Pferde, die er von hier aus aber schon nicht mehr erkennen konnte.

»Komm, setz dich zu uns!« rief ihm Cneve aus dem Inneren der Hütte zu, wo vom Feuer der einladende Duft von gebratenem Fleisch aufstieg.

Am Morgen, bevor sie der Regen auf ihrem Weg von Tarchna nach Ruma gezwungen hatte, im Dorf Unterschlupf zu suchen, hatten sie ein paar Hasen gejagt, die nun über dem Feuer brieten. Aber Marcius wandte sich Cneve nur zögernd zu, und Mastarna, der ihn von der anderen Seite des Feuers her beobachtete, schaute ihn forschend an. »Ist vielleicht irgend etwas nicht in Ordnung?« fragte er. Marcius verzog das Gesicht zu einem Lächeln.

»Nein, wieso?« sagte er leichthin und setzte sich dann ein wenig verlegen ans Feuer.

Im Dorf gab es nicht mehr als ungefähr fünfzehn taugliche Männer. Sie alle waren Steinschleifer, gehörten zum Eigentum des Königs von Vei, und das immer häufigere Kommen und Gehen auf der breiten Straße, die jetzt zum Territorium der Latiner führte, hatte sie aus ihrer gewohnten Abgeschiedenheit herausgerissen.

Obwohl sie die Menschen aus den anderen Städten des Bündnisses nicht mochten und sich auch keine Mühe gaben, dies zu verbergen, hatten die

Leute aus dem Dorf ihnen auf die Bitte Mastarnas hin eine Hütte mit Strohdach zur Verfügung gestellt, deren erhöhter Steinboden den großen Vorteil hatte, trocken zu sein. Schnell hatte in der Feuerstelle im Inneren ein einladendes Feuer geflackert, und der Vorsteher des Dorfes hatte ihnen persönlich, als Zeichen der Gastfreundschaft, einen Korb mit Baumerdbeeren gebracht, worauf ihn Mastarna im Gegenzug reichlich beschenkt hatte.
Von den zwanzig Männern seiner Eskorte waren jeweils fünf als Wache draußen, die anderen teilten sich die Unterkunft. Ein Heuboden mit ein paar Bündeln aufgeschüttetem Heu sorgte dafür, daß im Schuppen ausreichend Platz für alle war, und das Stimmengewirr war jetzt so laut, daß es sogar das Rauschen des Regens übertönte.
Wieder schweifte Marcius' Blick zur Schwelle ab, die im Dunkeln lag, und als er wieder über das Feuer sah, traf er auf die grünen Augen Mastarnas.
»Es scheint fast, als würde dich heute abend irgend etwas beunruhigen«, bemerkte dieser, und Marcius fühlte sich ertappt. Eigentlich mochte er diese Männer, die ihn wie einen der ihren behandelten und ihn seine Situation als Gefangener in keiner Weise spüren ließen. Ihnen gegenüber zu schweigen schien ihm fast wie Verrat.
Aber er war Latiner und ein Königssohn. Und wenn er redete, würde er seine Leute und damit auch sich selbst verraten. Den Tarquinier und seine Augen, die nie zu lächeln schienen, fürchtete er. Aber bei Mastarna hatte er das Gefühl, mit ihm über alles reden zu können, und mit Cneve hatte er mehr Gemeinsamkeiten entdeckt als jemals mit einem seiner eigenen Gefährten. Dennoch hatte Mastarna ihn erniedrigt, und Marcius erinnerte sich noch sehr gut daran, was er sich geschworen hatte, in der Nacht, als Ruma von den Rasna erobert worden war.
»Nein, es ist nur, weil . . . Der Hof von Tarchna fehlt mir«, log er also. »Ich glaube, ich habe mich schon viel zu sehr an die Lichter, die Musik und die weichen Betten gewöhnt.«
»Und an die schönen Frauen«, mischte sich nun Cneve ein. Marcius blickte verlegen zur Seite, und einer von den Männern lachte.
»Schäme dich nicht, mein Sohn«, munterte ihn Tefrie, der Waffenmeister von Tarchna, auf, der ebenfalls mit ihnen auf dem Rückweg nach Ruma war. »Eine schöne Frau hat noch keinem geschadet.«
»Da wird ihm wohl eine sein Herz gestohlen haben und noch einiges

mehr. Es ist an der Zeit, daß er mal was anderes kennenlernt«, rief einer der Männer der Wachen vom Heuboden herunter, und ein anderer brüllte, begleitet von Beifall und Gelächter: »Schick ihn zu uns rauf, Mastarna!«

»Schluß jetzt!« befahl Mastarna. »Laßt ihn in Ruhe.«

Marcius hob den Blick und sah, wie in Mastarnas Augen, die hart sein konnten, aber nie mitleidlos, ein Lächeln aufflackerte.

Aber dieser Mann hat mich erniedrigt, sagte er sich erneut fast trotzig.

»Du hast eine unserer schönsten und reichsten Städte kennengelernt, und sicher wird dir unsere Art zu leben ungewöhnlich vorkommen, verschwenderisch«, wandte sich Mastarna nun an ihn. »Aber wir sind ein sehr altes Volk. Und wenn ein Volk schon viele Tage gezählt hat und beginnt, sich Fragen zu stellen, auf die nur schwer Antworten zu finden sind, dann wird Luxus zu einer Notwendigkeit, und das Fleisch wird schwach. Trotzdem solltest du nie vergessen, daß jedes Volk seine Seele hat und die unsere sehr stark ist.«

»Ja, so stark wie eure Magie!« ereiferte sich Marcius. »Ihr könnt die Blitze zu Hilfe rufen und den äußeren Schein der Dinge verändern, aber ihr seid gar kein richtiges, einiges Volk. Jede eurer Städte ist ein Reich für sich. Was euch verbindet, sind das Eisenerz und der Handel, und erst der letzte eurer Gedanken gilt eurem Bündnis.«

»Dennoch sind wir einig, wenn es darauf ankommt«, erwiderte ihm Mastarna. »Wie kommt es überhaupt, daß du über solche Dinge nachgedacht hast? Mit wem hast du darüber gesprochen?«

»Ich habe nur gut zugehört, was man im Palast von Tarchna so redet. Das war doch der Grund, weshalb ihr mich mit euch genommen habt. Sollte ich nicht die Macht der Rasna kennenlernen?«

Mastarna lächelte etwas gequält. Das Ungestüm dieses jungen Latiners wurde ihm allmählich lästig, und er trauerte den Zeiten nach, in denen er das Lagerfeuer oder eine Pause zwischen zwei Gefechten nur mit Larth geteilt hatte. Wenn ich anfange, der Vergangenheit nachzutrauern, dann ist das ein Zeichen, daß ich langsam alt werde, dachte er.

In diesem Moment ertönte ein durchdringender Schrei. Einer der Männer der Wache taumelte mit einer Lanze im Rücken über die Schwelle der Hütte, und fast gleichzeitig schlug eine hohe Flamme aus dem Strohdach, in das sich ein Pfeil tief eingegraben hatte. Einer der Männer fegte ihn mit einem Schwertstreich weg und die Flammen erloschen, aber der Heuboden hatte sich schon mit dichtem Rauch gefüllt. Mastarna, Cneve und Tefrie sprangen auf und griffen nach ihren Waffen.

Mastarna wies auf Marcius. »Paß auf ihn auf!« befahl er Tefrie. Dann rannte er zur Tür und sprang mit einem Satz über den Körper des Wachpostens weg ins Freie.

Die Nacht war mit Schreien erfüllt, und zwei der Häuser standen in Flammen. Undeutliche Schatten, zu Fuß oder zu Pferd, unter dem dicht fallenden Regen Ausgeburten der Hölle ähnlicher als Menschen, rannten mit wildem Gebrüll vorbei und ließen die erhobenen Schwerter auf alles niedersausen, was sich bewegte.

Mastarna stürmte vorwärts und parierte mit seinem Schwert eine Klinge, die auf einen kleinen Jungen niederfuhr. Der Angreifer, der auf den unverhofften Widerstand nicht vorbereitet war, stieß einen wütenden Schrei aus. Das Schwert flog ihm in hohem Bogen aus der Hand, und Mastarna stieß ihm das seine in die Brust.

Alle seine Männer waren jetzt außerhalb der Hütte, um den Angriff abzuwehren, aber in der Dunkelheit und dem Regen war es fast unmöglich, Freund und Feind zu unterscheiden. Das einzige, woran sie sich orientieren konnten, waren der Klang der Schwerter, die Stimmen ihrer Gefährten oder der Schrei einer Frau.

Aus dem lauten Wiehern der Pferde im Dunkeln der Nacht schloß Mastarna, daß die Angreifer die Einzäunungen geöffnet hatten. Dann erkannte er undeutlich Cneve, der blutbesudelt auf ihn zurannte.

»Zu den Pferden!« befahl er ihm.

»Ich habe Tefrie und Marcius nicht mehr gesehen«, brüllte Cneve, während er ihm zu den Einzäunungen folgte.

In diesem Moment brach eine Schar von Berittenen aus einem der Pferche hervor, der versteckt hinter einem Felsvorsprung lag, und stürmte auf sie los.

Cneve machte einen Satz zur Seite und drückte sich an den Felsen, aber Mastarna wich nicht einen Fußbreit zurück. Für einen Augenblick spiegelte sich das Feuer, das nun auch auf andere Häuser des Dorfes übergegriffen hatte, in seinem hocherhobenen Schwert. Dann sauste es auf den ersten der Reiter nieder, riß ihn aus dem Sattel und tötete ihn mit einem Schlag.

Jetzt stürmte auch Cneve vorwärts und stürzte sich auf den zweiten, aber die anderen hatten sie nun fast umzingelt, und er sah, wie einer von ihnen Mastarna von hinten angriff.
»Vorsicht!« schrie er ihm zu und warf seinen Gegner mit einem Schwertstreich aus dem Sattel. Doch er hatte wertvolle Zeit verloren. Mastarna schaffte es gerade noch, sich umzudrehen, und noch bevor er den wuchtigen Schlag abfangen konnte, traf dieser ihn voll an der Schulter. Cneve, endlich frei, rannte los und stieß sein Schwert in die Brust des Reiters, der für den Angriff auf Mastarna seine Deckung geöffnet hatte. Dann warf er sich über Mastarna, der zu Boden gefallen war.
Die Angreifer hatten sie fallen sehen und glaubten, sie seien tot. Sie ritten über sie hinweg, und nach einiger Zeit senkte sich Stille über das Dorf, die nur noch von dem sich entfernenden Hufgetrappel und dem leisen Schluchzen eines Kindes im Dunkel der Nacht unterbrochen wurde.
Cneve richtete sich langsam wieder auf. Auch er war leicht am Arm verletzt, aber der größte Teil des Blutes, das seine Kleidung durchtränkte, war nicht das seine, sondern Mastarnas.
Tefrie kam mit einer Fackel auf sie zugerannt, gefolgt von dem jungen Latiner und sechs oder sieben anderen. Sofort kniete er sich neben Mastarna nieder, der mit geschlossenen Augen und bleichen Lippen dalag. Die rechte Schulter und der rechte Teil seines Gesichtes war mit Blut überströmt, das der Regen immer wieder wegwusch, ohne es zu stillen.
»Bringt ihn in die Hütte, ins Trockene«, befahl der alte Waffenmeister den umherstehenden Männern, »und du, Cneve, sammle alle unsere Männer und alle Leute aus dem Dorf, falls noch welche übriggeblieben sind.«
Dann wandte er sich an den jungen Latiner.
»Komm, hilf mir. Nur Mut, mein Junge.« Aber Marcius war wie erstarrt vor Angst.
»Was war das für eine Horde?« fragte Cneve.
»Vielleicht Sabiner«, rief jemand.
»Wir befinden uns hier auf dem Territorium von Vei. Warum sollten sie es riskieren, so weit in das Gebiet der Rasna einzudringen?«
»Vielleicht waren es ja auch Latiner...«, meinte Tefrie nachdenklich.

Marcius wandte seinen Blick ab, und Cneve packte ihn an der Tunika. Sie war zwar durchnäßt, aber die einzige von allen, die nicht zerrissen war.

»Du hast sie schon vorher gehört oder gesehen!« schrie er ihn an. »Du wußtest es!«

Tefrie faßte Cneve fest am Handgelenk.

»Laß ihn, mein Fürst«, sagte er und unterstrich mit dieser förmlichen Anrede Cneves Rang. »Selbst wenn er sie wirklich gehört oder gesehen hat, was sollte er tun? Es sind seine Leute, und wir sind der Feind.«

Cneve stieß Marcius wortlos vor sich, befahl dann den umstehenden Männern, ihm zu folgen, und verschwand in der Dunkelheit. Nur zwei der Männer waren zurückgeblieben, die nun Tefrie halfen, den Verletzten in die Hütte zurückzubringen und das Feuer wieder anzuzünden.

Mastarna öffnete die Augen, als Tefrie anfing, die Wunde zu säubern. Die Klinge des Schwertes hatte den Kopf gestreift, aber das waren nur ein paar Kratzer, und war dann tief in die Schulter eingedrungen.

»Du hast Glück gehabt«, murmelte der Waffenmeister und zwinkerte ihm aufmunternd zu, »oder die Göttin Athrpa ist dir besonders wohlgesinnt. Nur zwei Fingerbreit daneben, und er hätte dir die Kehle durchgeschnitten.«

Mastarna versuchte ein gequältes Lächeln und schaute dann Marcius an, der neben Tefrie stand.

»Hattest du sie gehört?« fragte er.

Die Frage war so unvermittelt gekommen, daß der junge Latiner ihr nicht mehr ausweichen konnte. Erschrocken machte er einen Schritt rückwärts.

»Heute morgen, als die Männer zur Hasenjagd ausgeschweift sind ... Aber ich war mir nicht sicher«, stammelte er.

Tefrie nickte düster. »Du wußtest also noch nicht einmal genau, ob es Sabiner oder Latiner waren.«

»Vielleicht waren es ja auch beide zusammen«, bemerkte Marcius schüchtern.

»Ja, das könnte sein, Latiner und Sabiner zusammen«, räumte Mastarna ein und stieß einen unterdrückten Schmerzenslaut aus, als Tefrie die Wunde auf der Schulter zusammendrückte, um das Blut zu stillen.

In diesem Moment trat Cneve ein, gefolgt von einem etwa zehnjährigen Mädchen, das zwei in Tränen aufgelöste kleine Kinder im Alter von zwei oder drei Jahren hinter sich herzog.
»Das sind die einzigen Überlebenden des Dorfes«, erklärte er. »Die Angreifer haben alle Pferde mitgenommen, auch unsere, und alle Tiere getötet, außer zwei Ziegen. Von uns sind noch zwölf Männer übriggeblieben, dazu vier Verletzte.«
»Wir werden uns morgen nach Ruma auf den Weg machen, aber wir müssen wachsam sein, denn sie könnten uns noch einmal angreifen. Sammle unsere Toten und die des Dorfes ein, verbrenne sie und opfere für sie eine der Ziegen den Göttern. Die andere Ziege überlaßt den Kindern«, befahl Mastarna.
»Was sollen wir denn mit ihnen machen?« fragte Cneve und hockte sich erschöpft neben ihn.
»Wir nehmen sie mit uns.«
»Wir könnten nach Vei gehen, das liegt am nächsten«, schlug Cneve vor.
»Nein, wir gehen nach Ruma. Denk mal nach! Latiner und Sabiner zusammen, das ist ein Bündnis, das uns unsere Vorherrschaft in Ruma streitig machen könnte, noch bevor wir uns versehen. Wir müssen so schnell wie möglich dorthin zurückkehren.«
Cneve verstummte. Der entschiedene Tonfall Mastarnas machte jeden weiteren Einwand überflüssig.
»Nimm auch ihn mit«, fügte Mastarna noch hinzu und deutete dabei auf Marcius. »Er soll dir helfen, die Toten zu verbrennen.«
Cneve erhob sich und packte den Jungen hart an der Schulter.
»Hast du nicht gehört? Beweg dich!« fuhr er ihn an und versuchte ihn vorwärtszustoßen.
Aber Marcius rührte sich nicht von der Stelle. »Ich habe dich nicht verraten, wenn es das ist, was du glaubst!«
»Du wolltest es tun, und du hast es auch getan. Es ist genau so, wie Tefrie gesagt hat, ich bin für dich der Feind. Das Gegenteil zu glauben war ein Fehler, den ich nie wieder begehen werde.«
Die Antwort traf Marcius wie ein Schlag. Aber Cneve bohrte ihm die kalte Spitze seines noch blutigen Schwertes in den Rücken und schob ihn vorwärts in Richtung des Ausgangs.

Bei Tagesanbruch war der Himmel grau. Es hatte zwar zu regnen aufgehört, aber in der feuchten, kalten Luft hing der Geruch verbrannten Fleisches.
Die toten Angreifer hatten sie unbeachtet dort liegenlassen, wo sie gefallen waren. Den erfahrenen Augen von Tefrie war es nicht entgangen, daß diese Krieger keine einfachen Beutejäger waren. Sie waren gut ausgerüstet und bewaffnet, was sicher mit einer der Gründe war, warum sie diesen tollkühnen Angriff hatten wagen können. Trotzdem war es ziemlich ungewöhnlich, daß sich Latiner und Sabiner zu einem Bündnis zusammengeschlossen hatten.
Nachdem sie Mastarna auf eine Trage aus Ästen und Decken gebettet hatten, waren sie schließlich zum Aufbruch bereit. Marcius fiel die Aufgabe zu, die beiden Kleinen im Arm zu tragen, während das Mädchen sich um die Ziege kümmerte. Cneve kniete sich noch einmal neben Mastarna nieder, bevor die Trage aufgehoben wurde. »Wir sollten eine Nachricht nach Tarchna zu Larth schicken«, schlug er vor.
Aber Mastarna schüttelte den Kopf. »Nein«, sagte er. »Er ist erst seit einem Monat König. Lassen wir ihm noch ein wenig Zeit.«
Dann drehte er den Kopf beiseite und verbiß sich den Schmerz. Tefrie hatte sein möglichstes getan und ihm den Arm und die Schulter so eingebunden, daß die Wunde nicht mehr blutete. Trotzdem hatte Mastarna das Gefühl, als ob das Leben langsam aus ihm wiche, und er überraschte sich bei dem Gedanken, daß ihm das vielleicht gar nicht so unrecht wäre.
Stunde um Stunde zog sich der Weg hin, und Mastarna verfiel in eine unendliche Trägheit. Seine Gedanken waren wie eingenebelt, und er fühlte selbst dann keinen Schmerz mehr, wenn hin und wieder einer der Männer stolperte.
Der Himmel hatte nun aufgeklart, und hier und da verfing sich ein Sonnenstrahl auf den knospenden Blättern und den vor Nässe triefenden Ästen. Sie überquerten gerade eine Ebene, und die Luft war gesättigt von dicht wachsender, duftender Myrte und von Liguster. Die Kinder waren eingeschlafen, und Mastarna sah, wie der Kopf des Kleinsten auf der Schulter des jungen Latiners hin und her baumelte. Ein erstaunlich klarer Gedanke ging ihm durch den Kopf: Hier und jetzt zu sterben würde Larth und Thanaquil befreien . . . und auch ihn.
Als Tefrie den ersten Halt auf einer Hochebene befahl, von wo aus sie

den Weg in beiden Richtungen im Auge behalten konnten, hatte Masterna schon lange das Bewußtsein verloren.

Velvur blieb für einen Augenblick unschlüssig vor dem geschlossenen Vorhang des Pavillons des Königs von Tarchna in Fanu Veltune stehen und schaute sich um. Alles lag wie ausgestorben da. Es schien fast so, als ob der Pavillon leer wäre, obwohl er erst vor kurzem König Venthi von Faleri hatte herauskommen sehen und auch den jungen König Pesna von Sveana. Beide waren sie guter Laune gewesen und hatten sich den Anschein gegeben, als kämen sie gerade von einem Höflichkeitsbesuch. Aber Velvur konnte den Schein von der Wirklichkeit unterscheiden, und vor allem kannte er Larth.
Bestimmt hatte er, der König zweier Städte, gute Gründe, warum er ihn noch vor der Zeremonie sehen wollte, bei der die versammelten Könige des Zwölfstädtebundes die Wahl des neuen Re Supremo für dieses Jahr verkünden würden, obwohl eigentlich die Wahl des Königs Sevre von Velx schon so gut wie sicher war.
Durch das schlechte Wetter war es fast unmöglich geworden, die Spiele in der üblichen Weise durchzuführen. Regen und Wind hatten den See aufgewühlt, und die Könige hatten, als Ersatz für das Truiaspiel, ein großes Bankett veranstaltet, weil das Labyrinth von den Regengüssen überschwemmt worden war. Viele der Adeligen hatten sich für einige Stunden in den Tempel des *Nagels der Zeit* zurückgezogen, und die Frauen hatten sich alle im Tempel der Göttin Turan, auf dem Gipfel des Berges, versammelt. Unter ihnen auch Thanaquil, die festgestellt hatte, daß mit dem Neumond ihre Regel ausgeblieben war.
Schließlich hob Velvur den Vorhang an und verschwand im Inneren des Pavillons. Larth saß vor einem der Feuerbecken und drehte gedankenversunken einen Weinpokal zwischen seinen Händen.
Velvur ging auf ihn zu. »Mir scheint, mein König ist sehr beschäftigt.« Ein Diener war gerade dabei, die Bewirtungsreste abzuräumen, und Larth schaute nur flüchtig auf. Er bemerkte, daß der Mantel Velvurs durchnäßt war, und ein Lächeln überflog sein Gesicht.
»Ein Trutnot sollte nie vom Regen durchnäßt werden. Warst du es nicht, der mir das einmal gesagt hat? Alles kann Wirklichkeit werden, man muß nur fest genug daran glauben.«
»Ist das für dich noch immer so, Larth?« fragte Velvur. Er sprach jetzt

nicht mit dem König, sondern mit seinem ehemaligen Schüler, und Larth hob den Blick.

»Wenn es so geschrieben steht«, antwortete er ihm, während der Trutnot seinen Mantel auszog, ihn beiseite legte und sich dann auf den Hocker setzte, der am nächsten am Feuer stand.

»Sie werden Sevre von Velx als Re Supremo bestätigen«, nahm Velvur das Gespräch wieder auf.

»Das habe ich gehört«, erwiderte Larth trocken.

»Aber du hast keine Stimme abgegeben.«

»Ich konnte meine Stimme nicht für ihn abgeben, aber auch nicht gegen ihn, denn immerhin sind wir noch Verbündete«, erklärte Larth.

»Ja, aber wie lange noch?«

Auf die brüske Frage hin schaute Larth den Großen Trutnot lächelnd an.

»Du hast doch gesehen, wie Venthi und Pesna meinen Pavillon verlassen haben, und wahrscheinlich weißt du, was ich von ihnen wollte.«

»Arbeiter, Steinmetze, Baumeister ... Du hast ihnen die Erlaubnis erteilt, ihre Leute nach Ruma zu entsenden, um deinen Vorteil daraus zu ziehen«, gab Velvur ihm zurück.

»Ich betrachte sie als Verbündete. Kleine Bündnisse, um meine Flanken zu decken, das ist alles«, erwiderte Larth.

»Verbündete gegen Velx?«

»Nein, nicht unbedingt. Aber es ist besser, noch etwas in der Hinterhand zu haben, oder glaubst du nicht?«

Aber der Trutnot ließ die Frage offen und wechselte ganz unvermittelt das Thema. »Gibt es irgendwelche Nachrichten von Mastarna?« fragte er.

Larth verneinte mit einer müden Geste, und Velvur streckte die Hände über dem Feuer aus. »Siehst du? Wenn du nicht in der Lage bist, den Stimmen zu lauschen, dann entgeht dir selbst das, was sehr schnell Wirklichkeit werden könnte.« In den Augen Larths flackerte Besorgnis auf.

»Was weißt du?« murmelte er und stellte den Weinpokal ab.

»Nicht sehr viel. Ich weiß nur, daß er verletzt ist oder krank. Ich habe sogar die Herrin von Turan gebeten, das *Auge der Göttin* zu befragen, und mit Hilfe deiner Königin hat sie dasselbe gesehen wie ich. Aber

leider hast du dich ja entschieden, Caitli in Tarchna zurückzulassen. Sie hätte uns eine bessere Antwort geben können.«
»Ja, ich weiß!« gab ihm Larth lauter zurück, als er beabsichtigt hatte. »Du hast es mir mindestens ein dutzendmal gesagt, seit wir hier sind!«
»Und ich befürchte, es wird nicht das letzte Mal gewesen sein«, erwiderte ihm Velvur und erhob sich.
Larth machte eine ungeduldige Geste. »Setz dich, ich bitte dich«, bat er ihn kühl und wies auf den Hocker.
Velvur gehorchte kopfschüttelnd. Eine fast gnadenlose Härte ging von diesem Manne aus, der ihm da gegenübersaß. Ein Mann, der ihm jetzt nur noch wie ein Schatten des lebensfrohen und unbändigen Jungen erschien, den er einmal unterrichtet hatte, und er fühlte einen tiefen und heftigen Schmerz.
Fast könnte man diese Härte als Schwäche bezeichnen, dachte er und mußte sich doch gleichzeitig bitter eingestehen, daß gerade diese Härte es war, die Larth so groß machte, weil niemand die Schwäche dahinter erkannte. »Ich werde morgen nach Ruma abreisen, und ich bitte dich, mit mir zu kommen. Es könnte sein, daß Mastarna deine Pflege nötig hat«, sagte Larth schließlich.
»Gut, ich werde mit dir kommen. Aber du kannst Fanu Veltune nicht verlassen, bevor die offizielle Zeremonie beendet ist. Alle anderen Könige würden deine frühzeitige Abreise als eine Beleidigung ansehen – allen voran der Re Supremo, solltest du ihm nicht die Streitaxt von Tarchna vor die Füße legen.«
Larth lachte auf. »Hast du vergessen, daß ich mehr bin als ein König? Ich bin ein Magier. Ich war dein Schüler und gebiete dem Feuer, das zumindest sagen die Leute von mir. Deshalb kann ich es mir auch erlauben, Dinge zu tun, die sonst keiner von ihnen wagen würde.«
Velvur hielt Larths Blick mit einem Lächeln stand, aber seine Augen blieben ernst. »Sei vorsichtig, Larth. Solche Herausforderungen haben meistens einen hohen Preis«, mahnte er ihn.
»Das mag sein, ich werde es mir merken. Aber jetzt informiere meinen Vater, daß er mich bei der Zeremonie vertreten soll, und sag ihm auch, er soll sofort einen Kurier nach Tarchna schicken. Ich möchte, daß mich zwei Kommandos von Bewaffneten an der Straße nach Ruma, direkt an der Grenze zum Territorium von Vei, erwarten.«

»Und was ist mit der Königin?«
»Thanaquil wird nach Beendigung der Festlichkeiten zusammen mit meinem Vater und seinem Hof nach Tarchna zurückkehren.« Velvur erhob sich. Er hatte seine Anweisungen erhalten, aber niemand, selbst der Re Supremo nicht, konnte dem Großen Trutnot Schweigen gebieten.
»Thanaquil wird dir in acht Monaten einen Erben schenken.« Larth zuckte unmerklich zusammen, und jedem wäre diese Bewegung entgangen, außer Velvur.
»Ich freue mich darüber«, sagte er nach einem Augenblick mit einem leichten Neigen des Kopfes. »Auch der alte König wird darüber sehr glücklich sein, und sag meinem Vater bitte auch, daß er ein Schmuckstück für sie bei Pava, dem Goldschmied, aussuchen soll, wenn er wieder in Tarchna ist.«
Doch dieses Kind ist nicht aus Liebe gezeugt worden, und der Palast hat es abgelehnt.
Larth konnte die Gedanken seines alten Meisters fast körperlich spüren, aber der Große Trutnot fragte nur: »Fällt es dir so schwer, sie zu lieben?«
»Sie ist meine Königin, und ich bitte die Götter, daß sie mir eine bessere Zeit schenken, um sie glücklich zu machen.«
Velvur nickte bedächtig.
»Ich bin sicher, daß die Götter deine Bitte erhören werden . . .«
Aber Larth unterbrach ihn. »Nein, Velvur, das ist weder der Große Trutnot, der da redet, noch mein alter Meister. Denn der eine wie der andere weiß ganz genau, daß die Götter dafür nicht einen einzigen Grund haben, denn ich wollte nie akzeptieren, was sie für mich entschieden haben.«
»Du bist ein Magier«, gab ihm Velvur zurück, »und du bist der König. Aber eine Chimäre wird immer etwas bleiben, das man nur dann erobern kann, wenn es so geschrieben steht. Schon seit Anbeginn folgt Zeit auf Zeit, und kein König und kein Magier wird je den festgelegten Lauf der Dinge ändern können.« Larth warf sich die Tebenna über und griff nach seinem Schwert.
»Ich möchte dich bitten, heute nacht zusammen mit meinem Vater in diesem Pavillon zu bleiben, damit niemand sagen kann, das Haus des Königs von Tarchna sei leer.«

»Und wo wird der König von Tarchna heute nacht sein?« fragte Velvur.
»Auf dem *Heiligen Berg von Tinia*. Zumindest einmal sollte ich seine Macht vom Felsenheiligtum aus erfahren. Warte auf mich morgen früh bei Sonnenaufgang am Ausgang des Felsentunnels zum *Heiligen Wald*, zusammen mit zehn Männern der Wache.«
»Wen wirst du mit dir auf den Berg nehmen?« fragte Velvur, obwohl er die Antwort wußte. »Axal«, gab ihm Larth zurück, und seine Stimme klang belegt, als ob ein Schatten sie verdunkelt hätte: der Flügelschlag eines weißen Falken, der von Westen kam und sich auf dem Gipfel des Berges der Göttin Turan niederließ. Velvur wandte sich von den Flammen des Feuers ab, in denen für den Bruchteil eines Augenblicks das Bild des Falken vor ihm aufgestiegen war.
»Axal«, wiederholte er.
Larth hatte ihn nicht mit auf die Insel genommen, sondern ihn in den Unterkünften am anderen Ufer bei den Knechten zurückgelassen, die die Pferde hüteten. Eine Herabsetzung, die der Kelte wie eine Beleidigung empfunden hatte und Larth wie einen Verlust.
»Der See ist aufgewühlt, und die Überfahrt wird nicht einfach sein«, bemerkte Velvur. »Auf dem Berg wird ein Gewitter toben, und du weißt, daß du den Blitzen nicht gebieten kannst.«
»Es wird jemanden geben, der es für mich tut, wenn er es will. Ich werde Axal am Hang des Berges zurücklassen, er wird dort mit den Pferden auf mich warten.«
»Er könnte ein weiteres Mal die Flucht wagen«, gab Velvur zu bedenken.
»Wenn es so geschrieben steht...«, gab Larth ihm schroff zurück und verließ dann den Pavillon. Der strömende Regen hatte die von den Feuerbecken erleuchtete breite Straße, die zur Anlegestelle hinunterführte, fast menschenleer gefegt. Von hier aus gesehen schien der See zu brodeln, und der Wind jagte die niedrigen Wolken über das Wasser und die umliegenden Hügel. Am See angekommen, befahl Larth, ihn zum anderen Ufer überzusetzen. Die Männer waren erfahren und die Entfernung nicht besonders groß, aber die Wellen schlugen hoch, und sie brauchten viel länger als gewöhnlich. Als sie schließlich angelegt hatten, zogen sie es vor, nicht sofort wieder den Rückweg anzutreten. Der Tag war schon vorangeschritten, und bei dem schlechten Wetter

hielten sich die Knechte und Dienstboten in den Unterkünften auf, die an dieser Seite des Sees nahe an die Felswände gebaut waren.
Aber Axal war nicht in den Unterkünften der Dienerschaft von Tarchna, und Larth fand ihn schließlich in einem der Pferdeställe. In seine Tebenna gehüllt stand er da, die hellen, klaren Augen mit einem fast feindlichen Blick auf die Berge und die schäumenden Wogen des Sees gerichtet.
Für einen Augenblick betrachtete er ihn schweigend. Dann befahl er schroff: »Sattle unsere Pferde.«
Zuerst schien es so, als ob Axal ihm nicht gehorchen wollte, doch dann setzte sich der Kelte in Bewegung, und kurze Zeit später führte er die beiden Pferde nach draußen. »Folge mir!« ordnete Larth an und bestieg sein Pferd. Axal gehorchte ihm schweigend. Zusammen ritten sie auf die Abhänge des *Heiligen Berges von Tinia* zu und zweigten dann an der Wegegabelung ab, von wo aus der Pfad auf den Gipfel führte. Zuerst war der Wald sehr dicht, aber je höher sie kamen, um so lichter wurde er, bis sie nur noch von einem spärlichen Baumbewuchs und nackten Felsen umgeben waren. Die Luft war wie von einer geheimen Energie aufgeladen und brannte prickelnd auf der Haut, und der Regen hatte sich in einen nadelfeinen Sprühregen verwandelt.
Larth hielt sein Pferd an und stieg ab. Der Pfad endete hier im Geröll, und weit oben war die Felsenbastion des *Heiligen Berges von Tinia* zu sehen. Vom Gipfel des Berges rollte unablässig der Donner, und sein Echo brach sich wie der Klang einer gigantischen Trommel an den Felswänden. »Du wirst hier mit den Pferden auf mich warten«, befahl Larth. Axal glitt vom Pferd und warf einen Blick auf den steilen Felsabhang und den fernen Gipfel.
»Warum?« fragte er.
Da ist ein Netz geknüpft worden, und wir waren zu dritt..., dachte Larth bitter. Und sie wußte, was geschehen würde... Sie wußte es vom Tag an, als dieser weiße Falke über dem See erschienen ist. Und auch Axal wußte es.
»Es gehört zur Tradition unseres Volkes, sich zumindest einmal im Leben dem Heiligtum von Tinia zu nähern, um seine Stimme zu hören und seinen Atem zu spüren«, antwortete er ihm schließlich.
»Du bist ein König. Für was brauchst du noch einen Beweis, ob die Götter existieren oder nicht?« gab ihm Axal zurück.

»Vielleicht sind sie es, die einen Beweis brauchen«, erwiderte ihm Larth und reichte ihm sein Schwert. »Nimm du es an dich. Dort hinauf sollte man lieber ohne Waffen gehen.«

Nun standen sie sich direkt gegenüber, und das Schweigen so vieler unausgesprochener Dinge lastete schwer zwischen ihnen. Axal brach es als erster. Er nahm von Larth die Waffe entgegen und barg sie in seiner Tebenna.

»Ich werde auf dich warten und dein Schwert für dich verwahren«, versprach er.

Larth lächelte flüchtig. Beide dachten sie dasselbe: Eine Flucht, oder was auch immer sonst, wäre hier einfacher gewesen als an jedem anderen Ort.

Doch alles, was geschieht, steht schon geschrieben.

21.

Larth kletterte leichtfüßig den Felsenabhang hinauf und folgte dabei einem kaum sichtbaren Pfad, der von den Schritten jener zeugte, die in vielen Jahrhunderten vor ihm denselben Aufstieg gewagt hatten. Ihre Hoffnung war es gewesen, wenn auch nur flüchtig, mit einer allumfassenden Macht in Verbindung zu treten, einer Art von Macht allerdings, die Larth nicht in sich spürte. Ihm wohnte eine andere Kraft inne, eine Kraft, die ihm jetzt eine fast schmerzhafte Klarheit verlieh, als könnte er den Schleier des Scheins zerreißen, der die Dinge umgab.

Als er endlich den Gipfel erreichte, begann die Sonne schon hinter den Bergen zu versinken, und ein purpurfarbener Lichtstreifen säumte die dunklen Wolkenmassen. Der See unter ihm lag wie ein dunkles Auge da, und die Insel, mit den pulsierenden Lichtern in ihrer Mitte, erschien ihm von dieser Höhe aus wie eine offene Wunde.

Ein Ring von hoch aufragenden Felsen krönte den Gipfel, hier und dort gespalten und geschwärzt von Blitzen, und so weit der Blick reichte, waren auf der dem See abgewandten Seite nur dunkle Hügel zu sehen und undurchdringlicher, dunkler Wald.

Hier war er alleine mit den Göttern.

Er kauerte sich auf die Erde, um den Boden zu berühren, der fest war und mit Steinen übersät. Nur hier und da wuchsen kleine Büschel Gras, das die Kälte gelb gefärbt hatte. Ein Donnergrollen durchlief den Berg, ein Erbeben, als würde der Donner aus den Tiefen der Erde aufsteigen und nicht vom Himmel kommen, und ein paar Steine rollten den Abhang hinunter.

Der Wind wehte von Westen, und als Larth sich ihm zudrehte, um seinen Schweiß zu trocknen, erschien plötzlich für einen Moment die Vision eines kleinen Mädchens vor seinen Augen. Es war nicht viel älter als ein Neugeborenes, mit heller Haut, Augen so blau wie der Frühlingshimmel und blondem Flaum auf dem Kopf. Die kleinen Hände hatte es zu Fäusten geballt, aber es war umgeben von dunklen Schatten, und Larth fühlte eine so unendliche Traurigkeit in sich aufsteigen, daß es ihm fast das Herz zerriß.

Die Liebe und der Tod sind die beiden Kräfte des Universums, und sie haben dasselbe Gesicht ...

Wer war dieses Mädchen? Eines seiner zukünftigen Kinder? Vielleicht das, was in jener Nacht gezeugt worden war, um dem Palast Genüge zu tun? Doch es schien ihm fast unmöglich, daß dies ein Geschöpf von ihm und Thanaquil sein sollte. Mit so heller Haut und blonden Haaren. Axal so ähnlich.

Larth ballte die Faust, um die Vision festzuhalten und diese Stimme in ihm oder um ihn herum. Aber alles, was er in sie einschloß, war nur Dunkelheit.

Der Schleier war nur für den kurzen Bruchteil eines Augenblicks zerrissen, und nun war der Schein der Dinge wieder intakt. Er hatte gesehen, aber er war nicht in der Lage gewesen zu begreifen, und das, was er jetzt wußte, ließ ihn mit leeren Händen zurück.

In diesem Augenblick wurde der Berg von einem noch stärkeren Beben erschüttert. Ein paar Felsbrocken lösten sich und stürzten in die Tiefe, und der Angstschrei eines aufgeschreckten Tieres zerriß die Dunkelheit.

Larth hob den Kopf. In einer unerklärlichen Weise fühlte er sich plötzlich frei, stark und zufrieden. Gegen Süden begann die dichte Wolkendecke aufzureißen, ein paar Sterne wurden am Himmel sichtbar, und plötzlich mußte er an Axal denken.

Wieso hatte er eigentlich darauf bestanden, ihn dort unten zurückzulassen, und ihm damit die Möglichkeit zu einer leichten und sicheren Flucht geboten? Vielleicht, weil er ihm die Freiheit ermöglichen wollte, ohne dafür selbst die Entscheidung treffen zu müssen ... Aber war es wirklich das einmal geknüpfte Netz, das so stark war, ihn an dieser Entscheidung zu hindern, oder nur die Angst vor dem Alleinsein, die er tief in seinem einsamen Herzen verschlossen hatte?

»Wenn es so geschrieben steht!« schrie er in die Nacht hinaus und mußte lächeln, weil ihm bewußt wurde, daß er immer noch Worte aussprach, an die er nicht glaubte, selbst hier an diesem Ort nicht, wo er den Göttern so nahe war.

Bei Sonnenaufgang kehrte er zurück. Die Wolkendecke war nun fast ganz aufgerissen, und obwohl der tieferliegende Wald unter einer dichten Nebeldecke lag, war der Himmel über ihm an vielen Stellen tiefblau.
Sobald er sich dem Platz näherte, wo er den Kelten zurückgelassen hatte, stieg ihm der Geruch eines Feuers und von gebratenem Fleisch in die Nase. Axal hatte auf ihn gewartet. Er hockte neben dem Feuer und war gerade dabei, ein Stück Wild zu braten. Die Pferde waren ruhig, und Larths Schwert war an einen Felsvorsprung vor dem Feuer angelehnt, in schweigender Erwartung mit der Schneide in Richtung des Pfades, auf dem er zurückkommen würde.
Larth bemerkte plötzlich, daß er durchgefroren und sehr hungrig war, und die Augen des Kelten blickten ihm lächelnd und aufmunternd entgegen wie die eines alten Freundes.

Der Raum im Haus von Lucernes wurde nur von einem schwachen Lichtschein erleuchtet. Draußen war die kühle Luft gesättigt von den Säften der feuchten, nebligen Nacht, und das ununterbrochene melodische Quaken der Frösche erfüllte die Dunkelheit.
Velvur nahm seine Hand von Mastarnas heißer Stirn und ermunterte ihn, noch einen kleinen Schluck von der Medizin zu trinken, die er für ihn vorbereitet hatte.
»Du wirst mich noch ertränken, Großer Trutnot«, protestierte Mastarna und holte tief Luft. Larth auf der anderen Seite des Lagers lächelte. Mühsam stellte Mastarna den Becher ab und drehte sich nach ihm um.
»Sabiner und Latiner zusammen, Larth! Weißt du, was das heißt? Das ist keine Bande von Wegelagerern, das ist eine gut ausgerüstete und auch gut kommandierte und organisierte Truppe. Das sind dieselben, die auch unsere Transporte von Eisen und Mineralien angreifen und inzwischen so viel wagen, wie sie es früher nie getan hätten. Noch beschränken sie sich auf kleine, wehrlose Dörfer, aber wie lange noch?«
»Beruhige dich, oder Velvur hat wieder einen Grund, dich in Tiefschlaf zu versetzen.«
Mastarna schüttelte den Kopf und schaute mit Abscheu auf den Rest der Medizin im Becher, die er noch trinken sollte. Aber der Große Trutnot hatte ein wahres Wunder bewirkt, was seine Schulter anbetraf. Er hatte

die Wunde, die nur schlecht vernarbt war, noch einmal geöffnet, und jetzt heilte sie mit großen Fortschritten. Mastarna fühlte sich noch immer sehr schwach, aber er lebte, und Velvur zweifelte nicht daran, daß er viel früher wieder auf den Beinen sein würde, als alle, die ihn in Ruma hatten ankommen sehen, jemals gedacht hätten.

»Ich würde vorschlagen, daß der König seine Abende woanders verbringt«, versetzte der Große Trutnot an Larth gewandt. »Mastarna ist noch viel zu schwach, vor allem für deine Gesellschaft.«

Larth seufzte und stand ergeben auf. Das Haus von Lucernes war unbequem und eng, aber es würde dauern, bis die Baumeister den Palast errichtet hatten, den sie schon anstelle der Hütten vor dem Haus des Königs Numa planten. In der Zwischenzeit konnte er nichts anderes tun, als abzuwarten, es sei denn, er würde in das Haus Numas einziehen.

»Heute habe ich übrigens König Numa besucht«, sagte in diesem Augenblick Velvur in seiner gewohnten Art, die Gedanken der anderen zu erraten. »Er hat mich gefragt, ob meine Magie der deinen überlegen sei.«

»Und was hast du ihm geantwortet?« fragte Larth, im Bemühen, vor ihm die Gedanken zu verbergen, die ihm dabei durch den Kopf gingen.

»Ich habe ihm gesagt, daß ich kein Magier bin, sondern allein den Göttern verpflichtet. Ein Magier kann geheimen Kräften gebieten und dadurch Macht erlangen, aber einer, der den Göttern verpflichtet ist, folgt nur dem, was geschrieben steht.«

»Das ist wahr«, stimmte Larth ihm vage zu und versuchte zu überhören, was Velvur ihm ständig in Erinnerung zu bringen versuchte.

Doch Velvur fuhr fort: »Der König schien mir krank zu sein. Er hat mich gefragt, ob ich nicht etwas für ihn finden könnte, das du ihm genommen hast . . . Einen Teil seines Geistes, meinte er.«

Larth lächelte. »Und was hast du ihm darauf geantwortet?«

»Ich habe ihm geantwortet, daß ich versuchen würde, ihm zu helfen, wenn er uns der bedingungslosen Treue seines Volkes versichern kann.«

»Gut!« war Larths einziger Kommentar.

Velvur faßte ihn fest ins Auge. »Was hast du mit ihm gemacht?« fragte er brüsk.

»Nichts Besonderes. Du hast mir vor langer Zeit einmal gesagt, daß Angst die beste Waffe sei – und er hatte einfach nur Angst.«
»Glaubst du, daß du dagegen gefeit bist?« fragte Velvur mit undurchdringlichem Blick.
Larth dachte einen Moment nach. »Nein«, sagte er dann, »genauso wenig wie du.« Dann verließ er den Raum, in dem seine Worte noch nachklangen. Velvur schüttelte seufzend den Kopf und beugte sich dann wieder über Mastarna.

Larth hatte zwei Wachen am Ende des Gangs aufgestellt, der zu den Räumen des Hauses führte, und zwei weitere im Innenhof, an dem die Küche lag, in Erinnerung daran, wie leicht es ihm und Axal damals gelungen war, von der Seite des bewaldeten Hügels her in das Haus einzudringen. Dann hatte er sich in seinen Raum zurückgezogen, der zum Platz hin lag. Caile Vibenna hatte ihm das Ergebnis der Volkszählung gebracht, und den ganzen Nachmittag über hatten sie darüber nachgedacht, wie sie die Männer am besten aufteilen und schulen könnten. Dann hatte Caile ihm von der neuen Ansiedlung erzählt, die Ancus mit denen, die ihm gefolgt waren, nahe der Salinen des Tibrin zu bauen begonnen hatte und die sie Ostia genannt hatten.
»Ein guter Platz für einen Hafen, Ruma wird ihn nötig haben«, hatte Larth dazu bemerkt, ohne hinzuzufügen, was auch Caile dachte, daß dies nämlich auch gleichzeitig ein guter Unterschlupf für die rebellischen Latiner und ihre Verbündeten, die Sabiner, sein würde.
Nach ein paar Stunden Schlaf erschien dann Larth kurz nach Sonnenaufgang ohne Ankündigung im Schlafgemach König Numas, nur begleitet von Axal, der sich von innen gegen die verschlossene Tür lehnte.
Sobald er den Tarquinier bemerkt hatte, fuhr der König aus seinem Bett auf, und es hatte den Anschein, als ob er flüchten wollte.
Larth begrüßte ihn mit einer knappen Verbeugung, deren formvollendete Höflichkeit wie Hohn aussah und fast beleidigend wirkte.
»Eine ungewöhnliche Stunde für den Besuch eines Königs«, murmelte Numa.
»Da hast du recht«, erwiderte ihm Larth. »Nicht einmal meinen Verbündeten ist diese Ehre bisher widerfahren. Und was ist mit dir, Numa, bist du denn ein guter Verbündeter?«

Der König schien noch um eine Spur bleicher zu werden, und sein Blick strich unruhig über den Fremden, der an der Schwelle seiner Tür Wache hielt. Vor ihm hatte er mindestens genausoviel Angst wie vor dem Tarquinier, dessen Schatten er zu sein schien. Einige seiner Leute waren sogar der Meinung, er sei ein Geist, den der Magier ins Leben gerufen hatte.

»Ja, ich bin ein guter Verbündeter«, antwortete er schließlich, »oder hast du mir eine andere Wahl gelassen?«

»Ruma beginnt langsam eine richtige Stadt zu werden, anstatt dem Erdboden gleichgemacht und seiner Existenz beraubt zu werden. *Das* war deine Wahl! Alles andere zählt dagegen kaum, oder glaubst du nicht?«

Numa nickte beflissen. »Doch, es ist wahr. Deine Meister haben alles ausgemessen und damit begonnen, die Hütten niederzureißen. Meine Leute haben sich in eine Schar von Handlangern verwandelt, und überall wachsen Mauern über Mauern. So etwas hat bisher hier noch keiner gesehen, und mein Neffe ist von deiner Stadt sehr beeindruckt, Tarquinier. So groß und schön, und . . . so gefährlich.«

»Ist es das, was dir angst macht, die Größe und die Schönheit?« fragte Larth.

Numa schüttelte den Kopf. »Nein, aber deine Meister haben mir gesagt, daß sie mit dem abnehmenden Mond für einen großen Stollen, wo sich das Wasser sammeln soll, die Erde aufgraben wollen. Das ist von Übel, denn die Mutter Erde könnte über diese Gewalt, die ihr angetan wird, im Zorn erbeben und uns alle töten.«

»Zu einer richtigen Stadt gehört es auch, den Verlauf des Wassers zu bestimmen. Die starken Regenfälle müssen abgeleitet werden, damit sie keinen Schaden anrichten, und die Abwässer müssen abgeleitet werden. Außerdem müssen die Sümpfe trockengelegt werden. Du hast nichts zu befürchten, denn die Mutter Erde wird davon sehr angetan sein, dein Volk wird nicht mehr unter dem Fieber leiden, und in fünf Jahren wird diese Stadt mehr als fünfzigtausend Einwohner haben. Ich will eine richtige Stadt, Numa, und keine Kloake.«

»Ich bin nur ein Hirte«, antwortete ihm Numa, »und ich sehe nicht das, was dein Auge sieht. Ich sehe nur meine Dörfer, die es schon bald nicht mehr geben wird, und mein Volk, das sich zu verändern beginnt.«

»Diejenigen unter deinen Edlen, die Geist und Fähigkeiten besitzen, haben nichts zu verlieren, mach dir keine Sorgen. Und all die anderen werden nur noch Untertanen sein und keine Probleme mehr machen. Aber was deinen Bruder Ancus anbetrifft, was meinst du? Soll ich ihn zu den ersteren zählen, oder muß ich ihn unter die zweiten einstufen?« fragte Larth mit einem leicht ironischen Unterton.

»Ich bitte dich, mach dich nicht über mich lustig«, bat ihn Numa mit fast flehentlicher Stimme. »Du weißt, daß er sich mit seiner Familie und seinen Knechten auf und davon gemacht hat, zusammen mit denen unter den Freien, die im Schutz der Nacht deinen Wachen entkommen konnten. Man hat mir gesagt, daß er eine Ansiedlung an der Flußmündung baut.«

»Das war gar keine schlechte Idee von ihm, denn Ruma wird schon bald einen guten Hafen nötig haben«, bemerkte Larth.

»Ich konnte ihn nicht aufhalten«, erwiderte ihm Numa mit kummervoller Miene. Dann streckte er sich wieder auf seinem Bett aus und murmelte: »Sonst hab ich dir nichts mehr zu sagen.«

Larth nickte vor sich hin. »Der Große Trutnot ist der Meinung, daß dich zu viele Gedanken bedrücken. Erlaube mir, daß ich dir helfe.«

Numa verzog das Gesicht. »Ausgerechnet du willst mir helfen?«

Larth machte eine Bewegung, und der Opal glomm im flackernden Lichtschein einer der Lampen dunkel auf. Numa bedeckte erschrocken die Augen mit der Hand.

»Du hast keine Söhne mehr, und deine einzige Tochter ist Witwe und hat drei kleine Kinder«, sagte Larth. »Kein Mann mit gesundem Menschenverstand wird sich eine Frau mit drei kleinen Kindern nehmen, und so wird deine Tochter dazu verdammt sein, eine Magd zu werden. Erlaube mir also, daß ich mich ihrer und deiner Enkel annehme.«

Numa lachte trocken auf. »Du bist wirklich sehr großzügig, aber es ist wahr. Meine Tochter Tullia ist seit vier Jahren Witwe. Ihr Mann war einer meiner Treuesten, aber von seiner ganzen Familie sind nur Witwen und Waisen übriggeblieben, die inzwischen alle Dienstboten sind.«

Larth beugte leicht das Haupt. »Befehle deinen Männern, die hier wohnen, dein Haus zu verlassen und woanders unterzukommen. Dann werde ich in ein paar Tagen, zusammen mit meinen Dienstboten, meinen Wohnsitz hier nehmen und so lange hierbleiben, bis mein Palast fertiggestellt ist. Du selbst kannst natürlich, mit deinen eigenen Dienstboten, in deinem Haus wohnen bleiben. Und sage deiner Tochter, daß ich ihr, so wie es der Brauch ist, die Ehre erweisen werde. Aber nur dann, wenn sie es auch will.«

Numa antwortete ihm nicht und wandte den Blick ab. Axal hatte schon die Tür geöffnet, und Larth verließ ohne ein weiteres Wort den Raum.

In den folgenden Tagen bewaffnete Larth überraschend zwei Einheiten, die er in Richtung Süden in Bewegung setzte. Es hatte den Anschein, als wollte er auch das südlich gelegene latinische Gebiet erobern und besetzen. Aber kaum hinter den ersten Hügeln angelangt, teilte er die beiden Einheiten auf. Die erste, ausschließlich Männer aus Velx unter dem Kommando von Aule Vibenna, schickte er Richtung Süden, aber mit der zweiten, alles seine eigenen Männer aus Tarchna, zog er in Richtung Küste.

Kae Aivas ritt als zweiter Befehlshaber rechts neben ihm, und Axal deckte ihm die linke Flanke. Cneve indessen hatte er in Ruma an Mastarnas Seite zurückgelassen, der langsam wieder auf die Beine kam. Larth hatte ihm nichts von seinem Plan erzählt. Er hatte mit niemandem darüber gesprochen, außer daß er Aule Vibenna die Anweisung gegeben hatte, mit seiner Einheit alle latinischen Dörfer entlang der Straße nach Süden einzunehmen und deren Oberhäupter nach Ruma zu bringen. Nicht unbedingt als Gefangene, sondern eher als Untertanen des Königs von Ruma, die an den Hof beordert wurden.

Es war heller Tag, als Larth mit seinen Männern die neue Ansiedlung an der Mündung des Tibrin erreichte. Ein frischer Wind wehte, und in der klaren Luft konnte man erkennen, wie sich der Fluß zwischen Küstenlinie und Salinen mit dem Meer vereinigte. Die Ansiedlung selbst bestand nur aus einer Handvoll elender Hütten. Ohne auf Widerstand zu stoßen, überwanden sie die niedrige und unzulängliche Umzäunung und fanden in den Hütten fast ausschließlich Frauen und Kinder vor. Ancus war nirgends aufzuspüren, aber die Beutestücke in der größten der Hütten verriet ihn: Waffen, Stoffe, feingearbeitete Bronzen und Keramiken, die für Ruma bestimmt gewesen waren. Dazu kamen allerlei Gerätschaften, Meßgeräte für die Baumeister der Aquädukte, Instrumente aller Art, Lebensmittel und Möbel.

Larth ließ alles zusammentragen, und am nächsten Tag brach ein Teil seiner Männer wieder nach Ruma auf. Vor sich her trieben sie, gefesselt

und mit der Beute beladen, die wenigen Männer, die sie in der Ansiedlung vorgefunden hatten. Aber die Hütten hatten sie unberührt gelassen, und auch die Frauen und Kinder ließ Larth zurück und wies sie mit einem guten Stück Land denjenigen seiner Soldaten zu, die dort bleiben und sich niederlassen wollten. Als er Ostia nach etwa zehn Tagen wieder verließ, hatte er schon Handwerker und Dienerschaft aus Ruma kommen lassen und dazu zwei Meister des Wassers aus Pupluna, um den Mündungsarm trockenzulegen.
In Ruma zurück, fand er eine Nachricht von Aule Vibenna vor, der auf seinem Weg nach Süden dabei war, ein Dorf nach dem anderen zu erobern. Unter dem Kommando von Cneve schickte er ihm noch eine Einheit aus Tarchna hinterher, und eine zweite, unter dem Kommando von Caile Vibenna, bezog Stellung an der Grenze zum Territorium der Sabiner, zu denen sich Ancus mit Sicherheit geflüchtet hatte. Die Nachricht, daß Ostia eingenommen worden war, hatte ihn nun bestimmt schon erreicht, und sicher wußte er inzwischen auch, daß seine Frau und seine Söhne, wie alle anderen, den Eroberern unterworfen worden waren. Jetzt konnte Ancus zu einer wirklichen Gefahr werden.
Larth hatte den Abend mit Mastarna verbracht. Sie hatten über die Zukunft geredet und was sie mit sich bringen könnte, einen Becher des sauren Weines dieser Gegend getrunken, und es war ziemlich spät geworden. Alles war schon dunkel und still, als er seinen Raum im Haus König Numas betrat. Unvermittelt blieb er stehen.
Die Frau saß zusammengekauert und regungslos neben seinem Bett. Ihre offenen Haare waren unbedeckt, und sie hielt die Hände im Schoß verschränkt. Trotz der Dunkelheit konnte Larth ihr hart gezeichnetes Profil erkennen und den Schimmer ihrer dunklen Augen. Sie mochte ein paar Jahre älter sein als er.
Larth wartete einen Augenblick ab, aber sie verharrte schweigend, und er ging auf sie zu. »Es freut mich, dich zu sehen, Tullia. Deine Anwesenheit ehrt mich.«
Die Frau hob den Blick und schaute ihn an. Für einen Moment glaubte Larth darin einen feindlichen Ausdruck zu entdecken, aber als sie sprach, war ihre Stimme ruhig und beherrscht. »Ich bin es, die dir dafür danken muß, daß du mich angenommen und dir die Last aufgebürdet hast, für meine Töchter zu sorgen«, sagte sie.
»Ich werde ihnen Sicherheit und eine gute Unterweisung bieten, und

wenn sie herangewachsen sind, werde ich sie, ihrem Rang gemäß, mit einem Mann aus einer der vornehmen Familien der Rasna verheiraten«, antwortete Larth und strich ihr dabei übers Gesicht. Er spürte ihre Unsicherheit, und als Larth ihr die dunkle Tunika bis zur Taille abstreifte, überlief sie ein Schauer. Doch sie wehrte sich nicht, und nur ihre traurigen, dunklen Augen schauten ihn an. Ihre Brüste waren voll und ihr Körper schlank und geschmeidig.

Larth streichelte sanft über ihre Haut, dann hob er sie auf und zog sie an sich. Doch ihr Körper blieb wie erstarrt, als er ihr die Tunika ganz abstreifte. Er flüsterte ihr ins Ohr: »Seit vier Jahren hast du nun als Witwe deine Ehre verteidigt. Dein Vater hat die Wahrheit gesagt.«

Ohne Gegenwehr ließ sie sich auf dem Bett ausstrecken, doch Larth legte sich nicht gleich neben sie. Der Gedanke, daß sie Angst vor ihm hatte oder traurig war, gefiel ihm nicht. Es hätte ihn zu sehr an Thanaquil erinnert.

Er stand auf, goß Wein ein, mischte ihn mit Honig und Gewürzen und erwärmte ihn dann über der Flamme einer Lampe. Dann ging er wieder zu Tullia und setzte ihr den Becher an die Lippen. Sie trank, und er küßte sie auf den noch von Wein gefüllten Mund, zog sie fest an sich, und ihre beiden Körper verschlangen sich ineinander. Die Frau stöhnte auf, ergriffen von einer ihr bisher fremden Lust, aber Larth beherrschte sich und ließ ihr noch Zeit. Als er sie dann schließlich nahm, gab sich Tullia ihm gelöst und willig hin. Anschließend schmiegte sie sich in der Dunkelheit befriedigt an ihn, und Larth spürte, daß sie sich der Bedeutung dessen, was geschehen war, voll bewußt war.

»Du allein bist nun der König von Ruma«, flüsterte sie nahe an seinem Ohr, und ihr Atem streifte ihn heiß. »Mein Vater hat sich heute abend vom Felsen Tarpei gestürzt.«

Larth richtete sich abrupt auf und schaute sie an. Die Frau hielt seinem Blick mit brennenden Augen stand, aber sie weinte nicht. Dann preßte sie ihre rauhen Hände über den Opal auf seiner Brust.

»Ich erinnere mich noch an dich«, flüsterte sie mit heiserer Stimme. »Als sie dich zum erstenmal in dieses Haus gebracht haben, warst du noch ein Junge und verletzt. Sie sagten, du würdest sterben. Ich erinnere mich noch genau, daß ich damals dachte, es wäre ein Jammer, dich sterben zu lassen, weil du so schön warst. Aber jetzt wäre es mir lieber, sie hätten dich damals getötet.«

Als Antwort darauf zog Larth sie wieder an sich, und seine Hände strichen über ihren Körper und drangen in sie ein.
»Aber heute nacht wirst du mich nicht hassen«, flüsterte er ihr ins Ohr und nahm sie ein zweites Mal.
Die Frau schluchzte leise auf und klammerte sich an ihn. »Nein«, murmelte sie.

Thanaquil stand vor der Fensteröffnung zum Innenhof und rang nach Luft. Das Gemach kam ihr stickig vor, und eine plötzliche Lust, einfach nach draußen zu laufen, überkam sie. Am liebsten wäre sie ziellos durch den Nieselregen und den kalten Nebel gerannt, der seit Tagen über Tarchna lastete und die Stadt und den Palast grau und klamm und wie in sich selbst zurückgezogen erscheinen ließ, in Erwartung des kommenden Ereignisses. Die Geburt des Sohnes des Königs stand bevor.
Eine heftige Wehe ließ sie zusammenzucken, und sie unterdrückte einen Schmerzensschrei.
»Dieser Sohn Larths ist so schmerzhaft wie seine Liebe«, murmelte sie zornig.
Caitli, die hinter ihr stand, umfaßte liebevoll ihre Schultern und zog sie vom Fenster weg.
»Du darfst dein Kind nicht zurückweisen, Thanaquil. Es braucht dich, um auf die Welt zu kommen. Nur du kannst ihm dabei helfen, das Leben anzunehmen.«
Thanaquil ließ verzweifelt ihren Blick durch den Raum schweifen. Das Gemach der Königin, in dem sie sich befand, schien ihr ein elendes Gefängnis zu sein.
Der Herbst ging seinem Ende entgegen, und die Geburt des Kindes war seit Tagen überfällig. Caitli hatte ihr kurz vor Sonnenaufgang einen bitteren Trunk verabreicht, der ihr jetzt fast noch mehr zu schaffen machte als der Schmerz selbst.
Sie klammerte sich an Caitlis Hände und ließ sich von ihr an die Feuerstelle führen. Dort kauerte sie sich nieder und strich über die warmen Steine. Aber sie hatte den Eindruck, als ob selbst sie ihre Berührung zurückweisen würden.
Angst schüttelte sie, und Caitli nahm sie beschützend in ihre Arme.
»Hab keine Angst, meine Schwester. Du mußt jetzt nur an dein Kind

denken und es dir so sehr wünschen wie niemals zuvor in all den vergangenen Monden. Nur dein Wunsch erhält es am Leben.«
»Es ist ein Junge, nicht wahr?« fragte Thanaquil zum wiederholten Male.
»Ja, es ist ein Junge«, antwortete Caitli geduldig.
»Aber Larth wird nicht hiersein, um ihn anzuerkennen und ihn dem Volk zu zeigen!« entgegnete Thanaquil bitter. Caitli unterdrückte einen Seufzer. »Das, was dir Larth in diesem Moment antut, das tut er auch sich selbst an. Er kann nicht bei dir sein, denn er ist der König zweier Städte. Sei nicht so streng mit ihm, meine Schwester. Glaube mir, wenn er zurückkommt, wird er der zärtlichste und beste Liebhaber sein. Und auch wenn du ihn nicht wirklich liebst, wirst du gerne an seiner Seite leben.«
Thanaquil schaute in die Flammen des Feuers, und ein unsicheres Lächeln überflog ihr Gesicht. »Wo ist Mastarna?« flüsterte sie kaum hörbar.
»Er ist mit Larth und Axal in Ruma, wie immer«, antwortete ihr Caitli. »Die Stadt wird langsam größer, und sie haben jetzt begonnen, das Fundament für einen Tempel zu legen, für einen richtigen Tempel. Er wird Tinia geweiht sein, den die Latiner Jupiter nennen, denn Larth erlaubt ihnen, den Göttern ihre eigenen Namen zu geben.«
»Natürlich, was bedeutet schon ein Name«, murmelte Thanaquil zerstreut und von Schmerz gepeinigt.
Caitli strich mit der Hand übers Feuer. Die Flammen loderten hoch auf und öffneten sich dann um einen dunklen Punkt in der Mitte, der langsam die Umrisse des Opals annahm. Das Gemach war jetzt von hellem Feuerschein erleuchtet, und anstelle des Opals formte sich das Bild eines Feuerbeckens inmitten der Flammen. Eine Gruppe von bewaffneten Männern wurde erkennbar, die im Kreis darum saß, und für einen Augenblick war im Vordergrund Cneve zu sehen.
»Wir haben etwa hundert Rebellen gefangengenommen«, sagte er gerade, »aber alle eingenommenen Dörfer in den Hügeln von Albano haben ihre Oberhäupter hierhergeschickt, als Zeichen ihrer Unterwerfung.«
Nun erschien das Bild Larths im Feuer. »Ich werde sie später empfangen«, antwortete er mit einem Blick auf die Flammen der Feuerstelle, deren Veränderung er gespürt hatte.

»Jedenfalls scheint alles sehr ruhig zu sein«, setzte Cneve zufrieden hinzu.

»Ganz im Gegenteil«, mischte sich Mastarna ein. »Wir sollten uns darauf vorbereiten, daß wir angegriffen werden. Ancus haben wir noch nicht gefaßt, und es ist doch ziemlich merkwürdig, daß unsere Transporte seither nicht mehr angegriffen wurden.«

»Das ist doch ganz einfach, wir haben sie geschlagen!« rief Cneve.

»Nein, Mastarna hat recht«, entgegnete Larth. »Denn genau das ist es, was sie uns glauben machen wollen.«

»Ist das vielleicht der Grund, warum die Vibenna den *Hügel der Eichen* befestigen und jetzt von unseren Leuten verlangen, daß sie den daneben liegenden Hügel räumen, damit sie den auch noch besetzen können?« gab Cneve bitter zurück.

»Genauso ist es, alles nach meinem Befehl. Laß uns jetzt allein, Cneve«, erwiderte Larth.

Der junge Mann gehorchte, und als er gegangen war, schaute Mastarna für einen Augenblick nachdenklich ins Feuer. »Was du da gesagt hast, entspricht nicht ganz der Wahrheit, Larth. Die Vibenna befolgen weder meine Befehle noch deine.«

»Es genügt, wenn wir beide das wissen, Mastarna. Wenn wir jetzt nicht einig sind, dann wird uns Ancus in Stücke hauen«, antwortete ihm Larth.

»Es könnte immerhin möglich sein, daß seine Leute ihm nicht mehr folgen wollen. Wir sind jetzt die Herren der Stadt und garantieren Reichtum und Wohlergehen. Die Latiner sind listig und verschlagen, und es könnte sein, daß sie sich lieber mit uns zusammentun. Mit uns erwartet sie eine blühende Zukunft, aber von ihm haben sie nur Zerstörung und mit Sicherheit ein elendes Leben zu erwarten«, gab Mastarna zu bedenken.

»Das mag sein«, stimmte ihm Larth zu. »Aber es reicht mir nicht aus, um ganz sicher zu gehen.«

Die Flammen züngelten und bogen sich, als ob ein Windstoß sie bewegt hätte.

»Velvur«, murmelte Caitli.

»Ich grüße dich, König von Tarchna und Ruma«, begrüßte der Große Trutnot Larth bei seinem Eintreten, aber in seinen Worten schwang ein unterschwelliger Vorwurf mit, den Larth lieber überhörte.

»Ich freue mich, dich wieder hier zu sehen, mein Freund«, erwiderte er. »Seit sieben Tagen warst du nun unterwegs.«
Velvur nickte und legte seinen Mantel ab. »Ja, Axal und ich hatten viel zu tun. Es gibt viele Plätze hier in dieser Gegend, die ich gerne sehen möchte, und Axal ist sicher der Beste, wenn es darum geht, einen Pfad durch die dichten Wälder zu finden. Eines Tages werde ich dich darum bitten müssen, ihn mir zu überlassen. Er würde mir eine große Hilfe im Alter sein.«
»Bitte mich lieber nicht darum, Großer Trutnot. Denn bei allem Respekt, den ich für dich empfinde, wäre es sehr schmerzlich für mich, dir trotz deines Alters diesen Wunsch abschlagen zu müssen.«
Velvur verzog das Gesicht zu einem kleinen Lächeln und stellte sich dann so vor die Feuerstelle, daß er Larth abschirmte.
»Vor langer Zeit habe ich dir einmal gesagt, daß das Leben Freude ist, aber auch Mitleiden, und daß der Ruhm der Krieger im Herzen der Frauen geboren wird.«
»Ich habe es nicht vergessen«, antwortete Larth.
Erneut lächelte Velvur, und Larth hatte plötzlich das Gefühl, als ob der Opal auf seiner Brust sich in einen Eisklumpen verwandelt hätte, der ihm die Luft abdrückte.
»Du sagst, du hast es nicht vergessen? Und was hast du gerade getan?« fragte der Große Trutnot und löste sich dann vom Feuerbecken.
Ein leichter Luftstrom bewegte die Flammen, und Caitli zog sich zurück.
Thanaquil neben ihr krümmte sich zusammen und schrie vor Schmerz laut auf. Die Kräfte schienen sie zu verlassen. Caitli zog sie hoch. »Bewege dich«, befahl sie ihr. »Hasti und ich werden dir beistehen, aber du mußt in Bewegung bleiben, bis du den Kopf des Kindes fühlst. Wenn dein Sohn jetzt nicht geboren wird, dann wird er sterben – und du mit ihm!«
Hasti, die in einer Ecke des Gemaches gewartet hatte, kam nun ebenfalls hinzu, und Thanaquil klammerte sich an die beiden Frauen. Sie tat, wie Caitli ihr befohlen hatte, und kurze Zeit später gebar sie einen Sohn. Aber das Kind war blau angelaufen und gab nur schwache Lebenszeichen von sich. Er war der Sohn des Königs, und die Nachricht von seiner Geburt wurde gleich dem Haruspizen von Tagete überbracht, um die Riten zu vollziehen, und auch dem alten König, der ihn umgehend

anstelle des Vaters anerkennen mußte, um seinen Erbanspruch zu sichern.
Schon eine Stunde später wurde der alte König Tarchon in den Saal für die Audienzen geführt, wo sich in aller Eile die Adeligen von Tarchna für die Zeremonie versammelt hatten.
Ihrer Aufgabe als Hohepriesterin des Palastes gemäß, brachte Caitli das Kind vor die Stufen des Königsthrones. Der Kleine war in Purpur und Gold gehüllt, ein schönes Kind, mit vollen Wangen und einem dichten, dunklen Haarschopf. Aber seine Haut war immer noch bläulich gefärbt, und er hatte nicht mehr die Kraft zu weinen. Caitli hielt den kleinen Körper in ihren Armen und fühlte, wie das Leben aus ihm entwich. Die Erinnerung an die Geburt ihrer eigenen Tochter stieg in ihr auf, so anders als die, der sie gerade beigewohnt hatte, und eine heftige Sehnsucht nach Thesan überkam sie.
Thesan war mit Liebe gezeugt worden, und Caitli hatte sie vom ersten Augenblick an geliebt.
Dieses Kind jedoch stellte nur den äußeren Schein von etwas dar, das in Wirklichkeit gar nicht existierte, und der Palast wies es zurück.
Ein wirklicher König muß ein Bindeglied zwischen Himmel und Erde sein, er muß beide Stimmen in sich vereinen. Nur auf diese Weise kann er zum Mittler zwischen den Göttern und den Menschen werden. Aber wenn der Himmel vergessen ist und die Erde verraten, dann wird es auch bald keine Könige mehr geben, und die Götter werden sich von den Menschen abwenden, dachte Caitli mit Bitterkeit und begegnete den müden Augen ihres Vaters, als sie den Kleinen auf den Stufen des Thrones niederlegte.
Der alte, kranke König nahm das Kind auf und hielt es dann sitzend über sein Haupt. »Tarchon, der Sohn von Larth von Tarchna und Thanaquil, tritt in diesen Palast ein, mit dem Willen Tinias und dem Segen der Göttin Athrpa!« verkündete er mit einer Stimme, die trotz seiner Gebrechlichkeit erstaunlich fest klang.
Das Bündel in seinen Händen protestierte nicht gegen diesen Anspruch. Die Adeligen verbeugten sich, die Haruspizen murmelten ihre Segenssprüche, und dann beugte Caitli sich wieder vor, um das Kind entgegenzunehmen.
»Der Königin geht es gut«, sagte sie lächelnd, und Tarchon war ihr dankbar dafür. Auch Laris war nun zu ihnen getreten und freute sich

sichtbar, wenn auch still, wie es seine Gewohnheit war, über dieses erste Enkelkind.

Caitli zog sich mit dem Kleinen zurück, sobald Flasi Aivas das erste feierliche Ritual vollzogen hatte. Der Haruspize von Tagete hatte sich allerdings das Recht vorbehalten, eine Nacht lang die Leber des geopferten Lammes zu studieren, bevor er sich über die Zeichen äußern würde. Caitli kannte den Grund dafür und hatte nichts dagegen einzuwenden.

Nun brachte sie das Neugeborene zu Thanaquil zurück und legte es an ihre Seite. Die junge Frau hatte inzwischen ein wenig Zeit gehabt, sich zu erholen, denn Hasti hatte niemanden zu ihr vorgelassen. Ein wenig unsicher nahm sie das winzige Geschöpf entgegen, überrascht von diesem kleinen Wesen, das ein Teil ihrer selbst und eines Mannes war, vor dem sie immer noch Angst hatte und der ihr bisher nur Schmerz zugefügt hatte. Werde ich diesen Sohn jemals wirklich lieben können? dachte sie und streichelte dabei zögernd über das kleine, noch faltige Gesicht. Der Junge atmete kaum. Er war zwar ein recht kräftiges Kind, aber die Geburt hatte viel zu lange gedauert.

Als der Kleine gegen Morgen in Caitlis Armen zu atmen aufhörte, schlief Thanaquil tief und fest unter der Wirkung der Medizin, die ihr Caitli verabreicht hatte, damit sie wieder zu Kräften kam.

Der Tag war gerade erst angebrochen, als Flasi Aivas den Altar im Haupthof schwarz verhängte, obwohl er erst kurz zuvor die Opferung vollzogen hatte. So wurden die Feuer, die die Geburt des Erben verkünden sollten, zum Zeichen der Trauer gleich wieder gelöscht, kaum daß sie entzündet worden waren.

Es hatte zu regenen begonnen, und der Nebel hatte sich in schwere, dunkle Wolken verwandelt, die den bevorstehenden Winter ankündigten.

22.

Ein Streifen kalten Morgenlichtes zeichnete sich am östlichen Himmel ab, und die Erde war mit Rauhreif bedeckt, der die Hügel von Ruma mit einem eisigen Weiß überzog. Kae Aivas bestieg sein Pferd, das ihm ein Knecht hielt. Das Tier scharrte unruhig mit den Hufen, und Kae Aivas drehte sich nervös im Sattel um. Der Haruspize von Tagete, der soeben den Ritus der Fürbitten vollzogen hatte, verbeugte sich vor ihm, als Zeichen, daß die Voraussagen für einen Sieg günstig waren, und in einem gewissen Sinne fühlte sich Kae dadurch erleichtert. Hinter ihm stand geschlossen ein Teil der jungen Adeligen von Tarchna und wartete schweigend. Es war weniger als die Hälfte der Männer, die er sich für dieses Unternehmen gewünscht hätte, aber der Klang ihrer Namen und die Bedeutung ihrer Herkunft gaben ihm ein Gefühl von Genugtuung. Sie alle waren bereit, sich für den Ruhm Tarchnas zu schlagen, und nur wenige unter ihnen, seine Vertrautesten, wußten Bescheid.
»Wir müssen absolut geräuschlos die Anhöhe erreichen!« befahl er und ordnete dann den Aufbruch zum *Hügel der Eichen* an.
Ancus mußte sich inzwischen auf halbem Weg befinden, und bald, schon sehr bald, würden die Wachen Alarm geben.
Der *Hügel der Eichen* war in dichten Nebel gehüllt, und am Fuße angekommen, trieb Aivas sein Pferd an und preschte unter den tiefhängenden Zweigen hindurch den Hügel hinauf, gefolgt von den restlichen Männern. Kein Lüftchen regte sich, und außer einem leisen Knistern der reifbedeckten Äste herrschte völlige Stille.
Der obere Teil des Hügels bestand aus einem dichten Eichenwald, dessen Baumbestand zum Teil für die Unterkünfte der Männer aus Velx gefällt worden war. Eine davon, ein ziemlich geräumiger Bau auf der Anhöhe, war anfangs als Unterkunft für die Vibenna errichtet worden, aber jetzt diente er als Versammlungsraum. Auch Mastarna hatte sich

oft dort aufgehalten, und Kae Aivas wußte, daß er sich auch jetzt wieder hier befand, zusammen mit einigen seiner Männer.
Der Alarm wurde von einem der ersten Wachposten an der Brücke Sublicio ausgelöst, und der Klang der zweitönigen Trompete zerriß die Stille.
Aivas zog das Schwert. »Vorwärts«, rief er, »Macht die Fürsten von Velx nieder, die sich Ruma nehmen wollen!« Dann drückte er seinem Pferd die Fersen in die Weichen und trieb es zum Gebäude in der Mitte der Anhöhe. Der Bau hatte ein stark abfallendes Dach und einen umlaufenden, offenen Vorbau, der von einem niedrigen Holzzaun begrenzt war.
Mit einem Satz übersprang er die Umzäunung und entging nur um ein Haar der Lanze einer der Wachen von Velx. Aber der Mann direkt hinter ihm hatte nicht soviel Glück und wurde durchbohrt. Mit einem Schlag öffneten sich die schmalen Öffnungen in dem aus Schilf und Lehm erbauten befestigten Bau, und im Nu war der Vorplatz mit Bogenschützen gefüllt, und ein Hagel von Pfeilen ging auf die Angreifer nieder. Die ersten von ihnen fielen und behinderten so die Nachfolgenden, die dadurch gezwungen waren, vom Pferd zu steigen.
Bewaffnete Männer, mit Mastarna an ihrer Spitze, denen andere mit Fackeln folgten, strömten jetzt aus der Unterkunft.
Gleichzeitig war Aule Vibenna mit einer anderen Gruppe von Bewaffneten hinter seinem Rücken aufgetaucht. »Komm und kämpfe ehrenhaft mit uns, Aivas!« forderte er ihn wütend heraus, aber Mastarna gebot ihm Einhalt.
»Nein!« befahl er. »Wir werden das Blut unserer Verbündeten nicht vergießen. Sein König wird über ihn entscheiden!«
Wieder war der Alarmruf der Trompeten, diesmal von verschiedenen Wachposten her, zu hören.
»Das ist das Signal zum Sammeln, Mastarna! Was sollen wir tun?« schrie Caile Vibenna, der ihm mit einer Schar Bewaffneter entgegengerannt kam.
»Was fragst du noch, Caile? Machen wir uns auf den Weg!« schrie Mastarna. Mit einem Satz war er bei Kae Aivas, packte ihn am Arm und riß ihn vom Pferd. »Und auf dich und die wenigen Männer, die dir verblieben sind, wird in der Zwischenzeit Aule Vibenna aufpassen«, zischte er ihn an.

Aivas entzog sich ihm mit einem Ruck und trat einen halben Schritt zurück. »Woher willst du eigentlich wissen, daß es nicht der König war, der mich geschickt hat? Wie kannst du so sicher sein, daß es nicht Larth war, der dich als Verbündeten loswerden wollte, Mastarna von Velx?« fragte er mit rauher Stimme.

Mastarna packte ihn an der Tunika und drückte ihn mit dem Rücken gegen die Umzäunung. »Und warum fragst *du* dich nicht, warum wir hier waren und dich erwartet haben?« gab er heftig zurück.

An seinem Gesichtsausdruck konnte Mastarna erkennen, daß dies die erste Frage war, die Kae sich auch selbst gestellt hatte. Aber die Antwort darauf hatte er lieber nicht wissen wollen.

»Also hast auch du Angst vor seiner Macht?« hatte Ancus ihn am Anfang ihres Bündnisses gefragt. Und das also bedeutete diese Macht: Magie, etwas, das man nicht hören und nicht sehen konnte und das nicht einmal sein Haruspize hatte vorausahnen können.

Kae Aivas schwieg, und Mastarna stieß ihn von sich. Dann bestieg er sein Pferd, das man ihm gerade gebracht hatte, und setzte sich an die Spitze der Männer, die sich dicht hinter ihn drängten. Gleich darauf waren sie im Nebel, in Richtung des verabredeten Versammlungsortes, verschwunden.

Ein Ring von Feuern, von einem Wachposten zum anderen, umschloß die Stadt. Die Männer hatten die Strohhaufen in dem Graben aufgeschüttet, der als Fundament für die zukünftigen Mauern von Ruma ausgehoben worden war. Im dichten Nebel waren die Feuer die einzige Orientierungshilfe, und gleichzeitig konnte man in ihrem Schein die Angreifer erkennen.

Cneve kam im Galopp vom Wachposten an der Brücke den Hügel nach Ruma heraufgeritten. »Es sind Latiner und Sabiner!« schrie er Larth, der ihn mit Axal und einigen jungen Adeligen aus Tarchna erwartete, schon von weitem zu. »Sie kommen über die Insel herüber, und nur wenige von ihnen sind beritten.«

Wortlos schlug Larth seine Tebenna zurück, um den rechten Arm frei zu haben, und trieb dann sein Pferd in Richtung der Niederung an, dicht gefolgt von den Männern und von Axal, der ihm den Rücken deckte.

Cneve hielt aus vollem Galopp sein Pferd an und schaute ihnen einen

Moment lang keuchend nach. Dann sprang er ab und fuhr erschrocken zusammen, als plötzlich Velvur an seiner Seite auftauchte und ihm die Hand auf die Schulter legte. »Keine Sorge«, murmelte der Große Trutnot, »deine Aufgabe hier wird nicht weniger schwierig sein als die seine.«

»Ich hätte gerne an seiner Seite gekämpft«, erwiderte ihm Cneve bitter, und Enttäuschung verdüsterte seinen Blick.

»Du wirst noch Zeit genug dafür haben. Aber heute ist es für Larth wichtiger, daß du hier bist und die Stadt im Griff behältst«, gab ihm Velvur zurück.

»Er ist der König«, murmelte Cneve, als ob das alleine schon genügen würde, um jede Gefahr zu bannen.

Velvur lächelte verhalten. »Könige kommen und gehen, so wie der Nebel dem Sonnenschein folgt, mein Sohn. Nur die Stadt allein ist wichtig, denn nur sie wird Bestand haben.«

Cneve bemerkte den betrübten Blick, dachte aber nicht weiter über die Bedeutung dieser Worte nach. Die Wache hatte inzwischen Marcius und die anderen in der Stadt verbliebenen Latiner zu ihm gebracht. Der Platz begann sich zu füllen, und Larth und seine Männer waren längst vom dichten Nebel verschluckt worden, der die tieferliegenden Hänge bedeckte.

Die Signale vom *Hügel der Eichen* antworteten, daß der Aufstand von Kae Aivas niedergeschlagen worden war und die Männer von Velx nun ihrerseits Aufstellung gegen die Angreifer bezogen.

»Wie konnte Aivas das dem König nur antun?« murmelte Cneve und suchte unauffällig den brennenden Blick von Marcius.

»Machtgelüste . . .«, antwortete Velvur. »Ein Wunsch, der oft teuer bezahlt werden muß.«

Larth hatte inzwischen den Wachposten an der Brücke erreicht, und die Reihen seiner Leute öffneten sich ordnungsgemäß vor ihm.

Ein weiteres Mal befinde ich mich vor Ruma, aber diesmal, um es zu verteidigen, anstatt es zu erobern, dachte er und legte seine Hand über den Opal, der warm und lebendig auf seiner Brust pulsierte.

»Caitli«, sagte er leise und fühlte ihre Gegenwart.

Kae Aivas würde an die Macht seiner Magie glauben, denn er wußte nicht, in welchem Maße er überwacht und seit dem Tod des Erben kei-

nen Augenblick mehr aus den Augen gelassen worden war. Er hatte den Fehler begangen, den latinischen Rebellen keine Beachtung zu schenken, die nun als Sklaven in Ruma dienten und die ihn verraten hatten, um sich damit ihre Freiheit zu erkaufen. Und auch die Dienstboten aus Tarchna waren ihrem König treu geblieben und hatten Kae verraten.
Auch das ist ein Teil der Macht, überlegte Larth und hörte, wie sich Mastarna mit seinen Männern näherte. Aule Vibenna hatte sich mit seinen Truppen inzwischen befehlsgemäß so entlang dem Feuerring verteilt, daß sie den Feind an der äußersten linken Flanke überraschen konnten.
Sobald ihn Mastarna erreicht hatte, entschied sich Larth, nicht abzuwarten, bis der Nebel sich verzogen hatte. Entschlossen hob er das Schwert und gab das Kommando zum Angriff.
Die Berittenen von Tarchna überrannten die Linien der Latiner und Sabiner und drängten sie in Richtung des Flammenrings, ohne große Verluste zu verursachen. Gleich darauf drehten sie wieder ab, und die Feinde befanden sich nun zwischen ihnen und den Kämpfern zu Fuß, die direkt hinter dem Flammenring eine Linie gebildet hatten. So waren sie gezwungen, sich zuerst auf die Berittenen zu werfen, und der Kampf entflammte.
Doch schon kurz darauf gerieten die Angreifer unter Druck, weil nun auch Aule und Caile Vibenna von Velx mit ihren Männern von der linken Flanke her angriffen. Die Manöver vollzogen sich zwar nur langsam, aber sie ließen den Latinern und Sabinern keine Atempause, und nach einiger Zeit zogen sie sich in Richtung des dichten Waldes zu ihrer Rechten zurück, um zu vermeiden, gegen den Fluß getrieben zu werden, der für sie eine tödliche Falle war.
»Stellen wir den Kampf ein! Sie sind schon dabei, sich zurückzuziehen!« brüllte Mastarna und kämpfte sich bis zu Larth vor, der sich von einer Gruppe Kämpfender zur anderen durchschlug und dabei sein Schwert nach rechts und links sausen ließ. Doch Larth hielt nicht ein. Seine Schenkel waren mit Blut besudelt, aber er war nicht verletzt, und Axal hielt sein Pferd ständig an seiner Seite, egal wie viele Feinde er dafür aus dem Weg räumen mußte. Auch er schien bis auf ein paar Kratzer unversehrt zu sein.
Erneut hob Larth sein Schwert und stieß einen der Angreifer mit einem

Fußtritt beiseite. Mastarna deckte ihn jetzt von der rechten Seite, aber sein eigentliches Ziel war, ihm den Weg zu einem neuen Kampfgetümmel abzuschneiden. Für einen Augenblick schien es so, als ob Larth ihn einfach überrennen wollte, aber dann zügelte er sein Pferd.
Mastarna wußte, daß Larth nicht blutrünstig war. Sie hatten zu oft Seite an Seite gekämpft, und er wußte nur zu gut, daß er immer einen kühlen Kopf bewahrte. Er tötete schnell, mit Bedacht, aber er war auch immer als erster bereit gewesen, den Kampf einzustellen. Zumindest bis zu diesem Moment.
»Larth!« schrie Mastarna so laut, daß seine Stimme das Kampfgetümmel übertönte. »Larth, hör mir zu! Wir haben nichts zu beweisen. Wir haben sie abgedrängt, und alle in der Stadt sind froh darüber. Ruma hat *uns* gewählt, verstehst du das denn nicht!?«
Larth ließ das Schwert sinken und schaute sich benommen um. Die Sonne stand schon hoch am Himmel, die Feuer im Graben waren erloschen, und nur hier und da stiegen noch ein paar Rauchsäulen auf, die sich in niedrigen Spiralen über die Erde wälzten. Die Männer auf der anderen Seite des Grabens waren nicht von ihrer Verteidigungslinie zurückgewichen, und der Graben war mit Toten und Verletzten gefüllt.
»Waffenstillstand!« sagte Larth atemlos. »Ich stimme einem Waffenstillstand zu, aber nur, wenn sie sich auch wirklich zurückziehen.«
Dann lenkte er sein Pferd dem nächsten Wachposten zu. Obwohl er nicht sehr hoch lag, bot er einen guten Überblick über das Schlachtfeld, und kaum hatte Larth seinen Befehl erteilt, ertönte das Signal der Trompeten von einem Wachposten zum anderen entlang der Verteidigungslinie. Nur auf der linken Flanke wurde noch gekämpft, aber nun ließen auch die Männer Vibennas ihre Waffen sinken, und plötzlich öffnete sich zwischen ihnen eine Gasse für eine Handvoll Berittener, die die Insignien von Tarchna trugen. »Das ist Aivas!« rief Mastarna.
Dem Befehl Larths folgend, ihn nicht anzurühren, hatten die Vibenna ihn passieren lassen. Doch Aivas ritt nicht auf die eigenen Linien zu, um sich mit den Männern des Königs zu vereinen. Ohne auch nur einen Augenblick zu zögern, passierte er im Galopp den Wachposten und folgte dann der Nachhut der Latiner und Sabiner, die sich in den Schutz der Wälder zurückzogen. Aber er schloß sich ihnen nicht an, sondern ritt an ihnen vorbei und war gleich darauf zwischen den Bäumen verschwunden.

»Tarchna wird einige Mühe haben, diese Schande Ruma gegenüber wiedergutzumachen«, murmelte Mastarna mit heiserer Stimme. »Und ich weiß nicht, wie der König von Velx darauf reagieren wird.«
Larth schüttelte den Kopf. »Ich sehe keine Schande, Mastarna. Aivas und sein Gefolge werden sterben, weil sie den König von Tarchna verraten haben, nicht den König von Ruma. Und das ist alleine ein Problem Tarchnas, in das sich keine andere Stadt des Bündnisses einzumischen hat. Von nun an riskieren Verräter den Tod.«
Fast unbemerkt hatte inzwischen Velvur den Wachposten mit etwa einem Dutzend Berittener betreten. In der Stadt war alles ruhig geblieben, und durch den dichten Nebel hatte man den Verlauf der Schlacht kaum verfolgen können. Nur die Flucht der Latiner und Sabiner war zu erkennen gewesen, weil in diesem Moment die Sonne durch den Nebel gebrochen war, der auf den Niederungen lag.
»Du bist dabei, die Kräfte des Todes zu beschwören, Larth. Sei vorsichtig. Niemand kann sie ungestraft rufen und sich dann entziehen.«
In den Augen Larths blitzte es auf. »Ich muß es wagen«, erwiderte er.
Die Kämpfe auf dem Schlachtfeld waren jetzt zum Erliegen gekommen. Velvur senkte das Haupt über dem düsteren Schweigen, das sich über die Leichen der Soldaten breitete, und murmelte die Beschwörungen, die den Toten den Weg ins Licht öffnen sollten.
»Vorsicht, dort drüben!« rief ihnen plötzlich Axal zu, der in seiner Aufmerksamkeit nicht nachgelassen und neben den aufgestellten Posten den Wald im Auge behalten hatte, in den sich die Angreifer zurückgezogen hatten.
Gleich darauf wurden am Waldrand sieben oder acht Männer zu Pferd sichtbar. An ihrer Spitze befand sich Ancus, und neben sich führte er Aivas, der gefesselt, aber unverletzt war.
»Keiner rührt sich!« befahl Larth und begab sich dann zusammen mit Mastarna und Velvur zu Axal. Ancus blutete aus einer Wunde an der Hüfte, aber er hielt sich aufrecht im Sattel und kam jetzt so nahe heran, daß jeder ihn hören konnte. Mit einem Ruck zog er das Seil an, an das er den jungen Rasna gebunden hatte.
»König von Ruma!« rief er. »Tarquinier! Dein Verräter hat Schande über dich gebracht. Aber wenn du ihn haben willst, dann mußt du ihn dir holen kommen und mir im Tausch dafür meine Leute aus Ostia zurückgeben!«

Dann wendete er sein Pferd und verschwand, den Gefangenen hinter sich herziehend, wieder im Schutz der Bäume.
Larth begab sich zum Wachposten zurück. Seine Männer hatten sich nicht vom Fleck gerührt, und keiner hatte sich von dem Zwischenfall ablenken lassen.
»Sammelt die Verletzten ein und bringt die Gefangenen in die Pferche in der Niederung. Wir werden sie zur Arbeit in die Minen schicken«, befahl er. »Mastarna, ich werde dir in den nächsten Tagen noch einmal die Hoheit über die Stadt überlassen müssen.«
Dann wandte er sich Tarvas zu, der hinzugetreten war, um ihm die Anzahl der Gefallenen und die erste Zählung der Gefangenen zu überbringen.
»Treffe alle Vorbereitungen, um mir in die Wälder zu folgen, Tarvas. Ich will vier Gruppen zu je zwanzig der besten Männer, und wähle auch noch zwei weitere Hauptleute deines Vertrauens aus. Die Männer müssen in vier Stunden bereitstehen und mit Lebensmitteln für viele Tage versorgt sein«, befahl er ihm.
Tarvas verbeugte sich und machte sich sofort auf den Weg, um den Befehl auszuführen. Er war einer seiner Getreuesten, und obwohl seine Familie nicht zu den edelsten von Tarchna zählte, war er ein geborener Kämpfer. Mastarna wartete, bis er gegangen war, bevor er seine Zweifel an Larths Entscheidung äußerte.
»Du solltest die Stadt jetzt nicht verlassen, Larth. Ich möchte nicht, daß mich die Leute aus Tarchna für denjenigen halten, der deine Adeligen dazu gebracht hat, sich auf die Seite von Aivas zu schlagen.«
»Genau das ist der Grund, warum sein Verrat umgehend bestraft werden muß, mein Freund. Noch bevor jemand anfängt, sich Gedanken darüber zu machen«, erwiderte Larth, und Mastarna zuckte resigniert mit den Schultern. Larth hatte ihm diesmal keine einfache Aufgabe überlassen, und in diesem Fall würden ihm auch die Vibenna keine große Hilfe sein.
Zusammen mit Velvur kehrte Larth nach Ruma zurück. In der Zwischenzeit würde Tavas Männer aufstellen und Axal sich um die Lebensmittelvorräte und die Pferde kümmern.
Die Einwohner von Ruma jubelten ihm zu, als er den Hügel hinaufritt, und auch die Baumeister, Steinmetze und anderen Handwerker von Tarchna und den übrigen Städten des Bündnisses hatten sich zu ihnen

gesellt und sich an diesem Tag von ihrer Arbeit ablenken lassen. Dennoch zog sich Larth sofort zurück. Er wäre lieber alleine gewesen, aber Velvur folgte ihm, und der König konnte den Großen Trutnot nicht wegschicken. Das war eine unumstößliche Regel, die nicht einmal er ändern konnte, zumindest so lange nicht, wie Velvur dieses Amt einnahm.

Also saß Velvur da und beobachtete ihn, während er sich das Essen servieren ließ, nachdem er sich gewaschen hatte. Seine Einladung, das Mahl mit ihm zu teilen, hatte er zwar angenommen, aber er aß kaum einen Bissen und trank nur einen Schluck Wein.

Im Haus des Königs war alles still, und Velvur wußte nur zu gut, daß hier, mehr als anderswo, der eine oder andere auf einen Sieg von Ancus gehofft hatte. Larth verzehrte sein karges Mahl und trat dann unter den Portikus.

Es war heller Tag, die Sonne schien warm, und er warf einen Blick auf den Palast auf der anderen Seite des Platzes, der nun schon fast fertiggestellt war. Eine kleine Gruppe von Männern war an die Arbeit zurückgekehrt und dabei, die Stirnziegel an den Ecken des Daches anzubringen.

»Er ist nicht so groß wie der Palast in Tarchna, aber es ist dein eigener«, bemerkte Velvur, der lautlos hinter ihn getreten war. »Ist es das, was dir gerade durch den Kopf geht?«

Larth lächelte. »Ja, Großer Trutnot. Aber sage mir lieber, was ich tun soll, um einen Rebellen und einen Verräter zur Rechenschaft zu ziehen.«

Velvurs Gesichtsausdruck wurde ernst. »Warum fragst du mich? Du bist der Magier. Aber wenn du wirklich meine Meinung hören willst, dann kann ich dir nur raten: Gehe nicht!«

Larth nickte. Die Lust an der Herausforderung ... Das war etwas, was Velvur ihm schon immer vorgeworfen hatte. Aber wen fordere ich eigentlich damit heraus, ging ihm durch den Kopf, den Rebellen, den Verräter oder die Götter?

Er legte eine Hand über den Opal auf seiner Brust. Er war kalt. Also war auch Caitli derselben Meinung wie Velvur. Gehe nicht!

Der Kelte kam mit den Pferden über den Platz, und Larth zögerte noch einen Augenblick. Dann wandte er sich zu Velvur um. »Hab ein Auge auf meinen Palast, Großer Trutnot«, sagte er und ging dann zu Axal hinüber. Er trug jetzt die weiße Tebenna mit den schwarzen Spiralen und die goldene Fibel mit den Insignien von Tarchna. Für einen Moment blieb er stehen, bevor er sein Pferd bestieg, und ließ seinen Blick über den strahlend blauen Himmel schweifen, über den mit lautem Geschrei ein Schwarm Wildenten zog. Tavas wartete schon mit den Männern, bereit, ihm zu folgen. Er fühlte die Blicke der Menschen auf sich lasten, die sich versammelt hatten und ihm nun Wünsche für seine Rückkehr zuriefen, und lächelnd suchte er Axals Blick.

»Und war rätst du mir, mein Freund?« murmelte er.

Doch Axal schüttelte den Kopf. »Was sollte ich dir raten? Du hast doch schon längst entschieden«, antwortete er ihm und hielt die Zügel seines Pferdes, um ihm beim Aufsteigen behilflich zu sein. Larth sah den Schatten in seinen Augen wie eine dunkle Wolke am strahlend blauen Himmel und fragte sich, ob es nur ein Instinkt oder etwas anderes war, das den Kelten in diesem Moment mit größerer Klarheit erkennen ließ, was er selbst nur wie einen ununterbrochenen, warnenden Ruf empfand, ohne dafür eine Erklärung zu finden.

»Gehe nicht!«

Mastarna kam jetzt auf ihn zu, verbeugte sich vor ihm und streckte ihm die Hand entgegen, damit alle sahen, daß er es war, dem Larth die Machtbefugnisse während seiner Abwesenheit übertragen hatte. Larth ergriff seine Hand, dann befahl er aufzusitzen, und sie verließen Ruma in Richtung der Wälder.

Nach zwei Tagen ununterbrochener Verfolgung fanden sie sich schließlich in einem Wald wieder, der fast so undurchdringlich war wie der *Heilige Wald von Tinia*. Aber hier war das Gelände niedriger, und ausgedehnte Sümpfe erschwerten Mensch und Tier das Fortkommen.

Sie befanden sich nun auf dem Territorium der Falizier. Vielleicht hatten die Flüchtigen sich hierhin zurückgezogen, um sie als Verbündete zu gewinnen, oder auch nur, um Asyl zu erbitten.

Sie kamen nur langsam voran, und am dritten Tag fanden sie einen der jungen Adeligen aus Tarchna, die Aivas gefolgt waren, von einer Lanze durchbohrt an einen Baumstamm geheftet. Er war von Blut überströmt, und sie hatten ihn wie ein Tier sterben lassen. Aber keiner hielt an, um ihn zu beerdigen oder ihm die letzte Ehre zu erweisen.

Am Abend, als sie auf einem etwas höher gelegenen Gelände ihr Lager

aufgeschlagen hatten, rief Larth Tavas und die anderen Hauptleute zu sich. Es war schon dunkel, und eine beißende Kälte herrschte. Der Wald umgab sie kahl und starr, und von ferne war das Geheul der Wölfe zu hören, die die Gegenwart der Menschen und Pferde rochen. Mit Sicherheit waren sie nicht weniger ausgehungert als die Wildschweine, deren Fährte sie den ganzen Tag über durch den Wald gesehen hatten.
»Der Latiner versucht, uns abzuhängen«, begann Larth, nachdem alle versammelt waren. »Er weiß ganz genau, daß wir seinem Fluchtweg folgen können, da die Spuren, die er hinterlassen hat, zu zahlreich sind. Deshalb versucht er, uns abzulenken. Morgen werden wir bestimmt noch andere Verräter finden, die er den Wölfen überlassen hat.«
»Und den Bären«, fügte Axal hinzu, dessen Blick in das Dunkel hinter dem Feuer außerhalb des festgeschlossenen Lagerkreises gerichtet war.
»Wieso Bären?« fragte einer der Hauptleute.
»Wir haben heute mehrmals ihre Spuren gekreuzt. Es wird immer kälter, und deshalb sind die Bären hungrig und angriffslustig«, erwiderte ihm der Kelte.
»Das allerdings gilt auch für unsere Feinde«, warf Tavas ein, den immer noch die Selbstverständlichkeit überraschte, mit der der Sklave im Kreis der Hauptleute anerkannt war und auf das Wort des Königs antwortete.
»Sicher«, stimmte ihm Larth zu, »aber im Gegensatz zu uns befinden sie sich hier auf bekanntem Gebiet. Sie wissen, wohin sie gehen, während wir nur Spuren folgen, die auch trügen können. Ab morgen werdet ihr euch deshalb in vier Gruppen aufteilen, die sich keilförmig um meine Gruppe in der Mitte formieren, die die Richtung angeben wird.«
Tavas und die anderen Hauptleute nahmen seinen Befehl entgegen, und kurz darauf erhoben sie sich und verließen das Feuer.
Axal hatte noch einmal nachgelegt, und Larth hüllte sich in seine Tebenna ein. Das Feuer wärmte ihn nicht, und hoch über ihnen glänzten kalt die Sterne zwischen den engverschlungenen, kahlen Ästen des Waldes. »Erinnert dich das ein wenig an deine Heimat?« fragte er, und ein Gefühl, als ob er nur von Schatten umgeben wäre, beschlich ihn. Er hatte keine wirklichen Freunde unter diesen Männern, die bereit waren, ihr Leben für ihn zu geben.

»Nein«, antwortete ihm Axal und ließ seinen Blick über den dunklen Wald schweifen. »Meine Heimat ist ganz anders. Aber vielleicht ist sie jetzt in dieser bunten Karte eingeschlossen, die Caitli im *Gemach der Könige* gezeichnet hat.«

Caitli.

Wie eine leuchtende Erscheinung stand ihr Bild zwischen ihnen, und der Gedanke an sie zerriß Larth fast das Herz. »Ich habe von einem Bären geträumt, der uns auf unserem Weg entgegenkam und uns tötete«, sagte der Kelte.

»Wann hast du das geträumt?« murmelte Larth.

Die Flammen des Feuers züngelten hoch auf, und ein Holzstück fiel vom Stoß herunter und zerstob in tausend sprühende Funken.

»Ich kann mich nicht mehr erinnern«, erwiderte der Kelte nachdenklich. Dann hüllte er sich in seine Tebenna ein und schloß die Augen.

In den beiden darauffolgenden Tagen kamen sie schneller voran und deckten dabei gleichzeitig ein größeres Gebiet ab. Die Kälte war immer noch schneidend, und hin und wieder brachte der Wind einen eisigen Nieselregen mit sich, der umgehend gefror.

Immer den Spuren der Flüchtenden folgend, fanden sie noch vier weitere Adelige aus Tarchna, von denen zwei auf dieselbe Weise getötet worden waren wie der erste. Die beiden anderen waren erschlagen und den Wölfen und Wildschweinen zum Fraß überlassen worden. Nun hatte Ancus nur noch Kae Aivas in der Hand.

Am dritten Tag waren sie schon sehr früh unterwegs. Sie mußten die Pferde am Zügel führen, weil das Gelände aus Fließsand bestand und das Unterholz zu dicht war. Kein Laut war zu hören, und das Morgenlicht fiel wie ein schimmernder Perlenvorhang durch die kahlen Zweige.

Larth erreichte eine kleine Anhöhe und schaute sich um. Die Männer seiner Gruppe befanden sich noch in einiger Entfernung hinter ihm. Nur Axal, der ihm vorausgegangen war, studierte das Gelände und die Spuren, um die Richtung festzulegen, die sie von hier aus einschlagen mußten. Die Flüchtenden schienen immer vorsichtiger geworden zu sein, und es wurde immer schwieriger, ihre Spur nicht zu verlieren. Schließlich stand Axal auf, drehte sich nach Larth um und wies mit ausgestrecktem Arm auf eine Mulde.

»Dort drüben muß etwas sein«, rief er, aber er wartete nicht ab, daß Larth ihm folgte, sondern ging direkt auf die Mulde zu.
Larth spürte die Gefahr so unmittelbar und nah, daß es ihm fast den Atem nahm. Er band sein Pferd an einem der Bäume an, und im gleichen Moment hörte er das Geräusch brechender Äste, als ob etwas Großes und Weiches durch das dichte Buschwerk auf sie zukäme.
Langsam näherte er sich der Mulde. Sie war mit welkem, hohem Gras bewachsen, das zusammen mit abgebrochenen Ästen und verfaulten Blättern in kleinen Wassertümpeln moderte, die von einer dünnen Eisschicht bedeckt waren. Und dann sah er auf der gegenüberliegenden Seite Kae Aivas. Er war an den Ast eines Baumes gebunden, so hoch, daß ihn die wilden Tiere nicht erreichen konnten.
Kae Aivas lebte. Aber in der Mulde hatte ein Braunbär Axal angegriffen. Er war zu Boden gefallen und versuchte sich aus der Umklammerung des Bären zu befreien, der ihm mit seinen scharfen Krallen Brust und Rücken zerfleischte.
Larths Hand fuhr zum Schwert. Doch da fiel ihm sein Schwur wieder ein, und er blieb wie angewurzelt stehen: *Niemals werde ich das Schwert gegen ihn erheben. Aber auch niemals für ihn!*
Die Erinnerung daran ließ seine Hand ersterben. Eine Art von tödlicher Starre ergriff ihn, die er nicht lösen konnte, selbst wenn es ihn das Leben gekostet hätte – und er wollte es auch nicht.
Axal versuchte jetzt mit letzter Anstrengung das Messer zu ergreifen, das er am Gürtel trug. Aber Larth rührte sich noch immer nicht. Endlich gelang es dem Kelten, sein Messer zu packen. Immer und immer wieder stieß er es in den Körper des Bären, und schließlich schaffte er es sogar, ihm die Kehle durchzuschneiden. Dann blieb er regungslos unter dem riesigen, fellbedeckten Körper des Tieres liegen, den Kopf nach hinten gebeugt, das Gesicht von den Klauen fast unverletzt, aber mit zerfleischtem Körper.
Alles, was Larth noch von ihm erkennen konnte, war das feine, blonde, zerzauste Haar und eine Hand, über die langsam das Blut floß.

23.

Mit unendlicher Langsamkeit bewegte sich Larth auf die Mulde zu. Wie im Traum nahm er wahr, daß seine Männer angekommen waren und sich mit gezogenem Schwert schützend um ihn versammelten. Auf sein Zeichen hin zogen zwei der Soldaten den Kadaver des Tieres beiseite, dann erst näherte er sich dem Kelten und kniete sich neben ihm nieder.

In diesem Moment hätte er sich gewünscht, es wäre ihm erspart geblieben, ihn so sehen zu müssen. Seine Brust, die Schultern und die Arme waren zerfleischt, und das Blut floß aus einer breiten Wunde an der Seite. Mit der Geste der Trutnot berührte er seine Stirn, um seinen Schmerz zu lindern. Aber zum erstenmal, seit er diese Berührung erlernt hatte, vergaß er, sich vor dem zurückfließenden Strom zu schützen, und fühlte die Welle des Schmerzes so stark, daß er in sich zusammensank. Caitli muß es gewußt haben, dachte er, und Axal drehte den Kopf beiseite, um seiner Berührung zu entfliehen.

Tavas, der neben ihm stand, fragte besorgt: »Geht es dir gut, mein König?« Instinktiv streckte er eine Hand aus, um ihn zu stützen, aber gleich darauf zog er sie wieder zurück, weil er es nicht wagte, ihn zu berühren. Larth erhob sich mühsam. Er war kein Heilkundiger und wußte nicht, ob Axal am Leben bleiben würde. Das einzige, was er wußte, war, daß er sein Leben in der Hand gehabt hatte und nichts getan hatte, um es zu retten.

Aber sie hatten beide diesen Augenblick kommen sehen, auch das wußte er, und beide hatten sie ihn gleichzeitig herausgefordert und zu vermeiden versucht. Weil er, genauso wie ich, nicht akzeptieren will, was schon entschieden ist, nicht einmal den Tod, dachte Larth. Und dafür wollte ich ihn bestrafen – trotz allem, was er für mich getan hat.

Dann wandte er sich zu seinen Männern um und befahl: »Versucht die Blutung zu stillen und baut eine Trage, um ihn nach Ruma zurückzubringen.«
»Die Götter sind gegen dich, Tarquinier!« hörte er da die höhnische Stimme von Aivas, der wie ein Hampelmann in den Ästen des Baumes hing.
Larth drehte sich nach ihm um.
»Bindet ihn los«, befahl er, »und bringt ihn her.«
Zwei der Männer setzten sich in Bewegung, um seinem Befehl zu folgen. Aivas' Tunika war zerrissen und sein Körper von Kratzern und blutunterlaufenen Flecken übersät, aber er hatte keine ernsthaften Verletzungen. Die Männer brachten ihn in die Mitte der Mulde, direkt vor den König. Doch Aivas trat ihm mit hocherhobenem Haupt entgegen.
»Ancus ist verletzt, und er hat mich nur deshalb hier zurückgelassen, damit du Zeit verlierst«, sagte er, sobald er vor Larth stand. »Viele seiner Männer sind schon tot, und die anderen sind am Ende ihrer Kräfte. Wenn du dich beeilst, wirst du sie noch vor Sonnenuntergang einholen!«
»Ancus hat für sein Volk gekämpft, Aivas, und ich habe nicht ihn verfolgt, sondern dich. Ancus wußte das ganz genau. Deshalb hat er dich als seinen letzten Trumpf aufgespart, und jetzt hat er dich fallenlassen. Kurz vor Sonnenuntergang wird Ancus bei den Faliziern sein und dort Unterschlupf finden, und ich sehe im Moment keinen Grund, dieses Volk anzugreifen. Ich habe bekommen, was ich wollte!« entgegnete Larth mit eisiger Stimme.
»Aber Ancus hat Tese ermorden lassen!« rief Aivas.
»O nein, Kae Aivas! Das Blut von Tese klebt an deinen Händen – er selbst hat mir das bestätigt! Du hast vergessen, daß ich ein Magier bin. Alles, was er wußte, hat er dem Feuer übergeben, und ich konnte es darin lesen, als wäre ich selbst dabeigewesen. Hast du etwa noch immer die Stirn zu leugnen?«
Kae Aivas erstarrte.
»Nein, Tarquinier, den Tod von Tese kann ich nicht leugnen, aber der Haruspize von Tagete hat gesprochen! Du bist kein guter König für Tarchna, denn als Verbündeten hast du den Fürsten einer Stadt, dessen König versucht hat, den unseren zu ermorden, und jeder weiß, daß du ihn den Brüdern aus deinem eigenen Fleisch und Blut vorziehst. Die

Königin, die dir bestimmt war, wollte dich nicht. Statt deiner hat sie sich lieber einen Sklaven genommen, in einer geweihten Nacht, in der Ungeheuer oder Tyrannen hätten gezeugt werden können. Und was deine neue Königin anbetrifft ... Sie hat nichts anderes zustande gebracht, als dir einen Sohn zu gebären, der gleich nach der Geburt gestorben ist. Also frage ich mich, Tarquinier, wie lange es noch dauern wird, bis du uns an deine Freunde in Velx verkaufen und uns damit alle der Schande preisgeben wirst!«

Mit einem verächtlichen Blick schaute Aivas in die Runde. Auf den Alarmruf hin hatten sich nun auch die Männer der vier anderen Gruppen eingefunden, und Tavas, der aus Furcht, in eine Falle zu geraten, ringsum Wachen aufgestellt hatte, konnte es nicht verhindern, daß sie sich aus Neugier um die Mulde zusammengezogen hatten.

Larth trat einen Schritt zurück und zog sein Schwert. »Laßt ihn los und gebt ihm ein Schwert«, befahl er.

Aivas, plötzlich frei, zeigte in die Runde. »Alle haben meine Worte gehört, und sie alle werden meine Zeugen sein! Ich klage den König an!«

»Alle haben dich gehört, Kae«, erwiderte Larth, »auch die Göttin Athrpa. Deshalb ist sie es, die ich als Zeugin anrufe, denn du hast die genannt, die mir als Königin bestimmt war, und die die Göttin für sich beansprucht hat. Kämpfe nun! Nur einer von uns wird überleben.«

Aivas machte einen Schritt zur Seite, ergriff das Schwert von Axal, das noch auf dem Boden lag, und erhob es mit beiden Händen. »Wenn ich schon einen König töten muß, dann besser mit dem Schwert eines Sklaven, das keine Ehre hat!« rief er aus.

»Das Schwert, das du in den Händen hältst, hat mehr Ehre, als du verdienst, Aivas. Verteidige dich!« Dann streifte Larth seine Tebenna ab, und in den blassen Strahlen des Sonnenlichtes, das durch die Äste der Bäume drang, blitzte der Opal auf seiner Brust auf.

Zuerst umstrich Aivas Larth vorsichtig und versuchte einen ersten Ausfall, den Larth mit Leichtigkeit parierte. Aber gleich darauf vergaß er alle Vorsicht und stürzte sich auf ihn.

Kae Aivas war nie ein guter Schwertkämpfer gewesen. Seine körperliche Beschaffenheit war zu plump und kompakt für die dafür nötige Gewandtheit und Beweglichkeit, Vorzüge, die dieselbe Klinge in den Händen des Kelten zu einer tödlichen Waffe hatte werden lassen.

Larth hielt ohne Mühe seinen Attacken stand. Ohne ihm auch nur einen Augenblick Pause zu gönnen, trieb er seinen Gegner bis zum Rand der Mulde und brachte ihn schließlich zum Straucheln. Aivas stürzte in einen Graben und verlor dabei das Schwert. Mühsam rappelte er sich wieder auf, griff nach dem Schwert und versuchte nun, Larth von der Seite her anzugreifen.
Aber er war viel zu schwerfällig, um den Schlag auszuführen, und Larth traf ihn mit einem Fußtritt am Kinn. Aivas taumelte mit ausgebreiteten Armen nach hinten, und im selben Augenblick stieß ihm Larth das Schwert tief in die Brust. Dann versetzte er ihm einen Stoß, und Aivas fiel tödlich getroffen zu Boden.
Zuerst blieb im Umkreis der Mulde alles still und wie erstarrt. Doch in diesem Augenblick fiel von Osten her wie ein Fächer zwischen den Ästen der Bäume ein breiter Sonnenstrahl in die Mulde, und ein Aufatmen, fast ein Seufzen, ging durch die Reihen der Männer.
Larth säuberte sein Schwert und ging dann auf die provisorische Trage zu, auf die der Kelte, in einen warmen Mantel gehüllt, gebettet worden war. Doch Axal hielt die Augen geschlossen.
»Kehren wir zurück!« befahl Larth knapp. »Bindet den Leichnam des Verräters auf einem der Pferde fest, dann säubert das Schwert und gebt es dem Kelten zurück.«
Die Männer gehorchten, und keiner der Umstehenden wagte es, auch nur ein Wort hinzuzufügen.

Larth und Velvur standen sich in einem der Räume des gerade erst fertiggestellten neuen Palastes in Ruma gegenüber. Doch die Haltung des Großen Trutnot war genauso abweisend wie seine Worte, die er nun mit großer Sorgfalt wählte.
»Ich kann sehr viel für den Körper eines Verletzten tun, aber nur dann, wenn sein Geist es auch will«, sagte er. »Ich habe es schon einmal für ihn getan, aber damals hatten die Götter ihre Zeichen gesetzt, und er war wichtig in ihrem vorgezeichneten Plan.«
»Wichtig . . .«, murmelte Larth, ohne seinen Blick von dem Lager zu wenden, auf dem Axal ausgestreckt lag. »Warum hast du mir das angetan, Velvur?« Er hob seinen Blick und traf auf die traurigen Augen des alten Mannes, die ihn nun weniger hart anschauten und in denen Zuneigung und Mitleid aufschimmerten.

»Du selbst hast mich damals gebeten, ihn ins Leben zurückzubringen, als Caitli den Zeichen der Götter zuwidergehandelt und ihm zur Flucht verholfen hatte. Sie wußte, was es mit diesem Fremden auf sich hatte. In der Nacht der zwei Monde haben die Götter über die beiden bestimmt, und keiner konnte sich dem widersetzen. Keiner, nicht einmal du, Larth.«

»Was in dieser Nacht geschehen ist, kann ich verstehen. Nicht das war der Verrat, das nicht«, antwortete Larth.

Velvur nickte. Der Raum im neuen Palast, in den sie den Kelten gebracht hatten, war durchflutet von den Strahlen der hochstehenden Sonne. Vom geschlossenen Säulengang her, der den Palast zum großen Innenhof hin abgrenzte und an dem die zahlreichen Räume und Gemächer lagen, war das Echo von Stimmen und Geräuschen zu hören, aber keiner wagte es einzutreten. Der Trutnot hatte das Feuer in der Feuerstelle entzünden lassen, über die Larth den Adler mit den ausgebreiteten Flügeln und das Symbol der doppelschneidigen Streitaxt hatte in Stein hauen lassen. Aber dies war ein neuer Palast, die Steine erzählten noch keine Geschichten, und die Gemächer waren noch ohne Stimme. So bargen auch die Symbole nicht die geheimen Schwingungen der Macht, sondern erinnerten nur an Tarchna.

»Also ist das, was du nicht verzeihen konntest, die Liebe«, murmelte Velvur. »Oder ist es vielleicht nur der körperliche Besitz? Mir scheint, das ist ein kleiner Preis für ein ganzes Imperium.«

»Ein Imperium!« wiederholte Larth ironisch, und die Augen Velvurs verdüsterten sich.

»Dein Anspruch auf Macht, Larth. Erinnerst du dich? Vergiß nicht, wer du bist und was du dir erträumst.«

Larths Blick wanderte wieder zu Axal hinüber. Das Gesicht des Kelten war von Schweiß bedeckt und seine Gesichtszüge vom Leiden angespannt. Eine tiefe Falte durchfurchte seine Stirn.

»Du bist also nicht sicher, daß er leben wird«, murmelte Larth.

»Seine Verletzungen sind schwer, aber das ist es nicht. Sein Lebenswille ist gebrochen. Du hast ihn im Stich gelassen, und das, was er von keinem anderen angenommen hat, nicht einmal von den Göttern, das nimmt er nun von dir an. Du bist es, der seinen Tod beschlossen hat, Larth.«

»Was kann ich tun?«

»Laß Caitli hierherkommen!« sagte Velvur und faßte ihn fest ins Auge, um seine Reaktion auf diese Worte festzustellen.
Keiner, nicht einmal Larth, konnte dem Blick des Großen Trutnot in solchen Momenten standhalten, und Larth senkte den Kopf. »Gut, ich werde Mastarna bitten, sie zu holen.«
»Ja, tu das«, war alles, was Velvur ihm darauf antwortete. Dann wandte er sich Axal zu.
Larth trat in den Säulengang hinaus und von dort aus in den Portiko, der den großen, quadratischen Hof umlief, zu dem sich der Audienzsaal öffnete. Dort angekommen, erwartete ihn schon Mastarna, zusammen mit Cneve, den Vibenna und den anderen Kommandanten. Der Leichnam Aivas' war nach ihrer Ankunft in Ruma neben dem Opferaltar aufgebahrt worden. Die Haruspizen hatten ihre Riten vollzogen, aber der Große Trutnot hatte an der Zeremonie nicht teilgenommen. Gleich darauf war Kae Aivas ohne Ehren auf der anderen Seite des Grabens, der für den Mauerring der Stadt vorgesehen war, beerdigt worden.
Mastarna gesellte sich schweigend an Larths Seite und wartete wie immer ab, daß er ihm seine Gefühle offenbaren würde.
»Die Stadt hat den Angriff von Ancus gut verkraftet«, sagte Mastarna schließlich, als er bemerkte, daß der König beharrlich schwieg. »Die Leute haben alle die Ruhe bewahrt, und egal ob sie es nun ehrlich meinten oder nicht, waren sie alle auf deiner Seite. Sogar einer ihrer Weisen hat dich, den Tarquinier, als ihren König gewürdigt.«
Larth blieb stehen und schaute ihn an. »Würdest du für mich nach Tarchna gehen und Caitli hierher begleiten?« fragte er, ohne auf seine Bemerkung einzugehen.
»Soll das etwa heißen, du bittest mich, die Hohepriesterin des Palastes für einen Sklaven hierherzubringen?« fragte Mastarna.
Larth zuckte mit keiner Wimper. »Würdest du das für mich tun?«
»Du bist der König. Sicher werde ich gehen, wenn du es wünschst«, antwortete Mastarna. Aber seine Gedanken waren schon längst bei Thanaquil, und der Gedanke an sie brannte wie Feuer in ihm. Er spürte, auch Larth war es nicht entgangen, auch wenn er sich nichts anmerken ließ und nur knapp das Haupt beugte.
»Ich danke dir«, murmelte er. »Du wirst sofort abreisen.« Dann nahm er seinen Platz im Audienzsaal ein, und die Adeligen scharten sich um ihn.

Als Mastarna in Tarchna eintraf, waren ihm die Kuriere zuvorgekommen, die Cneve, von Larth benachrichtigt, geschickt hatte, noch bevor die Eskorte mit dem Leichnam Kae Aivas' in Ruma eingetroffen war.
Die Nachrichten, die sie brachten, waren in der Stadt und im Palast mit großer Bestürzung aufgenommen worden. Flasi Aivas und seine Haruspizen hatten sich sofort zur Meditation an den einzigen Ort zurückgezogen, an dem sie sich noch sicher fühlen konnten: in das Heiligtum von Tagete, direkt vor den Mauern der Stadt. Alle anderen Adeligen, die mehr oder weniger mit dem Haus der Aivas verwandt oder ihre offenen Verbündeten waren, hatten sich dagegen für ein vorsichtiges Abwarten entschieden und versucht, nicht mehr öffentlich in Erscheinung zu treten. Auf Anordnung von Laris, der im Namen des Königs handelte, war das Vermögen der Aivas konfisziert worden, und der Großvater und die beiden Brüder von Kae Aivas waren ins Exil geschickt worden. Angesichts dieser Ereignisse hatte sich das Leben im Palast verändert. Es war still geworden, und Laris hatte die öffentlichen Audienzen auf einen Tag in der Woche beschränkt. Nur Caitli ging noch jeden Tag vor das Hauptportal, vor dem sich die Reisenden, Armen und Fremden drängten und um Hilfe oder Heilung baten. Mit viel Geduld hatte sie seit einiger Zeit auch Thanaquil überzeugt, sie dabei zu begleiten, denn sie war der Meinung, daß eine Königin ihr Volk kennen sollte, wenn sie wirklich, so wie es geschrieben stand, die Brücke zwischen ihm und dem König schlagen wollte.
Am Tag von Mastarnas Ankunft jedoch hatte Caitli am Morgen nur ihre Mägde vor das Portal geschickt, um Essen und Medizin zu verteilen. Dann hatte sie begonnen, Vorbereitungen für ihre Abreise zu treffen, und Thanaquil hatte sie verwundert nach dem Grund dafür gefragt. Doch Caitli hatte auf ihre Fragen nicht geantwortet.
Kurz vor Mittag hatten ihr die Mägde die Ankunft Mastarnas angekündigt. Der alte König Tarchon hatte ihn gleich empfangen, und Mastarna hatte ihn sofort um ein vertrauliches Gespräch mit Caitli und der Königin gebeten. Der König hatte sie rufen lassen, und Mastarna hatte in kurzen Worten den Grund seiner Anwesenheit erklärt. Gleich darauf hatte Caitli ihn und Thanaquil alleine gelassen. Mastarna hatte nicht die Absicht, auch nur eine Nacht im Palast zu verbringen, und seine Eskorte wartete schon im großen Hof, zusammen mit der von Caitli.

Thanaquil schaute ihr nach, wie sie durch die breite Türöffnung den Audienzsaal verließ, während die Diener Mastarna heißen Wein und Fladenbrote mit Trauben und Honig brachten. Dann wandte sie sich nach Mastarna um, der die Augen fest auf den Pokal vor sich gerichtet hielt. »Du wolltest mich sprechen«, erinnerte sie ihn.
Mastarna schaute sie an, und Thanaquil spürte, wie diese Augen sie verwirrten. Eine heftige Unruhe, vermischt mit Furcht, stieg in ihr auf und die Erinnerung an den Moment, als Larth sie gegen ihren Willen genommen hatte. So kann Liebe nicht sein, hatte sie oft gedacht. Als nun der heiße Blick Mastarnas sich in den ihren senkte, wußte sie, daß es mit ihm nicht so gewesen wäre, und ein unbekanntes, berauschendes Glücksgefühl überkam sie.
»Ja, ich wollte dich sprechen.« Mastarna versuchte, sich zu beherrschen. »Der König hat mich gebeten, dir seine Grüße zu überbringen, und er hofft, bald an deiner Seite zu sein.«
Thanaquil schüttelte den Kopf. »Du kannst nicht lügen, Mastarna«, murmelte sie. »Von all dem hat Larth nichts gesagt.«
Mastarna stellte den Pokal ab und erhob sich. Er stand jetzt so nahe vor ihr, daß er sie hätte berühren können. Thanaquil war in einen Duft von kostbaren Essenzen gehüllt und so ganz anders als die groben und ungeschliffenen Frauen Rumas . . . Sie erschien ihm so vollkommen wie das Meisterwerk eines begnadeten Künstlers.
»Du hast recht«, gestand er ihr. »Aber es tut ihm leid wegen seines Sohnes und dem, was er dir angetan hat. Und das ist keine Lüge, glaube mir.«
Thanaquil nickte und biß sich auf die Lippen. »Sag ihm, daß ich bereit bin, eine wirkliche Königin zu werden. Sag ihm das, bitte.«
»Das werde ich tun. Er wird sich darüber freuen, denn der Große Trutnot ist der Meinung, daß der neue Palast des Königs in Ruma erst durch die Geburt eines Erben oder einer Erbin seine Weihe erhalten wird.«
Mit einer knappen Verbeugung verließ Mastarna den Saal, und Thanaquil folgte ihm in den Hof, um sich von Caitli zu verabschieden. Sie umarmte sie und drückte sie fest an sich. Caitli wußte nun, was Thanaquil erwarten würde, und bewunderte sie für ihre Gefaßtheit, die sie ihr fast fremd und in einem gewissen Sinne fast hart erscheinen ließ.
Caitli löste sich von ihr, und der Schatten eines Lächelns huschte über

ihr Gesicht. »Paß gut auf den Palast auf«, war alles, was sie sagte, und Mastarna hob sie aufs Pferd. Sie hatte diesmal auf den zweirädrigen Wagen verzichtet, damit sie schneller vorankämen, aber Caitli ritt besser als mancher Mann, und oft hatte sie, als sie noch Kinder waren, sogar Larth und die anderen Jungen geschlagen. Sie trug eine kurze Tunika über Stiefeln mit hohen Lederschäften und darüber eine warme Tebenna. Die Haare hatte sie verhüllt, und von weitem hätte man fast meinen können, sie sei ein junger Mann. Nun stieg auch Mastarna auf und ritt an ihre Seite, und die Eskorte schloß sich um sie.

Es war ein kalter und grauer Tag. Der Winter schien sich nicht verabschieden zu wollen, und der Himmel war von dichten schwarzen Wolken bedeckt, deren Ränder nur hier und dort hell gesäumt waren. Ein eisiger Wind fegte über die Plätze und Straßen von Tarchna, und aus allen Kaminen stieg der Rauch auf. Ansonsten ging in der Stadt alles seinen gewohnten Gang, und trotzdem schien sie verändert, wie verlassen zu sein.

Caitli ließ einen letzten Blick darüber schweifen. Die Steine wissen, dachte sie.

An diesem ersten Abend schlugen sie ihr Lager in einer Mulde auf, die sie kaum vor den rauhen Windböen schützte. Ihre eigene Eskorte und die Mastarnas verteilten sich mit größerer Aufmerksamkeit als gewöhnlich um sie, denn die Anwesenheit der Hohepriesterin des Palastes zählte fast noch mehr als die der Königin.

»Die Kräfte des Himmels und der Erde mögen mit uns sein«, murmelte Mastarna und reichte ihr das Abendessen: ein Fladenbrot mit Oliven gebacken und eine dünne Scheibe getrockneten Fleisches.

Caitli nahm schweigend die Ehrung und das Essen entgegen und ließ dann ihren Blick über die Schatten der in der Nähe gelagerten Männer der Eskorte schweifen.

»Es tut mir leid, Caitli. Larth hat sich immer gewünscht, daß du nach Ruma kommst, aber bestimmt nicht so, unter diesen Umständen«, begann Mastarna das Gespräch.

»Ich weiß. Das meiste habe ich schon im Feuer gesehen. Aber erzähle du mir jetzt, was passiert ist«, forderte sie ihn auf.

Mastarna erzählte ihr von Kae Aivas, von seinem Angriff auf den *Hügel der Eichen*, der dank Larth abgewehrt worden war, von der Schlacht und der langen Verfolgung der Verräter auf dem Territorium der Falizier,

gegen den Ratschlag des Großen Trutnot. Und schließlich beendete er seine Erzählung mit der Rückkehr Larths nach Ruma, zusammen mit Axal, der von einem Bären schwer verwundet worden war, und dem toten Kae Aivas.
Als er geendet hatte, wagte er es nicht, ihr ins Gesicht zu schauen. Doch Caitli wandte sich mit einem kleinen Lächeln an ihn. »Bist du immer noch in Thanaquil verliebt?« fragte sie leise.
»Ich werde sie lieben, solange ich lebe«, antwortete Mastarna mit einem tiefen Seufzer.
Caitli beugte sich vor und strich ihm mit den Fingerspitzen über die Stirn. Die leichte Berührung löste in ihm ein Gefühl von Ruhe und Freude aus. »Das ist alles, was ich wissen wollte«, sagte sie und schaute dann zum Himmel auf, wo zwischen den schnell dahinjagenden Wolken die Sterne aufblinkten.

Als sie in Ruma ankamen, war der Tag zwar kalt, aber sonnig. Die Stadt kam Caitli wie eine einzige große Baustelle vor, überfüllt mit unermüdlich arbeitenden Menschen. Das massive Fundament eines Tempels erhob sich auf der Anhöhe eines der Hügel, und der Palast auf dem daneben liegenden Hügel, der größte unter den schon fertiggestellten, war der Mittelpunkt eines geschäftigen Kommens und Gehens. Überall brodelte es vor Leben, und alles war erfüllt von einem starken Geist.
Eine überschäumende Willenskraft, dachte Caitli, eine Kraft, die Larth schon vor langer Zeit entfesselt hat und die er jetzt, als König, beherrscht. Ganz klar stieg wieder die Erinnerung an die Prophezeiung in ihr auf:
Aus uns wird eine Nation geboren werden. Die mächtigste aller vorgezeichneten Zeiten. Aus unserer Schuld und unserem Verdienst heraus wird sie groß werden und wie ein Sturmwind über die uns bekannte Welt ziehen. Sie wird niemals unsere Sprache sprechen und niemals unseren Namen tragen. Ihr einziges Ziel wird die Macht sein, die Eroberung und die Herrschaft, und wenn sie erstarkt ist, wird sie uns zerstreuen, wie der Wind am Ende des Sommers den Staub verweht.
Mastarna begleitete Caitli bis ins Innere des Palastes des Königs von Ruma. Die ganze Konstruktion war außergewöhnlich hell und licht, mit

einem großen quadratischen Innenhof mit umlaufendem, geschlossenem Säulengang und einem von Säulen getragenen Portiko, an dem die Arbeiter gerade letzte Hand anlegten. In der Mitte des Hofes befand sich ein großes Wasserbecken, das noch nicht fertiggestellt war und in dem sich in einer Pfütze die Strahlen der hoch am Himmel stehenden Sonne spiegelten. Die Ankunft Caitlis war nicht unbemerkt geblieben, und viele neugierige Blicke folgten ihr. Für die meisten war sie das Symbol einer geheimnisvollen, unbekannten Macht, deren Kräfte sie nicht verstanden und deshalb fürchteten.

Doch Caitli beschloß, die Blicke zu ignorieren, und begab sich zu Velvur. Als sie eintrat, kam er ihr entgegen und ergriff schweigend ihre Hände. Sie verstanden sich ohne Worte.

»Neue Steine, ohne Geschichte«, murmelte Velvur schließlich mit leichtem Bedauern und wies auf die Mauern des Palastes.

»Sie werden noch mehr als genug Geschichte in sich sammeln«, gab ihm Caitli zur Antwort. Aber diese Zukunft war ihr im Moment so fern wie der Traum eines anderen. Trotzdem hielt Velvur sie noch einen Augenblick zurück, bevor er ihr erlaubte, in das Gemach einzutreten, in dem Axal lag. »Er wird nicht überleben, Caitli, ich habe mich schon gewundert, daß es so lange gedauert hat.«

»Ist er bei Bewußtsein?«

»Manchmal, aber es ist, als hätte er unsere Sprache vergessen oder sie wieder vergessen wollen. Ich habe das Gefühl, daß er an seine Leute denkt, und vielleicht glaubt er sogar wirklich, wieder in seiner Heimat zu sein.«

Caitli nickte, und Velvur ließ sie alleine eintreten. Der große Raum war mit Teppichen und wertvollen Möbeln ausgestattet, die Larth aus Tarchna hatte kommen lassen, und im Kamin brannte ein Feuer.

Axal lag mit halbgeschlossenen Augen auf dem Bett. Auf seiner nackten Brust waren die oberflächlichen Abschürfungen schon fast abgeheilt, aber die Verbände über den tieferen Wunden waren immer noch blutgetränkt. Ein durchdringender Geruch von Salben und Kräutern lag in der Luft.

Caitli legte die Tebenna ab und kniete sich dann neben dem Bett nieder. Für einige lange Augenblicke blieb sie so, ohne ihn zu berühren, bis Axal die Augen aufschlug.

Er erkannte sie und lächelte ihr zu. Dann schloß er mit großer Anstren-

gung die Finger der rechten Hand um die ihre. Den linken Arm konnte er nicht mehr bewegen. »Sind uns die Augen dieses Palastes freundlich gesinnt?« fragte er mit rauher Stimme, denn selbst das Sprechen bereitete ihm Mühe.
Caitli beugte sich über ihn und küßte ihn auf die Lippen. »Dieser Palast hat noch keine Augen«, flüsterte sie ihm zu.
Axals Finger verkrampften sich um ihre Hand, und seine Gesichtszüge verzerrten sich. Sein Körper erbebte, und Caitli spürte nun die Macht dieses Todes, der so kurz bevorstand und den Axal akzeptiert hatte.
Es war schon fast dunkel, als ein Diener kam, der mit einem scheuen Seitenblick das Feuer nachlegte, die Lampen anzündete und sofort wieder den Raum verließ. Doch gleich darauf trat Cneve ein und verbeugte sich knapp. »Der König möchte dich sehen«, sagte er zu Caitli und blieb dann abwartend auf der Schwelle stehen, um sie zu begleiten. Caitli hatte sich inzwischen umgezogen und wieder ihre übliche Kleidung angelegt: die azurfarbene, mit Scharlachrot und Gold durchwirkte Tunika der Trutnot und den blauen Mantel, der mit hauchfeinen Goldfäden bestickt war, die im Schein der Lampen schimmerten. Sie bemerkte den unsicheren Blick, den er ihr zuwarf, als sie ihm schweigend durch die Gänge folgte.
»Wohnst du in diesem Palast?« richtete sie schließlich das Wort an ihn und spürte sein Unbehagen darüber, daß sie ihn ansprach. Er versuchte es zwar zu verbergen, aber es zeigte ganz deutlich, wie sehr sich Cneve schon an den latinischen Brauch gewöhnt hatte, der einer Frau dieses Recht versagte.
»Ja, natürlich«, antwortete er zögerlich. »Larth hat mir viele wichtige Aufgaben übertragen. Wir erwarten Abordnungen aus Karthago und Korinth, und unser Hafen in Ostia wird im Sommer so weit fertiggestellt sein, daß die ersten Schiffe anlegen können!«
»Du bist stolz auf diese Stadt«, bemerkte Caitli, und Cneve blieb verunsichert stehen. Nicht weil er darauf keine Antwort gewußt hätte, es kam ihm nur merkwürdig vor, daß diese Frau sich das Recht herausnahm, so mit ihm zu reden. Caitli deutete ein kleines Lächeln an und strich ihm mit den Fingerspitzen leicht über die Stirn, eine Berührung, die in dem jungen Mann ein fast schmerzliches Gefühl auslöste.
»Sei vorsichtig, Cneve. Zu Recht bist du stolz auf das, was du hier mit erschaffen hilfst. Aber du hast dich schon zu sehr von diesem Fieber

anstecken lassen, das nur Herrschaft und Besitz erstrebt und dich eines Tages mit leeren Händen zurücklassen wird, wenn du den Himmel vergißt«, mahnte ihn Caitli.
»Wir vollziehen unsere Riten, und die Latiner sind gerade dabei, sie zu erlernen. Sie bemühen sich, die Gesten und Worte genau zu wiederholen. Wieso kannst du also behaupten, daß wir den Himmel vergessen?« fragte Cneve empört.
»Weil die Gesten und Worte nur leere Hüllen sind, die nach Bedarf den Notwendigkeiten angepaßt werden. Der Himmel ist etwas ganz anderes, Cneve. Und du trägst ihn nicht mehr in dir.«
Cneve hörte ihre Worte, aber plötzlich schien es ihm so, als ob sie nicht von den Lippen eines Menschen gekommen, sondern direkt in sein Denken und Fühlen eingeflossen wären. Etwas Vergleichbares war ihm noch nie passiert, und er hatte das Gefühl, als ob ihm jemand die Kehle zudrücken würde. Doch inzwischen waren sie vor den Gemächern des Königs angelangt. Einer der Wachen hatte ihn erkannt und schon die Tür geöffnet.
Cneve verbeugte sich steif. »Ich hoffe, daß Axal überleben wird«, sagte er förmlich.
Caitli wandte sich nach ihm um, und ihr Blick wurde hart. »Nein«, sagte sie, »im Gegenteil, du denkst, es ist beschämend, daß dein Bruder, der König, sich um einen Sklaven grämt. Und du bist erleichtert über seinen Tod, weil Axal an der Seite Larths die Stelle einnahm, die eigentlich deine gewesen wäre. Das war das, was du in dieser Nacht im *Heiligen Wald von Tinia* dachtest, und es ist auch das, was du heute noch denkst.«
Dann ließ sie ihn stehen und trat in die Gemächer des Königs ein. Dieser erste Raum war nur sehr einfach und spärlich und mit einer gewissen Strenge möbliert. Vor dem großen Kamin standen zwei Clinai und in der Ecke gegenüber eine kostbare Truhe aus Onyx und Ebenholz und ein langer Tisch aus schwarzem Stein. Ein Teppich in ägyptischen Farben und Szenen bedeckte den steinernen Fußboden, und ein ganz ähnlicher hing an der dem Kamin gegenüberliegenden Wand. Er stellte eine friedliche Szene dar: eine Wasserfläche, über die mit weit ausgebreiteten Flügeln ein Vogelschwarm dem Sonnenuntergang entgegenflog. Einer der Vögel war weiß.
Larth kam ihr entgegen. Aber ein paar Schritte vor ihr blieb er stehen

und sagte, ohne auch nur ein einziges Wort der Begrüßung: »Velvur meint, du kannst ihn nicht retten.«
»Nein, ich kann ihn nicht retten«, erwiderte Caitli. »Er glaubt zwar immer noch nicht an das, was geschrieben steht, aber er glaubt an das, was er gesehen hat. Und er hat gesehen, daß du keine Hand für ihn gerührt hast, obwohl du ihm hättest helfen können. Er hatte dir gesagt, daß er den Tod von dir akzeptieren würde, und das hat er getan.«
Caitlis Blick war hart, und Larth senkte den Kopf. Vor ihr wollte er seinen Schmerz nicht verbergen, aber es würde das letzte Mal sein, daß ihn jemand so schwach und hilflos sah. »Ich konnte meinen Schwur nicht brechen«, murmelte er.
»Das weiß ich. Freue dich an deiner Stadt, Tarquinier. Sie wird schön und mächtig sein. Aber Axal und ich werden immer nur Larth von Tarchna lieben«, antwortete ihm Caitli und drehte ihm den Rücken zu. Dann verließ sie den Raum und nahm einen Teil der Macht mit, die den Opal auf seiner Brust so lebendig hatte erstrahlen lassen. Larth bemerkte es nicht.
Axals Agonie dauerte noch zwei Tage an. Am Morgen des dritten Tages erlangte er das Bewußtsein wieder, und mit großer Mühe legte er den noch beweglichen Arm um Caitli, die an seinem Bett saß, und zog sie an sich. Seine Gesichtszüge hatten sich verändert. Sie waren jetzt entspannt. Die Salben und duftenden Essenzen vertrieben den Geruch des Todes, und der gequälte Körper lag regungslos da, ohne sich noch weiter zu wehren. Seine Göttin des Krieges und des Todes war neben ihn getreten. Sie wartete auf ihn, und gegen sie war selbst Caitli hilflos.
»Bei meinem Volk darf ein Krieger nicht mit dem Weinen einer Frau in den Ohren sterben«, murmelte Axal. »Rufe Larth.«
Caitli gab dem Diener, der schweigend auf der Schwelle wartete, ein Zeichen und schickte ihn, um den Befehl auszuführen.
Aber als Larth eintrat, war Axal schon tot.

Bei Sonnenuntergang verbrannten sie Axals Leichnam auf einem Scheiterhaufen, so wie es Brauch bei seinem Volk war. Später würde dann seine Asche, zusammen mit seinen Waffen, in der Grabstätte der Könige von Tarchna beigesetzt werden, neben denen der treuesten Diener und der Ammen.

Caitli war es, die im kalten Sonnenuntergang den Scheiterhaufen anzündete. Larth schaute von der Höhe seines Palastes aus zu, und zum erstenmal in seinem Leben kam ihm das Feuer, das diesen in eine schwarze Tebenna gehüllten Körper verschlang, feindlich vor.
Die Flammen brannten sich tief in seine Seele ein, und der Opal auf seiner Brust war wie zu Eis erstarrt.

24.

In diesem Jahr traf der Hof von Tarchna als erster in Fanu Veltune ein. Die Tage waren schon warm, hell und sonnig, der *Heilige Wald* war sogar schon ergrünt, und die Teppiche der wilden Blumen reichten bis zum Seeufer. Larth verbrachte die ersten Tage in Fanu Veltune, die dem eigentlichen Beginn der Festlichkeiten vorangingen, damit, das Bündnis mit den Königen von Faleri, Velzna und Sveana zu festigen und mit den Königen von Roselle und Vetaln Verhandlungen über den Verkauf ihrer Eisenvorräte an Ruma und die südlichen Territorien zu führen

Velvur hatte sich in den Tempel des *Nagels der Zeit* zurückgezogen, und Thanaquil und Caitli, denen er einen Boten geschickt und befohlen hatte, nach Fanu Veltune zu kommen, waren gerade angekommen. Sie befanden sich im Tempel der Göttin Turan.

Als letzter kam Sevre von Velx mit seinem Gefolge an. Auch die Vibenna befanden sich unter seinen Fürsten, nur Mastarna hatte es vorgezogen, in Ruma zu bleiben.

Schon brodelten überall die Gerüchte über die bevorstehende Wahl des nächsten Re Supremo. Hinter vorgehaltener Hand wurde nur ein einziger Name genannt, der allen gleichermaßen Begeisterung und Furcht einflößte. Larth von Tarchna hatte seiner eigenen Krone die Herrschaft über Ruma hinzugefügt, so wie er es versprochen hatte. Aber er war auch ein Magier, und er respektierte die Regeln nicht.

Larth lauschte Stunden um Stunden den Ausführungen über den Nutzen der Ausdehnung des Zwölfstädtebundes und der gleichzeitigen Notwendigkeit, das Bündnis zu festigen. Geduldig hörte er sich die Befürchtungen der alten Zilath über die Auswirkungen einer Politik an, die die Rivalität zwischen den Bündnispartnern verstärkte und deshalb riskierte, die Einheit des Bündnisses selbst zu schwächen, und versuchte

dabei, die Bemerkungen über den Verrat von Kae Aivas und den Bruch des Bündnisses mit Velx zu ignorieren.
Velvur hatte recht, dachte er und ließ seinen Blick über die Könige und die Zilath schweifen, die er an diesem Abend zu einem Bankett in seinen Pavillon eingeladen hatte. Es ist leichter und auch nützlicher, dem leisen Gemurmel einer Brise zu lauschen als dem Brüllen des Sturmes. Jetzt kann ich sie hören. Ich kann ihre Ängste verstehen, aber auch ihre Sucht nach Gewinn und Ansehen, die noch stärker ist als ihre Angst, und auf diese Weise kann ich sie beherrschen.
Es war schon sehr spät, als er den Pavillon verließ, um alleine zum Heiligtum der Göttin hinaufzusteigen. Er trug eine einfache schwarze Tebenna, ohne Insignien, und umging die Wachen, die um die Pavillons der Könige aufgestellt waren.
Es war eine schöne Nacht. Der Vollmond stand groß und rötlich schimmernd über den stillen Gewässern, und die Luft war gesättigt vom Geruch der gerade erwachten Erde.
Auf dem alten Pfad, den Velvur ihm damals gezeigt hatte, stieg er an der Flanke des Berges hinauf. Wieviel Zeit war seit damals vergangen . . . Fast greifbar sah er den Schatten des Jungen vor sich, der zwar die Zeichen gesehen, sie aber nicht hatte lesen können. Als er an dem offenen und hell erleuchteten Eingangsportal des Tempels des *Nagels der Zeit* vorbeikam, erschien es ihm wie ein aufgerissener Schlund, und er drehte nicht einmal den Kopf.
Diese Nacht war heilig für ihn, und nichts durfte sie berühren, nicht einmal die Erinnerungen.
Am Tempel der Göttin angekommen, nannte er seinen Namen, und gleich darauf kam ihm die Herrin von Turan mit undurchdringlicher Miene unter den Schleiern, die ihr Haupt bedeckten, entgegen. Für einen Moment schien der Blick ihrer wasserblauen Augen ihm tief ins Innerste zu dringen.
»Du kannst hier nicht eintreten«, sagte sie. »Kein Mann kann sich vor dem *Auge der Göttin* aufhalten.«
»Ich bin nicht gekommen, um das *Auge der Göttin* zu sehen und auch keinen eurer anderen heiligen Orte, Herrin von Turan«, erwiderte Larth. »Ich möchte Thanaquil, meiner Königin, an einem angemessenen Ort und mit dem Segen der Göttin meine Ehre erweisen.«
Die Herrin von Turan seufzte. Aus der Richtung des großen, in den

Felsen gehauenen und zum See hin offenen Saales waren Musik und Gesang und das Echo vieler Stimmen zu hören. Für einen Moment ließ sie ihren Blick schweifen und dachte darüber nach, ob sie dieser Bitte nachkommen oder sie abweisen sollte.

Dann beugte sie das Haupt. »Folge mir!«

Larth gehorchte ohne ein weiteres Wort, und die Frau führte ihn durch enge Felsengänge immer weiter in den Berg hinein. An manchen Stellen schlug ihm kalte Nachtluft entgegen, die durch versteckte Öffnungen eindrang, und er konnte das unablässige Tropfen des Wassers in den Adern des Felsens hören.

Entlang des Ganges waren in regelmäßigen Abständen an der Decke und an den Wänden Lampen aus Bronze in edelster Ausführung angebracht. Sie kamen aus Ägypten oder Babylon und hatten die Form von Tierköpfen, wilden Bestien oder geflügelten, spiralförmigen Schlangen, auf deren Haupt die Flamme brannte. Jedesmal, wenn sie an einer dieser Lampen vorbeikamen, beugte sich die Flamme durch den Lufthauch, und schließlich führte ihn die Herrin von Turan in eine der in den Felsen gehauenen Zellen.

Larth wußte nicht mehr, wie tief im Felsen er sich inzwischen befand, aber die Zelle hatte eine Öffnung in der Decke, durch die das Mondlicht und der Duft der Nacht hereindrangen.

Der Raum war groß, mit kostbaren Teppichen und einem üppigen Bett ausgestattet. Aromatisierter Wein stand auf einem kunstvoll gearbeiteten Feuerbecken bereit und auf einem niedrigen Tisch aus Onyx lagen in Honig getränkte Früchte.

»Deine Königin wird gleich kommen«, sagte die Herrin von Turan. »Bei Sonnenaufgang wird dich dann eine Magd wieder nach draußen begleiten.«

»Ich danke dir«, antwortete ihr Larth.

Die Frau neigte den Kopf, und der Hauch eines Lächelns erschien auf ihren schmalen Lippen. »Ich weiß jetzt, daß du erwartet worden bist«, sagte sie leise. Dann ging sie.

Larth legte seine Tebenna ab und zog auch die Tunika aus. In dem kleinen Raum war es warm, eine behagliche Wärme, die die Begierde weckte.

»Du bist erwartet worden …« Das konnte auch die unschuldigste aller Bemerkungen sein, um ihn der Treue und Liebe seiner Gemahlin zu

versichern. Doch ihm schien, daß die Herrin von Turan einer inneren Stimme gelauscht und was sie gesagt auch gespürt hatte.
Caitli, dachte er mit einem gewissen Groll. Aber er wollte nicht, daß diese Nacht von schmerzlichen Erinnerungen erfüllt würde. Mit der Hand bedeckte er den Opal. Er fühlte ihn warm und zog ihn nicht ab, denn er wagte es nicht, dieses letzte Band zwischen ihnen zu zerreißen, das so schwach und brüchig geworden war.
In diesem Moment trat Thanaquil ein, und ein leiser Windhauch kam durch die Öffnung in der Decke, durch die der Mond schien.
Thanaquil war so schön wie nie zuvor. Ihre Formen waren weicher und runder geworden, und ihre Brüste zeichneten sich unter dem leichten Musselin ihrer hellen Tunika ab.
Sie streifte sich den leichten Überwurf aus geknüpften Goldfäden ab und ließ ihn achtlos zu Boden fallen. Larth schien ihr verändert zu sein. Vor sich sah sie einen Mann auf der Höhe seiner Manneskraft. Seine Schultern waren breit und stark, sein Körper gut geformt und harmonisch, das Gesicht glatt mit harten Linien und langen Wimpern, die den harten Ausdruck seiner Augen milderten, während seine Lippen genau wußten, wie man mit einem Lächeln eine Frau verführt. Und Larth lächelte, als er jetzt auf sie zukam. Er legte ihr einen Arm um die Hüfte, zog sie sanft an sich und streifte mit seinen Lippen ihren Mund.
»Wir sind zu lange voneinander getrennt gewesen. Erlaube mir, daß ich dich als meine Königin ehre, Thanaquil«, sagte er zu ihr und schaute ihr dabei tief in die Augen. Thanaquil spürte seine Kraft, aber dieses Mal kam sie ihr anders vor.
»Unser Sohn Tarchon . . .«, begann sie leise, aber Larth legte ihr einen Finger auf den Mund und ließ sie den Satz nicht beenden.
»Es stand so geschrieben. Wir werden noch mehr Kinder haben, und die Göttin Turan wird uns ihren Segen geben«, flüsterte er ihr zu.
Dann führte er sie zum Bett und begann sie zu streicheln, bis Thanaquil sich in seinen Armen wiederfand und spürte, wie das Verlangen in ihr wuchs. Sanft und erfahren weckte Larth sie aus dem zu langen Schlaf ihres Fleisches, bis er sich schließlich über sie beugte und sie nahm. Danach zog er sie an sich, hielt sie zärtlich in seinen Armen, und Thanaquil fühlte sich befriedigt und glücklich. Zukunft und Vergangenheit, die ganze Welt hätte hier in dieser Zelle in den Tiefen des *Heiligen Berges* enden können, für sie gab es nur noch diesen Augenblick . . .

Sie schmiegte sich an ihn, sog den Duft seiner Kraft und Männlichkeit in sich ein, und plötzlich fühlte sie sich frei.
Ein König und seine Königin. Kein anderer Same war so heilig und keine andere Vereinigung den Göttern so kostbar wie diese, denn sie symbolisierte den Fortbestand und den Sieg der von den Göttern Erwählten, die Verbindung von Himmel und Erde: das Leben selbst. Und hier, im Tempel der Göttin Turan, war es zugleich die Verherrlichung und die Verweigerung der hier herrschenden Regeln.
»Du hast die Regeln verletzt, weißt du das?« sagte sie leise. »Kein Mann darf diesen Tempel betreten.«
Larth richtete sich leicht auf und schaute sie lächelnd an. »Das mag für jeden anderen Mann gelten, aber ich bin ein zweifacher König und dazu noch ein Magier«, flüsterte er ihr ins Ohr und erhob sich dann, um ihr Wein einzuschenken. Thanaquil nahm den Pokal entgegen und trank mit Genuß. Das Feuer war fast erloschen, und das Licht des nun hoch am Himmel stehenden Mondes malte bizarre Schatten auf ihre Körper. Thanaquil zog Larth an sich.
»Du bist zwar Herr deiner selbst geblieben, aber du bist im Haus der Göttin Turan, und du bist nicht der einzige, der die Magie kennt. Liebe mich noch einmal, und du wirst die Macht der Göttin kennenlernen!«
»Nicht Herr meiner selbst zu bleiben ist ein hoher Preis, meine Königin.«
»Nein, es ist ein kleiner Preis für jeden, außer für dich«, antwortete ihm Thanaquil mit einem geheimnisvollen Lächeln, und Larth gab ihr nach, als ob das, was Thanaquil von ihm forderte, nur ein neues, verführerisches Liebesspiel wäre. Aber schon bald hatte er sich selbst und alles um sich herum vergessen, etwas, das ihm noch nie und mit keiner anderen Frau jemals zuvor passiert war. Ein berauschendes Gefühl ergriff von ihm Besitz. Konnte es sein, daß dies wirklich das Werk der Göttin war? Oder war es das Werk Thanaquils, oder beider zusammen, die beschlossen hatten, sich an dem Mann zu rächen, der sie beleidigt hatte? Er wußte es nicht. Noch immer wie berauscht, überraschte er sich bei dem Gedanken, daß dies viel mehr war, als *seine Königin zu ehren*. Es war wie in einer einzigen lodernden Flamme zu verbrennen, deren Feuer man niemals stillen konnte.
Larth wachte erst spät am Morgen auf. Ein schmaler Streifen Tageslicht

drang durch die Öffnung des Gewölbes, das Feuer war erloschen, und es war kalt. Halb aufgerichtet bewunderte er für einen Augenblick im Halbschatten den vollkommenen Körper Thanaquils. Jetzt gehörte sie ihm wirklich an. Er hatte ihr seinen Samen gegeben, und wenn sie in dieser Nacht ein Kind gezeugt hatten, dann würde es gesegnet sein.

Er zog die Decke über sie und kleidete sich an. Dann verließ er den Raum. Im Gang erwartete ihn eine Magd. Sie gab ihm ein Zeichen, ihr zu folgen.

Über andere Gänge als die, durch die ihn die Herrin von Turan geführt hatte, stiegen sie wieder an die Oberfläche und erreichten schließlich einen großen, gewölbten Saal, der bis auf einige bemalte Leinwände, die die Öffnung zum See hin abschirmten, und ein großes Wasserbecken in der Mitte leer war.

Vor dem Wasserbecken saß zusammengekauert und regungslos eine Frau. Die Flammen in einem Feuerbecken neben ihr ließen ihre kupferfarbenen, lockigen Haare, die ihr bis zur Hüfte gingen, aufleuchten, und sie war bekleidet mit der azurfarbenen Tunika der Trutnot.

Larth ging auf sie zu, und die Magd verschwand lautlos in einem der angrenzenden Gänge. Nun waren sie alleine.

»Du also bist es, der die Regeln mißachtet«, begrüßte ihn Caitli, und er fühlte den Blick ihrer hellen, goldenen Augen feindselig auf sich lasten.

»Deine Schwester war heute nacht sehr glücklich, und auch ich bin es. Du hast nicht das Recht, mir deswegen Vorwürfe zu machen. Denn nicht ich war es, der sie mir als Königin erwählt hat«, erwiderte ihr Larth.

»Und das ist es, was du ihr nicht verzeihen kannst«, gab ihm Caitli kalt zurück.

»Aber ich habe sie akzeptiert. Ich erinnere mich nicht mehr an alles, was heute nacht vorgefallen ist, und sie vielleicht auch nicht. Aber wir haben herausgefunden, daß wir Seite an Seite leben können, und so wird das Leben in Ruma nicht allzu hart für sie sein.«

»Willst du sie etwa nach Ruma bringen?«

»Dort wird mein Hof sein. Mein Vater wird in Tarchna die Gerichtsbarkeit für mich übernehmen, und Egene wird seinen Platz einnehmen, wenn er dafür zu alt sein wird. Aber mein Hof wird in Ruma sein.«

»So wird der Palast also leer sein«, sagte Caitli ohne einen weiteren Vorwurf in der Stimme, nur mit dem Wissen um die Erfüllung einer Voraussage.
»So wie es geschrieben stand«, antwortete Larth und warf einen Blick auf das Wasserbecken. Plötzlich wurde ihm bewußt, daß dies das *Auge der Göttin* sein mußte, aber das Wasser schien ihm nur dunkel und tief und ansonsten nichtssagend.
»Auch du wirst mit den *Heiligen Schriftrollen von Tagete* nach Ruma kommen«, wandte er sich wieder an Caitli. »Ich muß diesen Leuten dort etwas geben, nach dem sie sich richten können, und auch wir selbst brauchen das. Sonst besteht die Gefahr, daß wir mit der Zeit unsere Riten und unsere Sprache vergessen.«
»Kein Buchstabe kann dir den Himmel zurückgeben, wenn du ihn vergessen hast. Die Menschen sind es, die ihn in ihrem Herzen lebendig erhalten. Wenn die Menschen die Kraft zu glauben verlieren, dann wird es auch bald nichts mehr geben, an das sie glauben können«, antwortete ihm Caitli.
»Bis dahin ist es noch lange hin.« Larth lächelte, und für einen Augenblick war er versucht, sie im Namen dieser tiefen Verbundenheit, die immer noch zwischen ihnen spürbar war, in seine Arme zu nehmen und sie zu trösten über den niemals wieder erwähnten Tod Axals, der sich wie ein Abgrund zwischen ihnen auftat.
Aber Caitli erwiderte ihm ruhig: »Ich werde nicht nach Ruma kommen, Larth.«
Jede Spur eines Lächelns wich von Larths Lippen. »Ich könnte es dir befehlen.«
»Sicher kannst du es mir befehlen, aber ich würde dir nicht gehorchen. Morgen wirst du zum Re Supremo ernannt werden, und du hast noch viele Jahre der Macht vor dir. Du brauchst mich nicht mehr, Larth.«
Larth streckte eine Hand aus, hob ihr Kinn und schaute sie nachdenklich an. Ein Schmerz durchzuckte ihn, als ob es das letzte Mal wäre, daß er sie sah, und dieses Gefühl zerriß ihm fast das Herz.
»Wo wirst du leben?« flüsterte er mit heiserer Stimme.
»Auf dem Tivrit, auf der Insel Aethalia«, antwortete Caitli und dachte dabei an ihre Tochter, die Tochter Axals, ihre Gabe der Götter.
Caitlis Augen füllten sich mit Tränen, und Larth wandte sich ab.

Warum hat uns Velvur das nur angetan, dachte er ein weiteres Mal bitter.
»Und was sagt die Göttin dazu?« fragte er schließlich mit einem Blick auf das Wasser.
Aber das *Auge der Göttin* blieb dunkel und unbewegt, die großen Leinwände vor den Fenstern blähten sich im Wind, und ein Vogelschwarm stieß vom Gipfel des Berges herab und erfüllte die Stille mit schrillen Rufen.
Ohne ein weiteres Wort drehte Larth Caitli den Rücken zu und verließ den Saal.

Am Tag darauf wurde Larth zum Re Supremo gewählt. Er trug die mit Gold verzierte Tunika, den Purpurmantel, das goldene Diadem und das Zepter und nahm auf dem Thron aus Elfenbein Platz, während ein Mädchen und ein Junge, unter der aufmerksamen Führung von Velvur, die Zeremonie des *Nagels der Zeit* vollzogen.
Die beiden waren fast noch Kinder, wohlerzogen und ein wenig linkisch. Sie gehörten zum Haus der Fürsten von Velzna. Der Körper des Mädchens war noch nicht entwickelt, während der des Jungen seine Erregung erkennen ließ, was die Haruspizen als ein günstiges Zeichen der Fruchtbarkeit deuten würden.
Larth lächelte verhalten. Die zwölf doppelschneidigen Streitäxte lagen ihm zu Füßen, Thanaquil an seiner Seite war eine strahlende Erscheinung, und die Könige, die ihn gewählt hatten, schienen mit ihrer Wahl zufrieden zu sein. Von ihm erwarteten sie sich eine Ausdehnung des Städtebundes, neue Eroberungen und Macht.
Ihm fiel ein, daß er sich an dem Tag, als in diesem Tempel König Tarchon zum Re Supremo gewählt worden war, gefragt hatte, wie ein König am Tag seines Triumphes müde sein konnte. Aber jetzt, wo er durch den Rauch der Feuerbecken hindurch versuchte, etwas von sich selbst in diesen beiden Kindern wiederzufinden, stellte er fest, daß die Müdigkeit ein hinterlistiger und unnachgiebiger Feind war, denn ganz plötzlich fühlte er sich unendlich müde.

Der Erbe Larths war nicht im Tempel der Göttin gezeugt worden, sondern im neuen Palast in Ruma. An einem schönen, sonnigen Sommermorgen erblickte er das Licht der Welt, und die Nachricht von seiner

Geburt wurde mit großer Freude begrüßt. Mit ihm bekam nun endlich auch der Palast seine Weihe, und die Steine begannen, ein Gedächtnis zu haben. Thanaquil hatte dieses Kind heiß ersehnt und hätte ihm niemals erlaubt, aus Mangel an Liebe zu sterben. Deshalb hatte sie auch alle Riten vollzogen, sogar die der latinischen Frauen, um sich dann unter die Obhut von Velvur zu begeben.
In all dieser Zeit hatte sie oft versucht, in Gedanken mit Caitlin in Kontakt zu treten, und manchmal hatte sie ihre Gegenwart in den lodernden Flammen des Feuers gespürt. Aber es waren nur undeutliche Wahrnehmungen, Fragmente, ein Raunen, das sie nicht wirklich verstehen konnte. Aber es half ihr, sich nicht ganz so einsam zu fühlen in diesem Palast, obwohl sie wußte, daß der König sie liebte wie nie zuvor und es ihr mit Maß und Geschick gelungen war, eine wirkliche Königin zu sein, die das Vertrauen und die Sympathie der Frauen gewonnen hatte und den Respekt der Männer.
Die Geburt des Kindes war ohne Schwierigkeiten verlaufen. Es war ein kräftiger Junge, und Larth hatte sofort seine Verhandlungen über eine Grenzregelung mit den Königen von Xaire und Vei unterbrochen, um zu Thanaquil zu eilen. Er hatte seinen Sohn in die Arme genommen, ihn als Erben anerkannt, und ihm wurde der Name Laris Tarcuinio gegeben. Larth war Re Supremo, er hatte einen Erben und war nun wirklich zufrieden. Zwischen den Hügeln hatten seine Baumeister damit begonnen, einen großen Platz für Zusammenkünfte und Versammlungen zu bauen, das Forum, und die neu errichteten Gebäude erstreckten sich über die vorher mit Wald bedeckten Hügel, bis hinunter zu den ehemaligen Sümpfen. Auch der erste Mauerring war schon gezogen und schirmte die Stadt nach Osten hin ab.

Anfang Herbst kam die Nachricht vom Tod des alten Königs von Tarchna. Tarchon war in den Armen Velvurs gestorben. Noch einmal hatte er ihm vorgeworfen, immer wie durch Zauberei gerade dort zu erscheinen, wo er gerade gebraucht wurde. Dann hatte er ihn gebeten, ihm zu erlauben aufzustehen, damit er seiner Königin Ramtha entgegengehen könne und seinem Gefolge, von dem er glaubte, daß es sich im Haupthof des Palastes versammelt hatte. Er hatte sogar die Stimmen und Hochrufe gehört.
Später an diesem Tag hatte sich Velvur in den kleinen Hof vor dem

Gemach der Könige zurückgezogen. Er fühlte die Notwendigkeit, den Faden eines Geflechts wiederzufinden, dessen Muster nun woanders gewoben wurde. Tarchna war nie besonders reich oder mächtig gewesen, aber Velvur wußte, daß es gerade die Eroberung von Ruma war, die den Anfang vom Ende des Volkes der Rasna bedeutete. Doch im Namen welcher Wahrheit hätte er dieses Wissen enthüllen können?

Der Altar der Erdmutter Dia war mit Laub bedeckt, und träge Insekten und Bienen umschwirrten ihn. Rings um ihn herrschte eine große Stille, und die Zeit schien stehengeblieben zu sein.

»Was willst du denn noch hier?« fuhr ihn da die Stimme des jungen Mannes an, der aus den Sträuchern entlang der niedrigen Begrenzungsmauer hinter seinem Rücken aufgetaucht war.

Velvur drehte sich nicht um, denn vor seinem geistigen Auge erschien das Bild dieses jungen Mannes deutlicher und klarer, als wenn er ihm ins Gesicht geschaut hätte. Vul war nicht mehr der kleine Junge von einst. Er war hochgewachsen, auch wenn er um die Hüften und am Bauch Fett angesetzt hatte und die feisten Wangen im Gegensatz zu dem gefährlichen Glitzern seiner dunklen Augen stand.

»Was denkst du gerade, Alter?« stieß Vul zwischen den Zähnen hervor. »Daß ich mehr einer schäbigen Hafenhure aus Gravisca gleiche als dem Sohn eines Königs?«

Velvur drehte sich langsam nach ihm um. Vul hielt seine linke Hand auf der Brust unter dem kurzen Umhang verborgen.

»Ich denke, daß du mit zunehmendem Alter nicht eine Spur weiser geworden bist«, gab ihm Velvur ruhig zurück. »Selbst dem Sohn eines Königs ist es nicht gestattet, in diesem Ton mit dem Großen Trutnot zu sprechen.«

»Ich hab mit dir nichts zu schaffen«, erwiderte Vul. »Mein Vater wird morgen beerdigt werden, die ganze Stadt wird ihm die Ehre erweisen, und außer ihm sehe ich hier in diesem Palast weder einen König noch einen Erben.«

»Ein kastrierter Sklave, der seine Mutter an das übelste Bordell im Hafen von Pygri verkauft hat?« murmelte Velvur im Wissen, daß er damit den Zorn des jungen Mannes heraufbeschwören würde. Velvur sah die Waffe, noch bevor Vul seine Hand unter dem Umhang hervorzog. Ich werde wirklich langsam alt, dachte er, ich habe tatsächlich vergessen, daß Vul Linkshänder ist.

Einen Augenblick später kam Vul auf ihn zu. Velvur machte einen Schritt beiseite, neben eine der dicken Wurzeln des Geißblatts, das sich inzwischen ohne Pflege wild über diesen Teil der Mauern des Palastes ausgebreitet hatte. Hoch wuchs die Wurzel neben ihm auf, sie schien anzuschwellen und sich zu biegen, und ehe Vul sich's versah, war er darüber gestolpert und auf den Knien gelandet. Es fehlte nicht viel, und er hätte sich mit seinem eigenen Messer verletzt. Viel zu schwerfällig, um gleich wieder auf den Füßen zu sein, warf er dem Großen Trutnot einen haßerfüllten Blick zu.
Velvur schüttelte den Kopf. »Besudele die Erde nicht mit Blut, Vul. Sonst wirst du niemals Frieden finden.«
»Fürst Laris hat angeordnet, daß ich als Lustknabe an einen Kaufmann von Karthago verkauft werde, der morgen abreist!« murmelte Vul.
»Fürst Laris hat eine weise Entscheidung getroffen. Seit Jahren treibst du dich in den Betten der Kaufleute aus dem Orient herum, die dieser Palast als Gäste beherbergt, obwohl der alte König dir immer wieder befohlen hatte, dich von ihren Spielen fernzuhalten. Worüber also beschwerst du dich jetzt?« antwortete ihm Velvur.
»Daß ich geboren wurde«, stieß Vul zwischen den Zähnen hervor und rappelte sich wütend auf.
»Du bist gebildet und ehrgeizig, und deine Verstümmelung wird dich in Karthago als Liebhaber noch begehrter machen. Und da du dazu noch gerissen und schlau bist, habe ich keine Zweifel, daß du in dieser fernen Stadt bald zu den Reichen und Mächtigen gehören wirst. Du kannst selber wählen.«
Vul lachte laut auf. »Selber wählen?« wiederholte er und warf einen Blick auf die Wolken, die nun die Sonne verdunkelten, die noch kurz vorher von einem strahlend blauen Himmel geschienen hatte.
»Sicher, zwischen deiner Zukunft und einem erneuten Versuch, mich umzubringen. Denn das ist es, was dir im Moment durch den Kopf geht.«
Vul steckte das Messer ein. »Wenn ich wüßte, wie ich dich treffen kann, dann würde ich keinen Augenblick zögern, Alter. Aber ich glaube an die Zukunft, die du mir vorausgesagt hast, und wenn ich erst mal reich und mächtig bin, dann wird meine Rache süß sein.«
»Rache ist nie süß, sie trägt immer bittere Früchte«, erwiderte Velvur.

Vul spuckte verächtlich vor ihm aus. Dann zog er sich vorsichtig zurück, ohne den Großen Trutnot aus den Augen zu lassen, in sicherer Erwartung einer Bestrafung.
Noch am selben Tag suchte er in der Unterkunft der Sklaven Zuflucht. Eine für ihn ungewöhnliche Verzweiflung hatte von ihm Besitz ergriffen, denn plötzlich fehlte ihm der Schutz des alten Königs, den er so lange Zeit gehaßt hatte. Die Diener des Palastes gingen ihm sorgfältig aus dem Weg, in Erinnerung an seine Launen und seine Anmaßung. Er war ganz alleine, und bald würden die Soldaten kommen, um ihn zu ergreifen und ihm seinem neuen Herrn zu übergeben. Aber so schnell, wie sie gekommen waren, verzogen sich die dunklen Wolken wieder, und der Rauch der Feuer, die die Trauer über den Tod des alten Königs verkündeten, stieg in einen klaren und wolkenlosen Himmel.

25.

Erneut waren die abtrünnigen Latiner unter ihrem Anführer Ancus zusammen mit ihren Verbündeten gegen Ruma gezogen. Auf ihrem Weg hatten sie die Ansiedlungen und Dörfer geplündert und gebrandschatzt. Aber diesmal hatte Larth, entgegen den Regeln, sich nicht auf die Verteidigung beschränkt und abgewartet, bis sie vor der Stadt standen, sondern war ihnen entgegengezogen. Und ebenfalls entgegen der Waffentradition der Rasna, hatte er sich nicht damit begnügt, sie nur bis zu den Hügeln von Albano zurückzudrängen, die zu Ruma gehörten. Aus dem Angegriffenen war ein Angreifer geworden. Er hatte Albalonga eingenommen, Unterwerfung unter seine Krone und Tribut gefordert und war dann immer weiter nach Süden vorgedrungen, bis tief in das unwegsame Gebirge hinein, dessen rauhe Natur die Feinde endgültig in die Falle locken würde.

Dort hatte er in einem schmalen Tal, am Rande einer Schlucht, auf deren gegenüberliegender Seite die Feinde lagerten, mit seinen Truppen sein Lager aufgeschlagen, und an diesem Abend hatte er Marcius zum Abendessen in sein Zelt eingeladen. Nun begann er in einem leichten Plauderton das Gespräch, als ob ihm ein alter Freund gegenübersäße, mit dem man über das Wetter und die letzte Ernte redet. »Ich weiß, daß einer der Anführer des gescheiterten Angriffs dein Onkel Ancus war, und ich weiß, daß er die Zeit damit verbracht hat, möglichst viele Latiner um sich zu sammeln und sich Verbündete zu suchen: Falizier, Sabiner und vielleicht sogar Focesen, die ihn außerdem mit Waffen versorgt haben, um unsere Vorherrschaft auf dem Meer zu schwächen und damit auch die neuerliche Expansion der mit uns verbündeten Karthager. Aber gerade deshalb habe ich dir das Kommando über einen unserer Truppenteile übertragen. Du hast eine Rasna aus einer unserer vornehmsten Familien geheiratet, die Tochter von Tavas, der einer meiner besten Kommandanten ist, und du hast eine beneidenswerte Stellung in der Stadt. Also liegt es jetzt nur an dir abzuwägen, wo dein Platz ist und zu wem du stehst.«

Larth schaute ihn lächelnd an, und Marcius fühlte sich sehr unbehaglich. Er hatte bisher kaum einen Bissen zu sich genommen und wußte genau, daß dies keine Art war, die Tafel des Königs zu teilen und das Privileg zu würdigen, das ihm zugestanden worden war.

»Du hättest mir niemals das Kommando übertragen, wenn du an mir gezweifelt hättest«, brachte er schließlich hervor.

»Da täuschst du dich«, erwiderte ihm Larth. »Cneve hat sogar darauf gewettet, daß du uns verraten und bald zur anderen Seite überlaufen wirst. Ich allerdings liebe die Herausforderung und habe das Gegenteil behauptet. Was sagst du dazu?«

Marcius fühlte sich immer unsicherer und verwirrt. Er war dem Befehl, der ihn in das Zelt gerufen hatte, ruhig und mit großer Selbstsicherheit gefolgt, aber jetzt fühlte er sich unter dem Blick, der ihm keinen Ausweg ließ, immer mehr wie der kleine Junge, den sie vor langer Zeit an einem kalten Wintermorgen in Fesseln abgeführt hatten.

»Ich fühle mich durch die Heirat, die du mir ermöglicht hast, und von den Privilegien, die du mir zugestanden hast, geehrt«, antwortete er und verneigte sich.

»Das ist keine Antwort, Marcius. Du bist einer meiner Hauptleute, und morgen wirst du gegen deine eigenen Leute kämpfen, die dort draußen, direkt hinter der Schlucht, lagern und von dem einzigen Blutsverwandten angeführt werden, der dir noch geblieben ist«, entgegnete Larth.

»Willst du, daß ich mich als Verräter fühle?« stieß Marcius hervor.

»Wieso als Verräter? Cneve hat die Älteste der Enkelinnen von Numa zur Frau genommen, und somit ist auch er einer deiner Verwandten. Aber das trifft nicht den Punkt, denn für dich ist das keine Frage von Gesetz oder Zuneigung. Hab ich recht, Marcius?« lächelte Larth.

»Du kennst kein Mitleid, König Tarquinio«, murmelte der junge Latiner. »Man sagt zwar von dir, daß du ein großer Magier und ein Weiser bist, aber man sagt auch, daß deine im geheimen gesponnenen Fäden es waren, die meinen Großvater dazu gebracht haben, sich vom Felsen Tarpei zu stürzen.«

»Dein Großvater hat die Schuld seines Volkes auf sich genommen, so wie es die Pflicht eines Königs ist.« Die Stimme Larths hatte nun einen harten Klang bekommen.

»Auch die deine, Tarquinier?« Die Frage war respektlos und unbedacht gewesen, und Marcius bedauerte seine Worte, kaum daß er sie ausgesprochen hatte. Aber nun war es zu spät. Also nahm er all seinen Mut zusammen und wartete mit stolz erhobenem Kopf die Reaktion des Königs ab. Aber Larth nickte nur nachdenklich, ohne ein Zeichen von Zorn oder Erregung.

»Sei unbesorgt, ich werde die meine bezahlen, wann und wo auch immer die Zeit für mich gekommen sein wird. Aber im Moment warte ich immer noch auf deine Antwort.«

Von einem Augenblick auf den anderen fühlte sich Marcius entwaffnet von diesem Mann, der so ohne weiteres seine geheimsten Empfindungen offengelegt hatte, seinen Selbstbetrug und den Versuch, Gründe vorzuschieben, die nichts anderes waren als Ausreden.

»Ich liebe Ruma, so wie es jetzt ist. Aber ich liebe diese Stadt auch für das, was sie einmal sein wird, für das, was ich entstehen sehe. Und ich liebe die Macht, die du mir gegeben hast, durch die sie die meine wird, mehr als ich es mir jemals erträumt hätte. Ist es das, was du von mir hören wolltest?« fragte Marcius und versuchte dem Blick des Königs standzuhalten.

»Ja, das ist es, was ich von dir hören wollte. Denn es ist diese Stadt, der du so treu bist, wie du es keinem König und selbst deinen Göttern gegenüber jemals sein könntest.«

Larth hatte ihm mit leiser Stimme geantwortet, und Marcius sah beklommen, wie die Flammen in den beiden Feuerbecken direkt hinter dem Tisch sich ohne ersichtlichen Grund neigten und leicht erzitterten. Er glaubte plötzlich Schatten zu erkennen, die sich gespensterhaft zwischen den Feuern bewegten.

»Hab keine Angst«, murmelte Larth. »Einen Ort zu lieben heiligt ihn und knüpft ein festes Band zwischen der Erde und den Menschen, das nicht einmal der Tod zerreißen kann. Deshalb wirst du morgen der beste Anführer unserer Truppen sein. Die Rasna sind von ihrer Natur aus keine Eroberer, und die Unterwerfung anderer Völker gehört nicht zu ihrer Tradition, aber du besitzt diese Fähigkeit. Nun weißt du, warum ich dich gewählt habe.«

Marcius nahm den Pokal entgegen, den der König ihm reichte. Es war ein weißer Wein, der nicht so herb war wie der der Latiner, ein Wein aus der Gegend von Velzna, den er als sehr angenehm empfand. Marcius trank schweigend. Die Nacht war warm. Nebelschwaden hingen zwischen den Zelten der Truppen von Ruma und legten sich wie eine feuchte Decke über das Tal und die Schlucht, hinter der die Feinde lagerten.

Larth hatte zur gleichen Zeit andere Truppen aus dem Städtebund der Rasna an die Küste geschickt. Sie hatten Lavinium, Ardea, Antium und Astura eingenommen, und so hatten die Rasna neue Häfen für ihre Schiffe dazugewonnen.

Aber hier, in diesem engen Tal zwischen den Bergen, galten diese Siege nicht viel. Die feindlichen Truppen standen sich erbittert gegenüber. Heute nacht wird es mir schwerfallen, zu den Göttern zu beten, dachte Marcius und erhob sich, aber vielleicht ist das der Preis, den er von mir fordert.

Er verabschiedete sich, und der König blieb alleine zurück. Das Feuer brannte die ganze Nacht über in seinem Zelt, und selbst die Haruspizen, die die Truppen begleitet hatten, um die Riten zu zelebrieren, wagten es nicht, sich ihm zu nähern.

Als die Morgendämmerung anbrach, hatte der Nebel sich verzogen und einem Wind Platz gemacht, der fast geräuschlos durch das hohe Gras strich. Es schien, als wollte der neue Tag nur widerwillig anbrechen.

Larth hatte die ganze Nacht über gewacht, ohne zu ermüden. Es war gar nicht seine Absicht gewesen, eine Wache für den Sieg abzuhalten, er hatte einfach nur in Gedanken versunken dagesessen. Doch plötzlich hatte ihn ein Gefühl ergriffen, als ob Sturmwind und Gewitterböen ihn durchbrausten.

Für einen Augenblick war er zu Wolken und Wind geworden. Mit einem Gefühl von Trauer hatte er diese unschuldige, schlafende dunkle Erde von oben gesehen, und zum erstenmal, seit er den Kriegszug begonnen hatte, spürte er Caitlis Geist, ihre Wärme und ihre Gegenwart, die ihm nun schon so lange fehlten.

Seit dem Tod Axals, dachte er, umschloß den Opal mit der Hand, und seine Wärme erfüllte ihn wie eine lang vermißte Liebkosung.

Machtvoll fühlte er eine magische Kraft in sich aufsteigen. Aber das, was er suchte, war noch in ihm verschlossen, er mußte es wecken, damit es auch in der Wirklichkeit anderer menschlicher Wesen Gestalt annehmen konnte. Eine fast unmerkliche Verschiebung von der einen Ebene der Existenz zur anderen, der Ausgleich einer wandelbaren Materie, ein Geben und Nehmen, um sich mit ihr zu vereinigen und sie in Bewegung zu versetzen.

Larth strich sich mit der Hand über die Augen.

Er war zum Sturmwind geworden, zu Wolken, Gewitterböen und Erde zugleich. Er war jeder einzelne Grashalm und eins geworden mit diesem Tal, in dem auf jeder Seite der Schlucht Hunderte von angsterfüllten Männern auf den Beginn der Schlacht warteten.

In diesem Moment hob einer seiner jungen Hauptleute den Vorhang zu seinem Zelt auf. »Mein König, die Feinde schwärmen in die Schlucht aus«, sagte er in ruhigem Ton, der die Schule von Tavas verriet. Larth erhob sich. Ein Diener brachte ihm seine Tebenna, und draußen vor dem Zelt hielt ein Knecht sein Pferd am Zügel. Mastarna erwartete ihn schon, und sie ritten auf eine kleine Erhebung. Der Teil der Truppen, der dem Kommando von Marcius unterstand, hatte vor dem Abhang der Schlucht Stellung bezogen.

»Marcius kann die Schlucht mit seinen Leuten sehr lange halten, also könnten wir versuchen, sie über den Bergrücken zu umgehen und ihnen in den Rücken zu fallen«, schlug Mastarna vor, nachdem er eine Zeitlang schweigend die Situation beobachtet hatte. »Sollten sie sich allerdings zu einem direkten Angriff entscheiden, wird es schwierig werden, die Stellung zu halten. Deshalb wäre es vielleicht besser, noch eine zweite Linie dahinter aufzustellen, die den Gegenschlag führt, wenn die erste Linie zurückweichen muß.«

»Das wird nicht nötig sein. Aber wenn du willst, kannst du diese zweite Linie kommandieren, mein Freund«, erwiderte Larth.

Mastarna schüttelte den Kopf. »Was soll das heißen, es wird nicht nötig sein?«

Larth warf einen Blick auf den Himmel, dessen Grau sich inzwischen in ein tiefdunkles Rot gefärbt hatte, außer über der Schlucht, wo die Wolkendecke dunkel und von lichten, milchweißen Adern durchzogen war. Wie der Opal auf seiner Brust.

Mastarna spürte, was das zu bedeuten hatte. Aber trotzdem wendete er sein Pferd, ritt auf die noch verbliebenen Truppen zu und befahl ihnen, am Rand der Schlucht in zweiter Linie Stellung zu nehmen.

Larth blieb, wo er war. Ich werde meine jungen Hauptleute enttäuschen, die darauf brennen, sich zu schlagen, dachte er. Schließlich sind sie mir als Krieger gefolgt und nicht dem Hohepriester oder Magier.

Kurz darauf eröffneten die Feinde den Angriff, und Marcius mit seinen Männern schlug, mit einem Hagel von Pfeilen und langen Speeren, ohne Mühe die erste Reihe zurück, die über einen schmalen Pfad durch die Schlucht kam. Aber die zweite Reihe zu Pferd überrannte im Galopp die Bogenschützen.

Die Schlacht begann. Marcius schlug auf zwei Männer ein und kreuzte sein Schwert so heftig mit einem dritten, daß ihn die Kraft seines eigenen Schlages aus dem Sattel riß. Er landete auf dem Boden, aber gleich darauf war er wieder auf den Beinen und sah sich plötzlich Ancus gegenüber.

»Ach, sieh mal einer an, mein kleiner Neffe, der sich an den Magier der Rasna verkauft hat!« stieß der Latiner zwischen den Zähnen hervor und schlug mit solcher Kraft mit seinem Schwert auf ihn ein, daß er Marcius um ein Haar das seine aus der Hand geschlagen hätte. Beide verloren sie den Halt unter den Füßen und wälzten sich verbissen kämpfend auf dem Boden.

Doch plötzlich wurden sie von einer fast unwirklichen Stille umschlossen. Das Kampfgeschrei und das Geräusch von Eisen gegen Eisen schien nur noch von weit her zu kommen, und die Truppen direkt vor der Schlucht waren in ein fahles, milchigweißes Licht getaucht. Ein Heulen, eine Art Klage drang an ihre Ohren, die aus der Tiefe der Erde aufzusteigen schien, und ein dunkler Wirbel, der vom Himmel herab wie ein gigantischer Kreisel die Erde berührte, kam vom Anfang des Tales her auf sie zugerast. Mit Wucht fuhr er zwischen die Felsen und wirbelte alles durcheinander. Die durchdringenden Angstschreie der Menschen und Tiere, die hochgerissen und herumgewirbelt wurden, erfüllten das Tal, und im gleichen Moment schlug ein gleißender Blitz auf der anderen Seite der Schlucht ein, und ein dröhnender Donnerschlag zerriß die Luft. Die Männer flüchteten nach allen Seiten. Marcius zog sein Schwert zurück und brüllte: »Verschwinde, Ancus! Ich will dich nicht töten!«

»Was fürchtest du? Daß dein Magier dich nicht beschützen kann?« zischte Ancus.

»Er ist nicht mein Magier! Er ist mein König!« schrie Marcius.

Ancus legte ihm das Schwert flach auf die Brust. »Hab ich richtig gehört?« stieß er heiser hervor. »Du hast *König* gesagt, mein Neffe? *Ich* bin der König unseres Volkes, vergiß das nicht! Und ich werde mir meine Stadt zurückerobern, selbst wenn ich sie dafür dem Erdboden gleichmachen und niederbrennen muß.«

»Also haben die Götter keinen Platz mehr für dich, Ancus, es tut mir leid«, entgegnete ihm Marcius mit ungewöhnlich ruhiger und fester Stimme.

Ancus zog sein Schwert von seiner Brust zurück und ging in Angriffsstellung.

»Na gut, dann zeig mir, was dein Magier, den du *König* nennst und dem unser Volk zujubelt, dir beigebracht hat!«

Marcius trat einen Schritt zurück und schaute sich um. Alles hatte sich wieder einigermaßen beruhigt, der furchteinflößende Wirbel schien sich in die Schlucht gestürzt zu haben, von wo aus das Geräusch niederstürzender Erdmassen zu hören war. Aber jetzt fiel der Regen so dicht, daß kaum noch die Umrisse der Landschaft zu erkennen waren. Auch Ancus war für einen Augenblick abgelenkt und schaute in die Runde, um zu verstehen, was da eigentlich passiert war.

Marcius war erleichtert, daß ihm der dicht fallende Regen das Gesicht des Onkels verbarg. Dann drehte er sich zu ihm um und stieß ihm das Schwert fast bis zum Heft in die Brust.

Gleich darauf verließ er eilig diesen Ort und begann seine Männer zusammenzusuchen, um mit ihnen die wenigen Gefangenen zu sammeln, die noch am Leben waren.

Als Larth die Anhöhe verließ, von der aus er den Kampf verfolgt hatte, hatten sich der Sturm und das Gewitter gelegt, und von dem seltsamen Naturereignis war nichts zurückgeblieben außer einer Schneise der Zerstörung zwischen den Bergen. Ein Regenbogen wölbte sich nun von einer Seite zur anderen über das Tal, und die Männer schauten zu ihm auf wie zu dem letzten Wunder eines außergewöhnlichen Tages.

Lange ließen sie ihren König hochleben und legten ihm auf seinem Weg durch ihre Reihen ihre Schwerter und Lanzen zu Füßen. Auch die Haruspizen beugten ihr Haupt und senkten, in Anerkennung seiner Macht, ihre langen, gebogenen Stäbe vor ihm.

Mastarna ließ seinen Blick über den Himmel schweifen. Einige Adler,

vom Unwetter aufgeschreckt, flogen mit weit ausgebreiteten Flügeln tief über sie hinweg. »Es ist dein Sieg, Larth«, sagte er.
»Kehren wir nach Ruma zurück«, war Larths einzige Antwort.

Es war ein kühler Tag, und die Sonne durchdrang nur selten die dichte Wolkendecke. Aber auch ein noch so unfreundliches Wetter hätte die Einwohner von Ruma nicht davon abhalten können, sich auf dem Forum zu versammeln. Zum erstenmal, seit die Pflasterung fertiggestellt worden war, beherbergte der große Platz einen Markt, mit Händlern der Rasna, Griechen, Sabinern und Faliziern und ihren vielfältigen Waren.
Aber die größte Aufmerksamkeit zogen die Karthager und Ägypter auf sich, mit ihren Sklaven, Stoffen, dem Gold und den kostbaren Gegenständen, die den Duft der Ferne und die Faszination des Ungewöhnlichen ausströmten.
So brodelte der ganze weitläufige Platz von einem Kommen und Gehen: Adelige, Dienstboten, Männer und Frauen, die in Gruppen zusammenstanden, und Händler, die vom einen zum anderen unterwegs waren. Große Feuerbecken, die in regelmäßigen Abständen aufgestellt waren, gaben Wärme und beleuchteten den Platz nach Einbruch der Dunkelheit. Die kalte Winterluft war gesättigt von Wohlgerüchen, heißem Honig, über getrocknete Feigen gegossen, und Kuchen aus Mehl und eingelegten Trauben, Quitten und Rosenblätter, nach griechischer Art.
Die Via Sacra, eine breite Straße, die zum Hügel hinaufführte, auf dem der Palast des Königs aufragte, war in ihrer ganzen Länge hell erleuchtet. Sie war der Schauplatz von Dankesprozessionen und Ritualen, von denen das prachtvollste im Frühling stattgefunden hatte, als der König die große Arena in Marcia, einer Niederung zwischen den Hügeln, eingeweiht hatte. Denn dort, wo vorher nur Sümpfe gewesen waren und die ersten Kämpfe zur Eroberung der Stadt stattgefunden hatten, war nun eine große Anlage für Spiele und Wettkämpfe entstanden, an denen die Latiner als Zuschauer immer öfter und immer lieber teilnahmen.
Unter dem Klang der Flöten und Trompeten hatte Larth, der Tarquinier, die Spiele eröffnet, an denen die besten Athleten der Rasna teilgenommen hatten, dazu die berühmtesten Wagenlenker und die besten Reiter,

die je das Truiaspiel vollzogen hatten. Zum erstenmal in der Geschichte des Bündnisses waren die Könige der restlichen elf Städte nach Ruma gekommen und hatten die doppelschneidigen Streitäxte am Fuße seines Thrones niedergelegt. Das Ereignis hatte sogar die jährliche Zusammenkunft in Fanu Veltune in den Schatten gestellt. Aber Larth hatte trotz allem, trotz der Ovationen und der inzwischen üblichen einstimmigen Wiederwahl zum Re Supremo, Angst, den Neid und den Unwillen über die Machtfülle, die seit Jahren in seinen Händen lag, gespürt. Es gelang ihm immer besser, den fast lautlosen Stimmen zu lauschen.

Deshalb hatte er den Winter dazu genutzt, Verträge auszuhandeln, die seine treuesten Verbündeten, die Könige von Velzna, Sveana und Faleri, noch enger an ihn banden. Nun vergnügten sie sich auf dem großen Markt des Forums, zufrieden über die guten Geschäfte, die sie mit den fremden Händlern ausgehandelt hatten.

»Ich bin sehr froh darüber, daß ich dich damals, als du mich um meine Hilfe gebeten hast, trotz meiner Zweifel unterstützt habe«, wandte sich Pesna Arcusnas, der König von Sveana, an Larth und ließ sich von einem Kuchen mit Trauben verführen, den ihm ein Diener gebracht hatte.

Larth blieb stehen, um seinem Gast die Gelegenheit zu geben, den Kuchen zu kosten, und schaute sich um. Die Menschen waren friedlich, glücklich und wohlhabend. Die Prozessionen hatten ihr Bedürfnis nach dem Schutz der Götter befriedigt, und die Wettkämpfe in der Arena am Tag zuvor hatten sie in eine angeregte Stimmung versetzt. Nun stellte der Markt auch die Wünsche der Frauen zufrieden und stillte ihre Lust auf schöne und kostbare Dinge.

Larth hatte den Adeligen in seiner Stadt keine Ruhe gegönnt. Wenn sie in Ruma bleiben wollten, dann mußten sie auch ihren Reichtum in alles fließen lassen, was der Stadt nützlich war: angefangen vom Handel bis hin zu den Schulen, Schiffen und Waffen, von den Schönen Künsten bis hin zur Errichtung der Paläste, Gebäude und Tempel, die sie schmücken sollten. Alles war ihm recht, wenn es nur der Stadt diente.

Die helle Stimme eines Kindes, das von seinem Lehrmeister zur Ordnung gerufen wurde, riß Larth aus seinen Gedanken. Er drehte sich um und legte die Hand über den Opal, eine Geste, die er schon fast vergessen hatte, denn schon seit langem gab ihm der Stein nichts mehr.

Jetzt aber fühlte er ihn warm unter seiner Hand, und dann sah er ...

Caitli saß vor einer Feuerstelle aus Stein, die sich in einem großen Raum befand, der aussah, als wäre er in den Felsen gehauen. Er war mit bunten Teppichen, Gefäßen und Gegenständen aus Gold und Bronze reich ausgestattet, und auf mehreren Zeichentischen lagen überall Schriftrollen und Farben herum.

Dieser Raum strahlte Glück und Harmonie aus. Und die Caitli, die er dort sah, war genauso schön wie die, die es vor zehn Jahren vorgezogen hatte, ihm nicht zu gehorchen, und sich auf den Tivrit zurückgezogen hatte. Es war, als ob die Zeit für sie stillgestanden hätte. Die von einem goldenen Netz gehaltenen Haare umrahmten ihr Gesicht, und der Widerschein des Feuers verlieh ihren kupferfarbenen Locken einen warmen Glanz. An ihrer Seite saß an einem Tischchen ein kleines Mädchen, das sich aufmerksam über ein Blatt beugte und schrieb. Es war ganz in seine Aufgabe versunken, und ein kleines Lächeln lag über seinem Gesicht, das Larth nur zu gut gekannt hatte und das ihm ins Herz schnitt. Als sie den Blick hob, um ins Feuer zu schauen, sah er ihre Augen: Sie waren so blau wie der Frühlingshimmel.

Larth hatte das Gefühl, als ob auch sie ihn sehen könnte, eine unendliche Traurigkeit überschattete plötzlich ihre Züge, und zwei große Tränen liefen ihr über die Wangen.

»Der Sohn des Re Supremo stirbt«, murmelte sie ...

»Tarquinier!« rief ihn da Pesna und packte ihn am Arm. »Was hast du? Was ist los?«

Larth befreite sich brüsk aus seinem Griff. »Mein Sohn ist tot«, murmelte er.

Pesna und auch die Leute seines eigenen Gefolges schauten ihn fassungslos an und verstanden nicht, was er meinte. Doch da sahen sie einen Reiter im Galopp die Via Sacra herunterkommen, und als er die gegenüberliegende Seite des Forums erreicht hatte, entstand dort eine große Aufregung. »Laris war im Palast. Was sollte ihm dort schon passiert sein«, versuchte Cneve, der unter seinem Gefolge war, gegen diese schreckliche Gewißheit einzuwenden.

Doch Larth schüttelte den Kopf. »Nein, er war nicht im Palast ... Laris hatte mich um Erlaubnis gebeten, zusammen mit Tefrie auf Fuchsjagd zu gehen. Er war neugierig, weil Tefrie ihm gesagt hatte, daß die Winterfüchse ein anderes Fell haben. Und heute morgen habe ich es ihm erlaubt.«

Cneve schwieg, und gleich darauf zügelte der Palastbote sein Pferd neben ihnen, schwang sich aus dem Sattel und kam keuchend auf sie zugerannt. Er war ein junger Adeliger, der zur Palastwache gehörte, aber er wagte es nicht, dem König in die Augen zu schauen.

»Dein Sohn, mein König . . . Sie haben ihn verletzt in den Palast zurückgebracht, und die Königin und der Große Trutnot bitten dich, sofort zu kommen.«

Larth nickte düster und schwang sich auf das Pferd des jungen Mannes. Schon einen Augenblick später galoppierte er die Via Sacra hinauf, noch bevor seine Wache oder einer seiner Adeligen ihm auch nur folgen konnten.

Im Palast waren alle mit den Vorbereitungen für das Bankett beschäftigt, das am Abend zu Ehren der Könige stattfinden sollte. Aber jetzt schien es so, als würde alles, unschlüssig über dieses unerwartete Ereignis, den Atem anhalten.

Larth erreichte das Gemach der Königin, wohin man den Jungen gebracht hatte. Die Türen waren geschlossen, und im Gang davor standen schweigend die Haruspizen. Ohne sie auch nur eines Blickes zu würdigen, trat er ein.

Der Raum war von einem hellen, kalten Licht erfüllt, obwohl das Feuer in der Feuerstelle lodernd brannte. Die Luft roch nach Salben und Kräutern, ein Geruch, der ihn an eine andere Agonie erinnerte.

Im Bett der Königin lag regungslos Laris Tarquinio. Er atmete nicht mehr, und aus seinem Gesicht war alle Farbe gewichen. Sein Sohn war tot. Thanaquil saß wie erstarrt neben ihm und drehte sich auch nicht um, als Larth hinter sie trat.

Velvur zog ihn ein wenig beiseite. »Keiner kann ein Leben festhalten, wenn der Faden gerissen ist. Er war schon tot, bevor er hier ankam«, sagte er mit leiser Stimme.

»Und was ist mit Tefrie?« fragte Larth.

»Er ist mit dem Schwert in der Hand gestorben, als er ihn verteidigen wollte. Sie sind von einem Rudel Füchse angegriffen worden. Laris muß einige Fuchsbauten mit Jungen gefunden haben. Vielleicht hat er versucht, sie herauszuholen, als Tefrie dabei war, die Fallen aufzustellen.«

Larth nickte wortlos und wendete den Blick von seinem Sohn ab. Er war kein Kind mehr. Er hatte schon sein siebtes Lebensjahr vollendet und hatte schon die Weihen zum Eintritt ins Leben erhalten. Warum also hatten sie ihn in die Gemächer seiner Mutter gebracht statt in die, die ihm als Erbe des Königsthrons zugewiesen worden waren?
Schweigend verließ er den Raum und befahl einem Diener, ihm sein Pferd satteln zu lassen. Dann schritt er durch die Gänge auf den Innenhof zu.
Velvur folgte ihm und versuchte, mit ihm Schritt zu halten. Thanaquil blieb alleine zurück, und die alte Hasti kam mit den jungen Mägden, um den Jungen zu waschen und ihn für die Riten vorzubereiten.
Cneve hatte mit den anderen Adeligen wie betäubt vor der Tür des Gemaches gewartet. Jetzt rannte er hinter dem Großen Trutnot her.
»Wo will der König hin?« fragte er.
»Wer kann das schon wissen?« gab Velvur zurück, der es inzwischen aufgegeben hatte, Larth in den Hof zu folgen, und nach Luft ringend an einer Säule lehnte. »Ich nehme an, in den Wald.«
»Ich werde ihn aufhalten!« rief Cneve.
»Nein!« hielt ihn der Große Trutnot zurück. »Es gibt Dinge, die ein Mensch mit sich ausmachen und mit denen er alleine fertig werden muß. Der König wird zurückkehren, wenn es so geschrieben steht.«
Larth ritt zum Wachposten, wo der Junge zurückgeblieben war, der Tefrie und Laris begleitet hatte. Er war es auch, der Alarm gegeben hatte. Der Junge, der kaum älter war als Laris selbst, saß zusammengekauert in einer Ecke, die Augen starr geradeaus gerichtet und die Lippen fest aufeinandergepreßt.
Das ist keine Angst, es ist Schmerz, dachte Larth, als er ihn sah. Du warst nicht der Dienstbote meines Sohnes, sondern sein Gefährte . . ., so wie Axal es für mich war. Er näherte sich ihm, aber der Junge bemerkte nicht, daß es der König war, der da auf ihn zukam, und rührte sich nicht. Larth strich ihm über die Stirn, ohne sich vor diesem kindlichen Schmerz zu schützen, der so rein und stark war.
»Nur Mut, kleiner Acilius. Kehre nun in den Palast zurück. Dein Freund wird sich mehr freuen, wenn du in diesen letzten Stunden an seiner Seite bist«, sagte er leise zu ihm und versuchte zu lächeln.
Langsam hob der Junge den Kopf und schaute ihm mit einem starren Blick in die Augen, in dem Larth noch den Angriff der Füchse sehen

konnte, die Schreie, das Blut und den Befehl Tefries, zu rennen und Hilfe zu holen.
Er hatte seinen Freund alleine gelassen, und das war es, was er sich nicht verzeihen konnte.
Larth drehte sich nach einer der Wachen um. »Bringt ihn in den Palast und übergebt ihn dem Großen Trutnot«, befahl er. »Dieser Junge wird von jetzt an unter seiner Obhut stehen.«
Glaubst du wirklich, damit ausgleichen zu können, um was dich Velvur für Axal gebeten hatte, warf er sich mit Bitterkeit vor und schüttelte den Kopf. Dann begab er sich in den angrenzenden kleinen Raum, der normalerweise als Waffenkammer benutzt wurde. Hier war der Leichnam Tefries aufgebahrt worden.
Eine schwarze Tebenna bedeckte seinen Körper und ließ nur sein Gesicht frei, wo die Klauen der Tiere ihre Spuren hinterlassen hatten. Larth legte ihm eine Hand auf die Brust, die Männer des Wachpostens zogen sich schweigend zurück, und für einige Zeit blieb Larth mit seinem alten Waffenmeister alleine.
Als er wieder herauskam, sah er, daß die Männer seiner Wache ihm bis hierhin gefolgt waren und nun schweigend neben ihren Pferden aufgereiht auf seine Befehle warteten.
»Bringt den Leichnam in den Palast zurück. Er wird, zusammen mit meinem Sohn, in der Gruft der Könige von Tarchna ruhen, noch bevor sieben Tage vergangen sind«, befahl er. »Ich werde bald wieder zurück sein.«
»Laß uns mit dir kommen«, sagte einer der Hauptleute beschwörend.
Larth lächelte. Mastarna vielleicht hätte mit ihm diese Wache teilen können. Aber Mastarna war weit weg, in Karthago, um in seinem Namen Bündnisse und Verträge auszuhandeln und um ein ganzes Meer zwischen sich und die Königin zu bringen.
»Folgt mir nicht weiter. Das ist ein Befehl!« sagte er knapp. Gleich darauf bestieg er sein Pferd und trieb es in Richtung der dunklen Linie der Wälder an. Der Wind hatte niedrige, graue Wolken mit sich gebracht und einen eisigen Regen.
Er fand die Spuren der drei und konnte daraus leicht erkennen, was passiert war. Er sah den Platz, wo sie zum erstenmal gerastet hatten, vielleicht um irgendein Tier zu beobachten oder den Jagdgeschichten

von Tefrie zu lauschen, und dann die Stelle, wo sein Sohn angegriffen worden war. Drei tote Füchse zeugten vom Kampf Tefries.

Er hielt sein Pferd an und stieg ab. Das Tier war unruhig und scheute vor dem Blut und der Beute in der Falle zurück, und aus dem Unterholz stieg vorzeitig die Dämmerung auf. Larth beugte ein Knie und berührte den Boden mit der flachen Hand. Aber die Erde schwieg, als hielte sie den Atem an.

Es gab keine Stimmen mehr für ihn, nichts mehr, außer den Gedanken an den Freund, der freiwillig den Platz an seiner Seite gewählt hatte, und die Sehnsucht nach seinem Schatten.

»Ich bin gestraft worden«, murmelte er. »Ich habe dich sterben lassen, und die Götter nahmen sich meinen Sohn als Ausgleich für deinen Tod. Der Kreis ist geschlossen, Axal. Meine Schuld ist beglichen. Deine Götter können dir nun den Frieden geben, mein Freund.«

Als er die Hand wieder von der Erde zurückzog, fiel sein Blick auf das dunkle Unterholz, in dem sich undeutliche Konturen abzeichneten. Füchse vielleicht oder Wildschweine. Er erhob sich, nahm sein Pferd an den Zügeln und führte es zu einem höher gelegenen Gelände, wo die Bäume spärlicher waren und ein schwacher Lichtschein durch das dichte Geäst der Bäume drang. Hier angekommen, legte er sich dicht neben seinem Pferd nieder, um es jederzeit verteidigen zu können, und hüllte sich in seine Tebenna ein.

Abwartend durchwachte er die Nacht. Aber das Dunkel blieb unbeweglich, nur vom Geräusch eines eisigen Nieselregens unterbrochen. Kein Fuchs und kein anderes Tier traute sich zu seinem Lagerplatz hinauf, als ob er einem Felsen gleich wäre oder unter dem Schutz einer höheren Macht stünde. Und als schließlich ein dunstiger, grauer Morgen anbrach, gab es kein Feuer, das ihn erwartete.

26.

»Ich bin viel zu alt, um noch zu reisen«, brummelte Velvur, der sich an der starken Schulter von Acilius festhielt und die Fürsorge genoß, mit der ihm Caitli jetzt den Schemel hinschob, damit er sich setzen konnte.

»Das nächstemal werde ich veranlassen, daß du am Hafen von einem Wagen abgeholt wirst«, versprach Caitli. »Allerdings nur, wenn du mir auch vorher deine Ankunft ankündigst!«

Velvur winkte ab. Die Reise hatte ihn längst nicht so ermüdet, wie er glauben machen wollte, aber die Last der Jahre begann ihn trotzdem zu drücken.

Auf den Tivrit zurückzukehren war für ihn allerdings wie ein Jungbrunnen. Hier konnte er wieder die Stimmen hören, die im täglichen Lärm von Ruma untergingen, verdrängt von den vielen Dingen, die es zu tun gab.

Und dann waren da Caitli und ihre Tochter.

Er seufzte und nahm den erfrischenden Sirup entgegen, den Thesan in die Becher eingegossen hatte, die sie nun ihm und Acilius reichte. Das junge Mädchen war von einer bezaubernden Anmut, und Velvur hielt es zurück, um es näher zu betrachten.

Thesan blieb vor ihm stehen und schaute ihm für einen Moment direkt in die Augen. Dann senkte sie den Blick. Aber dieser Bruchteil eines Augenblicks hatte Velvur genügt, um ihm ein Stück Zeit zurückzubringen, an das er lieber nicht gerührt hätte. Er nahm ihre Hand zwischen seine Hände und fragte: »Erinnerst du dich an mich?«

Thesan lächelte. Sie war groß und schlank, mit heller Haut, hellen Haaren und schönen, feingezeichneten Gesichtszügen. In nichts glich sie einer Rasna oder einer von den Völkern entlang der Küste. Sie war eine Fremde.

»Natürlich«, erwiderte sie ihm unbefangen.
Velvur schmunzelte. »Das letztemal, als ich dich gesehen habe, schliefst du, nachdem du gerade Ziegenmilch gesaugt hattest.«
»Ich weiß. Ich erinnere mich noch sehr gut an diesen Tag und auch an alle Tage vor meiner Geburt.«
Velvur führte ihre Hand an seine Stirn und fühlte die Berührung dieser kleinen Finger wie einen belebenden Strom, der die Mühe und Anstrengungen des Tages von ihm nahm und auch die Last all der Tage, in denen er den unsichtbaren Pfaden gefolgt war.
»Ich danke dir, Thesan«, sagte er und ließ dann ihre Hand los. »Begleite jetzt meinen Schüler zur Unterkunft der Novizen. Er hat immer sehr großen Appetit und wird unser Fladenbrot mit Oliven sehr zu schätzen wissen.«
»Ich werde also Tura bitten, ihm etwas Besonderes zum Abendessen vorzubereiten«, erwiderte Thesan. Dann wandte sie sich Acilius zu und streckte ihm lächelnd ihre Hand entgegen. »Komm! Der Tivrit ist sehr groß. Wenn du gegessen hast, werde ich dich durch das Labyrinth seiner Räume führen.« Ihr Ton war sanft und überhaupt nicht gebieterisch. Doch wäre es unmöglich gewesen, ihr zu widersprechen.
Wie ihre Mutter, dachte Velvur, noch immer lächelnd. Acilius beeilte sich, ihr zu folgen. Er war ein hübscher Junge geworden und fast so groß wie sie, obwohl er um einiges jünger war. Velvur hatte in den zwei Jahren, in denen er nun bei ihm war, vergeblich versucht, sein Interesse für die Studien zu wecken. Aber schließlich hatte er sich ergeben und ihn so nehmen müssen, wie er war: schlau, geschickt und treu, und zäh im Verfolgen seiner eigenen Ziele.
»Sie ist kein Kind mehr«, bemerkte er, sobald die beiden den Raum verlassen hatten, und für einen Augenblick schwebte noch das Bild Thesans vor seinen Augen.
»Thesan ist schon vierzehn Jahre alt, und sie ist eine Frau«, antwortete Caitli. »Eine Frau, die die Macht des Wortes und der Erinnerung besitzt. Obwohl sie nie etwas anderes als den Tivrit gesehen hat, weiß sie mehr Dinge als einer, der sein Leben mit Reisen verbracht hat, und sie kennt mehr Mysterien als viele Eingeweihte.«
»Das habe ich bemerkt«, sagte Velvur nachdenklich.
Caitli rückte ihren Schemel näher zu ihm und nahm seine Hände. Velvur schwieg und gönnte sich die Freude, sie einfach nur anzuschauen

und ihre Zuneigung zu genießen. Die Zeit schien an ihr vorübergegangen zu sein. Sie war schlank wie ein junges Mädchen, und ihre Haut war immer noch glatt und samten. Nur Fältchen um die Augen herum verrieten den Lauf der Jahre.

»Du wärst eine wunderbare Königin geworden«, murmelte er und drückte, von seinen Gefühlen übermannt, fest ihre Hände.

»Ich bin auch hier eine Königin«, antwortete Caitli. »Aber bitte erzähle mir doch von meiner Schwester und von Ruma. Alle sagen, daß Ruma schon eine richtige Stadt ist und sehr prachtvoll.«

»Das ist wahr«, bestätigte Velvur und fügte nach einer kurzen Pause hinzu: »Larth möchte die *Heiligen Schriftrollen von Tagete.*«

»Bist du gekommen, um sie zu holen?« fragte Caitli.

Velvur schüttelte den Kopf. »Nein. Sollten diese Schriftrollen eines Tages nach Ruma kommen, dann bestimmt nicht, weil ich es entschieden habe. Nur die Frauen sind weise genug, um die Wahrheit zu hüten.«

Caitli zog ihre Hände zurück, und für einen Augenblick empfand Velvur ein schmerzliches Gefühl, das er an diesem Ort nicht kannte. Er begriff, daß Mutter und Tochter hier wirklich glücklich gewesen waren und daß seine Gegenwart Schatten mit sich brachte, die Caitli immer ferngehalten hatte, damit Thesan nicht vor der vorbestimmten Zeit von ihnen gestreift würde.

Nachdenklich trank er einen Schluck aus seinem Becher. »Larth hat den Tod seines Sohnes den Göttern Axals geweiht. Wußtest du das?«

»Ja«, murmelte Caitli und senkte den Kopf.

»Bist du noch immer mit ihm in Verbindung?«

»Ich habe nie damit aufgehört, aber er weiß es nicht. Er glaubt, ich hätte ihn verlassen, dabei hat er nur sich selbst verlassen. Aber er ist ein mächtiger König.«

»Zu mächtig«, bemerkte Velvur. »Die Uneinigkeit im Städtebündnis greift immer mehr um sich. Bald, schon sehr bald werden die Flammen lodern, und er wird alleine sein.«

»Und was ist mit Mastarna?« fragte Caitli.

»Mastarna ist wieder zurück. Die einen sagen, um die Herrschaft zu erobern, die anderen meinen, wegen der Königin. Aber keiner glaubt, er sei wegen des Königs zurückgekommen, nur Larth selbst.«

»Und ... Thanaquil?«

»Es steht mir nicht zu, über die Königin zu urteilen, Caitli.« In der Stimme Velvurs schwang eine Spur von Vorwurf mit.
»Das solltest du auch nicht tun, denn das, was geschieht, steht geschrieben. Du darfst sie nicht alleine lassen und auch Mastarna nicht, wenn er dich braucht.«
»Also heißt das, daß ich Larth alleine lassen soll?«
»Nein, aber eines Tages, der gar nicht mehr so fern ist, werden sich Larth und Mastarna auf dem Schlachtfeld gegenüberstehen. Und an diesem Tag wirst nicht du es sein, Großer Trutnot, der entscheidet, welches Band zerrissen wird«, antwortete Caitli.
Velvur lächelte. Er war gekommen, um Befehle entgegenzunehmen. Jetzt hatte er sie erhalten, und in gewisser Weise fühlte er sich erleichtert. Caitli war nun an seine Stelle getreten, und die Zeit würde kommen, wo er die Augen schließen konnte. In der Zwischenzeit würde er weiter so tun, als sei er der Große Trutnot, und für ein paar Tage die Gastfreundschaft der Königin des Tivrit genießen.
Thesan erhielt die Erlaubnis, ihn zum Hafen zu begleiten, als er die Insel Aethalia nach einer Woche wieder verließ, die er in Ruhe und in der kostbaren Gesellschaft von Caitli und der alten Insha, der Kustodin des Tivrit, verbracht hatte.
Aber diesmal lenkte Acilius den zweirädrigen Wagen, der ihm den langen Weg ersparte, und Thesan ritt an seiner Seite und wies ihn auf alles hin, was sich seit seinem letzten Besuch auf dem Tivrit verändert hatte.
»Du hast ein außergewöhnliches Gedächtnis«, sagte der Große Trutnot anerkennend, als ihm plötzlich Kleinigkeiten auffielen, die er bis dahin noch gar nicht bemerkt hatte. Thesan lachte belustigt auf. Sie ritt mit einer Geschicklichkeit, die man dem Volk nachsagte, von dem ihr Vater abstammte, und Velvur hatte schon mehrmals den bewundernden Blick von Acilius aufgefangen. Einmal nach Ruma zurückgekehrt, würde er es ihm verbieten müssen, von ihr zu erzählen. Es war noch zu früh dafür.
Als letzten Eindruck nahm Velvur das Bild eines jungen Mädchens mit sich, das ihm von der Mole aus mit zwei erhobenen Armen nachwinkte und so schön war wie die Göttin der Morgenröte.
Gezeugt in einer magischen Nacht, der Nacht der zwei Monde, dachte er. Eine wundervolle Frau . . .

»*Viel mehr als das . . .*«, antwortete ihm der Wind, der die Segel blähte. Und erst in diesem Moment fiel es Velvur auf, daß Thesan die azurfarbene, mit Scharlachrot und Gold bestickte Tunika der Trutnct trug.

Die Stadt hatte die antiken Riten der Latiner für die Göttin Vesta gefeiert. Thanaquil hatte das Feuer auf dem Altar des kleinen Tempels am Anfang der Via Sacra entzündet, der der Göttin geweiht war, und die Frauen von Ruma waren als Hüterinnen des Feuers gekommen, um es aus ihren Händen entgegenzunehmen.
Die Zeremonie hatte fast den ganzen Tag über angedauert. Die Männer hatten sich ferngehalten, denn sie waren zu diesem Ritus nicht zugelassen. In der Arena waren zwar Wettkämpfe veranstaltet worden, aber der größte Teil der Männer aus Velx hatte sich auf dem *Hügel der Eichen* eingefunden, um an den Riten der Fürbitte teilzunehmen, und so war es in der Stadt ungewöhnlich ruhig.
Auch im Palast herrschte Ruhe. Der König war seit drei Tagen in Ostia, wo er sich mit dem König von Xaire getroffen hatte. Er wurde nicht vor Ende der Woche zurückerwartet, und fast alle Hauptleute seiner Wache waren mit ihm gegangen.
Kurz vor Sonnenuntergang hatte sich Thanaquil dann in ihre Gemächer zurückgezogen. Sie hatte die Haruspizen und die Müßiggänger weggeschickt, die sie jeden Tag mit Bitten bedrängten oder um eine Audienz beim König baten, und auch ihre Dienerinnen und hatte sich anschließend ein langes, entspannendes Bad gegönnt.
Etwas später am Abend begleitet Hasti wortlos und mit gesenktem Kopf eine schweigende, schattenhafte Gestalt, die in eine schwarze Tebenna gehüllt war und eine tief in die Stirn gezogene Kapuze über dem Kopf trug. Nur eine einzige Lampe brannte in dem breiten Gang, der zu den Gemächern der Königin führte. Dort angekommen, öffnete Hasti lautlos die Tür und zog sich sofort wieder zurück.
Mastarna zog die Kapuze ab und blieb für einen Augenblick auf der Schwelle stehen. Der Raum lag im Halbschatten, nur schwach beleuchtet von einer Öllampe. Die breiten Flügeltüren zu einem kleinen Hof zwischen den Mauern des Palastes, der von Ligusterhecken gesäumt war, standen offen, und der Duft des warmen Juniabends strömte herein, süßer als die Sehnsucht, die sie nun schon so oft gestillt hatten, und betörend wie die Liebe, die sie seit so langer Zeit verband. Thanaquil

löste sich aus dem Halbschatten und kam auf ihn zu. Sie legte ihre Arme um seinen Hals, und Mastarna zog sie an sich. Für einen langen Augenblick verharrten sie so.

»Du weißt, daß ich das so nie wollte«, murmelte Mastarna schließlich und schob sie ein wenig von sich. »Ich wollte ihm dich nie wie ein Dieb in der Nacht rauben.«

»Er kommt jetzt nur noch so selten zu mir, daß ich mich kaum noch als seine Königin fühle. Und selbst wenn er hier ist, ist sein Geist mit etwas anderem beschäftigt, und er hat nicht mehr für mich übrig als das bißchen Höflichkeit, das er noch der letzten der Mägde zugesteht, die sein Bett mit ihm teilen. Wir haben uns niemals wirklich geliebt, Mastarna, aber bis zum Tod von Laris fühlten wir uns miteinander verbunden und waren glücklich.

»Er hat den Tod seines Sohnes wie eine Bestrafung empfunden«, antwortete Mastarna.

»Ja, das mag sein«, stimmte ihm Thanaquil zu. »Aber er hat sich entschieden, alleine damit zurechtzukommen. Für mich hatte er weder einen Blick noch ein Wort. Aber Laris war auch *mein* Sohn, und mein Schmerz war bestimmt nicht weniger groß als der seine! Was hat ihm das Recht gegeben, mich von seinem Schmerz auszuschließen?«

Sie brach in ein trockenes Schluchzen aus, und Mastarna zog sie wieder in seine Arme. »Vielleicht war es nur seine Verzweiflung«, sagte er tröstend.

»Vielleicht, ich weiß es nicht. Das, was uns verband, ist zerbrochen. Ich existiere nicht mehr für ihn, und er ist ein mächtiger König, der keine Erben hat und nur für seine Stadt und für seine beiden Kronen lebt.«

Thanaquil versagte die Stimme, und Mastarna fühlte, wie ein Schauer sie überlief. »Das alles liegt schon so weit zurück«, flüsterte sie. »Aber heute war ein Tag reich an Zeichen, und die Nacht ist voller Stimmen. Das Feuer der Göttin der Latiner wäre erloschen, hätte ich nicht von Caitli die Kunst erlernt, die Flamme lebendig zu erhalten. Ein heiliges Feuer, das erlöscht, bedeutet den Bruch eines Paktes, und jeder Pakt, der heute zerbricht, führt zu Trauer und Leid.«

»Ich werde wieder von hier weggehen müssen«, sagte Mastarna. »Vielleicht bedeutet dies das Zeichen. Ich will weder dich noch ihn entehren. Jeder, der uns in diesem Palast feindlich gesinnt ist, kann den Zugang zu deinen Gemächern beobachten und uns entdecken, und ich will dir nichts Böses antun. Die Götter wissen, daß ich für ihn und für dich mein Leben geben würde. Aber hier sind wir nicht in Tarchna, und die Latiner würden eine Königin, die den König betrügt, nicht akzeptieren.«

Thanaquil lächelte. »Das ist wahr. Die Latiner halten nicht viel von den Frauen. Aber wegzugehen nutzt dir nichts mehr. Ich erwarte seit einem Mond ein Kind, und es ist nicht seines.«

»Seit so langer Zeit ist er nicht mehr zu dir gekommen?«

»Seit noch viel längerer Zeit«, bekannte Thanaquil, und Mastarna schwieg. Sie hatten sich inzwischen in ihrem Schlafgemach auf dem Bett ausgestreckt, und Thanaquil schmiegte in der Dunkelheit ihr Gesicht an seine Brust. »Ich bin glücklich über dieses Kind, Mastarna, das immer deines sein wird, egal, was mein oder sein Schicksal sein wird. Ich weihe es der Liebe, die ich mein ganzes Leben lang für dich empfunden habe und die ich auch heute noch für dich empfinde. Du alleine bist es, den ich niemals betrogen habe, und die Göttin Turan wird für immer unsere Namen in ihrem Schoß tragen.«

Mastarna zog sie schweigend an sich und hielt sie fest in seinen Armen.

Aufgeregte Stimmen weckten ihn noch lange vor Sonnenaufgang, und er schlüpfte aus dem Bett. Thanaquil schlief, und für einen Augenblick blieb er stehen, um sie noch einmal anzuschauen.

Dann kleidete er sich an, zog sich die Tebenna über und verließ das Schlafgemach. Im Vorzimmer traf er auf Hasti, die völlig außer sich war. »Was ist los?« fragte er und legte ihr beruhigend einen Arm um die Schulter.

»Ich weiß es nicht so genau, Herr. Sie sagen, daß die Wachen unter dem Befehl von Cneve die Truppen von Velx auf dem *Hügel der Eichen* angegriffen haben, die Vorbereitungen getroffen hatten, den König zu stürzen und die Stadt einzunehmen. Sie sagen, daß es viele Tote und viele Gefangene gegeben hat ...«

»Beruhige dich, Hasti«, unterbrach sie Mastarna. »Geh jetzt zur Königin und bleibe bei ihr. Wenn man dich fragt, dann sage, daß du die ganze Nacht über bei ihr gewacht hast, weil sie sich nicht wohl fühlte. Hast du verstanden?«

Hasti nickte. Sie war zwar immer noch durcheinander, aber sie setzte sich sofort in Bewegung, und Mastarna verschwand in Richtung des Säulenganges. Von dort aus nahm er den Weg über den Dienstbotenflügel und sprang dann über die Mauer, die den Küchenhof zur Stadt hin abgrenzte.
Knapp eine Stunde später kam er in seinem Haus an, das auf dem Hügel über der Arena gelegen war. Er hatte alle um sich gesammelt, die dem Überraschungsangriff der Tarquinier entkommen waren, aber die Vibenna und ungefähr hundert andere Männer aus Velx waren Gefangene auf dem *Hügel der Eichen*, der eingenommen worden war.
Mastarna schaute von einem zum anderen und spürte, wie der Zorn in ihm hochstieg. Also hatten die Vibenna tatsächlich versucht, nach allem, was passiert war, den König zu stürzen. Wahrscheinlich hatte so der Befehl gelautet, der mit dem letzten Kurier aus Velx gekommen war. Der König von Xaire hatte Larth aus Ruma weggelockt, und von ihm selbst hatten sie angenommen, daß er von der Königin abgelenkt sei. Deshalb also hatten sie den ganzen Tag auf dem Hügel verbracht. Von wegen Fürbitten! Sie hatten die letzten Vorbereitungen getroffen, und Cneve hatte rechtzeitig davon erfahren.
»Wie viele von euch wußten von dem Plan der Vibenna, den König zu stürzen?« fuhr er die Männer an.
Von den ungefähr hundert, die sich um ihn versammelt hatten, machten fast alle einen Schritt nach vorne. Nur etwa zehn von ihnen, seine treuesten Hauptleute, waren im unklaren gelassen worden.
Mastarna nickte düster.
»Es gibt jetzt nur noch einen Weg, um diese Dummheit wiedergutzumachen, die Ruma in ein Blutbad stürzen und alles dem Erdboden gleichmachen kann, was wir in all diesen Jahren aufgebaut haben. Wir werden uns zu diesem Hügel begeben, noch bevor sie hierherkommen und auch uns zu ihren Gefangenen machen. Dann befreien wir die Vibenna und ihre Gefolgschaft, ziehen uns über die Brücke zurück und erklären uns bereit, den Tribut für den Verrat zu bezahlen!«
Ein leises Gemurmel erhob sich, und Mastarna zog sein Schwert. »Wenn jemand etwas sagen will, dann soll er es jetzt tun. Und sollten welche unter euch sein, die glauben, auch mich betrügen zu können, so werde ich sie hier und auf der Stelle zu Charun in die ewige Verdammnis schicken.«

Die Männer zogen sich schweigend zurück, und Mastarna teilte sie in kleine Gruppen auf. Es war jetzt wichtig, schnell zu handeln, noch bevor die Stadt erwachte. Schon war das erste Vogelgezwitscher zu hören, das den Sonnenaufgang ankündigte, und hier und dort Hahnengeschrei und Gebell aus den Höfen. Doch der aufsteigende Tag war grau und kühl, anders als die vorangegangenen, die heiß gewesen waren.
Mastarna setzte sich mit seinen Hauptleuten an die Spitze, und am *Hügel der Eichen* angekommen, schlichen sich die einzelnen Gruppen durch das Gebüsch zur Anhöhe hinauf, immer darauf bedacht, ihre Pferde ruhig zu halten. Am Rand der Lichtung angekommen, sahen sie, daß eine der Unterkünfte der Wachen lichterloh in Flammen stand. Es war eine der ersten, die gebaut worden waren, mit einem Dach aus Stroh und gepreßtem Schilf. Der Rauch hatte sich mannshoch über den ganzen freien Platz ausgebreitet. Der größte Teil der Gefangenen war in seiner Mitte zusammengetrieben worden und wurde von Wachen mit Lanzen in Angriffsstellung bewacht. Aber Mastarna konnte zwischen ihnen weder einen der Hauptleute noch einen der Vibenna erkennen. Auch Cneve und die Hauptleute seiner Wache waren nirgendwo zu sehen.
Für einen Moment wog er die Situation ab und kam zu dem Ergebnis, daß sie es schaffen konnten.
»Auf die Pferde«, befahl er, »umstellt die Lichtung, und auf mein Zeichen hin befreit ihr unsere Männer! Dann nimmt jeder von euch einen von ihnen mit auf sein Pferd, und anschließend bringt ihr euch auf der anderen Seite der Brücke, hinter der Grenze zu Vei, in Sicherheit. Macht unseren Leuten den Weg frei, aber vermeidet es, euch in einen Kampf verwickeln zu lassen.«
»Marcius kommt mit seinen Truppen die Via Sacra herunter«, gab einer die Warnung weiter, die er von der Gruppe bekommen hatte, die etwas weiter hinten mit den Pferden zurückgeblieben war.
»Sie werden nicht rechtzeitig hier sein«, antwortete ihm Mastarna und wandte sich dann an seine Hauptleute und die Gruppe der Männer, die am nächsten stand. »Wir werden inzwischen das Hauptgebäude einnehmen. Mit Sicherheit hat Cneve dort die Vibenna und ihre Kommandanten eingeschlossen. Wenn möglich, versucht eure Schwerter so zu kreuzen, daß ihr keinen tötet.«
»Um die Vibenna von hier fortzubringen, müssen wir töten, Ma-

starna«, gab Devra, der älteste und treueste seiner Hauptleute, zu bedenken.
Mastarna machte ein vages Zeichen der Zustimmung, und die Worte Thanaquils fielen ihm wieder ein: *Jeder Pakt, der heute zerbricht, führt zu Trauer und Leid.* »Denkt daran, daß jeder Tote, der heute zu beklagen ist, einen Abgrund reißt, der nur sehr schwer wieder zu überbrücken sein wird. Tut also euer Bestes und bleibt am Leben«, sagte er abschließend.
Dann lief jeder auf sein Pferd zu, schwang sich im Schutz des dichten Waldes in den Sattel, und schon einen Augenblick später stürzten sich alle im Galopp und mit lautem Geschrei auf den Ring der Wachen. Völlig überrascht leisteten sie kaum Widerstand, und in kürzester Zeit waren die Gefährten befreit.
Mastarna übersprang inzwischen mit seinen Männern im Galopp die Umzäunung des Gebäudes bis unter den Vorbau. Dort sprangen sie ab, und während zwei mit den Pferden zurückblieben, drangen die anderen mit gezogenem Schwert in das Gebäude ein.
Im Nu waren die ersten Wachposten überwältigt, und der Kampf begann.
Mastarna sprang mit einem Satz über einen toten Gefährten und erreichte mit Devra, der ihm die Flanke deckte, den Versammlungsraum, wo sie sich so oft getroffen hatten und wo der Geist von Velx lebendig geblieben war. Die Vibenna und vier oder fünf ihrer Hauptleute saßen gefesselt in einer Ecke des Raumes, und einer, der junge Tasna, lag tot auf einer Bank aufgebahrt.
Sofort griffen Cneve und seine Leute nach den Waffen, und Cneve warf sich ihm als erster entgegen. Ihre Schwerter kreuzten sich, aber Mastarna stieß ihn zurück.
»Hör auf, Cneve! Ich will heute kein Blut mehr vergießen! Laß uns mit den Männern von Velx abziehen«, beschwor er ihn.
Aber Cneve drang weiter wütend auf ihn ein. »Verräter!« rief er und warf sich wieder nach vorne. »Verräter des Königs, das sind die Männer von Velx!«
Mastarna parierte den Schlag, aber Cneve drang so heftig auf ihn ein, daß er gezwungen war, sich immer weiter in den Raum zurückzuziehen. Aus den Augenwinkeln warf er einen Blick auf Devra und die anderen seiner Männer, die mit den Wachen kämpften, und stolperte

dabei über die Stufe der Feuerstelle in der Mitte des Raumes. Er verlor das Gleichgewicht, und als er sich mit der Hand abfangen wollte, senkte Cneve sein Schwert, um es ihm in die ungedeckte Seite zu stoßen. Aber Mastarna erkannte seine Absicht, und statt sich wieder aufzurichten, ließ er sich zu Boden rollen. Dann hob er das Schwert zum Abwehrschlag, und sein Hieb traf Cneve an der linken Seite mit mehr Wucht, als er eigentlich gewollt hatte.

Cneve taumelte tödlich getroffen rückwärts und brach in die Knie. Mastarna zog sein Schwert zurück und war sofort wieder auf den Beinen. Aber es blieb ihm keine Zeit, sich um Cneve zu kümmern, denn Devra hatte inzwischen die Vibenna und die anderen ihres Gefolges von den Fesseln befreit, und gemeinsam liefen sie unter den Vorbau und auf die Pferde zu.

Gleich darauf waren sie den Hügel hinunter in Richtung der Brücke Sublicio verschwunden, wo die Wachposten schon überwältigt waren. Im Galopp überquerten sie die Brücke und vereinigten sich mit dem Rest der Männer, die hinter der Brücke auf sie gewartet hatten. Sie durchquerten ein breites Tal und machten dann auf einer Lichtung halt, die sie nach allen Seiten absicherten, um sich vor Verfolgern zu schützen.

Mastarna sprang mit einem Satz vom Pferd, lief auf Caile Vibenna zu, und noch ehe er reagieren konnte, riß er ihn mit einem Ruck aus dem Sattel. »Wer hat befohlen, gegen den König zu kämpfen?« schrie er ihn an. »Wer hat diesen Verrat begangen?«

»Unser König Sevre zusammen mit den Königen des Städtebundes, die sich mit ihm verbündet haben«, mischte sich nun Aule Vibenna ein. »Sie waren es, die diese Entscheidung getroffen haben.«

»Für was haben sie sich entschieden? Mit List und Tücke die Stadt eines Freundes einzunehmen . . ., den Pakt zu brechen?« fuhr ihn Mastarna an.

»Velx erkennt die Verträge nicht mehr an«, erwiderte ihm Aule Vibenna. »Tarchna ist zu mächtig und überlegen geworden. Keine der Städte des Bündnisses kann auf die Dauer die Souveränität einer Stadt über alle anderen akzeptieren.«

»Und ich sollte davon nichts erfahren!« rief Mastarna.

»Wärst du denn auf unserer Seite gewesen, wenn du etwas davon gewußt hättest?« fragte Aule.

»Bin ich es jetzt vielleicht nicht?« gab ihm Mastarna wütend zurück. Aule Vibenna wußte darauf nichts mehr zu antworten. Er senkte den Kopf, und Mastarna ließ seinen Blick über den Rest der Männer gleiten. Viele von ihnen waren verletzt, aber keiner so schlimm, daß er nicht hätte reiten können. Hier das Lager aufzuschlagen würde bedeuten, sich unnötig einem Vergeltungsschlag auszusetzen.
Trotzdem fiel es ihm schwer, den Befehl zum Aufbruch zu geben.
»Wer hat euch verraten?« fragte er barsch.
»Marcius«, antwortete ihm Caile. »Wir hatten geglaubt, er wäre auf unserer Seite. Aber er war es, der Cneve gewarnt hat.«
Mastarna schüttelte den Kopf. »Was seid ihr nur für Dummköpfe! Für den Latiner sind wir die Herrschenden, und für ihn sind wir alle gleich. Er ist nicht dem König treu, sondern der Stadt, aber da der König seine Stadt verteidigt, ist er auf seiten des Königs.«
»Wir hatten ihm Macht versprochen«, wandte Caile ein.
»Du hast ihm noch nie bewiesen, daß du deine Versprechen auch hältst, der König hingegen schon sehr oft!« erwiderte ihm Mastarna. Er spürte, wie der Zorn wieder in ihm hochstieg, und nur mühsam gelang es ihm, ihn zu unterdrücken. »Reiten wir in Richtung Vei«, befahl er. »Dort werden wir um die Versammlung des Zwölfstädtebundes und die Vermittlung des Großen Trutnot bitten.«
Schweigend nahmen die Männer seinen Befehl entgegen. Doch Aule Vibenna trat vor, verneigte sich vor ihm, beugte ein Knie und legte ihm sein Schwert zu Füßen. »Wir haben dir unrecht getan, und wir verdanken dir unser Leben. Für beides stehen wir in deiner Schuld. Wir werden dir gehorchen, Mastarna«, sagte er.
Sofort taten es ihm Caile und die anderen Hauptleute nach, beugten die Knie und legten ihm ebenfalls ihre Schwerter zu Füßen.
Mastarna nickte zerstreut und nahm diese feierliche Geste entgegen, als würde sie einem anderen gebühren. Wenn Cneve stirbt, dachte er, bin ich dir gegenüber doppelt schuldig, Larth, mein Bruder. Ich habe das Bett deiner Königin geteilt und habe das Blut deines Bruders vergossen. Keine Macht der Welt wird diese beiden Verbrechen je wiedergutmachen können.
Sie kamen in Vei an, noch bevor ein neuer Tag angebrochen war, und König Tulumne empfing sie mit allen Ehren. Er selbst war mit Xaire und Velx, dem größten Feind Tarchnas, verbündet. Trotzdem stimmte

er der Einberufung des Zwölfstädtebundes und der vermittelnden Hilfe des Großen Trutnot zu, so wie es sich Mastarna von ihm erbeten hatte. Ganz plötzlich erschien der endgültige Zerfall des Bündnisses allen viel zu schwerwiegend, um nicht noch einen letzten Versuch zu unternehmen.

Aber Cneve war tot, und es hatte auf beiden Seiten zu viele Tote gegeben, als daß man schweigend darüber hätte hinweggehen können.

Die Haruspizen, die die morgendlichen Riten vollzogen hatten, verließen den Opferaltar im Audienzsaal. Nur einer blieb regungslos und mit gesenktem Haupt zurück und rührte sich auch nicht, als Larth den Thron verließ und auf ihn zukam.

»Flasi Aivas, Haruspize von Tagete«, sprach Larth ihn in einem Ton an, der zu hart und verächtlich war, als daß er hätte mißverstanden werden können.

»Ich segne den König, der sich noch an meinen Namen erinnert«, gab ihm jedoch Flasi Aivas zurück und verbeugte sich tief.

»Daß ich noch deinen Namen kenne, ist ausschließlich das Verdienst deines Alters und des Gewandes, das du trägst. Was willst du hier, Haruspize von Tagete, so weit weg von dem Ort, den du dir als Zuflucht gewählt hast?«

Aivas richtete sich wieder auf. Die Zeit hatte ihm den kurzen Bart weiß gefärbt, aber die tiefliegenden Augen in seinem ausgemergelten Gesicht hatten noch immer denselben düsteren Glanz. Er schaute sich um und bemerkte, daß im Saal jetzt nur noch die Königin zurückgeblieben war. Draußen warteten die Adeligen darauf, empfangen zu werden, aber Larth hatte noch nicht befohlen, die Türen zu öffnen, und würde es auch nicht tun, bevor die Königin sich zurückgezogen hatte.

»Ich möchte mit dir über eine heikle Angelegenheit reden«, murmelte der Haruspize und verbeugte sich noch einmal vor Thanaquil. Larth hatte es nicht versäumt, ihn daran zu erinnern, daß er weit entfernt war von dem Ort, an den er sich nach dem Tod von Kae Aivas zurückgezogen hatte, und deshalb fühlte er sich ziemlich unbehaglich und keineswegs sicher.

»Es gibt nichts, was meine Königin nicht hören könnte, und wenn keine Latiner anwesend sind, folge ich den Regeln der Rasna. Also rede!« befahl ihm Larth.

»Ich zweifle nicht am Mut deiner Königin. Sie ist eine Königstochter, und ich habe ihre Geburt mit der Opferung an die Götter begrüßt. Aber da sie den neuen Erben trägt, könnten ihr die schlechten Nachrichten schaden«, beharrte Flasi.

Larth deutete ein Lächeln an und drehte sich nach Thanaquil um. Sie war um die Hüften herum ein klein wenig runder geworden, es konnten höchstens vier Monde sein, daß sie schwanger war. Aber er bemerkte es erst jetzt, da Thanaquil seit der niedergeschlagenen Revolte der Vibenna der letzte seiner Gedanken gewesen war. Er streckte ihr eine Hand entgegen und zog sie an seine Seite.

»Du tust gut daran, nicht am Mut meiner Königin zu zweifeln und auch nicht an dem meines Erben«, erwiderte er Aivas. Die Hand von Thanaquil zitterte nicht, und Larth bemerkte es mit Befriedigung. »Es ist darüber noch keine Verlautbarung gemacht worden«, sagte sie. »Muß ich annehmen, daß der Haruspize irgendwelche Zeichen empfangen hat?«

»Sicher, Zeichen der Freude für den erwarteten Erben!« beeilte sich Flasi Aivas mit einer erneuten Verbeugung zu versichern.

Geschwätz der Mägde, dachte Thanaquil und schaute ihm offen ins Gesicht. Ich werde jeden zur Verantwortung ziehen, der behauptet, dieses Kind sei nicht vom König. Sie fühlte, wie Larth ihre Hand drückte, und diese einfache Geste ließ ihr plötzlich alles klarwerden: Er hatte vom ersten Augenblick an gewußt, daß Mastarna in ihre Gemächer kam! Wie hatte sie nur glauben können, er wüßte es nicht? Und trotzdem hatte er es hingenommen, und jetzt akzeptierte er auch das Kind, das nicht seines war. Er tut es nur für den Thron, dachte sie, für seine Herrschaft, damit sich nichts verändert.

»Du hast gesagt, du bist gekommen, weil du schlechte Nachrichten hast. So wie es bei dir üblich ist«, wandte sich der König nun an Flasi Aivas.

»Es ist nicht meine Schuld, mein König. Aber du hast meinen Bruder und alle noch lebenden Mitglieder seiner Familie aus Tarchna verbannt, und du hast unser Vermögen konfisziert. Mein Bruder hat Zuflucht in Vei gefunden, und Schande über ihn, aber er ist dein Feind. Ich weiß, daß einer seiner Boten im Palast von Tarchna empfangen worden ist und sich mit deinem Bruder Egene getroffen hat, um einen Pakt zu schließen«, erklärte der Haruspize.

»Die Pakte der Aivas sind wie Schlangenköpfe. Warum also bist du zu mir gekommen?« fragte Larth schroff.

Flasi Aivas tat so, als zuckte er unter dieser Anschuldigung zusammen. »Wenn Egene bereit wäre, sich von dir abzuwenden, dann würde Tarchna nicht in den Krieg mit den anderen Städten des Bündnisses verwickelt! Velx bekäme Ruma, Egene würde König von Tarchna, und die Aivas würden wieder ihre Titel und ihr Vermögen zurückbekommen.«

»Wenn Egene das tut, dann wird ihn ein Blitz auf der Schwelle des Palastes zerschmettern. Und ein anderer wird aus dir ein Häufchen Asche machen, wenn du dich nicht auf der Stelle auf den Weg machst und ihm das sagst! Du weißt, was mir möglich ist, Haruspize von Tagete, also führe mich nicht in Versuchung«, erwiderte ihm Larth.

Aivas verzog das Gesicht zu einem Lächeln. »Ich kenne deine Macht, Tarquinier. Ich werde noch heute nach Tarchna abreisen und mit meinem Bruder reden.«

»Du wirst sofort abreisen! Das Asylrecht für Verräter und ihre Familien gilt nur an heiligen Orten, und dies hier ist kein heiliger Ort.«

»Es ist nicht leicht, dich zu lieben, mein König«, bemerkte Aivas.

»Nein«, gab ihm Larth mit einem drohenden Lächeln zurück. »Aber auch das hat seine Vorteile. Denn mit der Zeit könnte dir verziehen und dir ganz alleine das Vermögen deiner Familie zurückerstattet werden.«

Aivas verbeugte sich und eilte dann auf den Durchgang zu, der zur Unterkunft der Haruspizen führte.

Larth hielt Thanaquil noch immer an der Hand und zog sie jetzt an sich. »Wann wird das Kind geboren werden?« fragte er, und Thanaquil hielt dem Blick seiner harten Augen stand. Es bedurfte keiner Erklärungen mehr.

»In fünf Monaten«, antwortete ihm die Königin.

»Ich freue mich darauf«, sagte Larth lächelnd und ließ sie los. »Ich hoffe, daß ich es noch vor der Schlacht anerkennen kann.«

Immer mehr tat sich ein Abgrund ungesagter Worte zwischen ihnen auf.

27.

Ein Dunstschleier lag über dem Wald, der die Hänge gleich hinter den gewaltigen Mauern von Vei bedeckte, und ein Windhauch brachte die Gerüche der Stadt herauf. Mit seinen fünfzigtausend Einwohnern, den Palästen, den Tempeln und den Statuen aus Bronze glaubte Vei mit Recht, einen gewissen Herrschaftsanspruch auf die Gebiete des Tibrin von seinen Quellen bis hin zu den wertvollen Salinen von Ostia vertreten zu können. Aus diesem Grund war König Tulumne im Bündnis mit Velx und Xaire auch bereit, tausend bewaffnete Männer und dazu fünfhundert Berittene ins Feld zu führen.

Velvur blieb einen Moment stehen, um unbemerkt Mastarna zu beobachten, der ihn am höchsten Punkt der Stadtmauer erwartete. Er stand über die Mauer gelehnt da und schaute nach Süden, in Richtung Ruma, der Stadt, der er sich inzwischen zugehörig fühlte. Eine Zugehörigkeit, die ihm auch die erzwungene Trennung nicht aus Herz und Kopf tilgen konnte.

Dann näherte Velvur sich ihm und blieb hinter Mastarna stehen. »Es ist gefährlich für dich, mich alleine treffen zu wollen«, sprach er ihn an. »Sie könnten denken, daß du mit mir geheime Absprachen treffen willst und daß ich parteiisch bin.«

»Das denken sie sowieso, Großer Trutnot«, antwortete ihm Mastarna und drehte sich um. Der abfällige Tonfall verriet seinen Unmut darüber, gezwungen zu sein, an einem feindlichen Ort auszuharren, in Erwartung der Entscheidung eines Königs, an den er sich nicht mehr gebunden fühlte.

»Von dir können sie alles mögliche denken, aber was mich anbetrifft ... Nein, das kann ich nicht zulassen! Was willst du, Mastarna? Daß ich dir Dinge sage, die du genausogut weißt wie ich?«

Mastarna schüttelte den Kopf und zog leicht die Schultern zusammen.

Der Sonnenuntergang zauberte flammende Reflexe in seine kupferfarbenen Haare und ließ ihn jünger erscheinen, als er war, ohne ihm dabei etwas von seiner Härte zu nehmen.
Noch einer dieser Gerechten, dachte Velvur. Einer von denen, die sich ständig fragen, wo die Wahrheit verborgen liegt, bevor sie eine Entscheidung treffen. Er wird immer versuchen, für das Recht einiger weniger einzutreten, im Glauben, dafür von vielen gelobt zu werden. Er wird ein großzügiger König sein, aber unter seiner Herrschaft wird es den anderen besser gehen als ihm selbst.
»Ist den Königen, die sich hier versammeln, eigentlich klar, um was es geht?« fragte er schließlich ohne Übergang.
Mastarna schaute ihn überrascht an. »Was meinst du damit?«
»Ich meine, ob sie wissen, daß du ihnen niemals Ruma überlassen wirst, wenn sie gegen Larth Krieg führen. Sollten sie die Stadt einnehmen, dann nicht für einen von ihnen, sondern nur für dich.«
»Keiner außer dir wird an meinem Platz sein ...«, murmelte Mastarna vor sich hin. »Larth hat diese Worte vor langer Zeit gesagt, aber vielleicht meinte er das nicht wirklich so.«
»Da irrst du dich!« widersprach ihm Velvur. »Larth hat nie etwas gesagt, das er nicht auch meinte. Und du weißt das besser als jeder andere.«
»Das stimmt«, gab ihm Mastarna recht. »Aber eigentlich wollte ich mit dir gar nicht über die Stadt oder über Larth reden.«
»Natürlich, über die Königin ...«, murmelte Velvur. Mastarna zwang sich zu schweigen, um nicht die Frau bloßzustellen, die er liebte. Er war sich immer noch unsicher, ob er sich dem Großen Trutnot anvertrauen konnte. Thanaquil vertraute zwar in allem auf dessen Hilfe, aber für Mastarna war er immer noch der alte Lehrmeister Larths, und keiner wußte genau, welche geheimen Wege der Himmel ihm wies.
»Der Königin ging es gut, als ich Ruma verlassen habe, um hierherzukommen und mit diesen zwieträchtigen Königen zu verhandeln. Ist es das, was du wissen wolltest?« fragte der Trutnot bedächtig.
Mastarna schwieg noch immer, und Velvur lächelte. Es war nicht allzu schwer für ihn, den Grund seiner Anspannung zu erraten. »Larth selbst hat der Stadt die bevorstehende Geburt der künftigen Erbin verkündet, und es hat ein großes Fest stattgefunden«, fügte er deshalb nach einer kurzen Pause hinzu.

»Larth hat die Geburt der Erbin verkündet . . .?«
»Die Zeichen haben ein Mädchen vorausgesagt. Ich habe gehört, daß Larth sagte, er hoffe, sie noch anerkennen zu können, bevor er sich gegen deine verrückten Könige auf dem Schlachtfeld verteidigen muß, und daß für sie das Gesetz der Rasna gilt. Sie wird also den Thron mit in die Ehe einbringen.«
Auf einen Schlag vergaß Mastarna alle seine Zweifel an der Vertrauenswürdigkeit Velvurs.
»Larth weiß, daß es nicht sein Kind ist!«
Der Große Trutnot lächelte finster. »Sicher weiß er das, was glaubst du denn? Aber er wollte weder Thanaquil noch dich verlieren, und es gab keine andere Möglichkeit, als so zu tun, als würde er nichts hören und nichts sehen. Es ist deine Tochter, die die Erbin des Thrones von Ruma sein wird, aber Larth wird sie so lieben, als wäre es seine eigene. Verurteile ihn deshalb nicht, Mastarna. Seine Entscheidung war sicher nicht die einfachste, aber die beste für euch beide, für die Stadt und für ihn selbst. Ohne diesen unseligen Aufstand und den Tod Cneves hätte Larth nie ein Wort gegen dich gesagt.«
»Das läßt mich meine Schuld doppelt fühlen«, erwiderte Mastarna bitter.
»Das bringt die Wahrheit oft mit sich. Nur wenige Menschen sind in der Lage, ihr ohne Bedauern ins Auge zu schauen, und zu denen gehörst du nicht. Aber du hast keine Zeit, deiner Schuld nachzutrauern. Deine Könige werden noch Wochen darüber beratschlagen, was zu tun ist, und jeder von ihnen wird versuchen, dich aus seinen Plänen auszuschließen. Aber laß sie ruhig beratschlagen, du mußt in der Zwischenzeit etwas für mich erledigen.«
»Etwas für dich erledigen?« fragte Mastarna überrascht.
»Du mußt zu Caitli auf die Insel Aethalia gehen. Sie wird dir ein Mädchen anvertrauen, das ich nach Ruma zu Thanaquil bringen muß. Es ist sehr wichtig, Mastarna. Dieses Mädchen ist die Tochter von Caitli und Axal, aber das darfst nur du alleine wissen.«
»Die Tochter von Axal?« entfuhr es Mastarna.
»Für alle anderen nur die Tochter von Caitli, der Göttin Athrpa geweiht und unantastbar. Vergiß das nicht!«
Mastarna konnte seine Neugier nicht zügeln. »Wieso nach Ruma und wieso ausgerechnet jetzt?« fragte er.

Velvur setzte ein rätselhaftes Lächeln auf. »Weil es so geschrieben steht.«

Schon lange bevor das Schiff im Hafen seinen Anker warf, wußte Caitli, daß die Zeit der Trennung von Thesan gekommen war. Und obwohl ihr dieser Augenblick schon immer bewußt gewesen war, schien er ihr jetzt doch viel zu nah und grausam zu sein.
Thesan war im letzten Winter fünfzehn Jahre alt geworden, und jetzt war der Sommer schon fast wieder zu Ende. Wenn ich Königin wäre, dachte sie, dann hätte meine Tochter jetzt ebenfalls das Alter, einen Fürsten aus einer der Städte des Bündnisses zu heiraten, um die Allianz zu stärken oder einen Pakt zu festigen, und es wäre auch nicht anders. Aber das war nur ein kleiner Trost und änderte nichts an der Tatsache, daß ihre Zeit gekommen war. Auch Thesan wußte das.
Caitli hatte Anweisung gegeben, Mastarna wie einen König zu empfangen, und erwartete ihn nun in dem großen Saal, den die Trutnot bei schlechtem Wetter für ihre Versammlungen nutzten und der ansonsten dem Empfang bedeutender Gäste vorbehalten war.
Der Saal war eine natürliche Grotte, die vergrößert worden war und nun weit in den Felsen hineinreichte. Die Wände waren geschliffen, so daß der schimmernde Quarz wie eine kostbare Verkleidung wirkte, die kaum noch an nackten Felsen erinnerte, und die Bänke und der erhöhte Thron schienen im flackernden Schein der Lampen aus dem Boden zu wachsen.
Mastarna verbeugte sich schweigend bei seinem Eintreten. Caitli sah ihm von dem erhöhten Sitz am Ende des Saales entgegen, und es fiel ihm schwer, gegenüber dieser in azurfarbene und scharlachrote Gewänder gekleideten Frau die Vertrautheit wiederzufinden, die ihm doch einmal so kostbar gewesen war. Trotzdem war Caitli noch immer dieselbe wie damals. Sie war es nicht, die sich verändert hatte.
Als hätte eine geheime Magie sie lebendig werden lassen, stiegen plötzlich in diesem Felsensaal die Bilder seiner Erinnerungen wieder in ihm auf.
Veltune an einem hellen und sonnigen Tag. Der Wind strich durch das hohe Gras, über die Gipfel der Berge und das Wasser des Sees, in dem sich der Himmel spiegelte. Die Pavillons der Könige in bunten Farben und festlich gekleidete Menschen, die die jungen Sieger von Aladia

feierten, die Gerüche, das Stimmengewirr, die Fröhlichkeit ... die Jugend.
Mastarna schaute benommen auf. Caitli stand vor ihm und strich über seine Stirn. Für einen Augenblick war er wirklich wieder dort gewesen, in der Vergangenheit, von der ihm nur noch diese wehmütige Erinnerung geblieben war, die ihn nun noch mehr fühlen ließ, wie müde er geworden war. Er beugte ein Knie und küßte den Saum ihres Gewandes. »Velvur hat mich geschickt«, sagte er.
Caitli lächelte.
»Ich weiß. Steh auf, Mastarna.«
Mastarna erhob sich, ergriff ihre Hand und führte sie an seine Stirn.
»Was steht für mich in deinen Schriftrollen geschrieben?« fragte er, ohne die Angst zu verbergen, die ihn quälte.
»Das, was auch schon an jenem Morgen in Fanu Veltune, am Ufer des Sees, geschrieben stand«, antwortete ihm Caitli.
»Aber ich bin weder stark noch treu gewesen«, gab Mastarna düster zurück.
»Du bist es in deinem Maße gewesen. Nicht einmal Larth hat mehr von dir verlangt.«
»Werden wir gegeneinander kämpfen?«
Caitli zog ihre Hand zurück und ballte sie zur Faust. Mastarna fühlte, wie plötzlich ein eisiger Hauch von ihr ausging, eine Kälte, die ihn fast körperlich berührte und ihm weh tat. Er verstand. In diesem Moment war Caitli ihm feindlich gesinnt, weil er es sein würde, der zerriß, was zusammengehörte.
»Ja, ihr werdet gegeneinander kämpfen«, murmelte Caitli.
»Ich will nicht gegen Larth kämpfen, und ich werde es auch nicht tun«, entgegnete ihr Mastarna.
Caitli lächelte und unterdrückte einen kleinen Seufzer. Plötzlich fühlte sie sich müde, denn die Zeit begann sich zu erfüllen, und das Beharren Mastarnas schien ihr dagegen so unbedeutend zu sein wie der Trotz eines kleinen, dickköpfigen Jungen.
»Andere vor dir haben gesagt: *Ich will nicht*. Andere werden es nach dir tun. Ich habe alle Vorbereitungen für Thesans Abreise getroffen, und morgen werdet ihr euch auf den Weg machen. Aber für heute abend wirst du mein Gast sein«, schloß Caitli und entließ ihn.

In dieser Nacht suchte Mastarna vergeblich Schlaf. Der Ort schien ihm voller Stimmen zu sein, von denen er bisher geglaubt hatte, sie niemals hören zu können. Außerdem hatten die wenigen Trutnot, die sich in diesem Moment als Gäste auf dem Tivrit befanden, ihn gemieden und ihm nicht mehr als den höflichen Respekt und dasselbe vorsichtige Mißtrauen entgegengebracht wie einem Fremden. Dann plötzlich, mitten in der Nacht, hatte er das seltsame Empfinden, als würden sich die Wände seiner Felsenunterkunft vor ihm öffnen. Unruhig zog er sich an und ging nach draußen.

Die Nachtluft war kühl, und der starke Wind, der von Westen wehte, hatte den Himmel klar gefegt. Die Nacht war hell und die Sterne so greifbar nahe, als hätte sich ein schimmerndes Netz über die dunkle Tiefe des Tivrit gespannt, und Mastarna hatte das bedrückende Gefühl, als ob er sich plötzlich vor ihm auftun und ihn verschlingen könnte.

Sein Blick fiel auf den steinernen Altar, der in der Mitte aufragte. Reglos im Wind stand davor ein Mädchen. Ihre Haut und ihre Haare waren für eine Rasna zu hell, und nur in Sterne und Dunkelheit gebadet hielt sie schweigend Wache.

Ein Schauer überlief Mastarna, und er wandte seinen Blick ab. *Die Liebe und der Tod haben dasselbe Antlitz,* kam ihm in den Sinn, als würden diese Worte von einer Stimme ausgesprochen, die von weit her kam. Mit einer neuen, unbekannten Klarheit drangen sie in seinen Geist, als ob jedes einzelne davon in sich alle Geheimnisse bergen würde.

Die Liebe und der Tod sind die beiden Kräfte, die das Universum bewegen, Mastarna. Auch dein Heute birgt schon deinen Tod von morgen. Aber so muß es sein, denn nur so kann Zeit auf Zeit folgen und das, was gewesen ist, neu erstehen.

Er wagte es nicht, sich dem Mädchen noch mehr zu nähern, und kehrte wieder in seine Unterkunft zurück.

Am Morgen stand schon bei Sonnenaufgang der zweirädrige Wagen auf dem Pfad bereit, der zum Hafen führte. Ein Koffer aus einfachem Holz, ohne Beschriftung oder Verzierungen barg das Gepäck seiner Reisegefährtin, die ihn schon, in eine weiße Tebenna gehüllt, im Wagen erwartete. Für Axals Volk ist Weiß die Farbe der Trauer, dachte Mastarna. Dann lächelte er dem Mädchen zu und ließ seinen Blick über sie schweifen. Sie war schön und ihrem Vater viel zu ähnlich. Jeder, der

Axal gekannt hatte, würde ihn in ihr wiedererkennen, und nichts an ihr erinnerte an das königliche Geschlecht von Tarchna.
Thesan lächelte zurück, und Mastarna bemerkte, daß sie das gewinnende Lächeln eines Kindes hatte. Es fiel ihm schwer, in ihr das Mädchen wiederzuerkennen, das er in der Nacht vor dem Altar gesehen hatte. »Fahren wir?« fragte sie in einem fast drängenden Ton.
Mastarna suchte mit dem Blick Caitli. Es kam ihm seltsam vor, daß sie nicht gekommen war, um ihre Tochter zu verabschieden, aber Caitli war nirgendwo zu sehen. »Der Rest der Welt ist bestimmt nicht schöner oder besser als dieser Ort, edle Thesan. Hast du denn so große Eile, hier wegzugehen?« erwiderte er ihr und bestieg den Wagen.
»Du bist es, der in Eile ist«, antwortete ihm Thesan. »Die ganze Nacht über hast du den Moment herbeigesehnt, an dem du den Tivrit wieder verlassen kannst, und du hoffst, nie wieder hierher zurückkehren zu müssen.«
Mastarna fing ihren klaren, hellen Blick auf. Sie nach Vei zu Velvur zu bringen würde nicht die einfachste Aufgabe sein. »Dir bleibt wohl nicht viel verborgen«, murmelte er leicht gereizt.
»Es tut mir leid. Ich werde versuchen, mich daran zu erinnern, daß du es nicht magst, ertappt zu werden«, antwortete ihm Thesan, und Mastarna nickte düster. Dann setzte sich der Wagen in Bewegung, und Thesan wandte sich dem Pfad zu, um jedes kleinste Teilchen, jeden Stein und jeden Baum in sich aufzunehmen.
So wie es im Moment ihrer Geburt geschehen war, so wurde sie auch jetzt wieder von Caitli geleitet, damit sie sich von ihr lösen und ihre eigenen Wege gehen konnte.
Thesan wußte, warum Velvur sie in Vei erwartete. Er würde sie nach Ruma bringen, weil sie das Geschenk der Götter für einen König war, ein Geschenk der Liebe. Sie hatte, so wie Caitli, die Zukunft im Feuer gesehen, und so wie es geschrieben stand, würde das Schicksal sich erfüllen.

In diesem Herbst hatte es viel geregnet, und der Tibrin führte Hochwasser. Das zumindest würde die Eroberungsgelüste der rebellischen Könige des Städtebündnisses bis zum Frühling im Zaum halten, und es war auch das, was die Trutnot nach dem Vollzug der Riten des Wassers vorausgesagt hatten.

Sie hatten dabei die Geduld der Erde auf eine harte Probe gestellt, aber Velvur hatte kein anderes Mittel gegen die Starrköpfigkeit der Könige auf der einen wie auf der anderen Seite gesehen. Larth konnte nicht anders, als einen Tribut für den Verrat und für den Tod Cneves zu fordern, die rebellischen Könige wiederum konnten den Aufstand gegen ihn nicht wiedergutmachen, ohne diesen Tribut zu zahlen. Folglich gärte es in allen Städten des Bündnisses, und jede der Städte baute die Befestigungen aus und rüstete zum Kampf.

Velvur, der soeben mit Thesan aus Vei angekommen war, wo sie nach ihrer Ankunft nur kurze Zeit verbracht hatten, überließ sein Gepäck dem jungen Acilius und begleitete Thesan dann persönlich in die Gemächer der Königin. Im Palast schien alles seinen normalen Gang zu gehen. Der König hielt Rat mit seinen Adeligen, der Regen hatte die Müßiggänger unter die Säulengänge getrieben und die Wachen unter die Pforten. Aber Velvur kannte inzwischen die hinterhältige Neugier, die an diesem Ort herrschte. Deshalb trug Thesan eine Tebenna und hatte die Haare und einen Teil des Gesichtes in einen dichten Schleier gehüllt. So hielten sie die wenigen, die sie sahen, für eine neue Magd der Königin und kümmerten sich nicht weiter um sie.

Thanaquil war von ihren Frauen umgeben, die an den Webstühlen saßen. Da aber diese Kunst von den Königstöchtern der Rasna nicht gepflegt wurde, hatte sich Thanaquil auf einem Clinai vor dem Kamin ausgestreckt und schaute gedankenverloren ins Feuer, das sie wegen der Feuchtigkeit der noch zu jungen Mauern hatte anzünden lassen.

Velvur blieb einen Augenblick auf der Schwelle stehen. Bei seinem Eintritt hielten die Frauen in ihrer Arbeit inne, denn sowohl die aus dem Adel der Rasna als auch die Latinerinnen hatten eine große Scheu vor ihm.

Er ging auf Thanaquil zu, die sich erheben wollte, und hielt sie lächelnd zurück. Die sieben Monde ihrer Schwangerschaft hatten sie im Übermaß unförmig werden lassen, und das Gewicht machte ihr sichtbar zu schaffen.

»Die Göttin Athrpa ist dir wohlgesinnt«, begrüßte sie Velvur. »Deine Wünsche werden in Erfüllung gehen.«

»Ich weiß«, antwortete ihm Thanaquil, »ich habe es im Feuer gesehen«, und Velvur verstand, daß Caitli sich mit ihr in Verbindung gesetzt und ihr Mut zugesprochen hatte.

Thanaquil beugte sich vor, um die neue Magd zu betrachten, die regungslos und schweigend neben Velvur stand, und spürte sofort die magische, machterfüllte Kraft, die von ihr ausging. Es war dieselbe, die auch das *Gemach der Könige* erfüllt hatte und die sich nun auch hier auszubreiten begann und unter den Frauen Unruhe hervorrief.
»Komm näher und nimm deinen Schleier ab, meine Liebe. In diesen Räumen bist du in Sicherheit, sie werden dein neues Zuhause sein«, sagte Thanaquil freundlich und streckte ihr die Hand entgegen.
»Ich danke dir, Königin«, erwiderte Thesan und gehorchte. Thanaquil ergriff ihre Hand und zog sie so nah zu sich heran, daß niemand sonst ihre Worte verstehen konnte.
»Sei willkommen, meine Nichte«, flüsterte sie. »Die Göttin Athrpa möge unsere Schritte jetzt und in der Zukunft leiten.«
Thesan nickte, aber sie hielt sich zurück. Sie spürte das starke Bedürfnis der Königin, ermutigt zu werden, und auch ihre Zerbrechlichkeit, ihre Angst und Sorge um die Tochter, die sie unter dem Herzen trug, und um die verborgene Wahrheit, die sie bis zu ihrem letzten Atemzug verteidigen würde. Aber solange so viele Augen auf ihr ruhten, konnte sie nichts sagen oder tun.
Die Frauen fragten sich schon, wer sie wohl sei, weil sie so anders und fremd war, und warum ihr die Königin soviel Interesse und Zuneigung entgegenbrachte. Und da es Velvur war, der sie hierhergeführt hatte, waren sie sich nicht sicher, ob sie nicht vielleicht ein Zauberwesen aus der Welt seiner Mysterien war.
»Du weißt, warum ich hier bin, Königin«, sagte Thesan mit leiser Stimme und erhob sich dann.
Thanaquil schaute Velvur an. Jetzt wußte sie es.

Larth hatte wieder zu seiner alten Vertrautheit mit dem Großen Trutnot zurückgefunden und genoß seine Gesellschaft. Velvur hatte ihn in seine Gemächer eingeladen, und er hatte mit ihm gegessen und getrunken. Er hatte Larths Bericht über den Aufenthalt in Vei gelauscht, in dem er ihm die feindlichen Könige schilderte, hatte sorgfältig seine Einschätzung der feindlichen Kräfte abgewogen, ihre Pläne und ihre Vorhaben, und ihn schließlich auch an seinen eigenen Gedanken und Problemen teilhaben lassen. Am meisten bereitete es ihm Schwierigkeiten, Truppen aufzustellen, die so umfangreich waren, daß sie sowohl die Grenze entlang des Tibrin als auch die Brücke halten konnten. Dazu kam, daß diese Truppen in jedem Fall zum überwiegenden Teil aus Latinern bestehen würden. Außerdem hatte er mit ihm über das Intrigenspiel von Flasi Aivas gesprochen und seine Befürchtung, daß sich Egene wirklich auf die Seite der Verräter schlagen könnte. Aber über andere Dinge, die ihm viel mehr auf der Seele lagen, hatte er geschwiegen. Er hatte ihn nicht nach Mastarna gefragt und nicht danach, auf welcher Seite er sich jetzt befand. Er hatte ihn nicht gefragt, was aus der Stadt werden würde, sollte er in der Schlacht fallen, nicht nach der Erbin und auch nicht, wer dieses Mädchen war, das er zur Königin gebracht hatte, das er nicht kannte und das man ihm als eine Fremde beschrieben hatte.

Schließlich erhob sich der Große Trutnot erschöpft. Es war schon sehr spät, die Diener hatten schon zweimal das Feuer im Kamin nachgelegt, und Larth verließ die Gemächer.

Draußen fiel der Regen in Strömen, von der Ebene jenseits des Flusses hörte man den Donner grollen, und über den Horizont zuckten Blitze und erleuchteten taghell die dunkle Linie der Wälder.

»Wie beim erstenmal«, dachte Larth. »Irgend jemand bewacht meine Nacht in Ruma.«

Er erreichte seine Gemächer und trat für einen Moment auf die Loggia hinaus, um einen Blick auf den Haupthof zu werfen, der vom Regenwasser überschwemmt war und nur schwach von einer Pechfackel beleuchtet wurde.

»Du hattest um Wein gebeten!« hörte er da eine weibliche Stimme hinter sich. Sie war eindringlich und sanft zugleich, und obwohl die Worte unbedeutend waren, bekamen sie für ihn plötzlich einen anderen Klang. Als würden sie aus ungeahnten Tiefen aufsteigen und jedes einzelne von ihnen das Geheimnis der Glückseligkeit in sich bergen. Langsam drehte er sich um. Das Mädchen stand mit einem Pokal in der Hand ein paar Schritte von ihm entfernt. Sie war groß und schlank, trug eine dunkle Tunika, die nur am Saum mit Gold bestickt war, und ihre hellen, blonden Haare waren im Nacken mit einer Kette aus schimmernden schwarzen Perlen zusammengeflochten. Wie sie so dastand, glich sie einer Königin, aber das nahm Larth nur undeutlich wahr – was er sah, war ihre Ähnlichkeit mit Axal.

»Bist du ein Traum?« fragte er und nahm den Pokal aus ihren Händen entgegen. Der Wein war süß und hatte die Farbe von Bernstein.

»Nein, Hasti ist jetzt schon zu alt. Sie mußte sich ausruhen, und deshalb hat die Königin mich geschickt.«
»So hat dich also die Königin zu mir geschickt, und Velvur hat dich vom Tivrit hierhergebracht«, sagte Larth leise.
»Woher weißt du, daß ich vom Tivrit komme?«
Keine der Dienerinnen hätte es sich jemals erlaubt, Fragen an den König zu stellen, und Larth fühlte sich von einer Erinnerung eingeholt, die er schon lange begraben geglaubt hatte und die ihm jetzt das Herz erwärmte.
»Weil ich ein Magier bin«, antwortete er lächelnd.
Das Mädchen wandte den Blick nicht von ihm ab, und Larth stellte den Pokal beiseite.
»Wie ist dein Name?« fragte er sie.
»Mein Name ist Thesan.«
»Bist du einer Göttin geweiht, Thesan?«
»Ich bin einem König geweiht.«
Und wieder hatten ihre Worte einen merkwürdigen Klang. So süß wie Honig und kalt wie der Nordwind zugleich, versprachen sie Lust und die Erfüllung der Zeichen in einem. Der Schatten eines kleinen Mädchens, das für ihn einen dunklen Opal ausgesucht hatte, und ihre nackten Füße in einem Sonnenstreifen auf den uralten Steinen. Geist und Körper zugleich.
Er umfaßte ihre Hüfte und zog sie an sich, und plötzlich entflammte dieser schmale Körper, umfing ihn und nahm Besitz von ihm, wie schon seit langer Zeit nichts mehr von ihm Besitz ergriffen hatte.
Er zog sie auf einen Clinai, entkleidete sie und preßte sie fest an sich. Für einen Moment genoß er nur das Gefühl ihrer weichen, glatten Haut auf der seinen, und er fühlte eine Lebenslust in sich aufsteigen, die in seinen Adern tobte wie der Donner über der Ebene an den Ufern des Tibrin, der die Nacht erfüllte.
Immer heftiger bedrängte er sie, bis sie sich ihm endlich erschloß, und als er sich in ihr wiederfand, spürte er, wie ihm die Tränen in die Augen stiegen. Er verharrte lange in diesem Körper, der sich ihm schweigend hingegeben hatte, und fühlte sich wie neugeboren – jung, so jung wie dieser Junge, der damals eine Sklavin geliebt hatte im Tausch für eine Königin.
»Ich bin die Tochter von Caitli und Axal«, flüsterte ihm Thesan zu.

»Und weil du beide geliebt hast, bin ich ihr Geschenk an dich. Denn auch sie liebten dich, viel mehr, als du es geahnt hast.«
Larth richtete sich auf und betrachtete sie, ohne sie loszulassen. Thesan war viel mehr als ein Geschenk, im Widerschein des ersterbenden Feuers war sie Liebe und Lebensfreude zugleich.
Sie war das Leben selbst.
Das Mädchen strich ihm sanft über die Wangen und wischte seine Tränen fort. »Ein König, der weint, ist den Göttern kostbar, denn seine Tränen zählen für die Ewigkeit mehr als jeder einzelne seiner Siege.«
Larth drückte sein Gesicht an das ihre, hielt sie fest in seinen Armen und sog ihren Atem in sich ein.

»Du hast die Haruspizen gegen dich aufgebracht, und jetzt wettern sie gegen dich und beschuldigen dich des Frevels, denn angeblich hat der *Heilige Himmel über Fanu Veltune* deinetwegen der Versammlung des Städtebündnisses seinen Segen entzogen. Das jedenfalls wollen sie aus den Zeichen gelesen haben. Außerdem lasten sie dir an, du hättest die Götter erzürnt, weil du sie nach Ruma gebracht und zugelassen hast, daß die Latiner die Götternamen geändert haben und ihnen die der Griechen gaben, die unsere Feinde sind.«
»Ist das alles?« bemerkte Larth unbeeindruckt.
»Das alleine würde für die meisten der Könige des Städtebündnisses schon genügen«, gab der Große Trutnot mit einem ironischen Unterton zurück. In Gegenwart anderer hätte er niemals auch nur den geringsten Zweifel aufkommen lassen, er könnte sich über die Worte der Haruspizen lustig machen, aber sie waren alleine, und mit Larth zusammen konnte er es wagen, seinen Gedanken freien Lauf zu lassen, denn Larths Gedanken waren mit Sicherheit nicht weniger kühn und respektlos als die seinen.
Larth lehnte sich an die Fensteröffnung, die von der Sonne beschienen war. Der Winter war mild und würde schon bald einem vorzeitigen Frühling Platz machen.
»Deine Schüler sind so geschwätzig wie die Mägde, Velvur. Was hast du sonst noch in Erfahrung gebracht? Daß sie inzwischen alle Städte des Bündnisses gegen mich aufgewiegelt haben, einschließlich Tarchna?«

»Oh, Tarchna war immer eine reiche, wohlhabende Stadt. Dies kann ein Vorteil sein, aber auch ein Nachteil. Die Reichen kämpfen nicht gerne und versuchen, es sich so bequem wie möglich zu machen. Jedenfalls ist dein Bruder Egene dir treu ergeben«, erwiderte Velvur.

»Das freut mich für ihn«, murmelte Larth und betrachtete zerstreut das Kommen und Gehen seines Adels auf dem großen Innenhof. Marcius, der mit seinen Hauptleuten aus den südlich gelegenen Gebieten zurückgekommen war, wo er neue Männer für die Truppen gesammelt hatte, die noch ausgebildet und bewaffnet werden mußten, stieg gerade vom Pferd.

»Ist es wahr, was ich da gehört habe? Du hast den Zorn Tinias auf Egene herabbeschworen, sollte er es auch nur wagen, daran zu denken, Verrat an dir zu üben?« fragte Velvur.

»Ja, das ist wahr. Er ist weit weg von hier, also blieb mir nichts anderes übrig, als diese Art von Macht anzuwenden«, erwiderte Larth.

Der Trutnot schüttelte den Kopf. »Die Angst ist ein zweischneidiges Schwert«, murmelte er.

Larth setzte ein finsteres Lächeln auf. »Was gibt es sonst noch für Neuigkeiten über die mit mir verbündeten Könige und die anderen, die meine Feinde sind?« fragte er, ohne auf Velvurs Einwand einzugehen.

»Verwirrung, Unsicherheit und immer wieder Angst auf beiden Seiten. Deine Verbündeten wissen, daß du stark bist, aber sie haben Angst, etwas übersehen zu haben. Deine Feinde hingegen entdecken keine Schwächen an dir. Sie wissen nicht, wie sie dich treffen können, und das verunsichert sie.«

»Ich habe keine Schwächen!«

»Das ist wahr. Deine Paläste scheinen von den Göttern gesegnet zu sein. Deine Stadt blüht, deine Königin wird dir bald eine Erbin schenken, und deine Männer schwören dir in Scharen die Treue. Deshalb sind die Haruspizen auch nicht gut auf dich zu sprechen, und die dir feindlich gesinnten Könige werden Mastarna gegen dich ins Feld schicken, obwohl sie das eigentlich vermeiden wollten, weil er für sie eine genauso große Gefahr darstellt.«

Larth nickte schweigend. Er hatte zwar nach außen keine Schwäche gezeigt, aber er hatte in aller Stille gelitten und trug noch immer die Narben davon auf seiner Seele. Er hatte bezahlt, wie ein König bezahlen

mußte, in sich selbst zurückgezogen und fern vom Leben der anderen Menschen, das ihn nicht mehr erreichen konnte.
Dann war Thesan gekommen. Und mit Thesan hatte sich in ihm und um ihn etwas kaum Spürbares und doch Entscheidendes verändert.
Er wußte, daß Velvur seinen Gedankengängen gefolgt war und jetzt an die Tochter von Caitli und Axal dachte, die von ihm schwanger war und wie eine Schwester unter dem Schutz der Königin stand. Aber vom Palast wurde sie wie eine Fremde abgewiesen und gefürchtet wie eine böse Zauberin. Diejenigen, die den blonden Sklaven gekannt hatten, sagten von ihr, sie wäre nichts anderes als sein Geist, der zum Vergnügen des Königs in dieser Form wieder zurückgekehrt sei. Wüßten seine Feinde von ihr, dann wäre Thesan allerdings ein verhängnisvoller Schwachpunkt.
»Warum hast du sie zu mir gebracht?« fragte er schließlich.
»Die Antwort würde dir nicht gefallen, mein König«, erwiderte Velvur und dachte dabei an die so klar gezeichnete und allzu nahe Zukunft.
»Selbst wenn sie die Ursache meines Todes wäre, würde ich ihre Hand segnen, so wie es ihr Vater mit mir getan hat. Die Bindung zwischen uns ist stark. Es mag etwas Magisches sein, aber von ihr spüre ich nur Liebe. Ich verstehe dieses Geschenk nicht, das mich so glücklich macht und auf das ich nicht mehr verzichten kann.«
»Sie wird nicht die Ursache deines Todes sein«, murmelte Velvur. »Siehst du nicht, was die Sterne in den Frühlingshimmel zeichnen?«
Larth mußte über den Tonfall und über die Herausforderung lächeln, die darin lag.
»Weißt du nicht mehr? Ich habe den Himmel vergessen!« antwortete er ihm und schickte sich an, Marcius und seinen Hauptleuten entgegenzugehen. »Ich bin nur noch ein König.«

28.

Ein breiter Sonnenstrahl fiel von oben in den Saal und beschien das Neugeborene, das Larth hoch über seinen Kopf hielt, damit alle es sehen konnten, auch die, die sich ganz hinten im Saal an den Türen drängten. Das kleine Mädchen war in das Purpur von Tarchna gehüllt, es hatte die Augen weit offen, sein pausbäckiges Gesicht strahlte, und es hatte die kleinen Hände fest zu Fäusten geballt.

Sie besitzt keine magische Kraft, sie besitzt nicht die Macht, dachte Velvur und forschte in Larths Gesichtszügen. Aber aus ihnen war nichts anderes abzulesen als der berechtigte Stolz, wieder eine Erbin zu haben.

»Meine Tochter wird einen latinischen Namen tragen. Sie wird Tullia heißen, zu Ehren der Erde, die nun die ihre ist, und der Könige, die vor uns hier waren«, erhob er jetzt die Stimme, »und dazu wird sie einen Namen der Rasna tragen, Caitli, zu Ehren der Hohepriesterin, die mir immer Freundin und Führerin war.«

Velvur horchte überrascht auf. Es war das erstemal, seit Caitli ihm den Gehorsam verweigert hatte, daß Larth öffentlich ihren Namen aussprach. Und nicht nur das, er hatte sogar erwähnt, was sie verband.

Im Saal hatte sich eine ungewöhnliche Stille ausgebreitet. Die Sonnenstrahlen krönten nun Larths Haupt und ließen das Kind im Schatten. Ein dunkles, kleines Bündel in seinen Händen.

»Meine Tochter Tullia Caitli wird meine Erbin und nach dem Gesetz der Rasna Königin sein«, erklärte Larth. Dann übergab er die Kleine, die jetzt leise wimmerte, Hasti. Sie nahm das Kind entgegen und brachte es wieder in das Gemach der Königin, während der König durch die Reihen der Männer, die ehrerbietig zur Seite traten, zusammen mit Marcius eilig den Saal verließ.

Am Tag zuvor hatten sich die Truppen der Städte der Rasna, die sich gegen den Re Supremo aufgelehnt hatten, in der Ebene von Vei zusammengezogen. Und an diesem Morgen hatten dann zweitausend Bewaffnete aus Ruma begonnen, die Brücke Sublicio zu überqueren, mehr als die Hälfte davon Berittene, der Rest schwer bewaffnetes Fußvolk unter dem Kommando von Tavas. Fünfhundert weitere, unter dem Kommando von Marcius, bildeten eine Verteidigungslinie direkt vor der Stadt.

Die mit Larth verbündeten Könige von Faleri, Sveana und Velzna standen mit ihren Truppen, weiteren zweitausend Männern und einer Hundertschaft von Wagenlenkern und Bogenschützen auf leichten, schnellen Wagen, in Bereitschaft

Nachdem Larth den Palast verlassen hatte, ritt er mit Marcius an seiner Seite die innere Verteidigungslinie direkt vor der Stadt entlang, bis zur Brücke hinunter, wo die Überquerung ordnungsgemäß und ohne Unterbrechung vonstatten ging. Der Winter ähnelte eher einem Frühling, als ob die Natur einen Ausgleich für den kalten Herbst hätte schaffen wollen, und der Tag war so sonnig und klar, daß der von den Pferden aufgewirbelte Staub in den Strahlen der Sonne wie ein feiner Goldregen schimmerte.

Diese Schlacht wird eine wahrhaft königliche werden, dachte Larth und warf einen prüfenden Blick auf die Verteidigungsmaßnahmen, die Marcius mit seinen Männern zur Verteidigung seiner Stadt ergriffen hatte. Er wußte, daß er eine gute Wahl getroffen hatte, als er den Latiner für diese Aufgabe ausgewählt hatte.

Morgen, wenn er die Stadt verlassen würde, um an der Spitze seiner Truppen gegen die Ebene von Vei zu ziehen, würde Marcius mit seinen Männern das letzte Bollwerk vor der Stadt sein, und dann würde Larth endgültig wissen, ob er so viel Macht verdient hatte.

Er nahm seine Meldung über den Zustand seiner Truppen entgegen und dann den seiner anderen Hauptleute, die Rasna waren. Eine kaum verhohlene Unruhe ging von ihnen aus, wobei die Schmach, diesen Kampf führen zu müssen, die Angst überwog. Noch nie hatte im Städtebund der Rasna eine Stadt gegen die andere gekämpft, und deshalb waren sie alle tief verunsichert. Auch den Haruspizen war es nicht gelungen, Zeichen des Himmels für den Ausgang der Schlacht zu erkennen. Aber sie gaben sich alle erdenkliche Mühe, diesen Mangel auszugleichen und das, was nicht war, zu erfinden.

Nur Velvur schweigt, dachte Larth auf seinem Weg vom Fluß zurück zum Palast. Er, der weiß, hat es vorgezogen, nicht zu reden.
Dort angekommen, nahm er ein langes, erfrischendes Bad, aber er rührte weder Speisen noch Wein an. Dann zog er sich eine schwarze Tunika über, ließ sich bei der Königin anmelden und bemerkte bei seinem Eintreten aus den Augenwinkeln, daß Thesan nicht unter den Frauen war, die ihr Gesellschaft leisteten.
Thanaquil lag auf einem Clinai vor dem Feuer. Die Geburt ihrer Tochter war leicht gewesen, und obwohl seitdem erst ein paar Tage vergangen waren, gab es kaum noch Zeichen der Schwangerschaft. Sie war mit einer am Saum mit Purpur bestickten Tunika bekleidet, und darüber trug sie einen kurzen Mantel.
Für einen Moment konnte sie die Überraschung über sein Erscheinen nicht verbergen. Aber noch bevor sie etwas sagen konnte, war Larth schon neben ihr, beugte sich zu ihr nieder und küßte sie auf den Mund. Es war nur ein flüchtiger Kuß, den Thanaquil fast wie einen Vorwurf empfand.
Larth richtete sich wieder auf und sagte mit einem Lächeln: »Morgen werde ich den Palast lange vor Sonnenaufgang verlassen. Ich möchte nicht, daß du dich so früh erhebst. Paß gut auf die Erbin auf.«
Thanaquil fühlte ihn plötzlich ganz nah, aber auch gleichzeitig unendlich fern. In seiner Stimme war keine Spur von Feindlichkeit, Vorwurf oder Schmerz gewesen. Sie strich ihm über die Wange und legte ihm dann eine Hand auf die Schulter. Sie war zwar die Königin, aber konnte sie ihm sagen, er solle nicht in diesen Kampf ziehen? Und würde Larth ihr glauben, daß sie das nur seinetwillen tat und nicht, weil sie um das Leben Mastarnas fürchtete? »Ich werde auf sie aufpassen«, versprach ihm Thanaquil, und Larth verließ den Raum ohne ein weiteres Wort.
Anschließend begab er sich zu den Riten der Fürbitten, wo schon alle vor dem Altar versammelt waren. Aber Velvur vollzog nicht selbst die Zeremonie. Der Große Trutnot saß auf dem seinem Rang gemäßen erhöhten Sitz, und es schien, als ob ihn die Insignien, die er als der höchste Würdenträger trug, diesmal mehr als sonst drückten. Nur einmal hob er die Augen und suchte Larths Blick, der auf ihn gerichtet war, und Larth sah in seinen Augen die gleiche Zuneigung und Traurigkeit wie damals, als Velvur gekommen war, um ihn vor langer Zeit auf der

Reede von Pyrgi zu verabschieden. Heute wie damals strahlte Velvur Resignation aus. Es war etwas, das er nicht verändern konnte und das ihn peinigte, weil es ihm das Ausmaß der Ohnmacht eines Menschen gegenüber den Beschlüssen des Himmels vor Augen führte.
Larth sah ihn an und dachte: Eine Chimäre kann man sehr wohl erreichen. Ein Mensch kann sein Schicksal annehmen oder sich im Versuch, es zu verändern, zerstören, aber das zumindest ist dann seine eigene Entscheidung.
In diesem Moment entflammte plötzlich durch die ohne einen ersichtlichen Grund überspringende Flamme eines der Feuerbecken ohne das Öl, das für die Zeremonie in einer goldenen Schale bereitstand. Die Gesichter der zelebrierenden Haruspizen verdüsterten sich beim Anblick dieses Zeichens, aber Larth lächelte. Er hatte den Blick Velvurs aufgefangen und wußte, seine Herausforderung war angenommen worden.
An diesem Abend zog er sich früh in seine Gemächer zurück. Mit der Dämmerung war ein kalter Westwind aufgekommen. Aber die Erde war noch warm, die wilden Kirschen und die Nußbäume auf den südlichen Hängen der Hügel standen schon in Blüte und brachten den Duft der neuen Jahreszeit mit sich.
Er hörte sie kommen und drehte sich zu ihr um, als sie eintrat. Vor einer solchen Schlacht war die Nachtwache für einen König heilig. Die Zeremonie der Fürbitte hatte ihn geweiht, und jeder andere Kontakt hätte diese schmale Brücke zum Göttlichen stören können, die für ihn Schutz und Schild bedeuten sollte.
Aber Larth breitete seine Arme aus, und Thesan flüchtete sich hinein. Eine Flut von Gedanken und Gefühlen durchströmte sie, eine so völlige Vereinigung, die keiner Worte mehr bedurfte.
Larth führte sie zum Bett, zog sie aus und legte sich neben sie. Sie war wie immer, es war noch nicht zu erkennen, daß sie ein Kind trug.
Sein Kind: *sein* Erbe.
Wer wird sich um meinen Sohn und um sie kümmern, wenn ich morgen sterbe? fragte er sich und wußte, daß er, wenn er nur wollte, seine Zukunft von ihr erfahren konnte. Aber er legte seine Lippen auf die ihren und hinderte sie so daran, auch nur ein Wort zu sagen.
Er erwachte, als es noch dunkel war. Thesan schlief in seinen Armen, das Gesicht halb bedeckt von den blonden Haaren.

Der Widerschein der Flammen, die im Kamin hoch aufloderten, umspielte sie, und aus derselben Magie heraus, die das Feuer nährte, ähnelte ihr Gesicht einmal Caitli, um dann wieder die Züge ihres Vaters anzunehmen. Als ob ihm jemand das kostbarste Geschenk machen wollte.

Kein Diener ist eingetreten, um das Feuer nachzulegen, dachte Larth, und es ist auch nicht Holz, was da lodert, ohne zu verbrennen. Caitli, meine Königin, laß mir meine Wahl oder meine Illusionen. Wenn ich es nicht ändern kann, dann werde ich das, was geschrieben steht, akzeptieren. Für einen Moment blieb er noch liegen. Dann erhob er sich behutsam, um Thesan nicht zu wecken, zog die Kette mit dem Opal ab und legte ihn ihr auf die Brust. Der Stein war wie erloschen und stumm und strömte eine Kälte aus, als würde sich ein Abgrund vor ihm auftun.

Gleich darauf verließ er den Raum, um seine Diener zu rufen, damit sie ihm ein Bad bereiteten und ihn für die Schlacht ankleideten.

Die Sonne glänzte auf den bronzenen Schilden und Helmen, und ein kalter Wind bewegte die Wimpel und Fahnen. Die schmale Ebene zwischen Ruma und Vei, wo sich die beiden Heere gegenüberstanden, war von einem dünnen Rauhreif überzogen, der wie feine Kristallsplitter in den Sonnenstrahlen glitzerte.

Aber von allen Königen war Larth der einzige, der die Rüstung aus Leder und Bronze trug und zum Kampf bewaffnet war. Die anderen Könige, verbündete wie feindliche, hatten ihren Kommandanten und Fürsten das Kommando der Truppen überlassen, und an ihrer Spitze ritt Mastarna, auf einem weißen Pferd, mit einem Schild ohne Insignien. Mastarna kämpfte nur für sich, und Larth konnte ein kleines Lächeln nicht unterdrücken, als er ihn sah. Also auch du, mein Freund, dachte er. Auch du kämpfst wie ich für etwas, das außer uns beiden nur die Götter wissen. Langsam erhob Larth sein Schwert und ließ es in der Sonne aufblitzen, damit seine Truppen aus diesem Zeichen die Kraft, die sie antrieb und die sie brauchten, ziehen konnten.

Er wußte, was sie sich von ihm erwarteten: ein Wunder wie auf den Hügeln von Albano oder eines der zahllosen Zeichen einer Macht, die ihnen mit derselben Leichtigkeit wie immer zum Sieg verhelfen und auch aus diesem Tag einen Triumph machen würde.

Ein Lächeln überflog sein Gesicht. Nur die Götter wußten, was geschehen würde.
Wie eine Welle setzten sich jetzt die Flügel in Bewegung, und die Berittenen preschten vorwärts, um die feindlichen Truppen in einem Halbkreis einzuschließen. Und plötzlich sah sich die Spitze von Mastarnas Heer von diesem Feind eingeschlossen, mit dem Risiko einer tödlichen Umklammerung.
So begann die Schlacht, noch bevor das Fußvolk und die Berittenen überhaupt miteinander in Berührung gekommen waren. Nur die Bogenschützen von Vei, die weiter hinten aufgestellt waren, schossen einen Hagel von Pfeilen ab, um zu vermeiden, daß der Halbkreis sich schloß.
Larth schickte nun die Wagenlenker und Bogenschützen seiner Verbündeten vor, und gleich darauf entflammte die Schlacht im Ansturm der Berittenen und breitete sich dann auf die Fußtruppen aus, die ihre Position hielten. Schon bald erbebte die Ebene zwischen den Wäldern vom Kampfgetümmel, und die Truppen von Vei und seiner verbündeten Städte wurden von allen Seiten her immer mehr bedrängt.
Larth fand sich Männern gegenüber, die ihm bis zur ersten Schlacht vor Ruma gedient hatten und mit denen er nun das Schwert kreuzte. Aber für solche Gedanken war keine Zeit. Da war nichts mehr außer dem Geräusch von Metall auf Metall, Schreien und Blut.
Er entdeckte Caile Vibenna, der, von einer Lanze durchbohrt, mit dem Tod rang, und Aule Vibenna, tot in einem Knäuel von Leibern in einer Blutlache.
Der König Pesna von Sveana ritt ohne Rüstung und Helm im Kampfgetümmel an seine Seite und riß zwei Angreifer von ihm weg, und für einen Moment deckte er ihm damit die linke Flanke. Die Sonne strahlte jetzt von einem wolkenlosen, blauen Himmel und blendete ihn mit dem grellen Licht des Winters.
Larth schirmte die Augen mit der Hand ab.
Wo ist Mastarna? fragte er sich und fühlte, wie sich sein Herz bei dem Gedanken zusammenzog, jemand könnte ihn erschlagen haben.
Da entdeckte er den Kopf mit den kupferroten Locken nicht weit von sich entfernt, mitten im Kampfgetümmel. Sofort drückte er seinem Pferd die Knie in die Flanken und ritt auf ihn zu. Doch im selben Moment hatte Mastarna sich von einem seiner Angreifer befreit. Mit

erhobenem Schwert warf er sich wieder nach vorne, und sein wuchtiger Schlag traf Larth, noch bevor Mastarna ihn erkannt hatte.
Für einen Augenblick starrten sich beide regungslos an. Mastarna, die Hand um den Griff seines Schwertes gekrampft, und Larth, der beim Abwehrschlag das seine verloren hatte, die Faust auf die tiefe Wunde gepreßt, im sinnlosen Versuch, das Blut zu stillen.
Dann zog Mastarna langsam sein Schwert zurück, und Larth sank auf den Nacken seines Pferdes, aber er fiel nicht. Ganz plötzlich waren die Geräusche, die Gerüche und der Lärm der Schlacht weit weg, als ob sich etwas zwischen ihn und die Wirklichkeit geschoben hätte, und eine Woge des Schmerzes drang ihm ins Bewußtsein, als Zeichen, daß er noch lebte.
Die blutverschmierte Hand von Mastarna legte sich auf seine Schulter, so zitternd, wie sie noch nie jemand gesehen hatte. Dann befreite er sich von einem weiteren Angreifer, ergriff die Zügel von Larths Pferd, preschte in Richtung der Fußtruppen von Tarchna und übersprang die ersten Reihen mit einem Satz. Doch Tavas stellte sich ihm mit erhobenem Schwert entgegen. Larth richtete sich im Sattel auf, ergriff die Zügel seines Pferdes, und Tavas hielt ein. »Laß uns durch«, befahl ihm Larth. »Und dann ziehe dich mit deinen Männern zum Fluß zurück.«
Tavas zögerte nur einen kleinen Augenblick. Die rechte Brusthälfte des Königs war mit Blut überströmt, aber der König schien unbeeindruckt zu sein und machte nicht einmal einen leidenden Eindruck.
Tavas warf einen zweifelnden Blick auf Mastarna. Aber ihn an der Seite des Königs zu sehen war so natürlich, wie der Tag auf die Nacht folgte, und Tavas trat zurück.
Mastarna trieb die beiden Pferde zum Galopp an.
»Der König! Der König ist verwundet!« Der Ruf verbreitete sich in Windeseile über das ganze Schlachtfeld. »Der Re Supremo zieht sich zurück!«
Langsam ließen die Kämpfe nach. Beide Parteien begaben sich auf ihre Positionen, und dann begannen die Truppen von Tarchna, sobald sie der Befehl von Tavas erreicht hatte, sich gesammelt in Richtung des Flusses zurückzuziehen. Larth wiederholte seinen Befehl den Männern gegenüber, die die Brücke bewachten, und dann auch Marcius gegenüber, der ihnen direkt dahinter den Weg versperrte.

»Mach dir keine Sorgen, es ist nicht so schlimm«, belog er ihn, aufrecht im Sattel sitzend. »Mastarna und ich werden entscheiden, was das Beste für diese Stadt ist, aber heute darf sie keiner erobern. Vielleicht wird es dir zufallen, sie verteidigen zu müssen, Marcius.« Es kostete ihn einige Anstrengung, aber der junge Latiner verdiente es, einen so wichtigen Befehl direkt von seinem König zu erhalten.
Marcius schaute ihn an, und sein Blick wurde hart. »Du weißt, daß ich sie verteidigen werde. Dafür hast du mich ja ausgewählt!«
Larth nickte und ließ es dann zu, daß Mastarna wieder die Zügel seines Pferdes ergriff und es die Anhöhe zum Palast hinaufführte. Ein halbes Dutzend seiner Kommandanten hatte sich ihnen angeschlossen, als Mastarna die Kampflinie überschritten hatte, und eskortierten ihn jetzt. Aber als sie den Vorhof erreicht hatten, gab er ein Zeichen anzuhalten und stieg alleine vom Pferd.
»Wartet hier und gehorcht Mastarna«, befahl er.
Mastarna legte sich Larths Arm über die Schulter und stützte ihn. Larth kam der Weg zu seinen Gemächern endlos lang vor. Er begriff nicht, warum ihm plötzlich der große Innenhof von Tarchna in den Sinn kam, mit seinen schwarzen Steinen, die den Schriftzug ›Tarchon‹ bildeten und in der Sonne glänzten, und den lachenden Gestalten von zwei Kindern, die sich in einen schattigen Streifen verkrochen hatten und spielten, sie würden sich Versprechen für die Ewigkeit geben.
Hier schien es ihm jetzt genauso heiß zu sein, wie es damals in diesem Hof gewesen war, und Larth spürte, wie ihm der Schweiß ausbrach. Die Bewohner des Palastes liefen zusammen, und hier und da hörte man einen Entsetzensschrei, aber Mastarna schritt auf die Gemächer des Königs zu. Dort angekommen, legte er Larth aufs Bett, und gleich darauf trat Velvur zusammen mit Thanaquil ein.
»Schließt die Türen. Keiner darf eintreten. Kein Diener und keine der Frauen«, befahl der Große Trutnot mit harter Stimme.
Dann trat Velvur ans Bett, beugte sich über Larth und strich mit den Fingerspitzen über seine Stirn. Aber Larth zog sich zurück, er wollte diese Berührung jetzt nicht, die ihm den Schmerz nahm und damit auch das letzte, was ihn noch daran erinnerte, am Leben zu sein.
Er packte ihn am Handgelenk und zog seine Hand weg. »Nein, Großer Trutnot«, sagte er, aber er verstand die Antwort des alten Mannes nicht. Mastarna hatte ihm die Lederrüstung geöffnet, die sein Schlag zerfetzt

hatte, und der Große Trutnot befühlte jetzt seinen Körper unter der Tunika.
Larth hatte das Gefühl, daß ihn das alles nicht mehr betraf, und so verstand er auch nicht den Grund für Velvurs Sorge und Eile. Egal was der Trutnot tat, es war alles umsonst, Larth wußte, er würde sterben.
Velvur zündete eine Lampe an, und Larth verlor sich für kurze Zeit in diesem Licht. Aus Gewohnheit suchte er mit der Hand auf seiner zerfetzten Brust nach dem Opal und seiner Wärme. Die Kälte befiel ihn jetzt, und wenn er die Augen schloß, konnte er unter sich fast den schwarzen Sand im Unterschlupf im *Heiligen Wald von Tinia* fühlen und Axal, der ihn hielt.
Caitli beugte sich hinab und entzündete ein heiliges Feuer. Ein unlöschbares Feuer.
»Caitli«, murmelte Larth. Ein kleines Lächeln umspielte seine Lippen, und er hob die Hand und streichelte über Thanaquils Gesicht, die sich über ihn gebeugt hatte. Mastarna, der hinter ihr stand, war nur noch ein undeutlicher Schatten.
Regen, es hatte geregnet an diesem Abend . . . Regnete es auch jetzt? Draußen schien es wie in einem Bienenstock zu summen, oder war das der Regen auf den Steinen . . . ?
»Die Straßen füllen sich mit Menschen. Sie kommen zum Palast herauf«, sagte Thanaquil.
»Vielleicht ist es genau das, was diese Latiner wollten, daß wir uns ihretwegen untereinander bekämpfen!« murmelte Mastarna.
»Seid still!« Der Befehl des Großen Trutnot ließ sie verstummen.
Larth drehte Mastarna das Gesicht zu und traf auf seine Augen, die vor Zuneigung glühten.
Die Dinge, die er ihm hätte sagen wollen, schienen ihm mit einemmal unbedeutend zu sein. Die Macht, die ihm so wichtig gewesen war, ruhte nun woanders, tief verschlossen in seiner Menschenseele. Er drückte Mastarnas Hand.
Das ist es also? dachte Larth und fühlte, wie ihn der Schmerz plötzlich verließ, als würde er nicht mehr ihm, sondern einem Wesen angehören, das er nicht mehr kannte. Die Flammen im Kamin loderten hoch auf.
»Es war schön«, sagte er und dachte bei sich, es war schön, zu leben und Chimären nachzujagen . . . Ich habe meinen Preis an meinen Himmel bezahlt.

Er lächelte Mastarna zu.
Die Stimmen der Menschenmenge draußen waren noch lauter geworden. Der Sonnenuntergang färbte den Horizont in ein grandioses Farbenspiel aus Rot und Gold, und die Feuer entzündeten sich entlang der Grenzlinie, als wären sie der Beginn eines ganz neuen Himmels, der noch erschaffen werden mußte.
Aber in seinem Gemach war es schon dunkel. Das letzte, was er sah, war der Widerschein der Flammen auf einem Wandteppich und eine Schar von schwarzen Flügelpaaren, von denen nur eines, ein einziges, weiß war.
»Ohne ihn werden sie sich erheben. Sie werden niemals einen anderen akzeptieren!« sagte Mastarna leise.
Velvur schaute zu Thanaquil hinüber. Die junge Frau stand wie erstarrt, aber mit entschlossenem Gesichtsausdruck da. Velvur bemerkte es mit Genugtuung.
»Geh, und spreche du zu ihnen!« befahl er ihr. »Du bist die Königin, und diese Menschen dort draußen kennen und lieben dich. Zeige dich und sage ihnen, daß der König verwundet ist und Zeit für die Genesung braucht und daß Mastarna, seinem Willen gemäß, für ihn die Regierungsgeschäfte übernehmen wird.«
Thanaquil erwachte langsam aus ihrer Starre und ließ ihren Blick über den Großen Trutnot, Mastarna und schließlich über das Gesicht des Königs schweifen.
Dann ergriff sie die Hand von Mastarna und zog ihn wortlos zur Loggia, die zum Vorplatz des Palastes ging.
Es war nun schon dunkel, aber der Platz war von unzähligen Fackeln erleuchtet. Eine große Menschenmenge drängte und schob sich, und die Nacht war von Stimmengewirr erfüllt.
Thanaquil hob beide Arme, um Ruhe zu gebieten, und für einen langen Augenblick richteten sich die Augen aller nur auf sie, die wie eine von den Göttern gesandte Lichtgestalt dastand.
»Hört mir zu!« rief sie mit fester Stimme. Sie sprach fließend die lateinische Sprache, und die Latiner empfanden sie fast als eine der ihren. »Hört mir zu! Der König ist verwundet, aber die Stadt ist in Sicherheit, denn die Menschen haben nicht trennen können, was die Götter zusammengefügt haben! Der Freund, der dem König am nächsten steht, hat sein Schwert zurückgezogen, um gegen alle diesen heiligen Bund zu

verteidigen. Er wird euch führen! Kehrt nun in eure Häuser zurück und opfert euren Göttern für den König und für die Stadt!«
Für einen Moment verharrte die Menschenmenge in Schweigen, und alle Augen waren jetzt auf Mastarna gerichtet, den die Königin neben sich gerufen hatte. Sie kannten ihn seit langem, und viel mehr als der König hatte er an ihrem Alltagsleben teilgenommen. Deshalb würde er auch, viel mehr als der König, ein offenes Ohr für sie haben.
Die Angst vor der Ungewißheit und dem Feind begann allmählich zu schwinden. Ganz langsam lockerte sich die Menschenmenge auf. Die Nachricht wurde von Mund zu Mund weitergegeben, und eine gewisse Ruhe breitete sich aus, eine Art von Zusammenhalt, der zum erstenmal der Stadt ihr eigenes Gesicht verlieh und sie eine wahre Stadt werden ließ.
Erst jetzt, als sie die Loggia wieder verließ, wurde Thanaquil wirklich bewußt, daß Larth tot war und Mastarna König sein würde.
Meine liebe Schwester, dachte sie und strich mit den Fingerspitzen über den Opal, den Larth an seinem letzten Lebenstag nicht hatte bei sich haben wollen und den Thesan auf den Kaminsims gelegt hatte.
Er glühte wie eine lodernde Flamme.

Marcius rannte die Stufen hinauf, die zu den Gemächern des Königs führten. Er war außer Atem und von Schlamm und Staub bedeckt, aber die große Ruhe im Palast beruhigte ihn, denn das konnte mit Sicherheit nur bedeuten, daß der König sich von seiner Verletzung erholte und niemand daran dachte, Trauerfeierlichkeiten vorzubereiten.
Aber vor dem geschlossenen Eingang zu den Gemächern angekommen, traf er keine Wachen an, sondern nur Velvur, der ihn aufhielt.
»Sie sind abgezogen!« rief er atemlos. »Die feindlichen Truppen haben uns bis zum Fluß verfolgt. Aber dort haben sie dann kehrtgemacht, ihre Pferde gewendet und sind geflüchtet, während wir schon alle bereitstanden und Tavas den Befehl zum Angriff gegeben hatte!«
»Beruhige dich, Marcius«, sprach Velvur besänftigend auf ihn ein. »Gab es einen Grund für diesen plötzlichen Sinneswandel?«
»Natürlich! Es war, als ob die Stadt brennen würde! Wir selbst haben unseren Augen nicht getraut. Überall waren Flammen. Sie schienen vom Himmel zu fallen und aus der Erde zu kommen und wie ein Schild vor der Stadt aufzusteigen. Wir hatten Angst. Aber dann meinte König

Pasna, das sei ein Zeichen der Macht des Re Supremo, das allen zeigen sollte, daß die Stadt unangetastet bleiben müsse. Du mußt ihm sagen, was passiert ist! Alle Männer wollen jetzt den König sehen!«
Velvur nickte nachdenklich und nahm ihn dann beim Arm. Willig ließ sich Marcius durch die Gänge führen, bis vor eine Tür am Ende des Säulenganges. Er hatte bisher immer geglaubt, daß dieser Raum nie benutzt würde, aber er stellte keine Fragen. Noch immer voller Begeisterung trat er ein und ging auf den Mann zu, der scheinbar in sich selbst versunken vor der Feuerstelle saß. Er war in einen weiten, dunklen Umhang gehüllt und hatte den Kopf in die Hände gestützt.
Marcius erstarrte. »Mastarna?« murmelte er.
Velvur schob ihn vorwärts. »Der König wird sich freuen, so gute Nachrichten von seinem Hauptmann zu hören«, ermunterte er ihn.
Mastarna schaute auf. Seine Augen waren ernst und müde und sein Blick ohne Lächeln. »Vor langer Zeit hast du dir geschworen, mir eine Schmach zurückzuzahlen, die ich dir zugefügt hatte. Dies ist der Moment, Marcius. Aber danach werde ich deine unverbrüchliche Treue für unsere Stadt nötig haben«, sagte er.
»Unsere Stadt?« wiederholte Marcius fassungslos.
Mastarna erhob sich. »Ich habe keine andere Stadt mehr als diese, Marcius, keine Familie, nichts von meinem früheren Leben ist mir mehr geblieben. Ich habe allem, was einmal meines war, den Rücken gekehrt. Ich habe alle meine Freunde getötet, habe alle Pakte gebrochen und alle meine Versprechen. Ich bin kein Rasna mehr. Von nun an bin ich nur noch der König von Ruma. Und Ruma gehört nicht zum Städtebund der Rasna und auch keinem anderen Bündnis mehr an, es steht nur noch für sich alleine.«
Für einen Moment blieb Marcius regungslos stehen. Dann streckte er ihm die Hand entgegen. »Ich werde an deiner Seite sein, Mastarna. Für Ruma, groß und frei!«
Dann drehte er sich zu dem Großen Trutnot um. »Aber jetzt möchte ich den König sehen!« bat er ihn fast flehend.
»Sicher«, sagte Velvur und begleitete ihn zu den Gemächern des Königs zurück.
Jetzt konnte Marcius die Veränderung im Palast fast körperlich spüren, und langsam wuchs in ihm die Gewißheit, daß der König tot war und

daß ein neuer König, mit einem neuen Namen, bei Morgengrauen den Göttern für diese wundersame Fügung Dank sagen würde.
Der Große Trutnot ließ ihn alleine eintreten, und Marcius trat nur zögernd näher.
An diesem endlosen Tag hatte er Hunderte von leblosen Körpern auf dem Schlachtfeld gesehen. Er hatte darunter viele Freunde und Gefährten erkannt und geflucht und gelitten.
Aber dies war der König.
Der Körper auf dem Bett war in die weiße Tebenna mit den schwarzen Spiralen gehüllt, die der König in der Schlacht getragen hatte. Nur die goldene Fibel mit dem Adler von Tarchna mit ausgebreiteten Flügeln schmückte seine Brust. Marcius streckte eine Hand aus und berührte leicht das Symbol.
»Ich werde die Stadt verteidigen, die du mir gegeben hast. Ich werde *Roma* verteidigen!« Er hatte den Namen in seiner eigenen Sprache ausgesprochen und zog dann scheu die Hand zurück. Instinktiv suchte er mit dem Blick nach dem Opal, dem dunklen Stein des Todes, auf der Brust des Königs, aber er konnte ihn nirgends entdecken.
Schließlich zog er sich, als Zeichen seiner Achtung, zur Tür zurück.
In diesem Augenblick sah er die Frau. Sie war weiß gekleidet und bleich wie ein Geist.
Aber es war nicht die Königin.
Sie stand regungslos im Halbschatten des hinteren Teiles des Raumes, als befände sie sich vor einem unsichtbaren Altar.

29.

Die kleine Tullia war ein schönes Kind und gedieh prächtig. Thanaquil schaute lachend ihren Krabbelversuchen zu und mit ihr Hasti und die jungen Mägde, die einen Kreis um die Kleine gebildet hatten und sie anspornten.
Die Sonne schien schon warm durch die breite Flügeltür zum ligusterbestandenen kleinen Innenhof, aber plötzlich spürte Thanaquil, daß sie etwas zum Feuer rief, das im Kamin brannte.
Sie stand auf, setzte sich auf die Steinstufen davor, und plötzlich waren die fröhlichen Schreie der Kleinen und das Lachen der Mägde weit weg. Thanaquil fühlte, wie sie etwas von hier wegrief und an einen anderen Ort versetzte. Ihr erstes Gefühl war Angst. Das ist die wahre magische Kraft, dachte sie, die eigentliche Macht, die ich nie besessen habe . . .
Der hoch auflodernde Tanz der Flammen öffnete sich plötzlich vor ihr, sie sah, wie sich das Bild Mastarnas vor ihr formte, der von seinen Adeligen umringt lächelnd dastand, und ihre Angst schwand.
Er war jetzt König und hatte den Namen Servius Tullius angenommen, um daran zu erinnern, daß er die Herrschaft nur für Tullia, die Erbin Larths, übernommen hatte.
Das ist, was alle glauben sollen und was auch alle denken. Aber ich kann mich nicht selbst betrügen, dachte Thanaquil, nicht hier vor dem Fenster. Mastarna regiert für sich selbst und für unsere Tochter. Wir sind glücklich, und uns erwarten noch viele glückliche Jahre.
Eine merkwürdige Unruhe überkam sie. Sie versuchte aufzustehen und sich vom Kamin zu entfernen, aber es gelang ihr nicht. Sie konnte die Mägde sehen, die immer noch mit der Kleinen spielten, und Hasti, die sie behutsam hochhob. Aber niemand schien zu bemerken, wie selbstverloren sie vor dem Kamin saß, verunsichert und am Rande eines

Abgrunds, der ihr Angst und Schrecken einflößte. Caitli, dachte sie, meine Schwester Caitli ...

Mastarna hatte darauf bestanden, daß Thesan Ruma verließ. Er wollte sie nicht in der Stadt haben und hatte weder auf die Bitten der Königin noch auf den Rat Velvurs hören wollen. So war Thesan mit einer Eskorte auf den Tivrit zurückgeschickt worden, und Thanaquil hatte nichts mehr von ihr gehört. Warum bloß hat Mastarna Angst vor ihr? fragte sie sich.

Die Liebe und der Tod haben das gleiche Antlitz, antworteten ihr die lodernden Flammen des Feuers. Und plötzlich formte sich vor ihr das Bild eines kleinen Jungen mit blauen Augen, Larth viel ähnlicher als die beiden Söhne, die sie ihm geboren hatte. Er hatte seine Gesichtszüge, die Form seines Mundes und seinen Blick, und obwohl er noch so klein war, schien er schon sehr genau zu wissen, was er von dieser Welt, die ihn umgab, haben wollte – Macht.

Dieser Junge, ein Tarquinier, der Sohn Thesans und Larths, würde der wahre Erbe und König sein.

Thanaquil konnte sich nun nicht mehr vom Feuer lösen, auch wenn sie es mit all ihren Kräften gewollt hätte. Sie spürte, wie diese unsichtbare Macht Besitz von ihr ergriff, in ihr brannte und ihr eine Wahrheit aufzeigte, die sie nicht hatte wissen wollen, aber nie mehr wieder würde vergessen können.

Es wird seine Hand sein, die Mastarna in den letzten ihm vorgezeichneten Tagen töten wird ... Und er wird unsere Tochter zur Frau nehmen, damit sich der Kreis schließt und unsere Seelen in ihnen weiterleben.

Nach ihm werden die Rasna sich verlieren, und die Zeit der Zerstörung wird beginnen, denn eine mächtige Nation wird entstanden sein, aus unserem Verdienst und unserer Schuld. Und Ruma wird uns zerstreuen, wie der Wind am Ende des Sommers den Staub verweht ...

Thanaquil hörte die Stimme des Feuers und dachte: Ich will nicht.

Andere vor dir haben vergeblich gesagt: Ich will nicht! Und andere nach dir werden es sagen, flüsterten die Flammen. Thanaquil seufzte leise auf. Die Macht der Prophezeiung hatte sie erfüllt. – Sie war nicht mehr dieselbe und würde nie mehr so wie vorher sein.

Caitli blieb noch einen Augenblick über das Feuer in ihrem Gemach auf dem Tivrit gebeugt. Es war ein sonniger Tag gewesen, fast zu warm für die Jahreszeit, aber jetzt waren von Westen her dunkle Gewitterwolken aufgestiegen. Der Regen würde die Erde wieder fruchtbar machen. Im Raum war es nun fast dunkel. Sie hatte Thanaquil und ihre kleine Tochter im Feuer gesehen – die Zukunft. Meine Schwester, dachte sie, andere vor dir haben gesagt: Ich will nicht! Und andere nach dir werden es sagen ... Dann strich sie mit der Hand übers Feuer. Es erlosch, und in Gedanken versunken verharrte sie so, in Erwartung, daß das Dunkel der Zeit auch die Erinnerung löschte.

Zweiter Teil

1.

Ein angespanntes Schweigen herrschte unter der kleinen Schar von Bewaffneten, die am Rande einer Schlucht ihr Lager aufgeschlagen hatten. Durch die Baumkronen fiel noch das letzte Licht des Tages, aber aus der steilen, engen Schlucht drang schon das Dunkel der Nacht, bewegt von unheimlichen Schatten.

»Was ist los mit euch?« rief Tlai, der das knappe Dutzend Männer kommandierte. »Ich dachte, ihr seid Krieger. Die Tiere sind zu dieser Zeit zu den Tränken unterwegs, und ihr erschreckt euch vor jedem kleinsten Geräusch!«

Acilius warf aus den Augenwinkeln einen Blick auf seine Reisegefährtin. Ganz so ist es nicht, dachte er, diese Männer haben ihre guten Gründe, beunruhigt zu sein. Mastarna hatte angeordnet, Thesan, die junge Trutnot, mit einer Eskorte auf die Insel Fumosa zurückzubringen, und Velvur hatte ihm, Acilius, die Aufgabe übertragen, sie zu begleiten und über sie zu wachen. Aber weder die eine noch die andere Aufgabe war einfach zu erfüllen.

Die Männer empfanden ihre Mission wie eine Strafe, weil sie dadurch nicht an den Trauerfeierlichkeiten für den toten König teilnehmen konnten. Außerdem fürchteten sie sich vor dieser Fremden, von der sie zwar gehört, die sie aber nie zuvor gesehen hatten. Beides zusammen bewirkte, daß sie ihrer Aufgabe nur widerwillig nachkamen und es kaum abwarten konnten, wieder nach Ruma zurückzukehren. Acilius dagegen, der Thesan schon seit ihrer Ankunft mit Mastarna in Vei kannte, wo er sich heftig in sie verliebt hatte, hätte sein Leben dafür gegeben, sie nur ein einziges Mal in seinen Armen zu halten.

Nachdem er für Thesan eine Decke an einer geschützten Stelle ausgebreitet hatte, begab er sich seufzend daran, Holz für ein Feuer zu sammeln, das sie wärmen würde. Tlai lagerte mit seinen Männern, die

ihr eigenes Feuer angezündet hatten, ein wenig abseits. Zwei von ihnen kamen gerade vom Tränken der Pferde zurück, und die Nacht sank schnell herab.
Während Acilius noch damit beschäftigt war, die nassen Zweige anzuzünden, kam Tlai auf sie zu. Auch der Reiseproviant war getrennt, aber Thesan kümmerte das alles nicht, und Acilius hatte den Verdacht, daß, wenn er nicht gewesen wäre, das Mädchen kaum etwas gegessen hätte. Velvur mußte es geahnt haben, als er ihm den Auftrag erteilt hatte, auch darauf ein Auge zu haben.
Wie immer beachtete ihn Tlai kaum und blieb vor Thesan stehen. »Morgen früh werden wir in Pyrgi sein, wo wir uns für den Tivrit einschiffen werden. Vergiß nicht, daß wir uns schon auf dem Territorium von Xaire befinden, mit dem wir verfeindet sind«, sprach er sie in seinem üblichen Kommandoton an. »Gib also deinem Diener die Anweisung, das Feuer zu löschen, sobald ihr gegessen habt.«
»Mein Diener hat selbst Ohren, um zu hören. Er wird tun, was du sagst«, erwiderte ihm Thesan zerstreut, denn sie lauschte Stimmen, die aus der Schlucht aufstiegen. »Aber gib du lieber auf deine Männer acht. Die Nacht ist uns nicht wohlgesinnt.«
»Meine Männer sind schon beunruhigt genug. Welcher Göttin sollte ich wohl für diese Warnung dankbar sein?«
»Der Göttin der Morgenröte«, erwiderte ihm Thesan mit harter Stimme auf seinen anmaßenden Ton hin und dachte: Wenn du noch lange genug lebst, um sie zu sehen . . .
Tlai zog sich einen Schritt zurück. In ihrer Nähe überlief ihn jedesmal ein kalter Schauer. »Ich hoffe, daß das Gewand der Trutnot ausreichen wird, um unsere Feinde bis zum Tivrit fernzuhalten«, erwiderte er.
Aber Thesan gab ihm keine Antwort, obwohl sie genau wußte, daß er von ihr Zuspruch erwartete. Denn er hatte Angst.
Als Tlai gegangen war, brachte Acilius den Vorratssack ans Feuer. Aber Thesan murmelte: »Laß ihn geschlossen, Acilius, und warte, bis die Männer mit dem Abendessen beginnen. Dann lösche unser Feuer, nimm deinen Mantel und dein Messer und folge mir.«
Thesan hatte mit ruhiger Stimme gesprochen, und Acilius betrachtete sie, wie sie da auf der anderen Seite des Feuers saß, hoch aufgerichtet, als würde sie Stimmen lauschen, die er nicht hören konnte. Sie trug das Gewand der Trutnot, das sie in den Augen jedes Rasnas unberührbar

machen mußte. Acilius wußte das zwar, aber er war ein Latiner und sich deshalb nicht sicher, wie weit er diesen Leuten trauen konnte, was ihren Respekt für die heiligen Symbole anbetraf. Und vor allem wußte er nicht, bis zu welchem Punkt Velvur sich darüber im klaren war, als er sie ihm anvertraut hatte.

Thesan hörte für einen Moment den Stimmen der Männer zu, die sich leise unterhielten. Tlai hatte vier von ihnen als Wachen aufgestellt, die anderen saßen um das Feuer herum und aßen aus Hirse gebackenes Fladenbrot und getrocknetes Fleisch. Sie sprachen über den Tod des Königs und über Mastarna, seinen Nachfolger.

Sie sehen ihn nicht als seinen Mörder an, dachte Thesan. Gleich darauf begann Acilius mit Sorgfalt, das Feuer zu löschen, und ließ auch nicht den kleinsten Funken zurück. Einer der Männer drehte sich nach ihnen um, überrascht darüber, wie schnell und plötzlich das geschah. Aber dann wandte er sich wieder seinem Essen zu.

In der Dunkelheit ergriff Acilius Thesans Hand und ließ sich von ihr ins dichte Unterholz der Schlucht führen, wo es so finster war, daß er das Gefühl hatte, in einen tiefen Brunnen zu fallen. Selbst die Sterne waren nicht mehr zu sehen.

In diesem Augenblick geschah der Angriff. Wie ein Wirbelsturm fuhr eine Schar von Berittenen über das Lager hinweg, überrannte zuerst die Wachen und dann Tlai mit seinen Männern am Feuer.

In der tiefen Finsternis war nur der Widerhall der sich kreuzenden Schwerter zu hören, die Schreie der Männer und das Gewieher der Pferde. Thesan zog Acilius zu Boden, der schützend einen Arm um sie legte, und so, an die Erde gepreßt, verharrten sie reglos. Durch die Tebenna hindurch spürte Acilius die Wärme ihres Körpers, aber auch gleichzeitig dieses andere, heranwachsende Leben in ihr, das er zu schützen geschworen hatte.

Der Sohn des Königs.

Ich würde jederzeit mit Freuden mein Leben für dich geben, dachte er. Mehr kann ich nicht für dich tun.

Ganz plötzlich war wieder alles still. Vielleicht waren die Angreifer gerade dabei, das Feuer wieder zu entfachen, um anschließend damit zu beginnen, die Umgebung abzusuchen ...

Thesan drückte fest seine Hand. »Gehen wir«, flüsterte sie ihm ins Ohr.

»Wohin?« flüsterte Acilius zurück. In der Finsternis, die sie umgab, konnte er nicht das geringste erkennen.
»Hab keine Angst. Ich habe von meinem Vater die Fähigkeit geerbt, die Wege auch im Dunkeln zu erkennen«, raunte Thesan. Er spürte, wie sie sich erhob, stand ebenfalls auf und versuchte dabei, so wenig Geräusche wie möglich zu machen. Sie stiegen noch tiefer in die Schlucht hinab, und es war ihm unbegreiflich, wie es ihr gelingen konnte, einen Weg durch das dichte Unterholz zu finden. Dazu war ein leichter Wind aufgekommen, der nun das Geräusch ihrer Schritte überdeckte.
Bei Sonnenuntergang ruhten sie sich in einer geschützten Mulde aus. Die Luft roch nach Meer, der Himmel war hier und da von schnell dahintreibenden Wolken überzogen. Der Frühling lag schon in der Luft, aber nach dem milden Winter und der vorzeitigen Wärme schien es, als ob die Erde sich noch ein wenig ausruhen wollte.
Thesan hatte, in ihre Tebenna eingehüllt, ein wenig geschlafen, und Acilius hatte über sie gewacht. Er war so geistesgegenwärtig gewesen, noch ein paar Fladenbrote unter seiner Tunika zu verstecken, und bevor sie sich auf den Weg nach Pyrgi, den großen Hafen von Xaire machten, aßen sie etwas davon.
Die Straße nach Pyrgi war breit, normalerweise sehr bevölkert und führte nur selten durch Wald. Acilius schaute Thesan besorgt an. »Mir wäre es lieber, ich hätte ein Schwert, um dich zu verteidigen, meine Herrin«, preßte er zwischen den Zähnen hervor. Und auch die Fähigkeit, es zu benutzen, dachte er bei sich und fühlte sich plötzlich ganz hilflos. Warum hat der Große Trutnot ausgerechnet mir diese Aufgabe übertragen, wo er doch nur zu gut weiß, daß ich noch nie eine Waffe in der Hand gehabt habe?
»Um sich zu verteidigen, braucht man nicht unbedingt ein Schwert, Acilius. Aber ich werde Velvur sagen, er soll für dich einen guten Waffenmeister aussuchen, wenn du es wirklich wünschst«, überraschte ihn Thesan mit einer Antwort.
Acilius errötete. »Und was ist, wenn wir entlang der Straße auf die Wachen von Xaire oder Pyrgi treffen?«
»Wir werden uns schon etwas einfallen lassen«, beruhigte ihn Thesan lächelnd.
Acilius fühlte sich ermutigt, und sie machten sich auf den Weg.
Schon nach kurzer Zeit begann das Wetter umzuschlagen. Dunkle Wol-

ken zogen auf, die niedrig über der Erde hingen und einen dichten Nebel mit sich brachten. So legten sie den Weg bis nach Pyrgi unbeachtet auf einer fast menschenleeren Straße zurück, auf der ihnen nur ein paar Karren entgegenkamen.
In Pyrgi angekommen, gingen sie bis zum Strand hinunter, wo der Wind mit der Zeit die hohen Dünen zu seltsamen Gebilden aufgetürmt hatte. Ein bläulicher Dunstschleier lag über den dichten Teppichen der Wolfsmilch, und dazwischen stand das Wasser in brackigen Tümpeln, in denen sich Strandgut angesammelt hatte.
Trotz der inzwischen fortgeschrittenen Tageszeit war der Nebel immer noch so dicht, daß er sogar die Mauern der Stadt verbarg.
»Die Götter beschützen uns«, murmelte Acilius, und ihm fiel plötzlich ein, daß dies kein Zufall sein konnte. Nur seiner Einfalt wegen hatte er das bisher noch nicht bemerkt. Ich sollte die Macht der Trutnot anerkennen, dachte er, woher auch immer sie kommen mag. Sicher habe ich dem Großen Trutnot in all den Jahren deshalb viel Kummer bereitet. Der alte Mann hatte wirklich viel Geduld mit mir.
»Bist du müde?« fragte er Thesan. Aber ihm schien, daß der lange Weg sie nicht mehr erschöpft hatte als ihn.
Thesan schüttelte den Kopf und folgte ihm schweigend bis zu den ersten Hafenanlagen. Hier verengte sich der Strand, und große, quadratische Steinblöcke reichten bis ins Wasser. Dahinter begann eine Reihe von Stegen, die ein Anlegen der Schiffe ermöglichten. Aber die großen Holkades und die schnellen Segelschiffe der Rasna mit ihren bronzenen Rammspornen befanden sich, nun vom Nebel verschluckt, ein ganzes Stück weiter vorne.
Die Wachen, die den Zugang zum Stadtbereich bewachten, hatten ihren Posten verlassen, vielleicht weil sie von irgend etwas abgelenkt worden waren. In einem Dreifuß brannte Pech, von dem große, schwarze Rauchwolken aufstiegen. Die beiden schritten ungesehen daran vorüber. Acilius wies auf die nächstliegenden Anlegestege, wo die Fischerboote festgemacht waren. Das eine oder andere von ihnen würde sicher zum nächtlichen Fischfang auslaufen, aber die meisten würden es wegen des schlechten Wetters nicht wagen, obwohl das Meer ruhig und der Wellengang nicht sehr hoch war.
»Versuch es bei ihm«, sagte Thesan, und Acilius folgte ihrem ausgestreckten Finger. Nicht weit von ihnen war ein Fischer gerade damit

beschäftigt, ein Netz an Bord seines Bootes zu bringen. Das Fischerboot war nicht sehr groß, und auch der Mann war klein, von untersetzter Gestalt, und hatte ein wettergegerbtes, kantiges Gesicht mit harten Linien. Acilius folgte seufzend ihrem Rat und ging auf ihn zu. »Meine Herrin grüßt dich«, rief er ihm zu.

Der Fischer drehte sich halb nach ihm um. Thesan war etwas abseits, in ihre Tebenna gehüllt, stehengeblieben, aber trotzdem erkannte der Mann darunter die Farben des Gewandes der Trutnot und beugte ehrerbietig den Kopf.

»Was willst du, Latiner?« fragte er.

»Meine Herrin muß den Tivrit erreichen, und du besitzt ein schönes Boot. Willst du uns dorthin bringen?«

Jetzt wendete sich der Mann ihm ganz zu und musterte ihn von oben bis unten. »Du scherzt wohl, mein Junge. Siehst du nicht, was wir für ein Wetter haben? Es ist eine Sache, heute nacht vor der Küste zu fischen, eine andere, die Segel für die Insel Fumosa zu setzen.«

»Kann dich vielleicht das hier überzeugen?« fragte Acilius und zeigte ihm die Perlen, die Thesan ihm zu diesem Zweck gegeben hatte. Es war ungefähr ein halbes Dutzend, dunkel wie der Himmel an diesem Tag, und selbst so, in der Hand hergezeigt, hatten sie nichts von ihrem schimmernden Glanz verloren.

Der Blick des Mannes wanderte unschlüssig zwischen Acilius und dem kleinen Schatz in dessen Hand hin und her. »Das Meer kann von einem Moment auf den anderen stürmisch werden«, sagte er.

»Mach dir darüber keine Sorgen. Meine Herrin ist eine Trutnot, und sie hat viel Macht. Im übrigen erwartet dich auf dem Tivrit noch eine weitere Belohnung. Überlege dir, wie viele Holkades du dir dafür kaufen könntest.«

Der Mann nickte, überwältigt von diesem Angebot. »Aber ich habe keine Vorräte an Bord«, gab er dann zu bedenken. »Nur einen Schlauch Wasser und ein paar Fladenbrote. Ich habe nur für eine Nacht vorgesorgt.«

»Das ist nicht so wichtig«, beruhigte ihn Acilius.

»Also gut, dann rufe deine Herrin. Aber du wirst mir mit dem Segel helfen müssen, denn mein Gehilfe kann nicht mitkommen, er erholt sich gerade von einem üblen Sturz.«

»Um so besser, dann brauchst du die Belohnung nicht mit ihm zu teilen«, erwiderte Acilius. »Und was das Segel anbetrifft, mach dir keine Sorgen. Ich werde dir helfen.« Dann ging er, um Thesan zu holen. Als er ihr in das Boot half, versuchte er, sich wie ihr Dienstbote zu benehmen, trotzdem entging ihm nicht der mißtrauische Seitenblick, den ihnen der Fischer zuwarf.

Das Boot hatte keine Kajüte. Also kauerte sich Thesan am Heck zusammen, zog ihre Tebenna fest um sich und ließ ihren Blick über Acilius und den Fischer schweifen, die nun aufs Meer hinausruderten und schweigend ihren Gedanken nachhingen.

Der Fischer, der Phata hieß, schwankte noch immer zwischen Mißtrauen und der Euphorie über die Gelegenheit, die sich ihm bot. Er hatte Angst, aber seine Habgier überwog. Er dachte an seine erbärmlichen Lebensumstände und wollte nicht ablehnen, was die Götter ihm da boten.

Thesan wendete, angewidert von der Flut der negativen Gefühle, die ihr entgegenkamen, den Blick von ihm ab. Das Boot glitt unter dem Schutz des Nebels ruhig dahin, und als sie sich ein gutes Stück von der Küste entfernt hatten, kam plötzlich eine leichte, aber beständige Brise auf. Phata befahl Acilius, das Segel aufzuziehen, und begab sich an die Ruderpinne. Es wurde langsam dunkel, und der Fischer hatte schon die Laterne an Bord des Bootes angezündet.

Thesan vermied es, in die Flamme zu schauen, die nur schwach war, aber ausreichend, um vor ihren Augen Gesichter und Gestalten entstehen zu lassen.

Der König war tot, und der Gedanke daran ließ sie eine große Leere empfinden. Sie hatte nicht die Zeit gehabt, diesen Mann richtig kennenzulernen. Aber sie war so völlig Teil von ihm geworden, daß ihr nichts die Fülle dieser Vereinigung ersetzen konnte, und der Gedanke, nicht zu wissen, wieviel von ihr selbst sich darin verloren hatte, beunruhigte sie.

Ein Netz, das vor langer Zeit geknüpft worden war ... Der Kreis hatte sich geschlossen. Eine magische Anziehungskraft zwischen drei Wesen, um der Liebe zum Leben willen, aber nur ein winziges Steinchen im Mosaik der Zeit, dachte sie. Sie würde diesen Sohn gebären, weil es so geschrieben stand. Sie fühlte seine Kraft in sich, und doch war er ihr unbekannt, und sie wußte, daß er ihr nie ganz gehören würde.

»Thesan!« Acilius rüttelte sie sanft an der Schulter. »Thesan, fühlst du dich nicht wohl?«

Sie fuhr aus ihren Gedanken auf und bemerkte, daß ihre Wangen von Tränen naß waren. »Mir geht es gut, mach dir keine Sorgen«, beruhigte sie ihn. »Es ist nur . . . Der König.«
Acilius kauerte sich vor ihr nieder. »Ist er dir noch immer nahe. Ist er mit uns?«
»Ich fühlte die Kraft seines Sohnes, seine Stärke, aber ich weiß, daß er mir immer fremd bleiben wird«, antwortete Thesan.
»Wie kannst du so etwas von einem Kind sagen, das du noch in dir trägst? Ich bin sicher, er wird seinem Vater sehr ähnlich sein!«
»Hast du den König geliebt, Acilius?«
»Als sein Sohn, der kleine Fürst Laris, gestorben ist, wäre am liebsten auch ich gestorben. Aber der König hat sich zu mir gebeugt, hat all meinen Schmerz auf sich genommen und mich von allem befreit. Niemand hat je zuvor so etwas für mich getan, und niemand wird es je wieder tun.«
»Ja, er wußte, was Mitleiden bedeutet, und das hat ihn mehr geehrt als alle seine Siege.«
»Schlafe jetzt, meine Herrin. Die Nacht ist noch lang.«
Thesan folgte seinem Rat, rollte sich zusammen und zog die Tebenna noch fester um sich. Es war kalt, aber der Wind füllte das Segel mit einer beständigen Brise, und das Meer war ruhig.
Acilius setzte sich zwischen sie und den Mastbaum. Phatas Gestalt war nur noch als undeutlicher Umriß an der Ruderpinne zu erkennen, und die Flamme in der Laterne züngelte, bewegt von einer plötzlichen Unruhe, hoch auf. Aber um sie herum herrschte tiefe Finsternis.
Trotz seiner guten Vorsätze, Wache zu halten, fielen Acilius die Augen zu, aber schon kurze Zeit später fuhr er mit einem Ruck aus dem Schlaf auf. Benommen schaute er sich um. Ein blasser Lichtstreifen beleuchtete den fernen Horizont des Meeres, und Phata stand, nicht mehr als einen Schritt von ihm entfernt, vor ihm.
Acilius' Hand fuhr zum Griff seines Messers, das er am Gürtel trug. »Was willst du?« fuhr er ihn an.
»Während du schliefst, sind seltsame Dinge passiert«, antwortete ihm Phata erregt. »Flammen bewegten sich auf dem Wasser und um das Boot herum, und Fische, so groß wie der Sommermond, flogen über die Wellen. Ich habe das Segel eingeholt. Wir werden gleich anlegen.«
»Anlegen? Wo? Bis zur Insel Fumosa ist es noch weit.«

»Zu weit für mich, Latiner. Ich werde nicht mehr weitersegeln.«
Acilius sprang auf. »Du kannst uns doch hier nicht einfach absetzen!« rief er wütend.

»Die Götter würden es mir nicht verzeihen, wenn ich eine ihrer Hohepriesterinnen ins Meer werfe, aber gegen einen Latiner hätten sie bestimmt nichts einzuwenden. Also zwinge mich nicht dazu«, erwiderte ihm der Fischer drohend.

»Und was ist mit dem Rest deiner Belohnung? Hast du das vergessen?«

»Wer weiß, ob die, die ich schon erhalten habe, nicht mit dem ersten Licht des Tages verschwindet. Vielleicht sind die Götter nicht erfreut über das, was ich tue.«

»Ist das deine einzige Furcht, Phata?« mischte sich nun Thesan ein. Sie hatte in einem ruhigen Tonfall gesprochen, aber etwas lag in ihrer Stimme, das sogar Acilius bis auf den Grund seines Herzens drang. Das Mädchen hatte sich aufgesetzt. Wie eine Welle von Licht wehten ihre langen Haare im Wind, und ihre Augen leuchteten heller als der schimmernde Streifen am Horizont.

Phata biß sich auf die Lippen, und seine Hände fuhren nervös über das Segeltuch und die Taue.

»Sei unbesorgt, die Götter sind zufrieden mit deinem Tun, und schon bald wirst du reich sein«, fuhr Thesan fort und wies auf die Laterne. »Wenn du mir nicht glauben willst, dann schau selbst. Deine Laterne betrügt dich nicht. Seit du ein Kind warst, hat sie alle deine Nächte auf dem Meer bewacht.«

Phata wandte seinen Blick der kleinen Laterne zu, die plötzlich wie in Flammen gehüllt erschien, und dann sah er sich selbst: Er stand auf einer der größten Holkades, die an der Mole von Pyrgi festgemacht waren, und er war umgeben von einer Schar Sklaven, die für ihn arbeiteten. Einer von ihnen fiel ihm ganz besonders auf, denn er unterschied sich von allen: ein schöner, großer junger Mann, mit dunklen Haaren und blauen Augen, deren durchdringender Blick unwiderstehlich war. Ganz bestimmt war er aus königlichem Geschlecht, aber trotzdem gehörte er ihm, genauso wie das Schiff.

Phata blinzelte. Die Flamme hatte sich wieder in die Laterne zurückgezogen und brannte nun so ruhig wie immer. Ein seltsames Gefühl hatte von ihm Besitz ergriffen, aber gleichzeitig fühlte er sich auch sehr glücklich.

Langsam ging er auf den Mastbaum zu und begann wieder das Segel aufzuziehen. »Keine Angst mein Junge«, sagte er an Acilius gewandt, »ich werde dich nicht ins Meer werfen. Wenn der Wind weiter so beständig bläst, dann werden wir morgen noch vor der Abenddämmerung die Insel Fumosa erreichen.«
»Gut«, antwortete Acilius und rollte sich wieder zusammen. Aber er behielt die Hand am Griff seines Messers und fragte sich voller Neugier, was wohl so plötzlich dieses glückliche Leuchten auf das Gesicht des Fischers gezaubert hatte.

Das Meer blieb ruhig, der Wind blies beständig, und so erreichten sie noch vor Sonnenuntergang den kleinen Hafen der Insel Fumosa. Phata hatte mit ihnen seinen kargen Proviant geteilt, aber Acilius traute ihm immer noch nicht ganz. Thesan hatte sich die ganze Zeit über schweigend abseits gehalten.
In dem kleinen Hafen angekommen, machten sie das Boot am einzigen Anlegesteg fest. Das Schiff, das täglich Eisen nach Pupluna brachte, hatte schon abgelegt, und die Fischer des kleinen Hafens hatten fast alle ihre Boote an den Strand gezogen. Aber Phata hatte nur Augen für die kleine Gruppe von Trutnot neben dem bedeckten zweirädrigen Wagen und die königliche Gestalt der Frau davor, die in eine türkisfarbene und scharlachrote, goldbestickte Tebenna gehüllt war und wartete.
»Woher wußten sie von unserer Ankunft?« fragte Acilius. »Und vor allem, woher wußten sie, daß wir jetzt ankommen und nicht erst morgen?«
Thesan lächelte und stützte sich auf seinen Arm, um vom Boot auf den Anlegesteg zu treten. »Das ist die wahre Macht, Acilius. Vergiß das nie.« Doch dann wurde ihr Blick plötzlich traurig. »Verlaß mich nicht«, murmelte sie, bevor sie an Land ging, und fühlte sich noch unglücklicher, als sie den Schmerz in den Augen des Jungen sah, den ihre Worte hervorgerufen hatten.
»Niemals«, versprach Acilius feierlich. Aber als sie nun auf die hohe Gestalt der Frau zuschritten, an die er sich noch erinnerte und die so nachsichtig ihm gegenüber und so vertraut und liebevoll mit dem Großen Trutnot gewesen war, fühlte er sich befangen und wagte es nicht, Thesans Hand zu drücken.
Der Rest der ausgemachten Belohnung wurde an Phata bezahlt, und

dann wurde er im einzigen Gasthaus des Hafens untergebracht, und es war ihm freigestellt, zurückzukehren, wann immer er es wollte. Acilius folgte dem Geleitzug der Trutnot auf den Tivrit, wo er eine Unterkunft für Novizen bezog, die gerade frei war.

Das Wetter hatte sich in der Nacht nach ihrer Ankunft verschlechtert, als ob die Kräfte, die es vorher beherrscht hatten, sich zurückgezogen und es nun wieder freigelassen hätten. Aber in den warmen und komfortablen Unterkünften des Tivrit bekümmerte das niemanden.

Am vierten Tag nach ihrer Ankunft, dem ersten ohne Regen, ging Acilius, begleitet von den Dienern, die sich ihm angeschlossen hatten, in den Hafen hinunter, um neue Vorräte zu besorgen. Er hatte Thesan nicht wiedergesehen, und die edle Caitli hatte ihm keine Anweisungen zukommen lassen, nicht einmal, ob und wann er zum Großen Trutnot zurückkehren sollte. Doch Acilius, der es gewohnt war, sich dem Großen Trutnot gegenüber ganz zwanglos zu benehmen, wagte das Caitli gegenüber nicht, die ihm so fern wie eine Göttin erschien.

Da er also nichts anderes zu tun hatte, schlenderte er an der Mole entlang und ließ sich von der Sonne wärmen, die endlich wieder freundlich von einem blauen Himmel schien. Da entdeckte er Phata, der sein Boot gerade mit einigen Schläuchen Wasser und einer Kiste mit Vorräten belud. Er ging auf ihn zu, begrüßte ihn, und der Mann drehte sich erstaunt nach ihm um, als hätte er ihn noch nie im Leben gesehen.

»Was willst du?« fragte er etwas schroff, aber nicht unfreundlich, und an seinem Gesichtsausdruck war abzulesen, daß er ihn nicht wiedererkannte und sich auch nicht mehr an die Reise erinnerte.

»Nichts«, antwortete Acilius verblüfft. »Ich sehe nur, daß du dabei bist, aufs Meer hinauszusegeln, und wünsche dir eine gute Überfahrt.«

«Ich danke dir, mein Junge. Das Wetter ist gut, also werde ich nach Pupluna segeln, um dort weiter meinen Geschäften nachzugehen.«

»Warst du etwa wegen deiner Geschäfte hier?« fragte Acilius erstaunt. Phata schaute ihn überrascht an – weshalb sollte er wohl sonst hier gewesen sein? –, und Acilius beeilte sich hinzuzufügen: »Ich dachte nur, du wärst ein Fischer.«

»Das war ich früher mal, mein Junge, aber jetzt bin ich ein Händler. Willst du, daß ich dich ein Stück mitnehme? Du siehst nicht so aus, als wärst du ein Novize des Tivrit, aber ein Dienstbote scheinst du auch nicht zu sein, deiner Kleidung nach zu urteilen.«

Acilius schüttelte den Kopf. »Nein, ich will die Insel nicht verlassen. Aber vielen Dank und gute Reise.« Dann ging er und versuchte seiner Verwirrung Herr zu werden. Phata, der Fischer, hatte seine Belohnung erhalten, aber gleichzeitig schien aus seiner Erinnerung jedes Ereignis seit dem Nachmittag gelöscht zu sein, an dem er Pyrgi verlassen hatte, vermutlich bis hin zu dem Augenblick, als er im Gasthaus auf der Insel Fumosa zufrieden und im Warmen aufgewacht war, mit einem beachtlichen Schatz unter der Tunika versteckt und mit einem Mantel aus feinster Wolle um die Schultern, einer von denen, die sich Phata, der Fischer, niemals hätte leisten können. Deshalb würde er das, was er gesehen hatte, auch niemandem berichten können. Ein Schauer überlief Acilius, und zum erstenmal bekam er Angst vor der Macht dieser magischen Kräfte.

Mastarna zögerte, bevor er die Schwelle zum Gemach der Königin überschritt. Seit einem Mond hatte er nun das Recht, ihre Gemächer zu betreten. Es war alles gutgegangen. Der Rat und der Adel hatten bestätigt, was ihm der Große Trutnot schon vor vier Monaten neben dem Totenbett Larths angetragen hatte: Er war jetzt König von Ruma, mit Thanaquil als Königin an seiner Seite. Die neun Trauertage und die Reinigungsriten waren wie im Flug vergangen, und Mastarna hatte den Adeligen von Tarchna und den Männern Larths, die nicht in Ruma hatten bleiben wollen, erlaubt, die sterblichen Überreste des Königs nach Tarchna zu überführen. Von diesem Moment an hatte er sich, zusammen mit Marcius, nur noch um die Stadt und ihre Verteidigung gekümmert.

Dann waren die Hochzeitsfeierlichkeiten vorbereitet worden, um eine Thronbesteigung zu rechtfertigen. Aber seine Gedanken hatten der Stadt gegolten, die Larth ihm anvertraut hatte.

Das ist es, was mich bisher zurückgehalten hat, diese Schwelle zu überschreiten, dachte er. Der Schmerz um dich ist meine Strafe, mein Freund.

Thanaquil hatte zwar die ganze Zeit über auf ihn gewartet, aber sie war nicht zu ihm gekommen, und so hatte Mastarna geglaubt, auch das Verlangen und die Zärtlichkeit zwischen ihnen seien versiegt. Als dann auch noch der Große Trutnot nicht in Ruma bleiben wollte, um die Hochzeit zu zelebrieren, hatte er ihn zur Rede gestellt.

»Die Hochzeit ist nur ein Staatsakt«, hatte ihm Velvur geantwortet, ohne auf den Vorwurf in seiner Stimme einzugehen. »Irgendeiner deiner latinischen Hohepriester kann sie genausogut vollziehen wie ich, da du dich von deinen Wurzeln losgesagt und dich für Ruma entschieden hast. Aber hab keine Sorge, ich habe deiner Hochzeit mit Thanaquil schon einmal meinen Segen gegeben. Im übrigen ist der Krieg noch nicht beendet. Tarchna wird es nicht einfach so hinnehmen, diese Gebiete zu verlieren, und die Städte des Bundes, die sich vorher gegen Larth und Tarchna zusammengeschlossen hatten, könnten nun neue Allianzen suchen. Alles ist in Bewegung geraten, Mastarna. Ich sehe einen sich ständig verändernden Horizont, und ich möchte nicht, daß man glaubt, der Große Trutnot hat sich für Ruma entschieden.«

»Hast du dich nicht schon längst dafür entschieden?« hatte ihn Mastarna mit festem Blick gefragt, und Velvurs Lächeln war erloschen.

»Du hättest Thesan nicht fortschicken sollen«, war seine kurze und rätselhafte Antwort gewesen...

Als Mastarna schließlich das Gemach der Königin betrat, drehte sich Thanaquil überrascht nach ihm um. Eine Dienerin war gerade dabei, die Lampen anzuzünden, und die Königin schickte sie mit ein paar in latinischer Sprache geflüsterten Worten weg.

Für einen Moment hatte Mastarna das Gefühl, ein Fremder in einem fremden Land und einem fremden Haus zu sein. Thanaquil brach als erste das Schweigen. Sie kam auf ihn zu und legte ihm eine Hand auf die Brust. »Es gibt keine Gespenster zwischen uns, außer denen, die unsere eigene Angst aus den dunklen Ecken erweckt«, murmelte sie.

Mastarna legte einen Arm um ihre Hüfte und zog sie an sich, und für einige Zeit verharrten sie so, schweigend aneinandergeschmiegt, und langsam festigte sich wieder der unsichtbare Rahmen ihrer Verbundenheit, und sie fanden wieder zu der alten Vertrautheit ihrer Körper zurück. Um sie herum gab es keine Gespenster, Thanaquil hatte recht. Im Kamin brannte kein Feuer, und aus dem kleinen, von Ligusterhekken begrenzten Hof drangen der Duft und die Wärme des späten Abends in den Raum. Der Himmel war hell und der schon fast volle, rötlich schimmernde Mond schien ihnen zuzulächeln.

Für den nächsten Vollmond hatten die Haruspizen ein außergewöhnliches Ereignis vorausgesagt.

2.

Velvur stand mit Laris neben einer der Säulen in der Loggia vor dem Thronsaal des Palastes von Tarchna.

»Der Thron von Tarchna war leer, was sollten wir tun? Eine Stadt kann nicht ohne König sein«, drang die klagende Stimme von Laris an sein Ohr, und zum wiederholten Male, seit er seinen Fuß in den Palast gesetzt hatte, bereute es Velvur, nach Tarchna zurückgekehrt zu sein. Dieser Palast, den er voller Leben gekannt hatte, erschien ihm nun wie ein Schrein voller fahler Schatten, und Egene, der auf dem Thron von Tarchon und Larth saß, stellte nur das Zerrbild eines Königs dar, dem Schicksal zum Gespött.

Er wandte seine Aufmerksamkeit wieder Laris zu und betrachtete den hageren, alten Mann. Der Vater von Larth und Egene kam ihm wie eine dieser aus Elfenbein geschnitzten Figuren vor, die die Karthager mitbrachten, genauso starr, fern und fremd. »Mein alter Freund«, sagte er, »daß der Thron dem Bruder des Königs zufällt, ist eine alte Regel, die ihre Berechtigung hat, wenn es keine anderen Erben gibt. Die Königin hat einen anderen Mann und eine andere Stadt gewählt. Aber erscheint dir der Krieg, der gegen diese Stadt geführt wird, die dein ältester Sohn so groß gemacht hat, ebenso richtig?«

»Bist du etwa gekommen, Großer Trutnot, um die Sache eines Mannes zu vertreten, der seine Wurzeln verleugnet hat, nur um König zu werden?« antwortete ihm Laris steif.

Velvur schüttelte den Kopf. Es war ein Fehler gewesen zu glauben, zu einem Freund sprechen zu können. Oder vielleicht hatte er auch viele Jahre lang Laris unterschätzt und übersehen, daß auch Laris Ambitionen hatte. Sollte er einen so schwerwiegenden Fehler begangen haben?

»Mein Sohn Egene hat, so wie ich, die Gerichtsbarkeit studiert, er ist klug und gebildet«, fuhr Laris fort. »Mit Listha, einer Adeligen aus dem Hause Afuna, hat er eine ihm treu ergebene, einflußreiche und gute Frau gefunden. Er hat einen Sohn, der gerade sein erstes Lebensjahr vollendet hat, und ein zweites Kind, von dem die Haruspizen vorausgesagt haben, es sei männlichen Geschlechts, wird schon bald geboren werden. Ich bin Egene sehr zugetan, Großer Trutnot, weil er mir nahe ist, und ich ehre sein Haus.«

»Aber du hast seinetwegen dem jüngsten deiner Söhne unrecht getan und in einem gewissen Sinne auch Larth.«

»Larth war nie wirklich mein Sohn«, erwiderte ihm Laris mit Bitterkeit in der Stimme. »*Du* warst es, der ihn mir damals, als er noch ein Junge war, weggenommen hat. Den Mann, den du dann wieder zurückgebracht hast, habe ich nie gekannt.«

»Das also ist es, was du mir nicht verzeihen kannst?«

Laris schüttelte den Kopf. Plötzlich bereute er seinen Gefühlsausbruch, den er jetzt für genauso unklug wie beschämend hielt. »Nein«, sagte er beschwichtigend. »Genauso wie ich hast du alles, was du konntest, nur für Tarchna und den König getan. Es gibt nichts zu verzeihen.«

»Und trotzdem ist Egene auf diesem Thron, der nicht der seine ist, eine leichte Beute. Und um das zu erkennen, bedarf es nicht der Augen eines Trutnot.«

»Ich werde über ihn wachen!«

»Deine Jahre sind gezählt, Laris. Du kannst nicht über eine Zeit verfügen, die du nicht mehr hast.«

»Du bist grausam«, murmelte Laris und senkte den Blick.

»Die Wahrheit ist grausam, mein alter Freund«, erwiderte ihm Velvur. »Laß uns nun hineingehen. Wir wollen diese Könige nicht länger hinhalten, die es kaum erwarten können, dem Tod die Sporen zu geben.«

»Glaubst du das wirklich? Wirst du ihnen das so sagen?«

»Ich werde sagen, was der Wille der Götter ist. Alles andere zählt nicht.«

Sie waren nun im Thronsaal angekommen, dessen weit geöffnetes Portal von Bewaffneten bewacht wurde. Die große Hitze, die den ganzen Tag über geherrscht hatte, typisch für den Monat Turana, hatte nun etwas nachgelassen. In den beiden Feuerbecken neben dem Eingangsportal brannte kein Feuer, aber der Saal war von unzähligen Lampen

erleuchtet, die an den Wänden angebracht waren und von der Decke herabhingen.
Velvur blieb auf der Schwelle stehen und richtete seinen Blick auf den Mann auf dem Königsthron. Egene war eine angenehme Erscheinung, mit glatten, kastanienbraunen Haaren, nachdenklichem Blick und feingliedrigem Körper. Aber er war von Larth so verschieden wie ein schläfriger Sommernachmittag von einer stürmischen Nacht. Ganz abgesehen von der körperlichen Beschaffenheit war es vor allem ein Wesensunterschied, der hervorstach.
Eine leichte Beute, dachte Velvur, und der Mann auf dem Thron rückte unbehaglich hin und her, als fühlte er seine Gedanken.
Velvurs Blick wanderte über die anderen Teilnehmer der Zusammenkunft: Da waren der König Tulumne von Vei und sein junger Sohn Arnth; Aucnus, der König von Xaire, dessen Jahre, wie die von Laris, schon gezählt waren; der König Sevre von Velx, noch immer im Vollbesitz seiner Kräfte; und dann Pesna von Sveana und Venthi von Faleri. Beide waren sie Verbündete von Larth und Tarchna gewesen und Zeugen der Magie, die Ruma am Tag, als der König gestorben war, gerettet hatte.
Ungefähr ein Dutzend Haruspizen des Tempels von Tagete und des Tempels der Göttin Uni in Vei hatten sich auf der rechten Seite des Saales aufgereiht, an ihrer Spitze Flasi Aivas. Eine der ersten Handlungen nach dem Tode Larths war offenbar gewesen, den Bann gegen das Haus Aivas aufzuheben und den Haruspizen wieder in sein Amt im Palast von Tarchna einzusetzen.
Aivas erwiderte Velvurs forschenden Blick mit unbewegter Miene, und Velvur fragte sich, ob der Haruspize von Tagete die Besonderheit dieser Nacht und das Ereignis, das bevorstand, vorausgesehen und die Könige davon in Kenntnis gesetzt hatte.
Zumindest ist er nicht so geschmacklos, auch noch Ehrfurcht zu heucheln, dachte Velvur und schritt, während die Könige sich erhoben, auf den erhöhten Sitz zu, der für ihn vorgesehen war.
»Wir fühlen uns durch deine Anwesenheit geehrt«, empfing ihn Egene und wies auf den Platz an seiner Seite.
»Ich bin weder aus freier Wahl noch aus freiem Willen hier«, antwortete ihm Velvur. »Als Großer Trutnot des Volkes der Rasna freut es mich zwar, die Könige der Städte, die gestern noch gegeneinander gekämpft

haben, heute unter demselben Dach vereinigt zu sehen. Aber ihre Herzen sind in Aufruhr, obwohl sie die Waffen niedergelegt haben, und mich schmerzt der Gedanke, daß das Bündnis einen neuen Krieg beschließen könnte. Der Tod zieht immer nur Tod nach sich, und das ist das einzige, was ihr erreichen werdet, wenn ihr wieder Ruma angreift.«

»Nur Tod, keine Siege?« fragte Aucnus von Xaire.

»Auch ein siegreicher Tod wird irgendwann zu Staub, König von Xaire. Auf deinen Schultern lastet der Verrat, den du mit dem Fortlocken des Re Supremo von Ruma begangen hast, der Anfang der Kette aller folgenden Ereignisse. Schon bald wirst du erfahren, wie hoch der Preis ist, den du dafür zu zahlen hast.«

Aus Aucnus' Gesicht war alle Farbe gewichen. Er zog seinen Mantel fester um sich, als ob die Hitze, die im Saal herrschte, sich von einem Augenblick auf den anderen in eisige Kälte verwandelt hätte. Die Worte des Großen Trutnot ließen nichts an Klarheit zu wünschen übrig, und am Ende seines Lebens angekommen, würde die Zeit nicht mehr ausreichen, um den Göttern Abbitte zu leisten.

»Wir sind nicht hergekommen, um über Strafen zu reden«, warf König Tulumne ein.

Velvur warf ihm einen zerstreuten Blick zu, schon abgelenkt von dem, was sich nun am nächtlichen Himmel abzuzeichnen begann.

Etwas Außergewöhnliches steht bevor, dachte er. Wie in jener anderen Nacht vor langer Zeit. Für einen kurzen Augenblick schweiften seine Gedanken ab, und die Lichter des Thronsaals von Tarchna verwandelten sich in die Lichter des Tivrit, unter denen soeben ein neuer König geboren wurde. Eine magische Nacht, die Vereinigung von zwei Universen . . .

Dann kehrte sein Blick wieder zurück, und er sah, daß auch die Haruspizen endlich die Veränderung gespürt hatten, die in der Luft lag. Es kam plötzlich eine spürbare Unruhe im Saal auf, eine Art Erregung, die die Flammen der unzähligen Lampen im Saal tanzen ließ. Thesan wird heute nacht einen Sohn gebären, dachte er und schaute zu Arnth hinüber, dem Sohn des Königs von Vei. Er war ein hübscher junger Mann, mit dichtem, kastanienbraunem Haar und hellen Augen, und Velvur fiel wieder ein, wie fasziniert er von Thesan bei ihrem kurzen Aufenthalt in Vei gewesen war. Er wußte, was im Netz der Zeit für sie geschrieben stand, und wandte seinen Blick ab, um ihn nicht in die Magie dieser Nacht mit einzubeziehen.

»Ich kann auch schweigen, aber kannst du dieses Schweigen mit der Stimme deines Herzens übertönen, Tulumne?« antwortete er dem König von Vei und zwang sich, wieder mit den Gedanken an den Ort zurückzukehren, an dem er sich befand. »Die Nation der Rasna muß sich wieder zusammenfinden und diese neue, schon so mächtig gewordene Stadt unter ihre Fittiche nehmen. Wenn ihr sie zu eurem Spielball macht, dann wird sie nur noch mächtiger werden, bis es ihr eines Tages nicht mehr genügen wird, sich nur zu verteidigen. Dann wird sie auf Eroberungen aus sein, und die Städte der Rasna werden ihre erste Beute sein.«

»Die Haruspizen des Kollegs von Tagete und die Hohepriester der Göttin Uni von Vei haben die Zukunft ganz anders gesehen, als sie von deinen Lippen kommt«, mischte sich nun König Pesna ein. »Was also sollen wir glauben, Großer Trutnot?«

»Stell es dir einfach so vor, daß ihre Sicht nur bis zu den ersten Steinchen am Ende des gepflasterten Hofes dieses Palastes reicht, während meine Augen den vom Meer umspülten Sand im Hafen von Tarchna sehen. Aber ihr könnt auch glauben, daß jeder von uns seine eigenen Interessen verfolgt und Worte käuflich sind.«

»Du beschuldigst uns und auch dich selbst in einer sehr seltsamen Weise, Großer Trutnot«, mischte sich nun Flasi Aivas ein, und Velvur empfand ganz deutlich seine heftige, aber gut verhohlene Abneigung. Der Haruspize mußte in den Jahren seines erzwungenen Rückzugs aus Tarchna seine Kenntnisse in den Regeln der Disziplin beachtlich verbessert haben. Er war viel stärker geworden, als Velvur ihn in Erinnerung hatte, und nicht zu unterschätzen.

»Die Worte sind immer den Umständen der Zeit angepaßt, Haruspize«, erwiderte er ihm also in einem leicht zurechtweisenden Ton, der die Würde seines Amtes unterstrich. »Ist es nicht noch viel seltsamer, daß die Könige, die den Bund gebrochen haben, indem sie die Waffen gegen den Re Supremo erhoben, nun hier versammelt sind, um eine neue Allianz mit denen zu suchen, die damals dem König treu waren, mit dem einzigen Ziel, einen neuen Krieg gegen seinen Erben vorzubereiten?«

»Nicht gegen seinen Erben. Gegen den, der ihn ermordet und seinen

Thron geraubt hat!« protestierte Pesna. »Ich war bei dieser Schlacht selbst dabei, und außerdem haben wir das Zeugnis von Arnth, der gesehen hat, wie Mastarnas Schwert Larth durchbohrte!«
Mit einer schroffen Geste gebot ihm Velvur Schweigen. »Ich weiß besser als jeder von euch, wie es wirklich war. Ich habe den letzten Atemzug des Königs begleitet und ihm die Augen geschlossen. Es war Larths Wille, daß Mastarna an der Seite Thanaquils König von Ruma wird. Es geht hier nicht um seinen Tod. Einige von euch wären sogar bereit gewesen, ihn mit den eigenen Händen umzubringen. Euch paßt nicht, daß Mastarna seinen Thron geerbt, euch den Rücken gekehrt und damit auch den Einfluß auf die Stadt der Latiner entzogen hat. Das ist es, was euch drückt. Weder Rache noch Liebe oder Schmerz, nur der Hunger nach Macht bestimmt euer Tun.«
Tulumne, so blaß geworden wie alle anderen, sprang nun auf und rief: »Das sind harte Worte, Großer Trutnot.«
Velvur schaute ihn an und dachte: Er ist voller Wut, aber auch voller Angst. »So hart wie die Wahrheit«, erwiderte er mit versteinerter Miene. »Schaut in eure Herzen. Jeder von euch kennt seinen Anteil an dieser Schuld.«
»Aber diese Stadt und ihr König hat alle Verbindung zu uns abgebrochen. Sie steht uns feindlich gegenüber!« rief nun Pesna.
Velvur zuckte mit den Schultern, streifte mit einem Blick Egene, der bisher noch kein einziges Wort geäußert hatte, und machte Anstalten, sich zu erheben. »Ich habe euch nichts mehr zu sagen. Nur noch eine Warnung: Überlegt euch jeden eurer Schritte gut, denn sie könnten für die Zukunft entscheidend sein. Erst wenn ihr euch geeinigt habt, und erst dann, werden wir uns in Fanu Veltune wiedersehen. Und vielleicht werden uns die Götter an diesem Tag wieder einen Re Supremo schenken – und den Frieden.«
Er stand auf, verließ den Saal, und keiner der Könige wagte es, ihn aufzuhalten. Sobald er draußen war, spürte er, wie ihn die Besonderheit dieser Nacht überfiel. Bald würde der Mond aufgehen . . . Ein goldener Mond, gekrönt von einem roten. Zwei Universen, die sich miteinander vereinten. Mit schnellen Schritten erreichte er den alten Flügel des Palastes und das *Gemach der Könige*. Er verschloß die Tür hinter sich mit dem schweren Riegel. Dieser Ort hatte sich nicht gewandelt seit der Zeit, in der Caitli ihn zu einem Zentrum göttlicher Macht hatte werden

lassen. Nur die Wärme außerhalb dieses Gemaches war inzwischen zu frostiger Kälte erstarrt.
Egene wird seinen Fuß nicht in diesen Raum setzen, dachte er. Und bestimmt auch nicht seine sittsame Frau, die jetzt Königin ist, ohne daß sie auch nur ahnen würde, was das bedeutet.
Er entzündete die Lampen, und ein sanftes Licht begann sich im Raum auszubreiten. Velvur öffnete die Tür zu dem kleinen Innenhof mit dem Altar der Erdmutter Dia, setzte sich auf die Stufen davor und hörte für einen Moment der Klage der Steine zu, die zum Untergang bestimmt waren.
Langsam stiegen die beiden Monde am Himmel auf . . . Schon waren wegen des Ereignisses aufgeregte Rufe aus dem Palast zu hören, aber er beachtete sie kaum. Seine Gedanken schweiften ab zu dieser anderen Nacht, und er lächelte dem hellen Schatten des Mannes zu, der ihn damals vor diesem Altar erwartet hatte. Er war ein Fremder gewesen, aber eine königliche Erscheinung, die sofort alle Aufmerksamkeit auf sich gezogen hatte.
Der Große Trutnot erhob sich und näherte sich dem Altar und dieser Gestalt, die sich nun vor seinem Auge formte. Das schöne, ebenmäßige Gesicht und die blonden Haare erinnerten ihn an Thesan, und sein Herz zog sich schmerzlich zusammen. In seine Tebenna gehüllt, streckte ihm der Schatten Axals wie zur Begrüßung seine Hand entgegen. Seine Augen waren ernst auf Velvur gerichtet.
»*Der Kreis ist geschlossen. Der neue König ist geboren*«, flüsterte der Wind, der an den Mauern entlang und durch die Bäume des Waldes strich.
Velvurs Augen waren feucht geworden. »Der Sohn von Larth und Thesan . . .«, murmelte er. »Der rote Mond hat noch einmal den weißen gekrönt.«
Die Erscheinung bewegte sich langsam auf den Durchschlupf in der Mauer zu und verschwand dann im Wald, begleitet vom leisen Rauschen des Windes.
Da klopfte es an die Tür. Velvur fuhr zusammen und ging zur Tür, um zu öffnen. Davor standen, voller Furcht vor der Himmelserscheinung, Flasi Aivas und die Könige, die er im Thronsaal zurückgelassen hatte.
Also haben die Haruspizen zwar ein außergewöhliches Ereignis voraus-

gesehen, aber nicht dieses, dachte Velvur. Und diese Wiederholung jagt ihnen mehr Schrecken ein als das Ereignis selbst.

»Du wußtest es«, raunte ihm Flasi Aivas zu, der sich ihm genähert hatte. »Was hat das zu bedeuten? Warum zweimal dasselbe Zeichen?«

»Du weißt genau, was das zu bedeuten hat«, erwiderte Velvur schroff, schon dabei, die Tür wieder hinter sich zu schließen. Die Könige und ihre Gedanken, die sich nur um einen neuen Krieg drehten, störten die Weihe dieser magischen Nacht.

»Warte!« rief Sevre gebieterisch und hielt ihn fest. Velvur machte keine Anstalten, sich aus seinem Griff zu befreien, und trotzdem hatte der König von Velx das Gefühl, als ob die eisige Kälte, die von Velvur ausströmte, seine Hand erlahmen ließ. »Ist es ein Vorzeichen? Ein Zeichen für uns, die wir hier versammelt sind?«

»Das könnte ich zwar behaupten, um euer Handeln zu beeinflussen, aber ich würde lügen. Und das kann und will ich nicht. Heute nacht hat etwas, das lange zurückliegt, seine Erfüllung gefunden. Ihr alle werdet davon betroffen sein, auch eure Nachkommen, sowohl die, die schon geboren sind, als auch die, die noch kommen werden ... Aber die beiden Monde am Himmel haben nichts mit eurer Zusammenkunft hier zu tun.«

»Ich werde die Riten zu Ehren von Athrpa vollziehen«, mischte sich nun wieder Flasi Aivas ein.

Für einen Moment blitzten Velvurs Augen belustigt auf. Also hast du Caitli noch nicht vergessen und diese andere Macht vor langer Zeit, dachte er. »Du tust gut daran, dich an Athrpa zu erinnern, Haruspize von Tagete«, antwortete er kalt. »Ja, feiere die Göttin, denn diese Nacht ist die Vollendung ihrer Glorie.« Dann schloß er ohne ein weiteres Wort die Tür hinter sich.

Mastarna verharrte regungslos zu Pferde neben der Brücke Sublicio, über die seine Männer an ihm vorbei in die Stadt zurückzogen. Sein Gesichtsausdruck war hart, und der Stolz schien sich darauf widerzuspiegeln, daß die Schlacht so kurz gewesen war und die Truppen von Ruma fast mühelos den Angriff der Truppen von Velx und Xaire zurückgeschlagen hatten, bevor er für die Stadt eine wirkliche Gefahr werden konnte.

Aber innerlich war er zutiefst verunsichert und zerrissen. Er hatte sein Los selbst gewählt: ein König ohne Wurzeln und ohne Bindungen, aber ein Mann, dessen Herz voller Liebe war für seine Königin, für seine Tochter und für den Freund, den er nicht vergessen konnte und der ihm jedesmal Kraft gab, wenn er seinen Schatten zwischen der Ligusterhecke in dem kleinen Hof sah, in den Wolkenschleiern oder in den winddurchtosten Regennächten.
»Sie ziehen sich über die Straße nach Vei zurück, König Servius«, sprach ihn einer seiner Hauptleute an, dessen Männer wachsam den Abtransport der Toten und Verletzten in die Stadt überwachten.
»Sie hatten Angst«, bemerkte Marcius, der in diesem Augenblick an seine Seite geritten war.
»Sie haben einen König verloren«, murmelte Mastarna und dachte für einen Augenblick an Aucnus, den König von Xaire, der auf dem Schlachtfeld gefallen war. Er war von seinen eigenen Leuten überrannt worden.
Mastarnas Blick streifte kurz die Sonne, die blaß durch den Wolkenschleier schien. Der Herbst lag schon in der Luft, ließ die Bäume und das Gras gelb werden und verbreitete ein Gefühl von Schwermut. Es fiel ihm immer noch nicht leicht, auf den Namen ›Servius‹ zu hören, der in seinen Ohren fremd klang.
»Deine Truppen sind wie ein Sturmwind durch die Reihen gefahren«, wandte er sich an Marcius.
»Soll das ein Vorwurf sein? Sie haben gut gekämpft.«
»Ja, sie haben gut gekämpft, und es ist dein Verdienst«, stimmte Mastarna zu. »Jeder deiner Männer hat sein Bestes für dich gegeben.«
»Ich hatte Zeit genug, um zu lernen. Du weißt, von wem, König Servius.«
Mastarna lächelte. Marcius ließ keine Gelegenheit aus, ihn an Larth zu erinnern. Trotzdem war er ihm bis jetzt immer treu und ergeben gewesen.
Mir scheint schon so viel Zeit vergangen zu sein, und doch ist es erst ein Jahr her, dachte er. Larth, mein Freund, wie viele unnütze Kriege werde ich noch führen müssen, um endlich Frieden zu finden?
Dann gab er seinem Pferd die Sporen und ritt über die Brücke auf die Stadt zu. Die Männer seiner Eskorte folgten ihm, und bevor er an den Dankesriten im Palast teilnahm, machte er noch auf dem Forum halt.

Dorthin waren die Verletzten gebracht worden, und es herrschte ein Durcheinander. Frauen und Dienstboten liefen zwischen den Verletzten hin und her und versuchten sich nützlich zu machen. Dazwischen gaben die Hohepriester und Heilkundigen Anweisungen und kümmerten sich um die schwereren Fälle. Mastarna stieg vom Pferd und ging dann durch die Reihen, um hier und da ein paar Worte zu wechseln. Er hatte das immer so gemacht, seit er Hauptmann geworden war, und jetzt, als König, schien es ihm noch wichtiger zu sein.
»Du kannst ihm den Schmerz nicht nehmen. Du bist kein Trutnot.«
Die vorwurfsvolle Stimme hinter ihm schien ihn zu verhöhnen. Mastarna war gerade über einen jungen Mann mit einer Verletzung auf der Brust gebeugt, der noch darauf wartete, versorgt zu werden. Er richtete ein paar ermutigende Worte an ihn und drehte sich dann nach der Person um, die zu ihm gesprochen hatte. Es war eine kleine, hagere alte Frau, mit grauen, fast weißen Haaren, die aussah wie eine Heilkundige und wunderschöne zartgliedrige, fast mädchenhafte Hände hatte. Sicher war ihre Hilfe hier sehr willkommen.
Mastarna musterte sie. »Du bist aus Karthago«, stellte er fest und versuchte, ein merkwürdiges Gefühl von Vertrautheit zu unterdrücken. »Was weißt du schon von der Macht der Trutnot?«
»Diese Macht ist eins. Sie kann tausend Gesichter und tausend Namen haben, aber sie ist immer gleich. Du hast sie nicht.«
»Weißt du, wer ich bin?«
»Du bist Mastarna, der König. Willst du jetzt auch mich von hier verweisen, weil ich eine Fremde bin und in deinen Gedanken lesen kann?«
Mastarna zuckte unmerklich zusammen. Die Veränderung im Gesicht der Alten, die ihre Gesichtszüge plötzlich hatte jung erscheinen lassen, war nur kurz und kaum spürbar gewesen. Er konnte sie sich auch, noch erregt und müde von der Schlacht, nur eingebildet haben, oder sie hatte eine ihrer magischen Künste angewendet. Er war lange genug in Karthago gewesen, um über diese Art von Magie Bescheid zu wissen. Aber woher dieser Vorwurf, der ihm Thesan wieder in Erinnerung brachte und die Tatsache, daß er sie, gegen den Willen von Velvur und Thanaquil, aus Ruma entfernt hatte? Wieso ausgerechnet in diesem Moment und auf diese Weise? Die alte Frau hatte sich jetzt neben den Verletzten

gekauert und strich ihm beruhigend über die Stirn, aber sie ließ dabei Mastarna nicht aus den Augen, und ein seltsames Lächeln umspielte ihre Lippen.

»Die Zeit des Friedens ist noch fern«, sagte sie. »Aber in einem Frühling nach drei Wintern wirst du dich nach Fanu Veltune begeben, und dort werdet ihr über den Frieden reden.«

»Wird dann auch Frieden sein?« fragte Mastarna.

Die alte Frau zuckte mit den Schultern. »Frag deine Königin«, antwortete sie ihm.

»Aber sie besitzt keine magischen Kräfte.«

»Sie wird sie mit dem Kind bekommen, das sie seit der Nacht mit den zwei Monden trägt, auch wenn sie dir bisher noch nichts davon gesagt hat, um dich nicht von den Kriegen abzulenken, die dir Ruma auferlegt.«

»Unser erstes Kind ...«, begann Mastarna überrascht.

»Euer erstes Kind männlichen Geschlechts«, berichtigte ihn die Alte.

Mastarna wandte seinen Blick nicht von ihren Augen ab, die jetzt so dunkel und tief wie zwei Brunnen waren. Die alte Karthagerin mit den mädchenhaften Händen wußte also auch von dieser Tochter, die Larth als die seine anerkannt hatte, und er fühlte einen tiefen Schmerz, der die Freude über die Mitteilung überschattete, daß Thanaquil ihm einen Sohn gebären würde.

Ein gütiges Lächeln überflog das Gesicht der alten Frau. »Hab keine Angst, König Servius, dein Blick ist aufrichtig, nur getrübt von den Schatten des Schmerzes, der den Göttern kostbar ist«, sagte sie. »Du mußt treu und stark sein.«

»Das ist mir schon mehr als einmal gesagt worden.«

»Ich weiß, ich weiß ...«

Die alte Frau widmete sich nun ganz dem Verletzten, und Mastarna ging ein paar Schritte weiter. Der riesige Platz des Forums erschien ihm im Licht der fahlen Sonne plötzlich wie ein einziges leidendes Lebewesen, aber ohne ein Wort des Vorwurfs oder der Klage.

Die Stadt war groß geworden und begann zu erstarken.

Die kleine Tullia war gerade ein Jahr alt geworden, und die Sonne schien warm auf die Ligusterhecke in dem kleinen Hof, zu dem hin sich die

Gemächer der Königin öffneten. Die Kleine lief auf noch unsicheren Beinen zwischen den Mägden hin und her, die einen Kreis um sie geschlossen hatten. Hasti hatte ein Auge auf sie, währen die Königin, die Hände um den Leib geschlungen, der schon die neue Schwangerschaft anzeigte, und die Augen ins Leere gerichtet, vor dem Kamin saß, in dem ein Feuer brannte.

Mastarna blieb auf der Schwelle stehen, verblüfft über dieses so ungewöhnliche Benehmen seiner Frau, die ihm sonst immer so lebhaft und zärtlich entgegenkam, sobald er ihr Gemach betrat. Niemals zuvor hatte er diesen Ausdruck an ihr bemerkt und auch nicht diese Aura, die sie so unnahbar machte. Eine plötzliche Angst stieg in ihm auf. Schließlich sah ihn Hasti und gab den Mägden Anweisung, sich zurückzuziehen und die Kleine mit sich zu nehmen. Aber Thanaquil schien nicht einmal das zu bemerken.

Als auch Hasti den Raum verlassen hatte, ging Mastarna auf Thanaquil zu, kniete sich neben ihr nieder und zog sie an sich. Für einen Augenblick schaute sie ihn geistesabwesend an, erfaßt von etwas, das voll und ganz von ihr Besitz ergriffen hatte und das sie nun benommen und ohne Kraft zurückließ.

»Was ist passiert?« fragte Mastarna.

Thanaquil lehnte sich erschöpft an ihn. »Die *Macht* . . .«, murmelte sie. »Das, was ich an Caitli immer so beneidet und nie besessen habe . . .«

Mastarna zog sie hoch und führte sie in den kleinen Hof, in die warme Sonne. Langsam bekamen ihre Wangen wieder ein wenig Farbe, und der Schatten eines kleinen, müden Lächelns überflog ihr Gesicht.

»Sind es wirklich dieselben magischen Kräfte, dieselbe Macht, die Caitli besitzt?« fragte er.

Thanaquil nickte, und Mastarna bemerkte einen neuen, seltsamen Glanz in ihren Augen. Er hatte ihr nichts von der Prophezeiung der alten karthagischen Heilerin im letzten Herbst erzählt, auch hatte er es sich nicht anmerken lassen, daß er von ihrer Schwangerschaft wußte, als sie ihm schließlich davon erzählt hatte. Aber jetzt schien es so, als ob Thanaquil auch über sein Schweigen Bescheid wußte, das zu ihrem Schutz gewesen war, und er hatte das Gefühl, sie würde es ihm zum Vorwurf machen.

»Kannst du in der Zeit sehen?« fragte er.

»Ich habe den Sohn von Larth und Thesan gesehen. Ich habe den Erben dieses Thrones gesehen, Mastarna. Den *wahren* Erben, den Velvur vor uns verborgen hat und den du von hier entfernt hast, als du Thesan weggeschickt hast. Er ist schon im letzten Sommer geboren, in der Nacht mit den zwei Monden, in derselben Nacht, in der unser Sohn gezeugt wurde. Erinnerst du dich noch an diese Nacht, Mastarna?«
»Ich erinnere mich daran wie an das kostbarste Geschenk. Und der Erbe Larths wird mir genauso lieb und teuer sein, wie Tullia es ihm gewesen ist.«
»Er wird es sein, der sie zur Frau nimmt.«
»So haben also die Götter ein Muster geknüpft, das uns am Ende in unseren Kindern vereinen wird! Warum macht dir das soviel angst, Thanaquil? Ich werde Larths Sohn an der Seite Tullias mit Freuden den Thron überlassen, denn er steht diesen beiden viel mehr zu als dem Sohn, den du nun trägst.«
Thanaquil schwieg. Es war nicht nur das, was sie schon im letzten Sommer als eine Botschaft Caitlis und nun wieder, mit noch größerer Klarheit, im Feuer gesehen hatte. Aber sie würde ihm nicht sagen, was ihr in Wahrheit das Herz zerriß.
Sie mußte lernen, mit dieser seherischen Gabe zu leben, die ihr die Wahrheit aufzeigte und es ihr unmöglich machte, andere mit Lügen zu beschwichtigen oder in ihnen Illusionen zu wecken. Vielleicht wären die kommenden Ereignisse gemildert worden, wenn der Sohn Larths in diesem Palast geboren worden und aufgewachsen wäre. Aber auch das sagte sie nicht, denn Mastarna war, indem er Thesan aus Ruma entfernt hatte, nur dem gefolgt, was das Schicksal schon vorbestimmt hatte. Diese Art von Macht, die nun auch ihr gegeben war, konnte nur die kommenden Ereignisse sichtbar werden lassen, aber nicht ihren Ursprung erklären.
Sie machte sich von ihm los, Mastarna jedoch hob ihr Gesicht und trocknete ihre Wangen.
»Ich bin nicht zufällig zu dieser Stunde zu meiner Königin gekommen«, sagte er. »Ich bin gekommen, um dich zu bitten, an meiner Seite zu sein. Eine Abordnung aus Tarchna ist eingetroffen. Weil unter ihnen auch Fürst Laris ist, habe ich beschlossen, sie gleich zu empfangen und ihnen meine Gastfreundschaft anzubieten.«
Thanaquil richtete sich auf. »Das hast du gut gemacht«, murmelte sie

und rief dann die Mägde, damit sie ihr das purpurfarbene Gewand und die goldene Fibel mit dem Symbol Tarchnas brachten.
Mastarna blieb abwartend im Hintergrund. Die Mägde hatten sich noch nicht an seine häufige Anwesenheit in den Gemächern der Königin gewöhnt, wo sie Larth fast nie gesehen hatten, und sie warfen ihm immer noch scheue Seitenblicke zu. Andererseits wußten sie jetzt, daß er nur Augen für Thanaquil hatte und sein Bett nur mit ihr teilte.
»Ich freue mich darauf, Fürst Laris zu sehen«, sagte Thanaquil. »Meine Stadt fehlt mir immer noch sehr.«
»Der edle Laris ist gekommen, um über das zu berichten, was die Könige des Städtebundes beschlossen haben. Die Niederlage der Truppen von Velx und Xaire im letzten Herbst hat ihnen nicht genügt. Ich glaube kaum, daß sie den Frieden wollen.«
»Aber du wirst dir anhören, was sie dir vorzuschlagen haben?« fragte Thanaquil.
»Ist es die Stimme der Macht, die da zu mir spricht?« fragte Mastarna in scherzendem Ton zurück.
»Nur die Stimme einer liebenden Frau«, antwortete ihm Thanaquil, »weil der Frieden dich jede Nacht sicher in unserem Bett schlafen läßt!«
Mastarna lächelte, und gemeinsam verließen sie die Gemächer der Königin.
Im Audienzsaal erwartete sie die Abordnung von Tarchna unter den hochmütigen Blicken von Marcius und den übrigen Adeligen von Ruma.

3.

Sobald sie den Audienzsaal betreten hatten, eilte Thanaquil auf Laris zu und begleitete ihn zu den Sitzen, die für die Gäste aufgestellt worden waren. Sie half ihm, sich zu setzen, und für einen Augenblick zögerte der alte Mann, überrascht von soviel Aufmerksamkeit. Lange Zeit war er sich nicht sicher gewesen, ob er die Abordnung anführen sollte, aber er hatte sich eingestehen müssen, daß die grausamen Worte des Großen Trutnot der Wahrheit entsprachen. Somit hatte er es als seine Verpflichtung angesehen, zumindest zu versuchen, sie zu widerlegen, wenn auch nur der Ehre Tarchnas und der Rolle wegen, die diese Stadt immer im Bündnis eingenommen hatte.
Dennoch schien es ihm jetzt, wo er sich in Ruma befand, als ob er dieser Aufgabe nicht gewachsen wäre.
Thanaquil erschien ihm schöner als je zuvor, und ihre Liebenswürdigkeit traf ihn völlig unvorbereitet. Aber im Gegensatz dazu empfand er die Atmosphäre, die ihm im Palast entgegenschlug, als fast bedrohlich, und beides zusammen verursachte ihm ein Gefühl tiefer Verunsicherung und Hilflosigkeit.
»Ich danke dir, Königin«, sagte er mit brüchiger Stimme.
»Dein Besuch ist uns eine Ehre, mein Vater«, erwiderte ihm Thanaquil und gestand ihm so seinen Platz als Vater des toten Königs zu. Ein schmerzlicher Schatten verdüsterte das Gesicht des alten Mannes, als er seinen Blick über die vielen fremden Gesichter im Audienzsaal schweifen ließ, der größer und heller war als der Thronsaal im Palast von Tarchna und reicher ausgestattet, mit kostbaren Teppichen und Bronzen. Der Geist Tarchnas war auch hier zu spüren, aber dazu gesellte sich eine andere starke und drohende Kraft.
Schließlich entdeckte er Tavas und neben ihm einige junge Hauptleute, die zweifellos Rasna waren. Aber er erkannte sie nur an der Ähnlichkeit

mit ihm bekannten Gesichtern wieder, und erneut überkam ihn dieses unangenehme Gefühl einer fremden Kraft.
Mit seinen knöchernen Fingern strich er über die Stirn der Königin, die sich nun zu ihm gebeugt hatte. Larth mußte diese Kraft entfesselt haben.
»Ich danke dir für deine Worte, meine Tochter«, sagte er zu Thanaquil. Ihm schien, daß dieses schwache, aber erneuerte Band zwischen ihnen den König glücklich machte, der nun neben sie getreten war, und wendete sich ihm zu.
»Kann ich dich Mastarna von Velx nennen, auch wenn ich dich von Fremden umgeben sehe, die dich mit einem anderen Namen rufen?« fragte er.
»So nannte mich dein Sohn, und dieser Name wird mir für immer so teuer sein, wie er einmal ihm gewesen ist«, antwortete Mastarna und nahm seinen Platz neben ihm ein.
»Du weißt, daß ich nicht als der Vater deines Freundes gekommen bin, Mastarna, sondern als Abgesandter des Städtebundes der Rasna«, erinnerte ihn Laris.
»Du wirst für mich immer der Vater von Larth sein. Aber jetzt will ich dir zuhören, was du mir als Abgesandter des Städtebundes zu sagen hast.«
Laris nickte. Es war schwer, mit Mastarna zu reden und dann noch an seiner Ehrlichkeit zu zweifeln. Seine klaren, grünen Augen, die auch hart sein konnten, strahlten eine Aufrichtigkeit aus, die nicht mit Schwäche zu verwechseln war.
Mastarna hatte Larth getötet. Aber auch die Last dieser Wahrheit, die er ganz alleine trug, war in seinen Augen zu lesen.
Laris unterdrückte einen Seufzer. Er vermißte den Großen Trutnot. Die beiden Adeligen und die zwei Haruspizen, die ihn begleiteten, waren ihm keine große Hilfe, denn sowohl die einen wie die anderen waren noch viel zu jung und unerfahren. Aber vor allem waren sie Geschöpfe von Flasi Aivas und Tulumne von Vei.
»Die Truppen stehen bereit, Mastarna«, begann er. »Die Schlacht im letzten Herbst war nicht mehr als ein kleiner Kratzer in der Flanke des Städtebundes, der sich immer mehr um deine Grenzen zusammenzieht. König Sevre von Velx beansprucht die Herrschaft über diese Stadt, und König Tulumne würde sich mit Fidenae zufriedengeben, zusammen mit

den sabinischen Gebieten und denen von Vei, die Larth für Ruma erobert hat.«
»Und was ist mit Tarchna?« unterbrach ihn Mastarna.
»Tarchna hat seine Königin hier und viele seiner Söhne. König Egene wird keine Männer in den Kampf schicken, aber er wird es den Verbündeten auch nicht verbieten, sein Territorium zu betreten, und ihnen seine Unterstützung nicht versagen.«
»Und was ist dein Vorschlag?«
»Stimme einer Zusammenkunft mit König Sevre und König Tulumne zu und verhandle mit ihnen über ihre Ansprüche.«
»Das heißt also, ich soll mich ergeben?«
»Du sollst dich mit deiner Sippe aussöhnen, Mastarna. Es fällt mir schwer zu glauben, daß du wirklich ohne sie leben kannst, wie ein Körper ohne Schatten. Der Große Trutnot hat gesagt, mein Sohn wollte dich auf diesem Thron haben und es sei sein Wille gewesen, daß du hier in Ruma regierst. Ich beuge mich vor diesem Vermächtnis, aber du mußt wissen, daß ich damit ziemlich alleine stehe.«
Laris schwieg, und für einen langen Augenblick herrschte im Audienzsaal völliges Schweigen. Die Latiner, die die Sprache der Rasna nicht verstanden, wagten es nicht, nach den Einzelheiten des Vorschlages zu fragen, den der Abgesandte unterbreitet hatte. Die anderen schwiegen, weil er von einem alten Mann kam, der mit der Stimme seines Herzens und von privaten Dingen gesprochen hatte, zu denen keiner das Recht hatte, sich zu äußern.
Mit gefurchter Stirn wog Mastarna seine Antwort ab. »Ich hätte mit ihnen über den Frieden reden können«, sagte er dann, »aber nicht über eine Kapitulation. Das ist meine Entscheidung, edler Laris. Die Königin wird dich in ihren Räumen bewirten, und deine Begleiter werden meinen Adeligen als Gäste willkommen sein. Sobald du abreisen möchtest, werden die Pferde und der Wagen, der dich hergebracht hat, bereitstehen.«
Laris erhob sich und verbeugte sich knapp, in Anerkennung der Geschicklichkeit Mastarnas. Indem er ihn der Fürsorge der Königin anvertraute, ehrte er ihn als Vater, nicht als Abgesandten des Bündnisses. Aber dadurch, daß er ihn von den anderen trennte, schürte er auch die Zweifel bezüglich einer geheimen Absprache oder an einem gesonderten Bündnis mit Tarchna.

»Ich danke dir«, erwiderte er ihm. »Nichts wäre mir als altem Mann lieber, als deine Gastfreundschaft anzunehmen, trotzdem werden wir abreisen. Aber einen Pokal Wein nehmen wir gerne noch an, während die Knechte die Pferde vorbereiten.«
Pokale mit gewürztem Wein wurden gebracht, und dann wurde die Abordnung in den Hof und von dort bis zur Brücke Sublicic begleitet.
»Also Krieg«, murmelte Marcius, der an seiner Seite geblieben war, obwohl sich der Saal inzwischen geleert hatte. »Wir brauchen neue Männer aus den Städten an der Küste.«
»Ja, und sie müssen sofort rekrutiert und in die Hundertschaften eingefügt werden.«
Marcius schüttelte mißmutig den Kopf. Er hatte seine Vorbehalte, wie Mastarna das Leben der Stadt zu verändern begann. Diese Einteilung in Hundertschaften aller wehrtauglichen Männer, jeder auf der Basis seines eigenen Vermögens, war noch weit davon entfernt zu funktionieren und machte sich trotzdem schon bemerkbar. Die beiden oberen Klassen, die Bewaffneten zu Pferde und die Schwerbewaffneten, hatten ein Mitspracherecht und damit die Macht, die Adeligen zu überstimmen. Das Fußvolk hingegen, die dritte und vierte Klasse, war die zahlreichste und setzte sich aus den Einwohnern von Ruma zusammen, einem Volk, das ständig unter Waffen stand. Jeder mußte für seine eigene Ausrüstung sorgen und hatte die Möglichkeit, von einer Klasse in die andere zu gelangen, wenn er sich die dafür nötige Ausstattung leisten konnte. So waren weder den Fähigkeiten noch dem Ehrgeiz des einzelnen Grenzen gesetzt. »Keine übertragenen Vorrechte mehr und keinen Schwur mehr auf einen Fürsten oder König, nur auf die Stadt. Nur die Treue zu Ruma zählt und die Überzeugung jedes einzelnen«, hatte König Servius verkündet, als er den Göttern für die neu aufgestellten Truppen geopfert hatte.
»Aber du solltest ein Auge auf die Sabiner haben, Marcius«, fügte Mastarna hinzu, und der Latiner wußte, daß der König ihm seine Vorbehalte gegen die Reformen vom Gesicht ablas. »Die Sabiner warten seit Jahren auf diesen Moment, und sie werden sich sofort erheben und versuchen, uns in den Rücken zu fallen, sobald wir angegriffen werden.«
»Wenn sie das tun, werden sie es noch lange bereuen«, gab Marcius

düster zurück. »Die Hundertschaften werden bereitstehen, König Servius. Und in einem Monat werden wir es sein, die angreifen, wenn es bis dahin nicht die anderen getan haben.«
In einem Monat, dachte Mastarna, wird mein Sohn geboren werden. Und das einzige, womit ich seine Geburt feiern kann, wird der Krieg sein.

An dem Tag im Monat Velchitna, an dem der kleine Juno Lavchies, sein Sohn, geboren wurde, war Mastarna weit entfernt von Ruma. Es war ein regnerischer Tag, typisch für diesen Monat, der sich schon dem Ende zuneigte. Seine Hundertschaften hatten die Truppen des Königs Sevre von Velx geschlagen und sie bis hinter die Hügel der Monti Spaccati getrieben, weit weg vom Grenzfluß, bis zum Territorium von Xaire. Mastarna, so wie Larth vor ihm, hatte nicht abgewartet, daß die Stadt belagert wurde, sondern war den feindlichen Truppen entgegengezogen. Die Nachricht von der Geburt seines Sohnes hatte ihn durch einen Kurier erreicht, am Ende eines Nachmittags, an dem die Waffen geruht hatten, und das war ihm als ein gutes Zeichen für die Zukunft erschienen.
Aber inzwischen hatten sich die sabinischen Städte erhoben, und Marcius hatte den Aufstand mit eiserner Faust niedergeschlagen.
»Glaubst du nicht, daß du zu hart durchgegriffen hast?« warf ihm Mastarna vor, als er einige Zeit später den Latiner am Ufer des Tibrins traf, kurz hinter Fidenae, wohin sie die Truppen von Vei für eine bevorstehende Schlacht gedrängt hatten.
»Wir sind nur Menschen und können die Macht nur mit dem ausüben, was uns gegeben ist«, erwiderte Marcius. »Es gibt keine Magier mehr, die für uns das Feuer des Himmels und der Erde zu Hilfe rufen.«
»Ein Bündnis ist schwierig, wenn die Geister der Toten Sühne fordern, Marcius. Das ist eines der wichtigen Dinge, die Larth nie vergessen hat. Keiner sollte das besser wissen als du.«
Aber der Latiner war nicht umzustimmen gewesen, und tatsächlich hatten die sabinischen Städte nach seinem Durchgreifen alle Lust auf weitere Revolten verloren. Zu Beginn des dritten Frühlings nach jenem, der den alten Laris nach Ruma gebracht hatte, kam wieder eine Abordnung zu Mastarna. Aber diesmal nicht mit der Aufforderung zur Kapitulation, sondern mit dem Vorschlag zu einem Bündnis. König Ser-

vius von Ruma hatte ihre Einladung nach Fanu Veltune angenommen und würde dort als aufmerksamer Gast der Zeremonie zur Ernennung des Re Supremo beiwohnen. Fast drei Jahre ständiger Kämpfe hatten ihn nicht ermüden lassen. Die Könige des Städtebundes begannen nun darüber nachzudenken, ob dieser König ihnen als starker Verbündeter nicht nützlicher sein könnte. Auf dem sardischen Meer hatten die Schiffe des Königs Matula von Xaire, zusammen mit denen der karthagischen Verbündeten, ein zweites Mal den Focesen Alalia abgenommen. Sie hatten ihre Schiffe in einer Seeschlacht auf dem offenen Meer zerstört, aber von Massalia aus wurde die Bedrohung der thyrenischen Küste durch die Griechen immer größer.

»Ich bin zu alt für diese Dinge, langsam werde ich für alles zu alt«, brummelte Velvur vor sich hin, der die warmen Sonnenstrahlen und den Duft des sprießenden Grases auf der Anhöhe über dem Tivrit genoß, von wo aus der Blick bis zum Meer reichte. Der Gedanke, daß er diesen Platz der Ruhe und des Friedens verlassen sollte, um nach Fanu Veltune zu reisen, paßte ihm gar nicht. Er hatte nicht die geringste Lust, wieder das Meer zu überqueren, die lange Reise über Land auf sich zu nehmen. Vor allem widerstrebte es ihm, diese zerstrittenen Könige wiederzusehen und diesen engstirnigen Adel, der auf kleinste Eroberungen aus war, selbst wenn sie mit dem ersten Windstoß wieder zerstoben. »Nein«, brummte er noch einmal vor sich hin, »ich habe wirklich keine Lust dazu.«
Dann schloß er wieder die Augen und versuchte, diese Ruhe zurückzugewinnen, die ihn nun immer öfter und ohne jegliche Gewissensbisse in einen leichten Schlummer gleiten ließ. Aber da legte sich eine leichte, kühle Hand auf seine Stirn. Als er die Augen öffnete, sah er Caitli, die ihn mit einem aufmerksamen und gleichzeitig amüsierten Blick betrachtete. Die Berührung ihrer Hand ließ ihn das spüren, was sie ihm seit der Geburt des kleinen Tarxne bisher erspart hatte: ihre Melancholie und vor allem ihr Wissen um die Zukunft.
»Thesan wird mit dir kommen«, sagte sie, und Velvur nickte verdrossen.
»Wir können es nicht mehr aufschieben, ich weiß.«
»Thesan ist achtzehn Jahre alt, und es ist nicht ihr Schicksal, sich auf dem Tivrit zu verstecken.«

Velvur schaute in die hellen, goldenen Augen Caitlis, die immer noch klar und glänzend waren. »War es vielleicht deines, meine Königin?« murmelte er.
Caitlis Gesicht überflog ein kleines Lächeln. »Du weißt, wie es war, Großer Trutnot«, antwortete sie ihm.
Velvur seufzte. Keiner konnte sie besser verstehen als er, denn keiner war in seinem Leben mehr als er das Werkzeug der Götter und zugleich ihr Opfer gewesen.
»Ich habe Thanaquil im Feuer gesehen«, fuhr Caitli fort. »Sie hat Masterna überzeugt, die Einladung der Könige anzunehmen, aber sie wird ihn nicht begleiten können. In ein paar Tagen wird sie ihren zweiten Sohn gebären.«
»Er wird ein guter Gefährte für Tarxne sein.«
Caitli schwieg, und Velvur fragte: »Meinst du etwa nicht?«
»Diese Tage sind noch weit, Großer Trutnot, und wenn ich ehrlich bin, dann habe ich Angst vor dem, was ich sehen könnte. Laß mir die Freude über diesen kleinen Jungen, den Sohn Larths. Er weiß noch nicht, was eine Chimäre ist. Jetzt ist Thesans Zeit gekommen. Ich weiß, daß sie bei der Zusammenkunft der Könige in Fanu Veltune anwesend sein muß, aber nicht alle ihrer Schritte sind mir klar. Wirst du über sie wachen?«
»Natürlich. Aber die Könige haben in ihrem Herzen noch keinen Frieden gefunden, und deshalb wird ihre Zusammenkunft in Fanu Veltune auch keinen Frieden mit sich bringen. Es ist verlorene Zeit.«
»Selbst das kleinste Teilchen der Zeit ist nicht wirklich verloren. *Selbst das, was uns unnütz vorkommt, ist ein kleines Steinchen im Mosaik der Zeit.* Das sind die Worte der Schriften von Tagete. Warum versuchst du, mich auf die Probe zu stellen, Großer Trutnot?«
Velvur ergab sich seufzend und ließ sich an ihrem Arm zum Tivrit hinunterführen. Der Weg war breit und nicht sehr steil. Große Ginsterbüsche und Blaustern wuchsen an seinem Rand bis hinunter zu der Stelle, wo er auf die Straße traf, die vom Hafen heraufführte. Von dort kamen ihnen die beiden Karren entgegen, die frisches Gemüse und andere Vorräte vom Markt heraufbrachten.
Acilius ritt ihnen zu Pferd voran, vor sich im Sattel den kleinen Tarxne. Der Kleine, der noch keine zwei Jahre alt und für sein Alter außerordentlich aufgeweckt und lebhaft war, liebte den jungen Latiner über alles, der ihn auf seinen Schultern trug, ihn zu sich aufs Pferd nahm

oder sogar versuchte, ihm das Schwimmen beizubringen. Im Gegenzug dazu war Acilius bereit, alles für den Kleinen zu tun.
Diese tiefe Verbundenheit wird einmal der Grund für seinen Tod sein, dachte Velvur, aber sofort unterdrückte er diese Vorahnung in sich, um nicht noch weiter die Spannung zu verschärfen, die schon wegen der geplanten Abreise in der Luft lag und vor allem wegen der Gegenwart von Urste, dem jungen Haruspizen, der die Nachricht von der Zusammenkunft der Könige und ihre Bitte überbracht hatte, der Große Trutnot möge als Vermittler anwesend sein.
In Erwartung einer Entscheidung, war er schon seit Tagen Gast auf dem Tivrit. Er stand nun, in respektvollem Abstand, regungslos an der Stelle, wo sich die Straße zu dem Pfad hin verengte, der zu den Stufen zum Tivrit hinabführte. Er war groß und schlank, hatte ein angenehmes Äußeres und einen durchdringenden Blick, den er gewöhnlich fest auf das jeweilige Objekt seiner Aufmerksamkeit gerichtet hielt. Velvur war erstaunt und beunruhigt über das Ausmaß der Kräfte, die von ihm ausstrahlten, aber noch mehr über deren Eigenart.
Er hat diese magischen Kräfte im Übermaß, dachte er mit einem Bedauern, das ihn erstaunte, denn eigentlich hätte er darüber Freude empfinden müssen. Urste war der jüngste Sohn aus der Familie Afuna von Tarchna und somit ein Bruder der Frau von Egene.
Ein Spion, dachte er und seufzte bei dem Gedanken tief auf. Er war sich nicht ganz sicher, ob der junge Mann wirklich ein Spion des Königs war, der nun aus einer Laune des Schicksals heraus auf dem Thron von Tarchna saß, oder, noch schlimmer, eine Kreatur von Flasi Aivas. Aber er hätte auch nicht das Gegenteil beschwören wollen.
Als er sich ihm nun, zusammen mit Caitli, näherte, bemerkte er, daß Urste um sich herum eine Art geistiges Schutzschild aufgebaut hatte. Diese Fähigkeit, die die Trutnot schon am Anfang ihrer Ausbildung erlernten, war nicht üblich unter den Haruspizen. Es handelte sich dabei um eine Art von innerer Abwehr, die hier, auf dem Tivrit, fast als Beleidigung galt, ganz abgesehen davon, daß sie an diesem Ort völlig unnötig war. »Ich denke, du hast dich entschieden, Großer Trutnot«, begrüßte ihn der junge Mann und verbeugte sich. Aber die Anwesenheit Caitlis verunsicherte ihn, sein Schutzschild wurde brüchig und ließ einen Teil seines Wesens und seine Verunsicherung durchsickern.
Letztlich ist er doch nicht so stark, wie ich glaubte, dachte Velvur und

nickte mit schwerem Herzen. »Wir werden morgen abreisen«, sagte er.
»Das haben auch die Zeichen vorausgesagt.«
»Schade, daß du kein Trutnot geworden bist. Du wärst ein guter Schüler gewesen«, antwortete ihm Velvur.
»Wäre ich das gewesen?« fragte der junge Mann mit einer Härte, die nicht respektlos und doch anmaßend war. Dann drehte er sich nach Thesan um, die wegen der Ankunft des kleinen Tarxne vom Tivrit heraufgestiegen kam.
Seit dem Tag seiner Ankunft schien Urste von ihr völlig fasziniert zu sein und suchte bei jeder Gelegenheit ihre Nähe, ohne dafür mehr zu erhalten als eine höfliche Aufmerksamkeit.
Auch diesmal beachtete Thesan ihn kaum und nahm den Kleinen, den Acilius ihr reichte, auf den Arm. Der lange Weg hatte den Kleinen nicht ermüdet, und Acilius lächelte verlegen. Er fühlte sich immer befangen, wenn er Thesan in Gegenwart anderer traf, aber die Gegenwart Urstes war ihm regelrecht zuwider. Acilius machte Anstalten, gleich wieder zu gehen.
»Warte, du wirst keine Zeit mehr haben, den Fisch vom Hafen abzuholen. Einer der Dienstboten soll sich darum kümmern«, hielt ihn Velvur zurück. »Morgen werden wir nach Fanu Veltune abreisen, du mußt mein Gepäck vorbereiten.«
Acilius verbarg seine Enttäuschung. Für nichts auf der Welt hätte er dieses Refugium verlassen wollen, wo Thesan und der Sohn des Königs in Sicherheit waren und er selbst so glücklich. Trotzdem neigte er zustimmend den Kopf, ergriff die Zügel seines Pferdes und folgte ohne ein Wort den Dienstboten.
Thesan stieg mit Tarxne auf dem Arm wieder die Stufen zum Tivrit hinunter. Sie traf auf Insha, die zusammen mit den Mägden schon mit den Vorbereitungen zur Abreise beschäftigt war, aber die ganze Aufregung berührte sie kaum. Verzweifelt suchte sie nach etwas, das sie mit diesem Kind verband, das sie geboren hatte und jetzt verlassen mußte. Nichts von ihr war in ihm. Für Tarxne gab es nur Caitli, Velvur und Acilius, und sie kam sich wie ausgeschlossen vor, obwohl sie nicht einmal wußte, warum. Sie wußte nur eines: Ihr Sohn würde unter ihrer Abwesenheit nicht leiden.
Als sie auf den großen Vorplatz des Tivrit angekommen war, setzte sie

den Kleinen auf die Steine des Altars und schaute ihm zu, wie er eine Ameise beobachtete, die über die Steine krabbelte und dann in einer Spalte verschwand. Urste, der ihr wie immer gefolgt war, blieb ein paar Schritte hinter ihr stehen. »Dieser Ort strömt viel Macht aus«, sagte er und umschrieb mit einer Handbewegung die Form des Altares, die so einfach und doch so stark war.

»Manchmal ist der nackte Stein den Göttern kostbarer als Gold und Purpur«, erwiderte ihm Thesan und zog sich instinktiv vor ihm zurück. Sie hatte diesen Altar den Göttern ihres Vaters geweiht, und sie spürte, daß Urste die Kraft besaß, die Gegenwart dieser fremden Götter zu spüren.

»Warum setzt du ihn auf diesen Altar? Dein Sohn ist nicht den Göttern geweiht, und ich sehe ihn mit diesem Ort nicht verbunden«, sagte Urste.

»Was weißt du schon davon?« gab ihm Thesan kalt zurück und hielt den Kleinen fest, damit er nicht herunterfiel. Der Wind hatte plötzlich von Westen her aufgefrischt, und Urste zog fröstelnd die Schultern zusammen.

»Nichts, du hast recht«, stimmte er ihr zu. »Meine einzige Bindung habe ich zu meiner Familie und vielleicht noch zu meinem Lehrmeister ... Blutsverwandtschaft und die Sprache des Herzens. Dein Sohn muß eine große Kraft besitzen, wenn er mit dem Einverständnis der Götter auf diesem Altar sitzen kann. Er muß ein großer Magier sein.«

»Das mag sein, aber auch er hat seine Bindungen«, erwiderte Thesan und hielt seinem durchdringenden Blick stand. Die Ameise war wieder aus dem Spalt herausgekrabbelt, und der kleine Tarxne zerdrückte sie mit seinem Daumen.

»Wenn es so geschrieben steht«, murmelte Thesan vor sich hin, traurig über dieses winzige Leben, das so unnütz zerstört worden war. Dann wandte sie sich wieder dem Altar und ihrem Sohn zu und vergaß die Gegenwart von Urste, denn diesmal würde es ein langer Abschied sein. Die Steine schienen ihr einen Abschiedsgruß zuzuraunen, und Tarxnes blaue Augen folgten nun dem Spiel des Windes, der über die Stufen des Tivrit fuhr und den Staub aufwirbelte, der in der Sonne wie ein goldener Schleier funkelte. Für sehr lange Zeit würde das alles sein, was ihr als Erinnerung an ihren Sohn blieb.

Auch wenn es das erste Mal war, daß sie Fanu Veltune sah, hatte Thesan das Gefühl, als kehrte sie nach Hause zurück. Sie spürte fast gegenwärtig ihren Vater, in Ketten, als Opfer für die Götter bestimmt. Aber sie fühlte auch die heilige Atmosphäre des Ortes, der sie Teil des Windes und des Wassers werden ließ, der Erde und des Feuers. Sie sah den See, unter einer warmen Mittagssonne, seine ruhigen Wasser und in seiner Mitte die Insel mit dem heiligen Berg der Göttin Turan. Die Zelte, die für die Zusammenkunft der Könige errichtet worden waren, leuchteten bunt, und der kurze Strand, wo der Felsentunnel mündete, der vom *Heiligen Wald des Gottes Tinia* herführte, war von geschäftigem Treiben erfüllt.

Die Könige hatten in ihrem Gefolge diesmal auch Bewaffnete mitgebracht, die sich nun, da sie die Insel nicht betreten durften, unter die Pferdeknechte und Dienstboten mischten und so fast den Eindruck einer Belagerung entstehen ließen. Eine Gruppe von Trutnot und Haruspizen war ihnen über den See zur Begrüßung entgegengekommen und hatte Velvurs Insignien und zeremonielle Gewänder mitgebracht, damit er die Insel seinem Rang gemäß bekleidet betreten konnte. Velvur hatte nie diesen Spitzhut, den gebogenen goldenen Stab und den weißen, mit Gold bestickten Mantel geliebt, der ihm schwerer als früher auf den Schultern lastete. Aber er wußte, daß der äußere Schein, zumindest zu diesem Anlaß, unerläßlich war, und er bat Thesan, ihm zu helfen, seine Insignien anzulegen.

Er spürte die Unruhe und Traurigkeit der jungen Frau, aber alle seine Versuche, sie zu trösten, nutzten nichts. Während der Überfahrt auf die Insel nahm er sie mit auf sein Boot. Acilius nahm neben den beiden Ruderern Platz, und die Trutnot und Haruspizen, zusammen mit Urste, eskortierten sie in zwei weiteren Booten.

Egene von Tarchna und Pesna von Sveana waren ihnen bis zur Anlegestelle entgegengekommen, umgeben vom Adel aus den verschiedenen Städten des Bundes, zwischen denen Velvur auch Laris und den jungen Arnth von Vei ausmachte. Nur diese beiden, nicht einmal Flasi Aivas, dachte Velvur. Nun gut, zumindest versuchen sie, ihre guten Absichten zu zeigen. Die anderen scheinen sich so stark zu fühlen, daß sie glauben, das nicht nötig zu haben. Mastarna wird es in diesen Tagen nicht leicht haben.

Nun trat Laris hervor und begrüßte ihn: »Im Namen des Volkes der

Rasna heiße ich dich willkommen, Großer Trutnot«, sagte der alte Mann, und Velvur neigte zum Zeichen des Dankes das Haupt. Keiner beachtete Thesan, die das azurfarben und scharlachrote Gewand der Trutnot trug, die Haare aber unter einem dichten Schleier versteckt hatte, der tief in die Stirn gezogen war.
Sie tun so, als wüßten sie nicht, wer sie ist, dachte Velvur und mußte lächeln. Aber sie wissen es sehr wohl und fragen sich voller Angst, warum sie hier ist. Dann wandte er sich an einen der Hohepriester vom Tempel des *Nagels der Zeit*. »Ich vertraue dir meine Schülerin und meinen Diener an. Bringe sie in den Räumen des Tempels unter, bis morgen bedarf ich ihrer nicht mehr. Um mich werden sich in der Zwischenzeit diese Könige kümmern.«
Der Mann verbeugte sich und schritt voran. Thesan, die ihm folgte, fühlte den Blick von Arnth von Vei auf sich gerichtet, und genauso wie vor drei Jahren, bei ihrer kurzen Begegnung in Vei, spürte sie seine Begierde. Aber sie beachtete ihn nicht. Acilius lud sich das Gepäck auf und folgte ihnen in respektvollem Abstand bis zum Tempel.
Dort angekommen, zog sich Thesan in die Zelle zurück, die ihr der Hohepriester zugewiesen hatte. Der Raum war klein, aber komfortabel. Ein schwerer, geknüpfter Teppich aus blau gefärbter Wolle lag über dem Steinfußboden, und Webteppiche bedeckten die Felswände. Das Bett war auf einer Felserhöhung in einer Nische errichtet, aber es hatte weiche Kissen. Auf einem kleinen Tischchen standen ein Gefäß mit parfürmiertem Wasser, Duftöle und Honig bereit. Thesan zog den Schleier ab und ließ ihn, zusammen mit ihrem Mantel, zu Boden gleiten. Ein weiteres Mal im Inneren eines Berges! Für einen Moment verspürte sie bei dem Gedanken daran einen unerklärlichen Zorn in sich aufsteigen, einen Zorn, der nicht ganz frei war von einer gewissen Furcht. Die Kühle der Zelle ließ ihr einen Schauer über den Rücken laufen, und das Herz wurde ihr schwer.
Sie setzte sich aufs Bett und strich mit den Fingerspitzen über den Fels. Sie fühlte ihn leicht vibrieren, und plötzlich wurden der ganze Berg und die Insel von diesem Beben erfaßt, das sich über den See hinzuziehen schien, am Ufer entlang, bis in die Tiefe des *Heiligen Waldes von Tinia* hinein.
Ein Gefühl überkam sie, als ob sie mit dieser Berührung den ganzen Schmerz, den Zorn und den Kampf ihres Vaters, der immer noch in

diesen Steinen eingeschlossen war, befreit hätte. Hier, in einer anderen Zelle tief in diesem Berg, hatte ihr Vater auf den Phersu gewartet. Der Tag, an dem er das Opfer sein sollte, und der Tag, an dem sich die Zukunft des Volkes der Rasna entschieden hatte. Aber das Opfer war zurückgewiesen und dafür ein Bund geknüpft worden: Larth, Axal und Caitli; Thanaquil und Mastarna ...

Mastarna.

Sie zuckte zusammen. Die Erde hatte ein zweite Mal gebebt, und diesmal länger als vorher. Aufgeregte Stimmen und das Poltern der aus den Gewölben brechenden Steine waren auf den Gängen zu hören.

Die Macht ist stark in ihr, dachte Velvur, als er die Erde erbeben fühlte, aber ein Teil davon entzieht sich mir und wird mir immer verschlossen bleiben.

»Habt keine Furcht«, beruhigte er die Könige und den Adel, der ihn nun bis zum Pavillon begleitet hatte, wo die Zusammenkunft stattfinden sollte. »Fanu Veltune schüttelt den langen Schlaf der Jahre ab, in denen wir hier nicht mehr zusammengekommen sind. Die Erde ist bereit, ihre Kinder zu empfangen. Enttäuscht sie also nicht!«

Entschlossen betrat er den Pavillon. Caitli, dachte er, die Macht deiner Tochter ist so stürmisch wie der Wind, der von Westen bläst. Ich fürchte für das, was hier passieren könnte. Für jetzt und für die Zukunft.

4.

Draußen war es Nacht geworden, aber hier, tief im Felsengestein, schien die Zeit aufgehoben. Thesan hatte lange reglos auf ihrem Bett gelegen, in Erwartung eines Zeichens. Aber der Berg war stumm geblieben, so stumm, wie ihr nun auch die ganze Insel vorkam.
Trotzdem gab es da zwei, die mit Sehnsucht an sie dachten: Arruth von Vei und Acilius ... ganz in ihrer Nähe. Thesan stand auf, tauschte ihre Tunika in den Farben der Trutnot mit einer weißen, die nur am Saum schwarz bestickt war, und verließ dann ihre Zelle. Der Gang war vom schwachen Schein einer Laterne beleuchtet und führte nach einem Knick weiter nach unten. Für einen Moment schloß sie die Augen, ließ sich dann von ihrem Instinkt leiten und nahm bei einer weiteren Abzweigung wieder den abschüssigen Weg. Schließlich erreichte sie die Unterkunft des Großen Trutnot und hob den mit Bronze beschlagenen Holzriegel der unverschlossenen Tür auf, hinter der Acilius schlief; wie immer zusammengerollt, mit zerzausten Haaren und dem leichten Schlaf der Katzen, jederzeit sprungbereit. Thesan kniete sich neben ihn nieder und betrachtete ihn schweigend.
Der Raum war so groß, daß der hintere Teil in Dunkelheit versank, obwohl in einem der beiden Feuerbecken, ein ganzes Stück entfernt von der Matte, auf der Acilius schlief, ein Feuer brannte. In der Luft lag ein leicht muffiger Geruch, überlagert von dem Duft von Kräutern.
Thesan strich sanft über die Stirn und die Lippen des Jungen, und Acilius öffnete unter ihrer zarten Berührung die Augen.
Sein Geist war noch ganz umfangen vom Schlaf, und er wagte sich weder zu rühren noch Fragen zu stellen.
»Das Heiligtum auf dem Gipfel dieses Berges ist der Göttin Turan geweiht, der Göttin der Liebe«, flüsterte Thesan. »Wollen wir gehen, um es uns anzuschauen?«

Acilius setzte sich benommen auf. Was wollte sie von ihm? Vielleicht nur, daß er sie wie immer als Gefährte ihrer Einsamkeit begleitete?
»Kommst du?« fragte Thesan noch einmal, und er stand auf, zog sich seinen Mantel über.
Sie verließen den Tempel und folgten schweigend den unzähligen Biegungen des schmalen Pfades bis zu einer in den Felsen gehauenen Treppe, die auf den Gipfel führte.
»Woher kennst du den Weg?« flüsterte Acilius. Thesan drehte sich nach ihm um. In der hohlen Hand hatte sie eine kleine Flamme entzündet, nach der Art der Trutnot, die ihren Aufstieg beleuchtet hatte. Acilius zog sich instinktiv vor diesem kalten Schein zurück, der ihm fast unheimlich vorkam.
»Ist das wichtig für dich?« fragte Thesan. Acilius zögerte. Er konnte nur wenig in der Dunkelheit erkennen, aber er spürte plötzlich diesen Ort, sogar das Wasser, das durch die Adern des Felsens rann. Das alles kam ihm seltsam vor und machte ihm angst.
»Ich bin nur ein wenig durcheinander und versuche zu verstehen«, murmelte er.
»Dieser Ort ist voller Macht, Acilius. Aber es ist eine andere Macht als die des Tivrit. Sie ist schwächer, doch sie reicht aus, um den Schein der Dinge und die Herzen der Menschen zu verwandeln. Woher ich den Weg kenne, kann ich dir nicht sagen. Es passiert mir oft, daß ich von Dingen weiß, die ich eigentlich nicht wissen kann. Manchmal wünsche ich mir, es wäre nicht so. Aber komm jetzt. Dort oben gibt es warme Quellen, und wir können baden.«
»Und wenn sie uns entdecken?«
»Die Hohepriesterinnen und ihre adeligen Gäste haben sich alle im Saal des *Auges der Göttin* versammelt. So wie immer während der Zusammenkunft der Könige.«
Sie stiegen die steile Treppe hinauf, deren hohe Stufen tief in den Felsen gehauen waren und zu einer natürlichen Grotte führten, wo das Wasser sich in großen Becken fing, die ineinander übergingen und von deren Rändern ein leichter Dunst aufstieg.
Thesan stellte die Flamme auf einem Felsvorsprung ab und drehte sich dann nach ihm um.
»Das Wasser ist nur zwei Handbreit hoch. Zieh dich aus und tauche darin unter, Acilius. Es wird dir guttun«, sagte sie lächelnd und löste

mit einer Handbewegung ihre Haare. Für einen Moment ließ Acilius seine Augen über diese Haarpracht schweifen, die sich wie ein mondfarben schimmernder Mantel um ihren Körper gelegt hatte. Wie eine Göttin stand sie da, und erst jetzt wurde ihm bewußt, daß sie auch ihre Kleider abgestreift hatte und ihr schlanker Körper sich seinem Blick nackt darbot.

Thesan stieg in eines der Becken, streckte sich im Wasser aus, und Acilius streifte mit zitternden Händen seine Tunika ab. Dann ergriff er ihre ausgestreckte Hand und ließ sich von ihr ins Wasser ziehen. Es war angenehm warm, und er schloß die Augen und fuhr mit den Lippen über ihre Brüste.

Es schien ihm unendlich lange her zu sein, seit er sie zum erstenmal begehrt hatte, und selbst jetzt war er sich nicht ganz sicher, ob das alles nicht nur ein Traum war. Einer dieser immer wiederkehrenden Träume, die ihm Trost brachten.

Ihre schmalen Hände strichen ihm über den Rücken und zogen ihn an sich, ihre Schenkel öffneten sich und umschlangen ihn, und Acilius fand sich in ihr wieder, das Geräusch des Wassers in den Ohren, die Hände in ihren Haaren und den Geschmack ihrer Haut auf seinen Lippen.

Lange verharrten sie so und spielten die Spiele der jung Verliebten, bis ihn Thesan schließlich lachend aus dem Wasser schubste und selbst aus dem Becken stieg. Acilius hüllte sie in ihren Mantel ein und trocknete sie ab, dann nahm sie die Flamme und befahl ihm: »Folge mir!«

Acilius raffte ihre Tuniken zusammen und folgte ihr bis zu dem Punkt, wo sich die Grotte entlang des Bergrückens zu vielen kleinen, im Grünen verborgenen Terrassen öffnete. Der Felsen war glatt, hier und da in den Mulden von schwarzem Sand bedeckt und an den Rändern mit dichter Myrthe bewachsen. Diese Seite des Berges lag nach Osten, und von hier aus waren der dunkle Spiegel des Sees und die Linie der Berge am Horizont zu erkennen. Aber die Feuer vor den Zelten der Könige waren hinter der dichten Vegetation entlang des Bergrückens verborgen. Es war tiefe Nacht, und der Himmel war voller Sterne.

Thesan breitete ihren Mantel über den Felsen und streckte sich darauf aus. Der Wind strich sanft über ihre Haut, und diesmal wartete Acilius nicht, bis er gerufen wurde. Die Nacht war voller Zauber, und er legte sich neben sie, nahm sie und ließ sich von ihr liebkosen, bis beide schließlich vom Mantel herunterrollten. Er fühlte den harten, nackten Felsen unter sich, hörte ihre leichten Seufzer, ihre Fingernägel krallten sich in seine Schultern, und so blieben sie umschlungen liegen, bis der Sternenhimmel sich gegen Westen drehte und es kühl wurde.

»Acilius, mein Lieber, es wird kein anderes Mal geben«, flüsterte Thesan. »Das mußt du wissen.«

Acilius hörte ihre Worte kaum. Er war noch immer von diesem Körper berauscht, den er ganz eins mit dem seinem fühlte, von seinem Geschmack, seinem Geruch und seinem Feuer, dessen Glut er für kurze Zeit beherrscht hatte. Wie konnte er glauben, daß ihm das alles wieder genommen werden sollte?

»Nein«, murmelte er verzweifelt.

»Ich habe dich sehr lieb, Acilius. Für all diese Jahre, für deine Hilfe ... für deine Gegenwart. Nur so konnte ich dir dafür danken, denn es war das, was du dir am meisten gewünscht hast.«

»Du wolltest mir nur damit danken?« wiederholte Acilius ungläubig, und ein leichtes Zittern überlief ihn.

»Weil ich dich sehr gerne mag. Glaube mir, Acilius, nur deshalb.«

»Kann ich dich noch einmal lieben ... Nur noch ein einziges Mal?«

»Ja, einmal noch, bevor die Sonne aufgeht.«

Danach schlief Acilius eng an sie geschmiegt ein, bis ihn der Ruf eines Fischreihers weckte, der auf der Suche nach Beute in den See tauchte. Die Sterne waren nun fast verblaßt, bis auf den Morgenstern, der auf die Sonne wartete.

Thesan drehte sich ihm noch einmal lächelnd zu, griff dann nach ihrer Tunika und entfernte sich schweigend. Acilius schaute ihr nach, und als er sich wieder umwandte, hatten die ersten Strahlen der Sonne, die über dem *Heiligen Berg des Gottes Tinia* aufgegangen war, den feinen Staubschleier, den sie aufgewirbelt hatte, in eine Säule aus flimmerndem, goldenem Licht verwandelt.

»Das also ist euer geheimer Ort. Das, was ihr das *Herz* der Rasna nennt«, murmelte Marcius vor sich hin und bestieg das Boot, das ihn und Tavas an der Seite Mastarnas zur Insel bringen sollte. Tatsächlich hatte er noch nie einen so wundervollen Ort gesehen. Auch wenn er kein Rasna war, war er doch tief beeindruckt.

»Zu diesem Herzen wirst du niemals den Schlüssel haben«, antwortete ihm Mastarna hart, aber so leise, daß nicht einmal Tavas ihn hören konnte.

Marcius lächelte schweigend, und das Boot legte vom Ufer ab

Die Eskorte des Königs von Ruma, insgesamt zwanzig Männer, war bei den Wachen und Knechten der Könige des Städtebundes zurückgeblieben. Sie waren schon am Abend vorher angekommen und hatten die Nacht unter Dächern aus geflochtenen Schilfmatten verbracht. Aber ihr König hatte sich die ganze Zeit über abseits gehalten, am Ufer des Sees, ohne ein Feuer, das ihn wärmte. Er hatte zu der im Lichterglanz erstrahlenden Insel hinübergestarrt, von der Musik herüberklang. Er war nur zur Zusammenkunft der Könige am nächsten Tag geladen, und die Insel war für ihn an diesem Abend verboten gewesen und so fern wie eine andere Welt.

Nun, während er sich im Boot der Insel näherte, stieg in Mastarna wieder die Erinnerung an vergangene Zeiten auf, und die Gründe, die ihn hierhergebracht hatten, rückten immer weiter weg und wurden fast unwichtig. Fast so, als würden sie zu einer anderen Person gehören, zu diesem König Servius, der nicht er war . . .

Alles an diesem Ort erinnerte ihn an Larth. Der Tag kam ihm wieder in den Sinn, als Larth als letzter aus Alalia zurückgekommen war, das sie gerade erobert hatten. Er erinnerte sich, wie er ihn über die Köpfe der Menschenmenge am Anlegesteg hinweg gesucht hatte, an das unmerkliche Aufleuchten in seinen Augen, als er ihn schließlich entdeckt hatte, und seine machtvolle Aura eines wahren Herrschers. Mit einer geradezu quälenden Genauigkeit hatte Mastarna die Erinnerung an jeden Moment und jede kleinste Einzelheit dieses Tages bewahrt, der ihm jetzt wie durch Zauberei wieder vor Augen stand und die Wirklichkeit des Augenblicks fast verdrängte.

Wie durch Zauberei . . ., dachte er noch einmal, bevor er entschlossen seine Aufmerksamkeit auf den Anlegesteg lenkte, dem sie sich nun näherten. Eine Abordnung von größtenteils jungen Adeligen erwartete ihn, die er nicht kannte und die ihm gerade aus diesem Grund mit Sorgfalt ausgewählt zu sein schienen. Doch dahinter entdeckte er den Großen Trutnot, an einen der Pfähle gelehnt.

Er sprang ans Ufer, und ohne auf die anderen zu achten, ging er auf ihn zu und verbeugte sich ehrerbietig vor ihm.

Der alte Mann lächelte ihm zu. »Du bist sehr weise, Mastarna. Die Götter werden es dir lohnen«, sagte er und wies in die Runde. »Schau sie dir an. Keiner dieser hochmütigen jungen Männer hier hätte das getan.« Dann deutete er auf die breite Straße, die leicht ansteigend zu den Zelten der Könige führte und zu dem Felsenamphitheater, wo die Spiele stattfanden. »Komm, lassen wir diese Könige nicht länger warten, die heute nacht nicht schlafen konnten, weil sie dich im heiligen Bannkreis des Sees wußten.«

»Das wundert mich kaum«, erwiderte Mastarna und beeilte sich, ihm zu folgen. »Mich verwundert eher, daß der Große Trutnot zu meinem Empfang gekommen ist.«

»Vielleicht wollte ich nur einen kleinen Spaziergang machen ... Aber mit Sicherheit wird es keiner dieser Könige gerne sehen, daß wir miteinander gesprochen haben. Hier, wie in Vei, denken alle, daß es zwischen uns geheime Absprachen gibt. Trotzdem erscheinen sie mir bereit zu Verhandlungen, obwohl es mir nicht so ganz klar ist, was sie dazu treibt.«

»Vielleicht ist es die Angst«, mischte sich nun Marcius ein, der ihnen mit Tavas gefolgt war. »Sie wissen, mit welcher Härte wir den Aufstand der Sabiner niedergeschlagen haben.«

Velvur drehte sich, überrascht von seinem Einwurf, nach ihm um. »Mag schon sein, daß es Angst ist ... aber nicht diese Art von Angst.«

»Was ist da für ein Unterschied?« erwiderte Marcius.

»Ein großer Unterschied. Doch ich bezweifle, ob du, als Latiner, ihn jemals begreifen wirst. Aber lassen wir uns nicht ablenken, Mastarna. Der Weg ist kurz, und wir haben noch viel zu bereden.«

»Was liegt dir auf dem Herzen?« fragte Mastarna und blieb stehen, um dem Großen Trutnot Gelegenheit zu geben, Luft zu schöpfen. Forschend schaute er ihn an, aber es gelang ihm nicht, etwas aus Velvurs Blick abzulesen, und er fühlte eine gewisse Spannung in sich aufsteigen.

»Thesan ist hier.« Die Stimme des alten Mannes war nun ganz leise geworden, und Mastarna hatte das Gefühl, als ob der Wind sie auf seine Flügel nähme und die Rufe der Vögel diesen Namen wiederholten. Warum war es für Velvur so wichtig, daß er so schnell wie möglich von Thesans Anwesenheit erfuhr?

»Du wirst keinem von diesem Kind erzählen ..., von dem Sohn Larths.

Keinem!« Jetzt war Velvurs Stimme nur noch in seinem Kopf, leise und eindringlich, ohne daß Mastarna sich dagegen wehren oder sie zum Schweigen bringen konnte. *»Ich weiß, du magst es nicht, wenn jemand in deine Gedanken eindringt. Aber dieses eine Mal wirst du es ertragen müssen.«*

Warum diese Sorge? dachte Mastarna. Der Sohn Larths ist mir so lieb wie mein eigener. Er wird nie etwas von mir zu befürchten haben.

»So lieb wie deine beiden Söhne, Mastarna. Denn Thanaquil hat dir in diesem Moment einen zweiten Sohn geboren. Er ist gesund und dir sehr ähnlich«, antwortete die Stimme in seinem Kopf. *»Dein Versprechen tröstet mich. Aber vergiß es niemals.«*

Mastarna schaute sich um wie aus einem Traum erwacht, aber Velvur sah ihn nur lächelnd an und gab ihm ein Zeichen weiterzugehen.

Sie waren nun auf der Ebene angekommen, wo die Zelte und Pavillons aufgestellt waren. Um einen großen Pavillon in der Mitte, wo die Versammlung abgehalten wurde, gruppierten sich die der Könige des Zwölfstädtebundes, und gleich dahinter zogen sich die Zelte des Adels und der Haruspizen bis zum Abhang des Berges hin. Es herrschte Gedränge, aber die Atmosphäre kam ihm längst nicht so glanzvoll und festlich vor, wie er sie in Erinnerung hatte. Er hatte das Gefühl, ein Fremder zu sein.

Mastarna blieb ein paar Schritte hinter dem Großen Trutnot und somit unter dem Schutz seiner Macht stehen. Der Pavillon für die Zusammenkunft der Könige kam ihm noch größer vor als damals. Der Wind, der sich nun erhoben hatte, fuhr unter die Seitenteile, und das purpurfarbene Band, das ihn schmückte, wand sich im Wind wie eine Schlange, bereit, sich auf ihre Beute zu stürzen.

»Westwind«, murmelte Mastarna, und Velvur drehte sich nach ihm um. Im Aufblitzen seiner Augen sah er, daß er Thesan entdeckt hatte, die sich nun, begleitet vom Zug der Hohepriester aus dem Tempel des *Nagels der Zeit*, näherte, um das Öl und das Feuer der Versöhnungsriten, die bei Sonnenaufgang im Tempel vollzogen worden waren, in den Pavillon des Rates der Könige zu bringen.

Ihr Erscheinen gab diesem schon so denkwürdigen Vormittag noch einmal einen besonderen Anstrich. Wie ein Zeichen hatte sich der Wind erhoben, und ihre Gestalt war umgeben von einer Aura, die sie von allen anderen unterschied. Sie trug das übliche Gewand der Trutnot und

einen türkisfarbenen Mantel, aber ihre langen, offenen Haare, die ihr bis zur Hüfte reichten und nur von einem goldenen Stirnreif gehalten wurden, gaben ihr den Glanz der Morgenröte, die an diesem Morgen den Himmel dem Dunkel der Nacht entrissen hatte.
Sie schritt an ihnen vorbei, und die Könige, der Große Trutnot, Mastarna und der übrige Adel folgten ihr in den Pavillon. Für einen Augenblick waren alle Augen nur auf sie gerichtet, und sogar die Ankunft des Königs von Ruma in Begleitung des Großen Trutnot war vergessen.
»Der Geist des fremden Sklaven ist zurückgekehrt..., hier an den Ort, an dem er sich geweigert hat, das Opfer des Phersu zu werden!« Wie eine einzige Stimme lag dieser Gedanke in der Luft. *«Und wenn er zurückgekehrt ist, dann ist auch der Geist Larths hier...«*
»Und alle seine Feinde und sein einziger Freund, der auch sein Mörder ist«, antworteten Mastarnas Gedanken.
»Er ist der, den er liebte, und auch andere, die er liebte, sind hier versammelt. Solange eure Absichten ihnen gegenüber ehrlich sind, habt ihr nichts zu befürchten«, mischten sich nun machtvoll die Gedanken des Großen Trutnot ein und drangen in alle Köpfe.
Matula, der junge König von Xaire, der nach dem Tod seines Vaters den Thron geerbt hatte und kein Geheimnis aus seinen Ambitionen machte, trat vor.
»Seit wann gestatten es die Regeln, daß Fremde zum Rat der Könige Zutritt haben?« fragte er mit einer anmaßend stolzen Haltung, hinter der er seine Befangenheit zu verbergen suchte.
»Ich kann hier keine Fremden sehen«, erwiderte ihm Velvur ruhig und nahm seinen Platz ein, der, neben dem noch leeren Thron des Re Supremo, genau dort postiert war, wo die beiden Halbkreise zusammentrafen, die die Sitze der Könige bildeten. Hinter diesem waren hölzerne Bänke aufgestellt, auf denen die Fürsten und der hohe Adel Platz genommen hatten.
»Der König von Xaire spricht von den Fremden, die wir alle hier sehen«, mischte sich nun Flasi Aivas ein. »Oder sollen wir glauben, daß das alles nur eine Illusion ist?«
Der Haruspize von Tagete hatte, zusammen mit den Haruspizen, deren Rang und Bedeutung ihnen das Recht gab, beim Rat der Könige anwesend zu sein, gegenüber von Velvur auf der linken Seite der beiden

Halbkreise Platz genommen. Dies war auch der Platz für die Hohepriester des Tempels des *Nagels der Zeit*, die das Feuer nun in einem Feuerbecken in der Mitte des Kreises entzündet und die Schalen mit Öl auf dem noch leeren Thron des Re Supremo aufgestellt hatten. Thesan stand wenige Schritte von Flasi Aivas entfernt, hinter sich Urste, der den Eindruck machte, als würde er sich unbehaglich fühlen.

Velvur konnte dieses Unbehagen, so nahe bei Thesan zu sein, gut verstehen. Er überging den Einwurf Flasi Aivas' und wandte sich wieder an den jungen König von Xaire: »Du meinst bestimmt den Latiner, der den König von Ruma begleitet, Matula. Aber du siehst ihn an der Seite von Tavas von Tarchna, dessen Tochter er schon vor langer Zeit geheiratet hat. Somit ist er sein Schwiegersohn, aber er ist auch sein Erbe, und als solcher ist er hier, an der Seite seines Königs. Solltest du jedoch meine Schülerin meinen«, fuhr er mit einem durchbohrenden Blick fort, der Matula festzubannen schien, »die das Öl und das Feuer vom Tempel des *Nagels der Zeit* hierhergebracht hat, so muß ich dir sagen, daß ihr Adel nicht geringer ist als der deine. Ihre Mutter ist die edle Caitli, die Tochter des Königs von Tarchna und meine Erbin auf dem Tivrit. Willst du noch mehr wissen, Matula?«

Der junge Mann schüttelte den Kopf und suchte mit dem Blick Unterstützung bei den anderen.

Zufrieden wies Velvur Mastarna und seinen beiden Begleitern ihre Sitzplätze zu. »König Servius von Ruma ... Mastarna, wie die Stimme unseres Herzens dich nennt, wir hören dir nicht nur als unserem Nachbarn, sondern vor allem als unserem Sohn und Bruder zu. Und wenn die Götter es wollen, auch als unserem Verbündeten.«

Mastarna schwieg, bis sich das Gemurmel gelegt hatte, das den Worten des alten Mannes gefolgt war. Er fühlte die Blicke der Versammelten schwer auf sich lasten. Die Versammelten fragten sich, bis zu welchem Punkt sie ihm vertrauen konnten und ob sich dieses Vertrauen lohnen würde.

Es ist die Macht, die ich für mich beansprucht und nicht euch überlassen habe, dachte er, während er in die Mitte des Kreises schritt. Das ist es, was ihr mir nicht verzeihen könnt. Daß ich Larths Weg weitergegangen und nicht euren Plänen gefolgt bin ... das und nichts anderes. Er warf einen nachdenklichen Blick auf die Flamme im Feuerbecken, und ein kleines Lächeln überflog sein Gesicht, bevor er zu reden begann.

»Wäre ich ein Magier, dann würde ich euch in diesem Feuer das aufzeigen, was das Wichtigste von allem ist: den Grund für euren Zwist und seine Auswirkungen in der Zukunft, nicht nur in der unseren, sondern auch in der unserer Kinder und Kindeskinder. Aber ich bin kein Magier und weder gekommen, um Zeugnis abzulegen, noch um mich zu rechtfertigen. Ihr wolltet mit mir über den Frieden sprechen, und nur deswegen bin ich hier.«

»So wie wir alle hier!« erwiderte ihm Pesna von Sveana.

»Aber der Frieden basiert auf dem Recht«, erhob nun Sevre von Velx seine Stimme. »Die Regeln sind in diesem Punkt ganz klar und deutlich! König muß einer von Rechts wegen und mit dem Segen der Götter sein. Du hast unsere Truppen angeführt, Mastarna von Velx, du solltest Ruma einnehmen und es uns übergeben. Das alleine war damals deine Aufgabe, für die wir dich alle ausgewählt hatten.«

»Alle?« unterbrach ihn Pesna. »Das kannst du so nicht behaupten, Sevre! Sei ehrlich und denke an die Worte des Großen Trutnot, wenn du nicht gezwungen sein willst, den Geistern der Vergangenheit Rede und Antwort zu stehen! Die, die sich damals gegen den Re Supremo aufgelehnt und das Bündnis verraten haben, haben uns diese Wunde geschlagen. Und einer der ersten von ihnen bist du gewesen!«

»Genug!« rief Mastarna, und ein betroffenes Schweigen breitete sich aus. »Genug! Keiner kann die Ereignisse im Schoß der Schicksalsgöttin ungeschehen machen.«

Auch wenn ich bereit wäre, mein Leben dafür zu geben, dachte er und fühlte Thesans Augen auf sich gerichtet. Er erwiderte ihren Blick und kam sich plötzlich wie nackt diesem messerscharfen Verstand gegenüber vor, der seinen großen Schmerz zu erfassen schien. Ein kalter Luftstrom durchfuhr den Kreis des Rates der Könige, ließ die Flammen des Feuerbeckens auflodern und die Glut in tausend weiße Funken zersprühen.

Arnth von Vei hatte sich jetzt erregt erhoben, aschfahl im Gesicht und die Stirn schweißbedeckt. »Ich war an seiner Seite in der Nacht vor der Schlacht«, rief er, und seine Stimme fuhr den Anwesenden unter die Haut. »In dieser Nacht habe ich gespürt, wie die Magie des Re Supremo unsere Truppen bedrohte, und ich habe Mastarna gebeten, die Riten zelebrieren zu lassen... Aber er hat nicht gewollt. Denn in Wirklichkeit stand der Mann, dem wir das Kommando über unsere Truppen anvertraut hatten, nicht auf unserer Seite. Er war dem Re Supremo treu und hat uns nur etwas vorgemacht. Ich habe genau gesehen, wie das Schwert in seiner Hand, von den Göttern geführt, die Brust des Königs zerfetzte. Wenn er in diesem Augenblick gekonnt hätte, hätte er uns alle getötet, wenn er damit das Leben des Königs hätte retten können. Fragt ihn selbst, ob er den Mut hat, das zu leugnen.«

Während er sprach hatte Arnth seinen Platz verlassen und war in den Kreis getreten. In den letzten Jahren war aus ihm ein erwachsener, gutaussehender junger Mann geworden, mit breiten Schultern, sehnigem Körper und einem offenen Gesicht.

Mastarna schaute ihn an. »Ich leugne es nicht«, antwortete er ihm mit unbewegter Miene.

Arnths Hand fuhr zu dem kurzen Schwert an seinem Gürtel. »Mastarna von Velx hat uns damals alle verraten!« rief er. »Und wir haben geglaubt, er würde treu seine Aufgabe erfüllen.«

»Wir hätten die Schlacht gewonnen, und die Stadt wäre gefallen, wenn Mastarna den König nicht in den Palast zurückgebracht hätte, wo er noch die Möglichkeit hatte, seine Magie wirken zu lassen!« warf Sevre von Velx ein.

»Für diesen Verrat fordere ich nun Rechenschaft von dir, Mastarna. Ich, der dir damals die rechte Flanke gedeckt hat!« rief Arnth herausfordernd.

»Du willst also von mir wissen, warum du noch am Leben bist«, erwiderte ihm Mastarna. Eine eisige Ruhe hatte ihn erfüllt. Alles, was von der Vergangenheit noch übriggeblieben war, schien nun in der Gestalt des jungen Arnth eingeschlossen zu sein, dessen Zorn und Enttäuschung über einen erlittenen Verrat um so bitterer war, weil er sein Leben nicht hatte riskieren wollen. Denn hätte er damals versucht, ihn aufzuhalten, hätte er zumindest die Möglichkeit gehabt, den Lauf der Dinge zu verändern.

Arnth zog das Schwert und machte einen Schritt auf ihn zu. Aber Mastarna rührte sich noch immer nicht.

»Ich werde mich nicht mit dir schlagen, Arnth von Vei, und auch mit keinem anderen«, sagte er. »Dafür bin ich nicht hierhergekommen.«

»Arnth!« erhob sich warnend die Stimme des Großen Trutnot, aber es schien, als ob der junge Mann ihn nicht hörte.

»Arnth hat recht«, mischte sich nun Flasi Aivas ein und hob beide Arme, um das laute Stimmengewirr, das sich erhoben hatte, zum Schweigen zu bringen. »Er hat heute morgen, bei Sonnenaufgang, ein Zeichen erhalten.«

»Es war nicht für ihn bestimmt!« rief Thesan und machte einen Schritt nach vorne. Aber Urste legte einen Arm um ihre Hüfte und hielt sie fest, während Arnth schon vorwärtsstürmte.

Mastarna hatte bisher nichts zu seiner Verteidigung unternommen. Mit einem Satz wich er zur Seite, und die Schwertklinge fuhr knapp an ihm vorbei. Aber sie hatte seinen rechten Arm gestreift, und er stolperte nach hinten. Nun fuhr auch seine Hand zum Schwert.

»Du rührst dich nicht!« befahl er Marcius mit einem Seitenblick, der mit gezogener Waffe so heftig aufgesprungen war, daß sein Sitz umkippte. Tavas hielt ihn am Arm fest, und Marcius blieb stehen.

»Verteidige dich, Mastarna von Velx!« rief Arnth herausfordernd und stürzte erneut mit erhobenem Schwert auf ihn zu.

Doch dieses Mal parierte Mastarna den Schlag und trieb ihn zurück. Überrascht von seiner heftigen Gegenwehr, achtete Arnth für einen Moment nicht auf seine Deckung, und Mastarna schlug ihm mit gebremster Kraft sein Schwert in die Seite, denn er wollte ihn nicht töten. Arnth sank auf die Knie, und seine Tunika färbte sich rot von Blut. Ein bestürztes Schweigen breitete sich aus. Mastarna beugte sich zu Arnth hinunter, legte eine Hand auf die Wunde, aus der das Blut schoß, und mit einem wilden Schrei bäumte sich der junge Mann unter seiner Berührung auf.

Jetzt kam Thesan auf sie zu, und Mastarna fühlte sich genauso hilflos und verloren wie beim erstenmal, als er sie vor langer Zeit auf dem Tivrit gesehen hatte.

»Hab keine Angst«, drang ihre helle und klare Stimme an sein Ohr. »Diese Männer können hier, an diesem Ort, nichts gegen dich ausrichten.«

»Beruhige du die Gemüter, Aivas!« forderte nun der Große Trutnot den Haruspizen von Tagete auf. »Ich werde inzwischen versuchen, die Erde zu besänftigen, die ihr mit eurem Haß und Zorn entweiht habt. Das Gastrecht ist heilig, und Mastarna war eurem Ruf gefolgt, um mit euch über einen Frieden zu verhandeln.«

»Ihr wollt den Frieden nicht, und ich habe euch nichts mehr zu sagen!«

rief Mastarna, noch immer mit dem Schwert in der Hand, bereit, sich zu verteidigen.
»Der König von Ruma wird in Frieden gehen, so wie er gekommen ist, und keiner soll es wagen, ihn anzugreifen«, war wieder Velvurs Stimme zu hören, der sich inzwischen erhoben hatte und nun auf Mastarna zuschritt.
Aivas verbeugte sich knapp. Er konnte nichts mehr tun. Das wußte er genausogut wie der Große Trutnot, und auch die Könige wußten es und die Adeligen, die aufgesprungen waren und auf den jungen Arnth von Vei starrten, als wäre er schon tot.
»Folge mir, König Servius von Ruma. Ich selbst werde dich zum Boot begleiten und für deine Sicherheit garantieren«, sagte der Große Trutnot zu Mastarna und bewegte sich mit einer Geschmeidigkeit, als hätte ihm die Notwendigkeit zum Handeln die Jugend wieder zurückgebracht.
Mastarna steckte das Schwert in den Gürtel und ließ für einen Augenblick seinen Blick zornig über die Versammelten schweifen. Dann folgte er ohne ein weiteres Wort Velvur, und Tavas und Marcius schlossen sich ihnen an. Die Menschenmenge vor dem Pavillon des Rates der Könige stand geschlossen und feindlich, aber als sie hindurchschritten, öffnete sie sich schweigend und verbeugte sich vor dem Großen Trutnot.
»Eine gute Gelegenheit sinnlos vergeben«, stieß Mastarna zwischen den Zähnen hervor. Jetzt schmerzte ihn der Arm, denn er verlor immer noch Blut. Aber der Schmerz in seinem Inneren war noch viel größer. Er hatte das Gefühl, als wäre nun auch das letzte Band für immer gerissen.
»Vielleicht stand das, was heute hier vorgefallen ist, schon irgendwo geschrieben«, erwiderte Velvur, aber schon sein Tonfall ließ erkennen, wie wenig er davon überzeugt war. Irgend etwas mußte sich im letzten Moment, unter dem Einfluß einer großen Macht, gewandelt haben . . .
»Es wird auch weiterhin Kriege und Tote geben«, sagte Mastarna.
»Ja«, stimmte ihm Velvur zu. »Aber die Zukunft birgt für dich lange, glückliche Jahre, zusammen mit deiner Königin und deinen Kindern. Tod und Krieg werden an dir vorüberziehen, aber sie werden dir für die Zeit, die dir vorgezeichnet ist, nichts anhaben können.«
Sie waren jetzt am Anlegesteg angekommen. Die Diener waren schon

benachrichtigt worden, es war alles vorbereitet. Während Tavas und Marcius schon das Boot bestiegen, blieb Mastarna noch einen Moment zurück. Der Große Trutnot sah plötzlich wieder sehr alt und müde aus.

»Werden wir uns noch einmal wiedersehen?« fragte Mastarna.

Velvur schüttelte den Kopf und drückte zum Abschied fest seinen unverletzten Arm. Ein seltsamer Glanz lag in seinen Augen. »Nein, Mastarna, wir werden uns nicht mehr wiedersehen.«

Mastarna bestieg das Boot, das gleich darauf ablegte, und Velvur schaute ihm nach, wie es sich auf dem See entfernte. Der Wind hatte das Wasser aufgepeitscht, und über dem Himmel trieben graue Wolken. Aber die Insel selbst schien wie erstarrt zu sein, und Velvur seufzte tief auf.

Die Zukunft war für ihn jetzt nur noch ein kurzer Weg ohne Geheimnisse. In dem Moment, als Arnth sich auf Mastarna gestürzt hatte, hatte er Mastarna unter einem anderen Schwert fallen sehen – tödlich getroffen vom Sohn Larths.

Aber ihm selbst würde es erspart bleiben, diesen kummervollen Tag noch miterleben zu müssen.

5.

Thesan spürte, wie das Blut durch die Finger ihrer Hand rann, die sie auf die Wunde gepreßt hatte, und die Welle von Schmerz, die Arnth peinigte, durchzuckte auch sie. Aber es war ihr gelungen, die Blutung zu stillen.

»Rühr ihn nicht an!« befahl sie Urste, der sich neben sie gekniet hatte und versuchte, sich nützlich zu machen.

»Fürchte nicht um sein Leben, Urste«, beruhigte ihn Flasi Aivas, der sich nun ebenfalls über Arnth gebeugt hatte. »Dieses Mädchen besitzt eine große Kraft. Ich bin sicher, daß dein Freund in guten Händen ist.«

Thesan fühlte seinen stechenden Blick auf sich ruhen und wies ihn mit der gleichen Kraft zurück. Arnth stöhnte leise auf.

»Bringt ihn in sein Zelt!« ordnete sie an, und als sie sich erhob, sah sie sich Tulumne von Vei gegenüber.

»Ich werde dir wohl meinen Sohn anvertrauen müssen«, sagte der König von Vei mißtrauisch und gleichzeitig besorgt. Er war ihr nicht freundlich gesinnt, so wenig wie alle anderen im Pavillon, die gleich nachdem der Große Trutnot Mastarna nach draußen begleitet hatte, damit begonnen hatten, über das Vorgefallene heftig zu streiten.

»Die Entscheidung liegt bei dir«, antwortete Thesan herausfordernd. »Tust du es nicht, wirst du die Verantwortung dafür selbst übernehmen müssen.«

Tulumnes Blick wanderte von ihrer Hand, an der das Blut Arnths herunterrann, zu Flasi Aivas, unsicher, welche Entscheidung er treffen sollte.

»Sicher folgst du dem Plan der Götter, edle Thesan«, sagte er schließlich. »Also kümmere dich um meinen Sohn, wenn es so geschrieben steht«, und dann befahl er, an die Diener gewandt: »Bringt ihn in das Zelt von Vei! Beeilt euch!«

Arnth stöhnte laut auf, als sie ihn auf die Trage aus geflochtenen Lederriemen hoben. Die Wunde hatte wieder zu bluten angefangen.
Thesan folgte ihnen schweigend. Einer der Hohepreister des Tempels des *Nagels der Zeit* begleitete sie bis zum Zelt des Königs von Vei, das eines der größten war und auf einer kleinen Erhebung entlang der Straße zum Amphitheater errichtet worden war.
»Ich werde dir sofort die chirurgischen Instrumente des Großen Trutnot bringen«, sagte er und deutete eine leichte Verbeugung an.
Thesan nickte, und der Mann machte sich sofort auf den Weg. Dann folgte sie den Dienern ins Zelt, entließ sie mit einer Geste und befahl ihnen, den Vorhang vorm Eingang zu schließen.
Jetzt waren sie alleine. Im Zelt brannte in einem der Becken ein niedriges Feuer. Thesan entfachte die Flammen und entzündete eine der Lampen neben dem Bett, auf das sie Arnth gelegt hatten. Dann näherte sie sich dem Verletzten. Er hielt die Augen geschlossen, und sein Gesicht war von kaltem Schweiß bedeckt. Sein Atem ging keuchend, und seine Lippen waren blaß. Thesan strich ihm mit der Berührung der Trutnot über die Stirn und spürte, wie ein Schauer über seinen Körper lief.
»Es gibt Dinge, Arnth, die man nicht mit dem Herzen, sondern mit dem Verstand lösen muß«, sagte sie leise und nahm seinen Schmerz in sich auf. Sie spürte, daß dieser Schmerz nicht nur körperlich war, sondern vor allem von der Enttäuschung über den ›Verrat‹ herrührte, der ihn von seinem Lehrmeister getrennt hatte, den er wie einen Helden verehrt hatte und für den er bereit gewesen wäre, sein Leben zu geben.
Thesan zog Arnth die Tebenna aus und schnitt mit der Spitze des kurzen Schwertes, das die Diener neben ihn gelegt hatten, seine Tunika auf. Das Blut floß dunkel aus der Wunde, aber sobald sie ihre Hand darauf legte, hörte die Blutung auf. Diesmal befiel Arnths Körper bei ihrer Berührung ein heftiges Zittern, und er bäumte sich wie im Krampf auf. Thesan legte ihm beruhigend die Hand auf die Brust, und er entspannte sich wieder.
Der Hohepriester trat wieder ein und brachte die Tasche mit den chirurgischen Instrumenten des Großen Trutnot, begleitet von einem jungen Diener aus dem Hause Vei. Er stellte sie auf einem niedrigen Tischchen ab, während der Junge das Feuer in einem zweiten Feuerbek-

ken anzündete, das er näher ans Bett heranrückte. Aber Thesan bemerkte kaum ihre Gegenwart. Sorgfältig wusch sie die Wunde und nähte sie mit der getrockneten, feinen Sehne eines Hirsches. Dann bereitete sie die Salbe aus Tonerde und Schimmel vor, die die Entzündung hemmen sollte, verteilte sie über Brust und Hüfte und bedeckte die Wunden mit einer Leinenbinde.

Der Hohepriester und auch der Diener hatten inzwischen das Zelt wieder verlassen. Thesan legte eine Decke über den Verletzten und setzte sich an seine Seite. Erst jetzt hörte sie das Geräusch des Regens, den der Wind mit sich gebracht hatte und der auf das Dach des Zeltes trommelte. Arnth bewegte sich unruhig, er zitterte vor Kälte und murmelte unzusammenhängende Worte.

Kurze Zeit später führte ein Diener Velvur in das Zelt, gefolgt von Tulumne von Vei und Flasi Aivas. Velvur und Aivas näherten sich dem Bett und beugten sich über Arnth.

»Wird er am Leben bleiben?« fragte Tulumne, der ein paar Schritte zurückgeblieben war, scheinbar gefaßt, aber mit vor Sorge rauher Stimme.

»Dein Sohn hat eine starke Konstitution«, erwiderte ihm Velvur. »und er hat die beste Pflege. Außerdem wollte Mastarna ihn nicht töten, sonst hätte ihn selbst diese junge Frau, die der Göttin Athrpa so teuer ist, nicht retten können.«

»Ja, die Göttin Athrpa . . .«, murmelte Flasi Aivas in einem Tonfall, der durchblicken ließ, daß er sich noch sehr genau an die Umstände erinnerte, unter denen sich ihr Caitli damals geweiht hatte.

»Wir sollten ihr opfern«, schlug Tulumne vor.

»Natürlich, das werden wir tun«, stimmte ihm der Haruspize zu und strich über Arnths Gesicht, der jetzt viel ruhiger zu sein schien.

Velvur lächelte und wandte sich dann wieder an Tulumne. »Kehre jetzt wieder zum Rat der Könige zurück«, forderte er ihn auf. »Die Wahl zum Re Supremo erwartet dich. Ich werde noch ein wenig hierbleiben.«

Erfreut über diese Vorhersage entspannten sich Tulumnes Gesichtszüge ein wenig, und Flasi Aivas schaute den Großen Trutnot fragend an. »Die Wahl wird erst in zwei Tagen stattfinden«, bemerkte er.

»Wirklich?« erwiderte ihm Velvur mit leiser Ironie in der Stimme und ließ damit durchblicken, wie bedeutungslos der Zeitraum für eine Prophezeiung war.

Tulumne, durch die Voraussage befangen, wollte nicht alleine zu den anderen Königen zurückkehren, und so schloß sich ihm Flasi Aivas resigniert an.
»Was ist vorhin in diesem Pavillon passiert?« fragte der Große Trutnot mit ungewöhnlich harter und strenger Stimme, sobald die beiden gegangen waren.
»Warum fragst du das *mich*?« antwortete ihm Thesan wenig beeindruckt und kauerte sich vor dem Feuerbecken nahe am Bett zusammen.
»Weil es bis zu einem gewissen Punkt ein Gleichgewicht gab. Sicher, ein Gleichgewicht sehr ungleicher Kräfte, aber immerhin ein Gleichgewicht. Und bis zu diesem Punkt war auch der Wunsch von beiden Seiten spürbar, eine wirkliche und ehrliche Vereinbarung zu treffen. Dann aber hat sich plötzlich eine starke Kraft eingemischt, die in gleichem Maße gegen Mastarna und die Könige stand, und jede Möglichkeit zu einem Einverständnis hat sich zerschlagen. Arnth ist nur benutzt worden.«
»Nicht von mir!« erwiderte ihm Thesan entschieden. »Auch wenn ich mich für das Zeichen schuldig fühle, das er bei Sonnenaufgang gesehen hat, das nicht für ihn bestimmt war. Du solltest eigentlich wissen, in welchem Maße wir miteinander verbunden sind.«
»Von nun an ganz bestimmt«, murmelte der Große Trutnot düster. Er konnte nicht in ihren Gedanken lesen, jetzt noch weniger als jemals zuvor, aber er fühlte ihre Härte und in gewisser Weise auch ihre Fremdheit. »Ich habe öffentlich deiner Herkunft und deinem Recht auf diesen Boden meinen Segen gegeben. Was soll ich nun von dir denken?«
»Du hast das nur für die anderen getan, damit sie mich akzeptieren, Großer Trutnot. Aber du hast es dabei vermieden, von meinem Vater zu sprechen, dessen Anteil in mir nicht weniger stark ist als der meiner Mutter, mit deren Liebe ich aufgewachsen bin. Dieser Ort spürt diesen fremden Teil in mir und verteidigt sich dagegen. Ich habe nichts gegen Mastarna getan und nichts gegen den Rat der Könige der Rasna, auch wenn ich nicht den geringsten Grund habe, ihnen wohlgesinnt zu sein. Sie waren es, die Larth getötet haben, und mein Vater, der ihn liebte, hätte ihnen das nie verziehen.«
»Der fremde Anteil in dir ist wirklich sehr stark«, erwiderte Velvur. »Ich glaube, ich habe bisher nur wenig davon begriffen, und ich frage mich, wieviel du selbst davon kennst, meine Tochter.«

Thesan schaute ihn an, plötzlich traurig, denn das war etwas, das auch sie selbst sich schon oft gefragt hatte.
»Ich weiß nicht, was mich ruft, wenn der Wind von Westen weht«, flüsterte sie. »Ich weiß nicht, woher diese Schwermut kommt, die mir an manchen Tagen fast das Herz zerreißt . . . Und ich weiß nicht, woher dieser Wille kommt, mich den Dingen entgegenzustellen, die unausweichlich erscheinen. Ich will nicht, daß andere über mein Leben bestimmen!«
Velvur nickte düster. Larth hatte sie mehr beeinflußt, als ihm lieb war. Die Vereinigung zwischen ihnen war tiefer und vollständiger gewesen, als er gedacht hatte. Und dazu kam diese Fremdheit in ihr. Sie war die Tochter Axals.
»Glaubst du mir etwa nicht?« Thesan schaute ihn immer noch unverwandt an, und der Blick dieser Augen ließ ein anderes Bild vor ihm entstehen: den Moment, als dem Opfer des Phersu die Kapuze abgenommen worden war und Axal von ihm sein Schicksal als Sklave erfahren hatte.
»Wieso? Warum sollte ich dir nicht glauben?« erwiderte er ihr, verwirrt von ihrer Stärke, die ihm Bilder vor Augen zauberte, die er eigentlich gar nicht sehen wollte.
Thesan wandte sich wortlos ab, und Velvur hob müde seinen Stab auf und verließ das Zelt. Draußen verhüllte der Regenschleier den Gipfel des Berges Turan und die Bergketten um den See.
Die von Wind und Regen gepeitschte Straße, die hinunter zum Pavillon des Rates der Könige führte, war menschenleer. Aber Acilius hatte unter dem Schutz eines Busches geduldig auf ihn gewartet. Velvur nickte ihm mit einem Lächeln zu und lehnte sich an seinen starken Arm.
»Begleite mich zum Tempel des *Nagels der Zeit*, ich muß nachdenken.«
Acilius senkte den Blick und gehorchte, ohne Fragen zu stellen. Und plötzlich wurde dem Großen Trutnot klar, was bei Sonnenaufgang passiert war.

Arnth erwachte kurz vor Tagesanfang aus einem tiefen Schlaf. Thesan hatte die ganze Nacht über an seiner Seite gewacht. Immer noch regnete es, und zwei Diener schliefen vor dem Eingang des Zeltes, in das aus allen Ecken Wasser strömte. Die Flammen in den Feuerbecken lo-

derten hoch, aber Arnth war mit kaltem Schweiß bedeckt. Er zitterte vor Kälte und versuchte sich aufzurichten.
»Das ist nur das Fieber«, beruhigte ihn Thesan und drückte ihn mit einer leichten Bewegung ihrer Hand wieder aufs Bett.
Ihre Berührung erregte ihn. »Bist du ein Traum?« fragte er und ergriff ihre Hand.
»Nein«, antwortete ihm Thesan und versuchte, ihm ihre Hand zu entziehen. »Ich bin hier, um über deine Genesung zu wachen.«
»Dann ist es Mastarna nicht gelungen, mich umzubringen«, murmelte Arnth und hielt mit einem kleinen Lächeln ihre Hand fest. Er erkannte von ihr nicht viel mehr als den hellen Schein ihrer Haare und den vagen Umriß ihrer Gestalt, aber er fühlte die Kraft ihrer Gegenwart. Wie oft hatte er dieses Bild vor Augen gehabt, nach ihrer ersten, kurzen Begegnung in Vei? Der Traum bei Sonnenaufgang kam ihm wieder in den Sinn, wo er hätte schwören können, daß er ihren Körper neben sich gefühlt und sie geliebt hatte. Aber dann war ein Sonnenstrahl durch die Öffnung des Zeltes gedrungen und hatte ihn aus seinem Traum gerissen. In diesem Moment hatte er auf der Schwelle zwischen Traum und Wirklichkeit die Truppen von Ruma vor sich gesehen, an ihrer Spitze Mastarna, die die Streitmacht von Vei zerschlugen.
»Ein Traum . . .«, wiederholte er. »Sowohl das eine wie das andere war nur ein Traum.«
»Denk nicht weiter darüber nach. Schon bald wird Tag sein.«
»Warum hast du bei mir gewacht, ausgerechnet du?«
»Irgend jemand mußte es tun. Wäre dir dein Freund Urste lieber gewesen?«
Wie ein Verdurstender zog Arnth ihre Hand an seine Lippen und sog den Duft ihrer Haut in sich ein. Wie weit würde ihn seine Begierde nach ihr noch treiben?
»Bist du schon einer Göttin oder einem Mann versprochen, Thesan?« fragte er.
»Nicht mehr.«
Ihre Antwort war so leise gewesen, daß die Worte fast im Rauschen des Regens unterging, und Arnth erfaßte noch nicht das ganze Ausmaß ihrer Bedeutung. Wohlig streckte er sich aus. Gegen die Götter hätte er nichts ausrichten können, aber er wäre bereit gewesen, mit jedem anderen Mann um sie zu kämpfen.

Zwei Tage später wurde Tulumne von Vei zum Re Supremo gewählt.
Der Regen hatte endlich aufgehört. Die Zeremonie des *Nagels der Zeit* und die Ernennung des Re Supremo wurden von einer Sonne begrüßt, die von einem azurblauen Himmel strahlte, und so schienen die Ereignisse unter einem guten Omen zu stehen. Aber die Haruspizen hatten aus der Leber der geopferten Tiere verwirrende und düstere Vorzeichen gelesen, und deshalb lag eine gewisse Besorgnis über allen Zeremonien und selbst über den Spielen, die im Amphitheater abgehalten wurden.
Die ganze Zeit über hatte Thesan im Zelt des Königs von Vei über die Genesung Arnths gewacht, die langsam, aber beständig vonstatten ging. Die Hohepriester des Tempels des *Nagels der Zeit*, die sich bei ihren Besuchen an seinem Krankenbett abwechselten, waren sich einig darin, daß er wegen der großen Menge Bluts, die er verloren hatte, eigentlich hätte tot sein müssen. Nur die Gnade der Göttin Athrpa hatte ihn am Leben erhalten. Sie war es, die der jungen Trutnot Kraft für seine Heilung gegeben hatte, und Arnth wollte auf Thesan nicht mehr verzichten.
»Das ist es, worum ich dich bitte, Großer Trutnot«, sagte Tulumne und hielt Velvur im Pavillon des Rates der Könige zurück. Die Zusammenkunft war beendet, und es war üblich, daß der Re Supremo anschließend um den Segen des Großen Trutnot bat oder ihn um seinen Rat befragte. Aber Tulumne dachte in diesem Moment nicht an seine Aufgaben als Re Supremo, obwohl er das eine wie das andere sicher nötig gehabt hätte.
»Trenne dich für einige Zeit von deiner Schülerin«, bat er noch einmal, »und gestatte ihr, uns nach Vei zu begleiten. Du weißt, wie wichtig der einzige Sohn, der mir noch verblieben ist, für mich und die Stadt ist.«
»Eigentlich sollte er es sein, der darum bittet, nicht du«, erwiderte Velvur.
»Wo ist da ein Unterschied?«
Velvur überging seine Frage. »Ich kann diesem Mädchen nicht befehlen, an der Seite deines Sohnes zu bleiben«, sagte er. »Aber ich werde mich nicht widersetzen, wenn sie es will und es das ist, was die Götter von ihr fordern.«
»Du hast recht«, antwortete der König. »Aber mein Sohn scheint nur

noch vom Atem dieses Mädchens zu leben, dessen Magie in einer eigenartigen Weise den Geist berührt und die Begierde des Fleisches weckt. Ich habe Angst um ihn. Für mich ist sie nichts anderes als eine Fremde, deren Gesichtszüge ein Gespenst widerspiegeln.«

Velvurs Miene war unbewegt. »Gibt es sonst noch etwas, das du mich fragen willst? Wenn nicht, dann werde ich meinem Diener Anweisung geben, ihr Gepäck in dein Zelt zu bringen, falls die edle Thesan zustimmt, deinen Sohn zu begleiten.«

König Tulumne glaubte eine Spur von Verbitterung in der Stimme des alten Mannes entdeckt zu haben, und lieber wäre es ihm gewesen, er hätte sich getäuscht, denn das war sicher kein gutes Zeichen. »Du hast mich bei der Wahl zum Re Supremo nicht unterstützt«, bemerkte er mit finsterer Miene.

Velvur unterbrach ihn mit einer müden Geste, die deutlich machte, wie unwichtig das alles für ihn war. »Könige sind nur Schatten, die kommen und gehen. Nur selten geschieht es, daß ein Name so hell leuchtet, daß er die Zeiten überdauert und auch zukünftige Generationen sich noch an ihn erinnern. Vielleicht werden sie noch von den Tarquiniern reden und von Mastarna, aber bestimmt nicht von dir. Deswegen ist es völlig unwichtig, was ich von deiner Ernennung halte. Trotzdem vergiß nicht, daß jede deiner Handlungen einen Preis erfordert und du allein es sein wirst, der ihn zu zahlen hat.«

»Es wird wieder Krieg geben«, erwiderte Tulumne, gereizt durch die Anspielung auf Tarchna.

»Es wird geschehen, was geschrieben steht, und so soll es sein! Die Menschen sind gezwungen, sich dem zu beugen. Hoffnungen trüben den Verstand, und Wünsche verwirren das Herz. Irgendwann findet jeder sein Maß. Wenn einer ehrlich und aufrichtig gelebt hat, wird ihm auch das Ende seiner Zeit gut und richtig erscheinen, und vielleicht gelingt es ihm dann sogar, einen kleinen Teil dieses unendlichen Musters zu erkennen und sich an seiner Vollkommenheit zu erfreuen.«

Velvur drehte Tulumne den Rücken zu und verließ den Pavillon. Davor wartete Acilius. Wie immer ergriff der Große Trutnot seinen Arm, und sie entfernten sich langsam. Eine große Anzahl von Dienern war schon damit beschäftigt, die Zelte abzubauen. Viele der Adeligen waren schon abgereist, und die, die geblieben waren, bereiteten ihre gemeinsame

Abreise zu dem großen Markt von Faleri vor. Aber die meisten hatten es eilig, in ihre eigenen Städte zurückzukommen – Krieg lag in der Luft.

Vor dem Zelt des Königs von Vei angekommen, bat Velvur einen der Diener, Thesan zu ihm hinauszubitten, und einen Augenblick später stand die junge Frau vor ihm. Sie trug das Gewand der Trutnot, und ihre Haare waren in einem fein geknüpften, goldenen Netz zusammengefaßt. Ruhig stand sie vor ihm, und der alte Mann vermied es, in diese Augen zu schauen, die seinen Blick so mitleidlos widerspiegelten.

»Der Re Supremo wünscht, daß du weiter über die Genesung seines Sohnes wachst«, sagte er.

»Ich weiß«, antwortete ihm Thesan leise, und der Große Trutnot hatte das Gefühl, als ob sie in Gedanken schon weit weg wäre.

»Wie hast du dich entschieden?« fragte er.

»Ich habe meine Verpflichtungen gegenüber diesem jungen Mann. Du weißt, warum.«

Velvur nickte vor sich hin, aber Acilius konnte nicht mehr an sich halten und ergriff ihre Hand.

»Du mußt zum Tivrit zurückkehren! Du mußt bei uns bleiben!« rief er verzweifelt.

Thesan entzog ihm die Hand und strich ihm leicht über die Stirn. Acilius wich zurück und schaute sie mit einem so mitleidsvollen Blick an, als sähe er einen kleinen Vogel vor sich, der sich in einem Netz verfangen hat.

»Wache über meinen Sohn, Acilius«, sagte Thesan. »Sei für ihn Beschützer und Bruder zugleich.«

Dann ging sie ins Zelt zurück, und Velvur drückte fest den Arm des jungen Mannes, viel fester, als es seine Stütze nötig machte. Aber Acilius hatte sich schon wieder gefangen und verbarg seinen Schmerz.

Der Begleitzug des Re Supremo verließ Fanu Veltune am folgenden Morgen. Der Weg nach Vei war weit und folgte dem Pfad entlang der südlichen Gebirgskämme. Er schlängelte sich zuerst durch den Heiligen Wald und stieg dann weiter an, immer von dichtem Wald umgeben.

Vier zweirädrige Wagen führten den Zug an, begleitet von schwer bewaffneten, berittenen Wachen davor und dahinter. Dann folgten zwei weitere Wagen mit den Dienern und Athleten, die an den Spielen teilgenommen hatten. Der junge Arnth war im letzten Wagen der ersten Gruppe untergebracht, und Thesan und Urste flanierten ihn zu Pferde.

Seit ihrer Abreise war der junge Haruspize nicht mehr von ihrer Seite gewichen, und immer wieder traf Thesan auf den durchdringenden Blick seiner dunklen Augen.

»Du wirst dir noch die Augen aus dem Kopf gucken«, sprach sie ihn irgendwann an und zog die Tebenna noch fester um sich.

»Wenn ich damit jemandem Kummer ersparen kann, den ich wie einen Bruder liebe«, kam die Antwort in einem Ton, der genauso liebenswürdig wie falsch war.

»Was redest du da für dummes Zeug«, erwiderte Thesan schroff.

Urste schaute sich um, der Abstand zu den Wachen war ausreichend groß, keiner konnte sie hören. »Wenn dir wirklich der junge Fürst von Vei am Herzen liegen würde, dann wärst du jetzt im Wagen, an seiner Seite!«

»Mir gefällt es nicht, in einem Wagen zu reisen.«

»Vielleicht hat dir bisher noch niemand gesagt, daß es keinerlei Bedeutung hat, was dir gefällt oder nicht.«

Thesan hielt seinem glühenden Blick stand, der mehr von ihm verriet, als er wollte. »Du bist der letzte, Urste, der das Recht hat, mir solche Dinge zu sagen«, erwiderte sie.

»Ich bin ein Freund Arnths, und ich bin ein Priester! Dies zusammen gibt mir jedes Recht.«

»Du bist nicht sein Freund, du möchtest sein Liebhaber sein, weil er aber nichts von dir wissen will, bist du eifersüchtig. Und was den Rest anbetrifft . . . Flasi Aivas hat dich als seinen Spion in den Palast des Re Supremo eingeschleust. Du sollst die Zeichen in seinem Sinne und nach den jeweiligen Umständen deuten und somit Einfluß auf den König und seine Entscheidungen nehmen. König Tulumne weiß das, aber Flasi Aivas hat seine Ernennung zum Re Supremo unterstützt, und deshalb akzeptiert er deine Anwesenheit. Nichts anderes hat dich in dieses Haus gebracht. Und das Herz des jungen Arnth gehört dir genauso wenig wie sein Körper, den du so sehr ersehnst.«

Für einen Moment verschlug es Urste die Sprache, aber dann antwortete er zornig: »Die Wahrheit wird dir deine Zeit im Hause des Königs

nicht einfacher machen. Ich werde immer an eurer Seite sein. Ihr werdet meinen Atem im Nacken spüren, und eines Tages werde ich euch beide besitzen – ihn und dich.« Dann gab er seinem Pferd die Sporen und preschte an die Spitze des Zuges.
Thesan schaute ihm nach, und plötzlich hörte sie Caitlis Stimme in ihrem Kopf. *»Du hast dir einen Feind gemacht.«*
»Ich weiß, Mutter. Aber ich bin erleichtert darüber, denn jetzt ist er nur noch ein Feind«, antwortete sie in Gedanken und hob stolz den Kopf dem Wind entgegen, der nun von Norden blies.

Die Regeln des Tempels der Göttin Turan waren streng, und Velvur war im Begriff, sie ein zweites Mal zu übertreten. Das erste Mal fiel ihm wieder ein, als es Caitli gewesen war, die ihn zum *Auge der Göttin* gerufen hatte, und er erinnerte sich an die schreckliche Prophezeiung, die sie aus dem Brunnen der Zeit geschöpft und die ihn tief getroffen hatte.
Jetzt, wo er zu dem Ort hinaufstieg, der für jeden Mann verboten war, spürte Velvur wieder diesen Schmerz in sich aufsteigen. Die Prophezeiung hatte sich nicht gewandelt und würde für ewig unwandelbar sein.
Die breite, in den Felsen geschlagene Treppe, die zu den großen Terrassen führte, von denen aus man den ganzen See überblicken konnte, und zu dem Saal mit dem *Auge der Göttin*, hatte sich nicht verändert.
Eine leichte Brise blähte die Leinwände, die die Eingänge abschirmten, und die Herrin von Turan, die alte Hohepriesterin, kam ihm achtungsvoll, aber ohne Unterwürfigkeit entgegen. »Du bist uns willkommen, Großer Trutnot«, begrüßte sie ihn und neigte das Haupt. »Die Göttin hat schon verkündet, daß du kommen würdest.«
»Es wird das letzte Mal sein«, antwortete ihr Velvur und nahm auf dem Schemel Platz, den die Frau ihm hingeschoben hatte.
Sie saßen etwas abseits vom *Auge der Göttin*, vor dem, wie immer, eine junge Priesterin in tiefer Meditation versunken saß.
Die Herrin von Turan goß ihm einen rosenfarbenen, fast transparenten Wein ein und reichte ihm den Pokal.
»Hast du die Gegenwart Thesans gespürt?« fragte Velvur ohne Übergang, nachdem er einen kleinen Schluck davon gekostet hatte.
»Wie hätte ich sie nicht spüren können? Die ganze Insel, bis hin zum

Heiligen Wald, hat unter der magischen Kraft ihrer Gegenwart gebebt. Dieses Mädchen ist aus der Macht der Liebe geboren, um ein Geschenk der Liebe zu werden. Dennoch bezeichnet sie gleichzeitig auch den Weg, der das Ende unseres Volkes bedeutet. *Sie* ist der eigentliche Anfang der Prophezeiung, durch sie wird sich erfüllen, was geschrieben steht, Großer Trutnot.«

Velvur lauschte schweigend den Worten der Frau. Aber aus der Art, wie sie sprach, aus den kleinen Pausen und ihrem Tonfall, hatte er verstanden, daß sich hinter ihren Worten noch etwas anderes verbarg, etwas Unausgesprochenes, das ihn tief bedrückte: *»Können wir nicht die kommenden Ereignisse aufhalten? Können wir es nicht wenigstens versuchen? Was wäre, wenn dieses Mädchen jetzt sterben würde, noch bevor sich die Zeichen erfüllen ...?«*

Er seufzte. In diesen unausgesprochenen Gedanken lag nichts Böses, das wußte er, nur Hoffnung. Sollte er sie für diese Hoffnung verdammen? »Glaubst du wirklich, es würde den Lauf der Dinge verändern, wenn diesem Mädchen etwas geschieht?« fragte er.

Die Frau preßte die Lippen zusammen, noch unschlüssig, ob sie darüber erzürnt sein sollte, wie er in ihren Gedanken las. Aber der Wind, der in den Leinwänden vor den Fensteröffnungen spielte, und das Lachen von zwei jungen Mägden auf den Terrassen davor lenkten sie ab.

»Alles scheint so ruhig und heiter zu sein, Großer Trutnot«, murmelte sie.

»Der äußere Schein blendet. Wache über diesen Ort, Herrin von Turan, und vergiß nicht, daß die edle Caitli dir ein Schweigen auferlegt hat, von dem ich dich nicht entbinde.«

Die Frau senkte den Kopf. Diesen Befehl befolgte sie nur sehr unwillig. Ihre Finger spielten nervös mit der goldbestickten Kante des kurzem Umhangs, den sie über der Tunika aus Leinen trug.

»Das *Auge der Göttin* hat sich getrübt«, sagte sie. »Es ist in dem Moment geschehen, als sie den heiligen Kreis der Wasser des Sees überschritten und ihren Fuß auf die Insel gesetzt hat, und es hat sich wieder geklärt, als sie die Insel verlassen hat. Ich habe darin den Tod des Re Supremo gesehen, noch bevor der Sommer sich dem Ende zuneigt.«

»Dann wird es so sein.« Velvur stand auf und hielt die Herrin von Turan zurück, die ihm behilflich sein wollte. Langsam näherte er sich dem *Auge der Göttin* und schaute in die Tiefe.

Keinem Mann war das erlaubt, aber als er sich über den Wasserspiegel beugte, sah er ein Kind. Es mochte ungefähr sechs Jahre alt sein, und dann erkannte er sich selbst wieder. Er stand am Ufer des Sees Prile, wo er aufgewachsen war. Er warf die Netze aus. Wie immer war er ganz darin versunken, aber sobald er einen Fisch an Land gezogen hatte, warf er ihn gleich wieder ins Wasser. Velvur lächelte, als er das kleine Geheimnis seiner Kindheit plötzlich wieder vor sich sah. Damals hatte er nur aus dem Herzen heraus gehandelt, aber dieses Gebot *Du sollst nicht töten* war schon damals stark in ihm gewesen. Es hatte ihm noch nicht einmal etwas ausgemacht, daß die anderen Kinder ihn auslachten, wenn er mit leeren Händen zurückkam. Damals hatte er noch nicht gewußt, daß die Fische, denen er die Freiheit schenkte, in den Netzen der anderen landeten, wenn es ihr Schicksal war, gefangen zu werden.

»Die Nutzlosigkeit, ein Netz zu zerreißen, wenn das Schicksal schon vorgezeichnet ist ...«

Wieder überflog ein Lächeln sein Gesicht, als er sah, wie dieses Kind vor ihm wuchs und begann, ein ganzes Universum hinter dem Anschein der Dinge zu entdecken. Er fand seine Ängste wieder und sah seine Siege, die Gesichter, die ihn begleitet hatten und ihm so lieb geworden waren, und die Traumgestalten, die über seinen Schlaf gewacht und ihn hatten weiser werden lassen. Sein ganzes Leben zog an ihm vorbei.

Keinem Mann war das gestattet. Aber die Göttin war ihm gnädig gewesen, oder vielleicht hatte sie auch nur Mitleid mit seinem Alter gehabt.

Er streckte eine Hand über das Wasser aus, und für einen Augenblick schenkte ihm das *Auge der Göttin* noch einmal das Bild der drei jungen Menschen, die hier, an einem nun längst vergangen Morgen, das Schicksal des Volkes der Rasna besiegelt hatten: Caitli, Larth und Axal. Er hatte sie sehr geliebt, jeden auf seine besondere Art, aber er hatte ihnen nicht helfen können, glücklich zu werden.

»Ich bin dir dankbar für dieses Geschenk«, murmelte er und wandte sich vom *Auge der Göttin* ab.

»Der Frieden des Tempels sei mit dir, Großer Trutnot«, antwortete die Hohepriesterin, bevor er den Saal verließ. Sie hatte nichts von dem bemerkt, was er gesehen hatte. Sie empfand nur Mitleid mit seinem Alter, das es ihm nicht erlauben würde, noch einmal hierher zurückzukehren.

6.

Es war eine dieser schwülen Nächte am Ende des Sommers, wenn die Tage noch lang sind und gesättigt von Kräuterduft und dem Staub der ausgetrockneten Pfützen.

Bald würde die Sonne aufgehen und die Schlacht auf der Ebene vor Ruma beginnen: Die Truppen von Vei, Tarchna und Xaire, unter dem Kommando des Re Supremo, standen gegen die des Königs, der seine Vergangenheit abgelegt hatte und ohne Bündnispartner war.

»Und ich sitze hier unnütz herum wie ein altes Weib!« murmelte Arnth zornig, der auf der höchsten Stelle der staubigen Stadtmauern von Vei stand und zur Ebene hinüberschaute, auf der morgen die Schlacht stattfinden würde.

»Quäle dich nicht, mein Fürst«, hörte er da die Stimme von Urste aus dem Dunkel hinter seinem Rücken. »Freue dich lieber, daß du noch am Leben und wieder bei Kräften bist. Bald wirst du wieder im Sattel sitzen!«

Aufgebracht fuhr Arnth herum. Die Gestalt des jungen Haruspizen war nur in schwachen Umrissen zu erkennen, und von ihm überrascht worden zu sein steigerte noch seinen Zorn.

»Es gab einmal eine Zeit, da waren wir Freunde«, sagte Urste, der Arnths Ablehnung spürte.

»Wir sind nie Freunde gewesen!« erwiderte Arnth schroff. Es ärgerte ihn, daß dieser Haruspize hier seine Zeit vergeudete, während er schon im Tempel der Göttin Uni hätte sein müssen, um die Dankesriten für den Sieg vorzubereiten. Einen Sieg, den er sich von ganzem Herzen wünschte, obwohl seine Zweifel wuchsen.

Ich hätte Thesan fragen sollen, dachte er. Sie *weiß*.

»Laß die Trutnot kommen, damit sie den Göttern opfert. Sie sind ihr wohlgesinnt und werden ihre Bitte erhören«, befahl er.

»Wie du willst, mein Fürst«, antwortete Urste. »Aber denke daran, daß uns die fremden Götter feindlich gesinnt sein könnten.«
Arnth lachte auf. »Welche fremden Götter? Dieses Mädchen hat mehr Recht auf den Thron von Tarchna als dieser König, der deine Schwester geheiratet hat!«
Thesan hatte ihm geraten, den jungen Haruspizen vom Hof zu entfernen. Es war ganz offensichtlich, daß zwischen ihr und Urste eine offene Feindschaft herrschte. Arnth hätte es auch getan. Aber der König war nicht damit einverstanden gewesen. Sein Vater schien Urste sehr zu schätzen, und er fürchtete Thesan. So wie übrigens auch alle anderen im Palast.
Bei diesen Gedanken fühlte sich Arnth noch schuldiger, sie in den letzten Tagen alleine gelassen zu haben. Seit die Könige von Tarchna und Xaire in Vei angekommen waren, zusammen mit den fürstlichen Kommandeuren, die den König von Velx vertraten, hatte er versucht, seinen Pflichten als Gastgeber nachzukommen.
»Die Schülerin des Großen Trutnot hat nun keinen Grund mehr, ihren eigentlichen Verpflichtungen auf dem Tivrit fernzubleiben, mein Fürst«, erwiderte Urste. »Du bist geheilt und wirst bald wieder im Vollbesitz deiner körperlichen Kräfte sein. Ich habe gehört, wie der König darüber mit Egene von Tarchna redete, der versprochen hat, diese außergewöhnliche Heilerin auf den Tivrit zurückzubegleiten, sobald sie Vei nach dem Sieg wieder verlassen.«
Seine Stimme war ruhig gewesen, aber jedes seiner Worte hatte Arnth wie ein Giftpfeil getroffen.
»Ich werde die edle Thesan heiraten«, verkündete er. »Sie und keine andere wird die künftige Königin dieser Stadt sein! Befrage deine Zeichen in diesem Sinne, Haruspize.«
Urste schien es den Atem zu verschlagen.
»Dein Vater wird darüber nicht sehr glücklich sein«, war alles, was er herausbrachte.
»Er kann es nicht verbieten. Ich werde ihn nach der Schlacht von meinem Entschluß unterrichten. Wir werden diese Vermählung dem Sieg widmen und das erste Kind der Göttin Athrpa.«
»Die du dir zur Königin erwählt hast, hat schon einen Sohn, der auf dem Tivrit lebt.«
»Ich weiß, aber das ist nicht wichtig.«

»Du irrst dich. Er ist ein Kind mit außergewöhnlichen Kräften. Wenn er einmal ein Mann ist, wird er so groß und bedeutend sein, daß keiner von uns ihm entgehen kann. Nicht einmal du.«

»Willst du mir angst machen?«

Urste drehte ihm den Rücken zu. Arnth spürte eine Welle von kaum gebändigten Gefühlen, deren Heftigkeit ihn überraschte. Er hätte nicht geglaubt, daß dieser kühle Haruspize, der sich immer unter Kontrolle hatte, zu einer solchen Leidenschaft fähig wäre.

»Ich würde mit Freuden mein Leben für dich geben, wenn ich damit das deine glücklich und zufrieden machen könnte«, sagte Urste, noch immer abgewandt. »Es ist schade, daß du so viel Liebe nicht zu schätzen weißt. Aber daran ist nichts zu ändern. So soll geschehen, was du wünschst. Ich werde also die Opferung vorbereiten und die edle Thesan holen lassen.«

Dann verschwand er wie ein Schatten, und Arnth starrte wieder in die Dunkelheit, in Richtung Ruma. Die Geräusche der Nacht drangen an sein Ohr. Eine Eule hatte sich in seiner Nähe niedergelassen. Ihre goldenen, runden Augen schienen auf ihn gerichtet zu sein, als ob Thesan ihn auf diese Weise ihrer Unterstützung versichern wollte.

Die Sehnsucht nach ihr stieg wieder in ihm auf, und er machte sich langsam auf den Weg in den Tempel. Er brauchte Zeit, um sich zu beruhigen, damit kein anderer Gedanke als der an den Sieg die Opferung störte.

Die Morgenröte breitete sich am östlichen Himmel wie ein rotgoldener Fächer aus, als die Haruspizen unter dem wachsamen Blick Urstes und dem eisigen der Trutnot das Opfer vollzogen.

Vom Platz des Königs aus, den er als sein Erbe eingenommen hatte, spürte Arnth das Unbehagen Thesans im Tempelbereich und die Unruhe Urstes. Die Haruspizen schienen diesmal sehr lange zu brauchen, um aus der Leber des geopferten Stiers die Zeichen für den Tag zu lesen, und Arnth erhob sich. Das erste Morgenlicht fiel durch den Wald der vielen hohen Statuen, die dem Heiligtum der Göttin Uni in Vei auch den Namen *Tempel der zweitausend Statuen* gegeben hatten, und spiegelte sich in den zahlreichen Becken wider, in denen das Heilige Wasser sprudelte, dem heilende Wirkung zugeschrieben wurde und in dem täglich Kranke und Sieche Genesung suchten. Aber jetzt war der Tempel

bis auf die, die der Opferung beiwohnten, leer, und der Bereich hinter dem Opferaltar lag noch in tiefem, geheimnisvollem Dunkel. Arnth wandte sich an Thesan. »Ich möchte dich um eine Prophezeiung bitten, Trutnot«, sagte er und hob die Hand, um Asnai, dem Oberhaupt der Hohepriester der Göttin Uni, der etwas einwenden wollte, Einhalt zu gebieten.
Thesan fuhr unmerklich zusammen. Arnth fand sie schöner als je zuvor. Ihn überfiel eine heftige Sehnsucht nach ihr, für die er sich hier und unter diesen Umständen fast schämte.
»Es wird dir nicht gefallen, was ich zu sagen habe«, erwiderte die junge Frau.
In diesem Moment zerstoben die Flammen in den Feuerbecken in tausend glühende Funken.
Arnth zuckte zusammen. »Sprich trotzdem. Die Wahrheit kommt von den Göttern.«
»Du wirst König von Vei sein, noch bevor dieser Tag zu Ende geht.«
Thesan hatte leise gesprochen, trotzdem durchdrang der Klang ihrer Stimme den ganzen Tempelbereich, und jeder der Anwesenden hatte sie gehört. Unter den Haruspizen erhob sich ein erregtes Gemurmel, und Arnth erstarrte.
»Ist es das, was auch ihr aus den Zeichen gelesen habt?« fragte er an den Hohepriester gewandt, ohne seinen Blick von Thesan abzuwenden und von Urste, der sich nun dem Altar genähert hatte und sich kaum noch beherrschen konnte.
»Unsere Zeichen sind nicht ganz deutlich, aber sie sind nicht günstig für den Re Supremo und das Bündnis«, murmelte der Hohepriester mit einem Anflug von Panik in der Stimme.
»Sie ist schuld!« schrie in diesem Moment Urste mit schriller Stimme und deutete mit ausgestrecktem Zeigefinger auf Thesan. »Warum hört ihr nicht den Schrei der Erde, die sich gegen ihre Gegenwart auflehnt? Sie hat an ihrer Seite fremde Götter und Geister, die uns hassen.«
»Genug jetzt!« befahl Arnth. »Beruhige dich, Haruspize, und halte deine Zunge im Zaum. Opfert von jetzt an den ganzen Tag für meinen Vater und für die Truppen des Städtebundes. Meule wird mich mit ein paar Männern seiner Wache auf das Schlachtfeld begleiten, wir werden gleich aufbrechen. Und was dich anbetrifft, Hohepriester, du wirst die

Trutnot hier im Tempel unterbringen und sie unter den Schutz der Göttin Uni stellen.«

Der Mann verbeugte sich zustimmend. Der Tempel war der heiligste Platz in Vei, und so würde Thesan doppelt, als Trutnot und unter dem Schutz der Göttin, unantastbar sein. Der König selbst wurde somit zum Garant für das Band zwischen Menschen und Göttern.

Also liebst du sie über alles, war die schweigende Botschaft im Blick Urstes, der Arnth folgte, während er den Tempel verließ.

Als Urste sich umdrehte, traf er auf den wachsamen Blick des Hohepriesters und auf den feindlichen Thesans. Drohend machte er einen Schritt auf sie zu, aber der Hohepriester stellte sich schützend vor sie.

»Benachrichtige so schnell wie möglich Flasi Aivas«, befahl er ihm.

Urste nickte mühsam und versuchte, Thesans Blick einzufangen, um sie seinem Einfluß zu unterwerfen. Hier konnte ihm das gelingen, denn dieser Ort war ihr feindlich gesinnt und unterstützte die Magie seiner eigenen Kräfte. Aber erneut stellte sich der Hohepriester zwischen ihn und die Trutnot.

»Komm«, sagte er zu Thesan. »Die Göttin Uni wird dich wie eine Mutter aufnehmen.« Dann ging er ihr ins Innere des Tempels voraus, und Thesan folgte ihm.

Die Sonne war inzwischen aufgegangen, und ihre Strahlen ließen die vielen Statuen und das Wasser in den Becken golden aufleuchten. Urste war bleich vor Zorn und versuchte mit Mühe, seine Fassung zu wahren.

»Die Trutnot hatte recht«, murmelte einer der Haruspizen, die das Opfer vollzogen hatten, hinter ihm. »König Tulumne wird fallen, sobald die Sonne hoch am Himmel steht. *Das* war es, was die Zeichen gesagt haben.«

Urste fuhr herum. »Und warum hast du es dann verschwiegen?«

»Um zu vermeiden, daß unser junger Fürst, der seine Kraft noch nicht ganz wiedererlangt hat, auf das Schlachtfeld reitet«, erwiderte der Haruspize.

»Gut«, nickte Urste. »Ich werde opfern, damit ihm nichts geschieht. Und dann werde ich Flasi Aivas eine Botschaft schicken.«

Als Arnth sich mit seiner Eskorte dem Schlachtfeld näherte, kam ihnen an einer Biegung des Pfades eine Gruppe von Verwundeten zu Pferde entgegen. Die Sonne stand schon hoch am Himmel, und in der staubflimmernden Hitze herrschte eine ungewöhnliche Stille. Der Sohn des Königs von Vei zügelte sein Pferd so heftig, daß ihm ein schneidender Schmerz durch die kaum verheilte Wunde fuhr. Es waren Soldaten aus Xaire, und als ihr Hauptmann ihn erkannte, hielt er nur widerstrebend sein Pferd neben ihm an.

»Fürst von Vei«, sagte er mit schmerzerfüllter Stimme, »die Götter haben mich zweimal gestraft. Einmal, weil ich diese schmähliche Niederlage ertragen muß, und nun, weil ich dir sagen muß, daß dein Vater, der Re Supremo, tot ist. Unsere Truppen ziehen sich zurück.«

»Wann und wie ist das passiert?« war alles, was Arnth wissen wollte.

»Schon beim ersten Aufeinandertreffen. Der Re Supremo ritt an der Spitze unserer Truppen, aber der König von Ruma hatte Bogenschützen an den Flanken seiner Truppen aufgestellt. Unsere vorderen Linien sind unter einem Pfeilregen gefallen und als einer der ersten der Re Supremo.«

»Nicht einmal die Zeit zu kämpfen hat er ihm gelassen! Du sollst verflucht sein, Mastarna!« stieß Arnth hervor und setzte sein Pferd in Trab.

»Warte!« schrie Meule und versuchte ihm zu folgen. »Du bist jetzt der König von Vei! Riskiere nicht unnötig dein Leben. Die Götter werden dir deine Rache noch gewähren und auch die Zeit, sie zu genießen!«

»Die Götter werden dafür sorgen, daß ich den zerstückelten Leichnam Mastarnas im Staub zu meinen Füßen sehe!« erwiderte Arnth finster und ritt weiter auf das Schlachtfeld zu.

Der Eskorte kamen jetzt immer mehr Soldaten entgegen, die Verletzte mit sich führten und mit gesenkten Köpfen an ihnen vorüberzogen. Arnth hielt sein Pferd an.

»Ist es wirklich das, was du willst? Mastarna in Stücken vor dir im Staub?« kam ihm wie ein Echo auf seine Worte eine Stimme in den Sinn, die nicht seine war.

»Ja, das will ich«, murmelte er zornig.

In diesem Moment kam Egene den staubigen Pfad entlanggeritten, ge-

folgt von seinen Männern. Als er Arnth erkannte, hielt er an seiner Seite an und legte ihm eine Hand auf die Schulter.
»Weißt du schon von deinem Vater?«
»Ja.«
»Es tut mir leid.«
»Warum verfolgt euch Mastarna nicht? Warum haben seine Männer nicht von eurem Rückzug profitiert und euch alle niedergemetzelt? Das machen die Truppen von Ruma doch in jeder Schlacht!«
»Vielleicht weil es diesmal Mastarna war, der sie kommandierte, und nicht seine latinischen Hauptleute.«
Arnth antwortete nicht. Die Männer seiner Eskorte hatten inzwischen den Leichnam Tulumnes geborgen. Voller Trauer und Respekt für den toten Re Supremo kamen sie ihm nun entgegen, und er wendete sein Pferd und ritt ihnen bis nach Vei voran.

Noch an diesem selben Abend, nachdem die Verletzten versorgt, die Toten aufgebahrt und die Tore der Stadt zum Zeichen der Trauer geschlossen worden waren, gab Arnth seinem Adel und den als Gäste in der Stadt anwesenden Königen bekannt, daß nach den vorgeschriebenen neun Trauertagen für den toten König seine Hochzeit mit der Tochter von Caitli von Tarchna stattfinden würde.
»Sicher wirst du keinen Rat von mir annehmen wollen«, sagte Egene spät am Abend zu ihm, nachdem schon Matula von Xaire und die alten Adeligen von Vei mehr oder weniger deutlich ihr Mißfallen sowohl über seine Wahl als auch über den Zeitpunkt ausgedrückt hatten.
»Nein«, antwortete ihm Arnth knapp. Der Wein, den er zur Trauerfeier für den toten König getrunken hatte, war ihm in einem Maße in den Kopf gestiegen, daß er kaum noch seine körperliche Schwäche empfand, die seine Hände zittern ließ.
»Wir glauben, daß du noch einmal darüber nachdenken und die Götter um Erleuchtung bitten solltest«, fuhr Egene fort.
»Sicher, das werde ich tun«, antwortete ihm Arnth in einem Ton, der durchblicken ließ, daß er dies nicht einmal in Betracht zog. »Deine Freundschaft ist mir jetzt noch kostbarer, weil in den Adern meiner Königin das Blut der Könige von Tarchna fließt.« *Das wahre*, hatte er noch hinzufügen wollen, aber im letzten Moment hielt er sich zurück. Er wußte, daß er sich Egene nicht zum Feind machen durfte.

»Entschuldige mich jetzt bitte«, fügte er statt dessen hinzu, »ich bin sehr müde.«
Als er den Saal verließ, folgte ihm Urste in einigem Abstand. Im Palast herrschten große Aufregung und ein ständiges Kommen und Gehen. Die Diener mußten sich nicht nur um die Trauergäste kümmern, sondern auch um die verletzten Adeligen.
Kurz bevor Arnth seine Gemächer erreichte, fühlte er, wie seine Beine schwer wurden und er kaum noch Luft bekam. Er hielt sich an der Mauer fest, und sofort stützte ihn die unerwartete sichere Hand von Urste.
»Erlaube mir, dir zu helfen, mein König«, murmelte er. »Du hättest dich heute mehr schonen müssen. Du bist noch geschwächt.«
»Nicht so sehr, wie du glaubst«, erwiderte ihm Arnth und stieß ihn von sich. »Wenn die Hochzeitsfeierlichkeiten vorbei sind, wirst du nach Tarchna zurückkehren, wo du hingehörst.«
»Ist das wirklich dein Wunsch?«
Arnth fühlte die Erinnerung an die Berührung einer anderen, sanften und warmen Hand in sich aufsteigen. »Ja!« antwortete er mit Entschiedenheit.
Urste schaute sich ein wenig verunsichert um, als ob ihn plötzlich etwas abgelenkt hätte. Dann deutete er eine Verbeugung an.
»Also werde ich Vei verlassen müssen«, sagte er.
Arnth nickte und zog sich in seine Gemächer zurück.

Thesan wartete, bis die Sonne untergegangen war, bevor sie den Tempel der Göttin Uni verließ. Selbst hinter den Mauern des Tempels hatte sie gespürt, wie die Angst in der Stadt wegen des Ausgangs der Schlacht gewachsen war. Nach und nach war sie einer Erstarrung gewichen. Eine Erstarrung, die sogar den heiligen Tempelbereich und den Tempel selbst ergriffen hatte.
In den vorangegangenen Stunden hatte sie lange mit Asnai, dem Oberhaupt der Hohepriester des Tempels der Göttin Uni, gesprochen. Asnai fühlte sich ihr nicht gerade verbunden, aber er war zumindest nicht so feindselig wie die anderen. An einem bestimmten Punkt ihres Gespräches hatte sie sich dann der Statue der Göttin genähert. Sie hatte die Arme ausgebreitet und zu ihr gesprochen.
»In einer Vision vor vielen Jahren habe ich diesen Ort brennend und

von den Truppen Rumas verwüstet gesehen, einem latinischen Ruma, in dem es keine Spuren mehr von uns gab ... Du, Herrin des Lichts, wirst von hier weggebracht werden und einen anderen Namen erhalten.«

Asnai war tief beeindruckt gewesen von der Macht ihrer Prophezeiung und ihren seherischen Kräften. Sie hatte ihm gesagt, daß der König gefallen war, und der Hohepriester war nach draußen geeilt.

Jetzt zog sich Thesan einen dunklen Mantel über und verließ den Tempelbezirk. Die Stadt war erhellt von vielen Feuern, die überall in den Straßen und an jeder Ecke brannten. Das Portal zum Königspalast stand wegen der Trauerfeierlichkeiten für den König offen, aber die Tore der Stadt waren geschlossen und die Wachen in Alarm versetzt.

Thesan verließ den Tempel und überquerte den großen Exerzierplatz, wohin die Verletzten gebracht worden waren. Schon heute nacht würde sie Königin sein, noch bevor sich irgendeine andere Kraft dem widersetzen konnte.

Um in den Palast zu gelangen, benutzte sie eine versteckte, kleine Gasse, die ihr damals Acilius gezeigt hatte, als sie auf der Durchreise nach Ruma für kurze Zeit in Vei haltgemacht hatte. Als sie die schmale, steile Treppe hinaufstieg, die zu einem finsteren Gang und von dort zu dem kaum benutzten Nebeneingang führte, ertappte sie sich bei dem Gedanken, daß das junge Mädchen von damals fast zu einer Fremden geworden war, obwohl diese Zeit noch gar nicht so lange zurücklag. Nur Acilius, der versucht hatte, sie hier in diesem dunklen Gang zu küssen, war derselbe gute Acilius geblieben, und sie dachte mit einer leichten Wehmut an ihn.

Dann gelangte sie zu dem Gemach Arnths. Inzwischen kannte sie sich im Palast gut aus, und in diesem Flügel war alles ruhig, da er weit entfernt von den Gemächern des Königs und des Saales lag, wo die Trauerfeierlichkeiten stattfanden. Nur wenige Diener begegneten ihr, und am Eingang zum Gemach waren keine Wachen aufgestellt.

Der Raum lag im Halbdunkel, und eine große Fensteröffnung ging gegen Süden, von der aus ein Teil der Stadtmauer zu sehen war, deren dunkles Profil sich gegen den klaren Sternenhimmel abhob.

Thesan trat ans Fenster. Eine frische Brise war aufgekommen, der Wind wehte von Norden.

»Was bist du im Begriff zu tun, Thesan? Die Trauer um den König

braucht ihre Zeit, sein Geist muß Frieden finden«, hörte sie plötzlich die vorwurfsvolle, aber mitfühlende Stimme des Großen Trutnot, als hätte der Wind sie auf seinen Flügeln zu ihr getragen.

»Arnth braucht mich jetzt«, antwortete sie ihm in Gedanken.

»Arnth ist ein schwacher Fürst, und selbst du kannst ihn nicht ändern. Bringe ihn also nicht dazu, auch noch die Regeln zu verletzen, Thesan, wo schon alle gegen die Wahl sind, die er getroffen hat.«

»In neun Tagen, nach der Trauerzeit, wenn Arnth König sein wird, werden alle um ihn herum wieder so erstarkt sein, daß er Urste akzeptieren und somit auch er eine Kreatur von Flasi Aivas werden wird. Hast du immer noch nicht erkannt, wie stark der Haruspize von Tagete geworden ist, Großer Trutnot? Und weißt du nicht, wie groß sein Wunsch nach Rache ist? Die Hälfte der Familie der Aivas ist hier in Vei geblieben, nachdem die Verbannung aus Tarchna aufgehoben wurde. Sie ist reich, vielleicht reicher als der König selbst, und sehr mächtig. Ihren Einfluß auf den König will ich mindern. Das ist der Grund, warum ich hier Königin werden will, Großer Trutnot.«

»Die Stadt liebt dich nicht, Thesan.«

»Ich liebe sie auch nicht, aber das wird mich nicht daran hindern, hier Königin zu sein.«

Die Stimme des alten Mannes schwieg. Für einen Augenblick hielt Thesan den Atem an und wartete darauf, daß sich nun auch die Stimme Caitlis meldete. Aber der Wind strich ohne Botschaft an den Mauern des Palastes entlang. Thesan fühlte sich plötzlich sehr einsam.

Da hörte sie, wie Arnth sich dem Gemach näherte, und gleich darauf die Stimme Urstes. Sie verbarg sich, um nicht entdeckt zu werden, falls Arnth es dem Haruspizen erlauben sollte, ihn in sein Gemach zu begleiten. Aber Arnth trat alleine ein und lehnte sich erschöpft und nach Atem ringend an die Mauer. Thesan ging auf ihn zu und blieb vor ihm stehen. Arnth schaute sie regungslos an, und Thesan fühlte seine Qual, so wie sie seinen körperlichen Schmerz gefühlt hatte.

Für einige Zeit verharrten sie so, dann trat Arnth näher an sie heran. Heftige Gefühle stritten in ihm.

»Tochter von Caitli ...«, murmelte er, »und Tochter eines Gottes, der sich deiner Mutter in der Nacht mit zwei Monden genähert hat ... Das jedenfalls sagt Flasi Aivas von dir. In einer Nacht voller göttlicher Macht, einer ganz besonderen Nacht.«

»Hab keine Furcht. Der Preis für diese Nacht ist mit Blut bezahlt worden.«

»Bist du . . . geweiht?«

»Ich habe dir schon einmal auf diese Frage geantwortet. In Fanu Veltune, erinnerst du dich? Hast du etwa Angst vor mir?«

Arnth bemerkte nicht das leise Beben in ihrer Stimme, und alle Vorsicht außer acht lassend, riß er sie stürmisch an sich. Dann zog er sie zum Bett und drang, trotz ihres Widerstandes, heftig in sie ein. Ausgehungert nach ihrem Körper, fiel er über sie her und erfüllte sie mit seinem Samen, bis er schließlich erschöpft von ihr abließ. Thesan richtete sich halb auf und strich ihm die zerzausten Haare aus dem Gesicht. Sein Atem ging noch immer keuchend, aber dieser schöne junge, muskulöse Körper war nun entspannt und voller Befriedigung. Jetzt gehörte er ihr. Thesan streckte sich wieder neben ihm aus und versuchte eine Bresche zu finden in diesem feindlichen Dunkel, das sie umgab, aber sie fand nicht die kleinste Ritze. Die Mauern schwiegen gekränkt, und der Palast hielt den Atem an, versunken in derselben Welle von Dunkelheit, die auch sie kurz zuvor zu verschlingen gedroht hatte.

Arnth bewegte sich neben ihr und tastete wieder nach ihrem Körper, aber er war nun zu erschöpft. Thesan ertrug seine nutzlosen Versuche, bis er schließlich einschlief. Dann stand sie auf und ging zum Fenster. Die Nacht neigte sich schon der Morgendämmerung zu, aber der Himmel war noch dunkel. Nur gegen Süden hin, nach Ruma zu, schien der Himmel in Flammen zu stehen.

Dieses Feuer ist nicht von dieser Welt, dachte sie. Nur ein Magier kann ein solches Feuer entzünden . . . oder meine Mutter. Ein Lächeln überflog ihr Gesicht, in Erinnerung an Larths Liebe, im Gegensatz zu der Unerfahrenheit und dem Egoismus Arnths.

Trauer um den Mann stieg in ihr auf, dessen Kind sie getragen hatte, nicht um den König, dem sie wie ein Geschenk der Götter geweiht war. Das Kind, das ich heute nacht empfangen habe, dachte sie, wird ganz alleine mir gehören.

Langsam hob sie die Hand, um das Siegel der Zeit in den Umrissen dieses Feuers nachzuzeichnen, das dort am Himmel zu Ehren des Sieges von Mastarna brannte, und entzog sich der Botschaft Caitlis, die sie nun ganz deutlich spürte. Welcher Vorwurf oder welche Wahrheit es auch immer sein mochte, sie wollte nichts davon hören.

Neun Tage später war es Asnai und nicht Flasi Aivas, der den Schleier über die Brautleute breitete und dem Brautpaar seinen Segen gab. Der Saal, in dem Tulumne damals die Könige versammelt hatte, um zuerst gegen Larth und dann gegen Mastarna in den Kampf zu ziehen, war nun erfüllt von Sorge. Die Anwesenden verfolgten schweigend das Ritual.

Flasi Aivas hatte sich geweigert, die Zeremonie zu vollziehen. Doch König Arnth von Vei hatte nur Augen für seine Königin, die geschmückt mit den Juwelen von Vei in strahlender Schönheit vor ihm stand, und auch die Blicke aller anderen waren auf sie gerichtet.

»Wie eine Göttin«, hörte man in der Menge murmeln, die der Zeremonie beiwohnte, aber der eine oder andere flüsterte auch: »Ein böser Geist.«

Selbst Flasi Aivas mit Urste an seiner Seite, der alte König von Velx, Egene von Tarchna und Matula von Xaire konnten sich der Faszination ihrer Erscheinung nicht entziehen.

Arnth drückte ihre Hand. Kein Mann kann glücklicher sein als ich, dachte er, und für einen Moment stieg Angst in ihm auf, als er daran dachte, welchen Preis er vielleicht eines Tages für dieses Glück zu zahlen hatte.

7.

Die Ankunft ihrer Amme Tura heiterte Thesan auf. Herbst und Winter waren eintönig gewesen und hatten sich lange hingezogen. Arnth hatte zwar Urste vom Hof verwiesen, aber abgesehen von Arnth, der sie mit seiner Liebe umgab, hatte sie niemanden. Außer vielleicht Asnai, den Hohepriester, mit dem sie zumindest Gespräche führen konnte.
Die Stadt hatte die Niederlage nur schwer verkraftet, und Arnth bekam den Unmut seines Adels zu spüren. Er hatte einen Teil der Abgaben erlassen, was die allgemeine Unzufriedenheit aber nicht minderte, und er hatte das feierliche Versprechen abgegeben, der Stadt während seiner Regierungszeit viele Jahre des Friedens zu schenken. Ein Versprechen, das für die einen kühn, für die anderen in Anbetracht der Niederlage gegen Mastarna eine Schande war.
Tura fühlte sich in den Gemächern der Königin immer noch nicht wohl. Die Reise vom Tivrit bis hierher war lang und anstrengend gewesen, und sie war weder an Reisen noch an Orte wie Vei gewöhnt. Thesan hatte sie bei ihrer Ankunft fest in die Arme geschlossen und verbarg auch jetzt ihre Freude über ihre Gegenwart nicht.
»Ich bin so glücklich, dich zu sehen, Tura!« wiederholte sie immer wieder. »Erzähle mir vom Tivrit! Wie geht es meiner Mutter und Velvur . . . Und wie geht es meinem Sohn?«
Die Amme zögerte einen Moment und warf einen Blick auf Thesans Leib. Sie trug das Kind nun knapp sieben Monde, aber man hätte glauben können, es seien schon neun.
»Du wirst nun bald einen anderen Sohn haben«, sagte sie.
»Ich muß der Göttin Uni und ihren Regeln für die Zeit nach der Geburt dankbar sein. Denn bei dem Ungestüm des Königs würde ich sonst wahrscheinlich jedes Jahr Mutter werden!« erwiderte Thesan lächelnd.

Tura erwiderte schüchtern ihr Lächeln, und Thesan legte ihren Arm um Tura und zog sie mit sich vor den großen Kamin, vor dem ein bronzener Feuerschutz aufgestellt war. Es war Brauch, daß eine Königin die eigene Amme bei sich hatte, vor allem, wenn die Geburt des Erben bevorstand. Thesan wußte allerdings, daß Tura in diesem Palast nicht glücklich sein würde und daß die Mägde ihr kaum Respekt zollen würden.

»Der edlen Caitli geht es gut und auch der alten Insha und dem Großen Trutnot. Sie schicken dir alle ihre guten Wünsche«, sagte Tura.

Thesan nickte. Es war klar, daß sie ihr nun über Tura ihre Grüße schickten, denn schon seit langer Zeit hatte sie sich geweigert, in Gedanken oder über das Feuer mit ihnen in Kontakt zu treten.

»Und was Acilius anbetrifft . . . Acilius redet ständig von dir. Ich finde, er übertreibt es ein wenig. Und über deinen Sohn wacht er, als wäre er sein eigener Bruder. Die beiden sind unzertrennlich.«

»Und was ist mit Tarxne? Ist er groß geworden?«

»Er ist ein wunderbares Kind, intelligent, lebhaft und eigensinnig . . . manchmal allerdings auch sehr vorlaut und ungehorsam. Aber deine Mutter läßt ihm nichts durchgehen, sie ist sehr streng mit ihm.«

»Das ist auch richtig so«, erwiderte Thesan. »Du weißt, wessen Sohn er ist.« In diesem Moment trat, ohne sich anzumelden, wie es seine Gewohnheit war, Arnth ein. Er wußte von der Ankunft Turas, und er wußte auch, daß Thesan alle ihre Mägde weggeschickt hatte, um mit ihr alleine zu sein. Aber der erste Blick auf die Frau beruhigte ihn. Sie hatten vom Tivrit weder eine Spionin noch eine Magierin geschickt, sondern nur eine einfache Amme. Freundlich lächelte er ihr zu.

Tura senkte verlegen den Blick und dachte, daß dieser hübsche, starke junge Mann ihrer kleinen Thesan bestimmt würdig war.

Arnth ging auf Thesan zu und küßte sie. »Hast du Nachrichten von deinem Sohn bekommen, meine Königin?« fragte er mit einer leichten Beunruhigung in der Stimme.

»Wir haben gerade von ihm gesprochen. Tarxne geht es gut, ich brauche mir keine Sorgen um ihn zu machen.«

»Dann sollte ich das auch nicht tun, oder? Er wächst auf dem Tivrit auf und wird deshalb sicher ein Trutnot werden . . . oder vielleicht ein Magier? Urste meint, er besitzt außergewöhnliche Kräfte.«

»Er ist nur ein Kind, und die Götter werden über seine Zukunft entscheiden«, antwortete Thesan.

Arnth fühlte sich bei ihren Worten, die ihn eigentlich hätten beruhigen sollen, ein wenig unbehaglich. Aber dieses Gefühl verflog gleich wieder, denn in Thesans Gegenwart war es ihm unmöglich, bedrückenden Gedanken nachzuhängen.

»Ich fürchte, daß du zumindest heute auf das Geplauder mit deiner Amme verzichten mußt«, sagte er. »Egene und seine Königin sind mit dem Hof von Tarchna auf dem Weg hierher, und ich möchte dich bei ihrem Empfang und dem anschließenden Bankett an meiner Seite haben.«

»Wird dich Egene morgen auf die Wildschweinjagd begleiten?«

»Ich glaube ja, auch wenn er weder Fallen aufzustellen noch mit einer Lanze umzugehen weiß. Viel lieber würde er hier mit den alten Männern meines Rates zusammensitzen und über Geschäfte reden, wie eine Eule unter alten Eulen.«

Thesan lächelte. Sie wußte, daß Egene nur gekommen war, um einen Vertrag über die Lieferung von Eisen aus Tarchna im Tausch mit Getreide und Webstoffen aus Vei auszuhandeln.

»Sobald sie angekommen sind, werde ich bereit sein«, sagte sie, und im selben Augenblick sah sie den Zug vor sich. »Übrigens ist Urste mit ihnen!« fügte sie hinzu.

Arnth erstarrte. »Urste?« murmelte er verärgert. »Warum hat ihn Egene mitgebracht?«

»Auf Anweisung von Flasi Aivas. Sei vorsichtig, König von Vei.«

»Kannst du mich vor ihm schützen?«

»Ich kann dich schützen, wenn du keine Angst hast.«

Arnth nickte, aber seine Fröhlichkeit und die Vorfreude auf die Jagd waren dahin. Wenn ich keine Angst habe . . ., dachte er, während er den Thronsaal betrat und mit einem Wink den Wachen Anweisung gab, sich wie gewöhnlich hinter ihm aufzustellen. Was hat Thesan damit sagen wollen? Wieso sollte ich in meiner eigenen Stadt Angst haben?

Trotzdem wagte er es nicht, sie danach zu fragen, als sie kurze Zeit später, bekleidet mit einer an den Borden in Purpur und Gold reich bestickten Tunika und einem kurzen Umhang über den Schultern, der auch einen Teil ihrer Haare bedeckte, neben ihm erschien.

Gleich darauf betraten auch die Gäste den Thronsaal. Der König von Vei ging Egene entgegen und umarmte ihn fast brüderlich. Aber Egene erwiderte nur steif seine herzliche Begrüßung, und Arnth verstand, daß er sich nur ungern auf diese Reise begeben hatte und sie ausschließlich als eine Notwendigkeit betrachtete, die den Interessen Tarchnas diente.

»Ich danke dir«, sagte Egene förmlich. »Du gibst mir das Gefühl, viel mehr als nur ein Verbündeter zu sein.«

»Das bist du auch für mich. In gewisser Weise bist du mir sogar näher als die meisten anderen!« erwiderte Arnth und versuchte Urste zu ignorieren, der als einer der ersten der Adeligen, die den König von Tarchna begleitet hatten, hinter Egene stand.

Dann begleitete er den König von Tarchna zu dem Platz an seiner Seite, hörte seinen langweiligen Ausführungen zu und überließ es Thesan, sich um die unscheinbare Königin zu kümmern und um die Unterbringung ihres Gefolges.

Zum erstenmal nach dem Tod des Königs Tulumne hatte sich der Thronsaal wieder geöffnet, um Gäste zu begrüßen und mit ihnen den Frühling, der den Hügel von Vei mit einem weißen Blütenschleier überzogen hatte. Aber gegen Abend war es kühl geworden, und ein feiner Nieselregen, typisch für die Jahreszeit, begleitet von einem Nordwestwind, hatte den Rauch der Opferriten nach unten gedrückt, statt ihn aufsteigen zu lassen.

»Irgend etwas wird schon sehr bald geschehen ... ein Unheil«, hatten die Haruspizen vorausgesagt, und der Hohepriester Asnai hatte ihre Voraussage nur bestätigen können.

Wieder einmal waren die Zeichen verwirrend gewesen und die Voraussagen ungenau, aber keiner wagte es, die Königin zu befragen, die im übrigen diesmal nicht als Trutnot dem Vollzug der Riten beigewohnt hatte. Arnth war erstaunt, Thesan später an diesem Abend heiter vorzufinden, während die Gäste ihre Plätze für das abendliche Bankett einnahmen. Die Königin trug einen goldbestickten Umhang über der purpurfarbenen Tunika und hatte ihre hellen Haare, die alle am Hof so beunruhigten, in ein feines, dunkles Netz geschlungen.

Aber auch so blieb sie eine Fremde.

Arnth suchte lächelnd ihren Blick, und das Bankett begann. Er versuchte das Gespräch mit seinen Gästen auf die bevorstehende Jagd zu lenken, aber unweigerlich verlagerte es sich schon nach kurzer Zeit auf Ruma und auf die Geschehnisse dort.

»Wir haben gute Informanten in Ruma«, sagte Egene, »Freunde, die noch nicht vergessen haben, daß das Blut Tarchnas in ihren Adern fließt. Von ihnen wissen wir, was im Palast des Königs Servius vor sich geht.«

»Wir wissen auch von diesem Brand in der Nacht nach unserer Niederlage im letzten Herbst«, warf Urste ein. »Er war fast genauso wie der, der den Himmel erflammen ließ in der Nacht, als König Larth, der Tarquinier, starb. Und wir wissen, daß König Servius siegreich weitere Aufstände der Sabiner niedergeschlagen hat.«

»Außerdem baut er die Verteidigungsmauern um die Stadt aus und hat ihren Umkreis sogar um zwei Hügel erweitert«, fügte Egene hinzu und ließ durch seinen Tonfall erkennen, wie wenig ihm diese Tatsache gefiel.

»Wieso muß er Mauern bauen, wenn ihn das Feuer schützt?« rief Arnth verwundert aus.

»Dieser Mann kann als König genauso wenig dem Feuer gebieten wie damals, als er noch Mastarna hieß«, war nun die klare Stimme Thesans zu vernehmen. Die Köpfe aller wendeten sich ihr zu, und die Geräusche im Saal erstarben.

»Also heißt das, du weißt, wer diesem Feuer gebietet, Königin?« fragte Urste in die Stille hinein. »In diesem Fall könntest du es zu unserem Vorteil nutzen.«

»Ich habe keine Macht über dieses Feuer«, antwortete ihm Thesan und erwiderte mit einem kalten Lächeln den Blick des jungen Haruspizen. »Und wenn ich sie hätte, dann würde ich sie nicht benutzen, weder um die Siege Mastarnas zu krönen noch die unseren.«

»Aber du bist die Königin von Vei, und du hast die Pflicht, alles, was in deiner Macht steht, für diese Stadt zu tun!« antwortete Urste erregt. Er hatte die Königin dazu gebracht, sich vor allen verteidigen zu müssen, und das war mehr, als Flasi Aivas erwartet hatte.

Thesan ließ sich nicht so einfach aus der Fassung bringen. Mit stolz erhobenem Haupt sah sie in die Runde, und unter ihrem kühlen Blick senkten alle betreten den Kopf. Plötzlich ertappte sich jeder dabei, seinen eigenen Anteil an Schuld zu erkennen, und hier und da wurde ein unterdrückter Einwurf laut. Thesan sah nun wieder den jungen Haruspizen an, der sie herausgefordert hatte.

»Alles, was in meiner Macht steht, tue ich alleine für meinen König«, erklärte sie und neigte sich leicht zu Arnth, der ihre Hand ergriff.

Urste verbeugte sich knapp. »Kein König könnte sich mehr wünschen«, antwortete er mit liebenswürdiger Stimme, und Thesan nahm seine Kapitulation an. Aber für den Rest des Abends sagte sie kein Wort mehr.

Das Bankett ging früh zu Ende, doch der Palast kam noch lange nicht zur Ruhe, denn die Diener waren hektisch damit beschäftigt, Vorbereitungen für die Jagd zu treffen, zu der die beiden Könige mit ihrem Gefolge schon am nächsten Morgen bei Tagesanbruch aufbrechen würden. Das war auch der Grund, warum Arnth an diesem Abend den Gemächern der Königin fernblieb.

Aber er schlief nur wenig und schlecht in dieser Nacht. Alpträume bedrückten ihn, und er hatte das Gefühl, als hätte er den Atem Urstes im Nacken, während ihm Mastarna die Spitze seines Schwertes auf die Brust setzte.

Seit zwei Tagen waren die beiden Könige mit ihrem Gefolge in den nördlichen Bergen auf der Jagd nach Wildschweinen unterwegs, die, sofort nachdem sie erlegt waren, von den Dienern für den Transport in die Stadt vorbereitet wurden. Das schönste Tier würde allerdings zu Ehren der Göttin Uni verbrannt und die Hälfte der Beute an die Einwohner der Stadt verteilt werden. Die andere Hälfte war für die Vorratskammern des Palastes bestimmt, die wie immer am Ende des Winters fast leer waren. Die Gäste aus Tarchna konnten die von ihnen selbst erlegten Wildschweine mit sich nehmen, nachdem sie eines davon als Opfer für die Göttin und ein zweites den Einwohnern der Stadt überlassen hatten. Aber Egene hatte erklärt, er wolle die gesamte Beute der Stadt zukommen lassen, und dieser Höflichkeitsakt, vom König mit Dank angenommen, würde den bevorstehenden Abschluß der Verhandlungen sicher günstig beeinflussen.

Seit dem Aufbruch der beiden Könige zur Jagd war das Wetter allerdings kühl und regnerisch, der Wind blies von Westen und ließ die Blüten abfallen, der Regen verwandelte die Erde in einen tiefen Morast, und im Palast waren alle schlecht gelaunt.

Am Morgen des dritten Tages fühlte Thesan plötzlich die ersten Wehen. Sie lag noch auf ihrem Bett und hörte dem Regen zu, der an die Alabasterscheiben der nach Süden gelegenen Fensteröffnung trommelte, die von einer Leinwand verdeckt war.

Thesan drückte den Kopf in die Kissen und klammerte sich an der schweren Bettdecke fest. Sie trug das Kind erst sieben Monate, aber dies waren ohne Zweifel Wehen.
Schließlich, als die Wehen in immer kürzeren Wellen kamen, befahl sie mit beherrschter Stimme der Magd, die zusammengekauert vor der Tür schlief, Tura zu holen. Nicht ein einziger Schmerzenslaut kam über ihre Lippen, während Tura, die sofort an ihre Seite geeilt war, den Mägden Anweisung gab, Tücher und heißes Wasser bereitzustellen. Die Mägde gehorchten ihr nur unwillig, und es bedurfte erst der Autorität Asnais, des Hohepriesters der Göttin Uni, der jetzt ebenfalls verständigt worden war, um auch die alten Frauen des Palastes in die Gemächer der Königin zu beordern.
Mit geschlossenen Augen und geballten Fäusten dachte Thesan an die Geburt ihres ersten Sohnes, bei der ihre Mutter ihr zur Seite gestanden hatte. Damals hatte sie, behütet von ihren Kräften, kaum Schmerzen empfunden.
Mutter, hilf mir, dachte sie und ließ ihren Blick zerstreut über die Hebammen schweifen, die sich nun um ihr Bett versammelt hatten.
Dann stieß sie unwillig eine der Frauen weg, die sich über sie gebeugt hatte, setzte sich halb auf und verhalf ihrem Kind ganz alleine auf die Welt. Tura eilte ihr sofort zu Hilfe und trennte die Nabelschnur durch, während die anderen Wasser und Öl brachten.
Bei den ersten Schreien des Kindes näherte sich nun auch der Hohepriester dem Bett. Tura hatte Thesan gerade das Neugeborene in den Arm gelegt, das eine helle Haut und blonden Flaum auf dem Kopf hatte.
Dieses Kind ist genauso fremd wie sie, dachte Asnai.
In diesem Moment erschütterte ein heftiges Beben den Palast und den ganzen Hügel von Vei bis hinunter zum Heiligen Wald. Mit einem dumpfen Grollen fuhr es an den Mauern Rumas entlang bis hin zum Meer, wo sich die Wellen wie eine Wand auftürmten.
Im Palast begann alles zu schwanken und in Bewegung zu geraten. Asnai verlor das Gleichgewicht und fiel zu Boden. »Schützt die Königin!« rief er so laut, daß seine Stimme sogar die Angstschreie der Mägde übertönte, und versuchte wieder auf die Beine zu kommen. Schließlich gelang es ihm, und er warf sich über die Königin und das Neugeborene, um sie mit seinem eigenen Körper zu schützen.

Überall fielen Gegenstände zu Boden und zersprangen in tausend Stücke, Steine brachen aus den Mauern, und in Panik rannten die Menschen aus dem Palast. Dann trat plötzlich eine Pause ein, begleitet von einer unheimlichen Stille. Asnai richtete sich mühsam wieder auf und begegnete, nur eine Handbreit von sich entfernt, den Augen Thesans. Ein wohliges, nie empfundenes Gefühl einer tiefen Ruhe durchströmte ihn plötzlich.

»Du bist geblieben«, murmelte die Königin. »Das werde ich dir niemals vergessen.«

Von ihren Worten tief berührt, richtete sich Asnai langsam wieder auf. Nur Tura war noch da, alle anderen Frauen waren fortgelaufen außer zwei der ältesten, die sich in eine Ecke des Gemaches geflüchtet hatten.

»Kommt her und seid eurer Königin behilflich!« befahl ihnen der Hohepriester. Da erschütterte ein erneutes Beben die Erde, schwächer als das erste, aber in langanhaltenden Wellen. Doch diesmal verlor Asnai nicht das Gleichgewicht, denn Thesan hatte seine Hand ergriffen und hielt ihn.

Langsam klang das Beben ab, und von draußen drangen laute Rufe und Schreie herein. Aber er hörte sie kaum und wandte sich wieder Thesan zu. »Du scheinst keine Angst vor diesen Naturgewalten zu haben, meine Königin«, stellte er verwundert fest.

»Meine Furcht würde nichts an dem ändern, was schon längst entschieden ist. Mein Sohn und ich sind nicht dazu bestimmt, hier zu sterben.«

Die Königin hielt noch immer seine Hand, und Asnai strich nun mit der anderen über den hellen Flaum auf dem Kopf des Neugeborenen. Ganz ruhig, mit weit geöffneten Augen und rosigen Wangen lag er in ihrem Arm, und nichts an ihm erinnerte an das Geschlecht der Könige von Vei.

»Ich werde den Schutz der Göttin Uni auf dich herabrufen«, sagte er. »Von nun an bis an das Ende der Zeit, die dir beschieden ist. Das ist das einzige, was ich für dich tun kann.«

Tura hatte inzwischen ein paar der Mägde zurückgerufen und wies ihnen jetzt ihre Aufgaben zu. Von draußen waren immer noch aufgeregte Stimmen und Rufe zu hören, und vor der Tür warteten einige Haruspizen des Tempels auf Anweisungen.

Asnai richtete sich entschlossen auf und trat ein paar Schritte vom Bett zurück. »Wir müssen mit den Opfern beginnen«, sagte er.
»Gib Meule den Auftrag, sich mit den Wachen um die Stadt zu kümmern. Viele Häuser werden eingestürzt sein, und bestimmt hat es Tote und Verletzte gegeben«, erwiderte ihm Thesan und fügte nach einem kleinen Zögern hinzu: »Was, glaubst du, wird man dazu sagen, daß der Sohn des Königs mit dem Beben der Erde und der Trauer seiner Untertanen begrüßt wurde?«
»Man wird sagen, daß er der Sohn einer Fremden ist. Das ist es, was man sagen wird, Königin. Aber das wußtest du schon vorher.«
Thesan antwortete ihm nicht, und Asnai verließ ihre Gemächer und begab sich zu seinen Haruspizen. Im Palast herrschte ein großes Durcheinander. Frauen weinten, und Diener und Mägde rannten aufgeregt hin und her, um die Verletzten zu versorgen.
Vor dem Palast waren die farbigen Giebelfronten der Häuser des Adels und die umlaufenden Säulengänge fast alle zerstört, und eine rötliche Staubwolke lag über dem gesamten Stadthügel. Als Asnai vor das Palastportal trat, sah er Meule, um den sich langsam die Stadtwache in Erwartung von Befehlen zu sammeln begann.
»Die Königin bittet dich, mit deiner Wache allen in der Stadt beizustehen, die eure Hilfe nötig haben, und ihr so schnell wie möglich Nachricht über die Schäden und die Anzahl der Toten und Verletzten zu geben«, wandte er sich an ihn.
Meule schaute ihn verdrossen an. Nur wie durch ein Wunder war er beim Einsturz der Unterkunft der Stadtwache dem Tod entgangen, als er seine Männer hinausgedrängt hatte und ein schwerer Balken direkt neben ihm zersplittert war, der auf seinem Gesicht und seinen Schultern tiefe Kratzer und Schrammen hinterlassen hatte. Daß der Hohepriester ihm einen Befehl der Königin überbrachte, paßte ihm gar nicht. Anfangs hatte er diese Frau nur für eine Laune des jungen Arnth gehalten, aber wenn er den Mut dazu gehabt hätte, hätte er schon damals alles versucht, sie vom Hof zu entfernen.
»Wir werden unser Bestes tun«, brummte er.
»Der Erbe des Königs ist geboren«, fuhr der Hohepriester fort. »Denk also daran, die Feuer auf der Stadtmauer zu entzünden und die Nacht über brennen zu lassen. Mutter und Kind sind wohlauf.«
Meule verbeugte sich wortlos und ging, um den Rest seiner Männer, die

unverletzt waren, um sich zu sammeln. Asnai kehrte mit den Haruspizen in den *Tempel der zweitausend Statuen* zurück und begann mit den Ritualen, die die Erde wieder besänftigen sollten. Aber er fühlte sich schwach gegenüber den Kräften, die sie erschüttert hatten, und wußte nur zu gut, daß sie jemand entfesselt hatte, der viel stärker war als er.

Arnth kehrte mit Egene und den Adeligen, die sie auf der Jagd begleitet hatten, am nächsten Tag bei Sonnenaufgang nach Vei zurück. Das Beben hatte sie überrascht, als sie die Fallen eingesammelt hatten. Seine Gewalt hatte sie zu Boden geworfen, die Fangnetze zerrissen und fast alle Tiere befreit. Sie hatten sofort den Göttern geopfert und dann mit den Vorbereitungen zur Rückkehr begonnen, gedrängt von Urste und seinen bösen Vorahnungen. Der Rückweg hatte sie durch dichte Wälder und unbesiedeltes Gebiet geführt, aber es war ganz klar, daß es in den Städten und Ansiedlungen Verwüstungen gegeben haben mußte, denn sogar hier war die Erde aufgewühlt.
Aber kaum hatten sie sich der Stadt genähert, hatte Arnth die Feuer auf den Stadtmauern gesehen und gewußt, daß sein Sohn vorzeitig das Licht der Welt erblickt hatte. Nun, als sie durch die Straßen der Stadt auf den Palast zuritten, waren seine Gedanken nur noch bei Thesan und seinem Sohn, und er nahm kaum die eingestürzten Häuser wahr.
Sein Sohn.
Staubbedeckt, wie er war, betrat er die Gemächer der Königin. Aber gleich hinter der Schwelle blieb er stehen. Thesan lag mit offenen Haaren auf dem Bett, bekleidet mit einer Tunika, die von einem Gürtel gehalten wurde, an der Brust das Neugeborene, und sang mit leiser, sanfter Stimme ein Lied, dessen Worte Arnth nicht verstehen konnte.
Diese Sprache hatte er noch nie in seinem Leben gehört. Der König gab Tura ein Zeichen, den Raum zu verlassen, und näherte sich dann dem Bett. Mutter und Sohn waren sich in einem Maße ähnlich, als ob sie ganz eins wären. Arnth fühlte sich von dieser tiefen Verbundenheit ausgeschlossen, und sofort stieg eine heftige Eifersucht in ihm auf. Mein Sohn ist mir fremd, dachte er und traf auf den Blick Thesans, der ihm das gleiche sagte.
»Was hat das zu bedeuten, meine Königin?« fragte er verunsichert und

beugte sich über den Kleinen, um ihn aus der Nähe zu betrachten.
»Mein Sohn ist schon nach sieben Monden geboren, und die Erde hat bei seiner Geburt gebebt. Was hat das zu bedeuten?«
»Daß die Macht und der Einfluß von Flasi Aivas sich auf deine Stadt ausweiten. Seine Kraft dient nur der Zerstörung und dem Haß. Aber das Kind ist seinem Einfluß entzogen. Asnai hat es unter den Schutz der Göttin Uni gestellt.«
Arnth richtete sich wieder auf. Er konnte sich vorstellen, daß dies nicht allzu wichtig für sie war, denn sicher gab es viel mächtigere Kräfte, die die Königin und ihren Sohn schützten.
Kurze Zeit später erkannte der König seinen Erben vor den Augen seines Adels und all derer an, die sich im Thronsaal versammelt hatten, der unerklärlicherweise unversehrt geblieben war.
»Tu das nicht«, hatte ihm kurz vorher Urste zugeflüstert, der hinter ihm stand. »Warte, mein König. Erkenne nicht voreilig dieses Kind an, das nach sieben Monden und unter so schlechten Vorzeichen geboren ist! Es könnte dir Unheil bringen.«
»Was redest du da?« hatte ihn Arnth zurechtgewiesen. »Schau dir diesen Saal an und diesen Thron. Kann es noch ein deutlicheres Zeichen der Mächte geben, die mich beschützen?«
Dann hatte er das Neugeborene aus den Händen Turas entgegengenommen und es hoch über seinen Kopf gehoben, damit alle es sehen und sich mit ihm darüber freuen konnten.
Aranth, Sohn von Arnth. Dies würde sein Name sein.
»Ich werde dich beschützen, wenn du keine Angst hast«, hatte Thesan gesagt.
Aber schon begann die Angst wie ein bedrohlicher Schatten von ihm Besitz zu ergreifen.

8.

»Du bist sehr müde. Ruhe dich aus.« Urste hatte mit fast unterwürfiger Stimme gesprochen, aber er machte keine Anstalten, das Zelt des Königs wieder zu verlassen, und Arnth hatte keine Lust auf eine Auseinandersetzung.

»Ich werde dir Wein vorbereiten, damit du besser schläfst«, fügte der Haruspize hinzu, ging zu einem der Feuerbecken, um die Flammen anzufachen, und schickte die beiden Diener weg, die für die verdiente Ruhepause dankbar waren.

Arnth seufzte resigniert auf und streckte sich auf seinem Lager aus. In einem zumindest hatte Urste recht: Er war sehr müde. Seit sie die Stadt verlassen hatten, um nach dem Erdbeben das Territorium von Vei entlang den nördlichen Grenzen zu inspizieren, hatten sie sich keine Ruhe gegönnt. Fünfmal war inzwischen die Sonne auf- und wieder untergegangen, und überall hatten sie nur zerstörte Siedlungen vorgefunden. Sie hatten haltgemacht, um zu opfern, die Toten gezählt und den Verlust an Vieh und die Schäden auf den Feldern festgestellt.

Fünfzig Männer unter dem Befehl von Meule begleiteten den König, aber auch Egene mit seinen Wachen. Der König von Tarchna hatte es für seine Pflicht angesehen, dem Freund bei der schweren Aufgabe zur Seite zu stehen, die aufgebrachte Erde wieder zu beruhigen, die nachts immer noch bebte, wenn auch nur leicht. An diesem Abend hatte es Egene übernommen, in Ceis, einer Gruppe von vier Ansiedlungen in einer Talsohle, dem letzten Opfer an seiner Stelle beizuwohnen.

»Ein wirklicher Freund«, hatte Urste bemerkt und den König von Vei in sein Zelt begleitet, das in einer geschützten Mulde aufgestellt war, nicht weit entfernt von den Ansiedlungen, die ein Ring von Feldern, Wiesen und Einfriedungen für das Vieh umgab, hinter dem sofort wieder der dichte Wald anstieg.

In den letzten Nächten hatten sie, immer kurz bevor die Erde wieder gebebt hatte, das Geheul der Wölfe gehört. Arnth hatte kein Auge geschlossen, gemartert von einer Angst, die wie eine tödliche Krankheit von ihm Besitz zu ergreifen begann. Der Wunsch, zu seiner Königin zurückzukehren, brannte wie Fieber in ihm, während ihm gleichzeitig bewußt war, daß seine verzehrende Lust auf sie in beschämender Weise alle seine Opfer unnütz machte. Er empfand diese Lust wie einen Verrat an seinem Volk und fragte sich immer wieder, ob nicht das der Grund war, warum die Götter ihn nicht erhörten und die Erde sich nicht beruhigte.

Urste kam auf ihn zu und reichte ihm den Pokal mit schwerem roten Wein.

»Er wird dich besser einschlafen lassen«, sagte Urste in einem fast demütigen Tonfall, und Arnths Gesicht überflog ein kleines Lächeln. Dann trank er in großen Schlucken. Der Wein war gut.

»Du kannst dich heute abend glücklich schätzen, Haruspize«, sagte er und gab ihm den leeren Pokal zurück.

»Warum?« fragte Urste mit einem gespielten Erstaunen, das den König amüsierte.

»Weil du es endlich geschafft hast, an meiner Seite zu sein und dich um mich zu kümmern. War es nicht das, was du immer schon wolltest?«

Urste schaute ihn einen Moment schweigend an, und Arnth überlief ein kleiner Schauer, als ob ihm jemand über die Haut gestreichelt hätte.

»Ich sehe, daß du sehr müde bist, und ich weiß, was dich bedrückt«, antwortete Urste schließlich.

»Wirklich?«

»Der Zorn der Götter lastet auf dir, Arnth. Sie haben dir einen Sohn geschenkt, der dir fremd ist, und sie haben dein Reich verwüstet!«

»Warum? Kannst du mir sagen, warum, Urste?«

»Vielleicht hat deine Königin dir nicht die Wahrheit gesagt! Verstehe mich nicht falsch, sicher hat sie es nur getan, weil sie wußte, wie sehr du sie liebtest, und sie sich dieser Liebe nicht widersetzen wollte, weil dich das vielleicht damals das Leben gekostet hätte... Aber vielleicht war sie auch geweiht, und du hast ein Verbot übertreten... Oder es gibt noch andere Gründe...«

»Wir haben die vorgeschriebenen Trauertage nicht eingehalten«, gestand Arnth.
Urste nickte, und Arnth sah, wie ein kleines, zufriedenes Lächeln um seine schmalen Lippen spielte und seine Augen aufblitzten. Er war jetzt sehr müde, seine Glieder waren schwer geworden, und eine tiefe, unbekannte Mattigkeit hatte ihn überfallen. Er ließ den Kopf nach hinten sinken, schaute dem Spiel der Schatten auf der Leinwand des Zeltes zu, das vom schwachen Licht einer Laterne erleuchtet wurde, und verfiel in einen tiefen Schlummer.
Nur mit größter Mühe öffnete er einige Zeit später wieder die Augen. Er fühlte sich unendlich erschöpft und brauchte einige Zeit, um sich zu erinnern, wo er sich überhaupt befand und warum dieser lebhafte Traum, der ihm noch vor Augen stand, in einem solchen Maße die Oberhand über sein Bewußtsein erlangen konnte.
Er bemerkte, daß er nackt war, und als er sich umdrehte, sah er Urste, der zusammengerollt neben ihm auf dem Lager schlief. Sein schlanker, unbehaarter Körper schimmerte ölglänzend im erlöschenden Schein der Flammen des nahen Feuerbeckens, und Arnth erinnerte sich plötzlich wieder an die Kraft Urstes, die ihn überwältigt hatte, und die Lust des Fleisches, die ihm immer noch unter der Haut brannte. Er empfand seine Gegenwart wie eine Schande und setzte sich brüsk auf, aber Urste war nun ebenfalls erwacht und drückte ihn mit einer katzenartigen Geschmeidigkeit wieder aufs Lager zurück.
»Beruhige dich«, sagte er. »Die Nacht ist noch lang und birgt noch viele Überraschungen für uns.«
»Verschwinde!« fuhr ihn Arnth an.
Aber Urste schaute ihn nur lächelnd an, und Arnth stellte wütend fest, daß die Hände des Haruspizen auf seinen Lenden warm und angenehm waren und ihre leichte Berührung alleine genügte, um seinen Körper vor Lust erbeben zu lassen.
»Laß mich!« keuchte er. »Ich befehle es dir!«
»Du willst mir Befehle erteilen? Du gehörst mir, Arnth, und weil du es genossen hast, wirst du, so oft ich es will, mir gehören. Der Tag wird kommen, an dem du mich in das Bett des Königs rufst! Eines Tages werden wir uns auch deine Königin teilen, wir werden unsere Lust genießen und für immer zusammenbleiben.« Dann beugte er sich über ihn und flüsterte: »Wenn du willst, dann werde ich sogar dafür sorgen,

daß dieses Kind stirbt. Ich würde es für dich tun.« Während er sprach, fühlte Arnth sich mit unerwarteter Kraft und erfahrenen Händen gepackt und sich der Lust des Haruspizen und dem Verlangen seines eigenen Körpers ausgeliefert.

»Nein!« schrie er laut auf.

»Warum nicht?« flüsterte Urste. »Dieses Kind ist ohne Bedeutung für dich. Deine mächtige Königin hat, so wie alle Frauen, einen Sohn gewollt, der ihr ähnlich ist, um ihn aufzuziehen und an ihrer Seite zu haben.«

Arnth stöhnte auf. »Laß ihn ihr!« keuchte er.

Aus Urstes Gesicht war nun jedes Lächeln verschwunden, und er nahm sich seinen Körper ohne Rücksicht.

»Wie du willst, mein Geliebter«, war alles, was Arnth von den Worten des Haruspizen noch wahrnahm.

»Arnth!«

Die Stimme, in der eine leichte Sorge mitschwang, riß Arnth aus seinen schweren Träumen, in die er, wie es ihm schien, nun schon seit unendlich langer Zeit versunken war. Benommen öffnete er die Augen, mit der Befürchtung, Urste vor sich zu sehen. Der Haruspize hatte sich unersättlich und so geschickt gezeigt, daß er Arnth fast bis an den Rand des Wahnsinns getrieben hatte, und der König war sich sicher, mehrere Male laut aufgeschrien zu haben.

Aber es war nicht Urste, sondern Egene, der vor ihm stand, und besorgt fragte er sich, ob er ihn wohl gehört hatte, da die Zelte nicht weit voneinander entfernt standen.

»Dein tiefer Schlaf kam mir merkwürdig vor«, entschuldigte sich der König von Tarchna. »Ich war besorgt um dich.«

Arnth versuchte seine Benommenheit abzuschütteln. Er war immer noch nackt. Urste hatte ihn zwar, bevor er gegangen war, mit einem Mantel bedeckt, aber alles im Zelt zeugte noch von der vergangenen Nacht.

»Ist es schon spät?« murmelte er, ohne sich zu rühren, damit Egene nicht die Spuren entdeckte, die das Ungestüm des Haruspizen auf seinem Körper hinterlassen hatte.

»Die Sonne ist gerade erst aufgegangen, aber die Mutter Erde hat uns ein wunderbares Geschenk gemacht, Arnth. Eine neue Quelle, direkt

auf der Grenze zwischen den Feldern von Ceis und dem Wald! Das Wasser ist klar und frisch, und die Göttin der Morgenröte hat es gesegnet.«
Arnth fiel es schwer, die Begeisterung Egenes zu teilen. »Urste zelebriert gerade die Dankesriten«, fuhr der König von Tarchna fort. »Die Leute sind von überall her gekommen und warten jetzt auf den König. Es ist ein wundervoller Morgen, und die Erde hat heute nacht zum erstenmal nicht gebebt.«
»Ja, gut...«, murmelte Arnth unbehaglich, und Egene runzelte die Stirn. Plötzlich wurde ihm klar, warum der König sich nicht von seinem Lager erhob.
»Ich erwarte dich also in meinem Zelt«, sagte er und entfernte sich ohne ein weiteres Wort.
Arnth erhob sich und haßte sich, als er die Spuren auf seinem Körper sah, die er vor Egene zu verstecken versucht hatte, aber nicht aus seiner Erinnerung tilgen konnte. Als er schließlich vor das Zelt trat, trug er die kurze Tunika und darüber die purpurfarbene Tebenna. So sahen die Leute wenigstens die äußeren Zeichen seiner königlichen Würde, so würde er sich einigermaßen sicher fühlen. Die Knechte brachten die Pferde, und Egene ritt an seiner Seite zu der Stelle, wo die neue Quelle entsprungen war. Aber während des ganzen Rittes sagte er kein einziges Wort. Es war wirklich ein herrlicher Tag, die Sonne strahlte warm von einem blauen Himmel, es weht eine leichte Brise, und die Blüten der Pflaumenbäume und Brombeeren leuchteten, als ob die Erde mit ihnen einen neuen Pakt geschlossen hätte. Die Quelle war genau an der Grenze entsprungen, wo der dichte Wald zu den Feldern hin abfiel. Das Wasser hatte sich schon in einer kleinen Mulde gesammelt und sprudelte mit einem leisen Plätschern aus der Erde.
Mit den Füßen im Wasser, den Saum der Tunika durchnäßt, zelebrierte Urste gerade den letzten Teil der Dankesriten. Auf dem aus Steinen aufgerichteten Altar lag noch das blutende Opferlamm, das Wasser spiegelte azurblau den Himmel, und die Sonne über den Wipfeln der Bäume zauberte glänzende Reflexe hinein. Im Bewußtsein der Heiligkeit des Augenblicks standen die Leute um die Quelle herum, und sogar Meule und seine Wachen waren von Ehrfurcht ergriffen.
Die beiden Könige stiegen ab, und Arnth ging auf den Haruspizen zu.

»Die Quelle ist ein Geschenk der Götter, König von Vei«, begrüßte ihn Urste und hob dann den mit Quellwasser gefüllten Pokal zum Himmel. »Die Erde hat nun wieder Frieden gefunden. Segne diesen erneuerten Pakt und das Ende ihres Zornes. Sogar die Göttin der Morgenröte ist herabgestiegen und hat diesem heiligen Wasser ihren Segen erteilt.«
Dann reichte er ihm den Pokal mit beiden Händen wie ein Geschenk. Arnth empfand diese direkte Anspielung auf Thesan wie eine Herausforderung. Er trank den Pokal bis auf den letzten Tropfen leer und fühlte dabei den Blick Urstes auf sich gerichtet. Aber keiner der Anwesenden bemerkte den Triumph, der aus jeder Geste des Haruspizen sprach, ebensowenig wie die mit Zorn vermischte Verlegenheit des Königs.

Erst im letzten Moment teilte Urste dem König von Vei mit, daß er mit Egene zurückkehren würde, um seinen Pflichten im Tempel von Tarchna nachgehen zu können. Seine Aufgabe war es nur gewesen, den König von Tarchna zu begleiten und für ihn den Willen der Götter zu deuten. Nichts anderes. So trennten sie sich auf der Höhe eines Gebirgskamms.
Als Arnth und seine Eskorte in Vei eintrafen, wurden sie von den Geräuschen der Arbeiten begrüßt, die in der ganzen Stadt begonnen hatten.
In den letzten Tagen hatten die Haruspizen gute Zeichen aus dem Flug der Vögel und den kleinen Veränderungen in den Becken des Heiligen Wassers im *Tempel der Zweitausend Statuen* gezogen, und eine hektische Geschäftigkeit hatte die Angst vertrieben.
Arnth dachte, daß es auch für ihn so sein müßte, und war bemüht, sich auf die Probleme zu konzentrieren, die ihm seine Adeligen und der Rat unterbreiteten: die Schäden, die Opfer, die Vereinbarungen mit Tarchna und die Berichte der Spione, die nach Ruma geschickt worden waren, um dort die Schäden an der Stadtmauer festzustellen. Eine Genugtuung war ihm, daß das Erdbeben Rumas Mauern wesentlich mehr beschädigt hatte als die alten und soliden Mauern von Vei.
Aber mit dem Einfall der Nacht schob Arnth alle diese Gedanken von sich. Sein Fleisch brannte.
»Geh jetzt auch du«, befahl er Asnai, dem Hohepriester, der noch als

letzter geblieben war, nachdem der Thronsaal sich langsam geleert hatte. »Die Königin wird denken, daß ich mich überhaupt nicht mehr um sie kümmere. Seit meiner Rückkehr habe ich ihre Gemächer nicht mehr aufgesucht.«
»Es ist schon spät, mein König. Willst du sie wirklich aufwecken? Es war eine vorzeitige Geburt, und sie ist noch sehr schwach«, erwiderte Asnai. Aber Arnth schenkte seinen Worten keine Beachtung, und Asnai stellte sich vor ihn und versperrte ihm den Weg. »Die Königin ist noch unrein, wie alle Frauen nach der Geburt. Du wirst doch nicht die Regeln brechen wollen!« versuchte er ihn aufzuhalten.
»Ich bin der König und kann über sie in jedem Moment verfügen! Aber sei beruhigt, ich weiß, was ich zu tun habe. Vielleicht werde ich ja auch nur meinen schlafenden Sohn betrachten...«
Asnai schwieg. Ihm war, als wäre plötzlich ein Schatten hinter dem König aufgetaucht, aber vielleicht war das auch nur eine Einbildung von ihm, verursacht durch die späte Stunde und das Flackern der Lampen. Arnth verließ den Saal, ohne ihn eines weiteren Blickes zu würdigen, und der Hohepriester blieb beunruhigt zurück.
»Es ist ganz offensichtlich, daß die Fänge deiner Macht ihr erstes Opfer gefunden haben, Flasi Aivas«, murmelte er. »Aber mir wirst du nichts anhaben können, denn ich stehe unter dem Schutz der Göttin Uni, genauso wie der kleine Aranth, den ich ihr geweiht habe.«
Als Arnth die Gemächer der Königin erreichte, schickte er als erstes die Mägde weg, und auch Tura, die sich um das Kind gekümmert hatte. Der Kleine lag in einer Wiege, nicht weit vom Bett der Königin entfernt. Thesan war von den Geräuschen im Raum aufgewacht und hatte sich halb aufgerichtet.
Arnth blieb zwischen der Wiege und ihrem Bett stehen, aber er vermied es, einen Blick auf das Kind zu werfen. Er schaute nur Thesan an, und für einen Moment erschien sie ihm so unwirklich wie eine Vision, unnahbar, als würde sie ihm nie wieder ganz angehören. Dann streckte er eine Hand aus und zog ihr mit einem Ruck die leichte Tunika herunter. Ihr nackter Körper steigerte seine Erregung ins Unerträgliche.
»Ich habe Angst davor, das Bett mit dir zu teilen, meine Königin«, murmelte er mit rauher Stimme, im Versuch, noch einen Rest an Höflichkeit zu wahren, während er sich schon eilig seiner Kleider entledigte.

»Wovor hast du Angst? Daß ich dich zurückweise?« erwiderte ihm Thesan, und ihre kühle Gelassenheit ließ ihn zögern. Aber gleich darauf war er über ihr, und seine Hände fuhren ungezügelt und grob über ihre Brust. Er spürte, wie sie unter seiner Berührung zurückwich, und fühlte Angst in sich aufsteigen, Angst, daß Thesan *gesehen* haben könnte, was im Zelt des Königs von Vei vorgefallen war, Angst, daß seine Männlichkeit unter dem Feuer Urstes sich verzehrt hatte, Angst, daß in jedem Schatten die Augen des Haruspizen lauerten und sein Atem ihm im Nacken saß. Mit Gewalt drang er in sie ein und spürte, wie sie gegen ihn ankämpfte, ihn in der Sprache ihrer Lieder beschimpfte, bis sie schließlich laut aufschrie. Aber als er nach einiger Zeit von ihr abließ, fühlte er sich noch beschämter als nach dem, was Urste ihm aufgezwungen hatte, und wütender als vorher.
Thesan schaute ihn mit hartem Blick an.
»Ich bin noch unrein«, sagte sie. »Weißt du nicht, daß eine Frau nach der Geburt ihres Kindes erst nach einem Mond wieder mit ihrem Mann zusammensein kann?«
»Mein Samen hat dich erfüllt, und das reicht mir«, erwiderte er schroff. »Ich will einen anderen Sohn, und diesmal einen, der mir ähnlich ist.«
»Könnte es sein, daß du Angst hast?« fragte Thesan, und Arnth bemerkte den Spott in ihrer Stimme.
»Angst?« wiederholte er und richtete sich über ihr auf, ihre Schenkel zwischen die seinen gepreßt, bereit, noch einmal über sie herzufallen.
»Dein Körper trägt die Zeichen der Liebe zwischen Männern, Arnth. Eine Liebe, die dich martert und die dich zerstören wird.«
»Warum? Weil mein Liebhaber besser war als du?«
»Das war es, was ich hören wollte«, murmelte Thesan und entschlüpfte ihm mit der Geschmeidigkeit einer Eidechse. Mit einem Satz sprang sie aus dem Bett und rief: »Verschwinde aus meinen Gemächern und komme erst wieder, wenn du den Geruch des Körpers und den Schatten des Geistes dieses Mannes wieder abgestreift hast!«
Arnth rappelte sich auf. »Nein«, flehte er. »Ich brauche dich. Ich kann ohne dich nicht leben.«
»Hast du es immer noch nicht begriffen? Er will die Macht über dich und deine Stadt gewinnen und so einen neuen Krieg gegen Ruma an-

zetteln, denn das ist der Preis, den er selbst an Flasi Aivas zu zahlen hat!«

Arnth schaute sich um, und der Raum schien ihm plötzlich viel kälter und dunkler als vorher zu sein.

»Er hat irgendeine Droge in den Wein getan, den er für mich vorbereitet hat. Sonst wäre das alles nicht passiert«, versuchte er sich zu verteidigen.

»Nein, es ist passiert, weil du Angst hattest. Er hätte nichts ausrichten können, wenn du mir vertraut hättest und deine Angst ihm nicht den Weg geebnet hätte. Wenn du Angst hast, wird er Gewalt über dich haben.«

Arnth hatte das Gefühl, als ob glühende Eisen seinen Leib folterten.

»Kannst du mir einen tiefen Schlaf verschaffen«, fragte er. »Einen Schlaf, so wie der, als du mich damals geheilt hast?«

Thesan drückte ihn aufs Bett zurück und legte ihm eine Hand auf die Stirn. Sie hörte ihn leise vor sich hin murmeln und spürte, wie er plötzlich nachgab. Mit derselben Schwäche, mit der er auch Urste nachgegeben hatte. Aber diesmal würde sein Schlaf tief und traumlos sein.

Mutter, dachte sie, *es ist mir unmöglich, diese starken Kräfte alleine einzudämmen.*

»Nein, das kannst du auch nicht«, hörte sie die leise Stimme Caitlis.

»Das Schicksal bedient sich seiner, und keiner von uns, nicht einmal Aivas, der diese Kräfte entfesselt hat, wird es noch beeinflussen können.«

Dann herrschte Stille. Für einen Moment suchte Thesan die hellen, goldenen Augen Caitlis, aber das Dunkel um sie herum blieb undurchdringlich.

Müde und ein wenig beschämt über die Gewalt, die ihr angetan worden war, rief Thesan die Mägde, um sich ein Bad vorbereiten zu lassen, und überließ Arnth seinem tiefen Schlaf.

Nach neun Monaten gebar Thesan ein Mädchen, das nach zwei Wochen ohne einen ersichtlichen Grund starb.

Thesans Gesundheit war für lange Zeit angegriffen gewesen, ihre Schwangerschaft sehr schwierig, und der König hatte sie noch im letzten Monat so bedrängt, daß sie sich schließlich gezwungen gesehen hatte, sich unter den Schutz von Asnai zu begeben. Zusammen mit dem kleinen Aranth hatte sie sich im Tempel der Göttin Uni eingeschlossen, offiziell mit der Begründung, durch ihren Rückzug und durch Opfer an die Göttin die Wiederholung des Unheils abzuwenden, das Aranths Geburt begleitet hatte.

Nach der Geburt hatte der König versucht, sie durch Mägde und Dienerinnen zu ersetzen, aber nichts konnte seine Gier stillen. Und gleich nach dem Tod des kleinen Mädchens begann Thesan, ihm abends mit dem Wein ein wenig von dem Pulver zu verabreichen, das Tura vom Tivrit mitgebracht und Caitli selbst zubereitet hatte.

Arnth verfiel in einen düsteren Gemütszustand und begann den größten Teil seiner Zeit der Verstärkung der Truppen von Vei zu widmen, die er in derselben Art aufzustellen und auszurüsten begann, wie die Spione ihm berichteten, daß es Mastarna mit den seinen in Ruma tat. Schon bald war er nur noch von dem Gedanken an diese Stadt und der Rache an Mastarna besessen. Dafür mußte Vei stark sein. Arnth regierte deshalb mit eiserner Faust und forderte der Stadt viel mehr ab, als sein Vater es jemals getan hatte.

Arnth hatte seine Manneskraft fast verloren, also verkroch er sich in seine Gemächer oder umgab sich mit seinen Mannen auf dem großen Exerzierplatz hinter dem Palast. Keine der Frauen seiner zahlreichen Liebschaften war von ihm schwanger geworden, und das würde auch so bleiben, zumindest solange die Königin seine Schlaflosigkeit mit dem Pulver vom Tivrit behandelte.

Aber alle, einschließlich Asnai, taten so, als bemerkten sie nichts davon.

Aranth war gerade zehn Jahre alt geworden, als Urste in den Palast von Vei einzog, um dort für immer zu bleiben. Vom König selbst an den Hof und in sein Bett gerufen, wie er es vorausgesagt hatte.

Das Mädchen riß erstaunt die Augen auf, als die Flamme in den hohlen Händen des Jungen plötzlich zu lauter kleinen Mündern wurde, die ihren Namen flüsterten. Aber als sich die Flamme aus seinen Händen heraus auf sie zuzubewegen schien, machte sie mit einem Schrei einen Satz rückwärts, und die Flamme erlosch.

»Du brauchst keine Angst zu haben. Es ist nur ein Spiel«, sagte Tarxne lachend.

Das Mädchen schwieg eingeschüchtert.
Acilius, der auf der Suche nach ihm war, hatte von der Schwelle der Bottega im kleinen Hafen der Insel Fumosa aus alles beobachtet und schüttelte den Kopf. Die edle Caitli wäre über die Art, wie der junge Tarxne seine Spielchen trieb, bestimmt nicht begeistert gewesen. Aber er würde sicher der letzte sein, der ihr davon berichtete.
»Es ist an der Zeit zurückzukehren«, mahnte er, und der Junge folgte ihm nach draußen.
Ein Knecht der Bottega hatte ihre Pferde gebracht, und sie stiegen schweigend auf. Es war ein warmer Tag, Blütenduft lag in der Luft, das Meer war ruhig, und auf der langen Mole waren viele Menschen. Das Schiff, das täglich mit seiner Ladung Eisen zwischen der Insel und Pupluna verkehrte, zog gerade die Segel auf, und die Fischerboote, die vom Fischfang zurückgekehrt waren, warteten vor dem natürlichen Felsenring der Bucht darauf, daß es endlich ablegte.
Ein schöner und ruhiger Tag.
Ein Tag ohne jede Vorzeichen, dachte Acilius und dankte dafür den Göttern, welchen Namen sie auch immer tragen mochten.
Er warf einen Blick auf Tarxne, der schweigend neben ihm ritt. Der Junge sah schon viel erwachsener aus, als es seine dreizehn Jahre hätten vermuten lassen. Er war so groß wie Acilius selbst, gut gebaut und geschmeidig wie eine Wildkatze. Er hatte die Gesichtszüge und den Charakter seines Vaters und seine lebhaften blauen Augen geerbt, deren klarem Blick sich keiner entziehen konnte und denen nichts entging. Alle, die den König von Tarchna und Ruma gekannt hatten, hätten nicht im mindesten daran gezweifelt, daß dies sein Sohn war.
»Du wirst bei dem Mädchen nichts erreichen, wenn du es weiter so erschreckst«, sagte Acilius. »Wenn du sie ins Heu ziehen willst, ist das nicht gerade die geschickteste Art, sie zu überzeugen.«
Tarxne lächelte verlegen. Schließlich war er noch sehr jung, und dies waren seine ersten Eroberungsversuche.
»Dieses Mädchen ist mir egal. Ich habe gerade an was ganz anderes gedacht«, antwortete er.
»An die schöne Anaies, zum Beispiel.«
»Das ist gemein von dir.«
»Kann schon sein«, erwiderte der Latiner, amüsiert darüber, ins Schwarze getroffen zu haben. Anaies war erst seit kurzem als Novizin

auf dem Tivrit, nur wenig jünger als Tarxne, aus guter Familie, scheu und immer bemüht, es allen recht zu machen.
»Du meinst also, ich sollte sie nicht erschrecken«, fing der Junge wieder an, denn schließlich interessierte ihn die Sache doch.
»Du kannst versuchen, sie zu beeindrucken, aber du solltest sie nicht erschrecken, sonst laufen sie dir davon.«
»Woher soll ich wissen, was sie beeindruckt und was sie erschreckt?«
Acilius zuckte mit den Schultern. Seine eigene Erfahrung mit den Frauen war nicht besonders groß. Er war mit einer Magd zusammen, die auf dem Tivrit lebte, treu und brav genug für einen wie ihn, der keine großen Ansprüche stellte. Aber sie lebten nicht zusammen. Sein Leben gehörte Tarxne, dessen Schatten er war.
»Ich glaube, das mußt du selbst herausfinden«, brummte Acilius.
»Ich will mich mit Anaies heute nacht vor dem Altar treffen. Es ist Vollmond, und ich möchte mit ihr auf die Anhöhe über dem Tivrit gehen. Kein Mensch wird heute nacht dort oben sein.«
Acilius nickte. Er wußte, warum der Junge ihm dieses Geheimnis anvertraute. Er wollte ihm damit sagen, sich diesmal fernzuhalten und nicht, wie es seine Gewohnheit war, ihn nie aus den Augen zu lassen.
»Kann ich mich auf dich verlassen?« fragte Tarxne. »Ich bin sicher, daß es nicht klappt, wenn ich weiß, daß du mich beobachtest.«
»Daß ich über dich wache!« korrigierte in Acilius.
»Mich beobachtest«, beharrte der Junge.
»Nun gut, diesmal werde ich mich fernhalten.« Acilius lächelte, und Tarxne lächelte triumphierend zurück.
»Das freut mich für dich. Es hätte mir auch zu leid getan, dich in Schlaf versetzen zu müssen. Du weißt, daß ich das kann.«
»Und was glaubst du wohl, was die edle Caitli zu deinem Vorhaben sagen würde, wenn sie davon wüßte?«
»Sie wird sowieso böse auf mich sein, wenn sie von Anaies erfährt.«
»Wenn du das jetzt schon weißt, warum tust du es dann?«
»Um ihr zu beweisen, daß ich es kann«, sagte Tarxne und setzte spitzbübisch hinzu: »Und natürlich weil Anaies mir gefällt.«
»Das ist ein guter Grund«, stimmte ihm Acilius zu, aber was den ersten Teil anbetraf, hielt er sich lieber mit seiner Meinung zurück.

Nachdem sie auf den Tivrit zurückgekehrt waren, widmete sich Tarxne für den Rest des Tages seinen Studien. Er wollte nicht riskieren, daß irgendein unerwarteter Zwischenfall oder, schlimmer noch, eine Vorahnung von Caitli oder Velvur sein nächtliches Vorhaben zunichte machten. Oft genug hatten sie ihm im letzten Moment Aufgaben übertragen, die seine Pläne durchkreuzten. Aber diesmal paßte er auf, daß er sich nicht verriet. Er aß alleine in seinem Raum im Felsen des Tivrit. Es war immer noch das Gemach, das er zusammen mit seiner Mutter bewohnt hatte. Er meinte, sich noch an sie zu erinnern, aber eigentlich hatte er nur ein verschwommenes Bild vor Augen.
Es war Nacht, und der Tivrit war in Schweigen gehüllt, als Tarxne zu seiner Verabredung aufbrach. Er wußte, daß Anaies ihn schon vor dem Altar erwartete, und fürchtete, zu spät zu kommen und sie nicht mehr vorzufinden.
Der Mond erhellte den großen Vorhof des Tivrit, dessen oberer Rand sich dunkel gegen den Sternenhimmel abhob. Ein leichter Wind strich über die in den Fels gehauenen Treppen. Für Tarxne hatte die Nacht nur diesen Klang, und er hatte bisher auch nie versucht sich vorzustellen, wie es anders sein könnte.
Anaies überlief ein Schauer, als der Junge zu ihr trat und sich an den Altar lehnte, so vertraut, als würde er zu ihm gehören. Er hatte eine Tebenna lässig über die Schulter geworfen, und sein schlanker, sehniger Körper war nur mit einem Hüfttuch bekleidet.
Tarxne ergriff ihre Hände und rieb sie zwischen den seinen, und das Mädchen fühlte sich, trotz der kühlen Nachtluft, plötzlich von einer angenehmen Wärme durchströmt.
»Ist dir immer noch kalt?« fragte Tarxne lächelnd.
»Woher wußtest du, daß mir kalt war?« murmelte Anaies überrascht.
Der Junge zog sie näher an sich. »Ich bin ein Magier«, flüsterte er ihr leise ins Ohr und streifte dabei ihre Haut mit den Lippen.
Das Mädchen wich ein wenig zurück.
Sie beeindrucken, aber nicht erschrecken, dachte Tarxne. So jedenfalls hatte Acilius gesagt. Er fragte sich, ob er Anaies genügend beeindruckt hatte, ohne sie allzu sehr zu erschrecken.
Bemüht, seine eigene Unsicherheit zu überspielen, legte er ihr beide Arme um die Hüften und zog sie wieder an sich. Das Mädchen war

zierlich, hatte lange, dunkle Haare und reichte ihm gerade bis zur Brust. Sie roch nach frischen Kräutern, und er spürte eine ihm bisher unbekannte Erregung in sich aufsteigen.
»Wir sollten das nicht tun«, murmelte Anaies atemlos. »Dieser Ort ist heilig, und die Götter werden erzürnt sein, wenn wir uns hier verstekken.«
Wortlos ergriff Tarxne ihre Hand und näherte sie langsam dem Altar.
»Nein!« protestierte das Mädchen. »Ich darf ihn nicht berühren! Ich bin nur eine Schülerin . . . das ist mir nicht erlaubt! Die Götter werden mich bestrafen . . .« Doch dann ließ sie es doch zu, daß er ihre Hand auf den Stein legte, und ein merkwürdiges Gefühl überkam sie, ein Kribbeln, das von den Fingerspitzen aus ihren ganzen Körper überlief, eine Art Spannung, etwas, das sie noch nie zuvor gespürt hatte.
Tarxne zog sie fort. »Komm!« sagte er.
Während des Aufstiegs zu der Anhöhe über dem Tivrit schwieg Tarxne, um Anaies nicht von dieser Verzauberung abzulenken, die sie noch immer ganz erfüllte.
Der Mondschein lag auf den wilden Rosen, den Blausternen und dichten Brombeerbüschen längs des Pfades. Weiter oben, um den hohen Baum herum, unter dem Velvur eine Bank für seine Meditationen und Nickerchen aufgestellt hatte, sproß dichtes, saftiges Gras, und in der Ferne leuchtete das Meer. Tarxne breitete seine Tebenna unter dem Baum aus und zog dann das Mädchen zu sich herunter. Er streichelte über ihre Schultern und Haare und zog ihr schließlich das Gewand aus. Ihre sanften Hände strichen noch ein wenig unschlüssig über sein Hüfttuch, aber als sie endlich beide nackt waren, zog Tarxne sie über sich, und lachend rollten sie über das Gras, bis vor den Stamm des Baumes. Hier nahm Tarxne Anaies, die noch Jungfrau war, und danach schliefen sie, erschöpft von dieser neuen Erfahrung, eng aneinandergeschmiegt ein.
Mitten in der Nacht wachte Tarxne vor Kälte auf. Er zog die Tebenna über sich und Anaies und richtete sich halb auf. Dann entzündete er, mit dem Trick der Trutnot, eine Flamme in der hohlen Hand, um seine kleine Gefährtin zu betrachten. Sie war fast noch ein Kind, aber die Erfahrung der Liebe hatte schon ihre Zeichen hinterlassen und sie verändert. Tarxne kniff sie leicht in die kleinen Brüste, doch als Antwort

darauf legte Anaies ihm träge eine Hand um den Nacken und versuchte, ihn wieder zu sich hinunterzuziehen, um sich an seinem Körper zu wärmen.
Caitli wird sehr zornig sein, wenn sie erfährt, daß ich diesem Mädchen die Unschuld geraubt habe, dachte er. Sie ist von edler Abstammung und eine Novizin des Tivrit, dem ihr Leben geweiht ist. Aber ich habe es getan und werde auch die Konsequenzen dafür tragen, und ich werde es wieder tun, sobald es mir gelingt, sie zu wecken.
Er wollte gerade die Flamme in seiner Hand löschen, die nur noch ein kleiner Lichtschimmer war, da erblickte er plötzlich darin einen nie gesehenen Raum. Er war reich und würdevoll ausgestattet, mit den Waffen eines Königs neben dem Bett und einem Wandteppich, auf dem ein Schwarm Vögel zu sehen war, die dem Sonnenuntergang entgegenflogen. Und auf dem Sims über der Feuerstelle glomm wie ein Widerschein das Licht der Flamme, die er in der Hand hielt.

Mastarna wandte sich von der Türöffnung ab, die zur Loggia über dem großen Vorhof des Palastes von Ruma führte. Es war Vollmond, und er konnte nicht schlafen, aber er wollte auch nicht Thanaquil aufsuchen. Von dieser Loggia aus hatte Thanaquil ihn vor dreizehn Jahren zum König gemacht, und nun war er für immer und unverbrüchlich mit diesem Palast und dieser Stadt verbunden. Es gab sonst keinen anderen Platz mehr für ihn.
Er näherte sich der Feuerstelle, und plötzlich schien ihm, als würde er den Opal auf den Steinen liegen sehen, dort, wo er ihn zum letztenmal gesehen hatte, als durch seine Magie die Stadt von einem Flammenring umgeben war, der sie gerettet hatte. Vor seinen Augen schien er sich in eine kleine pulsierende Flamme zu verwandeln, die langsam in der Dunkelheit erlosch, als würde sich eine Hand darum schließen, und für einen Augenblick war ihm, als würde er den Schatten Larths neben den Waffen des Königs an sein Schild gelehnt sehen.
Mastarna rieb sich die Augen. Wahrscheinlich war er nur übermüdet.

9.

Tarxne kam es fast unglaublich vor, aber weder Caitli noch Velvur schienen etwas von dem bemerkt zu haben, was in der ersten Vollmondnacht im Monat Acale zwischen ihm und Anaies auf der Anhöhe über dem Tivrit geschehen war.

Bis zum Ende des Monats Hermna, als die große Hitze sogar das Gras verdorren ließ, blieb er noch wachsam. Aber dann ließ er alle Vorsicht außer acht und setzte seine nächtlichen Treffen mit dem Mädchen fort.

Da ließ ihn eines Morgens die edle Caitli zu sich rufen. Für Tarxne war seine Großmutter schon immer das Zentrum des Universums gewesen. Für ihn war sie die schönste Frau, die er kannte, und in allem perfekt. Er hatte nie erlebt, daß sie die Stimme erhoben oder sich vom Zorn hatte hinreißen lassen. Aber ebensogut wußte er auch, daß ihre Strafen immer gerecht und unwiderruflich waren und daß sich hinter ihrer Sanftheit eine Kraft verbarg, deren Quelle er zwar erahnte, von der er aber in Wirklichkeit nur wenig wußte.

Vom Augenblick an, als er den Felsensaal betrat, der den Versammlungen der Trutnot und Empfängen diente und wohin Caitli ihn hatte rufen lassen, war Tarxne sicher, daß er entdeckt worden war. Aber sie waren alleine, was möglicherweise hieß, daß Caitli das Vorgefallene nicht öffentlich machen wollte und somit auch seine Bestrafung nicht – das einzige, was für ihn zählte.

Abwartend blieb er vor der Großmutter stehen. Caitli trug eine dunkle Tunika, und die wenigen Leuchter im Saal ließen nur das goldene Netz, das ihre Haare hielt, und den goldenen Reif, den sie um den Hals trug, aufleuchten, so daß der Junge von ihr fast nur das Gesicht erkennen konnte.

»Dein Leben ist einfach und heiter gewesen, Tarxne«, begann sie.

»Auch wenn das nicht dein Verdienst war. Du hattest nie einen echten Grund zur Besorgnis und hast nie wirklich gespürt, was es heißt, Angst zu haben. Das ist deine Schwäche. Und dein Übermut macht dich blind für das, was du sonst leicht erkennen könntest.«
»Ich verstehe dich nicht, edle Caitli«, antwortete Tarxne. Er glaubte, wie schon einige Male vorher, in ihren Augen wieder diesen Hauch von Traurigkeit zu erkennen, die ihn verunsicherte, und eine unbestimmte Furcht ergriff ihn, deren Grund er nicht kannte.
»Wenn du mit derselben Leichtigkeit, wie du ins Wasser schaust, ins Feuer oder in die Sterne, auch in dich selbst schauen könntest, dann wärst du sehr viel weiser. Aber du hältst dich schon für sehr stark und klug. Du glaubst, nichts mehr hinzulernen zu müssen. Du glaubst, du bist schon ein Mann.«
»Bin ich das etwa nicht?«
Caitlis Gesicht überflog ein kleines Lächeln. Dieser Junge, groß für sein Alter, mit breiten Schultern, gut gebaut und hübsch, mit diesem Gesicht... und vor allem mit diesen Augen, die so blau waren, so durchdringend und klar, erinnerte sie immer an ihre eigene Jugend.
Er trägt das geheimnisvolle Dunkel Larths in sich und das leidenschaftliche Licht Axals, dachte sie. Er ist Feuer und Eis, die Vereinigung von zwei Universen und das vollendete Mysterium einer Nacht mit zwei Monden... Er ist der König. Der König, der das Rad der Zeit dem Ende zudrehen wird.
»Die kleine Anaies zumindest schwört, daß du ein Mann bist, und das zu ihrer vollsten Zufriedenheit«, erwiderte sie.
Ihre Antwort traf ihn unvorbereitet, und gegen seinen Willen errötete Tarxne. »Ich bin erleichtert, daß Anaies sich dir anvertraut hat.«
»Lüge nicht, du bist keineswegs erleichtert. Außerdem hat Anaies sich mir nicht anvertraut. Du selbst hast dich mit deiner Unvorsichtigkeit verraten. Das darf kein zweites Mal passieren. Wenn du einmal fern vom Tivrit sein wirst, kann dich ein solcher Fehler das Leben kosten, weil du aus Hochmut die Gefahr nicht erkennst.«
»Aber wann werde ich einmal fern vom Tivrit sein? Ich habe die Fischer und die Leute aus Pupluna oft von der latinischen Stadt reden hören, die auf der anderen Seite des Flusses herrscht. Ruma, das mir zusteht... Jedenfalls sagt das Velvur.«

»Auch die Ungeduld wird dir keine große Hilfe sein, Tarxne. Sage mir lieber, was du mit Anaies vorhast? Denn sie ist es, von der wir hier reden.«
»Wir werden zusammen leben.«
»Anaies gehört zu diesem Ort, während dein Schicksal sich woanders erfüllen wird. Du kannst sie nicht an dich binden.«
»Wenn sie mich will, werde ich mich nicht weigern.«
Caitli neigte leicht den Kopf. »Sicher, sie liebt dich. Aber glaube mir, es wäre zu ihrem Besten, wenn du sie jetzt verlassen würdest.«
»Nein!« Seine Antwort war ohne Zögern gekommen, und Tarxne ließ das schöne Gesicht vor sich nicht aus den Augen, im Versuch, vielleicht eine Geste oder einen Gedanken zu erhaschen, aus denen er einen Vorteil ziehen konnte.
»Wie du willst«, sagte Caitli. »Ich werde allerdings dafür sorgen, daß Anaies nicht schwanger wird. Im nächsten Frühling wirst du dann zum erstenmal auf den Tiv steigen, solltest du dich dazu bereit fühlen.«
»Ich fühle mich auch jetzt schon dazu bereit.«
»Nein, jetzt noch nicht«, war Caitlis entschiedene Antwort.
Tarxne hielt die Großmutter zurück, als er merkte, daß sie sich erheben und ihn entlassen wollte.
»Als ich mit Anaies zum erstenmal auf der Anhöhe war, habe ich im Feuer einen Ort gesehen, den ich nicht kannte...«, sagte er aufgeregt.
»In der ersten Vollmondnacht des Monats Acale«, präzisierte Caitli.
Tarxne zog es vor, nicht genauer darauf einzugehen. »Ich habe einen Raum gesehen, ein Bett... Die Waffen eines Königs und einen Wandteppich, mit einem Schwarm Vögel, die dem Sonnenuntergang entgegenflogen.«
»Alle schwarz, bis auf einen«, fügte Caitli hinzu.
»Weißt du, wo das ist? Kennst du diesen Ort?«
»Das ist das Gemach des Königs in Ruma. Des Königs, den die Latiner Tarquinio Prisco nannten und der für uns Larth, König von Tarchna, war. Dein Vater.«
Tarxne schwieg und wartete ab, daß die Großmutter fortfuhr, aber Caitli sprach mit ihm nur selten über seinen Vater, auch wenn der Junge wußte, wie sehr sie Larth geliebt hatte und wie wichtig er für sie gewesen war. Sie hatte ihm verschiedene Episoden aus seinem Leben erzählt,

aber die Wahrheit hinter den äußeren Ereignissen hatte er nur erspürt.
»Geh jetzt.« Caitli riß ihn aus seinen Gedanken. Und erst als er draußen war, fiel ihm ein, daß er nicht bestraft worden war.

Der Herbst und der Winter zogen sich träge und ohne größere Ereignisse dahin. Tarxne verbrachte seine Zeit zwischen seinen Studien, der Meditation und der Liebe, aber nicht immer zu gleichen Teilen und so, wie seine Lehrmeister es sich gewünscht hätten. Aber er war glücklich. Die Bewunderung in den Augen des Mädchens, das ihn liebte, ließ ihn die Ungeduld vergessen, mit der er seine erste Kraftprobe auf dem Tiv erwartete, wo die Trutnot erlernten, den Blitzen zu gebieten. Viel brennender war sein Wunsch, endlich die Insel Fumosa verlassen zu können.
Der Frühling ließ auf der Anhöhe über dem Tivrit schon neues Gras sprießen, aber noch immer fuhr ein heftiger Westwind über die Insel und brachte Stürme mit sich, die es den Fischern unmöglich machten, auf dem offenen Meer zu fischen, und die Überfahrt des Schiffes zwischen Pupluna und der Insel verhinderten. Nun konnte Tarxne entscheiden, wann er auf den Tiv steigen wollte, um seine erste Probe zu bestehen.

Der Tag hatte wie viele andere vorher begonnen. Er hatte dem Großen Trutnot einen Besuch abgestattet, der wegen einer Erkältung in seiner Unterkunft bleiben mußte; Tarxne hatte seine Großmutter begrüßt und sich dann auf die Suche nach Acilius gemacht. Das Wetter war unbeständig, und über den Himmel trieben Wolken, die ein heftiger Wind über dem Gipfel des Tiv zu hohen Wolkenbergen mit goldenen Rändern auftürmte, zwischen denen immer wieder das Blau durchschien.
Das ist der Tag! dachte Tarxne, hingerissen von dem schnellen Wechsel des Lichtes. Er fühlte ein Kribbeln unter der Haut, so heftig und erregend, wie er es bis zu diesem Moment noch nie gespürt hatte. Keiner hat mich darauf hingewiesen, obwohl ich noch vor kurzem bei Velvur und auch bei meiner Großmutter war... Aber dies ist der Tag! Sie müssen es auch gespürt haben, warum haben sie mir nichts gesagt?

Über den Tivrit zogen nun weiße Wolken. Aber von Norden her stieg eine dunkle Gewitterwand auf und trieb sie vor sich her wie einen erschreckten Vogelschwarm.

Ein Vogelschwarm, der dem Sonnenuntergang entgegenfliegt. Alle schwarz, außer einem ..., dachte er in Erinnerung an seine Vision und die Worte seiner Großmutter. Er gab Acilius ein Zeichen, der schon mit den Pferden auf ihn wartete, um zum Hafen hinunterzureiten.

»Nein«, sagte Tarxne. »Ich werde heute nicht mitkommen. Du wirst ohne mich reiten müssen. Ich werde auf den Tiv gehen.«

Acilius warf einen kurzen Blick auf den Gipfel, um den sich die Wolken türmten. Er wußte, daß schon mindestens ein Dutzend Trutnot aufgestiegen waren, um diesen außergewöhnlichen Tag dafür zu nutzen, die Blitze zu studieren, aber er hatte keinen einzigen der jungen Novizen zwischen ihnen entdeckt. Der Hals schnürte sich ihm zu, denn die Blitze waren einige der wenigen Dinge, die er wirklich fürchtete.

»Ich werde dich begleiten«, sagte er schließlich mit belegter Stimme.

»Nein, das wirst du nicht tun«, antwortete Tarxne.

»Ich meine, ich werde am Fuß der Felsen auf dich warten. Was dachtest du denn? Schließlich bin ich es nicht gewohnt, mit deinen Göttern zu reden.« Acilius' Tonfall war von einer verkrampften Fröhlichkeit, die kaum seine Sorge und Furcht über das, was ihm bevorstand, überdeckte.

Tarxne lächelte.

»Es wird nur eine Übung sein, Acilius, sonst nichts«, sagte er. »Anaies wird mit mir kommen. Sie wartet schon mit Ungeduld darauf, zum erstenmal auf den Tiv zu steigen, und hat mir Rache geschworen, wenn ich sie nicht mitnehme! Aber wenn du willst, kannst du am Fuße des Gipfels auf uns warten.«

Der Latiner nickte leicht verblüfft, aber Tarxne war schon auf dem Weg zu Anaies, und es blieb ihm nichts anderes übrig, als ihm mit den Pferden zu folgen. Das Mädchen war im Unterrichtssaal, wo gerade die Schrift geübt wurde, und nahm mit Freuden seinen Vorschlag an.

Sie verließen den Tivrit, ohne größere Aufmerksamkeit zu erregen. Normalerweise hatten die Schüler sehr große Freiheiten, aber sie konnten nichts unternehmen ohne Aufsicht der Lehrmeister. Sei es im Feuer, im Wasser oder in den Wolken, die vorüberzogen: sie *wußten.*

»Eine Art gutgeführte Truppe«, hatte ihm vor einiger Zeit einmal Velvur halb im Ernst, halb im Spaß gesagt, und Tarxne war sich nicht sicher gewesen, ob der alte Mann sich nicht über ihn lustig gemacht hatte.
Tarxne, gefolgt von Acilius, hatte Anaies mit auf sein Pferd genommen, die sich viel enger an ihn gedrückt hielt, als es eigentlich nötig gewesen wäre, während das Pferd mit sicherem Tritt den steilen Pfad bis zu den ersten Felsabstürzen hinaufstieg.
Die Vorstellung, endlich den Tiv zu sehen und dabeizusein, wenn die Trutnot den Blitzen geboten, wenn auch nur als Zuschauerin, erregte sie. Tarxne spürte die Wärme ihrer Haut durch die Kleidung hirdurch, und nur mit Mühe gelang es ihm, einen klaren Kopf zu bewahren und sich auf das zu konzentrieren, was ihn erwartete.
Dies ist mein erster Versuch, ich muß die Probe bestehen, dachte er, und für einen Moment genoß er noch die Berührung mit diesem weichen Körper, um ihn dann aus seinen Gedanken zu verbannen.
Dort, wo der nackte Fels sich zu erheben begann, hielten sie an und stiegen ab. Es gab nirgends einen Schutz, aber Acilius hüllte sich in seine Tebenna ein, setzte sich auf den Boden und behielt fest die Zügel der Pferde in der Hand.
»Ich warte hier auf euch«, brummte er und versuchte diesmal erst gar nicht, seinen Mißmut zu verbergen.
Tarxne hatte sich schon des Armbands entledigt, das er um das Handgelenk trug, und des Messers an seinem Gürtel. Er nahm nicht einmal seine Tebenna mit und hielt auch Anaies an, das Metall abzulegen, das sie trug: den Gürtel aus großen brünierten Ringen um ihre Tunika aus Wolle und den Reif, der ihre Haare hielt.
Mit Anaies' Hand in der seinen begann er den Aufstieg und wählte dabei den westlichen Pfad, von dem er wußte, daß die Trutnot ihn meistens mieden, weil er sehr steil und schwierig war. Zweimal mußte er dem Mädchen bei abschüssigen Stellen behilflich sein. Schließlich hielten sie in einer Leere ohne Farben und Geräusche an, die niedrigen Wolken unter sich, getrieben von den Böen des Windes.
Tarxne versuchte, diese Leere auf sich wirken zu lassen. Für eine lange Zeit stand er regungslos da und befreite seinen Geist von jedem anderen Gedanken. Dann breitete er die Arme weit aus und konzentrierte seine ganze Energie auf die Fingerspitzen. Gleich darauf fuhr nur ein paar

Schritte von ihnen entfernt der Blitz in den Felsen. Das grelle Licht blendete sie, und als der Donner die Luft zerriß, fiel Anaies zu Boden und schrie laut auf. »Der Blitz ist aus dir gekommen«, stammelte sie erschrocken.

»Nein. Ein Magier besitzt nichts anderes als die Kraft seiner eigenen Magie. Aber er kann sie benutzen, wenn er dafür mächtig genug ist!« erwiderte ihr Tarxne und zog sie hoch. »Komm, steigen wir noch ein Stück weiter hinauf.«

Der Fels war nun schwarz und glänzend, und eine fahle Finsternis umgab sie, als ob die ganze Welt um sie versunken wäre. Tarxne spürte, wie seine Erregung langsam einer Erschöpfung Platz machte, die nichts mit der Anstrengung des Aufstiegs zu tun hatte. Anaies neben ihm war blaß geworden und ihre Hand kalt wie Eis.

Auf einem Felsengrat blieb Tarxne stehen. Er versuchte, sein Gleichgewicht zurückzugewinnen und Kräfte zu sammeln. Er hatte diese Übung schon öfter gemacht, obwohl ihm Velvur erklärt hatte, daß sie wesentlich größere Kenntnisse in den Regeln der Disziplin erforderte, als er sie mit seinen jungen Jahren habe konnte, egal wie groß seine magischen Kräfte auch sein mochten.

»Die wahre Energie«, sagte er zu Anaies, die in der Dunkelheit hinter ihm stehengeblieben war, und wiederholte damit die Worte des Großen Trutnot, »die wahre Energie ist ein weißer Lichtball, der stärker ist als jede Waffe. Er kann nur nußgroß sein oder so groß wie ein runder Schild, er kann sich um sich selbst drehen oder weite Strecken zurücklegen, er kann die Mauern einer Stadt zum Einsturz bringen oder die Erde zum Beben. Er kann Leben bedeuten oder Tod.« Während er redete, fühlte er, wie dieser weiße Lichtball sich näherte. Die Energie hatte sich verdichtet und die Luft um ihn herum zum Vibrieren gebracht.

Plötzlich fiel der weißglühende Lichtball wie aus dem Nichts vom Himmel. Anaies kauerte sich zusammen, schlug in panischer Angst die Hände vors Gesicht und stieß einen erstickten Schrei aus.

Der Blitz fuhr am Felsengrat entlang, prallte gegen eine große Felswand und durchschnitt sie, als ob es Leinen wäre. Sie zersprang in Myriaden von kleinen Gesteinsbrocken, und gleich darauf erschütterte der Donner den Berg so gewaltig, daß auch Tarxne sich zu Boden warf.

Als er wieder aufblickte, hatte es zu regnen angefangen, und der Junge fühlte sich leer und unendlich müde.

»Komm, kehren wir zurück«, murmelte er an Anaies gewandt, erhob sich und schritt voran, ohne sich noch einmal umzuschauen, ob sie ihm auch folgte.

Genau in diesem Moment, als sie ein Stück voneinander entfernt waren, kam der Blitz zurück und fuhr zwischen ihn und Anaies. Tarxne stürzte, rollte ein Stück weiter den Abhang hinunter und blieb dann liegen, fast blind und taub, umgeben von diesem eigentümlichen, energiegeladenen Geruch, den er so gut kannte. Doch plötzlich wurde er von einem anderen Geruch überlagert, dem Geruch nach verbranntem Fleisch.

Mit einem Satz sprang er auf die Beine – und dann sah er sie. Das, was einmal Anaies gewesen war, war nur noch ein kleines Häuflein Asche. Er lief zu ihr hin und streckte eine Hand aus, um sie zu berühren, aber sofort zog er sie wieder zurück, in Erinnerung an die Riten, die für die Körper der vom Blitz Getroffenen galten. Das Herz schien ihm zu zerreißen, und ein einziger Gedanke marterte ihn: *Warum?*

Sehr viel später hörte er, wie Acilius zu ihm heraufgeklettert kam. Der Himmel hatte sich nun ganz mit einer dichten Wolkendecke überzogen, das schlechte Wetter hatte sich über die ganze Insel ausgebreitet, und es regnete in Strömen.

Der Latiner kam auf ihn zu und legte ihm einen Arm um die Schultern. »Komm hier weg, Junge«, murmelte er mit so leiser Stimme, daß Tarxne ihn kaum verstand. Selten sprach er ihn so an, aber vielleicht hatte er Angst, die Götter könnten wieder in Zorn geraten, wenn er seinen Namen nannte.

Tarxne deutete auf das, was von dem Mädchen übriggeblieben war. »Siehst du das? Kannst du glauben, daß das einmal Anaies war? Ich war nicht ehrlich ihr gegenüber und auch mir selbst gegenüber nicht. Ich wollte beweisen, daß ich der Größte bin.«

»Größer als die Götter?« fragte ihn der Latiner mit einem kleinen mitfühlenden Lächeln.

Tarxne schüttelte verwirrt den Kopf. »Sie ist tot, Acilius, und ihr Tod klebt an meinen Händen.« Er spreizte beide Hände. »Schau her, das ist der erste Tod von vielen. Mehr, als meine Hände Finger haben!«

»Du bist der Sohn eines Königs, und du wirst eines Tages selbst König sein. Also liegt das Leben aller in deinen Händen, denn ein König bezahlt vor den Göttern für sein ganzes Volk.«

Tarxne ließ sich von ihm schweigend bis zu den Pferden führen, und sie ritten zum Tivrit hinunter. Wieder im sicheren Refugium der Trutnot angekommen, verzichtete er darauf, sich in die Ruhe seiner Unterkunft zurückzuziehen, und bat um eine Unterredung mit der edlen Caitli.

So durchnäßt, wie er war, betrat er ihre Gemächer. Sie lagen in einem der oberen Stockwerke des Tivrit, und durch eine Öffnung im Felsen, eine Art Fenster, konnte man von hier aus den Tiv sehen, der nun nicht mehr von Wolken verhangen war, sondern drohend dunkel gegen einen noch dunkleren Himmel stand.

»Also, Tarxne?« fragte Caitli bei seinem Eintritt und hob die Augen von einer Schriftrolle, in der sie gerade las. Ein Schauer überlief den Jungen, als er bemerkte, daß es eine der *Schriftrollen von Tagete* war. Zu jedem anderen Zeitpunkt wäre es für ihn ein Ereignis gewesen, sie zu berühren und darin lesen zu dürfen.

Aber in diesem Augenblick nicht.

»Du wußtest es!« sagte er voller Verzweiflung. »Du wußtest, daß Anaies sterben würde, als sie mich an diesem Morgen begleitet hat!«

»Auch du wußtest es. Wenn du wirklich in dir selbst nachgeforscht hättest, dann hättest du verstanden, warum ich dich damals gebeten habe, auf sie zu verzichten. Aber du wolltest nicht, vielleicht weil du mächtiger sein wolltest als das, was geschrieben steht. Das ist eine traurige Lektion, Tarxne, aber sie war nötig. Denn das, was heute geschehen ist, wirst du nie vergessen.«

»Mußtest du wirklich Anaies dafür opfern?« erwiderte ihr Tarxne, ohne sich darum zu kümmern, daß sein zorniger Tonfall jeden Respekt vermissen ließ.

»Anaies gehörte zum Tivrit. Das ist es, was ich dir damals sagte. Sie wäre für immer hier geblieben. Du hattest die Wahl. Du hast sie opfern wollen, und du kannst niemand anderem die Schuld dafür geben. Du bist ein Magier und kannst jedem etwas vormachen, außer dir selbst. Das alleine ist der Preis der Macht, den du immer wirst bezahlen müssen.«

Caitlis Stimme hatte einen anderen Klang bekommen, sie hatte ihn tief berührt. Er fühle sich ganz elend. Zum erstenmal ahnte er, wie hoch dieser Preis war, den alle für die Gabe des Sehens bezahlt hatten, einschließlich seiner Großmutter.

Er spürte, wie seine Hände zu zittern begannen.
»Dein Schmerz wird Anaies nicht ins Leben zurückrufen«, sagte Caitli ruhig. »Und keine Macht ist stark genug, das Rad der Zeit zurückdrehen zu können, um das, was geschehen ist, ungeschehen zu machen.«
Der Junge hob den Kopf. Seine Hände zitterten noch, aber seine Augen waren hart geworden und blitzten entschlossen auf. »Bis zur Wintersonnenwende werde ich die Felsenhöhlen des Tivrit nicht mehr verlassen«, erklärte er mit Entschiedenheit. »Unter den Anweisungen meiner Lehrmeister werde ich mich der Heilkunde widmen und lernen, Leben zu bewahren, statt es zu zerstören!«
»Bis zur Wintersonnenwende ist es noch sehr lange, Tarxne«, erwiderte ihm Caitli. »Hast du dir überlegt, wie sehr dir das Licht und die Luft fehlen werden?«
»Ich weiß, wie sehr sie mir fehlen werden, aber so soll es sein.«
»Gut, dann werden wir aus dir in dieser Zeit einen guten Heilkundigen machen. Die Kräfte dazu besitzt du jedenfalls.«
Tarxne drehte der Großmutter den Rücken zu und stieg in sein Gemach hinunter, um die wenigen Dinge zusammenzuraffen, die er brauchte. Acilius erwartete ihn schon besorgt, und Tarxne lächelte ihm zu. Auch auf seine immer fröhliche und fürsorgliche Gegenwart würde er verzichten müssen. Tarxne warf einen Blick auf den windgepeitschten Regen und dachte ohne Klage an die kommenden Tage, in denen ihm das alles verwehrt sein würde.

Am Tag der Wintersonnenwende erwartete ihn Velvur, auf Acilius gestützt, vor dem Altar im Vorhof des Tivrit. Tarxne verbarg seine Ergriffenheit und schirmte die Augen, die inzwischen an das diffuse Licht in den Höhlen tief im Felsen gewöhnt waren, mit der Hand ab.
Er war nicht mehr derselbe Junge, der am Beginn des Frühlings dort eingetreten war. Er war größer geworden, seine Gesichtszüge schmaler und der Blick seiner blauen Augen noch klarer, aber auch härter.
Vor dem Altar angekommen, berührte er die Steine, und ein Gefühl von Ferne und Verlassenheit durchströmte ihn.
»Ich war sicher, daß dies der erste Platz sein würde, den du aufsuchst«, sagte der alte Velvur. »Deiner Mutter war dieser Altar lieb und teuer

Der fremde Teil in ihr hat hier seinen Göttern Wohnstatt gegeben.«
»Ich weiß, ich habe es immer gefühlt«, antwortete Tarxne, und ein Lächeln überflog sein Gesicht.
Auch Velvur lächelte. »Schön, daß du wieder da bist, mein Sohn«, sagte er und zog ihn an sich.

Später, als die Sonne hoch am Himmel stand, bat Velvur Tarxne, ihn auf die Anhöhe über dem Tivrit zu begleiten. Zur Zeit beherbergte der Tivrit nur wenige Trutnot und noch weniger Schüler. Velvur langweilte sich, und da es inzwischen eine seiner Lieblingsbeschäftigungen geworden war, sich über alles mögliche zu beschweren, tat er genau das, während sie den Pfad hinaufstiegen.
Tarxne stimmte ihm in allem zu und half ihm schließlich, sich auf die Bank vor dem großen Baum zu setzen.
Hier müßte es eigentlich noch Spuren von mir und Anaies geben, dachte er, und sein Blick verlor sich in der Ferne.
Velvur zog ihn ein Stück näher zu sich heran. Er schaute ihm direkt in die Augen, und Tarxne spürte, wie seine Traurigkeit langsam schwand und er sich mit dem Unabänderlichen abfand.
»Die Wege der Götter sind oft unergründlich«, sagte der alte Mann. »Aber sie führen immer zu einem vorbestimmten Ziel. Quäle dich deshalb nicht mehr wegen des Mädchens. Es wurde geboren, um Freude zu bringen, und die Götter haben es zu sich gerufen, bevor die Zeit es berühren konnte. Dein Weg wird dich an fremde Orte führen, aber durch die Götter deiner Mutter ist etwas von euch unter diesem Baum lebendig geblieben, und das lebt hier weiter, vereint in einem anderen Leben.«
Tarxne sank vor Velvur in die Knie, so nahe, daß er den Kopf auf seine knochigen Knie hätte legen können, und für einen Augenblick war er versucht, es auch zu tun. »Glaubst du, dieser Gedanke alleine reicht aus, mich zu trösten?« fragte er mit rauher Stimme.
»Erst wenn du gelernt hast, aus diesen Gedanken Trost und Stärke zu ziehen, bist du ein Mann geworden.«
»Ist das der Grund, warum du mich hierhergebracht hast? Um mir meine Grenzen aufzuzeigen?«
Velvur schüttelte den Kopf. »Nein, mein Junge, nein. Deine Grenzen

wirst du erst erkennen, wenn dein Leben so lange gedauert hat wie meines.«

Tarxne biß sich auf die Lippen und schwieg. Velvur hatte ihm keinen Einblick in sich gewährt, und er wagte es nicht, diesen Vorhang anzuheben.

Doch plötzlich faßte der Große Trutnot seine Hand mit einer unerwarteten Kraft und führte sie an seine Stirn.

»Was fühlst und siehst du jetzt?« fragte er und unterband mit einer unglaublichen Leichtigkeit Tarxnes Versuch, ihm die Hand zu entziehen.

Tarxne, der unter dem Ansturm dieses mächtigen Geistes erbebte, flüsterte: »Tod, ich sehe deinen Tod.«

»Gut.« Velvur lächelte. »Und was noch?«

»Das Gemach des Königs in Ruma ... Ich sehe einen Mann. Er hat ein offenes und ehrliches Gesicht, ich glaube, es würde mir leichtfallen, ihm Achtung und Gehorsam entgegenzubringen ... Dann sehe ich noch ein Mädchen ... Sie sitzt an einem Webstuhl und singt. Sie hat eine schöne Stimme.«

»Ist sie im Besitz der *Macht*?«

»Nein. Sie ist zwar die Tochter des Königs, des Mannes, den ich sehe, aber sie besitzt keine magischen Kräfte ... Ruma«, die Stimme des Jungen war jetzt nur noch ein leises Murmeln, ein Hauch in der Stille, der sich zwischen den kahlen Zweigen des Baumes verfing. »Ruma.« wiederholte er noch einmal.

Der Große Trutnot ließ seine Hand los, und Tarxne wäre fast gefallen.

»Ich habe deinen Tod gesehen«, sagte er nach einem Augenblick atemlos. »So nahe ...«

»Der Tod ist der Gefährte auf der Straße des Lebens. Dieses Leben ist uns von den Göttern gegeben. Meines neigt sich nun seinem Ende zu. Es war sehr lang, nicht immer glücklich, aber erfüllt. Nun wollen wir zurückgehen, bevor deine Großmutter jemanden schickt, uns zu holen.«

Tarxne begleitete ihn zu seinem Felsengemach zurück an das Feuer, wo Acilius sie mit heißem, nach Harz duftendem Wein erwartete.

Velvur starb, noch bevor es Frühling wurde. Aber das Gras begann schon auf der Anhöhe über dem Tivrit zu sprießen, und die Blausterne und der Weißdorn entlang des Pfades trugen schon die ersten Knospen. Seine sterblichen Überreste wurden in einer feierlichen Zeremonie in den tiefen Grotten am Fuße des Tiv beigesetzt, wo auch seine Vorgänger ruhten. Nach neun Tagen legte Caitli die Insignien des Großen Trutnot an, und die Abordnungen des Städtebundes überbrachten ihr im großen Felsensaal die Huldigung der Könige.

Tarxne hatte sich auf Anweisung der Großmutter abseits gehalten. Während der ganzen Zeremonie hatte er sich unauffällig unter die Fremden gemischt, und keiner der Mitglieder der Abordnungen hatte ihn bemerkt.

Dennoch hatte er die Hohepriester und die Abgesandten der Könige genau beobachtet und sich von jedem den Namen und das Gesicht gemerkt und auch die Kraft, die sie ausstrahlten.

Urste Afuna besaß mit Sicherheit die stärkste Kraft. Er war als Abgesandter des Tempels von Tagete in Tarchna in Vertretung von Flasi Aivas gekommen, aber er stand an der Seite von Asnai, dem Hohepriester des Tempels der Göttin Uni in Vei, und vertrat somit auch den König von Vei.

Mit einer gewissen Neugier fragte sich Tarxne, ob einer von den beiden, die aus der Stadt kamen, wo seine Mutter Königin war, vielleicht eine Nachricht von ihr für ihn überbracht hatte.

Obwohl er alles getan hatte, um ihm auszuweichen, befand er sich im Moment, als die Trutnot nach der Zeremonie als erste durch den langen, schmalen Gang, der nach draußen führte, den Saal verließen, direkt vor Urste.

Mit unglaublicher Schnelligkeit und Geschick trennte ihn der Haruspize von den anderen, und ehe er sich's versah, fühlte Tarxne sich in eine Ecke gedrängt, mit dem Rücken an der Wand.

Das Licht der Lampen, die in regelmäßigen Abständen an eisernen Halterungen vom Gewölbe herabhingen, drang nur noch schwach bis hierher, aber trotzdem erkannte Tarxne jede Linie im Gesicht Urstes und sah seine Augen, die so dunkel waren wie zwei tiefe Brunnen.

Mit einem Lächeln auf den schmalen Lippen schob er den Umhang der Trutnot, den Tarxne trug, ein wenig beiseite. »Ich war ganz sicher, daß ich mich nicht getäuscht hatte«, rief er leise und deutete eine leichte Verbeugung an. »Du bist der Sohn unserer Königin.«

»Und das ist für dich so wichtig, daß du sogar deine Pflichten der neuen Großen Trutnot gegenüber vernachlässigst?« fragte Tarxne.
»Was ich von dir spüre und sehe, berührt mich tief, mein junger Fürst«, murmelte Urste, ohne auf seine Bemerkung einzugehen. »Deine Augen sind so schön wie die deiner Mutter, aber sie strahlen viel mehr Wärme aus.«
»Das hört sich fast wie eine Liebeserklärung an. Ist es denn eine, Haruspize von Tagete?«
Urste wich einen Schritt zurück, und Tarxne spürte einen kleinen Riß im Schutzschild seines Gegenübers.
»Es ist nur eine Erklärung meiner Bewunderung und meiner Ergebenheit, mein junger Herr ... Das Gewand der Trutnot drückt dich. Deine Macht und Kraft sind hier an diesem Ort vergeudet.«
»Ich bin nur ein Trutnot wie alle anderen. Vielleicht ein guter Heiler. Oder zumindest habe ich vor, es mit der Zeit zu werden. Ich muß dich enttäuschen, Urste.«
»Du kennst meinen Namen?«
»Deine Schwester sitzt auf dem Thron, der eigentlich meiner Großmutter zusteht. Sicher kenne ich dich.«
»Mir scheint, in deiner Stimme eine Spur von Mißfallen bemerkt zu haben, mein Fürst, und das tut mir weh. Ich lebe nicht mehr in Tarchna. Seit vielen Jahren bin ich nun schon der Ratgeber des Königs von Vei.«
»Dann werden wir uns sicher eines Tages wiedersehen.«
»Ich werde diesen Wunsch mit mir nehmen. Im übrigen habe ich gehört, daß du dem weißen Blitz gebietest. Das ist eine sehr seltene Gabe, und sie wird für das Volk der Rasna sehr wertvoll sein.«
»Wenn die Götter es wollen, wird es so sein.«
Diesmal gelang es Tarxne, an ihm vorbeizuschlüpfen, ohne seinen Körper zu berühren, und eilig verließ er den Felsensaal.
Etwas später sprach er mit Acilius über seine Begegnung, während sie in seinem Raum zusammen das karge Mahl einnahmen.
Die Abgesandten der Könige des Städtebundes befanden sich, zusammen mit den Alten und den Lehrmeistern, auf dem Bankett zu Ehren der neuen Großen Trutnot, aber der Junge hätte um nichts in der Welt die Gesellschaft seines Freundes dagegen eintauschen wollen.
»Ich kenne diesen Höllensohn«, rief der Latiner und verschluckte sich fast, als ihm Tarxne von dem Vorfall erzählte.

»Laß lieber Charun aus dem Spiel, der eine wie der andere könnte dich hören, und es würde ihnen bestimmt nicht gefallen, was du von ihnen hältst.«
Acilius mußte gegen seinen Willen lachen. Er verabscheute Urste noch genauso wie beim erstenmal, als er ihn hier kennengelernt hatte.
Tarxne legte ihm eine Hand auf die Schulter. »Du bist nun ein freier Mann«, sagte er.
»Was meinst du damit?«
»Mit dem Tod von Velvur ist dein Dienst hier beendet. Du kannst gehen, wohin du willst. Wirst du mit mir kommen, wenn ich die Insel Fumosa verlasse?«
»Ich werde dich jederzeit und überallhin begleiten. Vor langer Zeit habe ich deiner Mutter dieses Versprechen gegeben, und jetzt erneuere ich es vor dir.«
Tarxne nickte bewegt. In diesem Moment fühlte er sich Acilius näher als jemals einem anderen Menschen zuvor.
»Danke«, war alles, was er sagte, und Acilius hatte das Gefühl, den Re Supremo zu sehen, als er sich über ihn gebeugt hatte, um ihm seinen Schmerz zu nehmen.
Acilius senkte den Kopf. Aus irgendeiner wunderbaren Magie heraus schien es fast so, als ob der König zurückgekehrt wäre.

Als Caitli ihn rufen ließ, dämmerte schon fast der Morgen. Die letzten Gäste hatten nach den Zeremonien die Insel Fumosa wieder verlassen. Der Frühling hatte schlechtes Wetter mit sich gebracht, die Insel lag unter einer dichten, nassen Nebeldecke.
Die edle Caitli erwartete ihn in ihrem Gemach. Sie hatte die Insignien zur Investitur des Großen Trutnot wieder abgelegt und trug jetzt eine Tunika aus dunkler Wolle und die Haare offen. Um die Schultern hatte sie einen wärmenden Umhang gelegt. In der grauen Morgendämmerung brannte nur eine einzige Lampe.
Tarxne blieb in respektvollem Abstand auf der Schwelle stehen.
»Komm herein«, sagte Caitli, die mit dem Rücken zu ihm stand.
Der Junge dachte, sie müsse erschöpft sein nach zwei Tagen ständiger Zeremonien, in denen sie sich ohne Unterlaß um die Abordnungen des Städtebundes hatte kümmern müssen. Aber als sie sich umdrehte, sah er keine Anzeichen von Müdigkeit auf ihrem Gesicht.

»Der edle Asnai von Vei hat mir eine Botschaft von deiner Mutter gebracht«, begann sie. »Es ist an der Zeit, daß du dich zu ihr begibst.«
Tarxne wartete schweigend ab, daß sie fortfuhr.
»Du bist längst größer als ich«, sagte sie mit einem Lächeln, strich ihm durch die Haare und ließ ihre Hand noch ein wenig verweilen, als ob sie ihn segnen wollte. »Velvur hat deinen Vater mit sich genommen, als er noch jünger war als du. Er war sein Lehrmeister, und er hat uns damals getrennt, damit wir den Zeichen gehorchen, denn weder er noch ich wären zu dieser Zeit dazu in der Lage gewesen. Genauso wie du und Anaies. Den Zeichen zu gehorchen ist immer sehr schwer, Tarxne, und dafür zu sorgen, daß sie befolgt werden, ebenso schwer.«
»Velvur fehlt mir sehr«, murmelte Tarxne und versuchte, nicht an Anaies zu denken. Aus den Worten seiner Großmutter sprach dieselbe Klarheit, die auch der Geist des Großen Trutnot ausgestrahlt hatte, und er spürte, daß sie ihn nun als den jungen Trutnot achtete, der der Sohn eines Königs war, und in ihm nicht mehr das Kind sah, das sie großgezogen hatte.
»Was ist dir von deiner Mutter noch in Erinnerung geblieben, Tarxne?« fragte Caitli.
Ihre Frage war unvermittelt gekommen, aber Tarxne brauchte nicht lange nachzudenken.
»Wenig«, sagte er. »Nur ihre hellen Haare und ihre Lieder in einer Sprache, die nicht die unsere ist.«
»Kannst du diese Sprache verstehen?«
»Ich glaube ja. Ich weiß zwar nicht wie, aber ich glaube schon.«
Caitli lächelte, und Tarxne hatte das Gefühl, daß diese Antwort sie glücklich gemacht hatte.
»Deine Mutter singt in der Sprache ihres Vaters, den ich sehr geliebt habe. Sein Land ist weit von hier, hinter den hohen Bergen. Er war ein Fürst. Sein Name war Axal. Du kannst auf ihn genauso stolz sein wie auf deinen Vater, der ein König war, denn zwischen uns war ein sehr enges Netz geknüpft. Die Götter haben unseren Weg vorgezeichnet.«
Caitli machte eine kurze Pause.
»Du bist erkannt worden, Tarxne«, sagte sie dann. »Sie wissen nun, daß du der Sohn von Larth von Tarchna bist, denn du siehst ihm zu ähnlich. Du mußt vorsichtig sein.«

»Urste!« stieß Tarxne hervor.
Caitli senkte den Kopf. »Deine Zeit in Vei wird nicht einfach sein«, sagte sie leise. »Aber es wird eine gute Schule für dich sein. Deine Mutter braucht dich jetzt.«
»Ich kann es kaum erwarten, sie wiederzusehen«, murmelte Tarxne und verlor sich in Gedanken an dieses verschwommene Bild und an das, was er so lange erwartet hatte: seine Abreise von der Insel Fumosa.

10.

Der Geruch von gebratenem Fleisch und Wacholderbeeren lag in der Luft, und ein dünner Rauchschleier zog hinauf in den Dachboden des Gasthauses, wo eine Reihe von Betten für die Gäste stand, von denen jeweils zwei mit Schilfmatten abgetrennt waren.
Acilius fuhr herum. Irgend etwas hatte ihn aus seinem Traum aufgeschreckt, und das war seine Rettung.
Das kurze Schwert streifte seinen Oberarm. Der Latiner sprang auf die Beine und wollte den Angreifer packen, aber behindert durch seinen schmerzenden Arm griff er daneben und stürzte zu Boden. Sofort setzte ihm der Unbekannte einen Fuß auf die Kehle und drückte ihm die Luft ab. Acilius versuchte zu schreien, um Tarxne zu warnen, aber er brachte keinen Ton heraus, und so versuchte er, sich mit aller Kraft zu wehren. Aber der Mann über ihm war groß und massig, ein Riese, und Acilius' Lungen begannen wie Feuer zu brennen. Doch plötzlich lockerte der Mann seinen Tritt und begann in der Luft herumzufuchteln, als würde er sich gegen etwas Unsichtbares wehren.
Acilius fragte sich nicht lange, was wohl diese unerwartete Veränderung bewirkt hatte, griff nach seinem Messer und stieß es seinem Angreifer ins Herz. Mit einem Grunzen ging der Mann in die Knie.
Für einen Moment blieb der Latiner benommen auf dem Boden liegen, um Luft zu schöpfen. Er konnte in der Dunkelheit nicht viel erkennen und wunderte sich, warum keine Geräusche oder Warnrufe hinter den Schilfmatten zu hören waren. Doch dann fiel ihm wieder ein, daß sie nur zu viert hier oben übernachtet hatten. Die übrigen Gäste hatten es vorgezogen, im Freien zu schlafen, weil der Wirt einen zu hohen Preis gefordert hatte.
»Tarxne«, rief er leise, besorgt um seinen jungen Fürsten und plötzlich hellwach.

»Keine Angst, mir geht es gut«, kam die Antwort, und gleich darauf war Tarxne an seiner Seite. »Der zweite von diesen beiden Kerlen wird bald wieder aufwachen, und ich glaube, er wird uns einiges erzählen können. Aber zuerst werde ich mir deinen Arm anschauen.«

Der Latiner richtete sich auf. Tarxne hatte jetzt die Laterne angezündet, die mit der weißen Flamme brannte, die die Trutnot in der Hand entzündeten.

Die beiden Männer, die sich den Schlafraum mit ihnen geteilt hatten, lagen noch dort, wo sie gefallen waren. Der Riese lag zusammengesunken vor Acilius' Bett, und der andere, jüngere, hockte direkt unter der Laterne, wie erstarrt und mit einem völlig abwesenden Ausdruck in den Augen.

»Was ist passiert?« fragte Acilius, während Tarxne mit leichten Händen seine Wunde versorgte.

»Tut mir leid, daß ich dich nicht mehr rechtzeitig wecken konnte. Ich hatte mir das alles ein bißchen einfacher vorgestellt!« antwortete Tarxne.

Acilius deutete auf den jüngeren der beiden Männer. »Und was ist mit ihm? Wie hast du die beiden bemerkt?«

»Ich hatte sie erwartet. Derjenige, der sie bezahlt hat, hat sein Zeichen auf ihnen hinterlassen. Ich habe es gesehen, während wir gestern abend unsere Mahlzeit eingenommen haben. Diese beiden saßen an unserem Tisch, erinnerst du dich?«

Der Latiner nickte. Aber er konnte an dem jungen Mann nichts Ungewöhnliches entdecken, außer daß er wohl offensichtlich das Opfer von Tarxnes Magie geworden war, der ihn ohne große Anstrengung voll im Griff zu haben schien.

»So, fertig«, sagte Tarxne. »Die Wunde ist nicht so schlimm. Dein Arm wird dir noch ein paar Tage weh tun, und dann wirst du ihn wieder wie vorher gebrauchen können.«

»Du hast von einem Zeichen gesprochen. Was meinst du damit?« fragte Acilius. »Ich habe nichts Besonderes bemerkt, weder an ihm noch an dem anderen Kerl.«

Tarxne drehte sich zu dem Erstarrten um. »Streck deine linke Hand aus!« befahl er ihm schroff.

Der junge Mann gehorchte, und Acilius bemerkte einen breiten, schwarzen Strich, der über die ganze Länge des Daumens ging.

»Das ist nur eine Markierung«, sagte er. »Vielleicht sind die beiden Sklaven.«
»Äußerlich gesehen vielleicht, für den, der es nicht besser weiß. Diese beiden sind freie Männer, die sich als Mörder verdungen haben, und derjenige, der sie gekauft hat, wollte sicher sein, daß sie ihre Aufgabe auch erledigen. Hinter dem Zeichen, das du eine Markierung genannt hast, stecken die Macht und der Wille eines großen Magiers. Diese beiden Männer können sich nicht dagegen wehren. Wenn sie uns nicht töten, dann werden sie selbst sterben.«
»Und das wußtest du und hast mich einfach schlafen lassen, ohne mir ein einziges Wort zu sagen?!«
»Ich habe es dir schon erklärt, ich dachte, die ganze Sache wäre einfacher für mich. Und außerdem wollte ich herausfinden, ob es mir gelingen würde, sie nur mit den Kräften meiner eigenen Magie aufzuhalten.«
»Das ist ja ein schöner Trost! Und dafür sind wir dieses Risiko eingegangen?«
»Sei nicht ungerecht, Acilius. Schließlich ist es mir gelungen, dich noch rechtzeitig zu wecken und diesen Riesen abzulenken, der dich fast erwürgt hätte. Du brauchst dich also nicht zu beschweren!«
»Ich soll mich nicht beschweren? Das nächstemal sagst du mir vorher Bescheid! Auf diese Weise geweckt zu werden schlägt mir auf den Magen.«
Tarxne lachte leise auf, wendete sich dann dem Erstarrten zu und strich ihm mit zwei Fingern vor den Augen entlang. Der Mann begann zu blinzeln und schaute ihn mit offenem Mund an.
»Wer hat dich für unseren Tod bezahlt?« fragte ihn Tarxne in gebieterischem Ton.
»Der Ratgeber des Königs von Vei, der Haruspize Urste Afuna«, antwortete der Mann wie in Trance.
»Von dem du sicher auch das Zeichen auf der Hand trägst. Wann ist das passiert?«
»Als der Begleitzug der Abordnung des Hofes von Vei, der von der Insel Fumosa kam, in Pupluna haltgemacht hat. Ich komme aus dieser Stadt und auch mein Gefährte.«
»Hat man dir gesagt, wer ich bin?«
»Du bist der Sohn des Königs Tarquinio von Ruma, aber ich wußte

nicht, daß du auch ein Magier bist. Laß mich laufen, ich bitte dich!«
»Bei Anbruch des Tages wirst du frei sein. Aber das wird dir nichts nutzen. Ich kann dich nicht von dem Zeichen Urstes befreien. Schlafe jetzt!«
Der Mann schloß die Augen, und Tarxne holte tief Luft. Die Befragung hatte ihn doch mehr Anstrengung gekostet, als er dachte. Acilius war schon dabei, ihr Gepäck zusammenzupacken, und reichte ihm schließlich seine Tebenna.
»Komm, laß uns weiterziehen«, sagte er. »Die Dunkelheit dort draußen ist immer noch besser als dieser Ort hier.«
»Angst?« fragte Tarxne lächelnd, zum Aufbruch bereit.
»Ich habe mein Leben lang Angst vor dem gehabt, was ich nicht verstehen kann«, erwiderte ihm der Latiner und begann, so leise wie möglich die knarrende, steile Stiege hinunterzuklettern.
Ein paar Knechte schliefen unter den Tischen, und vor der halboffenen Tür, die nach draußen führte, war ein Hund als Wache angebunden. Aber sobald Tarxne beruhigend die Hand ausstreckte, legte er sich hin und gab keinen Ton von sich. Sie schlüpften aus der Tür, und schon einen Augenblick später holten sie ihre Pferde aus der Einzäunung und ritten auf die Abzweigung zu, die von der Küste weg ins Landesinnere, in Richtung Vei führte.
»Vei kommt mir ganz anders vor, als ich es in Erinnerung habe. Viel größer! All diese Häuser gab es damals noch nicht, schau nur, die dort vorne zum Beispiel«, rief Acilius und versuchte, Tarxne zu begeistern. Aber der junge Trutnot spürte die Feindlichkeit des Ortes und begann seine Gefühle abzuschirmen. Er wußte, daß diese glanzvolle Stadt, die Acilius so beeindruckte, fast hunderttausend Einwohner hatte und reicher war als Xaire, das schon als sehr reich galt.
Diese Stadt empfängt mich als Feind, dachte er. Selbst die Steine strahlen es aus ... Ich muß vorsichtig sein.
Sie hatten das große Südtor passiert und ritten nun auf den weitläufigen Exerzierplatz hinter dem Palast zu. Die Häuser, die die Aufmerksamkeit von Acilius auf sich gezogen hatten, lagen an der Straße, die von diesem Platz, den man nun schon erkennen konnte, abzweigte.
»Die ganze Zeit über habe ich wie ein Einsiedler auf dem Tivrit gesessen«, brummte der Latiner vor sich hin. »Ich bin gar nicht mehr an eine

Stadt gewöhnt ... Ein alter Ziegenhirte bin ich geworden, ein richtiger alter Ziegenhirte ...«

»Schau dir diese Statuen an, Acilius!« unterbrach ihn Tarxne. »Hast du schon jemals solche Farben und eine so vollkommene Schönheit gesehen?« Die Gruppe von sechs Statuen umgab einen Brunnen am Anfang des Säulenganges, der den Exerzierplatz umschloß.

»Und siehst du da vorne die Männer der Wache des Königs, die auf dem Platz Bogenschießen üben ... Hast du sie gesehen, mein Fürst?«

Acilius kniff die Augen zusammen und versuchte, Arnth zu entdekken.

»Nein, der König ist nicht dabei«, sagte er. »Aber da drüben ist Meule, der Kommandant. Siehst du ihn? Ich erinnere mich noch genau an die Zeit, als ich mit dem Großen Trutnot hier war. In diese Richtung geht es zum *Tempel der zweitausend Statuen*, und dort hinten liegt der Palast des Königs.«

... und der Königin, dachten beide, wenn auch mit unterschiedlichen Gefühlen.

Ohne die Übungen der Bogenschützen zu stören, umritten sie seitlich den Platz. Aber Meule hatte sie inzwischen bemerkt. Er hatte das Gewand des Trutnot erkannt und kam auf sie zu.

Da entdeckte Tarxne den Jungen, der auf einem der Mäuerchen saß, die den Platz vom Palastbereich abtrennten. Er mochte etwa dreizehn Jahre alt sein, und seine Haare leuchteten in der Sonne fast weiß. Er trug einen schwarzen Chiton, reich verziertes Schuhwerk, und der Blick seiner hellen blauen Augen war unverwandt auf sie gerichtet, ohne aber im mindesten eine Spur von Neugier zu verraten.

Tarxne spürte, wie sich sein Herz zusammenzog. »Das dort drüben ist mein Bruder«, flüsterte er Acilius zu und stieg ab.

Und er ist mir schon jetzt so lieb, als wäre er seit einer Ewigkeit an meiner Seite gewesen, fügte er in Gedanken hinzu und drehte sich dann zu Meule um, der sie nun erreicht hatte.

Der Mann hatte ein hartes, kantiges Gesicht. Er verbeugte sich knapp, und Tarxne schien es, als würde er ihn mit einer Mischung aus Erstaunen und Furcht mustern.

»Wir haben dich erwartet, Trutnot«, sprach er ihn an. »Du bist der Sohn unserer Königin, und du kommst vom Tivrit.«

»Mein Name ist Tarxne, und ich möchte zu meiner Mutter.«

»Ich werde dafür sorgen, daß man dich zu ihr bringt«, erwiderte Meule und streifte dabei den Latiner mit einem mißtrauischen Seitenblick. Dann winkte er einen der umherstehenden Diener heran, mit dem Befehl, sie zur Königin zu begleiten.

Der Diener schritt ihnen voran, und Tarxnes Augen suchten noch einmal den blonden Jungen. Aber er hatte inzwischen seinen Platz verlassen und war verschwunden.

»Das ist sicher nicht die Art, wie man einen Fürsten empfängt«, brummte Acilius, während er neben ihm durch den Säulengang und den angrenzenden Hof auf den Flügel der Frauen zuschritt.

Der Palast war von einer beeindruckenden Pracht, und im Atrium vor dem Thronsaal drängten sich die Adeligen. Keiner achtete auf den jungen Trutnot und seinen Begleiter. Zumindest erschien es Acilius so.

Thesan empfing die beiden in ihren Gemächern. Sie war alleine und stand vor einem Tisch, der voller Schriftrollen und Farben war, bekleidet mit einer dunklen Tunika, die am Saum mit einer feinen Goldborte aus Blumenmustern und Spiralen bestickt war. Ihre Haare waren zu einem Zopf im Nacken zusammengefaßt, der mit dünnen Goldkettchen verflochten war.

Noch bevor ihm ganz bewußt wurde, daß diese wunderschöne Frau seine Mutter war, nahm Tarxne für einen Moment dieses Bild in sich auf und versuchte, es mit dem seiner Erinnerung zu vergleichen. Dann ging er auf sie zu, beugte ein Knie und küßte den Saum ihres Gewandes.

Für einen Augenblick war Thesan tief bewegt, dann hob sie langsam den Blick von ihrem Sohn zu Acilius, der regungslos auf der Schwelle stehengeblieben war. Er lächelte ihr zu, und ihre Gesichtszüge erhellten sich. Eine Wärme durchströmte sie, wie sie sie schon lange nicht mehr empfunden hatte.

»Ich danke dir, Acilius, mein lieber Freund«, sagte sie leise.

Von seinen Gefühlen überwältigt und unfähig, ihr zu antworten, drehte Acilius sich um und verließ den Raum.

»Warum ist er gegangen?« fragte Tarxne verblüfft und erhob sich.

»Das kann passieren, wenn einer von seinen Erinnerungen überwältigt wird. Willkommen in Vei, Tarxne, Sohn von Larth. Auch wenn du diesen Palast feindlich und voller Gefahren vorfinden wirst.«

»Ja, ich kann es fühlen..., sogar in diesem Moment«, bestätigte Tarxne.
Thesan gab ihm ein Zeichen, sich zu setzen.
»Deine Großmutter ist der Meinung, daß du hier noch etwas lernen kannst«, sagte sie mit einem traurigen Lächeln. »Ich hätte es gerne vermieden, daß du unter der Bosheit der Menschen und ihren trügerischen Illusionen leiden mußt. Aber dies scheint der einzige Weg zu sein, den es für uns gibt.«
»Du bist nicht glücklich, Mutter«, murmelte Tarxne und schaute ihr für einen Moment in die Augen, um gleich darauf seinen Blick wieder abzuwenden.
Wenn es nur das wäre, dachte er. Du bist auch in Gefahr, und deine Macht erschöpft sich in einem Kampf mit den feindlichen Kräften dieses Ortes, der schon viel zu lange dauert. Aber das wirst du niemals zugeben.
»Urste ist hier«, sagte er statt dessen. »Ich spüre seine Gegenwart.«
»Urste ist unser Feind. Meiner und der deines Bruders Aranth. Und nun auch deiner.«
»Ich werde versuchen, mich möglichst unsichtbar zu machen, bis ich die Regeln des Palastes und die Lebensgewohnheiten der Stadt erlernt habe.«
»Ja, aber du wirst sehr vorsichtig sein müssen. Wenn du es willst und es ihm erlaubst, dann kann Aranth dir dabei behilflich sein. Er wartet schon lange auf dich.«
»Verfügt er über magische Kräfte?«
»Nein. Aber er besitzt eine ungewöhnliche Intelligenz und eine Logik, die so manchen Trutnot vor Neid erblassen läßt.«
»Ist er der Erbe des Thrones?«
»Der König hat es oft bereut, ihn anerkannt zu haben. Aber er hat es getan, und deshalb ist Aranths Leben genauso in Gefahr wie das deine.«
»Wieso das meine? Ich bin nur ein Trutnot!«
Thesan beugte sich zu ihm, Tarxne sah sie an und erkannte in ihren eisblauen Augen das Spiegelbild seines eigenen Gesichts. Es war zwar seines, aber doch gleichzeitig auch anders: reifer und markanter. Das Gesicht eines Mannes, der König zweier Städte gewesen war und seinen

Pakt mit den Göttern gelöst hatte. Erschrocken wendete er seinen Blick ab.
»Du bist viel mehr als nur ein Trutnot«, sagte Thesan leise. »Du bist der Sohn von Larth, dem König, der aus Ruma eine Stadt gemacht hat, die eines Tages die Herrschaft über die Welt erlangen wird.«
»Und dieses Ruma wird Vei zerstören und alles, was zu ihm gehört«, fügte Tarxne hinzu. »Denn der Haß, den Flasi Aivas entfacht hat, wird erst erlöschen, wenn auch Vei ausgelöscht ist.«
Tarxne hatte ganz unbewußt gesprochen, ohne über die wirklichen Folgen dieser Weissagung nachgedacht zu haben, und seine Mutter legte ihm einen Finger auf die Lippen. »Was du weißt, muß in dir verschlossen bleiben, Tarxne«, sagte sie ernst. »Die Zukunft, die du gesehen hast, war eine Prophezeiung lange vor unserer Zeit, und wir beide, du und ich, sind nur ihre Werkzeuge.«
»Weiß denn hier niemand etwas davon?«
»Nur Asnai, das Oberhaupt der Hohepriester von Uni. Es ist das Geheimnis, das uns verbindet.«

An diesem Abend war Tarxne zur Audienz des Königs im Thronsaal geladen. Er hatte schon Asnai kennengelernt und das Gefühl gehabt, ihm vertrauen zu können, so wie seine Mutter es gesagt hatte. Und natürlich hatte er Aranth getroffen, der ihm eher spröde und zurückhaltend erschien. Dennoch zweifelte er nicht im geringsten daran, sein Vertrauen und seine Zuneigung zu gewinnen, noch bevor der Mond seinen Zyklus beendet hatte.
Auch der Hohepriester und Aranth waren bei der Audienz anwesend, aber Tarxnes Blick wurde vor allem von der Gestalt des Königs angezogen und von dem dunklen Schatten hinter ihm: Urste.
Arnth lud ihn mit einer freundlichen Geste ein, näher zu kommen. Aber sobald er vor dem König stand, war es Urste, der sprach. »Unser Trutnot ist ein Künstler«, bemerkte er, noch bevor der König das Wort an ihn gerichtet hatte. Aber keiner im Saal schien darüber verwundert zu sein, außer Tarxne, der allerdings so tat, als würde er dem keine Beachtung schenken.
Schweigend verbeugte er sich vor dem König. Rein äußerlich gesehen war er ein gutaussehender Mann, aber Arnths Gesichtszüge waren von einem geheimen Fieber gezeichnet, und sein Blick war unstet.

»Ich grüße dich, König von Vei«, sagte Tarxne mit fester Stimme, und Arnth erwiderte mit einem zerstreuten Kopfnicken und einem gewissen Unbehagen seinen Gruß. Dieser Junge wird Urste bestimmt gefallen, dachte er. Seine Augen sind so blau wie das Meer, sein Körper sucht hier seinesgleichen, und Urste ist unersättlich!

Er schluckte nervös und versuchte diese Gedanken zu verdrängen, voller Angst, sich zu verraten. Dieser junge Mann vor ihm war ein Trutnot, mit einer großen, magischen Kraft ausgestattet, genauso wie Urste ihn beschrieben hatte, als er vor ihm gewarnt hatte.

»Deine Mutter, die Königin, ist sehr glücklich, dich hier bei uns zu haben«, sagte er schließlich. »Und das macht auch uns glücklich. Ich heiße dich willkommen.«

»Ich danke dir. Wenn du es wünschst, werde ich dir gerne zu Diensten sein, König Arnth«, erwiderte ihm Tarxne.

»Du bist ein Trutnot, und wir beugen uns vor deinem heiligen Gewand. Du bist frei zu tun, was immer du willst, und sollten wir deine Dienste benötigen, dann werden wir es dich wissen lassen«, antwortete Arnth. Dann entließ er ihn, und Tarxne schien es, als ob Urste mit der Freiheit, die er ihm zugestanden hatte, nicht einverstanden war. Aber der Haruspize enthielt sich jeden Kommentars, und da niemand ihn gebeten hatte zu bleiben, verließ Tarxne den Thronsaal, während nun einige Angehörige des Adels den König mit ihren Anliegen mit Beschlag belegten.

Im Atrium angekommen, blieb Tarxne unter den gleichgültigen Blicken der Wachen stehen und versuchte, etwas von dem zu erlauschen, was nun im Thronsaal vorgetragen wurde, denn alles, was die Angelegenheiten der Stadt anbetraf, interessierte ihn brennend.

Aber es dauerte nicht lange, und der junge Aranth trat an seine Seite.

»Komm«, flüsterte er, »ich kenne einen besseren Platz!«

Tarxne folgte ihm schweigend. Aranth führte ihn durch mehrere Räume in einen Säulengang, von dem aus ein schmaler Durchgang hinter den Thronsaal führte, eine Verbindung zwischen dem älteren und dem neueren Teil des Palastes, wo man an einer bestimmten Stelle durch einen Ritz in der Mauer alles erlauschen konnte, was im Thronsaal gesprochen wurde.

Von dieser Stelle aus folgte Tarxne noch vielen Audienzen des Königs, den Versammlungen seines Rates und Empfängen. Ungesehen lernte er die Einflußreichen kennen, wie die Mitglieder der Familie der Aivas, die in Vei geblieben waren, und die Mächtigen, wie König Matula von Xaire. In kurzer Zeit bekam er eine Übersicht über die Probleme, die Arnth unterbreitet wurden, und lernte, aus den Stimmen und dem Tonfall die wirklichen Absichten der Betreffenden herauszuhören. Der König war nicht geliebt, er war gefürchtet. Seine Wachen hatten den Ruf, unbeugsam und unbestechlich zu sein, und es schien, als ob ihm die Götter geneigt wären. Die Ernten waren reich, der Handel blühend, und sogar die üblichen Scharmützel mit den Latinern entlang des Tibrin oder wegen der Furt bei Fidenae verliefen meistens glimpflich und ohne Verluste.

Der Hof hatte nur zu gerne die Anordnung befolgt, den Sohn der Königin, der vom Tivrit gekommen war, zu ignorieren. Das gab Tarxne so viel Zeit, wie er nur wollte. Jeden Morgen ging er zu den Kranken, die in die Becken des Heiligen Wassers im *Tempel der zweitausend Statuen* eintauchten, und am Nachmittag besuchte er die Bildhauer und Künstler, die in Vei die größten und berühmtesten Werkstätten des ganzen Städtebundes hatten. Vor allem die Anfänge einer Arbeit interessierten ihn, das erste Formen in Ton und die Vorbereitungen zum Bronzeguß, die oft der schwierigste Teil beim Entstehen eines großen Werkes waren. Die großen Statuen in farbiger Terrakotta fanden genauso sein Interesse wie die in Bronze gegossenen, und in einer der Werkstätten hatte er einen geschickten jungen Bildhauer kennengelernt, der ungefähr so alt war wie er. Sein Name war Vulca.

Zusammen begannen sie immer häufiger das Haus von Safon, dem Karthager, zu besuchen, wo sie sowohl die Gesellschaft junger Sklavinnen genießen als auch den Berichten der Reisenden zuhören konnten, was Tarxne beides gleichermaßen erfreute. Von ihnen wußte er, daß der König von Ruma außerhalb der Mauern, auf dem Hügel Aventinus, ein Heiligtum hatte errichten lassen, das er einer Göttin mit Namen Diana geweiht hatte, wo sich die Händler aller Länder trafen und den Reisenden Unterkunft gewährt wurde.

Tarxne sah seine Mutter nicht so oft, wie er es sich gewünscht hätte, aber als Entschädigung dafür war Aranth sein Schatten geworden. Im Laufe der Zeit war die Beziehung zwischen ihnen enger geworden, und

der Junge, sonst schweigsam und verschlossen, schien nur mit ihm zusammen heiter und fröhlich zu sein.
Nach seinem ersten Jahr im Palast von Vei bat ihn der Hohepriester Asnai darum, zusammen mit den anderen Heilkundigen die Kranken im Tempel der Göttin Uni zu besuchen und zu behandeln. Eine Aufgabe, der Tarxne zuerst mit einigen Bedenken, dann aber mit großem Erfolg nachkam. Sein Ruhm, selbst oft die Todgeweihten noch zu retten, sprach sich schnell herum, und Asnai hatte ihm anvertraut, der König sei beruhigt darüber, daß er sich der Heilkunde gewidmet habe. Er habe nichts dagegen, wenn das, außer seinen Besuchen bei den Künstlern und den schönen Sklavinnen von Safon, seine einzigen Interessen blieben.
Es war schon fast Sommer, als Tarxne die ersten Anzeichen einer Veränderung der Dinge spürte. Die Wandlung zu spüren, bevor sie sich vollzog, manchmal schon lange vorher, war eine normale Gabe der Trutnot. Aber diesmal sah Tarxne nur einen dunklen Abgrund vor sich, wenn er versuchte, die kommenden Ereignisse zu erkennen. Auch seine Mutter konnte oder wollte nicht darüber reden.
Von der Grenze am Tibrin kamen inzwischen Nachrichten über Kämpfe. Ruma hatte soeben einen Feldzug in den Süden der Albaner Berge abgeschlossen, und man erzählte, daß König Servius eine Lega Latina gegründet habe, um einen Bund mit den neu eroberten Städten zu schließen.
In allen Häfen entlang der Küste der Rasna lagen karthagische Schiffe vor Anker, ebenso wie focesische und griechische im Hafen von Ruma, und viele Fremde hielten sich in Vei auf.
Eine unbekannte Krankheit begann sich an verschiedenen Orten auszubreiten, und Tarxne reiste umher, um sie zu beobachten und zu bekämpfen. Manchmal auch zusammen mit anderen Heilkundigen des Tempels der Göttin Uni, aber meistens zusammen mit Acilius und Aranth.
Jedesmal, wenn er wieder in den Palast zurückkam, ließ der König ihn rufen und sich genauen Bericht erstatten. Tarxnes Gefühl einer bevorstehenden Veränderung verstärkte sich immer mehr, ohne daß es jedoch klarer wurde.
Eines Tages, Tarxne war gerade von den östlichen Grenzen des Territoriums zurückgekehrt, gelang es Urste, ihn vor seinem Gemach abzufan-

gen. Normalerweise paßte Acilius immer auf, aber diesmal war er, bestimmt nicht zufällig, in den Ställen aufgehalten worden, und der Haruspize hatte keine Zeit verloren. Mit dem Rücken an die Tür gelehnt, versperrte er Tarxne den Eintritt, und seine dunklen Augen glühten.

»Schenke mir ein wenig von deiner Zeit, Fürst von Tarchna«, sprach er ihn an und ließ seinen gierigen Blick über ihn schweifen.

»Ich fühle mich geehrt, Urste Afuna, aber der Titel eines Fürsten von Tarchne steht mir nicht zu«, antwortete Tarxne.

»Bevorzugst du den Titel eines Fürsten von Ruma?«

»Ich bin nur ein Trutnot. Solltest du meine Hilfe als Heilkundiger benötigen, dann bitte ich dich, gleich zu reden. Ich bin sehr müde und möchte mich ausruhen.«

»Diese übertriebene Bescheidenheit steht dir nicht zu Gesicht, mein Fürst. Du kennst deine Ansprüche und weißt, mit welcher Hilfe du sie durchsetzen kannst.«

»Du irrst dich, Urste Afuna. Ich bin ein Trutnot, und sowohl der Thron von Tarchna und als auch der von Ruma scheint mir würdig besetzt zu sein. Mein Weg ist von den Göttern vorgezeichnet.«

»Das ist es, was uns angst macht, Sohn von Larth. Man sagt von dir, du seist in einer Nacht mit zwei Monden geboren worden, einer magischen Nacht, aber auch einer Nacht, die dem Volk der Rasna Verderben und Tod bringen wird. Einer Nacht wie der, in der die edle Caitli auf ihre Rechte als Erbin verzichtet hat, um sich auf den Tivrit zurückzuziehen. Zwei so außergewöhnliche Nächte in einer so kurzen Zeitspanne . . . Du bist ein Trutnot, sagst du? Dann weißt du sicher auch eine Erklärung dafür. Es heißt, daß seit dieser Zeit ein Geist im Pàlast von Tarchna spukt.«

»Soll ich mich etwa um Geister bekümmern, Haruspize? Ich bevorzuge es, meine Zeit den gewöhnlichen Sterblichen zu widmen und ihre Schmerzen zu lindern.«

Urste neigte den Kopf, aber sein durchdringender Blick traf Tarxne wie ein Schlag. Ein heißer, heftiger Schmerz durchfuhr ihn, aber er zog sich nicht zurück. Regungslos kreuzten sich ihre Blicke, bis Urste schließlich einen Schritt beiseite machte.

Ein kleines, verdrossenes Lächeln umspielte seine Lippen. »Ich sehe, daß du müde bist, mein junger Fürst. Verzeih mir«, sagte er, verbeugte sich noch einmal leicht und entfernte sich dann mit schnellen Schritten.

Vier Tage darauf kam von den Ansiedlungen in Ceis die Nachricht, daß die Quelle versiegt war, die am Tag der Geburt des Erben wie ein Wunder aus der Erde entsprungen war. Von dem See, der sich darum gebildet hatte, war nur noch schwarze, faulige Erde übriggeblieben, und ein heftiges Fieber war ausgebrochen, das innerhalb einer Nacht die Alten und Kinder hinwegraffte.

Urste selbst war es, der Tarxne den Befehl des Königs überbrachte, nach Ceis zu reiten, mit dem Auftrag, die Götter zu besänftigen und diese fürchterliche Krankheit zu besiegen.

11.

»Du bist noch so jung! Bist du wirklich der, den uns der König geschickt hat, um unsere Kinder zu retten?«
Der alte Patriarch der vier Ansiedlungen von Ceis bereute seine voreiligen Worte sofort. Der Blick des jungen Mannes, der da in seinem Haus vor ihm stand, war hart und entschlossen, und er schien ohne Mühe in den Köpfen der anderen lesen zu können. Er trug das Gewand der Trutnot, aber weder Schmuck noch Waffen und hatte, außer einem Jungen mit fremdem Aussehen und einem latinischen Diener, keine Begleitung. Trotzdem hatte der alte Mann das Gefühl, daß selbst der König von Vei, als er damals mit seinen Wachen und seinen Hohepriestern in die Ansiedlung gekommen war, weniger Eindruck auf ihn gemacht hatte.
Verwirrt beugte er das Haupt. »Verzeih mir diese törichten Worte, ich wollte dich nicht beleidigen«, beeilte er sich hinzuzufügen. »Mein Name ist Murai. Du mußt wissen, diese Ansiedlungen hier sind für mich wie Kinder. Deshalb zerreißt mir der Schmerz um das Leid hier das Herz.«
»Hab keine Angst«, erwiderte ihm Tarxne. »Ich werde deine Kinder heilen.«
Aranth stellte sich auf die Fußspitzen und flüsterte ihm ins Ohr: »Hast du keine Angst, mit deinem Hochmut die Götter herauszufordern?«
Tarxne lächelte schweigend.
Acilius brachte gerade das Gepäck ins Haus, aber die Männer, die bei ihrer Ankunft zusammengelaufen waren und nun umherstanden, halfen ihm nicht dabei. Sie sahen alle abgezehrt und verängstigt aus, und ihre Lippen waren bläulich verfärbt, obwohl keiner von ihnen wirklich erkrankt war.
Tarxne hatte schon an einigen anderen Anzeichen den Ursprung der

Krankheit erkannt und versuchte seinen Zorn darüber zu unterdrücken, auf einen Befehl des Königs hier sein zu müssen. Es war wieder nur eine Falle von Urste Afuna. Er mußte einen klaren Kopf bewahren.

»Sag einem deiner Enkel, er soll mich zur Quelle führen, solange noch Tag ist«, sagte er zu dem Alten. »Mein Bruder und mein Freund werden hier auf dich warten.«

»Willst du nicht zuerst zu den Kranken gehen?« murmelte Murai.

»Später«, antwortete ihm Tarxne.

Der alte Mann nickte düster und gab einem der Jungen, die vor dem Eingang standen, ein Zeichen.

Acilius folgte Tarxne nach draußen und hielt ihm das Pferd. »Laß mich mit dir kommen!« sagte er mit besorgter Stimme. »Es gefällt mir nicht, dich dort draußen alleine zu wissen, an einem Ort, an dem wer weiß welche Gefahren lauern.«

»Ich weiß, was dort lauert, Acilius, keine Sorge. Aber ich vertraue dir Aranth an. Bleibt im Haus von Murai, aber trinkt nur Wasser aus unseren eigenen Wasserschläuchen und wascht euch auch nicht mit dem Wasser aus dem Brunnen.«

»Aranth beschwert sich schon jetzt über den Staub und Dreck. Er hat schon die ganze Zeit über auf ein Bad gehofft!« erwiderte ihm der Latiner, alles andere als beruhigt.

»Ein paar Tage, an denen er sich nicht wäscht, werden ihn bestimmt nicht umbringen. Sei vorsichtig, Acilius. Was auch immer heute nacht passieren mag, bleib an seiner Seite.«

Der Latiner nickte nur mit dem Kopf. Er wußte inzwischen, daß es völlig nutzlos war zu versuchen, Tarxnes Meinung zu ändern, wenn er sich etwas in den Kopf gesetzt hatte.

Tarxne trieb sein Pferd an und ritt an die Seite des Enkels von Murai, der ihn schon zu Pferd vor dem Mäuerchen erwartete, das das Haus des Patriarchen umgab. Der Nachmittag ging langsam in den Abend über, und in der für die Jahreszeit zu frühen Hitze lagen die langgestreckten Hütten mit ihren strohgedeckten Dächern wie verlassen da. Nichts rührte sich. Dort, wo eigentlich die Bauern auf den Feldern ihrer Arbeit hätten nachgehen müssen, waren nur Leere und Angst.

Es ist unvorstellbar, dachte Tarxne wütend, alles das nur wegen der Rachsucht und der Gier eines einzigen Mannes. Die Götter dürften einen solchen Mißbrauch der Macht nicht erlauben.

»Woher nimmst du dir das Recht, darüber zu urteilen, wie die Götter die Macht verteilen?«
Die Antwort war spöttisch und provozierend gekommen, wie der Wind, der fauchend in die Falten seiner Tebenna fuhr.
»Ich nehme mir nicht das Recht, darüber zu urteilen. Aber ich rechtfertige auch nicht den Tod vieler, nur weil ein einziger Mensch seine Macht mißbraucht.«
»Sei vorsichtig. Worte, auch wenn sie nur gedacht sind, sind wie Samen, die du in die Erde tust. Eines Tages wirst du dich vor ihren Früchten wiederfinden. An diesem Tag, Tarquinier, wirst du es sein, der den Tod gebracht hat, um deine eigene Macht zu befriedigen. An diesem Tag wirst du den Preis deines jetzigen Hochmuts bezahlen, und sie werden dich Tarquinio Superbo, den Hochmütigen, nennen.«
»Das wird mein Name sein? Tarquinio Superbo? Sag mir, wer du bist!«
»Das ist nicht wichtig. Vielleicht bin ich der Gott des Windes ... oder Charun, dem du die Beute abjagen willst ... Oder vielleicht bin ich auch nur ein Teil von dir, der Teil, der dich an den Grenzen der Zeit sieht.«
Tarxne schüttelte benommen den Kopf, um sich von dieser lästigen Stimme zu befreien, die nur er alleine hörte. War das eine Warnung gewesen oder nur eine Voraussage dessen, was ihn erwartete?
Der Junge vor ihm trieb sein Pferd an, sie kamen schnell voran und hatten schon bald die Quelle erreicht.
Die Dämmerung sank bereits herab, und sein Führer blieb, etwas atemlos von dem schnellen Ritt, zögernd am Rand dessen zurück, was einmal ein See gewesen war.
Tarxne stieg ab, und der Junge zeigte mit ausgestrecktem Arm in die Mitte der sumpfigen schwarzen Erde, wo ein brauner, dünner Strahl hervorquoll, auf dem Tausende von kleinen bläulichen Flämmchen tanzten. Das war alles, was von der Quelle übriggeblieben war, und der Gestank, der davon ausging, war so stark, daß er ihnen fast den Atem nahm.
»Die Quelle ist der Segen des Dorfes gewesen, als sie damals entsprungen ist ... Sie hat das Beben der Erde besänftigt, und an diesem Tag ist der Sohn des Königs geboren, genauso wie ich!« erklärte der Junge, ohne seinen Stolz über dieses Ereignis zu verbergen, das ihm sicher in

den Ansiedlungen und in seiner Familie eine ganz besondere Stellung verschafft hatte.
Tarxne dachte daran, daß der Sohn des Königs, sein Erbe, sich nun ebenfalls hier befand und, da er keine magischen Kräfte besaß, sicher mehr der Gefahr ausgesetzt war als er selbst.
Mutter, bat er in Gedanken, verlasse deinen Sohn heute nacht auch nicht einen einzigen Augenblick
Dann beugte er sich hinunter und prüfte den schwarzen Schlamm des ehemaligen Sees. Darunter mußte brüchiger Tuffstein sein, so wie überall in der Umgebung.
»Reite jetzt wieder nach Hause zurück«, befahl er dem Jungen, der sich das nicht zweimal sagen ließ, sein Pferd wendete und davonpreschte.
Alleine zurückgeblieben, lief Tarxne eine Zeitlang am Rand des Morastes entlang. Sein Pferd, das er am Zügel führte, schnaubte unruhig, und die Wolken wurden langsam dichter. Die violette Dämmerung am Rande des Waldes färbte sich schwarz. Ein kalter Windhauch fuhr über die nackte Erde.
Tarxne blieb stehen und strich dem Tier beruhigend über die Nüstern, dann schaute er zu den Wolken auf und lächelte.
»Gut«, murmelte er. »Dieser Gestank wird langsam auch für mich unerträglich.«
Dann richtete er sich hoch auf, hob langsam die Arme zum Himmel und ließ die Energie in seine Fingerspitzen strömen. Eine winzige Flamme formte sich auf einem der Finger und breitete sich dann auf alle Fingerkuppen aus. Er spürte die Kräfte, die unter der Erde wirkten, und sah sie in kleinen Blasen aufsteigen, die, kaum an der Oberfläche angekommen, zerplatzten.
Die Luft war gesättigt, und der erste Blitz schlug zwanzig Schritte vor ihm in den Morast ein, fuhr wie eine scharfe Klinge durch den verkrusteten Schlamm und teilte ihn mit einem glatten Schnitt. Die Ausdünstungen der Erde stiegen an die Oberfläche, entzündeten sich, und ein Feuerwall loderte um die Quelle und ließ sie kochen.
Als die Flammen wieder erloschen waren, kauerte Tarxne sich an einer sicheren Stelle im Gebüsch neben seinem Pferd nieder und wartete ab. Hier konnte ihn die Magie der Quelle nicht erreichen, deren Kreis nur bis zum Rand ihres eigenen Wassers reichte.

Kurz vor Sonnenaufgang begann es zu regnen, aber die kleinen blauen Flämmchen tanzten noch immer im Umkreis der Quelle. Nur dort, wo der Blitz eingeschlagen hatte, schien der Untergrund zertrümmert zu sein, und der lange Riß füllte sich langsam mit Regenwasser.
Tarxne seufzte tief auf. Er hatte die Zeichen richtig gedeutet. Auch wenn er noch nicht gewonnen hatte, so hatte er doch einen vorläufigen Sieg errungen.
Velvur wäre sicher stolz auf ihn gewesen, und auch seine Großmutter würde es sein.
»Kehren wir zurück«, flüsterte er seinem Pferd ins Ohr. »Jetzt müssen wir uns um die Leute in der Siedlung kümmern.«
Als er bei den ersten Hütten angekommen war, ging die Sonne auf. In der frischen Morgenluft stieg ihm der Gestank der Quelle auch aus der Erde unter den Hütten und aus dem Brunnen in die Nase.
Acilius erwartete ihn vor dem Haus des Patriarchen und ergriff schweigend die Zügel seines Pferdes. Er wagte es nicht, ihm Fragen zu stellen. Aranth hingegen konnte seine Neugier nicht bremsen. »Hast du den Blitz gerufen?«
Tarxne nickte nur. »Befinden sich Fremde hier?« fragte er.
»Murai sagt nein, aber ich glaube, er lügt«, antwortete ihm Acilius.
»Was nützt es ihm, einem Magier gegenüber zu lügen?« mischte sich nun wieder Aranth ein, und Acilius zuckte mit den Schultern. Dann folgte er Tarxne zu dem alten Patriarchen, während Aranth das Pferd versorgte.
Murai saß, zusammen mit den Alten, die mit ihm gewacht hatten, vor dem Feuer. Es war eine lange Nacht gewesen, und als er den Blick hob, las Tarxne nichts als Angst darin.
Nicht vor mir, dachte er, sondern vor etwas, das er nicht einzuschätzen weiß und das ihn bedrückt. Er kann nicht zwischen zwei Männern wählen, die beide im Namen der Götter sprechen, denn er weiß nicht, daß die Götter viele Gesichter haben können.
»Ihr müßt eure Siedlungen verlassen und euch einen neuen Platz auf den Hügeln suchen«, sagte er mit harter Stimme. »Ihr müßt es noch heute tun und auch eure Gerätschaften und eure Tiere dorthin bringen. Dort werdet ihr den Wald roden, Korn und Hirse aussäen und eure Kinder zur Welt bringen. Diese Talsohle müßt ihr vergessen.«

Der alte Mann war bei seinen Worten bleich geworden. Für einen Moment schaute er ihn fassungslos an. Dann wurden seine Augen feucht.
»Ist es das, was die Götter von uns fordern?« murmelte er verzweifelt.
»Ein starker Geist hat die Harmonie dieser Erde zerstört, als er die Quelle hat entspringen lassen. In all diesen Jahren ist der beleidigte Atem der Mutter Erde in jede Ritze des Bodens gedrungen, und so sind eure Brunnen und eure Luft verseucht worden. Ihr müßt noch heute gehen!« antwortete Tarxne.
»Und was ist mit unseren Kranken?«
»Sie werden mit neuem Wasser wieder gesund werden.«
Tarxne setzte sich und nahm den Becher Wein, den Acilius ihm vorbereitet hatte. Er hatte mit gebieterischer Stimme gesprochen, und der Patriarch betrachtete ihn bestimmt nicht mehr als Jungen.
»Sag deinen Leuten, sie sollen gleich mit den Vorbereitungen beginnen. Ein Tag ist nur kurz.«
Er leerte den Becher in einem Zug und versuchte, seine Müdigkeit zu unterdrücken. Mit geschlossenen Augen spürte er die geheimen Ströme der Erde unter sich, die von der Quelle aus die Talsohle durchströmten, nun schon viel schwächer als vorher, da ein großer Teil vom Feuer zerstört worden war.
Aber genauso spürte Tarxne auch die drohende Gegenwart dieses starken Geistes, der zu seinem eigenen Genuß und aus Gier die Erde verletzt hatte und der nun vor Schmerzen schrie. Und er fühlte die nahende Gefahr.
»Sag Aranth, er soll zu mir kommen«, befahl er Acilius.
Murai neigte sich jetzt zu ihm. »Wie sollen wir dich nennen?« fragte er.
»Mein Name ist nicht wichtig. Ich bin ein Tarquinier und ein Trutnot. Wenn du mit deinen Leuten auf den Hügeln angekommen bist, dann opfere der Göttin Aurora für mich. Sie kennt mich.«
Während die Männer dem alten Patriarchen auf die Beine halfen, trat Aranth ein. Keiner erkannte in ihm den Sohn des Königs. Im Gegenteil, sein fremdes Aussehen machte ihnen eher angst. Alle beeilten sich, den Raum zu verlassen, und die Enkel des Patriarchen liefen schon von Siedlung zu Siedlung, um den Befehl zum Aufbruch zu überbringen.
Tarxne tauchte erst wieder auf der Schwelle des Hauses auf, als die

ersten Bewohner der Siedlungen am Haus vorbeizogen. Acilius war schon draußen und überwachte den Exodus mit düsterer Miene. Der Regen hatte aufgehört, aber die feuchte Luft war trüb und dunstig.
Bei seinem Erscheinen drehte sich Acilius fragend nach Tarxne um.
»Bereite die Pfeile vor, um die Hütten in Brand zu stecken«, befahl ihm Tarxne mit unbewegter Miene, in der sich nichts regte, als der Patriarch, gestützt auf seine Enkel, an ihm vorüberzog.
Bei Sonnenuntergang waren alle Siedlungen verlassen, und rundum war alles ruhig geworden. Acilius hatte mit Hilfe von Aranth die Pfeile vorbereitet, aber Tarxne hatte sie nicht angerührt.
Als hinter der dunklen Linie des Waldes im Westen die letzten Strahlen der Sonne versunken waren, befahl er kurz: »Jetzt!«, und Acilius gab seinem Pferd die Sporen und preschte los, gefolgt von Aranth.
Kurze Zeit später loderten die Flammen aus den Strohdächern der am weitesten entfernten Ansiedlung. Der Wind, der nun von Osten blies, würde dafür sorgen, daß sich das Feuer schnell ausbreitete, und noch vor Mitternacht würden die vier Ansiedlungen ein einziges Flammenmeer sein, das Erde und Luft wieder reinigte.
Tarxne ging in das Haus des Patriarchen zurück, opferte einen Kelch Wein und löschte dann das Feuer. Im Haus breitete sich nun tiefe Dunkelheit aus, und er spürte, wie der Geist, der den Mauern innewohnte, sich zurückzog und den Menschen auf die Hügel folgte, wo eine einzige, gemeinsame neue Ansiedlung entstehen würde.
»Gut«, murmelte er. »Es ist an der Zeit.«
Er war sehr müde, aber ihm schien, daß die Kraft, die die Erde verseucht hatte, sich nun verflüchtigt hatte. Der Urheber dieser Magie würde nun dieses Feuer im eigenen Körper brennen spüren. Tarxne lächelte und dachte: Dies wird eine lange und harte Nacht für dich werden, Urste Afuna.
Dann griff er nach seiner Tebenna und ging nach draußen. In diesem Moment sprang ihn der Mann von hinten an, warf ihn mit seinem Gewicht zu Boden und drückte ihm mit aller Kraft die Kehle zu.
Tarxne konnte sich jedoch mit letzter Kraft aufbäumen, mit dem freien Arm seinen Kopf packen und ihm mit einem einzigen Ruck das Genick brechen. Dann sprang er auf die Beine, gerade rechtzeitig genug, um die anderen beiden Männer herankommen zu hören. Aber diese beiden würden nicht mehr von seiner Müdigkeit profitieren.

Auch nicht von meiner Zerstreutheit, dachte er. So etwas darf nie mehr passieren. Niemals mehr! Und sollte ich gerade einen Ritus zelebrieren oder eine ganze Stadt niederbrennen.
Im Geiste folgte er den Schritten der beiden Männer und fachte gleichzeitig die reinigenden Flammen an. »Erdmutter Dia!« rief er in beschwörendem Ton. »Alte Herrin der Erde, dein Atem werde Licht!«
In diesem Moment hörte er einen Warnruf und gleich darauf einen Schrei, aber er unterdrückte seine Sorge um Acilius und Aranth.
»Tarquinier!« rief da eine wütende Stimme, in der jedoch auch Angst mitschwang. Tarxne drehte sich um. Die beiden Männer hatten ihren toten Gefährten gefunden, und einer der beiden, der, der seinen Namen gebrüllt hatte, schwang sein kurzes Schwert, als ob es ein Messer wäre. Das Schwert flog durch die Luft, aber Tarxne rührte sich nicht. Erst im letzten Moment neigte er sich leicht beiseite und lenkte das Schwert mit der Kraft seines Willens ab.
Regungslos, vor Angst wie versteinert, standen die beiden Männer mit weit aufgerissenen Augen da. Der Wind frischte auf und brachte den heißen, fauchenden Atem des Feuers mit sich, der sich nun wie ein glühender Arm nach ihnen ausstreckte, ihre Kleider erfaßte und ihre Haut verbrannte. In diesem Augenblick erschien Acilius und stieß zwei Gefangene vor sich her, denen die Hände auf dem Rücken zusammengebunden waren. Aranth folgte ihm mit den Pferden. Er hatte eine Verletzung am Arm, und Blut tropfte ihm von einer Wunde auf der Stirn.
Tarxne verstand auch ohne Fragen, daß diese beiden der Rest von einer größeren Anzahl von Männern sein mußten und daß sein Bruder seine erste Probe als Krieger bestanden hatte.
»Tarxne!« rief der Latiner besorgt. »Geht es dir gut, mein Fürst?«
Tarxne nickte, und Acilius' Blick wanderte erstaunt von ihm zu den drei Toten, denen das gleiche Entsetzen ins Gesicht geschrieben stand, während in dem harten Blick des Trutnot ein neuer Ausdruck lag, den er nie zuvor an ihm gesehen hatte.
»Diese beiden haben wir gefangennehmen können«, sagte er und zwang die zwei Männer in die Knie. Sie waren noch sehr jung und trugen die einfache Tunika der Bauern. Aber es war leicht zu erkennen, daß dies nur eine Verkleidung war. Es waren Männer der Wache des Königs.

Tarxne wandte sich ihnen mit einem kleinen, drohenden Lächeln zu. »Es muß wirklich etwas sehr Schwerwiegendes sein, das euch das Schwert gegen einen Trutnot erheben läßt!«
Die beiden schwiegen, und Acilius packte einen von ihnen bei den Haaren und zog seinen Kopf nach hinten.
»Antworte!« befahl er ihm.
Der Mann preßte die Lippen zusammen, und als Tarxne sich ihm näherte, versuchte er die Augen zu schließen. Aber es gelang ihm nicht.
»Bist du hier geboren?« fragte ihn Tarxne mit fast einschmeichelnder Stimme, und dieser plötzlich so sanfte Tonfall ließ dem jungen Mann einen kalten Schauer über den Rücken laufen.
»Ja. In der östlichen Ansiedlung, die ihr gerade niedergebrannt habt«, antwortete er.
»Aber du bist kein Bauer mehr, und du wolltest uns sicher nicht wegen der niedergebrannten Ansiedlung ermorden!«
»Ich gehöre zur Wache des Königs!« erwiderte der junge Mann mit nur schwer verhohlenem Stolz in der Stimme. »Und bin einer der besten Schwertkämpfer!«
»Das hat dir aber wenig genutzt«, gab ihm Tarxne zurück. »Hat der König euch befohlen, uns zu töten?«
Der Mann schüttelte heftig den Kopf, und Tarxne fuhr ihm mit den Fingerspitzen leicht über die Stirn. Seine Augen weiteten sich unmerklich, und er stöhnte leise auf, bevor er antwortete.
»Der Haruspize Urste Afuna hat mich mit dem Kommando über acht Männer hierhergeschickt. Ich habe sie selbst ausgesucht, die Besten!«
»Also weiß auch Meule von diesem Komplott?«
»Nein. Der Haruspize hat ihm gesagt, er braucht uns, weil er um den Erben fürchtet, die Zeichen wären sehr ungünstig.«
»Und was hat er euch gesagt?«
»Der Haruspize Urste meinte, *du* seist der Feind, weil du der Sohn von Larth von Tarchna und Ruma bist. Außerdem ist dein Bruder ein Fremder, der Sohn einer Fremden, die unseren König verzaubert hat. Wir folgen nur dem Willen der Götter. Auch der Hohepriester Asnai wird für seinen Verrat bezahlen!«
»Hat Urste das gesagt?« fragte Tarxne.

Der Mann nickte. Die tiefe Überzeugung, im Recht zu sein, gab ihm Kraft. Niemals hätte er es gewagt, gegen den Willen der Götter etwas zu unternehmen.
»Wir müssen gehen«, drängte Aranth. »Der Wind bläst immer stärker von Osten, schon bald werden wir vom Feuer umschlossen sein.«
Tarxne richtete sich auf. Plötzlich war er sehr müde.
»Du hast recht«, stimmte er ihm zu.
»Ihr werdet uns doch nicht hierlassen wollen?!« brüllte der andere Gefangene.
»Wie soll der Hohepriester Asnai getötet werden?« fragte Tarxne mit unbewegter Miene.
Aber der Mann schüttelte den Kopf. »Woher soll ich das wissen?«
Tarxne gab Acilius ein Zeichen. Der Mann sagte ohne Zweifel die Wahrheit, denn selbst wenn er gewollt hätte, hätte er in diesem Moment nicht lügen können. Der Latiner zog die beiden hoch, band ihnen einen festen Strick um den Hals, und er und Aranth bestiegen ihre Pferde.
Tarxne drehte sich noch einmal zum Haus des Patriarchen um. Ein Teil des Daches stand schon in Flammen, und aus dem Brunnen davor züngelte eine blaue Flamme in die Nacht. Noch einmal streckte er die Hand über diese Erde aus und vollzog das Siegel der Zeit.
Dann stieg auch er auf, und Acilius ritt sofort an seine Seite, die Stricke, an die die Gefangenen gebunden waren, fest in der Hand. »Was wird dieses Flammenmeer wieder zum Erlöschen bringen?« fragte er besorgt im Gedanken daran, daß der Wind die Flammen hinter ihnen her bis auf die Hügel hinauf treiben könnte.
»Schon bald wird es zu regnen anfangen. Das Wasser wird die Risse im Morast schließen und den Brand löschen. Wenn nichts mehr übriggeblieben ist, wird der Regen wieder aufhören.«
»Der Große Trutnot hat nie etwas Ähnliches vollbracht«, murmelte der Latiner.
»Weil es nicht nötig war«, erwiderte ihm Tarxne und spornte sein Pferd an.
Acilius und Aranth taten es ihm nach, die Stricke spannten sich, und die beiden Gefangenen waren nun gezwungen, in der vom Rauch geschwängerten Luft zu laufen.

»Keiner weiß, daß ich zurück bin. Acilius kannte einen geheimen Gang, durch den wir in den Palast gekommen sind«, sagte Tarxne, sobald Tura die Gemächer der Königin verlassen hatte.
Thesan nickte. »Ich kenne diesen Gang«, sagte sie knapp, ging zu ihrem Tisch hinüber und drehte ihm den Rücken zu. Sie wollte nicht, daß Tarxne sah, wie ihre Lippen vor Zorn zitterten.
Doch Tarxne spürte ihre Erregung. »Aranth geht es gut«, versuchte er sie zu beruhigen. »Wir haben zwei Gefangene mitgebracht, die als Zeugen dem König vom Komplott seines Ratgebers berichten können.«
Thesan schüttelte den Kopf. Im fahlen Licht der ersten Morgendämmerung und dem flackernden Schein der Lampen erschien ihre Gestalt so unwirklich wie ein Traum.
»Du bist wirklich noch sehr jung, Tarxne«, murmelte sie, »und deine Jugend verstellt dir, trotz deiner großen seherischen Gaben, den Blick auf die Tatsachen. Du wirst es niemals erreichen, daß der König sich von seinem Ratgeber trennt.«
»Nicht einmal mit dem Beweis, daß Urste seinen Sohn ermorden lassen wollte?«
»Einen Fremden, nicht seinen Sohn. Für ihn ist Aranth nicht mehr sein Sohn.«
»Das hat bisher noch niemand zu sagen gewagt.«
»Das mag sein. Aber es ist nur noch eine Frage der Zeit.«
»Dann bist auch du in Gefahr, Mutter.«
Endlich drehte sich Thesan nach ihm um. »Ja, ich weiß«, stimmte sie ihm zu.
»Urste will sich auch von Asnai befreien. Wir müssen Vei verlassen.«
Thesan nickte zerstreut. Sie hörte die Stimme des Palastes, so wie damals, als sie noch ein junges Mädchen gewesen war. Aber jetzt wußte sie, was sie bedrohte. »Geh zu Asnai und warne ihn. Ich habe ihm gegenüber eine Schuld zu begleichen. Was uns anbetrifft, glaube ich den König überzeugen zu können, uns zu erlauben, Vei zu verlassen.«
»Ich werde Acilius sagen, sich bereit zu halten, und Aranth, sich in den Tempel der Göttin Uni zu begeben. Sie werden es nicht wagen, dort etwas gegen ihn zu unternehmen.«
»Ja, tu das«, stimmte Thesan ihm zu. »Und gehe, bevor Urste erfährt, daß du hier bist.«

Tarxne neigte den Kopf und eilte davon. Er hätte sie noch fragen wollen, ob der Ratgeber des Königs in diesen Tagen einen leidenden Eindruck gemacht hatte und wie er sich nach den Geschehnissen in Ceis gefühlt hatte. Aber im letzten Moment hielt er sich zurück. Es war nur seine Eitelkeit, die ihn so neugierig machte.
Bei Sonnenaufgang hatte ein heftiger Wind den Himmel blankgefegt. Zusammen mit Aranth begab er sich zum *Tempel der zweitausend Statuen,* versteckt unter einem dunklen Umhang und unbeachtet von den Dienern, die schon bei der Arbeit waren.
Im Tempel fand er Asnai vor, der den morgendlichen Riten beiwohnte, die von den jungen Priestern zelebriert wurden. Als er die beiden sah, erhob er sich sofort und bat sie in die inneren Räume des Tempels, wo noch alles dunkel und still war.
»Im Namen der Göttin Uni, was ist passiert?« fragte Asnai aufgeregt, sobald sie alleine waren.
»Aranth, Sohn von Arnth, bittet um den Schutz der Göttin und die Aufnahme in den Tempel«, erwiderte ihm Tarxne und folgte dabei der rituellen Formel.
Asnai ließ betroffen seinen Blick von den harten Gesichtszügen des jungen Trutnot zu den noch kindlichen des Erben des Königs schweifen.
»Er ist der Göttin Uni geweiht, und dieser Tempel steht ihm als Zuflucht offen, wann immer und so lange er es wünscht!« sagte er. »Aber du hast nicht auf meine Frage geantwortet, edler Tarxne.«
»Eine Gruppe von Männern der Wache des Königs sind uns nach Ceis gefolgt. Sie hatten den Befehl, uns zu töten. Zwei von ihnen haben wir als Gefangene hierher zurückgebracht, die anderen sind tot. Aber auch du bist in Gefahr, auch du solltest ermordet werden.«
Asnai erbleichte, erschüttert von der Ungeheuerlichkeit dieser Gotteslästerung. Er schaute fragend zu Aranth, der zur Bestätigung leicht nickte, und plötzlich wurde Asnai klar, daß Aranth kein Kind mehr war. Was auch immer in Ceis passiert sein mochte, es hatte ihn verändert. Er war als ein Krieger zurückgekehrt.
»Ich danke dir, edler Tarxne«, murmelte er.
»Meine Mutter hatte dir gegenüber eine Schuld zu begleichen. Sie war es, die mich zu dir geschickt hat.«
»Und dieser Befehl, von dem du gesprochen hast . . . Hat ihn der König gegeben?«

»Der König weiß nichts davon. Du kannst dich in den Tempel einschließen, wo dir nichts passieren wird, und ihm dann später vor Augen führen, was in seinem Namen geschieht.«

»Glaubst du, ich könnte damit der Königin und Aranth helfen?«

Tarxne zuckte mit den Schultern. Aber er merkte, wie in Asnai allmählich der Zorn die Oberhand über die Fassungslosigkeit gegenüber dieser unglaublichen Niedertracht gewann. Er konnte nicht tatenlos zusehen, wie Arnth seinen Pakt mit den Göttern aufkündigte. Arnth war der König!

»Wo sind die Gefangenen?« fragte er.

»Sie sind hier in Vei, unter der Aufsicht von Acilius, und zu müde, um noch einen Fuß vor den anderen zu setzen.«

»Männer der Wache des Königs! Also auch Meule ...«

»Nein, Meule hat in gutem Glauben gehandelt, jedenfalls sagen die beiden das.«

»Und einen Trutnot können sie nicht belügen«, schloß Asnai. »Übergib sie mir. Ich werde sie in Gegenwart des Königs befragen, und wenn er mir keinen Glauben schenken will, dann wird er seinen eigenen Ohren trauen müssen.«

»Meine Mutter glaubt, daß das nichts nutzen wird.«

Asnai nickte düster. Eigentlich wußte er das genauso gut, aber er mußte es Arnth und seiner offensichtlichen Unwissenheit zuliebe tun, die ihn in den Augen der Götter unschuldig erscheinen ließ.

»Ich bitte dich, bleibe auch du hier, edler Tarxne«, sagte er. »Zumindest so lange, bis ich mit dem König gesprochen habe.«

»Bist du dir auch wirklich sicher, daß du das willst, Hohepriester?«

»Ich habe meine Verpflichtungen gegenüber dieser Stadt und ihrem König, und wenn ich sie nicht einhalte, dann ist auch mein Leben nichts mehr wert.«

Dann ging Asnai, und plötzlich kam er Tarxne alt vor, gebeugt unter einer unsichtbaren Kraft, die schon begonnen hatte, die verborgenen Wurzeln der Stadt zu zerstören.

»Wunderbares Vei, die Zeit wird dich dem Erdboden gleichmachen«, murmelte er, und eine große Traurigkeit überkam ihn.

12.

»Das alles ist nur die Schuld der Königin! Auch du solltest das mit der Zeit begriffen haben, mein König. Du kannst nicht den tadeln, der dich liebt, nur weil er versucht, all das Böse von dir fernzuhalten, das diese Fremde nach Vei gebracht hat.«
Meule, der im Thronsaal des Palastes vor ihm stand, hatte mit harter und entschlossener Stimme gesprochen, und Arnth ließ unsicher seinen Blick zwischen dem Hauptmann seiner Wache und dem Oberhaupt der Priester hin und her schweifen. Die zwei Gefangenen, die vor ihm auf den Knien lagen, wagten nicht den Kopf zu heben, nachdem sie von ihrem Auftrag in Ceis berichtet hatten und von den Wundern, die der edle Tarxne dort vollbracht hatte.
»Ich soll also den nicht tadeln, der mich liebt«, erwiderte der König zögernd und unfähig, eine Entscheidung zu treffen. »Selbst dann nicht, wenn sich seine Hand gegen unseren Hohepriester erhebt und die Götter beleidigt. Ist es das, was du mir damit sagen willst, Meule?«
»Das ist nicht bewiesen. Wer weiß, welche Stimmen der Trutnot aus ihrer Erinnerung abgerufen hat!«
Arnth gebot ihm zu schweigen und wandte sich Asnai zu. Er verübelte es dem Hohepriester, daß durch diese unglaubliche Anschuldigung Ruhe und Ordnung im Palast gefährdet waren und daß die beiden Söhne der Königin im Tempel der Göttin Uni unerreichbar geworden waren. Außerdem war er wütend, daß der Trutnot die Ansiedlungen abgebrannt hatte und nun für längere Zeit kein Tribut mehr von dort zu erwarten war. Im übrigen wußte er jetzt den Grund, warum Urste eine ganze Nacht lang vor Schmerzen geschrien hatte.
Trotzdem erschreckte ihn die Gotteslästerung dem Hohepriester gegenüber mehr als alles andere, mehr noch als die ungewöhnlichen Geschehnisse in Ceis.

»Ich verspreche dir, die Wahrheit herauszufinden, Hohepriester«, sagte er zu Asnai.
Asnai verbeugte sich. »Erlaube mir, dir dabei zu helfen«, erwiderte er. »Ich werde dafür Sorge tragen, daß die Harmonie in diesen Palast zurückkehrt.«
»Ja, sicher«, antwortete ihm Arnth zerstreut und in Gedanken schon ganz woanders. »Ich wäre dir sehr dankbar dafür.« Sein Blick suchte Meule. Die Zelle, in der man die beiden Gefangenen untergebracht hatte, war etwas abseits gelegen, und man hatte sie durch einen geheimen Gang dorthin gebracht. Keiner wußte davon, außer dem Latiner, der ihm die beiden übergeben hatte.
Der edle Tarxne war vorsichtig gewesen, und Arnth mußte ihm eine noch größere Umsicht und Geschicklichkeit zugestehen als die, ein Jahr lang in diesem Palast gelebt zu haben, als wäre er gar nicht gegenwärtig.
Er wollte erreichen, daß auch ich seine Gegenwart vergesse, dachte Arnth. Er hat mich im Glauben gelassen, er sei harmlos!
»Ihr habt das Schwert gegen meinen Erben erhoben«, sagte er an die beiden Gefangenen gewandt, in einem fast unbeteiligten Tonfall. »Und welche Kraft auch immer euch bewegt haben mag, ihr müßt dafür sterben. Sorge du selbst dafür, Meule, und auch dafür, daß nichts, was heute hier gesagt wurde, aus diesen Mauern dringt.«
Der Hauptmann verbeugte sich steif. Arnth erhob sich und ging dann auf den Ausgang zu, der zum Haupthof führte, gefolgt von Asnai. Der Hohepriester wollte ihm noch einiges sagen, aber der König schien völlig in Gedanken versunken zu sein.
Als sie die Loggia erreichten, die sich zum Hof öffnete, blieb Arnth stehen. »Du weißt, was mein größter Wunsch ist, Hohepriester«, sagte er in kummervollem Ton. »Ich möchte Kinder haben, die in den Augen meines Volkes keine Fremden sind. Hilf mir dabei. Ich werde im Gegenzug dafür sorgen, daß der, der mich liebt, diejenigen unberührt läßt, die unter deinem Schutz stehen.«
»Ich werde alles tun, was in meiner Macht steht und was die Göttin Uni mir erlaubt«, erwiderte Asnai, erleichtert über dieses Angebot des Königs.
Arnth lächelte flüchtig. »Vergiß es nicht, du wirst mich dadurch sehr glücklich machen«, erwiderte er und entließ ihn mit einem Wink.

Die Wache, die ihn in der Loggia erwartet hatte, begleitete ihn bis vor den Eingang seiner Gemächer, wo er sich einschloß, um die Dunkelheit abzuwarten.

Als Urste die Gemächer des Königs betrat, war es schon spät. Der Haruspize schien immer noch erschöpft zu sein. Sein Gesicht war bleich, die eingesunkenen, von dunklen Schatten umgebenen Augen glänzten fiebrig, und seine Hände zitterten.

Arnth führte ihn zum Kamin, in dem ein Feuer brannte, und schenkte ihm einen Pokal Wein ein. Dann schaute er zu, wie er in kleinen Schlucken trank.

»So ist also der edle Tarxne gesund und munter zurückgekehrt und mit ihm auch dein Sohn . . .«, murmelte der Haruspize.

»Wieso hast du diesen Befehl erteilt, Urste?« unterbrach ihn Arnth. »Warum willst du ihren Tod . . . ausgerechnet jetzt?«

Voller Wut schaute ihn Urste an. »Weil wir uns ihrer entledigen müssen, bevor es zu spät ist!« schrie er unbeherrscht und schüttete den Rest des Weines ins Feuer.

Die Glut zischte auf. Arnth beugte sich zu Urste und packte ihn an den Schultern.

»Beruhige dich«, sagte er, »ich werde sie wegschicken! Ich werde die Königin und ihre Söhne wegschicken, wenn du das willst. Beruhige dich, Urste, ich bitte dich.«

»Ich will nicht, daß du die Königin wegschickst«, fuhr Urste auf. »Ich will, daß du sie zwingst, das Bett mit uns zu teilen. Hast du denn keine Augen im Kopf? Deine Königin ist schöner als eine Göttin, und wir beide zusammen sind stark genug, ihre Kraft zu brechen. Mein Samen ist fruchtbar, und auch deiner wird es wieder sein. Wir werden sie zwingen, die wirklichen Söhne Veis zu trage. Alle neun Monde einen, solange Uni ihr Fruchtbarkeit gibt. Oder willst du, daß eines Tages ein Fremder auf dem Thron von Vei sitzt?«

Arnth versuchte, sich gegen diese Gedanken zu wehren, aber gleichzeitig stand ihm die Vision Urstes verlockend vor Augen. Es war, als ob Thesan hier zwischen ihnen wäre. Die Lust nach ihr, die er immer noch heftig empfand, stieg wieder in ihm auf.

Er fühlte, wie er schwach wurde, und Urste strich ihm mit einem Lächeln sanft übers Gesicht.

Thesan trug eine purpurfarbene Tunika, mit goldbesticktem Brustteil, ein goldenes, mit Mondsteinen geschmücktes Diadem in den Haaren, die an den Seiten ihres Gesichts zusammengefaßt waren, und darüber den kurzen Mantel, von der Fibel mit dem Symbol Tarchnas geschlossen: dem Adler mit den ausgebreiteten Schwingen.
Wie eine Provokation sprang Arnth dieses Symbol in die Augen, als die Königin unerwartet in den Thronsaal eingetreten war, gefolgt von ihren Söhnen und dem Hohepriester Asnai. Die Adeligen, die sich zur täglichen Audienz versammelt hatten, verstummten bei ihrem Anblick und traten zur Seite. Thesan schritt durch ihre Reihen, ohne sie eines Blikkes zu würdigen.
In all den Jahren in diesem Palast hatte keiner von ihnen ihr mehr bedeutet als ein Name, und trotzdem war sie selbst in den Köpfen aller, gefürchtet und begehrt wie kaum je eine Königin. Auch jetzt war dieses Begehren zu spüren, vermischt mit einer bangen Erwartung.
Sie lächelte Arnth an, und den König überkam wieder dieses merkwürdige Gefühl, das er damals bei seinem Erwachen in Fanu Veltune empfunden hatte, als sie noch ein junges Mädchen gewesen war und die ersten Strahlen der Morgensonne ihre Erscheinung in ein goldenes Licht getaucht hatten. Ein Traum – aber damals war er sich so sicher gewesen, sie in dieser Nacht besessen zu haben. Die Macht dieser Erinnerung erfüllte sein Herz, denn auch jetzt schien die Königin das Licht in den Thronsaal zurückzubringen und alles auf ihrem Weg wie durch Zauber erstrahlen zu lassen. Doch dann fiel sein Blick auf Tarxne, der ihr folgte, und seine Erinnerung zerstob.
Thesan stand unter einem mächtigen Schutz, und Arnth hörte, wie Urste hinter ihm aufstöhnte.
»Meine Königin erweist mir die Ehre«, brach es schließlich aus ihm heraus, als sie vor ihm stand.
Thesan beugte das Haupt, aber der König sah die Härte ihres Blickes. »Dies ist der Wunsch, der mich hierherführt, dir Ehre zu erweisen«, erwiderte sie. »Ich spüre, wie der Palast einen weiteren Sohn wünscht, der, den sich dein Herz seit langem ersehnt und den die Stadt zu ihrer Sicherheit braucht. Gestatte mir also, das Heiligtum der Göttin Turan im Heiligen Kreis des Sees aufzusuchen, damit ich ihr opfere. Die Göttin hat mir ein Zeichen gesandt, und ich bin sicher, daß sie mich an diesem Ort, der uns so kostbar ist, erhören wird.«

Das ist eine Lüge, schrie es aus den Augen Urstes, aber seine Lippen blieben geschlossen.

Arnth spürte, wie eine Kraft, die stärker war als er, ihm fast den Atem verschlug. Aber diese Kraft kam in diesem Moment nicht von Thesan, sondern von Tarxne, der, äußerlich demutsvoll, hinter ihr stand.

Doch hatte die Erwähnung von Fanu Veltune schon ausgereicht, um den König unausweichlich in das Netz seiner Erinnerungen zu verstrikken.

»Die Zeichen waren günstig«, mischte sich nun der Hohepriester ein und trat näher. »Die Königin sollte noch heute abreisen.«

»Die Zeichen, sagst du? Welche Zeichen?« fuhr ihn Urste an, der sich auf die Lehne des Thrones gestützt hatte und nur noch mühsam die Fassung bewahrte.

»Die Zeichen bei Sonnenaufgang natürlich«, erwiderte Asnai mit ruhiger Stimme. »Oder hast du etwa den morgendlichen Riten nicht beigewohnt?«

Arnth hob einen Arm und gebot Schweigen. Er konnte es unmöglich zulassen, daß Urste, der um diese Zeit noch das Bett mit ihm geteilt hatte, sich wegen seiner Abwesenheit bei den morgendlichen Riten rechtfertigen mußte. Aber er konnte auch der Königin nicht verbieten, dem Willen der Göttin zu folgen. Jedenfalls nicht hier, im Thronsaal, vor den Augen des Adels von Vei, und nicht, wenn sie öffentlich kundgetan hatte, dem Wunsch des Königs und des Palastes folgen zu wollen. Jede Frau, die sich der Göttin mit der Bitte um Mutterschaft anvertraute, war so heilig wie die Göttin selbst.

Du hast den Ort und die Umstände gut gewählt, um mich zu verlassen, dachte er und erklärte: »Der Palast wird dich mit seinen guten Wünschen begleiten, meine Königin, und auf deine baldige Rückkehr hoffen.«

Thesan beugte wieder das Haupt und streifte mit einem kurzen, eisigen Blick den Mann, mit dem sie, wenn auch nur für kurze Zeit, fast glücklich gewesen war. »Ich werde noch heute abreisen. Ich werde den Fürsten Aranth und den Trutnot Tarxne mit mir nehmen. Keiner kann während der Reise und in der Zeit meines Rückzugs besser über mich wachen als meine Söhne.«

»Das ist richtig«, stimmte ihr der Hohepriester zu, und dem König blieb nichts mehr hinzuzufügen.

Thesan verließ mit ihren beiden Söhnen den Saal, und Arnth schien es, als ob sie auch das Licht des Tages mit sich genommen hätte.
Urste hatte ihm eine Hand auf die Schulter gelegt, und er merkte, wie sie zitterte.

Thesan, ihres Sieges gewiß, hatte schon im Morgengrauen begonnen, ihre Abreise vorzubereiten. Sie würde in dem zweirädrigen Wagen mit dem prächtigen, silberbeschlagenen Verdeck reisen, von Acilius geführt und gefolgt von einem zweiten Wagen mit Tura und dem Gepäck.
Um die Mittagszeit verließen sie den Palast. Ihre beiden Söhne ritten voraus, und Meule selbst hatte die Eskorte von zwölf Männern ausgewählt, denen jedoch der Hohepriester vorher noch den Treueschwur auf die Königin vor der Göttin Uni abgenommen hatte.
Jetzt begleitete sie Asnai mit der rituellen Prozession der Priester bis zum östlichen Tor. Sein ernster und ehrerbietiger Abschiedsgruß war das letzte, was Thesan von dieser Stadt, in der sie einmal Königin gewesen war, mit sich nahm. Sie würde sie niemals mehr wiedersehen, aber sie ließ sie ohne Bedauern hinter sich zurück.
Auch die Stadt würde ihr nicht nachtrauern, doch vergessen würde man sie nicht, und mehr konnte Thesan nicht erwarten. Sie lehnte sich zurück. Acilius lenkte mit sicherer Hand die Pferde, ein leichter Wind strich über die breite Straße, die zum Gebirgskamm anstieg. Sie fühlte sich frei und gleichzeitig bedrückt.
Am liebsten hätte sie ihre Haare gelöst, ein Pferd bestiegen und wäre im Galopp über diese Straße geritten. Doch seufzend hielt sie sich zurück.
Sie hatte schon zwei erwachsene Söhne, und als sie die beiden, die so verschieden voneinander und doch so einig waren, neben sich reiten sah, stieg plötzlich ein beklemmendes Angstgefühl in ihr auf.
Der Weg, den die Götter ihnen vorgezeichnet hatten, war weit von dem ihren entfernt, so weit, daß sie in diesem Moment nur einen verwirrenden, kurvenreichen Pfad sah, der für diese beiden auf die andere Seite des Tibrin führte, nach Ruma.
Aber selbst wenn Ruma für Tarxne vom Moment seiner Zeugung an sein Schicksal gewesen war, wollte Thesan nicht akzeptieren, daß es auch für Aranth so sein mußte.
Ich will nicht! dachte sie.

»Andere vor dir haben gesagt, ich will nicht ...«, antwortete ihr spöttisch der Wind, fuhr unter das Verdeck des Wagens und ließ die silbernen Verzierungen leise aneinanderschlagen.
Durch das Geräusch aufgeschreckt, drehte sich Acilius nach ihr um. Thesan lächelte ihm zu.

Am nächsten Tag stießen sie auf eine Schar bewaffneter Männer, die Vorhut eines größeren Trupps, der inzwischen sein Lager um das Zelt des Königs von Clevsi, Raira Pursiena, aufgeschlagen hatte. Der König lud sie ein, die Nacht im Schutz der bewaffneten Truppen zu verbringen. Sie nahmen die Einladung gerne an.
Das Zelt der Königin von Vei wurde über einer lichten Talsohle errichtet, in der die Truppen von Clevsi lagerten. Ein fischreicher Bach floß durch das Tal, und überall wurden schon die Feuer entzündet.
Pursiena war auf dem Rückweg von Xaire. An der Mündung des Tibrin, in der Nähe der Salinen, hatte eine Schlacht gegen Ruma stattgefunden, deren Ausgang in den ersten Tagen ungewiß gewesen war, mit vielen Toten und Verletzten auf beiden Seiten. Dann hatten frische Truppen aus Tarchna die Truppen von Ruma gezwungen, sich hinter den Tibrin zurückzuziehen, und somit den Abzug der Truppen aus Xaire und Clevsi gesichert. Es hatte keinen Sieger gegeben, obwohl der König von Clevsi sich nicht als Verlierer betrachtete und mit Sicherheit auch König Servius von Ruma nicht.
Pursiena, der König von Clevsi, war ein bemerkenswerter Mann. Er hatte ein imponierendes Äußeres, auch wenn er nicht sehr groß war und die Mitte seiner Jahre schon überschritten hatte. Aber sein kurzer Kinnbart hatte noch kein einziges graues Haar, und in seinen lebhaften Augen lag meistens ein fröhliches Lachen. Er hatte auf diesen Kriegszug seinen Sohn und Erben mitgenommen, Laris Pursiena, ein junger Mann im Alter von Tarxne, schlank und sehnig, mit ebenmäßigen Gesichtszügen und dem lebhaften Blick seines Vaters.
Zum Abendessen waren die Königin von Vei und ihre beiden Söhne ins Zelt des Königs geladen. Die Diener hatten Wein gebracht und gerösteten Hirschbraten mit Linsenpüree. Nun erhob, den Sitten gemäß, der König von Clevsi als erster seinen Pokal, aber er hob ihn Tarxne entgegen.
»Ich habe Larth von Tarchna gekannt, und ich habe auf seine erste Wahl zum Re Supremo angestoßen ... Das war vor langer Zeit«, sagte er.

»Dein Sohn, Königin von Vei, der das Gewand der Trutnot trägt, läßt mich seine Gegenwart wieder spüren und gibt mir das Gefühl, wieder jung zu sein. Ich ehre Larth in ihm, Königin, und mit ihm auch die Geister, die aus dem Reich Charuns zurückkehren.«

»Fürchte dich nicht vor den Geistern und den Geschöpfen der Nacht«, antwortete ihm Thesan und erhob nun ebenfalls ihren Weinpokal. »Solange in deinem Zelt die Gerechtigkeit ihren Platz hat, ist der Pakt zwischen den Göttern und dem König lebendig. Aber mein Sohn ist nur ein Trutnot und ein Heilkundiger. Laß dich von seiner Ähnlichkeit mit seinem Vater nicht täuschen.«

»Du sagst, er ist ein Heilkundiger? Dann gestatte mir, ihn darum zu bitten, meine Verwundeten zu behandeln!« antwortete ihr Pursiena. »Wir haben den unseren in den ersten Tagen der Schlacht am Tibrin verloren, und unser Haruspize ist kein sehr guter Chirurg.«

»Ich werde sie mir ansehen, wann immer du willst, mein König«, antwortete ihm Tarxne, der kaum etwas vom Wein getrunken und auch das Fleisch fast unberührt gelassen hatte.

Faszinierend wie sein Vater und vorsichtig wie seine Mutter, dachte der König. Ich hätte nichts gegen diese wunderschöne Fremde einzuwenden, die dieser Dummkopf von Arnth nicht in seinem Bett zu halten weiß!

Thesan schaute ihn mit einem kühlen Lächeln an, und der König hatte das unangenehme Gefühl, als hätte sie seine Gedanken erraten.

»Ich bin auf der Reise in das Heiligtum der Göttin Turan, in Fanu Veltune«, erklärte sie und machte damit seinen Phantasien ein jähes Ende. »Es ist eine heilige Wallfahrt, und ich bin sicher, daß die Göttin an meiner Seite ist. Aber wenn du willst, werde ich zusammen mit meinem Sohn die Verletzten behandeln, sobald der Tag anbricht.«

»Dadurch wird sich dein Aufbruch aber verzögern, Königin.«

»Was ist schon ein Tag, wenn dadurch Leben gerettet werden kann«, erwiderte Thesan.

Pursiena verneigte sich. »Ich danke dir«, sagte er mit einem Lächeln. »Aber gestatte mir die Bemerkung, daß Fanu Veltune kein angemessener Ort für deine Söhne ist. Es sei denn, du willst sie den Hohepriestern im Tempel des *Nagels der Zeit* anvertrauen, die ihnen nichts mehr beibringen können. Erlaube ihnen, mit uns nach Clevsi zu kommen. Sie könnten eine Zeitlang dort bleiben und mit Laris auf die Jagd gehen oder vielleicht auch an der nächsten Schlacht teilnehmen. Der Trutnot könnte so seine Heilkunst anwenden, und auch für den Sohn von Arnth wäre das kein Nachteil.«

»Meine Söhne werden darüber nachdenken und dir morgen eine Antwort zukommen lassen, König Pursiena«, antwortete Thesan. Der König nickte zufrieden, und wenig später begleiteten Tarxne und Aranth sie zu ihrem Zelt, wo Tura auf sie wartete.

Vor dem Zelt hielt Acilius Wache. Thesan sah seine Gestalt im Mondschein, und eine leise Sehnsucht nach dem Geliebten einer Nacht vor langer Zeit stieg in ihr auf. Besorgt, ob er etwas von ihren Gefühlen erahnt hatte, schaute sie Tarxne an, der wartend die Leinwand des Zeltes hochhielt.

»Wirst du über den Vorschlag Pursienas nachdenken?« fragte sie.

»Ich kann für mich entscheiden, aber nicht für meinen Bruder«, antwortete er. Aranth, der herangekommen war und ihre Worte gehört hatte, antwortete ohne zu zögern: »Clevsi!«

Dann ging er zu dem Latiner hinüber, der eine Decke neben dem Feuer für ihn vorbereitet hatte.

Thesan versuchte ihren Schmerz darüber zu verbergen, wie leicht es dem Jungen fiel, sie zu verlassen. Er freute sich, endlich die Eintönigkeit durchbrechen und seine Neugier befriedigen zu können.

Das ist das Los aller Mütter, und es ist auch gut so, dachte sie und lächelte Tarxne zu. Von diesem Sohn wußte sie zuwenig, um unter der Trennung von ihm allzusehr zu leiden.

»Morgen wirst du mir sagen, was du entschieden hast«, sagte sie und ging an ihm vorbei in ihr Zelt.

Als Tarxne sich umdrehte, entdeckte er nur ein paar Schritte entfernt Laris Pursiena, den jungen Sohn des Königs, der immer noch Thesan hinterherstarrte und ihn nun ein wenig verlegen anlächelte.

»Verzeih mir«, sagte er. »Ich habe noch nie eine Frau wie deine Mutter gesehen. Sie ist wunderschön!«

»Ich danke dir. Sicher hast du in aller Unschuld gesprochen«, erwiderte ihm Tarxne.

»In aller Unschuld?« Laris lächelte wieder. »Ja, du hast recht. Vor der Statue der Göttin Uni im Heiligtum von Pyrgi hatte ich dasselbe Gefühl, und mit dem gleichen Respekt habe ich auch von deiner Mutter gesprochen. Aber ich bin dir aus einem anderen Grund gefolgt.«

Tarxne neigte leicht den Kopf. »Sprich nur.«
»Komm mit«, forderte ihn Laris Pursiena auf, und Tarxne folgte ihm unter dem aufmerksamen und besorgten Blick von Acilius. Laris führte ihn in die Talsohle, an einen Platz, wo für diese eine Nacht die Verwundeten untergebracht worden waren. Vor einem lodernden Feuer in der Mitte vollzog ein Haruspize die Riten des Übergangs in das Reich der Toten, aber außerhalb des Feuerscheins war tiefe Nacht, hier und da unterbrochen von einem Stöhnen, einem Aufschrei oder leisem Gemurmel. Viele dieser Männer würden noch vor Sonnenaufgang sterben.
Kurz bevor sie das Feuer erreicht hatten, blieb Laris Pursiena für einen Augenblick stehen. »Mein bester Freund ist in der Schlacht schwer verletzt worden«, sagte er. »Vielleicht kannst du ihm helfen. Er ist für mich wie ein Bruder. Wir können nicht mehr bis zum Morgen warten.« Dann zeigte er auf die im flackernden Feuerschein nur undeutlich umrissene Gestalt, die, in eine Tebenna gehüllt, auf einer schilfgeflochtenen Trage lag. Tarxne ging darauf zu und kniete sich daneben nieder, während Laris Pursiena eilig eine Fackel holte und sie neben der Trage hochhielt. Der junge Mann lag mit geschlossenen Augen da, und seine Hand, die er auf die Wunde an der Seite gepreßt hatte, war blutverkrustet. Mit einer leichten Bewegung fuhr Tarxne über seine Stirn, dann richtete er sich wieder auf.
»Es tut mir leid, Fürst von Clevsi«, sagte er. »Dein Freund ist tot, und keine Macht der Welt kann ihn wieder zum Leben erwecken. Nicht die deine und auch nicht die meine als Trutnot.«
Der junge Laris ließ langsam die Fackel sinken. Für einen Augenblick kämpften Zorn und Verwirrung in seiner Miene, doch dann gewann der Schmerz die Oberhand, und er versuchte mühsam, die Fassung zu bewahren. »Wann?« fragte er leise.
»Sein Körper ist noch warm. Erst vor kurzem, würde ich sagen.«
»Er wird auf mich gewartet haben. Als ich ihn verlassen habe, hatte ich ihm versprochen, sofort wiederzukommen . . . Ich hatte es ihm versprochen!«
Tarxne gab den beiden Wachsoldaten ein Zeichen, den Leichnam wegzutragen.
»Komm!« forderte er dann leise und eindringlich Laris auf. Der junge Mann löschte die Fackel und folgte ihm schweigend bis zum Bach. Das

Ufer war steil, und von den Wassern des Baches war nur die sprühende, im Mondlicht schimmernde Gischt zu sehen. Ein starker, süßer Duft nach wilden Lilien und Himbeeren lag in der Luft. Sie setzten sich, und Laris Pursiena versank in seinem Schmerz und seiner Traurigkeit.
Tarxne stieß einen tiefen Seufzer aus. Das Leiden und den Schmerz all dieser Wesen in sich aufzunehmen war nicht einfach, und er war sehr müde. Er hatte sich immer noch nicht ganz von der Anstrengung erholt, die Harmonie der Erde in Ceis wiederherzustellen. Selbst so einfache Gefühle wie die des Sohns des Königs von Clevsi einzudämmen fiel ihm schwer.
Er fühlte sich uralt und bedrückt, und Laris erschien ihm in diesem Moment viel jünger als er.
»Dein Freund hat sicher sein Leben für dich gegeben«, wandte er sich an ihn, ohne ihn anzuschauen.
»Der Pfeil, der ihn an der Seite getroffen hat, war für mich bestimmt. Wenn er sich nicht im letzten Moment wie ein Schild vor mich geworfen hätte, dann hätte er mich getroffen . . . Vielleicht fällt es mir deshalb so schwer, seinen Tod hinzunehmen.«
»Du meinst, weil er sein Leben für deines gegeben hat? Das ist der schönste Tod, den ein Freund sich wünschen kann. Du ehrst ihn nicht, wenn du dir deshalb Vorwürfe machst. Er wollte bestimmt nicht, daß du dich schuldig fühlst, als er für dich gestorben ist.«
Heftige Gefühle stritten in Laris. »Es wird nicht mehr passieren, daß ein anderer an meiner Stelle stirbt!« rief er verzweifelt.
Tarxne legte ihm eine Hand auf die Schulter und versuchte, ihm einen Teil seines Schmerzes zu nehmen. »Manchmal sind die Lektionen, die uns die Götter erteilen, sehr hart«, murmelte er und erinnerte sich daran, welcher Abgrund sich für ihn beim Tod von Anaies aufgetan hatte. Auch die Worte, die man ihm damals gesagt hatte, fielen ihm wieder ein, und er fuhr fort: »Du wirst einmal König sein. Noch viele werden für dich sterben, und darunter wird es welche geben, die dir vielleicht noch näher stehen als der Freund, den du heute verloren hast.«
Laris Pursiena schaute ihn nachdenklich an. »Vielleicht lieben mich die Götter doch«, erwiderte er. »Sie haben mir in dieser Nacht zwar einen Freund genommen, aber dafür einen anderen geschenkt. Ich glaube, nur wenigen ist dieses Glück beschieden.«
»Das mag sein«, stimmte Tarxne ihm zu.

Ein leichter Wind fuhr durch die Wipfel der Bäume des dichten Waldes auf der anderen Seite des Baches und brachte den berauschenden Duft der milden Nacht mit sich.
»Wirst du mit uns nach Clevsi kommen?« fragte Laris, und für einen Moment keimte ein lebhafter Funke in seinem Blick auf, der noch immer voller Trauer war.
»Ja«, war Tarxnes leise Antwort. Eine Entscheidung, die sein Leben und auch das von Aranth verändern würde.

Am nächsten Morgen wurde das Lager aufgelöst, als die Sonne schon hoch stand. Die Riten für die Toten waren vollzogen worden, den Verletzten ging es besser, nachdem sie von Thesan und Tarxne versorgt worden waren, und die Truppen nahmen nun wieder ihren Marsch auf. Kurz nach Sonnenuntergang zweigte Thesan mit ihrer Eskorte an der Weggabelung ab, von der aus eine breite Straße zum Heiligen Wald führte.
Einer der Wachmänner lenkte jetzt an Acilius' Stelle den Wagen, und Thesan drehte sich nur noch einmal um und blickte auf ihre beiden Söhne und Acilius zurück, die ihr nachwinkten.
Die Erde hatte in dieser Nacht gebebt. Es war nur eine leichte, aber langanhaltende Erschütterung gewesen, gefolgt von einem dumpfen Donnergrollen, das direkt aus der Erde zu kommen schien. Erschrocken war sie aufgefahren, hatte Tura beruhigt und dann versucht, dieses Zeichen zu deuten.
Es war wichtig, das wußte sie, aber gleichzeitig hatte sie das Gefühl gehabt, als wäre ihr die Sicht auf die kommenden Ereignisse genommen. Das einzige, was sie vor sich sah, war dieser kurvenreiche Weg, der ihre Söhne und Acilius in die feindliche Stadt auf der anderen Seite des Flusses führen würde, und nur ein einziger Name in einer ungewissen Zukunft kam ihr in den Sinn – *Ruma*.

Die Herrin von Turan begrüßte Thesan bei ihrer Ankunft in Fanu Veltune mit allen Ehren, die ihrem Rang gebührten. Sie hatte für sie zwei der größten Räume weit oben im felsigen Herzen des Berges vorbereitet, und während die Eskorte schon wieder auf dem Rückweg war, empfing sie die alte Hohepriesterin im Saal des *Auges der Göttin* auf dem Gipfel des Berges.

Schweigend musterte sie ihren Gast, ohne daß sich irgendeine Gefühlsregung auf ihrem schmalen, glatten Gesicht abzeichnete, das die Zeit nicht berührt zu haben schien. Thesan hatte ihre königlichen Gewänder angelegt, und das Licht umfloß sie golden, aber unbeeindruckt davon blieb sie für die Herrin von Turan weiterhin nur eine Fremde, die ihr Furcht einflößte.

»Wir wußten von deiner Ankunft, Königin von Vei«, brach sie schließlich das Schweigen. »Es gab Zeichen, und die Erde hat zweimal in zwei aufeinanderfolgenden Nächten gebebt.«

»Der Ruf der Göttin ist stark«, antwortete ihr Thesan mit einem kleinen Lächeln. Sie fühlte, was diese Frau von ihr dachte, und auch ihr Bemühen, es vor ihr zu verbergen. »Ich bin hierhergekommen, weil ich die Hilfe der Göttin brauche. Der König möchte noch weitere Kinder haben.«

»Du bist uns willkommen, und du bist noch jung. Die Göttin wird dich erhören.«

Thesan neigte das Haupt. Würde die Göttin sie für diese Lüge bestrafen? Wußte die Herrin von Turan den eigentlichen Grund ihres Aufenthalts in diesem Heiligtum, oder besaß sie die Kraft, ihr dieses Geheimnis zu entlocken?

Zerstreut lauschte Thesan dem Wind, der die weißen Leinwände vor den großen Öffnungen blähte.

Nein, dachte sie bei sich, die Herrin von Turan besaß keine sehr großen seherischen Kräfte.

13.

»Clevsi ist eine aufregende Stadt. Wenn du nicht immer so zurückgezogen leben würdest, dann wüßtest du ihre Vorzüge zu schätzen, besonders die Feste«, sagte Laris Pursiena, der sich mit Tarxne auf dem Weg zum Bankettsaal befand. Er hatte seinen Schritt verlangsamt, und sein Ton war vorwurfsvoll.

Aber Tarxne ging weiter, als wäre nichts. »Ich weiß sie mehr zu schätzen, als du glaubst, mein Freund«, sagte er beiläufig. »Dein Vater und auch du gebt mir fast das Gefühl, als wäre es meine eigene Stadt.«

»Siehst du, das genau ist der Punkt: Es ist eben nicht deine Stadt!« erwiderte Laris und zwang ihn stehenzubleiben.

Tarxne zuckte die Schultern. Um nichts in der Welt hätte er zugegeben, daß seine Aufgaben als Trutnot und Heilkundiger für ihn immer mehr an Bedeutung verloren. Dahinter verbarg sich, was Laris richtig erkannt hatte: Er war dazu geboren, ein Schwert zu tragen und zu herrschen. Er war dazu geboren, König zu sein. »Ich habe keinen Anspruch auf irgendeine Stadt, das weißt du ganz genau«, entgegnete er. »Und ich beanspruche auch keine. Ich bin nur ein Trutnot.«

»Ich weiß. Aber ich weiß auch, daß dir diese große Bescheidenheit nicht ansteht.« – Diesmal antwortete Tarxne ihm nicht.

»Wenn ich dich damit beleidigt habe, dann bitte ich dich um Entschuldigung«, fuhr Laris fort. »Aber alle hier halten deine Gegenwart in diesem Palast für ein Geschenk der Götter!«

Tarxne versuchte, sich nicht von diesem leidenschaftlichen Ernst, mit dem Laris gesprochen hatte, hinreißen zu lassen, der die Mauern, die er um sich errichtet hatte, zum Wanken brachte.

»Glaube mir, Laris, deine Freundschaft ist mir sehr teuer«, sagte er. »Und wenn du einmal König bist, dann wirst du vielleicht den Ratschlag eines Trutnot, der die Meditation liebt, zu schätzen wissen.«

»Es würde mich sehr glücklich machen, wenn du so lange in Clevsi bleiben würdest, bis ich einmal König bin!«
»Sei vorsichtig, die Zukunft könnte dich hören!«
Laris nickte, plötzlich verlegen. Er war sich nicht ganz sicher, ob Tarxne nur scherzte oder ob da der Magier, der die Zukunft vorausgesehen hatte, zu ihm sprach.
»Komm, laß uns gehen«, forderte er ihn auf und schob ihn in Richtung des Bankettsaals. »Meine schöne Cilnia hat mir schon zu verstehen gegeben, daß ich nicht immer so unaufmerksam sein und ihr lieber ein wenig mehr meiner Zeit widmen soll.«
Die Dämmerung sank schon herab, und die Schwüle des Spätsommerabends durchdrang jede Ecke des Palastes, vermischt mit dem Klang der Flöten, der sechssaitigen Lyra und den hellen Stimmen der Tänzerinnen.
»Liebst du sie?«
Tarxnes Frage war unvermittelt gekommen, und Laris schaute ihn überrascht an.
Sie waren inzwischen in dem weitläufigen Hof angekommen, zu dem hin sich der Bankettsaal öffnete, und die Tänzerinnen schwebten mit anmutigen Bewegungen um das große Wasserbecken in der Mitte des Hofes. Aber der junge Fürst von Clevsi hatte nur Augen für die Gestalt des jungen Mädchens, das ihm versprochen war. Cilnia war nicht älter als sechzehn und die Lieblingstochter des Zilath des Palastes. Schon seit mehr als zehn Monden hatte er den Gürtel des Mädchens gelöst, und so war sein Begehren nicht nur auf ein vages Versprechen gerichtet.
»Ja, ich liebe sie, und ich bin sehr glücklich mit ihr«, gestand er. »Sie wird meine Königin sein.«
»Warum verbringst du dann deine ganze Zeit mit mir, statt an ihrer Seite zu sein?«
»Eines Tages werden mir die Götter die Gunst gewähren zu verstehen, wann du scherzt und wann du es ernst meinst.« Laris lächelte.
»Ich habe es niemals ernster gemeint«, erwiderte ihm Tarxne.
Jetzt waren sie bei dem Mädchen angekommen. Cilnia war schön. Eine silbergesäumte Tunika, von einem kostbaren Gürtel in der schlanken Taille gehalten, umspielte ihre zierliche Figur. Ihre kastanienbraunen Haare, die sie offen trug, waren leicht gewellt und schimmerten, als hätte die Sommersonne ihre Reflexe hineingezaubert. Zwei Strähnen zu beiden

Seiten ihres Gesichtes waren mit Silberfäden verflochten, und ihre Augen von einem hellen Gold waren herausfordernd auf die beiden vor ihr gerichtet: den Königssohn und den Magier, denen beiden gleichermaßen die Bewunderung für ihre Schönheit ins Gesicht geschrieben stand.
»Ich werde dafür sorgen, daß Laris den ganzen Abend über keinen Schritt mehr von deiner Seite weicht«, begrüßte Tarxne sie und versuchte hinter einem Lächeln zu verbergen, wie sehr er sich von ihr angezogen fühlte.
Auch Cilnia war anzusehen, daß sie seiner Anwesenheit gegenüber alles andere als gleichgültig war, und Tarxne zog sich zurück, noch bevor auch Laris etwas davon bemerken konnte.
In einer Ecke des Bankettsaales fand er Aranth, der an einem Geschicklichkeitsspiel mit karthagischen Würfeln teilnahm. Andere junge Männer des Palastes, fast alle mehr oder weniger seine Altersgenossen, waren aufgeregt in das Spiel versunken. Nur Aranth spielte scheinbar völlig unbeteiligt – und gewann.
An diesem Morgen war die Nachricht aus Fanu Veltune gekommen, daß die Königin von Vei bis zu der Zusammenkunft im Frühling im Tempel der Göttin Turan bleiben würde. Dies hatte weder Aranth noch Tarxne überrascht. Aber der junge Fürst von Vei begann inzwischen seine Mutter und auch seine Stadt ein wenig zu vermissen, und auch Tarxne konnte ihm diesen Verlust nicht ersetzen.
Der Sommer im Palast von Clevsi war wie im Flug vergangen, unterbrochen von den Jagden und einem gemeinsamen Feldzug mit den Truppen von Velzna gegen die Falizier, der nicht mehr als ein kleines Grenzscharmützel gewesen war. Aranth hatte in beiden Fällen eine gute Figur gemacht.
Genauso wie Aranth hatte Laris auch Tarxne in aller Diskretion Unterricht im Schwertkampf gegeben, und seine Waffenmeister hatten ihnen den Umgang mit der Lanze und dem kurzen Schwert beigebracht. Jetzt, auch wenn es nur Acilius, Aranth und natürlich Laris wußten, war Tarxne ein ausgebildeter Krieger, aber in seinem Herzen hatte er die Überzeugung bewahrt, daß man die Macht der Klinge nicht benötigte, wenn man die der Magie besaß.
Eines Tages werde ich das Gewand der Trutnot ablegen, dachte er, müde, die Ehrfurchtbezeugungen der Adeligen entgegenzunehmen, die nur seinem Gewand galten, während er durch ihre Reihen schritt.

Da entdeckte er in einer Ecke Acilius, der ihn mit zwei gefüllten Pokalen erwartete, und sein Anblick erwärmte ihm das Herz.
Tarxne setzte sich zu ihm und lehnte den Rücken an die noch sonnendurchwärmte Mauer. Er schien in Betrachtung der Tänzerinnen versunken zu sein, aber in Wirklichkeit folgte sein Blick Cilnia, die ihm zwischen den anderen Frauen wie eine kostbare Blüte unter Feldblumen vorkam.
»Werden wir hierbleiben?« fragte Acilius plötzlich.
»Weißt du einen besseren Platz?«
»Warum kehren wir nicht auf den Tivrit zurück?«
»Ich hätte dich gar nicht erst zu fragen brauchen. Ich wußte, daß das deine Antwort sein würde«, gab ihm Tarxne kopfschüttelnd zurück.
Der Latiner lächelte. Er hatte Tarxne beobachtet und längst bemerkt, wie eindringlich sein Blick dem Mädchen folgte.
Bis kurz vor Sonnenaufgang hatte eine leichte Brise die Luft bewegt und sie so prickelnd gemacht wie die geheimnisvollen Getränke, die die karthagischen Gäste mitgebracht hatten. Doch je weiter der Tag vorangeschritten war, desto schwüler war es geworden, und schließlich hatten sich dunkle Gewitterwolken wie eine Decke über das ganze Tal und den Stadthügel von Clevsi gelegt.
Tarxne hatte gespürt, wie sich das Gewitter unaufhaltsam zusammenbraute, bis der Wind sich schließlich legte und eine fast unheimliche Stille sich ausbreitete.
Der Palast war wie ausgestorben. Der König, Laris, die Fürsten, der Adel und die vornehmen Gäste aus Karthago befanden sich seit zwei Tagen auf der Jagd nach Wildschweinen an den Grenzen des Territoriums. Sogar Aranth und Acilius hatten sich entschlossen mitzugehen, denn keine Jagd versprach reichere Beute als die, welche die Vorratsspeicher für den Winter wieder auffüllen sollte. Aber Tarxne war geblieben, nur um festzustellen, daß die Steine dieses fremden Palastes keine Erinnerung mehr an seinen Aufenthalt bergen würden. Rastlos lief er durch die Säulengänge und Höfe und wäre am liebsten selbst zum Gewitter geworden.
»Sei vorsichtig. Du bist es, der die Naturgewalten beherrschen muß. Du darfst dich nicht von ihnen mitreißen lassen«, hörte er eine warnende Stimme in sich. Vielleicht nur das Geräusch eines Kieselsteinchens, das

auf der Treppe, die zu seinen ihm zugewiesenen Räumen führte, von einer Stufe zur anderen rollte . . .
Als er vor der Tür angekommen war, sah er Cilnia, die ihn lächelnd mit einem Strauß Kräuter im Arm erwartete. Das merkwürdige Zwielicht überzog ihr Gesicht mit einem fast silbrigen Schimmer.
»Ich habe nur die gepflückt, die du mir aufgetragen hast zu pflücken«, sagte sie und zeigte ihm die Kräuter, die sie im Arm hielt. »Und ich habe dabei die Regeln beachtet, auf die du mich hingewiesen hast, Trutnot.«
Tarxne nickte ein wenig gereizt. Dann betrat er seine Räume und versuchte, sie nur leicht zu streifen. Aber es reichte aus, um die Wärme ihres Körpers durch die Tunika hindurch zu spüren, die von einem breiten, geflochtenen Band in der Taille gehalten wurde.
»Komm herein«, forderte er sie auf. »Du kannst sie hier zu den anderen legen.«
Cilnia folgte ihm, aber nach ein paar Schritten blieb sie zögernd stehen. Auch sie spürte plötzlich die aufgeladene Atmosphäre, die nichts Gutes zu verheißen schien. Doch dann preßte sie entschlossen die Lippen zusammen, ging auf den Tisch zu, auf dem schon andere Kräuter zum Trocknen ausgebreitet waren, und legte ihren Strauß dazu.
»Du wirst eine gute Königin sein«, bemerkte Tarxne und tat so, als wäre er voll damit beschäftigt, den Mohn vom Eisenkraut und den Ackerwinden zu trennen.
Das Mädchen streckte die Hand aus und ergriff die seine zwischen den duftenden Kräuterstengeln.
»Warum sagst du das?« fragte sie fast schüchtern.
»Weil du zwar Angst vor mir hast, aber trotzdem geblieben bist.«
»Ich habe keine Angst vor dir«, erwiderte Cilnia, doch sie zuckte leicht zusammen, als Tarxnes Finger sich um die ihren schlossen.
»Was willst du hier?« fragte er schroff.
»Ich will dich.«
»Du bist nicht meine Königin.«
»Nein«, kam die leise Antwort.
Tarxne ging um den Tisch und zog das Mädchen an sich. Seine Zunge drang zwischen ihre Lippen, und Cilnia seufzte tief auf. Sie war noch nie so geküßt worden, obwohl ihr Laris alles das gegeben hatte, was sie bisher für den Gipfel der Lust gehalten hatte.

Tarxne nahm sie auf seine Arme, trug sie in den Schlafraum und streifte ihr die Tunika von den Schultern, bevor er sie aufs Bett legte.
Es waren keine Diener da, weil niemand das Recht hatte, in seiner Abwesenheit diese Räume zu betreten. Cilnia mußte das bedacht haben, genauso wie den Umstand, daß keiner sich wegen des drohenden Gewitters mehr nach draußen wagte. Sie fühlte sich sicher, streckte sich triumphierend auf dem Bett aus und zog ihn an sich.
»Kannst du mit dem Wind fliegen und auf den Wolken reiten, Cilnia«, flüsterte ihr Tarxne ins Ohr, während er sich von ihren bebenden Händen entkleiden ließ.
Das Mädchen schüttelte den Kopf. Tarxne löste ihren Gürtel, betrachtete sie einen Augenblick und fing dann an, sanft über ihre Haut zu streicheln, dort, wo er wußte, daß sie berührt werden wollte, und wo jede Berührung ihre Lust steigerte. Cilnia hatte einen zierlichen, biegsamen Körper, und Tarxnes Hände, zusammen mit der energiegeladenen Luft, strichen wie eine Liebkosung über sie und nahmen ihr vor Erregung fast den Atem. Sie schwebte auf dieser Woge, bis sie sich schließlich mit einem Seufzer öffnete und Tarxne sie besitzergreifend umschloß.
Sie ist nicht Anaies, dachte er in Erinnerung an seine erste Liebe. Und sie ist auch nicht meine Königin. Auch diesmal wirst du nicht mit mir zufrieden sein, edle Caitli. Das Mädchen schrie vor Lust auf, und Tarxne verlor sich in ihrem Duft nach Heu und getrockneten Kräutern.
Cilnia verließ ihn kurz bevor es dunkel wurde in strömendem Regen. Sie konnte nicht länger ihren eigenen Gemächern fernbleiben. Aber Tarxne war es, der sie daran erinnern mußte. Er gab ihr einen beruhigenden Trank, achtete darauf, daß sie sich wieder mit Sorgfalt anzog, und legte ihr die Worte in den Mund, mit denen sie ihre Abwesenheit für die ganze Dauer des Gewitters erklären konnte.
Dann strich er mit der Berührung der Trutnot über ihre Stirn, um ihr die Anspannung zu nehmen, und küßte sie auf die Wange.
»Geh jetzt in deine Gemächer zurück und ruhe dich aus, Königin«, sagte er zum Abschied.
»Du hast nicht *meine* Königin gesagt«, erwiderte Cilnia und hob sich für einen letzten Kuß auf die Zehenspitzen.
»Weil du es nicht bist. Laris wird bald zurückkehren. Willst du ihm etwa sagen, daß du hier bei mir gewesen bist?«

»Nein, wenn du mich manchmal wiederkommen läßt.«
»Vielleicht.«
»Liebst du mich denn?... Wenigstens ein bißchen?«
»Es war schön mit dir, Cilnia. Aber es ist Laris, der dich wirklich liebt.«
Das Mädchen nickte, wenig begeistert davon, in den Regen hinaus zu müssen. »Wenn du ein König wärst, würdest du mich denn dann wollen«, beharrte sie.
»Ich bin kein König, Cilnia«, antwortete Tarxne und schob sie nach draußen. Das Mädchen blieb noch einen Moment zögernd stehen. Dann rannte es durch den Regen seinen Gemächern zu, und Tarxne versuchte sich vergeblich zu erklären, welche Macht ihm wohl die zukünftige Königin von Clevsi in die Arme getrieben hatte.

Zwei Tage später kehrten alle von der Jagd zurück, und der Palast belebte sich. Die Beute war reicher gewesen als jemals zuvor, und die Opfer und Feste dauerten sieben Tage an.
Zwei Monate später, als sich schon langsam der Winter ankündigte und die Gäste wieder abgereist waren, wurde Tarxne in den Flügel der Frauen gerufen, um die künftige Königin zu behandeln, die sich immer häufiger unwohl fühlte. Aber die Antwort der Haruspizen war klar gewesen, und er konnte sie nur bestätigen. Cilnia erwartete ein Kind. Es würde ein Junge sein.
»Ich werde sie in Fanu Veltune heiraten, während der Zusammenkunft im Frühling«, erklärte Laris, sobald er die Nachricht vernommen hatte. »Mein Vater ist sich mit ihrem schon lange einig geworden. Ich kann unmöglich zulassen, daß man von meiner Königin sagt, sie erwarte einen Sohn, der nicht der Erbe ist.«
»Cilnia wird eine gute Königin sein, und du ein guter Ehemann«, stimmte Tarxne ihm zu. Er hatte sich mit dem Mädchen nicht mehr getroffen und versuchte, ihr aus dem Weg zu gehen.
»Du hast natürlich recht, wie immer«, erwiderte Laris fröhlich. »Und was sagt der Trutnot dazu?«
»Dein Vater wird bei der Zusammenkunft im Frühjahr in Fanu Veltune Re Supremo werden.«
»Ich glaube, er hat nicht einmal die Absicht, sich zur Wahl zu stellen«, antwortete Laris verblüfft.

»Warum bittest du mich eigentlich, die Zukunft zu lesen, wenn du sowieso alles besser weißt?«
Laris ging auf seinen scherzenden Tonfall ein und legte ihm lachend einen Arm um die Schulter. Dann zog er ihn zum Feuer und befahl, Wein zu bringen.
»Ich bin sehr glücklich über diesen Sohn, mein Freund«, rief er. »Ich fühle, daß er für uns wichtig sein wird.«
Tarxne senkte seinen Blick in den Pokal. Der Wein erschien ihm trübe und dunkel: Dieser Sohn eines Tarquiniers mit dem Namen eines Pursiena würde wegen seiner Schuld auf dem Weg sterben, den die Götter ihm vorgezeichnet hatten. – Er hob den Pokal.
»So, wie ich heute dein Glück mit dir teile, will ich morgen deinen Schmerz mit dir teilen«, murmelte er.
Der Junge wurde am letzten Tag des Monats Velchitna geboren. Die Geburt verlief so schnell und ohne Schwierigkeiten, daß Tarxne nicht gerufen werden mußte. Aranth traf ihn am Wasserbecken im Haupthof des Palastes, während die Diener schon auf dem Weg zum König und zu Laris waren, um ihnen die Nachricht zu überbringen. Die Sonne stand schon hoch am Himmel. Es war ein heiterer Tag, nur gegen Süden zeichnete sich eine dunkle Wolkenwand ab, die an den Rändern golden leuchtete. Ein Wildentenschwarm flog vorüber, und Tarxne wurde das Herz schwer bei diesem Vorzeichen, das sich vor ihm auf der Wasseroberfläche des Beckens widerspiegelte.
»Es ist ein hübscher Junge. Aber das wußtest du ja schon vorher«, sagte Aranth und trat neben ihn.
Tarxne fuhr leicht zusammen. »Wenn ich mich nicht täusche, liegt ein Vorwurf in deiner Stimme.«
Aranth schüttelte den Kopf. Er sah älter aus, als seine gerade sechzehn Jahre vermuten ließen, und mit der Zeit hatte sich die Ähnlichkeit mit seiner Mutter etwas verflüchtigt. Seine Haare waren etwas dunkler geworden, und die Haut war vom Aufenthalt im Freien bei den Jagden und den Waffenübungen gebräunt. Er sah nicht mehr wie ein Fremder aus, und das hatte sich Tarxne für ihn von Herzen gewünscht.
»Ein Vorwurf?« wiederholte er jetzt. »Wie kannst du nur so gleichgültig deinem eigenen Sohn gegenüber sein? Ich finde, er hat deine Augen, und wenn er älter wird, sieht er dir vielleicht immer ähnlicher ... vielleicht wird er sogar deine magischen Kräfte besitzen.«

»Wie kannst du so sicher sein, daß es mein Sohn ist?« fragte Tarxne mit undurchdringlicher Miene.
»Ist er es etwa nicht?« erwiderte Aranth. In diesem Moment wünschte er nichts mehr, als daß Tarxne es leugnen würde, und dieser heftige Wunsch, ihn in einem gewissen Sinne für unschuldig halten zu können, ließ seine Stimme leicht zittern.
»Vielleicht. Nicht einmal Cilnia weiß das mit Sicherheit.«
»Aber du weißt es! Du bist ein Magier!«
Tarxne seufzte tief auf. Es gab Momente, in denen er sich unglaublich alt fühlte. Als würde das ganze Gewicht der den Rasna beschiedenen Jahrhunderte auf seinen Schultern lasten.
»Er ist der Sohn von Laris und wird sein Erbe sein. Er wird durch die Hand eines Tyrannen sterben, wegen Ruma und weit weg von hier. Und sein Tod wird den Himmel der Rasna zum Einsturz bringen und uns untereinander zu Feinden machen.«
Aranth erstarrte. Es war ihm nicht möglich zu unterscheiden, was Lüge und was Prophezeiung war. Er entfernte sich ein paar Schritte und drehte dem Wasserbecken den Rücken zu, um nicht diesen Himmel darin gespiegelt sehen zu müssen, der sich nun verdunkelt hatte.
In diesem Moment kam Laris fröhlich auf sie zu.
»Kommt mit, Freunde!« rief er ihnen entgegen. »Der König wird gleich das Kind im Thronsaal als meinen Erben anerkennen. Die Diener bereiten schon heißen Wein mit Honig vor.«
Aranth und Tarxne folgten ihm schweigend.
Etwas später am Tag suchte Tarxne, in seiner Funktion als Trutnot und Heilkundiger, die Gemächer von Cilnia auf. Es herrschte tiefe Stille. Cilnia ruhte sich aus, und das Neugeborene schlief in einer Wiege an ihrer Seite, bewacht von einer Amme, die sich, sobald sie den Trutnot sah, in den angrenzenden Raum zurückzog.
Cilnia lächelte ihm vom Bett aus zu.
»Ich wußte, daß du kommen würdest«, sagte sie mit glänzenden Augen.
»Das gehört zu meinen Aufgaben«, erwiderte ihr Tarxne.
»Willst du nicht deinen Sohn sehen?«
Tarxne trat zu ihr und legte ihr einen Finger auf die Lippen.
»Du redest von dem Erben von Clevsi, wenn Laris einmal König sein wird.«

Cilnia lächelte, ihre Augen und der Ausdruck ihres Gesichtes sprachen für sich.
»Wenn du das so willst . . .«, sagte sie. Dann schlüpfte sie aus dem Bett, nahm das Kind aus der Wiege, hielt es hoch und reichte es ihm mit der Geste, die der König bei seiner Anerkennung vor den Augen der Zeugen vollzogen hatte. Aber Tarxne legte ihm nur eine Hand auf die Stirn. Der Kleine drehte das Köpfchen, als wäre ihm diese Berührung lästig, und ein leichter Strom von Kraft floß von Tarxne auf dieses kleine Wesen über.
»Er wird Arunth heißen, wie unsere Vorväter. Aber ich weiß, daß er deine Augen hat und dir ähnlich sein wird«, sagte Cilnia.
Tarxne schwieg. Er fühlte wieder heftig dieses bedrohliche Gefühl in sich aufsteigen, das er am Wasserbecken bei der Nachricht von dieser Geburt empfunden hatte. Dort, so wie jetzt, wenn er nach draußen blickte, sah er, wie der Himmel sich immer mehr verdunkelte.
Cilnia war sensibel genug, um sein Unbehagen zu spüren. Ihr Blick wurde düster.
»Tarxne«, murmelte sie, »was verbirgst du vor mir? Meinst du . . ., ich werde nicht Königin werden?«
»Sei unbesorgt, du wirst Königin werden«, beruhigte er sie. Dann rief er die Amme zurück und verließ das Gemach, ohne sich noch einmal umzudrehen.

Noch mehr als die Ankunft des Frühlings hatte die bevorstehende Zusammenkunft der Könige in Fanu Veltune die Insel aus ihrem Winterschlaf geweckt. Hier, wo zahlreiche heiße Quellen aus dem Felsen entsprangen, war schon alles grün, während im Heiligen Wald entlang dem See noch die ersten Knospen sprießten. Aber für die Hüter des Tempels des *Nagels der Zeit* und auch für die Priesterinnen der Göttin Turan auf dem Gipfel des Berges bezeichnete allein die jährliche Zusammenkunft die Zeit der Wiedergeburt. Die Diener hatten schon die Pavillons der Könige von Velx und Xaire aufgebaut. An diesem Morgen waren sie dabei, auch den Pavillon des Königs von Vei zu errichten, der gerade übergesetzt hatte, und den des Königs von Clevsi, dessen Kuriere soeben seine Ankunft für den heutigen Tag angekündigt hatten.
»Heute ist ein glücklicher Tag für dich, Königin von Vei«, begrüßte die Herrin von Turan Thesan im Saal des *Auges der Göttin*. »Dein Gemahl,

der König, und deine Söhne werden bald die heilige Erde von Fanu Veltune betreten.«

Thesan hatte sich inzwischen an den feindlichen Unterton in ihrer Stimme gewöhnt. Er berührte sie nicht mehr. Die alte Hohepriesterin hingegen war noch immer erschrocken über den schnellen Wechsel der Farbe des *Auges der Göttin*, sobald diese fremde Frau den Saal betrat, und auch über das Beben der Erde, jedesmal, wenn sie an einem der Riten teilnahm.

»Der König von Vei wird mich hier im Tempel besuchen wollen«, antwortete Thesan. »Ich möchte dich bitten, es ihm zu gestatten, Herrin von Turan.«

»Kein Mann kann diesen Ort betreten, das weißt du. Du wirst zu dem Zelt deines Königs hinabsteigen müssen«, entgegnete ihr die Hohepriesterin abweisend.

»Zwei Männer haben diesen Ort in der Vergangenheit schon betreten. Einer war der Große Trutnot, und sein Pakt mit den Göttern wog mehr als die Tradition. Aber der andere war ebenfalls nur ein König. Du kannst mir nichts vormachen, Herrin von Turan.«

Die Frau nahm mit zusammengepreßten Lippen ihren Vorwurf entgegen, und Thesan näherte sich der tiefen Quelle. Das Wasser war dunkel, durchzogen von Lichtreflexen, die wie pures Gold glänzten.

»Du kannst mir ebensowenig etwas vormachen, Königin von Vei!« rief nun die Hohepriesterin und trat hinter sie.

»Was hast du mir vorzuwerfen?« fragte Thesan, und der eisige Hauch in ihrer Stimme ließ die alte Frau frösteln.

»Du hast zwar allen Fruchtbarkeitsriten beigewohnt«, sagte sie leicht verunsichert, »aber dein Herz und dein Geist waren nicht dabei. Es gibt keinen Grund, warum du keine Kinder mehr haben solltest. Du allein bist es, die deinem König keine mehr schenken will.«

»Hast du nie deinen Gästen den passenden Trank verabreicht, um sie vor der unersättlichen Lust ihrer Gefährten zu schützen und Schwangerschaften zu verhindern, die sie das Leben gekostet hätten?«

»Ist das bei dir etwa der Fall?«

»Befrage das *Auge der Göttin* oder frage meine Mutter, die edle Caitli. Oder denke meinetwegen, was du willst.«

»Ich könnte dich öffentlich beschuldigen.«

»Ja, das könntest du. Aber du wirst es nicht tun, denn diese Geheimnisse unterliegen dem Schutz der Göttin und sind für uns alle hier ein heiliger Pakt.«

Nun beugte sich auch die Herrin von Turan über das Wasser: Langsam formte sich vor ihr das Bild der Frau, die genau hier, an diesem Ort, das Sprachrohr der Göttin gewesen war ...

Mutter, dachte Thesan, hilf mir. Gestatte es mir, selbst zu wählen.

Das Bild verschwand, wie von einer leichten Brise gekräuselt, und plötzlich lösten sich wie von Geisterhand die Leinwände vor den großen Öffnungen aus ihren Halterungen am Boden, blähten sich in einem heftigen Wind und schlugen wie Segel – oder wie die weit ausgebreiteten Schwingen eines weißen Falken ...

»Nur einer war weiß ...«, murmelte Thesan vor sich hin und fühlte einen kalten Schauer. »So wie sich der Falke auf dem Gipfel dieses Berges niedergelassen hat, um die kommenden Ereignisse anzukündigen.«

»Verzeih, Herrin«, sagte in diesem Moment eine junge Dienerin, die den Saal betreten hatte. »Ein Diener wartet draußen, um die Königin zum Zelt des Königs von Vei zu begleiten.«

Thesan hob den Kopf, noch verwirrt von der Vision.

»Ich werde ihm folgen, sobald ich bereit bin.«

14.

»Keiner hat es jemals gewagt, mich so lange warten zu lassen!« rief Arnth, kaum daß die Wache das Zelt verlassen und der Diener den Vorhang geschlossen hatte.

Thesan legte ihre Tebenna ab. Sie trug die purpurfarbene, goldgesäumte Tunika und den kurzen Umhang über den Schultern, von der Fibel mit dem Adler von Tarchna geschlossen. Und wieder war dies das erste, was der König bemerkte.

Dann schaute er ihr in die Augen, und unverändert stieg die Lust nach ihr in ihm wieder so stark auf, daß es ihm fast den Atem verschlug.

»Glaubst du nicht, daß jede Königin die Pflicht hat, sich für das erste Zusammentreffen mit ihrem König nach langer Zeit sorgfältig vorzubereiten?« fragte sie in einem Ton, der es ihm unmöglich machte, zu widersprechen. Arnth seufzte. Dann ging er auf sie zu und legte ihr beide Hände auf die Schultern.

»Darf ich hoffen, daß meine Königin geheilt ist und nun darauf hofft, mir endlich einen Erben zu schenken?« fragte er.

»Du hast schon einen Erben, Arnth. Und du warst derjenige von uns beiden, der wieder gesund werden mußte«, entgegnete ihm Thesan.

Langsam zog der König sie an sich. Aber Thesan gab ihm nicht nach und legte nur die Stirn an seine Wange.

»Ich liebe dich, Thesan, meine Königin. Genau hier, an diesem heiligen Ort, hast du mich an dich gebunden, indem du mein Leben gerettet hast! Wie kannst du glauben, ich könnte auf dich verzichten?« flüsterte Arnth ihr ins Ohr, von seinen Gefühlen überwältigt. Er brannte aus Leidenschaft für sie, aber gleichzeitig fühlte er sich auch gebunden an diese andere, dunkle Kraft, die ihn umschloß und verschlang und der er nicht entkommen konnte.

»Dasselbe sagst du sicher auch zu Urste«, erwiderte Thesan
Der Ton, in dem sie gesprochen hatte, verletzte ihn.
»Urste ist immerhin an meiner Seite geblieben«, protestierte er. »Ich wäre schon längst tot ohne ihn.«
»Ganz im Gegenteil, er wird dein Tod sein. Und dein wunderbares Vei wird als erstes fallen, weil dein Haß auf Ruma es zum ersten Opfer macht, sobald diese latinische Stadt mit ihren Eroberungen beginnen wird. Aber du willst nicht auf mich hören, Arnth. Du brauchst mich nicht mehr.«
»Du bist die Königin von Vei!«
»Ich werde nicht mehr zurückkehren. Nie mehr.«
»Ich kann dich dazu zwingen! Wenn du nicht zurückkommst, werde ich dich öffentlich verstoßen. Zwei von meinen Mägden sind von mir schwanger, und ich brauche nur eine von ihnen zu wählen, um sie an deiner Stelle auf den Thron zu setzen!«
»Sind sie von dir schwanger oder von Urste?«
Ihr Ton war zwar ohne jede Spur von Hohn, aber so kalt und hart gewesen, daß Arnth sie von sich stieß. Trotzdem lagen seine Hände noch immer auf ihren Schultern.
»Ist das so wichtig, wenn er sowieso mein Liebhaber ist?« antwortete er wütend.
»Also wirst du auch verstehen, warum ich nicht nach Vei zurückkehren will. Die Angst frißt dich langsam auf, Arnth. Ich kann dir nicht helfen.«
»Und du willst es auch nicht!«
Thesan befreite sich geschickt aus seinem Griff und trat einen Schritt zurück. »Nein!« sagte sie leise.
»Du wirst nichts mehr haben und ein Niemand sein!« sagte Arnth drohend.
»Etwas zu haben oder jemand zu sein ist nicht so wichtig, Arnth. Aber das kannst du nicht verstehen.«
Der Vorhang, der den Eingang des Zeltes verschloß, hob sich in diesem Augenblick, und die Strahlen der inzwischen hochstehenden Sonne drangen ins Zelt. Arnth versuchte sofort wieder Haltung zu gewinnen, und Thesan erstarrte beim Anblick Urstes, der, gefolgt von Aranth und Tarxne, als erster das Zelt betrat.
Wenn es nicht für Aranth gewesen wäre, der so ungeduldig das Wieder-

sehen mit seiner Mutter herbeigesehnt hatte, hätte Tarxne ohne Zögern die Einladung des Haruspizen, ihnen zum Zelt des Königs von Vei zu folgen, abgeschlagen. Aber der Bruder hatte sich gleich, ohne ihn zu fragen und ohne sich von Laris oder König Pursiena zu verabschieden, in Bewegung gesetzt. So war ihm nichts anderes übriggeblieben, als ihn zu begleiten.

»Die Götter erlauben es mir, meinen König, meine Königin und ihre beiden Söhne vereint auf dem heiligen Boden von Fanu Veltune zu sehen. Niemals hätte ich mir so viel zu erhoffen gewagt«, rief Urste aus und deutete eine Verbeugung vor Thesan an.

Tarxne kam er noch magerer und abgezehrter vor als damals, als er hinter dem Thron des Königs stand, an dem Tag ihrer Abreise von Vei. Auch seine Gesichtszüge schienen gezeichnet von einer tiefen Erschöpfung oder einem verzehrenden Fieber.

Mein Sieg in Ceis ist dir teuer zu stehen gekommen, dachte Tarxne und hielt seinen Blick fest auf den Haruspizen gerichtet, um zu verhindern, daß er auf irgendeine Art und Weise Einfluß auf Aranth nehmen konnte, den Urste keinen Moment aus den Augen ließ.

Arnth war verblüfft über die Veränderung, die Aranth in dieser Zeit durchgemacht hatte. Er war als ein Junge von Vei abgereist, und jetzt war er ein Mann. Aber was ihm noch wichtiger war: Endlich erkannte er etwas Vertrautes in seinen Gesichtszügen und in seiner Art, sich zu bewegen oder zu reden, wieder.

Er zog ihn in seine Arme. »Ich glaube, ich habe dich vernachlässigt, mein Sohn! Du bist der Sohn des Königs von Vei, und in dieser Versammlung wirst du an meiner Seite sein!«

Und nicht an der Seite eines Trutnot ohne Titel, der keinen Hehl aus seiner Abneigung gegen unsere Interessen macht, fügte er in Gedanken in einer so offensichtlichen Art und Weise hinzu, als hätte er die Worte laut ausgesprochen.

Aranth war verwirrt, überrascht und erfreut zugleich. Niemals hatte ihm sein Vater bisher auch nur die geringste Aufmerksamkeit entgegengebracht.

Urste nutzte den Moment und verbeugte sich erneut vor Thesan. »Meine Königin...«, begann er.

Aber Arnth unterbrach ihn und wandte sich in hartem Ton an Thesan. »Bis zum letzten Tag dieser Zusammenkunft werde ich auf deine Ant-

wort warten! Solltest du bis dahin deine Meinung nicht geändert haben, Thesan, wird dich Vei nicht mehr als seine Königin anerkennen.«
Tarxne griff nach der Tebenna seiner Mutter. »Komm, ich werde dich begleiten«, sagte er. Dann wandte er sich Aranth zu. »Ich hoffe dich in diesen Tagen zu sehen, mein Bruder«, verabschiedete er sich von ihm.
»Das halte ich nicht für sehr wahrscheinlich«, erwiderte ihm Urste an Aranths Stelle. »Die einfachen Trutnot haben keinen Zutritt zum Pavillon des Rates der Könige.«
Tarxne schenkte ihm keine weitere Beachtung und verabschiedete sich mit einer angedeuteten Verbeugung in Richtung des Königs. Dann hob er den Vorhang, um Thesan den Vortritt zu lassen. Keiner der Diener und Wachen davor rührte sich.
Für einen Moment zögerte Thesan. Die Vorstellung, Aranth mit dem König und Urste alleine zurückzulassen, quälte sie mehr als alles andere.
»Hab keine Angst um ihn«, beruhigte sie Tarxne. »Aranth ist nicht mehr der Junge, den du mir letzten Sommer anvertraut hast. Er ist nun ein Mann, und auch wenn er keine magischen Kräfte besitzt, ist sein Geist wach und sein Verstand scharf. Er weiß sich zu verteidigen.«
Thesan lächelte. »Danke, du bist sehr freundlich«, sagte sie befangen. Mit ihm zu reden fiel ihr fast so schwer wie mit einem Fremden. Tarxne war für sie jemand, den sie nicht kannte und den sie niemals mehr wirklich kennenlernen würde.
Im strahlenden Sonnenschein erinnerte der Weg, der zum Tempel der Göttin Turan führte, an den Pfad zu der Anhöhe über dem Tivrit. Hier wie dort blühten Ginster und Blaustern, und das blaue Wasser des Sees, das wie ein Edelstein schimmerte, ließ an das Meer denken.
Aber Tarxne bedrückte diese Ähnlichkeit eher. Den Tivrit hatte er geliebt, während dieser Ort hier ihm fast feindlich gesinnt schien. Er mochte ähnlich sein, aber er stieß ihn von sich, und er gestand sich nur ungern ein, daß er nichts dagegen tun konnte.
Thesan blieb am Eingang zum Tempel stehen.
»Du kannst nicht eintreten, Tarxne.«
»Das will ich auch nicht, Mutter. Inzwischen sind sicher all diese Königinnen und Fürstinnen eingetroffen, die übergesetzt sind, während ich auf die Überfahrt wartete. Ehrlich gesagt, sind mir das zu viele.«

Thesan strich ihm über die Stirn, und für einen kurzen Augenblick vereinte sie ein starker Strom. Tarxne sah plötzlich wieder den steinernen Altar des Tivrit vor sich und spürte den Wind, der den Staub zu einem golden schimmernden Vorhang aufwirbelte. An diesem Tag war eine kleine, unbedeutende Ameise gestorben, von seinem Finger erdrückt. Ein Spiel. Aber er war niemals wirklich unwissend gewesen. Die Berührung seiner Mutter rief ihm dies nun wieder mit einer Härte ins Gedächtnis zurück, die ihn ein tiefes Bedauern darüber empfinden ließ.

»Was wirst du tun?« fragte sie, um ihn auf andere Gedanken zu bringen. »Wie wirst du dich entscheiden?«

»Ich weiß es noch nicht. Die Zukunft ist für mich wie ein flüchtiger Schatten geworden, der sich von mir gelöst hat.«

»Aber dein Platz ist im Pavillon des Rates der Könige. Vergiß das nicht!«

»Als einfacher Trutnot? Das werden sie nicht zulassen, da hat Urste recht.«

»Nicht als Trutnot, sondern als Sohn eines Mannes, der König zweier Städte war und den alle fürchteten. Vergiß niemals, wer dein Vater war, Tarxne. Niemals!«

»Es wäre einfacher für mich, wenn die edle Caitli und Velvur öfter mit mir über ihn gesprochen hätten.«

»Das hast du nicht nötig, und sie wußten das sehr genau. Suche ihn in dir selbst, und du wirst ihn finden. Du wirst seine Gedanken finden, seine Träume und auch seine Ängste. Ich war es, die sein Wesen ganz in sich aufgenommen hat, und ich habe es an dich weitergegeben. Trotzdem solltest du vorsichtig sein, denn seine Träume waren oft wie ein verheerendes Feuer. Du wirst genauso viel Kraft brauchen, um sie zu beherrschen, wie er sie brauchte, um sie zu entfesseln.«

»Und was ist mit seinen Ängsten? Du hast auch von seinen Ängsten gesprochen.«

»Seine Ängste waren die Frucht seiner gelebten Jahre, seiner Enttäuschungen und des Verlustes der Menschen, die er geliebt hat. Sie werden auch die deinen sein. Aber er hat sie beherrscht und konnte jede einzige von ihnen beim Namen nennen. Kannst du das auch?«

Tarxne schüttelte den Kopf. Ihm schien, als sähe er seine Mutter nun so, wie sie sein Vater gesehen hatte: ein Mädchen zwischen Traum und

Wirklichkeit, das als ein Geschenk der Liebe zu ihm gekommen war, mit dem einzigen Ziel, in ihrem Schoß das Leben zu bewahren, um dem Weg der Götter zu folgen.

»Und was habe ich von dir, Mutter? Was bleibt mir von dir?«

»Alles das, was fremd in deinem Blut ist und dich niemals ganz heimisch werden läßt, nicht hier und nicht in Ruma. Das, was es dir schwermachen wird, den vorgezeichneten Weg zu gehen.«

»Das ist sehr schlimm für einen Trutnot.«

»Noch sehr viel schlimmer für einen König, Tarxne. Viel schlimmer.«

Dann drehte Thesan sich um und betrat den Tempel.

Aus dem Stimmengewirr, dem Lachen und Rufen schloß sie sofort, daß Tarxnes Voraussicht richtig gewesen war. Im Tempel waren inzwischen alle Königinnen und Fürstinnen eingetroffen, die dort während der Zusammenkunft beherbergt werden sollten. Jetzt befanden sie sich in dem großen Aufenthaltsraum und tauschten die letzten Neuigkeiten aus. Thesan stieg zum Saal des *Auges der Göttin* hinauf, und bei ihrem Eintreten erstarben auf einen Schlag die Stimmen. Alle Augen richteten sich auf die Herrin von Turan, die in diesem Moment gerade die jungen Mädchen begrüßte, die am nächsten Tag mit dem Segen der Göttin heiraten würden.

»Die Königin von Vei«, stellte die Hohepriesterin sie den Mädchen vor. Eine der letzten, die sich in die Reihe eingefügt hatte, war Cilnia, die zukünftige Gemahlin des Sohnes des Königs von Clevsi, Laris Pursiena, von dem im Moment alle des Lobes voll waren.

Das Mädchen war von einer fast herausfordernden Schönheit. Die noch nicht allzulang zurückliegende Geburt hatte ihre Hüften gerundet, ihre Brüste waren voll, und ihre Haut hatte einen schimmernden Glanz. Cilnia starrte Thesan wie gebannt an, bis sie sich schließlich darauf besann, sich zu verbeugen, wie es sich vor einer Königin geziemte. Thesan antwortete ihr mit einem kurzen Kopfnicken.

»Ich muß dir für die Aufmerksamkeit danken, die du meinen Söhnen, die Gäste deines Königs sind, entgegengebracht hast«, sagte sie.

Cilnia senkte errötend den Blick, und Thesan hatte den Eindruck, daß das Mädchen weit davon entfernt war, Tarxne und die Lust, die sie mit ihm genossen hatte, zu vergessen

»Wie geht es deinem Sohn?« erkundigte sie sich, und Cilnia hatte das sicheres Gefühl, daß diese fremdartige Frau alles von ihr wußte.
»Sehr gut, meine Königin«, murmelte sie. »Ich danke dir.«
Das ist auch das mindeste, das du tun kannst, in Anbetracht der Tatsache, daß dein Sohn der Sohn meines Sohnes ist, war Thesan versucht ihr zu antworten. Aber sie hielt sich zurück. Tarxne hatte sicher seine Gründe, zu schweigen.
»Die Riten der Fürbitten werden beginnen, wenn der Mond aufgegangen ist«, gab die alte Herrin nun bekannt. »Deine Anwesenheit dabei ist uns willkommen, Königin von Vei.«
Thesan neigte zustimmend das Haupt. Sie konnte sich dieser Einladung nicht entziehen, auch wenn sie wußte, daß ihre Gegenwart die Harmonie der Zeremonie stören würde.
Dann verließ sie den Saal und begab sich in ihre Unterkunft, bemüht, so freundlich wie möglich auf die Begrüßungen zu antworten, die ihr hier und da entgegengebracht wurden.
Die Herrin von Turan hatte inzwischen Cilnia tröstend in den Arm genommen. Das Mädchen zitterte und schien völlig durcheinander zu sein.
»Was ist los mit dir, meine Kleine?« fragte die alte Frau.
»Ich habe Angst. Die Riten . . . Die Riten heute nacht, warum muß auch sie daran teilnehmen?«
»Sie ist eine Königin! Keiner kann ihr dieses Recht absprechen. Außerdem ist sie eine Trutnot, und man sagt, daß ihre Macht sehr groß sei.«
»Sie ist eine Fremde!«
»Das ist etwas, das wir mit unseren Augen sehen und das uns die Steine und der heilige Atem dieses Ortes sagen. Aber sie ist die Königin von Vei und die Tochter der edlen Caitli, die nun unsere Große Trutnot ist. Deshalb, mein Kind, solltest du keine Angst haben . . . Es sei denn . . .«
Die alte Herrin hatte sich unvermittelt unterbrochen.
»Es sei denn . . .?« fragte Cilnia.
»Ich habe dir schon gesagt, daß ihre Macht sehr groß ist. Vielleicht versuchst du irgend etwas vor ihr zu verbergen, das sie sieht.«
Cilnia schüttelte entschieden den Kopf. »Nein! Trotzdem bitte ich dich, dafür zu sorgen, daß ich nicht mehr mit ihr reden muß!« murmelte sie.
Die Hohepriesterin nickte nachdenklich. Das *Auge der Göttin*, nur we-

nige Schritte von ihnen entfernt, hatte sich getrübt. Die junge Frau log, das wußte sie, aber viele künftige Königinnen hatten dies hier getan, um ihr Ziel zu erreichen. Doch bislang war die Göttin nie darüber erzürnt gewesen.

Die Hochzeitsfeierlichkeiten fanden am nächsten Tag statt. Die Sonne stand schon hoch am Himmel und ließ den Pavillon des Rates der Könige in vollem Glanz erstrahlen. Neben Cilnia und Laris Pursiena wurden noch fünf andere Paare vermählt.

Das anschließende Bankett, mit Musik und den Spielen im Felsenamphitheater, dauerte den ganzen Tag über an. Es war schon fast Nacht, als Laris zum Tempel des *Nagels der Zeit* aufstieg. Tarxne hatte sich unter die Zuschauer gemischt und an der Zeremonie teilgenommen, bis der Schleier über die Brautleute gebreitet wurde. Aber beim Bankett war er nicht anwesend gewesen, und Laris hatte ihn seitdem nicht mehr gesehen.

In der Dämmerung erschien ihm das Eingangsportal des Tempels wie ein einziger Schlund aus Licht, und als er eintrat, hatte er das Gefühl, als ob die Flammen der Feuerbecken die Wand mit den Nägeln, die das Jahr der Rasna bezeichneten, ins Unendliche steigerten.

Er schaute sich um. Der Tempel schien leer zu sein. Doch dann entdeckte er auf dem Thron aus Elfenbein, der nur dem Re Supremo während der Zeremonie seiner Investitur vorbehalten war, Tarxne. Er saß wie selbstverständlich da, in Meditation versunken, als lauschte er den unhörbaren Stimmen, die ihn umgaben. Bei seinem Anblick hatte Laris das Gefühl einer Gotteslästerung.

»Dein Bruder hat mir gesagt, daß ich dich vielleicht hier finden würde«, sagte er leise, während er sich dem Thron näherte.

Tarxne hob, aus seinen Gedanken aufgeschreckt, den Kopf.

»Was machst du da, auf diesem Thron?« fuhr Laris mit einer Spur von Vorwurf in der Stimme fort.

»Ob ich hier oder irgendwo anders sitze, welchen Unterschied macht das? Ich habe meditiert. Ich bin ein Trutnot, und die Trutnot tun das sehr oft.«

»Du machst dich wohl lustig über mich! Dies ist der Thron des Re Supremo, und keiner kann sich so ohne weiteres darauf niederlassen. Auch nicht einfach so, wie du mich glauben machen willst.«

Tarxne schüttelte den Kopf. »Du irrst dich, ich habe mich gefragt, wie es wohl sein mag, die Dinge aus der Sicht eines Re Supremo zu sehen. Das ist alles!«
»Das ist eine Gotteslästerung!«
»Ein König für ein Jahr ist ein zu schwacher Rahmen, um darauf das Netz der Götter zu knüpfen . . . Das waren die Worte meines Lehrmeisters, des Großen Trutnot Velvur. Und ich glaube, er hatte recht. Wie viele sind hier Re Supremo geworden, an die wir uns nicht einmal mehr erinnern?«
Laris zog zweifelnd die Augenbrauen hoch. »Ich bin nicht gekommen, um mit dir zu streiten«, sagte er. »Ich habe dich den ganzen Tag über nicht gesehen, und deshalb frage ich mich, ob ich irgend etwas falsch gemacht oder dich vielleicht beleidigt habe.«
»Keines von beidem, mein Freund. Ich freue mich mit dir, und ich habe diesen Tag genossen. Vergiß nicht, es ist für mich das erste Mal, daß ich in Fanu Veltune bin. Alles hier ist neu und aufregend für mich.«
Laris nickte zögernd, nur halb überzeugt. »Morgen im Pavillon des Rates der Könige werden wir über Krieg sprechen«, murmelte er.
»Morgen im Pavillon des Rates der Könige werde auch ich anwesend sein.«
»Genau das ist es, was ich dir sagen wollte. Ich wollte dich bitten, an meiner Seite zu sein.«
Tarxne antwortete nicht. Er hatte nicht die geringste Absicht, den Tempel zu verlassen und sich unter die anderen zu mischen. Zumindest bis zum morgigen Tag nicht. Aber er hatte auch nicht vor, sich Laris' zu bedienen, um beim Rat der Könige anwesend sein zu können. Er wollte diese Könige zwingen, ihn für das, was er war, und seiner Herkunft wegen anzuerkennen. Aber das sprach er nicht aus.
»Ich habe gehört, daß mein Bruder am Truiaspiel teilgenommen hat«, nahm er nach langem Schweigen das Gespräch wieder auf.
»Ja, zur vollsten Zufriedenheit seines Vaters. Er hat einen hervorragenden dritten Platz belegt, nach den Fürsten von Velx.«
»Gut«, war Tarxnes einziger Kommentar. »Aber jetzt kehre zu deiner schönen Cilnia zurück, bevor der fortgeschrittene Abend sie dazu zwingt, wieder in den Tempel der Göttin Turan zurückzukehren.«
»Sie war sehr enttäuscht. Sie hatte gehofft, daß du die Hochzeitszeremonie vollziehst und den Schleier über uns breitest.«

»Du hattest mich nicht darum gebeten.«
»Das ist wahr«, stimmte Laris zu und überlegte, ob wohl das der Grund für Tarxnes Rückzug gewesen war. Vielleicht hatte er sich übergangen gefühlt, und in diesem Fall würde auch seine Entschuldigung nichts nützen. Außerdem fühlte er sich von dem Freund eingeschüchtert, der da so selbstverständlich auf dem Thron des Re Supremo saß.
»Bis morgen«, murmelte er, und Tarxne sah ihm nach, wie er den Tempel verließ.

Die Versammlung des Rates der Könige begann nach den morgendlichen Riten bei Tagesanbruch, als die Sonne sich über dem *Heiligen Berg des Gottes Tinia* erhoben hatte und die Hohepriester vom Tempel des *Nagels der Zeit* das geweihte Öl und das Feuer der Riten der Fürbitten in den Pavillon brachten. Da der Re Supremo noch nicht gewählt und die Große Trutnot bei der Versammlung nicht anwesend war, verharrten die Könige, Fürsten und Hohepriester zuerst schweigend, in Erwartung, daß einer von ihnen als Wortführer die Zusammenkunft eröffnete. Das allerdings war eine schwere Bürde, denn sie bedeutete, gleichzeitig auch Vermittler zu den Göttern zu sein und dafür die Verantwortung zu tragen. Für einige Zeit machte keiner Anstalten, sich zu erheben, immer in der Hoffnung, einer der anderen würde diese Aufgabe übernehmen.
Doch schließlich erhob sich Arnth, der König von Vei, und ging auf das Feuerbecken in der Mitte der beiden Halbkreise zu, die die Sitze der Könige bildeten. Für ihn hatte dieser Ort und dieser Moment eine besondere Bedeutung. Seine Erinnerung an eine andere Zusammenkunft an dieser Stelle war noch nicht verblaßt, als er den König von Ruma zum Kampf herausgefordert hatte. *Mastarna, den Verräter!* Und auch die Lust, die er bei der Berührung dieses Mädchens mit dem fremdartigen Aussehen empfunden hatte, das ihn wieder ins Leben zurückgerufen hatte, durchströmte ihn noch, als wäre es gestern gewesen.
Er schaute sich um. Die Gesichter waren immer dieselben: Egene, der König von Tarchna, Pursiena, König von Clevsi, Matula, König von Xaire, Mamerce, Sohn von Sevre und nun König von Velx, und dazu Pesna von Sveana und Venthi von Faleri, die nun schon alt waren...
Dann begann er mit klarer Stimme die rituelle Formel zu sprechen und

richtete dabei unverhohlen seinen Blick auf Urste, zum Zeichen, daß er von ihm seine Kraft bezog. Als er schließlich wieder zu seinem Platz zurückkehrte, streifte ihn plötzlich ein kalter Luftzug, von dem er nicht wußte, woher er kam. Der Vorhang, der den Eingang schloß, hatte sich gehoben und ein offensichtlich verspäteter Teilnehmer war eingetreten. Ein überraschtes Gemurmel hatte sich erhoben, und Arnth drehte sich um.

Im ersten Moment begriff er gar nicht, was da geschah. Der junge Mann am Eingang trug eine schwarze Tebenna und darunter eine kurze, ebenfalls schwarze Tunika ohne jegliches Symbol. Nur die goldene Fibel, die seine Tebenna auf der Schulter schloß, trug das Symbol Tarchnas, den Adler mit den ausgebreiteten Schwingen.

Tarxne schritt in den Heiligen Kreis, bis zum Feuerbecken. Alle, die Larth von Tarchna gekannt hatten, waren inzwischen von ihren Sitzen aufgesprungen und glaubten ihren Augen nicht zu trauen. Der Rest, noch zu jung, um sich an ihn zu erinnern, war völlig überrascht über die Konfusion, die sein Erscheinen hervorgerufen hatte.

Tarxne umfaßte mit einem Blick die Versammlung, ohne irgend jemandem besondere Aufmerksamkeit zu schenken. Selbst Aranth nicht, der sein Bruder war, oder Egene, immerhin sein Onkel, oder dessen beiden Söhnen, die seine Vettern waren.

»Im Namen meines Vaters, Larth, König von Tarchna und Ruma und Re Supremo des Städtebundes der Rasna, beanspruche ich meinen Platz im Rat der Könige des Zwölfstädtebundes«, rief er mit klarer, tönender Stimme.

Arnth warf Urste einen ratlosen Blick zu. Aber auch den Haruspizen hatte das Erscheinen Tarxnes völlig unvorbereitet getroffen. Er hatte diesen König Larth nicht gekannt. Er wußte nur das, was Flasi Aivas ihm über ihn berichtet hatte und was in die Annalen der Geschichte der Rasna eingegangen war. Darüber hinaus brachte ihn der Anblick dieses jungen Mannes, der zum erstenmal öffentlich nicht das Gewand der Trutnot trug, so völlig aus der Fassung, daß er sogar vergaß, was er ihm damals in Ceis angetan hatte.

Jetzt erkannte Urste zum erstenmal den ganzen Umfang seiner Macht und der Aura, die ihn umgab wie der Strahlenkranz einer dunkel glühenden Flamme. Und diese Macht steigerte seine Begierde mehr als alles andere.

Laris Pursiena erhob sich nun hastig.
»Ich habe den edlen Tarxne gebeten, an meiner Seite zu sein«, rief er. »Ein Teil meines Platzes hier ist auch der seine.«
Tarxne gebot ihm mit einer leichten Handbewegung Schweigen. »Das Angebot von Laris Pursiena ehrt mich«, sagte er. »Aber über mein Recht auf einen Platz in diesem Rat habt ihr alleine zu entscheiden, Könige des Städtebundes.«
»Dein Vater hat mich mit seiner Freundschaft geehrt, edler Tarxne«, meldete sich nun Pesna von Sveana zu Wort. »Es fällt mir leicht, *dein* Vater zu sagen. Die älteren unter uns können bezeugen, daß deine Gesichtszüge und deine Augen die seinen sind. Wir haben Verrat geübt gegen ihn, und es ist viel Schaden angerichtet worden. Aber für viele Jahre ist er unser Re Supremo gewesen, und wir alle haben von seiner Umsicht, seinem Tatendrang und seinen Eroberungen profitiert. Ich bitte dich stellvertretend für ihn um Vergebung für das, was wir ihm angetan haben, und bitte dich, seinen Platz im Herzen des Bündnisses und auch in unseren Herzen einzunehmen.«
Tarxne schaute ihm in die Augen. »Ich bin sehr bewegt von deinen Worten«, antwortete er.
Der alte Mann schüttelte den Kopf und seufzte leise auf.
»Nein«, gab er bitter zurück, »du bist noch zu jung, um zu wissen, wie sehr meine Worte vom Gewicht der Jahre und der Erinnerung bestimmt sind. Und im übrigen bewegen dich die Worte der anderen genauso wenig, wie sie ihn bewegt haben.«
Tarxne erwiderte den Vorwurf mit einem kleinen Lächeln, das seine Ähnlichkeit mit dem König, den sie nicht vergessen konnten, noch verstärkte. Dann schaute er wieder in die Runde.
»Kann ich annehmen, daß König Pesna von Sveana für euch alle spricht?« fragte er.
»Warum hören wir nicht die Meinung von Egene, dem König von Tarchna?« mischte sich nun Arnth ein, verwirrt vom offensichtlichen Mißbehagen Urstes. »Sprich, Egene! Schließlich behauptet dieser junge Mann, daß dein Blut in seinen Adern fließt!«
»Wenn du Larth gekannt hättest, würdest du es nicht wagen, die Worte von Tarxne in Zweifel zu ziehen«, antwortete ihm Egene, so starr und bestürzt, als hätte er ein Gespenst vor Augen. Die Worte von Flas Aivas fielen ihm wieder ein, der ihm kurz vor seiner Abreise aus Tarchna

angekündigt hatte, daß ihm eine Gefahr aus seiner Blutsverwandtschaft drohe.

»Aber er ist ein Magier!« beharrte Arnth. »An den Grenzen des Territoriums von Vei hatte er für mich einen Auftrag zu erfüllen. Um die Erde wieder zu reinigen, das gebe ich zu. Aber seither weiß ich, daß er ein Magier ist und sicher auch die Macht besitzt, seinen äußeren Anschein zu verändern.«

Nun erhob sich Pursiena von Clevsi, noch eindrucksvoller als gewöhnlich, denn in einem gewissen Sinne wurde sein Auftreten schon vom Bewußtsein beeinflußt, der künftige Re Supremo zu sein, was durch die vorangegangenen Verhandlungen und persönlichen Absprachen für alle schon als so gut wie sicher galt.

»Dieser junge Mann, der so sehr seinem Vater ähnelt, hat niemals seine äußere Erscheinung verändert«, rief er aus. »Ihr selbst seid es, die ihn nun, ohne sein übliches Gewand eines Trutnot, mit anderen Augen seht. Habt ihr immer noch Angst vor Larth, dem König von Tarchna und Ruma?«

»Es hat merkwürdige Erscheinungen in Tarchna gegeben«, antwortete ihm Egene. »Das Gespenst des Fremden, das sich im Wald der Göttin Athrpa herumtreibt, ist einige Male auf der Schwelle zum *Gemach der Könige* gesehen worden, und keiner der Hohenpriester des Kollegiums von Tagete konnte es vertreiben. Eine Gefahr, die uns aus der Blutsverwandtschaft droht, hat der ehrwürdige Flasi Aivas aus den Opfern gelesen. Eine Gefahr für uns und unsere Kinder!«

»Die Große Trutnot wird sich um diese Erscheinungen kümmern und für uns die Götter um Hilfe bitten«, erwiderte ihm Pursiena. »Ansonsten denke ich, daß wir Tarxne, Sohn von Larth, nicht mehr allzu lange warten lassen sollten. Oder seid ihr anderer Meinung?«

Der König von Clevsi schaute sich um und sah nur zu deutlich, wie die Unsicherheit und das schlechte Gewissen der anderen das Spiel des jungen Mannes zum Sieg führte. Er hatte sie fest in der Hand. Er lächelte ihm zu, und Tarxne erwiderte sein Lächeln. Dann gab er einem Diener ein Zeichen, ihm einen Sitz zu bringen und in die zweite Reihe, direkt hinter die der Könige zu stellen.

Du wirst dort nicht sehr lange bleiben, dachte Pursiena und spürte gegen seinen Willen nun ebenfalls dieses beunruhigende Angstgefühl in sich aufsteigen, das auch Arnth und alle anderen erfaßt hatte.

Matula von Xaire hatte soeben das Wort ergriffen, als der Ratgeber des Königs von Vei, von einer heftigen Fieberattacke erfaßt, den Pavillon verließ. Aber keiner schenkte Urste Aufmerksamkeit, und Matula fuhr fort, den Feldzug zu beschreiben, der sie in einem Bündnis mit den Sabinern und Faliziern gegen Ruma und dann weiter nach Süden führen sollte, zu den Städten der Rasna hinter dem latinischen Territorium, in Richtung des Meeres, wo die Griechen von Cuma ihren Druck immer mehr verstärkten. Dieser Feldzug würde lange andauern und Männer und Waffen von jeder Stadt des Bündnisses fordern, dazu die fürstlichen Kommandanten und eine einheitliche Strategie. Noch andere ergriffen nach Matula das Wort. Dann wurde eine Aufstellung der benötigten Ausrüstung gemacht und der Anteil festgelegt, den jede Stadt zu leisten hatte. Erst am Abend begann die Diskussion über die Wahl des Re Supremo, die sich die ganze Nacht hindurch und auch noch über einen Teil des nächsten Tages hinzog. Keiner verließ den Pavillon des Rates der Könige, bevor nicht eine Einigung erzielt worden war, und die Diener waren die ganze Zeit über damit beschäftigt, für Speisen und Getränke zu sorgen.
Schließlich wurde Pursiena, König von Clevsi, einstimmig gewählt. Kurz darauf wurde die Zeremonie seiner Investitur, in Anwesenheit der Königinnen und Fürstinnen, im Tempel des *Nagels der Zeit* vollzogen. Die zwölf doppelschneidigen Streitäxte wurden ihm zu Füßen gelegt, aber Tarxne wohnte dem Treueschwur der Könige mit unbewegter Miene bei.
Dieser Treueschwur war gebrochen worden, als das Bündnis sich gegen Larth von Tarchna, den damaligen Re Supremo, gewandt hatte. Wie war es möglich, daß diese Könige nun nicht den Abgrund sahen, der sich damals aufgetan hatte? Wie konnten sie glauben, daß dieser Treueschwur noch den geringsten Wert besaß?
Während er die Versammelten aus dem Hintergrund des Tempels beobachtete, hatte Tarxne für einen Moment das merkwürdige Gefühl, als ob sich anstelle der mit Nägeln bedeckten Felswand, die im Schein der Feuerbecken fast taghell leuchtete, eine weite Pforte zur Nacht aufgetan hätte.
Das liegt sicher nur an meiner Müdigkeit, dachte Tarxne und verfolgte zerstreut den Fortgang der Zeremonie. Ein Mädchen und ein Junge, beide nackt und voller Anmut im Schein der Flammen und dem betäu-

benden Duft aus den Feuerbecken, schlugen nun geschickt den Nagel in die Wand, der das neue Jahr bezeichnete. Aus ihrem Verhalten und ihren Gesten würden die Haruspizen die Voraussage für den Zeitraum eines Jahres ablesen.
Das wenigstens hättest du mir sagen können, edle Caitli. Du wußtest, daß keiner von denen, die hier versammelt sind, diese dunkle Pforte sehen kann, dachte Tarxne. Und diese einfache Wahrheit bedrückte ihn mehr, als er sich eingestehen wollte. Mit dem ganzen Gewicht des heiligen Bandes zwischen den Menschen und den Göttern lastete sie auf ihm.

Am nächsten Tag waren die Diener schon früh dabei, die Zelte des Re Supremo Pursiena von Clevsi abzubauen, der sich entschieden hatte, Fanu Veltune als erster zu verlassen. Tarxne hatte seiner Bitte, ihn zu begleiten und an Laris' Seite zu bleiben, entsprochen, obwohl das bedeutete, seine Mutter der Entscheidung Arnths von Vei auszuliefern.
»Ich bin froh, bei Laris und am Hof von Clevsi zu bleiben, es tut mir nur für unsere Mutter leid«, murmelte Aranth, während er neben ihm zum Tempel der Göttin Turan hinaufstieg, um von Thesan Abschied zu nehmen. Auch er hatte sich entschlossen, in Clevsi zu bleiben.
»Meine Entscheidung, der Bitte des Re Supremo nachzukommen, hat mit ihrer eigenen Entscheidung nichts zu tun«, erwiderte Tarxne. »Und auch deine, mir zu folgen, anstatt mit deinem Vater nach Vei zurückzukehren oder Meule auf einem der Kriegszüge zu begleiten, wird keinen Einfluß darauf haben.«
»Du magst recht haben«, stimmte ihm Aranth zu. »Aber das enthebt uns nicht unserer Verantwortung ihr gegenüber, wenn sie der König von Vei wirklich verstößt.«
Tarxne schwieg nachdenklich. Es war ihm nie in den Sinn gekommen, in irgendeiner Art und Weise auch für seine Mutter sorgen zu müssen, wenn Arnth seine Drohung wahr machen sollte. Er war nicht daran gewöhnt, an irgend jemand anderen zu denken außer an sich selbst.
Der Himmel, bei Tagesanbruch wolkenverhangen, hatte sich im Laufe des Morgens aufgeklart. Auch jetzt strahlte die Sonne über ihnen, aber gegen Süden zeichnete sich in der Ferne eine dunkle Wolkenwand ab.

»In Ruma muß es ein Gewitter gegeben haben«, sagte Aranth mit einem Blick auf den Himmel.
»Nur ein Gewitter? In Ruma wird schon bald die Hölle los sein«, erwiderte ihm Tarxne.
Aranth schwieg. Sie waren den Pfad nun schon bis in die Nähe des Tempels hinaufgestiegen, und am letzten Absatz angekommen, entdeckten sie plötzlich Acilius, der zusammengekauert unter dem Schatten eines großen Ginsterbusches auf sie gewartet hatte. Kaum hatte er sie gesehen, sprang der Latiner auf die Beine und hielt sie auf.
»Es ist völlig unnütz, daß ihr euch zum Tempel begebt«, rief er ihnen entgegen.
»Wieso unnütz?« fragte Aranth besorgt.
Aber Acilius beachtete ihn kaum und wandte sich an Tarxne. »Eure Mutter ist schon vor Tagesanbruch mit Tura und zwei Mägden abgereist. Ich selbst habe sie zum Ufer des Sees übergesetzt und ihnen einen Wagen besorgt.«
»Wohin wollte sie?«
»Das weiß niemand.«
»Niemand? Noch nicht einmal du?«
Der Latiner hielt seiner brüsken Frage mit einem kleinen Lächeln stand.
»Nicht einmal ich, Tarxne!«
Tarxne fühlte, wie aufgewühlt er war und wie schmerzlich diese Abreise ihn traf, die für ihn den endgültigen Abschied von Thesan bedeutete.
Acilius hatte sich für einen Moment abgewandt, aber jetzt suchte er wieder seinen Blick.
»Weißt du, was sie gesagt hat, Tarxne? *Wir werden uns niemals mehr wiedersehen, Acilius. Nie wieder!* Das waren ihre Worte«, murmelte er. »Ich weiß nicht, wohin sie gegangen ist. Das einzige, was mir geblieben ist, sind diese Worte und der Auftrag, euch hier zu erwarten. Die alte Herrin von Turan sollte nicht glauben, die Königin von Vei habe sich wie ein Nachtgespenst und mit Schuld beladen davongeschlichen.«
»Sie wollte nicht abwarten, daß der König von Vei sie verstößt, und wollte uns nicht zur Last sein!« rief Aranth.
»Vielleicht«, stimmte Tarxne ihm zu. »Aber vielleicht hat sie auch nur den fremden, geheimnisvollen Stimmen des Nordwinds gelauscht.«

15.

»Warst du es, edler Tarxne, der den Befehl gegeben hat, die Riten des Sieges nicht zu zelebrieren?« Meule versuchte aufgebracht, sich von seinem Lager zu erheben. Sein Gesicht war wachsbleich, und der heftige Zorn, der seine Züge verzerrte, ließ ihn sogar seine Schmerzen vergessen.

Tarxne beugte sich über ihn. »Entspanne dich«, befahl er, »oder du riskierst tatsächlich, deine Beine nicht mehr gebrauchen zu können.«

»Was geht dich das an!« zischte Meule wütend.

»Mag sein, daß es mich nichts angeht. Aber ich bin für deine Heilung verantwortlich, und deshalb erlaube ich es dir nicht, meine Arbeit zu behindern.«

»Das Dorf ist erobert worden, und deshalb müssen auch die Riten des Sieges vollzogen werden!« gab ihm Meule etwas ruhiger zurück. »Du magst sehr stark sein, Tarquinier, aber nicht so stark, auch die Traditionen und die Riten zu verändern. Die Götter werden dir das nicht verzeihen!«

»Vielleicht nicht, aber das wird dann meine Schuld sein und nicht die deine. Ruhe dich jetzt aus.«

Meule gehorchte widerstrebend. Die Berührung des Trutnot auf seiner Stirn war von solch starker Wirkung, daß er sogar für den Bruchteil eines Augenblicks geglaubt hatte, eine Flamme in der Mitte seiner Stirn zu spüren. Eine Flamme, die ihm seinen körperlichen Schmerz zu nehmen und ihn in einen fast schwebenden Zustand zu versetzen schien.

Tarxne erhob sich. Die Verwundung, die Meule an der Spitze der Truppen von Vei erhalten hatte, war schlimmer, als es im ersten Moment geschienen hatte. Dieses Dorf, das sie drei Tage zuvor gestürmt hatten, drohte sein Grab zu werden, so wie das vieler anderer Verwundeter, die Tarxne nicht mehr hatte retten können.

Die Truppen der Rasna und Falizier waren im Laufe des Sommers bis zum Territorium der Umbrer gezogen, ihrer jüngsten Verbündeten, hatten die Städte entlang der Straße nach Süden von den Latinern zurückerobert und dabei Furten und Aussichtspunkte befestigt.
Dann hatten sie Vulture erreicht, um dort zu überwintern, freundlich empfangen von König Turmucas und den Königen der Nachbarstädte Calatia und Suessula.
Der Winter in dieser Gegend war mild und kurz. Tarxne hatte davon profitiert und war an die Grenzen des Territoriums der Rasna gereist. Dort hatte er entdeckt, daß die Küste, wenn auch nur mit einem schmalen Streifen Land, fest in der Hand der Griechen war.
»Weiter unten im Süden befinden sich unsere Verbündeten, die Karthager«, hatte ihm sein Führer, ein Adeliger aus Vulture, erklärt. »Aber hier sind nur Griechen. Man kann ihnen nicht trauen. Sie nehmen gerne, was du ihnen gibst, aber kaum bist du weg, ziehen sie über dich her.«
»Du willst mir doch nicht etwa weismachen wollen, Vulture unterhielte keine engen Beziehungen zu ihnen?« hatte ihn Tarxne unterbrochen, und der Adelige hatte verlegen geschwiegen.
Von der Anhöhe aus, auf der sie standen, hatte Tarxne nur undeutlich den Küstenstreifen erkennen können, wo sich Cuma ausbreitete. Man hatte ihm erzählt, Cuma sei eine schöne Stadt und der Besuch lohne sich, aber Tarxne hatte sich nicht davon angezogen gefühlt. Ganz im Gegenteil, der sonnige Tag und der wolkenlose Himmel kamen ihm plötzlich fast unnatürlich und feindlich vor. Ohne Grund, nur aus einem instiktiven Empfinden heraus, hatte er plötzlich das Gefühl gehabt, sie mit den Augen eines anderen zu sehen, der sich fragte, wann er wohl endlich wieder in sein eigenes Land zurückkehren würde.
Nach den starken Regengüssen im Frühjahr hatten sich dann die Truppen, verstärkt durch die der Könige der südlichen Städte der Rasna, an die südliche Grenze des latinischen Territoriums verlagert. Keilförmig aufgeteilt hatten sie sich den Weg Richtung Anxur und zum Meer hin freigekämpft. Es hatte viele Schlachten gegeben, und die blutigste davon hatte auf beiden Seiten unzählige Tote und Verletzte gefordert. Dann war der größte Teil der Truppen, unter dem Kommando von Laris Pursiena, Richtung Osten gezogen, auf der Suche nach Unterstützung im unwegsamen Hinterland und um sich mit den von den Umbrern

versprochenen Streitkräften zu vereinen. Die zuvor eroberten Siedlungen und Dörfer hatten sie wieder sich selbst überlassen, und im letzten davon hatte sich Tarxne schließlich entschlossen, die Verwundeten zu sammeln und mit ihnen zurückzubleiben.

Laris Pursiena hatte vergeblich versucht, ihn zu überzeugen, an seiner Seite zu bleiben. Wenn er jetzt darüber nachdachte, während der heiße Tag sich einem staubigen Sonnenuntergang zuneigte und Meule auf dem Vollzug der Riten beharrte, fragte sich Tarxne, warum er diese so ehrenvolle Position zur Rechten von Laris Pursiena zugunsten seiner Pflichten als Trutnot und Heilkundiger aufgegeben hatte.

Vielleicht weil Acilius unter den Verletzten war?

Oder vielleicht deshalb, weil Laris der Kommandeur und Anführer der Truppen war und nicht er selbst?

Tarxne wandte sich wieder Meule zu.

»Müssen wir diesen Sieg denn wirklich feiern?« fragte er. »Das Risiko ist viel zu groß, wir setzen uns damit eine ganze Nacht lang unnötig einem Überraschungsangriff der Feinde aus.«

»Im Rücken haben wir unsere Truppen, die von Süden her vorstoßen, um Anxur zu besetzen, und zu unserer Rechten dringt der größte Teil unserer Streitkräfte ins Landesinnere vor. Die Latiner werden alle Mühe haben, sie zu stoppen, und nicht so verrückt sein, sich um ein kleines Dorf zu kümmern, wo sie nichts als Verletzte und Todgeweihte vorfinden.«

»Glaube mir, die Latiner sind verrückt genug dazu, Hauptsache, es nutzt ihrem Zweck, Meule.«

»Du redest, als würdest du sie schon eine Ewigkeit kennen.«

»Vielleicht ist es so.«

Meule schwieg. Es fiel ihm immer schwerer, gegen seine große Müdigkeit anzukämpfen, und immer weniger gelang es ihm, nicht an Larth von Tarchna zu denken mit diesem jungen Mann vor seinen Augen, der ohne Zweifel Larths Sohn war und dem nicht sein angemessener Platz und seine Rechte zugestanden wurden. Diese bewußte Ignorierung von seiten der Könige würde nichts Gutes bringen, dessen war Meule sich genauso sicher, wie er sich damals sicher gewesen war, daß die Fremde Unheil in die Mauern von Vei bringen würde.

»Sie hätten hier wirklich einen leichten Sieg«, begann Tarxne wieder nachdenklich und ließ den Blick über seine Helfer schweifen, die sich

um die Verletzten kümmerten. Die am schwersten Verwundeten waren im Haus des ehemaligen Dorfoberhauptes untergebracht worden, und Tarxne ertrug nur schwer die Feindlichkeit des Ortes. Die Frauen und Kinder des Dorfes und viele Männer waren zwar verschont worden, aber das reichte nicht aus, um ihnen Freunde zu schaffen.
Er hatte ungefähr fünfzig kampffähige Männer, teils aus Clevsi, teils aus Tarchna, zu seiner Verfügung und unter seinem Kommando. Alle waren sie kampferprobte Soldaten, froh über diese Kampfpause, die es ihnen zum einen erlaubte, bei ihren verletzten oder sterbenden Kameraden zu sein, zum anderen wollten sie aber auch ohne Gewissensbisse die Frauen des eroberten Dorfes genießen.
Tarxne hatte noch nie an einem solchen Ritus teilgenommen, aber er konnte die Enttäuschung aller über seine Weigerung verstehen.
»Du bist ein Trutnot!« hatte ihn Meule angeschrien. »Du hast deine Götter! Was weißt du schon von den Bedürfnissen eines Mannes?«
Er war sich sicher gewesen, daß Meule in diesem Moment ihm in aller Ehrlichkeit eine Vollkommenheit zugestanden hatte, von der er selbst nicht einmal zu träumen wagte. Aber jetzt wurde er von Aranth abgelenkt, der auf ihn zukam.
Aranth hatte nicht einen Augenblick darüber nachgedacht, ob er mit den Truppen ziehen oder bei Tarxne bleiben sollte. Obwohl Meule sogar so weit gegangen war, ihm zu verbieten, die Streitkräfte von Vei zu verlassen, hatte Tarxne ihn plötzlich an seiner Seite vorgefunden, während er die Verwundung von Acilius versorgte. Aber Aranth hatte mit keinem einzigen Wort seine Entscheidung erklärt.
»Acilius geht es besser!« rief er ihm jetzt entgegen. »Es geht ihm viel besser! Er wollte sogar aufstehen, um es dir persönlich zu sagen.«
Tarxne nickte nur, erhob sich und stützte sich dann auf Aranths Schulter. Er brauchte jetzt einen Halt, denn plötzlich fühlte er eine kaum bezwingbare Müdigkeit in sich aufsteigen.
So wenig hatte es gebraucht . . . Es reichte aus, zu wissen, daß Acilius nicht mehr in Gefahr war, dachte er fast beschämt.
»Was du brauchst, ist Schlaf. Drei Tage ohne Schlaf und ohne Essen sind selbst für einen Magier zuviel. Du reibst deine Kräfte für sie auf«, bemerkte Aranth und wies in die Runde, als ob das Dorf ein einziger großer Körper wäre, der gesund gepflegt werden mußte.
»Hatten wir noch weitere Tote?« fragte Tarxne.

»Nein, seit Sonnenaufgang keine mehr. Aber hast du gehört, was ich dir gesagt habe? Ich habe für dich Wein und eine Schüssel mit Puls vorbereitet.
Tarxne folgte ihm erschöpft. Es war heiß, kein Luftzug regte sich. Das Dorf lag zwischen urbar gemachten Feldern, Wildwuchs und der dichten Linie der Wälder. Es war schon jetzt schwierig, eine Bewachung mit nur so wenigen Männern sicherzustellen. Die gefangenen Dorfbewohner wurden gerade in diesem Moment in die Pferche eingeschlossen, wo auch die Tiere untergebracht waren. Die Frauen molken die Kühe, und ein paar Kinder weinten. Hier und da wurden die ersten Feuer angezündet, und eine Mischung von Leid, Schmerz und Ergebenheit lag in der Luft. Tarxne erreichte mit Aranth die Hütte, die der Bruder für ihn vorgesehen hatte. Sie bestand nur aus einem kleinen, gekalkten Raum mit einer Feuerstelle in der Mitte, einigen Strohlagern, einer Bank und einem Tisch, auf dem Aranth schon eine Schüssel Puls und Wein bereitgestellt hatte. Tarxne nahm ein paar Schluck Wein, aber die Grütze rührte er nicht an.
»Ich bin sehr müde«, gestand er, wusch sich Hände und Gesicht in einem irdenen Gefäß, in dem das Wasser wunderbar frisch und kühl war, und streckte sich dann auf einem der Strohlager aus.
»Ich werde Wache halten«, versprach Aranth. »Ich werde mich vor die Tür setzen, und ich schwöre dir, daß ich keinen hier eintreten lasse, bevor du nicht wenigstens eine Nacht geschlafen hast.«
Tarxne schloß die Augen, und Aranth betrachtete ihn zufrieden. Dann ging er nach draußen und schloß die Tür hinter sich, die aus Schilfrohr und verflochtenen Zweigen bestand und den Vorteil hatte, tagsüber das Licht abzuschirmen, aber nach Sonnenuntergang die kühle Abendluft hereinzulassen.

Tarxne versuchte noch eine Weile, seine Müdigkeit zu bezwingen und wach zu bleiben. Er versuchte, seinen Geist zu öffnen und dem zuzuwenden, was die nähere Zukunft bringen würde. Aber statt dessen kamen ihm die Bilder seiner Vergangenheit vor Augen. Bruchstücke, schnell aufeinanderfolgende Bildabläufe, ein Raunen hier und da ... Der windumtoste Tivrit an dem Tag, an dem seine Mutter ihn verlassen hatte; die schöne Anaies im Mondschein auf der Anhöhe in der Nacht von Acale; die vibrierende Energie des weißen Blitzes auf seinen Fingerspitzen; die schattenhaften Tage und Nächte seiner freiwilligen Buße im tiefen Felsen des Tivrit ... Und dann war da der Glanz von Vei und der Kampf mit Urste, das üppige und fröhliche Leben in Clevsi und der verführerische Körper von Cilnia. All die vielen Tage und Nächte, die so schnell im Schoß der Zeit versunken waren. Und seine Frage, immer noch ohne Antwort: Wo war sein Platz im Leben, in welcher Falte der Zeit war er versteckt? Wo konnte er ihn finden?

»Ein König für ein Jahr ist ein zu schwacher Rahmen, um darauf das Netz der Götter zu knüpfen .. Aber das, was geschrieben steht, ist unwandelbar, und jeder Versuch der Menschen, das Gegenteil zu beweisen, ist nur eine Illusion.«

Die Stimme seines Lehrmeisters weckte ihn auf einen Schlag. Für den Bruchteil eines Augenblicks dachte er, Velvur sei hier, ein paar Schritte von seinem Lager entfernt. Er glaubte, Velvurs Schatten gegen den Lichtschein zu sehen, der durch die Tür hereindrang. Es war das rötlich flackernde Licht von Fackeln.

Dann zerrissen Schreie die Stille.

Er sprang von seinem Lager auf und spähte durch die verflochtenen Zweige der Tür. Es war kurz vor Sonnenaufgang, und aus den etwas weiter entfernten Hütten schlugen hohe Flammen in die Morgendämmerung. Mit dem Fuß trat er die Tür auf und sah Aranth zusammengesunken auf der Schwelle liegen, mit dem Gesicht im Staub. Er beugte sich über ihn, drehte ihn um und nahm ihn in die Arme. Blut bedeckte Aranths Gesicht, aber er lebte. Ein Schwertstreich hatte ihn an der Stirn getroffen, aber es war nur eine oberflächliche Verletzung.

»Es hat dein Leben gerettet, Bruder, daß sie glaubten, du seist tot«, murmelte er.

Aranth öffnete die Augen und versuchte, wieder zu sich zu kommen.

»Die Latiner ... Sie haben uns überrannt!« flüsterte er.

»Also haben unsere Männer doch die Riten des Sieges gefeiert!«

Aranth nickte schwach. »Meule hat es befohlen ...«, murmelte er. »Die Frauen sind in diese beiden Hütten dort unten gebracht worden. Ich glaube, es war gar keine richtige Zeremonie.«

»Du hättest mich wecken müssen!«

»Die Männer hätten dir nicht gehorcht. Meule hat ihnen gesagt, sie könnten sich selbst ihren Kommandanten wählen. Entweder du oder er, und sie haben nicht dich gewählt.«

In diesem Moment sprengte eine Gruppe Berittener auf sie zu. Tarxne kauerte sich zusammen und hielt Aranth fest an sich gedrückt, mit dem Gebot, zu schweigen und sich still zu verhalten. Gleich darauf sprangen mindestens zehn Latiner von ihren Pferden und bildeten einen Kreis um sie. Dann näherte sich einer von ihnen mit einer Fackel, um sie besser betrachten zu können.
»Steh auf!« befahl er Tarxne. Er war offensichtlich der Kommandant. Ein kräftiger, untersetzter junger Mann, dessen kurze Tunika mit Blut befleckt war und in dessen Augen eine kalte Wut lag.
»Ich bin Hoherpriester und Heilkundiger«, entgegnete ihm Tarxne, ohne sich zu rühren. »Ich trage keine Waffen.«
»Und du hast höllische Angst zu sterben!« höhnte der Latiner.
»Und du?« fragte Tarxne und erwiderte regungslos den Blick.
Der Kommandant wandte seinen Blick ab, plötzlich von einem unerklärlichen Schrecken ergriffen.
»Steh auf!« wiederholte er und fuhr ihm mit der Spitze seines Schwertes an der Kehle entlang. Eine leichte Blutspur wurde sichtbar.
»Du sprichst unsere Sprache«, stellte der Latiner fest, sobald Tarxne auf den Füßen war.
»Es ist für die Hohenpriester der Rasna üblich, viele Sprachen zu sprechen«, erwiderte Tarxne.
Der Latiner nickte. Er hatte schon viel über die außergewöhnlichen Fähigkeiten der Hohenpriester der Rasna gehört und nicht die geringste Absicht, sich mit einem von ihnen einzulassen. Am wenigsten mit diesem hier.
»Bring ihn zu den anderen Gefangenen«, befahl er einem seiner Männer. »Und auch den anderen, wenn er noch am Leben ist.«
Dann wandte er sich brüsk ab, froh, diese lästige Sache hinter sich gebracht zu haben. Aus dem Haus des ehemaligen Dorfoberhauptes schlugen die Flammen, und man hörte Schreie und Kampfgeräusche.
Tarxne beugte sich hinunter, um Aranth hochzuhelfen, der sich an ihn klammerte und sich nur mühsam auf den Beinen hielt. Ein Latiner band ihnen die Hände auf dem Rücken zusammen und stieß sie in Richtung des Dorfrandes zu einer Senke, die von dichtem Buschwerk umstanden war.
Hier hatten sich schon ein paar andere Gefangene eingefunden, und in

eine Mulde in der Nähe hatten sich die Frauen und Kinder zusammen mit einigen Männern des Dorfes geflüchtet. Eine trübe Morgendämmerung, vom Rauch verschleiert und durchzogen vom Geruch verbrannten Fleisches, lastete über allem

Tarxne entdeckte Acilius und ging auf ihn zu, ohne sich um die Warnrufe der latinischen Wachen zu bekümmern. »Ist alles in Ordnung?« fragte er. Die Wunde an der Schulter blutete nicht mehr, und so wie Aranth gesagt hatte, schien der Latiner sich erholt zu haben.

Acilius nickte düster.

»Sag, daß du mein Diener bist, dann bist du vielleicht schneller frei als wir«, riet ihm Tarxne.

»Frei? Wir können schon froh sein, wenn sie uns ihre Latrinen säubern lassen!«

»He, du!« rief einer der Wachen und richtete drohend die Spitze seiner Lanze auf ihn. »Setz dich hin und verhalte dich ruhig!«

Tarxne kauerte sich wortlos auf den Boden. Als die Sonne aufgegangen war, hatte sich die Zahl der Gefangenen auf zweiunddreißig erhöht. Mehr waren nicht übriggeblieben. Alle Verwundeten, die nicht mehr laufen konnten, einschließlich Meule, waren getötet worden. Und auch der größte Teil der Männer, die den Sieg gefeiert hatten, war überrascht und niedergemacht worden.

Am Abend brannten noch die letzten Reste des Dorfes, und in der Morgendämmerung des nächsten Tages brachen sie nach Norden auf, jeweils zu zweit zusammengebunden und flankiert von den Latinern zu Pferde.

In Pometia hatten sich die aus Ruma eingetroffenen Truppen gesammelt, die sich den Truppen der Rasna entgegenstellen sollten. Auch Marcius war mit mehr als fünfhundert Mann hier, bereit, den Weg nach Norden zu versperren, sollte der Versuch, die Rasna entlang den Bergkämmen tief im Landesinneren zu stoppen, nicht gelingen.

Die Sonne lag brütend über den Schweinepferchen, in denen die gefangenen Rasna eingeschlossen waren. Zwei oder drei der Männer lagen im Sterben. Sie hatten auf ihrem zweitägigen Marsch nichts zu essen bekommen, und seit einem Tag auch kein Wasser mehr. So waren viele schon entlang der Straße gestorben, und die Zahl der Überlebenden hatte sich inzwischen auf zwanzig verringert.

»Warum nur haben sie uns in dieser Nacht nicht getötet, so wie die anderen?« murmelte Aranth. Seine Lippen waren aufgeplatzt, die Wunde auf der Stirn hatte sich entzündet, und er glühte vor Fieber.
Tarxne versuchte, nicht hinzuhören. Am meisten Sorgen machte ihm Acilius, der auf der Seite lag und dessen Atem keuchend ging. Es war schon ein Wunder, daß er so lange durchgehalten hatte.
»Ich habe immer gedacht, du seist ein Magier«, flüsterte der Latiner mit Anstrengung, drehte mühsam den Kopf und schaute ihn über die Schulter an. »Wenn du das wirklich bist, mein Junge, dann bringe uns ein bißchen Regen.«
Tarxne strich ihm über die Stirn, um ihn zu beruhigen, und blieb dann über ihn gebeugt. Das Elend seiner Mitgefangenen zu sehen ließ ihn genauso leiden wie Acilius und Aranth, auch wenn es nicht seine eigenen Schmerzen waren. Diese Qual und die unnötige Grausamkeit der Latiner machte ihn wütend, und langsam begann sein Zorn die Oberhand über seinen Stolz zu gewinnen, der ihn bisher dazu gebracht hatte, sich zu verleugnen.
»Geduld ...«, glaubte er die Stimme Velvurs zu hören. *»Du darfst dich nicht von den Elementen beherrschen lassen, sondern du bist es, der sie beherrschen muß. Dann wirst du mit dem Wind reiten und dem Sturm gebieten ...«*
Er schloß die Augen und sammelte seine Gedanken. Für eine Weile verharrte er so, und plötzlich erfaßte ein Wirbel die Steinchen und den Staub außerhalb des Pferches. Tarxne vergaß seinen Körper, ließ seinen Geist schweifen, der nun eins mit diesem Wirbel wurde, und stieg mit ihm auf, immer höher, bis er den Himmel zu berühren schien. Wolken trieben schnell von Westen her. Schon bald färbte sich der Himmel schwarz, und eine dunkle Wolkenwand schob sich vor die Sonne. Wie ein Arm des Todes breitete sich das Unwetter drohend über der Erde aus, und ein eisiger Wind kam auf.
Als die ersten Regentropfen auf seine Haut fielen, hob Tarxne den Kopf. Die Männer um ihn fingen sie schon in ihren hohlen Händen auf, während die Latiner aufgeschreckt umherrannten, um Pferde und Gerät unterzubringen, und die Einwohner des Ortes versuchten, sich in Sicherheit zu bringen.
Acilius ergriff seinen Arm und zog ihn zu sich hinunter. »Hör auf!« sagte er eindringlich. »Mach nicht weiter. Der Regen reicht uns.«

Tarxne schreckte auf. Er merkte, daß er schweißgebadet war, aufgeladen mit einer Energie, die die Hölle von Charun entfesseln und diesen Ort mitsamt seinen Bewohnern dem Erdboden gleichmachen könnte. Acilius blinzelte, als wolle er eine Vision verscheuchen, und plötzlich sah Tarxne das, was dieser vor sich sah und fürchtete: Den weißen Blitz und seine tödliche Gewalt. Aber auch die Verzweiflung und den Abgrund, der sich aufgetan und ihm die Leichtigkeit und Fröhlichkeit seiner Jugend geraubt hatte.

Auch für Tarxne hatte diese Erinnerung noch nichts von ihrem Schrekken verloren, und er zog sich zurück. Der Regen ließ langsam nach, bis er nur noch ein leichter Sprühregen war. Einige Zeit später, als er ganz aufgehört hatte, betrat eine Gruppe von Latinern den Pferch, dessen Boden nun vom Regen gesättigt war.

Marcius selbst war gekommen, um sich die Gefangenen anzusehen. Vor jedem einzelnen von ihnen blieb er stehen, und sein Adjutant tat sich schwer, die jeweiligen Namen, die ihm in der ihm fremden Sprache genannt wurden, weiterzugeben. Als sie schließlich vor Tarxne stehenblieben, stand dieser sofort auf, und Aranth tat es ihm nach, beide bereit, Acilius zu schützen, der sich nicht erheben konnte. Zudem war Tarxne neugierig, diesen Kommandeur aus Ruma kennenzulernen, der schon in fortgeschrittenem Alter war, hart und verschlossen und scheinbar ohne Schwächen. Doch sobald er ihm in die Augen sah, bemerkte er, wie der Mann unvermittelt von einer starken Gefühlsregung erfaßt wurde. Er spürte förmlich den Geruch der Angst.

Für einen langen Augenblick blieb Marcius wie erstarrt stehen, bleich im Gesicht, und sein Blick wanderte unruhig zwischen Tarxne und Aranth hin und her.

»Was ist los?« rief sein Adjutant besorgt und rüttelte ihn an der Schulter.

»Schatten, Gespenster . . . was weiß ich«, antwortete Marcius düster. »Wer sind diese beiden?«

»Nur ein Hoherpriester und sein Gehilfe.«

»Nur ein Hoherpriester und sein Gehilfe, sagst du? Von wegen! Ich kenne die Rasna . . . Diese beiden hier sind bedeutender, als sie uns glauben machen wollen!«

Für einen Moment, als seine Augen auf die von Tarxne getroffen waren, hatte Marcius plötzlich wieder den Re Supremo auf seinem Totenbett vor sich gesehen, eingehüllt in die weiße Tebenna mit den schwarzen Spiralen, und Ruma, von einem lodernden Feuer umgeben, das nicht wirklich war.

»Du bist ein Magier«, murmelte er. »Sonst könntest du jetzt nicht hier unter uns sein!«

»Ich weiß nicht, wovon du sprichst«, erwiderte ihm Tarxne. »Aber ich weiß, daß die Latiner alles, was sie nicht verstehen, für Magie halten.«

Marcius setzte ihm einen Finger auf die Brust. »Ich werde herausbekommen, wer du bist, und wenn ich dich dafür in Stücke hauen muß. Bringt die beiden weg!« befahl er dann, verwirrt von diesem kleinen Lächeln auf den Lippen Tarxnes, das diesem *anderen* so ähnlich war . . .

»Was fürchtest du?« fragte Tarxne.

Alles, antworteten ihm die Augen von Marcius, bevor er ihm schweigend den Rücken zudrehte.

Dann wurden sie von den Männern der Wache gepackt und weggebracht. Tarxne blieb nicht einmal Zeit, sich zu Acilius hinabzubeugen, aber er fühlte, wie der Freund ihm mit den Blicken folgte, und antwortete ihm in Gedanken.

Sie wurden in die Stadt gebracht und sahen nun, daß Pometia viel größer war, als es von Süden aus erschien. Es fiel auf einem weit ausladenden Hügel gegen Westen in ein Tal ab, das an einigen Stellen von sumpfigen Wassern durchzogen war. Die untergehende Sonne, die nun durch die aufgelockerten Wolken schien, ließ das Wasser in den Tümpeln in flammenden Reflexen aufblitzen.

In der Stadt herrschte ein geschäftiges Treiben, und ständig kamen neue Bewaffnete an, die von den Einwohnern wie ein unvermeidbares Übel oder eine Laune des Wetters hingenommen wurden. Pometia betrachtete sich nicht Ruma zugehörig, aber es konnte sich ihm auch nicht widersetzen. So wurden sie auf ihrem Weg von Scharen von neugierigen Kindern begleitet, die sich diese Gelegenheit nicht entgehen lassen wollten und sie wie eine aufgeregt schnatternde Gänseschar bis zu den Schuppen auf der anderen Seite der Stadt begleiteten, die normalerweise als Speicher für Korn und Hirse dienten. Die Einfriedungen für die Pferde befanden sich ganz in der Nähe, und auch die aus Lehm errichteten notdürftigen Unterkünfte für die Truppen von Marcius, mit ihren Dächern aus Stroh, von denen noch der Regen tropfte.

Die beiden wurden in eine der ersten Hütten gestoßen, die vollkommen leer war. Dort wurden sie grob in die Knie gezwungen, und mit dem Schwert an der Kehle wurden ihnen Hände und Füße auf dem Rücken zusammengebunden.

Sobald die Knoten festgezogen waren, fuhr Tarxnes Bewacher ihm mit der Schwertspitze vom Kinn bis zur Schläfe durchs Gesicht. Ein breiter Blutstreifen wurde sichtbar, und der Latiner beugte sich zu ihm hinunter.

»Wenn du ein Magier bist, dann schau zu, wie du hier wieder herauskommst. Wenn nicht, dann mach dich auf etwas gefaßt. Unser Kommandant Marcius ist für seine mitleidlose Härte bekannt«, zischte er. Dann zogen sich alle zurück, die Tür wurde geschlossen, und in der Hütte breitete sich völlige Dunkelheit aus.

»Tarxne«, rief Aranth, nachdem alles still blieb, und versuchte die Knoten zu lockern, mit dem Resultat, daß sie sich nur noch fester zusammenzogen.

»Immer mit der Ruhe«, antwortete ihm Tarxne, noch betäubt von dem Schwertstreich, und seine eigene Stimme kam ihm fast fremd vor.

»Nur Geduld«, hätte Velvur ihm geraten. *»Nicht immer bedarf es der Augen, um zu sehen, und der Hände, um zu handeln.«* Er seufzte tief auf. Dann ließ er sich mit dem Rücken auf den Boden gleiten und begann, ungeachtet des Schmerzes in den Schultern und Armen, langsam und geschmeidig seine Beine durch die am Rücken gefesselten Arme zu ziehen. Kaum hatte er seine Arme wieder vor sich, begann er mit den Zähnen die Knoten zu prüfen. Sie hatten sich inzwischen so festgezogen, daß er kaum noch seine Finger spürte.

»Perfekt«, murmelte er vor sich hin.

»Was machst du da?« fragte Aranth in die Dunkelheit hinein. Tarxne antwortete ihm nicht. Er hatte damit begonnen, seine Finger und Handgelenke zu bewegen, und sein Geist konzentrierte sich mit einer so übermenschlichen Kraft auf diese Knoten, daß er selbst fast ein Teil der Stricke zu werden begann, die ihn banden. Und langsam, ganz langsam fühlte er, wie er den ersten Finger wieder bewegen konnte und die Knoten sich ein wenig lockerten. Er gönnte sich keine Pause, bis ihm schließlich die Stricke vom Handgelenk rutschten und er wieder Gefühl in die Hände bekam. Dann löste er ohne große Schwierigkeiten die Fußfesseln.

»Komm«, sagte er zu Aranth, nachdem er auch dessen Fesseln gelöst hatte, und der Bruder gehorchte ihm, ohne weitere Fragen zu stellen.

Draußen hatte sich inzwischen ein starker Wind erhoben, der knisternd durch das Strohdach der Hütte fuhr.

»Die Götter helfen uns«, murmelte Aranth und versuchte vorsichtig durch einen Ritz in der Tür zu spähen.

Er wußte, daß um die Einfriedung für die Pferde und um ganz Pometia herum Wachen aufgestellt waren, aber ihre Hütte schien unbewacht zu sein.

»Vielleicht sind wir nicht so wichtig für sie«, meinte Aranth. »Oder vielleicht bewachen sie diese Hütte nicht besonders, weil sie sich sicher sind, daß wir uns nicht befreien können.«

»Vielleicht«, antwortete Tarxne lakonisch.

Die Tür war von außen mit einem schweren Riegel verschlossen. Aber die gegenüberliegende Wand, die nach Norden ging, war vom Regen durchweicht. Tarxne hatte sie schon abgetastet. Es würde nur wenig brauchen, um sie zum Einsturz zu bringen, wenn der Wind noch mehr auffrischen und die Geräusche überdecken würde.

»Geduld...«

Etwas später in der Nacht wurde der Wind so stark, daß sie es wagen konnten, die Mauer zu durchbrechen. Eilig entfernten sie das Schilfgeflecht und vergrößerten noch ein wenig das Loch. Dann stiegen sie hindurch und rannten schon einen Augenblick später auf die Einfriedung für die Pferde zu.

Alles war in tiefe Dunkelheit getaucht, und der Wind tobte, daß es ihnen fast den Atem nahm. In diesem Moment hörte Tarxne die Stimmen von Männern, die sich ihnen näherten. Er blieb stehen.

Vielleicht waren sie zu einer der Unterkünfte unterwegs. In dem Dreifuß vor der Einfriedung brannte kein Feuer, und Aranth war schon über die Einzäunung geklettert. Mit der ihm eigenen Geschicklichkeit im Umgang mit Pferden bewegte er sich zwischen den Tieren.

Tarxne stieß vorsichtig das Gatter auf. In diesem Moment wurde die Dunkelheit von mehreren Fackeln erhellt. Aranth hatte schon einem der Pferde den Zaum angelegt und war gerade dabei, es nach draußen zu führen, da brüllte eine der Wachen etwas, um die anderen zu warnen. Tarxne sah den Mann im Fackelschein, rannte auf ihn zu, packte ihn

und drückte ihm die Luft ab. Aber da tauchte ein zweiter Latiner mit gezogenem Schwert auf.
Aranth ließ die Zügel los, warf sich dazwischen, und der Schwerthieb, der Tarxne zugedacht war, traf ihn an der Seite. Er schrie auf, und im nächsten Augenblick stieß Tarxne das Schwert, das er dem ersten Wachsoldaten abgenommen hatte, bis zum Heft in die Brust des Mannes. Der Mann fiel wie ein Stein, und bei seinem Anblick warf der dritte Wachsoldat die Fackel weg, die erlosch, und ergriff die Flucht. Seine Warnschreie vermischten sich in der Dunkelheit mit dem nervösen Wiehern der Pferde. Tarxne ergriff das schon aufgezäumte Pferd an den Zügeln, hob Aranth auf seinen Rücken und stieg dann selbst auf. Dann ritt er unter dem Schutz der anderen Pferde, die nun aufgeschreckt durch das offene Gatter nach draußen drängten, an den Wachposten und den Hütte vorbei den Hügel hinunter.
Anfangs ließ er das Tier seinem Instinkt folgen und zwischen den anderen Pferden bleiben, gleichgültig den aufgeregten Rufen der Latiner gegenüber, die versuchten, sie aufzuhalten. Es war die Verletzung Aranths und sein bedenklicher Zustand, die ihm das Herz schwer machten und große Sorge bereiteten. Dazu kam seine eigene Erschöpfung.
»Ein Trutnot darf sich nie ganz geben ... Es gibt eine Grenze, die er nicht überschreiten darf, eine Grenze, die die Götter ihm auferlegt haben, damit er nicht übermütig wird. Denk daran, Tarxne! Denn hinter dieser Grenze gibt es keine Macht mehr, keine Erkenntnis, keine Magie ... Nichts mehr. Nicht einmal mehr die kleine Wirklichkeit der Menschen ohne die Macht der Magie.«
Klar und deutlich kam ihm die Stimme Velvurs in den Sinn, während er Aranth an sich preßte und versuchte, seine Agonie aufzuhalten, die auch noch seine letzten Kräfte aufzuzehren schien.
Als die Herde bei den sumpfigen Tümpeln im Tal angekommen war, hielt sie an, und die Tiere begannen sich zu verteilen. Tarxne zog wieder die Zügel seines Pferdes an und lenkte es nun in die Richtung, die er einschlagen wollte. Das Pferd war robust und trug leicht ihrer beider Gewicht. Weniger leicht war es, das Tier dazu zu bringen, die Gegend zu verlassen, die es kannte. Tarxne mußte ihm fest seine Knie in die Weichen drücken, damit es sich vom Sumpf weg in Richtung Osten wendete. Dann ließ er es in einen leichten Trott verfallen, um Aranth die harten Stöße des Galopps zu ersparen.

Die Straße zog sich zuerst noch durch sumpfiges Gelände und Wälder hin und knickte dann in Richtung Meer ab. Es hatte wieder zu regnen angefangen, und Tarxne entschied sich schließlich, das Risiko einzugehen und in einer kleinen Schlucht, die von Lorbeerbäumen und Steineichen umstanden war, haltzumachen. Der Boden unter dem dichten Blätterdach war hier fast trocken. Er band das Pferd fest, bettete Aranth sorgfältig auf den Boden und betrachtete ihn dann im Schein der Flamme, die er in der Art der Trutnot in der hohlen Hand entzündet hatte.

Aranth war jetzt schon lange ohne Bewußtsein. Seine kurze Tunika war auf der rechten Seite, wo ihn der Schwerthieb getroffen hatte, blutdurchtränkt, und sein Atem ging flach und schnell. Sein Gesicht war bleich wie der Tod, und seine Haut fühlte sich kalt an.

Tarxne konnte nichts anderes tun, als zu versuchen, das Blut mit der Tonerde und den Kräutern zu stillen, die er vorfand, und einen provisorischen Verband mit dem Rest seiner eigenen Tunika anzulegen. Dann hob er Aranth wieder aufs Pferd und setzte seinen Weg fort.

Es war schon kurz vor Sonnenaufgang, als er das Rauschen des Meeres hörte und die ersten Häuser von Astura erkannte. In dem kleinen Hafen angekommen, sah er in der Morgendämmerung die Reihe der Fischerboote, die wegen des schlechten Wetters nicht ausgelaufen waren.

Noch bevor die Sonne aufgegangen war, hatte er ein Boot losgemacht, das Pferd dafür zurückgelassen und segelte, das quadratische Segel immer hart am Wind, an der Küste entlang gegen Norden.

Aranth, in ein Stück Segeltuch gehüllt, bewegte sich schwach, aber seine Bewußtlosigkeit hatte sich in einen tiefen Schlaf verwandelt.

Thanaquil fuhr, von einem Traum erschreckt, aus dem Schlaf hoch und setzte sich im Bett auf. Für einen langen Augenblick wußte sie nicht, wo sie sich befand. Vor ihren Augen sah sie noch immer die Urgewalt des Windes vor sich, der den Staub in Spiralen aufwirbelte, Blitz und Donner und den Schrei der Erde, der an der Schwelle erstarb, auf der sich ein unendliches Tor zur Nacht geöffnet hatte. Dahinter glomm dunkel ein magisches Feuer, dessen Flammen ihr entgegenzüngelten, sie einhüllten und ihr entgegenriefen: »Der König!«

Hinter einem Schleier von Tränen erkannte Thanaquil schließlich die vertrauten Umrisse ihres Gemaches wieder und das Profil von Ma-

starna, der an die Tür gelehnt stand, die zu einem kleinen, ligusterumstandenen Hof führte. Die drückende Schwüle der Sommernacht wurde nun von einem Wind aufgefrischt, der Regen versprach.
Thanaquil schlüpfte aus dem Bett, ging zu ihm hinüber, und Mastarna drehte sich nach ihr um. Der Wind zerzauste seine Haare, die die Jahre zwar grau gefärbt hatten, die aber immer noch dicht und üppig waren.
»Ich hatte einen Traum«, murmelte sie und lehnte sich an seine Schulter.
Mastarna zog sie an sich und hielt sie ganz fest. So in seinen Armen, im freundlichen Schutz des kleinen Innenhofes, schien es Thanaquil, als wäre die Zeit für sie stehengeblieben. Sie waren immer noch so verliebt wie am ersten Tag und fühlten sich noch genauso jung und glücklich.
»Willst du mir davon erzählen?« fragte Mastarna. Er wußte, wie bedeutungsvoll die Träume seiner Königin geworden waren, seit die Götter ihr seherische Kräfte verliehen hatten, und wie nützlich sie ihm in all diesen Jahren seiner Herrschaft in Ruma als König Servius gewesen waren. Aber Thanaquil schüttelte den Kopf und verbarg ihr Gesicht an seiner Brust.
»Nein«, antwortete sie leise.
Mastarna versuchte sie zu beruhigen. Irgendwo im Süden, wo sich seine Truppen unter dem Kommando von Marcius den Streitkräften der Rasna entgegenstellten, mußte es ein Unwetter gegeben haben.
»Der König«, flüsterte es im Wetterleuchten, das die Schwelle des Gemaches in ein unwirkliches Licht tauchte. *»Der König«*, kam das Echo vom Wind, der sich in den Verzierungen der Dachgiebel verfing und in die Ligusterbüsche fuhr.
Aber Mastarna hatte das Gefühl, daß mit diesem König, der sich da ankündigte, nicht er gemeint war.

16.

Tarxne zog das Segel erst im letzten Moment ein und erreichte mit Schwung einen der letzten freien Plätze an den Anlegestegen, die sich von der steinernen Mole von Pyrgi aus ins Meer erstreckten. Das kleine Fischerboot legte unter heftigem Wind neben einer Holkas an, die einige Sklaven unter dem wachsamen Blick ihres Kommandanten entluden. Das Schiff trug die karthagischen Hoheitszeichen und war mit kostbaren Stoffen und schweren Truhen beladen. Im strahlenden Sonnenlicht stapelte sich nun die ganze Pracht neben den Bergen von Waren, die für andere Holkades bestimmt waren. Und zwischen diesem geschäftigen Hin und Her der Sklaven flanierte eine bunte, laute Menschenmenge auf der Mole, die die letzten Neuigkeiten miteinander austauschte, sich mit Freunden traf oder einfach nur den schönen Tag genoß.

Für einen Moment fühlte sich Tarxne von diesem für ihn so unbekannten, fröhlichen Treiben angezogen, und er verspürte ein großes Bedürfnis nach all dem, auf das er jetzt schon so lange hatte verzichten müssen: Wasser, Essen, ein Bad und viel Ruhe.

Er beugte sich über Aranth. Der Bruder hatte einige klare Momente gehabt und lange Zeiten der Schläfrigkeit und Ermattung, aber seit Sonnenaufgang war er in einen tiefen Schlaf gefallen, sein Atem ging ruhiger, und er hatte kein Fieber mehr.

Tarxne strich ihm über die Stirn. Sie fühlte sich trocken und kühl an, die Haare waren zwar salzverkrustet, aber das Segeltuch hatte seinen Körper geschützt. Als er sich wieder erhob, bemerkte er den Kommandanten der Holkas, der an die Reling seines Schiffes gelehnt dastand und ihn beobachtete. »Bist du ein Fischer?« fragte ihn der Mann, der für seine Zunge erstaunlich gut die nicht sehr einfache Sprache der Rasna sprach.

»Sehe ich vielleicht so aus?« erwiderte ihm Tarxne. Daß er nur ein zerrissenes Hüfttuch trug, nachdem er den letzten Fetzen seiner Tunika dafür gebraucht hatte, Aranths Wunde zu verbinden, gab ihm nicht das Gefühl, nun weniger wert zu sein als im Gewand des Trutnot.
Der Kommandant lächelte. Er hatte ein markantes Gesicht, dessen sonnenverbrannte Haut wie Leder aussah. Seine langen dunklen Haare waren mit einem Mittelscheitel geteilt und an den Seiten fest zusammengerollt. Er trug eine dunkle Tunika, die in der Mitte mit einem Metallgürtel gehalten wurde, in dem sein Messer steckte, und an den Händen trug er Ringe: Ein reicher Kommandant auf einem ebenso reichen Schiff.
»Nein«, gestand er nun. »Wer auch immer du sein magst, ein Fischer bist du nicht, und auch kein geflohener Sklave. Brauchst du Hilfe?«
Die Augen des Kommandanten schauten ihn nun freundlicher an, obwohl sie nichts von ihrer Unerbittlichkeit verloren hatten.
»Ich sehe, daß dein schönes Schiff voller Ware ist«, erwiderte ihm Tarxne. »Sicher ist auch etwas zum Anziehen dabei, das du mir verkaufen könntest.«
Er hatte inzwischen das Boot am Anlegesteg vertäut und schon eine Locanda entdeckt, wo er Aranth vorerst unterbringen konnte. Sie war ganz in der Nähe, und zumindest von hier aus gesehen schien sie die beste von denen zu sein, die entlang der Mole, direkt neben den Lagerhäusern, Kost und Logis anboten.
»Ich bin der Kommandant Tamis«, antwortete der Mann. »Natürlich kann ich dich mit Kleidung versorgen. Aber wie willst du sie bezahlen?«
»Mit meiner Arbeit als Heilkundiger. Dein Schiff ist erst vor kurzem angekommen, und sicher hast du jemanden wie mich nötig, nach einer so langen Reise.«
»Woher willst du wissen, daß unsere Reise lang gewesen ist?«
»Stimmt es etwa nicht?«
»Doch, du hast recht«, gab der Mann zu. »Wir kommen aus Tharros. Du kannst heute abend auf das Schiff kommen und mit mir essen. Ich werde dein erster Patient sein, meine Augen machen mir zu schaffen. Was willst du dafür haben?«
»Zwei Tuniken und zwei Mäntel, und eine Trage für meinen Gefährten, um ihn in diese Locanda dort drüben zu bringen.«

»Hat er eine ansteckende Krankheit, über die wir besorgt sein müßten?«
»Nein. Er hatte nur einen Unfall.«
Tamis wandte sich jetzt nach jemandem um, der ein paar Schritte hinter ihm stand und den Tarxne von dem niedrigen Fischerboot aus nicht sehen konnte. Es war ein feister Mann, mit fahler Haut und unzähligen Runzeln im Gesicht, die sich um die Augen herum noch verstärkten. Aber sein Blick war so hart wie der des Kommandanten, und ein Feuer brannte in ihm, das gleichermaßen von Leidenschaft und Haß genährt zu sein schien. Er trug eine lange, prächtige Tunika und darüber einen leichten Umhang, der von einer goldenen Fibel geschlossen wurde. Eng um den Hals trug er einen schweren Türkis, von dem zwei Bernsteine, so groß wie Trauben, herabhingen.
»Gut, gib ihm alles, was er braucht«, sagte er leise. »Aber schau zu, daß er heute abend auch hier erscheint!«
Der Kommandant begab sich wieder an die Reling zurück. »Ich werde dir alles schicken, was du brauchst. Und dazu noch zwei Männer, die deinen Gefährten in die Locanda tragen. Aber woher soll ich wissen, daß du dein Wort auch hältst? Kannst du mir einen von deinen Göttern als Zeugen dafür aufrufen?«
»Hab keine Sorge. Ich halte meine Verpflichtungen immer ein, Kommandant Tamis. Aber wenn dir mein Wort alleine nicht genügt, dann rufe ich die Göttin Athrpa zu meiner Zeugin auf.«
»Die Schicksalsgöttin? Das meinst du doch nicht ernst?« rief Tamis erschrocken, zog sich leicht zurück und warf einen Blick auf den anderen, der jetzt direkt hinter ihn getreten war.
»Kennst du etwa diesen jungen Mann, mein Herr?« murmelte er, erstaunt über die Veränderung, die in dessen Gesicht vor sich gegangen war.
Seit langer Zeit war er schon der Kommandant der größten Holkas von Vul, dem Händler, einem Rasna, der behauptete, ein Königssohn zu sein, und der sein Glück als Lustknabe in Karthago gemacht hatte. Aber noch nie hatte er seinen Herrn so entsetzt und fassungslos gesehen.
»Ich habe ihn vor vielen Jahren gekannt«, murmelte Vul. »Er war damals genauso jung ... und ich noch ein Kind.«
»Wenn es so ist, wie du sagst, dann müßte er jetzt um einiges älter sein als du.«

Das Gesicht des Mannes verfinsterte sich. »Er hat die Göttin Athrpa angerufen ... Natürlich, wen auch sonst?« murmelte er vor sich hin. »Welche Bestätigung brauche ich sonst noch, auch wenn ich kaum meinen Augen traue? Du weißt es nicht, Tamis, aber wir müssen sehr vorsichtig sein. Er ist ein Magier!«
Tamis lächelte zufrieden. Die Sache fing an, ihm Spaß zu machen, denn sie schien mehr als nur eine Laune oder eine alte Fehde seines Herrn zu sein.
»Es gibt keinen Magier, den Karthago nicht beherrschen könnte«, beruhigte er ihn stolz. »Wir werden auch diesen jungen Mann unter unsere Kräfte zwingen.«
Tarxne hatte sich inzwischen wieder um Aranth gekümmert. Die ihm von Tamis versprochenen Männer erschienen fast sofort. Zwei von ihnen mit einer schilfgeflochtenen Trage und der dritte mit den Tuniken und Mänteln, um die er gebeten hatte. Der Kommandant war nicht geizig gewesen. Die Mäntel waren prachtvoll und die Qualität der Stoffe ausgezeichnet. Tarxne zog die schwarze Tunika über und nahm die Kleidung für Aranth an sich, bevor er den Männern folgte, die ihn auf die Trage gebettet hatten und ihm nun zur Locanda vorangingen. Viele neugierige Blicke folgten ihnen aus der Menge, die zur Seite wich, um ihnen Platz zu machen. Aber Tarxne war viel zu müde um etwas von den Bemerkungen und dem Gemurmel um ihn herum mitzubekommen. Er kümmerte sich nicht darum.
Der Wirt blickte ihnen von der Türschwelle aus entgegen, während eine Magd hinter seinem Rücken die Tische säuberte, die die letzten Gäste gerade verlassen hatten.
»Hast du ein Zimmer frei?« fragte ihn Tarxne.
Der Mann betrachtete ihn mit einem abschätzenden Blick.
»Wenn dein Freund keine ansteckende Krankheit hat, dann hab ich eins frei«, antwortete er.
»Er hat keine ansteckende Krankheit, er hatte nur einen Unfall. Er braucht Ruhe.«
»Dann folge mir. Ich sehe, daß du mit den Dienern des Kommandanten Tamis gekommen bist, und nehme an, daß er für dich bürgt.«
»So ist es.«
Der Wirt nickte beruhigt und ging ihnen dann auf der schmalen Stiege voraus in den kleinen Schlafraum, der direkt unterm Dach lag. Eine Fen-

steröffnung ging zum Hafen hin, von hier konnte man das bunte Treiben auf der Mole beobachten. Ein paar Wasserverkäufer waren unterwegs, und gerade kam eine Prozession von Haruspizen vorbei, mit ihren rituellen Glöckchen auf den gebogenen Stäben, die sich in Richtung des Tempels der Göttin Uni durch die Menge schlängelte, von dem sich das Profil der farbigen Giebelfront gegen den Himmel abzeichnete.
Die Männer legten Aranth vorsichtig auf das Strohlager und verschwanden dann wieder wortlos mit der Trage.
Tarxne bestellte Wasser, Wein und ein Fladenbrot mit Oliven. Er aß von allem nur wenig, um seinen Magen wieder daran zu gewöhnen, Nahrung aufzunehmen. Dann widmete er sich wieder Aranth, dessen ruhiger Schlaf ein gutes Zeichen war.
Unter dem provisorischen Verband und der Packung Tonerde war die Wunde sauber. Das Fleisch darum herum hatte sich nicht entzündet und begann schon zu heilen. Tarxne wusch die Wunde noch einmal aus und bedeckte sie dann mit einem leichten Leinentuch.
Dann ließ er sich Schreibzeug bringen und verfaßte eine Nachricht an die Herrin des Tempels der Göttin Uni, um sie darüber zu informieren, daß der junge Fürst und Erbe von Vei, seit seiner Geburt der Göttin geweiht, verletzt, aber auf dem Wege der Besserung in dieser Locanda untergebracht war. Somit war es ihre Aufgabe, den Hohenpriester Asnai zu benachrichtigen und in der Zwischenzeit über die Genesung des Fürsten zu wachen.
Er schickte einen der Söhne des Wirtes, um die Nachricht zu überbringen, mit dem Versprechen einer großzügigen Spende für die Göttin und ihre Priesterinnen und der Verpflichtung, ihnen von nun an ihrer beider Samen zu schenken.
Dann gönnte er sich ein entspannendes Bad in der natürlichen Quelle, die der Wirt zu diesem Zweck in einem der zum Teil halb unterirdischen Räume der Locanda hatte fassen lassen. Die Sonne neigte sich inzwischen schon dem Untergang zu. Die Geschäftigkeit im Hafen erstarb langsam, die Lagerhäuser wurden geschlossen und die Sklaven wieder in ihren Unterkünften eingeschlossen. Von der Locanda drang der Geruch von Fisch, der in Feigenblättern eingewickelt zwischen den heißen Steinen der Feuerstelle garte, und das süße Aroma der Soße, die mit zerstoßenen Lilien, wildem Fenchel und Honig zubereitet wurde, zu ihm.

Als Tarxne wieder zu Aranth zurückkehrte, fand er ihn wach vor. Er hatte sich auf dem Bett aufgerichtet, starrte zur Fensteröffnung hin und versuchte zu begreifen, wo er sich befand.
»Keine Angst«, beruhigte ihn Tarxne. »Du bist in Sicherheit und gerettet. Wir sind in Pyrgi.«
»In Pyrgi! Ich habe immer gedacht ..., vielleicht einmal eine Wallfahrt hierher zu machen, um die Göttin zu ehren, der ich geweiht bin!« murmelte Aranth und ließ sich erleichtert und beruhigt wieder auf sein Strohlager sinken.
»Keine Sorge, das kannst du immer noch tun.«
»Du hast mir das Leben gerettet«, stellte Aranth fest und erinnerte sich plötzlich wieder an das, was passiert war.
»Dieser Schwertstreich war für mich bestimmt, Aranth. Und deswegen warst *du* es, der *mein* Leben gerettet hat«, erwiderte ihm Tarxne.
»Vielleicht haben die Götter für dich etwas anderes vorgesehen, als dich in diesem Pferch sterben zu lassen, glaubst du nicht?« Aranths Stimme war noch matt, und nach den letzten Worten überfiel ihn ein heftiger Hustenanfall.
»Sei still jetzt. Du darfst nicht reden, du bist noch zu schwach. Der Wirt wird dir Fisch und Wein bringen. Iß soviel davon, wie du willst, und dann schlafe wieder«, befahl ihm Tarxne.
»Wieso? Und wo wirst du sein?« fragte Aranth überrascht.
»Auf einer karthagischen Holkas, die an der Mole festgemacht hat. Ich habe mein Wort gegeben, meine Heilkunst im Tausch für das zu geben, was wir am Leib tragen.«
»Da hast du dich ja teuer verkauft!«
»Unterschätze nicht, was wir dafür bekommen haben. Alles, was wir besaßen, war dieses Boot, das wir uns einfach genommen haben, und der Kommandant der Holkas hatte nicht den geringsten Grund, mir behilflich zu sein. Jedenfalls habe ich der Herrin des Tempels der Göttin Uni eine Nachricht geschickt. Durch sie wird Asnai erfahren, daß du hier bist.«
»Hast du jemandem ... von diesem Massaker erzählt?«
»Nein, das würde uns hier nichts nutzen.«
Aranth schwieg einen Augenblick. Der Sonnenuntergang hatte die Mole in ein scharlachrotes, fast violettes Licht getaucht, das bis zu ihnen in den Raum drang und sie fast blendete.

»Mir wäre es lieber, du gingst nicht zu dieser Holkas«, murmelte er schließlich.
Tarxne schirmte die Fensteröffnung mit der geflochtenen Matte ab, die darüber angebracht war und die er nur herunterzuziehen brauchte. Jetzt lag der Raum in einem angenehmen Dämmerlicht.
»Ich habe die Göttin Athrpa zu meiner Zeugin aufgerufen. Meinst du wirklich, ich könnte es mir erlauben, nicht dorthin zu gehen?« erwiderte er.
»Nein, natürlich nicht«, murmelte Aranth und drehte sich, schon wieder vom Schlaf übermannt, auf die Seite.
Tarxne verließ leise den Raum. Vor der Tür erwartete ihn der Wirt, der ihn inzwischen ehrerbietig behandelte. Mit einer leichten Verbeugung versprach er, persönlich über den Schlaf seines Gastes zu wachen.
Vor dem Steg, der zu der karthagischen Holkas führte, erwartete ihn ein Diener, um ihn an Bord zu bringen. Auf der Mole war jetzt alles ruhig, sie lag verlassen da, und das Blutrot des Himmels begann sich in dunkelviolette und karmesinrote Streifen aufzulösen. Die Stadtwachen zündeten die Feuer in den Dreifüßen an, und die Wellen, die an die Mole schlugen, übertönten die wenigen Geräusche. Die Luft war feucht und drückend geworden. Der Raum des Kommandanten und ein daran angrenzender waren die einzigen Kabinen, die es auf der Holkas gab, wie bei den meisten Handelsschiffen, bei denen der Schiffsbauch dazu diente, so viel Ware wie möglich zu stauen. Nur eine kleine Unterkunft im Heck des Schiffes war für die Seeleute und Sklaven vorgesehen.
Der Diener führte ihn schweigend zu Tamis und blieb dann stehen, in Erwartung der Order, das Abendessen zu servieren. Der Karthager erhob sich erfreut.
»Du hast dein Wort gehalten«, begrüßte er Tarxne.
»Habe ich dir etwa Grund gegeben, daran zu zweifeln?«
Tamis schüttelte den Kopf. Er trug eine prachtvolle Tunika, mit der er selbst an den Höfen der Rasna, wo manche Gewänder wahre Kleinodien waren, Aufsehen erregt hätte. Im Glanz der zahlreichen Lampen, die den Tisch beleuchteten, glänzte sein Gewand bernsteinfarben, mit einem golddurchwirkten Gürtel gehalten, in dem jedoch nach wie vor das Messer steckte. Verglichen mit ihm hätte Tarxne geradezu armselig ausgesehen in seiner kurzen, schwarzen Tunika ohne jedes Symbol, wäre da nicht seine königliche Gestalt und Ausstrahlung gewesen.

Aus einem Feuerbecken in der Ecke stieg der starke Duft von Ingredienzen auf, unter denen sich, kaum spürbar, auch griechisches Opium befand.
Mit einer fast schroffen Geste ergriff Tarxne eine der Lampen und näherte sie dem Gesicht des Kommandanten.
»Du sagtest, deine Augen machen dir zu schaffen?« fragte er in einem herrischen Ton, hinter dem er Tamis etwas von dem Ausmaß seiner Macht spüren ließ. Seine Instrumente fehlten ihm, aber auch so erkannte Tarxne den Schleier, der langsam das rechte Auge zu überziehen begann, und in geringerem Maße auch das linke.
»Du bist ein Mann, der die Wahrheit liebt, nehme ich an, Kommandant Tamis«, fuhr er fort und zog sich wieder zurück.
»Ich bin ein Mann, der viele Dinge liebt, kostbare Dinge ... wie dich, zum Beispiel. Aber ich mag keine unangenehmen Wahrheiten.«
»Eine davon kann ich dir nicht ersparen. Du wirst blind werden.«
Tamis fuhr leicht zusammen und betrachtete ihn dann schweigend, von seiner unerwarteten Härte überrascht. Sie erregte ihn und milderte die Grausamkeit dessen, was er gehört hatte.
Dann forderte er Tarxne mit einer einladenden Bewegung auf, sich zu setzen. Der Raum war mit weichen Teppichen und Kissen ausgestattet, aber Tarxne wählte einen niedrigen Schemel, auf den er sich mit gekreuzten Beinen niederließ.
»Wann?« fragte der Kommandant und sank in die Kissen.
»Ein Jahr vielleicht noch, oder zwei, wenn die Götter dir gnädig sind. Aber es wird keine plötzliche Blindheit sein. Die Dinge werden dir mit der Zeit immer verschwommener erscheinen. Schon jetzt kannst du auf eine bestimmte Entfernung und abhängig vom Licht nur noch unklar sehen, und deine Weigerung, das anzuerkennen, hat dir auf deinen letzten Reisen einigen Ärger gemacht. Irgendwann wird der Moment kommen, wo du nicht mehr der Kommandant dieses Schiffes sein kannst.«
»Bist du immer so gnadenlos mit deinen Patienten?« fragte Tamis.
»Nein, aber eine mitleidige Lüge hätte dir nichts genutzt, wenn du jetzt schon griechisches Opium brauchst, um dir deine Abende erträglicher zu machen.«
»Um mir meine Abende erträglicher zu machen?« Tamis nahm lächelnd einen Schluck Wein und lud auch Tarxne zum Trinken ein. »Ehrlich

gesagt, das griechische Opium war für dich gedacht. Es hätte mir gefallen, dich zu erobern. Aber jetzt weiß ich, daß es ein Fehler war zu glauben, der Rauch würde dich meinen Wünschen zugänglicher machen. Eines allerdings solltest du wissen: Ich bin hartnäckig, und ich bekomme immer, was ich will.«

»Ich habe dir meine Dienste als Heilkundiger zur Verfügung gestellt, und die Göttin Athrpa, die ich dafür als Zeugin aufgerufen hatte, hat unseren Bund wieder gelöst«, erwiderte Tarxne. »Und was deine Wünsche anbetrifft . . . Ich habe keinen Hang zur griechischen Art der Liebe, und ich ändere meinen Geschmack niemals ohne zwingende Gründe.«

»Wenn du damit sagen willst, daß du es nie ausprobiert hast, dann macht mich das nur noch neugieriger auf dich!« Tamis lachte amüsiert auf. Aber sofort beeilte er sich hinzuzufügen: »Verzeih mir, du kannst mich nicht dafür tadeln, daß ich es versucht habe. Du bist trotzdem mein Gast. Ich beabsichtige nicht, auf deine Gesellschaft bei diesem Abendessen zu verzichten, das ich dir versprochen habe. Warst du schon einmal in Karthago?«

»Nein.«

»Das ist sehr schade. Karthago ist eine Stadt, die du unbedingt kennenlernen solltest. Was hältst du davon, an Bord zu bleiben? Wir werden morgen die Anker lichten, mit einer Ladung Eisen aus euren Metallbergen. Du kannst dir nicht vorstellen, wie sehr die großen Handelsflotten der Karthager und der Rasna den Griechen auf dem Mar Grande zu schaffen machen!«

»Ich danke dir. Aber ich liebe das Meer nicht, und Karthago ist nicht mein Ort.«

»Bist du sicher, daß du genau weißt, wo dein Ort ist?«

Tarxne antwortete nicht. In dem noch halbgefüllten Pokal vor sich sah er plötzlich die zierliche Figur eines Mädchens, das seinen nackten, perfekten Körper in anmutigen Bewegungen darbot. Er lächelte vor sich hin und tauchte seinen Finger in den Wein, um die Erscheinung wieder zum Verschwinden zu bringen. Das Opium, das im Feuerbecken verbrannte, war vielleicht doch stärker, als er im ersten Moment geglaubt hatte.

Der Diener hatte inzwischen Fleisch und Fisch gebracht, und Soßen aus Stachelbeeren und wildem Fenchel. Tamis begann, über die Stärke Karthagos zu plaudern, seine unschlagbare Flotte, die blühenden Kolonien entlang den Küsten des Mar Grande und die schöne Stadt Tharros, deren Mauern honigfarben schimmerten. Dort würde sein Schiff auf der langen Fahrt zum erstenmal anlegen, und dort befand sich der Hof des Statthalters Melcart, der den Ruf hatte, der Reichste von allen zu sein.

In Tharros lebte auch der Patron dieser Holkas und vieler anderer ihrer Art. Ein reicher Händler, ein Rasna, der viel Einfluß hatte in gewissen Kreisen in Karthago und der, jedenfalls sagte man das von ihm, dem Thron von Tarchna sehr nahestand.

Während Tamis redete, bemerkte Tarxne, daß er dabei war, die schmale Schwelle zwischen Bewußtsein und Traum zu überschreiten, und gleichzeitig erkannte er, daß das, was er im Wein vermutet hatte, den Soßen untergemischt war, die er voreilig als sicher angesehen hatte.

Er drehte den Kopf und versuchte, diese Schwere von sich abzuschütteln, die ihm fast den Atem und die Sicht nahm, und sah verschwommen, daß ein zweiter Mann den Raum betreten hatte. Inzwischen war er so benommen, daß er ihn noch nicht einmal hatte hereinkommen hören. Der Mann war feist, und seine Tunika, noch prächtiger als die des Kommandanten, erschien ihm wie ein einziges Glimmern im flakkernden Schein des Lichtes.

Tarxne wunderte sich, daß er den Flammen nicht mehr gebieten konnte, und ihm wurde angst, als er bemerkte, daß es ihn unmöglich war, die Gesichtszüge des Mannes zu erkennen. Das einzige, was er noch wahrnahm, war seine ungezügelte Wut, die Woge seines Hasses und den starken, süßlichen Duft von Sandelholz und Jasmin, den er verströmte. Er fühlte Übelkeit in sich aufsteigen und er konnte sich nicht mehr bewegen.

»Bist du wirklich sicher, daß er es ist, Herr?« hörte er Tamis zweifelnd fragen.

Die Antwort des Mannes ging im Rauch unter. Das letzte, was Tarxne noch gewahrte, war sein Bewußtsein als Trutnot, alles andere ging in Visionen unter, hinter denen nur noch tiefes Dunkel herrschte.

Die Träume hatten sich verflüchtigt, aber er war noch immer unfähig, sich zu bewegen und die Gedanken, die ihm durch den Kopf gingen, zu

Ende zu denken. Alles schien nur aus Fragmenten zu bestehen, Bruchteilen von Bildern und Empfindungen, die er nicht zu einem Ganzen zusammenfügen konnte.

»Ein Trutnot sollte sich nie ganz geben... Es gibt eine Grenze, die er nicht überschreiten sollte... Dahinter gibt es keine Macht mehr, keine seherische Kraft und keine Magie. Nichts mehr. Noch nicht einmal mehr die kleine Wirklichkeit der Menschen ohne magische Kräfte...«

War es das, was mit ihm gerade geschah? Aber warum und wieso, und vor allem *wer* hatte ihn in diesen Zustand versetzt?

Er war völlig blind, und er wußte nicht einmal, ob das an seinen Augen lag oder ob er einem Zwang unterworfen war, gegen den er sich nicht wehren konnte. Außerdem hatte er jegliches Zeitgefühl verloren. Es konnten Stunden oder Tage vergangen sein, Monate, denn die Zeit hatte sich für ihn in etwas Unwägbares verwandelt, etwas Bizarres, das mit der Wirklichkeit nichts mehr zu tun hatte und nur noch seinen Träumen angehörte.

Trotzdem spürte er, daß irgend etwas in seinem Inneren ihn rief. Tarxne versuchte, seine Panik zu unterdrücken und sich diesem einzigen, ruhenden Punkt zuzuwenden, der tief in ihm pulsierte. Er war wie ein hohles Gefäß, ein Brunnen ohne Grund, eine Tiefe, in die er sich stürzen konnte, und sich darin verlieren, ohne jemals wieder den Mut zu finden, daraus aufzutauchen. Aber indem er sich diesem ruhenden Punkt näherte, nahm dieses scheinbare Nichts immer mehr Gestalt an, bis es schließlich greifbar wurde. Da erkannte er plötzlich, daß es ein dunkler Opal war, der wie eine lodernde Flamme glühte, voller Leben und Macht.

An diesen Stein geklammert, kehrte er wieder an die Oberfläche zurück, mit dem letzten Mut und der Kraft eines Ertrinkenden, der verzweifelt nach Luft ringt. Er fühlte geradezu die Glut des Steines auf seiner Handfläche brennen.

Man hatte ihm eine Kapuze übergestülpt, aber er lebte. Es schien, als ob sie ihn in einer Sänfte eine ansteigende Straße hinauftrugen. Aufdringlich süße Düfte stiegen ihm in die Nase. Der Geruch des Meeres wurde überlagert von dem einer Stadt oder Ansiedlung, die aber nicht Pyrgi war. Hier in der Nähe mußte es Sand geben, den der heftige Wind in jede Ritze trieb, er fühlte ihn sogar zwischen den Zähnen. Er hörte ein paar gedämpfte Stimmen, als ob an seiner Sänfte noch andere vorbeizö-

gen. Aber die Sprache war nicht die der Rasna, es war die der Karthager.
Tarxne nahm alle diese Wahrnehmungen gleichzeitig in sich auf, immer noch ganz gefangengenommen von der Glut des Opals, bis er bemerkte, daß seine Hände auf dem Rücken zusammengebunden waren und sich kein Opal darin befand. Aber er konnte wieder mit den Augen seines Geistes sehen, und so fing er langsam und vorsichtig an, die Bruchstücke zu sammeln, die zu ihm drangen. Vier Sklaven trugen seine Sänfte, die Straße war breit, mit großen Quadern gepflastert und stieg vom Hafen einen Hügel hinauf, der zu beiden Seiten von Häusern, Bottegas und anderen Gebäuden begrenzt war. Noch andere Sänften, von Wachen umgeben, schwankten auf ihr dem Palast auf der Anhöhe entgegen, und Waren wurden vom Hafen herauftransportiert. Er hörte die Geräusche der Stadt, den Wind, der den Sand über die schmale Halbinsel trieb ... Tharros, die Stadt mit den honigfarbenen Häusern!
Tarxne streckte sich müde aus, für den Augenblick befriedigt, und als sie ihn schließlich in eine Zelle brachten und auf den Boden legten, schien er in den Augen seiner Bewacher immer noch der leblose Körper zu sein, den sie aus dem Schiff hierher gebracht hatten.
Eine Weile blieb er so liegen. Dann zog ihm jemand die Kapuze ab. Tarxne rührte sich nicht, darauf bedacht, sich nicht von seiner Ungeduld überwältigen zu lassen. Aber als er sich schließlich vorsichtig umsah, entdeckte er dieselbe Ungeduld, vermischt mit Furcht, in den Gesichtszügen des Mannes, der neben ihm stand. Derselbe, den er noch undeutlich mit dem letzten klaren Moment auf der Holkas in Pyrgi in Erinnerung hatte, verbunden mit dem Duft nach Sandelholz und Jasmin.
Der Mann beugte sich zu ihm hinunter, um ihn näher zu betrachten.
»Bist du also wieder wach!« rief er und befühlte sein Gesicht, als wollte er sich versichern, daß er aus Fleisch und Blut war. Dann zog er sich, fast erschrocken, ein paar Schritte zurück.

Die Zelle in der sie sich befanden, war vollkommen leer. Tarxne ließ seinen Blick an den Wänden entlang schweifen. Es war ein enger Raum ohne Fenster, nur eine Fackel brannte hoch oben in einer Ecke.

Der Mann, den er nun endlich mit vollem Bewußtsein sah, war fett, und der Ansturm der Gefühle, die ihm, vom Haß überwogen, entgegenschlugen, nahm ihm fast den Atem.
»Weißt du, wer ich bin, Fürst Larth«, fragte er Tarxne in der Sprache der Rasna.
»Nein. Außerdem ist der Name, den du genannt hast, nicht der meine.«
»Er ist nicht deiner? Du bist ein Magier! Du kannst mir alles vortäuschen.«
»Du verwechselst mich mit einem anderen. Ich habe dich noch nie im Leben gesehen. Wieso sollte ich dich kennen?«
»Weil der Vater der edlen Caitli auch mein Vater war. Der Thron, auf dem auch du nicht sitzt, ist eigentlich meiner!« Tarxne lächelte kaum merklich. »Also bist du Vul«, sagte er. »Velvur hat mir von dir erzählt.«
»Wirklich? Hat er dir von dem Sohn des Königs Tarchon erzählt, der als Lustknabe an die Karthager verkauft worden ist?«
»Er hat mir von einem kastrierten Sklaven erzählt, der nach dem Tod des Königs von Tarchna verkauft worden ist. Ein begabter Junge, der sein Glück machen konnte, wenn er in den richtigen Betten landete.«
»Ich habe mein Glück gemacht, sogar mehr, als ich dachte«, murmelte der Mann, plötzlich ruhiger. »Velvur hat mir letztlich doch die Zukunft richtig vorausgesagt. Aber er hat vergessen zu sagen, daß ich dich noch einmal wiedertreffen würde.«
»Ich bin nicht Larth von Tarchna. Schau mich doch an. Ich müßte viel älter sein als du.«
»Dann muß sein Blut stark in deinen Adern fließen! Der Kommandant Tamis meint, daß du mit Sicherheit sein Sohn bist.«
Tarxne schwieg. Um nichts in der Welt hätte er dies geleugnet. Auch nicht, um sein Leben zu retten.
»Tamis wollte dich für sich«, fuhr Val fort. »Du hast ihn ziemlich beeindruckt, mein schöner Jüngling. Ich kann dir nicht dieselbe Ehre erweisen, aber ich habe ihm verboten, dich anzurühren. Ich beabsichtige, aus dir einigen Profit zu schlagen, um mich an dem schadlos zu halten, was mir dein Vater und alle, die um ihn herum waren, angetan haben.«
»Dir ist das geschehen, was die Götter auf der Straße deines Lebens für

dich vorgesehen hatten«, erwiderte ihm Tarxne. »Nichts, was deinem Lebensweg geschadet hätte.«
»Ja«, sagte Vul mit einem kleinen, zustimmenden Lächeln, »das sagten mir früher auch immer meine Herren, um mich zu trösten. Aber jetzt bin ich frei und reich. Ich besitze zehn Schiffe, jedes davon so groß wie die Holkas, die du gesehen hast. Und ich habe viele Freunde, die schon ungeduldig auf das Bankett warten, das ich heute abend für sie geben werde. Während dieses Banketts werde ich dich als Lustknaben versteigern lassen.«
»Fürchtest du nicht den Zorn der Götter, Vul?« antwortete Tarxne mit eisiger Stimme.
»Unsere Götter sind weit weg.«
»Sie sind immer dort, wo sie machtvoll angerufen werden. War nicht das der Grund, warum du mich für die ganze Zeit der Reise in Bewußtlosigkeit gehalten hast? Wie lange, Vul? Drei Wochen? Vier?«
»Etwas länger als einen Mond. In Karthago findet man ganz besondere Zaubertränke, die die Kraft und das Bewußtsein nehmen, ohne Spuren zu hinterlassen.«
»Und wie steht es um dich?... Hast du keine Angst?«
»Die Karthager kennen alle Formen der Magie, und hier, im Palast von Melcart, habe ich nichts zu befürchten. Um dich herum sind Netze geknüpft worden, die deine Macht nicht zerreißen kann, denn alles, was du tust, wird sich gegen dich wenden. Denk darüber nach, edler Sohn von Larth, und bereite dich auf heute abend vor. Weißt du, diese Versteigerungen, wenn die Sklaven in dieser... sagen wir mal, ganz besonderen Art vorgeführt werden, sind sehr erregend. Oft werden sie schon gleich an Ort und Stelle ausprobiert, und ich habe noch keinen Käufer gesehen, der seinen Freunden gegenüber geizig gewesen wäre. Schon bald wirst du erfahren, was es heißt, ein Lustknabe zu sein, und dann wird auch meine Lust auf Rache gestillt sein!«
»Tot wirst du sein«, murmelte Tarxne.
Für einen Moment noch hielt er seine Augen fest auf den Mann gerichtet, der seinem Blick auswich. Aber als der Händler gleich darauf die Zelle verließ und die Wachen die Tür hinter ihm schlossen, fühlte Tarxne den ersten Schmerz, der ihm wie ein Peitschenhieb über die Brust fuhr. Vul hatte die Wahrheit gesagt: Die Mächte, die er rief, wandten sich mit großer Heftigkeit gegen ihn.

17.

Sie hatten Tarxne gebadet und mit Öl und den Essenzen des Sandelholzes eingerieben. Dann hatte eine junge Sklavin eine Art edelsteinverziertes Körbchen um seinen Penis und seine Hoden gelegt und es um die Hüften herum mit einem feinen Goldkettchen geschlossen. Das war alles, was er trug, als sie ihm den Mantel abnahmen und ihn in den Kreis stießen, die die Tische auf dem Bankett von Vul bildeten.
Der Saal war nicht sehr groß. Vul hatte mit Sorgfalt seine Gäste unter den Adeligen von Tharros ausgewählt und sie mit der Nachricht eines spektakulären Verkaufs neugierig gemacht. Melcart, der Statthalter, der an Vuls rechter Seite saß, gebot nun Schweigen, als die Rufe der Tischgenossen angesichts der außergewöhnlichen Qualität des Angebotes immer aufgeregter wurden.
Melcart war ein beeindruckender Mann auf der Höhe seiner Manneskraft, den eine kluge Machtpolitik an die Spitze der Kolonie gebracht hatte, ohne dabei seinen Ruf als Kämpfer zu schmälern.
»Wir müssen dir zugestehen, daß du nicht übertrieben hast, Vul, mein Freund«, rief er aus. »Dieser junge Mann scheint in allem perfekt zu sein, und viele unserer Freunde werden diesen Saal um einiges ärmer verlassen, wenn der Morgen dämmert!«
»Sicher werden sie ärmer sein, aber auch befriedigter«, antwortete Vul kichernd. »Die Schönheit und die Lust haben keinen Preis. Das war die erste Regel, die mir das herrliche Karthago vor vielen Jahren beigebracht hat.«
Alle lachten, und Tarxne suchte den Blick Melcarts, der seine Augen aber gleich wieder abwendete, plötzlich in einer Art befangen, die sicher nicht üblich für ihn war. Er lehnte sich an die steile Rückenlehne seines Sitzes und hob wieder die Hand, um Schweigen zu gebieten. Es kam nicht sehr oft vor, daß ein Sklave oder eine Sklavin von außergewöhn-

licher Schönheit oder hohem Ansehen in einem kleinen Kreis versteigert wurde und der Händler dafür ein Bankett veranstaltete. Genausowenig war es alltäglich, daß das Objekt eines solchen Verkaufes ausschließlich der gemeinschaftlichen Lust dienen sollte, was dem Ganzen einen schon fast rituellen Anschein gab. Trotzdem geschah es hin und wieder, und immer war es aufregend und weckte die Neugier. Auch der fette Rasnahändler hatte in der Vergangenheit schon einige solcher Abende veranstaltet. Aber meistens waren es junge Frauen gewesen oder Sklaven, die er in Karthago einzig zu dem Zweck erworben hatte, eine Nacht angenehmer zu gestalten.

Diesmal jedoch war es ganz anders. Die Absicht des Händlers war eine andere, denn er wollte ihnen nicht nur ein Vergnügen verschaffen, und auch der Gewinn interessierte ihn nicht. Somit würde es auch für sie anders sein, denn sie waren auf diese Weise Figuren in einem Spiel, dessen Regeln sie nicht kannten.

Melcart fragte sich besorgt, ob wohl die Götter der Rasna auch hier ihre Macht ausüben könnten.

»Dieser junge Mann, den du da versteigerst, ist bestimmt von edler Herkunft«, sagte er schließlich. »Du weißt, wir haben ein festes Bündnis und gute Beziehungen zu den Rasna. Ich will auch gar nicht wissen, was dich dazu treibt, Rechte über ihn auszuüben, aber kannst du uns garantieren, daß wir seinet- oder deinetwegen keine Vergeltungsmaßnahmen der Rasna riskieren?«

»Mach dir keine Sorgen und genieße einfach diesen Abend«, antwortete Vul. »Keiner sucht ihn. Er ist, so wie ich, der Sohn eines Königs, ohne Anspruch auf einen Thron!«

»So wie du, Vul?« erwiderte der Karthager spöttisch, und hier und da kam Gelächter auf.

Der Händler tat so, als bemerkte er es nicht, und Melcart hob ihm seinen Weinpokal entgegen. »Laß es dich nicht verdrießen, mein Freund«, fuhr er fort. »Ich verspreche dir, daß dieser junge Mann, der einen solchen Haß in deinen Augen aufblitzen läßt, unsere ganze Aufmerksamkeit genießen wird. Wir sind dir gerne dienlich, wenn es deine Rachegelüste befriedigt, ihn zu unserem Lustknaben zu machen.«

Melcart trank, und die anderen taten es ihm in schweigendem Einverständnis nach. Aber die Euphorie und die Fröhlichkeit waren verflogen, an ihre Stelle war ein spürbares Unbehagen getreten.

Nun erhob sich Tamis brüsk. »Was ihr hier vorhabt, ist eine glatte Verschwendung«, rief er mit erhobener Stimme. Er hatte schon einige Male an diesem seltsamen Ritus teilgenommen, der nicht immer gehalten hatte, was er versprach.
»Ich bin ganz deiner Meinung, Kommandant«, entgegenete ihm Melcart. »Aber wie sonst können wir den Rachedurst unseres Gastgebers stillen?«
»Laß uns beide um ihn würfeln, edler Melcart. Wenn du gewinnst, zahlt jeder eine gewisse Summe und vergnügt sich an ihm, einschließlich mir. Wenn ich gewinne, gehört er mir alleine. Ich werde ihn zwingen, hier Vul zu Willen zu sein, aber dann werde ich ihn mit mir nehmen, und keiner wird mehr Anspruch auf ihn haben.«
Der Karthager bewegte sich unbehaglich auf seinem Sitz, und diesmal gelang es ihm nicht, der herrischen Herausforderung im Blick dieser nun fast eisblauen Augen des Gefangenen auszuweichen. Melcart hatte plötzlich das Gefühl, als würde ein Hauch des Todes ihn streifen.
»Hast du verstanden, was gerade gesagt wurde?« fragte er in dem freundlich herablassenden Tonfall, den er Lustsklaven gegenüber immer benutzte.
»Sicher habe ich verstanden. Warum zögerst du noch, um mich zu würfeln, Melcart?«
Melcart schwieg einen Augenblick, verblüfft über die gute Beherrschung ihrer Sprache wie über den Tonfall. Dies war weder der Ton eines Sklaven noch das, was er sich als Antwort erwartet hatte.
»Du hast hier nur Befehlen zu gehorchen!« erwiderte er. »Kennst du etwa nicht die Regeln, die für Sklaven gelten?«
Aber jetzt war Tamis in den Kreis getreten. Langsam näherte er sich dem Gefangenen und strich ihm mit einer lasziven Geste mit einem Finger den Rücken entlang bis zum Gesäß.
»Die Nacht ist kurz«, sagte er. »Wir verlieren nur Zeit.«
Von der Sinnlichkeit dieser Geste überwältigt, hielt die Tischrunde den Atem an. Ein Diener brachte Melcart den Becher mit den Würfeln aus Elfenbein, und Vul erhob sich, unfähig, seine Erregung noch weiter unter Kontrolle zu halten.
Tarxne würdigte die Würfel, Melcart und auch Tamis, der sich jetzt an den Tisch gehockt und zu spielen begonnen hatte, mit keinem Blick. Er begann seine ganze Aufmerksamkeit auf den feisten Händler zu kon-

zentrieren. Noch nie zuvor hatte er in sich soviel Zorn und Zerstörungslust gespürt. Und so merkwürdig es auch sein mochte, noch niemals zuvor hatte es ihn soviel Anstrengung gekostet, die Macht in sich zu wecken, ihre Kraft in sich zu konzentrieren, um sie schließlich zu entfesseln.

Seine eigene Macht würde hier, in diesem Palast, auf ihn selbst zurückschlagen ... Das hatte ihm schon Vul in der Zelle gesagt, und er hatte bestimmt nicht gelogen, was die Fähigkeiten der karthagischen Hohenpriester anbetraf.

Aber Tarxne war bereit, diesen Gegenschlag hinzunehmen, er handelte im vollen Bewußtsein des Risikos, das er damit einging.

Vul stand an einen Dreifuß gelehnt, in dem kein Feuer brannte, und keiner beachtete ihn. Alle Gäste hatten sich um die beiden Spieler versammelt und feuerten Melcart an, denn kaum einer von ihnen hatte Lust, auf das erwartete Vergnügen zu verzichten.

Doch plötzlich merkte Vul, wie ihm die Luft knapp wurde. Er hatte das Gefühl, als ob sich der Gürtel um seine prächtige Tunika und der Türkis um seinen Hals immer enger zusammenzögen. Er wollte Hilfe herbeirufen, aber er brachte keinen Ton mehr heraus.

Nach Luft ringend, fiel er zu Boden und riß dabei einige Gegenstände mit sich. Jetzt endlich bemerkten ihn auch die anderen und eilten ihm zu Hilfe. Tarxne spürte kaum, was um ihn herum vor sich ging. Er wußte zwar, daß er hoch aufgerichtet und regungslos in der Mitte des Saales stand, aber sein Kopf und seine Brust brannten wie Feuer, und im gleichen Maße wie sein Zorn sich steigerte, steigerte sich auch die Gegenwirkung dieser anderen Kraft.

Vul röchelte in den letzten Zügen. Die anderen standen um ihn herum, während Melcart eilig befahl, die Wachen herbeizurufen.

Schließlich ließ Tarxne seinem Zorn freien Lauf. Er stieß einen markerschütternden Schrei aus, und auf einen Schlag blähten sich die Vorhänge vor den Öffnungen des Saals in einem Windstoß, der die Leuchter von ihren Halterungen riß, die Dreifüße umstürzte und die Tische verwüstete. Sofort begannen die Flammen an den Stoffen zu lecken und breiteten sich wie von Geisterhand mit rasender Geschwindigkeit in alle Ecken des Saales aus.

»Der Händler ist tot!« schrie jemand.

Die Wachen stürzten sich auf Tarxne und zwangen ihn in die Knie

Verzweifelt versuchte er, seine Kräfte zu sammeln, um den weißen Blitz herbeizurufen. Aber es gelang ihm nicht, und sein Zorn zerstob in eine hilflose Wut.
»Ein Trutnot, der sich von seinen Gefühlen überwältigen läßt, kann nichts um sich herum beherrschen. Nicht das, was man sieht, und noch weniger das, was man nicht sieht ... Wut, Gewalt und Schmerz haben in diesem Moment die Oberhand über ihn gewonnen. Also kannst du nichts bewirken, denn aus dieser Dunkelheit kommt kein Licht.«
»Laßt ihn los!« befahl Melcart, und die Wachen wichen einen Schritt zurück. Aber sie hielten ihn immer noch auf dem Boden, den Kopf nach hinten gebogen und die Spitze einer Lanze an seiner Kehle.
Aber Tarxne hätte sich selbst dann nicht rühren können, wenn er frei gewesen wäre. Die Kraft, die er aufgewendet hatte, um Vul zu töten und den Saal zu verwüsten, begann sich gegen ihn zu wenden.
Melcart beugte sich zu ihm, um ihn näher zu betrachten. »Im Namen der Götter«, sagte er, und in seinen Augen spiegelte sich das Entsetzen wider, »wer bist du?«
Er erhielt keine Antwort und erhob sich wieder eilig. »Bringt ihn in die Zelle zurück und holt die Hohepriester«, befahl er. »Und was dich anbetrifft, Kommandant Tamis, vergiß ihn und kümmere dich lieber darum, daß deinem Patron die letzte Ehre erwiesen wird.«
»Ich soll ihn vergessen?«
»Zu deinem und zu unser aller Besten«, entgegnete ihm Melcart. »Vorausgesetzt, du hast den Wunsch, die Jahre, die dir noch verbleiben, in deinem schönen Haus in Tharros in Reichtum und umgeben von deinen Sklaven zu verbringen.«
Der Mann verbeugte sich, noch so bei Verstand, um die Botschaft zu verstehen. Tarxne unterdessen wand sich unter Schmerzen, während die Soldaten ihn wegbrachten.
Für einen Tag und eine ganze Nacht litt Tarxne unter dem Rückschlag der Kräfte. Der Zorn und die Gewalt, die er entfesselt hatte, brannten in jeder Faser seines Körpers.
»Die Macht eines Trutnot kann sich nicht zum Bösen wenden ... sie kann sich nicht der Dunkelheit und dem Tod zuwenden. Ein Trutnot kann Licht ins Leben bringen und heilen, er kann dem Wind gebieten, dem Regen und dem Blitz, er kann einen Grashalm wachsen hören und dem Klang der Sterne lauschen, er kann Leben bringen und dem Tod

seinen Schrecken nehmen ... Aber er kann ihn nicht seiner Macht untertan machen, um zu zerstören ...«
»Velvur, mein Meister ...«, flehte er, am Ende seiner Kräfte. »Du weißt, daß ich es wieder tun würde, in jedem Moment! Ist das also meine Grenze? Mein Maß?«
Aber er erhielt keine Antwort.
Am Abend des darauffolgenden Tages kam Melcart zu ihm. Während zwei Sklavinnen Tarxne wuschen, schaute er ihn schweigend an. Vor der Tür schienen keine Wachen aufgestellt zu sein, und die Lampen, die die Sklaven mitgebracht hatten, erhellten die Zelle. Aber Tarxne hielt seine Augen geschlossen.
Schließlich stellte eine der Sklavinnen einen Schemel für den Karthager vor das Lager, auf das sie Tarxne gebettet hatten. Dann verließen die beiden jungen Frauen die Zelle und ließen Speisen und Getränke auf einem Tablett zurück.
Für eine Weile blieb Melcart noch schweigend an seiner Seite sitzen, dann goß er Wasser in einen der Becher und reichte es ihm. Aber Tarxne ignorierte diese Geste.
»Unsere Hohepriester haben gesagt, daß du ein mächtiger Magier bist«, begann schließlich der Karthager wie beiläufig. »Und wenn der klare Verstand über deine Wut gesiegt hätte, dann würde der Palast von Tharros vielleicht nicht mehr existieren ..., und wir ebenfalls nicht. Ich glaube, daß Vul dir ein großes Unrecht angetan hat und seine Schuld jetzt auf mich übergegangen ist.«
Tarxne antwortete nicht, und Melcart stellte enttäuscht den Becher ab.
»Ich werde mir überlegen müssen, was ich mit dir mache«, fuhr er besorgt fort. »Die Hohepriester haben einen magischen Kreis um diese Zelle gelegt, den selbst deine Macht nicht brechen kann. Ich verhehle dir nicht, daß es mir lieber wäre, wenn die Dinge einen anderen Verlauf genommen hätten, denn ich glaube, daß sich hinter deinem Schweigen ein außergewöhnlicher und wertvoller Geist verbirgt.«
Noch immer erhielt er keine Antwort.
»Ich würde mir wünschen, deinen Geist kennenzulernen, so wie die Gäste Vuls darauf brannten, deinen Körper kennenzulernen, den ich ebenfalls schätze und der mich nicht weniger anzieht. Ich bin ein Mann, der die Offenheit liebt, mein junger Rasna, entgegen den Gewohnhei-

ten meines schönen Karthago und oft gegen alle Vorsicht... Willst du mir nicht sagen, wer du wirklich bist?«
»Das zu wissen würde nichts an der Tatsache ändern, daß ich ein Gefangener in deinem Palast bin und daß ich einen Mann getötet habe, den ich nicht einmal kannte«, antwortete Tarxne schroff.
»Wie konntest du ihm fremd sein und trotzdem soviel Haß in ihm erwecken?«
»Ein schwacher Geist sieht oft Geister, die nur für ihn alleine lebendig sind.«
»Vul war kein schwacher Geist. Er war grausam und launenhaft, aber er hatte auch einen wachen Geist. Der Vul allerdings, der mit dir zurückgekehrt ist, war ein anderer Mann. Zerfressen von dem Gedanken an Rache.«
Tarxne wandte sich von ihm ab. Sich nackt auf einem Bett zu befinden, mit einem Mann an seiner Seite, der ihm gerade gestanden hatte, daß er ihn begehrte, verletzte seinen Stolz, unberührbar zu sein. Was wollte Melcart von ihm? Und wieviel Kraft, sich dem entgegenzusetzen, war ihm noch verblieben?
Der Karthager erhob sich seufzend. »Die Hohenpriester werden über dein Schicksal entscheiden, wenn sie die Zeichen dafür gedeutet haben.« Dann verließ er die Zelle und ließ die Speisen und den Krug mit Wasser zurück.
Tarxne legte einen Arm über die Augen. *»Wenn sie die Zeichen dafür gedeutet haben...«*
Von welchen Göttern würden die Zeichen für einen Mann wie ihn kommen, der die Grenzen überschritten hatte und sich der Illusion hingab, stärker als die Götter zu sein?

Ein Winter folgte, der Stürme mit sich brachte, die selbst die ältesten Einwohner von Tharros in solcher Gewalt nie erlebt hatten. Eine Sturmflut zerstörte einen Teil der Anlegestege und ein Brand einen Teil der Altstadt unter dem Tempel der Göttin Tanit, der auf dem höchsten Punkt der schmalen, sandigen Halbinsel erbaut war. Ein weiterer zerstörte ein paar Tage später den südlichen Flügel des Tofet.
Die Schiffahrt ruhte, und die Händler, die Tharros als ihr Winterquartier gewählt hatten, gingen in den Locandas im Hafen dem Müßiggang nach. Die Würfelspieler und die Freudenmädchen machten glänzende

Geschäfte, aber trotzdem war die Stadt bedrückt von den vielen unheilvollen Vorkommnissen.
Es war schon Frühjahr, als Melcart den Gefangenen zu sich bringen ließ. Man hatte ihm berichtet, der junge Rasna habe in all dieser Zeit kein einziges Wort gesagt, er habe seine Zelle kein einziges Mal verlassen dürfen und die ganze Zeit über seien ihm nicht die Ketten an Händen und Füßen abgenommen worden, die die Hohepriester ihm vorsichtshalber hatten anlegen lassen.
Als er ihn jetzt betrachtete, nur mit einem Hüfttuch bekleidet, gefesselt, aber immer noch ungebeugt, wunderte sich Melcart, wie dieser junge Mann unversehrt die vielen Monate der Isolierung überstanden hatte und wie sehr dagegen er selbst und die Stadt, die ihm anvertraut war, in dieser Zeit schwer gezeichnet worden waren.
Das helle, fast gleißende Tageslicht drang von allen Seiten in den Saal, zusammen mit einem beständigen, stürmischen Wind, der in den Ecken den Sand aufwirbelte. Ein trockener Frühling kündigte sich unheilvoll an, wie zuvor der Winter mit seinen Unwettern und Stürmen.
Melcart erhob sich von seinem Sitz und ging auf den jungen Gefangenen zu. Im Saal waren auch seine Berater anwesend, die Oberkommandierenden und die Hohepriester, aber nun hatte sich mit einem Schlag die ganze Aufmerksamkeit auf den Gefangenen gerichtet.
Melcart räusperte sich unbehaglich. »Die Hohepriester haben Zeichen erhalten«, erklärte er. »Wo auch immer du bist, und sei es auch in einer Zelle, es steht jetzt ohne Zweifel fest, daß dein Aufenthalt in diesen Mauern der Stadt Unheil bringt. Wir können dich nicht in Unkenntnis dieser Zeichen lassen.«
Für einen Moment ließ sich Melcart von den Augen des Gefangenen gefangennehmen, und es raubte ihm fast den Atem.
»Der Kommandant Tamis hat gesagt, daß du die Göttin Athrpa zu deiner Zeugin aufgerufen hattest«, fuhr er dann fort. »Ich weiß, daß die Schicksalsgöttin eine Göttin ist, die kein Erbarmen kennt. Wenn das, was in dieser Zeit in Tharros passiert ist, ihr Werk ist, dann werden wir um Vergebung flehen und ihr Opfer bringen, um sie zu besänftigen.«
»Was ist in Tharros passiert?« unterbrach ihn der Gefangene in einem ruhigen, kalten Ton.
»Das weißt du nicht?« murmelte Melcart. »Du weißt wirklich nichts

von den Stürmen, die die Hälfte meines Hafens zerstörten, den Bränden, die die Altstadt verwüstet haben und den heiligen Kreis von Tofet; und jetzt die Dürre und der beständige, stürmische Wind, der sich nicht mehr legt? Du weißt auch nichts von den vielen Toten in der Stadt und im Palast? Auch meine jüngste Tochter ist unter den Opfern dieser Krankheit, die man erst bemerkt, wenn es schon zu spät ist, und an der man erstickt.«
»Warum hast du mich nicht rufen lassen? Ich bin ein Heilkundiger. Vielleicht hätte ich sie retten können.«
»Hättest du das getan?«
»Vielleicht.«
Melcart schüttelte bekümmert den Kopf. »Ich bedaure von ganzem Herzen die Umstände, die dich auf diese Weise in mein Haus gebracht haben. Ich bin immer noch sicher, daß zwischen uns hätte Freundschaft herrschen können. Aber die Hohepriester haben beschlossen, daß du verkauft werden mußt. Du wirst von hier in Ketten weggebracht, und wo du deinen Fuß hinsetzt, wird Salz verbrannt werden. Ein Händler der Rasna hat dich gekauft, der erste, der in einer der kurzen Windpausen hier angelegt hat. Die Hohepriester waren der Meinung, daß deine Göttin seine Segel bewacht hat, um es ihm zu ermöglichen.«
»Und was ist mit Kommandant Tamis?«
Melcart lächelte. Er wußte, daß diese Frage eigentlich überflüssig war.
»Tamis hat nur noch Schatten vor den Augen und kann sich kaum noch alleine vorwärtsbewegen. Er wird nie mehr aufs Meer hinaussegeln. Und sein schönes Haus in der Altstadt war eines der ersten, die ein Raub der Flammen wurden.«
Dann gab er den Wachen ein Zeichen, und die Hohepriester näherten sich mit dem Salz und den Fackeln.
Als die Wachen ihn wegbrachten, taten alle im Saal so, als würden sie ihn nicht kennen, obwohl die meisten von ihnen damals beim Bankett anwesend gewesen waren.
Auf der halben Strecke der Straße angekommen, die zum Hafen führte, stießen sie auf eine Gruppe von ungefähr zwanzig Sklaven, die alle so wie er nur mit einem Hüfttuch bekleidet und in Ketten gelegt waren. Keiner von ihnen drehte sich nach ihm um, als die Wachsoldaten seine Ketten mit der durchgängigen, mittleren Kette verbanden, an die die

Gefangenen angeschlossen waren. Alles war sehr schnell gegangen, und gleich darauf setzten sie ihren Weg fort.
Nur ein einziges Handelsschiff, mit Segeln und Rudern ausgestattet, war an einem der längsten Anlegestege festgemacht, und eine ganze Schar Arbeiter war dabei, die Schäden, die die Sturmflut angerichtet hatte, zu beheben. Das Schiff war so groß wie die Holkas von Vul, und der Kommandant prüfte mit Sorgfalt die Sklaven, die nun über den schwankenden Steg das Schiff betraten.
Als Tarxne an der Reihe war, stutzte der Mann. Wie versteinert starrte er ihn an, als wäre er eine Erscheinung. Der Hauptmann der Wachen beeilte sich, ihm einige Erklärungen zu geben, denen der andere aber kaum Beachtung schenkte. Einen Moment später war Tarxne an Bord des Schiffes. Der Steuermann wies ihm seinen Platz auf der Ruderbank zwischen den anderen Sklaven zu und befreite ihn von den Ketten.
Kaum waren alle an Bord, gab der Kommandant, der auch der Eigentümer des Schiffes war, den Befehl, die Leinen loszumachen. Das Meer war noch ruhig, und er wollte die Zeit nutzen, um den Hafen zu verlassen, bevor das Wetter umschlug.
Aber während er mit kritischem Blick seine Mannschaft musterte, spukte ihm immer noch das Bild des letzten der erworbenen Sklaven vor den Augen.
Er hatte ihn schon einmal *gesehen*, obwohl er ganz sicher war, ihm nie begegnet zu sein.
Der Händler grübelte den ganzen Tag und die ganze folgende Nacht darüber nach. Sie hatten nun längst den Hafen hinter sich gelassen und setzten Segel in Richtung Norden.
Wegen der Strömungen und des starken Windes war es eine schwierige Route, die sie später nach Osten führen sollte, an den rauhen Klippen von Alalia vorbei ins Meer der Rasna. Ganz abgesehen davon, daß man dabei am besten nicht an die focesischen Piraten dachte, denen die Waren eines Handelsschiffes immer willkommen waren.
Am Ende des sechsten Tages auf See befahl der Kommandant seinem Steuermann, den Sklaven zu ihm zu bringen, sobald sein Turnus an den Rudern beendet war. Der Seemann folgte seinem Befehl, nicht ohne eine gewisse Überraschung zu zeigen. Es war inzwischen Nacht geworden, und in der engen Kabine fühlte sich der Händler sofort unbehaglich, sobald der Sklave die Schwelle überschritten hatte. Mit einem

schrägen Seitenblick verließ der Steuermann gleich wieder den Raum und schloß mit Sorgfalt die Tür hinter sich.

»Meine Männer werden bestimmt denken, ich hätte mir diese fremden Laster zu eigen gemacht«, rief der Händler zornig. »Noch nie habe ich mir einen Sklaven in meine Kabine rufen lassen!«

Der Sklave lächelte. »Fürchte nicht um deinen guten Ruf«, antwortete er leichthin. »Ich kenne dich, und auch du kennst mich. Du hast mich im Lichtschein deiner Lampe gesehen, vor langer Zeit, als du noch ein Fischer warst und eine junge Trutnot mit ihrem latinischen Diener zu der Insel Fumosa brachtest.«

»Also bist du der junge Mann dieser Vision!« murmelte der Händler und fühlte, wie ihn die Unruhe und das Unbehagen verließen.

»Ja, und du bist Phata, der Händler, vorher Phata, der Fischer von Pyrgi, der unzufrieden mit seinem Schicksal war.«

Der Mann nickte wie betäubt, tastete nach seinem Schemel und ließ sich darauf fallen. Seit dieser Nacht war wahrlich viel Zeit vergangen, und für all diese Zeit hatte er keine Erinnerung mehr an Phata, den Fischer, gehabt. Aber jetzt stand ihm alles wieder vor Augen. Lange hatte er sich keine Mühe gegeben, eine Erklärung für das zu suchen, was sein Leben verändert hatte. Bis zu diesem Moment, wo der Anblick des Sklaven vor ihm und seine Worte ihm mit aller Klarheit das Bild des Mädchens mit den mondfarbenen Haaren und ihre Prophezeiung wieder vor Augen führten.

Er war reich geworden und hatte das Leben geführt, das er sich immer gewünscht hatte. Und jetzt?

Unruhig rutschte er auf seinem Sessel hin und her. Er konnte diesen jungen Mann, wer auch immer er sein mochte, nicht weiter wie einen Sklaven behandeln.

»Was willst du?« fragte er unsicher. »Habe ich vielleicht noch eine Schuld zu begleichen?«

»Wohin segelst du?«

»Nach Tarchna.«

»Also bringe mich nach Tarchna. König Egene von Tarchna ist mein Onkel.«

»Und dieses Mädchen mit den hellen Haaren ...?«

»Das ist meine Mutter«, sagte Tarxne.

Phata nickte und zog es vor, lieber keine Fragen mehr zu stellen.

»Kann ich dir eine Tunika und einen Mantel anbieten?« fragte er. »Und einen windgeschützten Ort auf der Brücke? Dies hier ist die einzige Kabine. Sie ist zu klein, und . . .«
»Du hast deinen guten Ruf zu verteidigen«, setzte Tarxne seinen Satz fort und lächelte.

18.

Tarxne betrat die Stadt durch das östliche Tor. Die Straße war breit und gepflastert, und der Wind fegte darüber hin. Das Wetter war unbeständig, und die Luft von Gerüchen und Düften gesättigt, die er fast schmerzlich wahrnahm. Tarchna, dachte er. Wie war es nur möglich, daß ich so lange weggeblieben bin.
Er versuchte, die Erregung zu unterdrücken, die bei diesem Gedanken in ihm aufstieg.
Ich bin niemals in Tarchna gewesen, sagte er sich. Ich habe diese Stadt nie gesehen, weder den Palast noch irgendeinen anderen Platz hier. Trotzdem kommt mir alles vertraut vor, als würde ich jeden Ritz in den Pflastersteinen dieser Straße kennen, jedes Gemach des Palastes, jedes Steinchen, das die Zeit aus seinen Giebelverzierungen gebrochen hat. Es ist die Sprache der Steine, die ich höre. Aber ist es nicht auch die Sprache des Blutes?
Gleich darauf wurde das Hauptportal des Palastes sichtbar, und wie gebannt blieb er stehen und starrte auf die in Stein gemeißelte Chimäre, die die Giebelfront schmückte. »Was ist, mein Fürst? Hast du noch nie eine Chimäre gesehen?«
Tarxne fuhr leicht zusammen und drehte sich dann langsam um. Die Stimme des alten Mannes, der ein paar Schritte hinter ihm stand, war ihm freundlich und vertraut vorgekommen, ein wenig spöttisch vielleicht. Sie hatte ihn fast zärtlich berührt, und für einen Moment hatte er geglaubt, die Stimme Velvurs zu hören, verbunden mit dem Gefühl, ein anderer zu sein, am selben Ort in einer anderen Zeit.
Der Alte verbeugte sich. »Verzeih mir, habe ich dich erschreckt, mein Fürst?« fragte er.
Er war nur ein Vagabund, ein Pilger vielleicht, das zeigte die Art, wie er gekleidet war, und sein langer Wanderstab, auf den er sich stützte. Aber

in seinem hageren Gesicht glänzten die dunklen Augen lebhaft und lächelten ihm zu. Tarxne schüttelte den Kopf. »Nein, du hast mich nicht erschreckt, aber du hast mich Fürst genannt. Kennst du mich etwa?« fragte er.

»Nein. Du hast mich nur angerührt, wie du hier so versunken gestanden hast, ohne die Menschen um dich herum wahrzunehmen. Es ist lange her, seit unser geliebter König Tarchon diese Chimäre hier hat in den Stein meißeln lassen, aber ich erinnere mich noch daran, als wäre es erst gestern gewesen.«

Ich auch, dachte Tarxne. Und ein seltsames Gefühl stieg plötzlich in ihm auf, das seine Augen feucht werden ließ. »Eine Chimäre ist etwas, das die Menschen erreichen können«, sagte er.

»Wenn es so geschrieben steht«, antwortete der Alte, und Tarxne hatte das Gefühl, daß noch etwas anderes, Unausgesprochenes in seinem Blick lag. »Gewährst du mir Gastfreundschaft in deinem Palast?« fragte der alte Mann.

»Das würde ich sehr gerne tun, wenn es *mein* Palast wäre, wie du es sagst. Aber auch ich bin nicht mehr als ein Vagabund, und so können wir höchstens beide zusammen König Egene darum bitten.«

Der alte Mann schüttelte den Kopf.

»Du siehst nicht aus wie ein Vagabund«, murmelte er. »Wenn du nicht ein Fürst bist, was bist du dann?«

Was ich bin? dachte Tarxne, irgendwie belustigt über diese Frage. Ich bin ein Trutnot, ein Heilkundiger und ein Krieger. Ein Magier, einer, der Königinnen verführt, und ein Sklave. Was könnte ich wohl sonst noch sein?

»Du könntest ein König sein«, rief der Alte, ohne seine Antwort abzuwarten, und lachte, als er seine Verblüffung sah.

»Kannst du Gedanken lesen, alter Mann?«

»Ich kann noch nicht einmal die Zeichen der Sprache entziffern, wie sollte ich dann in den Gedanken der Menschen lesen können?«

»Vielleicht kannst du lesen, was auf dem Weg der Götter geschrieben steht.«

»Wer weiß?« sagte der Alte, scheinbar stolz über diese Anerkennung. Um sie herum herrschte ein ständiges Kommen und Gehen, und viel mehr Menschen als bei den gewöhnlichen Audienzen des Königs strömten durch das Hauptportal in den großen Innenhof.

Der Alte zog Tarxne an seiner Tebenna ein wenig beiseite. »Komm! Dort drüben sind die Küchen«, sagte er. »Die Dienstboten haben ein gutes Herz, sie werden uns etwas zu essen geben. Im Palast sind heute viele Gäste, und keiner wird sich weiter um uns kümmern.«
»Gäste, sagst du?«
»Ja, es heißt, irgend etwas wird passieren. Der ehrwürdige Flasi Aivas hat eine Erklärung abzugeben, und die Große Trutnot wird zusammen mit den Königen des Städtebundes erwartet. Deshalb bin ich hier. Es ist einfach, etwas zu essen zu finden, wenn der Palast voller Gäste ist!«
»Geh schon voraus«, antwortete Tarxne. »Ich komme später nach. Vorher will ich mich noch ein wenig umsehen.«
»Und vielleicht den König treffen?« bemerkte der Alte und verbeugte sich lächelnd.
Einen Augenblick später war er in der Menge der Dienstboten, Bettler, Soldaten und Adeligen verschwunden.
»Tarxne!«
Der Ruf hatte ihn aus der Menge erreicht, und Tarxne drehte sich suchend um. Da entdeckte er die hohe Gestalt und den blonden Kopf Aranths, der auf ihn zukam.
»Bist du es wirklich, oder bist du eine Erscheinung?« rief ihm der Bruder entgegen und umarmte ihn gleich darauf, ohne sich darum zu bekümmern, daß die Leute stehenblieben und einige der Adeligen Tarxne so entsetzt anschauten, als hätten sie ein Gespenst vor Augen.
»Ich dachte, du bist tot!« fuhr Aranth fort. »Was ist passiert?«
»Es hat Tage und Monate gegeben, in denen ich mir nichts sehnlicher als den Tod gewünscht habe. Aber laß uns jetzt nicht darüber reden. Wie du siehst, hat die Göttin Athrpa mich nicht verlassen.«
»Wenn es die Schicksalsgöttin war, die dich hierhergebracht hat, dann konnte sie es in keinem besseren Moment tun! König Egene hat die Könige des Städtebundes hier versammelt, um den Bericht von Flasi Aivas über die Zeichen zu hören, und Matula von Xaire hat die sofortige Zusammenkunft des Bündnisses wegen des Angriffs Rumas auf Xaire gefordert. Auch die edle Caitli wird vom Tivrit kommen, und vielleicht wird unsere Mutter sie begleiten.«
»Also ist unsere Mutter zum Tivrit zurückgekehrt.«
»Ja. Und es geht ihr gut.«

Tarxne lächelte. Ein junger Mann, der offensichtlich Aranth begleitet hatte, war in respektvoller Entfernung stehengeblieben, und Aranth drehte sich nun nach ihm um. »Das ist Culcnies, der Sohn von Egene und der Erbe des Thrones von Tarchna«, stellte er ihn vor. »Unser Vetter.«

Der junge Mann senkte den Kopf. Er hatte einen offenen Blick, eine klare, hohe Stirn, graue Augen und war schlank und hochgewachsen. Die Worte Aranths hatten ihn ein wenig verlegen gemacht.

»Ich freue mich, dich kennenzulernen«, begrüßte er Tarxne. »Du wünschst sicher den König zu sehen.«

»Ich würde sehr gerne den König von Tarchna sahen, um ihn um seine Gastfreundschaft zu bitten«, erwiderte ihm Tarxne, und Culcnies' Blick verdunkelte sich. Beim Anblick Tarxnes kam er sich plötzlich wie ein Thronräuber vor, und das unangenehme Gefühl beschlich ihn, daß auch alle anderen ihn dafür hielten.

Dieses Gefühl hatte er nicht zum erstenmal, aber eigentlich war es völlig grundlos. Er wußte nicht, woher es kam. Das Benehmen Tarxnes jedenfalls rechtfertigte es nicht, obwohl er sich ihm gegenüber fast fremd vorkam und nicht wie ein Familienangehöriger.

»Komm«, sagte er. »Mein Vater soll sofort von deiner Ankunft erfahren.«

Sein Tonfall war zuvorkommend gewesen, vielleicht etwas nervös, und Tarxne kam der Sohn Egenes ein wenig befangen vor, aber sicher war er ehrlich und treu. Er würde ihm nicht feindlich gesinnt sein.

Tarxne ließ sich von seinem Vetter durch die Säulengänge zum Audienzsaal und dann weiter führen, und er nahm auf seinem Weg jede auch noch so unbedeutende Kleinigkeit in sich auf. Inzwischen hatte er wesentlich größere und reichere Bauwerke gesehen, jedenfalls war das sein Eindruck, aber keines konnte sich mit diesem vergleichen.

Dies war *Der Palast.*

Seine Mauern kamen ihm lebendiger vor als die Adeligen, die Haruspizen und Gäste, die zur Seite wichen, um ihnen Platz zu machen. Die Stimmen der Steine waren stärker als die der Menschen, und selbst wenn sie nur verhalten zu ihm sprachen, hatten sie für ihn doch einen freundlichen und vertrauten Klang. Er fühlte sich umfangen von einem Strahlen, das ihn verwandelte und ihm Stärke gab, in einem Maße, wie er es nie im Leben empfunden hatte.

Nein, dachte er, schon einmal war es so gewesen, ein einziges Mal. Der Tag, an dem ich den weißen Blitz auf meinen Fingerspitzen hielt. Es ist dasselbe Gefühl, dieselbe Vollkommenheit, dieselbe Allmacht.

Als er in die Gemächer des Königs gebeten wurde, war er über das Dämmerlicht und die Stille erstaunt, die dort herrschten, und über die kalte, schmucklose Strenge. Intuitiv wandte er sich der Feuerstelle zu. Sie war kalt, und davor saß ein hagerer alter Mann. Sein langer, grauer Bart ging ihm bis zur Brust, und auf dem spärlichen Haupthaar trug er den Spitzhut der Haruspizen des Kollegiums von Tagete. Sein Gesicht war fast maskenhaft glatt und die Augen zwei dunkle Brunnen, die sich bei Tarxnes Anblick durchdringend auf ihn richteten.

»Also hast auch du die Pforte zur Nacht gesehen, Tarxne, Sohn von Larth?« murmelte er mit Bitterkeit.

»Welche Pforte?« fragte Tarxne überrascht. Aber sofort fiel ihm fast schuldbewußt wieder diese merkwürdige Vision ein, die er im Tempel des *Nagels der Zeit*, im heiligen Herzen der Erde der Rasna, gehabt hatte.

Der alte Mann schaute ihn an und nickte.

»Deine Macht ist wirklich groß«, sagte er. »Aber du läßt dich von ihr hinreißen, und der fremde Anteil in deinem Blut brennt in dir und will sich nicht unterwerfen. Das wird dich mit der Zeit aufreiben.« Der Haruspize verzog die Lippen zu einem kalten Lächeln und wandte nun seinen Blick dem Mann zu, der gerade eingetreten war. »Er ist der König«, fuhr er fast beiläufig fort. »Dein Onkel Egene, der Bruder deines Vaters und seit dessen Tod auf dem Thron.«

»Willkommen in Tarchna«, begrüßte ihn Egene.

Tarxne neigte das Haupt vor ihm, und Egene nahm seinen Gruß entgegen, ohne jedoch näher zu kommen.

»Wir freuen uns, daß du am Leben bist. Nach dem, was Aranth erzählt hat, haben wir schon das Schlimmste befürchtet. Dein Bruder und Laris Pursiena haben mehrmals für dich geopfert, und deine Rückkehr in die Stadt, deren Namen du trägst, in einem so wichtigen Moment, ist sicher das Werk der Göttin.«

»Ja, ja, der Göttin Athrpa«, wisperte der alte Mann. »Die Schicksalsgöttin wohnt in diesen Gemächern. Es ist nur unser Hochmut, der uns so tun läßt, als wüßten wir das nicht.«

»Ich nehme an, du bist Flasi Aivas, auch wenn ich dich bisher noch nicht

gesehen habe«, sagte Tarxne und ignorierte die Anspielung des Haruspizen auf die Gegenwart der Göttin.
»Ja, der bin ich. Der, den dein Vater verbannt hat und von dem sein Tod diesen Bann wieder genommen hat«, erwiderte Aivas. »Ich bin der Haruspize des Kollegiums von Tagete und der Ratgeber des Königs.«
Tarxne wandte sich wieder seinem Onkel zu. Dieser alte Mann beunruhigte ihn, weil er ihn nicht durchschauen konnte, und die Gewißheit, daß für Flasi Aivas dasselbe galt, was ihn, Tarxne, anbetraf, machte die Sache nicht besser.
»Was ist mit unseren Truppen geschehen, die von Vulture aus nach Norden gezogen sind?« fragte er.
»Was ist dir geschehen, edler Tarxne, daß du selbst das nicht weißt. Wo warst du in all dieser Zeit, die seither vergangen ist?« fragte Egene zurück.
»Ein alter Händler namens Vul hat mich mit seiner Rache verfolgt. Ich glaube, er ist in diesem Palast wohlbekannt. Er hat mich aus Pyrgi entführt und in Ketten nach Tharros gebracht.«
Bei den Worten Tarxnes flammte in Flasi Aivas wieder eine alte Erinnerung auf. Aber der kleine Junge, der gewöhnlich zu Füßen des Königs im Schatten der staubigen Leinwände gespielt hatte, nahm nur flüchtig Gestalt an, und Tarxne, durch die Kräfte des alten Mannes angerufen, erfaßte dieses Bild nur für den Bruchteil eines Augenblicks.
»Er ist tot«, war alles, was er darauf sagte.
Ein Funken Interesse leuchtete in den Augen von Flasi Aivas auf, als Tarxne ihm wortlos zu verstehen gab, wie und warum er gestorben war. Aber der Haruspize stellte keine Fragen.
»Melcart von Tharros ist unser Verbündeter«, bemerkte Egene. »Er hätte dir so etwas niemals antun dürfen.«
»Vul hat ihm keine andere Wahl gelassen. Aber jetzt bin ich ja wieder frei.«
Egene nickte. Er machte einen unsicheren Eindruck, und Tarxne begriff, daß er nicht gewohnt war zu reden, weil es immer andere für ihn getan hatten.
»Unsere Truppen sind ständig angegriffen worden, während sie von Vulture aus Richtung Norden zogen«, erklärte der König. »Es hat zwei große Schlachten gegeben. Die erste hat Ruma gewonnen, die zweite wir. Durch das Massaker, das sie in diesem kleinen Dorf angerichtet

haben, verloren sie Zeit und Boden. Aber wir fragen uns immer noch, ob Ruma nun anstrebt, uns den Weg zu den Städten unseres Bundes im Süden abzuschneiden, um sie zu isolieren und das Vordringen der Griechen zu unterstützen, oder ob es sich unser bedient hat, um die Latiner zu besiegen und zu unterwerfen. Sie haben sich nur widerstrebend unterworfen, aber jetzt könnte sich Ruma der Eroberung der Umbrier und der Osker zuwenden.«

»Und was wollt ihr jetzt tun?«

»Diese Latiner, die Ruma nördlich des Tibrin unterworfen hat, sammeln sich nun am Fluß, an der Grenze des Territoriums zum Xaire, und schon zweimal hat Matula einen Invasionsversuch abschlagen müssen. Ruma kann nicht abseits stehen, wenn die Latiner, die seine Oberhoheit nicht anerkennen wollen, den Krieg an eine Grenze tragen, die Ruma ebenfalls mit einbezieht. Deshalb bereiten sich die Truppen von König Servius auf einen Angriff vor, und deshalb hat Matula das Städtebündnis gebeten, einzugreifen. Wir müssen zuschlagen, bevor die Invasoren uns überrennen.«

»Ich danke dir, daß du mich über den Stand der Dinge und eure Überlegungen in Kenntnis gesetzt hast«, sagte Tarxne und war schon dabei, sich mit einem Kopfnicken zu verabschieden.

Doch Egene hielt ihn zurück. »Willst du dich an diesem Feldzug beteiligen?«

»Als der Mann an der rechten Seite von Laris Pursiena?«

»Nein. Als der Kommandant der Truppen von Tarchna«, erwiderte der König. »Zusammen mit meinem Sohn Culcnies.«

»Dein Angebot ehrt mich, König Egene. Aber sicherlich ist dir bekannt, daß ich kein Krieger bin.«

»Man sagt von dir, du seist ein Magier ... Stimmt das? Ein größerer, als es dein Vater war?«

»Vielleicht.«

Flasi Aivas hatte die ganze Zeit über die Augen geschlossen gehalten. Aber nun blitzten sie auf, und ein Lächeln überzog sein Gesicht.

»Morgen, wenn die Große Trutnot hier angekommen ist, wird der ehrwürdige Flasi Aivas sprechen ...« fuhr Egene fort. »Heute kann ich dir nicht mehr sagen. Genieße die Gastfreundschaft von Tarchna, mein Neffe. Culcnies wird sich um dich kümmern.«

Tarxne verließ das Gemach und ging zu Aranth und Culcnies zurück,

die in der Loggia auf ihn gewartet hatten. Laris Pursiena hatte sich ihnen beigesellt, und Tarxne freute sich, ihn wiederzusehen. Laris war ihm so lieb wie ein Bruder geworden, und er bedauerte fast dieses starke Gefühl, weil er spürte, daß es ihn verletzbar machte.
Der König hat mir keinen Wein angeboten, er hat nicht mit mir getrunken, dachte Tarxne, während der Freund ihn umarmte und ihn mit sich in den Thronsaal zog, der schon für das Bankett und die Zusammenkunft der Könige vorbereitet worden war. Dort wachte eine große Schar von Dienern darüber, daß der Wein nie ausging und es nie an den Süßspeisen aus Hirse und Honig mangelte.
Sie setzten sich alle zusammen in eine Ecke an einen Tisch.
»Cilnia war sich ganz sicher, daß du nicht tot bist«, sagte Laris Pursiena. »Ich muß mich vor ihrer Intuition verneigen!«
»Sag ihr Dank und bitte sie, mich wie einen Bruder zu betrachten«, antwortete ihm Tarxne. »Zu wissen, daß ihr mir alle immer nahe gewesen seid, ist mir ein großer Trost.«
Culcnies hatte ihm Wein gereicht, und Aranth hatte sich inzwischen über eine Schüssel mit Süßspeise hergemacht. Während Laris ihm angeregt darüber berichtete, was von dem Moment an geschehen war, als Tarxne sich entschieden hatte, bei den Verwundeten zu bleiben, traf der Trutnot auf den stechenden, feindlichen Blick Urstes. Der Haruspize stand auf der anderen Seite des Saales inmitten von Personen, die Tarxne nicht kannte.
Du lügst, und du weißt, daß du lügst, edler Tarxne, sagte ihm dieser Blick. *Du brauchst keinen Trost. Du weißt noch nicht einmal, was dieses Wort bedeutet ...*
»Ich sehe dort vorne Urste. Ist auch dein Vater hier, Aranth?« fragte Tarxne, der nur noch mit halbem Ohr dem Bericht von Laris Pursiena gelauscht hatte.
»Nein. Urste sagt, daß ihn jetzt immer öfter ein Nervenfieber befällt und er deshalb nicht reisen kann. Aber er hat eine neue Königin. Eine Adelige aus Vei, die Tochter eines seiner Ratgeber. Sie ist knapp sechzehn Jahre alt und sehr schön. Die Haruspizen meinen, wenn die Götter es wollen, wird sie schon bald einen Sohn haben.«
»Das ändert gar nichts«, mischte sich nun Laris wieder ein. »Deshalb bleibst doch du der Erbe!«
»Ich weiß nicht.« Aranth schüttelte den Kopf. »Ich denke, das ist mir

auch nicht so wichtig. Aber Vei ist meine Stadt, ich fühle mich ihr verpflichtet. Wenn sie mich braucht, werde ich auch da sein.«

»Das ist sehr anständig von dir«, bemerkte Laris.

Tarxne sagte nichts dazu. Urste hatte seinen Blick wieder von ihm abgewandt, keiner schenkte ihm mehr Beachtung, alle waren viel zu sehr mit sich beschäftigt.

Sogar seine drei Gefährten, obwohl sie sehr um ihn bemüht waren, schienen vor allem von ihren eigenen Interessen in Anspruch genommen zu sein.

Und so entdeckte er plötzlich die Einsamkeit.

Noch nie hatte er sie empfunden. Nicht einmal in den langen Monaten seiner Gefangenschaft im Palast von Tharros oder während seines freiwilligen Aufenthalts in den Höhlen des Tivrit. Es mußte etwas sein, das tief in seinem Inneren geschah oder vielleicht auch schon geschehen war. Eine Unfähigkeit, die Gegenwart der anderen zu genießen, etwas, das ihn von den anderen abschirmte, ihn auf sich selbst zurückwarf, überlegen und mit klarer Erkenntnis.

Mit der Entschuldigung, Phata, den Händler, aufsuchen zu wollen, der nun mit seinen Waren im Palast angekommen sein mußte, erhob er sich. Aber er machte sich nicht auf die Suche nach ihm, und er fand auch nicht mehr den Alten, den er morgens vor dem Hauptportal getroffen hatte. Mit ihm wäre es vielleicht leichter gewesen, die Zeit zu verbringen. Also machte er sich zu den Räumen auf, die für die Gäste vorbereitet worden waren, und ließ sich ein Bad vorbereiten.

Als er gebadet hatte, war es fast dunkel. Ein heftiger Wind war aufgekommen, der Sonnenuntergang malte die letzten wie vom Pinsel hingeworfenen flammendroten Streifen an den westlichen Horizont, und die Sterne gingen schon langsam auf. Der Geruch von Kräutern und geröstetem Fleisch drang aus den Küchen, und der Wind, der aus Norden blies, brachte den starken, herben Duft von Ginster mit sich.

Tarxne ging durch die Säulengänge, die die verschiedenen Flügel und Höfe miteinander verbanden, und entfernte sich immer weiter von den Geräuschen und dem Treiben im Haupthof und im Bankettsaal. Der Gang, dem er jetzt folgte, führte zum alten Flügel des Palastes. Hier brannten nur wenige Laternen. Er überquerte einen Hof und kam dann in einen anderen, kleineren. Alles lag im Dunkeln, es gab keine erleuchteten Fenster- oder Türöffnungen mehr, keine Feuerbecken, nur der Mond, der erst vor kurzem aufgegangen war, leuchtete in einem fahlen Licht.

Der kleine Hof war von hohen Pflanzen überwuchert, von blühendem Asphodelus und Geißblatt, das sich an den Mauern hochrankte und sie fast ganz bedeckte.

In der Mitte des Hofes erkannte er die dunklen Umrisse eines steinernen Altars, und im Hintergrund bildeten aus der Begrenzungsmauer gebrochene, überwucherte Steine einen Durchgang zum angrenzenden Wald.

Der *Heilige Wald der Göttin Athrpa*, dachte Tarxne. Die Beschreibung, die Velvur und seine Großmutter gegeben hatten, kam ihm wieder in den Sinn, aber er spürte auch, wie ihn etwas tief in seinem Inneren berührte. Intuitiv schaute er zu der Schwelle zum *Gemach der Könige* hinüber: das älteste Gemach des Palastes.

Das Gemach, das die größte Macht in sich barg.

Als er sich wieder umdrehte, sah er ihn.

Zuerst schien er ihm so wirklich zu sein wie der Altar, an den er sich lehnte, oder der gewundene Stamm des Geißblatts. Die Worte Urstes kamen ihm wieder in den Sinn: *»Sie sagen, du seist in einer Nacht mit zwei Monden geboren, einer Nacht voller Magie. Aber auch einer Nacht, die Tod und Unheil über das Volk der Rasna bringen wird. Man sagt auch, daß sich seit damals ein Gespenst im Palast von Tarchna herumtreibt ...«*

Und dann stieg plötzlich etwas in ihm auf, was bisher tief in ihm verborgen gewesen war und das er bis zu diesem Moment nicht gekannt hatte: *sein Gesicht, seine Stimme, die Freude über seine Gegenwart und die Unlösbarkeit dieses Bundes ...*

Er schloß die Augen, überwältigt vom Ansturm seiner Gefühle und dieser Erinnerungen, die nicht seine waren und die er trotzdem nicht von sich schieben konnte. Als er die Augen wieder öffnete, stand der Schatten vor dem Altar noch immer unverändert da. Er trug eine schwarze Tunika und hatte die Tebenna über die rechte Schulter geworfen.

Tarxne ging langsam auf diese Gestalt zu. In der Luft, die nun kühl geworden war, hing der Modergeruch der Zeit. Das Gesicht des Mannes war so schön wie das Thesans, aber sein Lächeln war gelöster.

»Ich habe lange auf dich gewartet«, sagte der Schatten, ein Flüstern im Wind oder das Rauschen der Zweige.

Tarxne überlief ein leichter Schauer, und das Herz wurde ihm schwer.

Ich hätte dich gerne gekannt, dachte er und versuchte krampfhaft, zu einer gewissen Logik zurückzufinden und sich die Reihenfolge der Fragen zurechtzulegen, die ihm auf dem Herzen lagen.

»Aber du kennst mich, Tarxne. Du kennst mich schon seit langer Zeit.«

»Werde ich König sein?« Dies war die Frage, die ihn am meisten bedrückte und die er sich immer häufiger stellte.

»Du bist geboren, um König zu sein«, war die leise Antwort. Der Schatten wandte ihm das Gesicht zu, und Tarxne sah die Sterne wie eine Krone auf seinen hellen, blonden Haaren schimmern.

»Wo?« beharrte er. *»Es gibt keinen Platz für mich.«*

»Für dich gibt es nur einen Platz. Nur einen allein, Tarxne. Und das weißt du.«

»Ruma«, murmelte Tarxne und fühlte plötzlich, wie einfach doch diese Wahrheit war, die er schon immer in sich getragen hatte.

Der Schatten senkte das Haupt.

»Ich hätte den Phersu akzeptieren und sterben müssen. Alles wäre anders gewesen, hätte ich mein Schicksal hingenommen.«

»Nein!« protestierte Tarxne und fühlte sich tief betroffen von diesem untröstlichen Schmerz. *»Du bist dem Weg der Götter gefolgt, Axal. So wie wir alle hattest auch du keine andere Wahl.«*

Der Name kam ihm leicht und vertraut über die Lippen, wie der eines geliebten Freundes, nicht wie der des Mannes, dessen Blut auch in seinen Adern floß.

»Die Wege der Götter sind erbarmungslos, und die Menschen folgen einem Trugbild.«

»Die edle Caitli wird morgen hierherkommen«, murmelte Tarxne.

Der Schatten bewegte sich leicht.

»Ich weiß«, antwortete er, und im selben Moment bemerkte Tarxne, daß er wieder alleine war und fror.

Er entzündete das magische Feuer der Trutnot in der hohlen Hand, plazierte es dann sorgfältig auf dem Altar und strich sanft und voller Achtung mit den Fingerspitzen über die alten Steine. Er fühlte sie unter seiner Berührung leise erbeben, ein leichtes Vibrieren, als Zeichen, daß sie seine Geste annahmen. Sie gewährten ihm weder Zuspruch noch Trost, aber sie waren weise, und Tarxne lauschte ihrer Stimme.

Der Morgen dämmerte schon, als er sich entschloß, in den Bankettsaal zurückzukehren. Fast alle Gäste hatten sich zurückgezogen, um ein paar Stunden auszuruhen. Nur ungefähr ein Dutzend Adeliger aus Tarchna und Vei saßen in Gespräche vertieft in einer Ecke.

Er ließ sich Wein bringen und aß ein paar Bissen Fladenbrot, dann zog er sich in einen der übervollen Räume zurück, die für die Gäste ohne besonderen Rang vorbereitet waren, um ein wenig zu schlafen. Der Palast schien in Erwartung des Morgens den Atem anzuhalten, nur noch belebt von den Dienstboten und den Haruspizen, die sich auf die morgendlichen Riten vorbereiteten. Doch Tarxne empfand ihn plötzlich als feindlich. Im ersten Schlaf sah er die düster drohenden Augen Urstes, und das kalte Lächeln von Flasi Aivas hatte sich in ein höhnisches Grinsen verwandelt. Aber er war müde und entschloß sich, lieber die Alpträume zu ertragen, statt ihnen seine Kräfte entgegenzusetzen.

Seine Gefährten bemerkten die Veränderung, die mit ihm vorgegangen war. Er schien ihnen stärker geworden und irgendwie fremder, als sie sich für die vom Osttor her angekündigte Ankunft der Großen Trutnot im Haupthof versammelten.

Die Sonne stand schon hoch am Himmel. Dieser Tag war noch windiger als der vorhergehende. Tarxne hielt es für sein gutes Recht, seine Großmutter als erster zu begrüßen, und ging ihr entgegen, noch bevor sich irgendein anderer rühren konnte. Die zweirädrigen Karren mit der Großen Trutnot und ihrem Gefolge hatten durch die Reihe der Menschenmenge hindurch die Mitte des Haupthofes erreicht, und als Tarxne Caitli, die leicht wie eine Feder war, aus dem Wagen hob, waren beide gleichermaßen bewegt.

Caitli war immer noch sehr schön. Sie trug die weiße, golddurchwirkte Tunika und den Umhang des Großen Trutnot, und ihre fest in einem Zopf zusammengefaßten Haare zeigten keine Spur von Grau. Sie war noch schlanker geworden, als sie in ihrer Jugend gewesen war, und so wie damals trug sie die Fibel mit den ausgebreiteten Schwingen von Tarchna. Alle Augen richteten sich jetzt auf dieses Symbol, das ihre königliche Herkunft und ihre Zugehörigkeit zu diesem Palast anzeigte.

»Der Palast ist feindlich«, warnte sie Tarxne und fühlte, wie ihre Hand sich fester um die seine schloß.

Die edle Caitli wußte genau, was in der Luft lag, aber als sie auf der Schwelle zum Thronsaal stehenblieb, sah sie weder die Menschenmenge noch den für die Zusammenkunft hergerichteten Saal: Ihr Blick folgte einem kleinen Mädchen von fünf Jahren, nicht besonders gehorsam, ziemlich lebhaft und unverbesserlich eigensinnig, mit hellen, goldenen Augen, in denen an Tagen wie diesen tiefgrüne Punkte schimmerten. Die Kleine schlug Purzelbäume hinter dem Königsthron, und ihr helles Lachen klang silbern durch den Saal.

Caitli verscheuchte dieses Bild vor ihren Augen, und die Steine nahmen die Erinnerung, die Süße und die Last der Vergangenheit wieder in sich auf.

19.

»Aus uns wird eine Nation entstehen, die mächtigste aller vorgezeichneten Zeiten. Durch uns wird sie groß werden und wie der Sturmwind über die ganze bekannte Welt fahren. Ihr Ziel wird nur die Macht, die Eroberung und die Herrschaft sein, und wenn sie groß ist, wird sie uns zerstören ...« Flasi Aivas' Stimme zitterte so sehr, daß jeder der Anwesenden im Thronsaal von Tarchna das Gefühl hatte, der Boden unter den Füßen und der ganze Palast würde von seiner Erschütterung erfaßt.
Für einen Augenblick herrschte Schweigen. Dann erhob sich Matula von Xaire. »Ehrwürdiger Haruspize von Tagete, deine Worte sind eine Verdammung für das Volk der Rasna!« rief er. »Sind wir denn zum Untergang bestimmt? Sollen wir etwa nichts unternehmen gegen diese Stadt, die wir selbst groß gemacht haben?«
»Nein, nein! Wir müssen sie zerstören! So schnell wie möglich ... bevor es zu spät ist!« Flasi Aivas war gegen die steile Rückenlehne seines Sitzes gesunken, und das heftige Zittern seiner Hände hatte sich auf seinen ganzen Körper übertragen.
»Ich habe sie gesehen ...«, fuhr er mühsam fort. »Ich habe dieses Mädchen mit den königlichen Insignien vor dem heiligen Wasser der Göttin in Fanu Veltune gesehen. Eine Flamme beleuchtete ihr Gesicht, und der Schmerz unseres Volkes war so groß, daß er selbst die Felsen erweichte. Ich habe unsere Städte dem Erdboden gleichgemacht gesehen unsere Nachkommen untertan, unsere Götter vergessen, unsere Sprache ausgelöscht ... und die Seele unseres Volkes tot!«
Aivas ließ seinen Blick durchdringend und unerbittlich über die Versammelten schweifen. Jetzt hatte er sie in der Hand. Dann wandte er sich an die Große Trutnot: »Du kennst meine Worte, ihre Macht und die Wahrheit meiner Vision, edle Caitli, Tochter von Tarchon. Denn du warst es, die diese königlichen Symbole trug!«

»Leider haben uns die Götter hier zusammengeführt, ehrwürdiger Aivas. Ich kann daran nichts ändern.« Die Stimme Caitlis war sicher und fest. »Aber auch deine Vision ändert nichts im Netz der Zeit und nichts an dem, was geschrieben steht. Dieses Wissen macht uns nicht mächtiger, sondern nur verzweifelter.«
»Hast du deshalb geschwiegen?«
»Ich habe es getan und werde es wieder tun, wenn die Götter es mir auferlegen.«
»Soll das heißen, die Große Trutnot verbirgt die Wahrheit vor uns, aus Angst, wir könnten wie ängstliche Kinder davor zurückschrecken?«
Die Stimme des alten Mannes war nun zornig geworden, und Caitli fiel wieder ein, wieviel Haß er ihr entgegengebracht hatte, als sie noch die Erbin des Königs von Tarchna war. Jetzt war aus diesem Haß eine zerstörerische Wut geworden, die alle gleichermaßen traf.
»Du hast eine Vision geraubt, die nicht für dich bestimmt war, Haruspize«, beschuldigte sie ihn und versuchte, ihrer Stimme einen ruhigen Klang zu geben. »Die Götter haben nicht dich zum Zeugen aufgerufen! Es ist ein schweres Vergehen, daß du diese Zusammenkunft einberufen hast, um etwas zu entschleiern, das nicht für deine Augen bestimmt war.«
Aivas sank in sich zusammen, und es war ihm anzusehen, daß er gegen ihre Kraft nichts ausrichten konnte. Da erhob sich Urste, bleich im Gesicht. Das Gemurmel, das den Worten des Haruspizen und Caitlis gefolgt war, erstarb wieder.
»Willst du etwa behaupten, daß diese Prophezeiung nicht wahr ist, edle Caitli, Tochter von Tarchon?« fragte er.
»Jedes Wort ist wahr«, antwortete ihm Caitli und bemerkte, daß Tarxne seinen Blick fest auf sie gerichtet hielt. Es war der Blick eines Mannes, der sein Schicksal kannte, und diese Erkenntnis erschreckte sie jetzt, denn es war der Anfang eines neuen Ringes, der sich bald schließen würde.
»Es ist eine furchtbare Prophezeiung«, sagte Urste. »Sie zwingt uns, so schnell wie möglich zu handeln. Viel Zeit ist seit dieser Vision vergangen ... Verlorene Zeit ... Wir müssen nun mit allen unseren Kräften diese Stadt angreifen!«
Matula, König von Xaire, sprang wieder auf. »Wir müssen sofort losschlagen, bevor es Ruma tut!«

»Deine Überlegungen sind sicher berechtigt, Matula«, erwiderte ihm Caitli.« Aber wir haben noch einen ganzen Tag und eine ganze Nacht, um die Götter zu befragen. Und das ist es, was wir jetzt tun werden.«

»Die Opferung ist vorbereitet«, sagte Urste. »König Egene hat angeordnet, daß sie im Tempel von Tagete, vor den Mauern, stattfinden soll. Auch die Flötenspieler für den Begleitzug stehen schon bereit.« Dann verbeugte er sich mit unerwarteter Grazie vor Caitli. »Willst du uns mit deiner Gegenwart beehren, Große Trutnot?«

»Erst dann, wenn die Götter es wünschen«, antwortete sie und warf dann Tarxne einen Blick zu. Er verstand ihre stille Botschaft und rührte sich als einziger nicht, als der Begleitzug sich zu formieren begann, um den Haruspizen mit ihren gebogenen Stäben und Spitzhüten und den Flötenspielern zu folgen.

Nur die Wachen des Königs, die vor dem Thronsaal aufgestellt waren, und ein Dutzend Trutnot vom Tivrit blieben im Saal zurück.

»Wartet hier«, ordnete Caitli an und wandte sich dann an Tarxne.

»Komm«, sagte sie, und er folgte ihr durch dieselben Gänge und Höfe, die er schon am Abend zuvor durchquert hatte, bis zum *Gemach der Könige*.

Vielleicht sollte ich ihr von der Erscheinung Axals erzählen, dachte Tarxne, während er den Raum betrat und dessen machtvolle Aura in sich aufzunehmen versuchte. Die Diener mußten ihn erst vor kurzem gelüftet haben, und vor den beiden großen Öffnungen zu dem kleinen Hof mit dem steinernen Altar waren die Leinwände entfernt.

Die Sonnenstrahlen, die hereindrangen, fielen auf einen langen Arbeitstisch mit vielen Kèrnos, in denen teilweise die Farben sogar noch flüssig waren, bis zu der Feuerstelle aus schwarzem Stein, in dem der Adler von Tarchna mit den ausgebreiteten Schwingen gemeißelt war. Eine Fülle von Macht war in diesem Gemach versammelt – mit der gleichen Intensität und der gleichen Beschaffenheit wie ein kostbares Öl in einem Gefäß.

»Komm zu mir«, forderte Caitli Tarxne auf und ging mit einer Selbstverständlichkeit durch den Raum, als hätte sie ihn erst gestern verlassen. Neben dem Tisch stand sogar noch das Pult mit dem Spannrahmen, auf dem sie die Karte von Axals Heimat gezeichnet hatte.

Als ein Windstoß in das verwilderte Buschwerk an der Mauer fuhr,

zuckte Caitli zusammen. Sie spürte, wie sich die Erschütterung der Erde vorbereitete, und drehte sich nach ihrem Enkel um.
»*Das Gemach der Könige* hier steht dir rechtmäßig zu, Tarxne«, sagte sie. Dann strich sie ihm über die Stirn, und zum ersten Mal spürte Tarxne eine Gefühlsbewegung in ihr, die so heftig war, daß ihre Augen sich mit Tränen füllten.
»Ich habe deinen Vater sehr geliebt«, sagte sie, und Tarxne fühlte einen lebendigen Strom, der von ihren Fingerspitzen ausging. Plötzlich schämte er sich für das, was seine Großmutter in ihm erkennen könnte.
»Vielleicht bin ich deiner Erinnerung an ihn nicht würdig«, sagte er und zog sich zurück.
»Keiner kann sich mit den Erinnerungen messen. Quäle dich deshalb nicht, Tarxne.«
»Weißt du, was ich in Tharros gemacht habe?«
»Ich weiß, daß du dort gefangen warst. Ich weiß, daß Vul versucht hat, sich an dir zu rächen, was ihm aber nicht gelungen ist, und daß Phata, der Fischer, seine Schuld zurückgezahlt hat.«
»Aber ich habe meine Macht dazu benutzt, Vul zu töten, und wenn ich dazu fähig gewesen wäre, hätte ich den ganzen Palast zerstört! Wenn ich es in diesem Moment gekonnt hätte, dann hätte ich es getan. Ich würde es auch in jedem Moment wieder tun. Auch jetzt. Und seitdem habe ich das Gefühl, völlig ausgeliefert und machtlos zu sein!«
»Das ist die angemessene Strafe für einen, der vergißt, daß die Macht nicht den Leidenschaften dienen kann.«
»Wenn ich sage, ich würde dasselbe auch jetzt wieder tun, hat das nichts mit Leidenschaft zu tun. Ist es vielleicht meine Grenze und mein Maß? Dieselbe Grenze und dasselbe Maß, das du und Velvur versucht habt mir aufzuzeigen?«
»In einem gewissen Sinne ja, Tarxne. Aber diese Grenze und dieses Maß liegen in dir selbst.«
Caitli näherte sich der Feuerstelle. Mit einer einzigen Bewegung ihrer Hand, wie so oft, als sie noch hier gelebt hatte, entzündete sie das Feuer, und die Flammen erhoben sich hell und lodernd.
»Ist es das, was dich so quält, Tarxne, und deine Aura so düster erscheinen läßt?« fragte sie.
Tarxne nickte und kam näher.

»Letzte Nacht habe ich die Erscheinung Axals vor dem Altar der Erdmutter Dia gesehen«, murmelte er. »Er hat mir gesagt, daß ich König von Ruma sein werde.«

»Beunruhigt dich das?«

»Ich habe Aivas' Prophezeiung gehört ... Nein, deine Prophezeiung«, berichtigte er sich sofort. »Ich möchte Ruma den Rasna zurückbringen, um jeden Preis. Ich möchte nicht, daß diese Stadt unser Feind ist.«

Caitli nickte, aber Tarxne hatte den Eindruck, daß sie anderen Gedanken nachhing, die seine Kräfte nicht erreichen konnten.

»Wirst du mir helfen?« fragte er, ohne zu wissen, daß schon ein anderer das vor langer Zeit gefragt hatte.

Über Caitlis Gesicht flog ein kleines Lächeln.

»Auf dem Weg, den die Götter dir vorgezeichnet haben, ist nicht mehr viel Platz für mich«, sagte sie.

Dann wandte sie sich ab, und in diesem Moment trat Thesan ein. Sie trug das Gewand der Trutnot, und ihre Haare waren in ein dunkles Netz gehüllt. Tarxne begrüßte sie mit einer Neigung des Kopfes, aber seine Mutter schien seine Begegnung mit Caitli nicht stören zu wollen. Sie ging sofort auf die Feuerstelle zu und neigte sich über die Flammen, als wollte sie sich wärmen.

»Werden wir Ruma angreifen? Ist das, was uns die Zukunft bringen wird, schon entschieden?« nahm Tarxne das Gespräch wieder auf.

Aber in diesem Moment drehte sich Thesan nach ihnen um. In ihren Händen hielt sie eine goldene Kette, an der der Opal hing. Sie hielt ihnen die Kette mit dem Stein entgegen, und es schien, als würde der Opal von einem dunkel glühenden Punkt aus das Licht in sich aufsaugen und in ein eigenes, lebendiges und pulsierendes Leben verwandeln.

»Seit wann ist er hier?« rief Tarxne überrascht.

»Er ist immer hier gewesen und hat auf dich gewartet«, murmelte Caitli.

In diesem Augenblick erschütterte ein heftiger Erdstoß den Palast, dem ein dunkles, langanhaltendes Donnergrollen folgte.

Alles geriet in Bewegung, fing zu vibrieren an, zu rollen und zu stürzen. Lange, breite Risse begannen die Mauern zu durchziehen, und einer davon spaltete den Adler von Tarchna in zwei Teile, während die Flammen des Feuers sich zurückzogen und erloschen. Von draußen war ein lautes Getöse von aufeinanderstürzenden Steinen zu hören. Und dann war Stille.

Tarxne öffnete wieder die Arme, die er schützend um seine Großmutter gelegt hatte. Mit einem Blick vergewisserte er sich, daß auch seine Mutter unversehrt war. In dem Gemach war fast nichts mehr an seinem Platz, und Caitli lief sofort in den Hof hinaus. Auch der Altar war unversehrt, aber der Durchschlupf in der Mauer, die den Hof vom *Heiligen Wald* trennte, hatte sich wieder geschlossen. Geröll und große Steinbrocken hatten ihn völlig aufgefüllt. Nun war der Stamm des Heiligen Baumes der Göttin Athrpa von hier aus nicht mehr zu sehen.

Caitli schloß die Augen. Das Beben der Erde war jetzt nur noch ein leichter Nachhall, der sie erschauern ließ.

»Ist es so schlimm?« fragte Tarxne, der ihr gefolgt war, und legte die Hände auf ihre Schultern.

Caitli seufzte. Auch die Stimme schien die von Larth zu sein. Sie antwortete nicht und begegnete den Augen Thesans, die jetzt ebenfalls, mit dem Opal an die Brust gedrückt, dort, wo Larth ihn zurückgelassen hatte, in den Hof getreten war. Nun wußten sie es beide. Auch er war nur ein Mann, unfähig, zu verstehen, so abgelenkt von seiner Sorge um einen Thron, die Herrschaft und die weltliche Macht.

»Wir müssen in den Thronsaal zurückkehren, Tarxne«, sagte Caitli. »Sofort.«

Tarxne folgte ihr schweigend. Überall hörte man Schreie und Rufe und das Getrappel von Füßen aus allen Richtungen. Aber die Schäden in den Höfen waren, bis auf ein paar abgebrochene Giebelverzierungen und Stirnziegel, nicht sehr groß, und die Risse in den Mauern des neueren Teiles des Palastes waren nicht sehr breit. Die wunderbare Chimäre über dem Hauptportal hatte keinen Schaden erlitten, und auch die Vagabunden, Pilger und Durchreisenden, die sich vor den Küchen drängten, um sich ihren Anteil an der Mahlzeit des Königs abzuholen, waren nicht verletzt worden. Die Trutnot vom Tivrit hatten sich schon beruhigend unter sie gemischt, und langsam legte sich die Aufregung.

Sobald ihre Mutter und Tarxne gegangen waren, schloß Thesan sorgfältig die Tür zum *Gemach der Könige*. Der schwere Riegel war noch intakt, und einen Moment lang blieb sie noch an die Tür gelehnt und versuchte die Woge der heftigen Gefühle in sich zu beruhigen.

Der Opal, den sie immer noch fest umschlossen hielt, war jetzt kalt wie Eis. Sie versuchte, den Raum mit den Augen ihres Vaters zu sehen, und er kam ihr plötzlich feindlich vor, fremd und unverständlich.

Er war ein Fremder gewesen, und er war der Ursprung dieser schrecklichen Prophezeiung.

»*Es wäre besser gewesen, den Phersu zu akzeptieren . . .*« Sie kauerte sich wieder vor die Feuerstelle und entzündete die Flammen. Der Adler erschien nun fast erschreckend, als ob sich ein dunkler Abgrund zwischen seinen beiden Hälften aufgetan hätte. Aber Thesan betrachtete ihn nur flüchtig und schloß fest die Hand um den Opal.

Langsam begann ein dunkler Fleck im Feuer Form anzunehmen, und brachte ihr als erstes das Gesicht von Urste, dann, gleich darauf, das von Flasi Aivas. Die beiden Männer waren alleine und saßen sich mit düsterer, angespannter Miene gegenüber.

»Urste . . .« murmelte sie.

Daß sie ausgerechnet Urste im Feuer sah, verhieß nichts Gutes. Aber nach allem waren sie, wenn auch unfreiwillig, über Aranth verbunden und vielleicht hätte sie ihn ohne diese Verbindung gar nicht erreichen können. Jedenfalls war der Haruspize in diesem Moment viel zu abgelenkt und aufgeregt, um sie spüren zu können.

»Wir müssen es tun, Urste«, sagte gerade Flasi Aivas, und seine Stimme überschlug sich fast, im Bemühen, überzeugend zu sein. »Wir müssen das Todesurteil über Tarxne, den Sohn von Larth, verhängen! Und zwar sofort!«

»Das wird uns nicht gelingen, er hat Freunde, die ihn bis zum Letzten verteidigen werden! Die Pursiena von Clevsi und auch Matula von Xaire . . . und dann die Große Trutnot! Hast du die edle Caitli vergessen? Sie wird es nicht erlauben, daß ihr Enkel zum Tode verurteilt wird!«

Flasi Aivas sog tief die Luft ein, als wollte er die Logik Urstes einfach auslöschen und wieder Kräfte sammeln.

»Ich habe daran gedacht«, sagte er dann. »Ich denke schon sehr lange über all das nach! Diese Prophezeiung, die die Götter mir nicht zugestanden und die ich mir verschafft habe, hat mir vieles klargemacht . . . Wir müssen verhindern, daß Tarxne der dritte Rasna ist, der in dieser Stadt König wird. Nur so können wir versuchen, das Ende aufzuhalten und die Gefahr zu bannen, die von jenseits des Tibrin kommt. Zumindest *versuchen*, hast du verstanden?«

»Das wird seine Familie und seine Freunde nicht dazu bewegen, seinen Tod hinzunehmen!«

»Er hat keine Familie, Urste. Vergiß das nicht. Und keiner seiner Freunde ist bereit, für ihn zu sterben, wahrscheinlich noch nicht einmal sein Bruder. Nein, keiner der Könige wird sich weigern, wenn sie wissen, daß nur durch seinen Tod verändert werden kann, was geschrieben steht, weil dadurch der letzte Ring in der Kette der Ereignisse zerreißt. Nicht einmal Pursiena von Clevsi und noch viel weniger sein Onkel Egene.«

»Aber er hat ihm das Kommando über einen Teil der Truppen Tarchnas angeboten!«

»Sicher, weil ich es ihm vorgeschlagen habe ... Ich war mir noch nicht sicher, ob es mir gelingen würde, seinen Tod als eine Art Opfer zu fordern. Es ist nicht schwer, einen Mann während einer Schlacht zu töten.«

»Und was ist mit der edlen Caitli?«

»Sie kann nicht lügen. Und sie kennt schon seit langer Zeit jede Einzelheit dieser Prophezeiung und die Kette der Ereignisse. Sie wird das nicht leugnen können, wenn ich sie in der Versammlung darauf anspreche.«

Urste schwieg. Er hatte noch immer seine Zweifel, aber jetzt streckte sich die knochige Hand des alten Mannes nach ihm aus.

»Du bist stark!« sagte Aivas. »Und ich habe dich in all diesen Jahren nicht in meinem Schatten groß werden lassen, um dich jetzt zögern zu sehen ...«

»Werden wir das Beben der Erde als Zeugnis aufrufen?«

»Das Beben der Erde *ist* unser Zeugnis, Urste. Erinnerst du dich nicht mehr an das Beben in Vei? Wer könnte besser wissen als du, was geschieht, wenn ein Fremder oder eine Fremde in unsere Mauern eindringt, um dort zu herrschen?«

Urste versuchte, die Erinnerung an diese Tage zu verdrängen, die er damit verbracht hatte, ein gefälliger Diener des Haruspizen von Tagete zu sein und einen König für sein Bett zu erobern.

»Also gut, dann sein Tod«, murmelte er. »Aber welche Art von Tod?«

»Steinigung. Das ist es, was wir für Tarxne, den Sohn von Larth, vorschlagen werden.«

Thesan zog sich von der Flamme zurück. Der Opal in ihrer Hand war jetzt warm geworden, und für einen Augenblick spürte sie wieder die

Zärtlichkeit und die Liebe, mit der dieser Sohn gezeugt worden war. Ein König.
Von Anbeginn war er ein König gewesen.
»Du wirst ihn nicht bekommen, Aivas!« sagte sie mit lauter Stimme.
Dann erhob sie sich und sammelte ihre Kräfte. Sie wußte, daß das, was sie im Begriff war zu tun, nicht geschehen durfte: Keinem Trutnot war das erlaubt, welche Gründe er auch immer haben mochte. Trotzdem konnte sich ihr dieser Ort voller Macht nicht entziehen. Er würde ihr Komplize sein.
Thesan suchte sich unter den umgekippten Kèrnos einen aus, der noch einen Rest flüssiger Farbe enthielt.
»Purpur ...« murmelte sie und tauchte die Fingerspitze hinein, um die Konsistenz zu prüfen. »Das ist mehr, als du verdienst, Flasi Aivas!«
Dann griff sie nach einem Stäbchen und einem Stückchen Leinwand, das noch zwischen den Farben übriggeblieben war, und begann, mit äußerster Sorgfalt die Schriftzeichen zu malen, die den Namen des alten Haruspizen darstellten, und schloß sie in einen Kreis ein. Keiner konnte sich gegen die *Magie des Namens* wehren: Nicht einmal Flasi Aivas.
Dann kehrte sie ans Feuer zurück und wartete ab.

König Egene betrat als letzter den Thronsaal. Das Beben, das Tarchna erschüttert hatte, hatte ihn mehr bestürzt, als er zu erkennen gab. Die Schäden am Palast und der Einsturz eines Teils der Stadtmauern interessierten ihn nicht weiter. Von dort würde sowieso kein Angriff zu erwarten sein. Ihn beunruhigten die unheilvollen Vorzeichen, die die Haruspizen aus den Schäden ablasen, die das Beben verursacht hatte.
Als die Haruspizen den Weg für die Ankunft Flasi Aivas' freimachten, faßte Egene jedoch wieder Mut. Der alte Mann würde sicher wissen, was man in einer so schwierigen Lage zu tun hatte.
Flasi Aivas blieb vor dem Thron stehen. Er richtete sich an seinem gebogenen Stab auf, und auch Urste, ein paar Schritte hinter ihm, blieb stehen. Beide machten sie einen düsteren Eindruck und schienen schlechte Nachrichten zu bringen.

Der Haruspize von Tagete wandte sich jetzt an die Große Trutnot, die zur Linken des Königs saß.
»Ich bin nicht der einzige, der den Grund für die unseligen Vorzeichen dieses Tages kennt«, rief er aus. »Und ich kenne auch ihre Auswirkungen, sollten sie mißachtet werden. Du, so wie ich, edle Caitli, weißt genau, was der Preis ist, um das Rad der Zeit aufzuhalten.«
»Keiner kann es aufhalten, Haruspize. Ist es dein Hochmut, der dich so reden läßt, oder verfolgst du nur wieder deine eigenen Interessen, so wie es deine Gewohnheit ist?«
Aivas hatte schon den Mund geöffnet, um ihr zu antworten, aber das Todesurteil, das er verkünden wollte, blieb ihm im Hals stecken.
Mit einem erstickten Schrei klammerte er sich an seinen Stab und fiel dann nach hinten, in die Arme von Urste, der nach vorne gesprungen war und ihn auffing. Weißer Schaum trat aus einem Mundwinkel, und ein kleines Rinnsal Blut lief ihm aus einem Ohr. Sonst nichts. Krampfhaft bäumte sich Flasi Aivas noch einmal in den Armen seines Schülers auf. Dann tat er seinen letzten Atemzug, während die Flammen in der Feuerstelle des *Gemaches der Könige* eines nach dem anderen die Schriftzeichen in dem Kreis verbrannten, den Thesan um seinen Namenszug gezogen hatte.
»Keiner rührt sich!« befahl Caitli, und die Könige und Adeligen, die sich im Saal drängten, verharrten vor Schrecken in fassungslosem Staunen. Dann wandte sie sich an Urste: »Du bist sein Schüler. Gibt es etwas, das der Haruspize uns bei dieser Versammlung sagen wollte? Etwas, das du uns an seiner Stelle sagen willst?«
Urste legte den Körper des alten Mannes vorsichtig auf dem Boden nieder und richtete sich auf, wehrlos der gebieterischen Stimme der Großen Trutnot gegenüber. Alles, was er sagen wollte, war plötzlich völlig durcheinander. Verwirrt senkte er den Kopf.
»Vielleicht hatte er irgendwelche Zeichen ...« murmelte er. »Er wollte etwas Wichtiges sagen. Aber ich weiß nicht, was es war. Ich habe der Versammlung nichts zu sagen.«
»Die Versammlung nimmt deine Worte als Zeugnis entgegen, Urste Afuna. Aber jetzt kümmere dich bitte darum, daß die sterblichen Überreste des ehrwürdigen Haruspizen in den Tempel von Tagete gebracht und dort die Riten vorbereitet werden, mit denen wir ihm die letzte Ehre erweisen.«

Gegen seinen Willen beugte Urste gehorsam den Kopf und fühlte den Blick Tarxnes wie eine Demütigung auf sich lasten.
»Nun, König Egene«, fuhr Caitli fort, »ist es an der Zeit, daß die Könige die Streitäxte vor dir niederlegen und sich damit verpflichten, Xaire zu Hilfe zu kommen.«
Egene zuckte sichtbar zusammen, als er plötzlich von jemand anderem als Flasi Aivas daran erinnert wurde, was er zu tun hatte. Während die Haruspizen den Körper des alten Mannes wegtrugen, bereiteten die Diener schon die Zeremonie der Streitäxte vor, denn in diesem Jahr würde Egene der Re Supremo sein.
Die Ernennung sollte erfolgen, weil der Haruspize Flasi Aivas in diesem Jahr die Zusammenkunft in Tarchna gefordert hatte. Aber nach den Ereignissen der letzten Stunden waren die Könige längst nicht mehr so überzeugt, daß Egene der richtige war, sie in den Krieg zu führen. Trotzdem hatten die jungen Hauptleute und Fürsten schon damit begonnen, über die Anzahl der Männer und Waffen zu reden, und nach der Zeremonie wurden für den größten Teil des Tages diese Diskussionen fortgesetzt, während die Diener versuchten, den Bankettsaal mit Kalk zu reinigen.
Im Hof fand sich Tarxne in der Gesellschaft von Laris Pursiena, Aranth, Culcnies und anderen jungen Fürsten wieder, die alle sehr aufgeregt die Ereignisse besprachen.
»Ich bin sicher, daß der edle Aivas uns etwas Wichtiges zu sagen gehabt hätte, wenn die Götter ihn nicht zu sich gerufen hätten!« sagte Matula, der Sohn des Königs von Xaire. »Ruma ist uns ein Dorn im Fleisch, und der Tibrin ist eine Grenze, die immer unsicherer wird.«
»Wenn es geschrieben gestanden hätte, daß wir ihm zuhören sollen, hätten die Götter ihn nicht ausgerechnet in diesem Moment zu sich gerufen!« erwiderte ihm Laris Pursiena.
»Aber wir haben heute morgen diese Prophezeiung gehört«, murmelte Culcnies. »Diese Stadt jenseits des Tibrin wird uns mit der Zeit zerstören.«
»Vielleicht ist diese Zeit noch weit in der Zukunft und berührt uns nicht«, wandte Laris Pursiena ein. »Weder Flasi Aivas noch die Große Trutnot haben gesagt, *wann* das alles passieren wird. Und außerdem sollten wir Tarxne hören. Wir können nur Vermutungen anstellen, er dagegen kennt die Wahrheit.«

»Die Wahrheit? Willst du wirklich die Wahrheit von mir hören, Laris?« erwiderte Tarxne.
»Nur für uns«, sagte Laris und zeigte mit einer Geste in die Runde. »Sie ist sehr wichtig für uns.«
»Die Götter haben entschieden, daß ich König in dieser Stadt jenseits des Tibrin sein werde, Laris. Und ich will nicht dein Feind sein, wenn du der König von Clevsi sein wirst, genausowenig wie ich der Feind von Aranth oder Culcnies sein möchte.«
Sein Ton war hart und fast bitter. Laris war davon genauso beeindruckt wie alle anderen. »Sicher werden wir nicht deine Feinde sein«, entgegnete er. »Im Gegenteil, deine Stadt wird das letzte Juwel in der Krone der Rasna sein. Du wirst sie prunkvoll und reich machen, und für uns wird sie kostbarer sein als eine Geliebte. Das kann ich dir heute schon versprechen.« Er streckte eine Hand aus, und Tarxne ergriff sie, überzeugt von seiner Ehrlichkeit und seiner Zuneigung. Die anderen taten es Laris nach, und als sie in den Thronsaal zurückkamen, wo die Truppen aufgeteilt wurden, war Tarxne einer der ersten Fürsten, die aufgerufen wurden.

Sehr viel später brachte Caitli Öl und einen Teller mit Fleisch und Früchten zum Altar der Erdmutter Dia, in Erneuerung des uralten Ritus, mit dem sie schon immer durch ihre Gaben diesen Ort geehrt hatte.
Die Sonne ging gerade hinter einer dunklen Wolkenwand unter, die von Westen her aufgestiegen war. Die düsteren Vorzeichen waren nicht mehr zu übersehen: das Beben der Erde; der Tod des ehrwürdigen Haruspizen, der für lange Zeit über einen Palast geherrscht hatte; der Einsturz der Mauern, der den Durchschlupf verschüttet hatte, den damals der Blitz im Moment ihrer Geburt geschlagen hatte . . . Alles das lastete auf jedem einzelnen von ihnen und warf einen Schatten der Angst. Die Zeit des blühenden Aufschwungs neigte sich ihrem Ende entgegen.
Trotz der Aufregung um sie herum war Caitli in Frieden mit sich. Als ob sie nun, mit dem Schließen des letzten Ringes, beruhigt auf den Tivrit zurückkehren könnte.
In sich versunken wartete sie, bis der Himmel langsam dunkel wurde. Axal würde an diesem Ort nicht mehr erscheinen. Der Durchgang war

geschlossen, und ein leichter Schauer überlief Caitli bei der Erinnerung an ihre gemeinsame Nacht in der Einsiedelei der Göttin, im Herzen des *Heiligen Waldes*.
Es gefiel ihr der Gedanke, daß etwas von ihnen dort für immer bleiben würde, an die Erde gebunden, an den Atem des Windes und den Klang der Sterne. Vielleicht würden die Menschen niemals mehr eine Nacht mit zwei Monden erleben. Sie fuhr mit den Fingerspitzen über die Steine des Altars und fühlte, daß sie warm waren und ihr freundlich gesinnt. Es war fast so wie damals, als sie hier Trost gesucht hatte, als sie fast noch ein Kind war. Später hatten sie dann ihrer Verbindung mit Axal ihren Segen gegeben. So hing sie ihren Erinnerungen nach und ließ sich auch nicht von dem Ruf der Lampe in dem *Gemach der Könige* ablenken.
Sie hatte befohlen, daß niemand das Gemach betreten durfte, und dafür gab es zwei Gründe: Thesan, die den Ritus des Todes vollzogen hatte, indem sie sich der Magie des Namens bedient hatte, und der Adler von Tarchna, von einem breiten Riß in zwei Teile geteilt, in den die Nacht einfiel.
Sobald der Morgen dämmerte, löschte Thesan die Flamme in der Lampe und trat auf die Schwelle zu dem kleinen Hof. Die ganze Nacht über hatte ihre Mutter vor dem Altar gewacht, aber sie war spät in der Nacht, zusammengekauert vor der Feuerstelle, erschöpft eingeschlafen. Es war ein tiefer Schlaf ohne Träume gewesen. Sie zog ihren Mantel der Trutnot fester um sich und wartete regungslos darauf, daß die Mutter zu ihr kam.
Trotz der durchwachten Nacht war das Gesicht Caitlis ruhiger und entspannter als das ihre.
»Ich konnte es nicht zulassen, daß Tarxne getötet wurde«, murmelte Thesan und hob ihre Augen zu denen der Mutter. »Ich konnte nicht anders. Wer bin ich?«
»Du warst ein Geschenk der Liebe vom ersten Moment an, aber du bist auch der Ring, der die Zerstörung der Rasna mit sich bringt . . . Die Liebe und der Tod haben dasselbe Antlitz.«
»Auch Mastarna wird bald den Sinn dieser Worte erfahren«, antwortete Thesan, und der Gedanke, daß sie beide soviel wußten, ohne etwas verändern zu können, bedrückte sie. »Ich werde nicht wieder auf den Tivrit zurückkehren können«, murmelte sie nach einem langen Schwei-

gen. »Und ich werde auch keine Trutnot mehr sein. Ich habe die Magie des Namens benutzt, um Tod zu bringen, und ich habe meine Macht nicht aus Zorn oder blind benutzt, so wie Tarxne, obwohl er glaubt, mit vollem Bewußtsein gehandelt zu haben. Ich habe ganz freiwillig Flasi Aivas getötet. Ich war es Larth schuldig und meinem Vater, und auch dir, meine Mutter.«

»Keiner kann unsere einzige Regel und unsere einzige Grenze überschreiten, Thesan. Das ist es, was die Macht unseres Geistes begrenzt. Aber wohin willst du jetzt gehen?«

»In die Wälder! Ich werde ein Refugium finden und versuchen, mich nützlich zu machen für die, die meine Heilkunst benötigen. Ich werde Tura mit mir nehmen, nur sie alleine.«

Caitli senkte den Kopf. Thesan fühlte, wie grausam sie diese Trennung berührte, denn sie war endgültig. Sie streckte ihre Hand aus und berührte die der Mutter.

»Die Wälder sind mir freundlicher gesinnt als die Steine der Städte«, sagte sie. »Fürchte nicht um mich, Mutter. Jetzt kommt Tarxnes Zeit.«

Caitli nickte und erwiderte die Zärtlichkeit dieses endgültigen Abschieds, den sie nicht verhindern konnte.

»Verlasse den Palast noch vor Tagesanbruch«, riet sie ihr dann. »Nimm einen der Wagen des Tivrit mit und einige Vorräte und einen von den treuesten Dienern, denn Tura kann nicht alleine die Arbeit eines Mannes erledigen.«

»Ich werde tun, was du sagst«, murmelte Thesan. »Aber ich vertraue dir meinen anderen Sohn an, Aranth, denn er ist nicht im Besitz magischer Kräfte.«

»Ich werde über ihn wachen«, versprach Caitli. »Auch Aranth steht unter dem Zeichen der Götter.«

Der Sonnenaufgang weckte eben die verschlafenen Höfe, und das Licht des Tages verbreitete sich triumphierend, als Thesan den Palast von Tarchna verließ, ohne sich noch ein einziges Mal umzudrehen.

20.

Tarxne bemerkte sofort den Mann, der sich, das kurze Schwert hoch erhoben, mit dem Schwung eines jungen Mannes in das Kampfgetümmel geworfen hatte. Er erkannte ihn, obwohl er ihn nie zuvor gesehen hatte: seine kupferfarbenen Locken, von grauen Strähnen durchzogen, das Gesicht, die ganze Gestalt und vor allem die Augen von einem unvergleichlichen Grün, die immer noch das Feuer und die Lebendigkeit der besten Jahre ausstrahlten.

Jetzt, wie in der Vision vor vielen Jahren auf dem Tivrit, fühlte er, daß er diesem Mann Vertrauen entgegenbringen könnte und daß es ihm leichtfallen würde, ihm zu gehorchen. Aber gleich darauf war der andere schon wieder im Kampfgetümmel verschwunden.

Später, als das erste Gefecht in einen stillschweigenden Waffenstillstand übergegangen war, bei dem beide Seiten in den jeweiligen Zeltlagern an den Ufern des Tibrin ihre Verwundeten versorgten, sprach Tarxne mit Laris Pursiena darüber.

»König Servius ist berühmt dafür, trotz seiner Jahre immer noch vor seinen Truppen zu reiten«, entgegnete ihm der junge Fürst von Clevsi, der an diesem Abend die Einladung in sein Zelt angenommen hatte. »Nur wenige halten seinem Schwert stand!«

Die Truppen von Tarchna, dreihundert Mann stark, hatten bisher noch nicht am Kampf teilgenommen, genausowenig wie die von Clevsi, Velx und Vei. Es waren die Soldaten aus Xaire, die den ersten Angriff geführt hatten, und Matula hatte wütend wissen lassen, daß er so schnell wie möglich ein Treffen wünschte. Außerdem hatte er sich darüber beschwert, daß der Re Supremo auf dem Schlachtfeld nicht anwesend war und damit das Risiko bestand, eine Allianz auseinanderbrechen zu lassen, die eigentlich gar nicht richtig existierte.

Tatsächlich hatte es schon Unstimmigkeiten gegeben, als sich die Truppen von Velx und Tarchna auf der breiten Straße in Richtung Xaire vereinigt hatten. Heuse Vibenna, der jüngste Sproß aus dem Zweig des großen Generals Marce Vibenna, der an der Spitze der Männer von Velx stand, wollte Tarxnes Ernennung zum Kommandierenden der Truppen von Tarchna bei diesem Kriegszug nicht anerkennen. Maclae seinerseits, den Egene eigentlich als Kommandierenden vorgesehen hatte, benahm sich Tarxne gegenüber, als wäre er weder ein Kommandant noch ein Fürst. Und Culcnies, der sich bei mehreren Gelegenheiten offen auf die Seite Tarxnes gestellt hatte, schien in dieser Angelegenheit kaum Gewicht zu haben.

Das Zusammentreffen mit Laris Pursiena und seinen Männern hatte alles noch schwieriger gemacht, denn Laris hatte nicht im geringsten Bereitschaft gezeigt, Befehle entgegenzunehmen – weder von einem Vibenna noch von einem Kommandierenden aus Tarchna, wer auch immer es sein mochte. Avile von Vei hingegen, der an Meules Stelle getreten war, hatte von Anfang an darauf gedrängt, sich zurückzuziehen, nachdem die Haruspizen aus den Zeichen eine drohende Gefahr für seine Stadt herausgelesen hatten.

Auf der Gegenseite hatte Ruma nicht seine eigenen Truppen eingesetzt, sondern Hundertschaften aus den Territorien der Latiner und Sabiner, die sie erst kürzlich unterworfen hatten und deren Ziele in dieser Sache ganz eindeutig andere waren. Die Latiner wollten ihre Grenzen zu den reichen Ländern nördlich ihres Territoriums ausweiten, um Ausgleich zu schaffen für den Tribut, den Ruma von ihnen forderte. Die Sabiner hingegen mußten an diesem Kriegszug teilnehmen, weil Ruma jeden einzelnen ihrer kampffähigen Männer zu den Waffen verpflichtet hatte.

»Das ist ihre Schwäche«, stellte Laris Pursiena fest, als Tarxne ihm seine Sicht der Dinge geschildert hatte. »Im letzten Sommer hat Marcius sie mit seinen Mannen bei Pometia niedergemacht, und viele latinische Städte sehen in Ruma den wahren Feind. Ruma ist es – und nicht der Städtebund der Rasna –, das sie unterworfen und ihnen Abgaben und Verpflichtungen auferlegt hat! Vor allem die Sabiner sind und bleiben die erklärten Feinde Rumas, trotz aller Verträge. Wenn sie einen starken Verbündeten finden würden, ich glaube, dann würden sie nicht lange zögern, einen Pakt zu schließen und sich zu erheben.«

»König Servius muß ziemlich geschickt sein, wenn er mit so wenig vertrauenswürdigen Verbündeten zurechtkommt und sich ihrer sogar im Kampf zu bedienen weiß.«

Laris verzog das Gesicht zu einem Lächeln. »Soweit ich weiß, ist König Servius so geschickt, immer von allem das Beste zu nehmen und dabei nie die Sicherheit Rumas aufs Spiel zu setzen«, erwiderte er. »Aber mir scheint, dir gehen da einige Gedanken durch den Kopf.«

»Ich weiß nicht, vielleicht. Aber dir kann ich es ja sagen ... ich fühle mich meiner Sache irgendwie nicht sicher.«

»Du fühlst dich nicht sicher?«

»Vielleicht wegen dieses Kommandos. Ich denke, diese Männer sind mir von meinem Onkel Egene nicht mit der Absicht anvertraut worden, sie zum Sieg zu führen.«

»Ich verstehe nicht, was du meinst!« rief Laris und nahm mit wenig Begeisterung Tarxnes Einladung an, sein karges Abendessen mit ihm zu teilen.

»Das eigentliche Ziel meines Onkels war, daß ich auf dem Schlachtfeld falle«, erklärte Tarxne nun unumwunden.

»War?« rief Laris und verschluckte sich fast an einem Stück getrocknetem Fleisch. »Und was, glaubst du, sollte seine Meinung jetzt geändert haben?«

»Jetzt, wo Flasi Aivas nicht mehr ist, wird der König von Tarchna nur noch in Ruhe seiner Aufgabe als Zilath nachgehen. Das ist es, wofür er ausgebildet wurde, und vielleicht rettet das mein Leben.«

Er lächelte, und Laris erwiderte das Lächeln. »Das glaube ich dir nicht«, meinte er dann. »Du bist ein Magier, und du weißt Bescheid.«

Tarxne antwortete nicht, er nahm sich ein wenig vom Fleisch und einen Becher Wein. Dann lenkte er das Gespräch auf die Vorbereitungen der Männer für die bevorstehende Schlacht und die gute Fertigung der Schwerter, die gerade aus Pupluna angekommen waren.

Inzwischen war es Nacht geworden. Tarxne begleitete Laris Pursiena zu seinem Zelt, nahm dann den Rapport seiner Hauptleute entgegen, verfolgte auch den der Männer von Pursiena und Matula und ging dann alleine zwischen den Lagerfeuern hindurch, um den Gesprächen der Soldaten zu lauschen.

Sie kannten ihn noch nicht, und es war einfach für ihn, sie bei Kommentaren zu belauschen, die sie niemals in Gegenwart eines Kommandanten oder eines Fürsten gemacht hätten.

Er ging fast bis zum Ufer des Flusses hinunter, vorbei an den Wachen, denen er sich zu erkennen gegeben hatte. Auf diesem Gelände waren schon vor langer Zeit die Bäume und Büsche gerodet worden, nur direkt am Ufer wuchsen noch Maulbeerbäume zwischen Binsen und dichtem Schilf, in dem Kolonien von Fröschen und Kröten hausten. Der warme Atem der alten Erdmutter Dia stieg gluckernd und dampfend aus einigen nahe gelegenen Sumpflöchern auf, und ein fauliger Geruch lag in der Luft. Die Leute von Xaire erzählten, daß dies die Fenster zur Unterwelt von Charun seien, und hier nachts vorbeizugehen erfordere ein Ritual für alles, was heilig und unberührbar war. Sich auf mehr als zwei Armlängen zu nähern wäre eine Gotteslästerung gewesen, egal ob bei Tag oder Nacht. Aber Tarxne wußte viel mehr über diese Sumpflöcher, er hielt sich immer auf der sicheren Seite und erreichte so das Ufer.

Lastkähne, mit Rudern ausgestattet, glitten lautlos den Fluß hinunter und hinauf und brachten die kostbaren Waren von Vei zum Meer. Aber sie transportierten auch Waren vom Hafen von Ostia zum Hafen von Ruma, am Ufer des Tibers, wie die Latiner den Fluß nannten. König Servius hatte diesen Hafen am Ende des Forums angelegt, und Tarxne hatte gehört, daß die Grenze Rumas an diesem Punkt parallel zum Fluß verlief, befestigt durch eine hohe Mauer aus Tuffstein. Dahinter war der Handel auf dem Fluß frei, und dort erhob sich auch der Tempel, den der König zu Ehren von zwei Göttinnen gebaut hatte, die in latinischer Sprache Mater Matuta und Fortuna genannt wurden.

Tarxne hätte gerne gewußt, warum dieser Mann der Göttin der Morgenröte und der Göttin Athrpa einen Tempel gewidmet hatte und welchen Pakt oder welches Band ihn mit diesen beiden verband. Natürlich war es einfach, die eine und die andere mit seiner Mutter und seiner Großmutter in Verbindung zu bringen. Aber das, was er nicht begreifen konnte, war die Art der Gefühle, die dieser Mann diesen beiden Frauen entgegenbrachte.

Dann wandte er seine Aufmerksamkeit wieder dem Fluß zu. Er war an dieser Stelle sehr breit und leicht schiffbar. Die Lastkähne glitten dahin, besetzt mit nicht mehr als zwanzig Männern an den Rudern je Boot.

Eine Weile beobachtete Tarxne schweigend diesen nächtlichen, fast lautlosen Schiffsverkehr, den nicht einmal der Beginn der feindlichen

Auseinandersetzungen unterbrochen hatte. Es wäre sehr einfach, sich dessen zu bedienen, um zum anderen Ufer überzusetzen und die Feinde im Schlaf zu überraschen.
Plötzlich fuhr er zusammen. Er hörte, wie sich ihm jemand von hinten näherte, und erstarrte. Er war nicht daran gewöhnt, sich überraschen zu lassen, aber noch weniger war er daran gewöhnt, daß seine seherischen Kräfte ihn verließen und er praktisch blind war. Es war, als hätte sich das Licht des Tages in eine Finsternis verwandelt, in der nur noch ein kleines, trübes Flämmchen brannte.
Der Ankömmling gab sich nun zu erkennen.
»Ich bin es, Aranth«, flüsterte er. »Laris hat mir gesagt, daß ich dich wahrscheinlich hier finden würde. Er meinte, dir wären ein paar seltsame Gedanken durch den Kopf gegangen.«
»Ich hätte nicht gedacht, daß Laris so gut in mir lesen kann«, erwiderte Tarxne. Aranth war inzwischen so nahe herangekommen, daß er ihn erkennen konnte. »Ist es so schlimm?« murmelte der Bruder.
»Was?« Die Stimme Tarxnes klang schroff, und ein anderer als Aranth wäre eingeschüchtert gewesen.
Aber Aranth erwiderte: »Ich meine, deine magischen Kräfte ... Sie sind schwächer geworden, oder vielleicht sind sie gar nicht mehr vorhanden ... Ich weiß es nicht. Sag du es mir!«
»Unsere Mutter hatte recht, als sie meinte, vor dir könnte man nichts verbergen!« erwiderte Tarxne und machte ein paar Schritte auf das Wasser zu.
»Du weißt genausogut wie ich, daß sich etwas verändert hat« beharrte Aranth.
»Anmaßung und Hochmut sind eine schlimme Schuld, für die die Götter Sühne fordern.«
»War es das? Deine Anmaßung und dein Hochmut?«
»Ich fürchte ja«, murmelte Tarxne, und überdeutlich stand ihm wieder die Erinnerung an den Bankettsaal in Tharros vor Augen und sein übermächtiger Wunsch, den Tod zu bringen, der im selben Augenblick seine Macht und seine magischen Kräfte aufgezehrt hatte.
Er versuchte, die Bilder dieser Erinnerung zu verdrängen, und als er wieder ins Wasser sah, das dunkel vor ihm strömte, sah er plötzlich kleine Lichter. Wie die Reflexe der Sterne, nur etwas heller, tanzten sie von einem Boot zum anderen und endeten am anderen Ufer.

Aber der Himmel ist sternenlos, dachte Tarxne, es wird ein Gewitter geben, noch bevor die Nacht zu Ende ist. Dann wandte er sich Aranth zu und befahl ihm in barschem Ton: »Lauf und wecke Laris und Matula und die Hauptleute von Tarchna. Sie sollen so schnell wie möglich in mein Zelt kommen.«
»Was hast du vor?« wollte der Bruder wissen.
»Wir werden noch vor der Morgendämmerung das Lager der Feinde überraschen.«
»Die Männer können nicht mit Waffen und Schilden beladen den Fluß durchwaten! Er ist zu breit und zu tief an dieser Stelle!«
»Sag ihnen, sie sollen in mein Zelt kommen! Sofort, Aranth!«
Diesmal hatte er in einem Kommandoton gesprochen, der keine Widerrede zuließ. Aranth gehorchte und verschwand ohne ein weiteres Wort in der Dunkelheit.
Tarxne schaute wieder über den Fluß. Die Lichter waren verschwunden, aber der Weg, den er nehmen mußte, stand ihm noch klar vor Augen.

»Du kannst die Männer unmöglich mit den Waffen durch den Fluß waten lassen«, war auch Laris' Kommentar, als Tarxne das Zelt betreten hatte, wo ihn schon alle erwarteten.
Die Diener hatten in zwei Dreifüßen das Feuer angezündet und Wein serviert, der leicht mit Wacholder aromatisiert war. Das Lager, in ordentlichen Reihen errichtet, lag ruhig da, während die Knechte dabei waren, noch weitere Zelte aufzustellen, denn es würde bald regnen.
»Die Männer müssen den Fluß nicht durchwaten«, entgegnete ihm Tarxne. »Wir werden die Lastkähne benutzen. Jeder von euch wählt fünfzig von seinen besten Kämpfern aus. Wir nehmen uns die Kähne etwas weiter flußabwärts, und mit ihnen rudern wir wieder gegen den Strom hinauf, ans andere Ufer, bis vor das Lager von Ruma. Wir werden sie kurz vor der Morgendämmerung im Schlaf überraschen.«
»Mir scheint das eine gute Idee zu sein«, stimmte ihm der älteste der Kommandanten zu. »Wir sind alle in der Lage, einen Lastkahn über den Fluß zu rudern. Wir dürfen uns bloß nicht zu sehr dem Ufer nähern, damit wir nicht in eine Untiefe geraten, denn die kann man nicht erkennen.«

»Ja, es könnte funktionieren«, gab jetzt auch Laris Pursiena zu. »Voraussetzung allerdings ist, daß wir sofort aufbrechen, absolute Stille bewahren und daß wir nicht in Untiefen oder Treibsand geraten.«
Die anderen nickten zustimmend.
»Umwickelt alles, was Geräusche machen könnte, mit Stofflappen«, befahl Tarxne. »Und macht euch keine Sorgen um Untiefen oder Treibsand.«
Sie waren schon fast dabei das Zelt zu verlassen, nur Aranth zögerte noch, aber er tat es so offensichtlich, daß Tarxne sich ihm fragend zuwandte.
»Einen Feind nachts im Schlaf zu überraschen scheint mir nicht gerade die ehrenvollste Art zu sein, eine Schlacht zu führen«, gab der junge Mann zu bedenken.
»Keine Schlacht ist ehrenvoll, Aranth«, erwiderte ihm der Bruder. »Wenn dir jemand das Gegenteil gesagt hat, dann hat er gelogen.« Dann wandte er sich wieder den anderen zu. »Macht euch jetzt auf den Weg, sonst ist es müßig, überhaupt noch darüber zu reden.«
Alleine zurückgeblieben, überlief Tarxne plötzlich ein eisiger Schauer. Die Vorzeichen sind wie ein kalter Wind an einem Sommerabend, dachte er zweifelnd. Aber die Antwort blieb hinter einem dunklen Schleier verborgen.

Kurze Zeit später war alles vorbereitet, und die Männer trafen sich flußabwärts, an einer Stelle, wo der Fluß eine Biegung machte und das Ufer dicht bewachsen war. Tarxne teilte sie in jeweils zwei Dutzend auf und befahl ihnen, an Taue aneinandergebunden zum Wasser hinunterzusteigen. Sobald einer der Lastkähne auf dem Weg nach Ruma langsam den Fluß heraufkam, hievten sie sich ohne Mühe hinauf. Die Ruderer wurden ans Ufer gebracht, und die Soldaten der Rasna nahmen ihren Platz ein. Sie trugen alle nur eine kurze Rüstung aus Leder und verflochtenem Leinen. Die Taue des provisorischen Ankers wurden gelöst und eingeholt, und die Lastkähne begannen langsam Fahrt aufzunehmen, sobald die Männer die Ruder ins Wasser tauchten.
Zusammengekauert zwischen Salzsäcken versuchte Tarxne sich mit dem Fluß und der Nacht zu vereinen, um sie unter seinen Willen zu zwingen. Die Strömung war ruhig, aber in der Luft braute sich etwas zusammen. Die Veränderung in der Atmosphäre war auf der Haut zu

spüren, und Irrlichter tanzten auf der Oberfläche des Wassers, während sie sich dem Lager der Truppen von Ruma näherten.
»Es ist ein Zeichen der Götter«, murmelte einer. Aber Aranth erwiderte: »Nein, ist ist der Atem der Erdmutter Dia.«
»Ruhe«, befahl Tarxne. »Es ist die Göttin Athrpa, die mit uns ist. Das ist ihr Weg.«
Der Steuermann des ersten Kahnes gab den Männern ein Zeichen, die Ruder einzuziehen, sofort drehte sich das Schiff dem Ufer zu, vom Strom getrieben, der es wieder flußabwärts trieb. Auf Befehl des Steuermannes tauchten die Ruder wieder ins Wasser ein, und der Kahn rutschte über den Grund.
»Ans Ufer!« befahl Tarxne mit verhaltener Stimme. Dies war die flachste Stelle, die sie ohne Gefahr, auf Grund zu laufen, erreichen konnten.
Die Männer wateten durchs Wasser und kletterten dann durch die Binsen ans Ufer. Der Lastkahn, jetzt frei, trieb in die Mitte des Stromes zurück und dann langsam flußabwärts. Eins nach dem anderen kamen nun auch die anderen Schiffe an dieser Stelle an. Die Männer stiegen aus, die Kähne verschwanden wieder auf dem dunklen Fluß, und die Männer verbargen sich im dichten Schilf.
»Sie werden uns wittern!« murmelte Laris Pursiena beunruhigt.
»Still!« befahl Tarxne. »Das Lager ist genau über uns! Je überraschter sie sind, desto besser sind unsere Aussichten auf einen Sieg. Gehen wir!«
Laris legte ihm eine Hand auf den Arm und hielt ihn noch einen Augenblick zurück. »Sei vorsichtig«, flüsterte er. »Das Schwert ist nicht deine beste Waffe.«
»Das ist nicht der geeignete Augenblick, mich daran zu erinnern«, gab ihm Tarxne zurück.
Dann ging er als erster los, und für einen Moment sahen die Männer in seiner Hand, die den Griff des kurzen Schwertes hielt, ein rötlich flakkerndes Licht, ähnlich den geheimnisvollen Irrlichtern, die sie beim Übersetzen begleitet hatten.
»Das ist ein Zeichen!« ermutigte sie Aranth. »Die Götter sind mit uns!«
Aber Tarxne war schon oberhalb des steilen Ufers angekommen. Als einziger hatte er dieses wundersame Licht nicht gesehen.

Im Handumdrehen waren die Wachen überwältigt, und während der größte Teil der Männer ausschwärmte, rannten Tarxne, Culcnies und einige andere den Hang hinunter, an dessen Ende sich die Zelte der Kommandanten befanden. In dem Moment, als sie sich dem größten davon näherten, gellten die ersten Alarmschreie durch das Dunkel und verrieten den Angriff.
Sofort begann der Kampf. Die Männer aus Ruma und auch die Latiner und Sabiner schliefen mit der Waffe in der Hand und waren sofort bereit, sich zu verteidigen.
Tarxne umging zwei Kämpfer und schlug sich dann mit drei Männern der Wache, die sich ihm entgegenwarfen. Der Kampf trieb ihn immer weiter nach vorne, ins Zelt. Ein Dreifuß war umgestürzt, und die Flammen schlugen hoch und leckten an den Pfählen und den Zeltbahnen. In ihrem Schein entdeckte er den Mann, der sich gegen zwei Rasna verteidigte. Es war derselbe, den er schon kurz am Tag zuvor gesehen hatte: König Servius.
»*Mastarna von Velx* ...«, murmelte er, und eine Kraft, die stärker war als er, führte sein Schwert, um die Klinge eines der Rasna zu stoppen, die auf die ungedeckte Schulter des Königs niederfuhr. Die beiden Klingen kreuzten sich, und ein Funkenregen stob auf. Der Rasna brüllte, drehte sich um und stieß ihm das Schwert in die Seite.
Tarxne wich einen Schritt zurück. Dann stürzte er zu Boden, und wie in einem Strudel zog es ihn immer tiefer und tiefer in eine undurchdringliche Dunkelheit, in der er als letztes noch ein flackerndes, faustgroßes rötliches Licht wahrnahm. Genau in diesem Augenblick schlug der Blitz in den Fluß ein, und der Donner erschütterte die Erde. Mastarna traf den Rasna mit einem tödlichen Schlag und hielt die beiden latinischen Hauptleute zurück, die ihm zu Hilfe geeilt waren. Einer von ihnen hatte schon sein Schwert auf Tarxnes Kehle gesetzt, aber der König stieß ihn beiseite. Er beugte sich hinunter und hob vorsichtig den jungen Rasna hoch, bis er seine Gesichtszüge im Licht der Flammen erkennen konnte. Sein Herz begann zu rasen, als wollte es zerspringen.
»Larth?« rief er ihn mit brüchiger Stimme und vergaß für einen Moment Zeit und Raum. Dann schaute er sich mit einem verstörten Blick um, aber selbst die Kampfgeräusche nahm er nicht mehr wahr.
Nichts existierte mehr um ihn herum.
»Er lebt«, erklärte Mastarna den beiden Hauptleuten, unfähig, zu glau-

ben, daß diese Nachricht sie so gleichgültig lassen konnte. Dann erhob er sich, weil noch andere das Zelt betreten hatten.
»Sie ziehen sich zurück!« rief einer der neu Angekommenen atemlos. »Sie hatten den Sieg in der Hand und ziehen sich zurück! Sie versuchen schwimmend das andere Ufer zu erreichen!«
Mastarna gebot ihm mit einer Geste Schweigen.
Es muß einen Grund dafür geben, warum sie sich so plötzlich zurückziehen, dachte er beunruhigt und fragte: »Wie viele Gefangene habt ihr gemacht?«
Ein Mann aus der Familie der Valerii antwortete ihm: »Wir haben keine Gefangenen gemacht!«
»Wer hat diesen Befehl gegeben?«
»Ich!« antwortete der Mann. »Du hast mir schon vor langer Zeit freigestellt, selbst zu entscheiden!«
»König Servius, wenn du es wünschst, dann befreie ich dich auch von diesem hier«, bot sich einer der anderen Hauptleute an und deutete auf Tarxne.
Mastarna bedachte ihn mit einem vernichtenden Blick. Der Mann wich zurück und versuchte zu begreifen, was an diesem Gefangenen so besonders war.
Im Licht des Zeltes, das nun wie Stroh brannte, schien ihm das Gesicht des Königs verändert, und nicht nur das: Der König selbst schien nicht mehr derselbe zu sein.
»Die Rasna sind mächtige Magier . . .«, stammelte er, im Versuch, sich zu rechtfertigen. »Sie befehlen Kräften, die man nicht sehen kann . . . Um mächtiger zu sein als sie, müssen wir sie töten!«
»Diesen hier werdet ihr nicht töten. Wenn du es wagen solltest, Hand an ihn zu legen, bist du schneller tot, als du denken kannst. Bringt ihn sofort in den Palast und vertraut ihn der Obhut der Königin an!«
»König Servius, viele unserer Männer sind im Schlaf erschlagen worden. Warum hast du ein solches Erbarmen mit diesem Mann?« meldete sich noch einmal der Mann aus der Familie der Valerii zu Wort.
»Willst du es wagen, mir den Gehorsam zu verweigern?« entgegnete der König, und der Mann zog sich schweigend zurück.
Zwei Soldaten betteten Tarxne auf eine Trage und brachten ihn zu einem Karren, auf dem noch andere Verwundete lagen. Ein heftiger Wind war aufgekommen, und ein kalter Regen fiel.

Der König wartete, bis man ihm sein Pferd gebracht hatte. »Zieht euch nach Ruma zurück«, befahl er dann. »Und du, Valerio, schicke sofort einen Kurier an Marcius. Er soll nach Ruma zurückkehren und Vei nicht besetzen. Hast du verstanden?«

»Willst du etwa auf den Angriff auf Vei verzichten?« fragte der Hauptmann ungläubig. »Willst du wirklich anordnen, daß sich unsere Truppen zurückziehen, die sich seit Tagen vor Vei für einen Überraschungsangriff versteckt halten?«

»Muß ich glauben, daß du nicht nur verlernt hast zu gehorchen, sondern daß die Götter dich auch taub gemacht haben?«

»Aber warum willst du das tun?« beharrte der Mann. »Es muß für all das einen Grund geben, König Servius. Vielleicht erkennst du ihn, denn du bist ein Rasna?«

»Vielleicht reden die Götter deshalb mit uns, weil wir im Besitz einer Macht sind, die ihre Zeichen versteht. Ist es nicht das, was man von uns sagt?« fragte der König.

Der Mann schwieg.

»Beweg dich jetzt!« herrschte ihn der König an. »Und ich will, daß alle Männer so schnell wie möglich hinter den Stadtmauern in Sicherheit sind.«

Dann bestieg er sein Pferd und ritt los, gefolgt von seinen Hauptleuten und denen, die noch von seiner Wache übriggeblieben waren.

Im Palast angekommen, kümmerte sich Mastarna um nichts. Auch nicht um die Hohenpriester, die ihm mit dem Öl und dem Feuer für das Opfer entgegenkamen, oder die Diener, die versuchten, ihm den durchnäßten und blutbefleckten Mantel abzunehmen. Er begab sich sofort in den Raum, wo der junge Mann untergebracht worden war, und blieb am Fußende des Bettes stehen. Der Raum war einer der ältesten des Palastes, im selben Flügel gelegen wie die Gemächer der Königin, und wurde nur selten benutzt. Jetzt erleuchteten ihn zwei Feuerbecken, deren flackerndes Licht flüchtige Schattenspiele an die Wände warf, während zwei Mägde mit Gefäßen mit frischem Wasser eintraten. Thanaquil war über den jungen Mann gebeugt, dem man die Lederrüstung und die Tunika ausgezogen hatte. Aus der Wunde an der Seite sickerte langsam und beständig das Blut, und auch Thanaquils Hände waren davon befleckt.

Mastarna hielt seinen Blick auf dieses Gesicht gerichtet: Er hatte ihn *Larth* genannt, aber es war ein Irrtum gewesen, aus seinem Gefühl und dem Schmerz heraus entstanden.
Dieser Mann war jung.
»Wird er leben? Vater, wird er leben?« murmelte Tullia hinter ihm, die Thanaquil die Instrumente gebracht hatte und nun neben ihn trat.
Mastarna zuckte heftig zusammen. Noch nie hatte er so viel Sorge und Kummer in der Stimme seiner Tochter gehört, für niemanden und bei keiner Gelegenheit.
Thanaquil hob die Augen, und Mastarna sah, daß in ihrem Blick ein unendlicher Schmerz lag.
»Er wird leben«, sagte sie, aber ihre Stimme war nur ein Hauch.
Mastarna wartete ab, bis die beiden Frauen ihre Arbeit beendet hatten. Thanaquil brannte die Wunde aus, nähte sie und legte dann einen festen Verband an, während Tullia ihr half, den jungen Mann festzuhalten. Dann wusch sie ihn eigenhändig, statt es den Mägden zu überlassen.
Schließlich betteten sie ihn auf frische Leinentücher, und Thanaquil befahl, das Feuer in einem der beiden Becken zu löschen und das Fenster zu öffnen, damit frische Luft hereinkam.
Dann schickte sie die Tochter fort und ging zu Mastarna. Sie legte ihm eine Hand auf die Schulter, und er spürte, wie sie zitterte. Aber auch er selbst zitterte tief in seinem Innersten.
»Ist er es?« fragte er.
»Nein, es ist sein Sohn. Der Sohn, von dem ich dir erzählt habe.«
»Er hat mir das Leben gerettet. Sein Schwert hat die Klinge eines Rasna aufgehalten, die mich getötet hätte. Warum hat er das getan?«
Thanaquil schüttelte den Kopf. Mastarna kannte nur einen Teil der Prophezeiung. Voller Verzweiflung gestand sie sich ein, daß die Zeit vergangen war und sich nun der letzte Ring in der Kette zu schließen begann.
»Komm, ruhe dich aus«, forderte sie ihn mit sanfter Stimme auf. »Du brauchst ein Bad und du mußt schlafen. Es ist kurz vor Sonnenaufgang.«
Mastarna lächelte.
»Ich komme gleich nach«, versprach er.
Thanaquil ließ eine Magd als Wache zurück, aber der König bemerkte sie kaum.

Für einige Zeit blieb er noch sitzen, aber seine Empfindungen waren so stark, daß er keinen klaren Gedanken fassen konnte. Als er schließlich aufstand, drang das blasse Morgenlicht in den Raum. Das nächtliche Gewitter hatte sich nun in einen gleichmäßig rauschenden Regen verwandelt. Auch die Flammen im zweiten Feuerbecken waren nun fast erloschen, und es war kalt geworden. Mastarna trat ans Bett. Der junge Mann schlief, aber sein Gesicht war schmerzverzerrt, sein Atem ging keuchend, und auf seiner Stirn stand Schweiß.
»Sterbe nicht, ich bitte dich«, murmelte der König und strich ihm sanft über die Stirn. Dann ließ er seinem Schmerz und seinen Tränen, die er für so viele Jahre verdrängt hatte, freien Lauf.

21.

Eine Frau sang mit einer weichen, harmonischen Stimme eine Melodie, die von leiser Melancholie erfüllt war.
Wenn du ihr begegnest, wirst du sie an ihrem Gesang wiedererkennen ...
Mit Leichtigkeit fiel Tarxne die Vision des Mädchens vor dem Webstuhl ein, dafür kostete es ihn um so mehr Mühe, die Augen zu öffnen. Er sah, daß der Raum, in dem er sich befand, klein war. Er roch nach Salben und Kräutern, und von der Fensteröffnung her kam ein leichter, frischer Luftzug. Dann erinnerte er sich wieder dunkel an eine Frau, die seine Wunde versorgt hatte, und an einen Mann, der ihm sanft über die Stirn gestrichen und ihm seine ganze Seele offenbart hatte.
Und plötzlich wußte er: Ich bin in Ruma!
Langsam begann Tarxne im Geist seinen Körper zu durchforschen. Der Schmerz, den die Wunde an der Seite verursachte, war durch die Salben abgeschwächt, und die Blutung war gestillt. Aber das rötliche Licht pulsierte noch immer wie in einem tiefen Brunnen in ihm.
Ich werde nicht sterben, dachte er. Dann lauschte er wieder dem Gesang. Es war Tullia, die Tochter des Königs, die da sang. Die Tochter von Mastarna und Thanaquil.
Mit großer Anstrengung und eisernem Willen erhob er sich und schlang sich das leichte Leinentuch, das über ihn gebreitet war, um die Hüften. Er hatte einen Durchgang entdeckt, der mit einer Matte aus mit Leder verflochtenem Schilfrohr bedeckt war. Er hob sie hoch und sah in einen großen, lichtdurchfluteten Raum. Es war der Raum, an dem die Frauen an den Webstühlen arbeiteten, und auch der Gesang kam von dort.
Die Tochter des Königs war ihm zugewandt und rollte Garn auf eine Spindel. Aber alle anderen saßen mit dem Rücken zu ihm und konnten ihn nicht sehen.

Zuerst bemerkte ihn auch Tullia nicht, und Tarxne nutzte die Gelegenheit, sie zu betrachten. Sie war groß und schlank und trug eine helle Tunika, ihr Hals war biegsam und lang, und die dichten lockigen Haare, die sie im Nacken aufgesteckt trug, hatten einen warmen, dunklen Kupferton. Ihre Lippen waren voll, nur die Farbe ihrer Augen konnte er wegen der Entfernung nicht erkennen.

Sicher sind sie so grün wie die ihres Vaters, vielleicht etwas dunkler, wie der Farn im dichten Unterholz des Waldes, dachte er. In diesem Moment entdeckte ihn die junge Frau und hörte zu singen auf. Sie stoppte die Spindel, und die Mägde drehten sich nach ihm um.

»Was machst du da? Die Wunde blutet ja wieder!« rief sie verärgert und mit gebieterischer Stimme.

Jetzt bemerkte auch Tarxne, daß das Leintuch, in das er eingehüllt war, auf der Seite einen roten Fleck hatte. Aber im Moment dachte er nur an das Mädchen.

Einen Augenblick später war Tullia bei ihm und schob ihn wieder in seinen Raum zurück. Sie stützte ihn, half ihm, sich aufs Bett zu legen, und zog ihm ohne Verlegenheit das Leinentuch weg.

»Eine wahre Tochter von Velx«, murmelte Tarxne, verblüfft über diese zarten, energischen Hände, während sie versuchte, das Blut zu stillen.

»Was soll das heißen? Ich bin hier geboren und die Tochter des Königs!« erwiderte ihm Tullia, sobald sie sich über den Zustand der Wunde wieder beruhigt hatte.

»Ich weiß, wer du bist. Ich bin ein Verwandter von dir.«

Das Mädchen richtete sich auf und hockte sich dann auf die Bettkante neben ihn. Eine kleine, steile Falte hatte sich auf ihrer Stirn gebildet.

»Wie bist du mit mir verwandt?« fragte sie, und ihre Stimme kam ihm fast ein wenig abweisend vor.

»Deine Mutter und die Mutter meiner Mutter sind Schwestern.«

»Und warum bist du hier?«

»Das weiß ich nicht. Das mußt du den König fragen. Vielleicht bin ich sein Gefangener.«

»Ein Gefangener, im Flügel der Frauen? Sei kein Dummkopf, das glaubst du doch selber nicht!«

Tarxne lächelte und strich ihr mit den Fingerspitzen über die Stirn. »Man kann auf verschiedene Art Gefangener sein«, antwortete er.

In diesem Moment trat Mastarna ein und blieb wie gebannt auf der Schwelle stehen, als er sie so nah beisammen sah. Für einen Augenblick stieg ein heftiger Zorn in ihm auf, verbunden mit einem plötzlichen Angstgefühl, das ihn fast benommen machte.

»Tullia!« befahl er. »Steh sofort auf!«

Das Mädchen erhob sich nur zögernd und unwillig, ohne die Augen von Tarxne zu wenden. Es hatte einen unbeugsamen Stolz, einen gewissen Eigensinn, der es dem Mann, dessen Abbild sie war, noch ähnlicher machte.

Sie schauten ihr beide nach, als sie ohne ein Wort wieder zu den Mägden hinüberging und den Durchgang mit der Matte verschloß.

»Ich habe geträumt«, sagte Tarxne im Versuch, von ihr abzulenken, »daß ein König mich bat, nicht zu sterben. Er war sehr ehrlich und ziemlich verzweifelt.«

Mastarna schaute an ihm vorbei.

»Also bist du ein Magier. So wie *er*.«

»Er ist niemals ein Magier gewesen, aber das wußte niemand, außer meiner Großmutter, der edlen Caitli, und Velvur.«

»Du beschwörst Geister der Vergangenheit herauf, die mir einmal sehr lieb waren.«

Tarxne holte tief Atem, seine Kehle war rauh.

»Bin ich als dein Gefangener oder deine Geisel hier?« fragte er.

»Du bist nicht mein Gefangener. Du hast mir das Leben gerettet, erinnerst du dich nicht mehr daran?«

Tarxne nickte. Mindestens ein dutzend Mal während des unruhigen Schlafes hatte er im Traum gesehen, wie sein Schwert zwischen den König und eine andere Klinge fuhr, die auf ihn niedersauste. Aber von diesem Augenblick an hatte es nur noch diesen rötlich schimmernden Lichtball gegeben, und alles, was danach mit ihm passiert war, wußte er nicht mehr. »Und was ist mit meinen Leuten geschehen?« fragte er.

»Sie haben sich zurückgezogen. Sie hatten uns im Schlaf überrascht und den Sieg schon fast in der Hand. Trotzdem haben sie sich zurückgezogen. Frag mich nicht, warum, ich weiß es nicht.«

»Und ich bin der einzige lebende Gefangene?«

»Die Königin, deine Verwandte, hat dich im Flügel der Frauen aufgenommen. Gefangene werden an diesem Ort nicht beherbergt.«

»Was also willst du tun, Mastarna von Velx?«
Tarxne hatte in einem leicht herausfordernden Tonfall gesprochen, und der König zuckte zusammen, als er seinen alten Namen in einer Weise ausgesprochen hörte, wie es auch Larth getan hätte. Selbst die Stimme des jungen Mannes war die seines Vaters.
Oder vielleicht war es nur die Erinnerung, der Wunsch, die Zeit zurückzudrehen, oder die Verzweiflung, die sie in seinen Ohren so klingen ließ.
»Vielleicht gelingt es uns, nach langer Zeit wieder vom Frieden zu reden«, antwortete Mastarna. »Vielleicht gelingt es uns gemeinsam, nachdem Arnth von Vei damals in Fanu Veltune jede Möglichkeit zunichte gemacht hat. Wir werden darüber reden, wenn es dir bessergeht.«
»Mir geht es schon viel besser.«
Mastarna schüttelte den Kopf. Sehr vieles an diesem jungen Mann erinnerte ihn an Larth, trotzdem war er anders. Und er war ein Magier. Mit Möglichkeiten, die weit über die eines Königs hinausgingen.
»Die Königin hält deine Verletzung für schwerwiegend, aber du wirst nicht sterben, vorausgesetzt, du willst leben«, erwiderte er. »Doch du bist ein Trutnot, und ich brauche dir sicher nicht zu raten, was du tun sollst.«
Tarxne nickte, plötzlich müde, und schloß die Augen.
Mastarna fühlte sich ausgeschlossen. Er hätte noch lange über sich und Larth reden können. Es gab so viele Dinge, die er sagen wollte, Erinnerungen und Gefühle, so viele gelebte Tage und Nächte, die in einem gewissen Sinne auch diesem jungen Mann angehören mußten, da sie durch ihn wieder lebendig wurden. Aber er drehte sich schweigend um und verließ den Raum, sich bewußt, daß auch Tarxne ihm nicht das Gewicht der Jahre von den Schultern nehmen konnte.
Marcius und seine Hauptleute erwarteten Mastarna vor dem Thronsaal zur Audienz. Sie hatten alle düstere Mienen, und der Latiner war sehr wütend.
»Wir hätten Vei erobern können!« warf er ihm sofort vor und hielt ihn am Ärmel zurück. »Warum hast du uns aufgehalten?«
Mastarna befreite sich mit einem Ruck aus seinem Griff, aber Marcius folgte ihm unaufgefordert in den Saal, obwohl die Audienz noch nicht eröffnet war.
»Ruma wird keine Stadt der Rasna besetzen, solange dort ein Rasna

König ist!« fuhr ihn Mastarna aufgebracht an. »Ist das so schwer zu begreifen?«
»Seit wann gibt es diesen Sinneswandel, König Servius?« erwiderte der Latiner fast höhnisch und ohne jeden Respekt.
»Vielleicht seit die Dämonen dieses Unwetters aus ihrem Schlund diesen jungen Mann mit dem Gesicht und der Stimme des König Tarquinio ausgespuckt haben?«
»Sein Sohn, Marcius. Dieser junge Mann ist sein Sohn!«
»Also der Erbe?« fragte Marcius ungläubig, und Mastarna antwortete mit einem Kopfnicken. Der Latiner hatte sich noch nicht einmal gewaschen und umgekleidet. Voller Wut war er hierher gestürmt. Jetzt sah man ihm an, wie betroffen ihn diese Nachricht machte.
»Der Erbe!« wiederholte er. »Mit einer Mutter, die eine Fremde war und noch nicht einmal Königin!«
»Trotzdem ist er sein Sohn.«
»Und du würdest ihm wirklich den Thron und die Stadt überlassen, König Servius? Würdest du das wirklich tun?« fragte Marcius herausfordernd. Aber Mastarna war zu müde, um darauf zu reagieren.
»Vielleicht ist *dein König* zurückgekehrt, Marcius«, antwortete er und gab dann ein Zeichen, die anderen Hauptleute eintreten zu lassen. »Oder vielleicht existiert für dich auch nur diese Stadt, die *wir* groß gemacht haben.« Etwa ein Dutzend Männer hatte nun einen Kreis um sie geschlossen. Aufmerksam und schweigend standen sie da, und der eine oder andere trug noch die Zeichen der Schlacht. Alle waren sie angespannt und besorgt. Es waren Dinge passiert, die sie nicht verstehen konnten und die sie verunsichert hatten. Bis auf zwei oder drei junge Leute, unter denen sich auch der Sohn von Marcius, Lucretius, befand, waren die anderen Kommandanten noch immer dieselben seit seiner Machtergreifung. Doch plötzlich schien es ihm fast so, als wären sie ihm wieder so fremd, wie sie es ihm am Anfang gewesen waren.
»In den letzten beiden Tagen haben sich Dinge ereignet, die uns kein Zeichen der Götter angekündigt hat«, ergriff Mastarna das Wort. »Zuerst sind unsere Truppen, fünfhundert unserer besten Männer, von den Streitkräften des Matula von Xaire zurückgedrängt worden, die zahlenmäßig weit unterlegen waren. Wir sind gezwungen worden, auf die andere Seite des Flusses zurückzuweichen. Ich weiß inzwischen, daß hinter ihren Linien andere Truppen aus Tarchna, Vei, Clevsi und Velx

bereitstanden, fast tausend Mann, die aber nicht eingegriffen haben. Wenn sie gewollt hätten, hätten sie uns leicht überrennen können.«

»Vielleicht sind sie sich uneins«, warf einer der Hauptleute nun ein. »Um so besser für uns!«

»Nein, das kann nicht sein. Wenn sich der Städtebund der Rasna zu einer gemeinsamen Sache entschließt, ist dies eine Verpflichtung vor den Göttern, für die der Re Supremo als Oberkommandierender garantiert. So ist es immer gewesen.«

»Aber du selbst hast gesagt, daß König Egene von Tarchna eigentlich kein Gewicht als Re Supremo hat!«

»Das mag stimmen. Trotzdem haben wir uns von einer Handvoll Männer im Schlaf überraschen lassen. Nicht mehr als zweihundert, die so lautlos den Fluß überquerten, daß nicht einmal unsere Wachen sie bemerkten. Sie erschlagen viele von uns, und wir verlieren vier von unseren Hauptleuten. Es scheint, als ob sie uns ein weiteres Mal besiegen und in die Flucht schlagen. Aber was tun sie? Sie ziehen sich zurück! Und schließlich rettet mir ein junger Mann, der weder ein Symbol noch Insignien trägt, das Leben, indem er seinen Kampfgefährten daran hindert, mich zu töten.«

Mastarna wartete ab, ob einer seiner Hauptleute etwas dazu sagen wollte, aber keiner rührte sich. Der eine oder andere hätte vielleicht etwas darauf antworten wollen, aber im Grunde blieb die Sache unerklärlich.

»Vielleicht ist es eine Falle, um es diesem jungen Mann zu ermöglichen, dein Vertrauen zu gewinnen!« gab schließlich Lukretius zu bedenken.

»Vielleicht war es eine strategische Überlegung, um uns davon abzuhalten, Vei zu erobern. Das zumindest ist ihnen gelungen«, meldete sich ein anderer zu Wort.

Marcius ballte vor Wut die Fäuste. »Wir hätten Vei erobert! Aber du hast uns den Rückzug befohlen«, stieß er hervor.

»Und du wärst jetzt schon tot, Marcius, und mit dir alle deine Männer. Vielleicht auf halber Strecke überrascht von den restlichen Truppen, die am Ufer des Tibrin zusammengezogen waren.«

Marcius antwortete nicht, und Mastarna wandte sich den Hauptleuten zu, die das Kommando über die Truppen am Ufer des Flusses hatten.

»Lagern die Rasna immer noch an der Grenze?«
»Nein. Ich habe Späher ausgeschickt und auf den Lastkähnen, die den Fluß befahren, einige von unseren Männern untergebracht«, antwortete ihm einer von ihnen. »Aber sie haben ihre Lager abgebrochen. Es gibt keine Rasna mehr im Grenzgebiet. Ein Teil muß sich tatsächlich in Richtung Vei in Bewegung gesetzt haben, der andere vielleicht in Richtung Xaire.«
»Versucht herauszufinden, was da geschieht. Bis dahin werden wir abwarten«, befahl Mastarna.
»Und was ist mit diesem jungen Mann. Was können wir über ihn herausfinden?« fragte Marcius ungestüm.
»Dieser junge Mann ist wichtig für uns, denn sie werden auf ihn hören. Vielleicht können wir, weil er bei uns ist, bald über den Frieden reden«, erwiderte Mastarna ruhig.
Keiner der Hauptleute ergriff das Wort, auch Marcius nicht. Aber einige unter ihnen, vor allem die jüngsten, konnten sich nicht erklären, warum der König so verändert war. Plötzlich erschien er ihnen fast fremd.

Tarxne ließ ein paar Tage verstreichen, bevor er wieder begann, sich Fragen zu stellen, auf die er eine Antwort finden mußte. Er hatte den König nicht wiedergesehen und auch nicht seine Tochter, niemanden mehr, außer einem Diener, der ihn versorgte. Manchmal wurde er von einem Hohenpriester begleitet, der sich fachkundig um seine Wunde kümmerte. Und aus dem angrenzenden Raum hatte er auch keine Stimmen und keinen Gesang mehr gehört.
Am dritten Tag, am frühen Nachmittag, kam Tullia zurück. Sie wurde von einem jungen Mann begleitet, der eine gewisse Ähnlichkeit mit ihr hatte. Tarxne wartete schweigend ab und verriet keinerlei Neugier.
»Du scheinst nicht gerade erfreut darüber zu sein, uns zu sehen«, rief das Mädchen, während es näher kam. Eigentlich hatte es erwartet, mit Überschwang begrüßt zu werden.
»Sollte ich das sein?« gab Tarxne zurück und hielt ihre Hand fest, die schon dabei war, ihm das Leinentuch wegzuziehen. Für einen Augenblick überließ ihm Tullia, überrascht von seiner Reaktion, ihre Hand.
»Willst du es mir nicht erlauben, deine Wunde anzuschauen?« fragte sie eher erstaunt als beleidigt über sein Benehmen.

»Nein«, erwiderte ihr Tarxne und schaute dann den jungen Mann an, der sie begleitete. Auch Tullia erinnerte sich plötzlich wieder an ihn.
»Das ist Juno, mein Bruder«, sagte sie und zog ihre Hand weg.
»Ist er etwa der Erbe des Thrones von Ruma?« fragte Tarxne, aber Tullia reagierte nicht auf den scherzenden Unterton in seiner Stimme.
»Nein, ich bin die Erbin«, rief sie und richtete sich auf. »Und wenn dir meine Pflege lästig ist, dann werde ich weiter keine Zeit mit dir verlieren!« Dann drehte sie sich um und verließ den Raum.
Juno lachte. Er war ein hübscher junger Mann, etwas jünger als Tarxne, mit dunklen Haaren, den Augen des Vaters, und mit breiten, muskulösen Schultern, denen man die ständige körperliche Ertüchtigung ansah.
»Du hast sie beleidigt«, bemerkte er. »Meine Schwester hat ein heftiges Temperament und mag es nicht, in Verlegenheit gebracht zu werden.«
»Habe ich das etwa getan?« fragte Tarxne mit Unschuldsmiene. »Wenn ja, dann tut es mir leid.«
Juno wußte nicht genau, ob er sich nun über ihn lustig machte, und zuckte ein wenig ratlos die Schultern.
»Ist das etwa der Grund, warum sie in ihrem Alter noch keinen Ehemann gefunden hat?« fuhr Tarxne fort. Tullia war etwas älter als er, und da sie keine seherischen Kräfte besaß und auch nicht einer Göttin geweiht zu sein schien, mußte es dafür einen anderen Grund geben.
»Ihr Ehemann wird der zukünftige König sein. Ich glaube, das ist der Grund dafür«, antwortete ihm Juno.
»Soll das heißen, daß König Servius ihr verboten hat zu heiraten, weil er noch keinen gefunden hat, der ihm würdig genug erscheint, seinen Platz einzunehmen? Das kann ich nicht glauben.«
»Da hast du ganz recht. Auch ich habe nie geglaubt, daß meine Schwester sich seinem Willen beugt. Sie hat einfach nie einen gewollt, und deshalb hat sich das Problem erst gar nicht gestellt. Du allerdings interessierst sie. Und das kommt wahrlich nicht oft vor.«
»Nur deshalb, weil sie mich pflegt«, erwiderte Tarxne und setzte sich vorsichtig auf. Die Wunde machte ihm nach wie vor ziemliche Beschwerden und blutete immer wieder. »Viele Frauen genießen es, wenn ihnen ein Mann hilflos ausgeliefert ist.«
Juno lachte wieder. »Vielleicht. Aber sie hat sogar einen herbringen

lassen, der ein Freund von dir ist. Und ich versichere dir, es hat sie viel Mühe gekostet, ihn zu finden.«

»Ein Freund von mir? Ich habe keine Freunde hier«, antwortete Tarxne, und dann fiel es ihm plötzlich ein: Acilius! Aber er ließ sich nichts anmerken.

»Ich glaube, mein Vater hat so seine Pläne mit dir«, wechselte Juno das Thema.

»Das überrascht mich nicht.«

Der junge Mann nickte. Seine Mutter hatte ihm gesagt, daß dieser Rasna verwirren und bezaubern konnte und daß sie vorsichtig sein müßten. Er war wirklich ein Magier. Aber sie waren auch verwandt, und eigentlich fühlte sich Juno ihm gegenüber ganz unbefangen.

»Du tust unrecht daran, so mißtrauisch zu sein. Du bist der Mann, der dem König das Leben gerettet hat, auch wenn sich immer noch viele fragen, warum du es wohl getan hast.«

Das habe ich mich selbst als erster gefragt, dachte Tarxne. In diesem Moment betrat der jüngste der Söhne des Königs, Luxrias, den Raum, gefolgt von Acilius. Er war viel magerer geworden und trug die einfache Leinentunika der Sklaven. Aber er war bei Kräften, und auch seine Verletzung schien keine Folgen hinterlassen zu haben.

Zögernd blieb er hinter dem Jungen stehen, der ihn hergeführt hatte. Luxrias war nicht sehr groß, aber schlank und sehnig, mit dunklen Haaren und den Augen der Mutter. Tarxne enthielt sich jeglicher Gefühlsäußerung und hoffte, daß Acilius verstand, daß er dies nur tat, um ihn nicht an sein ungewisses Schicksal zu binden. Aber sobald er ihn entdeckt hatte, kam der Latiner auf ihn zu und beugte ein Knie vor seinem Bett.

»Ich habe dich großgezogen, und du hast mich mit deiner Freundschaft beehrt«, sagte er mit einem kleinen Lächeln. »Ich werde das nicht leugnen, nur um mein Leben zu retten, auch wenn du jetzt glaubst, ich sei ein Dummkopf. Wie geht es dir, mein Junge?«

»Ich lebe«, sagte Tarxne mit einem Blick auf die Tunika, die Acilius trug. »Und wenn es eine Möglichkeit geben sollte, dir die Freiheit zurückzugeben, dann werde ich sie finden.«

»Mach dir keine Sorgen«, unterbrach ihn Juno. »Tullia hat ihn von seinem Herrn losgekauft und hat vom König die Erlaubnis erhalten, daß

er bei dir bleiben darf. Wie du siehst, habe ich nicht gelogen, als ich dir sagte, du interessierst sie.«
»Sag ihr vorerst in meinem Namen Dank. Ich werde einen Weg finden, ihr meine Dankbarkeit zu beweisen.«
»Ich werde es ihr ausrichten, aber jetzt lasse ich euch alleine. Wie ich sehe, bist du in den besten Händen.«
Der junge Mann verließ den Raum, gefolgt von seinem Bruder. Sobald sich die Tür hinter ihnen geschlossen hatte, wandte sich Acilius wieder an Tarxne.
»Zum ersten Mal in meinem Leben habe ich genau gewußt, daß ich dich wiedersehen würde!« rief er.
»Bist du etwa ein Magier geworden?« neckte ihn Tarxne und verbarg nun nicht mehr seine Rührung.
»Du weißt, die Adler fliegen nicht im Schwarm, sie sind von Natur aus Einzelgänger. Deshalb, wenn man zwei, drei oder mehrere Adler zusammen fliegen sieht, heißt das, daß die Götter ihre Hand im Spiel haben und irgend etwas Wichtiges bevorsteht. Man erzählt, daß ein Schwarm Adler den Sieg des Larth von Tarchna angekündigt hat, und dasselbe ist passiert am Tag, als sie dich verletzt hierhergebracht haben. Die Haruspizen des Palastes haben es als ein Zeichen für den Sieg Rumas gedeutet. Ich allerdings glaube, daß dieses Zeichen dir galt, und auch die Königin glaubt das. Kaum habe ich die Adler gesehen, habe ich sofort an dich gedacht, ohne zu wissen, daß du im Palast bist.«
»Mein lieber Freund«, sagte Tarxne mit bewegter Stimme, überwältigt von der Freude und Zuversicht, die er in Acilius' Augen las. »Wenn der Plan der Götter auf Sand geschrieben stände, dann wollte ich der Wind sein, der übers Meer weht.«
Acilius verstand diesen Anflug von Verzweiflung nicht und begann nun zu erzählen, was mit ihm geschehen war, seit Tarxne und Aranth mit ihrer Flucht in Pometia Panik und Verwirrung ausgelöst hatten, bis zu dem Moment, wo die Tochter des Königs gekommen war, um ihn von seinem Patron, einem Hauptmann, freizukaufen. Seine Augen glänzten nun wieder lebhaft, aber Tarxne, eingewiegt von seiner tiefen, gleichtönigen Stimme, war inzwischen eingeschlafen. Er träumte, daß eine Schar von acht Adlern von Westen her geflogen kam und sich in Ruma niederließ.
Von diesem Tag an, unter der Vorgabe, sie müsse die Arbeit des freige-

kauften Sklaven beaufsichtigen, besuchte Tullia Tarxne wieder täglich. Jedesmal blieb sie ein bißchen länger und begann immer häufiger von sich, dem Palast und der Stadt zu erzählen und auch den Erzählungen Tarxnes zu lauschen. Während der Besuche des Mädchens zog sich Acilius in den Hintergrund des Raumes zurück und tat so, als würde er vor sich hin dösen. Aber es entging ihm nichts, und er war verwundert darüber, mit welcher Leichtigkeit Tarxne das Mädchen erobert hatte und umgekehrt. Die Wunde heilte jetzt immer besser, und auch Tarxnes Laune hellte sich mit jedem Tag mehr auf.

Trotzdem, wenn er die beiden unterdrückt lachen hörte, überfiel Acilius oft dieselbe Angst wie an dem Tag, als er Tarxne mit der schönen Anaies auf den Tiv hatte steigen sehen. Wie damals schien sich etwas Schlimmes zusammenzubrauen.

Am achten Tag erhob sich Tarxne schon lange bevor Tullia ihn besuchen kam. Er zog die schwarze Tunika an, die Acilius ihm hingelegt hatte, und verließ den Raum, ohne auf den Wachposten davor zu achten, der so tat, als bemerkte er ihn nicht.

Der Morgen war hell und klar, und eine leichte Brise wehte, die nach Gras und Kräutern duftete. Keiner wagte es, ihn aufzuhalten, und Tarxne genoß es, durch den Palast zu streifen. Er nahm alles in sich auf und hatte das Gefühl, diesen Palast schon seit immer zu kennen. Er kannte ihn, als wäre auf jedem dieser Steine sein Name geschrieben, aber es war anders als in Tarchna.

Dieser Ort gehörte zu ihm. Er war nur für ihn bestimmt! Noch bevor er die Tür öffnete, wußte er, daß er gefunden hatte, was er suchte. Er sah das Bett, die Feuerstelle, den langen Tisch aus schwarzem Stein und den Wandteppich, der einen Schwarm Vögel zeigte, die dem Sonnenuntergang entgegenflogen: Alle schwarz, bis auf einen, der weiß war. Das Gemach des Königs.

Das Sonnenlicht drang durch die abgeschirmten Öffnungen, die zum Haupthof gingen, und malte golden schimmernde Arabesken in den leichten Staubschleier, in dem hier und da eine Biene summte.

Aber Tarxne sah plötzlich den Raum vor sich, als wäre es tiefe Nacht. Er hörte den Regen rauschen, das flackernde Licht eines Feuers drang von Haupthof herein, und der leichte Schritt eines Mädchens näherte sich. Es war schwarz gekleidet, trug schimmernde Perlen in den Haaren und brachte ihm einen Pokal mit Wein.

Seine Mutter ...
»Es ist dein Gemach. Ist es das, worüber du nachdenkst?«
Tarxne drehte sich langsam um. Mastarna stand angespannt und hoch aufgerichtet auf der Schwelle. Er war alleine, und keiner stand hinter ihm, der ihm den Rücken deckte.
»Ich habe nicht nachgedacht, ich habe mich erinnert. Kannst du verstehen, was ich meine?«
»Mein Herz wünscht, zu verstehen. Aber mein Verstand sagt mir, daß du nicht *er* bist. Du bist sein Sohn, und du bist ein Magier. Meine Hauptleute und meine Adeligen wollen wissen, warum du als mein Gast hier bist, statt mein Gefangener zu sein, und warum sie hier untätig in der Stadt herumsitzen, statt draußen zu sein und zu kämpfen.«
»Du hast recht, aber trotzdem können wir beide nicht anders. Ich fühle diese Erinnerung in mir, und du kannst mich nicht einfach verleugnen. Vielleicht können wir gemeinsam etwas für diese Stadt und unser Volk bewirken.«
»Um das zu ändern, was geschrieben steht?«
»Vielleicht. Um ein Bündnis zu schließen, einen Pakt zwischen Ruma und den Städten des Bundes. Dann könnte Ruma wieder ein Teil von uns werden, anstatt eine feindliche Kraft.«
»Aber wie?«
»Gib mir Tullia zur Frau und mach mich zu deinem Erben.«
»Meine Tochter ist dem Titel und der Anerkennung nach die Tochter von Larth, also deine Halbschwester. Die Königin müßte ihren Ehebruch öffentlich machen, um die Heirat zu ermöglichen, und das ist für die Latiner eine unverzeihliche Schuld. Sie haben ihre eigenen Ideen, was die Frauen und ihre Freiheiten anbetrifft, und nicht nur, daß Thanaquil in einer latinischen Stadt keine Königin mehr sein könnte, sie würde auch riskieren, verurteilt zu werden.«
»Tullia sieht dir wie aus dem Gesicht geschnitten ähnlich. Glaubst du wirklich, sie haben nicht schon tausendmal vermutet, daß sie deine Tochter ist und du das Bett der Königin schon geteilt hast, als mein Vater noch am Leben war?«
Mastarna seufzte tief. Er wußte nur zu gut, was schon damals geredet wurde, als Tullia größer und ihm immer ähnlicher wurde. Viel ähnlicher als die beiden Söhne, die nach seiner Heirat mit Thanaquil geboren waren. Aber er hatte diese Stimmen immer überhört.

Er schüttelte den Kopf. »Nein, ich werde nicht zulassen, daß die Königin den Ehebruch öffentlich eingesteht, und deshalb kannst du meine Tochter nicht heiraten.«

»Wenn die Königin dafür nicht in Schande geraten würde, dann würdest du mir deine Tochter mit Freuden geben. Das kannst du nicht leugnen!«

»Ich leugne es auch nicht. Ich habe immer gedacht, daß mit dir als König und Tullia als deiner Frau das Muster, das die Götter gewebt haben, perfekt wäre. Wir alle hätten uns in euch wiederfinden können. Aber ich liebe Thanaquil. Ich liebe sie mehr, als Worte sagen können. Und ich werde es nicht zulassen, daß ihr Schmerz zugefügt wird. Auch nicht für meine Tochter oder für dich.«

»Auch nicht ... für Larth?«

Mastarna hielt mit einem traurigen Lächeln seinem Blick stand.

»Du bist so grausam, wie es manchmal auch Larth war«, antwortete der König. »Aber die Götter sind meine Zeugen, sie wußten, daß ich es ernst gemeint habe, als ich damals sagte, ich wäre am liebsten an seiner Stelle gestorben.«

»Trotzdem war es deine Hand, die ihm den Tod gebracht hat.«

»Wenn du mich deshalb für schuldig hältst, dann kannst du mich gleich hier töten. Jetzt, in diesem Moment. Ich werde mich nicht wehren.«

Tarxne schüttelte den Kopf und hob in einer fast ratlosen Geste die Arme. »Ich bin nicht gekommen, um dich zu töten«, murmelte er.

Mastarna wandte sich um und warf einen Blick auf das Schwert Larths, das, zusammen mit anderen Waffen des Königs, an der Mauer lehnte. Aber Tarxne tat so, als bemerkte er es nicht, und machte gleich darauf Anstalten, den Raum zu verlassen.

»Wir könnten einen Plan ausarbeiten, der den Frieden zwischen Ruma und den Rasna vorbereitet«, hielt ihn Mastarna zurück. »Wenn du bereit bist, zwischen mir und den Königen des Städtebundes zu vermitteln.«

»Vielleicht«, antwortete ihm Tarxne ausweichend.

Dann verließ er das Gemach. Draußen war nicht ein einziger Wachposten aufgestellt.

22.

Auch die Abenddämmerung hatte die drückende Hitze kaum gemildert. Den ganzen Tag über hatten die Einwohner von Ruma dem Erntegott Consus dankgesagt. Sie hatten in der in die Erde eingelassenen Mulde geopfert, die den Altar des Gottes darstellte, und waren dann zum Circus Maximus weitergezogen, um den Rennen der mit Blumen geschmückten Maulesel und Saumpferde zuzuschauen.

Weder König Tarquinio noch König Servius nach ihm hatten auch nur einen einzigen der Bräuche der Latiner und keines ihrer Feste untersagt. Im Gegenteil, sie hatten sie prachtvoller gemacht, und auch bei diesem Erntedankfest hatten der König und die Königin an den Opferriten teilgenommen und die Tore des Palastes für ein großes Bankett mit Tanz geöffnet. Es war, als wollte der König die Unzufriedenheit unter den Latinern nicht wahrhaben und sich nicht eingestehen, daß sich etwas zu verändern begann.

Aber nichts von all diesen Festlichkeiten war bis zu dem Ort vorgedrungen, wohin Tarxne nun verbannt war. Der Durchgang zu dem Raum, in dem die Frauen an den Webstühlen arbeiteten, war schon seit vielen Tagen fest verschlossen worden, und nun standen auch zwei Wachen vor seiner Tür. Nur Acilius konnte noch ungehindert ein- und ausgehen.

Da hast du einen großen Fehler gemacht, Mastarna, dachte Tarxne, als er Acilius mit seinem Abendessen hereinkommen sah. Er trug einen dunklen Umhang um die Schultern, genauso wie er es ihm aufgetragen hatte.

Acilius' Blick war düster, als er ihm den Mantel übergab und das Abendessen hinstellte. »Sie könnten dich töten«, brummte er. »Bist du wirklich sicher, daß du das tun willst, Tarxne?«

Tarxnes Gesicht überflog ein leichtes, maliziöses Lächeln. Er nahm den

Mantel entgegen, aber das Essen rührte er nicht an. »Natürlich bin ich sicher«, antwortete er, entschlossen, die sicher nicht unberechtigte Sorge von Acilius zu ignorieren.

»Und was machst du, wenn sie dich nicht will?« gab Acilius zu bedenken.

»Glaubst du wirklich, sie könnte mir widerstehen?« scherzte Tarxne.

»Man sagt von ihr, daß sie alle Bewerber um ihre Hand abgelehnt und bisher keinem erlaubt hat, sie anzurühren. Sie mag es nicht, sich einem Mann zu unterwerfen. Du weißt schon, was ich meine.«

»Das hat nichts mit Männern zu tun, Acilius. Sie ist eigenwillig und will niemanden um sich herum haben. Sie duldet es noch nicht einmal, daß eine ihrer Mägde in ihrem Gemach schläft.«

»Und auf sie willst du dich einlassen? Sie könnte dich töten lassen! Die Latiner warten nur auf einen unbedachten Schritt von dir. Sie haben Angst vor dir, weil sie nicht wissen, worauf du abzielst, und sie haben Angst vor den Gespenstern der Vergangenheit. Marcius mehr als alle anderen!«

»Hat mein Vater ihm vertraut?«

»Mehr oder weniger, hauptsächlich, was die Stadt anbetraf. Ansonsten nicht besonders, glaube ich.«

Tarxne hängte sich den Umhang um. »Schlafe in meinem Bett. Ich werde bald zurückkommen«, verabschiedete er sich.

»Hoffen wir es«, brummte Acilius und versuchte erst gar nicht, seinen Mißmut und seine Sorge zu verbergen.

Tarxne verließ ohne weiteres Zögern den Raum. Er hatte sein Wissen als Trutnot genutzt, um den Geist der Wachen zu verwirren. Jetzt waren sie in Gedanken ganz woanders. Im Halbschatten erschien ihnen die Gestalt des Dieners als völlig normal, und sie kümmerten sich nicht weiter darum.

Die Gemächer Tullias lagen neben denen der Königin. Nur eine Dienerin schlief vor der geschlossenen Tür. Tarxne kniete sich nieder, strich ihr über die Stirn, um ihren Schlaf noch tiefer zu machen, und öffnete dann die Tür mit einer Selbstverständlichkeit, als ob es sein heiliges Recht wäre, hier einzutreten.

Der Raum lag im Halbdunkel, nur beleuchtet von einem Feuer, das in einem Dreifuß im Hof davor aus Anlaß des Festes brannte. Er unterschied den Kamin, das Bett, eine Truhe, die mit Elfenbein und Gold

verziert und ohne Zweifel von einem Handwerker der Rasna gefertigt war. Als er näher kam, bemerkte er, daß der Deckel kunstvoll mit dem Symbol von Tarchna geschmückt war.
Von der offenen Tür zum Hof hin drang die schwüle Nachtluft und der Duft nach Heu und Kräutern herein, so stark, daß er wie ein Zauberelixier in den Kopf stieg. Auch Tullia, auf der Schwelle zum Hof zusammengekauert, schien davon verzaubert zu sein. Sie trug nur ein Hüfttuch, und ihre nackte Haut schimmerte wie mit Tau bedeckt im flackernden Feuerschein.
Sie hatte die Haare hochgesteckt, saß mit geschlossenen Augen da und summte eine Melodie vor sich hin. Tarxne streifte den Umhang und die Tunika ab, ging leise auf sie zu, beugte ein Knie und wartete ab, bis sie seine Gegenwart spürte. Dann begann er, ihr sanft mit den Fingerspitzen über Rücken und Nacken zu streicheln. Schließlich zog er sie leicht an sich, und seine Hände fanden genau den Weg, den sich die junge Frau erträumt hatte.
Als seine Hände über ihren Leib strichen, spürte er, wie ein Schauer sie überlief. Er bog sie nach hinten und streifte mit seinem Mund flüchtig ihre Lippen. Er ließ sie seine Begierde spüren, und als ihre Lippen ihm antworteten, löste er ihr Hüfttuch, und seine Zärtlichkeiten wurden fordernder.
Für einen Moment widersetzte sie sich, aber Tarxne hielt sie fest und begann, sich langsam auf ihr zu bewegen, um ihr einen Vorgeschmack auf die Lust der Liebe zu geben. Er hielt sich noch ein wenig zurück, um ihre Begierde zu steigern, bis das Mädchen sich halb erhob, ihre Arme um seinen Hals legte und ihre langen Beine sich um seine Hüften schlangen.
Aber Tarxne nahm sie nicht gleich. Er gab ihr noch Zeit, ihre eigenen, noch unsicheren Wege zu suchen. Aber er sorgte dafür, daß nichts sie vom Rhythmus ihrer Körper und ihrer Lust, die in der Schwüle der Nacht wie Feuer auf der Haut brannte, ablenkte. Als er schließlich in sie eindrang, öffnete sich ihr jungfräulicher Körper in einem Schrei, bei dem die Leidenschaft und die Lust den Schmerz bei weitem überwog.
Danach hob er sie auf und legte sie aufs Bett. Er benetzte ihre Brüste und ihren Leib mit parfümiertem Wasser und nahm sie dann noch einmal. Diesmal drang er heftig in sie ein und blieb lange in ihr, bis sie

schließlich erschöpft, die Arme über dem Kopf ausgebreitet und mit keuchendem Atem unter ihm lag.
Er hielt sie mit seinen Beinen fest umschlungen, richtete sich halb über ihr auf und betrachtete sie.
»Sie sagen von dir, du willst keinen Mann. Aber das ist eine Lüge«, flüsterte er ihr mit einem zärtlichen Lächeln zu.
»War es das, was du beweisen wolltest?« entgegnete ihm Tullia mit leichtem Trotz, aber sie versuchte nicht, sich aus seiner Umarmung zu befreien, und wandt sich unter seinen kundigen, schlanken Fingern, die ihren geheimen Wegen in ihr nachgingen.
»Komm mit mir, Tullia.«
»Warum sollte ich mit dir kommen?«
»Um meine Königin zu sein.«
Die junge Frau richtete sich auf, soweit es ihr möglich war, und ihre Gesichter berührten sich nun fast. Tarxne sah in ihren Augen Tränen glänzen.
»Bist du dir wirklich sicher, daß du mich als deine Königin willst?« fragte sie mit einer Stimme, in der plötzlich Zorn und Verzweiflung lagen.
»Ja, ich will dich, und du wirst meine Königin sein«, erwiderte ihr Tarxne und spürte, wie sie wieder ein Zittern überlief.
»Und deshalb soll ich dir zur Flucht verhelfen . . .«
»Das, was ich will, ist keine Flucht. Das würde mir nichts nützen. Dein Vater hat mich um meine Hilfe gebeten, Ruma den Rasna zurückzubringen. Und das werde ich auch tun. Wir werden zusammen weggehen, aber wir werden wiederkehren.«
»Wann?« Tullias Atem streifte warm seine Haut, und Tarxne erhob sich, ohne seine Augen von ihr abzuwenden. Er war noch nicht ganz befriedigt, aber er würde sie hier, in diesem Palast, nicht noch einmal besitzen, und beschränkte sich jetzt darauf, ihr zuzulächeln.
»Wann?« wiederholte Tullia mit keuchendem Atem und angespanntem Körper.
»Morgen. Ich bin sicher, du wirst eine Möglichkeit finden, die Stadt zu verlassen.«
»Vertraust du mir so sehr?«
»Ich habe beim König um deine Hand angehalten, aber unsere Hochzeit könnte deine Mutter in Schande bringen. Das ist der einzige Grund,

warum dein Vater mir deine Hand verweigert hat. Das solltest du wissen.«
»Meinst du, ich verweigere ihm deinetwegen den Gehorsam und tue meiner Mutter weh?«
»Ja, Tullia, das wirst du tun. Denn ab heute willst du nichts anderes mehr als die Liebe, die du gerade mit mir genossen hast. Dein Körper brennt danach. Du wirst es für mich tun, Tullia, und du wirst meine Königin sein.«
Tullia erbebte unter seiner kurzen Umarmung, die sie unbefriedigt zurückließ. Tarxne küßte sie nur noch einmal kurz auf die Lippen, dann erhob er sich und kleidete sich wieder an.
Das Feuer im Hof war inzwischen erloschen, der Himmel wurde schon langsam hell, und die Luft des anbrechenden Tages vermischte den Geruch von Heu mit dem starken, süßen Duft des Geißblatts und dem ihrer Liebe. Aus der Küchen waren schon die ersten Arbeitsgeräusche zu hören. Bevor er ging, drehte Tarxne sich noch einmal um. Aber Tullia hatte sich auf die Seite gedreht, aufgebracht, erschöpft und wunderschön mit den zerzausten Locken und ihrer verführerischen Nacktheit. Schweigend verließ Tarxne ihr Gemach.

Die Sonne senkte sich dem Horizont zu, und schon bald würden die Stadttore geschlossen werden. Auf der zum Fluß hin gelegenen Seite des Forums, mit den Marktständen, den Bottegas und den Arkaden, die es zum Hafen hin abgrenzten, herrschte ein geschäftiges Treiben. Aber genauso belebt ging es auch auf der gegenüberliegenden Seite zu, wo sich die Adeligen, die Kommandanten und alle, die sich um die Geschicke der Stadt kümmerten, trafen.
In der Hitze lag der Geruch der Sümpfe, abgeschwächt durch einen leichten, angenehmen Ostwind. Der ganze Himmel färbte sich langsam rot und begann wie ein magisches Feuer zu brennen. Aber die Einwohner der Stadt schienen daran gewöhnt zu sein und zogen weder Zeichen noch Vorhersagen daraus.
Tarxne nahm, so wie es immer seine Gewohnheit gewesen war, alles um sich herum in sich auf: jeden kleinsten Stimmungsumschwung, jedes Geräusch, jeden Geruch, ohne sich mit einbeziehen zu lassen. So bewahrte er eine Distanz, die es ihm gestattete, alles mit einem nüchternen Blick zu betrachten. Sein Geist öffnete sich, und er gelangte zum

erstenmal wieder in den Zustand einer Erregung, verbunden mit einer Klarheit, die seine magischen, seherischen Kräfte wieder freisetzte und ihn sich frei und stark fühlen ließen. Gleichzeitg nahm er auf diese Weise aber auch Besitz von der Stadt, die er immer als ihm zugehörig betrachtet hatte.

Nun schwanden auch seine letzten Zweifel: Entweder er würde König sein oder er würde sterben!

Gegenüber dem Tempel, der den Göttinnen geweiht war, die die Latiner Mater Matuta und Fortuna nannten, blieb Acilius, der ihn auf seinem Weg über das Forum begleitet hatte, stehen. Er hatte, seit sie den Palast verlassen hatten, kein einziges Wort gesprochen, und Tarxne spürte auch ohne seine besonderen Gaben als Trutnot seinen Schmerz.

Acilius blieb gedankenversunken stehen und schaute diesen Tempel an, den die Baumeister der Rasna errichtet hatten und der zwei Göttinnen geweiht war, von denen er schon mehr als genug hatte reden hören. Seine Frontseite, mit den farbigen Terrakotten, war in ihrer geheimnisvollen Eigenart prachtvoll und so ganz anders als die anderen Gebäude der Stadt. Sie zog vor allem die Fremden an, die davor ihre Marktstände hatten, und die Händler, die ihre Votivgaben anpriesen. Aber auch die latinischen Frauen kamen hierher, die die erstgeborenen Lämmer während der Feste von Matralia, die zu Ehren der beiden Göttinnen als Fruchtbarkeitsriten gefeiert wurden, als Opfergaben in den Tempel brachten.

Tarxne legte ihm eine Hand auf die Schulter und weckte ihn aus seinen Gedanken.

»Die Göttin Athrpa, die Schicksalsgöttin der Rasna, und die Göttin Thesan, die Göttin der Morgenröte, haben ihre Wohnstatt an diesem Ort«, sagte er. »Beide haben sie immer unsere Schritte begleitet.«

Acilius nickte nachdenklich. Zu lange hatte er an der reichen Quelle der Welt der Rasna getrunken. Diese Welt war inzwischen ein Teil von ihm geworden und ihm in Fleisch und Blut übergegangen. Er konnte nicht mehr wie ein Latiner denken. Inzwischen verstand auch er, was die Erde, der Himmel und der Wind ihm zuflüsterten. Er hörte die Stimmen, sah die Geister der Vergangenheit und die Zukunft gleichzeitig wie in einem einzigen lichten Auge, in dem er sich selbst widerspiegelte, in dem Augenblick, als er ein Versprechen gegeben hatte, das zugleich auch seine Verurteilung war.

»*Mit meinem Leben besiegele ich diesen Pakt ...*«, hatte er vor langer Zeit gesagt und seine Stirn mit einem Tropfen Öl betupft. Aber Thesan war, mit seinem Versprechen in der Hand, einfach gegangen ...

»Nur Mut«, murmelte Tarxne, »es wird schon alles gutgehen.« Dann verabschiedete er sich von ihm und ging Juno entgegen, der ihn vor dem Tempel erwartete. Beide trugen sie kurze Tuniken, Gürtel und Überwürfe in der Art, daß man sie für griechische Händler hätte halten können. Aber Juno trug an seinem Umhang das Symbol von Tarchna, und Tarxne lächelte, als er dieses Zugeständnis entdeckte, auf dem Juno, als Zeichen seiner Verbundenheit mit ihm, bestanden hatte. Für einen Augenblick blieben sie schweigend stehen. Nicht weit entfernt wartete ein Diener mit einem zweirädrigen, bedeckten Wagen auf sie, neben dem aufgezäumt ein wunderbares schwarzes Pferd stand.

»Tullia ist in diesem Wagen«, sagte Juno schließlich. »Der Diener wird euch auf die andere Seite des Flusses bringen. Er ist ein Vertrauter, und er trägt das Siegel des Königs, deshalb werden sie euch nicht anhalten.«

Tarxne nickte. Er konnte den Gewissenskonflikt spüren, in dem sich der Junge befand, auch wenn Juno alles tat, um hart und entschieden zu erscheinen.

»Warum hilfst du uns?« fragte er in der Sprache der Rasna und im Tonfall der Trutnot.

Juno antwortete zögernd, an die für ihn fremde Aussprache nicht gewöhnt: »Weil ich so wie mein Vater glaube, daß du die Brücke sein könntest, die diese eroberte Erde wieder mit den Rasna verbindet, und weil ich weiß, daß er deine Ankunft während der ganzen Zeit seiner Herrschaft erwartet hat. Außerdem hast du ihm das Leben gerettet, obwohl du ihn hättest sterben lassen können.«

»Dein Vater ist ein guter König.«

»Ich weiß. Er hat viel für diese Stadt und ihre Einwohner getan und immer das verteidigt, was in seinen Augen Recht und Gesetz ist. Er ist sehr beliebt.«

»Nein, Juno, das stimmt nicht. Er ist immer ein Fremder geblieben in dieser Stadt, so wie du und ich. Täusche dich nicht.«

Juno lächelte, plötzlich unsicher geworden. Tarxne war nur ein knappes Jahr älter als er, und trotzdem erschien es ihm manchmal so, als besäße er die Weisheit eines Patriarchen und die Härte eines Felsens.

»Und dann ist da noch Tullia, die dich wahnsinnig liebt«, murmelte er. »Jedenfalls hat sie mir das gesagt. Sie kann nicht mehr leben ohne dich und will keine Nacht mehr ohne dich verbringen. Was hast du mit ihr gemacht, Tarquinier?«
»Ich habe sie geliebt und werde sie zu meiner Königin machen.«
»Vergiß dieses Versprechen nicht. Ich kann meiner Schwester nichts abgeschlagen, auch das ist ein Grund, warum ich euch helfe. Aber sorge dafür, daß du ihr niemals ein Unrecht antust. Nie!«
»Ist das eine Drohung?«
Juno errötete, aber er antwortete nicht, und Tarxne ergriff seine Hand und drückte sie, zum Zeichen, daß ihr Pakt besiegelt war.
»Natürlich ist es eine Drohung«, murmelte er, aber Juno war sich nicht ganz sicher, ob der Tarquinier ihn ernst nahm. »Du mußt jetzt gehen«, sagte er. »Die Tore werden bald geschlossen.«
Tarxne nickte. Er drehte sich zum Abschied noch einmal nach Acilius um, dann sprang er geschmeidig aufs Pferd, und der Diener setzte den Wagen in Bewegung. Sie überquerten noch das letzte Stück des Forums, hielten sich dann längs des sumpfigen Ufers und erreichten die Brücke im Moment, als die Wachposten die ersten Feuer entzündeten.
Sie passierten als letzte die Brücke Sublicio.

Das östliche Tor von Vei war erst seit kurzem geöffnet worden und der helle Tag stieg aus einem strahlenden Sonnenaufgang auf, der den Tuffsteinfelsen, auf dem sich die Stadt ausbreitete, in ein gleißendes Licht tauchte. Tarxne hatte sein Pferd in einen leichten Trab fallen lassen und ritt nun auf das Tor zu. Er fühlte Tullias Körper warm an den seinen geschmiegt. Sie hatte ihren Kopf an seinen Nacken gelehnt, die Arme locker um seine Hüfte geschlungen und folgte fast lüstern jeder Bewegung des Pferdes.
Seit Tarxne sie hinter sich aufs Pferd genommen hatte, nachdem er dem Diener befohlen hatte, nach Ruma zurückzukehren, hatte Tullia geschwiegen und dieses intime Beisammensein lieber für sich sprechen lassen.
Aber jetzt unterdrückte Tarxne alle Gefühle in sich; sein Kopf war völlig klar, als er sich beim Hauptmann der Stadtwache meldete und ihm den Befehl gab, ihn beim Hohenpriester des Tempels der Göttin Uni zu melden und dann den König von seiner Ankunft zu unterrichten.

Der Mann gehorchte und schickte einen seiner Männer zum Palast. Dann begleitete er ihn persönlich die lange Straße entlang, an die sich Tarxne noch gut erinnerte, bis zum Tempelbezirk, wo sich schon viele Pilger und Kranke drängten.
Tullia begann sich inzwischen neugierig umzuschauen. Ihr Umhang verbarg sie gut, und mehr, als daß sie eine Frau war, konnte man von ihr nicht erkennen. Vor dem Tempel angekommen, stiegen sie ab, überließen das Pferd dem Hauptmann und begaben sich ins Innere.
»Er ist wunderschön«, flüsterte ihm Tullia zu, fasziniert von dem Labyrinth der golden leuchtenden Statuen und den Wasserbecken, aus denen schillernd Dampf aufstieg, der sich im Spiel des Lichtes in Millionen glitzernder, regenbogenfarbener Tropfen niederschlug.
»Er ist heilig«, erwiderte Tarxne, und ihm wurde plötzlich bewußt, daß das Mädchen die Pracht des Tempels mit den Augen einer Latinerin sah, unfähig, die wahre Essenz dieses Ortes zu spüren und die Brücke, die er in seiner Herrlichkeit zwischen Menschen und Göttern schlug, sie auf eine Stufe erhob und es ihnen so ermöglichte, sich zu verstehen.
Asnai kam ihnen aus dem inneren Tempelbereich entgegen. Er trug einen mit Gold gesäumten Zeremonienmantel, und alles deutete darauf hin, daß er gerade einen Ritus unterbrochen hatte. Seine Gesichtszüge waren angespannt, sein Atem ging heftig, und kaum hatte er Tarxne wiedererkannt, verfinsterte sich sein Gesicht. Er rang die Hände und murmelte: »Bist du es wirklich, Tarxne, Sohn von Larth.«
»Was auch immer du gerade gemacht hast, du hast mich kommen sehen, Asnai«, antwortete Tarxne.
»Ja, das ist wahr. Ich opferte gerade am Altar der Göttin, als ich dich im Feuer sah. Aber das Opferöl ist in Flammen aufgegangen, und das ist kein gutes Zeichen.«
Tarxne legte einen Finger an die Lippen. »Wir müssen miteinander reden«, flüsterte er ihm zu. »Und zwar noch bevor ich den König sehe.«
Asnai warf einen neugierigen Blick auf die Frau, die ihn begleitete, aber dann nickte er und ging ihm wortlos in den inneren Bereich des Tempels voraus. Junge Haruspizen vollzogen die morgendlichen Riten, und die Heilkundigen tauchten unter den Klängen der Flöten die ersten Kranken in die Wasserbecken. Aber sie gingen durch die Reihen hindurch, ohne sich weiter umzuschauen.

Asnai führte sie hinter die Statue der Göttin Uni. Hier herrschte Stille, und es drangen kaum noch Geräusche aus dem Tempelbereich zu ihnen.

»So, hier kannst du reden«, murmelte Asnai. »Ich denke, daß die Ohren der jungen Frau, die dich begleitet, hören können, was du zu sagen hast.«

»Du wirst mit dem Segen der Göttin den Hochzeitsschleier über uns breiten, noch bevor es Nacht geworden ist, Hohepriester. Sie ist die Tochter des Königs Servius von Ruma. Die Tochter von Mastarna und Thanaquil.«

»Du meinst, *diese* Tochter?« murmelte Asnai. »Die, die Larth als Erbin anerkannt hat?«

»Genau diese.«

»Bist du denn ganz sicher, daß sie die Tochter Mastarnas und nicht die deines Vaters ist, Tarxne?«

»Du hast sie beide gekannt. Wie kannst du mir eine solche Frage stellen?«

Der Hohepriester nickte. Jetzt, wo die junge Frau den Umhang abgenommen hatte, der auch ihren Kopf bedeckt hatte, sah er, wie sehr sie Mastarna ähnelte. Aber Asnai zögerte noch, sie zu begrüßen.

»Es ist die Tochter Mastarnas, daran gibt es sicher keinen Zweifel«, murmelte er. »Aber warum bringst du sie ausgerechnet in den Palast eines Königs, der ihm wie kein anderer feindlich gesinnt ist?«

»Weil das Mastarna von unserem guten Willen überzeugen wird, ihm ein Bündnis anzubieten. Und indem wir ihn zu diesem Bündnis mit seinem schlimmsten Feind zwingen, binden wir ihm die Hände. Wer ist am Hof von König Arnth sonst noch anwesend?«

»Dein Bruder Aranth und Urste natürlich. Unsere junge Königin Veliza hat dem König einen Sohn geschenkt. Aranth hat ihm den Thron überlassen und jetzt, wo er nicht mehr der Erbe ist, ist er als Fürst und Sohn des Königs am Hof gern gesehen. Er hat einen weisen Beschluß gefaßt. Wenn er so weitermacht, wird er ein guter Ratgeber des Königs werden.«

Tarxne schüttelte den Kopf. »Aranth wird mit mir nach Ruma kommen«, erklärte er entschieden.

»Also bist du wegen Ruma hier und nicht wegen der Hochzeit mit dieser jungen Frau, die sie dir dort vielleicht verboten haben.«

»Aus beiden Gründen. Aber erst muß ich wissen, warum die Männer sich in jener Nacht, als wir mit unserem Angriff die Latiner im Schlaf überrascht haben, zurückgezogen haben, obwohl sie den Sieg in der Hand hatten.«

»Weil *du* es ihnen befohlen hast, Tarxne!«

Tarxne drehte sich mit einem Ruck um, als er die Stimme Aranths hinter sich hörte, der ihm auf seine Frage geantwortet hatte. Der junge Mann war, als er von seiner Ankunft erfahren hatte, durch den geheimen Gang hierher geeilt, und das gab ihm einen kleinen Vorsprung vor dem Kommandanten Avile, der auf dem Weg war, um ihn persönlich zum König zu begleiten.

Tarxne umarmte den Bruder. Aranth schien ihm bei bester Gesundheit zu sein.

»Das mußt du mir erklären«, sagte er dann. »Wie kannst du behaupten, daß ich es befohlen habe.«

»Du standest am Ufer des Flusses, hieltest dein Schwert hoch erhoben, und ein flammender, rötlicher Lichtschein war um dich herum. Du hast uns befohlen, den Angriff abzubrechen, schwimmend das andere Ufer zu erreichen und dann die Zelte abzubrechen und uns zurückzuziehen.«

»Und wie viele von euch sind bei der Überquerung des Flusses umgekommen?«

»Einige«, gab Aranth zu. »Die Strömung war ziemlich stark an dieser Stelle.«

»Aranth! Wie hast du nur glauben können, daß ich das war?«

»Wir haben dasselbe Licht in deinen Händen gesehen, als du uns zum Angriff geführt hast.«

»Ist dir klar, daß du von einem Moment redest, in dem ich verletzt und bewußtlos war?« erwiderte Tarxne. »Ich lag vor dem Zelt des Königs Servius, das brannte, und ich erinnere mich an fast nichts mehr, höchstens an den einen oder anderen Moment oder hier und da ein Wort. Der am Ufer des Flusses war ganz bestimmt nicht *ich*.«

Aranth schaute über Tarxnes Schulter und entdeckte Tullia hinter ihm, die bisher geschwiegen hatte, aber bereit zu sein schien, ihm ins Gesicht zu springen, wenn er es weiter wagen sollte, die Worte des Bruders in Zweifel zu ziehen. »Tatsächlich hat niemand von uns eine Erklärung für einen solchen Befehl gefunden«, gab er zu. »Wir haben uns tagelang

darüber den Kopf zerbrochen und die Haruspizen befragt . . . Also du jedenfalls warst Gefangener in Ruma. Bist du geflüchtet?«
»Ich war kein richtiger Gefangener, eher ein bewachter Gast oder ein Unterpfand für Verhandlungen. Ich komme mit einem Vorschlag des Königs Servius. Heute abend werde ich seine Tochter heiraten, und bald wird Ruma ein neues Juwel in der Krone der Rasna sein. Erinnerst du dich noch, was Laris Pursiena gesagt hat?«
»Es wird uns kostbar wie eine Geliebte sein . . .«
Tarxne nickte. »So wird es sein, Aranth.«
Ein Haruspize näherte sich jetzt schüchtern und kündigte an, daß der Kommandant Avile und seine Eskorte vor dem Tempelbezirk warteten.
Asnai setzte sich als erster in Bewegung. »Sei vorsichtig mit Urste«, mahnte er Tarxne. »Der Tod von Flasi Aivas hat zwar sein Feuer aufgezehrt. Aber du kannst ihm nicht trauen, er hat dir immer noch nicht verziehen.«
»Ich weiß«, murmelte Tarxne.
Sie begaben sich nach draußen, wo sie Avile mit seiner Eskorte erwartete. Avile gab sich völlig undurchdringlich und tat so, als würde er Tarxne nicht kennen, und Tarxne hatte das Gefühl, als ob die ganze Stadt, in Erwartung der Dinge, die da kommen würden, ihm genauso gegenüberstand. Aber als sie die Schwelle des Palastes überschritten, der ihn als Trutnot und Heilkundiger gesehen hatte, hatte sich ihnen schon eine Menge von Adeligen und Soldaten angeschlossen.
Asnai schritt ihnen voran und machte damit klar, daß sie unter seinem Schutz und dem der Göttin Uni standen, trotzdem spürte Tarxne die nervöse Anspannung Tullias und auch Aranths.
Vor Arnth angekommen, beugte er das Haupt und wartete. Arnth schien weniger angegriffen als das letzte Mal zu sein, als er ihn in Fanu Veltune getroffen hatte, aber seine alte Leidenschaft zehrte immer noch an ihm, etwas abgeschwächter vielleicht von einer gewissen Resignation.
»Es ist viel Zeit vergangen, seitdem ich dich in diesem Saal zum erstenmal begrüßt habe, Tarxne, Sohn von Larth, wie ich dich jetzt wohl nennen muß«, begrüßte ihn nun Arnth mit einer Spur von Ironie.
Tarxne legte eine Hand auf den Kopf des bronzenen Löwen in der Mitte des Saales. Nun kam ihm dieser nicht mehr so beeindruckend vor wie beim ersten Mal, als er ihn gesehen hatte.

»Die wirklich bedeutenden Namen bleiben im Gedächtnis und in den Herzen der Menschen haften«, erwiderte er. »Die anderen kommen uns wie sinnloses Gestammel über die Lippen. Den Namen meines Vaters hat keiner je vergessen.«
Arnth machte eine vage zustimmende Geste. »Warum bist du hier?« fragte er dann brüsk.
»Weil Vei die Ruma am nächsten gelegene Stadt ist und deshalb die, die am meisten an einem Bündnis und einem Freundschaftspakt interessiert sein muß.«
»Bist du gekommen, uns ein Angebot des Feindes zu unterbreiten?«
»Ruma ist nicht unser Feind. Diese junge Frau, die heute abend meine Frau werden wird, ist die Tochter von Mastarna und Thanaquil. Mit ihrer Hilfe und der von Juno, ihrem Bruder, habe ich Ruma verlassen, um das zu überbringen, was Mastarna wünscht und auch ich, als sein Erbe: ein Bündnis! Ruma soll eine Stadt der Rasna werden, eine wahre Stadt der Rasna.«
»Das ist pure Anmaßung! Ist vielleicht deshalb dieser Geist den Männern erschienen, mit Befehlen, die viele von ihnen in den Tod geschickt haben? Nur, damit du dein Ziel erreichen kannst?«
»Aranth hat mir gerade erzählt, was passiert ist. Wenn es sich um einen Geist gehandelt hat, dann muß ich annehmen, daß die Götter in dieser Nacht sehr nahe waren.«
»Welche Götter? Unsere oder die der Latiner?« mischte sich jetzt Avile ein und kam drohend näher.
Arnth beruhigte ihn mit einer Geste und suchte dann den Blick Urstes, der in diesem Moment eingetreten war. Aber der Haruspize beschränkte sich darauf, die Ankömmlinge zu betrachten, und zeigte keine Reaktion.
»Du kommst also mit der Tochter des Königs von Ruma nach Vei ...«, fuhr der König fort. »Und du forderst mich dazu auf, der Tochter meines Feindes Gastfreundschaft zu gewähren. Ich muß sagen, du bist ziemlich tollkühn!«
»Es ist nur logisch und verständlich, wenn er dich an die Pflichten der Gastfreundschaft erinnert«, mischte sich nun Urste ein. »Höre ihn an, mein König. Du kannst nicht die Achtung und das Vertrauen dieses Fürsten enttäuschen, der dir am Tag seiner Hochzeit die Frau anvertraut, die er liebt.«

»Also gut, was willst du von mir?« fragte Arnth brüsk, verärgert darüber, daß der Haruspize ihn vor allen Anwesenden an seine Pflichten erinnert hatte.
»Ich will gar nichts von dir, König von Vei. Ich bin nur gekommen, um dir einen Pakt vorzuschlagen, der Ruma wieder den Rasna zurückbringen soll. Sonst nichts. Du solltest deshalb Kuriere in die anderen Städte des Städtebundes schicken, so daß jede für sich alleine entscheiden kann, und einen nach Ruma, der meine Botschaft an König Servius überbringt.«
»Und wer wird die Verhandlungen mit ihm führen? Du?«
»Ich und diejenigen, die dabei an meiner Seite sein wollen.«
»Du scheinst dir deiner Sache sehr sicher zu sein«, murmelte Arnth in einem Tonfall, der deutlich machte, daß er ihm nichts mehr entgegensetzen konnte. »Nun, wie auch immer. Ich werde versuchen, dich zufriedenzustellen. Im Tausch dafür, wenn das Bündnis geschlossen ist und du König bist, wird Vei von dir bevorzugt behandelt werden. Du wirst mit dieser Stadt die günstigsten Verträge abschließen. Du wirst ihr die Überquerung des Tibrin erlauben, die Benutzung deiner Häfen und mit ihr einen Handelspakt schließen. Glaubst du, daß du diese Bedingungen akzeptieren kannst?«
»Vei wird immer die erste Stadt sein, an die sich Ruma wendet«, antwortete ihm Tarxne.
Im Frieden wie im Krieg, dachte Asnai. Sie wird auch die erste sein, die zerstört wird ... Und auch das weißt du, Sohn von Larth, und nicht nur wegen einer Prophezeiung, die du gehört hast, weil ein anderer sie sich verschafft hat. Die Götter werden erzürnt sein über deinen Hochmut, der das nicht anerkennen will!
Arnth warf einen kurzen, forschenden Blick auf seinen Hohenpriester, der ihm zu zweifeln schien. Doch dann murmelte er: »Gut ... Avile wird sich um die Kuriere kümmern, während wir die Nachricht verfassen. Aber jetzt ist es an der Zeit, daß du diese schöne junge Frau, die du heute heiraten willst, meiner Königin anvertraust, und Zeit, daß Asnai die Hochzeit vorbereitet.«
Arnth stand auf und ging ihnen in die Loggia voraus und von dort aus in den Hof, wo sie die Königin, vom Adel und den Haruspizen begleitet, erwartete.
Tullia war ein wenig verstört von der Notwendigkeit dieser Trennung

und den strategischen Hintergedanken bei dieser Sache, die sie für eine reine Flucht aus Liebe gehalten hatte. Außerdem war sie sehr beeindruckt vom Prunk des Hofes von Vei, seinem Reichtum und seiner Andersartigkeit, die ihr ein Gefühl von Fremdheit verursachte, das sie nicht verstand. Sie schaute Tarxne an und sah, daß seine blauen Augen, die sie so bezaubert hatten, jetzt kalt wie Eis waren. Und ihr wurde etwas bewußt, das sie bisher noch nicht bemerkt hatte: Tarxne war der *Fremde* gewesen, den sie gesundgepflegt hatte, der Mann, der sie sich gewünscht hatte, in ihren Augen herrlich und perfekt. Jetzt erschien er ihr zwar noch genauso wunderbar, aber er war ihr nicht mehr ausgeliefert, und sie erkannte das Ausmaß seiner Macht. Das erschreckte sie und brachte ihr mit einem Schlag die Tragweite der Situation vor Augen.

Zum erstenmal fragte sie sich, was wohl ihr Vater und ihre Mutter machten, und was sie dem König von Ruma angetan hatte . . .

Dann sah sie die Königin von Vei. Sie war noch fast ein Kind, aber wunderschön, und Tullia versetzte es einen Stich. Die Königin trug eine helle Tunika und einen Überwurf aus Silberfäden. Die langen Haare, nur an den Seiten in zwei Zöpfe verflochten, lagen ihr offen über die Schultern. Sie gingen ihr bis über die Hüften und waren schwarz wie die Nacht. Ihre Haut war wie Milch und ihre Augen von einer Farbe, als hätte sie sie den Veilchen geraubt, die im Frühling die Hänge des Stadthügels von Vei bedeckten.

Für einen Moment war auch Tarxnes Blick nur von ihr angezogen, und er fühlte das Wesen dieser jungen Frau, die sich ihm neugierig und verwundert zuwandte, mit einem Blick, der nach Wärme zu suchen schien.

Die Königin kam nun auf sie zu, und bei ihrer Bewegung blitzten die Silberfäden ihres Gewandes in der Sonne auf und schienen sie mit einem schimmernden Strahlenkranz zu umgeben. Er wandte seinen Blick von ihr ab und drückte Tullias Hand.

»Sei uns willkommen«, begrüßte die Königin Tullia. »Dieses Haus soll auch dein Haus sein.«

»Bereite sie für die Hochzeit vor, Königin«, forderte Arnth sie auf. »Sicher sind der Tochter von Mastarna unsere Gewohnheiten nicht vertraut.«

Mit einem Ruck drehte Tullia sich zu ihm um, und Velza ergriff ihre

Hand, um ihr ein warnendes Zeichen zu geben, ihre Antwort zu bemessen. Aber Tullia konnte sich nicht beherrschen. »Mein Vater und meine Mutter haben immer die Bräuche der Rasna geehrt, König von Vei«, erwiderte sie zornig. »Wenn sie sich inzwischen verändert haben, ist der einzige Grund dafür, daß Ruma eine lebendige Stadt ist, die sich mit jedem Sonnenaufgang verändert und wächst.«

»Ich verneige mich vor deiner Treue, Tochter von Mastarna«, antwortete ihr Arnth eisig.

Aber diesmal hielt sich Tullia mit ihrer Antwort zurück und ließ sich von Veliza wegführen.

»Die Göttin Turan könnte nicht schöner sein als deine Königin«, bemerkte Tarxne, als die Frauen gegangen waren, die Regeln der Gastfreundschaft erlaubten ihm das. »Du bist ein glücklicher Mann, König von Vei. Nur wenige Sterbliche können von sich behaupten, den Glanz der Morgenröte und die Liebe selbst in ihrem Palast beherbergt zu haben.«

Doch von einer plötzlichen Vorahnung oder Furcht ergriffen, verfinsterte sich die Miene Arnths bei diesen Worten.

Für den Rest des Tages, bis in den späten Nachmittag hinein, waren sie damit beschäftigt die Nachricht für die anderen Städte des Bündnisses zu verfassen. Dann wurde die an König Servius von Ruma als erste auf den Weg gebracht, und Tarxne stieg zu der Stadtmauer hinauf, um zu sehen, wie der Kurier Vei verließ.

In der Zeit seines Aufenthaltes hier hatte er diesen Platz hoch über der Stadt sehr geliebt, denn von hier aus konnte man den nächtlichen Himmel in seiner ganzen Schönheit bewundern und hatte nach allen Richtungen eine gute Aussicht.

Es überraschte ihn, daß die Erinnerung an seine Mutter in der Stadt immer noch sehr lebendig war, obwohl keiner es zugeben wollte, und plötzlich beunruhigte ihn der Gedanke an sie. Seit sie Tarchna verlassen hatte, hatte er nichts mehr von ihr gehört, es war, als wäre sie plötzlich wie vom Erdboden verschwunden.

»So ist es nicht, Sohn von Larth«, sagte da hinter ihm eine wohlbekannte Stimme.

Tarxne wandte sich halb um und sah, daß Urste hinter ihm aufgetaucht war. Er hatte ihn nicht kommen hören, und nun stand er, scheinbar ehrerbietig, einige Schritte von ihm entfernt.

»Was ist nicht so, Haruspize von Tagete?« fragte Tarxne barsch, verärgert darüber, überrascht worden zu sein.
»Deine Mutter . . . Sie war es, an die du gerade gedacht hast.«
Tarxne nickte. »Das war nicht besonders schwer zu erraten«, bemerkte er düster.
»Kann sein. Jedenfalls hat sich deine Mutter in den Heiligen Wald zurückgezogen, entlang dem Pfad, der von Tarchna nach Faru Veltune führt. Es ist ein sehr seltsamer Ort. Die Leute kommen zu ihr, um geheilt zu werden und Arzneien von ihr zu erhalten. Deine Mutter lebt nur noch für die Heilkunst und in völliger Einsamkeit. Ich frage mich noch heute warum?«
»Dort wird sie nicht einsamer sein, als sie es in diesen Mauern hier war. Es freut mich, daß der König eine neue Königin gefunden hat.«
»Mich auch«, erwiderte Urste, und Tarxne fühlte sich von seinem Tonfall und der Art, wie er die Worte ausgesprochen hatte, verletzt.
Doch gleich darauf hatte die Stimme des Haruspizen wieder einen freundlichen Klang angenommen. »Die Diener sind mit den Vorbereitungen für das Bankett beschäftigt, und die Frauen des Palastes bereiten deine Braut für die Hochzeit vor«, fuhr er fort. »Aber besteht nicht die Gefahr, daß Mastarna seine Truppen ausschickt, um die entführte Tochter zurückzuholen?«
»Tullia ist nicht entführt worden.«
»Weiß das auch Mastarna?«
»Ja.«
Urste nickte gewichtig vor sich hin. »Also freue auch ich mich mit dir, Sohn von Larth«, sagte er. »Aber mein Herz weint, wenn ich daran denke, was Flasi Aivas gesehen hat.«
»Du hast damals die Zeit gehabt zu reden, aber du hast es nicht getan, Urste.«
Der Haruspize hielt seinem Blick stand, und für einen Moment sah Tarxne in seinen Pupillen die Hand einer Frau, die einen Namen verbrannte, den sie mit pupurroter Farbe auf ein Stück Leinwand geschrieben hatte.
»Es stimmt. Die Götter haben mir damals den Mund verschlossen . . .«, murmelte Urste niedergeschlagen. »Und ich beuge mich auch jetzt ihrem Willen. Wenn du der zweite König Tarquinio von Ruma sein wirst, werde ich dir die Anerkennung und den Ehrenbeweis des Kollegiums

von Tagete überbringen . . . Du wirst in mir einen treuen Verbündeten haben.«

Tarxne verschluckte die Antwort, die ihm auf der Zunge lag, und nahm die scheinbare Unterwerfung seines Feindes mit einem leichten Neigen des Kopfes entgegen. Die dunklen Augen Urstes, die sein hageres Gesicht beherrschten, glänzten nun wie Spiegel der absoluten Wahrheit, in schmerzlicher, aber stolzer Reue.

»Heute abend werde auch ich deine Hochzeit segnen«, fügte er noch hinzu.

»Es wird mir eine Ehre sein.«

Und ich werde deinen und Mastarnas Namen in demselben Feuer verbrennen, das den Namen von Flasi Aivas verbrannt und meine Kraft aufgezehrt hat, fügte der andere in Gedanken hinzu, während er sich zum Abschied höflich verbeugte.

Die Sonne sank im Westen, als Asnai den zeremoniellen Schleier über das Brautpaar breitete und sie so vor dem Altar der Göttin Uni vermählte.

Es war ein heißer Tag gewesen, und der Sonnenuntergang tauchte die Wolkenberge gegen Westen in ein scharlachrot-goldenes Licht, das sich auf den Statuen und den unzähligen Wasserbecken widerspiegelte.

Die Frauen des Palastes von Vei hatten Tullia mit einer grünen Tunika und einem Überwurf aus Goldfäden bekleidet. Sie hatten ihre Haare hochgesteckt und versucht, die Locken zu bändigen, die sie aber trotzdem wie eine kupferfarbene, schimmernde Krone umgaben. Die junge Frau war geschmückt mit einer Kette aus Bernstein, ein Geschenk der Königin, und in den Haaren trug sie Nadeln aus Silber und Obsidian, ein Geschenk Aranths.

Als die Strahlen der untergehenden Sonne auf das goldene Gefäß mit dem Opferöl fielen, das Asnai nun erhob, wanderten Tarxnes Augen für einen Moment zu der dunklen und geheimnisvollen Schönheit der Königin ab, und einen Lidschlag lang schien die Zeit im Universum angehalten zu sein.

Fast unmerklich bebte die Erde.

Kurz vor Sonnenaufgang, noch bevor das Hochzeitsbankett zu Ende war, wurde der Kurrier, der nach Ruma geschickt worden war, von den Wachen am Osttor empfangen.

23.

Als Mastarna die Königin eintreten hörte, hob er den Kopf. Es war sehr ungewöhnlich, daß sie um diese Zeit in die Gemächer des Königs kam, so wie es ungewöhnlich war, daß er sie am Abend vorher nicht in den ihren aufgesucht hatte. Aber dies ist ein außergewöhnlicher Augenblick, dachte Mastarna. Er lächelte ihr zu und ergriff ihre Hand. Sie war kalt, obwohl es die ganze Nacht über schwül gewesen war und der Sonnenaufgang sich nun rot glühend ankündigte.

Er zog sie neben sich auf die Steine der Feuerstelle, und Thanaquil blieb abwartend neben ihm sitzen. Die ganze Nacht über hatte sie versucht, Kraft und Ruhe für diesen Moment zu schöpfen und im Feuer eine Antwort auf immer dieselbe Frage zu finden.

Meine Schwester, dachte Thanaquil, du hast mich gelehrt, wie unnütz es ist, zu sagen: Ich will nicht. Lehre mich nun zu akzeptieren, was nicht zu ändern ist!

»Heute nacht habe ich eine weiße Eule gesehen«, sagte Mastarna. »Sie hat auf der Balustrade der Loggia gesessen und mich regungslos und mit glänzenden Augen angesehen. Ich glaube, sie wollte mir etwas mitteilen.«

»Sie wollte dir mitteilen, daß du unsere Tochter Tarxne zur Frau geben sollst.«

»Ich würde es gerne tun, wäre der Preis dafür nicht, daß du in Schande fällst, und er weiß das. Wir haben darüber gesprochen. Deshalb habe ich ihm Tullia verweigert, und er hat es auch verstanden.«

Thanaquil schüttelte den Kopf. Vielleicht hatte sich Mastarna zu sehr den latinischen Gewohnheiten angepaßt, oder seine Befürchtungen waren nur ein anderer Ausdruck seiner Gewissensbisse, die ihn in all diesen Jahren verfolgt hatten. Dazu kam sicherlich sein Zorn darüber, daß man ihm den Gehorsam verweigert hatte, die Enttäuschung über die Wahl, die die Tochter getroffen hatte, ohne nach den Konsequenzen zu fragen, und die Komplizenschaft von Juno, die er wie einen Verrat empfunden hatte.

»Wie kannst du glauben, daß Tullia sich hat entführen lassen?« antwortete sie nun ruhig. »Du weißt sehr gut, daß sie es selbst gewollt hat! Und du weißt, daß ich den Sohn Larths mit Tullia an seiner Seite vor langer Zeit im Feuer gesehen habe – du hast das niemals vergessen. Hast du dich nie gefragt, warum sein Schwert den tödlichen Schlag abgefangen hat, obwohl er dich nie zuvor gesehen hatte? In einem Augenblick, in dem dein Leben wie das eines beliebigen Feindes in seinen Händen war? Und du warst es, der ihn in diesen Palast gebracht hat. Du alleine, Mastarna, kein anderer.«

»Was also kann ich machen? Du weißt, daß mir sein Leben fast so kostbar ist wie das meiner Tochter.«

»Überlasse ihm den Thron. Du hast für diese Stadt viel getan, aber die Sterne haben heute nacht einen geschlossenen Kreis angezeigt. Deine Zeit ist zu Ende, mein Liebster. Deshalb hat es keinerlei Bedeutung, was die Leute über mich sagen werden. Wir können hier in dieser Stadt bleiben, in Ruhe unser Leben genießen, unseren Kindern mit Rat und Tat zur Seite stehen, wenn sie kommen und uns darum bitten.«

Mastarna zog sie fest an sich. »Und wenn sie von dir sagen werden, daß du mich in dein Bett gelassen hast, während der König in seinen Gemächern schlief?« fragte er zweifelnd.

»Das kann uns dann egal sein, denn ich werde nicht mehr Königin sein und du nicht mehr König. Außerdem habe ich dich mein ganzes Leben lang geliebt, schon bevor ich Larths Königin geworden bin, und als wir uns geliebt haben, während ich noch seine Königin war, hat sich Larth darüber gefreut. Aber er hätte keinen anderen als dich an seiner Stelle geduldet. Ich habe dir das schon damals gesagt.«

Mastarna ließ sie los und ging in die Loggia hinaus. Im Haupthof hallten die Schritte des Wachwechsels über das Pflaster, und ein paar Diener waren schon unterwegs. Die Haruspizen hatten zwischen dem Rauch der Dreifüße ihre Riten begonnen. Kein Lüftchen rührte sich.

»Das also rätst du mir«, murmelte Mastarna, als er wieder zu Thanaquil zurückkehrte.

»Auch Thesan ist gekommen, um dir heute nacht ihre Botschaft zu bringen, aber du warst zu zornig, um ihr Gehör zu schenken.«

»Genau, die weiße Eule!« Mastarna nickte. Er war immer noch sehr angespannt. Ein Diener war eingetreten, um ihm dabei zu helfen, die kurze Lederrüstung und die Beinschienen anzulegen.
»Wir sind übereingekommen, uns alleine am Vicus Cuprius zu treffen«, fuhr er fort, während er begann sich anzukleiden. »Dieser Ort ist neutral, kein Palast und kein Tempel, so daß keiner einen Vorteil aus geweihten Mauern ziehen kann. Tarxne wird durch die Porta Esquilina die Stadt betreten, und unsere Eskorten müssen in einem ausreichenden Abstand zurückbleiben. Das, was wir uns zu sagen haben, ist nur für unsere Ohren bestimmt ...«
»... und für die Götter«, unterbrach ihn Thanaquil. »Vergiß nicht, Mastarna, die Wege sind vorgezeichnet, und ich habe große Angst vor dem Weg, der vor dir liegt.«
»Vertraust du nicht dem Sohn deiner Nichte?« – Thanaquil wich seinem Blick aus. »Es ist nicht er, dem ich nicht vertraue«, murmelte sie.
»Dann sage mir, wovor ich mich hüten soll.«
Thanaquil schwieg. Die Prophezeiung, für so viele Jahre verschwiegen, brannte in ihr wie eine glühende Klinge. Mastarna gab dem Diener ein Zeichen, der ihm die purpurfarbene Tebenna umlegte, und er schloß sie mit einer goldenen Fibel. Dann machte er sich auf den Weg und nahm Thanaquils Lächeln mit sich, wie vor langer Zeit in Fanu Velzune, als er sich, ohne es zu bemerken, in sie verliebt hatte.

Als Marcius seine vertrautesten Männer um sich versammelte, war es noch Nacht. Schweigend hatten sie dann den Palast verlassen, die Wachen umgangen und waren über die Via Sacra bis zum Vicus Cuprius gegangen. Doch Marcius selbst hatte im Palast den Sonnenaufgang abgewartet, denn der König hätte ihn zu sich rufen und durch seine Abwesenheit gewarnt werden können.
Nun überquerte er, von einer quälenden Furcht und Unruhe getrieben, den Haupthof. Er hoffte, niemandem zu begegnen, und würdigte die Haruspizen der Rasna, die die morgendlichen Riten am Rande des Haupthofes vollzogen, kaum eines Blickes.
Diese fremden Götter werden hier schon bald nicht mehr wohnen, und die Stadt wird meine sein, dachte Marcius. Sein ganzes Leben hatte er auf diesen Moment gewartet, seit dem Augenblick, als ein junger Hauptmann der Rasna ihn als Gefangenen genommen hatte.

Jetzt, nach so vielen Jahren, war sein Haß, den er tief in seinem Inneren verborgen gehalten hatte, unverändert stark, genährt von der Kraft, mit der ihm Larth seine Entscheidung freigestellt und ihm seine Aufgaben übertragen hatte, geheiligt durch seine Hingabe an die Stadt.
Diese Hingabe war es, die ihn nun glauben machte, das Recht zu haben, sich sowohl vom König als auch von dem jungen Mann zu befreien, dessen Aussehen und dessen magische Kräfte ihn erschreckten. Er wußte, daß es keinen günstigeren Moment mehr als diesen geben würde, den Thron zu erobern, der einmal der seines Großvaters gewesen war.
Als er nun direkt an den Haruspizen vorbeikam, zog sich plötzlich einer von ihnen mit einer heftigen und erschrockenen Bewegung zurück, so als hätte er in den Zeichen der Opferung, die er gerade vollzogen hatte, etwas gelesen, was ihn tief entsetzt hatte. Marcius blieb wider seinen Willen stehen, und der Haruspize starrte ihn für einen Moment reglos an. Dann hüllte sich Marcius in seine dunkle Tebenna ein und beeilte sich, das Portal zu durchschreiten.
Acilius, der bemerkt hatte, wie Marcius durch den Palast geschlichen war und dabei sorgfältig vermieden hatte, auf Diener oder Wachen zu treffen, war ihm dicht gefolgt und blieb nun ebenfalls stehen. Die Augen des jungen Haruspizen waren noch immer starr vor Angst. Er ging auf ihn zu und berührte ihn leicht am Arm.
»Was hast du gesehen?« fragte er ihn freundlich. »Was ist los?«
»Tod«, murmelte der junge Mann. »Tod auf dem Vicus Cuprius.«
»He, was redest du da für einen Unfug!« fuhr ihn Acilius an und schüttelte ihn. Aber der fassungslose Schrecken, der dem Haruspizen ins Gesicht geschrieben stand, überzeugte ihn. »Lauf und suche den Fürsten Juno, und erzähle auch ihm, was du gesehen hast!« befahl er ihm und beeilte sich dann, Marcius zu folgen.

Mastarna ging mit schnellen Schritten durch die Säulenhalle, die den Haupthof umschloß. Im Palast war noch alles ruhig, aber der Duft der Fladenbrote, die auf heißen Steinen gebacken wurden, lag schon in der Luft. Der König bemerkte eine gewisse Unruhe auf der Seite des Flügels, wo die Opferungen stattfanden, und gleich darauf kamen ihm einige Haruspizen entgegengerannt, als wäre ein Dämon hinter ihnen her.

»Was ist los?« fragte er und hielt einen von ihnen auf. Der junge Mann verbeugte sich, als er den König erkannte.
»Etwas Schreckliches, mein König!« stammelte er. »Einer von uns, Macre, ist tot im Durchgang gefunden worden, der zu den Gemächern der jungen Fürsten führt.«
»Tot?« wiederholte Mastarna und ließ ihn los.
»Ja, man hat ihn mit einem Messer im Rücken gefunden. Wer kann einem Mann, der den Göttern geweiht ist, so etwas antun? Wer kann es wagen, einen ihrer Diener zu ermorden?«
»Ein großer Teil der Leute hier in Ruma weiß nichts von der tiefen Bindung zwischen den Menschen und den Göttern. Sie glauben, sie könnten alles tun, ohne ihren Preis dafür zu bezahlen! Beruhige dich jetzt. Wenn ich zurückkomme, werden wir den Verantwortlichen suchen.«
Der junge Mann senkte die Augen und verbeugte sich. Dies war ein Morgen mit seltsamen Vorkommnissen und widersprüchlichen Zeichen in den Riten, aber der König schien ihm zu angespannt und müde zu sein, um ihn noch weiter mit seinen Klagen zu belasten.
Mastarna begab sich zu Juno und Luxrias hinüber, die ihn am Portal mit zwanzig Männern seiner Wache erwarteten. Wortlos schritt er an ihnen vorbei, aber sein ältester Sohn kam ihm nach und gab den anderen ein Zeichen, ihnen in einigem Abstand zu folgen. Mastarna ging schweigend weiter, aber Juno gab nicht auf.
Er stieg neben ihm die lange Treppe hinunter, die vom Stadthügel, den viele Velia nannten, zum Anfang der Via Sacra führte. Ein leichter Windhauch vertrieb den Morgendunst über dem gegenüberliegenden Velabro. Das Tal zwischen den beiden Hügeln, wo inzwischen die Bäume Häusern und Straßen Platz gemacht hatten, lag noch im Schatten. Aber auf den Dächern lag schon die Sonne, bis hinauf zum Fagutal und zum Oppio, die das helle Morgenlicht krönte.
Auf der untersten Stufe angekommen, stellte sich Juno vor ihn und zwang ihn stehenzubleiben.
»Du hast mich verurteilt, ohne mir überhaupt zuzuhören!« protestierte er, entschlossen, sich keinen Schritt mehr weiterzubewegen.
Mastarna wunderte sich, als er feststellen mußte, wie sehr der Sohn ihn an seine eigene Jugend erinnerte: hartnäckig, sich seiner selbst sicher und seinen eigenen Entscheidungen und Empfindungen treu. Er legte ihm die Hände auf die Schultern und schüttelte den Kopf.

»Nein, ich habe dich nicht verurteilt, mein Sohn«, sagte er mit einem Lächeln. »Ich weiß, wie sehr du deine Schwester liebst und ehrlich geglaubt hast, zu ihrem Besten zu handeln und ihr dabei zu helfen, glücklich zu werden.«
»Ist das nicht das einzige, was zählt, glücklich zu sein?«
»Der Faszination Tarxnes zu verfallen ist gefährlich, Juno. Er ist der Sohn von Larth, das weißt du. Wolltest du ihn denn als König? Antworte mir ganz ehrlich, denn es könnte entscheidend für deine Zukunft sein.«
»Mit Tullia als Königin? Natürlich! Du weißt, daß ich nie den Thron beansprucht habe, und er ist der Sohn des Königs Tarquinio. Ich würde den Thron keinem anderen überlassen, nur ihm.«
Keinem anderen außer dir ..., dachte Mastarna und sah wieder die beiden jungen Männer vor sich, die im gerade eroberten Palast von Alalia auf den Sieg anstießen und sich fühlten, als gehörte ihnen die ganze Welt ... und dieses Bekenntnis von den Lippen Larths, so absolut und sicher. Ein Versprechen für die Ewigkeit, das nun noch einmal neu besiegelt wurde.
»Gut«, murmelte er.
»Was willst du machen, Vater?« Juno hinderte ihn daran weiterzugehen.
»Ich werde mit diesem jungen Mann reden, der es geschafft hat, meine Kinder zu bezaubern. Ich werde mit ihm eine Vereinbarung für ein Bündnis mit dem Städtebund treffen ... Dann wird wieder Frieden an den Grenzen sein, und ich werde ihn im Palast mit Tullia als seine Gemahlin aufnehmen. Dann werde ich mich zurückziehen, und er wird König sein. Scheinen dir das gute Aussichten zu sein?«
Juno nickte wortlos, aber ein kleiner Schatten überflog sein Gesicht.
»Natürlich mußt du darüber wachen, mein Sohn, daß weder die Stadt noch Tullia unter der Magie seiner Macht leiden. Er ist in einer Nacht mit zwei Monden geboren, in derselben Nacht, in der du gezeugt worden bist. Deine Mutter sagt, daß euch das mehr verbindet als jeder Pakt.«
»Diese Art von Verbundenheit erschreckt mich, Vater.«
»Ich verstehe dich, sie erschreckt auch mich. Aber jetzt bleibe mit den anderen zurück. Ich habe Tarxne gebeten, alleine zu kommen, und ich habe versprochen, das gleiche zu tun.«

Juno trat beiseite und wartete, bis sein Bruder mit den Wachen herangekommen war.
Mastarna setzte seinen Weg fort und beglückwünschte sich, daß er als Treffpunkt den Vicus Cuprius ausgemacht hatte. Es war ein abgesonderter Ort, eine neue Straße, die vom Anfang der Via Sacra auf die Höhe des Fagutal führte, den Ort der Heiligen Buche der Latiner. Dort mündete die Straße in eine Abzweigung, die zur Linken ins Tal zwischen dem Oppio und dem Cispius bis zur Porta Esquilina und zur Rechten zum Clivus Obius und von dort zum Oppio führte. Schon seit längerer Zeit hatte die Errichtung eines neuen Palastes auf der Höhe des Oppio Mastarna oft hierhergeführt. Nun kam es ihm so vor, als ob der Wunsch, diesen neuen Palast ohne Erinnerungen erbauen zu wollen, vielleicht die Frucht einer Vorahnung gewesen war. Jetzt würde er einen Platz haben, um sich mit Thanaquil zurückzuziehen, wenn er schon sehr bald den Thron abgeben würde und mit ihm alle Verpflichtungen.
Die Götter müssen mir diesen Gedanken eingegeben haben, sagte er sich und versuchte, nicht an Thanaquils Schweigen auf die Frage nach seiner Zukunft zu denken. Bis zu diesem Moment hatte die Königin nicht einmal diesen Ort sehen wollen, weder die Fundamente noch die verzierte Giebelfront, die erst seit kurzem fertiggestellt war. Und Thanaquil hatte nie etwas ohne guten Grund getan, seitdem sie seherische Kräfte besaß.
Mastarna war jetzt an der Heiligen Buche angelangt, ließ die Via Sacra hinter sich und bog in den Vicus Cuprius ein. Die Einwohner von Ruma gingen heute nicht ihren Beschäftigungen nach, und der Befehl, den Bereich um diese Straßen zu meiden, war eingehalten worden. Der König konnte die Neugier spüren und mit ihr die Furcht, die dieses Treffen hervorgerufen hatte. Er wußte auch, was man sich in Ruma erzählte: Der Fremde hatte dem König zwar das Leben gerettet, aber dann hatte er seine Tochter entführt. Dazu kam seine Ähnlichkeit mit einem, an den sich viele nur noch zu gut erinnerten. Und wenn er nicht das schlimmste Verbrechen begangen und sich an seiner eigenen Schwester vergriffen hatte, dann konnte das nur heißen, die Königin war untreu gewesen, und diese Tochter war das Kind des Königs Servius und nicht das des Königs Tarquinio.
Mastarna blieb stehen. Selbst die Steine flüsterten ihm diese Wahrheit

zu und die Angst, die sie begleitete. Zu beiden Seiten des Vicus Cuprius waren neue Häuser errichtet worden, die zu der Subura hin, dem alten Teil der Stadt, mit einem Netz von vielen kleinen Gassen verbunden waren, die wiederum das zweite der Stadtgebiete, in die die Stadt unterteilt war, mit dem dritten und vierten verbanden. Einige der Häuser waren klein, andere wiederum zeugten vom Geschick und der Tüchtigkeit der Menschen, die dort wohnten. Die prächtigeren Häuser öffneten sich zu Innenhöfen, hatten säulenbestandene Eingänge und Verzierungen in farbiger Terrakotta. Hier und da sah man noch ein paar Baumgruppen, die letzten Spuren des gerodeten, ehemals dichten Waldes, und Wasserrinnsale liefen über die Straße.

»Zeit folgt auf Zeit, Mastarna, nur so kann das, was ist, wieder neu erstehen.«

Unwillkürlich fuhr der König zusammen. Er hatte die alte Frau, die zusammengekauert vor der Tür eines Hauses saß, nicht gesehen. Er blieb stehen. Schon einmal hatte er diese Alte mit dem fremdartigen Gesichtsschnitt und den weißen Haaren gesehen, ihre Augen, deren Farbe er nicht bestimmen konnte, und die sich ständig wandelnde Schönheit ihres Gesichts, wenn man sich nur einen Moment von ihrer Magie gefangennehmen ließ.

»Kann es sein, daß ich dich kenne?« fragte er.

»Natürlich kennst du mich«, murmelte die Frau. Sie hatte die Hände vor der Brust ineinander verschlungen, die zarten und feingliedrigen Hände eines jungen Mädchens.

»Deine karthagische Magie läßt dich nicht altern, meine Freundin. Du hast mir die Geburt eines Sohnes angezeigt, der jetzt ein Mann ist. Aber du bist immer noch dieselbe.« Die alte Frau schaute ihn an, und Mastarna senkte verwirrt den Blick.

»Du hast mich *Freundin* genannt«, sagte sie. »Bin ich dir den jetzt wirklich eine Freundin?«

»Bist du es etwa nicht?« fragte Mastarna.

Die Frau lächelte, und Mastarna wurde von Tarxne abgelenkt, der nun von der Abzweigung her auf ihn zukam. Er war alleine, trug keine Tebenna und kam ihm mit offenen Händen entgegen. Man hätte ihn mit Larth verwechseln können. Für einen Moment hatte er das Gefühl, als ob er in die Vergangenheit eingetaucht wäre, und eine tiefe Bewegung schnürte ihm fast die Kehle zu.

»Die Liebe und der Tod haben dasselbe Antlitz. Denk daran, Mastarna. Denk an die Nacht auf dem Tivrit!«
Es war nicht die Alte, die da geredet hatte, und trotzdem hatte Mastarna im Geist klar ihre prophetische Stimme gehört.
Für einen Moment hatte er das Gefühl, in den Augen der karthagischen Heilerin zu versinken, so wie er in den eisblauen Augen Thesans versunken war. Und erst jetzt bemerkte er, daß es dieselben Augen waren.
Jetzt erst begann er voll und ganz zu begreifen, was ihm bisher verschleiert gewesen war.

Acilius sah sie aus verschiedenen Richtungen aufeinander zukommen. Mastarna vom Vicus her und Tarxne von der Stelle aus, wo die Straße abzweigte. Aber er hatte auch Marcius und einen Teil seiner Männer gesehen, die sich durch die engen Durchgänge zwischen den Häusern direkt vor der Abzweigung schlichen, ein Stück vor der Stelle, wo Tarxne und Mastarna sich gleich treffen würden. Andere Männer hatten sich in den Häusern der Latiner auf der anderen Seite der Straße versteckt, die ihnen Unterschlupf gewährt hatten. Acilius sah sie fast vor sich, wie sie hinter den Türen lauerten, bereit zum Angriff.
Während er Marcius gefolgt war, hatte er den Hinterhalt schon geahnt, aber er hatte keine Möglichkeit mehr gehabt, Tarxne oder Mastarna zu warnen. So hatte er sich in eine schattige Nische an einer Hauswand gedrückt und mit angehaltenem Atem abgewartet, immer in der Hoffnung, daß der Haruspize Juno die Nachricht überbracht hatte und so wenigstens Mastarna im letzten Moment aufhalten würde. Aber irgend etwas mußte schiefgegangen sein. Der König schritt voran, alleine, und Acilius konnte sich noch nicht einmal vorbeugen, um zu sehen, wo seine Wache blieb.
Als er nun auch Tarxne sich der Stelle des Hinterhaltes nähern sah, dachte Acilius nicht weiter nach. Mit einem gellenden Warnschrei sprang er aus seinem Versteck, und schon einen Augenblick später waren die Männer von Marcius über ihm.
Der Latiner fühlte, wie die kalte Messerklinge mit wütender Gewalt in seinen Rücken eindrang, immer und immer wieder, und der Schrei erstarb ihm in der Kehle.
Tarxne rannte vorwärts, das kurze Schwert schon in der Hand, und

Mastarna ebenfalls. Aber Tarxne war schneller. Er warf sich mit einer solchen Heftigkeit auf die Männer, die Acilius angegriffen hatten, daß er den ersten mit einem Schwertstreich erschlug und den anderen mit einem Fußtritt zu Boden beförderte. Dann hob er Acilius auf und hielt ihn an sich gepreßt.

»Es ist deine Schuld!« schrie er Mastarna entgegen, der jetzt herangekommen war.

In diesem Moment drang Marcius auf ihn ein und versetzte ihm einen harten Schlag zwischen die Schultern. Ihm wurde schwarz vor Augen, er ließ Acilius los und sank nach vorne.

»Halte ein!« schrie Mastarna Marcius mit erhobenem Schwert entgegen.

Aber Marcius machte einen Satz nach vorne, packte Tarxnes Hand, die noch das Schwert hielt, und stieß es mit einer solchen Kraft dem König in die Brust, daß es durch die Lederrüstung tief in seinen Körper eindrang.

»Männer von Ruma!« brüllte er dann. »Der fremde König ist tot! Tod allen Rasna!«

Dann ließ er Tarxnes Handgelenk los, im Glauben, er wäre unfähig, noch einen Schlag zu führen. Aber Tarxne reagierte mit einer unerwarteten Kraft und traf ihn mit seinem ausgestreckten Arm. Marcius taumelte nach hinten, stolperte über den Körper von Acilius und fiel zu Boden.

Ohne auf die Wachen zu achten, die nun von beiden Seiten her brüllend heranstürmten und sich mit den Männern von Marcius trafen, die aus ihren Verstecken herausgekommen waren, griff sich Tarxne das Schwert von Acilius, packte es, als wäre es eine Lanze, und warf es auf Marcius, mit einer solchen Kraft, daß der Latiner davon auf den Boden gespießt wurde.

Erst dann kümmerte er sich um die beiden Gefallenen zu seinen Füßen. Acilius war schon tot, und Tarxne fühlte einen Schmerz, der ihm fast den Atem nahm. Aber dann ging er in die Knie und versuchte den König aufzurichten.

»Mastarna!« rief er und strich ihm mit der Berührung der Trutnot über die Stirn, um seine Schmerzen zu lindern. Mastarna öffnete mit einem erstaunten Gesichtsausdruck die Augen und ließ sich in seine Arme sinken. Tarxne fühlte, wie sein Geist sich zurückzog, und hielt für einen

Moment mit derselben Machtlosigkeit sein Leben in den Händen, wie er damals den weißen Blitz auf seinen Fingerspitzen gefühlt hatte.
»Die Liebe und der Tod haben dasselbe Antlitz ...«
Dieser Gedanke brach seine letzte Abwehr, und der Schmerz durchflutete ihn nun mit derselben Heftigkeit wie den Mann, der in seinen Armen starb. Aber er spürte auch sein Glücksgefühl, sich endlich ergeben und loslassen zu können. Und etwas lange Vergangenes und Geliebtes blitzte in ihm auf, das er vergeblich festzuhalten versuchte.
Sein Anblick ist mir lieb, und so wird mir auch der Tod lieb sein, war Mastarnas letzter Gedanke, überrascht davon, wie entspannt er sich fühlte, fast glücklich: *Jetzt weiß ich.*
»Es ist dein Schwert, das in seiner Brust steckt!« schrie Juno, sobald er sie erreicht hatte. Aber er wagte es nicht, Tarxne anzugreifen, und auch nicht, ihm den Vater, den er hielt, aus den Armen zu reißen. So blieb er reglos und mit versteinerter Miene stehen.
Tarxne ließ den König zu Boden sinken und schloß ihm die Augen. Als er dann zu Juno aufschaute, war noch etwas von den heftigen Gefühlen, die in bewegt hatten, auf seinen Gesichtszügen haften geblieben. »Sie werden von mir sagen, ich sei ein Mörder«, murmelte er. »Sie werden sagen, daß ich den König ermordet habe, um seinen Platz einzunehmen, denn das Schwert in seiner Brust ist meines, und es war meine Hand, die es hielt. Aber die Götter sind meine Zeugen, Juno, daß es Marcius gewesen ist, der es ihm in die Brust gestoßen hat.«
Juno drehte den Kopf. Marcius lag mit offenen Augen, in denen noch seine ganze Wut und sein Haß lagen, an der Stelle, wo Tarxne ihn mit Acilius' Schwert getötet hatte.
»Marcius wird niemandem mehr deine oder seine Wahrheit verkünden können.«
»Zweifelst du an mir?«
Juno seufzte, es hörte sich fast wie ein Schluchzer an.
»Nein«, sagte er dann ruhig. »Ich war nicht so weit weg, daß ich nicht erkennen konnte, was passiert ist, aber es ging alles so schnell ...«
»Haltet sie auf!« schrie da plötzlich einer von der Straße her, die vom Fagutal herunterführte.
»Haltet diesen Wagen auf!« schrie ein anderer.
Aber Tarxne sah sie früher als alle anderen um ihn herum, mit der

Macht, die ihm seine seherischen Kräfte verliehen. Er sah die Pferde und Tullia, die auf sie einpeitschte. Die Zügel, die sie um ein Handgelenk geschlungen hielt, schnitten tief in ihre Haut ein, aber sie trieb die Pferde immer weiter an.

Der Wagen fuhr zwischen die wenigen Männer, die immer noch miteinander kämpften, hindurch, und Tarxne sprang mit einem Satz auf die Füße und zog im letzten Moment Juno weg, der sonst niedergemacht worden wäre.

Die Pferdehufe umgingen geschickt die Körper auf dem Boden, aber die Räder rollten darüber, und Tullia schrie laut auf. Aranth, der auf ein Pferd gesprungen war, folgte ihr, und schließlich gelang es ihm, an ihre Seite zu reiten und die Zügel zu ergreifen. Mit Schaum vor dem Maul hielten die Pferde an.

Juno rannte auf seine Schwester zu, gefolgt von Tarxne. Die Sonne brannte jetzt von einem azurblauen und wolkenlosen Himmel. Tarxne mußte in all diesem gleißenden Licht die Augen schließen. Alles um ihn herum erschien ihm plötzlich fremd.

Gerade war ein König durch Verrat gestorben . . .

Die Leute kamen nun neugierig aus ihren Häusern, während die Männer der Wache die wenigen Überlebenden des Komplotts fortbrachten und die Latiner, die ihnen Unterschlupf gewährt hatten, sich zu fragen begannen, was wohl die Strafe für die Komplizenschaft sein würde.

»Du lebst!« rief Tullia, löste sich von ihrem Bruder und warf sich an seine Brust.

Tarxne legte seine Arme um sie und beruhigte sie, verfolgt von dem Gedanken an den König und Acilius, die für ihn gestorben waren.

»Du lebst«, wiederholte Tullia und verbarg ihr Gesicht an seiner Schulter. »Ich habe Schreie und Kampfgeräusche gehört, und ich hatte Angst, daß sie dich töten!«

»Es tut mir leid, Tarxne«, murmelte Aranth. »Ich habe versucht, sie aufzuhalten.«

Tarxne nickte und vertraute ihm Tullia an.

In diesem Moment entdeckte er eine alte Frau, die in einen dunklen Mantel gehüllt aus einer kleinen Gasse auf sie zukam. Zuerst blieb sie vor Tullia stehen und schaute sie an, dann beugte sie sich über Mastarna und Acilius, um sich schließlich mit glänzenden Augen lächelnd an ihn zu wenden. »Jetzt bist du der König«, sagte sie und streichelte ihm mit

der Hand sanft über das Gesicht. Dann verschwand sie zwischen den Männern, die dabei waren, die Leichen abzutransportieren.
Aus dem alten Teil der Stadt kamen jetzt noch mehr Soldaten herbei. Tarxne sorgte dafür, daß der Leichnam des Königs und der von Acilius auf den Wagen geladen wurden, und schickte dann Luxrias in den Palast, um die Königin zu unterrichten. Dann ordnete er an, daß die Gefangenen weggebracht wurden, und hinterließ ein paar Wachposten entlang dem Vicus Cuprius bis hin zum Fagutal. Dann bestieg er Aranths Pferd, hob Tullia zu sich in den Sattel und ritt in einem leichten Trab dem Palast zu, hinter sich den Wagen, der von einer Eskorte begleitet wurde. Entlang der Via Sacra hatte sich schon eine große Menschenmenge versammelt, die sich schweigend vor ihm öffnete.
Tullia saß hoch aufgerichtet, und ihr Körper berührte ihn kaum. Jetzt spürte Tarxne, daß ihre Sorge um ihn nun den Gewissensbissen und der Angst Platz gemacht hatte. Etwas hatte sich in ihr verändert – mit der Gewißheit, daß er nun König sein würde.
Auf geheimnisvolle Weise verbreiteten sich sofort die Stimmen.
Der König . . . murmelten die Steine und die Rinnsale, die Brunnen und die hohen Baumkronen, durch die der Wind fuhr. Der König . . .
Wie ein Blitz fuhren sie durch die Menschenmenge und setzten sich im Bewußtsein der Menschen fest.
Ruma hatte einen neuen König.

Dritter Teil

1.

Die Morgendämmerung drang in das Gemach des Königs von Ruma. Tarxne erwachte aus einem Traum, der ihn auf den Tivrit entführt hatte. Er hatte von Anaies geträumt, seiner ersten Liebe, von der Anhöhe über dem Tivrit im Monat Acale, wo sie sich im Duft der Blausterne, der wilden Rosen und des Ginsters geliebt hatten. Wie rein und unberührt war damals seine Seele noch gewesen. Doch auf der Schwelle zu einer allumfassenden Macht, die er unter seinen hochmütigen Willen hatte zwingen wollen, hatte er Anaies verloren. *Wir haben unseren Preis an die Götter bezahlt, meine Geliebte,* dachte er. *Aber was ist aus uns geworden?* Sein Blick fiel auf den Wandteppich, auf dem ein Schwarm Vögel dem Sonnenuntergang entgegenflog. Alle waren schwarz, außer einem.

Velvur, sein alter Lehrmeister, fiel ihm ein. *Wie gerne würde ich dich jetzt hier bei mir haben!* dachte er.

Seit knapp neun Monaten war er jetzt König einer Stadt, die ihm zwar zujubelte, sich aber in Wirklichkeit noch nicht entschieden hatte, ob sie ihn lieben oder hassen sollte. Eine Stadt, die seinen Vater, den ersten König Tarquinio, gefürchtet und Mastarna, den König Servius, der mit seinem Schwert in der Brust gestorben war, geliebt hatte.

Aber er war, genauso wie Mastarna, nur ein Werkzeug im Plan der Götter gewesen, und beide hatten sie einen König getötet und dessen Platz eingenommen.

Wir sind beide unschuldig. Aber die Menschen können das nicht erkennen, Mastarna von Velx. Deshalb werden sie sich an uns als Mörder erinnern. Weder dein Schmerz noch meiner werden daran etwas ändern können.

Tarxne versuchte, diese Gedanken zu verdrängen. Tullia stand kurz vor der Geburt ihres ersten Kindes, und in der Stadt Gabii gab es Anzeichen einer Revolte gegen Ruma. Er mußte sofort etwas unternehmen, bevor sich die Revolte wie ein Lauffeuer ausbreitete. Es war an der Zeit, daß die latinischen und sabinischen Völker, aber vor allem auch die Einwohner von Ruma, den zweiten König Tarquinio kennenlernten . . . Und das wichtigste von allem: Ruma mußte wieder eine Stadt der Rasna werden. Damit das geschah, mußte nun alles, was er schon mit Mastarna ausgehandelt hatte, in die Tat umgesetzt werden.

Von der geöffneten Tür zur Loggia drang das erste Tageslicht herein. Tarxne stand auf und ging zur Feuerstelle hinüber. Der Frühling war schon fortgeschritten, aber es war regnerisch gewesen, und im Gemach war es kalt. Mit einer Bewegung der Hand fachte er die Flammen wieder an, aber er schaute nicht ins Feuer. Er hätte leicht den Bildern folgen können, die ihm die Flammen vor Augen brachten. Er war ein Trutnot und ein Magier. Doch nun war er auch König und hatte jetzt andere Pflichten zu erfüllen.

In diesem Moment schrie die Königin in ihren Gemächern auf. Die Wehen hatten eingesetzt. Es ist ein Mädchen, dachte Tarxne, und es wird den Namen Anaies tragen, in Erinnerung an sie, die mir heute nacht im Traum erschienen ist. Aber dieses Kind wird nicht meine Kräfte besitzen, denn ich habe schon einen Sohn, dem ich sie übertragen habe.

Für einen Moment schaute er gedankenverloren in die Flammen. Doch er durfte nicht an diesen Sohn denken, von dem nirgendwo geschrieben stand, daß er ein Tarquinier war. Niemand wußte von diesem Geheimnis.

Er rief einen Diener und ließ sich beim Waschen und Ankleiden helfen, dann ging er in den Flügel der Frauen hinüber. Es war kurz vor Sonnenaufgang.

In dem kleinen mit Ligusterhecken umstandenen Innenhof vor den Gemächern der Königin brannte ein Feuer zum Zeichen der guten Wünsche für die bevorstehende Geburt. Die Mägde und Dienerinnen rannten in heller Aufregung hin und her, doch dafür gab es keinen Grund. Der Moment der Geburt war noch lange nicht gekommen, und die Königin schrie eher vor Ungeduld als vor Schmerzen.

Tarxne näherte sich dem Bett und gab den Mägden ein Zeichen zurückzubleiben. Wie immer war Tullia wunderschön. Aber sie wandte den Blick ab und preßte die Lippen zusammen, um ihre Freude über sein unerwartetes Erscheinen zu verbergen. Auch jetzt schwankte sie wieder

zwischen Liebe und Gewissensbissen. Tarxne hatte sie zu seiner Königin gemacht, aber dafür hatte ihr Vater, König Servius, sterben müssen.
»Verbiete deinen Gedanken, sich wie Schatten zwischen dich und das Leben zu stellen, meine Königin«, sagte Tarxne. Er strich ihr die dichten Locken aus der Stirn und streifte sie mit der Berührung der Trutnot. Der sanfte und beruhigende Tonfall seiner Stimme erreichte seinen Zweck. Tullia drehte den Kopf und schaute ihn seufzend an. Sie war schweißgebadet. »Du bist gekommen«, murmelte sie und streckte eine Hand nach ihm aus.
Tarxne strich ihr über die Lippen. »Ruhe dich jetzt aus«, sagte er. »Es ist noch Zeit.«
Tullia schüttelte ungeduldig den Kopf und ließ ihren Blick über die Dienerinnen, Mägde und die alten Ammen schweifen, die ihr beistehen sollten. Dann richtete sie sich halb auf. »Bei den Latinern ist es nicht Brauch, daß ein Mann bei einer Geburt dabei ist, selbst wenn es das Kind des Königs ist. Aber du bist ein Trutnot, ein Heilkundiger . . . Du wirst mich nicht alleine lassen!«
»Nein, ich werde dich nicht alleine lassen«, log Tarxne.
Einen Augenblick später war Tullia eingeschlummert, und kaum hatte Tarxne das Gemach der Königin verlassen, begannen die Dienstboten über dieses Wunder zu tuscheln, das die Berührung des Magiers bewirkt hatte.
Im Palast war alles ruhig. Nur ein paar Diener waren in den Säulengängen von einem Hof zum anderen unterwegs. Die Sonne ging langsam auf, und die Luft war regengesättigt.
Tarxne machte auf seinem Weg zum Hof der Palastwache noch am Altar an der Seite des Haupthofes halt, wo die Opfer vollzogen wurden. Zwei junge Haruspizen zelebrierten die Morgenriten, und er hielt sich etwas abseits, um sie nicht zu stören. Doch dann lenkten ihn die Gerüche ab, die aus den Küchen aufstiegen, die Stimmen aus dem Hof der Palastwache und ein Wagen, der über das Pflaster der Via Sacra rumpelte. Instinktiv drehte er sich um, und da sah er ihn.
Der alte Mann saß auf einer Stufe im Schatten des Portikus und lehnte sich auf seinen Pilgerstab. Auch er schien die morgendlichen Opferriten der Haruspizen zu verfolgen. Tarxne glaubte seinen Augen nicht zu trauen. »Wie bist du von Tarchna hierhergekommen?« rief er und näherte sich ihm.

»Ich bin nun mal ein alter Vagabund«, anwortete der Alte lächelnd. »Du hast mich gerufen, und ich bin gekommen.«

»Ich kann mich nicht daran erinnern, dich gerufen zu haben«, erwiderte Tarxne.

»Aber du hast es getan, König von Ruma. Ich muß sagen, deine Stadt gefällt mir, sie ist sehr schön.«

»Glaubst du wirklich, daß es meine Stadt ist?«

»Wenn du sie dazu machst, dann wird sie es sein.«

Mit einem Lächeln beugte Tarxne ein Knie, damit der alte Mann nicht zu ihm aufschauen mußte.

»Kein König hätte das getan ... außer *einem* vielleicht«, kommentierte der Alte diese höfliche Geste. »Aber deine Kommandanten dort drüben im Hof der Wache werden es dir als Schwäche auslegen, wenn du vor einem alten Pilger das Knie beugst.«

»Ihre Meinung ist nicht wichtig. Was hast du mir zu sagen, alter Mann?«

Der Alte lächelte ihm fast komplizenhaft zu. »Deine latinischen Hauptleute sind eine Gefahr«, antwortete er dann, plötzlich ernst und eindringlich. »Suche dir deine Wachen woanders aus. Laß dir junge Männer aus den Städten der Rasna kommen, nimm dir meinetwegen die Krieger, die den Warentransporten aus Karthago Geleitschutz geben, oder Söldner aus Anxur, wenn du willst. Aber vertraue nie den Männern aus Ruma. Niemals.«

»Weißt du, daß ich gleich mit ihnen die Stadt verlassen werde?«

»Ja, ich habe davon gehört ... in den Küchen. Deine Dienstboten sind nicht besonders großzügig, außer es handelt sich um Klatsch und Tratsch. Deshalb weiß ich auch, daß deine Königin dir in Kürze ein Kind gebären wird und daß du auf dem Weg zur Stadt Gabii bist, die sich gegen Ruma auflehnt. Dein Vater hatte vor langer Zeit einen Vertrag mit König Antistius abgeschlossen, er steht auf einem Lederschild geschrieben. Zwei deiner Hauptleute haben ihn in deinem Namen gebrochen. Du kannst den König bitten, dir den Vertrag zu zeigen, und kannst ihn wieder erneuern. Aber um das zu erreichen, wirst du diese beiden Hauptleute zur Rechenschaft ziehen müssen.«

»In den Küchen scheint man viele interessante Dinge zu erzählen«, bemerkte Tarxne.

»Oft interessantere als im Audienzsaal unter den Ratgebern des Kö-

nigs«, gab der alte Mann zurück, und er fügte hinzu: »Einer dieser beiden Hauptleute ist übrigens der Bruder von Publius Valerius.«
»Dem Waffenmeister, der die Ausbildung der jungen Krieger von Ruma leitet?«
»Unterschätze diesen jungen Mann nicht, mein König. Ich habe gehört, daß er trotz seines jugendlichen Alters schon das Haupt der Sabiner von Ruma ist. Er ist dir nicht wohlgesonnen. Für ihn bist du nur ein Fremder, der eine unverständliche Sprache spricht und sich an unbekannte Götter wendet.«
»Ich werde deinen kostbaren Rat hüten wie einen Schatz«, murmelte Tarxne und stand auf. In diesem Moment kam Juno aus dem Hof der Palastwache auf sie zu. Er trug eine Tebenna aus blaugefärbter Wolle über der dunklen Tunika und hohe Beinschienen aus Leder. Für einen Augenblick schaute er verdutzt, als er den König, den alle schon erwarteten, ihm Gespräch mit einem alten Vagabunden sah.
Der alte Mann schaute ihm entgegen und wiegte den Kopf. »Siehst du, auch der Bruder der Königin versteht nicht, warum du deine Zeit mit einem Alten vertust. Sein Blick reicht nicht weiter als bis zu den Steinen, auf die er seinen Fuß setzt. Aber er ist ehrlich, und er wird immer überzeugt sein, das Richtige zu tun, egal was er macht.«
»Das ist nicht wenig.«
»Nein, wenig ist das nicht. Aber trotzdem reicht es oft nicht aus«, bemerkte der Alte und wandte sich dann ab, um wieder den Riten der Haruspizen zu folgen.
»Ich werde Befehl erteilen, daß man dich im Palast als Gast unterbringt. Werde ich dich bei meiner Rückkehr noch vorfinden?« fragte Tarxne.
Der alte Mann lächelte, und in seinen kleinen, dunklen Augen blitzte es lebhaft auf. »Vielleicht ...«, antwortete er.
Juno war jetzt an Tarxnes Seite getreten. Er streifte den alten Vagabunden mit einem zerstreuten Blick und fragte dann besorgt: »Was ist mit Tullia?«
»Es ist noch Zeit«, beruhigte ihn Tarxne.
»Sie möchte aber, daß du bei ihr bist.«
»Ich weiß, aber sie wird mir verzeihen müssen.«
Schweigend gingen sie zum Hof der Palastwachen hinüber. Die Männer erwarteten ihn neben ihren Pferden, und vor den Mauern stand schon

eine Hundertschaft Berittener bereit. Der Sonnenaufgang jedoch war ungewöhnlich blaß, wie traumverloren in einem Grau, das nicht Tag werden wollte. Tarxne spürte ganz deutlich Junos Sorge um Tullia. Juno bemühte sich meistens, ganz ehrlich zu ihm zu sein. Aber es gelang ihm nicht immer, und er vergaß oft, wie leicht es für Tarxne war, die Grenzen seiner Ehrlichkeit zu spüren, wenn er etwas verbergen wollte.
Als Tarxnes Blick auf den Waffenmeister fiel, kam ihm wieder die Warnung des alten Pilgers in den Sinn. Publius Valerius war ein Sabiner, jung und ehrgeizig. Das, mehr als alles andere, würde den Preis festlegen, den er bereit sein würde zu zahlen.
»Auf die Pferde!« befahl Tarxne und ritt mit Juno an seiner Seite an die Spitze. Es hatte inzwischen leicht zu regnen begonnen, und über den Tälern lag Dunst.
Noch einmal sah Tarxne den Alten, wie er sich langsam auf der Via Sacra entfernte. Doch im Grau des Nieselregens schien seine Gestalt plötzlich nicht mehr als ein Schatten zu sein, unwirklicher als ein Traum.

Über den Ufern des Sees vor den Mauern von Gabii, der im Krater eines erkalteten Vulkans entstanden war, lag dichter Nebel, und ein feuchter, grauer Dunst hing zwischen den flachen, waldbedeckten Hügeln bis hin zu den Stadtmauern, die von einem breiten, kahlen Graben umgeben waren. Das Stadttor aus schweren Holzbohlen war verbarrikadiert und die Wachen in Alarm versetzt.
Tarxne ließ seinen Blick über die Milizen von Ruma schweifen. Eine ganze Hundertschaft hatte ihr Lager direkt vor den Mauern von Gabii aufgeschlagen. Es war eine richtige Belagerung, da gab es keinen Zweifel, eine Belagerung, die es den Bewohnern von Gabii nicht mehr ermöglichte, den Feldarbeiten nachzugehen und sich um die herrlichen Pferde zu kümmern, die der ganze Stolz der Stadt waren. Auch die befestigten kleinen Ansiedlungen entlang der Straße, die Gabina genannt wurde und nach Praeneste führte, lagen verlassen da.
»Das ist alles nur wegen der Pferde passiert«, erklärte der Unterhändler, der die beiden Hauptleute begleitet hatte, um eine Anzahl von Schlachtrössern für Ruma zu kaufen. »Die Soldaten haben sich mehr genommen, als ausgemacht war, und wollten die Tiere nicht wieder zurückgeben. Daraus ist ein Streit entstanden, der zwei Tote unter den Wachen

von Gabii gefordert hat. König Antistius hat dafür Sühne gefordert, und der Hauptmann Gaius Valerius hat daraufhin eine Belagerung der Stadt angeordnet und sie zum Eigentum Rumas erklärt. Das ist der Stand der Dinge, König Tarquinio.«

Tarxne hatte den Eindruck, daß der Unterhändler mehr Anstand und Ehre hatte als diese beiden habgierigen Hauptleute, die am liebsten die Mauern der Stadt gestürmt hätten, ohne zu bedenken, daß Gabii und das nahegelegene Collatia unabhängiges sabinisches Gebiet waren. Ein Gebiet, das seit den Zeiten des ersten Königs Tarquinio mit Ruma verbündet war und auch gute Beziehungen zu König Servius unterhalten hatte.

»Schicke einen Mann mit einer Botschaft an die Stadtmauern, Juno«, entschied Tarxne. »König Tarquinio von Ruma bittet den König Antistius um Eintritt in die Stadt, alleine und ohne Waffen, um den Pakt zu erneuern, den er mit seinem Vater geschlossen hat.«

»Alleine?« wiederholte Juno ungläubig.

»Wenn ich aus irgendeinem Grund nicht zurückkommen sollte, dann mußt du das Kommando über die Männer übernehmen und sie nach Ruma zurückführen.«

»Du meinst ohne Kampf?«

»Ein Angriff läßt diese Mauern nicht fallen und öffnet nicht dieses Tor, Juno. Gabii kann auf diese Weise nicht eingenommen werden, aber das heißt nicht, daß es nicht verwundbar ist. Schick den Boten!«

»Und was ist, wenn sie dich töten?«

»Das werden sie nicht tun. Ich bin der König.«

Juno gab ohne einen weiteren Einwand den Befehl an einen der Hauptleute weiter, während sich die anderen neugierig versammelten. Unter ihnen – Tarxne erkannte ihn sofort, obwohl er ihn noch nie gesehen hatte – befand sich auch der junge Gaius Valerius, der Bruder von Publius. Es mußte Marcius gewesen sein, der ihm, in seiner Eigenschaft als Kommandierender unter König Servius, diese Position trotz seiner Jugend verschafft hatte. Und ganz sicher hatte er es nur deshalb getan, weil es in seinen Plan gepaßt hatte, die Rasna aus Ruma zu vertreiben. Ein Plan, der bis jetzt nichts anderes bewirkt hatte, als Tarxne auf den Thron zu bringen, wenn auch mit dem Schatten behaftet, der Mörder des Königs zu sein.

Tarxne konnte Gaius Valerius sein Mißfallen über dieses Friedensange-

bot vom Gesicht ablesen. Im übrigen machte er nicht im geringsten den Eindruck, als befürchte er, wegen seines eigenmächtigen Befehls zur Belagerung der Stadt bestraft zu werden.
Vielleicht weil du es auf einen Kampf anlegst, bei dem ich auch sterben könnte, dachte Tarxne und beobachtete, wie der unbewaffnete Bote sich dem Tor näherte und dort mit den dahinter postierten Wachen sprach. Nach einiger Zeit kam der Mann eilig wieder zurück und hielt sein Pferd vor Tarxne an.
»Der König Antistius erwartet dich, mein König«, sagte er. Er hatte in der Sprache der Rasna gesprochen und war sichtlich stolz darauf, sie zu beherrschen.
»Bist du ein Rasna?« fragte Tarxne lächelnd.
»Ich komme von Tarchna, mein König.«
»Wie heißt du?«
»Ich bin der jüngste Sohn des Generals Tavas, der schon deinem Vater treu war und auch König Servius. Er war schon sehr alt, als ich geboren wurde, und ich trage seinen Namen. Aber in Ruma nennt man mich Sextus.«
»Von jetzt an wirst du zu meiner Wache gehören, Sextus. Begleite mich vor das Tor von Gabii und warte dort auf mich.«
Tarxne schob sich die Tebenna über die linke Schulter, warf Juno einen Blick zu, um ihn noch einmal an das zu erinnern, was er ihm aufgetragen hatte. Dann ritt er los, gefolgt von Sextus. Der beunruhigte Blick Junos und die düsteren Blicke der Hauptleute, allen voran Gaius Valerius, folgten ihnen bis zum Tor. Hier blieb Sextus mit den Pferden zurück, und Tarxne verschwand durch das Tor ins Innere der Stadt.
Antistius war persönlich gekommen, um ihn zu begrüßen. Er war schon sehr alt und hatte sicher schon die Grenze überschritten, bis zu der die Rasna die Lebensjahre der Menschen zählten. Tarxne verneigte sich ehrerbietig vor ihm.
»Es ist also wahr, was man von dir sagt«, murmelte der alte König, erfreut über diese Geste. »Du bist wirklich genauso wie dein Vater, und ebenso tollkühn. Was läßt dich glauben, daß wir dich nicht als Geisel nehmen?«
»Du würdest bestimmt nicht die Götter beleidigen und die Gastfreundschaft verletzen, Antistius«, antwortete Tarxne. »Du bist nicht wie diese jungen Hauptleute, die aus Übermut glauben, ihnen sei alles erlaubt.«

Antistius' Gesicht überflog ein Lächeln. »Du bist weiser, als dein jugendliches Alter vermuten läßt ... Aber man sagt den Rasna ja nach, sie könnten Wunder vollbringen, und deshalb schöpfst du deine Weisheit vielleicht aus einem anderen Brunnen. Folge mir, du bist mein Gast.«
Tarxne schritt an der Seite des Königs auf den Palast zu, ohne sich um die waffenstarrenden Wachen zu bekümmern, die sie umgaben. Statt dessen nutzte er die Gelegenheit, die Kampfkraft Gabiis und ihre Verteidigungsmöglichkeiten abzuschätzen.
Es war wirklich eine uneinnehmbare Stadt. Die Mauern aus gewaltigen Tuffsteinblöcken waren zu hoch, um im Sturm genommen zu werden. Ebenso unmöglich war es, sie mit Leitern zu stürmen oder Feuer zu legen. Jeder Versuch wäre schon in dem breiten Graben davor, der nicht den geringsten Schutz bot, zunichte gemacht worden. Außerdem schien es, daß in diesem Moment auch noch der letzte Mann in der Stadt unter Waffen stand.
Die Schwäche von Gabii lag woanders. Es ist der König, überlegte Tarxne. Er ist zu alt und hat keine Söhne, und er traut keinem.
Der Palast von Gabii war nicht sehr groß und spiegelte auch nicht den Reichtum der Stadt wider. Aber Tarxne wurde im Thronsaal mit allen Ehren empfangen, die dem König von Ruma gebührten. Wein wurde gereicht, und Antistius hob seinen Pokal dem runden Schild entgegen, der nicht weit vom Thron entfernt mit Eisenbeschlägen befestigt in einen breiten Stamm eingelassen war. Tarxne sah, daß die Worte des Paktes mit sicherer Hand und ohne Schnörkel in das Leder des schmucklosen Schildes geritzt worden waren.
»Beabsichtigst du, diesen Pakt zu erneuern, Tarquinier?« fragte Antistius.
»Dafür bin ich gekommen«, bestätigte Tarxne. »Das, was geschehen ist, wird sich nicht wiederholen. Und es wird auch nicht mehr passieren, daß Hundertschaften von Ruma, ohne wenigstens einen Rasna an der Spitze, den Krieg im Namen des Tarquiniers erklären.«
»Das ist eine kluge Entscheidung, mein junger König. Die Leute könnten sich eine falsche Meinung von dir machen, wenn du deinen Kriegern erlaubst, andere nach ihrem Gutdünken zu betrügen und zu bedrohen.«
Während sie die Pokale leerten, wurde Tarxne mit plötzlicher Gewißheit

von einem anderen Gedanken durchzuckt: Seine Tochter war gerade geboren worden. Ein kleiner Sonnenstrahl fiel in den Thronsaal ein, der aber gleich wieder von Wolken verdeckt wurde. Rechts und links vom Eingangsportal zum Thronsaal saßen die Adeligen und Ratgeber des Königs mit düsteren Mienen wie Vögel auf der Stange aufgereiht, und Tarxne wurde es unbehaglich zumute. Es war, als ob ihn etwas warnen wollte.

»Man hat mir gesagt, daß es unter deinen Wachen zwei Tote gegeben hat«, wandte er sich wieder an den König.

»Das stimmt. Deshalb müssen auch zwei von deinen Männern sterben. Es ist mir egal, ob es die Schuldigen sind oder nicht, aber sie müssen bezahlen für das Leben, das sie genommen haben. Das ist unser Gesetz.«

»Du wirst sie bekommen«, versprach Tarxne. »Und du wirst nie wieder an diesem Pakt zweifeln müssen, den mein Vater niedergeschrieben hat und den ich nun besiegele.«

Dann näherte er sich dem Schild und strich leicht darüber. Eine Stichflamme stieg auf, und die Umrisse eines Adlers mit ausgebreiteten Schwingen zeichneten sich zwischen den Namen der beiden Könige ab.

Eine Welle der Verwunderung und Angst ging durch die Reihen der Adeligen und des Rates, nur Antistius blieb völlig ruhig. Er war zu alt, um sich noch von solchen Wundern beeindrucken zu lassen.

»Gut, ich werde auf deine Nachricht warten, Tarquinier«, war seine einzige Bemerkung.

»Das wird nicht nötig sein. Noch bevor der Tag zu Ende geht, werden die beiden Männer, die du forderst, tot sein. Du kannst dann ihre Leichname vor dem Tor abholen lassen.«

Daraufhin verabschiedete sich Tarxne und verließ den Saal. Die Wachen des Königs eskortierten ihn bis zum Stadttor, das geöffnet und hinter ihm gleich wieder geschlossen wurde. Sofort kam ihm Sextus entgegen und brachte ihm sein Pferd.

»Hast du Freunde unter deinen Waffengefährten, Sextus?« fragte Tarxne den jungen Mann, während er sein Pferd bestieg.

»Den einen oder anderen, sicher ... Vielleicht ein Dutzend«, antwortete Sextus erstaunt.

»Dann sammle sie, sobald wir wieder im Lager sind. Sie werden heute von mir einen persönlichen Befehl entgegennehmen.«

Sextus nickte, unterdrückte den Impuls, weitere Fragen zu stellen, und folgte dem König schweigend. Juno, die Hauptleute und der Unterhändler erwarteten ihn vor dem Zelt, das in der Zwischenzeit für ihn aufgestellt worden war. Sie sahen beunruhigt aus, obwohl sicher nicht jeder aus Sorge um sein Leben.

»Ist irgend jemand überrascht, mich zu sehen?« rief der König und stieg vom Pferd, während Sextus sich auf den Weg machte, um seine Gefährten zu sammeln.

»Es wäre mir lieber gewesen, an deiner Seite zu sein!« rief Juno in vorwurfsvollem Ton.

»Ich weiß«, erwiderte Tarxne. »Aber wenn du willst, kannst du an meiner Seite sein, wenn die beiden Hauptleute, die König Antistius gekränkt und betrogen haben, vor den Mauern von Gabii zur Rechenschaft gezogen werden. Das ist der Preis für die Erneuerung des Bündnisses.«

»Soll das heißen, wir akzeptieren ihre Konditionen?« fragte Juno verblüfft.

»Sie sind gerechtfertigt«, erklärte Tarxne. Er hatte bemerkt, wie Sextus sich unauffällig mit seinen Gefährten genähert hatte, und befahl ihnen nun, Gaius Valerius und den anderen Hauptmann, einen jungen Mann aus der Familie der Hostilii, festzunehmen.

»Du verurteilst mich, ohne mich anzuhören!« fuhr Gaius Valerius überrascht auf, als Sextus ihm das Schwert abnahm.

»Es sind die Worte, die mein Vater in das Leder des Schildes vor Gabii geritzt hat, die dich verurteilen, Gaius Valerius. Du hast dir angemaßt, diesen Pakt zu brechen, aber kein Gott hat dich zum König gemacht«, erklärte Tarxne.

»Du redest von den Göttern der Rasna, aber die Menschen von Ruma werden es dir niemals verzeihen, wenn du mich zum Tode verurteilst!«

»Das berührt einen König nicht, Gaius Valerius. Und wenn du nicht einmal deine Schuld einsiehst, dann ist der Tod die gerechte Strafe für dich, denn sonst wärst du eine Gefahr für Ruma. Bringt die beiden von hier weg!« befahl er dann Sextus und dessen Gefährten. »Und bindet sie vor den Mauern von Gabii an. Die Bogenschützen sollen sich bereit machen.«

Es herrschte betroffenes, bestürztes Schweigen, als die Männer die beiden Hauptleute wegführten. Dann kehrten alle Soldaten, außer den Bogenschützen, die sich bereit machten, das Urteil zu vollstrecken, düster und bedrückt wieder zu ihren eigenen Angelegenheiten zurück.

Tarxne folgte, mit Juno an seiner Seite, als letzter dem Zug vor die Mauern von Gabii, bis zu der Stelle, wo die Exekution stattfinden sollte. Der Tag neigte sich schon dem Sonnenuntergang zu, und ein leichter, kalter Nieselregen drang bis in die Poren.

»Wird das eine Gewohnheit werden?« murmelte Juno bedrückt, ohne sein Unbehagen zu verbergen. Die Männer hatten zwei Pfähle vor der Stadtmauer aufgestellt und banden nun die beiden Hauptleute daran fest, denen man Mäntel und Lederrüstungen abgenommen hatte.

»Nicht der Schuldner ist es, der den Preis für einen gebrochenen Pakt festsetzt, Juno«, antwortete Tarxne.

»Aber in Ruma werden sie etwas anderes sagen! Sie werden sagen, daß du nicht nur auf die Eroberung einer Stadt verzichtet hast, sondern auch die hast hinrichten lassen, die sich dir nicht unterwerfen wollten.«

Ein kleines, hartes Lächeln überflog Tarxnes Gesicht. Sicher würde genau das die Position derjenigen sein, die ihm feindlich gesinnt waren.

Die Bogenschützen waren nun bereit. Sie hatten sich in einer Reihe vor den Verurteilten aufgestellt, den Bogen schon gespannt. Um an der Exekution teilzunehmen, hatte König Antistius sich sogar die Mühe gemacht, auf die Höhe einer hölzernen Plattform hinter dem Stadttor zu steigen.

Ein Schwarm Raben, vielleicht von der Welle des Schweigens und der Angst aufgestört, erhob sich aus der dichten Blätterkrone eines Nußbaumes neben dem Lager der Männer aus Ruma, und ihre schwarzen Flügel durchschnitten rauschend den grauen Himmel.

Tarxne verschloß sich diesem Vorzeichen. Er senkte den Arm, und von zwei Dutzend Bogen wurde ein Regen von Pfeilen abgeschossen. Genau in diesem Moment entdeckte er zwischen den schwarzen Raben einen großen weißen Vogel, der noch einen Augenblick über ihnen schwebte, bevor er im dichten Wald verschwand.

Alle schwarz, bis auf einen . . ., der, der von Westen kommt und Unheil mit sich bringt.

Die Bogenschützen zogen sich wieder zurück, gefolgt von Sextus und

seinen Gefährten. Ein großes Schweigen hatte sich über die Stadt und das Lager gebreitet. Selbst der See war im Dunst unter dem düsteren Grau des Himmels nun kaum noch zu erkennen.
Tarxne wischte sich den Regen vom Gesicht. Er suchte mit den Augen Juno, aber er fand ihn nicht und kehrte alleine zum Lager zurück.

2.

»Geh! Ich will dich nicht sehen!« schrie Tullia und warf sich im Bett auf die andere Seite.

»Die Kleine ist so schön wie du«, murmelte Tarxne, ohne auf ihren Protest zu achten, und streichelte ihr sanft über die Schultern. Aber sie rührte sich nicht.

Der regnerische, feuchte Nachmittag hatte dazu gezwungen, das Feuer im Kamin anzuzünden, und auch die Lampen im Gemach der Königin brannten. Die Mägde standen etwas abseits, eingeschüchtert durch die Gegenwart des Königs. Vergeblich hatten sie versucht, die Königin zu trösten, die sich in diesem Moment am liebsten in die Arme ihrer Mutter geflüchtet und diesen Mann vergessen hätte, der ihrer beider Leben so verändert hatte.

»Thanaquil geht es gut, Tullia. Sie fühlt sich wohl im Heiligtum der Göttin Turan«, sagte Tarxne. »Sie hat sich freiwillig dorthin zurückgezogen, und dein Kummer macht sie unnötig traurig.«

»Was verstehst du schon von diesen Dingen?« antwortete Tullia bitter und drehte sich mit einem Ruck nach ihm um. Im Versuch, sie zu beruhigen, nahm Tarxne sie in seine Arme. Tullia wehrte sich nicht, im Gegenteil, sie genoß es, seinen Körper zu spüren. Die ganzen letzten Tage über hatte sie sich das gewünscht, aber trotzdem preßte sie fest die Lippen zusammen, um nicht von seinen blauen Augen bezwungen zu werden.

»Du sollst nicht meine Gedanken lesen, noch bevor sie Worte geworden sind. Ich erlaube dir das nicht!« protestierte sie.

»Ich werde es mir merken«, murmelte Tarxne.

»Warum hast du mir versprochen, bei mir zu bleiben, obwohl du genau wußtest, daß du es nicht tun würdest?«

»Weil ich zwar Trutnot und Heiler bin, aber vor allem der König. Und Könige haben keine Wahl.«

Tullia schüttelte den Kopf. »Das glaube ich dir nicht. Für dich gilt das nicht!« erwiderte sie. Dann schloß sie die Augen und tat so, als wollte sie schlafen.
Tarxne strich ihr über die Stirn und erhob sich. Da entdeckte er Hasti, die älteste der Ammen. Sie hatte seine Großmutter, die edle Caitli, und Thanaquil, die Mutter der Königin, das Licht der Welt erblicken sehen. Die alte Frau genoß im Palast hohe Ehren, und die jüngeren Mägde bedienten sie, als wäre sie eine Adelige. Aber selbst ihren Trost hatte Tullia abgelehnt.
»Ich grüße dich, meine alte Hasti!« sagte Tarxne und neigte den Kopf vor ihr. Die alte Frau errötete, ganz verlegen über diese Ehre. Oft, wenn sie den König sah, glaubte sie, den jungen Larth von Tarchna vor sich zu sehen, und manchmal schien es ihr so, als wäre die Zeit stehengeblieben und nur im Traum vergangen.
»Ich weiß, dein größter Wunsch ist es, die edle Caitli wiederzusehen«, sagte der König und riß sie aus ihren Gedanken.
»Ich habe nie zu hoffen gewagt, daß das möglich sein könnte«, antwortete die alte Frau verlegen. »Aber jetzt bin ich für eine solche Reise viel zu alt, mein König! Ich habe deine Mutter noch als junges Mädchen hier in diesem Palast gesehen, und selbst damals war ich schon alt ...«
»Ich könnte dich mit einem Schiff von Ostia aus zum Tivrit bringen lassen, wenn du das wünschst.«
»Das ist ein großes Geschenk, mein König«, murmelte Hasti mit Tränen in den Augen. Sogar die Stimme des jungen Königs war der von Larth sehr ähnlich.
»Also wirst du reisen, sobald dieser Regenmonat vorbei ist und das Meer ruhig«, entschied der König.
»Und was ist mit deiner Königin?«
Tarxne legte einen Finger an die Lippen. »Sie schläft«, antwortete er lächelnd, obwohl er wußte, daß das nicht stimmte. Die alte Amme tat so, als würde sie ihm glauben. Aber in ihrem Herzen war sie traurig, denn sie spürte, daß weder der König noch die Königin ganz dieses starke Band akzeptieren wollten, das sie zusammenhielt.
Sextus erwartete Tarxne im Durchgang, der vom Flügel der Frauen zum Thronsaal und zum Bankettsaal führte. Im Portikus vor dem Thronsaal drängten sich schon die Adeligen und der Rat des Königs wegen der

bevorstehenden Zeremonie der Anerkennung der Erbin. Aber in diesem Moment redeten alle nur über die Art und Weise, wie der neue König den Krieg mit Gabii vermieden hatte. Der Duumvirat der Stadt, der ebenfalls aus der Familie der Hostilii stammte, hatte Tarxne sogar, als Entschädigung für die Schuld, die ein Mitglied seiner Familie auf sich geladen hatte, den Rücktritt angeboten. Er hatte dem König diesen Vorschlag nun schon zum dritten Mal gemacht, aber alle waren sich sicher, daß dieser ihn auch ein weiteres Mal ablehnen würde.

»Hast du sie alle versammelt?« fragte Tarxne den jungen Sextus, während sie den Portikus durchquerten.

»Wie du es befohlen hast, mein König. Sie befinden sich alle auf dem Exerzierplatz. Dreißig der besten Männer und alle Rasna, auch wenn sie nicht alle adelig sind.«

»Der Adel bedeutet wenig, Sextus«, antwortete Tarxne. »Was ich brauche, sind gute Krieger und treue Männer.«

»Sie haben auch ihre Pferde mitgebracht«, fügte der junge Mann hinzu und streifte aus den Augenwinkeln die Adeligen und Ratgeber des Königs, die dieser zu seinem Erstaunen völlig ignorierte.

Tarxne hatte den Blick des jungen Mannes bemerkt. »Mach dir keine Gedanken über meine Ratgeber«, sagte er beiläufig. »Sie haben nichts Besseres zu tun, als ihre Zeit zu vergeuden. Auch da müssen wir Abhilfe schaffen.«

»König Servius gab jeden Tag vier Audienzen. Er hörte immer allen zu.«

»König Servius hatte es nötig, die Worte der anderen zu *hören*«, erwiderte ihm Tarxne. Aber er fügte nicht hinzu: ›Im Gegensatz zu mir, der ich ein Magier bin.‹ Der junge Mann hätte ihn nicht verstanden, dafür war er noch nicht lang genug in Ruma.

Während sie in Richtung des Exerzierplatzes schritten, gesellte sich Juno zu ihnen. Er war ganz offensichtlich beunruhigt, vor allem, weil er wußte, daß sich auf dem Platz auch Publius Valerius befand.

Schon lange Zeit bevor Tarxne König geworden war, hatten die jungen Adeligen von Ruma diesen Exerzierplatz ihrem Kriegsgott Martius geweiht und ihm dort einen Altar errichtet. Deshalb wurde der Platz auch Campus Martius genannt. Er lag zwischen den Sümpfen, dem Fluß und den östlichen Waldgebieten, nur gesäumt von einer langen Reihe von niedrigen Hütten mit Dächern aus Stroh und Wänden aus geflochtenem

Schilf und getrocknetem Schlamm. Doch auf der Seite entlang dem Fluß bauten die Dienstboten des Königspalastes Korn an, und die Ernte war immer reich. Publius Valerius kam ihnen jetzt entgegen. »Deine Gegenwart auf dem Campus ehrt mich, König Tarquinio«, sagte er und beugte das Haupt vor Tarxne zum Zeichen seiner Unterwerfung. Dann bedeutete er den Bogenschützen, ihre Übungen zu unterbrechen, und wartete ab, daß der König ihm den Grund seiner Anwesenheit erklärte. Seine Miene war undurchdringlich, aber Tarxne bemerkte ein gewisses Zaudern, eine Unschlüssigkeit, die ihm vielleicht entgangen wäre, wenn er kein Trutnot gewesen wäre.
Publius Valerius hatte Angst. Er liebte seinen Posten als Waffenmeister, aber vor allem liebte er diese Stadt, und er wünschte sich, sie wäre sabinisch. Seine Angst war, beides zu verlieren, wenn er Tarxne offen entgegentrat. Und das machte ihn vorsichtig und ließ ihn zögern, seine Vorteile auszuspielen.
So wie der größte Teil des Adels von Ruma, dachte Tarxne. Dann fragte er: »Hat dich Sextus darüber informiert, daß ich meine persönliche Wache auswechseln werde?«
»Ich selbst habe den Befehl gegeben, daß sich die tüchtigsten jungen Rasna hier einfinden sollen«, erwiderte Publius Valerius in einem beflissenen Tonfall.
»Gut«, stellte Tarxne lakonisch fest.
»Heißt das, daß der König von Ruma seinen eigenen Leuten nicht mehr traut?« fragte Valerius.
»Du bist ein guter Waffenmeister, Valerius, aber ein schlechter Lügner. Ich weiß, daß du mich für einen Fremden hältst, und alleine die Idee, daß ich die Latiner und Sabiner als *meine Leute* bezeichnen könnte, ist dir zuwider«, antwortete ihm Tarxne.
Der Sabiner nahm seine Antwort, ohne mit der Wimper zu zucken, entgegen, aber der schneidende Tonfall des Königs hatte ihn wie ein Hieb getroffen. Er spürte ihn fast körperlich, etwas, was ihm nie zuvor passiert war.
»Ich will hoffen, Valerius, daß du die Grenzen deiner Macht besser erkennst als dein Bruder«, fuhr Tarxne fort.
»Mein Bruder hat große Schuld auf sich geladen, denn er hat über etwas entschieden, das nur ein König entscheiden kann. Aber er hat dafür bezahlt, und deine Strafe war gerecht. Die Familie der Valerii ist zahl-

reich in der Stadt, und sie beugt sich deinem Urteil. Deshalb hoffe ich, daß du für seine Schuld nicht alle die büßen läßt, die diesen Namen tragen.«
»*Diese* Schuld ist gesühnt, Valerius, und sie wird es auch bleiben, wenn die Familie der Valerii sich nicht noch einmal befleckt.«
»Ich verstehe nicht, mein König. Heißt das, du mißtraust uns?«
»Das hast du gesagt, Valerius, nicht ich«, schloß Tarxne und wandte sich dann Sextus zu mit dem Befehl, die jungen Männer herzubringen, die er ausgewählt hatte.
Für die ganze Zeit der Auswahl der neuen Wachen behielt er Publius Valerius an seiner Seite. Er hörte seiner fachlichen Bewertung zu und den kurzen Kommentaren über die persönlichen Gewohnheiten jedes einzelnen der Soldaten. Das gab ihm die Gelegenheit, seine Meinung über Valerius bestätigt zu bekommen: ein sehr guter Waffenmeister, guter Menschenkenner und ein gefährlicher Feind.
Wieder in den Palast zurückgekehrt, begab er sich sofort in den Thronsaal. Er mußte das neugeborene Mädchen als seine Erbin anerkennen. Die Adeligen von Ruma und sein Rat harrten noch immer geduldig unter dem Portikus vor dem Thronsaal aus. Die Türen wurden geöffnet, und die alte Hasti, die um keinen Preis der Welt auf diese Ehre verzichtet hätte, reichte ihm das Neugeborene. Die Kleine schlief mit geballten Fäustchen, und sie rührte sich auch nicht, als Tarxne sie hoch über seinen Kopf hob, während die Haruspizen die Danksagungsriten vor dem Altar im Haupthof vollzogen.
Für dich scheint es keine Zeichen zu geben, dachte Tarxne, außer dem einen vielleicht: Du gehörst zu diesem Palast, wie das Mädchen, dessen Namen du trägst, einmal zum Tivrit gehört hat.

Die Feste zum Erntedank zu Ehren des Gottes Conso, die die Latiner Consualia nannten, waren gerade beendet. Die Kornspeicher waren wieder aufgefüllt, und die Rennen der blumengeschmückten Maultiere und Lastpferde waren im Circus Maximus abgehalten worden. Da traf Urste, der Haruspize von Tagete, als Vorhut des Königs und der Königin von Vei und des Fürsten Aranth in der Stadt ein. Auch Fürst Laris Pursiena von Clevsi, der König von Xaire, Fürst Culcnies von Tarchna und die Könige von Velx und Vatluna wurden an diesem Tag erwartet, zusammen mit den Abordnungen von Roselle, Sveana, Pupluna und

Velzna. Alle Städte des Bundes der Rasna hatten ihre Vertreter geschickt, um ein Bündnis mit Ruma zu schließen und dem König zu huldigen.
Tarxne erwartete den Haruspizen alleine im Thronsaal, und Urste verspürte ein gewisses Unbehagen, als die Türen sich hinter ihm schlossen.
Die Zeit hatte seine Erscheinung nicht verändert, er war nur noch schmaler geworden, was das geheime Feuer, das in seinem Blick brannte, noch unterstrich. Urste hatte sich entschieden, früher als die anderen in Ruma einzutreffen, um Gelegenheit zu haben, den König als erster und alleine sehen zu können. Er wußte, daß er damit ein Risiko eingegangen war, und begann es allmählich zu bereuen, denn dieser Palast und dieser junge Mann stellten für ihn schon immer *den Feind* dar.
»Tritt näher, Haruspize von Tagete«, begrüßte ihn Tarxne. »War es nicht schon immer das Ziel deines Lebens, endlich vor diesem Thron zu stehen?«
»Solange Mastarna auf ihm saß, sicher«, antwortete ihm Urste und näherte sich mit einer leichten Verbeugung. *Ich habe deinen Namen und den von Mastarna im selben Feuer verbrannt. Aber du bist von mächtigen Kräften beschützt. König Servius ist tot, aber du lebst!* dachte er, und als er in die Augen des Königs sah, wußte er, daß Tarxne niemals an die Ehrlichkeit seines Friedensangebotes geglaubt hatte.
»Hüte deine Zunge«, warnte ihn Tarxne. »König Servius ist der Vater meiner Königin, und sein Name ist in dieser Stadt sehr geehrt.«
»Wie du wünschst ... Dennoch sollten wir nicht vergessen, daß der König von Ruma seinen wirklichen Namen abgelegt und verleugnet hatte, daß das Blut der Rasna durch seine Adern floß. Dich auf diesem Thron zu sehen bedeutet jedoch, daß die Stadt wieder zu uns gehört und die Kriege beendet sind. Ich führe die Abordnungen des Städtebundes an, um diesen Pakt zu feiern.«
»Und ich werde an deiner Seite die Riten vollziehen, um ihn zu besiegeln. Es gibt einen Tempel in dieser Stadt, den König Servius erbauen ließ und der unseren Göttinnen Athrpa, der Schicksalsgöttin, und Thesan, der Göttin der Morgenröte, geweiht ist. Die Latiner nennen sie Mater Matuta und Fortuna, aber sie begreifen nicht wirklich, wieviel Macht sich in diesen Mauern verbirgt. Wirst du an meiner Seite sein, Urste?«

Der Haruspize lächelte verbindlich. »Du erfüllst mir damit den geheimsten meiner Wünsche, König Tarquinio. Ich freue mich, an deiner Seite sein zu dürfen.«
Tarxne erwiderte sein Lächeln, und Urste glaubte fast an seinem Haß ersticken zu müssen. Er brauchte all seine Kraft, um ihn zu zügeln und nichts davon durchdringen zu lassen.
Zu seinem Glück war nun auch der Zug der Gäste, die er zurückgelassen hatte, während sie die Brücke Sublicio überquerten, mit ihrem Hofstaat, ihren Wagen, den bewaffneten Eskorten, den Athleten und ihren Geschenken, im Palast angekommen.
Er verneigte sich noch einmal und vermied so den durchdringenden Blick Tarxnes, der auf ihn gerichtet war. Aber plötzlich durchzuckte ihn ein Gedanke, so scharf und hell wie die Klinge einer Waffe: *Die Königin von Vei, Veliza ...*
Es war nur eine Idee, und Urste fragte sich, ob die Erscheinung der Königin, in Silber gekleidet unter dem strahlenden Sonnenlicht im Hof von Vei, wirklich den jungen König so beeindruckt hatte, daß sie Erwartungen und Wünsche in ihm geweckt hatte.
Dann wurden die Türen geöffnet, und der Adel der Rasna zog in den Thronsaal ein, begleitet von den Adeligen aus Ruma und den Ratgebern des Königs. Urste hielt sich abseits und beobachtete das Geschehen. Auch die Königin von Ruma, Tullia, hatte inzwischen den Thronsaal betreten, aber die Augen aller waren auf die geheimnisvolle Schönheit der Königin von Vei gerichtet. In diesem Moment durchlief ein leichtes, aber spürbares Beben den Palast.
Das Beben wurde stärker, und Angst ergriff die Anwesenden. Aber der König erhob sich sofort und sprach beruhigend auf seine Gäste ein. Gleich darauf ließen die Vibrationen nach, und der Saal war plötzlich von einer fast unnatürlichen Stille erfüllt.
»Ruma ist eine starke Stadt, aber ihre Seele ist immer noch jung und launisch«, erklärte der König. »Doch uns ist dieser lang erwartete Tag heilig, weil er die Stadt wieder mit dem Volk der Rasna zusammenführt.«
Ruma rebelliert nicht gegen die fremden Gäste ... Nein, dieses Beben ist nicht aus dem Haß gegen unser fremdes Blut entstanden. Die Götter von Ruma haben damit nichts zu tun, König und Magier, das weißt du genausogut wie ich! dachte Urste, während er die zeremonielle Über-

gabe der Geschenke verfolgte, ohne jedoch den König, seine Königin und die Königin von Vei aus den Augen zu verlieren.
Das ist schon einmal am Tag deiner Hochzeit in Vei passiert, Tarxne. Erinnerst du dich daran, mein junger König? Siehst du, hier liegt deine Schwäche! Die schöne Königin von Vei, dunkel wie die Nacht und mit veilchenfarbenen Augen. Sie wird dir zum Verhängnis werden!
Wieso hatte er das eigentlich nicht schon früher gesehen? Und was konnte er unternehmen, um die Sache zu beschleunigen und endlich die Freude genießen zu können, Tarxne und seine Macht zerstört zu sehen?
Das Bankett zu Ehren der Gäste begann noch vor Einbruch der Dunkelheit. Der ganze Palast war schon hell erleuchtet von bronzenen Kandelabern, die Tarxne aus Tarchna hatte kommen lassen. Der Bankettsaal war mit Sommerblumen geschmückt, deren üppiger Blütenduft von einem leichten Wind gemildert wurde, der sich bei Sonnenuntergang erhoben hatte.
Tarxne hatte Aranth, Laris Pursiena, Culcnies und Juno um sich versammelt.
»Du hast dein Versprechen gehalten.« Mit diesen Worten wandte sich Laris Pursiena an ihn. »Erinnerst du dich noch? Damals in Tarchna hattest du versprochen, daß Ruma das letzte Juwel in der Krone der Rasna sein würde!«
»Und die Stadt wird uns so kostbar sein wie eine Geliebte, hast du geantwortet«, erwiderte Tarxne und erinnerte sich nicht nur an dieses Versprechen, sondern auch an die schrecklichen Umstände, unter denen es gemacht worden war. Es waren Tage gewesen, in denen die Götter sich kundgetan hatten. Tage, an denen sich die Ereignisse überstürzten, bei denen sowohl seine Großmutter als auch seine Mutter bestimmende Rollen übernommen hatten. Der Rückzug seiner Mutter hatte genau in diesen Tagen seinen Anfang genommen.
Laris beugte sich zu ihm hinüber, rüttelte ihn leicht an der Schulter, und Tarxne schob die Erinnerung beiseite. Laris Pursiena war neben Aranth der einzige, der es wagte, ihn zu berühren. Hinter seiner kleinen Statur, dem offenen Gesicht, seiner ständigen Zerstreutheit verbarg sich ein kriegerisches Geschick, ein Wagemut ohnegleichen, verbunden mit einem heiteren und toleranten Geist. Laris Pursiena war wirklich ein wahrer Freund.

Trotzdem dachte Tarxne mit einem gewissen Unbehagen an seinen Aufenthalt im Palast von Clevsi zurück, denn er barg sein Geheimnis.
»Du wirst schon bald König sein, Laris«, hörte er sich murmeln, verwundert darüber, daß er diese Worte ganz unbewußt ausgesprochen hatte.
Laris erstarrte, und die anderen um ihn herum schwiegen erschrocken. Doch die restlichen Anwesenden im Saal hatten nichts davon bemerkt.
»Es tut mir leid, Laris«, sagte Tarxne. »Es ist mir schon lange nicht mehr passiert, daß ich geredet habe, ohne nachzudenken . . . Vielleicht«, fügte er mit einem Blick über den Saal hinzu, »ist es, weil ich mich unter euch sicher fühle und die Freude, dich wiederzusehen, mich unvorsichtig hat werden lassen.«
»Du kannst es dir nicht erlauben, dich sicher zu fühlen«, erwiderte Laris. »Hier weniger als an jedem anderen Ort. Und vor allem darfst du deinen Gefühlen nicht gestatten, die Oberhand über die Vernunft zu gewinnen. Sollte das passiert sein, dann hat dich König zu sein im Übermaß verändert. Aber das kann ich nicht glauben. Ich denke, du *wolltest*, daß ich es weiß, und dafür muß es einen Grund geben.«
»Vielleicht, um dich auf das vorzubereiten, was dir bevorsteht. Es tut mir leid für deinen Vater, Laris, aber Clevsi wird in dir einen großen König haben. Dein Name wird den Menschen noch lange in Erinnerung bleiben.«
»Soll das ein Trost sein?«
»Vielleicht . . .«
Laris schwieg bedrückt. Die unbeschwerte Fröhlichkeit, die er noch einen Moment vorher empfunden hatte, hatte sich verflüchtigt. Es war Culcnies, der Sohn des Königs von Tarchna, der schließlich das Schweigen brach.
»Kann ich in Ruma bleiben, Vetter?« fragte er leise und schaute Tarxne offen ins Gesicht. »Mir erscheint es überflüssig, abzuwarten, bis du alle Botschaften gelesen hast, einschließlich die meines Vaters zu diesem Vorschlag.«
»Du bist mir willkommen, Culcnies!« antwortete ihm Tarxne lächelnd. »Dir wird der Palast von Tarchna wohl langsam zu eng?«
»Mein Vater gestattet es nicht, daß auch nur ein Stein verändert wird, es sei denn, er fällt ihm auf den Kopf. Und mein Bruder, der sieben

Jahre älter ist als ich und sein Erbe, ähnelt ihm in allem. Ich habe um Erlaubnis gefragt, eine Zeitlang bei dir zu bleiben, und habe sie auch erhalten. Wahrscheinlich deshalb, weil mein Vater sich dadurch einen Vorteil in den Handelsbeziehungen zu Ruma erhofft.«

»Wenn du ein guter Vertreter seiner Interessen bist, wird das kein großes Problem sein. Ich brauche Künstler, Meister des Wassers, Baumeister und Handwerker. Ich möchte diese Stadt, die mein Vater groß gemacht und die Mastarna befestigt hat, noch prachtvoller und schöner machen.«

»Also ist es entschieden! Ich werde bleiben!« rief Culcnies. Alle hoben die Pokale, die Juno gerade mit Wein gefüllt hatte, und stießen miteinander an, in Erneuerung des alten und zur Bekräftigung eines neuen, noch festeren Freundschaftsbundes.

Das also ist der letzte Ring in der Kette, überlegte Urste in seiner Ecke. *Alle diese jungen Männer sind miteinander verbunden. Tarxne, Juno, Aranth, Laris Pursiena und jetzt auch Culcnies, der letzte, der noch fehlte ... Alle miteinander verbunden und Freunde. Doch der eine wird der Grund für den Tod oder den Untergang des anderen sein ... Die Pforte zur Nacht hat sich schon geöffnet ... Die Nacht, die jene Prophezeiung für das Volk der Rasna vorhergesagt hat. Keiner wird sie wandeln können, nicht einmal Tarxne, der glanzvolle König voller Macht ...*

»Träume, Haruspize von Tagete?« riß Arnth, der König von Ve., ihn aus seinen Gedanken und lehnte sich haltsuchend an seine Schulter. Ein heftiger Fieberanfall, mehr noch als der Wein, hatte ihn geschwächt. Urste strich ihm mit einer beruhigenden Geste über die Hand, die gleichzeitig eine fast besitzergreifende Vertraulichkeit offenbarte.

»Träume? Mag sein, mein König. Mag sein.«

Sehr viel später an diesem Abend betrat Tarxne die Gemächer der Königin. Tullia erwartete ihn, noch wach, zusammengekauert auf der Stufe, die in den kleinen, ligusterumstandenen Innenhof führte. Sie trug nur ein Leinentuch um die Hüften geschlungen.

Die Nachtluft war warm und duftete nach Heu, genauso wie damals, als er sie zum erstenmal geliebt hatte. Es war kaum ein Jahr her.

Die junge Frau hatte jetzt seine Gegenwart bemerkt und drehte sich nach ihm um. Wie immer hatte sie die Mägde fortgeschickt. Sie waren

alleine. Tarxne kniete sich neben sie nieder, strich ihr über die Stirn und spürte ihre Angst.
»Wovor fürchtest du dich?« fragte er.
»Wer weiß, vielleicht sogar vor der Luft, die dich berührt, wenn du fern von mir bist«, flüsterte Tullia. Dann strich sie ihre Locken zurück und schlang ihre Arme um seinen Hals. Ihre Haut duftete verführerisch.
»Es ist vor allem Urste, der mir angst macht. Ich hatte auf dem Bankett das Gefühl, als würde er mit Gewalt in mich eindringen, und habe den Schmerz fast körperlich gespürt. Ein Gefühl, als wäre ich nackt vor all diesen Königen und Fürsten, die mich für genau das ansehen, was ich bin: die Tochter Mastarnas!«
Tarxne zog sie an sich, und sofort begann die Lust die Angst in ihr auszulöschen. Tullia legte ihren Kopf an seine Brust.
»Mit Recht fürchtest du dich vor Urste, meine Königin. Aber vor den anderen brauchst du dich nicht zu fürchten«, raunte ihr Tarxne ins Ohr. »Aranth ist mein Bruder, und du kennst die Stärke seines Armes und seine Ehrenhaftigkeit. Aranth bewundert dich. Er liebt dich wie eine Schwester, und auch Culcnies und Laris Pursiena sind dir treu ergeben. Du bist beschützt. Die meisten Könige sind nur Schatten, die vorbeiziehen. Nur die von den Göttern erwählten bleiben im Gedächtnis der Zeit haften ... Das sagte mir immer mein alter Lehrmeister Velvur.«
»Dein alter Lehrmeister war ein weiser Mann. Auch mein Vater ehrte seinen Namen«, murmelte Tullia.
Tarxne hob sie auf, löste ihr Hüfttuch und trug sie aufs Bett.
»Du wirst heute nacht wieder ein Mädchen empfangen«, sagte er und zog sie an sich.
»Das ist mir ganz egal«, war Tullias ungeduldige Antwort.

Als Tarxne die Gemächer der Königin verließ, war es schon kurz vor Sonnenaufgang. Tullia war erst gegen Morgen in seinen Armen in einen tiefen, ruhigen Schlaf gefallen, endlich befriedigt, und befreit von ihren Ängsten. Tarxne breitete, bevor er ging, ein leichtes Leinentuch über sie. Als er vor die Tür trat, erhob sich eine verschlafene Magd. Sie verneigte sich vor ihm, und Tarxne hatte das flüchtige Empfinden, daß das Mädchen ein wenig neidisch auf Tullia war.
Im Palast hörte man schon die ersten Geräusche, aber die Säulengänge,

die die verschiedenen Flügel und Höfe miteinander verbanden, lagen noch verlassen da. Vor dem Flügel, der für die Gäste bestimmt war, erstreckte sich ein langer, enger Innenhof, mit einem Wasserbecken in der Mitte, das von Myrthe umstanden war. Ein Säulengang verband diesen neueren Teil des Palastes mit dem älteren und dem Haupthof, an der Seite, wo sich der Altar für die Riten befand.
Tarxne traf sie genau an der Stelle, wo die beiden Durchgänge sich kreuzten und einen geschützten Platz zwischen den Säulen und den Bögen bildeten, die den oberen Teil des Palastes trugen. Und obwohl es hier noch ziemlich dunkel war, erkannte er sie sofort . . . Eigentlich brauchte er sie gar nicht zu sehen, ihre Gegenwart allein verursachte ihm ein Kribbeln auf der Haut.
Tarxne blieb vor ihr stehen.
»Ich sehe, daß die Königin von Vei fern von ihren Gemächern und ihren Mägden ist. Kann ich etwas für dich tun, Königin? Möchtest du, daß ich dir eine Dienerin schicke?« fragte er in höflichem Ton.
Tarxne hätte keine unverfänglicheren Worte wählen können, aber es waren nicht die, die sein Körper und sein Geist ihr entgegenschrien. Und das wußte auch sie.
»Ich danke dir, König von Ruma«, antwortete sie ebenso höflich. »Aber ich möchte an den morgendlichen Riten teilnehmen und sehe, daß auch du nicht fehlen willst.«
»Ich habe noch eine Schuld mit der Göttin der Morgenröte zu begleichen.« Tarxne lächelte.
Auch Veliza lächelte ihn an, und einen Augenblick später umschlang Tarxne sie stürmisch, drückte sie gegen die Mauer und schloß sie zwischen sich und den Steinen ein. Die Wärme seines Körpers durchdrang sie. Doch Veliza hob zögernd eine Hand und legte sie auf seine Lippen.
»Im Namen der Göttin, die dir lieb ist, König von Ruma, überlege dir gut, was du da tust«, murmelte sie.
Tarxne zog ihre Hand weg, fand ihre Lippen und küßte sie leidenschaftlich, fordernd und verzweifelt zugleich. Es war ein Kuß, in dem schon die Essenz all dessen lag, was sie von diesem Augenblick an und für alle Zukunft miteinander verbinden würde.
Noch nie hatte er eine Frau so geküßt, und als er von ihr abließ, hatte er das Gefühl, sie schon ganz besessen zu haben. In Körper und Geist und

mehr, als er jemals eine andere besessen hatte. Die junge Frau schmiegte sich an ihn, und Tarxne spürte ihren warmen Atem und ihre Lippen, die sich wie ein Siegel ihrer Liebe auf seine Brust drückten. Dann huschte die Königin von Vei wieder in Richtung ihres Gemaches davon. Die morgendlichen Riten hatte sie vergessen.

Das Morgenlicht war nun auch bis zu diesem versteckten Platz unter den Säulen gedrungen. Tarxne ging zum Altar und den Haruspizen hinüber. Er hielt sich etwas abseits, so wie es seine Gewohnheit war, und plötzlich schien es ihm, als sähe er den alten Pilger an eine der Säulen im Schatten des Portikus vor dem Thronsaal gelehnt stehen. Aber er tat so, als bemerkte er ihn nicht, und als er sich noch einmal umsah, war der Alte verschwunden.

Inzwischen war es heller Tag geworden.

3.

Als er sich zum zweitenmal umwandte, entdeckte Tarxne auch Laris Pursiena zwischen den Säulen des Portikus vor dem Thronsaal. Der junge Mann stand reglos da, aber trotzdem strahlte er einen fast fühlbaren Unmut aus. Tarxne spürte ein unangenehmes Gefühl in sich aufsteigen. Zum erstenmal nach langer Zeit dachte er wieder an das Geheimnis, das wie eine dunkle Wolke über ihnen hing, an diese nie enthüllte und trotzdem unumgängliche Wahrheit: Der Erbe seines Freundes war in Wirklichkeit Tarxnes Sohn. Er vertrieb diese Gedanken und auch die Erinnerung an Veliza und ging dem Freund entgegen.
»Manchmal frage ich mich«, empfing ihn Laris, »wer der eigentliche Verrückte von uns beiden ist und ob der König von Ruma und der Trutnot, der mir so lieb wie ein Bruder ist, ein und dieselbe Person sind.«
»Wessen beschuldigst du mich, Laris?«
»Ich beschuldige dich der Tollkühnheit, wenn nicht noch schlimmeres. Ich war fast direkt hinter dir, als du die Königin von Vei getroffen hast.«
»Ich habe dich überhaupt nicht gehört!« rief Tarxne und wandte sich seinen Gemächern zu.
»Und das ist für dich das schlimmste bei der Sache? Mich nicht gehört zu haben?« entgegnete ihm Pursiena, der ihm auf den Fersen gefolgt war.
Tarxne antwortete nicht. Laris hatte recht, es war nicht die aufrichtige Sorge des Freundes, die ihn am meisten beunruhigte, sondern das Bewußtsein, daß jemand ihn unbemerkt beobachten konnte. Er fühlte sich verletzbar und angreifbar wie nie zuvor in seinem Leben. Er mußte seine Betroffenheit überwinden und dem Freund die Antworten geben, die er von ihm erwartete.

»Ich habe dich wirklich nicht gehört«, sagte er noch einmal. »Es hätte ja auch Urste sein können, und vielleicht hätte ich selbst ihn nicht bemerkt.«

»Daran siehst du, wie sehr die schöne Königin von Vei eine Gefahr für dich ist, mein Freund. Du kannst eine Königin, die Gast in deinem Palast ist, nicht in einer solchen Weise beleidigen!«

»Ich habe sie nicht beleidigt. Dieser kurze Augenblick, in dem sich unsere Lippen trafen, war für uns, und auch in den Augen der Götter, etwas ... etwas sehr Kostbares. Nein, Laris, es war keine Beleidigung, sondern eher die Berührung zweier Elemente, die füreinander bestimmt sind, das Entflammen eines Feuers, das nie mehr gelöscht werden kann.«

»Und so etwas erschreckt dich nicht?«

Tarxne ging, ohne ihm zu antworten, zu der Öffnung der Loggia hinüber, die über dem Haupthof lag. Durch die geöffneten Türen sah er die Diener geschäftig von der einen Seite des Hofes zur anderen eilen, und die Adeligen und sein Rat, die schon auf dem Weg zum Bankettsaal waren, um die Gäste zu empfangen.

Doch zu Tarxne drangen kaum die Geräusche dieses geschäftigen Treibens durch, das den Anfang eines neuen Tages bezeichnete. Der Duft der Haut, die er vor kurzem berührt hatte, streifte ihn wieder, und die Erinnerung daran benebelte seinen Geist.

Was passierte da mit ihm? Die ganze Nacht über hatte er seine Königin geliebt, und der Faszination einer anderen Frau zu erliegen, auch wenn sie sehr schön war, war nicht seine Art. Sein Benehmen war nicht zu entschuldigen, das wußte er. Er hatte sich zu weit vorgewagt, und er hatte sich überraschen lassen.

Und was war an Veliza so besonderes, daß sie ihn so verletzbar machen konnte?

War das vielleicht Liebe?

»Warum hast du mich gesucht, Laris?« fragte er, ohne sich nach dem Freund umzudrehen, damit er nicht seine Verwirrung bemerkte.

»Weil Nachrichten aus Cuma gekommen sind. Schiffe haben sie mitgebracht, die in Ostia vor Anker gegangen sind. Einige ihrer Kommandanten sind heute nacht hier angekommen, aber deine Wache hat ihnen nicht erlaubt, das Bankett zu unterbrechen.«

Tarxne äußerte sich nicht dazu. Aber ihm schien, daß im Ton des Freundes eine gewisse Mißbilligung gelegen hatte.

»Es hat einen Angriff auf Cuma gegeben, aber er ist abgeschlagen worden«, erklärte der junge Fürst von Clevsi. »Alle reden nun über einen jungen Hauptmann, Aristodemo, der seine Truppen mit ungewöhnlicher Geschicklichkeit zum Sieg geführt hat. Sie nennen ihn Malakos in Griechisch . . .«

»Ja, ich weiß, was das bedeutet«, unterbrach ihn Tarxne mürrisch. »Ich beherrsche die griechische Sprache.«

Ohne sich um die schlechte Laune des Königs zu bekümmern, fuhr Laris fort: »Wenn die Städte der Rasna im Süden unsere Allianz gesucht hätten, statt die der Umbrer, dann wäre Cuma vielleicht gefallen, trotz dieses Malakos, und damit wäre der ganze Süden für unseren Handel frei gewesen!«

»Unterschätze einen Feind nicht wegen seiner dir fremden Gewohnheiten, Laris . . . Das ist genauso gefährlich, wie sich in einer dunklen Ecke mit einer fremden Königin in den Armen überraschen zu lassen.«

»Ja, du magst recht haben. Aber was meinst du? Werden wir von diesem Hauptmann noch hören?«

Ganz plötzlich fing Tarxne einen flüchtigen Gedanken auf. Einen Gedanken, der weder ihm noch Pursiena angehörte . . . Jemand, der nicht weit weg war, versuchte die kommenden Ereignisse aus dem Netz der Zeit zu lesen und hatte den Wagemut oder auch die Unbekümmertheit, es trotz seiner oder vielleicht sogar über ihn zu tun.

Sein Unbehagen, von dem er sich nicht befreien konnte, verstärkte sich noch.

Über diesen Tag, der seiner hatte sein sollen und den er der Weihe Rumas als freie Stadt im Städtebund der Rasna gewidmet hatte, begann sich ein dunkler Schatten zu legen. Ein Schatten, der diesen Tag zwar nicht weniger triumphal machte, seinen Glanz aber trotzdem trübte.

Er seufzte. »Die Niederlage, von der du sprichst, Laris, betrifft mich als König von Ruma kaum. Und auch als Rasna empfinde ich sie nicht als die meine, denn unsere Beziehungen zu den Städten im Süden, auch wenn sie uns verbunden sind, sind nicht sehr eng. Aber was diesen Aristodemo anbetrifft . . ., ich glaube, etwas von ihm verbirgt sich in den Falten der Zeit . . . Auch andere suchen ihn in diesem Moment. Mehr kann ich dir allerdings nicht sagen. König zu sein verdunkelt die seherische Kraft eines Trutnot und die Macht eines Magiers.«

»König zu sein oder ein Mann, dessen Blick getrübt ist, weil er nach schönen Königinnen schielt?«
Tarxne antwortete nicht, und Pursiena nickte vor sich hin. »Na gut, mein Freund, entschuldige mich jetzt«, sagte er. Dann verließ er den Raum und überließ den König seinen Dienern, die ihn für das Bankett vorbereiteten.

Urste hatte seinen Geist auf der Schwelle zwischen Wachen und Schlaf gehalten und versucht, seine Kräfte in die dunkelsten Ecken dieses Palastes zu lenken, der seine Gedanken nun schon seit so langer Zeit beschäftigte. Aber der Palast widerstand ihm. Die Kräfte dessen, der ihn erbaut hatte, waren hier immer noch lebendig, und so kamen Urste nur Fragmente vor Augen, kurze Bildfetzen ohne Bedeutung ... Er sah Thesan als Mädchen, schwarz gekleidet und mit Perlen in den Haaren, die in einer Gewitternacht zum König ging ... Er sah Caitli, die sich über einen sterbenden Mann beugte, einen Fremden, mit blonden Haaren und blauen Augen, und er spürte ihren überbordenden Schmerz zu einer lodernden Flamme werden, die den Pakt Larths von Tarchna mit den Göttern in der goldenen Schale mit dem Opferöl verbrannte ...
Aber die Geheimnisse des Palastes blieben ihm verborgen, die Schwächen, Betrug oder Verrat, mit denen er den jetzigen König hätte angreifen können, selbst wenn die Sabiner und Latiner ständig bereit waren, sich zu erheben und zuzuschlagen.
Die Prophezeiung fiel ihm wieder ein. Die Stadt, die die Rasna groß gemacht haben, wird uns zerstören und selbst die Erinnerung an unseren Namen tilgen ...
Doch plötzlich durchlief ihn ein Zittern: Er hatte das feine Geflecht zerrissen, das seinen Geist dort festhielt, wo sein Körper ausruhte, und war nicht mehr im Palast. Er war nicht mehr in Ruma.
Dann sah er sie.
Die Frau stand unbeweglich vor dem Feuer, die hellen Haare zu einem langen Zopf geflochten, über den Schultern einen dunklen Umhang. Die Felswände um sie herum schienen im Feuerschein zu erglühen, ein Windhauch fuhr über den schwarzen Sand auf dem Boden, und draußen rauschten die Blätter der Bäume ... Ein Wald.
Thesan! durchfuhr es Urste. Nur sehr selten war es ihm bisher gelun-

gen, sie in ihrer Felsenhöhle im Heiligen Wald zu sehen, wohin sie sich zurückgezogen hatte. Lauernd versuchte er alles zu erkennen, und so sah auch er, was sie in den Flammen des Feuers herbeigerufen hatte: Einen flachen Strand, an den die Brandung eines ruhigen, grauen Meeres schlug. Einen Hafen, der kein Hafen der Rasna war, und eine Flotte von sechzehn Schiffen, die dabei waren, unter vollen Segeln anzulegen.

Es waren Kriegsschiffe, und sie sahen wie Unheilsvögel aus, die den Tod brachten. Alle Segel waren weiß, außer einem schwarzen, und genau dieses war es, das den anderen voransegelte, mit einem Mann an Bord, der keiner war ... Ein Schiff, das viel Leid und Schmerz für den König von Ruma mit sich brachte.

Ein Mann, der keiner war ...

Der Druck einer Hand auf seiner Schulter zwang ihn, die Augen zu öffnen. Die Ungeduld Arnths und vor allem seine Unfähigkeit zu unterscheiden, wann er wirklich schlief und wann nicht, ärgerten Urste.

»Hast du geträumt?« fragte Arnth und schaute ihn neugierig an.

»Warum diese Frage?« gab Urste unwirsch zurück. Der König von Vei sah nicht so aus, als hätte er einen seiner Fieberanfälle.

»Du hast von sechzehn Schiffen gesprochen, mit weißen Segeln ... außer einem schwarzen. Und von einem großen Schmerz, den diese Segel bringen würden.«

»Das Schiff eines Mannes, der keiner ist ... Ich habe nicht geträumt. Ich hatte eine Vision, aber ich kann noch nicht ihre Bedeutung erkennen«, antwortete Urste und dachte bei sich: Allerdings ist es nicht meine gewesen, sondern die von Thesan, und das gibt ihr ein noch viel größeres Gewicht. Der König von Vei nickte nachdenklich. »Im Palast erzählt man von einer Nachricht, die einige Schiffe mitgebracht haben, die heute nacht im Hafen von Ostia vor Anker gegangen sind. Der Angriff der südlichen Städte der Rasna auf Cuma ist dank einer seiner Hauptleute, eines gewissen Aristodemo, genannt Malakos, abgeschlagen worden.«

»Malakos, der Weibische?«

»Ja, ein Mann der keiner ist ... Genau wie du gesagt hast«, überlegte Arnth. »Bekommt deine Vision jetzt einen Sinn?«

»Noch nicht. Aber ich werde diesem Mann Träume schicken. Ich werde ihn sogar zwingen, zu mir zu kommen, wenn es nötig ist.«

»Kannst du das denn machen?«
Urste lächelte versonnen. »Ich kann viele Dinge machen, mein König. Sehr viele«, sagte er. Dann streckte er sich wieder aus und schloß die Augen.
Er öffnete sie auch nicht, als die Diener den Raum betraten, um ihn für die morgendlichen Riten anzukleiden. Regungslos blieb er liegen und folgte gespannt den Bildern der Visionen Thesans.
Das Morgenlicht breitete sich langsam in den Gängen und dem engen Hof aus, an dem die Gemächer der Gäste lagen. Vor seinem geistigen Auge sah Urste kurz die Königin Veliza, die wieder in ihr Gemach zurückkehrte. Aber noch von der Vision gefangengenommen, bemerkte er nicht, daß es für das Ende der Morgenriten noch zu früh war.

Später an diesem Morgen eröffnete Tarxne die Spiele im Circus Maximus. Es waren unblutige Spiele, bei denen die Athleten der Rasna gegeneinander antraten. Dazu gehörten Rennen, Ringkämpfe, Wettbewerbe mit Speer und Lanze und Geschicklichkeitsrennen zu Pferde, die man nur in Tarchna und in Fanu Veltune, während der jährlichen Zusammenkunft der Könige des Städtebundes, bewundern konnte.
Tullia an seiner Seite war schöner denn je. Sie lächelte strahlend, und Veliza, die neben ihr saß, war liebenswürdig und zuvorkommend.
Weder mit einer Geste noch mit einem Blick verriet die Königin von Vei, was bei Sonnenaufgang vorgefallen war, selbst dann nicht, als Tarxnes Blick sie liebevoll streifte. Trotzdem strahlte sie etwas Geheimnisvolles aus, und Tarxne konnte sich dieser Verzauberung nicht entziehen.
War es das? Eine Verzauberung?
Es ist Liebe, sagte er sich. Das, was ich nicht für Cilnia und nicht für Tullia empfunden habe, für keine andere Frau bisher, außer für Anaies. Aber damals war ich noch ein Junge, und jetzt bin ich ein König . . .
»Du kannst mit dir zufrieden sein, König von Ruma«, riß ihn Arnth aus seinen Gedanken und legte ihm mit einer vertraulichen Geste beide Hände auf die Schultern.
»Wenn es so ist, dann ist es auch dein Verdienst, König von Vei«, antwortete Tarxne und unterdrückte den Impuls, sich von seiner freundschaftlichen Umarmung zu befreien. »In der Zeit, in der ich Gast in

deinem Palast war, hast du mir die Gelegenheit zu vielen kostbaren Erfahrungen gegeben.«

Arnth zog, von einer Kraft getrieben, die stärker war als er, seine Hände weg. Urste hatte recht. Eine große Macht schützte den Sohn von Larth, und es war diese Macht, die auch die Stadt von ihm erhielt und die sie stark machte. Noch immer auf der Hoffnung zu beharren, daß die Prophezeiung abgewendet werden könnte, war somit reiner Wahn . . .

»Es tut mir leid, daß ich dich damals nicht so geschätzt habe, wie du es verdient hättest«, antwortete Arnth. »Hätte ich es getan, dann wärst du heute vielleicht dem Palast von Vei treu und nicht dem von Ruma.«

»Ich habe dir nie meine Treue angeboten, König von Vei, und du konntest mich nicht mehr schätzen, als du es getan hast.«

Arnth zog sich zurück und suchte mit dem Blick Hilfe von Urste. Aber der Haruspize hing seinen eigenen Gedanken nach. Er sah ihn nicht.

Bei Sonnenuntergang vollzog Tarxne an der Seite von Urste die Riten im Tempel, der mehr als jeder andere in Ruma mit den Rasna verbunden war.

Die Gäste und die Adeligen von Ruma hatten sich vor dem Tempel versammelt, der an der Stelle stand, wo am äußersten Rand des Forums die Abzweigung zum Fluß und zum Hafen begann. Kein anderer Ort in der Stadt war geeigneter für den Triumph des Königs, dem die Menge zujubelte.

Aber die Leute von Ruma sind einfache Leute, dachte Tarxne. Die Feste und Spiele begeistern sie. Sie können den Glanz eines reichen und alten Volkes wie des unseren zwar nicht verstehen, doch widerstehen können sie ihm nicht . . . das ist es, was ihnen angst macht.

Urste lächelte ihm durch den Rauch der Dreifüße zu.

»Genieße deinen Triumph«, murmelte der Haruspize und nahm aus Tarxnes Hand das Messer entgegen, um den weißen Stier zu opfern.

Das werde ich tun, antwortete Tarxne in Gedanken und ließ mit einer Geste die Flammen in den Dreifüßen zweimal mannshoch auflodern. Die Flammen färbten sich goldfarben, und aus der Menge waren bewundernde und erschrockene Ausrufe zu hören.

Wenn der Moment gekommen ist, dann werden dir diese kleinen Spielchen auch nichts mehr helfen, König von Ruma, dachte Urste

Am nächsten Tag brachen der König und seine Gäste zu einer langen Jagd in den Selva Arsia auf, einen tiefen Wald, der sich zwischen Ruma und Vei erstreckte. Für zwei Wochen machten sie Jagd auf Wildschweine, um die Vorräte der Paläste aufzufüllen. Danach kehrten die Gäste wieder in ihre eigenen Städte zurück, und Tarxne kümmerte sich wieder um seine Pflichten eines Königs: Er gab Audienzen und begann die ersten Pläne für die baulichen Veränderungen der Stadt zu entwerfen.

In den ersten Regentagen des Herbstes sagte ihm Tullia, daß sie ihr zweites Kind erwartete.

Caitli öffnete im Halbdunkel die Augen.

Die Morgendämmerung brach an, und so wie es schon einmal vor langer Zeit passiert war, lag auch jetzt wieder der Hauch des Todes in der Luft. Sie spürte ihn, genauso wie damals im Palast des Königs von Xaire in Pyrgi: ein eisiger Hauch, der das ganze Universum zu erfüllen schien. Es war, als würde die Natur den Atem anhalten und die Sonne nie mehr aufgehen.

Niemand sonst spürte es, aber für sie schien es greifbar. Für einen Augenblick sah sich Caitli wieder an dem Ort ihrer Erinnerung, mit dem Krummsäbel in der Hand, bereit zuzuschlagen. Sie sah das zu einer höhnischen Fratze verzerrte Gesicht des Mannes wieder vor sich, der ihre Mutter getötet hatte. Und es kam ihr so vor, als ob diese schreckliche Gestalt auch jetzt wieder auf sie eindringen würde.

Langsam setzte Caitli sich auf. Sie schaute durch die Öffnung im Felsen zum Gipfel des Tiv hinüber, der sich in der Morgendämmerung dunkel abzeichnete. Die Sterne waren schon erloschen, und für einen Moment hatte sie das Gefühl einer endlosen Leere, in der nur noch dieser eisige Hauch existierte, der alles Leben auszulöschen schien.

Die Invasoren stiegen zum Tivrit auf.

Sie schlüpfte aus dem Bett, hüllte sich in ihren Mantel. Eine Erscheinung in einer Ecke des Zimmers ließ sie zusammenzucken: ein Kind, das sich mit zum Weinen verzogenen Lippen und einem Ausdruck von Angst unruhig im Schlaf bewegte.

»Thanaquil, meine Schwester . . .«, murmelte sie und streckte eine Hand gegen die Erscheinung aus. »Steh auf, und hör mir zu . . .«

Die Erscheinung des Kindes verschwand, um sich gleich darauf in das

Gesicht einer Frau zu verwandeln, dessen Schönheit verwelkt und von Trauer gezeichnet war. Caitli hörte das Geräusch des Windes, der wie immer durch den Saal des Tempels der Göttin Turan fuhr. Aber sie vermied die Priesterin, die vor dem *Auge der Göttin* Wache hielt, und wandte sich nur Thanaquil zu.

»Schau in das *Auge der Göttin*, Schwester, und du wirst den Tivrit von focesischen Piraten zerstört sehen.

Benachrichtige die Könige des Städtebundes, das Volk der Rasna hat seinen geistigen Mittelpunkt verloren.«

»Caitli!« Der laute, verzweifelte Schrei hallte in der Dunkelheit wider. Aber Caitli hatte keine Zeit mehr für Thanaquil.

Die Angreifer stiegen mit dem ersten Licht des Tages vom Hafen herauf. Und obwohl sie dieser heilige Ort beunruhigte, stiegen sie schnell und sicher voran. Im Labyrinth der in den Felsen gehöhlten unzähligen Räume und Grotten gab es viele Schätze, aber nur einen wirklichen, den kostbarsten von allen, der sich im Arbeitsraum Caitlis befand: die *Neun Bücher von Tagete*, die Schriftrollen mit den Regeln der Disziplin. Focesische Piraten, wie damals, dachte Caitli.

Sie erreichte ihren Arbeitsraum. In einer Laterne brannte noch Licht, das einen flackernden Schein auf die rötlich durchzogenen dunklen Felsenwände aus Quarz warf.

Die Schriftrollen lagen auf ihrem Arbeitstisch, und Caitli dachte mit Wehmut, daß sie nur einen kleinen Teil davon begriffen hatte, und dies auch nur in dem Maße, wie es den Sterblichen gegeben war, sogar, wenn sie ein Leben damit verbracht hatte, diese Schriftrollen zu studieren.

Ich habe die Wiederholung dieses schrecklichen Geschehens nicht vorausgesehen, überlegte sie. Oder vielleicht wollte ich es nicht sehen . . . Mein Leben hat einen weiten Kreis beschrieben, und jetzt, am Ende angelangt, finde ich denselben Feind wieder.

Sie schloß die Bücher in eine Holztruhe mit Beschlägen aus Elfenbein und Silber ein, die den Adler von Tarchna mit den ausgebreiteten Schwingen darstellten. Aber zwischen diesen ausgebreiteten Schwingen war tiefe Nacht. Starr wandte sie ihren Blick ab.

»*Thesan!*« rief sie und ließ alle ihre Kraft und die Macht des Tivrit in diesen Ruf fließen.

»*Thesan!*« Der Schrei ihres Geistes wurde zu einem Donnerhall, der die

Stille des Tivrit durchbrach, sich bis zum Meer und von dort über die noch schlafende Erde ausbreitete.
Im Heiligen Wald zwischen Tarchna und Fanu Veltune fuhr dieser stumme Schrei wie ein plötzlicher Sturmwind in die stille Morgendämmerung. Die Wölfe und die Wildschweine, das Damwild und das nächtliche Raubgetier, alles erstarrte unter diesem Ansturm. Selbst die Bäume schienen sich in Stein zu verwandeln.
Die Frau mit den glänzenden, hellen Haaren, die die ganze Nacht über gewacht hatte, wandte den Blick vom Feuer. In ihren Augen standen Tränen.
Aber dieser gewaltige Anstrum war stärker als ihr Schmerz.
»Du weißt, was du tun mußt, meine Tochter. Du bist von nun an die Hüterin dieses Schatzes, bis der Same Larths bereit sein wird!«
Nur mit Mühe riß Caitli sich los und verließ den Raum. Aus dem ganzen Tivrit hörte man nun Schreie und das Kampfgebrüll der Angreifer, die sich mordend und verwüstend den Weg in die Tiefe des Felsens freischlugen.
Caitli begab sich in den Raum der alten Kustodin Insha, wo auch Hasti untergebracht war. Beide Frauen lagen mit durchschnittener Kehle auf ihren Betten. Eine junge Magd hatte dasselbe Schicksal ereilt, aber ihr nackter Körper zeugte von der Brutalität, mit der sie geschändet worden war, und ihrer vergeblichen Gegenwehr.
Caitli verweilte noch ein wenig und strich mit den Fingerspitzen über die Stirn der beiden Frauen, die ihr so lieb gewesen waren. Dann nahm sie das Schwert, das einer der Piraten zurückgelassen hatte, und verließ den Raum. Nun waren die Focesen fast auf alle Ebenen des Tivrit vorgedrungen, zerrten die Novizen, Jungen und Mädchen, aus ihren Betten und erschlugen sie. Überall lagen die Leichen der erschlagenen Trutnot.
Mit Bitterkeit dachte Caitli daran, daß in diesem Winter besonders viele Novizen auf dem Tivrit waren. Mehr als sechzig, aus allen Städten des Bündnisses . . . Dann verließ sie den Raum und trat in den Vorhof. Ein kalter Schauer überlief sie. Eine Handvoll Piraten rannte, beladen mit Beute, über den Weg zum Hafen hinunter, und in diesem Augenblick sah sie ihn.
Hoch aufgerichtet stand er vor dem steinernen Altar in der Mitte des Vorhofes. Er trug eine schwarze Tebenna, und das fahle Licht des grauen Morgens schimmerte in seinen hellen, blonden Haaren.

Der Mann schien von dem wütenden Gemetzel um ihn herum völlig unberührt zu sein, und plötzlich verlor auch für Caitli diese rohe Gewalt jede Bedeutung. Sie war nicht mehr die Große Trutnot, nicht mehr die Erbin, die auf den Thron von Tarchna verzichtet hatte, und nicht mehr die von der Schicksalsgöttin begnadete Seherin. Sie war nur noch eine verliebte Frau, und genauso jung wie die Erscheinung dieses Mannes, der nun lächelnd die Arme ausbreitete.

Caitli ließ das Schwert fallen, rannte ihm entgegen, und im selben Moment, als Axal sie in seine Arme schloß, hob Teiso, der Hauptmann der Piraten, sein Schwert und schlug es ihr ins Genick.

Ohne einen Laut sank Caitli vor den Stufen des steinernen Altars zusammen. Der Pirat streckte eine Hand aus, um ihr den goldenen Reif, der ihre Haare hielt, abzuziehen. Doch in diesem Moment zuckte ein Blitz vom Himmel nieder und schlug auf dem Altar ein. Teiso fiel mit verbrannter Haut und verbrannten Haaren nach hinten. Doch hatte der Blitz ihn nicht getötet.

Ein weißes, gleißendes Feuer umgab jetzt den Altar, und der Himmel öffnete seine Schleusen. Aber der Regen löschte die weißglühenden Flammen nicht. Teiso wagte es nicht noch einmal, den Körper der Frau zu berühren. Er rappelte sich auf, stürmte in die Felsenwohnungen zurück und brüllte seinen Männern zu, so schnell wie möglich wieder in den Hafen zurückzukehren, der fest in ihrer Hand war, genauso wie die dazugehörige Ansiedlung, die sie schon geplündert hatten. Jeder weitere Moment an diesem heiligen Ort, Teiso spürte es, konnte für sie tödlich sein.

Dennoch konnte er der Versuchung nicht widerstehen, noch auf die höchste Ebene der Felsenwohnungen hinaufzulaufen, wo ein paar seiner Leute kostbare Gegenstände und Stoffe gefunden hatten.

Als er mit einem Fußtritt die Tür zu den Gemächern Caitlis aufstieß, wußte er sofort, daß er gefunden hatte, was er suchte. Die Teppiche und die Einrichtungsgegenstände bestätigten ihm, daß dies der Ort war, wo er seine Beute finden würde. Er füllte den Sack, den er über der Schulter trug, mit einigen Schmuckstücken und Kleinodien ... doch dann wurde sein Blick von der Holztruhe angezogen, und er vergaß den Rest. Darin mußte der Schatz des Tivrit verborgen sein ... Der, von dem man in allen Häfen redete, wenn die Rede auf das Volk der Rasna kam.

Ohne auf den Schmerz in den vom Blitz versengten Händen zu achten, brach Teiso die Beschläge auf und kostete im Geist schon die Macht aus, die ihm dieser Reichtum verschaffen würde.
Aber die Truhe war leer. Nur auf dem Boden sah er einen kleinen Lichtschimmer, als hätte sich trotz des düsteren Himmels ein Sonnenstrahl darin verfangen.

4.

»Wir müssen etwas unternehmen«, rief Juno. »Wir können nicht darauf warten, bis Aricia die Führung an sich reißt, die Städte der Latiner um sich sammelt und sie gegen Ruma aufhetzt!«
Tarxne wandte sich an Publius Valerius. »Und was meinst du dazu? Als Sabiner von Ruma müßte dich diese Angelegenheit doch ganz besonders betreffen.«
Valerius überlegte kurz. Wieder einmal zwang ihn der König, sich öffentlich zu äußern, und das paßte ihm gar nicht. Der Morgen dämmerte, aber im Thronsaal des Palastes von Ruma drängten sich schon die Adeligen. Der König hatte sie zusammenrufen lassen. Nun redeten sie aufgeregt miteinander und versuchten, eine Lösung zu finden, obwohl dieser König nicht die Angewohnheit hatte, sie nach ihrer Meinung zu fragen, und es auch diesmal bestimmt nicht tun würde.
Die Kunde von der Herausforderung Aricias war von den latinischen Händlern bis nach Ruma getragen worden, sicher mit der nicht ganz uneigennützigen Absicht, ihren Vorteil daraus zu ziehen. Und es sah so aus, als würde sich nun König Turnus Herdonius an die Spitze all derer setzen, die mit der Vorherrschaft der Rasna unzufrieden waren.
»König Herdonius stützt sich auf einen sehr alten Pakt und auf einen heiligen Ort, um möglicherweise die anderen gegen dich aufzuwiegeln, König Tarquinio«, erwiderte schließlich Valerius.
»Also glaubst du, seine Erklärung, eine Göttin aus Nemi ehren zu wollen, ist lediglich ein Vorwand, um ein Bündnis gegen Ruma zu gründen?«
»Deine Scharfsichtigkeit verleiht meinen Worten eine Bedeutung, die ich selbst nicht auszudrücken gewagt hätte«, gestand Valerius. »Die Göttin hat ihre Wohnstatt am Ufer des Sees und in den umliegenden Wäldern. Dieser Ort ähnelt, soweit ich weiß, Fanu Veltune, dem auser-

wählten Ort der Zusammenkunft des Städtebundes der Rasna, und er ist ebenso heilig. Aber im Unterschied zu deinem Volk unterwerfen sich die Latiner nicht den Göttern, und oft nennen sie einen Ort ›heilig‹, der ihnen lediglich nützlich ist. Aus diesem Grund richtet sich die Zusammenkunft der Latiner dort in Wirklichkeit gegen Ruma und im gleichen Maße auch gegen die Sabiner.«
»Dennoch haben wir keinen Grund, Aricia den Krieg zu erklären«, gab Luxrias, der jüngere Bruder Junos und Tullias, zu bedenken. »Es hat weder Angriffe noch Drohungen gegeben, und die Tatsache, daß die Latiner sich zusammenfinden, um ihre Göttin von Nemi zu ehren, kann nicht gleich als Gefahr gedeutet werden.«
»Aber auf diese Weise formieren sich die latinischen Städte zu einer einzigen Kraft gegen Ruma«, wandte Valerius ein. »Du vergißt, Luxrias, daß sie reich und gut gerüstet sind. Bis jetzt haben sie sich abwartend verhalten, weil sie wußten, daß jede für sich alleine keine Chance gehabt hätte, sich zu widersetzen. Wenn es Herdonius aber gelungen ist, die anderen Könige auf seine Seite zu ziehen, dann ist er es, der die eigentliche Gefahr darstellt.«
»Luxrias und Valerius haben beide recht«, mischte sich nun Tarxne wieder ein. »Ein Krieg würde Ruma ausbluten und uns bestimmt keinen größeren Vorteil bringen, als wir ihn jetzt durch einen friedlichen Handel haben. Wie dem auch sei, sollte es uns nicht gelingen, das Bündnis von Nemi unter unsere Kontrolle zu bringen, dann könnten wir einen neuen Bund gründen: einen latinischen Bund mit Ruma an der Spitze.«
»Meinst du ein Bündnis wie der Zwölfstädtebund der Rasna, König Tarquinius?« fragte Valerius.
»Sicher nicht einen so heiligen Bund«, antwortete Tarxne nachdenklich. »Die Latiner sind dazu unfähig, und deshalb wäre er auch nicht so stark und sicher ...«
Er unterbrach sich, denn ganz plötzlich war ein unerklärliches und beunruhigendes Gefühl in ihm aufgestiegen.
Gefahr! *Gefahr und Schmerz.*
Etwas Eigenartiges lag in der Luft. Er wurde von einem Schaudern erfaßt, und es war, als würde sich eine eiskalte Zwinge um sein Herz legen.
»Was ist mit dir, Tarxne?« fragte Juno.

Tarxne wurde bewußt, daß sein Schweigen zu lange angedauert hatte. Er ließ den Blick über die Versammelten schweifen und sah Unruhe und Besorgnis in ihren Mienen.
Ein Schwindel erfaßte ihn, und auf Junos Arm gestützt, bedeckte er die Augen mit der Hand.
Durch die weit geöffnete Tür sickerte nun das Tageslicht in den Thronsaal ein. Sein rötlicher Schimmer ergoß sich über die Steine und stieg an den Säulen und den Sitzen hoch. Ein Licht rot wie Blut!
»Es ist etwas Schreckliches passiert . . . Hinaus! Verlaßt alle den Saal!« befahl er.
»Nein!« rief Valerius. »Es mag vielleicht schrecklich für dich und deine Götter sein. Aber deine Götter, König Tarquinius, sind nicht die unseren. Wir müssen eine Entscheidung über Herdonius fällen, und du kannst dich dabei nicht hinter deinen Visionen verstecken. Du mußt dich dazu äußern!«
Tarxne stieß einen tiefen Seufzer aus und versuchte, dem unbändigen Schmerz standzuhalten, der wie ein Schrei des Todes aus seinem Inneren emporstieg. Ein Schrei, der alles, was einmal heilig war, auszulöschen schien. Durch diesen Nebel aus dem Nichts hindurch sah er Valerius' feindseliges Gesicht vor sich.
»Schweige, Waffenmeister!« herrschte er ihn an, sich bewußt, daß Valerius sich diesem Tonfall nicht widersetzen konnte. »Sextus! Bring ihn hinaus!«
Der junge Hauptmann der Wache schickte sich an, dem Befehl Folge zu leisten, aber Juno selbst hatte Valerius schon beiseite gedrängt und versuchte, ihn zum Schweigen zu bringen, während sich der Adel eilig dem Ausgang zuwandte. Das rote Licht, das den Saal überflutet hatte, war nun einer tiefen Finsternis voller unruhiger Schatten gewichen. »Das ist ein Zeichen«, sagte jemand. »Die Dunkelheit hat das Licht verschlungen.«
»Die Sonne ist nur hinter ein paar Wolken verschwunden. Schon heute nacht war der Himmel bedeckt!« schrie Valerius. »Laßt euch doch von diesen Vorfällen nicht verwirren!«
»Zehn Peitschenschläge, damit der Waffenmeister lernt, wann er zu schweigen hat!« rief Tarxne in den Saal hinein, der sich nun fast gänzlich geleert hatte. Nur Juno, Luxrias und seine Wache waren noch an seiner Seite geblieben.

In diesem Augenblick sah er den alten Pilger.
Der Alte stand reglos auf der Schwelle des Thronsaals, überrascht, plötzlich ganz allein zu sein, wo vorher noch Gedränge war.
»Führt den Bettler in die Küchen!« befahl Juno den Wachen.
»Nein!« gebot Tarxne und fügte leise hinzu, »Komm näher, alter Mann.«
Der Alte kam auf ihn zu, aber nur mit Mühe gelang es Tarxne, den Blick vom Portal abzuwenden, hinter dem sich nun eine tiefe Finsternis auszubreiten schien.
»Etwas Schreckliches ist passiert«, murmelte der Alte, sobald er den Thron erreicht hatte, und klammerte sich daran fest.
Tarxne ließ seinen Blick nicht von ihm, während er sich erhob und den Alten zu einem der Sitze führte.
Luxrias kam und reichte ihm einen Kelch mit warmem, gewürztem Wein. Der Alte ergriff ihn mit zitternden Händen, nahm einen Schluck und lächelte dem jungen Mann schwach zu.
»Was ist passiert?« fragte Juno. »Und was hat dieser Alte damit zu tun?«
»Die Große Trutnot wurde getötet, und der Tivrit ist entweiht und zerstört«, antwortete der König. »Es sind focesische Piraten aus Alalia. Dieser alte Pilger spürt und sieht es genauso wie ich. Es passiert gerade *jetzt.*«
Juno schwieg, und Tarxne begriff, daß den jungen Mann dieses furchtbare Geschehen nur wenig berührte. Juno hatte Caitli, obwohl sie verwandt waren, nie kennengelernt, auch hatte er den Tivrit nie gesehen. Aber auch wenn seine Gedanken denen von Valerius ähnlich sein mochten, so war sich der junge Mann doch der Schwere und auch der Folgen dieses Ereignisses voll bewußt.
»Ich werde dir sofort die Treuesten deiner Männer herschicken, damit sie die Nachricht den Städten des Bundes überbringen«, sagte er.
Luxrias legte seine Hand auf die Schulter des Alten. »Komm mit mir, ich werde dafür sorgen, daß du etwas zu essen und ein bequemes Bett bekommst.« Der Alte hob den Blick zu Tarxne und las in seinen Augen einen unstillbaren Schmerz, durchdrungen von einer finsteren Wut. Dann legte er seine Hand dankbar auf die von Luxrias.
»Ich erkenne in dir die Güte deines Vaters wieder, und das tröstet mich«, murmelte er.

»Kanntest du denn den König Servius, meinen Vater?« fragte Luxrias überrascht.
»Nein ... Aber ich kannte Mastarna von Velx«, antwortete der Alte und ließ sich, auf Luxrias gestützt, hinausführen, ohne sich noch ein einziges Mal umzuwenden.

Die zwölf Schiffe verließen den Hafen von Ostia am Tag, an dem Tullia ihre zweite Tochter gebar. Auch diesmal stand ihr Tarxne nicht zur Seite, und auch diesmal fand Tullia nicht den geringsten Trost in den Mägden, die sie eifrig und geschäftig umsorgten.
Sie wußte, wie sehr sie sie alle um diesen jungen, schönen König beneideten, der nur ihr gehörte, und im geheimen war sie stolz darauf. Aber das machte ihr die Trennung von Tarxne nur noch unerträglicher. Außerdem war sie tief in ihrem Innern zu sehr Latinerin, um sich über diese zweite Tochter freuen zu können. Es war eben nur eine Tochter. Tarxne hatte zwar versucht, sie zu trösten, aber er hatte damit nur wenig Erfolg gehabt.
Der König hatte die Verwaltung der Stadt und die Gerichtsbarkeit in die Hände von Juno und Culcnies gelegt. Nichts hätte ihn davon abhalten können, selbst das Kommando über die zwölf Schiffe zu übernehmen, drei Dreiruderer und neun Zweiruderer, die in kürzester Zeit ausgerüstet, bewaffnet und bemannt worden waren, um die Verfolgung der Piraten aufzunehmen und die verschleppten Novizen zu befreien. Aber der eigentliche Grund, warum alle Städte des Bundes auf die von Tarxne entsandte Botschaft geantwortet und Krieger, Waffen und Schiffe zur Verfügung gestellt hatten, war die Schändung des heiligen Ortes, die gesühnt werden mußte. Deshalb hatten sie auch dem König von Ruma den Oberbefehl über diese Flotte übertragen, der eigentlich im Kriegsfall dem Re Supremo zustand.
Das auf dem Tivrit begangene Sakrileg war ohnegleichen. Kein Trutnot war dem Tod entkommen, Novizen waren verschleppt worden, und weder die Diener noch die Bewohner des Hafens und der Ansiedlung waren dem Gemetzel entgangen. Die Beute konnte ein solches Blutbad nicht rechtfertigen, denn der Tivrit war kein Ort, an dem Reichtümer angehäuft worden waren.
Das einzig wirklich kostbare Gut der Rasna war etwas, das für die Piraten eigentlich keinen Wert besaß: die *Neun Bücher von Tagete*. Die

Truhe, in der sie aufbewahrt wurden, war aufgebrochen und leer gewesen. Alle fragten sich voller Angst, wo sie verblieben waren. Selbst wenn die Mehrheit der Haruspizen versicherte, daß sich die Bücher nicht in feindlichen Händen befänden, waren doch einige von ihnen davon überzeugt, daß die Piraten mächtig genug seien, die Bücher sogar vor ihren seherischen Kräften zu verstecken.
Auch Tarxne mußte eingestehen, nicht mehr sehen zu können als das, was auch schon die Haruspizen gesehen hatten. Das schreckliche Ereignis ging ihm zu nahe. Er fühlte sich, als hätte man ihm den kostbarsten Teil seiner Seele geraubt . . . Von diesem Ort, an dem er eine glückliche Kindheit und Jugend verlebt hatte, war nur noch Asche übriggeblieben.
Sobald die Flotte von zwölf Schiffen bereit zum Auslaufen war, nahm Tarxne Kurs auf den Tivrit. Dort angekommen, vollzog er die Reinigungsriten und erwies der großen Caitli die letzte Ehre, die die Hohenpriester aus Pupluna, die als erste nach dem Überfall der Piraten auf dem Tivrit eingetroffen waren, in den Höhlen am Fuße des Tiv zur letzten Ruhe gebettet hatten, an der Seite aller großen Trutnot, vom ersten Schüler Tagetes bis zu Velvur. Dann segelte er, den Hinweisen der Fischer folgend, aufs offene Meer hinaus, in Richtung Tharros. Die Piraten hatten sich gehütet, direkt nach Alalia zurückzukehren. Sie hatten Kurs auf die karthagische Kolonie genommen, wo sie sich erhofften, die Novizen mit hohem Gewinn als Sklaven zu verkaufen. Tarxne hatte als Kommandanten Laris Pursiena von Clevsi – seit kurzem König nach dem Tod seines Vaters – und Aranth von Vei zur Seite. Beide hatten ihm vor der Abreise aus Ruma ihre Schwerter zu Füßen gelegt.
»Ich wende mich nicht an den König von Ruma«, hatte Laris Pursiena gesagt, »sondern an den Sohn von Larth aus Tarchna und an das Blut aus dem Geschlecht Tarchons. Wenn uns jemand bei diesem Unternehmen, das kein Eroberungsfeldzug, sondern eine Sühne in den Augen der Götter ist, anführen kann, so bist du es, Tarxne.«
Doch als Tarxne nun den Hafen von Tharros wieder erblickte, den er in Ketten als Sklave verlassen hatte, und die Stadt aus rosafarbenem Stein, vom Palast Melcarts überragt, kam ihm mit Bitterkeit die Erinnerung an die Ereignisse zurück, die der Freund nicht kennen konnte. Genau hier hatte er die Lehren der Disziplin verraten, und hier war es, wo er die Macht der Worte Tagetes seinem Zorn gebeugt und aus Rache getö-

tet hatte. Hier hatte er als Trutnot eine schwere Schuld auf sich geladen.
Melcart kam ihnen auf der Schwelle zum Thronsaal entgegen. »Ich hatte nicht zu hoffen gewagt, daß die Götter so gnädig sein würden, mir deine Freundschaft zu gewähren, die nun die Freundschaft eines Königs ist«, rief der Mann ehrlich bewegt.
Er war immer noch kraftvoll und voller Energie, obwohl er nun schon seit vielen Jahren das Amt des von Karthago berufenen Statthalters des reichen Tharros innehatte. Und die Schiffsrouten durch das Mar Grande nach Norden hin, an den Felsenküsten und dichten Wäldern der Insel Alalia vorbei, waren das unbestrittene Herrschaftsgebiet seiner Schiffe und ihrer Besatzungen.
»Die Umstände, die mich als Sklaven in deinen Palast geführt haben, sind nun vergessen, so wie der Mann und sein Haß vergessen sind, die die Ursache dafür waren. Ich bin hier, um den Pakt zwischen meinem Volk und dem deinen zu bestärken«, sagte Tarxne und ließ sich auf dem Sitz, den Melcart ihm wies, nieder.
Trotz des regnerischen, kühlen Frühlings drang auch jetzt durch jede Ritze des Palastes Sand ein. Sogar in den Weinpokalen, die die Diener auf niedrigen Onyx- und Elfenbeintischen servierten, hatte er sich abgesetzt und knirschte zwischen den Zähnen.
Melcart sah den König aufmerksam an und warf dann einen Blick auf dessen junge Begleiter. Es brauchte keine besondere Menschenkenntnis, um die Unerfahrenheit und Impulsivität des Fürsten von Vei und des Königs von Clevsi zu erkennen. Der König von Clevsi schien ein eher ungezügeltes Temperament zu besitzen, wohingegen der andere wesentlich besonnener und zurückhaltender schien, und deshalb wahrscheinlich auch gefährlicher war.
»Du bist König einer latinischen und sabinischen Stadt«, begann der Statthalter an Tarxne gewandt. »Es gibt keinen Pakt zwischen uns, außer dem, den dein Vater damals mit Karthago geschlossen hat, als Ruma noch zu den Rasna gehörte.«
»Wir können diesen Pakt erneuern, wenn du willst.«
»Mir ist viel an der Freundschaft mit der Stadt, deren König du bist, gelegen. Aber die Sabiner und Latiner werfen lange Schatten hinter deinem Rücken. Deshalb weiß ich nicht, wie weit ich der Sache trauen kann. Ich meine damit sie, Tarquinier, nicht dich.«

»Zweifelst du an meiner Macht?«
»Nein, das nicht. Meine Priester kennen nur zu gut deine magischen Kräfte. Dennoch ist ein fremder König nie so stark wie einer aus dem eigenen Volk – es sei denn, er regiert die ihm von den Göttern anvertrauten Völker als Tyrann, aber das liegt dir nicht im Blut.«
»Ich werde deinen Rat beherzigen, Melcart. Aber nicht deshalb bin ich hier und auch nicht wegen Ruma.«
»Ich weiß. Du bist wegen der Piraten hier, die selbst vor einem Heiligtum nicht zurückgeschreckt sind. Sie haben hier in Tharros angelegt, um den Zorn eurer Götter und besonders den des Bundes der Rasna nicht auf ihre Städte und Dörfer in Alalia zu ziehen. Aber sie fühlten sich auch hier nicht sicher und sind sofort wieder ausgelaufen.«
»Wie viele Schiffe haben sie?«
»Acht im ganzen. Sie unterstehen dem Kommando eines Mannes namens Teiso, der schon öfter hier war, um Sklaven zu verkaufen. Er ist ein ausgezeichneter Krieger, und ich habe ihm früher sogar einmal angeboten, bei mir in Dienst zu treten. Ich habe alle Sklaven, die er mir angeboten hat, gekauft: zwölf Jungen und neun Mädchen. Ich habe ihnen die Ketten abgenommen und sie als Gäste aufgenommen. So habe ich vielleicht bei den Göttern meine Schuld für das große Unrecht abgegolten, das ich dir damals angetan habe. Und wenn du sie darum bittest, werden die Götter dieser Stadt und diesem Meer sicherlich wieder von neuem ihren Segen erteilen.«
Tarxne nickte geistesabwesend. Er konnte wieder die Macht des Palastes spüren, dieselbe, die sich einst gegen ihn gerichtet und ihn beinahe vernichtet hatte. Aber er spürte auch die Aufrichtigkeit in Melcarts Stimme und dessen heftigen Wunsch, sein damaliges Unrecht wiedergutzumachen.
»Hattest du noch weitere schlechte Jahreszeiten?« fragte er zerstreut und lauschte den Stimmen des Windes.
»Alle Jahreszeiten waren schlecht, seit dem Tag, als du als Gefangener hier angekommen bist. Im Winter toben Stürme, und im Sommer herrscht Dürre. Die Netze der Fischer bleiben leer, und die Äcker der Bauern sind nur noch Sand und Staub. Die Schiffe der Händler können häufig nicht anlegen, und wenn, dann können sie oft lange Zeit den Hafen nicht wieder verlassen.«
»Ich werde die Göttin Athrpa bitten, den eisernen Ring um Tharros zu

lösen. Wirst du dafür die Jungen und Mädchen des Tivrit bis zu unserer Rückkehr beherbergen?«
»Sie werden mir die teuersten Gäste in meinem Palast sein!« versicherte Melcart.
»Gut«, murmelte Tarxne und erhob sich. »Ich erwarte dich also in Ruma, Statthalter Melcart.«
Der Mann nickte. »Segle nach Norden«, riet er Tarxne. »Teiso beabsichtigt, die Sklaven, die ihm noch verblieben sind, in Massilia zu verkaufen. Etwas mehr als zehn der Novizen hat er während der ersten Tage auf dem Meer verloren. Acht Mädchen und fünf Jungen schlossen einfach die Augen, und es war nicht mehr möglich, sie zu wecken. Da ihre Herzen aufgehört hatten zu schlagen, warfen die Focesen sie einfach über Bord. So jedenfalls hat es mir Teiso erzählt. Glaubst du, sie waren wirklich tot?«
Tarxne schüttelte den Kopf. »Nein, aber sie sind ertrunken, weil sie nicht wieder von alleine aufwachen konnten. Auch die Priester deines Palastes sind zu einem solchen todesähnlichen Schlaf in der Lage, Melcart, das weißt du. Also tu nicht so, als ob dich das in Erstaunen setzen würde.«
Der Mann lächelte, erfreut über die Offenheit, die der junge König ihm entgegenbrachte. »Ja, es stimmt, auch sie können es. Sie behaupten, sie lebten dann auf einer anderen Zeitebene weiter, aber ich habe nie verstanden, was das bedeutet. Segle jetzt beruhigt weiter, König von Ruma, und wenn du mit deiner Göttin sprichst, dann vergiß nicht, dich für Tharros zu verwenden.«
»Tharros wird von jetzt an bis ans Ende unserer Freundschaft reiche Jahreszeiten haben, Melcart.«
»Ist das ein Versprechen?«
»Mehr als das, Melcart. Es ist ein Pakt.«
Der Mann nickte. Aus der Stimme seines jungen Gastes hatte er wieder diese eigenartige Kraft herausgehört, die ihm noch gut in Erinnerung war und die ihn schon damals so sehr angezogen hatte. Er hielt sich jedoch zurück und bot ihm weder Schiffe noch Männer an, da es sich um die Sühne für eine Gotteslästerung handelte. Die Geschicklichkeit der Rasna auf dem Meer stand außer Zweifel, und alles andere wäre eine Beleidigung gewesen. Sie waren die uralten Beherrscher des Meeres. Melcart begleitete ihn jedoch zum Hafen, um die Schiffe ablegen zu sehen.

Sein Händedruck, der den Parkt besiegeln sollte, war fest und bestimmt, genauso wie das Versprechen seiner Freundschaft. Als Tarxne der Stadt, die unter der drückenden Nachmittagshitze dalag, den Rücken kehrte, versuchte er, sich auf sein einziges Ziel zu konzentrieren: Teiso und die focesischen Piraten.

Die Nacht war von der Mondsichel, die hin und wieder hinter den Wolken verschwand, nur schwach erleuchtet. Nur wenige Sterne waren zu sehen, gerade genug, um den Kurs zu halten. Das Meer war ruhig, nur stellenweise kräuselte sich die Wasseroberfläche, als würde sie in Erwartung der kommenden Ereignisse erschauern.

Tarxne strich leicht über die Reling seines Flaggschiffes, eines Dreiruderers, der in Tarchna ausgerüstet worden war. Die Männer schwiegen und bewegten sich so geräuschlos wie Schatten in der Dunkelheit. Die Laternen waren gelöscht und die Ruder eingeholt worden. Die Segel waren gesetzt worden, und das große Schiff wurde nun nur noch vom Wind vorwärts getrieben. Wäre da nicht ein gelegentliches Ächzen des Holzes zu hören gewesen, hätte man es für ein Geisterschiff halten können.

Aranth näherte sich dem König und meldete: »Zwei Schiffe befinden sich direkt vor uns. Laris Pursiena hat schon den Befehl gegeben, eine der Schaluppen ins Wasser zu lassen.«

»Holt die Segel ein«, befahl Tarxne. »Die Männer sollen sich zum Entern bereit halten!«

Die Segel wurden im Dunkeln so lautlos eingeholt, als würden die Männer von einer unsichtbaren Kraft geleitet. Tarxne überließ das Kommando des Flaggschiffes Aranth und begab sich an die Seite Pursienas, der die Entscheidung des Königs ohne Kommentar hinnahm.

Die Männer in der Schaluppe warteten auf den Befehl, die Ruder ins Wasser zu lassen.

Auch Laris Pursiena war bereit, das kurze Schwert in der Hand. Ein weiteres hatte er quer über den Rücken gebunden, und der Griff ragte ihm über die linke Schulter. So wie Tarxne und die zwölf Männer, die sie begleiteten, trug auch er nur eine leichte Lederrüstung.

Mit äußerster Behutsamkeit tauchten nun die zwei Ruder der Schaluppe ins Wasser ein. Sie nutzten dabei die leichte Wellenbewegung und gelangten so fast lautlos unterhalb des Bugs des Piratenschiffes an. Es war eine Hemiolia mit eineinhalb Reihen Ruder und zwei Segeln ausgestattet. Und so wie das Flaggschiff Tarxnes bewegte sie sich im Augenblick nur mit der Kraft des Windes vorwärts, der schwach die Segel blähte. Die Ruder waren, wohl um der Rudermannschaft eine Pause zu gönnen, eingezogen worden. Das Schiff, das zur Tarnung mit blauer Farbe gestrichen war, lag schwer im Wasser. Man sah ihm die Zeichen einer schon zu lange dauernden Seefahrt an, es hatte eine dringende Überholung nötig.

Ohne mehr Geräusch zu machen als der Wind, der die Segel leicht schlagen ließ, erklomm Laris Pursiena als erster über den Rammsporn das Vorderschiff, gefolgt von Tarxne und den anderen.

Auf der Brücke brannten abgeschirmte Laternen, und Wachen waren aufgestellt. Aber plötzlich hingen sie seltsamen Gedanken nach, die sie einen Moment vorher noch nicht gehabt hatten, woran Tarxne sicher nicht ganz unschuldig war. Deshalb schlugen sie auch dann noch nicht Alarm, als die ersten Angreifer sich unter die Brücke schlichen und die Piraten im Schlaf überraschten. Erst jetzt waren die ersten Schreie zu hören.

Tarxne entfernte die Abschirmung einer Laterne, das mit Aranth verabredete Zeichen, und die Flamme loderte in der Finsternis mit einer gleißenden Helligkeit auf, die mit Sicherheit nicht nur von einer einfachen Laterne herrühren konnte.

Sie überholten nun das von den Rudern angetriebene Flaggschiff und hielten direkt auf das zweite Piratenschiff zu. Krachend bohrte sich der Rammsporn in die Seite des Schiffes, und gleich darauf war die Nacht von Geschrei und dem Klirren der Schwerter erfüllt. Die Laternen beider Schiffe wurden umgestürzt, und die Segel des zweiten Piratenschiffs fingen sofort Feuer. Dann griffen sie auch auf das Schiff selbst über, und die Flammen erleuchteten die Nacht taghell.

Tarxnes Leute fanden keine Gefangenen, nur einen Teil der aus dem Tivrit entwendeten Schätze, und als Aranth bemerkte, daß das Feuer sich immer weiter ausbreitete, befahl er, sich mit dem Flaggschiff wieder zu entfernen.

Teiso allerdings hatte sich auf keinem der beiden Schiffe befunden. Tarxne befragte den Kommandanten des ersten Schiffes, der ihm das wenige, das er wußte, berichtete. Die beiden Schiffe hatten sich verspätet, weil eines davon ein Leck hatte und das andere ihm zu Hilfe gekommen war. Die anderen sechs Schiffe hatten schon Kurs auf Massilia genommen. Sie mußten aber auf jeden Fall an einer kleinen, bewaldeten Insel anlegen, um die Wasserreserven aufzufüllen. Wenn das Meer weiterhin so ruhig bliebe, würden Teisos Schiffe die Insel wahrscheinlich kurz nach Sonnenaufgang erreichen und sicher nicht sofort wieder ablegen, da sie auch ihre Fleischvorräte auffüllen mußten und deshalb noch auf die Jagd gehen mußten. Was die Gefangenen anbetraf, so gab es noch etwa zwanzig, die sich alle auf Teisos Schiff befanden. Einige von ihnen waren allerdings krank oder verwundet.

Nach dieser Aussage schwieg der Mann. Er hoffte nicht auf Gnade und bettelte auch nicht darum, auch wenn er mit Freuden einen Todesstoß hingenommen hätte. Aber Tarxne schlang ein Seil um seinen Körper und fesselte ihn damit an einen der Stützpfähle der Brücke. Seine Wut war so glühend, daß der Pirat das Gefühl hatte, die pure Berührung seiner Hände würde sein Fleisch verbrennen.

»Laß uns gehen!« schrie Pursiena beunruhigt wegen der sich schnell ausbreitenden Flammen.

»Töte mich«, flehte der Pirat Tarxne an. »Laß mich hier nicht lebend zurück.«

»Du wirst hier lebend zurückbleiben, und die Flammen werden mit deinem verbrannten Körper auch die Gotteslästerung tilgen, die du begangen hast«, zischte Tarxne, und der Mann verstummte.

Das Schiff neigte sich jetzt seitwärts, und Tarxne sprang ins Wasser, um schneller die Schaluppe zu erreichen.

Die Beute, die sie vor sich auf einem Stück Segeltuch ausgebreitet hatten, war so armselig, daß die Männer achtgeben mußten, um nicht mit den Füßen darauf zu treten.

Tarxne fühlte, wie der Wind ihm den Schweiß auf der Stirn trocknete. Seine Wut war endlich verraucht, dieselbe, die auch Laris Pursiena angetrieben hatte, sich auf die schlafenden Piraten zu stürzen, bis das Blut von seinem Schwert tropfte. Aber selbst jetzt, wo die beiden Schiffe wie Fackeln brannten und langsam versanken, hatte sich Laris noch nicht beruhigt.

Auf dem Flaggschiff unterrichtete sie Aranth über die erlittenen Verluste. Zwei Männer waren im Kampf getötet worden und zwei weitere verletzt, allerdings nicht so schwer, als daß sie nicht an der morgigen Schlacht hätten teilnehmen können.

Die anderen Schiffe des Bundes kamen nun näher, und Tarxne ließ ihnen durch Leuchtzeichen signalisieren, dem Flaggschiff zu folgen. Dann wurden die Segel gesetzt, und die Männer kehrten an die Ruder zurück.
Erst dann befahl er Aranth und Laris Pursiena, sich unter Deck auszuruhen.
»Und was ist mit dir?« fragte Laris. »Brauchst du keine Ruhe?«
Tarxne sah jetzt, daß der Freund vom Kampf noch völlig aufgewühlt war. Dieser Angriff zu Wasser war eine ganz neue Erfahrung für ihn gewesen. Auch Aranth erkannte das nun und zog ihn am Arm in Richtung der Kabine.
»Mach dir wegen meinem Bruder keine Gedanken«, erklärte er. »Er kann tage- und nächtelang ausharren, ohne zu essen und zu schlafen. Es wäre nicht das erste Mal.«
Die Antwort Pursienas verlor sich im Rauschen der Segel, die sich im Wind blähten.
Tarxne begab sich aufs Vorschiff. Der Mond war jetzt nicht mehr von Wolken bedeckt. Er hatte einen rötlichen Kranz, und Tarxne schien es fast so, als wollte dieser blutrote Kreis den Ort anzeigen, an dem Teiso an Land gehen würde. Langsam begann er, die Energie des Blitzes in sich zu sammeln. *Ein Mal, ein einziges Mal nur ...*, bat er die Götter. Einmal nur sollten sie ihm wieder diese Macht gewähren.

5.

Im Morgengrauen zeichneten sich gegen Westen dunkle, schwere Wolken ab, aber ansonsten war der Himmel klar. Die ersten Sonnenstrahlen verfingen sich in den geblähten Segeln der Schiffe und wurden von den rhythmisch ins Wasser eintauchenden Rudern reflektiert. Die sechs langen, schlanken, mit blauer Farbe gestrichenen Piratenschiffe lagen nun direkt vor ihnen, gut sichtbar in einer Einbuchtung der Insel. Entlang dem Strand wimmelte es von vielen kleinen Booten. Offensichtlich versuchten die Piraten in aller Eile die Vorräte an Trinkwasser auf ihre Schiffe zu bringen, denn aus dem Wald hinter dem schmalen Strand stieg dichter Rauch auf.

Der Wind fachte die Glut immer wieder an und wehte den Funkenregen wie einen Schleier des Todes über die Baumkronen.

»Brennt es denn auf der Insel?« fragte Pursiena verblüfft, der soeben zu Tarxne auf das Vorschiff gekommen war.

»Alles wird brennen, die ganze Insel, Bäume, Felsen und selbst der Sand«, murmelte Tarxne.

Pursiena schaute etwas ratlos zu Aranth hinüber, und dann plötzlich begriff er: Dieses Feuer war nicht natürlichen Ursprungs, es entsprang einer Macht, die ihm den Freund rätselhafter werden ließ als jeden Fremden. Zögernd legte er Tarxne eine Hand auf den Arm, um seine Aufmerksamkeit zu wecken.

»Wir müssen die Gefangenen befreien, bevor wir die Schiffe vernichten«, sagte er.

Tarxne nickte zerstreut. Seit er die Macht, die er sich von den Göttern erfleht hatte, wiedergewonnen hatte, war seine ganze Konzentration alleine auf diese Insel gerichtet gewesen. Er selbst war zum Blitz geworden, der in die Bäume einschlug und sie wie eine gigantische Fackel brennen ließ, zum Gluthauch und zum Schrecken der Piraten, die sich

plötzlich, ohne zu wissen, wie ihnen geschah, von Flammen umringt sahen.
»Ja, du hast recht«, stimmte er ihm zu. »Aber wir werden mit dem Wind im Rücken diesen Felsvorsprung dort drüben ansegeln.«
Aranth gab den Befehl an den Steuermann weiter, und während der blanke Bronzeschild, der die Strahlen der aufgehenden Sonne widerspiegelte, die Nachricht an die anderen Schiffe übermittelte, die im Halbkreis Aufstellung genommen hatten, drehte das Flaggschiff ab.
»Warum sollen wir nicht kämpfen?« rief Pursiena aufgebracht, als sie in den Schutz des Felsvorsprungs segelten, der nach Westen hin die Bucht abschloß.
»Wir haben unseren Anteil bereits gehabt«, erklärte Tarxne. »Dies ist kein Kriegszug, Laris, sondern die Sühne für ein Sakrileg. Jeder muß die Möglichkeit erhalten, seinen Schwur einzulösen.«
Pursiena erwiderte nichts. Mit dem Wind im Rücken spürten sie kaum den Gluthauch, der in der Luft lag, obwohl der Brand sich nun in einem Maße ausgebreitet hatte, daß die Rauchwolken inzwischen die Sonne verdunkelten.
Eine unnatürliche, fast magische Dämmerung hatte sich über die Erde und das Meer gesenkt.
Die Piraten wußten, daß es diesmal kein Entkommen mehr geben würde. Die außerordentliche Manövrierfähigkeit und Behendigkeit ihrer Schiffe, die auf dem offenen Meer meist eine Flucht ermöglichte, würde ihnen in dieser Lage wenig nutzen.
Wie rasend trieb Teiso, der etwas abseits am Strand stand, seine Männer an. Brüllend befahl er ihnen, die Boote zu besteigen und zu den Schiffen zurückzurudern. Aber die Piraten behinderten sich gegenseitig. Die noch an Land verbliebenen versuchten, die schweren Wasserschläuche aus den kleinen Booten zu werfen und die Boote so schnell wie möglich mit aller Kraft ins Wasser zu schieben.
»Tötet die Gefangenen! Tötet sie alle!« schrie Teiso, und als wäre es eine Laune des Windes, war sein Befehl bis auf die Brücke des Flaggschiffes der Rasna zu hören.
»Verdammt sollst du sein!« zischte Pursiena, während er sich umdrehte, um die Entfernung abzuschätzen, die die Schiffe des Städtebundes von denen der Piraten trennte.
»Sei unbesorgt. Sie werden keinen seiner Befehle mehr rechtzeitig aus-

führen können«, sagte Tarxne. Die haushohen Flammen, die nun aus dem Wald an der Küstenlinie entlang schlugen, leckten plötzlich nach vorne, und auch der Sand fing zu brennen an. Wie durch ein Wunder schlängelten sich Feuerzungen bis zum Meer hin und bildeten eine undurchdringliche Flammenwand.

Voller Entsetzen sah Teiso einige seiner Männer, die sich mit brennenden Kleidern inmitten der Feuerzungen auf dem Sand wälzten, und andere, die in letzter Verzweiflung auf das Wasser zuliefen.

In diesem Augenblick rammten die Schiffssporne der Rasna die Längsseiten der Piratenschiffe. Die Männer des Städtebundes sprangen mit ihren kurzen Schwertern in der Faust auf die feindlichen Brücken zu, und die Bogenschützen hatten leichtes Spiel mit den Piraten, die vergeblich versuchten, in den untauglichen Booten zu entkommen.

Man fand die Gefangenen auf Teisos Hemiola und auf dem längsseits daneben liegenden Schiff. Sie wurden auf die Schiffe der Rasna gebracht, die nun eilig ihre Rammsporne freimachten und zum äußeren Ende der Einbuchtung zurückruderten, wo sie abwartend anhielten.

Der Wind hatte sich inzwischen gelegt, nicht aber der Brand auf der Insel. Schon fingen die Aufbauten der ersten Piratenschiffe Feuer.

Teiso, der sich nun auf einem winzigen, noch nicht von den Flammen verzehrten Stück Strand befand, erhob die Hände zum Himmel. Die Hitze hatte ihn fast versengt, und die wenigen Männer, die ihm verblieben waren, befanden sich alle im Wasser.

»Wir ergeben uns!« schrie er. »Wer immer du auch sein magst, der hier befiehlt, ich weiß, daß du mich hören kannst! Wir sind besiegt und legen die Waffen nieder. Wenn deine Götter Gnade kennen, dann erweise sie uns!«

So wie vorher war auch diesmal seine Stimme wieder klar auf dem Flaggschiff zu hören. Alle Männer standen an der Reling, und einige wandten sich Tarxne zu, aber niemand, nicht einmal Pursiena oder Aranth, wagte, ein Wort zu sagen.

»Keine Gnade!« rief Tarxne kalt. »Ihr habt einen heiligen Ort geschändet. Ihr wußtet, was ihr tatet. Seit Menschengedenken ist dieser Ort niemals entehrt worden, obwohl kein einziges Schwert ihn je verteidigt hat. Mordend und brandschatzend habt ihr selbst euer Schicksal entschieden, und die Göttin Athrpa hat es besiegelt.«

Teiso verstummte. Für einen Augenblick fühlte er bei dem Gedanken an die Frau, der er den Goldreifen nicht hatte aus den Haaren reißen können, einen stechenden Schmerz. Sein wildes, gewalttätiges Leben zog an ihm vorüber, und die Last erdrückte ihn fast. In diesem Augenblick schlugen die Flammen hoch, von einer Kraft getrieben, die nicht menschlich war. Auch der letzte Streifen Sand, die Felsen und sogar das Wasser des Meeres schienen in dieser Glut unterzugehen.

Teiso blieb wie erstarrt stehen, mit erhobenen Armen wie eine lebende Fackel. Ein dichter, schwarzer Rauch verdunkelte nun alles, und eines nach dem anderen wurden die Piratenschiffe von den Flammen verschlungen.

Tarxne wandte sich von dem Schauspiel ab und traf auf den bestürzten Blick von Laris Pursiena. Aranth hingegen hatte den Bogen ergriffen und schoß von der Reling aus auf einige der wenigen Piraten, die entkommen waren und nun verzweifelt versuchten, sich schwimmend vor den Flammen auf das Flaggschiff zu retten. An seiner Seite standen die besten Schützen, und jeder von ihnen erfüllte seine Aufgabe mit derselben Kaltblütigkeit wie der Fürst von Vei.

»Was ich gesehen habe, macht mich sprachlos«, murmelte Laris Pursiena.

»Die menschliche Schwäche berührt die Götter nicht, König von Clevsi«, erwiderte Tarxne mit undurchdringlicher Miene. »Im Krieg können die Menschen Gnade walten lassen, aber *dies ist kein Krieg*. Die Götter fordern immer zurück, was ihnen genommen wurde.«

»Ich muß mein Knie vor dem Trutnot beugen«, murmelte Pursiena verwirrt. In der Stimme Tarxnes hatte kein Vorwurf gelegen, aber sein Tonfall war derselbe gewesen, mit dem er auch dem Piraten geantwortet hatte, und dies schmerzte Pursiena.

»Laßt uns aufbrechen, bevor der Wind sich legt und wir vom Rauch eingeschlossen werden«, befahl Tarxne.

Schweigend ergriffen die Männer die Ruder, die Segel wurden gehißt, und das Flaggschiff nahm wieder Fahrt auf, gefolgt von den übrigen Schiffen.

Tarxne verließ das Vordeck und zog sich in seine Kabine zurück. Sie war zwar klein, aber mit einem Gefäß mit frischem Wasser, einem bequemen Bett und einem weichen Teppich ausgestattet, der über den einfachen Holzplanken lag.

Tarxne wusch sich Gesicht und Arme und genoß das Gefühl des Wassers auf seiner trockenen Haut. Keinem der Männer, die an dem Angriff auf die Piraten teilgenommen hatten, war bewußt geworden, wie sehr der König selbst in Gefahr gewesen war, von diesem Feuer verschlungen zu werden, das er zuerst in seinem Inneren entfacht hatte, bis es sich schließlich sogar bis dahin ausgebreitet hatte, wo eigentlich kein Feuer brennen konnte.
Diese Kraftprobe zwischen seinem Willen und der eigentlichen Natur dieses Elementes hatte ihm aber auch aufgezeigt, wie sehr sich seine magischen Kräfte geschwächt hatten. Er war nun König, und dazu kam die verzehrende Leidenschaft Tullias und seine Liebe zu der geheimnisvollen Königin von Vei.
Deine Entscheidung, dich nicht von deinen Gefühlen ablenken zu lassen, war wirklich weise, mein alter Lehrmeister, dachte er und streckte sich erschöpft auf dem Bett aus. *Liebe, Reichtum und Ruhm ersticken das eigentliche Wesen der Seele, ihre Befriedigung dauert nur kurz an, und sie zerstören die wahre Macht.*
In diesem Moment sah er sie. Zuerst schien es nur ein kleiner Flecken Sonne in einer dunklen Ecke des Raumes zu sein, aber dann nahm die Gestalt genauere Umrisse an. Sie war so schön wie beim letzten Mal, als er sie im Palast von Tarchna gesehen hatte, bevor sie ihr freiwilliges Exil im Heiligen Wald von Tinia gewählt hatte. Ihre hellen, blonden Haare waren zu einem Zopf geflochten, ihre Schultern von einem dunklen Umhang bedeckt, und ein Goldreifen schmückte ihre Stirn. Ihre Augen glänzten.
»Mutter?« murmelte er und erhob sich vom Bett.
»Deine Männer werden dein Tun nicht verstehen, Tarxne«, hörte er Thesan sagen. »Schon jetzt reden sie darüber und fragen sich, mit welchem Recht du im Namen der Götter die erflehte Gnade verweigert hast. Selbst Laris Pursiena, obwohl er dich liebt, fragt sich, ob du nicht hättest Milde walten lassen müssen.«
»Und Aranth?«
»Nein, er nicht. Dein Bruder folgt dir, jetzt und in Zukunft, welche Befehle auch immer er aus deinem Mund vernimmt. Der Geist Axals ist in ihm ebenso stark wie in dir, und es war sein Geist, der deine Macht gestärkt hat. Vergiß das nicht, Tarxne. Unser Schmerz über den Mord an Caitli ist nun gesühnt. Laß heute nacht die Segel einholen und begib

dich in eine geschützte Lage. Der Wind wird die ganze Nacht über aus Norden wehen, und von der Insel wird morgen nur noch ein nackter Felsen mit einer Handvoll Asche übrig sein.«

»Mutter!« rief Tarxne, und die fast schon aufgelöste Erscheinung nahm noch einmal, im Widerspiegeln eines Sonnenstrahls oder dem schwachen Schein eines Feuers, Gestalt an.

»Beende dein Exil. Komm nach Ruma zurück«, bat er.

»Was du Exil nennst, Tarxne, ist der beste Teil meines Lebens, abgesehen von der kurzen Zeitspanne, die ich neben deinem Vater verbracht habe. Trotzdem werde ich, wenn der Moment gekommen ist, nach Ruma zurückkehren, denn die *Heiligen Bücher von Tagete* sind für dich bestimmt, sobald du dich der Bürde einer solchen Verantwortung als würdig erweist.«

»Die Bücher sind also im Tivrit geblieben ... So ist es doch wahr, was die befragten Haruspizen sagten.«

»Du *weißt*, daß es wahr ist. Caitli hat all ihre Macht aufgewendet, um sie denen zu entreißen, die sie zerstört hätten. Jetzt hüte ich diese Schriften, du bist der einzige Mann auf Erden, der davon weiß.«

»Der einzige Mann auf Erden? Was soll das heißen?«

»Thanaquil weiß davon und auch die Herrin von Turan. Beide haben im *Auge der Göttin* gesehen, was vorgefallen ist ... Und Velvur weiß es.«

»Aber Velvur ist seit langem tot!«

Die schattenhafte Gestalt seiner Mutter lächelte, und plötzlich erschien sie ihm ganz anders, als er sie in Erinnerung hatte. Fast wie eine der Wunderheilerinnen aus Karthago, die mit ihren Salben und Heiltränken an den Ecken der Via Sacra standen.

»Natürlich ...«, antwortete sie, und einen Augenblick später war die Kabine leer. Was blieb, war nur ein leichter Duft nach Moos und feuchten Blättern im Wind.

Tarxne versuchte, den Geräuschen des Meeres und des Schiffes zu lauschen. Aber alles war stumm, kein Laut war zu hören, kein Wellenschlag, kein Knarren ...

Die Ruhe vor dem Sturm.

Er verließ die Kabine und begab sich auf die Brücke. Die Männer ruderten in gleichmäßigem Rhythmus, und die Lampen hingen, ohne zu schwanken, in ihren Halterungen.

Aranth und Pursiena befanden sich noch auf dem Oberdeck. Aranth stand auf dem Vorschiff und beobachtete, wie es seine Gewohnheit war, die Sterne. Pursiena hingegen stand an die Reling gelehnt. Er war immer noch aufgewühlt von den Ereignissen des Tages. Auf der glatten, dunklen Meeresoberfläche glitzerten kleine Irrlichter.

Die anderen Schiffe folgten dem Flaggschiff in geringem Abstand, jedes von ihnen hatte ebenfalls die Lampen angezündet und die Segel gehißt.

»Aranth!« rief Tarxne. »Wenden wir uns mit voller Ruderkraft nach Westen. Dort gibt es einige kleinere Felseninseln, von denen die größte eine ausreichend breite Bucht besitzt, um unseren Schiffen Schutz zu bieten. Signalisiere den anderen Schiffen, uns zu folgen. Sobald wir angekommen sind, werfen wir Anker und holen die Segel und die Ruder ein.«

Aranth gehorchte, ohne zu zögern, und begab sich unverzüglich zum Steuermann. Aber Laris Pursiena wandte sich Tarxne zu.

»Was ist los? Im Namen der Götter, Tarxne, welche Mächte werden heute nacht mit uns sein?«

»Fremde Mächte, mein Freund, nicht die der Rasna. Aber auch sie sind Teil meines Blutes, und wir haben nichts zu befürchten, wenn alles geschieht, was ich sage.«

Das Schiff drehte hart bei. Der Hauptmast ächzte, und weiße Gischt kräuselte sich auf den Wellenhügeln.

»Woher kennst du diese Inseln?«

»Ich bin ein Trutnot. Ich kenne alles, was sich um mich herum befindet.«

Langsam führten auch die anderen Schiffe das Manöver durch, und schon bald bewegten sie sich mit schnellen Ruderschlägen auf die sich im Westen ausbreitende Dunkelheit zu. Im Augenblick als sie die Bucht erreichten, erhob sich ein stürmischer, kalter Wind. Der Strand war schmal und steinig, aber in den Felswänden entlang der Bucht öffneten sich weiträumige Höhlen, die über die Klippen und die riesigen Felsbrocken, die in der Dunkelheit wie geduckte Ungeheuer dalagen, gut erreichbar waren.

»Nehmt Lampen und Fackeln mit und folgt mir«, befahl Tarxne, ohne sich um das sprachlose Staunen der Männer zu kümmern. Keiner wagte es, Fragen zu stellen.

Mittlerweile hatten alle Schiffe in der Bucht geankert, Segel und Ruder

waren eingeholt worden. Jeder, selbst die befreiten Jungen und Mädchen des Tivrit, war mit Waffen, Wasser und Nahrung für die Nacht beladen. Als sie den Schutz der Grotten erreicht hatten, begann es heftig zu regnen. Das Rauschen des Regens verstärkte sich noch durch den Hall in den miteinander verbundenen Höhlen und wurde zu einem fast unheimlichen Geräusch verzerrt.
Unter den Männern machte sich eine lebhafte Unruhe breit. Aranth versuchte, die Mannschaften und ihre Kommandeure zu beruhigen, indem er ihnen die Botschaft Tarxnes ausrichten ließ, in aller Ruhe den Morgen abzuwarten und nichts zu fürchten, was auch immer die Nacht bringen sollte.
Dann kehrte Aranth zum König zurück, hüllte sich in seinen Umhang ein und setzte sich neben ihn. Tarxne hatte ein Feuer an dem am weitesten vom Eingang entfernten Punkt angezündet. Dort saß er mit geschlossenen Augen an den Felsen gelehnt.
»Ich werde wachen, wenn du schlafen möchtest«, murmelte Aranth.
»Ich habe unsere Mutter gesehen«, antwortete Tarxne, ohne die Augen zu öffnen.
»Der Wind, der aus Norden weht ... Thesan ist in meinem Blut genauso wie in deinem. Ich habe sie zwar nicht gesehen, aber ich habe ihre Anwesenheit gespürt. Ich weiß, daß sie mit uns war.«
Tarxne nickte und streckte eine Hand nach dem Bruder aus. *Auch du wirst meinetwegen sterben ... wie der Sohn, von dem Laris Pursiena glaubt, es sei sein eigener. Warum? Warum wird dieses Gewicht auf meine Schultern geladen?* fragte sich Tarxne, und der Gedanke brannte in ihm mit derselben Glut des Feuers, das er gegen die Piraten entfesselt hatte.
Das, was geschrieben steht, kann nicht verändert werden ... und alles, was das Gegenteil zu beweisen scheint, ist nur eine menschliche Illusion ..., hörte er eine Stimme.
»Hast du etwas gesagt?« fragte er Aranth.
»Nein, ich habe auch nichts gehört«, antwortete der Bruder.
Tarxne schwieg, und Aranth wartete vergeblich auf eine Erklärung. Tarxne tat so, als schliefe er, auch als er Laris Pursiena kommen hörte, der sich wortlos neben ihm niederließ. So wie Aranth entschied sich auch der Freund, schweigend zu wachen, damit Tarxne beruhigt ein wenig schlafen konnte.

Draußen, außerhalb der schützenden Bucht, stiegen die Wellen immer höher. Von Wind und Regen gepeitscht, schlugen sie an die Felswände, und ein tosendes Unwetter ging über Wasser und Land nieder.
Der Sturm legte sich erst bei Sonnenaufgang und hinterließ einen traumhaft klaren, strahlenden Himmel.
Die Schiffe der Rasna lagen ruhig in der Bucht, und ihre leuchtenden Farben standen in lebhaftem Kontrast zum Azurblau des Meeres. Die Segel waren noch immer straff um die Masten gebunden, die den Sturm unbeschädigt überstanden hatten.
»Wir nehmen Kurs auf Tharros«, sagte Tarxne, der als letzter an Bord gegangen war. »Melcart und die Novizen des Tivrit erwarten uns dort.«

»Alles, was aus dem Tivrit entwendet und wiedergefunden wurde, soll nach Pyrgi zum Heiligtum der Göttin Uni gebracht werden, damit dort im letzten Mond von Hermna die Reinigungsriten vollzogen werden können. Ich hoffe, du erweist uns die Ehre deiner Gegenwart, Melcart«, sagte Tarxne, der dem Statthalter von Tharros gegenübersaß.
»Du meinst, ich soll auf dem Weg dorthin in Ruma haltmachen, um den Pakt zu erneuern, der damals zwischen deinem Vater und Karthago geschlossen worden ist?«
»Wenn du das möchtest«, stimmte Tarxne zu.
Melcart nickte nachdenklich. Die Schiffe der Rasna hatten erst vor ein paar Tagen im Hafen angelegt, um ihre Vorräte aufzufüllen, und dies war der letzte Tag ihres Aufenthaltes in Tharros. Die Luft war lau und bereits erfüllt vom süßen Duft des Jasmin.
Melcart hatte den Gästen einen glänzenden Empfang bereitet, aber bis dahin noch keine Gelegenheit gehabt, den jungen König von Ruma alleine zu sprechen. Die Einladung zu einem Gespräch in seinen privaten Gemächern, die er Tarxne schließlich hatte zukommen lassen, war vor allem Ausdruck seiner großen Beunruhigung gewesen. Dem Statthalter von Tharros war an der Freundschaft des Königs gelegen, und er war besorgt, daß ein Mißverständnis den dünnen, erst kürzlich gesponnenen Faden der Verhandlungen wieder reißen lassen könnte. Aber Tarxne war seiner Einladung gefolgt, und das genügte ihm.
Mit großem Genuß trank Melcart von dem gewürzten Wein, den die Diener serviert hatten. Dann fragte er unvermittelt: »Mein Freund, kann ich offen mit dir reden?«

»Dazu hast du mich in deine Gemächer gebeten«, war Tarxnes Antwort.
Melcart nickte. In den vorangegangenen Tagen hatte er von den Ereignissen gehört. Aber Melcart hatte bisher nicht ein einziges Wort vom König selbst in dieser Angelegenheit vernommen.
»Dein Volk wird dich für das, was du getan hast, nicht lieben, selbst wenn nur die Hälfte von dem, was man mir erzählt hat, wahr ist.«
»Aus Angst, meinst du?«
»Du bist der König einer Stadt, die nicht wirklich zu den Rasna gehört und früher sogar ihr Feind war. Dazu bist du ein Magier und hast kein Erbarmen gezeigt, nicht einmal im Namen der Götter. Wie kannst du erwarten, daß die Städte des Bundes, die schon gegen deinen Vater unter Waffen standen, dich jetzt nicht noch mit größerer Angst und größerem Mißtrauen betrachten?«
»Das Kommando bei diesem Unternehmen ist mir nicht übertragen worden, um Krieg zu führen, sondern um eine Gotteslästerung zu sühnen. Ich habe es in meiner Eigenschaft als Trutnot des Tivrit und als Enkel der edlen Caitli angenommen. Nicht Ruma hat die Schiffe ausgerüstet, sondern die Rasna, und das Flaggschiff stammt aus Tarchna. Es wurde von meinem Onkel Egene zur Verfügung gestellt.«
»Das mag sein«, stimmte Melcart ihm zu. »Aber das wird dir nicht viel nutzen, denn du bleibst immer der König von Ruma.«
Tarxne setzte den Weinpokal ab. »Wirst du nach Pyrgi kommen?« fragte er.
»Nein, aber ich werde nach Ruma kommen, weil ich nur mit dir und deiner Stadt verhandeln will. Dafür werde ich gleich etwas für dich tun, und das so schnell wie möglich. Ich werde die besten Söldner, die in Karthagos Diensten stehen, auswählen und sie dir als Wachen nach Ruma schicken. Da sie weder Rasna, Latiner noch Sabiner sind, werden sie nur dich als ihren Herrn anerkennen. Sie werden nur dir treu sein und keine andere Aufgaben haben, als dein Leben zu schützen.«
»Das ist sehr viel für einen Mann.«
»Aber nur wenig für einen König«, erwiderte Melcart lächelnd. Dann drehte er ihm den Rücken zu und blickte durch die breite Türöffnung in den blühenden Garten. »Ich habe meine Priester gebeten, das Feuer für dich zu befragen, mein junger Freund«, fuhr er fort. »Sie haben das schon einmal getan, erinnerst du dich? Damals folgtest du ihren Worten

und konntest dadurch nach Tarchna zurückkehren. Vielleicht können sie dir heute noch mehr als damals einen Weg weisen.«

»Ich weiß, die Magie Karthagos ist mächtig«, antwortete ihm Tarxne, aber er fügte nichts hinzu. Beide erinnerten sie sich nur zu gut der Dinge, die sich damals in diesem Palast ereignet hatten, und dessen, was Tarxne hatte erleiden müssen.

»Sie haben in deiner Zukunft eine geheimnisvolle, wunderschöne Frau gesehen, die ohne eigenes Verschulden deinen Tod verursachen wird. Das ist es, was ich dir sagen wollte.«

»Eine geheimnisvolle, wunderschöne Frau ...«, wiederholte Tarxne.

Melcart konnte das leichte Lächeln auf den Lippen des Königs nicht deuten, noch wußte er, ob diese Frau bereits in Tarxnes Leben getreten war. Er wandte sich wieder Tarxne zu und erhob seinen Pokal.

»So kann ich nun leichten Herzens ein Angebot erneuern, das ich dir bereits in der Vergangenheit gemacht habe. Teile das Bett mit mir, und ich werde dich auch zum König meines Herzens machen.«

»Ich habe eine Königin, Melcart.«

Der Mann schüttelte unwillig den Kopf.

»Ehre deine Königin, aber suche Zuflucht bei mir, wenn es wirklich Liebe ist, was du brauchst. Bei mir kannst du dich sicher fühlen. Spürst du denn nicht, daß ich versuche, dich zu retten?«

»Deine Freundschaft reicht mir, Melcart, und glaube mir, sie ist mir teuer. Mehr kann ich dir nicht geben. Aber ich danke dir für die Wahrnung deiner Priester.«

Der Mann nickte.

»Verstehe mich nicht falsch, König von Ruma. Auch mir ist an deiner Freundschaft viel gelegen. Du wirst in Melcart immer, ganz unabhängig von den Entscheidungen Karthagos, einen Verbündeten haben.«

»Ich werde es nicht vergessen.«

Damit verabschiedete sich Tarxne, und wie durch Zauber blieben seine letzten Worte Melcart noch im Ohr, als der König von Ruma schon längst auf dem Weg zum Hafen war.

6.

»Willkommen in Pyrgi!« Der Gruß des hochgewachsenen, in einen dunklen Umhang gekleideten Mannes verwunderte den Händler. Viele Stunden lang hatte der Mann auf der Mole verbracht und gewartet, daß die Sklaven die Waren aus der als letzten vertäuten Holkas ausluden und der Händler endlich das Schiff verließ.
Wie immer zu Ende des Monats Hermna herrschte ein buntes, lebhaftes Treiben an der Anlegestelle. Die Feierlichkeiten, wegen denen sich alle Könige des Städtebundes in Pyrgi, der Hafenstadt von Xaire, eingefunden hatten, hatten mehr Pilger und Händler denn je in die Stadt geführt.
Der Händler zögerte. Er war genauso groß wie der Mann, der auf ihn gewartet hatte, aber jünger und kräftiger. Seine dunklen Augen blickten hart und unbeugsam, und er glich eher einem Krieger als einem Händler.
»Kennen wir uns?« fragte er, und sein angewinkelter Arm zeigte deutlich, daß er gewohnt war, ein Messer am Gürtel zu tragen und auch davon Gebrauch zu machen.
»Nein. Noch nicht.«
»Warum antwortest du mir auf griechisch?«
»Weil du die Sprache der Rasna nicht verstehen würdest, mein Freund, auch wenn du so tust, als ob du diesem Volk angehörtest. Komm, ich lade dich zum Abendessen ein.«
»Nein. Bestimmt willst du mir nur etwas verkaufen, aber ich bin nicht hergekommen, um zu kaufen.«
»Ich weiß. Du bist gekommen, um einem Traum zu folgen.«
Der Händler ließ seinen Arm sinken.
Sein Gesprächspartner hatte die Geste bemerkt und nickte. »Komm mit«, sagte er und wandte sich um.

Die Sonne versank, und die Türen der zahlreichen Locandas entlang der Mole waren weit geöffnet. Die Mägde drehten eifrig lange Spieße über den Feuern, und der scharfe Geruch von Myrte und Zwiebeln erfüllte die Luft.
Vom Heiligtum der Göttin Uni klangen die Töne der Crotali herüber, die einen der zahlreichen Reinigungsriten für die Novizen des Tivrit begleiteten, aber meistens wurde die Musik vom Stimmengewirr der Menschenmenge übertönt. Kurz darauf saßen sich die beiden Männer in einer der Locandas gegenüber. Auf den ersten Blick waren sie kaum von den vielen Pilgern zu unterscheiden. Aber weder der Mann im dunklen Umhang noch der Händler hatten Augen für das Menschengewirr, daß sie umgab.
»Warum hast du von einem Traum gesprochen?« fragte der Händler. »Was weißt du von Träumen?«
»Warum sonst bist du hierher gekommen und gibst dich als Händler aus, Aristodemo aus Cuma. Doch nur, um etwas über Träume zu erfahren.«
Der Händler setzte ein kleines Lächeln auf und hob den Becher, den sein Gastgeber mit einem leichten Wein aus Velzna gefüllt hatte.
»Du weißt also, wer ich bin. Wenn du ein so großer Seher bist, warum stehst du dann nicht im Dienste eines Königs?«
»Wer sagt dir, daß ich nicht auf Geheiß eines Königs hier bin?«
»Und was wünscht dein König von dem Kommandanten einer so weit entfernten, feindlichen Stadt?«
Der andere fuhr mit seinen schlanken Fingern sanft über die Hand des Händlers, die noch immer den Becher hielt.
»Für den Moment will er nichts von dir. Aber erzähle mir von den Träumen, die dich hergeführt haben.«
Aristodemo, erstaunt über das intensive Gefühl, das die Berührung in ihm auslöste, zog seine Hand nicht zurück. Die Kräfte seines Gegenübers mußten wirklich beachtlich sein. Dann kam er der Aufforderung nach und begann von dem Traum zu erzählen, der ihn nun schon seit Monaten quälte.
»Es ist immer derselbe Traum ... Zuerst befinde ich mich in meiner Stadt, reich und mächtig ... Aber auf einmal bin ich ganz allein, nackt und verletzt an einem menschenleeren Strand. All meine Schiffe haben abgelegt, und die Segel sind alle weiß, bis auf eines, ein schwarzes ...

Ich schreie, befehle und bettele, daß sie zurückkommen und mich holen sollen, aber niemand hört mich. Und dann sehe ich plötzlich einen jungen Mann. Er ist schön, hat blaue Augen und eine königliche Haltung. Er eilt auf mich zu und durchbohrt mich mit seinem Schwert. Ich bleibe alleine am Strand zurück und sehe und fühle im Traum meinen Tod. Der Todeskampf wird mit jedem Traum länger und schmerzhafter, so daß ich mich schon vor dem Einschlafen fürchte.«

»Deine Offenheit ehrt dich. Du hast nichts ausgelassen«, murmelte der Mann.

Aristodemo nickte und nahm die Anerkennung an, die ihm schon der sanfte Druck der schlanken Finger auf seiner Hand bestätigt hatte.

»Du hast hier auf mich gewartet und kommst doch nicht in meinem Traum vor. Kannst du mir das erklären?«

Der andere lächelte, und in seinen dunklen Augen lag ein merkwürdiger Glanz. Der Grieche hatte plötzlich das Gefühl, als ob ihn ein eiskalter Hauch streifte.

»Du wirst reich und mächtig sein, Aristodemo. Cuma wird dein sein, und du wirst über die Stadt mit eiserner Faust und ohne Gnade für deine Feinde herrschen. Zuvor mußt du allerdings einen Krieg führen. Eine latinische Stadt wird dich um Hilfe bitten, und du wirst einem Fürsten der Rasna im Kampf gegenüberstehen. Du wirst ihn töten müssen, ohne dich von seiner Schönheit betören oder dich von seinen Wunden rühren zu lassen. Dieser junge Mann ist ein mächtiger Magier, und die einzige Möglichkeit, deinem Traum zu entfliehen, wird sein, ihm dein Schwert ins Herz zu stoßen, sobald er vor dir steht.«

»Und wem habe ich dieses Orakel zu verdanken?« fragte Aristodemo und hatte plötzlich das Gefühl, als ob alles um ihn herum stillstehen würde.

»Mein Name ist Urste Afuna. Morgen wirst du mich an der Seite des Königs sehen und so tun, als würdest du mich nicht kennen.«

»Urste Afuna ... Wird mich dieser Traum noch weiter quälen?«

»Du wirst ihn noch zweimal träumen. Beim ersten Mal wird er dir mitteilen, wann du Cuma verlassen mußt, um in einen Krieg zu ziehen, der nicht deiner ist. Beim zweiten Mal wird dir der Tag genannt werden, an dem du diesen jungen Mann töten wirst.«

»Warum nicht sofort?«

»Weil dieser junge Mann heute noch ein Kind ist und weil dieser Tod

seinem leiblichen Vater, dem er gilt, heute noch keinen Schmerz zufügen würde. Ich habe viel dafür gelitten, dieses Geheimnis zu erfahren. Er denkt zu oft an den Sohn, den er nicht anerkennen kann.«
»Rache?« murmelte der Grieche lächelnd. Rache war etwas, das er kannte und mit dem er umzugehen wußte.
»Ja«, antwortete Urste und verzog sein Gesicht ebenfalls zu einem Lächeln. »Eine Sache, die mir die Zeit versüßt. Ein Ereignis, das den Lauf der Dinge nicht ändern wird, aber mein Herz tröstet, denn es wird Trost im Herzen meines Feindes auslöschen und eine heilige Freundschaft für immer zerstören. Aber laß uns jetzt essen.«
Der Grieche war erleichtert, als er spürte, wie der Druck, der ihn eingeschnürt hatte, plötzlich nachließ. Nun nahm er wieder die Stimmen der anderen Gäste wahr, die Geräusche, die von der Mole hereinklangen, wo die Sklaven in ihre Unterkünfte geführt wurden, die Rufe der Würfelspieler und die Stimmen der Schausteller.
Erst jetzt bemerkte er, daß ihm der Wirt einen Teller mit Fleisch und Zwiebeln vorgesetzt hatte.
»Die Götter der Rasna sind mächtig«, rief der Grieche mit leichtem Sarkasmus in der Stimme.
»Sehr viel mächtiger, als ein Fremder es sich jemals vorstellen kann«, entgegnete ihm Urste, ohne auf seinen Unterton einzugehen. »Vergiß das nicht, Malakos.«
»Ich bin sicher, du wirst dafür sorgen, daß ich es nicht vergesse«, erwiderte der Grieche unwirsch, denn Urste hatte ihn mit dem Namen angeredet, den ihm seine Feinde gegeben hatten.
Urste antwortete nicht, und Aristodemo blieb das unangenehme Gefühl, nur ein kleiner Stein in einem Mosaik zu sein, in dem es nichts Gewisses gab, außer einem Traum.

»Deine Geistesabwesenheit, wenn du bei mir bist, ist schlimmer als die Leere, die du hinterläßt, wenn du fortgehst. Ich möchte zu gerne wissen, welchen Gedanken du nachhängst, die mir zwar deinen Körper lassen, aber nicht deine Seele«, seufzte Tullia und drehte sich zu Tarxne um. Die frühe Morgendämmerung, die durch die Fenster- und Türöffnungen in den Palast des Königs von Xaire einsickerte, tauchte die zum Meer abfallenden Terrassen in ein diffuses Licht.
Tarxne streichelte gedankenverloren ihre Haut. Schon die ganze Nacht

über verfolgte ihn ein Gedanke: Urste, der den König von Vei und seine schöne Königin begleitet hatte, hatte einen Pakt geschlossen. Aber es gelang Tarxne nicht, zu sehen, mit wem und zu welchem Zweck. Diesmal jedoch störte ihn diese Unfähigkeit kaum, die er in anderen Fällen nicht akzeptiert hätte. Denn ungeachtet der Warnungen, die auch die Priester von Tharros ausgesprochen hatten, war sein Geist beherrscht vom Bild der geheimnisvollen Königin von Vei.

»Es gefällt mir hier . . .«, flüsterte Tullia und streichelte ihm über seine Brust. »Das nahe Meer, der Prunk des Palastes, die kostbaren Waren der Händler, die Musik, der Tanz . . . und die Freundlichkeit des Königs von Xaire und seine großzügigen Geschenke.«

»Bist du glücklich?« fragte Tarxne mit einem kleinen Lächeln. Tullia zeichnete mit den Fingerspitzen die Umrisse seiner Lippen nach. Doch plötzlich spürte sie eine jähe Angst in sich aufsteigen, so heftig, daß sie zitterte.

»Ich weiß nicht«, sagte sie leise und sank in die Kissen zurück.

»Urste hat einen Pakt geschlossen . . . Irgend etwas hat er heute nacht gegen mich unternommen«, murmelte Tarxne.

»Aber alle verneigen sich vor dir und erweisen dir Ehre, weil du ihnen Sieg und Sühne gebracht hast!«

»Es ist nur ihre Angst, die sie dazu treibt. Sonst nichts!«

»Aber sie feiern dich, und Urste wird es nicht wagen, etwas gegen dich zu unternehmen. Sie würden sich alle zu deiner Verteidigung erheben!«

»Alle? Aus dir spricht nur deine Verliebtheit, Tullia. Pursiera und Aranth stehen ganz sicher zu mir, und vielleicht noch der König von Xaire. Vielleicht . . .«

In diesem Augenblick klopfte eine der Palastwachen an die Tür. Tarxnes Wachen waren in einem der Höfe untergebracht, aber der König von Xaire hatte darauf bestanden, daß zwei seiner eigenen Palastwachen vor der Tür Wache hielten. Tarxne antwortete dem Mann, während Tullia sich mit einem Leinentuch bedeckte.

Die Wachen öffneten die Tür und ließen Aranth eintreten, der taktvoll auf der Schwelle stehenblieb.

»Ich komme vom Tempel der Göttin Uni. Die Hohepriesterin hat mich gebeten, dich an das Gelübde zu gemahnen, das du damals gemacht hast. Erinnerst du dich noch, Tarxne?«

»Was für ein Gelübde?« fragte Tullia besorgt.
»Der Göttin Ehre zu erweisen«, erklärte Aranth. »Ich selbst habe es bereits getan.«
»Die Hohepriesterin mahnt mich zu Recht«, bemerkte Tarxne.
»Manchmal kann es ganz angenehm sein, ein gutes Gedächtnis zu haben«, scherzte Aranth und lächelte Tullia zu. »Sei unbesorgt, ich werde dafür sorgen, daß er nicht länger als nötig bleibt.«
»Aranth wurde bei seiner Geburt von unserer Mutter der Göttin Uni geweiht. Als wir nach der erfolgreichen Flucht vor den Soldaten des Marcius hier anlegten, habe ich für uns beide gelobt, der Göttin in ihrem Heiligtum Ehre zu erweisen. Aranth war verletzt worden, und es gab für ihn keinen sichereren Platz als das Heiligtum der Göttin«, erklärte Tarxne, während er sich eilig seine schwarze Tunika und die dunkle Tebenna überzog, die zwar nicht seinem Status als König entsprachen, aber seine königliche Haltung trotzdem nicht verbergen konnten.
Tullia biß sich auf die Lippen, aber sie schwieg. Sie wußte nur zu gut, daß der Göttin Ehre zu erweisen bedeutete, seinen Samen den Priesterinnen zu schenken, heiligen Huren, die sich mit einem Teil des Goldes und des Silbers, das sie als Geschenke erhielten, loskauften.
Aber niemand, und schon gar nicht die Könige und Fürsten, konnte sich einem solchen Gelübde entziehen.
»Ich vertraue dir, Aranth«, murmelte sie und versuchte ihre brennende Eifersucht zu verbergen.
»Laß uns über die Terrassen gehen«, schlug Aranth vor, »der Weg ist kürzer.«
Schweigend folgte ihm Tarxne. Die Vorstellung, dem Tempel und seinen Priesterinnen einen Besuch abzustatten, erregte ihn nicht besonders.
»Warum ausgerechnet jetzt?« fragte er, während er seinem Bruder von Terrasse zu Terrasse folgte, bis zur letzten, die auf den Strand führte und von der aus sie zum Tempelbezirk abbogen.
»Ich sagte doch schon, ich bin dort gewesen, und sie haben nach dir gefragt«, antwortete Aranth, ohne sich nach ihm umzuwenden.
Plötzlich spürte Tarxne, wie ihn die Welle einer Erinnerung überkam, die nicht seine war: eine andere Morgendämmerung an diesem Strand. Entfernte Schlachtrufe, Schreie, focesische Piraten, die töteten und

brandschatzten, und die im Hafen vor Anker liegenden Schiffe, die auf sie warteten.

Sechzehn Schiffe, mit weißen Segeln, bis auf eines, das schwarz war ...

Die Vision eines Augenblicks, und ein stechender Schmerz, der ihn wie ein Todesstoß durchfuhr.

Der äußere Tempelbereich war noch leer ebenso wie das Innere des Tempels mit dem Opferaltar, wo die Danksagungsprozessionen und Reinigungszeremonien nun schon seit Tagen andauerten. Die unbewegte Luft war schwer vom Duft der unzähligen um den Altar verstreuten Blüten. Aranth blieb auf der Schwelle des Tempels stehen.

»Ich werde hier auf dich warten, ich habe es Tullia versprochen«, sagte er lächelnd, schlug aber sofort die Augen nieder, als würde er sich irgendwie schuldig fühlen.

»Wenn du nicht Aranth wärst, dann würde ich glauben, du täuscht mich. Irgend etwas steckt dahinter«, bemerkte Tarxne und suchte seinen Blick.

Aranth schaute ihn mit unschuldiger Miene an. »Und wenn es so wäre?«

»Dann würde ich es als den Willen der Götter annehmen, weil es von dir kommt.«

Aranth lächelte verhalten, und Tarxne hatte den Eindruck, als streifte ein Schatten sein Gesicht, so wie eine vor der Sonne vorüberziehende Wolke einen Schatten auf die Erde wirft.

»In gewisser Hinsicht mag es eine Täuschung sein, aber du brauchst dir keine Gedanken zu machen. Ich werde hier auf dich warten.«

Tarxne betrat den Tempel.

In zwei bronzenen Becken brannte Feuer neben der hohen Statue der Göttin. Von weitem war ihre Schönheit geradezu überwältigend, aber beim Näherkommen sah man, daß sie von hauchfeinen Schleiern umhüllt war, die ihr eine geheimnisvolle Unnahbarkeit verliehen.

Die Flammen in den beiden Feuerbecken warfen Schattenspiele auf die hohen, mit purem Gold verkleideten Wände. Golden waren auch die Lampen und Duftschalen. Die Luft war vom Duft der Spezereien erfüllt, und in der Stille vibrierte der sanfte Ton der Glöckchen, die auf der Schwelle zu dem dunklen Durchgang, der zu den Räumen der Priesterinnen führte, angebracht waren.

Er durchschritt einen Saal, in dem um eine Feuerstelle in der Mitte mit weißem Leinen überzogene Clinais aufgestellt waren, und traf in dem ersten der dahinterliegenden Räume, die sich wie Alkoven zum Saal öffneten, auf ein junges Mädchen, das dabei war, heißen Wein mit Honig zuzubereiten. Auf dem niedrigen mit Chimären aus Bronze geschmückten Tisch standen Süßigkeiten und Obst ebenso wie Schalen mit duftenden Ölen und Salben.
Das junge Mädchen hob den Blick. Ihr Haar war unnatürlich hell gebleicht, ihre kleinen, festen Brüste golden bemalt, um die Hüften trug sie ein fast durchsichtiges Leinentuch, und eine dünne, goldene Kette schmückte ihre zierliche Taille. Sie war fast noch ein Kind.
»Ich ehre dich im Namen der Göttin«, sprach Tarxne die rituelle Formel, während er die Tebenna ablegte.
Doch die Priesterin hob eine Hand. »Warte, nicht mich hat die Göttin für dich ausgewählt.«
Tarxne hielt inne. Das Mädchen verzog keine Miene. Nur seine Augen glänzten lebhaft.
»Dein Bruder hat bei mir seine Schuld gegenüber der Göttin schon beglichen. Du aber mußt in den letzten Raum gehen, König von Ruma. Sei unbesorgt, der Tempel ist heute in einer besonderen Weise geheiligt worden, und niemand wird ihn entehren können.«
Tarxne zog sich von ihr zurück. Es war schon ungewöhnlich genug, daß das Mädchen überhaupt gesprochen hatte, denn zwischen dem, der das Opfer darbrachte, und derjenigen, die in diesem Moment die Göttin selbst darstellte, durfte kein Wort ausgetauscht werden. Weder vor noch während der zeremoniellen Opferung des Samens. Aber noch seltsamer war es, daß sie ihn noch einmal auf die besondere Heiligkeit des Ortes hingewiesen hatte.
Tarxne hob seine Tebenna auf und verließ den Raum. Es gab noch zehn weitere kleine Räume, die sich alle zu dem großen Saal öffneten. Aber alle waren leer, und die Vorhänge waren offen. Nur vor dem letzten Raum war der schwere Vorhang fest zugezogen. Er schob ihn ein wenig beiseite, und dann sah er sie. Mit dem Kopf auf den Knien kauerte sie mit geschlossenen Augen auf dem Bett, als ob sie betete. Ihr Gewand aus Purpur und Gold lag flüchtig abgestreift in einer Ecke. Sie trug eine leichte, an den Hüften offene Tunika, die Tarxne den Blick auf ihre dunkle Scham und die mit Gold bemalten Brustwarzen freigab. Ihre

nachtschwarzen Haare, die ihr über die Schultern und bis über die Hüften fielen, umhüllten sie wie ein Mantel. Die dunkle, geheimnisvolle Königin von Vei ...

Durch den leichten Lufthauch des geöffneten Vorhangs aufgeschreckt, hob sie den Blick, und Tarxne genügte ein Blick in ihre veilchenfarbenen Augen, um zu begreifen, welche Kraft ihn hierher geführt hatte.

Er ließ seine Tebenna fallen, wo er stand, und ging auf sie zu. Ihre Augen waren tränenverschleiert, und er zog sie ohne ein Wort an sich, damit sie seine Wärme spürte. Dann nahm er ihr Gesicht zwischen seine Hände und küßte sie mit all dem Verlangen, das in ihm brannte.

Veliza beugte sich nach hinten, und Tarxne zog ihr mit einer zärtlichen Geste die Tunika von den Schultern, während seine Lippen ihre mit Gold bemalten Brustwarzen liebkosten. Dann entledigte auch er sich seiner Tunika und streckte sich neben ihr aus, bemüht, nicht den Zauber zu zerstören, der sie in den Armen der Göttin vereinigt hatte. Welcher Zauber es auch immer sein mochte und von wem er auch kam, Tarxne nahm ihn dankbar an.

Ohne Schuld wird sie deinen Tod verursachen ...

Veliza lag reglos neben ihm, wie ein Schmetterling, bereit, sich bei der leisesten Bewegung zum Flug zu erheben, und Tarxne spürte ein Prikkeln auf der Haut.

»Wenn der Preis, dich zu besitzen, der Tod sein sollte, dann werde ich ihn mit Freuden bezahlen«, flüsterte er ihr zu, während er sich über sie beugte, um sich gleich darauf zum erstenmal in seinem Leben mit Körper und Geist zu verlieren.

Erst sehr viel später goß er gewürzten Wein in die Pokale. Wie im Spiel entdeckte er die Geheimnisse ihres Körpers und fühlte, wie ihre zarten, kundigen Hände den seinen erforschten, so sanft und gebieterisch zugleich, daß es ihn fast um den Verstand brachte.

»Was hat dich in die Arme der Göttin geführt, meine Geliebte?« fragte er schließlich, während er sie weiterhin an sich gezogen hielt und zärtlich über ihren Körper strich, der ihn völlig gefangengenommen hatte.

»Ein Gelübde ...«, antwortete Veliza, die sein Liebesspiel mit der gleichen Geschicklichkeit erwiderte und den Samen in sich aufnahm, der sie von neuem so ungestüm erfüllte.

»Ein Gelübde?« fragte Tarxne, sobald die Welle der Erregung abgeklungen war und sein Körper einen Augenblick Ruhe in den Armen der Geliebten fand.

»Ich habe dich geliebt, seit ich dich zum erstenmal gesehen habe. Erinnerst du dich? Du warst in Begleitung deiner Königin nach Vei gekommen ...«

»Ja. Du warst wie eine Erscheinung aus flirrendem Silber in der Sonne.«

Veliza senkte den Blick. Tarxne erahnte die Tränen in ihren Augen und verstand ihren Schmerz. Ihre Geschicklichkeit im Bett rührte mehr von Urste als von ihrem Ehemann her, aber zum erstenmal in ihrem Leben hatte Veliza die Liebe gespürt und war von ihr überwältigt worden.

»Am Tag deiner Heirat im Tempel der Göttin Uni in Vei habe ich der Göttin gelobt, daß ich mich, wenn sie mir deine Liebe gewährt, im Heiligtum von Pyrgi wie eine beliebige Tempeldienerin dem ersten Mann, der durch den Vorhang tritt, hingeben würde. Ich bin hier, um meine Schuld zu begleichen, denn seit jenem Morgen in deinem Palast in Ruma weiß ich, daß auch du mich liebst.«

»Und was sagt der König von Vei zu deinem Versprechen an die Göttin?«

»Er fühlt sich geehrt dadurch, denn er glaubt, ich hätte dieses Gelübde gemacht, um die Heilung von seinem Fieber zu erbitten.«

Ein Lächeln überflog Velizas Gesicht, als hätte Arnth von Vei für sie schon längst aufgehört zu existieren. Dann drückte sie Tarxnes Hände, der sich noch immer nicht von ihr gelöst hatte.

Auch Urste weiß Bescheid, dachte Tarxne und verstand nun die beruhigenden Worte der Priesterin über die Unantastbarkeit des Tempels.

»Wer weiß noch davon?«

»Nur Aranth natürlich.«

»Ja, sicher. *Er* war es, der mich hierher geholt hat.«

»Aber nicht auf meine Anweisung. Sein Herz ist rein. Er liebt mich wie ein Bruder und verteidigt mich, wie er nur kann, vor der Anmaßung Urstes. Er wollte uns helfen, und nun verdanken wir ihm alles.«

Schweren Herzens löste sich Tarxne von ihr. Die Vorstellung, Tage und Monate ohne sie und nur in der Erinnerung an etwas für immer Verlorenes weiterzuleben, fiel ihm schwer.

Warum sollte sie die Ursache für meinen Tod sein, wenn ich nichts anderes als Liebe für sie empfinde, fragte er sich beklommen. Unsere

Herzen sind rein, und unsere Körper befinden sich in einer Harmonie miteinander, als würden sie sich schon vom Anbeginn der Zeiten kennen . . . Warum?

Veliza strich ihm sanft über die Stirn. »Siehst du? Jetzt bist du in Gedanken schon weit weg«, sagte sie leise.

Tarxne küßte die Innenfläche ihrer Hand. »Ich werde versuchen, so schnell wie möglich nach Vei zu kommen, um dich wiederzusehen.«

»Nein. Es gibt keine Zukunft für uns. Dies war alles, was wir haben durften.«

»Weder du noch ich werden das einfach so hinnehmen können, Veliza. Die Göttin selbst, die uns in ihrem Haus gesegnet hat, wird Zeugin sein.«

»Rufe nicht die Götter an, Tarxne. Wir haben sie getäuscht.«

»Du nicht. Du hast den Wunsch des ersten Mannes, der diesen Vorhang aufhob, erfüllt, so wie du es gelobt hattest. Und ich bin hierher gekommen, ohne etwas davon zu wissen. Aranth hat sich entschieden, die ganze Schuld der Täuschung auf sich zu nehmen, damit wir unschuldig bleiben.«

»Ich werde ihn immer dafür lieben«, rief Veliza und sah ihm ohne Scham zu, wie er sich ankleidete. Tarxne küßte sie noch einmal auf die halb geöffneten Lippen. Dann riß er sich mit Gewalt von ihr los und verließ den kleinen Raum. Vor allen anderen Räumen waren jetzt die Vorhänge zugezogen, und die Stille wurde nur ab und zu durch ein leises Rascheln oder ein Seufzen durchbrochen. Aber die Luft zwischen den mit Gold bedeckten Wänden war wie getränkt vom Atem des Lebens und seiner verborgenen Kraft. Es war der Triumph des Lebens, ewig und unveränderlich, älter als dieser Tempel, diese Steine, und vielleicht sogar älter als die Träume und Illusionen der Menschen selbst.

Tarxne blieb auf der Schwelle zum Tempel stehen. Der innere Tempelbereich war bereits von Pilgern bevölkert, die auf die Morgenriten warteten. Die Sonne war schon aufgegangen und strahlte von einem klaren, wolkenlosen Himmel, ein schwacher Wind wirbelte kleine Wolken von Staub und Sand auf, die wie ein flirrender Schleier in der Luft lagen. Eine Erinnerung durchzuckte Tarxne: Flirrende Staubwolken auf dem Tivrit, der Altar aus Stein und eine Ameise, von einem kleinen

Jungen zerdrückt, der nie ganz unschuldig gewesen war, denn er war ein Kind mit den Erinnerungen, Ängsten und Träumen eines Königs.
Er fand Aranth in Begleitung von Vulcas, dem Bildhauer aus Vei. Es hatte den Anschein, als würden auch die beiden, so wie die Umstehenden, auf den Beginn der Morgenriten warten. Aranth lächelte, als er Tarxne erblickte, und eine stolze Freude stand in seinen hellen Augen geschrieben.
»Die Göttin scheint viel von dir verlangt zu haben«, bemerkte er mit einem Blick auf die schon hochstehende Sonne.
»Ich stehe in deiner Schuld, Aranth, weil du mich an mein Gelübde erinnert hast«, antwortete Tarxne. *Und weil du hier gewacht und eine Bürde auf dich genommen hast, von der du glaubst, nicht dafür bezahlen zu müssen, denn du ignorierst die Götter noch mehr als ich,* dachte er bei sich, während er den Arm um Aranths Schultern legte, um ihm seine Dankbarkeit zu zeigen.
»Vulca, mein lieber Freund aus den alten Zeiten in Vei«, rief er dann. »Möchtest du nach Ruma kommen. Ich habe viel Arbeit für dich . . . Vor allem eine Sache liegt mir sehr am Herzen.«
»Jetzt, wo du König von Ruma bist, kannst du haben, was du willst«, erwiderte der junge Künstler, dessen Ruhm die Grenzen des Städtebundes der Rasna schon weit überschritten hatte. Vulca war, dank seines fröhlichen und offenen Charakters, fast der einzige Gefährte Tarxnes während seines Aufenthalts im Palast des Königs von Vei gewesen.
»Es handelt sich um den Tempel, dessen Bau mein Vater schon vor langer Zeit begonnen hat, den Tempel des Gottes Tinia auf einem der Hügel. Ich möchte ihn zu Ende führen, und zwar mit einer Giebelfront, wie es nicht ihresgleichen in Ruma gibt.«
Beim Gedanken an diese künstlerische Herausforderung leuchteten die dunklen Augen Vulcas auf.
»Möchtest du eine Chimäre?« fragte er ungestüm.
Tarxne schien zu überlegen, und als Vulca die Unschlüssigkeit des Freundes bemerkte, begann er mit den Fingern eine flüchtige Skizze in den Sand zu zeichnen: eine von der Sonne gekrönte Chimäre.
Tarxne beugte sich vor, ohne sich um den Einzug der Priester mit ihren goldenen Gewändern, den hohen Spitzhüten und den gebogenen Stäben mit den rituellen Glöckchen zur Feier des Ritus vor dem Altar der Göttin zu kümmern.

»Nein«, murmelte er. »Ich will keine Chimäre. Ich will etwas, das auch für die Menschen erreichbar ist.«

Mit der Hand wischte er über die Zeichnung im Sand, und plötzlich schien es ihm, als ob der Schatten des alten Pilgers zwischen ihr und die Sonne fallen würde, um die letzten Umrisse der Chimäre zu betrachten, die der Wind langsam verwehte.

7.

»Mit all diesen Fremden hier werde ich mich bald selbst wie ein Fremder in diesem Palast fühlen!« bemerkte Juno, während er vom Pferd stieg.

Die Winterstürme waren gerade abgeklungen, als Melcart, der Statthalter von Tharros, in den ersten Frühlingstagen nach Ruma kam, um den Pakt mit Tarxne zu schließen. In seinem Gefolge hatten sich auch die karthagischen Söldner befunden, die er dem König bei dessen letzten Besuch versprochen hatte. Für die Wache des Königs, die nur aus Rasna bestand, bedeuteten diese starken und vertrauenswürdigen, wortkargen und wehrhaften Männer, die den Soldaten des Sextus so manchen wertvollen Ratschlag erteilten, zweifellos eine Verstärkung.

»Sie sprechen kein einziges Wort Latinisch«, begann Juno wieder. »Sie nehmen von niemand Befehle entgegen und zeigen keine Achtung vor den Frauen von Ruma.«

»Sie nehmen von mir Befehle entgegen und sprechen ausreichend die Sprache der Rasna. Und was die Frauen betrifft, so wäre es langsam an der Zeit, daß die Latiner ihnen ein wenig mehr Beachtung schenkten und sie selber entscheiden ließen, mit wem sie das Bett teilen wollen.«

»Ich hoffe, der König wiederholt solche Worte nicht in der Öffentlichkeit«, entgegnete Juno.

Tarxne hatte absichtlich in einem leichten Tonfall gesprochen, um dem Gefährten die Anspannung zu nehmen, aber Juno war sich nie sicher, wann Tarxne scherzte.

»Ich habe Melcart schon früher immer ein gewisses Vertrauen entgegengebracht«, fuhr Tarxne fort. »Er hat mir in ehrlicher Absicht diese Männer geschickt. Karthago hat großes Interesse daran, daß Ruma unter der Herrschaft der Rasna bleibt. Denn sollte ein Latiner oder ein

Sabiner die Macht ergreifen, dann gäbe es keine Sicherheit mehr. Das Mar Grande und seine anliegenden Länder würden sich dann in ein einziges Schlachtfeld verwandeln, weil Ruma einerseits nicht innerhalb seiner Grenzen bleiben und Karthago andererseits keinen Rivalen akzeptieren würde.«

»Schade, daß dein Rat und deine Hauptleute die Sache nicht genauso sehen«, erwiderte Juno.

Tarxne beschränkte sich auf ein Lächeln als Antwort und ging ihm auf dem Pfad voran, der zu dem im Bau befindlichen Tempel führte.

Die schon von seinem Vater gelegten Fundamente waren vergrößert und darauf drei Reihen mit jeweils sechs Säulen errichtet worden, die die Nischen für die Statuen von Tinia, Menvra und Uni tragen sollten. Somit würde dieser Tempel der größte aller bekannten Länder werden. Außerdem würde die von Vulca ausgeführte Quadriga die Giebelfront schmücken und ihn dadurch einzigartig werden lassen, denn Tarxne war sich sicher, daß der Bildhauer sich mit diesem Werk selbst übertreffen würde.

Trotzdem hoben viele der Arbeiter und Steinmetze, unter der umsichtigen Führung der Baumeister der Rasna, nicht einmal den Kopf, als der König an ihnen vorbeischritt. Einige machten sogar heimlich Gesten, um die bösen Geister abzuwehren.

»Sie sind immer noch nicht ganz überzeugt, daß der Fund dieses Totenkopfes während der Bauarbeiten ein gutes Vorzeichen war«, bemerkte Juno.

Die Haruspizen hatten diesen Fund positiv gedeutet, als ein Zeichen der zukünftigen Macht der Stadt. Tarxne selbst hatte sich dazu aber nicht geäußert, so als ob ihm für den Moment diese Deutung genügen würde.

Es war ein windiger, warmer Frühlingsmorgen. Dort, wo schon die ersten zarten Blätter der alten Ulmen und der Büsche sproßten, leuchteten die Hügel grün. Nur an der Stelle, wo die Arbeiten eifrig vorangetrieben wurden, waren die Bäume abgeholzt worden, und man sah die nackte, dunkle Erde. Ringsum breitete sich die Stadt aus, in der überall mit demselben Eifer neue Gebäude errichtet wurden. Sümpfe wurden trockengelegt und Bäche umgeleitet, und entlang den Straßenzügen war der Wunsch sichtbar, die Häuser mit Ziergiebel, farbigen Stirnziegeln und bunten Giebelfronten noch schöner zu machen.

Tarxne hob die Hand. »Hörst du, Juno? Das ist die Stimme der Stadt, die sich verändert und wächst. Spürst du sie? Hörst du diesen Klang?«
»Ich höre das Hämmern, das Kreischen der Räder und die Flüche der Knechte, die sich unter der Last der Steine beugen. Erst gestern beklagte sich der Duumvirat darüber, und Valerius pflichtete ihm bei.«
»Valerius pflichtet jedem bei, der sich beklagt. Aber du, Juno, du müßtest eigentlich den Atem deiner Stadt hören.«
Der junge Mann schüttelte den Kopf. Sicher, er hörte die Stimme der Stadt. Aber er hörte vor allem, wie sie wuchs, und das machte ihm angst. Ruma war dabei, ihm fremd zu werden, so fremd, wie ihm diese neuen Wachen des Königs waren, mit denen er sich nicht verständigen konnte. Das vor allem war es, was er spürte.
Als sie zum Palast zurückkehrten, gesellten sich Publius Valerius und Culcnies zu ihnen, die auf dem Campus Martius gewesen waren, wo ständig neue junge Männer zu Soldaten ausgebildet wurden. Den ganzen Winter über hatte König Herdonius von Aricia aus Appelle verbreiten lassen, um die latinischen Städte im Bund von Hemi zusammenzuschließen. Tarxne war über jeden seiner Schritte unterrichtet worden und hatte darauf jeweils mit Handelsverträgen und Übereinkommen geantwortet, die jedoch alle nur dem Zweck dienten, Zeit zu gewinnen.
Die andauernden Spannungen hatten aber doch zu kleineren Scharmützeln zwischen Sabinern und Latinern geführt, und aus den Grenzstädten waren Übergriffe der Volsker gemeldet worden, eines Stammes, der seine Angriffe entlang den Gebirgskämmen führte, um sich dann mit der Beute schnell in die Berge zurückzuziehen.
Aus diesem Grund war auch Lucretius Triciptinus, der Fürst von Collatia, nach Ruma gekommen. Die befestigte Stadt hatte dem Angriff der Volsker widerstanden. Collatia, am Fluß Anio gelegen, war vom ersten König Tarquinio erobert worden, und der damals geschlossene Frieden war seitdem nie gebrochen worden.
Triciptinus, dessen Vater das Übereinkommen damals unterzeichnet hatte, wollte Tarxne seiner Treue versichern und hatte zum Beweis dafür seine älteste Tochter als Geschenk für die Königin mitgebracht, die sie als Zofe bei sich aufnehmen sollte.
Ich will sie nicht! war Tullias erster Gedanke, als das Mädchen in Be-

gleitung des Vaters und weiterer Adliger aus Collatia den Thronsaal betrat.
Aber sie behielt ihre Meinung für sich und beschränkte sich zunächst darauf, Tarxnes Reaktion abzuwarten, der sich nun mit Juno, Culcnies und Valerius näherte.
Das Mädchen war kaum dreizehn Jahre alt, mit einer Tunika aus grüner Wolle und einem kurzen Umhang bekleidet, der ihr Kopf und Schultern bedeckte. Trotzdem konnte er weder ihren schon weiblich geformten Körper noch das üppige schwarze Haar verbergen, das mit einem bunten Stirnband aus Wolle gehalten war. Sie hatte ein rundes Gesicht, volle Lippen und einen herausfordernden Blick, den sie auch dann nicht senkte, als der König für einen Moment stehenblieb, um sie forschend anzusehen.
Tarxne nahm auf dem Thron Platz und gab den Gästen ein Zeichen, sich ebenfalls niederzulassen. Nur das Mädchen blieb stehen, unentschlossen, was es tun sollte, denn die latinischen und sabinischen Frauen nahmen, abgesehen von einigen Riten, nicht am öffentlichen Geschehen teil. Tarxne ließ das Mädchen stehen, wo es war, und wandte sich seinem Gast zu, um über den von Collatia errungenen Sieg und den von seiten Rumas zu leistenden Ausgleichszahlungen für so viel Treue zu sprechen.
Tullia hatte ihre Gemächer nur ungern verlassen. Die neuerliche Schwangerschaft gestaltete sich weitaus schwieriger als die vorherigen. Es waren erst vier Monde vergangen, aber schon jetzt war sie ihr anzusehen, und das gefiel ihr gar nicht. Andererseits hatten die Haruspizen die Geburt eines Jungen vorausgesagt.
Die Königin bemerkte, wie ihre Gedanken abschweiften, und richtete den Blick wieder auf das Mädchen, das, ohne sich zu rühren, dastand. Es sah traurig aus, wie jemand, der, ohne zu wissen, wie ihm geschah, aus unerfindlichen Gründen aus seiner gewohnten Umgebung gerissen worden war.
Tarxne sprach noch immer. »Ich danke dir für deine Treue und dafür, daß du uns deine Tochter anvertraust, Triciptinus von Collatia«, sagte er gerade. »Die Königin wird für sie wie für eine Schwester sorgen.«
Triciptinus war nicht sehr groß, aber kräftig und untersetzt, mit dunkler, von der Sonne verbrannter Haut. Er verbeugte sich geschmeichelt. Collatia lag zu nah bei Ruma, um eine weitere Belagerung wie die unter

dem ersten König Tarquinio, die mit der Eroberung der Stadt geendet hatte, riskieren zu können. Außerdem würde seine Tochter trotz ihres jugendlichen Alters bestimmt einen guten Ehemann im Palast finden, wodurch die Beziehungen der beiden Städte wesentlich wirksamer als durch den vor langer Zeit geschlossenen Vertrag gefestigt würden.
Tullia mußte sich zwingen, eine Freundlichkeit zur Schau zu tragen, die sie nicht empfand. Dieses Mädchen mit dem traurigen und gleichzeitig provozierenden Blick gefiel ihr nicht. Aber sie öffnete ihre Arme.
»Komm zu mir, meine Liebe. Deine Königin nimmt dich in diesem Palast wie eine kleine Schwester auf, die sie niemals hatte.«
»Ich heiße Lucretia«, murmelte das Mädchen mit niedergeschlagenen Augen und erwiderte die Umarmung der Königin mit der gleichen Abneigung.
Tullia fühlte eine heftige Übelkeit in sich aufsteigen und verließ gleich darauf, auf das Mädchen gestützt, den Thronsaal.
Die Kleine drückte fest ihre Hand. »Sei unbesorgt, meine Königin«, sagte sie freundlich. »Du wirst sehen, ein wenig frische Luft wird dir guttun. Ich begleite dich zu deinen Gemächern und deinen Mägden, und wenn du es wünschst, dann bleibe ich bei dir.«
»Was weißt du schon vom Kinderkriegen!« erwiderte ihr Tullia, und die Übelkeit nahm ihr fast den Atem. Aber der Arm der Kleinen stützte sie fest und sicher.
»Mehr als du denkst, meine Königin. Ich bin die Erstgeborene von elf Kindern, und meine Mutter ist erst fünfundzwanzig Jahre alt. Ich glaube, mein Vater wartet mit Ungeduld darauf, daß meine Schwestern das zehnte Lebensjahr erreichen, damit er auch sie in irgendeinem Palast unterbringen kann. So wie er es mit mir getan hat.«
»Stört dich das?«
Lucretia zuckte unmerklich zusammen. »Als mein Vater mir befahl, mich auf die Reise vorzubereiten, habe ich mich gefühlt, als ob . . . er mich verkauft hätte. Aber dann habe ich Ruma gesehen, den Palast, und dich . . . meine Königin. Jetzt fühle ich mich glücklich, denn mein Leben wird hier viel angenehmer und schöner sein als in Collatia.«
»Und sicher hast du schon viele gutaussehende Jünglinge entdeckt, die dein Herz schneller schlagen lassen und die versuchen werden, dich in die nächste dunkle Ecke zu ziehen, sobald du ihnen auch nur ein Lächeln schenkst. Sei vorsichtig, Lucretia. Schenke dein Vertrauen nicht dem

Erstbesten, nur weil er dir ins Ohr flüstert, wie sehr ihn deine Augen bezaubern.«

»Ich werde aufpassen, meine Königin, und dir immer alles berichten«, antwortete das Mädchen. Aber ihre leuchtenden Augen verrieten, daß sie von Tullias Sicht der Dinge alles andere als beunruhigt war.

Sie waren mittlerweile bei den Gemächern der Königin angelangt, wo sie sofort von den anderen Frauen umringt wurden. Lucretia hielt sich etwas abseits, weil sie nicht wußte, was sie tun und wohin sie gehen sollte.

Sie ist nicht eingeschüchtert, dachte Tullia. Wahrscheinlich läßt sie sich durch nichts und niemanden wirklich einschüchtern ...

Tullia vertraute das Mädchen einer älteren Magd an, die ihr alles Nötige für das Leben im Palast als Zofe der Königin beibringen sollte. Dann legte sie sich aufs Bett und befahl den Frauen, sie alleine zu lassen.

Tullia hatte dieses Kind, das sie erwartete, der Göttin Uni geweiht, aber dennoch brachte sie ihm nicht mehr Liebe als ihren Töchtern entgegen. Im Gegenteil, dieses Kind war schuld an ihrer Behäbigkeit, der Unförmigkeit ihres Körpers und an den häufigen Anfällen von Übelkeit.

Und plötzlich fühlte Tullia eine glühende Eifersucht auf dieses Mädchen mit dem Körper einer Jungfrau und Augen, die voller Versprechen waren.

»Es wäre besser, wenn du mit uns kommst, König Tarquinio. Die Männer fühlen sich stärker und sicherer, wenn ihr König bei ihnen ist«, sagte Valerius.

»Um Circei gegen die Volsker zu unterstützen?«

»Nein, aber um die kürzlich mit ihnen, den Volskern und Pometia gegen uns abgeschlossene Allianz zu brechen.«

Tarxne schüttelte den Kopf. »Manchmal erstaunst du mich wirklich, Valerius. Deine Männer brauchen keinen König, um stark zu sein ... wenn, dann brauchen sie einen, der sie davon abhält, unnötig grausam zu sein. Außerdem ist uns die Garnison von Circei, die von meinem Vater gegründet wurde, treu verbunden, und die Beschuldigung, sie hätten sich mit den Volskern verbündet, entspringt nur deiner Phantasie.«

»Ich frage mich, woher du dein Vertrauen nimmst, König Tarquinio«, brummte Valerius.

»Ich habe Geduld«, erwiderte Tarxne. »Und es ist dieselbe Geduld, die mich dazu verleitet, dich mehr reden zu lassen, als dir eigentlich zusteht. Nein, Valerius, ich werde den Palast in den nächsten Tagen nicht verlassen. Die Königin wird meinen Sohn zur Welt bringen, und die Vorzeichen verheißen nichts Gutes.«
»Aber du bist der König! Kein Mann kümmert sich um solche Frauenangelegenheiten!«
»Ich bin auch ein Heilkundiger. Ich habe es zwar oft vergessen, aber dieses Kind wird nach den Gesetzen Rumas mein Thronerbe sein. Es wird eine schwierige Geburt werden, und die Königin könnte dabei sterben. Ich kann nicht zulassen, daß so etwas passiert.«
»Was heißt, du kannst es nicht zulassen? Ich dachte immer, für die Rasna gilt das, was geschrieben steht. Wenn also die Königin bei der Geburt deines Thronfolgers sterben sollte, dann ist das der Wille eurer Götter!«
Tarxne zog es vor, nicht darauf einzugehen.
»Mach dich jetzt auf den Weg, Valerius«, antwortete er ihm in ruhigem Ton. »Aber denke daran, daß ich erfahren werde, wenn du grundlos zerstörst oder brandstiftest, denn du handelst in meinem Namen, und ich bin es, der dafür Rechenschaft ablegen muß.«
»Und das erschreckt dich?«
»Mehr, als du dir vorstellen kannst. Aber ich erwarte nicht, daß du diese Dinge verstehst.«
Der Waffenmeister schwieg. Er war äußerst angespannt, und die Gründe des Königs waren ihm unverständlich. Tarxne hingegen las problemlos in den Gedanken des anderen und hatte längst erkannt, daß eine längere Abwesenheit seines Waffenmeisters aus Ruma vor allem dazu nützlich war, seine Bindung an die jungen Männer zu schwächen, mit deren Unterweisung er beauftragt war. Dies würde verhindern, daß er sie zu seinen Gefolgsleuten machte und einen Handstreich gegen den König versuchte. Denn genau das waren jedesmal Valerius' Gedanken, egal, aus welchem Grund er zu Tarxne kam.
»Ich vertraue dir den jungen Luxrias an«, fuhr Tarxne fort. »Bilde ihn gut aus.«
»Und inzwischen wird er in deinem Auftrag ein Auge auf mich haben«, bemerkte der Sabiner bitter.
»Ich brauche keine Augen, um dich zu bewachen.«

Valerius nahm die Bemerkung ohne ein weiteres Wort entgegen und verließ mit einer leichten Verbeugung den Thronsaal, der nun bis auf Sextus und vier Männer seiner Wache leer war. Auch an diesem spätsommerlichen Abend, wie schon so oft in der letzten Zeit, waren heftige Regengüsse über der Stadt niedergegangen. Die Baugruben würden sich mit Wasser füllen, dachte Tarxne, und auch die Bauarbeiten am Tempel müßten eingestellt werden.
Eine Dienerin erschien auf der Schwelle des Saals, wo sie von einer der Wachen aufgehalten wurde. Es war die jüngste der Zofen der Königin, jene Lukretia von Collatia, die Tarxne seit dem Tag ihrer Ankunft nicht mehr gesehen hatte.
»Die Königin . . . ich glaube, du solltest mitkommen!« stieß das Mädchen aus, dann schwieg sie und senkte den Blick. Trotz des über die Schultern geworfenen Umhangs war sie bis auf die Haut durchnäßt, wahrscheinlich weil sie, um Zeit zu sparen, einen der Höfe durchquert hatte. Ohne ein weiteres Wort begab sich Tarxne in Begleitung seiner Wache zu den Gemächern der Königin.
Die Wache blieb vor der Schwelle zurück, und Tarxne betrat die Räume. Die Königin krümmte sich schreiend in ihrem Bett und keiner der älteren Frauen im Palast, die um sie bemüht waren, war es gelungen, sie auch nur zu berühren. Abseits, in einer Ecke, hielten zwei Priester die Riten der Fürbitte ab. Durch die Öffnung zum Hof, die mit dunklen Vorhängen verhangen war, drang das Rauschen des Regens und der Geruch der nassen Erde.
Tarxne warf den Umhang ab und wusch sich Hände und Arme. Dann trat er ans Bett. Tullia war schweißgebadet und erkannte ihn fast nicht. Ein dünner Streifen Blut lief ihr aus einem Mundwinkel, weil sie sich die Lippen aufgebissen hatte. Ihre gellenden Schreie gingen in ein Röcheln über.
»Warum hast du mich nicht eher rufen lassen«, fragte Tarxne in strengem Ton die älteste der Mägde.
Die Frau zuckte mit den Schultern. »Die Königin hat auch bei den anderen Schwangerschaften viel geschrien«, entgegnete sie mit einem gleichgültigen Gesichtsausdruck. Tarxne wußte, daß diese Frau schon Tullia großgezogen und bereits der Königin Thanaquil treu gedient hatte. Es konnte kein Zweifel an ihrer Zuneigung für Tullia herrschen. Also galt ihre Feindseligkeit somit ihm, der den König Servius getötet

hatte. Ihm und dem Kind, seinem Erben, der geboren werden sollte, würde die Frau feindlich gesinnt sein.

»Deine Gedanken machen dir keine Ehre«, murmelte Tarxne, wandte sich dann wieder Tullia zu und legte ihr seine Hand auf die Stirn.

Ganz allmählich beruhigte und entspannte sich die Königin. Tarxne befahl der Frau: »Rück die Lampen näher, bringe mir meine Instrumente und gib dann der Königin diese Flüssigkeit tropfenweise in den Mund.«

Die Frau gehorchte mit zitternden Händen. Selbst die Priester hatten inzwischen bemerkt, daß die Temperatur im Raum plötzlich gefallen war und die Lampen mit einer unnatürlich hohen Flamme brannten.

Der König griff nach dem scharfen Skalpell und machte einen Schnitt, der groß genug war, um das Kind zu holen und die Nabelschnur zu durchtrennen, die es um den Hals gewickelt hatte.

Tullia schrie kaum, die bernsteinfarbene Flüssigkeit, die sie betäubte, hatte bereits ihre Wirkung getan. Eine andere der umstehenden Frauen nahm das Kind entgegen, aber Tarxne hatte schon bei der ersten Berührung festgestellt, daß kein Leben mehr in ihm war. Nichts konnte ihm mehr helfen. Die Mägde wuschen Tullia, betteten sie auf frische Leinentücher, und Tarxne nähte sorgfältig den Schnitt.

»Deckt sie gut zu und laßt das Feuer in den Becken brennen«, befahl er. »Sie hat viel Blut verloren, und es wird ihr deshalb kalt sein. Sie wird lange schlafen, aber weckt sie zum Essen auf.«

Die älteste Magd verbeugte sich, und die andere näherte sich mit dem Kind.

»Möchtest du denn deinen Sohn nicht sehen, mein König?« fragte sie zögernd.

»Mein Sohn ist schon vor der Geburt gestorben. Wie konntest du das übersehen, Frau?«

Die Dienerin zuckte zusammen. Das Kind war noch warm, und sie meinte sogar, ein leichtes Wimmern gehört zu haben. Erschrocken schaute sie den König an und dann auf das Kind in ihrem Arm. Es war größer als die meisten Neugeborenen, und sein violett verfärbtes Gesichtchen zeugte deutlich von seinem Überlebenskampf. Tarxne verschloß sich vor ihrer Verzweiflung. Er hatte schon den Schmerz Tullias in sich aufgenommen und war noch erfüllt davon.

»Wacht über die Königin und übergebt das Kind den Priestern«, befahl er knapp.
Dann wusch er sich noch einmal die Hände, hüllte sich in seinen Umhang ein und verließ die Gemächer der Königin, ohne sich um die Priester, die Wachen und nicht einmal um Juno zu bekümmern, der in der Zwischenzeit besorgt herbeigeeilt war.
Inzwischen war es tiefe Nacht, nur hier und da huschte noch ein Diener über die Höfe und durch die Säulengänge. Es regnete noch immer in Strömen. Tarxne zog sich in seine Gemächer zurück. Er lehnte sich an die Türöffnung zur Loggia, hörte dem Regen zu und trank einen Pokal mit heißem Wein, den ein Diener ihm zubereitet hatte. Draußen blitzte und donnerte es nicht, es war windstill, nur der Regen fiel wie ein dichter Schleier, und die Kälte kroch ihm bis unter die Haut.
Ich habe doch schon einen Sohn, der meine Kräfte und meinen Geist besitzt, auch wenn niemand davon weiß, dachte er. *Dennoch empfinde ich den Tod dieses Kindes wie eine Schuld. Seine Mutter hat ihn nicht geliebt, und das hat ihn getötet.*
Er stellte den Pokal ab und entfachte mit einer einfachen Handbewegung das Feuer im Kamin.
»Dann stimmt es also! Du kannst es wirklich!« hörte er da plötzlich eine Mädchenstimme rufen.
Tarxne drehte sich um und entdeckte das Mädchen auf seinem Bett liegend, mit nichts als den Schatten der Nacht bekleidet. Ihr flacher Bauch glänzte von duftenden Ölen, und herausfordernd hielt sie ihm ihre Scham entgegengestreckt. Tarxne näherte sich ihr. »Was willst du?« fragte er.
»Meinem König Lust verschaffen«, antwortete Lucretia, ergriff seine Hand und zog sie zwischen ihre Schenkel.
»Wie kommst du dazu, zu glauben, daß der König sich mit den seiner Königin anvertrauten Jungfrauen vergnügt?«
»Ist es denn nicht so?« Ihre Stimme klang erstaunt. Tarxne spürte, wie sie versuchte, auch ihn in Erregung zu versetzen.
»Das sagt man also über mich?« entgegnete Tarxne kalt, aber seine Augen folgten ihrem Spiel.
»Ja, sie sagen, du seist ein Magier und tätest seltsame Dinge. Aber sie sind im Unrecht, denn niemand in diesem Palast hat dich je mit einer anderen Frau als deiner Königin gesehen! Dann gibt es noch welche, die

behaupten, das sei nur deshalb, weil der karthagische Statthalter aus Tharros dein Liebhaber ist. Sie meinen, er hat dir die Leibwachen geschickt, damit sie aufpassen, daß du ihn nicht betrügst.«

Tarxne lächelte und verstärkte den Druck seiner Hand. Das Mädchen bog sich nach hinten und versuchte, ihn an sich zu ziehen. In ihren Augen stand nun keine Angst mehr, sondern vielmehr die Hoffnung, ihn verführen zu können.

»Du spitzt zu sehr die Ohren, Lucretia«, sagte er tadelnd.

»Aber nur zum Besten meines Königs!« rief das Mädchen.

»Und warum glaubst du, daß es vorteilhafter für dich sei, in meinem Bett zu sein, statt einen der jungen Männer des Palastes zu heiraten?«

»Du bist der König!« antwortete sie und ließ sich zurückfallen.

Tarxne zog sie mit einem Ruck aus dem Bett, und sie fiel vor seine Füße.

»Verschwinde!« befahl er ihr.

»Warum? Etwa wegen der Trauer, weil dein Sohn gestorben ist? Ich war in den letzten Monaten immer bei deiner Königin, und ich kann dir sagen, daß sie für dieses Kind nichts als Groll gehegt hat. Manchmal haßte sie dich sogar, weil sie durch das Kind unförmig geworden war und du sie nicht mehr begehrtest! Warum willst du jetzt nicht mich?«

Tarxne legte ihr den Umhang um. »Bekleide dich«, sagte er. »Die Wachen vor meiner Tür werden weniger gnädig mit einer Jungfrau umgehen.«

Sein Tonfall war so abweisend gewesen, daß sich Lucretias Erregung in Zorn verwandelte. Sie schlang den Umhang um sich und rannte ohne ein weiteres Wort davon.

Tarxne setzte sich aufs Bett. Er fühlte sich plötzlich müde und hatte das Gefühl, daß es ein Fehler gewesen war, dieses machthungrige und stolze sabinische Mädchen weggeschickt zu haben.

»Veliza«, seufzte er, und die Flammen im Kamin verdunkelten sich, als er ihren Namen aussprach.

Vielleicht wäre die Nacht mit diesem kleinen, warmen Körper an seiner Seite einfacher gewesen.

Einige Tage später begleitete ihn Juno ein Stück auf der Straße nach Vei, die durch den dichten Wald zwischen den beiden Städten führte.

Es war ein sonniger Nachmittag, und selbst die Pferde schienen den Ausritt zu genießen. Der Wald mit seinen Sümpfen und unzähligen Wasseradern zeigte schon hier und da das erste Gold und Purpur des Herbstes.

Juno hatte keinen Grund, Tarxne Vorwürfe zu machen. Die Einladung des Königs von Vei zur Herbstjagd war schon vor geraumer Zeit angenommen worden. Es war geradezu eine Pflicht, daran teilzunehmen, da auch die Handelsbeziehungen zwischen den beiden Städten enger geworden waren. Für Tarxne, der sich zwar geweigert hatte, Valerius nach Circei zu begleiten, war diese Reise also weder eine Ausrede noch ein Zeitvertreib.

Trotzdem war Juno etwas unbehaglich zumute, wenn er daran dachte, mit welcher Leichtigkeit der König sich von Ruma, seinem Palast und seiner Königin entfernte, auch wenn er sich eingestehen mußte, daß er ihr das Leben gerettet hatte.

»Was ist los mit dir?« fragte Tarxne, der mit seinem Pferd vor ihm her trabte.

Wie immer mußte Juno sich über die Fähigkeit des Königs, Anzeichen seines Unbehagens zu erkennen, wundern. »Ich war heute morgen bei Tullia . . .«

»Ich weiß«, unterbrach ihn Tarxne.

»Sie macht sich noch immer Vorwürfe wegen dem Tod des Kindes. Nur aus diesem Grund möchte sie dich nicht sehen, das hat sie mir gestanden. Sie weiß, daß du ihr das Leben gerettet hast.«

»Ihre Dienerinnen hätten sie aus Feindschaft gegen mich einfach sterben lassen«, murmelte Tarxne düster.

»Du hättest sie dafür bestrafen müssen«, entgegnete Juno.

»Das ist alleine die Sache der Königin. Tullia selbst wird darüber entscheiden.«

»Wie ich meine Schwester kenne, wird sie die älteren sicher bestrafen. Sie werden das, was sie getan haben, noch bitter bereuen. Aber Lucretia wird sie dafür belohnen, daß sie dich ohne Anweisung geholt hat.«

»Durch einen adeligen Ehemann würden sie und auch ihr Vater geehrt werden.«

»Ich glaube, da hat sich bereits einer gefunden«, sagte Juno lächelnd, aber Tarxne schwieg, und Juno fuhr fort: »Soll das etwa heißen, du weißt nichts davon? Es handelt sich um Culcnies. Das Mädchen bringt ihn noch um den Verstand.«

»Das verwundert mich nicht«, erwiderte der König. »Und was Tullia an-

betrifft, sie braucht Zeit und Ruhe. Ich werde nichts tun, was sie beunruhigt, und ich werde auch nicht das Kind erwähnen, wenn es das war, was du von mir hören wolltest, Juno.«
Juno schwieg verunsichert. Wie immer schien Tarxne absolut ehrlich zu sein, und seine Art, sich auszudrücken, war wie immer entwaffnend.
»Aber, ich meine ... liebst du meine Schwester?« fragte er in Anspielung auf den Pakt, den er mit Tarxne durch einen Händedruck besiegelt hatte, an jenem Abend, als er ihm zur Flucht verholfen hatte und Tarxne Tullia mit sich nahm.
»Sie ist meine Königin.«
»Verzeih mir. Du weißt, daß du in mir einen treuen Verbündeten hast.«
»Aber paß auf, daß du ihr niemals weh tun wirst. Das hast du damals gesagt, Juno. Erinnerst du dich?«
»Du wirst mich für altklug und hochmütig gehalten haben.«
»Nein, keineswegs. Aber jetzt hast du manchmal Angst.«
»Es ist vor allem Ruma, das mir angst macht. Die Stadt verändert sich so schnell. Mich erschrecken die neuen Allianzen, die geheimen Absprachen, die Notwendigkeit, Krieg führen und jedem mißtrauen zu müssen. Es erfordert viel Kraft, Ruma einig zu halten. Und wenn du weg bist, fürchte ich, daß meine Kraft dazu nicht ausreicht. Ich lebe in der ständigen Angst, ich könnte etwas übersehen oder mir würde ein schwerwiegender Fehler unterlaufen, der nicht wiedergutzumachen ist.«
»Sei unbesorgt. Ich bin sicher, daß du die Regierungsgeschäfte in meiner Abwesenheit tadellos führen wirst.«
Juno mußte wider Willen lächeln. Dennoch war er nicht sicher, ob sich hinter Tarxnes scherzhaftem Ton vielleicht eine Wahrheit versteckte, die er fast wie eine Prophezeiung aufzufassen hatte.
»Hier werden wir unser Nachtlager aufschlagen«, entschied Tarxne. Ich spüre, daß es hier Hirsche bei einer nahen Quelle gibt. Bleib doch auch du noch zum Jagen hier.«
»Nein, es ist besser, wenn ich jetzt umkehre. Ich bin schon zu weit mitgeritten«, antwortete Juno. Dann verabschiedete er sich von ihm und ritt wieder in Richtung Ruma zurück. Tarxne blickte ihm nach und fuhr leicht zusammen, als Sextus kam, um ihm den Bogen zu bringen. Dann folgte er ihm und Saepius, dem jüngeren Bruder Valerius', den er für die Jagd seinen Wachen zugesellt hatte. An einer kleinen Waldlich-

tung, in deren Mitte sich eine Quelle befand, legten sie sich gegen die Windrichtung auf die Lauer. Ein Dutzend Hirsche, Rehe und Jungtiere waren an die Quelle gekommen. Aber nur das Leittier hob witternd den Kopf, weil es die Nähe der Menschen gespürt hatte. Sextus und der junge Sabiner nahmen sofort ihren Bogen zur Hand. Tarxne hingegen machte keine Anstalten und gab, auf den fragenden Blick Sextus' hin, den beiden ein Zeichen, nicht weiter auf ihn zu achten.
Er wollte nicht töten, nur um ein weiteres Geschenk für den König von Vei zu haben. Trotzdem spannte schließlich auch er den Bogen. Eines der weiblichen Tiere hob den Kopf. Im letzten Moment hielt Tarxne seinen Pfeil zurück. Während seine Gefährten ihre Beute erlegten und die restliche Herde floh, ging er zur Quelle, kniete nieder und murmelte die rituelle Formel, die die Götter um Verzeihung für das genommene Leben und die mit Blut beschmutzte Erde bat.
Die beiden jungen Männer beobachteten ihn neugierig, aber sie wagten es nicht, Fragen zu stellen. Tarxne beachtete sie nicht weiter. Schon bald würde er Veliza wiedersehen, und er fühlte sich glücklich. Kein Schatten durfte auf ihn fallen, nicht einmal der eines getöteten Hirsches, und seine Hände sollten rein sein.
In dieser Nacht sah sich Tarxne, der genauso wie seine Wachen in eine dunkle Tebenna gehüllt auf dem Moos und den feuchten Blättern schlief, plötzlich von einer Herde Damhirsche angegriffen, die ihn vor sich her trieb bis zu einer mondbeschienenen Lichtung.
Juno stand reglos an der Quelle. Er hielt sein kurzes Schwert in der Hand und trug seine Lederrüstung und einen Helm. Vor ihm stand Aranth, wie Juno blutbefleckt und ebenfalls in Rüstung.
Keiner der beiden drehte sich zu ihm um, noch hatten sie ihn bemerkt, denn sie hatten sich gegenseitig das Schwert in die Brust gestoßen und waren beide schon tot . . .
Tarxne öffnete die Augen. Der Traum war fast übermächtig wirklich gewesen, aber in der Stille der Nacht löste er sich noch im Augenblick in tausend kleine Fragmente auf, die der Wind mit sich forttrug.
Nur hier und da war der Schrei eines Tieres zu hören oder das Platschen der Frösche. Zwei Männer hielten am Feuer Wache, und weitere Wachposten waren rund um das Lager aufgestellt. Sextus schlief nicht weit entfernt von Tarxne, die Hand am Schwert und mit zerzausten Haaren.

Tarxne zog seinen Umhang fester um sich. Seine Gefühle ähnelten denen, die er als Junge in seiner ersten Nacht weg vom Tivrit gehabt hatte. Er fühlte das gleiche wache Bewußtsein und die gleiche Hoffnungslosigkeit. Aber vor allem wußte er, daß er nicht entfliehen konnte.

Um ihn herum lagerten ihm treu ergebene Männer, aber keiner von ihnen hatte etwas mit ihm gemein: weder die Trugbilder der Nacht noch die Ängste.

8.

Der Nebel lichtete sich nicht im Laufe des Tages, sondern wurde nur noch undurchdringlicher, schwerer und nasser. Der Boden wurde immer unwegsamer, und der schweigende Wald lag wie ein feindliches, unbekanntes Land vor ihnen.

Sie befanden sich nördlich von Vei, vier Tagesmärsche von der Stadt entfernt. Die Jagd hatte schlecht begonnen, und sie hatten kaum Beute gemacht, denn die Herde Wildschweine, die sie zwei Tage zuvor im Morgengrauen umzingelt hatten, war ihnen auf unerklärliche Weise entkommen. Lediglich ein erwachsenes Wildschwein war von Aranth erlegt worden, dem zweifellos besten Jäger, auch wenn viele versuchten, es ihm gleichzutun.

Es war auch Aranth gewesen, der sie nochmals zu der Herde geführt hatte. Aber diesmal war es der Nebel, der ihnen die Sicht auf ihre Beute nahm, als sie den Kreis enger hatten ziehen wollen und die Jüngeren unter ihnen schon mit den Netzen Aufstellung genommen hatten.

Mit wachsender Gewißheit hatte Tarxne die Anzeichen einer sich immer mehr verdichtenden Kraft wahrgenommen. Aber er hatte geschwiegen, im Bewußtsein, daß diese Kraft gegen ihn gerichtet war und nicht gegen den König von Vei, der an diesem Morgen nicht einmal sein Zelt verlassen hatte, und auch nicht gegen die Adligen, die ihn begleiteten. Auch in dem kalten Nebel, der ihn umgab, erkannte er den Atem des Feindes. Inzwischen konnte er kaum noch die nur ein paar Schritt entfernten Bäume und Felsen erkennen, und selbst der dunkle Umhang von Saepius, der hinter ihm die Felsen hinaufkletterte, war kaum mehr als ein Schatten. Der Felsrücken, auf den sie stiegen, führte zu einem dicht mit Bäumen bewachsenen Grat, der sich etwas weiter entfernt zu einer kleinen Lichtung erweiterte. Dort waren die Wildschweine durch-

gezogen, wie man an den zertrampelten Büschen und dem aufgewühlten Boden unschwer erkennen konnte.
Tarxne spürte das Donnern aus der Tiefe einen Augenblick bevor die anderen es hören konnten. Er packte den jungen Saepius, zog ihn mit sich zu der Lichtung, wo sie sich ins hohe Gras warfen. Einen Augenblick später rutschte der ganze Felsrücken ab, von einem so heftigen Beben erschüttert, daß selbst die Bäume entwurzelt und mitgerissen wurden.
Der junge Mann brüllte vor Schreck auf.
»Still!« befahl ihm Tarxne.
Das Beben ebbte jetzt in Wellen ab, aber in der Luft lag noch der Aufschrei der Erde, das Getöse der abbrechenden Steinmassen, das Zersplittern der niederbrechenden Bäume und die panischen Schreie der Männer.
Tarxne preßte die Hand auf den Boden, um die Schwingungen einzufangen, und verharrte so sehr lange, trotz einer widrigen Kraft, die ihn abstieß und ihm wie ein stechender Schmerz durch die Glieder fuhr.
Aranth hat sich gerettet, dachte er und sah im selben Moment vor seinem geistigen Auge den Bruder und Sextus, die von den abrutschenden Erdmassen nur leicht gestreift worden waren. Sie waren zwar völlig durcheinander und bestürzt, aber nur leicht verletzt.
Für den *Feind* hatten sie keinerlei Bedeutung.
In diesem Augenblick hörte Tarxne die Wildschweine, die durch das Erdbeben in Panik versetzt auf die Lichtung zurannten. Einige stürzten sogar über den abgebrochenen Felsrücken hinunter, aber die anderen rannten wieder zurück und schlossen sie in einer Art Kreis ein.
»Beweg dich nicht«, befahl er Saepius.
»Sie riechen das Blut«, antwortete der andere flüsternd. »Ich bin am Arm verletzt.«
»Rupf eine Handvoll Gras ab, binde sie mit dem Umhang um deinen Arm und rühr dich nicht. Hast du noch deinen Bogen?«
»Nein, ich habe ihn verloren.«
Tarxne griff nach seinem kurzen Schwert.
»Was machst du«, fragte der Junge, denn obwohl sie nur wenige Schritte voneinander entfernt waren, konnten sie sich im dichten Nebel nicht sehen.
Tarxne hörte sie kommen. Als erstes kam eine Wildsau mit ihren Ferkeln auf sie zu, aber kaum, daß sie an Tarxne vorbeigerannt waren,

fielen sie über die Böschung hinunter. Ihnen folgten zwei Eber, die aber rechtzeitig kehrtmachten und an Tarxne, der sich nicht rührte, zu schnüffeln begannen.
Der Junge schrie, rappelte sich auf und versuchte wegzulaufen. Aber sofort stürzte sich der Rest des Rudels auf ihn, und Tarxne sprang mit erhobenem Schwert auf. In diesem Moment erbebte die Erde von neuem.
Doch diesmal brach der gesamte Felsrücken ab und riß die Tiere, den Jungen und Tarxne mit sich in die Tiefe, das Getöse des Bebens in den Ohren, die Augen voller Erde und ohne Atem.
Eine tiefe Stille folgte, kaum daß das letzte Echo verklungen war. Alles schien vom Nebel verschluckt, und selbst das fahle Tageslicht reichte nicht aus, um die tiefe Wunde zu erkennen, die das Beben der Erde geschlagen hatte. Tarxnes erstes Gefühl war Kälte und das zweite, gleich danach, Schmerz. Dann spürte er, wie die warme Hand Velvurs ihn schüttelte.
Sein alter Lehrmeister schien ihm äußerst besorgt zu sein.
Warum trägt er nicht die Kleidung des Großen Trutnot, sondern die eines Pilgers, der in den königlichen Küchen um Almosen bettelt, dachte Tarxne, als er ihn sah.
Dann nahm der Nebel wieder überhand, zu dem jetzt ein feiner Nieselregen kam. Die tiefe Stille um ihn herum wurde nur vom Gewimmer des jungen Saepius unterbrochen, das aus einiger Entfernung undeutlich an sein Ohr drang. Tarxne versuchte sich zu bewegen, aber es gelang ihm nicht. Ein Felsbrocken hatte sein rechtes Bein eingeklemmt.
Er spürte, wie das Blut aus der tiefen Fleischwunde am Bein strömte, dazu lief ihm das Blut aus einer Wunde an der Stirn in die Augen.
Beim Fallen hatte er zwar das Schwert, aber nicht seine Tebenna verloren. Er riß einen Streifen Stoff aus der Tunika, band das Bein oberhalb der Wunde ab und drehte den Stoff um einen Ast, um den Blutfluß zu stoppen. Dann zog er die Tebenna um sich und sank in sich selbst zurück, um den Lebensfluß zu verlangsamen.
Eine rote Flamme brannte tief in seinem Inneren. Dieselbe, die ihn damals am Leben gehalten hatte, als sein Schwert die gegen Mastarna gerichtete Klinge eines anderen Rasna aufgehalten hatte.
Damit hatte alles begonnen, mit diesem Abwehrschlag, der ihn nach Ruma geführt hatte, und alles war eingeschlossen im dunklen Kern dieser roten Flamme.

Die Pforte zur Nacht ..., dachte er, und diese Erkenntnis machte ihm unbeschreibliche Angst. Er wußte, diese Pforte lag in ihm, und er würde es sein, der sie eines Tages öffnen würde.

Aus uns wird eine Nation entstehen, die mächtigste seit Menschengedenken. Durch unsere Schuld und unser Verdienst wird sie groß werden und sich wie ein Sturmwind über die ganze bekannte Welt ausbreiten. Sie wird nie unsere Sprache sprechen und nie unseren Namen tragen. Sie wird nur die weltliche Macht, die Eroberung und die Herrschaft kennen, und sobald sie erstarkt ist, wird sie uns zerstreuen, wie der Wind am Ende des Sommers den Staub verweht.

So hieß es in der Prophezeiung, und so waren Caitli, Axal, der Fremde, Larth, Thesan, Mastarna und Thanaquil dem gefolgt, was geschrieben stand.

Der Schmerz, der zwar erträglich, aber beständig war, trug ihn wider seinen Willen wieder an die Oberfläche seines Bewußtseins.

Es war mittlerweile Tag geworden, und der Nebel war fast verschwunden. Aber noch immer lag ein grauer Dunst in der Luft, der Regen fiel dicht und gleichmäßig, begleitet von einem kalten Windhauch.

Tarxne unternahm erneut einen Versuch, sich aufzurichten, aber der Schmerz in dem eingeklemmten, verwundeten Bein warf ihn zurück und nahm ihm fast den Atem. Er versuchte, seine Umgebung mit dem geistigen Auge zu erforschen, aber er war zu müde, und selbst das Atmen fiel ihm schwer.

Der Felsrücken war auf ein dicht bewachsenes Waldstück gerutscht und hatte es unter sich zermalmt. Die Felsbrocken hatten alles unter sich begraben. Dennoch konnte Tarxne den Kadaver eines Wildschweins in seiner Nähe erkennen und, in einiger Entfernung, den entseelten Körper des jungen Saepius. Es schien, als hätte das Erdbeben jede Form von Leben ausgelöscht. Von Aranth und den anderen gab es keine Spur. Da plötzlich sah er ihn. Er stand am äußersten Rand des abgebrochenen Felsrückens. Die Umrisse waren zwar nur schemenhaft und dunkel zu erkennen, aber die Augen glühten, und es waren die Augen von Urste Afuna.

Mit Mühe richtete er sich ein wenig auf. Die verschwommene Gestalt war nun näher gekommen, eine Gestalt aus Nebel und Nichts, der nur der Wille Urstes Substanz und Macht verlieh.

»Du willst also deine Rache, Urste«, murmelte Tarxne, in Erinnerung an den Haß, den der Haruspize aus Tagete für ihn hegte.

»Deine Mutter hat Flasi Aivas, meinen Lehrmeister, und mit ihm meine Seele getötet. Niemand sonst hat mir soviel Leid zugefügt wie du. Dein Tod ist nur eine armselige Rache.«
Es war keine wirkliche Stimme, die da zu ihm sprach, und doch waren es die Worte Urstes.
Tarxne fuhr sich mit der durchnäßten Tebenna durchs Gesicht, um sich das Blut aus den Augen zu wischen. Der Schatten wurde länger, ein Tentakel aus Nebel und Finsternis schlängelte sich auf ihn zu und schlug ihm wie mit einer glühenden Peitsche eine tiefe, blutende Wunde in die Brust. Ein wahnsinniger Schmerz durchfuhr ihn, um vieles stärker als der Schmerz in seinem Bein, und gleich darauf erreichte ihn ein zweiter Schlag und ein dritter. Beim vierten Hieb schrie er mit einer zornigen Abwehrbewegung auf, aber die Tortur wurde dadurch nur noch grausamer.
Die Peitsche schlang sich um seinen Hals, und seine Haut begann wie Feuer zu brennen.
»Tarxne!«
Der gebieterische Ruf erreichte ihn kaum durch den mörderischen Schmerz hindurch.
Reglos und hoch aufgerichtet stand Velvur auf der anderen Seite des Felsabbruchs, auf der Grenze zwischen Wirklichkeit und Wahn.
»Stelle dich ihm im Kampf! Schon einmal hast du mit ihm gekämpft und gewonnen. Auch diesmal kannst du gewinnen. Urste weiß, daß er deinen Tod herbeiführen kann. Also gewähre ihm auch nicht deine Qual.«
Tarxne schluckte mühsam. Der Schatten war jetzt zu einer pulsierenden Kugel geworden, und zwei Peitschen verteilten ihre Hiebe.
Nicht Wut, sondern Vernunft, dachte er. Die Vernunft wird dich besiegen ...
Er begann sich zu konzentrieren, ließ seine Kraft wachsen und sie über die Fingerkuppen fließen. Nur einmal hatte er das bisher in dieser Intensität getan, jenes eine Mal. Und vielleicht würde ihm Velvur jetzt zur Seite stehen.
Die wahre Energie ist in einer kleinen Lichtkugel eingeschlossen, die mächtiger als jede Waffe ist. Sie kann klein wie eine Nuß oder groß wie ein Schild sein, sie kann laufen oder rollen, kann die Mauern einer Stadt durchbrechen und die Erde erbeben lassen. Sie kann Leben bedeu-

ten, denn ihr eigentliches Wesen ist Leben, oder den Tod bringen, denn ihre Berührung ist Tod. Der weiße Blitz. Nur wenige sind befähigt, ihn zu beherrschen ...

Er spürte, wie die Energie wuchs. Die Peitsche schlug ihn wieder und wieder auf die bereits von den Hieben zerfleischte Brust. Tarxne schrie, aber er ließ es nicht zu, daß seine Kräfte nachließen und die Macht sich verlor. Und dann fühlte er ihn kommen. Eine Kugel weißen Lichtes stürzte vom Himmel, rollte über die Felsen, raste hell leuchtend über die Lichtung, bis sie in einem gleißenden Licht an dem dunklen Schatten zerschellte.

Alles in der Umgebung, die Bäume und die Felsen, ja sogar die Luft selbst, schien in diesem Kern geballter Energie zu zerbersten.

Der Schatten hatte sich aufgelöst, nur einige dunkle Nebelzungen waren zurückgeblieben, die schlangengleich am Boden zu entfliehen versuchten.

Nachdem sich der tosende Donner gelegt hatte, waren wieder die anderen Geräusche zu hören: der Regen, der Wind und hier und da der Schrei eines verängstigten Vogels ...

Tarxne stieß die Luft zwischen den Zähnen aus. Er fühlte sich völlig leer, fast fehlte ihm die Kraft zum Atmen. Erschöpft schloß er die Augen und verlor das Bewußtsein.

»Das sind wirklich seltsame Wunden. Sie scheinen von einer mit irrsinniger Wucht geschwungenen Peitsche herzurühren. Was mag nur passiert sein?«

»Sei still, Sextus«, war Aranths Stimme zu hören. »Er wacht auf.«

Tarxne öffnete die Augen, sah Aranth über sich gebeugt und gleich dahinter Sextus. Er befand sich im Zelt des Königs von Vei, er hörte den Regen auf das Zeltdach prasseln und fühlte eine Kälte durch seine Adern fließen, die noch schlimmer war als das Feuer, das ihm Brust und Schultern zu verbrennen schien.

»Aranth?« flüsterte er.

»Ich bin hier. Wir werden dich in den Palast von Vei bringen.«

»Nicht zu Urste, Aranth. Laß es nicht zu, daß er mich berührt!«

»Sei unbesorgt. Die Königin und ich werden über dich wachen«, versprach Aranth.

Veliza! dachte Tarxne, und der Gedanke an sie ließ ihn nicht mehr los.

Von der Rückreise blieb ihm nur noch eine vage Erinnerung.
Einer der Karren, die mit den Geräten für das Zerteilen und Einsalzen der erlegten Jagdbeute beladen und mit den Knechten in sicherer Entfernung zurückgelassen worden war, war für Tarxne hergerichtet worden, und Aranth und Sextus wachten auf der Rückreise nach Vei abwechselnd über ihn. Aber für Tarxne hatte die Zeit keine Bedeutung mehr. Manchmal sah er sich unbekannten Dingen und Ereignissen gegenüber, an unbekannten Orten und mit Menschen, die ihm fremd waren, dann wieder fiel er in einen dunklen Schacht, in dem kein Geräusch außer dem Prasseln des Regens zu hören war.
Am dritten Tag gelang es ihm kraft seines Geistes einen Bruchteil seiner Energie zurückzugewinnen, und sein Körper erwärmte sich wieder ein wenig.
Da sah er den alten Pilger. Er ging dem Hofstaat voran, und sein Pilgerstab war in Wirklichkeit der gekrümmte Stab der Hohenpriester, dessen spiralförmiger, mit Silberblättchen geschmückter, glänzender Knauf bei jedem Schritt das Klingeln von vielen kleinen Glöckchen ertönen ließ. Hinter dem alten Pilger war der Boden ausgetrocknet, und vor ihm öffnete sich azurblau der Himmel und ließ die Sonne durchscheinen.
Aranth und Sextus saßen im Karren gegen die Plane gedrückt. Sextus war gerade erst hereingekommen, und das Wasser lief ihm in kleinen Bächen von den Schultern.
»Es scheint, als ob sich alle Götter gegen uns verbündet hätten«, sagte er. »Wir kommen kaum voran. Die Straße ist ein einziges Schlammloch, in dem die Räder bis zur Hälfte versinken!«
»Er hat den weißen Blitz gerufen, Sextus. Weißt du, was das bedeutet?« fragte Aranth.
Der junge Mann schüttelte den Kopf. Er war in Ruma geboren und dort aufgewachsen und wußte nur noch wenig von den Sitten und Gebräuchen der Rasna. Das einzige, an das er sich noch erinnern konnte, war die panische Angst, die ihn überfallen hatte, als er die kleine, gleißend helle Kugel mit einem betäubenden Schlag vom Himmel stürzen sah. Durch sie hatte Aranth endlich die Richtung feststellen können, wo der König sich befand. Den ganzen vorangegangenen Tag hatten sie ihn schon ohne Unterbrechung gesucht, ohne daß es ihnen gelungen war, in den von dem Erdrutsch verwüsteten Teil des Waldes einzudringen.

Als sie ihn dann schließlich gefunden hatten, hatten sie ihn zuerst für tot gehalten.
»Nur die größte Kraft, verbunden mit einer fast göttlichen Macht, kann sich dieser stärksten aller Energien bedienen. Unter den Trutnot waren immer nur ganz wenige in der Lage, sie zu beherrschen«, erklärte Aranth dem jungen Mann.
»Tarxne muß gegen etwas gekämpft haben, dessen Ausmaß wir uns nicht einmal vorstellen können.«
»Und du glaubst, es ist dieses Etwas, das uns jetzt am Weiterfahren hindert?«
»Vielleicht. Ich nehme höchstens die Umrisse dessen wahr, was Tarxne als vollständiges Bild sieht. Ich weiß es nicht, Sextus.«
»Gibt es denn gar nichts, was wir tun können?«
»Wir beide, meinst du? Ich glaube nicht. Auch ich fühle mich als Fremder in diesem Land, und auch du bist es, deinem Herzen nach. Unsere Bindungen hier sind zu schwach, die Götter würden uns nicht anhören. Aber ich bin fest davon überzeugt, daß es genau das ist, wodurch die Menschen sich verlieren werden: der Mangel an Bindungen und keine Götter, an die sie sich wenden können.«
Gegen seinen Willen mußte Tarxne lächeln.
»Sieh nur«, rief Sextus. »Er ist wach!«
Aranth beugte sich über Tarxne und legte ihm eine Hand an die Halsschlagader, um seinen Pulsschlag zu kontrollieren. »Ist es wahr? Bist du wach?« fragte er.
Tarxne legte seine Hand auf die des Bruders und fühlte, wie ein wenig von dessen Energie und Wärme auf ihn überfloß.
»Es hat zu regnen aufgehört«, sagte er kaum hörbar. »Laßt den Pilger auf den Karren aufsteigen. Er ist müde.«
»Du hast hohes Fieber, Tarxne. Hier gibt es keine Pilger«, antwortete Aranth.
Tarxne seufzte, und Aranth schien es, als ob ihn diese Antwort irgendwie erheiterte. Sextus hob die Plane am Ende des Wagens hoch. »Er hat recht«, schrie er verblüfft. »Die Sonne ist hervorgekommen, und es regnet nicht mehr.«
Aranth lächelte. »Noch vor Anbruch der Dämmerung werden wir in Vei sein«, flüsterte er Tarxne zu, der in einen tiefen, ruhigen Schlaf gefallen war.

Tarxne wurde im alten Flügel des Palastes untergebracht, und in den ersten Tagen wachten Aranth und Sextus ununterbrochen an seiner Seite. Abgesehen von Asnai, dem Hohenpriester der Göttin Uni, erlaubte Aranth niemandem sonst, sich Tarxne zu nähern. Aber schließlich war er es, der die Königin über einen der geheimen Gänge, die er schon seit seiner frühesten Kindheit kannte, zu Tarxnes Zimmer führte.

Veliza ließ sich an Aranths Hand bis zu dem Raum führen, in dem Tarxne lag. Aranth versprach, draußen vor der Tür Wache zu halten, während Sextus in einem Nebenraum schlief, den Aranth ihm zugewiesen hatte.

Tarxne war wach und hörte Veliza kommen. Der Hohepriester, der ihm den Verband um die Brust erneuert hatte, war eben wieder gegangen. Asnai war der beste Heilkundige des Tempels der Göttin Uni, und Tarxne hatte noch gute Erinnerungen an ihn und an die Zeit, die er mit ihm im Tempel verbracht hatte.

Asnai hatte in jener Zeit, als Thesan, Tarxnes Mutter, noch Königin von Vei war, immer auf ihrer Seite gestanden. Und jetzt war er natürlich auf der Seite der jungen Frau, die gegen ihren Willen Thesans Platz eingenommen hatte. Außerdem hatte er nur zu gut begriffen, durch wessen Kräfte Tarxne angegriffen und verletzt worden war. Und er konnte Tarxne berichten, daß Urste seit dem Tag des Erdbebens, das selbst in der Stadt noch zu spüren gewesen war, mit einem heftigen Fieber zu Bett lag. Natürlich war das Ereignis des weißen Blitzes, kaum daß sie Vei erreicht hatten, von Mund zu Mund gegangen, so daß der Hohepriester keine Mühe gehabt hatte, die wahre Natur der Krankheit des Haruspizen zu erkennen. Die entfesselte Energie hatte seine dunklen Kräfte zerstört und ihn selbst dadurch in Mitleidenschaft gezogen, ein Umstand, der Asnai und mit ihm die Priester und Haruspizen des Tempels der Göttin Uni mit Genugtuung erfüllte.

Tarxne verdrängte die Gedanken an das Gespräch mit Asnai und streckte der Königin, die auf der Schwelle stehengeblieben war, seine Hand entgegen. Es war nicht Schüchternheit, die sie dort zurückhielt, sondern das Erkennen eines fest geknüpften Bandes zwischen dem Palast, dem König und der Königin. Veliza wußte, daß die Steine sich der Ereignisse erinnern würden und vor allem *dieses Ereignisses*. Zögernd näherte sie sich Tarxne und berührte leicht seine ausgestreckte Hand.

Aber schon im nächsten Moment waren ihre Finger eng ineinander verschlungen, und ihre Lippen hatten sich gefunden. Ihr Gesicht dicht vor dem seinen, hielt Veliza einen Augenblick inne und streichelte ihm sanft über die mit breiten Streifen aus Leinen verbundene Brust.
»Was haben sie dir angetan, mein Geliebter?« sagte sie leise, und Tarxne fühlte ihre warme Haut und den Wunsch nach Leben, den ihre Gegenwart in ihm entfachte. Ohne sich um seine Schmerzen zu bekümmern, zog er sie fest an sich.
»Ich liebe dich«, war alles, was er darauf sagte.
Veliza lächelte, und Tarxne fühlte die Tränen, die ihr über die Wangen liefen.
»Ich kann bei dir bleiben, so lange ich will. Der König ist viel zu sehr mit seinem über alles geliebten Haruspizen beschäftigt, um sich noch um etwas anderes zu bekümmern.«
»Komm zu mir, jetzt«, flüsterte er.
Veliza erhob sich. Tarxne bedauerte seine Unbeweglichkeit, denn Asnai hatte ihm das Bein, das gebrochen war, geschient.
Mit langsamen Bewegungen streifte sich die Königin den Überwurf ab und dann auch die Tunika. So blieb sie einen Augenblick im Schein der nahen Feuerstelle stehen. Dann schlüpfte sie in sein Bett und umhüllte ihn mit ihrer Wärme und ihrem Duft.

Veliza verbrachte diese Nacht und alle folgenden in den Armen Tarxnes, bis der erste Schnee in Vei fiel und Asnai den Brustverband und einen Teil der Holzstäbe, die er zum Schienen des Beines benutzt hatte, wegnahm. Aber die Wunden waren noch offen, auch wenn der Bruch verheilt schien. Tarxne brauchte noch Zeit.
»Für Urste gilt dasselbe«, hatte der Hohepriester verkündet. »Er hat Magenbeschwerden und behält nur jeden zweiten Bissen bei sich. Immer bei Sonnenuntergang wird er von heftigen Fieberanfällen geschüttelt, und seine Stimmung ist sehr schlecht.«
Um die Mitte des darauffolgenden Monats kam Culcnies nach Vei. Die Rückkehr der Wachen des Königs mit dem Leichnam Saepius' hatte unter den Sabinern in Ruma Unruhe und Mißbilligung ausgelöst.
Publius Valerius, der sich noch immer in Circei aufhielt, hatte sich zu unbedachten Äußerungen hinreißen lassen, sobald er von den Ereignissen erfahren hatte. Da man außer der Nachricht vom Erdbeben nicht

wußte, wie die Dinge wirklich verlaufen waren, kamen sofort die wildesten Gerüchte auf. Einige behaupteten, Saepius sei hinterrücks von einem gedungenen Mörder aus Vei ermordet worden, andere wiederum erzählten, er hätte aus Versehen oder aus Leichtsinn bei der Jagd den Tod gefunden. Wieder andere waren der Überzeugung, er sei auf Befehl des Königs getötet worden, der das jüngste Mitglied der Familie des Valerius und einen vielversprechenden Gefolgsmann seines Bruders habe ausschalten wollen.

Juno hatte befohlen, solchen Gerüchten unverzüglich ein Ende zu setzen. Aber seine Autorität reichte nicht, um sie aus der Welt zu schaffen. Und auch wenn sich die Familie der Valerii nach außen hin in würdevolles Schweigen hüllte, so gingen die Gerüchte doch weiter um und wurden mehr und mehr ausgeschmückt.

»Es wäre besser, wenn du in Ruma wärst, wenn Publius Valerius aus Circei zurückkehrt«, hatte Culcnies feststellt, froh, den König auf dem Weg der Besserung zu sehen.

Culcnies hatte die Reise nach Vei gegen seinen Willen und nur auf Befehl Junos angetreten, in der Befürchtung, die Gerüchte bestätigt zu bekommen. Sicher war er nun eines besseren belehrt worden, aber der Gesichtsausdruck Tarxnes sagte ihm auch, daß diesem seine Gedanken nicht verborgen geblieben waren. Außerdem erschien ihm jetzt die Tatsache, dem König vorgeschrieben zu haben, was er tun sollte, ziemlich anmaßend.

»Die Königin erwartet dich sehnsüchtig«, sagte er deshalb, um das Thema zu wechseln. »Sie ist wieder genesen, hat sich erholt und ist heiter und guter Dinge. Auch deinen Töchtern geht es gut. Die Königin hat mich gebeten, dir das auszurichten.«

»Ich danke dir, Culcnies. Überbringe ihr meinen Gruß. Und bringe Juno die Nachricht, die Sextus für mich geschrieben hat. Was Publius Valerius anbetrifft, so soll er bis zum Frühling in Circei bleiben, wir brauchen ihn während des Winters nicht in Ruma. Auch dieser Befehl ist bereits niedergeschrieben worden.«

»Wußtest du von seinen Kommentaren?«

»Ich habe sie mir vorstellen können. Kehre nach einem Mond mit zehn Männern meiner Wache nach Vei zurück, Culcnies. Ich werde dann in der Lage sein, ein Pferd zu besteigen.«

Culcnies verabschiedete sich, während sich draußen der Tag schon der

Dämmerung zuneigte und es, nach einer kurzen Aufheiterung, wieder zu schneien begonnen hatte.
Auf einen Stock gestützt, erhob sich Tarxne aus dem Bett und ging zu einem schmalen Fenster, das auf einen Innenhof führte. Dieser Flügel des Palastes war wirklich sehr alt, in dem kleinen Hof lagen Steinhaufen, vielleicht ein früher, primitiver Altar der Erdmutter Dia. Sie waren schneebedeckt, und nur hier und da ragte eine Kante heraus.
»Warum bleibst du in dieser Stadt, die nicht die deine ist? Dieser Palast ist dir feindselig gestimmt ... so wie es schon immer war. Erinnerst du dich nicht, Tarxne? Ruma wird Vei zerstören und dessen Namen auslöschen. Es wird die erste in einer langen Reihe von Eroberungen sein. Du bist das letzte Glied der Prophezeiung. Du wirst die Pforte zur Nacht öffnen.«
»Mutter?« rief er und drehte sich um.
Aber der in der Dämmerung versunkene Raum war leer. Nur auf der Feuerstelle war der Schein von Flammen zu sehen, die dort brannten, obwohl kein Holz aufgelegt war.
Der Palast war ihm gegenüber feindlich gestimmt, aber die Liebe der dunklen, geheimnisvollen Königin von Vei erfüllte seine Nächte. Und seit einem Mond erwartete Veliza ein Kind von ihm.

9.

»Du kannst nicht länger hierbleiben. Den Mägden der Königin können wir zwar vertrauen, aber der Palast hat zu viele Augen. Gestern habe ich entdeckt, daß außer mir und Veliza noch jemand den Gang benutzt hat, der von den Frauengemächern zu diesem Raum führt. Die Gefahr ist für dich und auch für sie zu groß geworden. Außerdem wartet Culcnies nun schon seit fünf Tagen.«
Aranths Stimme war ruhig, aber bestimmt, und Tarxne war ihm für seine beherzten Worte dankbar.
Tarxne wandte den Blick von dem versteckten Innenhof ab, in dem sich Schnee und Regen zu einer nassen, grauen Decke mischten.
»Ich danke dir, Aranth. Ein König sollte nie vergessen, daß er nicht nur Mann, sondern vor allem Herrscher ist.«
»Ich wäre den Göttern dankbar, wenn sie mir wenigstens einmal im Leben eine so große Liebe schenken würden«, sagte Aranth seufzend.
»Liebe bedeutet auch Schwäche, Aranth. Sie gibt und nimmt in gleichem Maße, denn wenn du liebst, existiert für dich alles andere nur durch sie. Sie macht dich glücklich, aber gleichzeitig auch verletzbar. Niemand sollte zu sehr lieben, zu seinem eigenen Besten.«
»Bereust du es denn, Veliza zu lieben?«
Tarxne schüttelte den Kopf. »Nein, Aranth, selbst wenn ich durch diese Liebe mein Leben oder sogar meine magischen Kräfte und die Macht verlieren sollte. Daran siehst du, wie verletzbar sie mich macht.«
»Was soll ich nun Culcnies sagen?«
»Er soll unsere Abreise vorbereiten. Wir brechen unverzüglich auf«, antwortete Tarxne entschieden.
»Du wirst auch mir fehlen«, murmelte Aranth.
Tarxne antwortete nicht, und Aranth ging hinaus, um Culcnies zu su-

chen. Tarxne hüllte sich in seinen Umhang ein. Die Wunden auf seiner Brust waren verheilt, und er konnte wieder laufen, wenn auch noch mit einer gewissen Anstrengung.

Schon an diesem Morgen hatte er sich von Asnai verabschiedet und ihm die Königin anvertraut. Nun blieb ihm noch, sich von Arnth zu verabschieden.

Asnai hatte ihm berichtet, daß Urstes Gesundheitszustand sich nicht gebessert hatte und der König darüber sehr betrübt war. Aber trotz seiner schlechten Gemütsverfassung und des scheußlichen Wetters hatte Arnth beschlossen, sich mit Tarxne auf dem höchsten Punkt der Stadtmauern zu treffen. Das war der Lieblingsplatz des Königs von Ruma während seines Aufenthalts in Vei gewesen. Von dort aus war der Blick in alle Richtungen frei und reichte bis zu der dunklen Linie der Wälder, die die Stadt von Ruma trennten. An diesem grauen Morgen sah die dunkle Masse des Waldes wie ein großer, schwarzer Tupfer auf dem nassen Schnee aus, hier und da unterbrochen von den Rauchsäulen der Wachposten entlang der Straße durch den Wald.

Arnth war alleine, und mit einer Kopfbewegung bedeutete Tarxne Sextus weiter unten auf ihn zu warten. Der König hörte Tarxne nicht kommen. Hoch aufgerichtet stand er reglos im Schneeregen und dem heftigen Wind da. Seine Figur war nicht mehr so schlank wie einst, und auch das schöne Gesicht war gezeichnet und von tiefen Falten durchzogen. Er zuckte zusammen, als er Tarxne bemerkte.

»Wie ich sehe, bist du genesen, König von Ruma«, begann er, verdrossen darüber, überrascht worden zu sein.

»Genesen und zum Aufbruch bereit«, erwiderte Tarxne. »Ich bin gekommen, um von dir Abschied zu nehmen und dir für deine Gastfreundschaft zu danken.«

»Die Götter hätten mir nicht verziehen, wenn ich nicht versucht hätte, wiedergutzumachen, was dir auf dem Hoheitsgebiet von Vei widerfahren ist.«

»Und was ist mit deinem Haruspizen? Ich habe gehört, seine Gesundheit sei noch angegriffen?«

Arnth wurde blaß und wandte jäh den Blick ab. »Du weißt, Urste leidet an plötzlich auftretenden und manchmal sehr langwierigen Krankheiten.«

»Das passiert immer dann, wenn er sich mir in den Weg stellt«, be-

merkte Tarxne. »Erinnerst du dich noch an die Ansiedlungen von Ceis? Weißt du noch, was damals passiert ist?«
»Aber jetzt bist du der König von Ruma. Aus welchem Grund sollte sich mein Haruspize immer noch mit dir messen wollen?«
»Frag ihn das selbst, König Arnth. Vielleicht gibt er dir eine Antwort darauf.«
Arnth schüttelte den Kopf und machte einen Schritt, als wollte er seinen Beobachtungsposten verlassen. Aber dann blieb er wieder stehen. »Ich komme oft hierher, so wie du es früher getan hast und vor dir deine Mutter ...«, murmelte er. »Sogar Mastarna kam vor langer Zeit häufig hierher, als der Atem des Krieges noch wehte und dein Vater den Verrat seines Volkes erdulden mußte. Manchmal frage ich mich, ob das alles nur ein Traum war oder wirklich mein Leben, das ich nicht anzupacken verstanden habe. Als deine Mutter gegangen ist, hat sie eine Art unstillbaren Durst in mir hinterlassen, den ich durch nichts mehr stillen kann. Kannst du mich von ihrer Magie befreien?«
»Hat Urste diesen Durst nicht längst gestillt«, fragte Tarxne. »War nicht das der Grund, warum sie gegangen ist?« – »Ich weiß es nicht. Ich kann mich kaum noch an die Zeiten erinnern, in denen Urste nicht an meiner Seite war ... Aber ich wollte mit dir nicht über Urste sprechen. Es geht nicht um ihn, sondern um mich.«
Tarxne schüttelte den Kopf. »Ich kann dir nicht helfen, König Arnth, weil die Ursache dieses unstillbaren Durstes in dir selbst liegt, und Urste ist es, der dieses Gefühl in dir wachhält und sich seiner bedient. Auf seine Art begehrte auch er meine Mutter, und daß er sie nicht haben konnte, läßt er *dich* büßen. Bitte Urste, seine Niederlage zu akzeptieren, und du wirst Frieden haben.«
»Ist es der Trutnot, der da zu mir spricht.«
»Wie du willst.«
Arnth senkte den Kopf. »Ich nehme deinen Abschiedsgruß entgegen, König von Ruma, mit dem Wunsch, daß die Bande zwischen unseren Städten immer stärker werden, bis der Tibrin eines Tages keine Grenze mehr sein wird.«
Tarxne nickte. Beide dachten sie in diesem Moment an die Prophezeiung, auch wenn Arnth nicht wußte, daß Vei die erste Stadt der Rasna war, deren Name aus dem Gedächtnis der Zeit gelöscht werden sollte.

Tarxne traf Veliza vor dem Thronsaal und verabschiedete sich in Anwesenheit ihrer Frauen und unter den Augen der Adligen von Vei von der Königin. Es war für sie beide ein qualvoller Abschied, der durch die Unmöglichkeit, sich zu umarmen oder sich auch nur zu berühren, noch grausamer wurde. Dann verließ Tarxne, gefolgt von Culcnies, Sextus und seiner Wache die Stadt durch das Osttor. Aranth, der an seiner Seite ritt, begleitete ihn noch bis zur Straße und versprach, bevor sie sich trennten, so bald wie möglich nach Ruma zu kommen.

Bei Einbruch der Dunkelheit schlugen sie ihr Lager auf einer Lichtung auf. Der Schneeregen hatte sich nun in strömenden Regen verwandelt, und kaum hatten die Wachen ein Zelt für ihn aufgebaut, trat auch schon Culcnies ein. Tarxne hatte sich auf seinem Lager ausgestreckt, um das Bein zu entlasten. Er hatte nichts zu sich genommen außer einem Becher heißen Weins, und er war verstimmt darüber, daß sein Vetter sich offensichtlich genötigt fühlte, ihm Gesellschaft zu leisten.

»Gibt es außer dem Regen und deinem verständlichen Wunsch, im Trockenen zu sein, noch einen anderen Grund, der dich zu mir führt«, fragte Tarxne. Er hatte den Becher bereits ausgetrunken und genoß nun die Wärme des Feuerbeckens neben seiner Lagerstatt. Culcnies hingegen saß steif auf der anderen Seite des Feuers, drehte seinen vollen Becher in den Händen und schien nicht einmal zu merken, daß er Gefahr lief, sich zu verbrennen.

Der junge Mann zuckte bei der Frage zusammen, obwohl Tarxne in einer Weise gesprochen hatte, die seinen Worten die Härte nahm, und hob seinen Blick zu ihm.

»Ich bitte dich um die Erlaubnis, Lucretia, Tochter des Triciptinus von Collatia, heiraten zu dürfen.«

Er hatte den Satz in einem Atemzug herausgestoßen und nahm nun, um sich wieder Haltung zu geben, einen langen Schluck. Tarxne erinnerte sich an das junge Mädchen, das er in seinem Bett vorgefunden hatte; ein schönes Mädchen mit klaren Vorstellungen und der festen Absicht, diese auch so schnell wie möglich in die Wirklichkeit umzusetzen.

»Und was ist mit Lucretius Triciptinus von Collatia? Meinst du, er wäre erfreut darüber, seine Tochter als Braut eines Rasna zu sehen?« fragte Tarxne. »Collatia wurde zwar von meinem Vater erobert, aber jetzt sind sie unsere Verbündeten und kein besetztes Land mehr. Um das Mädchen zu bekommen, wirst du das Einverständnis ihrer Familie einholen müssen.«

»Ich weiß mit Sicherheit, daß ihr Vater glücklich wäre, sie mit einem Fürsten zu verheiraten«, erwiderte Culcnies. »Zu diesem Zweck hat er sie an deinen Hof gebracht.«

»Ja, davon bin ich überzeugt. Triciptinus hat zehn Töchter, und er wird sie dazu benutzen, verwandtschaftliche Beziehungen mit allen mächtigen Familien zu knüpfen.«

»Du bist sehr hart mit ihm, Tarxne.«

»Es ist die reine Wahrheit. Weder die Sabiner noch die Latiner fragen ihre Töchter, ob es ihnen gefällt, auf diese Weise verheiratet zu werden.«

»Vielleicht wirst du es selbst einmal so halten, wenn deine Töchter im heiratsfähigen Alter sind«, rief der junge Mann.

»Vielleicht«, räumte Tarxne ein, in Gedanken mit der Frage beschäftigt, die Culcnies so brennend interessierte.

»Liebst du Lucretia?« fragte er schließlich. Aber der Ausdruck auf dem Gesicht des Vetters reichte aus, um zu verstehen, in welchem Maße es Lucretia gelungen war, ihm den Kopf zu verdrehen.

»Mehr als mein Leben«, stieß Culcnies hervor und starrte, in Erwartung einer Antwort, in die Flammen des Feuerbeckens.

Tarxne spürte deutlich, wie unbehaglich er sich fühlte und wie gespannt er war. »Es tut mir leid, aber sobald wir in Ruma angekommen sind, wirst du mit einer Hundertschaft nach Circei aufbrechen, um zu Beginn des Frühlings Valerius abzulösen«, sagte er mit Betonung.

»Warum?« rief Culcnies verwundert aus.

»Weil es besser für dich wäre, das Mädchen zu vergessen.«

»Ich kann kaum glauben, diese Worte aus dem Mund des Königs oder des Trutnot zu vernehmen, sie hören sich eher an, als kämen sie aus dem Mund eines eifersüchtigen Mannes!«

»Eifersüchtig?« wiederholte Tarxne verblüfft.

»Lucretia hat mir gestanden, daß du Interesse an ihr gezeigt hast. Nur deine Treue zur Königin, die dich natürlich ehrt, hat sie vor deinem Bett gerettet. Bis jetzt zumindest!«

»Das hat sie dir gesagt?«

»Das hat sie auch deiner Königin gesagt.«

»Das kann ich mir vorstellen.«

Culcnies schwieg. Tarxne streckte sich auf seinem Lager aus, hüllte sich enger in seinen Umhang und gab dem jungen Mann so zu verstehen, daß für ihn das Thema damit beendet war. »Du kannst zum Schlafen hierbleiben, wenn du möchtest«, sagte er.
Der junge Mann sprang erregt auf, und Tarxne spürte deutlich, wie sehr ihn seine ablehnende Haltung und seine Art, ihn zu behandeln, verletzt hatten. Culcnies hatte sich ihm gegenüber immer schuldig gefühlt, von dem ersten Tag im Palast von Tarchna an, weil der Thron, auf dem Egene saß, eigentlich der Larths war und somit Tarxne die größeren Ansprüche auf diesen uralten Thron hatte.
»Ich ziehe es vor, draußen zu schlafen«, zischte Culcnies.
»Culcnies, dieses Mädchen, das du so sehr liebst, bietet sich dir zu leichtfertig an.«
»*Ich* habe als erster ihren Gürtel gelöst, und ich kann dir versichern, daß sie Jungfrau war.«
»Nicht aus eigener Entscheidung, das wiederum kann *ich* dir versichern. Ich spreche jetzt nicht als König und auch nicht aus Trutnot zu dir, sondern als ein Mann, der dieses Mädchen aus seinem Bett weggeschickt hat. Ich will nicht, daß du ihretwegen leidest. Und genau das wird geschehen, wenn du sie zur Frau nimmst.«
»Ist das dein letztes Wort?«
»Du wirst dich nach Circei begeben. Solltest du sie immer noch lieben, wenn du zurückkommst, dann kannst du sie meinetwegen heiraten.«
Culcnies, durch diese Zusage ein wenig beschwichtigt, neigte den Kopf. »Wenn du erlaubst, werde ich mich hier neben das Feuer legen«, sagte er.
Tarxne nickte nur. Er war durch einen Eulenschrei abgelenkt worden, der von sehr nah gekommen sein mußte, vielleicht sogar von dem Baum, unter dessen ausladenden Zweigen das Zelt aufgeschlagen worden war.
Die Eule ließ ihren Ruf die ganze Nacht über ertönen. Aber Tarxne träumte von Veliza und hörte den Vogel nicht mehr.

Es war bereits dunkel, als Tarxne im Palast eintraf. Er hatte als letzter die Brücke Sublicio überquert, bevor die Stadttore geschlossen wurden. Bevor er sich in seine Gemächer zurückzog, gab er Anweisung, seine

Ankunft geheimzuhalten, und Culcnies, Sextus und die Männer der Wachen hatten sich deshalb geräuschlos vom Haupthof zum Hof der Wachen geschlichen.
Er war sehr müde. Der Schmerz in seinem Bein hatte sich verschlimmert, und er hatte das Bedürfnis, zuerst den Stimmen seines Palastes zu lauschen, noch vor denen seiner Adeligen und Hauptleute, von denen die einen so geschwätzig waren wie die anderen aufbrausend.
Die Nacht war schon fortgeschritten, als Juno ihn in seinen Gemächern aufsuchte. Tarxne hatte sich ein Bad herrichten lassen und nur etwas Fleisch verzehrt und ein paar Schluck Wein getrunken. Nun, als Juno um Einlaß bat, saß er vor dem Feuer, ohne aber in den lodernden Flammen etwas anderes als Wärme zu suchen, denn er hatte seine Gemächer außergewöhnlich kühl vorgefunden.
Juno stand die Freude, Tarxne wiederzusehen, ins Gesicht geschrieben.
»Warum diese Heimlichtuerei in deinem eigenen Haus?« begann er. »Meine Schwester wird sich wahnsinnig freuen, sobald sie von deiner Ankunft erfährt.«
»Nein, Juno. Ich bin sehr müde und kenne Tullia nur zu gut, um zu wissen, wie sehr ich sie verletzen würde, wenn ich sie nicht in der Art begrüßte, wie sie es sich wünscht. Ich werde sie morgen in ihren Gemächern aufsuchen.«
Juno lächelte verständnisvoll. »Aber da gibt es noch etwas, nicht wahr?« fragte er forschend.
Tarxne stand mit dem Rücken zum Feuer, und Juno versuchte, den Blick von seiner dunklen Gestalt abzuwenden, die sich vor dem Hintergrund der lodernden Flammen abzeichnete. Aber sie zog ihn magisch an, wie eine pulsierende Pforte zu tiefer Dunkelheit und Nacht.
»Ja, Juno, da gibt es noch etwas. Eine Verschwörung im Palast, die gegen die Tarquinier gerichtet ist.«
»Das ist unmöglich«, erwiderte der junge Mann heftig. »Wie kannst du so etwas behaupten. Das hätte ich doch bemerkt.«
»Wie hättest du das bemerken sollen? Du kannst die Stimmen der Steine nicht hören, und du vertraust denen der Menschen. Ich weiß selbst noch nicht wer oder wie. Aber versammle in zwei Tagen alle Adeligen und alle Hauptleute im Thronsaal.«
»Um deine Rückkehr zu feiern?«

»Such dir etwas aus. Der Grund ist nicht so wichtig, ich möchte sie nur alle zusammen vor mir sehen.«
»Publius Valerius ist allerdings weit weg«, murmelte Juno.
»Warum hast du jetzt gerade an Publius Valerius gedacht?«
Juno hatte das Gefühl, als hätte Tarxne ihm ein Geheimnis entrissen, von dem er selbst nichts wußte. »Ich weiß es selber nicht«, gestand er verwirrt. »Was wirst du denn mit den Verschwörern machen, wenn es dir gelingen sollte, sie bloßzustellen?«
»Wenn es Rasna sind, werde ich sie mit all ihren Verwandten der Stadt verweisen und ihre Güter, nach dem Gesetz der Rasna, konfiszieren. Handelt es sich aber um Sabiner oder Latiner, werden sie sich dem Richterspruch stellen müssen, denn so sieht es das Gesetz von Ruma vor. Das heißt, ihre Familien bleiben unberührt, wenn sie beweisen können, daß sie mit dem Komplott nichts zu tun haben.«
»Die Stadt ist unruhig, und wir sind in der Minderheit«, überlegte Juno. »Wenn sich die Truppen auf die Seite der Verschwörer schlagen sollten, würden wir glatt überrannt werden.«
»Vei ist nah genug, und seine Truppen würden unsere Tore geöffnet finden.«
»Das würdest du tun, Tarxne? Du würdest wirklich Ruma den Truppen Arnths ausliefern?«
Tarxne spürte den ehrlichen Schrecken Junos bei diesem Gedanken. Seine Empfindung war verständlich, denn Juno war in Ruma geboren worden und hatte keine Bindung mehr an das Land seines Vaters und seiner Mutter.
Tarxne überraschte sich selbst bei der Frage, wie weit er Juno trauen konnte. Nicht was seine Treue anbetraf, sondern seine Fähigkeit, seine Gefühle vor den Verschwörern zu verbergen.
»Es ist schon spät, und ich bin sehr müde«, sagte Tarxne schließlich.
Der junge Mann nickte, riß sich von seinen Gedanken los und wandte sich der Tür zu. Doch bevor er ging, drehte er sich noch einmal abrupt um. Eine bis dahin zurückgehaltene Frage war ihm wieder in den Sinn gekommen. »Man erzählt sich, dir sei etwas Schreckliches im Wald nördlich von Vei passiert und du hättest den weißen Blitz zu Hilfe gerufen.«
»Das stimmt«, bestätigte Tarxne.

Juno wartete, daß der König ihm den Hergang der Dinge schilderte. Aber als er merkte, daß dieser keine Anstalten dazu machte, zog er sich zurück.

Schon am frühen Morgen überschüttete ihn Tullia mit ihrer ungestümen Freude über seine Rückkehr und suchte ihn, jede Regel außer acht lassend, in seinen Gemächern auf, sobald sich die Nachricht von seiner Ankunft im Palast verbreitet hatte.

Die Königin war verliebt und glücklich, und Tarxne empfing sie mit der gewohnten Zärtlichkeit. Er versäumte also die Morgenriten und handelte sich damit die Verärgerung der Haruspizen und Hohenpriester ein. Am frühen Nachmittag stieg er dann zum Tempel Tinias hinauf, um den Stand der Bauarbeiten zu überprüfen, die vor allem wegen seiner Abwesenheit, aber auch wegen des schlechten Wetters, eingestellt worden waren.

Als Juno den Adel und die Hauptleute zusammenrief, um die Rückkehr und die Genesung des Königs zu feiern, überraschte das niemanden. Wie geplant, war Culcnies mit einer Hundertschaft zur Ablösung von Publius Valerius nach Circei aufgebrochen, und Lucretia hatte, in Tränen aufgelöst, Trost bei der Königin gesucht. Tullia jedoch hatte mit keinem Wort ihre Sache gegenüber dem König erwähnt. Ihr wäre es am liebsten gewesen, das Mädchen auf der Stelle nach Collatia zurückzuschicken, wenn dadurch nicht die guten Beziehungen zwischen den beiden Städten gelitten hätten.

Für die Versammlung legte Tullia das Purpurgewand mit dem golddurchwirkten Oberteil an, und als sie auf ihrem Sessel neben dem des Königs Platz nahm, fühlte sie sich zum erstenmal wirklich als Königin. Tarxne gefiel ihr noch viel mehr als nachts, wenn sie sich alleine in ihrem Bett seine Erscheinung in Erinnerung gerufen hatte, um das Band zwischen ihnen zu festigen und sich über seine Abwesenheit hinwegzutrösten. Jetzt schienen sogar die unermeßliche Trauer um den totgeborenen Sohn und die langen Monate der Trennung wie vergessen zu sein.

Tullia hatte ihn angefleht, ihr einen anderen Sohn zu schenken. Jetzt war sie sich sicher, wie sich nur Frauen auf geheimnisvolle Weise von Anfang an sicher sein können, bereits ein neues Leben in sich zu tragen, und hatte das Gefühl, alle müßten mit ihr zusammen dieses freudige Ereignis feiern.

Vielleicht hatte Tarxne aus diesem Grund die Versammlung einberufen, überlegte sie, den Palast festlich schmücken, den Festsaal weit öffnen lassen und die Anordnung gegeben, aufzutragen, was die Küchen hergaben. Vielleicht war es ein Fest für sie.
Als sie sich aber Tarxne zuwandte, um ihn an ihrer Freude teilnehmen zu lassen, sah sie, daß er völlig geistesabwesend war. Seine Gedanken waren ganz woanders, und seine Augen schienen weit über den Saal hinaus und über sie alle hinweg zu sehen.
Wie von einer Viper gebissen, fühlte sie die Eifersucht in sich aufsteigen.
»War der alte Pilger heute morgen hier?« fragte Tarxne an Juno gewandt. »Du weißt, ich meine den alten Mann, den Luxrias im Palast untergebracht hat . . .«
»Ja, ich erinnere mich. Er saß zusammengekauert unter dem Portikus . . . wahrscheinlich, um sich vor dem Regen zu schützen. Soll ich ihn suchen lassen?«
»Nein, du würdest ihn nicht finden. Befiehl jetzt den Wachen, die Türen zu schließen.«
Sextus folgte Junos Befehl unverzüglich. Die gesamte königliche Wache befand sich zu diesem Zeitpunkt im Thronsaal, ohne daß irgend jemand darüber erstaunt oder erschrocken gewesen wäre. Alle glaubten, daß auch diese Treuen, so wie die Hauptleute, ein Recht darauf hatten, anwesend zu sein.
Tarxne hatte die vier Ecken des Saales erhöhen lassen; ein Dutzend Stufen führten jeweils zu einem Holzpodest, das mit einer von Bronzeplatten verzierten Brüstung umgeben war. Aber die Verzierungen verhüllten nur den eigentlichen Zweck. Jeder dieser Balkone konnte fünf Männer der Wachen aufnehmen, und zwei gute Bogenschützen in jeder Ecke waren ausreichend, um jede im Saal befindliche Person unter Kontrolle zu haben.
Anfangs hatte der Adel den Sinn dieser merkwürdigen Aufbauten nicht begriffen und sie dem ihrer Meinung nach typischen Hang der Rasna zu überflüssigem Prunk zugeschrieben. Aber schon bald merkten sie, daß diese Balkone nicht der Verschönerung dienten, und mußten sich mit den fremden Wachen, die sie nicht einen Moment aus den Augen ließen, abfinden.
Selbst Juno hatte Einwände gegen die Sache vorgebracht.
»Dieses Volk will nicht an unsichtbare Mächte glauben«, hatte Tarxne

ihm geantwortet. »So geben wir ihm also etwas, das es verstehen und dessen Sinn es richtig bewerten kann.«
»Wieso sagst du *dieses Volk*? Ist es denn nicht auch *deines*? Du bist schließlich der König dieser Stadt, Tarxne«, hatte Juno verblüfft ausgerufen.
Tarxne hatte mit seiner Antwort gezögert. »Sicher, ich bin der König dieser Stadt und auch dieses Volkes. Doch ich werde immer ein *fremder* König sein, Juno.«
Jetzt erhob er sich. Im Saal herrschte Stille, und jeder versuchte, seine Gedanken noch bei sich zu halten. Dennoch spürte er hier und da schon einen ersten Anflug von Angst. Angst...
Tarxne ließ diese Angst langsam ihre Wirkung tun. Sie sickerte zuerst wie ein leichtes Unbehagen ein, wie eine Beklommenheit gegenüber einer Sache, die unverständlich ist, aber dennoch existiert.
Selbst Tullia bewegte sich unruhig auf ihrem Sitz. Auch sie war von dieser Angst ergriffen worden, einer tiefen, bedrohlichen Angst, die plötzlich wieder wie eine offene Wunde in ihr brannte. Das Schwert, das ihren Vater getötet hatte, war nach wie vor das Schwert des Mannes, den sie geheiratet hatte, und ihr Gewissen war immer noch nicht beruhigt.
Und dann war da Lucretia, die zusammen mit ihren anderen Frauen neben ihr stand, ... und Sextus, der sich auf der Schwelle zum Thronsaal befand, dessen Türen er soeben geschlossen hatte. Aber ihre Angst war ganz anderen Ursprungs.
Tarxne wunderte sich über diese unerwartete Erkenntnis. Die kleine Lucretia hatte Culcnies also bereits betrogen – und ausgerechnet mit Sextus, der einer seiner besten Freunde geworden war...
Das war es eigentlich nicht, was ich herausfinden wollte, dachte Tarxne finster.
Einige unter den Adeligen begannen bereits, unruhig zu werden, und plötzlich erhob sich einer der Ältesten aus der Familie der Hostilii.
»Warum hast du uns hier versammelt?« fragte er. »Fürst Juno hatte ein Fest zu deiner Rückkehr angekündigt und uns mitgeteilt, daß du uns etwas zu sagen hast!«
»Ich bin gerade dabei«, antwortete Tarxne.
»Aber ich habe bisher noch kein einziges Wort von dir gehört. Was hat das alles zu bedeuten?«

»Kannst *du* es mir sagen, Hostilius?«
Der Mann schaute verwirrt in die Runde. Die vage Beklommenheit begann sich in ein Gefühl zu verwandeln, das ihm die Luft abschnürte. Am liebsten wäre er davongerannt. Er hatte das Gefühl, als würde ihn dieser Ort unter sich begraben, und auch in den Gesichtern der anderen entdeckte er dieselbe Panik, dieselbe Angst.
Angst, das war es.
Dieser König dort vor ihm, ein Magier und ein Fremder, mit dem Gesicht und dem Aussehen eines anderen, ließ seine magischen Kräfte wirken!
Dem Alten brach der Schweiß aus. Er rang nach Luft, und ihm wurde dunkel vor Augen.
»Einige unter euch sind dem König treu«, hob Tarxne nun an und schritt auf die steinerne Feuerstelle in der Mitte des Saales zu. »Und alle seid ihr Ruma treu. Das freut mich. Aber es gibt auch welche unter euch, die *diesem König* nicht treu sind.«
Protestrufe wurden laut.
Tarxne streckte die Hand über der Feuerstätte aus, und sofort loderten die Flammen hoch auf und färbten sich blau.
»Warum versuchst du uns mit deinen Zaubereien einzuschüchtern, Magier«, fragte der Patriarch der Familie der Horatii, der sich nun ebenfalls erhoben hatte.
»Weil ich nicht die Gedanken jedes einzelnen von euch ans Licht bringen will, und dennoch werde ich es tun müssen. Spürt ihr nicht, wie die Angst wächst?«
»Der Grund dafür bist allein du«, rief irgend jemand.
»Ich bringe sie nur ans Licht, aber die Angst selbst ist eure eigene: Diejenigen unter euch, die ein Komplott gegen den König geplant haben, strömen sie aus.«
Hostilius trat nun vor. Er hatte einen hochroten Kopf, die Hand um den Griff seines kurzen Schwertes geschlossen, und die Wachen des Königs auf den Podesten legten ihre Bogen an.
»Wer hat uns verraten?!« schrie er und warf sein Schwert vor dem Thron nieder. Sieben Männer unter den Adeligen und Hauptleuten, alles Mitglieder seiner Familie und der der Horatii taten es ihm nach.
Von der Familie der Valerii war allerdings keiner unter ihnen, obwohl zwei davon, ein älterer Onkel von Publius Valerius und einer seiner

Vettern, anwesend waren. Tarxne spürte, daß die beiden nicht zu den Verschwörern gehörten.
»Niemand hat euch verraten. Ihr alleine habt es getan, genau in diesem Moment, *durch eure eigene Angst.*«
»Verdammt sollst du sein, Tarquinius! Und das schreie ich dir ohne Angst ins Gesicht!« brüllte Hostilius.
»Die Angst ist eine unsichtbare Waffe, härter als ein Schwert und durchsichtiger als ein Schleier. Jetzt, wo du ihn selbst zerrissen hast, weißt du, wie wahr das ist. Und was deinen Fluch anbetrifft: Er ist in diesem Feuer verbrannt und wird diesen Kreis nicht verlassen.«
Während er sprach, zeichnete Tarxne mit der Hand das Siegel eines Kreises auf die hochauflodernden, blauen Flammen. Die Wachen hatten inzwischen die Verschwörer ergriffen, die noch immer nicht wußten, wie ihnen geschah und was sie dazu getrieben hatte, sich selbst zu verraten.
Es sind nicht alle, dachte Tarxne. Einige unter ihnen sind stark und wissen sich zu schützen. Es wird viel Zeit bedürfen und einer ständigen Überwachung, um sie ausfindig zu machen. Er stieß einen tiefen Seufzer aus. Er war müde, und durch sein verletztes Bein zuckten stechende Schmerzen. Aber als er sich vom Feuer abwandte und zu den Anwesenden zu sprechen begann, war auf seinem Gesicht weder von seiner Müdigkeit noch von seinen Schmerzen etwas zu bemerken. »Das Duumvirat wird umgehend dafür sorgen, daß ein Urteil gemäß den Gesetzen Rumas für Verrat und Verschwörung gesprochen wird«, sagte er. »Nicht der König wird richten, sondern die Stadt. Vergeßt das nicht!«
Die Wachen führten die Verschwörer ab. Die Diener hatten in der Zwischenzeit schon die Türen des Thronsaals weit geöffnet: der Bankettsaal war vorbereitet. Tarxne wandte sich Tullia zu, die verwirrter war, als sie zugeben mochte, denn einer der Verschwörer war ein Spielkamerad Junos in seiner Kindheit gewesen, ein anderer hatte damals um ihre Hand angehalten, und allesamt gehörten sie zum Palast und zu ihrem Leben . . .
»Auch ich hatte Angst«, murmelte sie.
»Ich weiß«, sagte Tarxne lächelnd und berührte leicht ihre Hand. Dann führte er sie zum Bankettsaal.
Publius Valerius kehrte zu Beginn des Monats Acale aus Circei zurück,

als die Verschwörer, wie vom Duumvirat entschieden, hingerichtet wurden.
Am Monatsende traf eine Nachricht Aranths aus Vei ein, daß Königin Veliza verfrüht einem Sohn das Leben geschenkt hatte, der zur Bestürzung des Königs und der ganzen Stadt sofort nach der Geburt gestorben war.

10.

Den ganzen Sommer hindurch, bis zum Fest der Consualia, verließ Tarxne den Palast nicht.
Aus Karthago sandte ihm Melcart viele Schriftrollen, für die Tarxne eigens ein Gebäude errichten ließ. Es handelte sich dabei um Werke in den antiken Sprachen der Völker, die um Karthago ansässig waren, und sie handelten meistens von Heilkunde, Sternen, Bäumen und Tieren. Die Nützlichkeit dieser Schriften war den Bewohnern des Palastes nicht bewußt, im Gegenteil, sie hielten sich fern davon. Für sie strömten die schweren, mit Zeichen übersäten Schriftrollen dieselbe dunkle Macht wie Tarxnes Magie aus.
»Ein so unwissendes Volk kann es nicht sehr weit bringen«, hatte Tarxne Juno anvertraut, aber der Sohn des Königs Servius zog es vor, mit Publius Valerius auf dem Exerzierplatz den Schwertkampf zu üben, statt mit Tarxne über Schriftrollen zu brüten. Sein Vorwand, so besser die noch unerkannten Verschwörer aufdecken zu können, war wenig überzeugend, zumal seit den Hinrichtungen in Ruma absolute Ruhe herrschte, die nicht einmal durch die Rückkehr von Valerius gestört worden war. Die einzige Gefahr für die Stadt ging von Gabii aus, dessen Herrscher alt, krank und ohne Thronerben war, und von Aricia, von wo aus Herdonius weiterhin die Unruhe der latinischen Städte schürte.
Dank strenger Bettruhe und schmerzhafter Übungen gelang es Tarxne schrittweise die Folge seiner Beinverletzung zu überwinden. Sein Gang wurde wieder normal, und er war auch wieder in der Lage zu reiten. Trotzdem zog er es vor, die Nachricht von seiner vollständigen Genesung nicht gleich zu verbreiten. Es hatte durchaus Vorteile, den Adel und seine Hauptleute im Glauben zu lassen, er sei noch nicht ganz wiederhergestellt, und außerdem war es ein guter Vorwand, die Einladung zur Herbstjagd des Königs von Xaire auszuschlagen.

So widmete er seine Zeit den Staatsgeschäften und der Politik sowie den zahlreichen Konstruktionen und Plänen seiner Wasserbaumeister. Aber nichts konnte ihn von seinem einzigen, quälenden Gedanken befreien: Veliza. Und wenn Tullia sich im Schlaf an ihn schmiegte, fühlte er sich ihr gegenüber schuldig. Sie erwartete wieder ein Kind und war glücklich, daß die Haruspizen die Geburt eines Jungen vorausgesagt hatten.
Tarxne hegte zwar eine tiefe Zuneigung für sie und dieses Kind, aber das war nichts im Vergleich zu seiner Liebe zu Veliza und seiner Trauer um ihren verlorenen Sohn.
Als sich die Festlichkeiten der Consualia dem Ende zuneigten und der Tag der Rückkehr von Culcnies bevorstand, befahl Tarxne, Lucretia in den Thronsaal führen zu lassen. Obwohl die Wachen Anweisung hatten, niemanden außer ihr einzulassen, waren die Türen weit geöffnet, und Lucretia stellte mit Bedauern fest, daß der König es so eingerichtet hatte, daß dieses Gespräch unter aller Augen stattfand, wenn auch nicht für alle Ohren bestimmt.
Dennoch näherte sie sich dem Thron mit glänzenden Augen und einem sanften, auf den ersten Blick fast schüchternen Lächeln.
»Die Königin hat mir gesagt, daß du mich zu sehen wünschst, um über meine Zukunft zu entscheiden«, murmelte sie und hielt nur einen Schritt von Tarxne entfernt an, um ihn in den betäubenden Duft, den sie angelegt hatte, einzuhüllen. Tarxne sah mit einem Blick, daß ihr Körper inzwischen die Rundungen einer erwachsenen Frau angenommen hatte und sie aus dieser Veränderung ihren Vorteil zu ziehen wußte.
»Die ägyptischen Händler auf dem Forum handeln diesen Duft als eine der wertvollsten ihrer Waren. Derjenige, der ihn dir zum Geschenk gemacht hat, muß sehr reich sein, Tochter des Triciptinus.«
»Wer kann reicher sein als der König?« antwortete Lucretia.
»Wer kann so töricht sein, das glauben machen zu wollen«, entgegnete ihr Tarxne.
Für einen Augenblick senkte das Mädchen den Blick und errötete leicht verlegen. »Ich selbst habe die Essenz bei dem ägyptischen Händler bezahlt«, gestand sie. »Es tut mir leid. Ich wollte dich eifersüchtig machen.«
»Ich kann mir vorstellen, *wie* du sie bezahlt hast. Und was die Eifer-

sucht anbetrifft . . . Warum sollte ich eifersüchtig auf dich sein Tochter des Triciptinus? Ich liebe dich nicht, und du gehörst mir nicht an. Der Grund, weshalb ich dich habe rufen lassen, ist das Versprechen, das ich dem Fürsten Culcnies von Tarchna gab, der vor seiner Abreise bei mir um deine Hand angehalten hat.«
»Du kannst mich keinem anderen zur Frau geben!«
»Keinem anderen? Culcnies hat mir bestätigt, daß er der erste war, der deinen Gürtel gelöst hat. Hast du das vergessen?«
»Nein. Aber du hättest es sein sollen, mein König«, rief Lucretia.
Tarxne entfernte sich ein paar Schritte von ihr. Dieser Duft stieg ihm zu Kopf, und es war offensichtlich, daß er auch sie in Erregung versetzte. Er nahm sich vor, den Händler zu befragen, was er den Blütenessenzen und dem Sandelholz sonst noch beigemischt hatte.
»Sobald Culcnies zurück ist, wird die Hochzeit gefeiert werden, Tochter des Triciptinus. Das heißt, daß du deine Beziehung zu Sextus beenden mußt, und zwar sofort«, befahl er.
»Ich habe keine Beziehung mit ihm!« widersprach Lucretia.
»Lüge nicht so unverschämt!« fuhr der König sie an.
»Hat er dir etwa davon erzählt«, fragte Lucretia nun ehrlich erstaunt, und Tarxne spürte, wie wieder die Angst in ihr aufstieg, dieselbe Angst, die sie auch verraten hatte.
»Nein, das hat er nicht«, erwiderte er. »Erinnerst du dich an den Tag der Versammlung nach meiner Rückkehr aus Vei? Auch du warst im Saal, Lucretia. Deine Eitelkeit und der Wunsch, dich mir zur Schau zu stellen, haben dich verleitet, an der Seite der Königin zu bleiben. Damals habe ich, gegen meinen Willen, deine Angst erkannt, und auch die von Sextus.«
»Aber trotzdem hast du Sextus nicht aus Ruma entfernt.«
»Auch dich habe ich nicht entfernt, Lucretia. Aber sobald du Culcnies geheiratet hast, werdet ihr beide nach Collatia aufbrechen. Dort werdet ihr wohnen, und dein Ehemann wird in meinem Namen über die Stadt deines Vaters herrschen. Das ist mein Befehl.«
»Und was sagt mein Vater dazu?« murmelte das Mädchen.
»Dein Vater wird gehorchen, zu deinem und zu seinem Besten« sagte Tarxne abschließend.
Lucretia senkte den Kopf. Ihre Haltung drückte jetzt übergroßen Schmerz und eine tiefe Betrübnis aus. Nicht einmal in ihrem Schmerz

ist sie aufrichtig, dachte Tarxne bei sich. Obwohl sie zweifellos leidet.

»Ich will meine Königin nicht verlassen, jetzt, wo sie dir erneut einen Sohn schenken wird«, begehrte Lucretia auf. Jedem außer Tarxne mußte sie wie die gekränkte Unschuld in Person erscheinen.

»Schweige jetzt, Lucretia ... Ich werde nicht zulassen, daß Culcnies deinetwegen leidet. Eigentlich wäre es zu seinem Besten, ich würde ihm deine Hand verweigern.«

»Das würdest du wirklich tun?«

»Du weißt genau, daß ich es tun würde. Geh jetzt zu deiner Königin zurück.«

Das Mädchen biß sich auf die Lippen, aber in ihren Augen stand ein Lächeln und ein Versprechen.

Am Ende wirst du unterliegen, so wie alle anderen auch, selbst wenn du ein König, ein Magier und ein Fremder bist, sagten ihre Augen, und ihre Besessenheit war genauso stark wie der Duft, der sie umhüllte.

Zwei Tage später, als Culcnies mit seiner Hundertschaft bereits auf der Straße von Ardea her angekündigt war, ritten Juno und Luxrias in vollem Galopp in den Haupthof des Palastes und überrannten dabei fast die Haruspizen, die vor dem Altar die Morgenriten zelebrierten.

»Tarxne!« schrie Juno, sobald er den Portikus vor dem Thronsaal erreicht hatte. »Deine Wachen haben gerade Sextus gefangengenommen. Was hat das zu bedeuten?«

»Beruhige dich, Juno«, antwortete Tarxne und trat ihm entgegen.

Seine Kaltblütigkeit verwirrte den jungen Mann. Er schaute sich um und hatte das Gefühl, als ob die Wache des Königs schon bereitstände, um mit ihm genauso zu verfahren. Aber der Klang von Tarxnes Stimme hatte doch seine Wirkung getan, und Juno begann sich langsam zu beruhigen.

Er gab Luxrias ein Zeichen, ebenfalls ruhig zu bleiben, und wandte sich dann von neuem an Tarxne. »Was geht hier vor? Ich habe mit meinen eigenen Augen gesehen, wie Sextus sich deinen Wachen ergeben mußte, die ihn jetzt, gefesselt wie einen Verräter, hierher führen.«

»Meine Wachen kennen keinen Mittelweg, Juno, das weißt du. Sextus hat eine schwere Schuld auf sich geladen. Er hat meine Befehle mißachtet.«

»Was?« murmelte der junge Mann ungläubig. »Das kann ich nicht glauben.« Bis zu diesem Augenblick hatte er so wenig an Sextus' absoluter Treue gezweifelt, wie der Tag auf die Nacht folgt.

»Du wirst es gleich selbst erfahren, er wird sofort hier sein«, antwortete Tarxne.

Angezogen von der Außergewöhnlichkeit des Vorfalls, eilten nun von überall her die Adeligen und Hauptleute herbei, die auf dem Weg zur morgendlichen Audienz waren. Und als die Wachen des Königs, zusammen mit ihrem Gefangenen, den Haupthof erreichten, drängte sich dort bereits eine neugierige Menschenmenge.

Der Gefangene ist ein Rasna, wie der König selbst. Einer seiner Freunde. Wie wird wohl der König über einen Freund richten, der ihm den Gehorsam verweigert? ging es den meisten von ihnen durch den Kopf, während der ganze Palast von einem Unbehagen ergriffen wurde, das ihn in seinen Grundfesten zu erschüttern schien.

Sextus' Hände waren auf dem Rücken gefesselt, und um seinen Hals war ein Seil geschlungen, dessen Ende einer der Karthager in der Hand hielt. So wurde Sextus bis zum Portikus geführt und vor dem König auf die Knie gezwungen. Sofort bildete sich um sie ein Kreis, in den die Sonne, die über einer niedrigen Wolkenbank, die Regen versprach, aufgegangen war, lange, verzerrte Schatten warf.

»Warum, Sextus?« fragte Tarxne, und der junge Mann zuckte bei seinen Worten so heftig zusammen, als hätte er einen Schlag erhalten. Ein leichtes Zittern überlief ihn, und er drehte schweigend den Kopf beiseite.

»Du hattest Anweisung, die Bauarbeiten am Tempel so schnell wie möglich voranzutreiben, noch vor Beginn der Regenperiode. Dafür waren dir dreißig Männer unterstellt worden«, fuhr Tarxne fort. »Warum hast du meinen Befehl nicht ausgeführt? Was ist passiert?«

»Die Arbeiter haben sich geweigert, die Arbeiten fortzusetzen, und ich glaube nicht, daß sie im Unrecht sind. Sie arbeiten schon seit vielen Tagen ohne Unterlaß«, murmelte Sextus.

»Dafür werden sie schließlich bezahlt und beköstigt.«

»Seit geraumer Zeit beklagen sie sich gerade darüber. Du machst aus den freien Männern dieser Stadt einen Haufen Maurer, Zimmerleute und Hilfsarbeiter ... Keiner kann mehr seinen eigenen Geschäften nachgehen.«

»Ist es das, was sie dir gesagt haben?«
»Ja, so ist es, und ich weigere mich, sie zum Gehorsam zu zwingen«, erklärte Sextus und schaute Tarxne jetzt ohne Angst in die Augen, obwohl er wußte, daß das, was kam, ihm den Magen umdrehen würde. Er glaubte, in der Menge auch Lucretia entdeckt zu haben, aber ihre Gestalt blieb undeutlich, und er zwang sich, sie sofort aus seinen Gedanken zu verbannen. Die Tatsache alleine, daß der König von ihnen wußte, machte alles noch schlimmer.
»Du wirst zur Strafe zwanzig Peitschenhiebe erhalten und so lange in einer Zelle bleiben, bis ich entschieden habe, was ich mit dir machen werde«, befahl Tarxne schroff.
Während Sextus sich noch fragte, ob der König seiner Bestrafung wohl beiwohnen würde, wurde er schon von der karthagischen Wache ergriffen und zum Hof der Dienstboten geschleppt, wo üblicherweise Bestrafungen vollzogen wurden.
Eine Menge Schaulustiger folgte ihnen. Sextus erkannte Juno, Luxrias und sogar Publius Valerius. Dann, als man ihn an den Pfahl band, sah er auch den König.
Die Sonne war jetzt von den vorüberjagenden Wolken ganz verdeckt. Eine große Stille hatte sich über die Stadt gelegt, gleichsam als ein stummes Echo auf den Palast, der vor Schrecken erstarrt zu sein schien.
Sextus zuckte unter dem ersten Peitschenhieb zusammen, dem zweiten, dem dritten . . . aber nach dem zehnten stellte er zu seinem Erstaunen fest, daß er keinen Schmerz mehr fühlte, obwohl ihm das Blut den Rücken herunterlief.
Als er in die Zelle geführt wurde, schloß er die Augen und ließ sich in das Land der Träume entführen. Aber es war keine Schwäche, sondern ein wohliges Gefühl, das ihn ergriffen hatte und ihm Farben und bizarre Bilder vorgaukelte, die ohne einen Sinn ineinander verschmolzen. Es mußte schon sehr spät sein. Das Prasseln des Regens, das Zucken der Blitze und der Hall des Donners drangen bis in die Zelle. Der Schein einer Fackel erleuchtete die Steine des Gewölbes. Die Zellentür stand offen, und es waren keine Wachen zu sehen.
Plötzlich erinnerte sich Sextus wieder, wer er war und warum er sich an diesem Ort befand. Dann zuckte er leicht unter der Hand zusammen, die über seine Stirn streifte und ihm das Bewußtsein wiedergegeben

hatte. Für einen Augenblick verschlug es ihm den Atem. Der König stand über ihn gebeugt da, und hatte ihm mit seiner Berührung den gerade wieder einsetzenden Schmerz genommen.
Er hatte nie ganz glauben können, daß ein Trutnot dazu wirklich fähig war. Andererseits hatte er auch nie all die Geschichten geglaubt, die voller Angst hinter vorgehaltener Hand über die Rasna erzählt wurden.
»Verzeih mir, Sextus, mein Freund«, sagte der König. »Wenn es eine andere Möglichkeit gegeben hätte, dann hätte ich sie gewählt.«
»Ich habe kaum Schmerzen gespürt ... Warum habe ich keine Schmerzen gespürt, als ich ausgepeitscht wurde«, stammelte Sextus, noch zu verwirrt, um die Worte des Königs richtig verstehen zu können.
»Die Peitsche war mit griechischem Opium getränkt. Deshalb hast du nichts gespürt. Stütz dich jetzt auf mich.«
Sextus ergriff den ausgestreckten Arm des Königs und zog sich daran hoch. Aber ihm wurde schwindelig, und er schloß die Augen. »Und warum fühle ich jetzt keinen Schmerz?« fragte er.
»Dein Schmerz ist jetzt meiner. Das zumindest war ich dir schuldig.«
Sextus zögerte. Der Auftrag, den der König ihm erteilt hatte, hatte ihn mit Stolz erfüllt, und er hatte anfangs auch keinen Augenblick an seinem Gelingen gezweifelt ... Nun quälte es ihn um so mehr, in den Augen der anderen als Verräter dastehen zu müssen.
»Man wird sagen, daß ich dich verraten habe«, murmelte er.
»Sei unbesorgt«, antwortete Tarxne. »Wenn du erst dem alten König von Gabii auf den Thron gefolgt sein wirst und die Stadt unter die Vorherrschaft Rumas bringst, wird das alles keine Bedeutung mehr haben.«
Sextus gab keine Antwort.
»Komm jetzt«, sagte Tarxne. »Ich werde dich aus dem Palast bringen.«
»Ich verlasse ihn nur ungern. Warum hast du gerade mich ausgewählt, König Tarquinius?«
Tarxne betrachtete ihn. Sextus war aufrichtig. Er ging seine Mission mit einer Kühnheit an, die ihn an Laris Pursiena erinnerte, und Tarxne fragte sich, ob er soviel Ergebenheit überhaupt verdient hatte.
»Weil ich dir vertraue, wie ich Aranth vertraue, der mein Bruder ist«,

antwortete er ihm schließlich. »Das weißt du. Ich habe es dir in Vei bewiesen. Du weißt etwas von mir, Sextus, das niemand weiß, und das verbindet uns unlösbar.«
»Dafür muß ich den Göttern dankbar sein!«
»Sicher, denn dadurch wirst du König werden. Außerdem hättest du den Palast nach der Heirat von Culcnies mit der Tochter von Triciptinus auf jeden Fall verlassen müssen.«
Sextus biß sich auf die Lippen. Auf Lucretia verzichten zu müssen war längst nicht so schmerzhaft, wie den Palast und die Stadt, in der er aufgewachsen war, zu verlassen.
Trotzdem nagte der Gedanke an ihm.
»Es tut mir leid. Ich glaube, das Mädchen hat ihr Spiel mit mir getrieben«, murmelte er.
»Du solltest sie nie wieder alleine treffen«, mahnte ihn Tarxne.
»Auch du solltest dich vor ihr in acht nehmen, König Tarquinius! Sie haßt dich sicher mindestens genauso sehr, wie sie dich liebt . . . Das hat sie mir selbst gesagt.«
Tarxne antwortete auf seine Warnung mit einem Lächeln, das bewies, wie gleichgültig er den Gefahren von seiten Lucretias gegenüberstand. Dann half er Sextus aufzustehen und legte ihm eine dunkle Tebenna um.
»Du wirst die Stadtmauern durch die Porta Esquilinia verlassen. Die Wachen sind heute nacht alle in ihren Unterkünften. Auf der anderen Seite der Mauern, bei den Steineichen, wirst du ein Pferd vorfinden. Damit reitest du nach Gabii.«
»Wie willst du sicher sein, daß ich meinen Auftrag auch ausführen kann und nicht auf dem Weg dorthin sterbe«, fragte Sextus, während er sich in die Tebenna hüllte. »Ich werde es immer dann wissen, wenn *du* es mich wissen lassen willst. Ich bin ein Trutnot, vergiß das nie.«
»Wie könnte ich das vergessen. Aber . . . kannst du mir nicht noch ein bißchen von dieser Substanz geben, die mich die Schmerzen nicht hat spüren lassen?«
»Nein. Du bist ab jetzt auf der Flucht. Alle sollen glauben, du hast ein Pferd gestohlen und dich aus der Stadt geschlichen, um meiner Härte zu entgehen.«
»Das wird dich in den Augen deines Volkes nicht rechtfertigen, König Tarquinius«, bemerkte Sextus.

»Nein, aber es wird mir Ruhe in meinem Reich verschaffen. Vor einiger Zeit hat mir ein Freund gesagt, daß eine Stadt und ein Volk, dessen Blut nicht durch deine Adern fließt, nur von starker Hand zu beherrschen ist. Ich glaube, er hatte recht.«

Auf Tarxnes Arm gestützt, erreichte Sextus den Innenhof und den Dienstbotenausgang, durch den die Vorräte in die Küchen gebracht wurden. Es regnete in Strömen, und der Wachposten lag zusammengekauert und in seinen Umhang eingehüllt wie schlafend in einer Mauernische.

»Wenn es nach mir ginge, würde dieser Mann schon morgen mit derselben Strenge bestraft werden, die du heute mir gegenüber gezeigt hast«, knurrte Sextus.

»Es ist nicht seine Schuld, daß er schläft, mein Freund. Laß dich von dem einfachen Anschein der Dinge niemals täuschen.«

Sextus schwankte und lehnte sich haltsuchend an die Mauer. Tarxne berührte das Tor, und es öffnete sich vor ihm, als wäre der schwere Riegel nicht vorhanden. Sextus wandte sich ein letztes Mal um. Er wollte noch einmal das Bild dieses Ortes in sich aufnehmen, der ihm so teuer war und dem er sein Leben gewidmet hatte. Dann blickte er zu dem König hinüber, der ihm, hochgewachsen und dunkel, viel älter erschien als er selbst, obwohl sie gleichaltrig waren. Diese Reife jedoch, dachte Sextus, rührt nicht von seinem Alter her, sondern von etwas, das ihn hin und wieder in seltsamer Weise umgab und in einen anderen verwandelte. So schien ihm auch jetzt, als wäre Tarxne eins mit dem Regen, der Dunkelheit und den Steinen. Die Berührung des Königs, der nun zur Besiegelung ihres Treuebündnisses seine Stirn zeichnete, rüttelte Sextus aus seinen Gedanken auf. Dann schlüpfte er aus dem Tor und verließ den Palast. Der Weg vom Palast zur Subura, dem alten Stadtkern Rumas, hinunter, war menschenleer. Da er noch immer kaum Schmerzen empfand, schritt er mit weit ausholenden Schritten bis zur Fagutal und nahm dann die Straße entlang dem Oppius.

Hier kannte er jeden Stein und wußte genau, an welcher Stelle der Stadtmauern er hinauf- und auf der anderen Seite wieder hinunterklettern mußte, vorausgesetzt, die Wachen waren wirklich in ihren Unterkünften. Aber er zweifelte nicht einen Moment daran, denn der König selbst hatte es ihm versichert.

Als er an der Stadtmauer angekommen war, war der Regen so heftig geworden, daß selbst die Teerfeuer in den Dreifüßen entlang dem Weg erloschen waren.

Er hielt inne, um Atem zu holen. Nur in den kurzen Momenten, in denen der Himmel vom Blitz erhellt wurde, konnte er die Umrisse der sich auf den Hügeln ausbreitenden Stadt inmitten der dunklen Umrisse der Wälder erkennen. Die Götter sind mit mir, dachte er und erklomm in einem Moment der Dunkelheit die Mauer. Dann sprang er auf der anderen Seite in den Schlamm des breiten, bewehrten Grabens hinunter, der sie umgab.

Wie der König versprochen hatte, fand er das Pferd bei den ersten Steineichen vor. Es war ein gutes Pferd, an einem langen Zügel festgebunden, aber vom Unwetter unruhig. Sextus fand weder Decken noch versteckte Waffen vor.

Jetzt bist du wirklich ein Flüchtling, Sohn des Tavas, sagte er sich und schwang sich aufs Pferd. Die Wirkung des griechischen Opiums hatte inzwischen nachgelassen, und zum ersten Mal empfand er heftige Schmerzen im Rücken.

Im Galopp ritt er in die Nacht hinein, und die Morgendämmerung sah ihn durchnäßt und von Schmerzen gepeinigt. Er fror, und nur noch seine äußerste Willensanstrengung hielt ihn auf dem Pferd, als der Wind ihm plötzlich den Duft eines offenen Feuers und von gebratenem Fleisch zutrug.

Der Wald, der die Straße nach Gabii zu beiden Seiten flankierte, hatte sich hier ein wenig gelichtet, und eine Gruppe von riesigen Eichen bot mit ihren weit ausladenden Ästen einen sicheren Schutz vor dem Unwetter.

Als er näher kam, sah er unter den Bäumen einen alten Vagabunden, der damit beschäftigt war, auf einem kleinen Feuer eine wer weiß wo aufgetriebene Wildgans zu braten. Sextus spürte auf einmal, daß er schon lange nichts mehr gegessen hatte. Er glitt vom Pferd und hielt sich an dessen Hals fest, um nicht umzufallen. Der Alte, der ihn, ohne sich umzuwenden, aus den Augenwinkeln beobachtet hatte, wandte sich ihm zu.

»Komm näher«, sagte er einladend. »Mir scheint, du bist verletzt.«

»Ich glaube, ich kenne dich«, erwiderte Sextus, hoch erfreut über die freundliche Einladung des Alten.

»Das mag sein. Ich bin nur ein alter Vagabund, aber ich war schon öfter im Palast von Ruma. Ich kenne auch deinen König.«

»Ja, ein mächtiger König.«
Der alte Mann nickte zerstreut, anscheinend ganz damit beschäftigt, den Spieß mit der Gans über dem Feuer zu drehen.
Erschöpft ließ sich Sextus nieder, bedacht darauf, seine Tebenna fest um sich zu ziehen, um die frischen Wunden der Peitschenhiebe zu verbergen.
»Warum schickt dein König dich nach Gabii?« fragte der alte Mann.
»Woher willst du wissen, daß ich nach Gabii reite?«
»Diese Straße führt nach Gabii.«
Sextus antwortete nicht. Er fühlte sich zu schwach und zu müde, um ein Gespräch zu führen. Der Alte reichte ihm einen Schlauch aus Ziegenleder.
»Trink«, forderte er ihn auf. »Es ist Wein mit Honig und Gewürzen darin . . ., er wird dir guttun. Ich schneide inzwischen das Fleisch auf.«
Sextus gehorchte. Es war ihm unmöglich, dem Alten zu mißtrauen, der ruhig dasaß und ihn anlächelte, fast so als könnte er seine Gedanken lesen. Der Alte schnitt ein Stück Fleisch ab und reichte es Sextus auf einem Blatt, das als Teller diente. Er selbst nahm nichts zu sich, aber Sextus war zu hungrig, um darauf zu achten.
»Dein Wein mit den Gewürzen zeigt schon Wirkung«, sagte er kauend. »Ich fühle mich bereits viel besser, hab vielen Dank.« Seine Schmerzen begannen langsam wieder nachzulassen.
»Vielleicht haben die Götter mich deswegen auf deinen Weg geschickt, was glaubst du?« erwiderte der Alte.
»Ja, vielleicht«, entgegnete Sextus und spürte, wie ihm ein Schauer über den Rücken lief. Für einen Moment hatte er den Eindruck gehabt, als hätte ihn etwas Unsichtbares berührt. Aber schon im nächsten Augenblick fühlte er, wie sich eine wohltuende Wärme in seinem Körper ausbreitete.
»Weißt du eigentlich, wer ich bin?« fragte Sextus, ohne weiter nachzudenken.
»Woher sollte ich das wissen?« entgegnete der Alte. »Iß jetzt. Wenn du dann ein wenig schlafen möchtest, werde ich Wache halten. Bei diesem Regen kannst du sowieso kaum weiterreiten, hier bist du wenigstens im Trockenen.«
»»Ich danke dir, aber ich kann mich nicht aufhalten. Dein gewürzter

Wein und dein Essen haben mich gerettet«, sagte Sextus und erhob sich.
Der Alte zuckte mit den Schultern, als ob seine Gastfreundschaft nicht weiter der Rede wert wäre, und Sextus spürte, wie seine Augen ihn durchbohrten. Etwas Geheimes berührte ihn tief im Inneren, so wie er es bisher nur von *einem* kannte.
»Wieso nimmst du dieses Risiko auf dich?« fragte der alte Mann unvermittelt.
Sextus starrte ihn erstaunt an. Diese Frage hatte er sich schon selbst gestellt, als er vor Entkräftung fast vom Pferd gefallen wäre, kurz bevor er den Alten und das Feuer erblickt hatte.
»Aus Treue vielleicht«, antwortete er verwirrt, »oder aus Freundschaft.«
Der Wanderer nickte gedankenverloren und schaute ins Feuer, als ob er dort noch etwas anderes als nur die Flammen sehen würde. »Möge die Göttin Athrpa über dich wachen«, murmelte er. »Wahre Freundschaft ist ein kostbares Gut.«
»Warum rufst du die Schicksalsgöttin an, Alter?«
»Weil sie es ist, die über die Wege der Menschen wacht. Wußtest du das nicht?«
Nur mühsam schüttelte Sextus die angenehme Mattheit ab, die ihn überfallen hatte.
»Ich muß nun wirklich weiter«, sagte er. »Und ich habe nichts, um dir deine Gastfreundschaft zu entgelten.«
Der andere lächelte, und seine dunklen, wachen Augen funkelten. »Ich brauche nichts«, antwortete er.
Sextus neigte den Kopf zum Gruß, bestieg dann sein Pferd und ritt zur Straße zurück.
Als er sich noch einmal umwandte, war von dem Alten und dem Feuer nichts mehr zu sehen.

Der See und die Wälder rings um Gabii waren in Nebel gehüllt, als Sextus am Tempel anlangte.
Am Ende seiner Kräfte und vom Fieber geschüttelt, ließ er sich vom Pferd gleiten. Aber unfähig, sich noch auf den Beinen zu halten, fiel er auf die Knie und krallte sich an dem Hohenpriester fest, der ihm zu Hilfe geeilt war.

»Bringe mich zu deinem König!« keuchte er, als der Mann sich über ihn beugte.
Sextus bemerkte kaum noch, wie er vom Tempel vor den Toren der Stadt durch das Stadttor und von dort zum Palast von Antistius gebracht wurde.
Gabii hatte den Ruf einer alten Stadt, ohne irgendwelche Bequemlichkeiten. Jeder Anflug von Luxus wurde hier als Schwäche ausgelegt. Sextus selbst hatte sich so manches Mal bei seinen früheren Aufenthalten in Gabii, wo er des öfteren Pferde eingekauft hatte, darüber lustig gemacht. Aber das war lange her, lange Zeit bevor ihn der König für diesen Auftrag auserwählt hatte.
Jetzt, wo er die Liebe zur Schönheit entdeckt hatte, die Tarxne nach Ruma gebracht hatte, erschien ihm der Palast von Antistius noch düsterer und kahler als in seiner Erinnerung. Der Palast war auf einem Felshügel erbaut, umgeben von der Stadt mit ihren zweistöckigen Häusern zwischen engen, dunklen und übelriechenden Gassen, an die sich nach und nach unzählige Ställe sowie die Unterkünfte der Berittenen anschlossen. Die Reiterei war der wahre Stolz der Stadt und bildete deren eigentliche Gefahr, denn diese ständig unruhige, gut ausgebildete und starke Truppe konnte innerhalb des Latinischen Bundes, den der König von Ruma ins Leben rufen wollte, von beachtlichem Gewicht sein. Sextus wurde in die Unterkünfte der Palastwache gebracht, und ein Diener kam, um seine Wunden zu versorgen. Kurz darauf traf Hirtius, der Hauptmann der Berittenen, ein, den Sextus von früheren Kaufverhandlungen her bereits kannte. Solange der Diener noch mit ihm beschäftigt war, schwieg Hirtius.
Dann fragte er ohne große Einleitung: »Warum bist du hierher gekommen?«
»Ich bin geflohen«, erklärte Sextus. »Ich bin aus Ruma geflohen und vor seinem König.«
»Warum? Alle sagen, er sei der große und gerechte König einer mächtigen Stadt. Warum also bist du vor ihm geflohen?«
Sextus senkte den Kopf. »Das werde ich alleine deinem König sagen«, antwortete er leise.
»Wenn er bereit ist, seine Zeit mit dir zu verschwenden«, erwiderte Hirtius trocken.
Er wird mich anhören, dachte Sextus, und zwar aufmerksamer, als du

glaubst. Aber er schwieg und schloß, wie von einem Schwächeanfall erfaßt, die Augen. Der andere wartete einen Augenblick ab, dann verließ er mit einem zwischen den Zähnen hervorgestoßenen Fluch den Raum. In der Feuerstelle züngelten die Flammen plötzlich hoch auf, und in Sextus breitete sich ein wohltuendes Gefühl von Ruhe und Vertrauen aus. Er wußte, sein König war mit ihm.

11.

Der Adler hatte die Stelle angezeigt. Lange Zeit hatte er im golden leuchtenden Frühlingshimmel über dem flachen Gipfel des Monte Albanus gekreist, wo zwischen den Eichen der aus Stein und Erde erbaute Altar für das Stieropfer stand. Dann war er im Sturzflug auf die breite Straße niedergeschossen, auf der die Prozession von der Ferentina-Quelle, wo die Zelte der Könige aufgebaut waren, bis hinauf zum Opferaltar stattfinden sollte.

Alle hatten gesehen, wie er über dem Zelt des Königs von Ruma niedergegangen war und einige Zeit darüber schwebte, bevor er wieder zum Gipfel des Hügels zurückgekehrt war.

Alle, einschließlich Juno, der auf der Schwelle zum Zelt stand, hatten dieses Schauspiel stumm und wie erstarrt verfolgt.

Den jungen Mann überlief ein leichter Schauer. Nicht so sehr wegen dieses wundersamen Zeichens selbst als vielmehr wegen der Furcht und Ehrerbietung, die Tarxne plötzlich entgegengebracht wurde. Er wandte sich zum König um, der im Schatten des Zeltes geblieben war, und sah auf seinen Lippen dieses kleine Lächeln, das er von seinem Vater geerbt hatte und dem keiner widerstehen konnte.

»Auch die Götter *dieses* Ortes sind mit dir«, bemerkte Juno ehrlich erfreut über das günstige Vorzeichen.

»Mit uns«, berichtigte ihn Tarxne. »Bist du mir immer noch böse wegen Sextus.«

»Du hast mir nicht vertraut«, sagte Juno. In seiner Stimme klang eher Enttäuschung mit als Zorn.

»Hättest du meine Entscheidung denn gutgeheißen? Und selbst wenn, wärst du denn in der Lage gewesen, dich zu verstellen?«

Juno zögerte. Tarxne hatte in einem so ruhigen Tonfall gesprochen, als ob er seine Einwände vorausgesehen hätte.

»Warum hast du es mir dann jetzt erzählt?« fragte er.
»Weil jetzt der König von Gabii eingetroffen ist und Sextus sich an seiner Seite befindet. Ich möchte nicht, daß du ihm feindselig gegenüberstehst oder ihm vielleicht sogar Vorwürfe machst und ihn zum Kampf herausforderst«, erklärte Tarxne.
»Auf diesen Plan kannst du ja stolz sein . . .«
»Wenn damit Gabii ohne einen Krieg auf Rumas Seite gebracht wird, dann kann ich wirklich stolz darauf sein. Ich werde immer alles tun, um Krieg zu vermeiden, Juno, auch wenn mich, was das anbetrifft, niemand verstehen will«, erklärte Tarxne.
»Ein König sollte auch den Tod als Preis akzeptieren«, antwortete Juno.
»Den eigenen, ja«, räumte Tarxne ein. »Aber ich werde mich immer schwertun, den Tod anderer in Kauf zu nehmen. Du bist in Ruma geboren und aufgewachsen, und dieses Prinzip gehört sicher nicht zu dem, was Männer wie Valerius dir beigebracht haben.«
»Was ist an ihrer Art falsch?« fragte Juno verblüfft.
»Vielleicht gar nichts. Vielleicht wird sich in Zukunft ihre Art durchsetzen. Aber *ich* bin ein Rasna und ein Trutnot, und solange ich als König herrsche, wird der Tod auch noch des letzten meiner Diener, sei er aus Nachlässigkeit oder Berechnung verursacht, auf mir lasten. Begleite mich jetzt, es ist an der Zeit, die Prozession zu eröffnen.«
Juno rührte sich nicht von der Stelle. »Bist du sicher, daß du den Latinischen Bund wirklich beherrschst?« fragte er. »Es könnte sein, daß wir diesen Ort nicht lebend verlassen.«
»Das könnte durchaus sein«, antwortete Tarxne und setzte sich in Bewegung.
Der junge Mann warf sich seine Tebenna um. Sie war weiß mit purpurfarbenen und goldenen Ornamenten, ähnlich der Tarxnes. Auch die kurze Tunika war weiß, nur mit einer einzigen goldenen Borde besetzt, und der Brustschutz aus ineinander verflochtenen Leder- und Leinenriemen, wie auch die Beinschienen, war zwar leicht, aber widerstandsfähig.
Keiner der latinischen Könige war in so kostbare Stoffe und so fein verarbeitetes Leder gekleidet. Obwohl Eisen unter den Latinern als das wertvollste Metall galt, trug Tarxne nichts aus diesem Material. Die Fibel, die seine Tebenna hielt, war aus Gold und stellte den Adler von Tarchna dar.

»Das ist eine Provokation«, rief Valerius aus, der zusammen mit Culcnies, Luxrias, Triciptinus von Collatia und einem Dutzend Abgesandter der Adelsfamilien Rumas die beiden Männer auf der Straße erwartete. »Der König von Aricia hat sich die ganze Zeit über gegen einen fremden König gesträubt, und nun trägst du offen ein Symbol, das nicht unseres ist.«

»Das genau wird den König von Aricia dazu verleiten, etwas zu tun, was der gesunde Menschenverstand ihm sonst verbieten würde. Sei unbesorgt, Valerius«, beruhigte ihn Tarxne.

»Aber du bist unbewaffnet.«

»Bist du dir dessen sicher?«

»Ich glaube nur an das, was meine Augen sehen, König Tarquinius.«

Tarxne antwortete nicht. Er wandte sich um und folgte den Cabensern, den latinischen Priestern des Jupiter, die die Prozession anführten. Der Zug setzte sich in Bewegung, und der Adel schloß sich ihnen an, wobei jeder darauf bedacht war, nicht als letzter im Zug zu gehen, denn das bedeutete Unheil.

Die Straße, ein uralter Weg, der schon so lange begangen wurde, daß sich niemand mehr an seinen Ursprung erinnern konnte, schlängelte sich breit durch die Eichenwälder, die der Frühling in ein Blumenmeer verwandelt hatte. Teppiche von Veilchen bedeckten die Lichtungen, und wilde Kresse rankte sich rotgolden über die Hänge. Die von Düften erfüllte, milde Luft schien eine Hymne auf den Frühling zu sein ...

Tarxne konnte nicht umhin, dieses Zusammentreffen mit der Zusammenkunft des Zwölfstädtebundes der Rasna in Fanu Veltune zu vergleichen.

Aber obwohl es sich bei beiden um ein festliches Zusammentreffen mit Spielen und Banketten handelte, gab es doch einen tiefgehenden Unterschied. In Fanu Veltune brachte das Volk der Rasna den Göttern sein Herz dar, im Bewußtsein, nichts vor ihnen verbergen zu können. Hier hingegen wurde den Göttern nur das gewährt, was die Menschen für nützlich hielten. Das Heilige war dazu da, den Menschen zu dienen, und nicht umgekehrt. So war der Heuchelei Tür und Tor geöffnet.

Und das war auch der Grund, warum Herdonius, König von Aricia, glaubte, gewinnen zu können.

Anders als in Fanu Veltune nahmen an dem Treffen weder die Königinnen noch die adeligen Frauen teil. Keinem der latinischen Könige wäre es in den Sinn gekommen, seine Frau an einer Versammlung teilnehmen zu lassen. So hatte sich auch Tarxne den Bräuchen des Volkes, über das er herrschte, gebeugt und darauf verzichtet, Tullia mitzunehmen. Zudem verspürte seine Königin, die noch den kleinen Larth stillte, keinerlei Verlangen, den Palast zu verlassen. Ihr lag nichts daran, den Königen zu beweisen, daß eine Frau der Rasna nicht nur an einem Tisch mit ihrem König speisen und gemeinsam die Darbietungen betrachten, sondern auch bei Bündnissen und Handelsabkommen an seiner Seite stehen kann.

Auch Melcart war anwesend. Es war ihm zwar nicht gestattet, an der Prozession teilzunehmen, aber er war zum Bankett geladen, als Abgesandter und Bevollmächtigter Karthagos zu verhandeln und für Tharros Verträge zu unterzeichnen. Denn würde das Bündnis tatsächlich zustande kommen, würden auch die Handelsbeziehungen der Karthager nicht mehr nur auf Ruma beschränkt sein. Sie würden sich auch auf alle anderen latinischen Städte ausweiten und allen Beteiligten beträchtliche Vorteile bringen.

Die vier ältesten Cabenser, hochgewachsene und hagere Männer in langen, dunklen Tuniken, drehten sich dann und wann verstohlen nach dem König von Ruma um, der ihnen mit schnellen, sicheren Schritten folgte. Sie versuchten, ihn vorsichtig einzuschätzen, aber schon jetzt mußten sie anerkennen, daß er die Götter auf seiner Seite hatte und unzweifelhaft die Fähigkeit besaß, alle um sich herum in seinen Bann zu ziehen.

Die jüngeren Cabenser hingegen, in kurzen Tuniken aus grobem Stoff, gingen an den Seiten des Prozessionszuges. Hier und da hielten sie eine der Gruppen zu mehr Eile an, baten sie, zu der vorhergehenden aufzuschließen oder auch den Schritt zu verlangsamen. Ihre Aufgabe war es, dafür zu sorgen, daß die Prozession in der vorgeschriebenen Ordnung ablief und die Regeln befolgt wurden.

Der König von Gabii und sein Gefolge bildeten das Ende des Zuges. Mit Rücksicht auf sein fortgeschrittenes Alter wurde er in einer Sänfte getragen und von einigen seiner Kommandanten begleitet.

Die freien Männer der umliegenden Orte – Bauern, Schafhirten oder auch Bürger – hatten sich zusammen mit den Dienern längs der Straße aufgestellt. Aufmerksam verfolgten sie den Zug, und hier und da war ein hinter der Hand geflüsterter Kommentar zu hören.

Als die Prozession auf dem Gipfel ankam, erhob sich ein starker Wind, der durch die Wipfel der Eichen rauschte.
»Die Stimme der Götter«, wandte sich der Älteste der Cabenser leise an Tarxne und schaute ihn forschend an.
»Bist du bereit, König von Ruma? Bist du dir des Paktes, den du schließen willst, auch voll bewußt?«
»Ich kenne den Pakt«, antwortete Tarxne und blickte dem Priester dabei fest in die Augen.
»Man sagt, du seist ein mächtiger Magier«, murmelte der Alte, während er Tarxne zu dem Altar aus Erde und Stein begleitete.
»Du solltest das eigentlich wissen, denn du bist ein Priester. Du sprichst ebenfalls mit den Göttern.«
»Aber meine Götter haben einen anderen Namen ...«
»Namen sind nur Schall und Rauch, sie bedeuten nichts«, erwiderte Tarxne. »Den Gott, den du hier verehrst, ehren wir als Tinia, den Gott der Blitze.«
Tarxne war vor dem Altar stehengeblieben, während die verschiedenen Gruppen sich langsam aufstellten. Dann traten die jüngeren Cabenser vor, die einen mit bunten Bändern und Festkränzen geschmückten Stier mit sich zogen. Es war ein herrliches Tier, jung, mit weißem Fell und feurigem Temperament.
»Der Glanz und die Reinheit des Lichtes«, sprach der Priester leise die rituelle Formel, während er das lange Opfermesser an seine Stirn führte. Dann senkte er den Kopf und blieb reglos stehen.
Über die versammelte Menschenmenge hatte sich nun völliges Schweigen gesenkt. Alle waren sich der Feierlichkeit des Augenblicks bewußt, aber gleichzeitig war niemandem entgangen, daß Tarxne sich als einziger außerhalb des geschlossenen Kreises befand. Er stand alleine und hoch aufgerichtet direkt vor dem Altar, die Tebenna über die linke Schulter zurückgeschlagen, und in der Sonne glitzerte die Fibel, deren Symbol alle an den Adler erinnerte, der auf sein Zelt niedergestoßen war.
Der Priester hob nun wieder den Kopf und schaute Tarxne lächelnd an.
»Vollziehe du das Opfer, König von Ruma. Zeige uns, daß deine und unsere Götter dieselben sind und daß du, ein zweifacher Fremder, diesem Land Stärke und diesem Himmel Licht schenken kannst.« Mit diesen Worten nahm er das Opfermesser und überreichte es ihm in der offenen Hand, den rohen Holzgriff voran.

Tarxne ergriff das Messer.
Ein zweifacher Fremder ...
Sohn eines Rasna und einer Frau mit der hellen Haut und den hellen Haaren der Völker des Nordens.
Ein zweifacher Fremder. Genau das war es, was sie von ihm dachten.
Die jüngeren Cabenser hatten mittlerweile den Stier zum Altar geführt und drückten ihn mit Hilfe des Zaumzeuges auf die Vorderläufe.
Tarxne schlug seine Tebenna nach hinten, erhob einen Moment die Klinge und schnitt dann mit einer einzigen Bewegung dem Tier die Kehle durch.
Der Stier sackte vornüber zusammen, und das Blut spritzte auf Tarxne und die umstehenden jüngeren Priester.
Ein leises Murmeln ging durch die Menge, die bis dahin schweigend dagestanden hatte ...
Das Opfer war vollbracht. Die jüngeren Priester schickten sich bereits mit geübten Griffen an, das Blut in Kelchen aufzufangen. Später würden sie das Tier enthäuten. Jeder König würde bei dem Festmahl einen Teil davon essen, während der Rest an die Städte verteilt werden würde, um dort von den Ältesten im Verlauf ausgiebiger Zeremonien verzehrt zu werden.
Der Priester nahm das blutbefleckte Messer wieder an sich und hielt es sich wiederum gegen die Stirn.
»Du bist ein mächtiger König«, sagte er so leise, daß nur Tarxne ihn hören konnte. »Aber dein Weg ist verfangen in einem Netz, das schon vor deiner Zeit geknüpft wurde. Ich sehe einen Unterschlupf in einem Wald, zwei Männer und eine Frau ... Sie sind so tief miteinander vereinigt, wie es bis zum Ende der Zeiten niemals mehr wieder geschehen wird ... Der Kreis ist geschlossen. Wo Licht ist, da ist auch Schatten. Das Leuchten des Tages und die Finsternis der Nacht vereinigen sich in dir, König von Ruma. Und alles, was erstrahlt, wird verfinstert werden, auch für die Völker, deren Weg du streifst.«
Die Lippen des Mannes zitterten. Von seinen Worten erschüttert, wankte der Cabens. »Ich begreife nichts von dem, was ich dir gesagt habe, König von Ruma«, murmelte er. »Ein Gott hat durch mich gesprochen, aber vielleicht haben für dich diese Worte einen Sinn.«
Tarxne streckte stützend eine Hand aus und berührte mit der anderen leicht die Stirn des Priesters. »Vergiß!« befahl er ihm flüsternd.

»Die Götter heißen das Bündnis gut!« rief nun Octavius Mamilius, König von Tusculum, und trat vor.
Er war ein junger König, der seinem Vater erst vor zwei Frühlingen auf den Thron gefolgt war. Man sagte ihm nach, daß er die Jagd und das Abenteuer mehr liebte als die langweiligen Pflichten im Palast, aber auch, daß er ein ausgezeichneter Krieger sei, der Herausforderungen nicht aus dem Weg ging.
»Wie kannst du dir dessen so sicher sein, Sohn des Octavius?« warf Herdonius, der König von Aricia, ein.
»Das Opfer wurde angenommen. Du hast es selbst gesehen, Herdonius. Nur selten ist bereits der erste Hieb tödlich, und der Stier fällt nach vorne. Die Zeichen stehen gut!«
»Bist du etwa Priester geworden, Mamilius?« antwortete Herdonius spöttisch und trat nun ebenfalls nach vorne. »Dann erkläre mir, welche Vorteile uns Unterwerfung und Knechtschaft bringen sollen!«
»Warum sprichst du von Unterwerfung und Knechtschaft, Herdonius?« fragte Tarxne, und sein Tonfall löste bei den Versammelten eine starke Beklommenheit aus, wie bei einem unmittelbar bevorstehenden Unheil.
Tarxne war ein paar Schritte zur Seite getreten und stand nun in einem Flecken Sonne, die durch die vorüberziehenden Wolken gebrochen war.
»Es ist doch so, König von Ruma. Du willst dir alle Städte von Ruma bis hinunter zu dem Circei deines Vaters untertan machen.«
»Und was planst du mit deinem Bund von Nemi? Was bietet den Städten deine Herrschaft?« erwiderte Tarxne herausfordernd.
»Ich biete ihnen Schutz!«
»Und Knechtschaft und Isolation«, fügte Tarxne hinzu.
»Unser Blut ist latinisch. Es darf sich nicht mit fremdem Blut mischen. Du hast sogar Volsker und Karthager hierher gebracht. Und du *selbst* bist ein Fremder!« schrie Herdonius wütend.
»Dein Blick reicht nicht über deine Palastmauern hinaus«, entgegnete ihm Tarxne. »Aber die Zeiten der engen Mauern und der Ängste sind vorbei. Das ist alles schon gesagt worden. Die vereinten Städte werden stark in Angriff und Verteidigung sein, sie werden durch Handel und Tauschgeschäfte reich werden, und, auch wenn es dir schwerfällt, dies zu begreifen, sie werden durch Kunst und Wissenschaft groß werden.

Über all dies haben wir zwei Nächte lang gesprochen, bevor wir hierher gekommen sind. Wie kannst du glauben, daß dieselben Götter, denen du dich nicht unterwerfen willst, jetzt an deiner Seite stehen?« Herdonius schwieg, aber seine Haltung blieb feindselig. Er wußte, die Könige würden jetzt nicht mehr auf ihn hören. Der König von Ruma war schon in den beiden Nächten zuvor, in denen sie über die Rechte und Pflichten der einzelnen gesprochen hatten, zu überzeugend gewesen. Und zu machtvoll stand er jetzt da, strahlend in der Sonne, als hätten ihn die Götter mit ihrem Licht gekrönt.

Zornig drehte Herdonius Tarxne und dem Altar den Rücken zu und machte sich als erster mit seinen Gefolgsleuten an den Abstieg.

Währenddessen ging es im Zeltlager am Fuße des Berges, wo die jungen Athleten untergebracht waren, schon fröhlich zu. Musikanten, die für ihre Darbietungen anschließend sammeln gingen, zogen umher, die Diener waren eifrig mit den Vorbereitungen zum Festmahl beschäftigt, und ab und zu war aus den Büschen das Gekicher einer jungen, willigen Magd zu hören.

Den Bauern und Schafhirten, die mit ihren Neugeborenen und den Jungtieren ihrer Herden zur Weihe an der Quelle eingetroffen waren – einem Brauch, der älter war als die nahegelegene Stadt selbst –, gingen die Augen über angesichts dieses nie gesehenen festlichen Treibens. Die Fremden gingen friedlich umher, handelten Geschäfte und Verträge aus, und sogar Ehen wurden zum Nutzen neuer Bündnisse geschlossen, im Vertrauen auf die Schönheit der unbekannten Bräute.

Tarxne hatte sich in sein Zelt zurückgezogen. Wegen der schnell dahintreibenden Wolken wechselte ständig das Licht, und der Wind wehte den Staub und die letzten abgestorbenen Blätter des Winters ins Zelt.

Er streckte sich auf seinem Lager aus und legte einen Arm über die Augen. Seit drei Tagen und drei Nächten hatte er nicht mehr geschlafen. Aber die Anstrengung war nicht vergeblich gewesen. Vom Moment an, wo ihn der Zwölfstädtebund der Rasna als Re Supremo anerkennen würde, wäre das gesamte Land von Felsina bis hin zu den Gebieten der Rasna im Hinterland von Ruma unter seinem Namen vereint.

Vielleicht wird auf diese Weise deine Prophezeiung auf eine andere Ebene der Zeit gehoben, edle Caitli, dachte er, und seine Lippen formten den Satz wie ein Gebet.

Vielleicht machen die Götter die Rasna zu den Herrschern über die ganze bekannte Welt. Die Pforte zur Nacht schließt sich wieder, und Ruma wird nicht das Ungeheuer sein, das uns verschlingt.

Vielleicht, antwortete der Wind. Nur ein leichtes Rascheln, ein leises Schlagen der Zeltplane, die sich hier und da aus der Vertäuung gelöst hatte.

Das Leuchten des Tages und die Finsternis der Nacht sind in dir, König von Ruma. Du bringst das Licht, und mit dir kommt die Dunkelheit. Du kannst nicht ändern, was geschrieben ist. Willst du das immer noch nicht anerkennen?

Ein tiefes Unbehagen überfiel ihn. Woher kam dieser Schatten am Tage seines Triumphs?

Einen Augenblick bevor sie auf ihn niederfuhr, sah er das Aufblitzen einer Klinge vor sich. Mit einem Satz sprang er auf und ergriff den Arm seines Angreifers. Es war einer der Athleten, ein junger, starker Mann, von Tarxnes Statur. Tarxne versuchte, den Mann von sich weg zu drükken. Das Messer zielte jetzt zwar nicht mehr auf seine Kehle, senkte sich aber immer noch gefährlich über seine Brust. Tarxne gelang es, sich zu befreien, die beiden Männer rollten auf dem Boden, und einer der Dreifüße, in denen kein Feuer brannte, fiel um.

Durch das Geräusch erschrocken, sprang der junge Mann auf die Beine, und Tarxne versetzte ihm einen so heftigen Schlag, daß er nach hinten stürzte. Im selben Augenblick packte ihn ein zweiter Angreifer an der Kehle. Er fühlte, wie ein Messer in seine Schulter eindrang, nicht sehr tief, aber der plötzliche Schmerz ließ ihn zurücktaumeln. Der Mann holte erneut aus, aber jetzt gelang es Tarxne, ihm mit dem Ellbogen einen Hieb ins Gesicht zu versetzen, der andere stolperte über den Dreifuß und blieb dann benommen am Boden liegen.

In diesem Augenblick stürzten Sextus und Valerius ins Zelt, gefolgt von Juno. Sextus versetzte dem ersten der Angreifer, der in der Zwischenzeit wieder auf die Beine gekommen war und sich auf sie stürzen wollte, einen tödlichen Schwerthieb.

»Schließt das Zelt und gebt keinen Alarm!« befahl Tarxne.

»Bist du verletzt?« rief Juno besorgt.

»Nur leicht. Valerius, ergreife den, der noch am Leben ist.«

Der Sabiner gehorchte sofort und zwang den jungen Mann vor Tarxne, der sich auf die Bettkante gesetzt hatte, auf die Knie. Um das Blut zu stillen, wickelte sich Tarxne seinen Umhang fest um die Schultern.

»Was machst du hier in meinem Zelt, Sextus?« fragte er schließlich mit barscher Stimme, die nichts von ihrer Freundschaft durchsickern ließ, um den Plan nicht zu verraten. Juno schaute unterdessen schweigend in eine andere Richtung.
»Ich wollte dir eine Einladung von König Antistius überbringen, er möchte sich mit dir treffen«, erklärte Sextus.
»Dein König scheint Sinn für Humor zu haben, wenn er ausgerechnet dich hierher schickt. Meinst du nicht, Sextus?« erwiderte Tarxne und wandte sich dann, ohne eine Antwort abzuwarten, dem Gefangenen zu.
»Er ist ein Athlet aus Aricia«, erklärte Valerius. »Ein Meister im Ringen. Du hast Glück gehabt. Dieses Messer hätte dir genausogut die Kehle durchschneiden können.«
»Siehst du, Valerius, habe ich es dir nicht vorausgesagt, Herdonius hat sich zu einem Fehler hinreißen lassen«, sagte Tarxne und erhob sich. Durch seine Verletzung geschwächt, kostete ihn das einige Anstrengung, aber Sextus wagte es nicht, Tarxne in Valerius' Beisein zu helfen, und Juno rührte sich ebenfalls nicht. »Du wirst den Gefangenen mit dir nehmen und ihn in deinem Zelt bewachen, Valerius«, befahl Tarxne. »Wir werden ihn später noch brauchen.«
Dann ging er zu dem Athleten hinüber und strich ihm leicht über die Stirn. Die ganze Angst und Wut des jungen Mannes drang auf ihn ein, aber er spürte auch noch etwas anderes, eine Art Schadenfreude ... Ja, da war noch etwas anderes. Da muß noch etwas dahinterstecken, dachte er, anders kann ich mir dieses seltsame Gefühl nicht erklären.
»Begleite Valerius, Juno«, sagte Tarxne abschließend, »und kein Wort über diesen Vorfall ... Noch nicht!«
Juno half Valerius, den jungen Mann zu fesseln. Dann warfen sie ihm einen Umhang über, damit der Strick, mit dem sie ihm die Hände zusammengebunden hatten, nicht zu sehen war. Nachdem die anderen beiden hinausgegangen waren, wandte sich Tarxne an Sextus.
»Nimm etwas Wasser und diese Tasche dort«, befahl er ihm. Mit zitternden Händen gehorchte Sextus.
»War es sehr schwierig für dich?« fragte Tarxne, während er den Umhang und die Tunika auszog. Die Wunde blutete stark, aber sie war nicht sehr tief. Er nahm ein Gefäß mit Salbe und einen Verband aus der Tasche und reichte beides dem Freund.

»Ja, es war hart«, antwortete Sextus und begann, die Salbe aufzutragen und den Verband anzulegen. »Aber jetzt schätzt Antistius meine Gesellschaft. Er ist einsam und von Leuten umgeben, die seinen Launen eines Greises nur nachgeben, um bei nächster Gelegenheit seinen Platz einzunehmen. Um ein Haar hätte er mich aufhängen lassen, nur weil ich mich einmal geweigert habe, ihm recht zu geben, wo er unrecht hatte. Hirtius, der Hauptmann der Wache, ist mir allerdings feindlich gesinnt.«

»Kein Wunder, er will den Thron«, bemerkte Tarxne. »Geh jetzt, Sextus. Ich werde dich als Zeugen zu diesem Vorfall aufrufen. Und sage deinem König, daß ich sein weises Alter ehre und ihn in seinem Zelt aufsuchen werde.«

»Er ist nicht mein König, Tarquinio. Du bist mein König.«

Der Schulterverband war fest genug, um das Blut zu stoppen und Tarxne andererseits genügend Bewegungsfreiheit zu lassen.

»Soll ich ihn wegschaffen?« fragte Sextus mit einem Blick auf den leblosen Körper auf dem Teppich.

»Ja. Leg ihn irgendwo in der Nähe von Herdonius' Zeltlager ab. Bedecke ihn mit einem Mantel und laß es so aussehen, als ob er schliefe.«

Sextus nickte und hob sich die Last auf die Schultern. »Sei vorsichtig, mein König«, sagte er im Hinausgehen.

»Herdonius muß verrückt geworden sein ...«

Tarxne war nun wieder allein.

Es muß noch etwas anderes dahinterstecken ...

Was mag das wohl sein? fragte er sich. Was konnte der Grund sein für diese hämische Genugtuung, die selbst der mißlungene Angriff nicht hatte schwächen können? Nichts konnte Herdonius' Sache jetzt noch helfen, außer der Tod aller Könige. Nur dann könnte Aricia seine eigenen Verbündeten, die er mit Sicherheit problemlos unter dem Latinischen Adel finden würde, an die Macht bringen.«

Der Tod aller Könige ...

»Natürlich, das Festmahl! Gift in den Speisen ... oder nur in einer. In dem Opferstier vielleicht, von dem die Könige alleine essen werden!« rief Tarxne aus.

Dann ließ er einen Diener kommen, um sich dabei helfen zu lassen, die Tunika zu wechseln, zog die purpurfarbene Tebenna über und begab sich zum Zeltlager des Königs von Gabii.

Der alte König konnte seine Zufriedenheit darüber, daß Tarxne seiner Einladung so unverzüglich gefolgt war, kaum verbergen. Er ließ seinen Gast auf einem Sessel neben dem Bett Platz nehmen, auf dem er sich ausgestreckt hatte, um Kräfte zu sammeln für das bevorstehende Bankett, das die ganze Nacht über andauern würde.
»Willst du den Pakt deines Vaters auch weiterhin achten, König von Ruma?« fragte er ihn, sobald der Diener, der ihnen einen leicht erwärmten Wein reichte, das Zelt wieder verlassen hatte.
»Ich habe mein Siegel unter diesen Pakt gesetzt, König Antistius. Aus welchem Grund sollte ich ihn brechen?« entgegnete Tarxne.
»Einer deiner Männer, einer, der dir einmal sehr nahestand, hat Zuflucht bei mir gesucht.«
»Gerade weil er mir nahestand, bin ich erfreut und dankbar darüber.«
Der Alte musterte ihn aufmerksam. »Du trägst es einem Mann nicht nach, daß er ungehorsam war und geflüchtet ist, um seiner Strafe zu entkommen?«
»Er hatte seine Strafe bereits erhalten. Und unnötiger Groll führt nur zu Streit, König Antistius. Der Pakt zwischen Ruma und Gabii wird durch mich nicht gebrochen werden.«
»Und durch mich ebenfalls nicht«, fügte Antistius hinzu.
Tarxne erhob sich. »Wir sehen uns beim Festmahl, König von Gabii«, sagte er zum Abschied. Der alte König glaubte nun mit Sicherheit, seinem Gast ein Zugeständnis abgehandelt zu haben, während er in Wirklichkeit nur dessen Plan gefolgt war.
Zumindest kannst du deine letzten Tage in der glücklichen Gewißheit verbringen, daß dein Nachfolger dir nicht an die Kehle geht, um dir den Thron zu entreißen, dachte Tarxne bei sich.
Beim Hinausgehen sah er Sextus vor dem Zelt. Aber der junge Mann verzog keine Miene und wich ihm wortlos aus. Auch er hatte bereits die blutbefleckte Tunika und Tebenna abgelegt, und auch das Schwert, das er an der Seite trug, war gesäubert.
Tarxne war sofort von seinen Wachen umringt und begab sich, ohne auf die Blicke der Entgegenkommenden, die ihm unaufgefordert Platz machten, zu achten, zu seinem Zelt. Es dämmerte bereits, und überall in den Dreifüßen brannte Feuer. Aber auch die Diener, die Bauern und die Schafhirten hatten große Feuer entfacht, und rund um den Festplatz

leuchteten Lampen und Fackeln. Die Luft war von Gerüchen und Düften erfüllt.

Juno und Valerius warteten bereits auf ihn. Er bat sie, einzutreten und den Vorhang zu schließen. Die Diener hatten auch in seinen beiden Dreifüßen das Feuer angezündet und warteten nun darauf, ihn für das Bankett umzukleiden. Mit einer Geste befahl er ihnen das Zelt zu verlassen. »Du verlierst noch immer Blut«, bemerkte Juno, als der König die Tebenna abnahm.

»Zumindest heute nacht solltest du im Bett bleiben«, fügte Valerius hinzu, »sonst wird die Wunde immer weiter bluten.« Sein Ton verriet reine Besorgnis. Als Sabiner erfüllte ihn die Macht Rumas innerhalb des Latinischen Bundes mit Stolz und entschädigte ihn für vergangene Kämpfe. Und Tarxne stand in diesem Moment für Ruma.

Der König schüttelte den Kopf, wohl wissend, daß er um keinen Preis bei dem Festmahl fehlen durfte. »Ich werde dich heute abend auffordern, den Gefangenen in das Festzelt bringen zu lassen«, sprach er an den Sabiner gewandt. »Meine Wachen werden dir gehorchen, und du wirst Herdonius festnehmen. Wirst du das tun, Valerius?«

»Du weißt, daß ich es tun werde«, antwortete Valerius und hielt seinem Blick stand.

Tarxne sah seine Entschlossenheit.

»Juno«, sagte er, ohne den Blick von Valerius zu wenden, »benachrichtige Luxrias, Culcnies, Triciptinus und auch König Mamilius von Tusculum. Sage ihnen, was passiert ist. Ich werde nachkommen, sobald ich angemessen gekleidet bin.« Die beiden jungen Männer gehorchten schweigend. Wieder allein, suchte Tarxne in den Schatten, die das Feuer auf die vom Wind bewegten Zeltplanen warf, die vertraute Gestalt des alten Pilgers. Aber dieser Ort hatte nur menschliche Stimmen, und die Schatten blieben stumm. *Du bringst das Licht, und mit dir kommt die Dunkelheit* . . . Selbst der Wind schien immer dieselben Worte zu wiederholen.

12.

Herdonius sprang auf, ohne sich darum zu kümmern, daß alle Augen im Festzelt auf ihn gerichtet waren.
»Du klagst mich an, deinen Tod befohlen zu haben«, rief er herausfordernd. »Aber ich sehe dich hier vor mir, und du siehst sehr lebendig aus.«
»Nur weil es den von dir gedungenen Mördern nicht gelungen ist, mich zu töten«, entgegnete Tarxne ruhig.
»Es ist nichts als der Haß, der aus dir spricht, Tarquinier«, schrie Herdonius.
»Besitzt du nicht einmal den Anstand, deine Schuld zuzugeben, König von Aricia? Einer deiner Meuchelmörder lebt noch, er wird gerade hierher gebracht. Er selbst wird uns sagen, was du ihm aufgetragen hast!«
»In Aricia gibt es viele getreue junge Männer, die für ihre Stadt und ihren König alles zu tun bereit sind. Wie kann ich sicher sein, daß sie immer das Richtige tun? Viele von ihnen hassen dich, Tarquinier. Unter uns befindet sich sogar einer deines Blutes, der vor dir geflohen ist. Willst du das etwa leugnen?«
Für einen Augenblick richteten sich alle Augen auf Sextus, aber der junge Mann hielt den Blicken, ohne mit der Wimper zu zucken, stand.
»Der Pakt zwischen Ruma und Gabii wird darunter nicht leiden«, beschied ihn Tarxne. »Ein König läßt sich nicht von seinen Gefühlen leiten, Herdonius. Du aber herrschst als Diktator über deine Stadt, und es ist nicht meine Aufgabe, dir eine Lehre zu erteilen.«
Der Latiner, der zum Jähzorn neigte, schwieg mit hochrotem Kopf. Valerius hatte gerade, den jungen Athleten vor sich her stoßend, das Festzelt betreten. Die Wachen des Königs von Ruma, die ihn bis hierhin

eskortiert hatten, blieben nun auf der Schwelle zurück und sicherten den Zeltausgang. Auch Valerius blieb stehen, denn von seinem Standort aus konnte er Herdonius an der Flucht hindern. Außerdem hatten inzwischen die Wachen von Mamilius unbemerkt das Festzelt umzingelt.

Der Gefangene stand mit starrem Blick da. Er war ein junger, gutaussehender Mann, bekleidet mit der kurzen Tunika der Athleten, die die Brust teilweise frei ließ.

Sein Gesicht zeigte keine Spuren des Kampfes, außer denen, die er sich beim Sturz über den Dreifuß zugezogen hatte.

»Leugnest du, daß du versucht hast, mich zu töten?« wandte sich Tarxne an ihn.

Als hätte die Stimme Tarxnes ihm ins Fleisch geschnitten, verzerrte der junge Mann schmerzvoll das Gesicht. Es war dieselbe Stimme, die ihn ununterbrochen quälte, seit man ihn in Valerius' Zelt gebracht hatte. Sie war ständig in seinen Ohren und hallte laut in ihm wieder.

Er schüttelte heftig den Kopf, wie um diese Stimme abzuschütteln.

»Antworte!« befahl ihm Tarxne.

»Ich leugne es nicht!« schrie der junge Mann. »Ich bereue nur, daß ich dich nicht tödlich getroffen habe und du deshalb jetzt hier sein kannst.«

»Auf wessen Befehl hast du gehandelt?«

»Auf den Befehl meines Königs«, sagte er. Das Geständnis fiel ihm nicht schwer, wenn es ihn nur von dieser quälenden Stimme befreite.

Tarxne nickte. Valerius schloß seine Hand unauffällig um den Schwertknauf, aber niemand bemerkte es. Alle Aufmerksamkeit war von der Gestalt des Königs Tarquinio angezogen. Er trug nun eine dunkle Tunika, eine ebenso dunkle, mit Gold verzierte Tebenna, und als einziger im Zelt trug er keine Waffe im Gürtel.

Aber seine Ausstrahlung war stark. Es war, als würde ihn eine Aura umgeben, die alle Anwesenden wie magisch in ihren Bann zog.

»Iß!« befahl Tarxne schroff und warf dem überraschten jungen Mann ein Stück des gerösteten Opferfleisches zu, das für die Könige auf einem großen Bronzeschild in der Mitte des Tisches angerichtet war. Der Jüngling fing das Fleischstück mit beiden Händen auf, um es nicht zu Boden fallen zu lassen.

»Er darf das Fleisch nicht essen!« erhoben sich sofort viele Stimmen. »Es ist geweiht! Es ist nur für die Könige bestimmt!«
»Schweigt!« unterbrach sie der alte Jupiterpriester, der die Opferung auf dem Berg geleitet hatte. »Schweigt und laßt ihn essen!«
Der junge Mann, immer verängstigter, gehorchte, aber nach einigen Bissen fiel er von Krämpfen geschüttelt zu Boden. Er krümmte sich, und weißer Schaum trat ihm vor den Mund.
»Was hat das zu bedeuten?« murmelte Antistius von Gabii.
»Gift«, antwortete Tarxne. »Das Opferfleisch, das nur für die Könige bestimmt war, ist vergiftet worden. Ich klage Turnus Herdonius an und verlange, daß er gemäß den latinischen Gesetzen des Monte Albanus gerichtet wird.«
Valerius zog sein Schwert und gab den karthagischen Wachen ein Zeichen, den König von Aricia festzunehmen. Er selbst begab sich daran, dem Gefangenen die Hände auf dem Rücken zu fesseln.
»Versuch es nur!« brüllte Herdonius und wehrte sich heftig.
»Wir haben die Diener bereits festgenommen, die das Gift auf deine Anweisung dem Fleisch beigefügt haben!« herrschte Valerius ihn an und schlug ihm mit dem Schwertknauf so heftig in den Rücken, daß er in die Knie sank.
Tarxne traf auf den undurchdringlichen Blick des alten Cabens.
»Ich bin sicher, daß du die Gesetze des Monte Albanus, auf die du dich berufst, kennst, König Tarquinio«, sagte der Priester.
»Ich beuge mein Haupt vor ihnen«, entgegnete Tarxne, und ein Raunen ging durch die verwirrte Menge.
»Wir werden das vergiftete Fleisch verbrennen«, gab schließlich der Priester bekannt. Dann wandte er den Blick auf den sich im Todeskampf windenden Athleten. »Bringt ihn zur Quelle, dort soll er sterben. Sobald er tot ist, soll auch er verbrannt werden.«
Die jungen Cabenser gehorchten, während Herdonius von Tarxnes Wachen und von Valerius abgeführt wurde.
Außerhalb des Zeltes hatten inzwischen die Wachen von Mamilius die Wachen des Königs von Aricia unter ihre Kontrolle gebracht. Entwaffnet mußten sie zusehen, wie ihr König abgeführt wurde.
Für einen Augenblick herrschte vollkommenes Schweigen im Festzelt. Tarxne ließ seinen Blick schweifen und sah noch die nackte Angst auf den Gesichtern der Umstehenden, weniger wegen der begangenen Got-

teslästerung als vielmehr wegen der Gefahr, in der sie alle geschwebt hatten. Die Götter waren wahrhaftig weit weg.
Er erhob den Weinpokal zu dem winddurchtosten Dunkel hin, das von der Zeltöffnung hereindrang, den Geräuschen und dem flackenden Feuerschein entgegen.
»Auf das Bündnis«, sagte er leise und leerte den Pokal in einem Zug.

Die Morgendämmerung war feucht und kühl. Nebelfetzen hingen zwischen den Ästen der gewaltigen Eichen und senkten sich auf die noch stillen Zelte in den Lagern hinab. Viele der Menschen, die gekommen waren, um an den Festlichkeiten teilzunehmen, hatten sich in der Nähe der Ferentina-Quelle niedergelassen, um die bevorstehende Verurteilung von Turnus Herdonius nicht zu verpassen.
Der ehemalige König von Aricia war in Ketten gelegt worden und stand nun starr und blaß mit aufeinandergepreßten Lippen da. Er war nur mit einem Lendenschurz bekleidet, und zu seinen Füßen öffnete sich der Brunnenkreis der heiligen Quelle.
Das geflochtene Gitter, das über den Brunnen geschoben wurde, um ihn zwischen der Erde und der Quelle, die er entweiht hatte, lebendig zu begraben, lag schon bereit. Herdonius hob den Blick zu Tarxne. Aber gegen die aufsteigende Sonne sah er ihn nur wie einen hochaufgerichteten Schatten und konnte nicht einmal seine Gesichtszüge erkennen.
»Ich verfluche dich, Tarquinio!« schrie er. »Und dein Volk mit dir!«
»Schweige!« unterbrach ihn der Älteste der Jupiterpriester. »Du hast kein Recht mehr zu reden. Wir werden dich der Erde und dem Wasser übergeben, damit sie sich an deinem Körper und deinem Blut nähren, so wie es die uralten Gesetze vorsehen!«
Auf sein Zeichen hin packten die jungen Priester Herdonius bei den Schultern und den Füßen und warfen ihn in den Brunnenkreis. Er fiel ohne einen Schrei und stand sofort wieder auf, denn das Wasser, das durch den Grund sickerte, reichte ihm nur bis zur Brust. Aber gleich darauf schoben die Priester das Gitter über die Quelle und häuften Steine darüber. Der Todeskampf des Verurteilten würde lang und schrecklich sein.
Der alte Cabens wandte sich nun an Tarxne: »Niemand darf diesen Ort betreten, solange die Erde und das Wasser nicht wieder rein sind«, sagte

er mit gesenktem Kopf. »Dann erst werden die Götter den Latinischen Bund und die Stärke seiner Städte segnen.«

Nur langsam löste sich die Menschenmenge auf. Der Leichnam des jungen Athleten, der im Verlauf der Nacht gestorben war, und das vergiftete Fleisch des Opfertieres brannten etwas abseits der Quelle auf demselben Scheiterhaufen.

»Wer wird wohl jetzt über Aricia herrschen?« sagte Juno so leise, daß nur Tarxne ihn hören konnte.

»Herdonius hat eine Tochter und einen Schwiegersohn mit Namen Vecelinus. Er scheint mir ziemlich vernünftig zu sein«, antwortete Tarxne. »Er ist ehrgeizig, und wir werden ihm einige seiner hochfliegenden Träume erfüllen.« Juno schwieg, und Tarxne spürte, daß er allmählich seinen Plan zu begreifen begann.

»Sucht mich nicht und folgt mir nicht«, befahl Tarxne. »Ich werde zum Altar auf den Berg gehen.«

»Ohne deine Wachen? Zumindest einer von uns sollte dich begleiten«, protestierte Juno beunruhigt.

»Nein!«

Juno schwieg. Er wußte, daß es unmöglich war, sich Tarxne zu widersetzen. Trotzdem folgte er ihm mit dem Blick, wie viele andere auch, bis er in den Weg einbog, der zum Gipfel der Anhöhe führte.

Tarxne stieg mit der Sonne auf, und auf der Hügelkuppe angekommen, sah er über sich einen strahlend blauen Himmel und unter sich ein Nebelmeer. Der Gipfel schien einsam in einer weißen Leere, einem vollkommenen Nichts zu schweben. Vor dem Altar sah man noch Blutflecken des Opferstiers. Sonst war nichts um ihn herum.

Tarxne berührte die Steine, und ein starkes Gefühl durchflutete ihn, das aus einer Zeit zu kommen schien, die lange zurücklag ... Eine Stimme aus einer Zeit, der nicht einmal er einen Namen zu geben imstande war. Er spürte Hoffnung, Angst und Wut, aber weder Heiterkeit noch Frieden.

»Du bist sehr anspruchsvoll, Gott der Latiner. Du kennst keine Nachsicht und gewährst keine Liebe«, sagte er leise, während er die Hand zurückzog. Dann sah er sich selbst vor sich: ein kleiner Junge auf einem anderen Altar, der nur zum Spiel eine Ameise zerquetscht.

»Vielleicht ist dies das eigentliche Geheimnis«, sagte er vor sich hin. »Die eigene Dimension in der Unendlichkeit des Universums zu erkennen.

Aber ich weiß keine Antwort darauf, und mir scheint, auch du nicht, Gott der Latiner.« Dann entfernte er sich ein paar Schritte vom Altar, und erst in diesem Moment bemerkte er, daß er beobachtet wurde. Melcart, der offensichtlich auf ihn gewartet hatte, trat hinter einer Baumgruppe hervor und zog leicht gebeugt seinen Umhang fest um die Brust, als ob ihm der Aufstieg durch den Nebel schwergefallen wäre.

»Du, Tarxne, Sohn des Larth, bist an diesem Ort nicht weniger fremd als ich«, begann er. »Sich zu weigern, das anzuerkennen mag vielleicht den Mann täuschen, aber gilt das auch für den Magier?«

»Du bist mir gefolgt?« fragte Tarxne verwundert.

»Irgend jemand mußte es tun. Dann schon besser ein Fremder, der zugleich ein Freund ist.«

Tarxne mußte ihm zustimmen, Melcart hatte recht.

»Die Leute aus Aricia haben bereits ihr Lager abgebrochen und sich auf den Rückweg gemacht«, berichtete der Karthager.

»Sie werden Zeit brauchen, um diesen Schlag zu verwinden.« Melcart nickte. Tarxne spürte plötzlich in ihm eine Art untröstlichen Schmerz, er schien zu leiden. Etwas unterschied ihn von dem Mann, der ihn damals im Hafen von Tharros verabschiedet hatte. Vorsichtig versuchte er herauszufinden, was die Ursache dafür sein könnte.

»Weißt du, ich habe dich bewundert«, fuhr der Karthager fort. »Und ich habe mir überlegt, was für ein schrecklicher Fehler es gewesen wäre, hätten wir damals nachts in meinem Palast dieses Würfelspiel zu Ende geführt. Ich weiß, was du vorhast. Du willst alle Gebiete, von Norden bis nach Süden, mit denen der Rasna vereinigen. Ein einziges, großes Reich, von Ruma geführt und mit dir als Re Supremo.«

»Und mit den Karthagern, Volskern und Umbrern als Verbündete, um die Griechen von unseren Meeren zu vertreiben«, vervollständigte Tarxne den Gedanken.

Melcart nickte. »Und was ist mit dieser geheimnisvollen, schönen Frau«, fragte er. »Hast du sie gefunden?«

»Ja.«

Bei dem Gedanken an Veliza erwärmte sich Tarxnes Blut. Er hatte fast das Gefühl, als stünde sie an seiner Seite, um mit ihm den Glanz und die Herrlichkeit dieses Morgens, der ihm den Weg zur Macht öffnete, zu teilen.

»Vergiß nicht, was dir vorausgesagt wurde, Sohn des Larth. Laß nicht

zu, daß die Liebe deinen Plan vereitelt, denn er ist wichtig für das Volk der Rasna.«
»Deine Hohenpriester sind wirklich sehr tüchtig.«
Melcart lief ein Schauer über den Rücken. Obwohl Tarxne weit weg von ihm stand, hatte er das Gefühl, als hätte ihn etwas berührt. Er hüllte sich noch fester in seinen Umhang ein.
»Laß uns zurückgehen, König von Ruma. Wir müssen noch die Handelsvereinbarungen für die Schiffe Karthagos in allen latinischen Häfen entlang der Küste festlegen.«
»Was ist mit dir los, Melcart?«
Der Mann blieb stehen, und ein schwaches Lächeln huschte über sein Gesicht. »Meine tüchtigen Hohenpriester sind der Meinung, daß ich die Jasminblüten in den Gärten von Tharros nicht noch einmal sehen werde«, sagte er leise.
»Deine Priester haben recht. Die Flecken in deinen Augen verraten mir, daß das Leiden schon deinen Magen befallen hat.«
Melcart senkte den Kopf. »Ich werde nicht ruhig sterben. Dafür liebe ich das Leben zu sehr.«
»Ich wünschte, ich könnte dir helfen«, sagte Tarxne. »Aber kein Magier kann lösen, was die Schicksalsgöttin geknüpft hat. Es tut mir sehr leid, mein Freund.«
»Dich das sagen zu hören, ist schon Trost genug für mich.«
Tarxne antwortete nicht. Seite an Seite stiegen sie den Hügel hinab durch den Nebel, der sich nun langsam aufzulösen begann.

»Man spricht von einem außergewöhnlichen Ereignis. Etwas, das noch niemals vorher passiert ist. Vulca ist richtig aufgeregt und erschrocken. Dabei weiß jeder, daß es nicht leicht ist, Vulca aus der Ruhe zu bringen!« rief Aranth. Dann blieb er stehen, denn er hatte bemerkt, daß Tarxne mit seinen Gedanken plötzlich ganz woanders war und ihm nicht mehr zuhörte.
Der weiträumige Außenhof des Palastes von Vei, hoch oben auf dem Felsen, auf dem die Stadt sich erhob, war von der Sonne überflutet und voller Menschen. Der König von Ruma, der soeben angekommen war, wurde von nur vier Männern seiner Wache begleitet. Alle anderen hatten, wie es üblich war, weiter unten auf dem großen Exerzierplatz haltgemacht.

»Woran denkst du gerade?« fragte ihn Aranth.
»An dich«, erwiderte Tarxne. »Genau hier habe ich dich zum erstenmal gesehen. Du warst ein kleiner, ernsthafter Junge mit zu hellen Haaren und einem für dein Alter zu wissenden Blick, und du hast mir furchtlos entgegengeschaut.«
»Hätte ich denn Angst vor dir haben müssen? Du warst nicht viel älter als ich.«
»Da siehst du, was ich meine. Weißt du, Aranth, ich habe dich damals vom ersten Moment an geliebt. Noch bevor wir ein Wort miteinander gewechselt hatten.«
Aranth nickte. Sein Blick war wie immer fest und klar. »Ich habe unsere Mutter gesehen«, murmelte er.
»Wo?«
»Im Heiligen Wald. Ich bin im vergangenen Sommer dorthin geritten, um sie zu suchen. Du weißt, wie sehr mich die Mauern einer Stadt und den Palast einengen, und so habe ich mir zwei Bogenschützen mitgenommen und bin auf die Jagd gegangen. Ich bin bis zum Heiligen Wald von Veltune vorgedrungen. Ich wollte sehen, ob es wahr ist, was man sagt.«
»Und? Ist es wahr?«
Aranth nickte. »Sie lebt in einer Grotte, die durch einen Felsrutsch im Berg von herunterstürzenden Steinbrocken gebildet wurde. Die Grotte hat auch einen natürlichen Rauchabzug, der oben von Bäumen gesäumt ist und durch den man den Himmel sehen kann. Der Boden ist aus schwarzem Sand, und die Höhle ist trocken und im Sommer kühl. Unsere Mutter hat mir gesagt, daß Larth, Axal und Caitli genau an diesem Ort vor langer Zeit ihren Pakt mit den Göttern geschlossen haben. Thesan ist immer noch wunderschön. Es ist, als ob die Zeit ihr nichts anhaben könnte.«
»Unsere Mutter kennt viele Geheimnisse, vergiß das nicht.«
Aranth schaute ihn an. »Ich habe niemandem erzählt, daß ich sie gesehen habe, und ich bitte auch dich, es mit keinem Wort zu erwähnen.«
»Hat sie noch ihre alte Amme bei sich und ihren Diener?«
»Ja, außerdem noch zwei weitere Diener, die einst von ihr geheilt wurden und dann bei ihr geblieben sind. Der schmale, kurze Pfad, der zu der Grotte führt, ist bevölkerter als der nach Fanu Veltune. Niemals

weist sie jemanden ab, egal ob es sich um das Heilen eines Leidens, um Trost oder Zuspruch handelt, den die Menschen von ihr erwarten.«

»Ja, das ist ein Teil dessen, weswegen sie diese Entscheidung getroffen hat«, bemerkte Tarxne.

»Eine Entscheidung, die du nicht gutheißt«, stellte Aranth fest.

»Ich hätte sie gerne in Ruma, bei mir.«

Aranth schüttelte den Kopf. »Unsere Mutter mag diese Stadt nicht, das weißt du. Wie geht es deiner Königin?«

»Nach der Geburt unserer Tochter im letzten Winter geht es ihr wieder sehr viel besser.«

»Und was ist mit deinem Thronfolger?«

»Larth wächst und gedeiht. Er ist ein hübscher Junge mit blonden Haaren und blauen Augen. Tullia ist ganz verrückt nach ihm und vergißt darüber fast unsere drei Töchter, was mir leid tut.«

»Auch Laris Pursienas Sohn hat blonde Haare und blaue Augen.«

»Dann ähnelt er dir also auch«, witzelte Tarxne, obwohl er nur zu gut wußte, daß sein Bruder bei dieser Bemerkung nicht zum Scherzen aufgelegt gewesen war.

Aranth schüttelte den Kopf. »Bis auf die Haarfarbe ist er dir wie aus dem Gesicht geschnitten, sagt man«, antwortete er mit ernster Miene. »Und der einzige, der das nicht sehen will, ist Laris Pursiena. Der Junge ist schon groß geworden, und es wird erzählt, daß er magische Kräfte besitzt.«

»Aus Neid wird viel erzählt«, bemerkte Tarxne.

»Das stimmt«, gab Aranth zu. »Dein Ruhm, mein Bruder, verbreitet sich weithin. Der Latinische Bund ist stark, und das Gebiet, das praktisch deiner Hoheit unterstellt ist, ist größer als das irgendeiner Stadt der Rasna. Das führt zu Neid, aber auch zu Angst. Übrigens, wo wir gerade von Angst reden ... Weißt du, warum Vulca den Ziergiebel nicht aus dem Ofen ziehen kann? Der Ton hat sich im Ofen übermäßig aufgebläht. Etwas wie das ist ihm noch niemals vorher passiert.«

»Wo kann ich Vulca finden?«

»Er ist in seiner Werkstatt. Ich werde dich zu ihm bringen. Aber ich weiß, wen du vor allen anderen zu sehen wünschst. Sie erwartet dich im Tempel der Göttin Uni. Ich werde sagen, daß du zuerst der Göttin Ehre erweisen willst, wie du es gelobt hast. So wird sich auch der König gedulden müssen. Asnai weiß Bescheid.«

»Schon zum zweitenmal öffnest du uns die Arme der Göttin, Aranth.«
»Dann hat die Schicksalsgöttin wohl beschlossen, daß das meine Aufgabe ist«, entgegnete Aranth lächelnd.
Tarxne erstarb die scherzhafte Antwort auf den Lippen, plötzlich von einer erschütternden Gewißheit erfaßt.
»Sicher«, antwortete er nur und wandte dem Palast von Vei den Rücken zu, um in die Straße zum Tempel der *Zweitausend Statuen* einzubiegen. Aranth hingegen ritt zum Palast, denn er mußte dem König die Nachricht von Tarxnes Ankunft überbringen, bevor Urste dies tat.
In der prallen Nachmittagssonne schien Tarxne der vordere Teil des Tempels mit all seinen glänzenden Statuen und den in Regenbogenfarben schillernden Wasserbecken schöner als je zuvor. Diese Steine und dieser windgeschützte und mit heilenden Wassern überflutete Ort bargen ihm viele kostbare Erinnerungen. An diesem Ort hatte er, damals noch ein Junge, angefangen, sich in der Heilkunst zu üben. Hier hatte er Tullia geheiratet . . . auch wenn es jetzt in seiner Erinnerung nur die damals im Silberglanz erstrahlende Veliza gab.
Die geheimnisvolle, schöne Frau, wie Melcart sie genannt hatte . . . Der Statthalter von Tharros war seit einem Jahr tot, so wie es seine Priester vorausgesagt hatten. Tarxne wußte, wie mächtig sie waren, und hatte deshalb keinen Grund, an ihrer warnenden Vorhersage zu zweifeln.
»Wartet hier«, befahl er den Wachen. »In den Tempel dürfen keine Waffen mitgenommen werden.«
Die Männer gehorchten und ließen sich im Schatten nahe der Umzäunung nieder.
Asnai kam ihm am Opferaltar entgegen. Auf den ersten Blick war der alte Hohepriester Unis unverändert geblieben, schlank und zäh wie gegerbtes Leder.
»Willkommen, Tarxne, Sohn des Larth. Dein Bruder, Fürst Aranth, hat mir deinen Wunsch angekündigt, im Haus der Göttin Frieden zu suchen. Ich werde die Tempeltore verschließen lassen und persönlich darüber wachen, daß niemand deine Meditation stört.«
»Ich danke dir, edler Asnai. Die Geschenke Rumas sind gering im Vergleich zu den Schätzen Veis, aber ich bitte dich, sie anzunehmen, denn sie kommen von Herzen. Morgen bei Sonnenaufgang werden sie hierher gebracht und den Reinigungsriten unterzogen werden.«

Als Antwort auf die Gabe verneigte sich der alte Priester tief. Gleich darauf betrat Tarxne ohne ein weiteres Wort den Tempel, dessen Tür hinter ihm geschlossen wurde. Der Innenraum war nur schwach beleuchtet. Mit einer Handbewegung entfachte Tarxne die Flammen in den Feuerbecken, so daß sich eine Welle von Licht über das verschleierte Antlitz der Göttin ergoß.
Zu Füßen der Göttin erwartete ihn Veliza. Sie war ganz mit einem dunklen Schleier bedeckt, ein dunkler Fleck inmitten des goldenen Glanzes der Statue und der Feuerbecken.
Tarxne blieb zuerst zögernd vor ihr stehen. Dann zog er sie sanft an sich und hob ihren Schleier.
»Ich kann zwar das Antlitz der Göttin nicht sehen, dafür aber deines«, flüsterte er.
Einen Augenblick blieb Veliza regungslos stehen. Sie war unverändert schön, bis auf eine Falte auf der Stirn. Tarxne strich mit der Hand darüber.
»Es ist der Schmerz«, sagte sie. »Der Schmerz über den Verlust unseres Sohnes.«
Tarxne umarmte sie und spürte ihre warme Haut unter der dünnen Leinentunika, die mit einer Spange über der rechten Schulter geschlossen war.
»Schenke mir einen Sohn, Tarxne. Jetzt, sofort«, sagte sie bittend und antwortete auf seine Umarmung. »Aber dann beschütze mich, damit Urste ihn nicht vor seiner Geburt erreichen kann.«
»Im Namen der Göttin?« fragte Tarxne.
Veliza nickte kaum merklich, und Tarxne verlor sich im Duft ihrer Lippen und ihrer Haut.
Er trug sie auf seinen Armen hinter das hohe Standbild, wo die Teppiche weicher und die Luft von den Feuerbecken erwärmt war.
Sanft legte er sie auf den Boden, öffnete die Spange ihrer Tunika und begann sie zu streicheln, als ob es das erste Mal wäre. Gleich darauf hörte alles um ihn herum zu existieren auf.

13.

»Der Ton ist übermäßig aufgebläht, man kann das Werk nicht mehr aus dem Ofen ziehen. So etwas habe ich noch nie erlebt, Tarxne. In all den Jahren meiner Arbeit ist mir so etwas noch nie passiert«, rief Vulca ratlos.

»Weil kein Werk so wie dieses war, mein Freund«, erwiderte Tarxne, während er sich der Öffnung des Ofens näherte, um einen Blick auf die riesige Quadriga mit den geflügelten Pferden zu werfen. Ganz offensichtlich mußte der Ofen zerstört werden, um sie herausziehen zu können. Der Bildhauer lächelte. Sie beide hatten damals, als der zukünftige König von Ruma noch in Vei lebte, viele Tage mit ausgiebigen Studien und ebenso viele ausgelassene Nächte im gastfreundlichen Haus Safons, des Karthagers, verbracht. Noch heute erinnerten sie sich gerne daran, wie sie den Erzählungen des Händlers über ferne Länder gelauscht und von der Schönheit und Geschicklichkeit seiner karthagischen Dienerinnen profitiert hatten.

»Als du mich um dieses Giebelrelief gebeten hast, wußte ich sofort, daß es sich von all meinen anderen Werken unterscheiden würde«, sagte Vulca. »In diesem Werk liegt meine Seele, aber auch etwas von deiner. Das ist der Grund, warum es nicht hervorkommen will, glaube ich. Zumindest nicht ohne deine Hilfe, denn *dir* gehört es, und deshalb braucht es auch deine Magie, um ans Licht zu kommen.«

»Ist der Ofen kalt?« fragte Tarxne nach kurzer Überlegung.

»Natürlich!« erwiderte Vulca.

»Dann laß das Gewölbe des Ofens abbauen und Seile an der Quadriga anbringen. Nimm dazu einen schlanken Knaben, der in das Ofeninnere klettert. Sobald die Seile befestigt sind, werden wir dann vier auf Plattformen montierte Winden aufstellen, mit denen wir das Werk hochziehen können. Steht der Karren für den Transport bereit?«

»Natürlich, der längste, den du je gesehen hast, von acht schweren Ochsen gezogen!«

»Gut. Wir werden also die Plattformen auf die Seiten des Wagens schieben und müssen dein Werk dann nur noch auf den Karren herunterlassen.«

»Das hört sich alles ganz einfach an.«

»Das ist es auch. Wir werden morgen bei Sonnenaufgang damit beginnen. So wird die Göttin der Morgenröte dein Werk als erste im Glanz ihres Lichtes erstrahlen lassen.«

Vulcas Gesicht verfinsterte sich.

»Sprich in dieser Stadt nicht von deiner Mutter, Tarxne. Sie hat hier etwas hinterlassen, das niemand mehr auszulöschen vermag. Nicht alle glauben, daß es zum Besten der Stadt ist, auch wenn ich sie für die schönste und klügste aller Königinnen von Vei halte. Sie konnte wirklich mit den Göttern reden. Viel mehr als Urste das kann.«

»Du solltest vorsichtig sein, so offen zu sprechen, Vulca.«

»Das mag sein, aber ich kann es mir noch erlauben.«

»Komm nach Ruma. Die Stadt braucht einen Lehrmeister wie dich für ihre Künstler.«

Vulca senkte den Blick. Er war eitel und grundehrlich zugleich, und Tarxne wußte beide Seiten in ihm anzusprechen.

»Ich werde kommen«, antwortete der Bildhauer. »Oder meinst du, ich könnte es einem anderen überlassen, *meine* Quadriga an deinem Tempel anzubringen?«

»Gut. Und da es bis zur Fertigstellung des Tempels noch etwas dauern wird, bin ich sicher, daß du in der Zwischenzeit noch viele andere Arbeiten erledigen kannst.«

»Ich neige mein Haupt vor dem König«, sagte Vulca lächelnd. Noch am selben Abend, nach dem Festmahl, das Arnth zu Ehren Tarxnes unter Teilnahme des reichen Adels von Vei gegeben hatte, nahm Tarxne von Veliza Abschied.

Der König hatte sich ihm gegenüber ungewöhnlich förmlich verhalten und über nichts anderes als neue geschäftliche Vereinbarungen reden wollen. Urste hingegen war die ganze Zeit über sehr schweigsam gewesen, fast so, als ob seine Teilnahme an der Feier nur eine lästige Verpflichtung wäre.

Die Königin war still und verschlossen wie immer gewesen, gekleidet in

eine mit Gold gesäumte Tunika und einen kurzen, leichten Umhang, der teilweise auch ihre Haare bedeckte, die auf der Stirn und an den Schläfen mit Spangen aus Gold und Bernstein gehalten waren.
Als er anschließend im Halbschatten eines Ganges, der zu ihren Gemächern führte, auf sie traf, sah er anfangs von ihrer Gestalt nur den schimmernden Glanz des Goldes, gestreift von dem Licht einer entfernten Lampe.
Tarxne war in Begleitung Aranths gekommen.
»Ich warte hier auf dich«, sagte Aranth. »Sei vorsichtig.«
Tarxne ließ seinen Bruder als Wache am Anfang des Säulenganges zurück und ging auf Veliza zu.
Im Bankettsaal war sie ihm unendlich fern erschienen, aber jetzt schmiegte sie sich atemlos an ihn. »Morgen wirst du mich verlassen«, sagte sie leise, und alle ungesagten Worte verrieten ihren tiefen Schmerz angesichts dieser erneuten Trennung.
Tarxne zog sie fest an sich, und wieder erfaßte ihn dieses einzigartige, unbeschreibliche Glücksgefühl.
»Ja, ich muß gehen«, sagte er. »Und wir müssen Vulca dankbar sein, daß er uns, wenn auch unabsichtlich, ein Wiedersehen ermöglicht hat.«
»Wirst du mich . . . beschützen?«
»Niemand wird dir mehr etwas antun können. Weder dir noch dem Mädchen, das du seit gestern in dir trägst.«
»Ein Mädchen?«
»Es ist ein Kind der Liebe, wie meine Mutter vor ihr, und es wird magische Kräfte besitzen. In meinem Blut fließt der Strom einer großen Macht, Veliza. Deine Tochter wird an deiner Seite stehen und dir helfen.«
»Wie soll ich sie nennen?«
»Oalna.«
»Oalna . . . Soll sie einer Göttin geweiht werden?«
»Ja, aber sie selbst wird sich die Gottheit aussuchen. Sie hört dir schon jetzt zu, Veliza, dank jener Magie, die nur den Frauen angehört und die Mutter und Tochter von Anfang an miteinander verbindet.«
Veliza umarmte ihn, aber Tarxne löste sich von ihr.
»Kehre jetzt in deine Gemächer zurück. Aranth ist schon unruhig. Er glaubt, daß uns jemand nachspioniert. Du darfst nicht unvorsichtig sein.«

»Mögen die Götter mit dir sein, Tarxne«, sagte die Frau leise. Und schon im nächsten Augenblick war sie in der Dunkelheit verschwunden.
Tarxne ging zu Aranth zurück. Sein Bruder schaute sich beunruhigt um.
»Ich habe zwar niemanden gesehen«, sagte er, »aber das heißt nicht, daß auch wirklich niemand hier war.«
»Die Nacht ist nur noch kurz, es ist nicht mehr lang bis zum Morgengrauen«, entgegnete Tarxne. »Laß uns zum Brennofen gehen, wo Vulca mit seinen Leuten die Seile anbringt. Das wird dich beruhigen, und ich werde nicht einsam und mit offenen Augen in die Dunkelheit starren.«
»Das ist das Vernünftigste, das ich heute abend von dir gehört habe, König von Ruma«, brummte Aranth und setzte sich in Bewegung. Tarxne folgte ihm lächelnd.

Die Rückkehr nach Ruma mit dem ungewöhnlich breiten und langen Karren und seiner außerordentlichen, vor neugierigen Augen mit großen Planen geschützten Fracht verlief ohne besondere Vorkommnisse. Die königlichen Wachen voran, ritt Tarxne durch die Porta Rutumena in die Stadt ein. Vulca folgte ihm mit einem Dutzend seiner Schüler, dreißig Arbeitern und Dienern sowie acht Wagen, die einen Teil seines Gepäcks und seine Werkzeuge geladen hatten. Vulca selbst ritt aber an der Seite des Königs. Er trug eine blaue Tebenna mit einer Goldspange, die an Schönheit und Kostbarkeit der Tarxnes nicht nachstand.
»Du bist ein eitler Pfau«, flüsterte der König ihm zu, während sie in die Via Sacra einbogen. »Du hättest als Frau geboren werden sollen.«
Vulca achtete nicht weiter auf seinen freundschaftlichen Spott, und Tarxne empfand zum erstenmal Ruma als seine Stadt und hatte das Gefühl heimzukehren.

Oalna wurde mit dem ersten Schnee des Winters geboren, ohne Komplikationen, und ihre großen blauen Augen waren bei der Geburt schon weit offen. Die Haruspizen hatten nur sehr zurückhaltende Voraussagen über ihre Zukunft gemacht, denn in Wirklichkeit konnten sie kaum etwas erkennen. Das neugeborene Mädchen sei sehr beschützt, erklärten sie, und eine starke Macht sei mit ihm. Es sei allerdings eine von

Dunkelheit gekrönte Macht, deren Ursprung sie nicht erkennen könnten. Sie billigten die Namenswahl, denn sollte das Mädchen einer Göttin geweiht werden, dann würde sich das zu gegebener Zeit herausstellen.
Der König von Vei erhob das Kind auf seinen Armen und erkannte es damit an. Aber es war ihm völlig gleichgültig, daß die Königin von nun an all ihre Zeit ihrer Tochter widmete. Inzwischen war es so, daß der König von Vei sich weder für seine Königin noch für sonst eine Frau mehr interessierte, außer für die, die den Namen der Göttin der Morgenröte trug und die er nie aufgehört hatte zu begehren.
Anaies, die älteste Tochter des Königs von Ruma, feierte ihren fünfzehnten Geburtstag an einem Frühlingstag, an dem Vulcas Quadriga auf den Giebel des Tempels auf dem Kapitolshügel gezogen wurde. Und zum Zeichen des Festes wurden ringsum auf den Stadtmauern Fackeln entzündet. Der König weihte an diesem Tag den Tempel ein, und die Könige des Latinischen Bundes und des Städtebundes der Rasna trafen sich zum erstenmal in Ruma als ein einziges Volk.
Alle waren von der Schönheit der Stadt überwältigt: den Straßenzügen, den reich ausgestatteten Markt- und Handelsplätzen, der Vollkommenheit und bunten Vielfalt der Häuserfassaden ... Und auch die Zeremonien und Spiele – jene Spiele, die der erste Tarquinier eingeführt hatte und die von den Latinern und Sabinern mit Begeisterung aufgenommen worden waren – riefen nur einhellige Bewunderung hervor.
Die Könige von Xaire, Velx, Pupluna und Roselle waren angereist sowie Laris Pursiena von Clevsi, der alte Egene von Tarchna und Arnth von Vei. Auch der Adel und alle Könige der latinischen Städte waren nach Ruma gekommen, unter ihnen Octavius Mamilius aus Tusculum und der neue König von Gabii, Sextus, der nach Niederschlagung des Aufstandes der Berittenen im Vorjahr als rechtmäßig eingesetzter Nachfolger des verstorbenen Königs Antistius den Thron bestiegen hatte. Zu den Gästen zählte auch Vecelinus von Aricia, der Ruma treu ergeben war, der König der Volsker aus Antium sowie der König der Umbrer. Während die Haruspizen und die Priester die Opferzeremonie am Altar vor dem Tempel abhielten, versuchte Tarxne die Gedanken und Gefühle der Könige zu ergründen. Ein weiteres Mal mußte er feststellen, daß sie vor allem von einem Gefühl überlagert waren: von dem der Angst. Aber diesmal war es die Angst vor der Größe und Schönheit dieser

Stadt, die, seit langem angekündigt, nun Wirklichkeit geworden war und Ruma in einem neuen Glanz erstrahlen ließ.
Doch an diesem sonnigen Vormittag, in dieser milden Frühlingsluft beschloß Tarxne, jedes unangenehme Gefühl zu verdrängen. Er wollte seinen Triumph genießen, einen Triumph, der durch nichts beeinträchtigt werden sollte. Deshalb streifte er seine Vertrauten und Freunde, die sich wie immer um ihn geschart hatten, mit kaum einem Blick, um sich nicht fragen zu müssen, wie lange ihm ihre Freundschaft noch gewährt sein würde. Und er wandte sich auch nicht den Königinnen zu, um nicht Gefahr zu laufen, auf den Blick der Königin von Vei unter ihrem golddurchwirkten und purpurfarbenen Schleier zu treffen. Aber er spürte die Augen der Frauen auf sich ruhen: der von Eifersucht gepeinigte Tullias, den Blick von Cilnia, der Königin von Clevsi, die wahrscheinlich genauso wie er schwer an der Last ihres Geheimnisses trug, und die Augen von Lucretia, die voller heimlicher Versprechungen waren.
Noch an diesem Tag würde er den Heiratsvertrag zwischen seiner ältesten Tochter, Anaies, und Octavius Mamilius unterschreiben. Diese Verbindung würde Tusculum und Ruma mehr denn je aneinander schmieden. Die Hochzeitsfeierlichkeiten standen kurz bevor. Während dieser Zeremonie würde er außerdem seine zweitgeborene Tochter dem König der Umbrer versprechen. Doch diese Hochzeit war erst für das kommende Frühjahr angesetzt. Tarxne hatte keine seiner Töchter nach ihrer Meinung gefragt, nur Juno hatte ihm diese Frage gestellt. Er erinnerte sich nur noch zu gut an die Härte, mit der seine Schwester damals alle Anwärter abgewiesen hatte und wie nachsichtig sich König Servius ihren Zurückweisungen gegenüber gezeigt hatte.
»Die Zeiten haben sich geändert«, hatte Tarxne geantwortet. »Nicht immer steht für die, die herrschen, das Glück im Vordergrund.«
»Gilt das auch für dich?« hatte Juno erwidert, aber dann hatte er das Thema fallengelassen.
Noch am heutigen Abend würden also Anaies und Octavius Mamilius verheiratet werden. Aber noch saß das Mädchen, wunderschön anzusehen in ihrer purpurnen Tunika, die ihr als Erbin des Königs von Ruma nach dem Gesetz der Rasna zustand, ernst und aufmerksam neben ihrer Mutter.
Octavius Mamilius war zwar doppelt so alt wie sie, aber er war ein kräftiger, gutaussehender Mann. Ab und zu wandte sich das Mäd-

chen verstohlen von der Mutter ab, um ihren Bräutigam zu betrachten.

Tarxne wandte seine Aufmerksamkeit wieder den Priestern zu und bemerkte, daß sie die Zeremonie in diesem Moment beendet hatten. Er begab sich also zum Altar und hob den Kelch mit dem Öl, um den Pakt mit den Göttern zu besiegeln. Der Tempel war durchflutet von der Sonne und schien in ihrem Licht zu pulsieren. Er war gewaltig, größer als jedes andere Gebäude, mit seinen drei Reihen von jeweils sechs Säulen, dem hohen Treppenaufgang davor und den drei Nischen im Inneren für die Statuen der Gottheiten, gekrönt von den bunten Stirnziegeln, über denen Vulcas vergoldete Quadriga mit ihren geflügelten Rossen thronte.

»Chimären«, ging es Tarxne plötzlich durch den Sinn, aber er unterdrückte diese Erinnerung, die nicht seine war, und schickte sich an, den Tempel allein zu betreten.

Er hatte angeordnet, daß alle anderen, auch die Haruspizen und Priester, ohne ihn zum Circus Maximus vorausgehen sollten, wo die Königin das Zeichen zum Beginn der Wettspiele der Athleten geben würde. Nur seine Wachen sollten am Fuß des Hügels auf ihn warten. Er mußte diesen Tempel in Besitz nehmen, und dafür mußte er allein sein. Ein unlösbarer Bund konnte nicht durch eine Zeremonie hergestellt werden, die nur die Herzen und Gemüter derer beschwichtigt, die nur die Oberfläche der Dinge sehen und begreifen konnten, da sie keinen Anteil an der eigentlichen Macht des Geistes hatten. Die Vereinigung mit einem Ort konnte nur aufgrund einer inneren Verbundenheit zustande kommen, einer Verbundenheit, die für die Ewigkeit gemacht war und Segen oder Fluch bedeuten konnte.

Langsam verließen die Gäste und die Menschenmenge die Anhöhe des Hügels. Das fröhliche Stimmengewirr wurde leiser, und auch die Musik, die den Zug zum Circus Maximus begleitete, wo bereits viele andere warteten, entfernte sich mehr und mehr.

Tarxne strich mit der Hand leicht über den Altar, aber die Steine waren kalt und stumm.

Dann ging er ins Innere des Tempels, zum zentralen Raum, wo in der Mitte das hohe Standbild des Gottes Tinia in der Dunkelheit schimmerte.

In Gedanken versunken blieb er davor stehen, als ihm plötzlich ein

langer Stab vor die Füße fiel, der sich augenblicklich in eine Schlange verwandelte, die unter der Statue des Gottes verschwand.
Tarxne drehte sich um und sah Lucretia, die ihm trotz seines ausdrücklichen Befehls gefolgt war.
»Bist du überrascht, König Tarquinius?« sagte sie mit einem herausfordernden Lächeln. »Wunderst du dich, daß auch ich die Magie beherrsche?«
Lucretia trug eine helle, silberverzierte Tunika, ihre langen, dunklen Haare waren hochgesteckt und mit Spangen aus Elfenbein und Karneol gehalten. Ein kurzer Umhang lag um eine ihrer Schultern und fiel in weichen Falten auf die Tunika, eine Mode aus Griechenland, die erst vor kurzem von den Händlern eingeführt worden war. Ihr Gürtel war, wie bei vielen Frauen an diesem Festtag, mit duftenden Blumen geschmückt.
»Das war keine Magie, sondern ein Spielchen, das alle Priester von den Ägyptern, den Karthagern bis zu den Rasna beherrschen. Aber du, Lucretia, solltest dich nicht einer Sache bedienen, die du nicht verstehst.«
»Wenn du glaubst, es sei nur ein Trick, warum fürchtest du dich dann nicht vor einer *echten* Schlange?«
»Warum sollte ich mich davor fürchten. Sie ist ein Lebewesen der alten Erdmutter Dia, ein Teil des Universums. Deshalb bin auch ich ein Teil von ihr, wie sie ein Teil von mir ist. Es ist eine Transmutation, etwas das, glaube ich, deine Art, die Dinge zu sehen, und dein Verständnis weit übertrifft.«
»Ich verstehe nicht, was du meinst.«
»Die Magie ist gefährlich, wenn sie in falsche Hände gerät, Lucretia. Dein Volk ist ein Volk von Barbaren, das sich alles nimmt, was ihm gefällt oder nützlich ist, und meint, es sich zu eigen machen zu können. Vielleicht werdet ihr in Zukunft irgendwann in der Lage sein, die Magie anzuwenden, aber ihr werdet niemals ihr wahres Wesen erkennen. Und Magie ohne den Kern ihres eigentlichen Wesens bedeutet nichts. Aber geh jetzt. Ich war schon viel zu geduldig mit dir ... Du dürftest eigentlich gar nicht hier sein.«
Die junge Frau schüttelte entschieden den Kopf.
»Du kannst mich nicht noch einmal zurückweisen, König Tarquinio. Ich will deinen Körper und deine Seele, ich will dir angehören. Rufe Culcnies wieder nach Ruma, damit ich an deiner Seite sein kann.«

Aber Tarxne wandte sich, ohne sie weiter zu beachten, wieder der Statue des Gottes Tinia zu.
»Antworte mir!« schrie Lucretia wutentbrannt.
»Verlasse diesen Ort, Lucretia. *Sofort!*« befahl ihr Tarxne mit harter Stimme.
Der Befehl traf die junge Frau wie ein Schlag. Für einen Augenblick rang sie nach Atem und wankte. Ihr Blick verschleierte sich, und alles erschien ihr nur noch grau und verschwommen. Sie erholte sich zwar gleich wieder, aber sie hatte das Gefühl, als hätte sie versucht, mit bloßen Händen einen Sturm aufzuhalten.
Sie wandte dem König und der fremden Gottheit, die nun diesen Hügel bewohnte, den Rücken zu und flüchtete. Doch kaum war sie außerhalb des Tempels, wurde ihr bewußt, daß sie eine Entschuldigung für ihre Verspätung würde finden müssen ... Die Königin, der Adel und die Gäste waren mittlerweile sicher schon längst im Circus Maximus angekommen!
Ebenso unvermittelt, wie sie losgerannt war, blieb sie auf der langen Freitreppe stehen, verwirrt über die plötzliche Stille, dort, wo eben noch fröhliches Stimmengewirr geherrscht hatte, und ein Gedanke bahnte sich langsam seinen Weg zu ihrem Geist.
»Es muß eine machtvolle Magie sein, die es einem einzelnen Mann ermöglicht, eine ganze Stadt nach seinem Belieben in Bewegung zu setzen ... Und genau das tut König Tarquinio«, sprach sie leise. »Das ist es, was Publius Valerius und seine Freunde aus Collatia immer wieder zu Culcnies sagen, und sicher auch zu Juno. Ach, König von Ruma, wärst du nicht so abweisend gewesen, hättest du einiges von mir erfahren können!« Zufrieden über diese kleine Rache raffte sie sich auf und lief eilig weiter zum Circus Maximus hinunter.

Als der König von Ruma die Spiele erreichte, hatte das Wettreiten zwischen den Männern aus Gabii, Ruma und Collatia auf ihren sehnigen, schnellen Pferden bereits begonnen, und der ganze Circus Maximus war in Feststimmung. Tarxne mußte Tullias argwöhnischem Blick standhalten, aber Lucretia, die junge Sabinerin, die lange vor ihm angekommen war, hatte inzwischen bei ihren Verwandten aus Collatia Platz genommen und war zu weit von ihm entfernt, um das Mißfallen in seinen Augen zu sehen, mit dem er sie immer noch betrachtete.

»War deine Meditation erfolgreich?« erkundigte sich Publius Valerius, als er ihm etwas später die Ehrenbezeugung der jungen Wettkämpfer überbrachte, die er selbst als Waffenmeister im Kampf ausgebildet hatte und die gerade einen Beweis ihrer Tüchtigkeit erbracht hatten.
»Der Gott Tinia ist in seine neue Wohnstatt eingezogen, und Uni und Menvra sind an seiner Seite. Sie werden noch dort sein, wenn wir schon lange tot sind«, antwortete Tarxne.
Der Sabiner setzte ein kleines Lächeln auf, aber gleichzeitig überlief ihn ein kalter Schauer, und als er dem König in die Augen schaute, war es ihm plötzlich nicht mehr möglich, seinen so lange und sorgfältig gehüteten Haß zu verbergen.
Siehst du, dachte Tarxne, es hat lange gedauert, aber jetzt hast du dich endlich verraten. *Du* also bist mein wahrer Feind.
So schnell wie sie gekommen war, war die Empfindung wieder vorbei, und Tarxne ergriff das Schild, das die Wettkämpfer ihm als Pfand für ihre Treue überreichten. Valerius kehrte zu seinen Schützlingen zurück, die aufgeregt von einem zum anderen liefen und Wetten auf die Kämpfer abschlossen. Bei Sonnenuntergang zelebrierten die Trutnot der Rasna die Hochzeit von Anaies mit dem König von Tusculum vor dem Altar des neuen Tempels. Gemäß dem latinischen Zeremoniell würde die Feier eine Woche später, wenn Anaies als Königin in Tusculum eingezogen war, wiederholt werden.
Bei Dunkelheit öffneten sich die Palasttore zum prunkvollsten Festmahl, das die Stadt jemals gesehen hatte. Die Zahl der geladenen Gäste war so groß, daß sogar der Hof vor dem Festsaal und der Säulengang zu ihrer Bewirtung hergerichtet worden waren.
Bei einem der unzähligen Trinksprüche hob Larius Pursiena, der im Kreis der Vertrauten des Königs saß, seinen Kelch und bat so um die Aufmerksamkeit der Umstehenden.
»Wir sind immer noch dieselben geblieben, Tarxne!« rief er aus. »Aber jetzt können wir bezeugen, daß das, was du einmal in unserer Runde gesagt hast, Wirklichkeit geworden ist, und wir alle können uns heute mit dir zusammen über dieses Juwel freuen!«
Tarxne spürte in Pursiena immer noch dieselbe ehrliche, tiefe Zuneigung wie in ihren Jugendtagen. Aber er konnte, als er den Freund jetzt ansah, einen schmerzlichen Gedanken nicht unterdrücken. Pursiena war nicht in Begleitung des jungen Prinzen erschienen, der wegen eines

einfachen Sturzes vom Pferd in Clevsi hatte bleiben müssen. Tarxne wertete die Abwesenheit seines Sohnes als ein Zeichen des Willens der Schicksalsgöttin, ihm nicht zu gestatten, seinen Sohn vor der Zeit zu sehen.

Er senkte seinen Blick in den Weinpokal, und ein heftiges Verlangen nach Schlaf und Vergessen überkam ihn. Mein Sohn ist das einzige, das mir wirklich verweigert wird, dachte er, um gleich darauf sein Bedauern darüber zu verdrängen.

»Ihr solltet inzwischen wissen, daß ich nicht nur rede, sondern meine Versprechen auch halte«, beantwortete er den Trinkspruch. »Ich hatte euch Ruma versprochen. Ihr habt mir geglaubt, und hier ist es – euer Ruma.«

Dann leerte er den Pokal, und die anderen taten es ihm nach.

»Du hast deine erstgeborene Tochter soeben mit einem König vermählt, Tarxne, und die zweite hast du bereits versprochen«, wandte sich Laris Pursiena wieder an ihn.

»Ich hoffe, daß du wenigstens eine deiner Töchter für meinen Sohn vorbehältst!«

Tarxne verzog keine Miene. »Meine übrigen Töchter sind noch zu jung, als daß man jetzt schon darüber nachdenken könnte, was für sie einmal das Beste sein wird, mein Freund!« entgegnete er.

»Oder für dich«, antwortete ihm Pursiena fröhlich und ohne jeden Hintergedanken.

»Vielleicht«, sagte Tarxne. »Das ist ein Teil der Last, König zu sein.«

»Warum erzählst du uns nicht von dem weißen Elch, den du in diesem Winter in den Bergen von Clevsi erlegt hast, Laris«, warf Aranth ein, um das Thema zu wechseln. »Wußtest du eigentlich, Tarxne, daß er nicht nur einmalig war, sondern daß sogar gemunkelt wird, Laris wollte ihn in seiner Grabstätte einbalsamiert zur letzten Ruhe betten. Ich habe dir doch schon von dem Grabmal erzählt, das er sich bauen lassen will. Es soll übrigens eine einzigartige Grabstätte werden, von der alle Welt reden wird!«

»Ja, das ist wahr«, sagte Laris Pursiena, ohne auf Aranths Ironie einzugehen. Und dann begann er, von seiner winterlichen Jagd zu erzählen, und beschrieb die herrliche Beute, die von den Trutnot gerade einbalsamiert wurde. Noch während er sprach, kam Publius Valerius hinzu und wandte sich an Tarxne.

Es war schon sehr spät. Die Königinnen und viele der Adeligen hatten sich schon zurückgezogen, nachdem sie, zusammen mit den Haruspizen und den Priestern, Braut und Bräutigam zu ihrem Gemach geleitet hatten.

Die meisten Männer hingegen waren geblieben und sprachen nun über Vereinbarungen und Verträge, die sie in den folgenden Tagen schließen wollten. Das war nach einem solchen Bankett üblich, zumal dieses das erste Treffen der beiden Bünde war.

»Eine Frau wartet auf dich«, sagte Valerius. »Sie ist mit zwei Dienern und einem zweirädrigen Wagen angekommen, auf dem sich eine Truhe befand. Die Frau und die Truhe sind jetzt in deinem Gemach, die Diener hingegen warten mit dem Wagen im Hof. Die Frau behauptet, eine Königin und deine Mutter zu sein. Sie wollte in deinem Gemach auf dich warten, und es war unmöglich, sie davon abzubringen. Nicht einmal die Wachen haben sich ihr widersetzen können.«

»Dann ist es bestimmt meine Mutter«, bemerkte Tarxne.

Der Sabiner schaute ihn verblüfft an und zuckte mit den Schultern.

Tarxne gab den Freunden ein Zeichen, ohne ihn weiterzumachen, und befahl Valerius zurückzubleiben.

Sobald Tarxne die Treppe, die zu seinen Gemächern führte, betreten hatte, verblaßte der Glanz des Bankettsaals, und es wurde dunkel um ihn. Die Festmahlsdüfte hatten sich verflüchtigt, und die Luft war nun erfüllt vom Geruch des Regens.

Tarxne befahl der Wache, draußen zu warten, und betrat sein Gemach.

Der Raum lag im Halbschatten und wurde nur von einem schwachen Glimmen in der Feuerstätte, in der kein Feuer brannte, erleuchtet.

Die Frau saß davor, von ihren um den Kopf gesteckten hellen Haaren wie von einem Diadem gekrönt. Sie trug ein schwarzes Gewand und einen dunklen Mantel, aber ansonsten schmückte sie weder Gold noch irgend etwas anderes.

»Mutter?« murmelte er und ging auf sie zu.

Thesan hob den Kopf. Tarxne sah dieses immer noch schöne Gesicht vor sich, aber er hatte das Gefühl, als würde es sich im schwachen Schein des Lichtes ständig verwandeln.

»Du hast deine älteste Tochter einem König zur Frau gegeben und

die zweite einem anderen versprochen. Warum bist du mit deinen Töchtern wie ein Latiner verfahren?« hob die Frau mit strenger Stimme an.
»Aus Berechnung, wie du weißt.«
»Genau. Und aus demselben Grund hast du auch Tullia geheiratet.«
»Auf eine gewisse Art und Weise liebe ich sie«, widersprach Tarxne.
»Sicher. Aber Tullia ist Mastarnas Tochter, und wie ihr Vater kennt sie kein Mittelmaß. Sie kann sich nicht nur mit einem Teil von dir zufriedengeben«, entgegnete Thesan.
»Bist du gekommen, um mir das zu sagen, Mutter?«
»Um dir Vorwürfe über deine Entscheidung zu machen? Nein, Tarxne. Trotzdem war es ein Fehler, das junge Mädchen heute im Tempel wegzuschicken. Fiel es dir denn wirklich so schwer, ihre Wünsche zu befriedigen?«
»Ich würde damit Culcnies verraten ...«
»Der Preis wäre nicht zu hoch gewesen«, sagte Thesan leise.
»Du hast diesen Preis für Cilnia bezahlt, und dabei liebst du Pursiena wie einen Bruder. Und du hast ihn für Veliza bezahlt, und Arnth ist ein König.«
»Es wäre gefährlich, dem Willen dieser jungen Sabinerin nachzugeben. Sie ist sehr ehrgeizig.«
»Diese junge Frau ist *verrückt*, Tarxne. Nimm dich vor ihr in acht. Sie empfindet deine Zurückweisung als eine Erniedrigung und fühlt sich tief beleidigt. Sie kann dir gefährlich werden.«
Thesan machte ein paar Schritte in den Raum. Durch die Öffnung zur Loggia fiel ein schwacher Lichtschein, ein Zeichen, daß die Nacht bald zu Ende ging. Von weitem war das tiefe Grollen des Donners zu hören.
Thesan hielt einen Augenblick inne, um dem zu lauschen, was die Steine und die Gegenstände ihr von diesem Raum zu berichten hatten, in dem Tarxne gezeugt worden war und in dem sie nur die Augen zu schließen brauchte, um ihn wieder wie damals vor sich zu sehen, im selben Licht und demselben Duft, mit derselben verzweifelten Gewißheit im Geist und im Herzen.
»Vor sehr langer Zeit«, sagte sie leise, »als Larth von Tarchna noch ein kleiner Junge war und zum erstenmal nach Ruma kam, gab es hier nichts als Wälder, Hügel und tiefe Täler. Gewaltige Wasserfälle stürz-

ten von den Bergen, es gab nur Sümpfe und dazu ein paar Hütten, in denen Hirten und Bauern wohnten. Und es gab einen König namens Numa, der glaubte, Larth sei ein Magier. Dein Vater schwor damals, daß er aus diesem Ort eine große und mächtige Stadt machen würde. Der Schwur ist nun erfüllt, und heute ist der Tag deines und seines Triumphes. Du hast den Tempel zu Ende gebaut, den er geplant und dessen Fundamente er gelegt hat. Du hast heute Ruma eine Seele gegeben, die *ewig* sein wird.«

»Und du hast dieser Stadt die *Heiligen Bücher* gebracht«, sagte Tarxne flüsternd.

Thesan nickte. »Ich habe sie nicht berührt, während sie in meiner Obhut waren«, erklärte sie. »Sie sind mir fremd und haben für mich keine Bedeutung. Ich bin keine Trutnot mehr, du kennst die Gründe dafür. Es war Caitlis Wunsch, daß du sie erhältst.«

»Aber du bist damit nicht einverstanden«, bemerkte Tarxne.

»Ich bin mir nicht sicher«, entgegnete Thesan. Dann wandte sie sich zur Loggia, und ihr Blick schweifte für einen Augenblick zu dem immer dichter werdenden Geflecht der über den dunklen Himmel zuckenden Blitze. »Ich weiß nicht, ob du ihrer würdig bist.«

»Was meinst du damit?«

»Wieviel bist du bereit zu geben? Deine Liebe, zum Beispiel? *Deine wahre Liebe?*«

Tarxne erschauerte, und als er sich umwandte, sah er, daß die eben noch geschlossene Truhe auf einmal offenstand und die neun Rollen der *Bücher des Tagete* auf dem langen, schwarzen Steintisch lagen.

»Nein«, antwortete er nach kurzem Zögern. »Du weißt, daß diese Liebe keinen Preis hat.«

Eine kaum angedeutete Geste seiner Mutter, ein plötzlicher Luftzug ... und die ersten drei Bücher gingen in Flammen auf. Der helle, weiße Schein der Flammen erleuchtete den Raum fast taghell. Aber schon im nächsten Augenblick durchdrang ihn wieder die Finsternis der Nacht, noch dunkler als zuvor.

Tarxne stand wie erstarrt. Jede Wärme war aus ihm gewichen, und eine eisige Kälte umgab ihn. Sein Gesicht war in tiefe Dunkelheit getaucht, aus der nur die Erinnerungen der Jahre, die er im Tivrit verbracht hatte, aufleuchtete, mit all ihren unendlichen Geheimnissen, von denen sich sein Geist, seitdem er König war, mehr und mehr entfernt hatte.

»Bist du bereit, dein Königreich aufzugeben? Alle Länder und Völker, die du unter dir vereinigt hast? All deinen Ehrgeiz?« fragte Thesan.
»Nein.«
Wieder ein helles Aufleuchten der Flammen, und Thesan drehte sich zu ihm um.
»Dir bleiben noch drei Bücher, Tarxne. Es wird dir nicht schwerfallen, die Stadt mit diesen drei Büchern zu regieren. Was du verloren hast, hatte keinen Wert für die Menschen, die nicht im Besitz der wahren Macht sind ... Bist du aber bereit, für diese drei dein Leben zu geben, Tarxne? Nicht das des Königs noch das des Magiers, sondern dein Leben als Mensch?«
Tarxne kniete erschüttert nieder. Dem, was schon sein Geist geantwortet hatte, brauchte er keine Worte mehr hinzuzufügen. Angesichts dieser Kraft, von der er *wußte*, daß sie tief in seinem Inneren lesen konnte, fühlte er sich nackt und wehrlos.
»Ich lege es in deine Hände, es ist wenig im Vergleich zu dem, was du vorher von mir gefordert hast«, murmelte er. Auch Thesan lehnte sich nun erschöpft an die Mauer. Ein plötzlicher Windhauch trug das Geräusch von Stimmen aus einem der Höfe herüber. Der Himmel begann sich langsam zu erhellen, aber es war ein trüber und grauer Tag, der da begann.
»Die Bücher gehören nun dir, Tarxne. Bewache sie gut für diese Stadt, denn einst, wenn die Rasna ausgelöscht sein werden, wird das Volk von Ruma angestrengt in ihnen nach Antworten suchen. Und so werden die Menschen auch noch in fernen Jahrhunderten, ohne es zu wissen, *unsere* Riten feiern. Dies wird die Rache der Rasna sein, für die, die aus Unwissenheit unsere Städte zerstört und unser Volk zerstreut haben.«
»Glaubst du, daß die Prophezeiung sich noch ändern kann?«
»Nichts von dem, was geschrieben steht, kann sich ändern. Das weißt du besser als jeder andere, Tarxne. Aber du bist ein Mensch, und es ist somit dein Recht, dich Illusionen hinzugeben. Rufe jetzt deine Wachen und gib ihnen Anweisung, mich zu dem Hof zu begleiten, wo meine Diener mit dem Wagen warten.«
»Warum bleibst du nicht wenigstens einen Tag?« fragte Tarxne.
»Weil ich diese Stadt, in der Axal getötet und Larth verraten wurde, nicht liebe. Morgen wird man sagen, daß eine Fremde von wer weiß

woher gekommen ist, um dir die *Heiligen Bücher* zu bringen, und dann wieder verschwunden ist. Laß sie in diesem Glauben. Auch das ist Magie.«

Tarxne senkte den Kopf zum Zeichen seiner Zustimmung. Er fühlte, daß seine Mutter anders war, ihm fremd, und einen Augenblick lang durchfuhr ihn das Bild einer Mutter, die eigentlich nicht seine war, denn es war nicht seine Mutter gewesen, die ihn aufgezogen hatte. Aber er ließ nichts von diesen Gedanken nach außen dringen. Statt dessen gab er den Wachen den Befehl, Thesan zu ihrem Karren zurückzubringen, verschloß seine Tür und befahl, niemanden eintreten zu lassen.

Auf dem Tisch war noch nicht einmal mehr ein Rest Asche von den sechs verbrannten Rollen zu sehen. Tarxne nahm die verbliebenen Rollen auf und verschloß sie in der Truhe. Es wurde langsam Tag. Aber mit der aufgehenden Sonne im Osten näherte sich gleichzeitig auch eine dunkle Gewitterwand von Westen. Doch die Luft war frisch und erfüllt von einem Duft, den der Wind aus den nahe gelegenen Wäldern herüberwehte.

Tarxne trat auf die Loggia hinaus, eingehüllt von einem leichten Regenschleier, und sah am Ausgang des Hofes Thesans hochgewachsene, schlanke Gestalt, die in den dunklen Mantel gehüllt eilig dabei war, den zweirädrigen Wagen zu besteigen. Aber dann entdeckte sie den alten Pilger unter dem Portikus und blieb stehen.

In der Nähe des Wagens trafen die beiden aufeinander und sprachen, Thesans Hand in der des Alten, miteinander.

Dann bestieg Thesan den Wagen, ihre Diener halfen ihr dabei, und sie verließ den Palast durch das mittlerweile geöffnete Tor. Gleich darauf war sie verschwunden. Als kurze Zeit später das Unwetter losbrach, war auch von dem alten Pilger keine Spur mehr zu sehen.

14.

Der Sommer hatte die Ufer des kleinen Sees mit einem saftigen Grün bedeckt. Das von unsichtbaren Quellen gespeiste Wasser war klar und frisch, von geheimen Strömungen belebt, und Wasserrosen bildeten kleine, schwankende Inseln darauf. Schilf wuchs bis ins Wasser hinein, über das eine leichte Brise fuhr, und große Libellen, deren schwirrende Flügel wie goldene und regenbogenfarbene Schleier in der Sonne glänzten, kreisten darüber. Tarxne fühlte eine tiefe Zufriedenheit Das Wasser umspülte seinen Körper, und Veliza tauchte lachend unter seinen Armen weg. Er holte tief Luft, tauchte ebenfalls unter und fing sie wieder ein. Er zog sie an sich, und übermütig schlang sie ihre langen Beine um seine Hüften.

Sie kamen zusammen an die Oberfläche und blieben ineinander verschlungen, bis er sie plötzlich wie eine Trophäe in die Höhe hob. Veliza stieß einen Schrei aus und versuchte, sich auf seinen Schultern abzustützen. Aber sie verlor das Gleichgewicht, fiel wieder ins Wasser zurück und schwamm mit langen Zügen ans Ufer. Tarxne folgte ihr, und sie legten sich nebeneinander ins Gras. Dann beugte er sich über sie und blickte in ihre glänzenden Augen . . . Doch plötzlich war alles dunkel. Der See war verschwunden und mit ihm der Sommer, die Düfte und die warme Sonne auf seiner Haut.

Er war wach, und er war alleine.

Von Veliza blieb ihm nur die Erinnerung und ein Kribbeln auf seiner Haut.

Ein Traum . . .

Nur ein einziges Feuerbecken erleuchtete und erwärmte sein Zelt, und der Wind fuhr durch die Zeltplanen.

Im Osten erhellte das Morgengrau den Himmel, und die ersten Geräusche des Lagerplatzes waren von den Einzäunungen der Pferde her zu hören und von den Lagerfeuern, an denen sich schon die Diener zu schaffen machten. Tarxne setzte sich im Bett auf und sah im Gegenlicht die beiden Wachen, die draußen vor dem Zelt aufgestellt waren. Das Zeltlager war am vorhergehenden Tag an den Ufern des Anio aufgeschlagen worden. Die Stadt Collatia lag hinter der nächsten Flußbiegung, in nur geringer Entfernung. Culcnies war ihm dankbar gewesen für die Erlaubnis, das Lager verlassen zu dürfen, um die Nacht bei seiner schönen Lucretia zu verbringen. Tarxne allerdings war nicht sehr begeistert von der Vorstellung, sie noch am selben Tag anläßlich seines Besuchs bei Triciptinus wiederzusehen. In diesem Augenblick betrat ein Diener mit Fleisch, Milch und Fladenbrot das Zelt und teilte ihm mit, daß Aranth von Vei im Lager angekommen sei.

Tarxne hatte soeben zu essen begonnen, als Aranth eintrat und direkt auf das Feuer zuging, um seine kalten Hände zu wärmen.

»Du mußt mitten in der Nacht in Vei aufgebrochen sein, wenn du schon so früh hier bist«, sagte Tarxne und bedeutete ihm, Platz zu nehmen und sich zu bedienen.

»Dein Bote hat mich auf der Straße durch die Selva Arsia getroffen, wo wir auf der Rückkehr von der Wildschweinjagd Rast gemacht haben«, antwortete Aranth. »Ich habe also meinen Leuten den Befehl gegeben, alleine nach Vei zurückzukehren, und bin sofort zu dir geeilt. Du weißt, daß ich das Tageslicht nicht brauche, um den Weg zu finden.«

»Ich weiß. Und es erwärmt mein Herz, dich wiederzusehen«, sagte Tarxne lächelnd.

»Deine Truppen haben also nicht, wie Valerius versprochen hatte, noch vor dem Herbst den Sieg über Ardea errungen!« bemerkte Aranth mit vollem Mund. »Der Winter ist bereits hereingebrochen, und die Belagerung dauert an.«

»Und Valerius ist in Ruma, allein, um seine Verwundung auszuheilen. Aber sein Gesundheitszustand macht ihn nicht weniger gefährlich und wird ihn sicherlich nicht daran hindern, sich wie ein König zu fühlen ...«, sagte Tarxne und fuhr dann nachdenklich fort: »Ich weiß, woran du jetzt denkst, Aranth. Noch ist kein Jahr seit der Einweihung des Tempels vergangen, und schon führt Ruma einen Krieg. Aber Ardea hat den Latinischen Bund nie anerkennen wollen, ganz abgesehen davon, daß einige von Herdonius' Gefolgsmännern dort nach dessen Tod Zuflucht gefunden haben.«

»Meinst du, sie haben die Stadt zum Krieg überredet?«
»Vielleicht. Ardea ist wegen seines Zugangs zum Meer strategisch wichtig, und außerdem kontrolliert es die Verbindungsstraße zwischen Satricum und Circei. Die Stadt ist zum Hinterland hin gut befestigt und von den anderen drei Seiten wegen der schroffen Felsen praktisch unzugänglich. Valerius glaubte, die Stadtfeste mit seinen Berittenen überrennen zu können, aber er hat bei seinem ersten Angriff zu viele Männer verloren.«
»Und was beabsichtigst du nun zu tun?« fragte Aranth. »Willst du die Stadt durch Belagerung einnehmen.«
»Ich werde sie aushungern lassen. Ich habe Sextus und Mamilius die Befehlsgewalt übertragen. Sie sind dort geblieben, um weiter Druck auszuüben. Sobald Ardea sich vor einem direkten Angriff in Sicherheit wähnt, werde ich die Stadt einnehmen. Wenige ausgewählte Männer meiner Wache werden die östlichen Felsabstürze erklimmen und von innen die Tore öffnen.«
»Du bist also gekommen, um aus Gabii frische Hundertschaften und Berittene zu besorgen? Und du beabsichtigst, auch Triciptinus von Collatia und Alerse von Fidenae davon zu überzeugen, dir Männer zur Verfügung zu stellen.«
»Ja, auch deswegen bin ich hier, Aranth«, stimmte Tarxne ihm zu.
»Weiß Juno darüber Bescheid?«
»Nein. Außer dir weiß niemand etwas davon. Aber ich werde Juno nach Ruma zurückschicken, und er wird wahrscheinlich länger dort bleiben müssen, als er glaubt.«
»Um Valerius im Auge zu behalten?« fragte Aranth.
»Um Valerius auch nicht den kleinsten Moment aus den Augen zu lassen.«
Aranth nickte nachdenklich. »Veliza war unruhig, und auch die kleine Oalna verhielt sich merkwürdig«, warf er ein. »Asnai hat behauptet, gewisse Zeichen am Himmel gesehen zu haben, und Urste schien mir noch schlechter gelaunt als sonst. Das war vor vier Tagen, bevor ich zur Jagd aufgebrochen bin.«
Tarxne versuchte, den Worten seines Bruders einen genauen Platz im Mosaik seiner Empfindungen zuzuordnen. Er war ein Trutnot, und wenn die Haruspizen Zeichen gesehen hatten und auch seine kleine Tochter etwas wahrnahm, warum spürte er selbst dann nichts? Sicher,

etwas war da, dieser Traum vor allem, der in seiner Erinnerung lebendiger war als die Wirklichkeit ...

»Ich habe heute nacht von mir und Veliza geträumt«, murmelte er. »Und dieser Traum war so wirklich und vollkommen, daß beim Aufwachen weder dieses Lager noch Collatia, noch das belagerte Ardea und nicht einmal mehr Ruma existierten. Nichts mehr, außer uns beiden. Die Götter mögen mir beistehen, Aranth, aber ich war glücklich, und wenn ich in diesem Moment eine Wahl hätte treffen müssen ..., ich hätte nicht gezögert.«

»Du hast bereits gewählt ...«, wisperte der Wind, der um das Zelt strich.

»Es war nur ein Traum«, bemerkte Aranth.

»Was du im Traum erlebst, ist nicht weniger wahr als das, was du in Wirklichkeit zu erleben glaubst. Unsere Lehrmeister auf dem Tivrit lehrten uns, daß niemand sagen könne, welches das eigentliche Leben sei, dieses oder jenes. Und wenn ich gekonnt hätte, hätte ich *jenes* gewählt. Ich muß sie sehen, Aranth.«

»Jetzt?« fragte der Bruder erstaunt. »Wie denn?«

Tarxne zuckte mit den Schultern. Er fühlte sich von einer ungewöhnlich starken inneren Erregung ergriffen, die ihm fremd war und gegen die er sich offensichtlich nicht wehren konnte.

»Wir werden noch ein paar Tage hier bleiben«, entschied er. »Lange genug, um die Männer aus Gabii und Fidenae um uns zu sammeln. In der Zwischenzeit werden Juno und Culcnies nach Ruma reiten. Culcnies wird dann später mit den frischen Vorräten zu uns stoßen. Ich werde Zeit haben, mich nach Vei zu begeben. Eine ganze Nacht lang, Aranth.«

»Und was soll *ich* dabei tun?«

»Bitte Veliza, sich morgen in den Tempel der Göttin Uni zurückzuziehen. Geleite sie von dort aus unter dem Wasserfall hindurch zu der Grotte zu Füßen des Felsens. Dort, wo du als Junge nach der Jagd immer hingegangen bist, erinnerst du dich noch?«

»Aber es ist Winter«, gab Aranth zu bedenken.

»Ich werde für das nötige Feuer schon sorgen, mach dir keine Gedanken«, sagte Tarxne lächelnd, und auch Aranth konnte nicht mehr ernst bleiben.

»Wirst du das für mich tun?« fragte Tarxne.

»Natürlich, das weißt du doch! Aber es ist verrückt. Was ist, wenn dich jemand nachts im Lager suchen sollte?«
»Ich bin ein Magier, und Magier verschwinden eben manchmal«, entgegnete Tarxne und legte dem Bruder den Arm um die Schultern. »Komm jetzt«, sagte er, »ich würde gerne deine Meinung hören über einige Pferde, die wir von Gabii bekommen haben. Später sind wir dann bei Triciptinus eingeladen. Juno und Culcnies werden anschließend sofort nach Ruma aufbrechen.«
Die Sonne stand schon hoch, als sie in Collatia eintrafen, wo Triciptinus sie mit eher düsterer Miene begrüßte. Culcnies hingegen konnte, selbst wenn er gewollt hätte, seine Freude über das Wiedersehen nicht verbergen. Triciptinus war von der Aussicht, dem Bündnis Männer für die Belagerung Ardeas zur Verfügung zu stellen, nicht gerade begeistert. Dennoch lag es ihm natürlich fern, den König von Ruma zu verärgern, vor allem, weil eine seiner Töchter Sextus versprochen war und schon bald Königin von Gabii werden sollte.
»Manchmal ängstigen mich die Bande, die uns verbinden und die du immer enger um jeden von uns ziehst«, gestand er Tarxne, während er mit ihm zum Festsaal schritt. »Es sind leichte Bande, die du uns auferlegst, und wir bemerken sie erst, wenn sie uns gefesselt haben.«
»Bereust du, daß deine älteste Tochter einen mächtigen Ehemann hat und die andere demnächst Königin werden wird?« fragte Tarxne.
Triciptinus schüttelte den Kopf. Jetzt, wo der König an seiner Seite stand, schien ihm das, was Valerius bei jeder Gelegenheit wiederholte, unwichtig zu sein.
»Natürlich nicht«, antwortete er.
»Dann beklage dich nicht. Du selbst hast diese Bande gewollt«, sagte Tarxne abschließend.
Während des Festmahls wurden sie von Lucretia und einer ihrer jüngeren Schwestern bedient, und Culcnies konnte sie für diesen Beweis ihrer Ehrerbietung nicht genug loben.
»Wir alle sind uns der Tugenden von Triciptinus' geliebter Tochter bewußt«, bemerkte Tarxne, und niemand hätte aus seiner Stimme auch nur einen Hauch von Ironie herausgehört, aber Lucretia, die gerade den Wein eingeschenkt hatte, verließ eilig den Raum.
»Du hast sie in Verlegenheit gebracht«, sagte Culcnies tadelnd.
»Weißt du, Aranth«, bemerkte Tarxne anzüglich, »unser Vetter Culc-

nies glaubt allmählich, daß das Betragen der sabinischen und latinischen Frauen dem der unseren vorzuziehen ist.«
»Versuche nicht, mich in ein Gespräch über Frauen zu verwickeln, Tarxne«, entgegnete Aranth. »Du weißt, ich bin kein Experte.«
»Er aber schon«, erwiderte Culcnies mit einem Anflug von Unmut in der Stimme.
Tarxne antwortete nicht. Lucretia ließ sich bis zum Ende des Gastmahls nicht mehr blicken, aber niemand verlor ein Wort darüber.
Aranth verabschiedete sich nach Beendigung des Mahls, und die kurze Umarmung, mit der er Tarxne bedachte, war eine wortlose Versicherung ihrer Absprache für die Nacht. Später, nachdem auch Juno und Culcnies nach Ruma aufgebrochen waren, befand sich Tarxne allein in dem Raum, der ihm von Triciptinus zur Mittagsruhe angeboten worden war.
Erfreut über die unerwartete Möglichkeit, sich ausruhen zu können, streckte sich Tarxne auf dem Bett aus, denn in den letzten Tagen hatte er nur wenig geschlafen. Dennoch versuchte er, zuerst mit den Augen des Trutnot zu sehen, um die Zeichen zu erkennen, von denen Aranth berichtet hatte. Aber der kleine Raum blieb stumm.
Noch bevor Tarxne eingeschlafen war, wurde der schwere Vorhang zur Seite geschoben, und Lucretia erschien auf der Schwelle. Die junge Frau trug dieselbe Tunika aus Wolle wie beim Mittagsmahl, aber die Haare fielen jetzt lockig über ihre Schultern, und die Tunika war nur an einer Seite gebunden.
»Alle schlafen, König von Ruma«, begann sie. »Meine Schwestern und die Mägde sind in den Küchenräumen, und deine Wachen ebenfalls. Meine Schwestern werden nett zu deinen Männern sein.«
»Dann schließe dich ihnen an«, sagte Tarxne unwirsch.
»Du beleidigst mich, König von Ruma. Dabei hast du meine Tugenden vor meinem Vater und meinem Ehemann gerühmt, obwohl keiner von beiden an deine Aufrichtigkeit geglaubt hat«, entgegnete Lucretia mit einem fast belustigten Unterton.
Sie war inzwischen ans Bett getreten und hatte sich so gestellt, daß ihr unverhülltes Bein zu sehen war.
»Zu recht«, antwortete Tarxne, »du weißt genau, was ich von dir halte, aber es wird bestimmt nicht der König von Ruma sein, der die Tugenden der sabinischen Frauen in Frage stellt.«
Lucretia lächelte. »Du könntest es noch bereuen«, sagte sie leise.

»Was?«
»Daß du mich erniedrigst ... Und es ist mit Sicherheit auch deinen magischen Kräften zu verdanken, daß ich unfruchtbar bin und Culcnies noch keinen Sohn geschenkt habe!«
»Wenn Culcnies dahin kommen sollte, dich wegen deiner Unfruchtbarkeit zu verstoßen, wird das der beste Tag seines Lebens sein! Geh jetzt zu meinen Wachen und sage ihnen, sie sollen sich zum Aufbruch bereithalten. Benachrichtige auch deinen Vater, daß ich ausgeruht bin und keine Zeit mehr verschwenden kann. Wenn er seine Entscheidungen gefällt hat, soll er zum Lager kommen und mich davon in Kenntnis setzen.«
»Wenn es das ist, was du willst«, sagte Lucretia, und Tarxne spürte die drohende Gefahr in ihrem kalten, ruhigen Tonfall. Ohne eine Antwort abzuwarten, drehte sie sich um und verließ den Raum.
Wenig später verließen Tarxne und seine Wachen Collatia. Tarxne verbrachte den Rest des Tages und den Morgen des folgenden Tages im Zeltlager, wo er Gespräche mit Alerse von Fidenae führte, der zwei Hundertschaften mit sich geführt hatte. Die Männer aus Gabii trafen am Nachmittag ein. Bei Anbruch der Dunkelheit ließ sich Tarxne ein Pferd bringen, befahl den karthagischen Wachen, sich nicht vom Lager zu entfernen, und machte sich auf den Weg durch die Selva Arsia. Er war nicht so geübt wie Aranth, den Pfad auch bei Dunkelheit zu erkennen, doch er war ein Trutnot und würde sich nicht verirren.
Gegen Abend hatte sich ein heftiger Wind erhoben, und der Wald war ein einziges Rascheln, Rauschen und Wispern. Durch die Äste sah man die Sterne und eine hell leuchtende Mondsichel.
Es war abnehmender Mond.
Die Nacht verschlingt dich, mein Freund, dachte Tarxne mit einem Blick auf den Mond. Bald wird nichts mehr von dir zu sehen sein.
Eine plötzliche Angst überkam ihn bei diesem Gedanken, aber er verdrängte sie. Veliza wartete auf ihn.
Als er bei dem von dichtem Buschwerk verborgenen Eingang zur Grotte am Fuße des Felsens ankam, auf dem sich die Stadt Vei erhob, hing der Mond ruhig am Himmel, und der Wind hatte sich ein wenig gelegt.
Er stieg vom Pferd. Das Tosen des Wasserfalls, der nicht weit von ihm in die Schlucht fiel, brauste in seinen Ohren, und die Luft war mit Feuchtigkeit gesättigt.

Er nahm sein Pferd am Zügel und fand den Durchgang durch den Tuffsteinfelsen.

Das Grotteninnere war trocken, und ein offenes Feuer, das von draußen nicht zu sehen war, erleuchtete die Gestalten Aranths und der Königin von Vei.

Aranth sprang auf, die Hand am Knauf seines kurzen Schwertes.

»Beruhige dich, Bruder«, sagte Tarxne und umarmte ihn. »Niemals werde ich wiedergutmachen können, was du mir heute nacht geschenkt hast.«

Aranth nickte, erstaunt über diesen Gefühlsausbruch Tarxnes. »Ich werde draußen wachen«, murmelte er und verschwand durch die Felsenöffnung.

Erst jetzt wandte sich Tarxne Veliza zu. Er streckte die Hände nach ihr aus und zog sie zu sich hoch.

Träume ich noch immer? fragte er sich, während er sie an sich drückte. Ihre Haut war genauso weich und warm wie in seinem Traum.

»Ich bin denen, die ich liebe, unaufrichtig gegenüber, Veliza«, sagte er leise. »Selbst dir gegenüber, der Frau, die ich mehr liebe als mein Leben und meine Macht. Ich wünsche mir nichts sehnlicher, als mit dir wegzugehen, und habe trotzdem nicht den Mut dazu. Und ich bin auch Aranth gegenüber unaufrichtig. Indem er uns hilft, hat er sein Schicksal mit dem unseren verbunden, und ich bin nicht fähig, die Knoten zu lösen, die er geknüpft hat.«

»Sein Leben war bereits vorher an dieses Schicksal gebunden«, entgegnete Veliza. »Er ist, wie du, der Sohn der fremden Königin. Er hätte sich auch weigern können, uns zu helfen. Doch ich weiß, daß das Wichtigste für ihn das Glück ist. Das Glück eines jeden, sei es das meine, das deine oder auch nur das Glück des letzten Bettlers. Glaubst du, er wird dafür bezahlen müssen?«

»Ja.«

Tarxnes Antwort war so leise gekommen, daß Veliza sich voller Angst an ihn schmiegte und ihr die zweite Frage auf den Lippen erstarb. *Und wir?* hatte sie fragen wollen. *Wieviel werden wir für unseren Wahn bezahlen müssen?*

Tarxne ließ die Geliebte auf den Umhang gleiten, den sie schon neben dem Feuer ausgebreitet hatte, und sie lagen eng umschlungen nebeneinander, während sie ihm von ihrer Tochter erzählte, mit der sie sich ohne Worte verständigen konnte. Mit einem Seufzer berichtete sie ihm schließlich, daß Aranth langsam begann, auf das Mädchen eifersüchtig zu werden, und daß es so schien, als hätte Urste Verdacht geschöpft.

Tarxne ließ die Flammen des Feuers schwächer werden, und sie liebten sich im Halbdunkel der nach Moos duftenden Grotte. Schon bald hatten sie die Welt um sich herum vergessen. Es gab nur noch ihre Liebe und das Gesicht des anderen im flackernden Schein des niedrigen Feuers.

Trotz der heißen und zärtlichen Umarmung des Geliebten überlief Veliza ein Schauer.

»Wenn du ein Magier bist«, flüsterte sie, »dann bringe die Zeit zum Stillstand! Halte den Mond an und den Sonnenwagen, Geliebter!«

Doch Tarxne antwortete nicht.

Lucretia erwachte früh am Morgen. Ein Lichtschimmer begann gerade von Osten her den wolkenlosen Himmel zu erhellen. Der Wind hatte sich die ganze Nacht über nicht gelegt, und die junge Frau hatte den Mond auf seinem Weg verfolgt, bis er aus ihrem Blickfeld verschwunden war. Ihr Vater hatte Lucretias schlechte Laune auf das zu kurze Verbleiben von Culcnies im ehelichen Bett zurückgeführt und ihr lachend befohlen, sich am nächsten Morgen bloß nicht in der Küche zu zeigen, sollte sie weiterhin so gereizt sein. Lucretia dachte haßerfüllt an ihren Vater, sein Gelächter und an Culcnies gierige Hände. Dann verschlug es ihr bei dem Gedanken an einen anderen fast den Atem.

Mit abgrundtiefem Haß dachte sie an den König von Ruma. Mit nervösen Fingern strich sie am Saum der leichten Tunika entlang. Und plötzlich zerriß sie mit einer entschiedenen Geste den Stoff. Dann begann sie sich mit den Fingernägeln die Brust zu zerkratzen und schnitt sich mit einer Tonscherbe eine tiefe Wunde auf die Innenseite der Schenkel. Blutüberströmt zerwühlte sie ihr Bett und rannte schließlich weinend ins Gemach des Königs.

Ihre Mutter stieß bei ihrem Anblick einen entsetzten Schrei aus, und Triciptinus sprang aus dem Bett, um seine Tochter, die wie von Schwäche überwältigt auf die Knie sank, zu stützen.

»Was hat das zu bedeuten?« rief er, kreidebleich im Gesicht, obwohl der Zustand Lucretias und ihre blutverschmierten Beine kaum noch einen

Zweifel offen ließen. »Er ist wie ein Dieb heute nacht in mein Zimmer eingedrungen. Ich schlief, mein Vater, und als ich aufwachte, lag er über mir ... Er hat mir den Mund verschlossen und mich geschlagen, ich konnte mich nicht wehren.«

Triciptinus überließ seine Tochter den schon herbeigeeilten Mägden, und sein aschfahles Gesicht war wie versteinert vor Zorn.

Lucretia hörte ihre Mutter im Bett schluchzen.

»Wer war es?« zischte Triciptinus.

Lucretia atmete tief durch. Jetzt *fühlte* sie den Schmerz, sie fühlte ihn so, als ob ihr wirklich Gewalt angetan worden wäre. Während die fürsorglichen Hände der Mägde versuchten, ihre Blößen zu bedecken, sah Lucretia dem Vater in die Augen und antwortete: »Der König, Vater. Es war der König von Ruma.«

Veliza öffnete die Augen und sah Tarxne, der mit aufgestütztem Kopf über sie gebeugt war und sie betrachtete. Von irgendwo war das entfernte Heulen des Windes zu hören, der sich in einer Felsspalte verfangen hatte und die Höhle mit dem Geruch der Winternacht erfüllte. Aber die Flammen flackerten, bogen sich ihnen entgegen und tanzten, als wären sie lebendig. Veliza lächelte Tarxne an, und er erwiderte ihr Lächeln.

»Ich habe dich im Schlaf betrachtet«, sagte er, »und dabei habe ich an etwas gedacht, das lange zurückliegt. An meine erste Liebe vor langer Zeit. Ich habe dieses Mädchen damals sehr geliebt.«

Veliza strich ihm mit bebenden Händen übers Gesicht. »Mehr als mich?« flüsterte sie.

»Manchmal denke ich, daß du und sie dieselbe Liebe seid. Die Liebe des Knaben und die Liebe des Mannes.«

»Ist es schon Tag?« fragte Veliza.

»Bald wird es zu dämmern beginnen, ich muß gehen. Aranth wird dich zum Tempel zurückbegleiten.«

»Du hast den Lauf des Mondes nicht aufgehalten, und nun wirst du auch den Sonnenwagen auf seinem Weg nicht anhalten können«, flüsterte Veliza traurig.

»Das hätte schon lange vor mir einer getan, wenn die Götter den Menschen eine solche Macht zugestanden hätten«, erwiderte ihr Tarxne.

»Irgendwann werden sie vielleicht diese Macht besitzen ...«, flüsterte Veliza, und in Tarxnes Ohren klang es wie die spielerische Herausforderung einer Frau, die nie mehr von dem Mann, den sie liebt, getrennt sein will.

Auf dem Rückweg, nachdem Tarxne Aranth umarmt und ihm die Königin von Vei anvertraut hatte, war der Wald noch in das Dunkel der Nacht getaucht. Aber auf den Lichtungen dämmerte schon der Morgen, und plötzlich sah Tarxne durch die Bäume den Schein eines Lagerfeuers. Der einladende Geruch von geröstetem Wild stieg ihm in die Nase, und er verspürte plötzlich großen Hunger. Davon überzeugt, daß es seine Männer waren, die sich nach den Morgenriten schon auf die Jagd begeben hatten, näherte er sich dem Feuer, um an ihrem morgendlichen Mahl teilzuhaben.
Da erkannte er den alten Pilger, der in einen verschlissenen Mantel gehüllt dasaß und gelassen einen aufgespießten Hasen über dem Feuer briet. Als er Tarxne bemerkte, hob er kaum den Blick, nur seine Augen funkelten. »Nun ist es passiert«, raunte er ihm zu. »Jetzt ist die Pforte geöffnet.«
»Was meinst du damit?« fragte Tarxne erstaunt.
Der Alte warf ihm einen traurigen Blick zu. »Frauen können im Besitz der Macht sein und trotzdem Geliebte und Mutter, ohne sie dabei zu verdunkeln«, sagte er. »Aber die Männer setzen sich mit ihren Leidenschaften ihr eigenes Maß und sehen dann nur noch das wenige, das ihnen zu sehen übrigbleibt. Du bist mittlerweile ein König. Ein Trutnot hätte mir diese Frage niemals gestellt.«
»Die Pforte zur Nacht«, rief Tarxne, und blitzartig stand ihm wieder die Vision vor Augen, die er vor langer Zeit im Tempel des *Nagels der Zeit*, in Fanu Veltune, gehabt hatte. »Wieso und warum?« rief er. »Warum gerade jetzt und hier?«
»Stelle dem Trutnot diese Fragen, König von Ruma.«
»Sobald ich ihn wiederfinde, alter Mann. Falls ich ihn überhaupt wiederfinde«, antwortete ihm Tarxne, der seinen Hunger vergessen hatte und nur noch den Wunsch hatte, so schnell wie möglich zum Lager zurückzukehren.
Der Alte forderte ihn nicht zum Bleiben auf und drehte sich auch nicht um, als Tarxne im Galopp über die Lichtung verschwand.

Den ganzen Morgen über blieb Lucretia in ihrem Gemach, wo ihre Dienerinnen sie umsorgten. Sie ließ sich verbinden, waschen und ankleiden. Sie empfing ihren Vater, der ihr mitteilte, Boten nach Ruma geschickt zu haben, um Culcnies zurückrufen zu lassen. Der König von Ruma hatte hingegen mit seinen Männern und den neu angekommenen Hundertschaften aus Gabii und Fidenae bereits das Zeltlager an den Ufern des Anio abgebrochen und marschierte in Richtung Ardea.
Triciptinus teilte seiner Tochter mit, daß er für den Abend den Ältestenrat einberufen hatte, um zu entscheiden, wie die Sabiner diese Kränkung vergelten sollten.
Aber auch diese Nachricht konnte Lucretia nicht aus der Apathie reißen, in die sie gesunken war.
In der Zwischenzeit suchten Collatias beste Jäger nach den Spuren des Eindringlings, um herauszufinden, welchen Weg er genommen hatte, wie er die Wachen umgehen und in Lucretias Gemach hatte kommen können. Und während die Männer nach den Spuren suchten, ging Lucretia mehr und mehr in ihrer eigenen Lüge auf. Sie bekam hohes Fieber. Ihre Freude, den gehaßten Mann in der Hand zu haben, verschmolz mit der Ungeduld, ihn unter der Last der Anschuldigung gebeugt zu sehen.
Die Sonne stand bereits hoch am Himmel, als die von Triciptinus gesandten Boten mit der Nachricht, daß Culcnies in Begleitung von Juno auf dem Weg nach Collatia sei, zurückkehrten.
Da erst bekam Lucretia Angst. Angst, daß man ihr nicht mehr glauben würde, Angst, als unrein zu gelten. Und vor allem Angst, ihre Rache nicht genießen zu können.
Vielleicht konnte der König von Ruma seine Unschuld ja beweisen. Oder ihr Vater würde den Vorfall lediglich dazu nutzen, sich einen Vorteil zu verschaffen, wie es seine Gewohnheit war.
Lucretia verließ die Ecke, in der sie bis dahin starr gesessen hatte, und ergriff einen Dolch, der zusammen mit den anderen Waffen von Culcnies an der Wand hing.
Als Geschrei und Stimmengewirr zu Culcnies' Begrüßung vom Hof her drang, drückte sich die junge Frau die Spitze des Dolches mit beiden Händen auf die Brust.
Mein Tod wird es sein, der dich endgültig zerstören wird, mein König, dachte sie, und eine wilde Freude überkam sie, als sie zustieß.

15.

»Dafür wird Tarxne bezahlen. Das schwöre ich vor den Göttern!« rief Culcnies.

»Schweige!« herrschte ihn Juno an, packte ihn an den Schultern und drückte ihn auf einen Stuhl.

Culcnies gehorchte, aber sein Blick verlor sich in einem Meer von Verzweiflung.

»Sie hat sich getötet! Begreifst du, Juno? Sie hat sich getötet!«

»Ja, ich habe es gehört und gesehen. Aber sag jetzt nichts, was du später bereuen könntest.«

»Bereuen?« Culcnies schüttelte den Kopf und schlug die Hände vors Gesicht. »Was sollte ich bereuen? Daß ich dem König von Ruma gedroht habe?«

»Versuche lieber, vernünftig zu sein«, sagte Juno. »Denk doch mal nach. Triciptinus behauptet, Tarxne sei heute nacht hiergewesen und habe Lucretia Gewalt angetan. Lucretia habe sich deshalb bei deiner Ankunft aus Scham das Leben genommen.«

Culcnies nickte, ohne zu verstehen, worauf der Freund hinauswollte.

»Verzeih mir, was ich jetzt sage, Culcnies. Tarxne hat über diese Sache immer Verschwiegenheit bewahrt, aber Sextus hat mich eingeweiht, und ich ...«, Juno zögerte und stieß dann hervor: »Und ich glaube nicht, daß deine Frau sich aus Scham umgebracht hat.«

Culcnies starrte ihn an, als ob er sich weigern wollte, den Sinn seiner Worte zu erfassen. Juno konnte seine Ungeduld nicht mehr zügeln. »Komm schon, Culcnies, Lucretia war dir gegenüber großzügig, aber sie hat auch bei anderen nicht gegeizt.«

»Ein Wort noch, Juno, ein einziges Wort, und ich werde alles, was uns jemals verbunden hat, vergessen«, zischte Culcnies.

»Uns verbindet nur eines, Culcnies«, entgegnete Juno ruhig, »und das ist der König, der auch dein Vetter ist. Mir scheint, das hast du schon vergessen.«
»Und was glaubst du, sollte ich tun? Er ist an allem schuld.«
»Das behaupten dein Schwiegervater und die anderen hier im Haus. Aber es sind Sabiner, und ich fürchte, die ganze Geschichte ist eine Falle. Wir müssen sofort nach Ruma zurückkehren, Culcnies.«
»Und was sollen wir dort?«
»Wenn meine Befürchtung zutrifft, wird Valerius diesen Vorfall dazu nutzen, den König zu stürzen. Sollte es ihm gelingen, dann werden die Rasna Ruma verlieren, und das können wir nicht zulassen. Verstehst du mich, Culcnies? Verstehst du, was ich sage?«
Culcnies zögerte, sein Atem ging schwer. »Lucretia ist tot«, stieß er schließlich hervor. »Und du glaubst nicht, daß Tarxne schuld daran ist?«
»Ich möchte erst auch ihn anhören, bevor ich ihn verurteile.«
»Er ist ein Magier«, erwiderte Culcnies kopfschüttelnd. »Er kann alles glauben machen, was er will. Warum verteidigst du ihn, Juno? Er hat doch auch deinen Vater getötet und deinen Thron an sich gerissen.«
»Es ist nie mein Thron gewesen. Und was meinen Vater anbetrifft ... Ich war dabei und weiß, was passiert ist. Was meinen und seinen Vater miteinander verband, war stärker als Blutsbande, es war etwas, das wir beide nie haben werden. Etwas, das das Leben meines Vaters bis zu seinem letzten Tag erfüllt hat. Laß uns nach Ruma zurückkehren, Culcnies, jetzt sofort.«
Aber Culcnies machte keine Anstalten, sich zu erheben. »Ich muß hier bleiben«, murmelte er.
Juno ergriff den Freund jäh und zog ihn doch. »Ich hab gesagt, daß wir nach Ruma zurückreiten, und zwar *jetzt*!« schrie er Culcnies an und schob ihn zum Säulengang, wo sich die Adeligen Collatias versammelt hatten.
Aus dem Raum, in dem die junge Frau aufgebahrt lag, drangen die Klagerufe der Frauen. Culcnies ging hinüber, zog den Vorhang beiseite und blieb auf der Schwelle stehen. Lucretia trug dasselbe Gewand wie bei der Tempelweihe, ihr Haar war mit Elfenbein- und Karneolspangen geschmückt, und eine wertvolle Spange hielt den Faltenwurf des Um-

hangs am Gürtel zusammen. Culcnies erinnerte sich an den strahlenden Glanz jenes Tages und wie glücklich er damals gewesen war, Lucretia an seiner Seite zu haben. Aber es fiel ihm auch wieder ein, daß sie erst viel später als die anderen im Circus Maximus eingetroffen war, ohne ihre Verspätung richtig erklären zu können.
Lange Zeit blieb der junge Mann regungslos stehen, aber niemand der Anwesenden kümmerte sich um ihn. Ein feindseliges Schweigen hatte sich über das Haus gebreitet, über die Eskorte, die sie hierher begleitet hatte, und auch über die Männer aus Collatia, die sich bewaffnet neben den Einzäunungen für die Pferde versammelt hatten.
Juno führte Culcnies zu den Pferden, und gleich darauf verließen die beiden in vollem Galopp die Stadt.
Bei Morgengrauen erreichten sie Ruma durch die eben erst geöffnete Porta Esquilina. Es war kalt, und ein leichter beständiger Regen fiel.
Entlang der Straße, die vom Fagutal zur Subura führte, standen für die frühe Stunde mehr Wachen als gewöhnlich. Aber niemand hielt die beiden jungen Männer auf. Die Palasttore waren weit geöffnet, und der Hof und der Säulengang waren trotz des Regens voller Menschen. Aber seltsamerweise hielten die Haruspizen der Rasna ihre alltäglichen Morgenriten nicht vor dem Opferaltar ab. Juno sprang vom Pferd und ging eilig, von Culcnies auf dem Fuß gefolgt, auf den Thronsaal zu. Auf dem Weg dorthin überschlug er die Anzahl der Männer der Valerii-Familie, die sich davor versammelt hatten, und überlegte, wie viele Sabiner und Latiner wohl sonst noch zum Aufruhr bereit waren.
Wir könnten einen Aufstand nicht niederschlagen, dachte er. Nicht jetzt, wo sich die königlichen Wachen und die besten Hundertschaften vor Ardea befinden. Vielleicht hat Valerius Ardea deshalb nicht eingenommen, um den König von Ruma fernzuhalten ... Wäre der König hier, hätte Valerius keine Chance. Aber so ...
»Valerius!« rief er gebieterisch, als er den Thronsaal betrat.
Der Sabiner hatte nicht gewagt, den Thron zu berühren. Er stand daneben, umringt von ungefähr einem Dutzend seiner Gefolgsleute.
Valerius drehte sich bei Junos herrischem Ton erstaunt um, aber er ignorierte ihn und rief statt dessen: »Culcnies! Offensichtlich dauert die Trauer bei den Rasna nur kurz an, sonst wärst du nicht schon wieder hier.«

»Wir müssen miteinander reden«, fiel ihm Juno ins Wort und verhinderte so, daß Culcnies antworten konnte. »Bis auf Culcnies und Luxrias verlassen alle den Saal.«

Für einen langen Augenblick zögerten die Gefolgsleute von Valerius. Juno bedauerte das Fehlen der Bogenschützen an den vier Saalecken und wurde sich zum erstenmal der Weitsichtigkeit Tarxnes bewußt.

Er selbst war in diesem Moment wehrlos. Wenn auch nur einer von Valerius' Männern die Hand zum Schwert führte, gäbe es keine Möglichkeit mehr, dem Aufstand Einhalt zu gebieten. Viele Rasna in der Stadt, Baumeister, Wasserbaumeister, Künstler, Händler, Haruspizen, stellten sich in diesem Moment bestimmt die gleiche Frage. Was hätte ein Übergreifen des Kampfes auf Straßen und Häuser noch verhindern können? Aber auch Valerius hatte diese Überlegungen angestellt, denn mit einer zerstörten Stadt konnte er nichts anfangen. »Geht hinaus und schließt die Tür zum Thronsaal. Keiner darf den Saal betreten!« befahl deshalb auch er.

»Sie sind zu dritt, und du bist ganz allein«, warf der junge Mucius ein.

»Der Enkel von Marcius sollte wissen, daß ihm am wenigsten von allen Anwesenden das Wort zusteht«, entgegnete ihm Juno hart. »Dabei sollte er nicht vergessen, daß er es bestimmt nicht mir zu verdanken hat, daß er sich hier befindet, sondern dem Wohlwollen des Königs, den er jetzt so sehnlichst abzusetzen wünscht.«

Der junge Mann warf Juno einen haßerfüllten Blick zu, erwiderte aber nichts. Er drehte sich nur schroff um, verließ als letzter den Saal und schloß die Türflügel hinter sich. So verbreiteten jetzt nur noch die Feuerbecken und die Fackeln in den bronzenen Haltern Wärme und Licht. Aber das Licht war düster, und die Feuerbecken vertrieben nicht die beißende Kälte.

Juno schien diese Kälte gleichsam symbolisch zu sein. Zum ersten Mal war der König seinem Palast wirklich fern. Nicht nur zur Jagd oder wegen einer Festlichkeit, nein, diesmal war es eine wirkliche *Abwesenheit*, und Juno schien es, als ob sich Abgründe auftäten, wohin auch immer er schaute.

»Valerius hat den Haruspizen verboten, die Morgenriten zu zelebrieren«, sagte Luxrias.

»Fremde Riten für fremde Götter!« rief der Sabiner aus. »Dies ist eines der Übel, die ausgerottet werden müssen.«
»Übel nennst du das?« entgegnete ihm Juno. »Was willst du eigentlich, Valerius?«
»Ich weiß, was die Stadt *nicht* will. Sie will keinen König, der unsere Frauen beleidigt und sie in den Tod treibt. Dieser König hat die Gesetze deines Vaters mißachtet. Er hat fremden Völkern Einlaß gewährt, fremde Schriften hierher gebracht, und er hat ungewohnte Bräuche und Sprachen eingeführt, die wir nicht verstehen. Dazu huldigt er Gottheiten, an die wir uns nicht wenden können und deren goldene Bildnisse heller strahlen als die Sonne.«
»Das sagt dasselbe Volk, das sich heute darüber beklagt, die Mauern stärker befestigen zu müssen, so wie es sich gestern darüber beklagt hat, die Steine zum Tempel tragen zu müssen«, entgegnete ihm Juno. »Das hat nichts mit deinen wahren Absichten zu tun, Valerius.«
»Du hast von deinem Vater die Fähigkeit geerbt, den Menschen die Wahrheit direkt ins Gesicht zu sagen, Juno. Du bist hart, aber du bist auch ehrlich. Was soll ich dir antworten?«
»Daß du die Absicht hast, der neue König Rumas zu werden«, gab Juno zurück.
Valerius deutete ein Lächeln an.
»Ich bin kein Dummkopf, Juno. Die Stadt ist voller Rasna, und du würdest es nicht zulassen. Dich zu töten wäre andererseits ein schwerwiegender Fehler. Dein Vater war ein guter König, die Stadt steht hinter dir, und alle lieben dich: Latiner, Sabiner und auch die Rasna. Das kann ich von mir nicht behaupten, auch wenn es mir im Augenblick ein leichtes wäre, die Sabiner zum Aufstand anzustacheln.« Dann wandte er sich Culcnies zu. »Eine unserer schönsten und tugendhaftesten Frauen ist tot«, sagte er leise. »Sie wird allen unseren Frauen als Beispiel vorangehen, und kein Mann, der auch nur einen Funken Ehre besitzt, wird eine solche Kränkung ungesühnt lassen. Dies war eine Grenze, die unser König nicht hätte überschreiten dürfen. Die Stadt selbst ist es also, die den König absetzt, Juno, nicht ich. Und sie setzt ihn ab, weil er sich *als Mann* schuldig gemacht hat. Der Duumvirat ist bereits informiert worden, um die Umstände der Tat aufzudecken, und der Ältestenrat unseres Adels, den dein König nie befragt hat, wird seine Entscheidung gutheißen.«

»Weiß der Rat, daß du zwei Hundertschaften in den Tod geschickt hast, um den König zu zwingen, in Ardea zu bleiben, während du hier ein Komplott gegen ihn schmiedest?«
»Ich habe die Verteidigungsmöglichkeiten Ardeas falsch eingeschätzt, das gebe ich zu. Aber dann wurde ich verletzt und trage somit weiter keine Schuld.«
»Bist du dir dessen ganz sicher?«
Der Sabiner schwieg. Juno versuchte verzweifelt, einen klaren Kopf zu bewahren. Aber er wußte, daß ihm nur eine einzige Hoffnung blieb. Eine Hoffnung, die jetzt schon wie eine Schuld auf seinem Herzen lastete.
»Nun gut«, lenkte er mit eisiger Stimme ein. »Die Stadt setzt den König ab. Aber es wird keinen anderen König geben, Valerius. Wir drei, du, Culcnies und ich, werden uns die Macht teilen, und jeder hat den anderen Rechenschaft über sein Tun abzulegen. Der Ältestenrat wird ein Mitspracherecht haben, aber er kann sich unseren einstimmigen Entscheidungen nicht widersetzen.«
»Ich verstehe nicht ganz, warum du einen solchen Vorschlag machst.«
»Vielleicht aus dem Wunsch heraus, ein Massaker zu vermeiden. Denn du möchtest genausowenig wie ich, daß die Stadt zerstört wird.« Dann wandte sich Juno seinem jüngeren Bruder zu. »Luxrias«, sagte er, »gib den Haruspizen Anweisung, wie gewohnt mit den Morgenriten zu beginnen!«
Der junge Mann nickte. Er war von den sich überstürzenden Ereignissen immer noch überwältigt und schaute gespannt zu Valerius hinüber, um dessen Reaktion zu sehen. Aber Valerius rührte sich nicht. Er wußte die Dinge einzuschätzen, und die Götter waren längst nicht so wichtig wie der Thron.
»Was nun den König anbetrifft . . .«, begann er.
»Niemand darf es wagen, seine Hand gegen den König oder ein Mitglied seiner Familie zu erheben«, unterbrach ihn Juno. »Das ist meine einzige Bedingung.«
»Ein abgesetzter König in der Verbannung bedeutet eine große Gefahr für die Stadt«, bemerkte Valerius.
»Vielleicht. Aber hast du nicht immer behauptet, du hättest keine Angst?«

»Ihn am Leben zu lassen bedeutet die Kriege, die du jetzt zu vermeiden versuchst, geradezu anzuzetteln.«
»Dann werden diese Kriege aber nicht mehr von mir abhängen.«
»Merkwürdig, daß du dich um diese Dinge sorgst . . . Er hat immerhin deinen Vater getötet.«
»Wobei Marcius' Hand sein Schwert geführt hat. Versuche nicht, mir eine Rache unterzuschieben, zu der es keine Veranlassung gibt, Sabiner. Mein Vater hat den seinen getötet.«
Valerius schwieg. Er hatte Juno unterschätzt, das war sein Fehler gewesen. Juno liebte die Macht nicht und war deshalb unbestechlich.
»Wenn es dir um das Leben des Königs geht, dann nehme ich deine Bedingungen an«, antwortete er. »Laß uns die Türen wieder öffnen und unsere Entscheidung verkünden, bevor meine Männer draußen ungeduldig werden und beginnen, die Ehre unserer Frauen eigenmächtig zu rächen. Aber da ist noch etwas . . . Wer wird sich um die Königin kümmern?«
»Ich selbst werde mich um meine Schwester und ihre Kinder kümmern, und du wirst dich nicht einmischen«, erklärte Juno.
Valerius nickte zustimmend. Er hatte nicht die geringste Lust, sich um diese Königin kümmern zu müssen, deren allseits bekannte Eifersucht sich sicher in blinde Wut verwandeln würde, sobald sie von Tarxnes Tat erfuhr.
Dann wandte er sich an Culcnies, den er besser kannte als Juno, und von dem er hoffte, ihn leichter auf seine Seite ziehen zu können . . . Außerdem war Culcnies derjenige, dem die Kränkung widerfahren war.
»Ich teile dein Leid, denn es ist das Leid aller Sabiner, mein Freund«, sagte er, während er ihn am Arm nahm und gemeinsam mit ihm auf die Tür zuschritt, die in diesem Moment geöffnet wurde.
Juno folgte ihnen ohne Eile. Es regnete mittlerweile in Strömen, aber im Hof drängten sich die Menschen, und die Mauern waren von Bewaffneten umstellt.
Während er sich umschaute, befiel Juno plötzlich das unangenehme Gefühl, weder dem Volk der Rasna noch sonst einem Volk anzugehören. Die Stadt, in der er geboren war, war ihm auf einmal fremd geworden.
Und er hatte, um die Stadt zu retten, den König verraten.

»Sie sind unterwegs«, rief Sextus, während er das Zelt des Königs von Ruma vor den Stadtmauern von Ardea betrat. »Wenn die Götter ihnen beistehen, wird sich das Tor gegen Morgengrauen öffnen!«
»Sind die Männer bereit?« fragte Tarxne.
»Ja, sie warten nur auf deine Anweisungen«, antwortete Mamilius.
»Die Nacht ist kalt und regnerisch, das ist für uns von Vorteil: Sie werden in einer solchen Nacht nicht mit einem Angriff rechnen«, fügte Sextus hinzu, aber dann schwieg er, als er sah, daß der König völlig geistesabwesend mit den Fingern über die Flammen im Feuerbecken fuhr. Er kannte Tarxne so gut, daß er alles von ihm hingenommen hätte, selbst wenn sich die Nacht in Tag verwandelt hätte, aber dieses Betragen beunruhigte ihn.
»Was ist los?« fragte Mamilius nun ebenfalls verunsichert. Tarxne zuckte die Schultern. »Irgend etwas geht vor sich. In Ruma, vielleicht«, murmelte er, aber es gelang ihm nicht, etwas zu sehen. Er fühlte zwar, daß etwas passierte, er konnte aber nicht erkennen, was.
Es gibt für einen Trutnot keine schlimmere Strafe, dachte er.
»Du aber bist ein König«, flüsterte der Wind, und vom Regen kam das Echo: *»Nur ein König . . .«*
Tarxne hatte jetzt bemerkt, daß Mamilius und Sextus ihn beunruhigt anschauten.
»Ihr könnt gehen«, sagte er und versuchte, seine Gedanken abzuschütteln. »Bei Morgengrauen werden wir unter den Stadtmauern sein, aber bis zu diesem Moment dürfen sie von uns nichts hören und nichts sehen. Geht also jetzt, ich komme später nach.«
Die beiden Männer verließen das Zelt, um den Befehl an ihre Hauptleute weiterzugeben, und dann ging jeder in sein eigenes Zelt.
Tarxne setzte sich neben das Feuerbecken. Aranth und Laris Pursiena fehlten ihm . . . Ihm fehlte jemand, der mit ihm reden und mit ihm schweigen konnte und ihm so half, seine Einsamkeit zu überwinden. Er fragte sich, woher plötzlich dieses Bedürfnis kam . . . War es nur das Warten auf den Kampf?
Die Flamme im Feuerbecken tanzte fröhlich im leichten Windhauch, und das beunruhigende Gefühl, daß irgend etwas passiert sei, hatte sich wieder verflüchtigt. Was war das gewesen? Angst, vielleicht? Oder eine Vorahnung? Aber was nutzte eine Vorahnung, wenn er sie weder deuten noch verstehen konnte.

Mit hohen Beinschienen, Helm und dem kurzen Umhang über eine Schulter zurückgeschlagen, setzte sich Tarxne an die Spitze der ersten Hundertschaft, die sich vor dem Stadttor von Ardea direkt unterhalb der Stadtmauern, und somit den Augen der Wachposten entzogen, gesammelt hatte.

Die Nacht wich langsam einer düsteren Morgendämmerung. Noch immer fiel ein feiner Nieselregen, und ein heftiger Wind heulte an den steilen Felsen, die die Stadt uneinnehmbar machten.

Uneinnehmbar? Davon war die Stadt zumindest bisher überzeugt gewesen.

Das Dunkel der Nacht verwandelte sich langsam in ein fahles Grau, und am Horizont wurde ein heller Streifen sichtbar. Dann hörte man einen Schrei von der Mauerbrüstung her, und ein Soldat fiel wie eine Stoffpuppe mit ausgebreiteten Armen herunter.

In diesem Augenblick öffnete sich das Tor, und der Wind fachte die Flammen eines Brandes am westlichen Steilhang an.

Tarxne erhob sein kurzes Schwert, und sobald das Tor weit genug geöffnet war, stürmten die Männer der ersten Hundertschaft in die Stadt und überfielen die noch ahnungslosen Verteidigungsposten. Umgeben von seinen Wachen ritt Tarxne durch das Kampfgewühl zum Palast hinauf. Dort nahm er den König fest, noch bevor dieser auch nur zu seinen Waffen greifen konnte.

Wenig später war die Stadt erobert. Es gab lediglich ein paar kleinere Scharmützel in Richtung der Schluchten, wo einige Männer versucht hatten, die Stadt auf demselben Wege zu verlassen, den die Eindringlinge benutzt hatten. Die Verluste waren nicht sehr groß. Einige Häuser waren dem Feuer zum Opfer gefallen, der eine oder andere Händler beklagte den Verlust seiner Waren, die während der Belagerung beschlagnahmt worden waren, aber die Zahl der Gefallenen war auf beiden Seiten gering. Der König von Ardea mußte sich nun mit den Feinden auseinandersetzen, die eine Liste mit den Abgaben aufstellten, die an die Sieger abzuführen waren. Und es halfen keine Ausreden und keine guten Worte, der König von Ruma blieb hart.

Am darauffolgenden Tag traf ein Kurier mit einer Schar von Königstreuen in Ardea ein. Es handelte sich um ein halbes Dutzend Karthager, Männer der königlichen Wachen, die in Ruma ihre Kriegs-

verletzungen hatten auskurieren müssen, und ungefähr fünfzig junge Rasna, die sich geweigert hatten, den Befehlen der neuen Konsuln zu folgen.
Die Nachricht von der Absetzung des Königs verbreitete sich wie ein Lauffeuer. Der Aufstand griff auf die Hundertschaften über, und es kam zu Auseinandersetzungen. Über die Schuld des Königs aber wurde auf beiden Seiten nur hinter vorgehaltener Hand geredet.
Tarxne mußte Junos Nachricht zweimal lesen, er konnte es nicht glauben. Aber dann erkannte er auf einen Schlag die Wahrheit, dieselbe, die der alte Pilger im Morgengrauen auf der Lichtung, nach der Nacht mit Veliza, vorausgesehen hatte.
Veliza ... Seine geheimnisvolle, schöne Königin hatte schuldlos seinen Untergang herbeigeführt, genauso wie es Melcarts Priester vorhergesagt hatten.
Und aus Liebe hatte er Ruma verloren.
Er war aus der Stadt verbannt, und nur Tullia und ihre Kinder würden ihm zurückgegeben werden. Ruma glaubte, ihm, der dieser Stadt eine Seele gegeben hatte, nichts weiter zu schulden.
Tarxne rief Sextus und Mamilius zu sich und befahl ihnen, unverzüglich mit all ihren Männern in ihre Heimatstädte zurückzureiten, um zu vermeiden, daß der Aufstand auch auf Gabii und Tusculum übergriff. Dann sammelte er seine Wachen um sich und die Männer, die ihm die Treue hielten, und verließ Ardea bei Anbruch des dritten Tages.

Tullia trug eine schwere, an den Kanten bestickte Wolltunika und einen Umhang. Ihre Haare waren mit einem aus Goldfäden geknüpften Netz im Nacken zusammengehalten. Auch wenn noch vier Monde zur Geburt fehlten, konnte die Tunika ihre Mutterschaft nicht verbergen.
Die Haruspizen hatten vorausgesagt, daß sie noch einem Jungen das Leben schenken würde. Gedankenverloren strich sich Tullia über den Leib.
»Er wird der Sohn eines verbannten Königs sein«, sagte sie vor sich hin und verspürte ein bisher unbekanntes und unvorstellbares Gefühl von Leere. Von ihrer Geburt an war sie immer Königin gewesen, vor allem dem Wunsch ihres Vaters gemäß, der sie auch nach der Geburt ihrer Brüder als Thronerbin angesehen hatte. Und jetzt ... ?

Sie sah sich um. Die Dienerinnen waren geschäftig dabei, die letzten Körbe zu packen. Aber die Gemächer, die auf den kleinen ligusterumstandenen Innenhof führten, waren eigentlich schon leer, denn ihre Seele hatte sie bereits verlassen.
Juno erschien auf der Schwelle und mahnte die Dienerinnen zur Eile. Zögernd blieb er stehen, denn er wagte nicht, Tullia anzusprechen.
»Die Wagen stehen bereit, und du möchtest wissen, wie ich mich entschieden habe«, begann Tullia und wandte sich zu ihm um. »Ist es nicht so, Juno?«
Juno zuckte mit den Schultern. »Überdenke es noch einmal, Tullia, und bleibe hier. Du bist meine Schwester, mein Haus steht dir offen, und ich werde deine Kinder wie meine eigenen aufnehmen. Du wirst nichts zu befürchten haben.«
»Ich soll also Tarxne verlassen?«
»Er selbst hat nicht gezögert, es zu tun.«
»Tarxne hat mich nicht verlassen und bestimmt nicht für diese kleine Närrin. Glaubst denn auch du, daß er schuldig ist, Juno?«
Tullia hatte mit harter Stimme gesprochen, und mit plötzlicher Angst dachte Juno an den leeren Palast und an die Gemächer des Königs, in die niemand, auch er selbst nicht, gewagt hätte, einzuziehen. Er hatte in Wirklichkeit niemals den Thron haben und in diese Gemächer einziehen wollen, und er würde dies auch niemand anderem gestatten. Es mußte stimmen, was Tarxne ihm so viele Male über das Gedächtnis der Orte und der Steine erzählt hatte, denn der Palast selbst schien sich ihm zu verschließen und Tarxnes Feinde abzuweisen.
»Verzeih mir«, sagte er leise und bemerkte Tullias Erstaunen über sein langes Schweigen. »Ich bin abgelenkt von Stimmen, von denen ich nie geglaubt hätte, sie hören zu können. Nein, ich glaube nicht, daß Tarxne sich Lucretia gegenüber schuldig gemacht hat. Aber er hatte das Lager und sein Zelt ohne seine Wachen verlassen und ist erst nach Tagesanbruch zurückgekehrt. Darin stimmen die Aussagen aller Hauptleute überein. Vielleicht ist der König von Ruma in jener Nacht nicht in Collatia gewesen, aber er war auch nicht dort, wo er hätte sein sollen. Wenn er ein geheimes Treffen hatte, warum verteidigt er sich dann nicht? Warum schweigt er?«
»Tarxne ist ein Trutnot und ein Magier. Die Wege seiner Macht sind für die anderen nicht immer erkennbar.«

»Du bist immer noch in ihn verliebt, meine Schwester, und du verteidigst ihn.«
»Ich erwarte ein Kind von ihm. Begleite mich zu ihm, Juno«, sagte Tullia leise mit gesenktem Blick.
Ihr Bruder nickte, trat beiseite und ließ ihr den Vortritt, um dann neben ihr den Säulengang entlang bis zum Portikus zu gehen. Tullia ging mit erhobenem Haupt und ohne den umstehenden Dienern und Adeligen und nicht einmal Culcnies und Valerius Beachtung zu schenken.
Ihre drei Töchter und ihr Sohn befanden sich bereits im zweiten Wagen, zusammen mit zwei Ammen und den beiden Dienerinnen, die sie mitnehmen durfte. Aber die Wagenplane war geschlossen. Der strömende Regen ließ das Wasserbecken in der Mitte des Haupthofes überlaufen, und Tullia meinte für einen Augenblick zwei weiße Flügel zu sehen, die sich darin spiegelten. Dann stieg sie in den Wagen, und Juno ritt ihr voran.
Es schien ihm eine Ewigkeit her zu sein, daß ausgerechnet er Tullia geholfen hatte, mit dem aus Ruma geflohenen Tarxne zusammenzutreffen. Damals wie jetzt waren sie an der kurzen Seite des Forums vorbeigefahren zur Sublicio-Brücke hinunter, und damals wie jetzt hatte Juno sich schuldig gefühlt.
Eine kleine Menschenmenge, vor allem Latiner und Sabiner, hatte sich trotz des Regens dort zusammengefunden, wo die Straße an den Velabro-Sümpfen entlangführte. Aber es erhob sich keine einzige Stimme gegen ihn oder gegen die Königin. Ein Teil der Brücke und das andere Ufer lagen unter einer dichten Nebeldecke. Und auf der anderen Seite, entlang der Straße nach Xaire, hatte Tarxne sein Lager aufgeschlagen.
»Und dann ist da Tullia ... Sie ist wahnsinnig verliebt in dich. Sie selbst hat mir gestanden, daß sie ohne dich nicht leben kann und keine einzige Nacht mehr ohne dich verbringen will. Was hast du mit ihr gemacht, Tarquinio?«
»Ich habe sie geliebt, und ich werde sie zu meiner Königin machen.«
»Denke immer an dieses Versprechen ... Und tue ihr niemals weh. Niemals.«
»Soll das eine Drohung sein?«
Dann hatte Tarxne seine Hand zur Besiegelung des Paktes ergriffen. Er

hatte ihm in die Augen geschaut und leise an seiner Stelle geantwortet: *»Natürlich ist es eine Drohung, Juno.«*
Juno zuckte zusammen. Jetzt begriff er, daß er diesen Pakt zu seinem eigenen Nachteil geschlossen hatte. Die Schicksalsgöttin schien ihm nicht wohlgesonnen zu sein, wenn sie ihn zwang, seine Drohung wahrmachen zu müssen.
Er machte kurz vor der Brücke halt und ließ die Wagen an sich vorbeiziehen. Und noch bevor sie am anderen Ufer angekommen waren, hatte der dichte Nebel sie schon verschluckt.

16.

Als der Diener den schweren Vorhang vor dem Zelt des verbannten Königs hinter ihr schloß, blieb Tullia reglos stehen und wagte kaum, den Blick zu heben. Die Flammen der beiden Feuerbecken verbreiteten ein angenehmes Licht im Zelt, es war warm und das breite Bett einladend. Aber sein Anblick löste quälende Erinnerungen in ihr aus.

Jetzt erst hob sie den Blick und schaute Tarxne an, und im ersten Moment glaubte sie, einen Unbekannten vor sich zu sehen. Aber sein Anblick ließ ihr Herz immer noch schneller schlagen. Tarxne war wie gewöhnlich schwarz gekleidet, er trug keinen Schmuck bis auf die Fibel mit dem Adler von Tarchna. Nun kam er auf sie zu und reichte ihr lächelnd die Hand. Tullia konnte sich des Eindrucks nicht erwehren, daß er viel jünger war als sie, stark und eine strahlende Erscheinung, und sie konnte kaum glauben, daß sie mit diesem Mann schon so lange verheiratet war. Als sie seine Hand ergriff, wurde sie bei der Berührung von einer Wärme durchflutet, einem Feuer, das bis in die tiefsten Tiefen ihrer Seele drang.

»Geht es dir gut?« fragte Tarxne, während er ihr den nassen Umhang von den Schultern nahm und sie zum Bett führte.

Tullia nickte und streckte sich auf dem Bett aus. Tarxne breitete einen trockenen Mantel über sie und blieb dann neben dem Bett stehen.

»Es tut mir leid, Tullia. Ich hätte vorhersehen müssen, daß dies der Moment war, auf den Valerius schon so lange gewartet hat.«

»Aber Juno hat dich nicht verraten!« rief Tullia. »Er hat alles getan, um das Schlimmste von der Stadt abzuwenden und sie für die Rasna zu erhalten!«

»Ich weiß«, murmelte Tarxne. »Ich habe nie an Junos Treue gezweifelt. Trotzdem wird er bald eine Wahl treffen müssen, und er wird nicht mich wählen.«

»Wie kannst du so etwas sagen?«
»Weil Juno weiß, daß er gegen Valerius nicht gewinnen kann. Deshalb wird er sich mit ihm verbünden. Es sei denn, ich könnte auf irgendeine Weise in die Stadt eindringen und sie zurückerobern.«
»Sie werden dir nicht erlauben, die Brücke Sublicio zu übertreten, sie haben Angst vor dir«, sagte Tullia. »Die Wachen sind verdreifacht worden, und unzählige Soldaten sind entlang den Stadtmauern postiert. Jeder Durchgang wird kontrolliert Sie haben auch deine Stadtpläne und Zeichnungen an sich genommen, um zu sehen, ob es Geheimwege gibt oder ob du über unterirdische Wasserläufe eindringen kannst.«
Tarxne lächelte. Er hatte diese Möglichkeit tatsächlich in Betracht gezogen, aber jetzt im Winter und bei Dauerregen führten die Flüsse Hochwasser, und niemand konnte sie durchqueren, es sei denn, man kannte sich mit den Strömungen gut aus. »Du sagst, sie haben meine Pläne und Schriften an sich genommen«, sagte er. »Und die *Bücher von Tagete?*«
»Die befinden sich im Tempel, wo du sie hingebracht hast«, beruhigte ihn Tullia. »Juno hat sie in seine Obhut genommen, und kein Sabiner oder Latiner wird es wagen, sie zu berühren.«
Tarxne schwieg.
»Juno wollte mich überzeugen, in Ruma zu bleiben«, fuhr Tullia fort, ein wenig gekränkt durch sein Schweigen, das sie aus seinen Gedanken ausschloß.
»Glaubt auch er, daß ich schuldig bin?«
»Die ganze Stadt hält dich für schuldig.«
»Und du?«
Tullia fühlte, wie ihr der Atem stockte. Ihre Gefühle für diesen Mann waren so tief, daß sie für ihn, wenn es nötig gewesen wäre, hundertmal mit ihren Kindern in den Tod gegangen wäre. Sie schüttelte den Kopf, als wollte sie diese Gedanken von sich weisen.
»Man sagt, du seist nicht in deinem Zelt und auch nicht im Lager gewesen. Deine Hauptleute haben das vor den Göttern beschworen.«
»Sie sagen die Wahrheit«, entgegnete ihr Tarxne ruhig. »Ich war in jener Nacht nicht im Zeltlager, aber ich war auch nicht in Collatia. Ich habe dieses Mädchen nie berührt. Nie, bei keiner Gelegenheit. Wenn du mir Glauben schenken willst, Tullia, dann mußt du es jetzt tun.«
»Benutzt du deine magischen Kräfte nun auch gegen mich, Tarxne?«

»Nein . . . Ich habe mich schuldig gemacht, und ich habe mich ablenken lassen, das ist wahr. Aber dieses Mädchen hat nichts damit zu tun. Wie dem auch sei, ich werde die Stadt zurückerobern, und du wirst wieder Königin sein.«

»Das alleine bedeutet mir nichts, Tarxne. Egal wo ich mich befinde, ich will immer nur mit dir zusammensein.«

Tarxne lächelte. Tullia war inzwischen völlig erschöpft und ihr war kalt. Sie hüllte sich in den Mantel, den Tarxne ihr umgelegt hatte. »Hast du Nachricht von unserer Tochter?« fragte sie.

»Anaies geht es gut. Mamilius hat mir eine Botschaft gesandt, daß in seiner Stadt alles ruhig ist. Er wird mit den Königen des Latinischen Bundes reden und versuchen, sie auf meine Seite zu bringen.«

Tullia nickte und ließ sich dann in die Kissen sinken. Tarxne war inzwischen zum Ausgang gegangen und hatte den Vorhang beiseite geschoben, um ein wenig Licht ins Zelt zu lassen. Es hatte zwar zu regnen aufgehört, aber der Nebel war noch dichter geworden.

»Wohin werden wir jetzt gehen?« fragte Tullia.

»Nach Xaire. Du wirst dort mit den Kindern und deinen Dienerinnen auf mich warten.«

»Ich möchte bei dir bleiben.«

Tarxne wandte sich zu ihr um, und Tullia sah seine dunkle Gestalt.

»Du wirst bald ein Kind gebären, und ich muß eine Stadt zurückerobern. Du wirst im Palast des Königs von Xaire auf mich warten, wo man dich mit aller dir gebührenden Achtung behandeln wird.«

Zum erstenmal in ihrem Leben beugte sich Tullia widerspruchslos einer Entscheidung, mit der sie nicht einverstanden war. Sie hätte sich widersetzen wollen, aber es gelang ihr nicht. Sie schloß die Augen und sagte leise: »Ich werde immer an deiner Seite sein, Tarxne. Was immer man über dich oder gegen dich sagen wird.«

Tarxne wartete, bis sie eingeschlafen war, bevor er seine Hauptleute zu sich rief, um ihnen den Befehl zu geben, alles für Tullias Aufbruch nach Xaire vorzubereiten.

»Die magischen Kräfte und die Macht, die diesen Raum einmal durchdrungen haben, existieren nicht mehr. Deine Mutter hat sie zerbrochen«, rief Urste Afuna aus und deutete auf den Adler mit den zerbrochenen Flügeln über der mächtigen Feuerstelle im *Gemach der Könige* im

Palast von Tarchna. Der älteste Raum des Palastes von Tarchna öffnete sich nun bar aller Kraft vor ihnen. Tarxne selbst hatte sie noch gespürt, in diesem schrecklichen Moment, als Flasi Aivas tot in sich zusammengesunken war. Nun blieb selbst Urstes Eintritt ungehört.
Erst vor kurzem hatte die Krönungszeremonie des neuen Königs stattgefunden. Tarxne war gerade rechtzeitig in Tarchna eingetroffen, um Egene sterben zu sehen und seine sterblichen Überreste zu ihrer letzten Wohnstatt zu begleiten. Er hatte nie eine besonders enge Beziehung zu dem Bruder seines Vaters gehabt, dem der Thron von Tarchna eigentlich nicht zugestanden hatte, während er, Tarxne, Sohn von Larth und Enkel von Caitli, als einziger ihn für sich hätte beanspruchen können. Tarxne hatte aber den neuen König umgehend beruhigt und ihm mitgeteilt, daß er nicht beabsichtigte, seine Rechte einzufordern, aber von ihm erwartete, daß ihm Tarchna helfe, Ruma zurückzuerobern. Und Egenes ältester Sohn hatte nicht einen Augenblick gezögert, ihm Männer und Waffen zu gewähren, damit Tarxne so schnell wie möglich den Palast wieder verließ.
»Bist du erstaunt über die Freigiebigkeit deines Vetters, König von Ruma«, fragte Urste, der wie immer fähig war, Tarxnes Gedanken zu lesen, sobald dieser sich nicht dagegen schützte.
Tarxne wandte sich nicht einmal nach ihm um. Es störte ihn, dieses Gemach mit einem Feind teilen zu müssen.
»Nein«, antwortete er kühl. »Seine Befürchtungen sind verständlich; er begreift nicht, was ich will, denn er hat nie auch nur einen Abglanz der wahren Macht erfahren. Was mich allerdings wundert, ist, daß du als Vermittler auftreten willst.«
»Ich habe nun mal diesen Auftrag von den Königen des Städtebundes erhalten. Hätten wir einen Großen Trutnot, dann wäre es seine Aufgabe gewesen ... Ich glaube, eigentlich hättest du unser Großer Trutnot werden können, hätte es das Schicksal nicht anders gewollt.«
»Man könnte fast glauben, du hättest Achtung vor mir«, sagte Tarxne mit einem maliziösen Unterton.
Urste neigte den Kopf. »Ich kenne deine Macht ... Und ich bin zum Wohl des Städtebundes verpflichtet, den Auftrag der Könige zu erfüllen. Deshalb werde ich dir helfen, Ruma zurückzuerobern, denn Ruma muß eine Stadt der Rasna bleiben. Die Könige glauben, daß nur du alleine stark genug bist, über Ruma zu herrschen.«

»Ist das auch deine Meinung, Haruspize von Tagete?«
»Du weißt, was ich denke, Sohn von Larth.«
Tarxne nickte und ging zu der breiten Türöffnung hinüber, die auf den kleinen Innenhof führte, in dem sich der von Geißblatt überwucherte Altar der Erdmutter Dia befand. »Wir werden aufbrechen, sobald du bereit bist«, sagte er.
»Morgen«, entgegnete Urste. »Ich habe dir schon gesagt, daß auch König Arnth von Vei an deiner Seite sein wird und daß dein Bruder selbst dabei ist, die Truppen aufzustellen und zu bewaffnen.«
»Ja, ich weiß ... Aranth scheint deinem Verhandlungsgeschick nicht allzusehr Vertrauen zu schenken.«
»Habe ich dir eigentlich schon erzählt, wie sehr die Königin von Vei geweint hat, als sie von dem Komplott erfahren hat, dessen Opfer du geworden bist?« wechselte Urste das Thema.
Seine Frage war voller Anspielungen, die Tarxne wie Feuer auf der Haut brannten, denn nichts wünschte er sich sehnlicher, als Veliza wiederzusehen und sie in seine Arme zu schließen. Aber Urste lag auf der Lauer und versuchte, jede seiner Schwächen auszunutzen.
»Die Königin von Vei hat ein gutes Herz. Ihr Mitleid tröstet mich und ehrt ihren König«, antwortete er, um sich nicht zu verraten.
Urste nickte nur. »Ich werde mich jetzt vom König und den Haruspizen des Kollegs von Tagete verabschieden«, sagte er abschließend und ging hinaus.
Aber ein Rest seines Hasses war noch im Raum verblieben, der Tarxne umgab und ihn mit Bitterkeit erfüllte. Er trat in den kleinen Hof hinaus, vor den Steinaltar. Genau hier war ihm vor langer Zeit Axal erschienen. Er berührte die uralten Steine, und ein Gefühl der Trauer überkam ihn.
»Axal«, murmelte er. »Ich würde gern noch einmal mit dir reden können ... dich noch einmal sehen. Um zu erkennen, wie weit ich dem Feind an meiner Seite trauen kann.«
Aber der Altar blieb stumm. Nur eine leichte Brise strich um die Steine, und die untergehende Sonne tauchte ihn in ein rötliches Licht.

Der Tag war windig und klar, aber ansonsten hätte Tarxne weder die Jahreszeit noch den Tag bestimmen können. Er konnte die Sonne nicht sehen, und seine Gestalt warf keinen Schatten.

In der vor ihm liegenden Bucht verließen gerade bewaffnete Männer eine Flotte von Schiffen, deren Segel alle weiß waren, bis auf eines ... Eines dieser Segel war schwarz.
»Was bedrückt dich, mein Vater?«
Der Ton war besorgt, die Stimme freundlich, und der junge Mann vor ihm wartete auf eine Antwort. Aber sein Lächeln zeigte, daß er es bereits erraten hatte. Er *wußte*.
Tarxne ließ den Blick auf diesem Antlitz ruhen, das seinem eigenen so ähnlich war: die Augen, die Lippen, und selbst die gleiche Art zu lächeln. Dasselbe bezwingende Lächeln, das auch die abenteuerlichste Lüge wahr werden ließ.
Sein Sohn Arunth! Der Sohn eines Tarquiniers, der den Namen Pursiena trug.
Er streckte ihm seine Hand entgegen und wollte ihn berühren.
»Ich habe dich noch nie gesehen«, sagte er leise. Seine eigene Stimme klang in seinen Ohren so fremd, als ob es die eines anderen wäre, und plötzlich hatte er das Gefühl, als ob ihn irgend jemand beobachtete, er hörte jemanden lachen ... Aber er sah niemanden.
Der junge Mann tat so, als bemerkte er Tarxnes Unsicherheit nicht, und reichte ihm das Schwert. »Du mußt jetzt kämpfen«, sagte er. »Der Platz eines Königs ist an der Spitze seines Heeres.«
»Ich bin kein König mehr, nur ein Trutnot und ein Magier. Du, als mein Sohn, solltest das wissen!«
»Gut, dann solltest du auch wissen, daß der Tyrann, der sich uns auf diesem Schiff nähert, mich töten will. Wirst du das zulassen?«
Tarxne schwieg verwirrt. Er bemerkte, daß das Schiff mit dem schwarzen Segel inzwischen angelegt hatte. Ein hochgewachsener, kräftiger Mann mit harter, kämpferischer Miene kam schnell auf sie zu. Entschlossen hielt er sein Schwert hoch erhoben.
Er wird meinen Sohn töten ... Er ist, einem Traum folgend, von weit her gekommen und wird den Sohn von Laris Pursiena töten, ohne zu wissen, daß er der eines Tarquiniers ist! ging ihm durch den Sinn.
»Aranth!« rief er laut. »Aranth, komm und hilf mir!«
Sein Bruder lag in geringer Entfernung unter einem Baum, aber er machte keine Anstalten, sich zu erheben, fast so als fühlte er sich durch diesen Hilferuf nicht betroffen. »Ich kann nicht kommen, Tarxne«, antwortete er in Gedanken versunken und sehr niedergeschlagen. »Du hast

mir gesagt, daß die Schicksalsgöttin mich zu ihrem Werkzeug gemacht hat, an jenem Morgen in Pyrgi. Keiner wird mich dazu bringen zu bereuen, daß ich dich damals in den Tempel der Göttin Uni gebracht habe, denn was wirklich zählt, ist nur die Liebe.«

»Aber aus Liebe bin ich nun kein Magier mehr und auch kein König. Ist das der Preis, den ich zu zahlen habe?«

Sein Bruder lachte laut auf. »Das ist dein Maß, Tarxne!«

»Der Mann wird mich töten, Vater«, erreichte ihn die flehende Stimme des jungen Mannes, aber Tarxne wandte seinen Blick von ihm ab, und gleich darauf erwachte er.

Verwirrt zog er sich in sich selbst zurück, dorthin, wo noch immer dieser rötliche Lichtball in ihm pulsierte. Dort gab es keine Gesichter und keine Stimmen mehr, nur noch Schatten, und Tarxne klammerte sich an seinen Schatten und stieg mit seiner Hilfe wieder an die Oberfläche seines Bewußtseins zurück.

Es war noch dunkel, und im Feldlager war alles still. Vor dem erlöschenden Feuer kauerte Urste Afuna mit geschlossenen Augen, den Mantel fest um die Schultern gezogen, wie in Meditation versunken.

Die Wachposten drehten ihre Runde, und Tarxnes karthagische Wache lagerte in einem undurchdringlichen Kreis um ihn herum. Die Linie des Waldes bildete eine stumme Schattenmauer, und nur der Wind wiegte die Wipfel der Bäume, die bis zu den Sternen aufzuragen schienen.

Tarxne stützte sich auf einem Arm auf, streifte seine Tebenna ab und bemerkte, daß sie durchnäßt war vom Tau. Urste Afuna hatte inzwischen bemerkt, daß er wach geworden war, und hob jäh den Kopf, als ob ihn ein plötzlicher Schmerz durchzuckt hätte.

»Du bist früh aufgewacht, Sohn von Larth«, sagte er mit einer Spur von Müdigkeit in der Stimme.

»Ich habe geträumt«, murmelte Tarxne.

»Ich hoffe, es war ein schöner Traum.«

»Du solltest eigentlich wissen, was für ein Traum es war. Denn mir scheint, du warst es, der ihn mir geschickt hat.«

»Du schmeichelst mir. *So* stark bin ich nicht. Vielleicht kann ich Menschen Träume schicken, die nicht im Besitz der Macht sind ... Aber sicher nicht dir«, erwiderte der Haruspize.

Tarxne schwieg. Urste konnte inzwischen nicht nur seine Gedanken durchdringen, ihm Geheimnisse und Vorahnungen vor Augen führen,

sondern auch seine Schwäche aufzeigen. Es gelang ihm nicht mehr, sich Urste zu widersetzen. Die grausame Ohnmacht, die er in seinem Traum empfunden hatte, befiel ihn von neuem.
»Nimm dich vor deinen Wünschen in acht, Haruspize«, sagte er nach einer Weile. »Du kannst mir nicht helfen wollen und gleichzeitig versuchen, mich zu vernichten. Wenn es dir nicht gelingt, deinen Haß auf mich zu zügeln, wird deine Mission zum Scheitern verurteilt sein.«
»Ich habe versucht, es den Königen des Städtebundes zu erklären«, entgegnete Urste. »Aber es ist schwierig, jemandem, der von solchen Dingen nichts versteht, zu erklären, daß das Wollen alleine der Weg ist, etwas zu erreichen. Ich verspreche dir, daß ich mein Bestes tun werde, König von Ruma. Nicht für dich, sondern für das Wohl des Zwölfstädtebundes.«
Tarxne machte eine zustimmende Kopfbewegung. Seine Wachen, durch die Stimmen geweckt, erhoben sich nun schlaftrunken. Noch vor Tagesanbruch würden sie das Lager auf die andere Seite des Sublicio verlegen, um dort die Ergebnisse von Urstes Verhandlungen abzuwarten.
Aber Tarxne fühlte eine seltsame Unruhe bei dem Gedanken, nach Ruma zurückzukehren, und hegte wenig Hoffnung, daß Urstes Mission zu einer Lösung führen würde.
Aber welchen Gedanken er auch zu fassen versuchte, er wurde immer wieder abgelenkt vom Bild seines nie gesehenen Sohnes, der nun schon fast ein junger Mann sein mußte, und dem eines Mannes, der einem Traum folgend aus Cuma gekommen war, um diesen Sohn zu töten.

»Ich bin allein gekommen, und ich bin unbewaffnet. Was sollten deine sabinischen und latinischen Freunde von einem einzelnen Mann zu befürchten haben?«
Juno war durch Urstes sarkastischen Ton sichtlich verwirrt. Sie befanden sich alleine mit Culcnies im Thronsaal, aber mit Sicherheit war schon jemand unterwegs, um Publius Valerius über ein vermeintliches Komplott der drei Rasna zu benachrichtigen.
»Alles, glaube ich«, entgegnete Juno. »Wir sind Fremde in dieser Stadt und verwandt mit dem König, den sie verjagt haben.«
»*Sie* haben ihn verjagt?«
Juno senkte den Kopf. Es bereitete ihm Schwierigkeiten, dem Blick des Haruspizen standzuhalten, der ihm angst machte.

»Ich habe den König nicht verraten«, murmelte er, selbst darüber verwundert, auf etwas geantwortet zu haben, dessen ihn niemand bezichtigt hatte.

»Tarxne weiß das. Aber jetzt ist der Moment gekommen, es zu beweisen, indem du ihm hilfst, seinen Platz auf diesem Thron wieder einzunehmen.«

»Aus welchem Grund?« warf Culcnies ein. »Das Volk dieser Stadt hält ihn nicht für würdig ...«

Urste wandte sich Culcnies zu, sichtlich verärgert über die Unterbrechung. Er hatte dem jungen Mann die Nachricht übermittelt, daß sein Vater, Egene, gestorben war und nun sein Bruder als neuer König über Tarchna herrschte. Aber keines dieser Ereignisse schien den jungen Mann berührt zu haben, so tief und schmerzlich war seine Trauer um Lucretia und die vermeintliche Schandtat.

»Komm her!« befahl ihm Urste und deutete auf das einzige Becken, in dem ein Feuer brannte. Mit einer Handbewegung ließ er die Flammen hoch auflodern.

»Ich will nicht«, entgegnete Culcnies feindselig.

»Du bist ein Fürst der Rasna und im Palast von Tarchna aufgewachsen«, sagte Urste erzürnt. »Ich könnte zwar die Unwissenheit von Mastarnas Sohn verstehen, der in einer fremden Stadt groß geworden ist, aber nicht deine, Culcnies! Du weißt genau, daß es unmöglich ist, ›*Ich will nicht*‹ zu sagen, wenn ein Haruspize des Tagete dich ans Feuer der Wahrheit ruft.«

Culcnies sah hilfesuchend zu Juno hinüber. Der aber näherte sich bereits dem Feuerbecken, ohne ihn zu beachten. Culcnies blieb nichts anderes übrig, als ihm zu folgen.

»Wie ihr beide wißt, hege ich keinerlei Zuneigung für den Sohn von Larth«, begann Urste. »Aber ich bin im Auftrag der Könige des Städtebundes hier, denn wir dürfen die Herrschaft über diese Stadt nicht verlieren, die durch uns reich und mächtig geworden ist. Dein Durst nach Rache, Culcnies, ist nicht halb so stark wie meiner. Aber beide müssen wir unseren Haß beiseite schieben, wobei deiner in jedem Fall unbegründet ist, wie ich dir, meiner Pflicht gemäß, beweisen werde. Sieh ins Feuer, Culcnies!«

Im Tanz der Flammen war ein Bild entstanden.

Lucretia befand sich allein in ihrem Zimmer. Rasend vor Wut und Haß zerriß sie ihre Kleider, zerkratzte sich die Haut und fügte sich eine Schnittwunde zu. Culcnies sah, wie sie sich im Bett wälzte und es über und über mit Blut besudelte. Dann erhob sie sich und rannte mit lautem Wehgeschrei zum Gemach ihres Vaters.

»Wieso ...?« murmelte Culcnies. »Da war doch niemand sonst im Zimmer.«

»Nein, sie war ganz alleine mit ihrem Haß.«

Culcnies wich zurück, während sich die Fragmente von Lucretias Gesicht und ihres verführerischen Körpers immer wieder neu in den züngelnden Flammen zusammensetzten. Die unerwartete Wahrheit war genauso unerträglich für Culcnies wie vorher sein Schmerz, und er stieß einen Schrei aus. »Wie sehr muß sie ihn gehaßt haben, um ihre Rache mit dem eigenen Tod zu besiegeln!« rief er aus.

»Vielleicht war ihr Haß so stark wie ihre Liebe, denn der König hatte sie mehrmals zurückgewiesen«, erwiderte Urste. »Die Seele der Frau mag für uns ein versiegelter Schrein sein, aber dein Vetter hat dir keine Kränkung zugefügt, zumindest in diesem Fall ist er unschuldig ... Der Wahn deiner Frau war für Valerius nur der langersehnte Vorwand.«

»Aber der König von Ruma war nicht im Zeltlager? Warum hat er sich nicht verteidigt?«

»Habt ihr ihm denn eine Möglichkeit gegeben? Natürlich nicht, dazu habt ihr viel zu viel Angst vor ihm gehabt!«

Urste sah Juno durchdringend an und mußte dann über den Gesichtsausdruck des jungen Mannes lächeln.

»Nimm es nicht so schwer, Sohn von Mastarna«, sagte er leise. »Tarxne hätte sich in keinem Fall verteidigt. Er konnte es nicht. Er hat jene Nacht tatsächlich mit einer Frau verbracht.«

»Mir scheint, du weißt, wer diese Frau ist«, sagte Juno.

Der Haruspize lächelte wieder, und Juno erschrak vor diesem Lächeln, hinter dem sich unermeßlicher Haß verbarg.

»Ich fürchte, daß der Sohn von Larth sich der Tochter Mastarnas bedient hat, um König zu werden, so wie sein Vater Thanaquil, deine Mutter, benutzte, um König von Tarchna zu werden«, fuhr Urste fort. »Tarxne ist deiner Schwester schon seit langer Zeit untreu. Er liebt die Königin von Vei, mit der er auch eine Tochter hat. In jener Nacht war der König mit seiner Geliebten zusammen.«

»Kannst du das beweisen?« fragte Juno schroff.
»Ich brauche keine Beweise, Juno. Ich weiß es!«
Juno versuchte, seine aufkommende Wut zu unterdrücken. »Du bist gekommen, mich als Verbündeten für Tarxne zu gewinnen, und machst uns doch gleichzeitig zu Feinden?«
»Du wirst in jedem Fall eine Allianz mit Tarxne schließen, denn du bist Mastarnas Sohn und kannst dich der Treuepflicht deinem König gegenüber nicht widersetzen. Aber als Mann wirst du ihn hassen, und Tarxne wird einen Freund verlieren. Das reicht mir.«
»Glaubst du, mich so gut zu kennen?«
»Ich kenne die Menschen«, erwiderte Urste lächelnd. »Und du unterscheidest dich nicht von den anderen. Aber jetzt mußt du eine Entscheidung treffen. Der König erwartet dich am Tempel der Schicksalsgöttin und der Göttin der Morgenröte. Er wird nur bis Sonnenuntergang warten.«
»Du scherzt wohl, Haruspize. Wie sollte er bis zum Tempel gelangen?«
»Ein Haruspize scherzt nicht, Juno!« sagte Culcnies. »Wenn er es sagt, dann wird Tarxne sicherlich auch einen Weg finden, um dorthin zu gelangen.«
»Ich sehe, daß wieder die Vernunft aus dir spricht, Sohn von Egene«, bemerkte Urste wohlwollend. »Ich werde hierbleiben und mit allen reden, an denen dir gelegen ist, um sie zu überzeugen, daß die Königsherrschaft unter einem Tarquinier vorteilhafter ist als jeder Krieg gegen ihn.«
»Ich werde die Söhne des Tavas zusammenrufen lassen und alle Sabiner und Latiner, die den Verlust ihres Besitzes im Kriegsfall mehr fürchten als einen Tarquinier als König. Sei nicht verwundert, denn zwei von ihnen sind aus dem Geschlecht der Valerii.«
»Es ist nicht leicht, mich in Verwunderung zu versetzen«, antwortete der Haruspize, während er auf einem neben dem Thron stehenden Sessel Platz nahm. Die Flammen im Feuerbecken waren fast erloschen, und Urste hatte jetzt eine undurchdringliche Mine aufgesetzt. Juno verließ den Palast, noch bevor die von Culcnies zusammengerufenen Männer eintrafen. Er mischte sich unter die Menschenmenge auf dem Forum und ging schnell unter den Bogengängen zwischen den Ständen der Händler hindurch zum Tempel der beiden Göttinnen.

Dieser Tempel, der von seinem Vater angelegt worden war, trug mehr als alle anderen Bauwerke Rumas die Handschrift der Rasna. An dieser Stelle bildeten die massigen Steinquader der Hafenanlagen gleichzeitig auch die Stadtmauer. Somit befand sich der Tempel knapp außerhalb der Bannmeile der Stadt und war deshalb auch fremden Händlern und Pilgern, die sich oft dort aufhielten, frei zugänglich.
Juno hoffte nicht, Valerius' Spitzeln entkommen zu können, aber er hatte erfahren, daß sich der Sabiner selbst an diesem Tag im entgegengesetzten Teil der Stadt, jenseits der Porta Esquilina auf der Straße nach Gabii befand, um einen neuen Wachposten zu inspizieren. Er würde für den Rückweg Zeit brauchen und in jedem Fall zuerst zum Palast reiten. Diese Zeit mußte er nutzen.
Vor ihm erhob sich die herrliche, farbige Tempelfassade. Wie ein Dieb durchquerte Juno die Menschenmenge und betrat dann das mächtige Gebäude. Er veriegelte die Tür von innen mit dem Querbalken und wandte sich um. Anfangs konnte er wegen des jähen Wechsels aus dem hellen Sonnenlicht in das Halbdunkel des Tempels nichts erkennen. Dann erkannte er das verschleierte Standbild der Schicksalsgöttin, und ein Schauer überlief ihn.
»Hierher, Juno«, hörte er eine Stimme.
Er fuhr zusammen, konnte aber immer noch nicht die Umrisse genau unterscheiden. Dann sah er eine schattenhafte, reglose Gestalt, deren dunkler Umhang mit dem Halbdunkel des Tempels verschmolz.
»Urste hat Culcnies die Wahrheit über Lucretia im Feuer gezeigt«, sagte Juno und schritt auf die Gestalt zu.
»Gut«, war Tarxnes knappe Antwort.
»Warum hast du dich nicht verteidigt?«
»Nach der Eroberung Ardeas habe ich die Stadttore verschlossen vorgefunden.«
»Urste behauptet, deine Geliebte in jener Nacht sei die Königin von Vei gewesen.«
Tarxne gab keine Antwort, und Juno fühlte sich von einer Unruhe ergriffen, die ihm ein fast körperliches Unbehagen verursachte.
»Willst du nicht einmal jetzt, an diesem heiligen Ort etwas zu deiner Verteidigung vorbringen?« fragte er.
»Nicht hier, an keinem anderen Ort und zu keiner Zeit, Juno«, erwiderte der König.

Juno nickte, Tarxne hatte mit gebieterischer Stimme gesprochen, und Juno wußte, daß er keine weiteren Zugeständnisse machen würde.
»Von wo bist du gekommen und wie?« fragte Juno.
»Ich habe den Fluß schwimmend überquert.«
»Und was ist mit den Wachposten? Wieso haben sie dich nicht gesehen?«
»Ich habe den Fluß bei der Insel überquert und bin getaucht. Wenn die Sonne auf ihrem höchsten Punkt steht, ist es schwierig, etwas unterhalb der Wasseroberfläche zu erkennen. Das hat weder etwas mit Magie noch mit der Nachlässigkeit der Wachen zu tun.«
»Es fällt mir schwer, dir das zu glauben.«
»Was den Tempel anbetrifft, darfst du nicht vergessen, daß *ich* es war, der die Tuffsteine auf dem Damm hat verstärken lassen, auf dem die Hafenmolen aufliegen. Die äußere Tempelmauer liegt direkt am Wasser. Es gibt unterhalb der Mauer einen Durchgang, der dem Ablauf des Wassers dient. Es ist nicht besonders schwierig, ihn vom Fluß her zu durchschwimmen. Allerdings ist der Durchgang sehr schmal und für bewaffnete Soldaten eher ungeeignet.«
»Was willst du von mir? Was soll ich tun?« fragte Juno hastig.
»Ich will, daß du die Stadttore zu einem vereinbarten Zeitpunkt öffnest. Nur so können wir die Wachposten überraschen und verhindern, daß der Kampf auf die Straßen übergreift. Eine ähnliche Taktik wie bei der Eroberung Ardeas.«
»Wann?«
»Wir sind dabei, unsere Truppen zusammenzuziehen. Dazu gehören vor allem die aus Tarchna, und Aranth ist mit der Ausrüstung der Soldaten aus Vei beschäftigt. Das wird ausreichen. Ich werde dir ein Zeichen geben, und zwar so, daß du keine Zweifel daran hegen mußt, wer den Befehl gegeben hat. Bis dahin mußt du jedes Risiko vermeiden und sehr vorsichtig sein. Wo hält sich Valerius auf?«
»Du hast den Tag gut gewählt, Tarxne. Valerius ist auf der Straße nach Gabii, um einen neuen Wachposten zu inspizieren. Aber im Moment befindet er sich wahrscheinlich schon auf dem Rückweg.«
Tarxne nickte und trat ein paar Schritte nach vorn, so daß Juno ihn endlich richtig sehen konnte. Aber sofort senkte er fast schuldbewußt den Blick, obwohl er sich vorgenommen hatte, in Gegenwart des Königs eine selbstbewußte Haltung zu wahren.

»Ich habe getan, was ich konnte ... für die Stadt«, murmelte er statt dessen. »Das mußt du mir glauben.«
Tarxne legte ihm eine Hand auf die Schulter.
»Ich glaube dir, Juno. Ich habe Nachrichten aus Xaire: Tullia hat einen Sohn geboren, Mutter und Kind sind wohlauf. Sie hat ihm den Namen deines Vaters gegeben und wollte, daß du es erfährst.«
»Sie leidet bestimmt sehr darunter, daß du nicht an ihrer Seite bist.«
»Je schneller ich Ruma zurückerobere, um so weniger wird sie leiden müssen.«
»Es scheint fast so, als ob du sie dazu benutzt, mich zu überzeugen!«
»Muß ich dich denn überzeugen?«
Juno schüttelte den Kopf. »Sobald du den Befehl erteilst, werden sich die Stadttore öffnen. Auch dies ist ein Gelübde.«
»Ich nehme es an, wie ich das andere angenommen habe«, antwortete Tarxne.
In diesem Moment wurden die Tempeltüren von heftigen Schlägen erschüttert, und sofort danach erscholl Valerius' wütende Stimme.
»Öffne die Türen, Juno! Öffne sie, bevor ich dich des Verrats für schuldig erkläre!«
»Er hat Angst«, bemerkte Tarxne mit unbewegter Miene.
»Warum sollte ausgerechnet er Angst haben? Valerius beherrscht das Volk!« flüsterte Juno aufgeregt. »Er hat ihm mehr versprochen, als es verlangt hat, und viele Männer sind zum Äußersten für ihn bereit! Sie werden die Tür einschlagen und uns beide umbringen!«
Dann verstummte er. Die Tür gab bereits unter der Wucht der Schläge nach.

17.

»Gib mir Zeit, zum Fluß zu kommen«, sagte Tarxne zu Juno. »Dann kannst du sie hereinlassen. Wenn sie sehen, daß du alleine bist, kannst du sie beschuldigen, deine Meditation an diesem Ort, der deinem Vater teuer war, unterbrochen zu haben.«

»Sie haben bestimmt den Tempel umstellt! Sie werden dich abfangen!«

»Nein, das werden sie nicht. Und denke an dein Gelübde, Juno.«

Der junge Mann nickte, durch die heftigen Schläge gegen die Tempeltür immer mehr beunruhigt. Die Tür würde nicht mehr lange standhalten.

Für einen Moment schoß ihm der Gedanke durch den Kopf, daß der Plan des Königs unausführbar war und auch Tarxne sich dessen bewußt war, es aber nicht zugeben wollte.

Tarxne umarmte ihn stumm und verschwand. Wieder alleine im Halbdunkel des Tempels, spürte Juno einen eisigen Luftzug. Draußen nahmen der Lärm und das Geschrei immer mehr zu, und laute Stimmen verlangten den Tod der Verräter Rumas.

Auf dem Weg hinaus schien der unterirdische Gang noch schmaler zu sein, aber dafür war es leichter, ihm zu folgen. Durch die Öffnung rutschte Tarxne über den Boden und ließ sich von dort ins Wasser gleiten.

Am anderen Ende des unterirdischen Wasserlaufs angekommen, wurde er so sehr vom Tageslicht geblendet, daß er für einen Moment die Augen schloß. Dann holte er tief Luft und tauchte unter. Die Strömung war trotz des Sperrdammes, der zum Schutz des Hafens errichtet worden war, immer noch stark.

Tarxne konzentrierte sich nur noch aufs Schwimmen. Dann, als das

Wasser trüber wurde, ließ er sich langsam wieder an die Oberfläche treiben und tauchte zwischen dem Schilfrohr auf, das das Ufer der Insel säumte. Der Wind trug sogar noch bis hierher die wütenden Stimmen der Menschenmenge vor den Toren des Tempels.
Er watete durch das Schilf und hielt unter dem gleichgültigen Blick einer Wasserschlange einen Augenblick inne, um Luft zu schöpfen. Dann lief er, im Schutz der dichten Büsche und des Schilfes, zum anderen Ende der Insel. Er machte nur einmal halt, um ein Schilfrohr zu schneiden, mit dessen Hilfe er unter Wasser atmen konnte, den zweiten Teil des Flusses zu durchschwimmen würde sehr viel länger dauern.
Mittlerweile hatte Juno die Tempeltüren sicher schon geöffnet . . .
In dem Moment, als er mit dem Schilfrohr im Mundwinkel wieder in die Fluten eintauchte, sah er vor seinem inneren Auge eine Flamme hochschlagen. Eine einzelne lodernde Flamme, ähnlich der, die wie ein Lichtball in seinem Inneren pulsierte.
Aber diese andere Flamme brannte wirklich.

Juno schob den Riegel zur Seite, als die Halterung bereits nachgab. Er wich zurück, und die Türflügel sprangen unter der Wucht der Schläge auf.
Valerius hielt die jungen Männer zurück, die neben ihm auf die Tür eingeschlagen hatten. Beim Anblick Junos verstummte auch die Menge hinter ihm.
»Du hast unseren Pakt und unsere Stadt verraten, Juno!« rief der Sabiner anklagend, und ein Raunen ging durch die Menge.
»Auf welche Weise? Indem ich die Göttinnen, denen mein Vater sich verbunden fühlte, um Rat befrage? Ich dachte, die Zeit, die ein Mann im Gebet verbringt, sei auch den Sabinern heilig!«
Junos kühle Antwort beschwichtigte die Menge. Schon erhoben sich Stimmen, die für ihn sprachen.
»Mir wurde gesagt, daß du dich hier mit dem Tarquinier treffen wolltest«, sagte Valerius.
»Dieser Tempel hat keine anderen Ausgänge. Tritt ein und sieh selbst nach.«
Valerius nahm die Herausforderung an und gab den Männern an seiner Seite ein Zeichen, ihm zu folgen. Juno hingegen blieb auf der Schwelle

stehen. Die Fundamente des Tempels waren erhöht, und Juno ließ den Blick über die Menschenmenge auf dem Platz davor schweifen. Er sah sie dichtgedrängt vor sich, wie ein wogendes, vom Wind bewegtes Meer von Köpfen und Schultern, das sich bis zum Velabro und zum Forum erstreckte.

Dann entdeckte Juno in der Menge, ganz in der Nähe des Tempels, bewaffnete Männer, die die beiden ältesten Söhne von Tavas und den edlen Claudius bewachten, der den Tarquinern so treu gedient hatte, daß sich sein Haus direkt gegenüber dem Königspalast befand. Etwas weiter sah er, wie die beiden Valerii-Brüder, Vettern des Publius, nach vorne geschleppt wurden. Alle hatten sie die Hände auf dem Rücken gefesselt. Der einzige, der frei war, wenn auch bewacht, war Urste.

Valerius kam wieder aus dem Tempel, und Juno schaute ihm ohne mit der Wimper zu zucken ins Gesicht.

»Und?« fragte er nur.

»Der Tempel ist leer«, gestand der Sabiner.

»Du wirst dich bei mir entschuldigen müssen, Valerius«, sagte Juno und deutete dann auf die Gefangenen. »Was haben diese Fesseln zu bedeuten?«

»Sie haben mit den Unterhändlern des Tarquiniers ein Komplott über die Rückkehr des Königs geschmiedet. Dafür werden sie bezahlen!«

»Lade nicht den Zorn der Götter auf dich, indem du dich an einem Abgesandten vergehst, Valerius«, sagte Juno mahnend. Der Sabiner legte ihm eine Hand auf die Schulter. Sein Griff war hart, fast eine Herausforderung, aber die Menge legte seine Geste als Zeichen der Versöhnung aus. »Sei unbesorgt«, antwortete er. »Der Priester der Rasna wird unbehelligt auf die andere Seite der Brücke geleitet werden. Aber die Männer, die sich von seinen Worten haben umgarnen lassen, werden ihren Verrat mit dem Tod büßen.«

»Du kannst nicht allein entscheiden, vergiß das nicht. Du bist nicht der König.«

Valerius lächelte und hob die Hand, um die Menge zum Schweigen zu bringen.

»Nicht ich, Juno, habe den Tod der Verräter beschlossen, sondern das Volk von Ruma!« rief er aus.

»Auch den deiner Neffen?«

Valerius' Blick war undurchdringlich. Falls ihm die beiden jungen Männer am Herzen lagen, so gelang es ihm, dies zu verbergen. »Die Macht hat ihren Preis«, antwortete er nur.
»Der König von Gabii gehört zu der Familie der Tavas, die aus Tarchna stammt, und das dort sind seine Brüder. Ruma wird sich diese beiden verbündeten Städte zum Feind machen.«
»Du kannst die Männer nicht retten, Juno«, murmelte Valerius. »So wenig wie ich etwas für die Söhne meines Bruders tun kann.«
»Wo ist Culcnies?« fragte Juno.
»Er war bei unserer Ankunft nicht im Palast. Dein Freund Urste muß ihm irgend etwas Schreckliches mitgeteilt haben. Wir haben ihn an der Ecke zur Via Sacra gefunden, wo er wie ein Bettler saß und vor sich hin starrte. Er hat mit dem Komplott nichts zu tun.«
Dann wandte sich der Sabiner wieder der Menge zu und befahl den Wachen: »Geleitet den Abgesandten, ohne ihm ein Haar zu krümmen, auf die andere Seite der Brücke und bereitet die Todesstrafe für die Verräter vor!«
Das Raunen der Menge verwandelte sich in tosendes Geschrei, und hier und da wurden plötzlich Fackeln sichtbar.
»Feuer!« schrie irgend jemand. »Das Feuer soll das Siegel der Rasna vom Boden Rumas tilgen!«
Eine erste Fackel flog hoch über die Köpfe der Umstehenden ins Tempelinnere, und zahlreiche weitere folgten ihr.
Valerius hielt Juno am Arm fest, um ihn daran zu hindern, die Flammen zu löschen. »Komm weg von hier!« befahl er ihm und zerrte ihn vom Sockel des Tempels herunter.
Sofort wurden sie von der Menge umringt und nach vorne geschoben, dem Strom folgend, der die Verurteilten zum Velabro drängte.
Juno gelang es, sich ein letztes Mal nach dem Tempel umzusehen. Die Gefäße mit dem heiligen Öl lagen zerbrochen auf der Tempelschwelle, und die ersten Flammen schlugen schon an den farbigen Stirnziegeln des Daches hoch. »Die Schicksalsgöttin wird uns nicht verzeihen«, murmelte er und fühlte sich von einer Angst bedrängt, als wäre das von seinem Vater geknüpfte Band nun für immer zerrissen.
Er schloß die Augen und ließ sich unter dem Jubel der Menge an Valerius' Seite voranschieben.

»Der Tempel brennt«, sagte Tarxne leise und hüllte sich in einen trokkenen, dunklen Umhang. Abgesehen davon, daß er vor Wasser triefte, war er nicht von den Männern seiner karthagischen Leibwache zu unterscheiden.

Auf der Brücke Sublicio rückte eine große Menschenmenge heran, die Urste vor sich herschob. Aber dem Haruspizen gelang es schließlich, wenn auch unter Schwierigkeiten, alleine das andere Ufer zu erreichen.

»Holt ihn ab!« befahl Tarxne. Das Geschrei der Menge drang bis zu ihnen.

Tarxne suchte Deckung hinter einigen Steineichen, wo auch seine Männer mit den Pferden auf ihn gewartet hatten. Ihr Zeltlager befand sich etwas weiter weg, jenseits der Sümpfe, an der Straße nach Xaire.

Tarxne setzte sich unter einen Baum in einen Flecken Sonne, schloß die Augen und versuchte, vor seinem inneren Auge die Vorfälle in der Stadt zu erkennen.

So verharrte er reglos, bis er hörte, wie eine seiner Wachen mit Urste vor ihn trat.

Dann öffnete er die Augen. »Bist du verletzt, Haruspize?« fragte er.

Urste schüttelte den Kopf. Er hatte seinen Umhang verloren, und die lange, dunkle Tunika war über der Schulter zerrissen, aber ansonsten hatte er nur einige Kratzer abbekommen.

»Nur Magie könnte dir die Macht über dieses Volk wieder zurückgeben, Sohn von Larth. Aber es müßte eine außergewöhnliche Magie sein.«

Und ich glaube nicht, daß du eine solche Macht besitzt, waren seine nicht ausgesprochenen Gedanken, die Tarxne ganz deutlich spürte.

»Dann werden wir also versuchen müssen, sie anzuwenden«, erwiderte er. »Zum Wohl des Bundes und der Prophezeiung.«

»Juno wird nicht auf deiner Seite stehen«, bemerkte Urste.

»Wir werden sehen«, murmelte Tarxne. »Aber laß uns jetzt zum Lager zurückkehren. Wir müssen sofort nach Vei aufbrechen.«

»Sie haben den Tempel der zwei Göttinnen angezündet«, sagte der Haruspize, während sie auf die Pferde warteten.

»Ich weiß«, erwiderte Tarxne nur. »Ich habe es gesehen.« Dann bestieg er sein Pferd und ritt ohne sich umzuwenden in Richtung des Lagers.

»Die Männer sind bereit, Tarxne. Wann brechen wir auf?« fragte Aranth, der ihm beim Südtor in Vei entgegengekommen war. Nebeneinander ritten sie nun zum Palast von König Arnth.
»Wir müssen Juno ein wenig Zeit geben«, erwiderte Tarxne. »Einige unserer wichtigsten Gefolgsleute sind getötet worden. Er muß andere finden und dabei sehr vorsichtig sein. Vielleicht ein Mond noch, Aranth.«
Aranth schaute sich um und versuchte die Zahl der Männer zu schätzen, die aus Tarchna gekommen waren und nun in Vei beherbergt werden mußten.
»Es sind recht viele«, bemerkte er
»Zweihundert Mann. Unser Vetter ist sehr großzügig gewesen.«
»Du bist ihm nicht gerade freundlich gesinnt, oder irre ich mich?«
»Ich will den Thron von Tarchna nicht. Der Palast hat keine Seele mehr. Er würde mich wie ein lästiges Insekt abschütteln, wenn ich versuchte, mich dort einzunisten.«
Aranth lachte.
»Findest du das etwa lustig?« fragte Tarxne.
»Ja«, gestand Aranth. »Verzeih mir, Tarxne, du bist zwar ein König, aber wenn ich mir vorstelle, daß der Palast dich abschüttelt wie ein Hund einen Floh, dann muß ich einfach lachen.«
Auch Tarxne mußte nun lächeln, und das schien die Absicht des Bruders gewesen zu sein. Dessen blaue Augen leuchteten erleichtert auf.
Urste ritt zu nah hinter ihnen, als daß Tarxne von den Dingen, die ihm am Herzen lagen, hätte reden können. Die Männer aus Tarchna ließen sich auf dem Exerzierplatz nieder, an dessen Seite sich der Palast erhob. Der weiträumige Platz diente noch immer der Unterweisung der Soldaten, und in jungen Jahren hatte der König oft selbst an der Ausbildung teilgenommen.
»Siehst du?« sagte Aranth. »Als Kind habe ich mich immer dort hinter diesen Palisaden versteckt und meinem Vater zugesehen, wie er mit dem Schwert, dem Bogen oder der Lanze übte. Er war ein gutaussehender Mann und ein guter Krieger. Ich hielt ihn für unfehlbar. Aber er hat mir niemals Beachtung geschenkt, und deshalb meinte ich, es sei sinnlos, der Sohn eines Königs zu sein, weil ich eigentlich für niemanden existierte.«
»Und dann bin ich gekommen.«

»Genau. Der weise Trutnot, Sohn eines Königs, dessen Name von allen mit Furcht ausgesprochen wurde, weil sie ihm unrecht angetan hatten.«

»Das hast du damals gedacht?«

»Schlimmer noch. Ich hielt dich damals für altklug, langweilig und für jemanden, der sich immer gestelzt ausdrückt. So wie die Priester, die darauf bestanden, mir Dinge beizubringen, an denen mir nicht das geringste lag, die mir aber keine Antworten auf das gaben, was mich brennend interessierte, weil es angeblich für einen König nicht von Nutzen war.«

»Ja, ich weiß, was dich interessierte: die Sterne, die Länder im Norden, die Bäume, die Tiere ...«

»Das ist nicht wenig, gib es zu.«

»Ich gebe es zu«, murmelte Tarxne und stieg vor dem Palast des Königs vom Pferd. Seine Wachen kehrten zum Exerzierplatz zurück, während die Adeligen und die Hauptleute zu seiner Begrüßung zusammenliefen.

Auch Urste war vom Pferd gestiegen und ging jetzt vor ihnen her. »Der König erwartet dich«, sagte er zu Tarxne, ohne auf die Umstehenden zu achten.

»Sicher«, antwortete ihm Tarxne und bemerkte Aranths Mißfallen, der das Treffen lieber auf einen späteren Zeitpunkt verschoben hätte. Dennoch blieb der Bruder auf dem Weg zum Thronsal an seiner Seite. Arnths Gesundheitszustand hatte sich in der Zwischenzeit so sehr verschlechtert, daß er nur noch wenige Audienzen abhielt, denn sie schwächten ihn zu sehr.

Der Thronsaal quoll über von Menschen, aber Tarxne achtete nicht darauf. An diesem Ort fiel es ihm schwer, das Bild Velizas in sich zu verschließen, und es bereitete ihm fast körperliche Qualen.

Er blieb vor Arnths Thron stehen und blickte dem König fest in die Augen. Arnth hatte merklich zugenommen. Seine Leibesfülle zeugte nicht von Gesundheit und hatte die einst schönen Züge seines Gesichtes entstellt.

Rechts von ihm stand sein Sohn, den er mit Veliza gezeugt und zum Thronfolger bestimmt hatte.

Der Junge, mit Namen Tulumne, war mittlerweile wohl siebzehn Jahre alt. Er war ein gutaussehender, hochgewachsener, schlanker junger

Mann mit wachen Augen und der königlichen Haltung seiner Mutter, die ihm, als sie kaum fünfzehn war, das Leben geschenkt hatte. Tulumne war ihr allerdings sehr früh entzogen und Urstes Obhut anvertraut worden. Und auch jetzt noch war Urste sein Lehrmeister.
Arnth erhob eine Hand, und schon diese kleine Geste schien ihm Mühe zu bereiten.
Ich kann dir nicht helfen ... Du selbst bist die Quelle deines unstillbaren Durstes ... dachte Tarxne, während er feststellte, wie sehr sich der Zustand des Königs von Vei verschlimmert hatte. Er bemerkte, daß Arnth vor allem mit seinen körperlichen Beschwerden beschäftigt war und weder an die künftigen Unternehmungen noch die Zurückeroberung Rumas oder an die Prophezeiung dachte. »Sei willkommen, König von Ruma«, murmelte er. »Fürst Aranth ist der Meinung, daß Ruma schon bald wieder dir gehören wird, während mein Haruspize nur Finsternis in den Opfern und im Feuer erkennen kann. Was soll ich davon halten?«
»Daß der eine aus Liebe spricht, während der andere deinem Befehl mit den Lippen, aber nicht mit dem Herzen gefolgt ist«, antwortete Tarxne ruhig.
Arnth nickte und blickte erst jetzt zu Urste hinüber. »Meinst du, seine Mission ist aus diesem Grund gescheitert?« fragte er.
»Sie ist nicht gescheitert. Ihr Ziel war, ein Treffen zwischen mir und Juno zu ermöglichen, und dieses Ziel wurde erreicht.«
»Du wirst die Stadt also mit einer List einnehmen. So wie man eine Geliebte nimmt«, murmelte Arnth. Tarxne spürte, daß Arnth ohne Hintergedanken gesprochen hatte.
»Eine Geliebte ... Ja, so wurde Ruma oft bezeichnet. Wir werden es gemeinsam versuchen, dein Sohn und ich, zusammen mit den Truppen aus Vei und aus Tarchna.«
In diesem Augenblick spürte Tarxne ihre Anwesenheit.
Einen Moment später wandten sich alle Augen der ins Sonnenlicht getauchten Schwelle des Thronsaals zu, durch die die Königin eintrat.
Sie trug eine helle, goldbestickte Tunika, und ihr Haar, das teilweise durch einen kurzen Umhang wie mit einem Schleier bedeckt war, wurde an den Seiten mit goldenen Spangen gehalten.
Das kleine Mädchen an ihrer Seite war kaum sechs Jahre alt. Ihre Haare waren, wie die ihrer Mutter, pechschwarz und ihre Augen blau. Durch

die Tunika und das Schmuckstück an ihrem Hals ähnelte sie einer kleinen Königin und strahlte auch deren Gelassenheit aus.
»Dein Anblick erfreut unsere Augen, Königin«, begrüßte Arnth die Eintretende. Auch er hatte die geheimen Schwingungen, die die Luft um Veliza zu erfüllen schienen, wahrgenommen. Allerdings war ihm der Anblick der Tochter, die sich ständig an der Seite der Mutter befand, schon seit geraumer Zeit unerträglich.
Urste hat recht, dachte er. Wir müssen dieses Mädchen fortschaffen, und zwar so, daß nicht einmal ihre Mutter sich widersetzen kann.
»Ich war ungeduldig, etwas über den Ausgang des Unternehmens zu erfahren, mein König«, sagte Veliza. »Aus den Gesichtern der Anwesenden lese ich jedoch, daß noch nichts entschieden ist. Und die Tatsache, daß sich der König von Ruma hier befindet, bestätigt diese Vermutung.«
»Der König von Ruma wird unser Gast sein, während er mit Aranth die Wiedereroberung vorbereitet.«
»Der König von Ruma möge sich im Palast von Vei wie in seinem eigenen fühlen«, erwiderte Veliza mit der rituellen Formel der Gastfreundlichkeit.
Tarxne nahm das Angebot mit einem Kopfnicken an, aber seine Augen waren auf das kleine Mädchen gerichtet, das sich von der Hand der Mutter gelöst hatte und ihn nun seinerseits betrachtete.
Die tiefblauen Augen des Kindes waren für Tarxne aufschlußreicher als jedes Wort. Ohne sich um den Blick der Umstehenden und vor allem Urstes zu kümmern, hob er die Kleine hoch, und er tat es so, wie ein König seine Kinder anerkannte. Oalna legte ihm die Hände auf die Schultern und lächelte ihn an. Dann, als Tarxne im Begriff war, sie wieder auf den Boden zu setzen, schlang sie ihre Arme fest um seinen Hals.
»Deine Tochter ist wunderschön, Königin«, sagte Tarxne anerkennend und empfand diese Umarmung, als ob sie seine einzige und wirkliche Tochter sei.
»Sie ist einer Göttin gewidmet, aber bisher hat es noch keine Zeichen gegeben«, murmelte Veliza, verwirrt über Tarxnes Verhalten. Niemandem im Saal war die seiner Geste innewohnende Bedeutung entgangen.
»Du irrst, meine Königin«, warf Arnth ein. »Schon seit geraumer Zeit

befragt Urste die Göttin Uni, und heute nacht hatte ich einen Traum. Ich habe vom *Auge der Göttin* im Heiligtum von Fanu Veltune geträumt. Es erwartete deine Tochter, Königin.« Jeder hatte bemerkt, daß der König *deine* Tochter und nicht *unsere* Tochter gesagt hatte. »Die Kleine ist ganz offensichtlich der Göttin Turan geweiht«, fuhr der König fort, »und deshalb wird sie so schnell wie möglich nach Fanu Veltune aufbrechen.«

Veliza erstarrte, aber es gelang ihr, die Beherrschung zu bewahren.

»Eine herrliche Göttin ... das ist wahr«, bemerkte Tarxne, während er sich aus der Umarmung des Mädchens löste, das ihn immer noch anlächelte.

»Es ist seltsam, daß die kleine Oalna dir soviel Sympathie entgegenbringt«, fiel Urste ein. »Sie schenkt für gewöhnlich niemandem ein Lächeln, außer natürlich ihrer Mutter. Ist es denn wahr, was über dich gesagt wird, König von Ruma? Daß du alle Frauen verzauberst, auch die ... in noch so zartem Alter?«

Hier und da hörte man ein Lachen, und der eine oder andere wagte es sogar, Urstes Schlagfertigkeit zu kommentieren.

»Ein unverdientes Lob«, bemerkte Tarxne.

»Das dich dennoch um den Thron gebracht hat«, gab der Haruspize zurück.

Arnth lächelte. Er sah zur Königin hinüber, um zu sehen, ob seine Entscheidung, ihr die Tochter zu nehmen, sie verletzt hatte. Aber er sah in ihren Augen nur die übliche Kälte.

»Ich werde Anweisung geben, daß du deinem Rang gemäß untergebracht wirst, König von Ruma«, sagte Veliza.

»Ich wäre dir dankbar, Königin, wenn du mich neben den Gemächern meines Bruders unterbringen könntest«, erwiderte Tarxne.

»Wie du wünschst.«

Veliza und Oalna verließen gleich darauf den Thronsaal, und Arnth seufzte erschöpft.

»Darf ich dich darum bitten, noch einmal deine Heilkunst an mir zu erproben, König von Ruma?« fragte er.

»Was möchtest du wissen«, fragte Tarxne und trat ein paar Schritte näher zu ihm hin.

»Ich möchte wissen, warum dieser Körper immer mehr aufquillt, obwohl ich ihn kaum ernähre.«

»Es liegt an deinem Blut, das zu Wasser wird.«
Arnth warf ihm einen feindseligen Blick zu. Tarxnes Worte waren erbarmungslos gewesen und erstickten selbst den geringen Trost im Keim, den Urstes Lügen und die ausweichenden Antworten des alten Asnai ihm gaben.
»Kannst du mir den Grund dafür sagen?«
»Ich habe dir diese Frage schon einmal beantwortet, König von Vei. Wir waren damals alleine auf den Stadtmauern, es war Winter. Erinnerst du dich? Möchtest du wirklich, daß ich dir dieselbe Antwort noch einmal gebe, hier, vor deinen Söhnen und deinem Adel?«
Arnth machte eine abwehrende Geste und lächelte müde. Tarxne verabschiedete sich, und Aranth begleitete ihn aus dem Saal. Weder Urste noch die anderen Adeligen wagten, ihn mit weiteren Fragen aufzuhalten.

Anläßlich der Festlichkeiten der Consualia in Ruma war das Forum mit Händlern überfüllt, und die festliche Stimmung in der Stadt hatte auch auf die Wachen und sogar auf die Steuereintreiber übergegriffen, die einen Zoll für den Einlaß in die Stadt und den Verkauf von Waren verlangten. Für die Händler waren diese Zölle ein ständiger Anlaß zu Klagen, und ihr Jammern erscholl in allen Sprachen der am Mar Grande gelegenen Länder. Der reichbeladene Pferdewagen des Händlers Olistra überquerte an diesem Morgen als einer der ersten von der Porta Portuensis her kommend die Brücke Sublicio. Der Händler saß steif auf seinem von einem Diener gelenkten Wagen. Er trug ein reichverziertes, dunkles Gewand und einen feinen, ebenfalls reich geschmückten Wollmantel von fremdländischem Schnitt. Sein Haar und ein Teil seiner Stirn waren unter einer überaus kunstvollen, ausladenden Kopfbedekkung versteckt. Außerdem trug er ein wertvolles Geschmeide zur Schau, was viele, die an diesem Morgen seinen Weg kreuzten, für unvorsichtig hielten. Zwei weitere, offensichtlich schwer mit Waren bepackte Wagen folgten ihm, und ein halbes Dutzend Diener ging zu beiden Seiten der kleinen Kolonne.
»Willkommen, Händler«, begrüßte ihn der junge Hauptmann der Wachen freundschaftlich am Brückenkopf. »Unter deinen Waren befindet sich doch sicher auch eine schöne, dunkelhäutige Sklavin, die du mich vielleicht einmal begutachten lassen könntest!«

»Wenn du meine Wagen schnell abfertigst und passieren läßt, dann sollst du die beste bekommen«, antwortete der Händler. »Schön wie die Sonne und süß wie Honig. Dein für eine ganze Nacht, vorausgesetzt, du ruinierst sie mir nicht.«
Der junge Mann lächelte, notierte sich kurz die Anzahl der Diener und der Wagen, den Namen des Händlers und die Art der Waren und bedeutete ihm dann, zum Steuereintreiber weiterzugehen.
»Ich werde dich auf dem Forum aufsuchen«, rief er noch, als der Händler bezahlt hatte und sich anschickte, weiterzufahren.
»Ich werde auf dich warten«, antwortete dieser freundlich. Die Pferdewagen fuhren weiter, an der beschatteten kurzen Seite des Forums entlang, wo der Händler nach einem günstigen Platz Ausschau hielt. An dieser Stelle, an der sich die rauchgeschwärzten Ruinen des Tempels erhoben, deren Anblick Beklemmung auslöste, gab es noch viele freie Plätze.
Seit zwei Tagen schon waren die Priester mit den Zeremonien und Opfern für die Nacht beschäftigt, in der der finstere Hund den Vollmond verschlingen sollte. Trotz der Beteuerungen der Priester, daß dieses Ereignis in keinem Zusammenhang mit der Verwüstung des Tempels der Rasna stehe, war das Volk, das sich ohnehin vor einer so unheilvollen Erscheinung fürchtete, über alle Maßen verängstigt, und ringsum wurde das Ereignis als Strafe gedeutet.
Der Händler Olistra entschied sich schließlich für einen Eckplatz des Forums, nahe an den Ruinen des Tempels. Obwohl es ein günstiger Standort war, hatten die anderen Händler offensichtlich nicht den Mut gehabt, im Schatten der Ruinen ihre Waren feilzubieten.
»Du fürchtest die Götter offensichtlich nicht?« wandte sich sofort der nächstgelegene Händler an ihn, als er sah, wie die Diener eifrig mit dem Aufbau des Zeltes begannen, bevor sie die Waren abluden.
»Nein, ich fürchte sie nicht. Und du?« erwiderte Olistra.
»Um keinem von ihnen Unrecht zu tun, fürchte ich sie alle, an welchem Ort ich meine Waren auch immer feilbiete«, antwortete ihm der andere.
»Das hört sich vernünftig an«, gab Olistra zu. »Aber sag mir, ist es denn möglich, mit einem der Konsuln zu sprechen, auch wenn man nicht ein Einwohner Rumas ist?«
»Natürlich. Du stellst dich in die Schlange der Wartenden im Palasthof

und läßt der Wache vielleicht ein kleines Geschenk zukommen. Sind deine Waren denn so wertvoll, daß du sie an einen der Konsuln verkaufen willst?«

»Für den einen oder anderen sicher«, gab der Händler einsilbig zurück, im Versuch, das Gespräch zu beenden.

»Du hast wirklich fleißige Diener«, fing der andere aber schon nach kurzer Zeit wieder an, als er sah, daß einer der Wagen bereits fast ausgeladen war und Stoffe, Behälter mit Glaspaste, Geschmeide, Teller und Kelche zum Vorschein kamen, die für sich alleine schon einen kleinen Schatz darstellten. »Aber du brauchst eine sehr reiche Stadt für deine Waren.«

»Mir wurde gesagt, daß diese Stadt reich ist«, entgegnete Olistra. »Und ich hoffe doch, daß sich noch einige Rasna hier aufhalten, die die Kostbarkeit meiner Waren zu schätzen wissen. Ich traue diesen aus den Bergen kommenden Sabinern und Latinern nicht, die bis gestern noch Schafe gehütet haben.«

»Paß auf, daß Valerius dich nicht hört«, sagte warnend der andere. »Was du sagst, würde ihm nicht gefallen. Die Latiner und Sabiner sind ungebildet, das ist wahr, aber sie sind stolz darauf. Diese Männer verachten die Kunst und die Schönheit, weil sie ihrer Meinung nach die Männer schwach und bestechlich machen. Wenn du aber zum Palast gehst, frag nach dem Konsul Juno. Er ist der Sohn von König Servius und kann das, was du anzubieten hast, vielleicht würdigen. Du bist zu spät gekommen. König Tarquinio hätte deine Waren sicher geschätzt. Er kannte die wahre Schönheit.«

»Meinst du, daß ihm viele Leute nachtrauern?«

Der Händler zuckte, auf einmal mißtrauisch geworden, leicht zusammen. »Das habe ich nicht gesagt. Ich habe nur von der Kunst und der Schönheit gesprochen.«

Olistra lächelte. Er warf einen kurzen Blick auf seine Diener und die Waren und machte sich dann auf den Weg.

»Wenn du die Aufmerksamkeit der Käufer auf dich ziehen willst«, rief ihm der andere Händler noch hinterher, »dann rate ich dir, eine Sklavin auf die Via Sacra zu stellen, die die Kunden anlockt. Vorausgesetzt, du hast eine hübsche, junge Sklavin, die es versteht, ihren Liebreiz auszuspielen. Du wirst sehen, das ist eine ausgezeichnete Methode.«

»Danke für den Ratschlag, mein Freund. Aber ich habe keine Sklavinnen mitgebracht, deshalb werde ich selbst sehen müssen, was ich tun kann.«

»Du meinst auf der Via Sacra?« fragte er Händler belustigt.

»Nein, im Palast«, entgegnete Olistra ruhig und entfernte sich, und der andere hatte plötzlich das Gefühl, daß dieser Mann gar kein Händler war, sondern die Informationen zu einem anderen Zweck benötigte ... Aber zu welchem? Der Verkauf seiner kostbaren Waren schien auf jeden Fall das letzte zu sein, das ihn interessierte.

18.

»Schenkst du auch einem fremdländischen Händler dein Ohr?«
»Natürlich«, antwortete Juno, ohne sich nach dem Mann, der ihn angesprochen hatte, umzublicken, und setzte sein Gespräch fort.
»Gut«, murmelte Olistra und nahm auf einem Schemel vor dem Thron des Konsuls Platz.
Obwohl nur Juno Audienzen gab, war der Thronsaal von Menschen überfüllt. Dem Händler schien das Stimmengewirr nicht weniger geschäftig und laut zu sein als auf dem Forum. Aber hier waren auf den vier Podesten in den Ecken des Saales Bogenschützen aufgestellt – sabinische Bogenschützen. Außerdem wurden der Portikus und der Hof bewacht. Der Rat des anderen Händlers hatte sich dennoch als nützlich erwiesen und dank eines angemessenen Geschenks hatte Olistra nicht allzu lange warten müssen, um zur Audienz beim Konsul vorgelassen zu werden.
In diesem Augenblick wandte sich Juno zu ihm um und fuhr gleich darauf zusammen.
»Aranth?« entschlüpfte es ihm.
»Jemand wird dir den Befehl des Königs übermitteln, so daß du keinen Zweifel über die Herkunft der Anordnungen haben wirst.«
»Das hat er gesagt, ja«, murmelte Juno und schaute sich erschrocken um.
»Ich bin der Händler Olistra. Ich habe drei Wagen auf dem Markt am Forum und kostbare Waren anzubieten.«
»Du bist verrückt, Aranth!«
»Möchtest du meine Waren begutachten. Sie sind erlesen und kunstvoll gearbeitet und eines Palastes der Rasna würdig.«
»Ich habe Nachricht von meiner Schwester erhalten«, antwortete Juno leise, ohne auf Aranths Dreistigkeit einzugehen. »Tarxne hat sich nicht

nach Xaire begeben, um seinen Sohn anzuerkennen . . . Er hat ihn noch nicht einmal gesehen. Es sind wohl nicht nur die Vorbereitungen zur Wiedereroberung Rumas, die ihn im Vei aufhalten.«

»Warum sagst du nicht ganz offen, was du denkst, Juno«, entgegnete Aranth mit harter Stimme.

»Was möchtest du hören? Daß der König nur seinen nichtehelichen Kindern Beachtung schenkt? Oder daß die Königin von Vei, seine Geliebte, ihm den Kopf verdreht und ihm den Thron gekostet hat?«

Bei seinen Worten war Aranth aufgesprungen und packte jetzt Juno an seiner Tunika. Die Wachen in den Saalecken legten sofort die Bogen an, wurden aber von Juno, nachdem er sich mit einer brüsken Bewegung befreit hatte, mit einer Kopfbewegung beruhigt. Aranth nahm wieder Platz.

»Bist du verrückt? Willst du dich verraten?« zischte Juno.

»Würde dir das wirklich etwas ausmachen?« gab ihm Aranth wütend zurück.

»Natürlich! Sag mir lieber, was ich tun soll, Aranth!«

»Hast du vertrauenswürdige Männer gefunden?«

»Ja.«

»Gut. Es wird heute nacht stattfinden.«

»Warum ausgerechnet heute? Es wird eine dunkle, unglückverheißende Nacht sein.«

»Weil Tarxne es gesagt hat.« Aranths Stimme hatte jetzt einen feindseligen Ton angenommen. »Er wird an der Porta Rutumena sein.«

»Wie viele andere Stadttore müssen außerdem noch offensein?« fragte Juno.

»Drei – die Porta Viminalis, die Collina und die Sanqualis. Bei jeder werden zweihundert Mann bereitstehen, das wird ausreichen, um die Stadtwachen und die Posten auf den Stadtmauern zu überwältigen, wenn du dich um die Wachen an den Stadttoren kümmerst.«

»Und dabei die Dunkelheit, die den Mond verschlingt, ausnutze . . . Das ist doch Tarxnes Absicht, nicht wahr?«

»Nur in einer Nacht wie dieser können so viele Männer unerkannt bis zu den Stadtmauern vordringen, um dort zu warten, daß die Tore geöffnet werden.«

Juno zuckte unschlüssig mit den Schultern. »Ich weiß nicht, Aranth. Ich bin wütend über diese verzweifelte Nachricht meiner Schwester. Sie fühlt sich verlassen und hat erfahren, wie Tarxne seine Zeit in Vei verbringt. Er hat unseren Pakt verraten, und ich bin ihm gegenüber zu nichts mehr verpflichtet.«

»Ich kenne euren Pakt nicht, aber ich weiß, was Tarxne von dir erwartet«, erwiderte Aranth. »Soll ich gehen und ihm ausrichten, daß du deine Meinung geändert hast und daß wir die Stadt belagern müssen?«

»Ich spüre, daß du mir feindlich gesinnt bist, Aranth.«

»Das bin ich auch. Was soll Tarxne denn davon halten? Daß du ihn verkauft hast, im Gegenzug für den Sessel, auf dem du jetzt deine Tage verbringst und Gesetze erläßt?«

»Das ist ungerecht von dir, Aranth.«

»Mag sein, aber so erscheinen mir die Dinge nun mal.«

Juno nickte. Aranths Zorn riß neue Wunden in seiner Seele auf. »Kehre zu deinen Waren zurück und versuche, nicht noch mehr Aufmerksamkeit auf dich zu lenken«, sagte er schließlich. »Die Stadttore werden heute nacht geöffnet sein, und ich selbst werde mich an deiner Seite bei der Porta Rutumena befinden. Wir treffen uns am Ende der Via Sacra, sobald der Mond ganz verdunkelt ist. Ich werde die Männer, die du brauchst, bei mir haben.«

»Wer kümmert sich um die anderen Tore?«

»Die beiden Söhne von Claudius und Scantius und andere vertrauenswürdige Männer.«

»Wo ist Culcnies«, wollte Aranth wissen.

»Er ist in Collatia und wird leider nicht rechtzeitig zurückkehren, um uns zu helfen. Valerius hält sich allerdings in der Stadt auf. Er ist aber mit den Festlichkeiten der Consualia beschäftigt.«

Aranth erhob sich. Aus den Augenwinkeln bemerkte er, daß die Bogenschützen jede seiner Bewegungen argwöhnisch verfolgten. Von hinten drängte sich der nächste Antragsteller bereits nach vorne.

»Ich beneide dich nicht, Juno, wenn es das ist, was du den ganzen Tag über treibst«, bemerkte er kopfschüttelnd.

»Auch davon hängt das Wohl der Stadt ab.«

Aranth antwortete nicht. Er hüllte sich in seinen Mantel und kehrte über den menschenüberfüllten Säulengang wieder zum Forum zurück. Er war nur wenige Male in Ruma gewesen, und es war unwahrscheinlich, daß ihn jemand erkannte. Zudem waren die Wachposten mit

Vertrauensleuten der Sabiner und Latiner neu besetzt worden und jetzt damit beschäftigt, die Ordnung unter den zahlreichen Antragstellern aufrechtzuerhalten.
Er kehrte zu seinem Warenstand zurück und sah, daß einer der Diener bereits mit dem Verkauf von Gefäßen mit Glaspaste und Stoffen blendende Geschäfte gemacht hatte. Der Händler, der ihm vorher die Informationen gegeben hatte, war voll des Lobes über den jungen Mann und sogar bereit, ihm den Diener abzukaufen.
Aranth versprach, über das Angebot nachzudenken, und begab sich in eine der umliegenden Tavernen, um ein schnelles Mahl zu sich zu nehmen: Hasenpastete mit Kichererbsen und mit Wasser verdünnten, sauren Wein gegen die Hitze.
Der Abend schien ziemlich ruhig zu sein.
Kurz bevor der finstere Schatten des gierigen Hundes begann, sich vor die hell leuchtende Mondscheibe zu schieben, verließ Aranth die Taverne und kehrte zum Forum zurück, das mittlerweile menschenleer war.
Niemand, nicht einmal die Händler hatten den Mut gehabt, im Freien zu bleiben, während sich am Himmel der stille Kampf des Mondes mit seinem Angreifer vollzog.
Die Diener hatten sich in den Pferdekarren oder in Zelten verschanzt, und selbst wer nichts als die Kleider besaß, die er am Leib trug, hatte sich in irgendeinem Winkel der Stadt verkrochen und den Mantel über den Kopf gezogen.
Erst nach Beendigung dieses Kampfes würden die Menschen wieder hervorkommen, um ihrer Freude in einer Prozession zum Heiligtum der Diana, das sich jenseits der Stadtmauern auf dem Aventinischen Hügel erhob, Ausdruck zu verleihen. Ein Großteil der Bevölkerung und der bewaffneten Männer würde sich demnach außerhalb der Mauern, auf der anderen Seite der Stadt aufhalten, und auch diesen Umstand hatte Tarxne in seinen Plan miteinbezogen.
Aranth spürte, daß diese Nacht außergewöhnlich war. Natürlich war es kein Hund, der den Mond verschlang, sondern der Schatten einer anderen Welt, die von einer den Menschen unbekannten Hand aus unbekanntem Grund bewegt wurde. Einmal hatte ihm Asnai eine längliche Tafel aus Babylon gezeigt, deren eingeschnitzte Zeichen auf eine Anzahl von dunklen Monden verwies, und zwar bis in eine so weit entfernte

Zukunft, daß Aranth es sich nicht einmal mehr hatte vorstellen können.
»Nichts geschieht, ohne daß es von den Göttern am Anfang der Zeiten entschieden und besiegelt wurde«, hatte ihm damals der Hohepriester gesagt.
Wer weiß, ob sie auch vorausgesehen hatten, daß Tarxne dieses Ereignis für seine Zwecke ausnutzen würde, dachte Aranth.
Ein heftiger Wind fegte durch Ruma, und in der trockenen Luft lag der Staub des gerade gemähten Weizens.
Aranth ging langsam an der Stelle vorbei, an der er sein Zelt aufgeschlagen hatte. Zwei von den Männern, die sich als Diener ausgegeben hatten, verließen ihr Versteck und folgten ihm schweigend. Sie hielten Schwerter unter ihren Umhängen versteckt, und einer von ihnen reichte ihm eines davon. Sie schlichen unter den Bogengängen entlang und erreichten so über die Längsseite des Forums die Via Sacra, auf der in diesem Abschnitt der lange Schatten des Capitols und seines hochaufragenden, stolzen Tempels lag. Eichen und Olivenbäume standen hier dichter und bildeten den Hang hinauf einen kleinen Hain.
Aranth schaute zum Himmel und bemerkte, daß der Schatten bereits begonnen hatte, die leuchtende Mondscheibe zu verschlingen.

»Eine unglückverheißende Nacht, Juno. Dennoch haben es diese Abgesandten aus Ardea riskiert, sich ohne Schutz im Freien aufzuhalten, um uns die Bedenken des Latinischen Bundes zu überbringen.«
»Es ist die Angst, Valerius, der Bund hat Angst.«
Valerius schwieg, und Juno fuhr nach einer kurzen Pause fort: »Nun gut, nehmen wir an, es ist wirklich Angst . . . Ist sie denn nicht gerechtfertigt? Jeder von uns wußte, daß die Tarquinier versuchen würden, die Stadt zurückzuerobern!«
Dann wandte er seine Aufmerksamkeit wieder den Abgesandten aus Ardea zu und versuchte, seine Ungeduld zu verbergen. Valerius hatte ihn in den Thronsaal rufen lassen, als er gerade dabei war, den Palast zu verlassen. Seine Männer waren wahrscheinlich längst auf dem Weg zu den Stadttoren. »Ihr müßt Beweise haben, daß der König von Ruma sich anschickt, seine Männer zu bewaffnen«, wandte sich Juno an ihren Wortführer. »Oder vielleicht sucht er innerhalb des Latinischen Bundes Verbündete gegen Ruma?«

»Beides trifft zu, Konsul Juno. Er hat viele Männer aus Tarchna und aus Vei, und die Städte Gabii, Aricia und Tusculum haben eine Reihe von geheimen Abmachungen zu seinen Gunsten geschlossen«, antwortete der Mann. »Er wird eure Stadt schon bald angreifen, vielleicht schon in ein paar Tagen. In diesem Fall wird das Bündnis zahlreiche Städte gegen euch hetzen, und es wird zum Krieg kommen.«
»Aber Ruma selbst gehört dem Latinischen Bund an!« erhob Valerius seine Stimme.
»Die Abmachung ist unter den Königen der Städte geschlossen worden, und es ist schwer sich eine Stadt ohne König vorzustellen«, erwiderte der Wortführer. »Er, der König, war es, der das heilige Bündnis auf dem Hügel von Albano geschmiedet hat, und er ist somit vor den Göttern der Garant des Paktes. Der Latinische Bund wird sich deshalb für den König und nicht für Ruma entscheiden.«
»Wir könnten noch die ganze Nacht darüber reden, ohne zu einer Lösung zu gelangen«, fiel Juno ein und machte Anstalten, sich zu erheben.
»Du irrst, Juno«, hielt Valerius ihn auf. »Wir werden diese Abgesandten anhören. Die Nacht ist lang, und die Diener haben alle Palasttore geschlossen, auch die des Thronsaals, so wie es das sabinische Gesetz in Nächten wie dieser vorschreibt. Die Tore werden erst wieder geöffnet werden, wenn der Mond den Hund besiegt hat, und dann werden wir gemeinsam zum Tempel der Göttin Diana pilgern, damit uns das Volk von Ruma beruhigt Seite an Seite sehen kann. Setz dich, Juno.«
Juno blickte kurz zu den Bogenschützen hinauf, dann zum Duumvirat und zu dem Ältestenrat, den Valerius zur Anhörung der Abgesandten hatte zusammenrufen lassen. Aber er traf nur auf harte, kalte Blicke.
Er setzte sich wieder, und der Sabiner schlug ihm freundschaftlich auf die Schulter. »Ganz ruhig, mein Freund«, sagte er.
Da begriff Juno: Valerius wußte Bescheid.
Einer der Männer hatte ihn verraten.

Der Hund hatte den Mond verschlungen.
Es herrschte eine totale Finsternis. Der Wind hatte sich gelegt, und das ganze Universum schien den Atem anzuhalten.
»Er wird nicht kommen«, sagte einer der Hauptleute.

»Und es ist auch keiner der anderen Männer zu sehen, die er mitbringen wollte!« fügte der andere hinzu.
»Laßt uns gehen«, befahl Aranth. Wir müssen das Tor finden, bevor sie es öffnen und unsere Leute in die Falle gehen!« Er rief sich den Weg wieder ins Gedächtnis zurück, den ihm Tarxne auf dem in Vei für diesen Zweck von ihm gezeichneten Stadtplan gezeigt hatte, aber es war ungleich schwieriger, in völliger Dunkelheit eine Straße zu finden. Aranth blieb nichts anderes übrig, als sich von den Gerüchen leiten zu lassen, um den Wachposten bei der Porta Rutumena, dem Anfang der Via Vetus, zu finden. Von dort ging auch die Straße ab, die zu dem Sumpf führte, den sie den ›Ziegensumpf‹ nannten. Dieses Gebiet entlang dem Fluß war von Tarquiniern besiedelt, die hier Getreide anbauten, und die Felder gingen in den Wald über, der an das Gebiet von Vei angrenzte.
Tarxne, der diese Straße gewählt hatte, befand sich inzwischen bestimmt schon vor dem Stadttor. Dasselbe galt für die Soldaten, die sich vor den anderen Toren gesammelt hatten, um von verschiedenen Punkten aus gleichzeitig in die Stadt einzudringen.
Juno hat uns verraten, dachte Aranth, und der Gedanke, der sich allmählich in ihm formte, traf ihn wie ein Dolch. Nicht nur, weil es die unweigerliche Niederlage für ihn und seine Krieger aus Vei bedeutete, sondern vor allem wegen des Treuebruchs gegenüber Tarxne, der Mastarnas Sohn vertraut hatte!
Da sah er die hohen Umrisse der Mauern vor sich und die Männer, die das Tor öffneten.
Aber es war bereits zu spät.
Mit gezogenem Schwert stürzte er vorwärts.
»Zurück, Tarxne!« schrie er. »Es ist eine Falle!«
Er rannte, das Schwert um sich wirbelnd, gegen die feindlichen Soldaten an und schlug alle in seinem Umkreis nieder, während sein erster Hauptmann durch einen Schwertstreich in der Brust getroffen zu Boden sank. Der andere versuchte, den Dreifuß zu erreichen, dessen Feuer mit einem Schild abgeschirmt war. Es gelang ihm noch, den Schild wegzuziehen und die Flamme zu ersticken, aber dann ging auch er, hinterrücks getroffen, zu Boden und riß im Fallen den Dreifuß mit sich. Im nächsten Augenblick gingen die Büsche daneben in Flammen auf.
In dem plötzlichen Lichtschein erkannte Aranth Tarxne in der Nähe des

Stadttors. Er war von Soldaten, die ihn festnehmen wollten, umringt. Aber der König verteidigte sich hartnäckig, und zahlreiche Soldaten fielen unter seinen Hieben.
In diesem Moment stiegen zur Warnung der Truppen der Rasna an den anderen Stadttoren Flammenpfeile in die Luft.
Aranth wurde getroffen, während er versuchte, zu Tarxne vorzudringen. Ein Hieb traf ihn mit derartiger Wucht zwischen den Schultern, daß er wankte, aber im Fallen gelang es ihm noch, sich zu drehen und seinem Angreifer einen tödlichen Hieb in die Brust zu versetzen. Dann sackte er zusammen und rollte durch das abschüssige Gebüsch hinunter, bis er gegen einen großen Stein stieß. Der Aufprall ließ ihn laut aufschreien, und sein Mund füllte sich mit Blut.
Er fühlte, wie er ergriffen wurde, und obwohl er nichts sehen konnte, spürte er Tarxnes helfende Hand.
»Juno hat uns verraten!« flüsterte er und krallte sich an seinem Bruder fest. Dann schwanden ihm die Sinne. Tarxne hob ihn auf und brachte ihn, von seinen Männern gedeckt, in Sicherheit.
Er legte ihn quer über sein Pferd und stieg auf. Erst in diesem Moment wandte er sich zu den Stadtmauern und den Toren um, die von den wenigen übriggebliebenen Soldaten wieder geschlossen wurden.
Niemand der Männer hörte auch nur ein Wort aus seinem Mund.

Aranth öffnete die Augen. Der blasse Vollmond schien sich auf dem westlichen Rand des Waldes erschöpft auszuruhen. Der Geruch von feuchtem Gras stieg ihm in die Nase, und unter sich fühlte er das Moos, weich wie einen Teppich. Er empfand keine Schmerzen, nur ein leichtes Brennen. Dann sah er die Lichtung, auf der ein Teil von Tarxnes Männern lagerte. Die Luft war erfüllt vom süßen Duft reifer Früchte.
Ein großer, platter Stein, vor langer Zeit vom Blitz gespalten, befand sich mitten auf der Lichtung.
In seine dunkle Tebenna gekleidet und kaum von seinen Männern zu unterscheiden, stand Tarxne hoch aufgerichtet neben dem Stein. Aranth spürte, wie eine tiefe Trauer von ihm ausging ... Trauer und Schmerz über noch ungeschehene Ereignisse.
Er richtete sich auf, mit der festen Absicht, Tarxne abzulenken, was immer auch gerade in ihm vor sich ging.
»Dies ist ein angenehmer Ruheplatz«, sagte er.

Tarxne wandte sich langsam zu ihm um, und Aranth fühlte, daß er ausgesprochen hatte, was auch sein Bruder gerade gedacht oder gesehen hatte.

»Weißt du, dies ist der Wohnort des Gottes des Waldes und des Windes, und beide stehen mir nah«, fügte er noch hinzu.

Tarxne wandte sich von dem Stein ab und kam zu ihm herüber.

Aranth hatte nur selten auf Tarxnes Gesicht einen so ernsten und schwermütigen Ausdruck gesehen.

»Dieser Ort wurde schon vor langer Zeit von Menschen geehrt«, sagte er und kniete sich vor ihm nieder. »Wie fühlst du dich?«

»Wir können meinetwegen sofort weiterreiten«, antwortete Aranth. »Ich habe keine Schmerzen. Wie hast du das gemacht?«

»Manchmal erinnere ich mich eben daran, daß ich auch Heilkundiger und Magier bin und nicht nur ein König.«

Der Klang seiner Stimme war bitterer, als er beabsichtigt hatte, und Aranth legte ihm eine Hand auf den Arm.

»Es tut mir leid, Tarxne. Ich weiß nicht, warum Juno es getan hat. Vielleicht Tullia zuliebe, weil er denkt, du tust ihr unrecht.«

»Viele Männer sind heute nacht gestorben, und ihr Tod lastet auf mir. Ich werde den Göttern darüber Rechenschaft ablegen müssen.«

»Wir werden Ruma zurückerobern. Du wirst sehen, wir werden die Stadt im offenen Kampf zurückgewinnen.«

»Beruhige dich«, erwiderte Tarxne und drückte den Bruder wieder auf das Lager zurück. »Auch wenn du keine Schmerzen verspürst, wird es doch noch etwas dauern, bevor du wieder ein Pferd besteigen kannst.«

Aranth gehorchte und betrachtete den Himmel. Die Baumwipfel schienen nun in ein milchiges Licht getaucht, und der Mond war endgültig hinter dem westlichen Waldrand versunken.

»Wie viele Männer haben wir verloren?« fragte er.

»Mehr als die Hälfte. Das Zeichen ist nicht rechtzeitig gekommen, und so sind sie, als die Tore geöffnet wurden, in die Stadt eingedrungen«, antwortete Tarxne. »Aber wir haben keine Gefangenen gemacht. Ein Teil der verbliebenen Männer ist sofort nach Vei weitergeritten. Wir anderen haben hier haltgemacht, um dich und die anderen Schwerverletzten zu versorgen. Sie werden zurückkommen und uns abholen.«

»Du hättest nicht mit den Verletzten zurückbleiben dürfen!« wandte Aranth ein. »Seit wann setzt sich ein König solchen Gefahren aus?«
»Schweige, Aranth. Ich bin nicht der König dieser Männer aus Vei und Tarchna.«
Aranth drang nicht weiter in ihn Vielleicht war das der geheime Kummer, den er kurz zuvor in Tarxne gespürt hatte.
»Mach dir keine Sorgen«, murmelte er nur, »wir werden diese Stadt zurückerobern. Wir werden sie im Kampf erobern! Ich verspreche es dir, Tarxne. Auf diesem Altar des Wald- und des Windgottes gebe ich dir mein Wort.«
»Die Götter hören dich, Aranth«, erwiderte Tarxne.

Der Herbst neigte sich schon dem Winter zu, als Aranth wieder den Exerzierplatz betreten konnte, um sich im Bogenschießen zu üben.
Tarxne hatte sich in der Zwischenzeit mit Sextus, Mamilius und Vecelinus getroffen, die nur auf seinen Befehl warteten, und er hatte in Vei noch weitere Truppen gesammelt. Es waren Krieger aus Velx und Tarchna, aber auch aus Clevsi, von wo ihm Pursiena zweihundert seiner besten Bogenschützen geschickt hatte.
Alle warteten auf das Ende des Winters. Auch Ruma, das sich auf den Krieg vorbereitete.
Es war ein harter Winter mit starken Schneefällen. Trotzdem fürchtete die reiche Stadt keine Hungersnot, denn alle Vorratsspeicher waren gefüllt.
Arnths Gesundheitszustand und damit verbunden Urstes Gemütslage verschlechterten sich zunehmend
Tarxne verbrachte die Tage damit, seine Truppen vorzubereiten. Vulca Besuche abzustatten und sich in den Tempel der Göttin Uni zu Asnai zurückzuziehen. Aber er konnte einfach nicht vermeiden, daß sich die Boten, die von überallher in Vei eintrafen, an ihn wandten. Er hielt seine Empfänge im Thronsaal ab, in demselben Saal, in dem er sich als junger Mann, als seine Mutter Königin war, vor Arnth verneigt hatte. Ihm war bewußt, was der Adel, die Ratgeber und die Hauptleute des Königs von Vei darüber dachten: Der Thron war jetzt leer, und es würde nur noch eine Frage der Zeit sein, bis Arnths Abwesenheit endgültig war.

Aber vor allem wollte und konnte Tarxne nicht verhindern, daß sich Veliza Nacht für Nacht in sein Bett schlich. Wenn er sie in der angenehmen Wärme seines Gemaches im Dunkeln an sich drückte, während draußen der Schnee fiel oder der Regen prasselte, war er bereit, sich im Namen dieser Liebe selbst zu betrügen. Es gab sonst nichts auf der Welt. Selbst die Abfolge der Jahreszeiten würde angehalten werden. Die Zeit würde stehenbleiben, und sie würden glücklich in einer Zeit ohne Zeit leben.

»Für alle Zeit, die uns die Götter schenken«, hatte ihm Veliza einmal nachts zugeflüstert, und Tarxne hatte sie an sich gedrückt und seinen Geist vor allem verschlossen, was geschrieben stand.

Die Pfade der Götter sind erbarmungslos, und die Menschen versuchen, sich selbst zu täuschen.

Er, mehr als jeder andere, hätte das eigentlich wissen müssen.

Der Frühling fegte den Himmel wieder klar, und langsam trockneten die Sumpfgebiete, die sich überall gebildet hatten, wieder aus. Die Hauptleute erhöhten die Anzahl der Übungsstunden für ihre Krieger, und Boten machten sich auf den Weg nach Gabii und Tusculum.

Der Frühlingsmond sollte der Mond des Kampfes werden.

»Schon in diesem Mond? Bist du dir wirklich sicher, Urste?« flüsterte Arnth heiser und machte gar nicht erst den Versuch, sich aus den Kissen zu erheben.

»Ja, mein König. Die Männer sind bereit und ungeduldig. Sie sind gut ausgerüstet, und unser Tarxne hat sie gut im Griff.«

»Unser Tarxne?« Arnth versuchte zu lachen. »Das hört sich aus deinem Mund ziemlich komisch an, Haruspize.«

»Das Bett deiner Königin teilt er schon, und bald wird er auch deinen Thron einnehmen. Wie sollte ich ihn sonst nennen?«

Arnths Miene verdüsterte sich. »Mir scheint, diese Spielchen machen dir Spaß, Urste.«

»Dir weh zu tun macht mir schon lange keinen Spaß mehr, und dies hier ist kein Spiel«, rief Urste. Dann packte er ihn an den Schultern und zwang Arnth, ihm in die Augen zu schauen. »Dein Sohn Tulumne ist erwachsen genug. Ernenne ihn zu deinem Nachfolger, bevor es zu spät ist, Arnth! Und schicke vor allem dieses Mädchen fort!«

»Veliza weigert sich aber . . .«

»Kümmere dich nicht um sie. Dieses Kind ist nicht deine Tochter, Arnth. Sie besitzt magische Kräfte, und sie stellt eine Gefahr dar. Solange sie im Palast ist, wird dein Sohn den Thron nicht besteigen, verstehst du das nicht? Sie ist Tarxnes Tochter!«
Arnth sank schwer in die Kissen zurück. Urstes Hände waren kalt und lästig, so wie alles, was ihn umgab.
»Wenn die Prophezeiung nicht wäre, Urste . . . Dann hätte sich Vei nicht mit Tarxne verbündet.«
Wut stieg in ihm auf, als er von weitem das Gebrüll der Männer hörte, die auf dem Exerzierplatz den Kampf mit dem Schwert übten, und die Rufe der Bogenschützen. All das hatte er auch einmal gekonnt. Aber nun war ihm an die Person, die er einmal gewesen war, nur noch die Erinnerung geblieben.
»Nun gut«, sagte er mürrisch. »Gib Anordnung, daß sie schon morgen nach Fanu Veltune abreisen soll und unverzüglich der Göttin Turan geweiht wird. Sie darf den Tempel niemals mehr verlassen.«
Auf Urstes Gesicht erschien ein kleines, zufriedenes Lächeln. Er berührte die Stirn des Königs mit den Lippen. »Ruhe dich jetzt aus«, murmelte er.

Oalna war ein ruhiges und stilles Kind, aber auf ihre Art war sie auch fröhlich. Wenn sie aus irgendeinem Grund nicht bei ihrer Mutter sein konnte, entschlüpfte sie den Dienerinnen und versteckte sich in einer Ecke des Exerzierplatzes, um den Übungen der Krieger zuzuschauen. Oder sie lief durch die Höfe des Palastes, verfolgte den Lauf der Rinnsale und sprang von einer Pfütze zur nächsten. Jede Pfütze war eine Welt für sich, und wenn sie sich niederkniete, um hineinzuschauen, spiegelten sich darin Gesichter wider, der Himmel und alle möglichen Dinge. Auch wenn sie nicht immer verstand, was sie da sah, war sie doch dadurch in keiner Weise überrascht. Es waren ihre magischen Kräfte, die sie diese Dinge sehen ließen. Sie spielte gerade zwischen den Pfützen im Hof vor der Küche, als eine der Dienerinnen ihrer Mutter auf sie zukam, um ihr zu sagen, daß Urste sie unverzüglich in den Gemächern des Königs zu sehen wünsche.
Oalna versprach, sofort zu kommen, und da sie immer gehorsam war, kehrte die Dienerin zu ihrer Arbeit zurück, ohne auf das Mädchen zu warten.

Aber Oalna blieb unschlüssig stehen. Urste Afuna machte ihr angst, und ihr Vater rief sie immer nur zu sich, um sie zu bestrafen . . .
Von einer geheimnisvollen Kraft getrieben, kauerte sie sich auf den Boden und zeichnete spielerisch einen Kreis in die feuchte, dunkle Hoferde neben der Pfütze.
Dann schrieb sie noch ein wenig mühsam, denn erst seit kurzem hatte sie Schreiben gelernt, den Namen des Haruspizen in das Kreisinnere und wartete ab, bis sich langsam die Rillen, die entstanden waren, wieder mit Wasser auffüllten.
Im Gemach des Königs wartete Urste Afuna immer ungeduldiger auf das Erscheinen des Mädchens.
Arnth, der eingenickt war, wachte vom Röcheln des Haruspizen auf. Er sah mit Entsetzen, wie Urste sich die Hände an die Kehle hielt, nach Luft rang und dann zu Boden stürzte.
Der König rief nach seinen Dienern und erhob sich selbst mühsam aus dem Bett, um seinem Haruspizen zu Hilfe zu eilen. Aber Urste atmete bereits nicht mehr.

Das Mädchen blieb noch einen Augenblick auf dem Boden hocken, um sein Werk und das Wasser zu betrachten, das den Namen des Haruspizen im Kreisinnern inzwischen ausgelöscht hatte. Dann sprang Oalna auf und hüpfte über die Pfützen in Richtung des Palastes. Auf ihrem Weg ließ sie Myriaden von kleinen Welten zurück, die ihr flüchtiger Schatten verdunkelte, um sie gleich darauf wieder hell in der Sonne erstrahlen zu lassen.

19.

Der Morgentau lag über dem in Schlachtordnung aufgestellten Heer der Rasna, und über den Saum des Waldes entlang der weiten Lichtung hatte sich das erste Licht des Tages wie flüssiges Gold ergossen.
Im Gegenlicht zeichnete sich dunkel die geschlossene Linie der Hundertschaften Rumas ab.
»Die Göttin der Morgenröte überschüttet uns mit zu viel Glanz. Dieses volle Licht ist zu unserem Nachteil«, murmelte Aranth und zügelte sein Pferd.
Er konnte nicht einmal erkennen, wer das feindliche Heer anführte. War es Valerius, Juno oder Culcnies? Oder etwa alle drei Konsuln?
Tarxne an seiner Seite erhob das Schwert und ließ es in der Sonne aufblitzen. Trotz seiner äußerlichen Ruhe fühlte er sich von einer starken inneren Unruhe ergriffen. Vei trauerte noch um seinen Haruspizen, und Asnai, der Hohepriester, hatte während der letzten Versöhnungsriten nicht einmal mehr versucht, die Dinge zu beschönigen. Alles, was er sah, war Finsternis.
Eine Pforte, die sich zu einer endlosen Nacht öffnete.
»*Nimm dir die Stadt zurück*«, hatte ihm der alte Priester der Göttin Uni ins Ohr geflüstert. »*Oder zerstöre sie! Tilge sie vom Angesicht der Erde! Tue so, als ob es sie nie gegeben hätte. Deine Großmutter und deine Mutter haben vor dir gesehen, was diese Stadt in der Zukunft sein wird und welches Schicksal die Rasna durch sie erleiden müssen.*«
Das flüsterte ihm auch der Wind zu, das Rascheln der Blätter entlang dem Waldsaum. Daher rührte seine quälende Unruhe, seine Angst und vor allem das Wissen um die Dinge, die noch nicht geschehen waren.
Vor seinem geistigen Auge sah Tarxne Juno.
Juno war es, der das Heer Rumas anführte. Er trug eine helle Tebenna,

aber die Spange auf der Schulter war nicht die mit dem Zeichen Tarchnas, des Adlers mit den ausgebreiteten Schwingen. Es war eine Eisenspange ohne Geschichte, zum Ruhm einer Stadt, die dabei war, die Bande zu ihren Schöpfern zu zerreißen.
Juno war unruhig, verbissen und unglücklich.
Wir beide, du und ich, wir sollten nicht hier sein, dachte Tarxne. Ich bitte dich schon jetzt um Vergebung für das, was heute geschehen wird.
Dann senkte er das Schwert als Zeichen für den Angriff. Die Truppen der Rasna stürmten auf die feindlichen Reihen zu, die ebenfalls das Signal zur Attacke erhalten hatten. Kaum hatten die an den Flügeln aufgestellten Bogenschützen den ersten Pfeilregen abgeschossen, da prallten die beiden Heere auch schon aufeinander. Tarxne sah sich von Reitern umringt, die einst seine Hauptleute gewesen waren. Aber als die Männer ihn erkannten, fehlte ihnen der Mut oder die Kraft, ihm einen tödlichen Hieb zu versetzen. Tarxne wurde nur an der Seite verletzt, als sein Pferd, von einem Pfeil getroffen, unter ihm zusammensackte. Im Absprung riß er noch einen der Hauptleute mit sich und durchbohrte ihn mit seinem Schwert. Dann schwang er sein Schwert um sich und wandte sich gegen die anderen, während eine seiner karthagischen Wachen heransprengte und ihm sein Pferd überließ.
Tarxne wischte sich das Blut vom Gesicht und bemerkte dabei, daß er auch an der Stirn verletzt war. Doch er stürzte sich gleich wieder in die Schlacht.
Das von Kriegsgeschrei und Waffengeklirr widerhallende Tal war mittlerweile vom Tageslicht überflutet. Langsam, aber unaufhaltsam gewannen die Truppen der Rasna die Überhand.
»Valerius!« schrie Tarxne Aranth zu, als er ihn für einen Augenblick im Kampfgetümmel entdeckte. »Suche Valerius!«
Aranth führte das Schwert zur Stirn, zum Zeichen, daß er verstanden hatte. Dann, kurze Zeit später, glaubte er, den Sabiner entdeckt zu haben, wie er, Tod um sich verbreitend, sein Schwert schwang.
Aranth spornte sein Pferd an und sprengte in vollem Galopp auf den anderen los, der von der Wucht des Aufpralls vom Pferd gerissen wurde. Auch Aranth stürzte vom Pferd, ohne dabei aber seinen Gegner aus den Augen zu lassen.
Dieser drehte sich nun mit erhobenem Schwert zu ihm um. Aber es war

nicht Valerius, sondern Juno. Aranth richtete sich nun ebenfalls auf, und ihre Schwerter klirrten aneinander. So blieben sie stehen.
»Ich dachte, du seist der Sabiner« schrie Aranth. »Aber offensichtlich wollen die Götter, daß wir hier unsere Sache ausfechten, Juno ... Und dieses Mal brauchst du dafür keinen Verrat.«
»Ich habe dich nicht verraten!« rief Juno wütend.
»Ich glaube dir nicht!« entgegnete ihm Aranth. »Aber du hättest besser daran getan, mich festnehmen zu lassen, als ich im Palast war. Dann hättest du nur mich und nicht auch noch deinen König verraten!«
»Ich trage keine Schuld an dem, was vorgefallen ist!« schrie Juno.
»Aber du bist noch am Leben, bist immer noch einer der Konsuln Rumas und kämpfst hier gegen uns Wie willst du das sonst nennen, wenn nicht Verrat.«
Die beiden Männer umkreisten einander. Sie ließen sich nicht aus den Augen, und Juno fühlte, daß er gegen Aranths rasenden Zorn nichts ausrichten konnte.
Aranths Hieb traf ihn unversehens an der Seite und riß das schwere Lederwams über der kurzen Tunika auf.
Der Schmerz nahm Juno fast den Atem. Er glitt auf dem nassen Gras aus, und Aranth drang erneut auf ihn ein. Mit letzter Kraft hob Juno sein Schwert, und in dem Moment als Aranth ihn auf der Brust traf, versetzte auch er ihm einen tödlichen Hieb. Aranth taumelte zurück. Juno fiel nach hinten und sah noch aus den Augenwinkeln, wie Aranth nicht weit von ihm entfernt zu Boden sank. Er meinte einen lauten Schrei zu hören, aber es war nicht Aranths Stimme.
Der Wind, dachte er noch. Es war bestimmt nur der Wind. Dann schloß er die Augen, um die offenen, starren Augen Aranths nicht sehen zu müssen. Ein Blutrinnsal floß ihm aus dem Mundwinkel.
Um sie herum hatte sich das Kriegsgetümmel gelegt. Nur wenige Männer waren noch kampffähig. Beide Heere hatten Zeichen zum Rückzug gegeben und bargen nun ihre Verwundeten. Der Kampf war unentschieden ausgegangen, denn weder die einen noch die anderen Truppen hatten genug Kraft und Willen zum Sieg gehabt.
Einer der Karthager fand Aranth und Juno und lud sich den Leichnam des Fürsten von Vei auf die Schultern. Er brachte ihn zu dem von Tarxne für den Rückzug angegebenen Sammelplatz, einer kleinen Lichtung, wo das Wasser einer Quelle schon rot von Blut war.

Ohne ein Wort legte der Karthager dem König den Leichnam zu Füßen und trat dann einen Schritt zurück.

»Sein Gegner ist Fürst Juno gewesen. Auch er ist tot. Aranths Schwert steckt noch in seiner Brust«, sagte er knapp.

Schweigen legte sich über die kleine Schar der Verwundeten und der wenigen Unverletzten. Tarxne beugte sich über den Toten, zog Junos Waffe heraus und schloß Aranth die Augen.

Wegen meiner Schuld wird er sterben ...

Er sah Aranth als kleinen Jungen vor sich, mit zu hellen Haaren und verschlossener Miene, der auf dem Mäuerchen des Palastes von Vei kauerte und ihn genau beobachtete.

Wie viele noch?! schrie es in seinem Inneren. Wie viele müssen meinetwegen noch sterben?

»Und was ist mit Valerius?« fragte er mit eisiger Stimme.

»Niemand von uns hat ihn unter den Soldaten gesehen«, entgegnete der Karthager.

»So hat er also Juno vorgeschickt. Um ihn von uns töten zu lassen und sich damit seiner zu entledigen.«

Tarxne hob den Blick, aus dem eine bittere Entschlossenheit sprach und eine Qual, die unvergleichlich schmerzhafter war als seine Wunde.

»Die Männer kehren nach Vei zurück«, befahl er. »Nur meine Wachen bleiben bei mir. Hüllt Aranths Leichnam in meine Tebenna ein, legt ihn auf ein Pferd und folgt mir.«

»Kehrst du nicht nach Vei zurück, König Tarxne?« fragte einer von Pursienas Hauptleuten, der die restlichen Bogenschützen in Erwartung weiterer Befehle um sich gesammelt hatte.

»Ich werde meinen Bruder bestatten und dann nachkommen«, erwiderte Tarxne.

»Wir werden also in Vei auf dich warten.«

Tarxne nickte. Dann stellte er sich ein wenig abseits, während die Männer seinen Befehlen folgten. Von dort, wo er stand, konnte er den ganzen Hang übersehen, der in der prallen Sonne dalag. Wespen und andere Insekten kreisten, vom Geruch des Blutes angezogen, über dem Gras, während die Soldaten aus Ruma ihre Verletzten und Toten bargen. Unter ihnen war auch Juno, dessen Leichnam quer über ein Pferd gelegt und in einen zerrissenen Umhang gehüllt worden war.

Sohn von Mastarna ... mein Freund, dachte er und wandte sich ab, als

wollte er die Erinnerungen an gemeinsam verlebte Tage und Taten zugleich mit der Last dieses Abschiedsschmerzes in sich sammeln.
»Wohin willst du gehen, König Tarquinio?« fragte der karthagische Hauptmann der Wache, der ihm ein Pferd brachte.
»Zur Lichtung beim Steinaltar. Das ist der Ort, den er für sich ausgewählt hatte.«
»Aber er ist der Fürst von Vei! Sein Vater, der König, wird ihn sicher mit allen Ehren und Zeremonien ...«
»... und einem von Vulca gehauenen Sarkophag in einem reich ausgestatteten Grab beisetzen lassen. Ich weiß«, unterbrach ihn Tarxne. »Aber Aranth liebte die Paläste nicht. In seinem Blut waren der Wind des Nordens und die Sterne. Und das soll er auch im Tod haben.«
Der Mann neigte gehorsam den Kopf. Er verstand die Entscheidung nicht. Er wußte auch nicht, wie der König von Vei und die Bevölkerung sie aufnehmen würden, aber es war die Entscheidung seines Königs, und das genügte ihm.
Tarxne bestieg sein Pferd und nahm das andere, das Aranths Leichnam trug, am Zügel. Schweigend folgten ihm seine Männer.

Eine große Stille herrschte auf der Lichtung. Das Licht der untergehenden Sonne lag glutrot über den Wipfeln der Bäume und auf dem großen Stein in der Mitte der Lichtung.
Tarxne, in den Umhang einer seiner Wachen gehüllt, befand sich als einziger in der Nähe des Steins. Morgen würde er noch genügend Zeit haben, diesen Stein in ein Grabmal zu verwandeln. Aber jetzt brauchte er Ruhe.
Er hatte viel Blut verloren und fühlte sich innerlich leer. Wenn er die Augen schloß, sah er sich selbst gnadenlos vor sich: ein einsamer Mann, auf der Höhe seiner Jahre, der einmal König einer mächtigen Stadt gewesen war. Aber er war auch das letzte Glied in einer Kette, die schon vor langer Zeit, in einer anderen Nacht, einem anderen Wald und an einem anderen Feuer geschmiedet worden war.
Er seufzte tief auf und versuchte sich von diesen Bildern zu befreien.
Der Tag wandelte sich langsam zur Nacht, und die ersten Sterne blinkten auf. Eine leichte, frische Brise wehte von Norden und brachte neue, frische Düfte mit sich.

In diesem Augenblick entdeckte er die weiße Eule, die sich auf dem Stein niedergelassen hatte. Ihre Augen leuchteten wie Sterne in der Dunkelheit, der Kopf bewegte sich neugierig hin und her, und das dichte, vom Wind leicht zerzauste Gefieder glänzte wie ein Diadem.

Mutter, dachte er, ich habe Aranth nicht so beschützt, wie du es gewollt hast. Ich wußte, daß er meinetwegen sterben würde. *Ich habe es gewußt.*

Er hat an jenem Tag in Pyrgi sein Leben in die Hände der Schicksalsgöttin gelegt. Auch er wußte es.

Tarxne versuchte, den Lauf seiner Gedanken anzuhalten, aber nicht einmal die Übungen der Trutnot halfen ihm, zur Ruhe zu kommen.

Die weiße Eule blieb die ganze Nacht über bei ihm und hielt mit ihm Wache.

Um das Grabmal für den Fürsten von Vei zu errichten, arbeiteten die Männer acht Tage lang. Sie hoben den schweren Felsen an und stützten ihn an vier Seiten auf große, wie Baumstämme gehauene Steine. Dann legte Tarxne Aranths Leichnam hinein. Von außen wurden alle Ritzen mit Erde und Moos abgedeckt, und niemand, der das Grabmal sah, würde Zweifel an der Heiligkeit des Ortes haben.

Es war der zehnte Tag nach der Schlacht, als Tarxne in Vei eintraf. Die Stadt war in Trauer, aber auch in Aufregung, denn man befürchtete einen Angriff Rumas. Tarxne hatte sich nur Zeit für ein Bad genommen und ließ gerade die Wunde behandeln, als Asnai, der Hohepriester, sein Gemach betrat. Der Alte beugte sich über ihn, um die Verletzung zu begutachten.

Tarxne lag auf dem Bett. Trotz der Kälte hatte er nur das Badetuch um die Hüften geschlungen. Der Tag war grau und regnerisch. Wasserbäche stürzten von den Dächern in die Auffangbecken in den Höfen.

»Warum benutzt du keine Salben, um den Schmerz zu lindern?« fragte Asnai mißbilligend.

»Der Schmerz ist das einzige, an dem ich mich noch festhalten kann. Ich brauche ihn.«

Asnai nickte.

»Der König wird seinen Haruspizen nicht lange überleben«, teilte er Tarxne dann mit. »Urstes Tod bedeutete keinen sehr großen Verlust für die Stadt, aber der des Königs wird sie sehr schwächen. Er hat Tulumne zu seinem Nachfolger bestimmt.«

»Wann?«

»Vor vier Tagen. Aber Tulumne ist zu jung, um mit dieser schwierigen Situation fertig zu werden. Aranth hätte zum König bestimmt werden sollen.«

»Aranth ist tot«, sagte Tarxne leise. »Bist du gekommen, um mich deswegen zu tadeln?«

Der Alte schüttelte den Kopf. Dann setzte er sich, müde wegen der vielen Zeremonien, die er in der letzten Zeit hatte abhalten müssen, auf einen Schemel neben dem Bett. »Ich war es, der damals Aranth der Göttin geweiht hat, als er geborgen wurde. Die Erde bebte, und alle, bis auf eure Mutter, waren voller Angst ... Obwohl sie selbst eine Trutnot war, wollte sich die Königin den Göttern der Rasna nicht fügen. Sie besaß einen offenen Geist wie niemand sonst, den ich kenne. Aranth war ihr ähnlich, aber er war in seiner Art zugänglicher als sie. Ich hatte ihn wie einen Sohn in mein Herz geschlossen, aber ich wußte wie du, was er getan hatte, als er dir Königin Veliza zuführte. Auch er selbst war sich dessen bewußt. Es war eine Herausforderung, die seiner Mutter würdig gewesen wäre. In seinem Innersten war auch er ein Fremder, und er glaubte, daß man für sein Glück kämpfen muß, selbst gegen das, was geschrieben steht. Aber ich bin nicht hier, um mit dir über Aranth zu sprechen«, fuhr er dann fort. »Ich brauche keine Worte, um deinen Schmerz zu erkennen, noch du, um den meinen zu spüren. Ich möchte mit dir über Urstes Tod reden ... Ein plötzlicher Tod, der dem von Flasi Aivas sehr ähnlich war. Erinnerst du dich noch? Nur die Götter können einen solchen Tod schicken ... oder aber ein sehr mächtiger Trutnot mit der *Magie des Namens*. Das ist es, was gemunkelt wird.«

»Kein Trutnot darf die Macht auf diese Weise benutzen«, erwiderte Tarxne knapp. »Dies ist das uns Sterblichen auferlegte Maß und die Grenze zu den Göttern. Du weißt das genausogut wie ich.«

Der Alte lächelte kaum merklich. »Das ist wahr, keiner würde es wagen ... Trotzdem ist der König davon überzeugt, daß es eine solche Macht war, die ihm Urste entrissen hat.«

Asnai goß heißen, mit Honig gesüßten Wein in einen Kelch und reichte ihn Tarxne.

»Der Tod seines Sohnes hat Arnth nur wenig getroffen«, sagte er dann.

»Aber du hast Aranth bestattet und damit den König seiner Rechte beraubt. Das ist eine weitere Sache, die er dir nicht verzeihen wird. Du mußt Vei verlassen, Tarxne.«

»Aber Veliza ist hier in Vei.«

»Nicht mehr. Es fällt mir sehr schwer, es dir zu sagen, aber ich mußte ihr schwören, daß ich es dir erzählen würde, bevor du es von jemand anderem erfährst.«

»Was ist mit Veliza?« bedrängte ihn Tarxne.

»Ich sehe, daß die Flamme des Lebens sich in deinen Augen wieder entfacht hat, Sohn von Larth! Die Götter waren euch nicht gnädig, obwohl sie euch viel gegeben haben, denn eine so große und vollkommene Liebe gibt es nur selten. Vor sechs Tagen sind Veliza und ihre Tochter nach Fanu Veltune abgereist, nachdem der König Veliza gezwungen hatte, sich selbst und Oalna der Göttin Turan zu weihen.«

»Was heißt gezwungen?«

»Er hat sie beschuldigt, den Tod Urstes verursacht zu haben.«

»Veliza ist keine Trutnot! Sie besitzt keine magischen Kräfte!« erregte sich Tarxne.

»Aber du besitzt sie, und der König weiß, wie mächtig du bist. Die Anschuldigung richtete sich also gegen dich. Veliza hat die Bedingung akzeptiert, um sich selbst und ihre Tochter, aber auch dich von dieser Anklage zu befreien.«

»Ich kann ihr folgen! Ich kann sie noch vor Fanu Veltune retten!«

»Nein, das kannst du nicht. Veliza hat vor der Göttin Athrpa geschworen, und jeder weiß, daß Athrpa die Göttin des Geschlechts derer von Tarchna ist. Veliza hat auf diese Weise ihre Unschuld beteuert, aber vor allem auch deine. Außerdem haben die Männer in ihrem Geleit den Befehl, sie und das Mädchen sofort zu töten, wenn sie versuchen sollte, ihren Schwur zu brechen. Darüber hinaus würdest du dir, wenn du Veliza folgtest, alle Städte der Rasna zu Feinden machen, und das in einem Moment, in dem du ihre volle Unterstützung brauchst ...« Der Alte hielt zögernd inne, während er Tarxne aufmerksam ansah. »Du mußt sie vergessen, Tarxne. Sie hat mich gebeten, dir das zu sagen. Im Heiligtum am See wird sie ein sicheres und unbeschwertes Leben führen. Deine Tochter wird beschützt aufwachsen und dank ihrer magischen Kräfte die Herrin von Turan werden, sofern dies das Schicksal ist, das die Götter für sie bestimmt haben.«

Er beugte sich zu Tarxne hinüber und legte ihm seine Hand auf den Arm. »Veliza möchte, daß du eines weißt: Es wird in ihrem Leben keinen anderen Mann mehr geben. Sie wird sich ihrer Tochter widmen. Aber sie wollte auch sicher sein, daß du dich zu euer beider Wohl dem Willen der Schicksalsgöttin beugst.«
Tarxne antwortete nicht. Nur das Rauschen des Regens drang von draußen herein. Sie hatten den Lauf der Jahreszeiten nicht aufhalten können noch den der Sonne und des Mondes.
Tarxne erhob sich.
»Der König erwartet mich«, sagte er. »Ich werde mich von ihm verabschieden und mit meinen Männern und den Bogenschützen aus Clevsi so schnell wie möglich weiterreiten.«
Asnai nickte, aber im geheimen fragte er sich, ob Tarxne wirklich zum Verzicht bereit war.
Nachdem er sich die purpurfarbene, goldgesäumte Tebenna übergezogen hatte, begab Tarxne sich zu den Gemächern des Königs.
Der Palast von Vei war nun wieder das für ihn geworden, was er vor langer Zeit schon einmal für ihn gewesen war, an dem Tag, an dem er ihn zum erstenmal betreten hatte: ein unheimlicher, dunkler Ort, voller Vergangenheit und Schatten, die ihm nicht wohlgesonnen waren. Sie fühlten, damals wie jetzt, daß er *der Feind* war.
Die Diener ließen ihn in das Gemach des Königs eintreten, der in einen warmen Pelz gehüllt auf dem Bett lag. Die Leinwände vor den Öffnungen, die auf den weiträumigen Haupthof gingen und von denen aus man die Stadt und die umliegenden Wälder überblicken konnte, waren hochgezogen und ließen den Wind herein. Der wolkenverhangene graue Himmel schien die Stadt fast unter sich zu erdrücken, die still auf die Ereignisse wartete, die da kommen würden.
Arnth lag mit offenen Augen da und schien wie gebannt auf den Regen vor den Fensteröffnungen zu starren. Hinter ihm standen zwei Haruspizen, die ihn betreuten, und der junge Fürst Tulumne stand ein wenig steif und unfähig, seine Verlegenheit zu verbergen, neben ihm. Er hatte dieselbe dunkle Schönheit wie seine Mutter.
Tarxne blieb vor dem Bett des Königs stehen, und Arnth war es unmöglich, sich dem Blick seines Gegenübers zu entziehen.
»Dich wiederzusehen ist mir kein Trost, König von Ruma. Du lebst, aber mein Sohn ist tot«, begann Arnth.

»Der Tod meines Bruders verpflichtet dich nicht, einen Schmerz zu heucheln, den du nicht empfindest«, erwiderte Tarxne.
»Wie kannst du es wagen, die Größe meiner Trauer zu ermessen?«
»Aranth hat schon vor langer Zeit auf den Thron verzichtet, und Vei hat einen anderen König. Es gibt hier keine Zeugen, und vor mir kannst du nicht heucheln. Sein Tod schmerzt dich nicht. Nichts schmerzt dich mehr, denn Urste hat alles in dir und um dich herum versengt. Erinnerst du dich noch an die Worte meiner Mutter? Urste wird deinen Tod verursachen.«
»Das ist nicht der König von Ruma, der da spricht«, entgegnete Arnth mit bitterem Lächeln. »Das ist ein Mann, der von den Göttern magische Kräfte erhalten hat, die er aber mißbrauchte, um König zu werden, und mich jetzt glauben machen will, aus ihm spreche noch immer die Stimme der Weisheit. Viele Männer sind in einer Schlacht, die weder gewonnen noch verloren wurde, gefallen. Die Stadt Vei wird jetzt darüber nachdenken müssen, was ihr zum Guten und was zum Schlechten gereicht.«
»Vei kann es sich nicht erlauben, lange nachzudenken, Arnth.«
Der König lehnte sich in die Kissen zurück. Was immer auch Tarxne sagte, in Wirklichkeit berührte es ihn kaum, oder zumindest nicht mehr als das bißchen Luft, das er noch zum Atmen brauchte.
»Wir haben die Prophezeiung der edlen Caitli von Tarchna weder ändern noch aufhalten können, nicht wahr, Tarxne?« sagte er, nach Luft ringend. »Wir haben es versucht ... Aber die Götter machen sich manchmal ein Vergnügen daraus, den Menschen zuzusehen, wie sie versuchen, Berge zu versetzen. Wer weiß, ob wir sie mit unseren vergeblichen Bemühungen zum Lachen gebracht haben ...«
»Du stehst kurz vor dem Tod, König von Vei«, unterbrach ihn Tarxne.
»Ich weiß.«
»Es war ein Fehler, die Königin fortzuschicken. Dein Sohn ist noch zu jung.«
»Mein Sohn ist erwachsen genug, und Urste hat ihm alles, was er wissen muß, beigebracht. Was die Königin angeht, so wirst du nie wieder das Bett mit ihr teilen und sie nie wiedersehen ... Diese Rache macht mir das Sterben leichter und ist mir ein Trost!«
»Ein geringer Trost.«

Arnth sah ihn durchdringend an. »Lüge nicht, König von Ruma. Es wird dir eine ewige Wunde sein.«

»Die Liebe selbst ist es, Arnth. Wird dein Sohn mein Verbündeter bleiben, um Ruma zurückzuerobern?«

»Frag ihn selbst. Er ist jetzt der König.«

Tarxne lächelte, und der Junge senkte den Blick. Tarxne dachte bei sich, daß der Sohn Velizas doch zumindest einige ihrer Tugenden haben würde, auch wenn er bereits im Alter von drei Jahren Urste anvertraut und somit von den Lehren des Haruspizen geprägt worden war.

Dann wandte er sich von neuem an Arnth. »Dein Sohn muß noch vieles lernen«, bemerkte er. »Wenn er sich vom erstbesten, der ihm in die Augen blickt, einschüchtern läßt, wird er niemals ein wahrer König werden.«

»Du bist der Liebhaber seiner Mutter, und der Vater seiner Stiefschwester. Das ist es, was er denkt«, erwiderte Arnth. »Außerdem ist er wegen seiner Wut nicht fähig, dich als verbündeten König zu sehen. *Dein* Krieg lastet schwer auf unserer Stadt. Es wird einige Zeit dauern, bevor wir wissen, ob und wieviel wir bereit sind, dir zu geben.«

»Wenn der König seine Entscheidung getroffen hat, wird er mich in Xaire oder in Clevsi antreffen«, sagte Tarxne.

Arnth schloß sichtbar erschöpft die Augen. Ohne ein weiteres Wort drehte sich Tarxne um und verließ den Raum. Er verließ Vei mit seiner karthagischen Wache und den Bogenschützen aus Clevsi kurz nach Sonnenuntergang, nachdem er sich von Asnai im Tempel der Göttin Uni verabschiedet hatte. Der Regen strömte ununterbrochen, es hatten keine Regenbögen über den Wasserbecken gefunkelt, und der wunderbare Wald der zweitausend goldbedeckten Statuen hatte nur matt im Schein eines einzigen Teerfeuers geglänzt, das vor dem Altar brannte.

Tarxne wußte, er würde diese Stadt niemals mehr wiedersehen.

20.

»Dein Bruder und meiner, Tarxne. Warum? Warum der eine gegen den anderen? Ich liebte Juno, wie du Aranth geliebt hast, und Aranth war mir so lieb wie dir Juno. Was ist passiert? *Was ist es, das sich auf einmal zwischen uns gedrängt hat?*«
Tullia hatte sich von ihm abgewandt, während sie sprach. Sie stand reglos vor der Fensteröffnung, von der aus man das Meer sehen konnte, das sich an diesem warmen Tag ruhig unter dem von einem leichten Dunstschleier überzogenen Himmel erstreckte. Er hatte den Palast des Königs von Xaire in Pyrgi immer geliebt, aber nun war es ein Ort der Verbannung und des Exils für ihn geworden.
»Was trennt uns, Tarxne?« wiederholte Tullia. »Was hat sich zwischen uns gestellt?«
»Schatten, Tullia.«
Tarxnes Stimme war ruhig, sein Ton kalt, kälter als in ihrer Erinnerung und kälter, als sie es sich je hätte vorstellen können. Sie wandte sich um und sah diesen Mann an, der nichts mehr mit dem herrlichen Bild ihrer Erinnerung gemein hatte.
Nun sah sie ihn so, wie er war: ein Mann von knapp vierzig Jahren, dessen schöne Züge hart geworden waren, obwohl noch immer dieses geheime Feuer in ihm zu brennen schien. Aber es war eine erloschene Glut. Und nirgendwo gab es noch einen Platz für sie an der Seite dieses Mannes, der sie nur aus Pflichtgefühl aufgesucht hatte, und dessen Herz und Geist fern von ihr waren.
»Schatten«, wiederholte Tullia. »So nennst du das also? Dein Sohn wird in diesen Tagen ein Jahr alt werden, und du hast ihn noch nie gesehen, niemals nach ihm gefragt.«
Tarxne ging wortlos und ohne sie zu berühren an ihr vorbei zum Fenster.

»Du hast eine andere Königin gewählt«, fuhr Tullia bitter lächelnd fort. »Das ist es.«
»Hört Mastarnas Tochter auf den Klatsch ihrer Mägde«, murmelte Tarxne.
»Hast du etwa die Stirn, es zu leugnen?«
»Es gibt keine andere Königin mehr in meinem Leben, Tullia.«
»Wie immer hat die Wahrheit aus deinem Mund einen seltsamen Klang.«
»Trotzdem ist es die Wahrheit.«
»Man sagt, die Königin von Vei habe sich in den Tempel der Göttin Turan zurückgezogen und sich selbst und ihre Tochter der Göttin geweiht. Was hat sie getan, um eine solche Verbannung auf sich zu nehmen?«
»Arnth von Vei liegt im Sterben«, erklärte Tarxne. »Er wollte nicht, daß die Königin ihren Schatten auf seinen Sohn wirft, den er zum Nachfolger bestimmt hat.«
Tullia antwortete nicht. Tarxne schien ihr immer ferner zu sein, verloren in Gedanken, in denen es keinen Platz mehr für sie gab.
»Warum bist du gekommen?« fragte sie schroff.
»Du bist meine Königin, und meine Kinder sind hier. Ich werde nach Clevsi aufbrechen. Du kannst mir folgen. Laris Pusiena wird uns mit Freuden beherbergen.«
»Das bezweifle ich nicht. Er wird dir helfen, Ruma zurückzuerobern, nicht wahr?«
»Willst du mich mit deinem Sarkasmus verletzen, Tullia?«
»Nein, Tarxne«, antwortete sie und unterdrückte den Impuls, ihm über die Schulter zu streichen. »Ich hasse meine Geburtsstadt. Ich hasse sie, weil sie mir Juno und Aranth genommen hat. Sie ist jetzt zwar schön, reich und mächtig, aber sie ist nicht mehr so wie früher. Ich habe sie mit Herz und Geist verlassen. Laß auch du sie hinter dir, vergiß sie. Bleibe hier bei mir.«
»Im Dienst des Königs von Xaire?«
»Warum nicht?«
Tarxne schwieg gedankenverloren, und Tullia schmerzte seine Verschlossenheit mehr als seine Härte. *Schatten*, hatte er gesagt. Schatten hatten sich zwischen sie gestellt und ihr das Leben entrissen.
»Ich habe dich mehr als mein eigenes Leben geliebt, und jetzt scheinst du mir fremd, als ob du ein anderer Mann wärst«, sagte sie leise.

»Die Zeit der Liebe ist zu Ende. Für alle von uns. Die Zeit, die uns nun noch verbleibt, wird eine Zeit des Kampfes sein.«
Tullia schüttelte den Kopf. »Was ist nur aus dem herrlichen König geworden, dessen Königin ich war. Der Mann, den ich nun vor mir sehe, leidet. Er sieht kein Licht mehr, er ist ein Mann, den ich nicht kenne. Ich habe gesagt, daß ich dir überallhin folgen würde, aber ich habe mich geirrt. Ich kann dir weder Junos Tod verzeihen noch den Tod Aranths. Und ich kann mir selbst nicht verzeihen, daß ich dir nachgegeben habe, indem ich dir den Thron überließ, obwohl der Tod meines Vaters auf mir lastete.« Sie sah ihn an und fuhr dann entschieden fort: »Ich werde nicht mit dir nach Clevsi kommen, nicht jetzt und auch nicht später. Ich werde nicht den Rest meines Lebens mit dir von Palast zu Palast ziehen und darauf warten, daß du aus dem Kampf zurückkehrst oder daß mir jemand mitteilt, du seist von der Hand eines Freundes gefallen, wie es mit Aranth und Juno passiert ist.«
»Das ist dein gutes Recht«, war alles, was Tarxne ihr darauf antwortete.
Tullia drehte sich um und verließ eilig den Raum, bevor die Mauer ihrer selbstauferlegten Gleichmut zerbröckelte und ihre hoffnungslose Verzweiflung preisgab.

Später am Tag ritt Tarxne auf der Straße, die die reiche Stadt Xaire mit ihrem Hafen Pyrgi verband, um den Sohn von Laris Pursiena, Arunth von Clevsi, zu begrüßen, der gekommen war, um den König von Ruma nach Clevsi zu begleiten. Er ritt mit ungefähr zwanzig Mann im Gefolge und hatte bereits die Bogenschützen aus Clevsi um sich gesammelt, die nach der Schlacht beim König von Ruma geblieben waren.
Der junge Fürst ritt allen voran. Er trug eine blaue Tebenna über der kurzen, dunklen Tunika und einen Brustschutz aus mit Leinen durchflochtenem Leder. Er hatte blaue Augen und war Tarxne so ähnlich, daß diesem für einen Moment der Atem stockte, als der junge Mann vom Pferd stieg und sich vor ihm verbeugte.
»Mein Vater hat mich zu deiner Begleitung hergeschickt«, begrüßte ihn Arunth. »Er liebt dich wie einen Bruder, Tarxne. Außerdem hast du meine Geburt begleitet, und deshalb ist es angemessen, daß ich dich wie einen zweiten Vater ehre.«
Kein Vater könnte einen Sohn haben, der ihm ähnlicher ist, als dieser

hier mir ähnelt, dachte Tarxne. Die Schicksalsgöttin ist wahrhaftig erbarmungslos gewesen. Aber ein Vater kann auf einen solchen Sohn nur stolz sein. Er umarmte den jungen Mann. »Dein Vater ist mir so lieb wie der Bruder, den ich vor kurzem verloren habe«, erwiderte er lächelnd. »Ich bin bereit, dir zu folgen.«

»Werden deine Königin und deine Kinder dich nicht begleiten?« fragte Arunth erstaunt.

Tarxne schüttelte den Kopf. »Nein«, sagte er ohne weitere Erklärung.

Die Sonne stand noch hoch am Himmel, als sie Pyrgi verließen. Zuerst ritten sie ein Stück die Küste entlang, um sich dann ins Landesinnere zu wenden. Der Weg entlang dem Gebirgskamm würde sie erst nach Tarchna, dann weiter zum Großen See von Velzna und von dort nach Clevsi führen. Es war ein langer Weg, aber ohne die Königin im Gefolge brauchten sie keine Karren und Diener, die die Reise erheblich verlangsamt hätten. Aber Arunth ließ kein Wort darüber fallen und respektierte Tarxnes Schweigen.

Vor Einbruch der Dunkelheit schlugen sie ihr Lager in einer schmalen, bewaldeten Talebene auf, durch die ein Wildbach floß. Tarxne befahl, kein Zelt aufzuschlagen und die Decken unter einem Felsvorsprung auszubreiten, wo die Haselnußsträucher weniger dicht und das Gras niedrig war. Am Flußufer wurden zwei Lagerfeuer angezündet. Dann brachte ihm Arunth das Abendessen: geröstetes Fleisch und trockenes Fladenbrot, das mit Wasser besprengt und so wieder weich gemacht worden war.

»Es ist kein üppiges Mal, aber mein Vater hat mir gesagt, du legst keinen besonderen Wert auf Speisen. Trifft das immer noch zu?«

»Ja«, sagte Tarxne und lud den jungen Mann mit einer Geste ein, sich zu setzen und mit ihm zu essen. »Hat dir dein Vater oft von mir erzählt?«

»So oft, daß es mir fast vorkommt, als würde ich dich genauso gut kennen wie ihn. Aber vielleicht tue ich dir unrecht ... Sicher steht mir eine solche Vertrautheit gar nicht zu.«

»Warum sagst du das?«

»Weil ich in dir etwas Zurückweisendes verspüre«, erwiderte der junge Mann und blickte Tarxne fest in die Augen.

Laris Pursiena hat dich gut unterwiesen, und du hast seine Lehren angenommen. Du weißt, wie man den Kopf hochhält, und du sagst genau wie er immer die Wahrheit ... Vielleicht hast du sogar seine Kampfgewohnheiten angenommen und wirfst dich wie er ins Getümmel. Trotzdem ist es in diesem Augenblick nicht das Blut Laris Pursienas, das aus dir spricht und dich die Dinge fühlen läßt ...

Arunth schaute ihn noch immer aufmerksam an, und Tarxne bemerkte, daß er sich von seinen Empfindungen hatte mitreißen lassen. »Wenn ich dir den Eindruck vermittle, dich zurückzuweisen, dann bitte ich dafür um Vergebung«, sagte er leise. »Du solltest wissen, daß dies in gewisser Weise nur zu deinem Schutz geschieht.«

»Ist es denn so gefährlich, an deiner Seite zu sein?« fragte der junge Mann.

»Gefährlicher, als du glaubst«, antwortete Tarxne. Dann wandte er sich um, abgelenkt von den Geräuschen, die aus dem dunklen Tal aufstiegen.

Auch Arunth drehte sich besorgt um, bemüht, die Quelle für Tarxnes Beunruhigung zu entdecken, aber er suchte eine reale Ursache und nichts, was er nur mit den Kräften einer anderen Macht, die auch ihm gegeben war, hätte erkennen können. »Was ist los?« fragte er schließlich, ohne sich zu bemühen, die Veränderung mit seinem geistigen Auge zu erfassen.

»Vielleicht gar nichts. Aber gib Befehl, die Wachposten zu verdoppeln.«

Arunth gehorchte, ohne zu zögern. Tarxne schob, sobald er alleine war, das Essen beiseite und schloß die Augen.

Da war jemand. Aber er war so sehr von seinen menschlichen Gefühlen überwältigt, daß sie ihn fast blind machten. Er war allein auf sein *Fühlen* angewiesen.

Eine Hand berührte seine Schulter. Es war eine respektvolle Geste, aber sie erfüllte ihn mit einer Wärme, die es ihm leichtmachte, ihren Ursprung zu erkennen. Er öffnete die Augen.

»Entschuldige«, sagte Arunth, der zurückgekommen war. »Ich dachte, du würdest dich nicht gut fühlen. Die Männer deiner Wache haben mir gerade gesagt, daß du in der Schlacht in der Selva Arsia nicht nur verwundet wurdest und sehr viel Blut verloren hast, sondern daß du deine Verletzung auch nicht genügend auskuriert hast. Sie ist bestimmt noch nicht ganz verheilt.«

»Meine Verwundung ist das geringste Übel«, entgegnete Tarxne. »Aber wir könnten jederzeit angegriffen werden.«

Arunth wandte den Kopf und betrachtete einen Punkt jenseits des Tals, der auch Tarxnes Aufmerksamkeit erregt hatte. »Ich werde morgen, wenn wir aufbrechen, eine Vorhut auf den Weg schicken.«
Auch er fühlt es, dachte Tarxne. Aber er ist klug und verbirgt seine besonderen Fähigkeiten, denn im Geschlecht derer von Clevsi werden sie nicht vererbt. Vielleicht hat ihn seine Mutter gewarnt . . .
»Gut«, antwortete er, und Arunth entfernte sich.
Im ersten Morgengrauen hatte sich dichter Nebel über den Wald gelegt: Es war kaum etwas zu sehen, und nur der Wildbach rauschte im Tal. Die Männer lösten das Lager auf und führten die Pferde auf den Weg zurück. Morsche Äste krachten unter ihren Hufen, und in der Stille hörte man hier und da die unterdrückten Flüche der Soldaten. Den Nebel mochte niemand, nicht einmal die sonst so gleichgültigen und unerschrockenen Karthager. Arunth stieß zu ihm vor, nachdem Tarxne bereits losgeritten war. »Ich habe vier Männer mit Fackeln vorausgeschickt«, teilte er ihm mit. »Darf ich dich bitten, lieber in der Mitte des Trupps zu reiten?«
»Nein«, antwortete Tarxne. »Aber du darfst mich bitten, hier an meiner Seite an der Spitze reiten zu dürfen.«
Arunth lächelte, aber seine Besorgnis hielt an.
Tarxne war fast versucht, ihn zu fragen, wieviel er vorherzusagen in der Lage sei, aber er hielt sich zurück und trieb sein Pferd an. Arunth tat es ihm nach und blieb an seiner Seite.
Sie erreichten den Weg, wo zwei Männer der Vorhut auf sie warteten, um sie von dort an zu führen. Der Rest der Männer folgte ihnen weniger geräuschlos, als Tarxne es für ratsam hielt. Sollte ihnen jemand auflauern, dann würde er sie mit Sicherheit hören.
Für einen kurzen Augenblick lichtete sich der Nebel, aber gleich darauf verdichtete er sich wieder. Die Sonne schaffte es nicht, ihn zu durchbrechen. Wasser tropfte von den Ästen, die über den Weg hingen.
»Achtung!« schrie Arunth plötzlich und warf jäh sein Pferd herum. Im selben Moment beugte sich Tarxne blitzschnell nach vorn, packte ihn und warf ihn unter sich zu Boden, gerade noch rechtzeitig, um ihn vor der Lanze zu retten. Aber die Waffe war mit solcher Wucht aus geringer Entfernung geschleudert worden, daß Tarxne selbst von ihr getroffen wurde.
Ein rasender Schmerz durchfuhr ihn und warf ihn zu Boden, zwischen

die Pferde, die ängstlich mit den Hufen scharrten. Der Nebel war vom Kriegsgeschrei der Angreifer erfüllt.

»Latiner!« schrie jemand.

Tarxne kroch zwischen den Pferdehufen hervor und suchte Deckung unter den Bäumen, bis er Arunths blaue Tebenna entdeckte. Der junge Mann eilte auf ihn zu, um ihn zu verteidigen.

»Bist du verletzt?« fragte er besorgt, sobald er ihn erreicht hatte.

»Nein«, log Tarxne.

Arunth mußte mehr als einen Angreifer abwehren, während sich inzwischen auch die karthagischen Wachen schützend um ihren König gesammelt hatten. Sobald der letzte Angreifer, durch einen Hieb eines Karthagers tödlich getroffen, zu Boden sank, beugte sich Arunth schon über Tarxne. Tarxnes Gesicht und Hals waren blutverschmiert, aber es waren nur Kratzer. Seine Wunde an der Seite hingegen war durch den Fall wieder aufgeplatzt und blutete stark.

Arunth streckte eine Hand aus, um herauszufinden, aus welcher Stelle das Blut quoll, das Tarxnes Umhang rot färbte, aber scheu zog er sie sofort wieder zurück. »Du hast mir das Leben gerettet«, sagte er leise. »Diese Lanze war für mich bestimmt.«

Tarxne schüttelte abwehrend den Kopf und dachte: *Nicht dieses Schicksal habe ich für dich vorausgesehen, als du geboren wurdest. Nicht dieses ...* Dann wandte er den Blick ab, um zu vermeiden, daß der junge Mann etwas von seinen Gedanken erriet.

»Du kannst nicht weiterreiten«, sagte Arunth. »Wir werden einige Tage hier Rast machen. Ich werde einen Mann nach Clevsi schicken, um meinen Vater von dem heutigen Angriff in Kenntnis zu setzen.«

»Waren es Latiner?« fragte Tarxne.

»Ja, mein König«, antwortete der karthagische Hauptmann der Wache. »Es waren Valerius' Männer. Ich habe sie erkannt.«

»Jetzt, da Juno tot ist und Valerius niemandem mehr Rechenschaft ablegen muß, wird er unbesonnen«, murmelte Tarxne.

»Er hat Angst«, bemerkte Arunth, »denn er ist überzeugt, daß ein verbannter König erst dann keine Gefahr mehr darstellt, wenn er tot ist ...« Er unterbrach sich lächelnd, als er merkte, daß er seinem Gefühl Ausdruck gegeben hatte.

»Ja«, pflichtete Tarxne ihm bei. »Genau das ist es, was Valerius denkt. Schaut nach, ob sich noch mehr Latiner hier herumtreiben.«

Arunth half ihm, aufzustehen und sich gegen einen Baum zu lehnen.
»Erlaubst du mir, dich zu behandeln? Ich bin ganz gut in diesen Dingen«, bot er an.
»Das bezweifle ich nicht«, erwiderte Tarxne und ergab sich diesem rötlichen Nebelschleier, der vor seinen Augen lag.
Den ganzen Tag über und den meisten Teil des folgenden Tages blieb Tarxne in dem Zelt, das die Männer an der geschütztesten Stelle der Umgebung aufgeschlagen hatten. Erst bei Sonnenuntergang kehrten die Bogenschützen zurück, die die wenigen nach dem Angriff geflohenen Latiner verfolgt hatten. Sie führten zwei Gefangene mit sich. Einer von ihnen hieß Mucius, er war der Neffe des Marcius und einer der heftigsten Befürworter der Vertreibung der Rasna aus Ruma. Mucius hatte bereits des öfteren erklärt, daß er aufgrund seiner Abstammung vom Neffen des Königs von Ruma sowohl das Recht hatte, den Tarquinier zu töten, als auch einen berechtigten Anspruch auf eines der wichtigsten Ämter der Stadt. Valerius hatte ihn allerdings immer hingehalten und ihm nur zweitrangige Aufgaben übertragen.
Arunth führte die beiden jungen Männer vor Tarxne. Ihre Hände waren gefesselt, und sie hatten sich offensichtlich erst nach einem harten Kampf ergeben. Jetzt beantworteten sie die offene Feindseligkeit der Karthager mit herausforderndem Stolz.
Tarxne warf nur einen kurzen Blick auf den zweiten Gefangenen und wandte sich unverzüglich an Mucius. Er kannte ihn nur zu gut, der Jüngling war in seinem Palast ein- und ausgegangen und hatte sich ihm sogar als Schwiegersohn angeboten, um auf den Thron zu gelangen.
Tarxne lächelte über den herausfordernden, zornigen Blick des jungen Mannes. »Du hast dich als Freiwilliger gemeldet.«
»Ja, und zwar mit Freuden!« erwiderte der junge Mann. »Denn du hast Marcius getötet, und vor dir hat dein Vater König Numa in den Tod gestürzt, um uns die Stadt zu entreißen!«
»Es gab damals gar keine Stadt, Mucius. Es gab damals nur Hirten, die zwischen den Sümpfen und Wäldern umherzogen, und Sabiner und Latiner, die sich wegen einem Schaf oder einem Kornfeld stritten. Die *Stadt* wurde erst später von dem ersten Tarquinier geschaffen. Und auf diese Stadt hast du keinerlei Anspruch.«

»Dennoch ist sie jetzt die *unsere*! Und Publius Valerius ist überzeugt, daß sie erst sicher ist, wenn du tot bist!«
Mucius hatte sich nicht zügeln können, aber er bemerkte seinen Fehler sofort. Er schaute zu dem jungen Mann, der Tarxne so ähnlich war und dessen Gegenwart ihm Unbehagen bereitete.
»Noch einer deiner Bastarde, nehme ich an!« zischte er.
Tarxne bedeutete Arunth, der auf Mucius losfahren wollte, mit einer Handbewegung Einhalt.
»Hüte deine Zunge, Mucius. Du irrst, wenn du glaubst, dich mit Worten retten zu können. Du solltest mich kennen, immerhin hast du in meinem Haus gewohnt. Dies hier ist der junge Fürst Arunth aus Clevsi.«
Arunth warf Tarxne einen fragenden Blick über ihr weiteres Vorgehen zu, und Mucius reagierte sofort.
»Laß mir nicht mehr Ehre zukommen, als du gestern meinen Männern gegenüber gezeigt hast, die von deinen Karthagern abgeschlachtet wurden«, wandte er sich wieder herausfordernd an Tarxne.
»Vorsicht, Mucius. Du warst es, der uns aus dem Hinterhalt überfallen hat. Trotz allem hast du nichts zu befürchten. Es steht dir frei, zu Valerius zurückzukehren.«
»Ich glaube dir nicht!«
»Habe ich jemals mein Wort gebrochen?«
»Nein«, gestand der Jüngling. »Aber es ist ein Fehler, mich am Leben zu lassen, und deine Gnade wird dir nichts nutzen. Wann immer sich unsere Wege kreuzen, werde ich versuchen, dich zu töten!«
»Und wie viele andere hat mir Valerius auf meinen Weg geschickt?«
»Du bist ein Magier. Errate es selbst!«
Tarxne, der bis dahin halb aufgerichtet auf der unverletzten Seite gelegen hatte, streckte sich vorsichtig aus.
»Überbringe Valerius meine Nachricht. Sage ihm, daß er auf dem Altar des Sieges auch seine Kinder wird opfern müssen und daß der Gott Tinia sein reiches Haus mit einem Blitz in Schutt und Asche legen wird.«
»Ich werde ihm nichts von deinen Drohungen ausrichten«, weigerte sich Mucius.
»Es sind keine Drohungen, sondern Ereignisse, die bereits geschrieben stehen. Nicht ich habe sie geschrieben. Bringt ihn jetzt weg.«
»Ich werde dich töten, Tarquinius«, fauchte der junge Mann wütend.

»Früher oder später werde ich dich töten. Das ist ein Gelübde, das ich vor deinen Göttern ablege, von denen du glaubst, daß sie so mächtig sind.«

»Schafft ihn weg!« befahl nun auch Arunth, und die Wachen ergriffen die Gefangenen und banden sie beide auf einem Pferd fest. Dann machten sie das Tier los und versetzten ihm einen kräftigen Schlag.

Sobald das Pferd mit seiner Last im Dickicht des Waldes verschwunden war, kehrte Arunth wieder zu Tarxne ins Zelt zurück.

Tarxne lag mit geschlossenen Augen auf seinem Lager. »Setz dich, Arunth«, sagte er.

Der junge Mann gehorchte, und eine Zeitlang schwiegen sie beide. Dann fragte Tarxne, ohne sich zu bewegen oder die Augen zu öffnen: »Was beunruhigt dich, Arunth?«

»Ich weiß nicht, wie ich es nennen soll. Gefühle, vielleicht. Ich habe das, was du dem Gefangenen gesagt hast, vor mir *gesehen*, als ob es schon passiert wäre. Das geht mir oft so. Als Kind habe ich immer gedacht, das sei bei allen so.«

»Weiß dein Vater davon?«

»Niemand weiß es, weder meine Lehrer noch die Priester. Meine Mutter sagte mir einmal vor langer Zeit, ich solle alles, was ich sehen oder fühlen kann, bevor es wirklich passiert, für mich behalten.«

»Deine Mutter hat dir einen weisen Rat gegeben, und du warst klug, ihn zu befolgen.«

Arunth lächelte. »Meinst du wirklich?«

In diesem Lächeln, das dem seinen so ähnlich war, spürte Tarxne die ganze Last der unzähligen, ungesagten Dinge. »Erzähle mir von Clevsi und von dir«, fuhr er fort. »Hast du schon eine Braut?«

»Nein. Mein Vater will, daß ich eine deiner Töchter heirate.«

Das ist unmöglich. Meine Töchter sind deine Schwestern, dachte Tarxne, und Arunth wandte den Blick ab.

Ich weiß, stand in seinen blauen Augen geschrieben. Dann aber begann der junge Mann, vom Palast und dem Hofleben von Clevsi zu erzählen. Tarxne hörte ihm lange zu, und es war schon spät, als Arunth ihn verließ, nachdem er ihm noch das Abendessen gebracht und sich vergewissert hatte, daß die Wunde nicht mehr blutete.

Tarxne schlummerte, in seinen warmen Mantel gehüllt, ein. Als er die Augen öffnete, befand er sich in seinem Gemach in Ruma. Alles um ihn

herum war so real, daß ihm die tief in seinem Innern verankerte Gewißheit, daß es sich um einen Traum handelte, fast unglaublich erschien.
Veliza lag auf dem Bett. Sie trug ihre langen, schwarzen Haare offen und war nur mit einem Gewand aus hauchfeinem Leinen bekleidet. Veliza lächelte selten, aber jetzt lag ein strahlendes Lächeln auf ihrem schönen Gesicht. Tarxne ging zu ihr hin und zog sie an sich. Ihre Haut war weich und warm und so pulsierend wie das Leben selbst.
»Ich bin deine Königin«, flüsterte sie in seiner Umarmung, und Tarxne vergrub seine Hände in ihren nach Jasminblüten duftenden Haaren.
»Ja, Liebste, du bist meine Königin. Für alle Ewigkeit.« Dann betrachtete er den Sonnenaufgang, der sein Licht auf den Wandteppich malte. Ein Schwarm schwarzer Vögel stob auf, und das Rauschen ihrer Flügel erfüllte den Raum. Nur der weiße Vogel blieb zurück.
Das erste Morgengrauen sickerte durch die zugezogenen Vorhänge des Zeltes. Da sah er den alten Pilger, der sich aus dem Schatten löste und auf ihn zukam.
»Hast du gut geschlafen, König von Ruma?« fragte er und strich leicht über seine Stirn.
»Ich habe geträumt«, entgegnete Tarxne, den das Auftauchen des Alten mittlerweile nicht mehr verwunderte.
»Ich weiß. Du hast von deiner geheimnisvollen dunklen Königin geträumt, um derentwillen du Ruma verloren hast.«
»Habe ich es wirklich verloren?«
Der alte Pilger wandte sich ab. »Ich werde dir ein wenig frisches Wasser holen«, sagte er.
Tarxne bemerkte noch, wie er hinter sich die Vorhänge sorgsam wieder zuzog.
Als Arunth das Zelt betrat, fragte er ihn nicht einmal, ob irgend jemand im Lager einen alten Pilger gesehen hatte.

Ein Sommergewitter begrüßte Tarxne bei seiner Ankunft im Palast von Clevsi. Die Wolken lagen über dem Tal, das von der Stadt auf dem Hügel überragt wurde. Genauso wie an dem Tag, als Arunth gezeugt worden war, als der junge Fürst Laris und all seine Gäste fern vom Palast auf Jagd waren und nur Tarxne, damals noch ein Trutnot, und

Cilnia, die zukünftige Königin, zurückgeblieben waren, um Kräuter zu sammeln.
»Mein Bruder!« rief Laris Pursiena und umarmte voller Freude seinen Gast.
Tarxne erwiderte die Umarmung und ließ sich ins Trockene führen.
»Wieviel Zeit ist seit deinem letzten Besuch vergangen!« sagte Laris leise.
»Aber nur kurze Zeit seit der Einweihung des Tempels des Gottes Tinia in Ruma«, erinnerte ihn Tarxne.
Dann hob er seinen Blick zur Königin, die ihm nun entgegenkam, um ihn zu begrüßen. Cilnia war immer noch schön, und die alte Flamme brannte noch immer in ihren hellen, goldenen Augen. Sie hatte noch vier weitere Kinder zur Welt gebracht, zwei Söhne und zwei Töchter, aber keines von ihnen stand dem König so nah wie sein Erstgeborener, sein Thronfolger.
»Ich grüße dich, Königin. Dein Glanz erstrahlt unverändert«, sagte Tarxne, und die Frau neigte lächelnd den Kopf.
Sie ist vorsichtig geworden, dachte Tarxne, während er an der Seite von Laris den Palast betrat. Der König redete noch genauso ungestüm wie früher auf ihn ein. Aber alles, was Tarxne den sich überschlagenden Sätzen entnahm, war: Du mußt mir helfen.
»Ich brauche deine Hilfe, während wir den Feldzug vorbereiten. Ich habe dir doch schon von meiner Absicht erzählt, ein Mausoleum, das nicht seinesgleichen hat, zu bauen, oder?«
»Ja, du hast mir davon erzählt. Ehrlich gesagt, hast du allen davon erzählt. Ich dachte, es sei schon fertig«, erwiderte Tarxne.
»Niemand hat mir einen Vorschlag gemacht, der meinen Vorstellungen entspricht!«
»Ist diese Sache denn so wichtig für dich, Laris?«
Pursiena überlegte kurz. »Du denkst wohl, ich sei verrückt?« sagte er dann.
»Manchmal schon. Aber ich glaube, du bist ein harmloser Narr.«
Lachend betraten sie den Thronsaal und setzten sich, während die Diener Wasser und kühlen Wein brachten.
»Ich habe dich Wunder vollbringen sehen, wie ich sie davor und danach noch bei keinem Trutnot gesehen habe. Ich meine zum Beispiel den Tod

der focesischen Piraten, die den Tivrit zerstört hatten. Erinnerst du dich?« redete Laris auf ihn ein.

»Ich könnte es nicht vergessen, selbst wenn ich es wollte.«

»Um genau so etwas möchte ich dich bitten, um etwas Einzigartiges für mich. Während wir die Vorbereitungen für den Feldzug gegen Ruma treffen.«

»Etwas Einzigartiges, sagst du. Hört sich das nicht ein wenig anmaßend an.«

»Ja«, gestand Pursiena, »ich weiß. Aber es würde mir sehr gefallen.«

Tarxne nickte, während sich seine Gedanken im lauten Rauschen des Regens verloren. Genau wie damals, als der Regen lauter war als seine und Cilnias flüsternden Stimmen ...

Pursiena drückte begeistert Tarxnes Hände.

»Ich wußte, daß du mir helfen würdest. Willkommen in Clevsi, mein Freund ... mein Bruder!« rief er aus.

»Ich bitte dich, König von Ruma. Glaube nicht, daß mein Vater nur aus diesem Grund über deine Ankunft erfreut ist«, warf Arunth ein, aber Tarxne beschwichtigte ihn mit einer Geste. Er kannte Laris viel zu gut, um ihn mißzuverstehen.

»Siehst du, mein Sohn ist um meinen guten Ruf besorgt, aber manchmal denkt auch er, ich sei verrückt, und sieht mich genauso an wie du jetzt«, rief Pursiena scherzhaft.

Er wird ein Fürst in seiner Stadt sein. Durch die Hand eines fernen Tyrannen und um Rumas willen wird er sterben. Sein Tod wird den Himmel der Rasna verdunkeln und uns untereinander verfeinden.

So hatte seine Prophezeiung bei Arunths Geburt gelautet. Und auch nach so langer Zeit konnte kein einziges dieser Worte gewandelt werden.

21.

»Du wolltest ein Mausoleum, das nicht seinesgleichen hat und das nur ein Rasna ersinnen kann?«

»Ja, etwas, das die alte Seele unseres Volkes anspricht.«

»Und ein Zeugnis deiner Macht. Auf daß das Mausoleum des Laris Pursiena die Zeiten überlebt und dich unsterblich macht.«

Pursiena setzte eine Unschuldsmiene auf. »Ist das zuviel verlangt?« fragte er.

»Das mußt du deine Stadt fragen, denn sie wird es sein, die die Kosten für deinen ehrgeizigen Plan zu tragen hat.«

Pursiena lachte. »Ist das der Entwurf?« fragte er, aber er wagte es nicht, näherzutreten und das Tuch zu lüften.

»Nimm das Tuch ruhig weg. Es beißt nicht . . . Noch nicht, zumindest«, zog Tarxne ihn auf.

Pursiena hob das Tuch hoch und starrte den Entwurf mit offenem Mund an.

Er blickte auf einen in Holz nachgebauten, bemalten und mit fein ausgearbeiteten Verzierungen versehenen Bau. Es war das seltsamste Gebäude, das er je zu Gesicht bekommen hatte. Auf einem Fundament mit quadratischem Grundriß erhoben sich fünf Pyramiden, eine an jeder Ecke und eine in der Mitte. Jede Pyramide bestand aus mehreren Stockwerken, und überall hingen unzählige Silberglöckchen.

Stumm vor Staunen schaute Pursiena den Freund an.

»Dieser Entwurf hat ein Seitenmaß von zehn Fuß. Die Seiten des fertigen Gebäudes werden jeweils dreihundert Fuß lang sein. Im Innern des Sokkels führt ein Labyrinth zu den Grabkammern«, erklärte ihm Tarxne.

»Liegt darin das Geheimnis? Im Labyrinth?«

»Ein Labyrinth hält die Menschen nicht auf und stoppt auch nicht ihre Neugier«, antwortete Tarxne kopfschüttelnd. »Nein, mein Freund. Du hast mich um etwas Einzigartiges gebeten, und diesen Wunsch habe ich berücksichtigt. Siehst du all diese Glöckchen, die bei diesem Entwurf nur eine Spielerei sind. Bei dem wirklichen Bau werden sie so groß wie eine Männerfaust sein.«

Pursiena berührte zwei der Glöckchen, und ihr heller Klang in zwei verschiedenen Tönen war so schrill und durchdringend, daß ihm ein Schauer über den Rücken lief. Tarxne ergriff sein Handgelenk, um ihn daran zu hindern, weitere Glöckchen zu berühren.

»Hör zu, mein Freund«, fuhr er fort. »Wenn dein Mausoleum fertiggestellt sein wird, wird es wie etwas sein, das nicht von dieser Welt ist. Es wird zwar dasein, aber niemand wird es sehen können, solange er nicht die exakte Klangfolge der neunhundertneunundneunzig Glöckchen findet. Niemand, der kein Rasna ist, wird je die richtige Melodie herausfinden.«

»Aber das ist ... Das ist kein Menschenwerk. Das ist Magie!«

»Das ist Wissen. Das älteste Wissen der Rasna. Es ist das Wissen, mit dessen Hilfe es der edlen Caitli, der letzten Großen Trutnot, gelungen ist, die *Bücher des Tagete* zu meiner Mutter in den *Heiligen Wald* zu bringen, um sie vor den focesischen Piraten zu retten. Dies ist *ein* Aspekt der Macht, der Teil, der dem Blitz gebietet, dem Regen und dem Wind, der die Erde erbeben läßt, auf den Wogen der Zeit reitet und in der Vergangenheit und Zukunft liest. Aber er kann nicht ändern, was geschehen ist, den Hauch des Lebens nicht wiederbringen, wenn das Leben gegangen ist, und er kann auch die Götter nicht erreichen, wenn das Tor zu ihnen verschlossen ist.«

Pursiena war ernst geworden und schwieg, von den Worten des Freundes tief bewegt. Er ließ den Blick über das Holzmodell seines Mausoleums schweifen, und auf einmal schien es ihm kein unbelebter Gegenstand mehr zu sein, sondern ein lebendiges Wesen. Da ließ ein plötzlicher Windhauch einige Glöckchen erklingen. Die hohen Töne ließen ihn jäh zusammenzucken.

»Was du für mich getan hast, ist unbezahlbar, Tarxne«, sagte er langsam. »Ich ...«

Tarxne hob die Hand, um ihn zum Schweigen zu bringen. »Keine Versprechen und keine Gelübde, Laris. Verpflichte dich nicht. Du schuldest mir dafür nichts und auch nichts für das, was noch in der Zukunft von mir kommen mag.«

»Was soll das heißen? Das hört sich ja fast so an, als wolltest du mit mir keinen Bund mehr schließen!«
»Vor langer Zeit habe ich dir einmal gesagt, daß du mich würdest ertragen und so nehmen müssen, wie ich bin. Erinnerst du dich? Nun, der Zeitpunkt ist gekommen. Wähle den Ort, an dem deine Arbeiter das Fundament errichten sollen. Ich habe mit den Baumeistern bereits alles besprochen und ihnen meine Zeichnungen gegeben.«
»Ich werde tun, was du sagst«, willigte Pursiena ein. »Aber du hast noch nicht auf meine Frage geantwortet ...«
»Zwischen uns besteht ein fester Bund, mein Freund. Wir brauchen keinen neuen mehr.«
Den du vielleicht bereuen könntest, fügte er in Gedanken hinzu, aber er sagte nichts weiter.
Cilnia war mit Arunth auf der Schwelle erschienen, um den König zu rufen, der im Thronsaal von einigen Boten erwartet wurde, die aus Tarchna eingetroffen waren.
»Begleitest du mich?« fragte Pursiena den Freund.
»Nein. Ich bin an den Geschäften meines Vetters nicht besonders interessiert.«
Pursiena lachte über die Antwort und verließ hinter Arunth den Raum.
Einen Augenblick lang blieb Cilnia mit gefalteten Händen reglos im Raum stehen und starrte fasziniert auf das Miniaturgebäude. Die Wintersonne, die schräg durch die offene Tür einfiel, ließ einige der Silberglöckchen aufblitzen.
»So hast du also deine Nächte verbracht«, sagte sie schließlich. »Es gab schon Gerüchte, eine meiner Dienerinnen sei deine Geliebte.«
»Und du hast ihnen Glauben geschenkt?« erwiderte Tarxne vorwurfsvoll.
»Natürlich nicht. Du nimmst dir nur die Königinnen.« Tarxne trat so nahe an sie heran, daß er fast die Wärme ihres Körpers spürte.
»Was beunruhigt dich?« fragte er, ohne sie zu berühren.
»Arunth verbringt seine ganze Zeit mit dir«, sagte Cilnia leise.
»Mit mir und mit seinem Vater. Das ist ganz natürlich. Wir sind dabei, Truppen aufzustellen, und in weniger als zwei Monden werden wir Clevsi mit einem fünfhundert Mann starken Heer verlassen. Es ist nur recht und billig, daß der junge Fürst sich damit beschäftigt.«

»Wen willst du täuschen, Tarxne? Der Junge weiß, daß du sein Vater bist.«
»Nicht einmal du warst dir dessen damals ganz sicher.«
»Selbst wenn, du warst dir sicher. Du bist ein Magier. Du hast immer schon gewußt, daß es dein Sohn war und daß er deine magischen Kräfte besitzen würde. Man sagt, daß keines der Kinder, die du mit deiner Königin hast, dir so ähnelt und daß keines von ihnen diese Macht von dir geerbt hat.«
»Das stimmt«, gab Tarxne zu.
Mit Ausnahme meiner Tochter, dachte er. Oalna ist sogar mächtiger als Arunth, aber sie ist noch zu klein. Und dort, wohin Arnth sie verbannt hat, wird man niemals davon sprechen.
»Sag mir also: Was hast du mit Arunth vor? Wirst du ihn mir wegnehmen?« riß Cilnia ihn aus seinen Gedanken.
»Du hast gesagt, der Junge weiß Bescheid«, entgegnete Tarxne gelassen.
Cilnia nickte. Tarxne spürte ihren Schmerz über das Bevorstehende. Er selbst hatte den Zeitpunkt festgelegt, den Aufbruch in den Krieg in zwei Monden. Ein Feldzug zur Eroberung einer weit entfernten Stadt, die ihr völlig gleichgültig sein konnte.
»Es tut mir leid, Cilnia.«
»Ich glaube dir nicht und wünschte, du wärst nie nach Clevsi gekommen. Aber Arunth liebt dich, wie er seinen Vater liebt, und Laris hat es nicht verdient, von seinem Sohn oder seinem Freund verraten zu werden. Deshalb werdet ihr schweigen, alle beide. Das mußt du mir schwören, Tarxne, mit dem Eid des Trutnot.«
»Hat Arunth schon geschworen?«
»Ja.«
Tarxne nickte nachdenklich. Die Sonne ließ jetzt nur noch die Pyramidenspitzen des Mausoleums erglühen. Es war ein Meisterwerk, und es hatte ihn viel Kraft gekostet, aber all das war nichts im Vergleich zu dem, was Cilnia nun von ihm forderte.
Er atmete tief durch. »Vor der Göttin Athrpa, die meinen Weg begleitet, schwöre ich dir, Cilnia, daß Laris nie von mir oder durch mein Verschulden erfahren wird, daß Arunth mein Sohn ist. Auch wenn ich mein Stillschweigen mit dem Leben bezahlen müßte.«
Cilnia schloß die Augen und nahm dieses Gelübde an, das plötzlich in

ihr brannte, wie damals das Fieber, das sie in die Arme des jungen Trutnot getrieben hatte. Doch der Mann, der vor ihr stand, ähnelte jenem jungen Mann nur nach seinem Äußeren. Die Leidenschaft, die ihn so anziehend gemacht hatte, war gewichen.

»Laris hat mir gesagt, daß ihr auf dem Weg nach Ruma in Fanu Veltune haltmachen werdet, um an der Zusammenkunft im Frühling teilzunehmen«, sagte Cilnia schließlich nach langer Pause.

»Ja. Es ist wichtig, denn ich muß die Unterstützung aller Städte des Bundes erringen.«

Cilnia schwieg. Sie wandte sich um und ging auf die Türöffnung zu, die auf den Haupthof führte. Der Wind hatte die abgestorbenen Blätter in die Ecken des Hofes geweht. Dank dieses Windes, der fast den ganzen Winter über geweht hatte und einen frühen Frühling ankündigte, waren die Wege trocken, und die Männer würden zügig vorankommen.

»Wirst du mir Arunth und Laris wieder zurückbringen«, fragte sie unvermittelt. »Wirst du sie mir beide wieder zurückbringen?«

»Ich habe dir versprochen, was ich dir versprechen konnte, Cilnia. Meine Macht ist begrenzt.«

Die Frau drehte sich zu ihm um. Jetzt war ihre Ahnung zur Gewißheit geworden. »Ich wünschte, du wärst nie nach Clevsi gekommen, Tarxne«, sagte sie leise. »Weder damals noch jetzt.«

Dann ging sie und ließ ihn alleine zurück. Die Sonne schien nun nicht mehr durch die Türöffnung, und das Mausoleum lag in völligem Schatten da. Tarxne berührte einige der Glöckchen, und der Anklang einer Melodie schwirrte durch die Luft.

Ein mächtiges und gut ausgerüstetes Heer, mit Bogenschützen, Reitern, Fußvolk, Knechten, Dienern und Handwerkern verließ Clevsi gegen Ende des Winters. Der Tag war windig und hell. Die ganze Stadt hatte an den Riten der Fürbitten, die die Götter günstig stimmen sollten, teilgenommen. Danach versammelte sich das Volk zur Verabschiedung des Heeres an der Hauptstraße. Pursiena war stolz auf diese Ehrerweisung, die sein Volk ihm unaufgefordert entgegenbrachte.

Er war ein guter König, unter dem die Stadt reich und mächtig geworden war. Es gab eine unparteiische Rechtsprechung und gut dreißig Schulen. Unter den Adeligen gab es keinen, der nicht zumindest Griechisch sprach. Der Handel blühte, es gab Gold im Überfluß, und die Geschäftsbeziehungen mit den Kelten wurden zunehmend enger.

Das alles erfüllte Pursiena zu Recht mit Stolz, ebenso wie sein Mausoleum, das unter der umsichtigen Leitung von fünfzig Baumeistern errichtet wurde.

Als der Heerzug noch vor Verlassen der Stadtmauern an dem gerade begonnenen, aber schon gewaltig wirkenden Bau vorbeikam, zügelte Pursiena sein Pferd und ritt an Tarxnes Seite.

»Ich werde diese Welt nicht allzu früh verlassen, nicht wahr?« fragte er den Freund mit besorgtem Blick.

»Es wird noch viel Zeit vergehen, bevor du das Recht haben wirst, zu gehen«, beruhigte ihn Tarxne.

Pursiena seufzte erleichtert auf.

Bei ihrer Ankunft in Faleri ließen Pursiena und Tarxne das Heer unter Arunths Kommando zurück und begaben sich nach Fanu Veltune. Faleri war eine seit langem verbündete Stadt, die die Versorgung der Truppen der Rasna auf dem Durchmarsch nach Süden willig übernahm. Sie erreichten Fanu Veltune gerade rechtzeitig zu der jährlich stattfindenden Zusammenkunft, auf der Matula von Xaire voraussichtlich zum neuen Re Supremo gewählt werden würde und auf der die Städte des Bundes den jungen Tulumne, den neuen König von Vei, kennenlernen würden, denn Arnth war zum Winterende gestorben.

Tarxne erschien Fanu Veltune an diesem sonnigen Tag genauso wie das Juwel, das er in Erinnerung hatte. Die blauen Wasser des Sees umschlossen die grüne Insel der Göttin Turan, und der See selbst lag ruhig da, umgeben vom *Heiligen Wald* und der majestätischen Krone der Berge, deren höchster der des Gottes Tinia war. An diesem Tag war er von einem Wolkenring gekrönt.

Ohne Unterlaß fuhren die Boote hin und her, um die neu angekommenen Gäste zur Insel zu bringen, während die Männer der Geleitzüge am anderen Ufer blieben und dort ihr Lager aufschlugen. Die breite Straße, die zum Amphitheater und dem Tempel des *Nagels der Zeit* führte, lag in der Sonne glänzend da. Die Zelte waren errichtet worden, vor denen sich der Adel des Städtebundes drängte. Über allem thronte der Tempel der Göttin Turan, der in diesen Tagen die Königinnen und Fürstinnen beherbergte. Alles war wie in seiner Erinnerung. So nah bei Veliza, und doch ist sie unerreichbar fern, dachte Tarxne, während er sich von Pursiena zum Versammlungszelt führen ließ, wo sich die Könige des Städtebundes, die Fürsten und Adeligen schon eingefunden hatten. Die Hohepriester vom Tempel des *Nagels der Zeit* hatten bereits die Reinheitsriten vollzogen, als Pursiena und Tarxne das Zelt betraten. Ihr Erscheinen löste ein allgemeines Raunen aus. Tarxne schritt in die Mitte der beiden Halbkreise, die die Throne der Könige bildeten, vor das Feuerbecken, in dem die Flammen loderten. Er hob eine Hand, um Ruhe zu gebieten.

»Vor vielen Jahren habt ihr mich an genau diesem Ort als Sohn des Larth, König von Tarchna und Ruma und Re Supremo des Zwölfstädtebundes in euren Kreis aufgenommen. Euch bedrückte der Verrat, den einige von euch an ihm verübt hatten, und ihr hattet Angst. Laris Pursiena, der damals der junge Fürst von Clevsi war, und König Fesna aus Sveana haben zu meinen Gunsten gesprochen. Ihre Worte sind noch immer hier, festgehalten in der Zeit.«

Mit einer Geste ließ Tarxne die Flammen hoch auflodern. Im Feuer setzte sich die Gestalt des seit Jahren verstorbenen Königs von Sveana zusammen, so daß alle Anwesenden jenen Augenblick noch einmal erlebten und ihnen Pesnas Stimme im Ohr widerhallte.

Alle hielten den Atem an.

»Seitdem ist viel Zeit vergangen«, fuhr Tarxne fort. »Aber ihr habt immer noch Angst. Ihr alle!«

»Du beschuldigst uns zu Unrecht, König von Ruma«, entgegnete der König von Velx. »Wir kennen deine Macht und wissen, wie mächtig deine Stadt ist. Wir stimmen dir zu, daß es notwendig ist, sie den latinischen Rebellen zu entreißen und für uns zurückzuerobern. Aber wir haben auch die Prophezeiung nicht vergessen. Sie ist es, vor der wir Angst haben.«

»Wir wissen, daß das Heer des Königs von Clevsi an deiner Seite kämpft. Was aber ist mit den latinischen und sabinischen Städten und den Volskern, die du zu deinen Verbündeten gemacht hast?« fragte der König von Xaire.

»Sie sind bereit«, erwiderte Tarxne.

»Und kann man ihnen trauen?«

»Alle meine Verbündeten sind vertrauenswürdig. Verlangst du etwa eine Rechtfertigung von mir, König von Xaire?«

»Vielleicht dafür, daß deine Königin dir nicht gefolgt ist.«

»Mein Bruder und ihr Bruder haben sich in der Schlacht in der Selva Arsia gegenübergestanden, und beide haben dabei ihr Leben verloren. Es braucht Zeit, diesen Schmerz zu überwinden. Der Tochter Mastarnas gebührt Ehre und Respekt ..., und ich fühle mich geehrt durch die Freundschaft, die du mir bewiesen hast, als du sie als Gast bei dir aufgenommen hast.«
Der König von Xaire neigte den Kopf. Tarxnes Worte waren höflich gewesen, aber sein Ton war gebieterisch, als sei er der Gebende und nicht der Bittsteller.
»Ich fürchte, der König von Ruma wird uns gleich um noch mehr Männer und Ausrüstung für seinen Feldzug bitten!« empörte sich Tulumne, König von Vei.
»Schade, daß der junge Tulumne nicht wenigstens die Klugheit seiner Mutter geerbt hat«, antwortete Tarxne eisig. »Dafür hat er sich den ganzen Haß seines Lehrmeisters, des Haruspizen Urste Afuna, angeeignet. Ich bin nicht gekommen, irgend etwas zu erbitten, sondern der Freude wegen, meinen Fuß auf diesen für die Rasna so heiligen Boden setzen zu dürfen und hier einige Erinnerungen des Geschlechtes derer von Tarchna wiederzufinden.«
Aber meine Mutter wirst du nicht wiedersehen, dachte der junge König von Vei. *Und das ist die einzige Freude, die du in Wirklichkeit hier genießen wolltest.*
Tarxne schaute ihn durchdringend an. Der junge Mann begriff, daß er sich verraten hatte, und wandte sich eingeschüchtert ab. Sofort erhob sich Laris Pursiena, um das Wort zu ergreifen. »Ich bin erzürnt über die Worte dieses jungen, in seinem Urteil so voreiligen Königs«, rief er. »Wir alle wissen, von welchem Geschlecht der König von Ruma abstammt und verstehen seinen Schmerz über den Verlust seines Bruders und über den Verrat der Männer, die die Herrschaft über die Stadt an sich reißen wollten. Bald wird sich herausstellen, was die Sabiner und Latiner von Ruma unserem Feldzug entgegenzusetzen haben!«
»Und wir bitten um den Schutz der Götter für dieses Unterfangen«, schloß der König von Tarchna, und ein zustimmendes Raunen war zu hören.
»Nimm Platz, König von Ruma«, sagte der König von Velx. »Du hast zwar kein Stimmrecht, aber wir fühlen uns durch deine Anwesenheit geehrt.«
Tarxne nahm dankend an und setzte sich auf einen der leeren Sessel.

Nachdem die Diener den Zeltvorhang geschlossen hatten, ergriff der König von Vatluna das Wort, um den Anwesenden die Zukunftsaussichten zu erörtern, die sich durch den Eisenhandel mit dem Völkern des Nordens eröffnet hatten.
Aber Tarxne hörte ihm nicht zu, sondern sah die Bilder der Vergangenheit vor sich. Er sah sich selbst, fast noch ein Junge, der in Fanu Veltune eingetroffen war, um seinen rechtmäßigen Platz im Rat der Zwölf Städte einzunehmen. Aber der Fluß der Erinnerungen brachte ihm noch fernere Zeiten vor Augen. Er sah Velvur vor sich, seine Mutter Thesan, im Gewand der Trutnot, und Mastarna und Arnth, die sich im Kampf gegenüberstanden und den heiligen Ort entweihten ... Dann sah er den Tag, an dem Larth, sein Vater, Re Supremo geworden war, und noch weiter zurück in der Zeit, bis zu dem Moment, als Axal sich dem Phersu nicht gebeugt hatte. Und schließlich sah er Caili, damals noch ein Mädchen, das in den Augen Larths den weißen Falken gesehen hatte, der, von Norden kommend, sich auf der Spitze des Berges der Göttin Turan niedergelassen hatte. *Alle Vögel waren schwarz, nur einer, ein einziger war weiß ...*
Und alle Schiffe auf der Mole hatten weiße Segel, bis auf eines. Ein einziges hatte schwarze Segel ...
Als er aufsah, kreuzte sich sein Blick mit dem sichtlich besorgten von Laris Pursiena, und sein Herz zog sich zusammen.

Bei Einbruch der Nacht hatte sich der Himmel mit Wolken bedeckt. Die vorher ruhigen Wasser des Sees waren nun aufgewühlt, und die Zelte der Könige ächzten unter den Windstößen. Die Flammen in den Feuerbecken, die die Straße zum Amphitheater hinauf säumten, loderten nach Süden.
»Sie zeigen zur Straße nach Süden, nach Ruma«, hatte der Hohepriester vom Tempel des *Nagels der Zeit* bemerkt. »Ein gutes Zeichen!«
Die Könige befanden sich noch alle im Versammlungszelt, denn sie mußten über die Ernennung des Re Supremo für das kommende Jahr entscheiden. Tarxne hingegen hatte das Zelt noch vor Einbruch der Nacht verlassen, um zum Tempel des *Nagels der Zeit* hinaufzugehen. Dort angekommen, blieb er auf der Schwelle stehen.
Ein König für ein Jahr ist ein zu schwacher Rahmen, um darauf das Netz der Götter zu weben ...

Das waren die Worte seines Meisters, des Großen Trutnot, Velvur, gewesen, und Tarxne verstand jetzt ihre volle Bedeutung. Er wußte jetzt, daß es ganz andere Bande waren, die für die Ewigkeit geknüpft wurden.

Viel später, die Nacht war bereits weit vorangeschritten, fand sich Tarxne auf dem ansteigenden Pfad zum Tempel der Göttin Turan wieder. Die Dunkelheit der mondlosen Nacht umgab ihn, aber er brauchte kein Licht, um diesem gewundenen Pfad zu folgen. Eine Art tiefer, wohltuender Wärme zeigte ihm seinen Weg an, und er ließ sich von diesem Gefühl leiten. Schließlich erreichte er den Tempeleingang und fragte nach der Herrin von Turan wie ein verirrter Pilger, der nichts davon wußte, daß hier kein Mann eintreten durfte.

Lange mußte er im stürmischen Wind warten, bis der Eingang sich schließlich wieder öffnete. Er erblickte ein Mächen mit einem Licht in der Hand und daneben, auf ihre Schulter gestützt, eine sehr alte, in helle Schleier gehüllte Frau, die wegen des langen Weges bis zum Eingang sichtlich ermattet war.

Die Frau schaute ihn mit ihren fast farblosen Augen an.

»Kein Mann darf hier eintreten. Wie kannst du es wagen«, sagte sie in strengem, gebieterischem Ton.

»Ich bin der Sohn meines Vaters, und auch er hat es gewagt.«

»Sicher hat er dir das nicht selbst erzählt, wenn du der Sohn des Larth von Tarchna bist«, entgegnete die Frau.

»Weder er noch andere, Dennoch *weiß ich es.*«

»Bei ihm war es ein von der Göttin gewollter Moment, und es geschah für seine Königin. Es stand *geschrieben.* Was hingegen in deinem Blut brennt, ist eine unendliche Flamme, die von dunklen Schatten gekrönt ist.«

»Ich muß sie sehen, und du weißt, von wem ich rede, Herrin von Turan. Ich muß sie noch einmal sehen.«

Die Frau senkte den Blick, während das Mädchen ihn weiterhin reglos anschaute. Die Flamme des Lichtes in ihrer Hand brannte ruhig, als ob der Wind die Schwelle des Tempels nicht berühren würde.

»Bist du bereit, dem *Auge der Göttin* gegenüberzutreten?« fragte die Frau schließlich. »Du weißt, daß kein Mann sonst es sehen darf. Die Göttin hatte dem Großen Trutnot Velvur, als einzigem Mann, dieses Privileg zugestanden. Aber Velvur war damals schon sehr alt, und die

Göttin wollte ihn über alle Sterblichen erheben. Du bist weder alt noch weise, Tarxne, Sohn von Larth.«

»Ich bin weder alt noch weise, aber ich bin bereit, dem *Auge der Göttin* gegenüberzutreten.«

Die alte Frau konnte ein kleines Lächeln nicht ganz unterdrücken. »Wie hätte es auch anders sein sollen. Deine Mutter ist schließlich Thesan, die Fremde. Die Tochter jenes Sklaven, der den Phersu nicht ehren wollte, indem er das Opfer nicht annahm. Dieser Ort ist ihr immer feindlich gewesen. Wisse das, und nimm dich in acht.«

Nach diesen Worten wandte sie sich um. Tarxne folgte ihr durch einen langen, in den Fels gehauenen Gang, von dessen Gewölbe in unregelmäßigen Abständen Bronzelampen mit mehreren Öffnungen herabhingen, mit Chimären und seltsamen Tieren geschmückt. Ein leichter Windzug, der durch versteckte Felsspalten eindrang, brachte den Geruch des Sees und des Ginsters mit sich, der den Gipfel des Berges gelb färbte.

Auf der Schwelle zu einem weiträumigen Saal angekommen, dessen breite Öffnungen auf den See hinaus durch vom Wind geblähte Leinwände verdeckt waren, hielt die alte Frau an. Eine Priesterin schien vor der Quelle, dem *Auge der Göttin*, zu wachen, und ein kleines Mädchen hockte reglos neben ihr. Beide wandten Tarxne den Rücken zu.

»Geh jetzt, Sohn von Larth. Die Frau, die du liebst, und deine Tochter warten bereits auf dich«, sagte die Herrin von Turan. »Wir wußten, daß du kommen würdest. Aber zuvor wirst du in das *Auge der Göttin* blikken, um deinen Preis zu bezahlen.«

Tarxne ging zu der Priesterin und dem kleinen Mädchen hinüber und erkannte Veliza. Sie hatte sich zu ihm umgewendet, und ohne einen Blick auf die Quelle zu werfen, näherte er sich ihr, ganz vom sanften Zauber und der Heiterkeit des Ortes berauscht. Gedämpft waren die Stimmen der adligen, weiblichen Gäste zu hören, und ab und zu ein Kinderlachen.

Veliza trug eine helle Tunika, und ihre langen, mit bunten Bändern geflochtenen Haare waren um ihr Gesicht geschlungen. Sie kam ihm jünger vor, vielleicht, weil aus ihren veilchenfarbenen Augen die Angst gewichen war, die sie als Königin von Vei immer begleitet hatte.

Tarxne setzte sich nah vor sie, so nah, daß er sie hätte berühren können, aber er tat es nicht. Das kleine Mädchen sah fragend zur Mutter und dann zu Tarxne, und schließlich sprang es auf und legte ihm eine Hand auf die Schulter. »Du bist gekommen!« rief sie laut, und das Echo ihrer freudigen Stimme hallte laut im Saal wieder. Jauchzend drehte sich die Kleine im Kreis.

Veliza lächelte. »Siehst du«, sagte sie zu Tarxne, »Oalna ist glücklich hier. Und sie ist hier sicherer als im Palast von Vei.«

»Weiß die Herrin von Turan, daß sie die Macht besitzt?«

Veliza nickte. Tarxne hatte einen Arm um Oalnas Hüfte gelegt, und das kleine Mädchen akzeptierte diese Geste mit einer natürlichen Vertrautheit.

»Die Herrin sagt, Oalna habe Urstes Tod mit der *Magie des Namens* hervorgerufen«, bemerkte Veliza. »Aber sie tat es in aller Unschuld, und somit ist sie auch unschuldig vor den Göttern. Ihre magischen Kräfte kommen von dir.«

Tarxne senkte den Kopf. In den Augen seiner Tochter stand *diese Wahrheit* nur zu klar und deutlich geschrieben.

»Vielleicht hat die Schicksalsgöttin mir durch Oalna meinen geheimen Wunsch erfüllt«, sagte er leise. »Ich weiß es nicht. Ich jedenfalls habe nichts dazu beigetragen.«

»Ich glaube dir. Quäle dich nicht, Tarxne. Das Schicksal hat es gut mit mir gemeint. Ich habe mehr Liebe erhalten als jede andere Frau, ich darf mich jetzt mit Freuden einer Tochter widmen, die ein Abbild ihres Vaters ist, und was die Völker und die Städte plagt, berührt mich nicht mehr.«

Tarxne strich ihr mit den Fingerspitzen über die Wangen. Es stimmte. Er spürte einen starken Frieden in Veliza. Dort wo bei ihm alles zu Stein erstarrt und eisig war, sah er bei Veliza eine weite, blaue und lichtdurchflutete Ebene.

»Ich sehne mich nach dir«, flüsterte Tarxne. »Immer werde ich mich nach dir sehnen, wie nach dem Sonnenlicht und der Luft zum Atmen. Du bist meine Seele, und meine Seele bleibt hier bei dir. Kann ein Mann ohne Seele leben?«

»Du wirst leben«, antwortete die Frau. »Denn du bist ein König und ein Magier. Geh jetzt. Deine bloße Anwesenheit verändert diesen Ort, und wenn die Zeichen deine Ankunft nicht vorhergesagt hätten, hätte die Herrin von Turan dich niemals hier eingelassen.«

Tarxne schob Oalna zu ihr hin und stand auf.

»Du mußt in das *Auge der Göttin* sehen«, erinnerte ihn Veliza. »Das ist der Preis.«
Dann umschlang sie Oalna, als wolle sie das Mädchen vor alldem bewahren, was ihr Vater sehen würde.
An diesem Ort hatte die edle Caitli in den Falten der Zeit die Prophezeiung gelesen, die das Ende der Rasna vorhersagte. Hier hatte sie Tod und Zerstörung gesehen. Und was schlimmer war als alles andere – ewiges Vergessen. Tarxne beugte sich über die tiefe Quelle. Das Wasser war dunkel, von goldenen Lichtreflexen durchzuckt.
Für den Bruchteil eines Augenblicks hatte Tarxne das Gefühl, als ob sich etwas im Zeitgefüge um ihn herum verändert hätte. Dann fühlte er, daß er an gar keinem Ort war, mehr noch, es gab keine Orte mehr. Dann nahm er wieder den großen Saal wahr, und auf eine unbestimmte Art und Weise war ihm auch bewußt, daß Veliza und seine Tochter anwesend waren.
In dem jetzt hellen und ruhigen Wasserspiegel sah er einen alten Mann, der mühsam einen Pfad hochstieg. Nicht weit entfernt schimmerte das Meer, und Ginster und Blaustern am Wegrand standen in voller Blüte. Der leuchtende Frühlingstag war von süßen Düften erfüllt, und ein Hauch von Vergangenheit lag in der Luft.
Mit langsamen Schritten erreichte der Alte den Gipfel und ließ sich im Schutze eines Baumes auf einem Felsvorsprung nieder, von wo aus er das Meer sehen und die milde Brise genießen konnte.
In diesem Augenblick erschienen einige Kinder. Vielleicht brachten sie ihm die ersten reifen Früchte oder ein wenig Suppe, die sie zu Hause von ihren Müttern erbettelt hatten. Sie machten ihm häufig Geschenke im Tausch gegen seine Vorhersagen oder Ratschläge.
Der Alte war wie ein Pilger gekleidet und hielt sein Kinn auf einen langen Wanderstab gestützt. Seine Augen waren geschlossen.
Das Bild löste sich langsam auf und verwandelte sich in viele Gesichter, die wie gebannt in die Arena des Amphitheaters starrten, in der der Phersu schon neben einem der Ausgänge bereitstand.
Er war ein großer, robuster Mann, mit breiten, wuchtigen Schultern und der dunklen Haut der Leute aus den Salinen. An der Leine hielt er einen großen, schwarzen Wolfshund, ein wildes Tier mit gebleckten Zähnen und glühenden Augen. Aber der Zug, der aus dem Inneren des Berges hervorkam, angeführt von Velvur, dem Großen Tutnot, und

von Caitli, der Erbin des Königs von Tarchna, schenkte weder dem Mann noch dem Hund Beachtung. Der Phersu hatte keinen Namen, so wie das Opfer kein Gesicht hatte. Dem ersteren würde keine persönliche Ehre zuteil werden, weil er im Namen des Volkes der Rasna handelte, und der zweite war die Gabe an die Götter, um auszugleichen, was durch menschliche Hand genommen worden war.

Tarxne konnte spüren, wie Caitli ein Schauer überlief, als die Wachen den Kreis öffneten, den sie um das Opfer geschlossen hatten: Der Mann war jung und schön. Er hatte die helle Haut und die hellen Haare der Völker des Nordens, und seine Augen waren so blau wie der Himmel. Er war groß, schlank und sehnig, und sein Körper war unbehaart. Nur ein Hüfttuch bedeckte seine Lenden.

Der Große Trutnot blieb vor ihm stehen, aber der junge Mann wandte seinen Blick von ihm ab und Caitli zu, so wach und eindringlich, daß er Caitli bis ins Herz drang und zugleich auch Tarxne.

Caitli sprach die uralten Worte des Ritus, nahm die Kapuze entgegen und stülpte sie dem jungen Mann über den Kopf. Dann gab sie ihm den Stock.

»Sag mir deinen Namen!«

Caitlis Stimme erfüllte mit tausendfachem Echo auch noch den letzten Winkel des Saales, und Tarxne empfand die Wut und den Zorn des jungen Mannes, der nicht Opfer sein wollte, als wäre es sein eigener.

»Das Opfer hat keinen Namen!« versuchte Velvur das Band zu durchtrennen.

»Axal. Mein Name ist Axal ...«

Die Musikanten bliesen in ihre langen Trompeten, um die Sonne zu begrüßen, die nun den Gipfel des Heiligen Berges des Gottes Tinia in ihre Strahlen tauchte, und der junge Mann wurde in die Mitte der Arena geführt, wo ihn schon der Phersu mit einem Wolfshund an der Leine erwartete.

Der Wolfshund jaulte auf und begann heftig an der Leine zu zerren, während sich der Gefangene dem Klang der Trompeten zuwandte und den Stock mit beiden Händen fest umschloß. Der Phersu gab nun der Leine nach und stürzte sich dann zusammen mit dem Hund nach vorne, um ihn bei seiner Attacke zu begleiten.

Mit einem langen Satz sprang der Hund den Kelten an. Aber der mußte an Hunde gewöhnt sein, denn obwohl er nichts sehen konnte, drehte er sich mit einer schnellen Bewegung zur Seite und schützte mit Arm und Ellenbogen seine Kehle. Der Hund verbiß sich wütend in seinen Arm, aus dem sofort das Blut in Strömen floß, aber Axal ließ den Stock nicht sinken, im Gegenteil, er hob ihn hoch über den Kopf, benutzte ihn wie einen Knüppel und schlug so lange auf das Tier ein, bis es von ihm abließ.

Für einen Moment blieb der junge Mann reglos stehen. Um ihn herum wirbelte der Staub, und ein Gemurmel ging durch die Reihen des Amphitheaters.

Unter der Wucht des erneuten Angriffs fiel der Kelte zu Boden. Ein Aufschrei ging durch die Menge auf den Reihen. Aber es gelang ihm gerade noch mit einer blitzschnellen Bewegung des Stockes, die dem Hund um ein Haar zuvorkam, seine Kehle zu schützen. Mit einem trockenen Geräusch zersprang der Kiefer des Hundes auf dem harten Holz. Das Blut, das immer noch in Strömen aus dem zerfetzten Arm des Mannes tropfte, machte ihn rasend, aber der Kelte ließ nicht locker und erwürgte das tobende Tier, obwohl ihm seine Krallen die Brust und den Rücken zerfleischten.

In der Arena war es totenstill geworden.

Dann erhob sich der Kelte mühsam mit Hilfe seines Stockes. Der Phersu hatte sich einige Schritte weit zurückgezogen und die Leine fallengelassen, die nun zu nichts mehr nutze war. Er war zwar ein starker Mann, aber kein ausgebildeter Kämpfer. Der Kelte spürte die Angst des Mannes, ebenso wie er den Hund bei seinen Angriffen gespürt hatte. Er stieß einen wilden, rauhen Schrei aus, der typisch für sein Volk war, und hob dann herausfordernd den Stock.

Der Phersu stürzte ungeschickt und brüllend auf ihn zu, aber der Kelte wich zur Seite und schlug ihm mit aller Kraft den Stock so zwischen Schulter und Kopf, daß er ihm das Genick brach.

»Axal«, hörte Tarxne die Stimme wieder, aber diesmal rauh und keuchend. *»Mein Name ist Axal …«*

Das Bild löste sich auf. Die Quelle lag jetzt, ohne Lichtreflexe, wie ein dunkler Abgrund vor ihm.

Tarxne fuhr zusammen, er war schweißgebadet. Er blickte zu Veliza hinüber, die angstvoll abwartend dastand. Sie erschien ihm wie in weite Ferne gerückt, so wie seine Seele, die in diesem Fragment der Zeit, das die Göttin ihm gezeigt hatte, noch immer gefangen war. »Lebe wohl, Veliza«, sagte er kaum hörbar. »Du bist meine Liebe und bewahrst meine Seele für alle Zeiten.«

Nachdem er noch ein letztes Mal sanft über die Haare seiner Tochter gestrichen hatte, ging er zum Ausgang des Saales, wo ihn die alte Herrin von Turan mit dem Mädchen an ihrer Seite erwartete.

Tarxne hielt einen Augenblick inne. Seine Schultern waren gebeugt, und selbst das Gehen bereitete ihm Mühe, als ob es ihn unendlich viel Kraft gekostet hätte, in die Gegenwart zurückzukehren. Die alte Frau wandte sich ihm zu. »Ich weiß nicht, was dir die Göttin gezeigt hat, Sohn von Larth, auch nicht, ob sie barmherzig mit dir war . . . Aber betrete nie wieder diese Schwelle.«

Tarxne verneigte sich. Das Mädchen begleitete ihn durch den langen Gang und schloß dann das Tor des Tempels hinter ihm.

22.

Die Flammen schlugen hoch über der Brücke zusammen, und die Balken brannten lichterloh in der Morgendämmerung dieses Spätsommertages. In der unnatürlichen Stille, die sich über alles gelegt hatte, breiteten sich dichte Rauchwolken über die Stadt und den Fluß aus.

Laris Pursiena trocknete seine schweißtriefende Stirn, und schon von dieser einfachen Bewegung verschreckt, begann sein Pferd nervös mit den Hufen zu scharren.

»Wir werden also nicht in die Stadt eindringen«, stellte er fest.

Sie hatten gerade den Janushügel erobert und die Landbevölkerung gezwungen, ihre Dörfer zu verlassen und in die Stadt zu flüchten, nun aber stand selbst die Straße, die vor ihnen lag, in Flammen.

»Wir werden die Stadt nicht betreten, aber es wird sie auch niemand verlassen, Laris«, bemerkte Tarxne an seiner Seite. »Valerius hat sich die Klugheit und die Tugenden der Könige vor ihm nicht zu eigen gemacht. Weder Mastarna noch mein Vater haben es jemals zugelassen, daß ein Feind die Stadt belagerte. Sie sind dem Feind immer entgegengezogen. Valerius hat das nicht getan. Die Brücke Sublicio niederzubrennen und sich innerhalb der Stadtmauern zu verschanzen war ein großer Fehler. Wir werden die Stadt einnehmen, und zwar durch Aushungern.«

»Hast du diese Absicht schon verfolgt, als du den Schiffen aus Tarchna und Xaire befahlst, die Mündungen des Tiber und Ostia zu bewachen?«

»Keiner kann Ruma mehr betreten oder verlassen. Die Weizenfelder befinden sich außerhalb der Stadtmauern und werden nicht abgeerntet werden. Andererseits sind mit der Landbevölkerung viele zusätzliche hungrige Mäuler in die Stadt gekommen, und außerdem werden die Städte des Latinischen Bundes nicht zugunsten Rumas einschreiten.

Wir werden auch alle anderen Stadttore bewachen und einfach nur abwarten, Laris.«
»Also kein Angriff!« stieß dieser mit einem Seufzer aus.
»Möchtest du die Hälfte deiner Männer beim ersten Versuch verlieren? Nein, Laris. Das ist ein zu hoher Preis für eine Stadt, selbst für Ruma.«
Pursiena erwiderte nichts. Tarxnes Vorsicht war mehr als gerechtfertigt, aber es lag nicht in seiner Art, geduldig zu sein ... Er hätte seine Männer auch durch den Fluß gejagt, egal, ob Valerius die Brücke niedergebrannt hatte!
»Das wäre der reine Wahnsinn«, bemerkte Tarxne leise auf seine Gedanken antwortend. »Mit der Rüstung, dem Schild und den Waffen würden sie zwei Meter vom Ufer entfernt ertrinken, das weißt du selbst.«
Pursiena zuckte leicht zusammen. »Eines Tages werde ich mich daran gewöhnen müssen, nicht zu denken, wenn ich an deiner Seite bin«, brummte er und wandte sich seinen Hauptleuten zu, um den Befehl weiterzugeben.
Arunth, der den Wortwechsel mitangehört hatte, lächelte über Pursienas Verdruß. Dann kreuzte sich seiner mit Tarxnes Blick, sie verstanden sich ohne Worte. Arunth wandte sein Pferd, um einen Teil der Truppen entlang den Stadtmauern und an den anderen Stadttoren Aufstellung nehmen zu lassen.
Tarxne dachte, daß diese Vertrautheit und vor allem dieses schweigende Einverständnis früher oder später ihren Untergang bedeuten würde, weil es allzu offensichtlich in den Augen der anderen war.
Pursiena hingegen schaute seinem Sohn voller Stolz nach. Arunth war bei dem Angriff auf den Janushügel immer unter den ersten gewesen. Pursiena zweifelte nicht, daß er die Belagerung aufs beste vorbereiten würde. Er wandte sich Tarxne zu, der beobachtete, wie die brennende Brücke langsam in den Fluß stürzte.
»Was bekümmert dich?« fragte er den Freund.
»Mein Vater hat diese Brücke vor langer Zeit erbauen lassen ... Was mich bedrückt? Nichts, was uns beunruhigen müßte, mein Freund ... Erinnerungen vielleicht.«
»Ich werde den Opferaltar vorbereiten lassen, wenn du mir den geeignetsten Ort dafür nennst«, sagte Pursiena, um Tarxne aus seinen trüben Gedanken zu reißen.

»Wir werden den sabinischen Tempel zu Füßen des Janushügels ehren und dort unsere Zeremonien feiern«, sagte Tarxne.
»Aber warne deine Haruspizen, nicht das voraussehen zu wollen, was die Schicksalsgöttin noch verborgen hält.«
»Ich verstehe nicht, was du meinst.«
»Deine Haruspizen werden es verstehen.«
Pursiena nickte. Solange es sich um die Schicksalsgöttin handelte, hätte er um nichts in der Welt dem Freund zu widersprechen gewagt.

Der Herbst war außergewöhnlich trocken und staubig. Rumas Weizen war auf den Feldern verdorrt, die Ähren waren ausgetrocknet und würden bei den ersten Regenfällen des Winters an ihren Halmen verfaulen.
Alle Versuche von Valerius, die Stadttore zu durchbrechen, um Collatia oder Ardea zu erreichen, hatten zu blutigen Kämpfen geführt, die damit endeten, daß seine Männer gezwungen gewesen waren, sich wieder hinter die Stadtmauern zurückzuziehen.
Auch Collatia wurde belagert, aber die Stadt kapitulierte nach zwei Monden, und Triciptinus' Unterwerfungserklärung an Pursiena hatte die üblichen Treuebekenntnisse enthalten. Tarxne hatte sich entschlossen, nicht an der Zeremonie teilzunehmen, und blieb in seinem Zelt, das Tag und Nacht von seinen Karthagern bewacht wurde. Er traf sich mit Sextus und Mamilius, die ihm die Erklärung der Nichteinmischung seitens des Latinischen Bundes überbrachten und ihn ihrer persönlichen Hilfe versicherten. Mamilius überbrachte ihm außerdem beruhigende Nachrichten über Anaies, die von den Einwohnern Tusculums mit Wohlwollen aufgenommen worden war und in der Zwischenzeit einen Sohn geboren hatte. Mutter und Kind erfreuten sich bester Gesundheit.
Von Tullia hingegen erreichte ihn keine Botschaft, obwohl häufig Abgesandte aus Xaire mit Vorrats- und Waffenlieferungen für die Belagerer eintrafen.
Dank der Unterstützung der Verbündeten und des trockenen, milden Winters verlief die Zeit für die Belagerer ohne größere Opfer. Es geschah in den ersten Tagen des Monats Velchitna, als nach langer Zeit ein leichter, wohltuender Regen fiel, daß Pursiena wild entschlossen, die Situation voranzutreiben, in Tarxnes Zelt stürzte.
»Du mußt Magie anwenden!« rief er, noch während er sich die nasse

Tebenna abschüttelte, um sich dann am Feuerbecken aufzuwärmen. »Einen Zauber, der die Tore dieser verdammten Stadt öffnet oder der sie ganz verschwinden läßt. Egal, was du tust, die Sache muß bald ein Ende haben!«

»Es verwundert mich, daß dein Ungestüm dir bis heute nicht geschadet hat«, sagte Tarxne beruhigend und goß ihm heißen Wein ein.

Aber Pursiena regte sich weiter auf. »Fünftausend Mann sitzen seit acht Monden in diesem Sumpf fest ... Es ist einfach unerträglich, und ich bin nicht der einzige, der ...«

»Setz dich und trinke«, unterbrach ihn Tarxne. Gegen seinen Willen gehorchte Pursiena und ergriff den Becher.

»War Arunth vor mir hier?« fragte er.

Tarxne nickte.

»Er verbringt viel Zeit mit dir.«

»Er ist jung und wißbegierig und erinnert mich daran, ein Trutnot zu sein. Es ist eine Freude, ihn zu unterrichten.«

»Meine Hauptleute sagen, er zieht deine Gesellschaft der ihren und den Waffenübungen vor. Laß ihn nicht zu gebildet werden, Tarxne. Er wird einmal König sein und muß ein Schwert zu führen wissen!« sagte Laris.

»Velvur, der Große Trutnot, lehrte, daß ein Mann, bevor er König ist, *alles andere sein muß*, und mir scheint, Arunth will alle Horizonte erkunden.«

»Genau das macht mir Sorgen«, bemerkte Laris, auf einmal sehr ernst geworden.

Tarxne lächelte kaum merklich und füllte von neuem den Becher des Freundes mit Wein.

»Morgen wird Valerius die Stadttore öffnen und dir die Kapitulation anbieten«, sagte er dann. Der König von Clevsi verschluckte sich fast.

»Morgen?« wiederholte er ungläubig.

Tarxne antwortete nicht, sondern ging zur Zeltöffnung, durch die man den Fluß und dahinter die Stadtmauern von Ruma sehen konnte. Ein grauer Regenschleier lag drückend über der Stadt, so dicht wie der Schleier, der die Zukunft verbarg. Er *wußte*, daß Valerius beim nächsten Morgengrauen kommen würde, aber mehr auch nicht.

»Tarxne?« rief Pursiena hinter ihm. »Tarxne, hörst du mir überhaupt zu?«

»Nein, entschuldige«, antwortete Tarxne und drehte sich zu ihm um. »Morgen bei Tagesanbruch werden wir gemeinsam auf Valerius warten, aber jetzt muß ich allein sein.«
Pursiena schaute ihn verblüfft an. Es war das erste Mal, daß Tarxne so schroff zu ihm sprach. Er stellte den Becher ab und spürte auch das Unbehagen des Freundes.
»Also, dann bis morgen«, sagte er leise und hatte dabei das Gefühl, als ob es nicht ein Sieg sein würde, der sie erwartete.
Tarxne ließ ihn ohne Gruß gehen. Er mußte allein sein. Nur in sich selbst würde er die Antworten finden, die er suchte. Die Zukunft voraussehen zu wollen, war für ihn fast schon zu einer Krankheit geworden. Eine unheilbare Krankheit.
Die Macht des Magiers, die wirkliche Macht, war in ihm wie in einem Schrein verschlossen, dessen Schlüssel er nicht mehr besaß.
Velvur, mein Lehrmeister, dachte er entmutigt. Ich selbst habe meine Grenzen und mein Maß festgelegt. Werde ich sie noch jemals ändern können?
Erst wenn dies der letzte und einzige Wunsch deines Herzens ist.
Er wußte nicht, woher ihm die Antwort kam, vielleicht existierte sie nur in seiner Einbildung ... Ein Raunen, nicht mehr als das Rauschen des Regens auf dem Zeltdach.

Die Morgendämmerung war dunstig, der Himmel im Osten milchig weiß, und der Wind beugte das Schilf an den Flußufern.
Der Bote hatte den Tibrin mit einem kleinen Boot überquert, und die Wachposten hatten ihn unverzüglich vor den König geführt. Der junge Mann konnte sein Erstaunen nicht verbergen, als er sah, daß der König ihn bereits in Begleitung seiner Hauptleute und Adeligen erwartete.
»Worüber wunderst du dich, Ebuzio«, wandte sich Tarxne an ihn und trat aus dem Schatten. »Dein Vater ist Waffenmeister und nicht nur einer von Valerius' engsten Vertrauten, sondern auch dessen vermutlicher Nachfolger. Demnach sollte er wissen, daß mir nichts verborgen bleibt. Gehe zu Valerius und sage ihm, daß wir seine Kapitulation annehmen, wenn er sie uns selbst zusammen mit fünfundzwanzig Jünglingen und fünfundzwanzig Jungfrauen, den Erstgeborenen der sabinischen und latinischen Adelsfamilien, überbringt. Sie werden bei uns

bleiben. Ob als Gäste oder als Geiseln wird von Ruma abhängen. Sobald er diese Bedingung erfüllt, wird ihn der König von Clevsi anhören.«
Der junge Mann zögerte. Er war unschlüssig, ob er Tarxne, wie er es seit seiner Kindheit gewohnt war, die einem König gebührende Ehrerbietung erweisen sollte oder ihn einfach als den verhaßten Feind, der die Stadt ausgehungert hatte, behandeln sollte.
»Viele Menschen in Ruma sind verhungert«, sagte er leise.
»Ziehe dafür Valerius zur Rechenschaft«, erwiderte Tarxne.
»Schickt ihn nach Ruma zurück«, befahl er dann und wandte sich von dem Boten ab.
Zwei Männer geleiteten ihn zum Fluß zurück.
Einen Augenblick lang wagte niemand im Zelt, etwas zu sagen.
»Du wirst meinem Heer nicht erlauben, die Stadt zu betreten?« fragte Pursiena schließlich.
»Damit sie plündern? Nein, Laris. Verlange, was immer du willst von Valerius, aber die Truppen dürfen die Stadt nicht betreten.«
Pursiena nickte zögernd und blickte erwartungsvoll zu Arunth, von dem er sich Unterstützung erhoffte. Aber Arunth erwiderte seinen Blick nicht.
»Somit wird also deine herrliche Stadt unangetastet und meine Männer ohne Beute bleiben«, dachte Pursiena laut nach.
»Du kannst dir alles Gold, die Waffen, das Eisen und die Sklaven des Adels ausliefern lassen. Aber niemand darf die Stadt selbst berühren.«
»Natürlich«, bemerkte Pursiena sarkastisch. »Wir werden sie wie eine Geliebte behandeln.«
»Das hast du gesagt.«
Laris antwortete nicht, denn Tarxne schien mit seinen Gedanken schon wieder ganz woanders zu sein.
Es war schon Mittag, als Valerius mit seinem Gefolge über den Fluß setzte, um seine Waffen zu Füßen des Königs von Clevsi niederzulegen.
Valerius wurde von Luxrias, Mastarnas jüngstem Sohn, und Aulus Postulmius, dem neuen Konsul, begleitet. Außerdem waren noch Tito Ebuzio, der Waffenmeister, der Duumvirat und vier Männer des Ältestenrates an seiner Seite. Die als Geiseln geforderten Jungen und Mädchen waren hingegen am Flußufer zurückgeblieben.
Entlang dem Weg vom Anlegeplatz der Boote bis zum Zelt, wo der

königliche Sessel stand, hatte Pursiena zwei Reihen Soldaten aufstellen lassen. Ohne die Männer zu beachten, legte Valerius die dreihundert Schritte zum Zelt zurück. Aber als er davor haltmachte, verriet sein flammender Blick den Zorn, der in ihm brodelte.

Die Vorhänge des Zeltes waren zurückgeschlagen, und Pursiena saß auf dem königlichen Sessel. An seiner Seite stand der junge Fürst Arunth, der dem vertriebenen König von Ruma aufs Haar glich. Valerius konnte Tarxne nicht sehen, aber er fühlte seinen durchdringenden Blick. Eine panische Angst drückte ihm plötzlich fast die Luft ab.

»Leg dein Schwert nieder und geh auf die Knie!« befahl ihm Arunth von Clevsi.

»Wer bist du, daß du glaubst, mir Befehle erteilen zu können«, erwiderte Valerius bitter.

»Der Sohn des Königs, der dich geschlagen hat«, antwortete der junge Mann. »Du bist vor sein Angesicht getreten, also lege dein Schwert nieder, bevor du die Bedingungen deiner Übergabe anhörst.«

Arunths Stimme war gebieterisch, aber Valerius spürte, daß nicht sie die Ursache für sein Unbehagen war.

Er beugte ein Knie und legte sein Schwert auf das nasse Gras. Erst in diesem Moment, als er den Blick wieder hob, sah er den König von Ruma. Er stand so nah vor ihm, daß er ihn mit dem ausgestreckten Arm hätte berühren können. Valerius erhob sich und wich einen Schritt zurück. Der König war sichtlich abgemagert, und Härte und Bitterkeit lagen in seinen einst von einem geheimnisvollen Leuchten erfüllten Augen.

»Die Stadt wird nicht geplündert werden, aber dies ist nicht dein Verdienst, Valerius«, hörte er Tarxnes kalte Stimme.

»Deine Götter haben mich bereits gestraft, wenn dich das beruhigt«, zischte Valerius zurück. »Ich habe meine beiden Söhne hinrichten müssen. Sie wollten die Herrschaft über die Stadt an sich reißen und dir die Tore öffnen. Das war vor zwei Monden.«

»Und am selben Tag ist dein Haus von einem Blitz getroffen worden und abgebrannt. Ich weiß, Valerius. Aber du hast überall erzählt, du hättest es selbst angezündet. Die Leute sollten glauben, du wolltest auf das Privileg eines reichen Hauses in unmittelbarer Nähe des Palastes, des alten Ortes der Macht, verzichten. Du bist ein Lügner, Valerius, auch deinem Volk gegenüber.«

Der Sabiner gab keine Antwort.
»Tritt nun näher und höre die Bedingungen des Königs von Clevsi an«, sagte Tarxne und trat beiseite.
»Warum hast du all diese jungen Leute als Geiseln gefordert?«
»Weil du ein Lügner bist, Valerius. Für jeden Pakt, den du brichst, werden zwei von ihnen sterben, und deine Tochter wird die erste sein.«
»Willst du etwa sie es büßen lassen?«
»Was interessiert dich das?« erwiderte Tarxne hart. »Du hast schon deine beiden Söhne hinrichten lassen, das hast du mir eben selbst gesagt.«
Valerius beherrschte sich nur mühsam. Die Worte des Königs klangen wie Hohn, denn er wußte, daß es die letzte Tochter war, die ihm geblieben war.
Tarxne warf einen Blick auf Valerius' Gefolgsleute. Sie waren alle unbewaffnet.
»Was ist mit Culcnies?« fragte er. »Hast du auch ihn hinrichten lassen?«
»Er hat sich nach Launium zurückgezogen«, antwortete der Sabiner. »Sein Herz und sein Geist waren gebrochen. Aulus Postumius ist der neue Konsul an meiner Seite.«
Tarxne nickte, und sein Blick suchte Luxrias, den jüngsten der Söhne Mastarnas, zwischen den Gefolgsleuten. Als ihre Blicke sich trafen, sah er nichts als Verzweiflung in dessen Augen.
Valerius betrat das Zelt. Seine Leute folgten ihm und nahmen auf den für sie bestimmten Bänken Platz. Doch noch bevor Pursiena mit der Aufzählung seiner Forderungen begann, war Tarxne bereits zum Anlegeplatz am Fluß unterwegs, wo die Geiseln warteten, von den Wachen der Rasna umringt. Es regnete nun in Strömen, und alle, die Wachen wie die jungen Leute, waren bis auf die Haut durchnäßt.
Tarxne schaute sich um. Es waren zweifellos die Söhne und Töchter der angesehensten latinischen und sabinischen Familien Rumas. Er erkannte auch Valerius' Tochter, ein fünfzehnjähriges, hochgewachsenes Mädchen mit dichtem, dunklem Haar. Alle Mädchen trugen dunkle Wolltuniken und helle Umhänge und standen mit gesenktem Kopf schutzsuchend hinter den jungen Männern. Nur die Tochter von Valerius sah ihm direkt in die Augen. Sie wußte nur zu gut, wer er war, aber sie zeigte keine Angst.

»Bringt die Gäste in die Zelte, die für sie errichtet worden sind«, befahl Tarxne, »und sorgt dafür, daß sie eine Mahlzeit und trockene Kleidung bekommen. Alle bis auf dieses Mädchen dort. Bringt es in mein Zelt und bewacht es gut.«
Dann rief er zwei der Hauptleute zu sich und begab sich mit ihnen zum Sublicio. Am anderen Ufer hatte sich eine kleine Menschenmenge versammelt. Tarxne spürte keine Feindseligkeit, nur Gleichgültigkeit. Die Menschen dort drüben erkannten ihn nicht.
Die Brücke war zerstört. Die Wasser des Flusses umspülten die halbverbrannten Stützbalken, an denen sich im Laufe des Winters Unrat und größere Äste verfangen hatten.
Nachdem er kurz die Festigkeit des Geländes überprüft hatte, befahl Tarxne den Hauptleuten, zwei Trupps zusammenzustellen, die am darauffolgenden Tag unter seiner Leitung in den Wald gehen würden. Dort würde er selbst die Baumstämme für die neue Brücke aussuchen.
Er befand sich noch in der Nähe des Ufers, als er Valerius und dessen Gefolge bemerkte, die gerade die Boote bestiegen, um über den Fluß nach Ruma zurückzukehren. Valerius drehte sich nicht nach ihm um, während Luxrias die Gruppe verließ und auf ihn zukam.
»Ich bitte dich, mir ein Pferd und die Freiheit zu gewähren, damit ich zu meiner Schwester reiten kann«, sagte der junge Mann und hielt Tarxnes Blick stand.
»Du bist frei. Ein Mann meiner Wache wird dich zu Tullia begleiten.«
»Um sicher zu sein, daß ich nicht woanders hinreite und womöglich Hilfe hole?« bemerkte Luxrias bitter.
»Um sicher zu sein, daß du am Leben bleibst, Luxrias«, entgegnete Tarxne.
Der junge Mann nickte. Ohne ein weiteres Wort drehte er sich dann um und folgte einem Karthager der Wache, den Tarxne mit einer knappen Geste herbeigerufen hatte.
Valerius entschloß sich, den Vorfall nicht zur Kenntnis zu nehmen, als ob Luxrias nicht das geringste mit ihm zu tun hätte. Während der ganzen Überfahrt stand er starr und reglos im Boot und wandte dem Lager der Rasna ostentativ den Rücken zu.
Tarxne machte sich auf den Weg zu Pursiena. Der König von Clevsi machte ein finsteres Gesicht, verärgert über die arrogante Haltung des

Sabiners, der dennoch gezwungen gewesen war, alle Bedingungen der Kapitulation anzunehmen. Er mußte alles Eisen, ausgenommen das für landwirtschaftliche Gerätschaften, sowie alles Gold der Stadt an Pursiena abliefern. Außerdem mußte er den Thron wieder dem Tarquinier überlassen, sobald die erste Weizenladung eingetroffen war, die die Flotte der Rasna im letzten Sommer im Hafen von Ostia beschlagnahmt hatte.

Nachdem er, geduldiger als sonst, noch einmal den Bericht seiner Unterhändler über die Einzelheiten der geforderten Tribute angehört hatte, wandte sich Pursiena an Tarxne.

»Ich weiß nicht warum, aber ich habe das Gefühl, irgend etwas übersehen zu haben«, vertraute er ihm flüsternd an. »Du bist ein Magier, mein Freund. Sag du mir, ob dieses Gefühl dem Wunsch, nach Clevsi zurückzukehren oder der Enttäuschung über die ausgebliebene Schlacht entspringt!«

»Wunsch und Enttäuschung«, sagte Tarxne. »Ja, Laris, auch das. Aber sei weiterhin wachsam und traue den Latinern und Sabinern nicht, auch wenn sich ihre Abgaben bald vor deinen Augen häufen werden.«

»Schicke irgend jemand anderen, die Bäume auszuwählen, und bleibe morgen an meiner Seite!« bat Laris.

»Das kann ich nicht. Nur ein Trutnot kann die Bäume erkennen und das Ritual des Fällens vollziehen.«

»Aber du bist kein Trutnot, sondern ein König!« Pursiena war über seine eigene Kühnheit erstaunt und brach in Gelächter aus. »Wir sind alle müde und enttäuscht angesichts dieser wenig einladenden Geliebten«, sagte er. »Verzeihe mir, mein Freund. Ich weiß nur zu gut, daß die Stadt, solange die Brücke nicht wieder aufgebaut ist, weiterhin in den Händen von Valerius ist. Wir werden die Belagerung der anderen Tore nicht aufgeben, und Valerius wird sie nicht öffnen. Das sind die Vereinbarungen bis zum Eintreffen der Weizenlieferungen.«

»Bewache die Geiseln gut, sei auf der Hut. Wenn die Sabiner und Latiner irgendeinen Vorteil daraus schlagen könnten, wäre es für sie einfacher, die Geiseln zu opfern, als für dich, sie töten zu müssen.«

Pursiena lächelte. »Man hat mir gesagt, daß du die Tochter von Valerius in dein Zelt hast bringen lassen.«

»Ich muß ihr einige Fragen stellen.«

»Du kannst Dir vorstellen, was die anderen denken!«

»Mag sein«, gab Tarxne zu.
Die Nacht war bereits hereingebrochen, als er in sein Zelt zurückkehrte.
Die Flammen im Feuerbecken loderten, und auf dem Tisch waren gebratenes Fleisch und frische Fladenbrote, Obst und Wein angerichtet. Das Mädchen jedoch kauerte in ihren Umhang gehüllt in einer Ecke. Der Karthager, der es bewacht hatte, verließ das Zelt, und Tarxne tat so, als bemerkte er das Mädchen gar nicht.
Er zog die feuchte Tebenna aus, wusch sich Gesicht und Arme und goß sich einen Becher Wein ein.
Ohne sich zu ihr umzuwenden, sagte er dann: »Setz dich her und iß etwas. Warum glaubst du, habe ich dich herbringen lassen?«
Die Tochter von Valerius hob den Kopf, und ihre Wut verwandelte sich langsam in Angst.
»Um mich zu entehren«, antwortete sie und versuchte, ihrer Stimme einen festen Klang zu geben.
»Das ist es, was dein Vater glaubt, und fürs erste genügt mir das. Komm her, setz dich und iß.«
Das Mädchen gehorchte, den Mantel eng um sich geschlungen. Zögernd aß es ein Stück Fladenbrot und ein wenig Fleisch, wobei es versuchte, den quälenden Hunger so gut wie möglich zu verbergen. Eine Weile ließ Tarxne sie in Ruhe essen und kümmerte sich nicht weiter um sie.
Dann setzte er sich selbst an den Tisch, ohne jedoch etwas von den Speisen anzurühren. Nun etwas weniger ängstlich, richtete das Mädchen seine großen, glänzenden Augen auf ihn. Tarxne lächelte.
»Geht es jetzt besser?« fragte er.
Sie nickte unsicher.
»Gut. Ist der Tempel des Gottes Tinia unversehrt?«
»Ja. Nur das Haus meines Vaters ist abgebrannt. Er sagt, es war seine Tat, weil in Ruma niemand übermäßig reich sein soll und es kein Gold und kein Silber, keine auserlesenen Stoffe und keine unnützen Verzierungen mehr geben darf. Nur noch nützliche Dinge und Waffen, um zu kämpfen. Gegen alle.«
»Gibt es viele, die ihm folgen?«
»Es gibt auch viele, die dir nachtrauern«, erwiderte das Mädchen voreilig.

Tarxne lächelte. »Danke.«
Das Mädchen errötete. Es fühlte sich jetzt gesättigt und vom Feuer und Wein erhitzt.
Tarxne versuchte, seinen Geist von dem Bedürfnis nach Schlaf und Vergessen, das ihn übermächtig überfiel, zu befreien. Er erhob sich und deutete auf ein paar Decken, die in einer Ecke auf dem Teppich lagen.
»Dort kannst du schlafen.«
Das Mädchen gehorchte, während auch er sich auf seinem Lager ausstreckte und mit einem trockenen Umhang bedeckte. Aber nun war alles von der Unruhe des Mädchens erfüllt, das überrascht von seinem Verhalten und nun von einer jugendlichen Neugier befallen war. Der Regen fiel prasselnd auf das Zelt, und hin und wieder blähte ein Windhauch die Leinwände.
Tarxne dachte an Veliza. In Nächten wie dieser war seine Sehnsucht stärker denn je.
Er merkte, wie das Mädchen sich in der Dunkelheit bewegte, sicher, daß er bereits schlief. Er hörte, wie es sich an den Schnüren des Vorhangs zu schaffen machte und dann in die Freiheit entschlüpfte.
Aber Tarxne drehte sich nur auf die andere Seite, und im nächsten Augenblick hatte er das Mädchen schon vergessen.

23.

So schnell sie konnte rannte Clelia, die Tochter von Valerius, durch den strömenden Regen vom Zelt zu der nächsten Baumgruppe hinüber und duckte sich nach Atem ringend unter die Büsche. Von hier aus konnte sie noch eben das flackernde Feuer vor dem Zelt des Königs von Ruma sehen, aber Wachposten sah sie keine.

Sie überlegte, ob die Wachen vielleicht vor dem Regen Schutz gesucht hatten, was die Behauptung ihres Vaters bestätigt hätte, daß die Rasna verweichlicht waren und ihr angenehmes Leben jede kriegerische Tugend zunichte gemacht hatte. Aus diesem Grund sollte Rumas Volk, seiner Meinung nach, alle Versuchungen meiden, weil die Dinge, die das Leben erleichterten, es letztlich auch zerstörten.

Clelia hüllte sich noch enger in ihren Umhang und versuchte, nicht auf den Regen zu achten.

Ihr Vater forderte den Tod dieses Königs, den er als einen Tyrannen darstellte. Aber es fiel ihr jetzt schwer, das Bild dieses Mannes auszulöschen, der sie in sein Zelt hatte bringen lassen und ihr freundlich eine üppige Mahlzeit und ein trockenes Bett angeboten hatte. Was sie von ihm wußte, war das, was alle wußten, nämlich daß sich die edle Lucretia seinetwegen das Leben genommen hatte und die Auswirkungen seiner schändlichen Tat.

Sie sah die kühle Schönheit seiner blauen Augen wieder vor sich, die all ihre Ängste erkannt hatten ... Augen, die sie hätten verzaubern können, wenn sie gewollt hätten.

Bei diesem Gedanken kam wieder Angst in ihr auf. Sie schaute sich um, konnte aber wegen der Dunkelheit und des dichten Regenschleiers nichts erkennen. Deshalb rannte sie in die Richtung, aus der sie das Rauschen des Flusses hörte, ohne auf die tieferhängenden Äste, die ihr ins Gesicht schlugen, oder das Gestrüpp, das ihr die Beine zerkratzte, zu achten. Das Tosen des Stromes wurde mit jedem Schritt lauter. Clelia war eine gute Schwimmerin, aber der Gedanke, sich in die tosenden Fluten zu stürzen und gegen den Strom schwimmend das andere Ufer zu erreichen, erschien ihr plötzlich irrsinnig ...

Ihre Bewegungen wurden unbeholfener. Sie rutschte auf dem nassen Gras aus, stolperte über eine Wurzel und fiel bäuchlings zu Boden. Während sie noch dalag und ihr Herz wie wild vor Angst schlug, fühlte sie plötzlich einen Arm, der sich um ihre Taille legte. Im nächsten Augenblick wurde sie bereits hochgehoben, gegen eine Männerbrust gedrückt und zu einem der Wachfeuer getragen, das unter einem Dach aus Zweigen und Laub brannte.

Der Mann gab den beiden Wachposten den Befehl, am Ufer nach weiteren Flüchtlingen zu suchen, und legte das Mädchen auf die Erde. Clelia kauerte sich sofort zusammen, bereit, sich zu verteidigen.

Der junge Mann schaute erstaunt. »Wolltest du wirklich in den Fluß springen?« fragte er in einem einigermaßen verständlichen Latein.

Das Mädchen nickte. Im Flackern des Feuers erkannte sie die außergewöhnliche Ähnlichkeit des jungen Mannes mit dem König, aus dessen Zelt sie geflohen war. Die einzigen Unterschiede waren das Alter und die Härte des Blickes.

»Und meinst du nicht, daß das deinen Tod bedeutet hätte?«

»Vielleicht, was geht dich das an?« erwiderte Clelia.

»Also hast du doch nicht deine Stimme verloren.« Der Tonfall des jungen Mannes war jetzt fast belustigt. Er kauerte sich neben sie, um sie von nahem zu betrachten.

»Du bist Clelia, die Tochter von Valerius«, rief er.

»Na und?« erwiderte Clelia trotzig.

Der junge Mann streckte eine Hand aus, um ihr die nassen Haare aus dem Gesicht zu streichen, und das Mädchen wich jäh zurück.

»Du warst im Zelt des Königs von Ruma. Wenn dir unrecht geschehen ist, sag es mir«, sagte er leise.

»Warum sollte ich? Du hast dasselbe Gesicht wie er!«

»Ich bin Arunth, Sohn von Laris Pursiena, dem König von Clevsi. Ich bin nicht mit dem König von Ruma verwandt, uns verbindet nur die Zuneigung zwischen Schüler und Lehrmeister. Aus diesem Grund kann ich für dich eintreten.«

Clelia stockte der Atem. Auf einmal erschien ihr der junge Mann wie

der gute Geist der Nacht selbst, der gekommen war, um sie vor dem Abgrund zu retten.
»Er hat mir kein Unrecht zugefügt, aber hilf mir trotzdem zu fliehen!« stieß sie hervor.
»Um meinen Vater und mein Volk zu verraten? Nein, Clelia. Ich muß dich dem König, dem du gemäß dem Recht der Sieger gehörst, zurückgeben. Aber ich kann dir trotzdem helfen. Ich bin sicher, daß der König sich nicht weigern wird, dir die gleiche Behandlung wie den anderen Gästen zukommen zu lassen. Und was immer du auch glauben magst, er ist ein gerechter Mensch.«
»Du bist ein Dummkopf, Sohn des Pursiena!« Clelia lachte auf und erhob sich so heftig, daß Arunth schon dachte, sie versuche, erneut zu flüchten. »Was glaubst du, was mein Vater denken wird, wenn er davon erfährt? Der König hat mich für einen Tag und eine Nacht in seinem Zelt behalten. Ich werde niemals mehr jemanden finden, der das Brautgeld für mich bezahlt, noch wird mein Vater mich je wieder bei sich aufnehmen!«
»Dann ist dein Vater ein Dummkopf und ebenso dumm sind die Traditionen deines Volkes, wenn es solchen Dingen soviel Beachtung beimißt«, erwiderte Arunth. »Es tut mir leid, Clelia. Ich muß dich zu ihm zurückbringen.« Damit ergriff er ihren Arm und schob sie vor sich her. Das Mädchen gehorchte widerstrebend und versuchte jede Berührung mit Arunth zu vermeiden.
Das Feuer im Zelt des Königs brannte schon hoch, und ein leichter Graustreifen am Horizont verriet die nahe Morgendämmerung.
Die Wachposten am Eingang hoben sofort den Vorhang hoch, und Arunth schubste das Mädchen vor sich her ins Zelt.
Tarxne zog sich gerade eine kurze Tunika über die hohen Beinschienen. Auf dem Tisch stand noch unangetastet seine Morgenmahlzeit. Arunth bemerkte sofort ein Gefühl von tiefem Schmerz, das vom König ausging, aber als Tarxne sich zu ihnen umdrehte, umspielte ein kleines Lächeln seine Lippen.
»Unsere kleine Clelia wollte also sterben«, sagte er leise.
»Nein«, erwiderte Arunth. »Sie glaubte wirklich, es bis zum anderen Ufer zu schaffen.«
»Und statt dessen traf sie dich, weil du zufällig in der Nähe meines Zeltes warst.«

Arunth hielt Tarxnes Blick stand. »Soll das ein Tadel sein?«
»Nein«, antwortete Tarxne. Dann blieb er vor dem Mädchen stehen und faßte es unterm Kinn. »Der Fürst von Clevsi wird dein Brautgeld zahlen, und dein Vater wird es nicht abschlagen können. So wird ihm seine einzige Tochter einen Enkel schenken, der ein Rasna sein wird.«
Clelia schüttelte den Kopf. »Ich will nicht hören, was du sagst!«
Auch Arunth war verstummt. Tarxne gab einer der Wachen ein Zeichen, das Mädchen in Gewahrsam zu nehmen.
»Bring Clelia zu den anderen, aber bewache sie gut. Jemand könnte sich an ihr vergreifen, denn die anderen halten sie jetzt für unrein.«
Der Mann gehorchte und führte das Mädchen weg.
Sobald sie allein waren, baute sich Arunth vor Tarxne auf. »Was hast du da eben gesagt?« stieß er aus. »Sollte das vielleicht eine Art Prophezeiung sein?«
»Das Mädchen gefällt dir, und du bist gestern die ganze Zeit um dieses Zelt geschlichen. Der Gedanke, ich würde sie mit Gewalt nehmen, war dir unerträglich.«
Arunth errötete. »Bin ich so leicht zu durchschauen?«
»Nein, für niemanden außer für mich. Und du kennst den Grund.«
»Dann benutzt du also mich und das Mädchen für deine Rache?«
Tarxne schüttelte den Kopf. »Nicht Rache ist das Ziel, sondern eine Allianz. Mit Rache kommt man nicht weit. Clelia wird dir eine gute Ehefrau sein. Allerdings erfüllt mich der Gedanke, daß Valerius' Enkel ein Tarquinier sein wird, mit einer gewissen Genugtuung.«
»Und mein Vater. Bedenkst du nicht, was mein Vater dazu sagen wird?«
Tarxne zuckte mit den Schultern.
Er war bereit, und von draußen drangen bereits die Stimmen der Männer, die für das Abholzen der Bäume ausgewählt worden waren, ins Zelt. Im letzten Augenblick hielt Arunth ihn zurück.
»Gehe nicht, Tarxne. Die Sabiner werden mit den geforderten Tributen kommen, und der König braucht dich hier im Lager.«
»Um die Tribute der Besiegten entgegenzunehmen, braucht Pursiena nur seine Unterhändler«, erwiderte Tarxne.
»Dann erlaube mir, dich zu begleiten«, beharrte Arunth.
»Das würde der König von Clevsi nicht gerne sehen. Du mußt an seiner

Seite sein, wenn er die Geduld verliert beim Anhören der endlosen Listen der Tribute. Du mußt auf jeden Fall an seiner Seite sein. Du bist der Fürst von Clevsi.«
Arunth nickte, aber er konnte nicht umhin zu bemerken, daß Tarxne nicht ›dein Vater‹ gesagt hatte. Er fühlte Mitleid mit dem Mann auf dem Thron von Clevsi, aber auch Angst vor den Dingen, die da kommen würden. Doch Tarxne blickte ihn nur lächelnd an und verließ dann ohne ein weiteres Wort das Zelt.
Arunth sah, wie er die Männer um sich scharte und dann in ihrer Begleitung das Lager verließ. Dann ließ Arunth sich wie gewohnt sein Pferd bringen, um im Lager seine allmorgendliche Runde zu drehen. Er hielt an jedem Lagerfeuer kurz an, und hörte den Bericht der Hauptleute. Aber es war eine ruhige Nacht gewesen. Mit Ausnahme der Wachposten waren alle in ihren Zelten oder in den Strohhütten geblieben.
Auch bei den Zelten der Jungen und Mädchen aus Ruma hielt er an. Die Vorhänge waren zurückgeschlagen, und die jungen Leute saßen alle ums Feuer. Nur Clelia, die etwas abseits saß, bemerkte seine Anwesenheit und hob den Blick. Arunth erwiderte ihren stillen Gruß. Er spürte die Wut ihrer Gefährten, aber auch eine gewisse Spannung. Doch er dachte nicht weiter darüber nach, noch verwirrt von Tarxnes Worten.
Die Sonne stand schon hoch an einem Himmel, über den der Wind schnell die Wolken trieb, als Arunth das Zelt des Königs von Clevsi betrat. Die Abgesandten waren soeben mit den Tributen eingetroffen. Das Zelt war voller Unterhändler, Hauptleute und Haruspizen, und es waren Teppiche ausgebreitet worden, auf denen jetzt das Gold und das Eisen aufgehäuft wurde.
Pursiena thronte mit finsterer Mine auf seinem Sessel. Die akribische Genauigkeit, mit der seine Leute jedes abgelieferte Objekt auflisteten, machte ihn zunehmend nervöser. Als er Arunth erblickte, leuchteten seine Augen auf.
»Ich beneide Tarxne«, gestand er. »Seine Aufgabe ist mit Sicherheit weniger schwierig. Zumindest sitzt er auf einem Pferd.«
»Du bist der siegreiche König. Beklage dich nicht«, erwiderte Arunth und beugte sich herab, um einige Pokale griechischer Machart, die mit bohnengroßen Opalen geschmückt waren, zu betrachten.

In diesem Augenblick stürzte ein junger Mann ins Zelt und riß zwei von Valerius' Abgesandten und einen der Unterhändler zu Boden. Er war mit einem kurzen Schwert bewaffnet und fuhr damit sofort auf Laris Pursiena los. Arunth sprang auf. Mit aller Wucht warf er sich auf den Angreifer, der zu Boden stürzte, und ein Mann der königlichen Wache versetzte ihm einen Schwerthieb auf die bewaffnete Hand, der ihm alle Finger abschnitt. Mit einem Schrei drückte sich der junge Mann die blutende Hand mit der unverletzten gegen die Brust.

»Laßt ihn!« befahl Pursiena den Wachen, die den Eindringling nun umzingelt hatten, und fragte dann, an den jungen Mann gewandt: »Kenne ich dich?«

»Ich kenne ihn«, fiel Arunth ein. »Es ist Mucius, der Enkel von Marcius, einem Nachkommen König Numas. Er führte die Männer an, die uns auf dem Weg nach Clevsi angegriffen haben.«

Pursiena schaute eine Weile schweigend den jungen Mann an.

»Was hattest du vor?« fragte er schließlich. »Selbst wenn dein Schwert meine Brust getroffen hätte, glaubst du, das hätte etwas an deiner Lage oder der deiner Stadt geändert?«

»Vielleicht«, gab der andere mit gespielter Gleichgültigkeit zurück.

»Schickt dich Valerius?«

Der junge Mann gab keine Antwort. Pursiena zuckte mit den Schultern. Er kannte diese Verwegenheit, denn er selbst war ein verwegener Kämpfer in der Schlacht, und dieser junge Mann war offensichtlich nicht weniger tollkühn.

»Wenn du mich töten wolltest, um dein Volk von meinen Forderungen zu befreien, dann verneige ich mich vor deinem Mut. Ich hätte an deiner Stelle ebenso gehandelt. Gehe, Mucius, du bist frei. Kehre zu deinem Konsul zurück und sage ihm, daß dein Vorhaben mißlungen ist. Auch wenn ich nicht glaube, daß er ebenso großmütig sein wird wie ich ... Wenn du willst, kannst du also auch hierbleiben.«

»Wer sagt dir, daß ich nicht erneut versuchen werde, dich zu töten?«

»Er hat gelobt, den König von Ruma zu töten«, warf Arunth ein. »Das habe ich selbst gehört.«

»Mit dieser Hand?« entgegnete ihm Pursiena.

Erst jetzt warf Mucius einen Blick auf seine Hand und auf das Blut, das auf den Teppich tropfte. Er wurde sich plötzlich bewußt, daß er niemals

wieder ein Schwert ergreifen oder einen Bogen spannen würde, und blieb wie erstarrt stehen.
Arunth machte einen Schritt auf ihn zu, um ihm zu helfen, aber Mucius wich zurück.
»Faß mich nicht an! Du bist ein Magier und der Sohn eines Magiers! Ich will nicht von deinen Händen berührt werden!«
Dann wandte er sich an Pursiena. »Er soll mir nicht zu nahe kommen! Ich würde eher sterben, als mich von ihm anfassen zu lassen.«
»Du sprichst von meinem Sohn, dem Fürsten von Clevsi!« sagte Pursiena.
Mucius lachte bitter. »Ich habe dich nicht getötet, mein Vorhaben ist mißlungen. Aber du selbst, König von Clevsi, gibst mir die Möglichkeit einer Genugtuung. Wieso nennst du diesen Bastard deinen Sohn? Weißt du nicht, daß deine Königin nicht besser ist als eine unserer Huren und daß der, den du als deinen Thronfolger großgezogen hast, der Sohn des Königs von Ruma ist?«
»Du mußt verrückt geworden sein!« rief Laris Pursiena und sprang auf.
Mucius warf einen Blick auf die Umstehenden, die ihn schweigend anstarrten. Er fühlte sich plötzlich stark, und sogar der Schmerz schien vergessen. Von neuem wandte er sich an Pursiena.
»Dann mußt du wohl blind sein, König von Clevsi, daß du die Ähnlichkeit deines Sohnes mit dem König von Ruma noch nicht erkannt hast. Alle hier haben es gesehen. Mußte erst ein Feind kommen, um es dir vor Augen zu führen?«
Laris Pursiena blickte Arunth an. Der Jüngling hielt dem Blick stand, und der König sah in diese blauen Augen, die ihm eine Wahrheit bestätigten, die er allein nicht hatte sehen wollen.
Irgend etwas in ihm zerbrach, und er fühlte einen stechenden Schmerz, als wäre er wirklich tödlich getroffen worden. Aber er verbarg seine Gefühle und befahl seinen Hauptleuten: »Schickt diesen Mann zurück ans andere Ufer. Sollte er den Fluß wieder übertreten, wird er wie ein Mörder hingerichtet. Die Unterhändler können mit der Aufnahme der Tribute fortfahren. Meine Wachen sollen sich bereithalten, mich zu begleiten, sofort!«
»Was willst du tun?« versuchte Arunth ihn aufzuhalten, aber Laris ging an ihm vorbei, ohne ihm Beachtung zu schenken. Einer der älteren

Hauptleute hielt den jungen Fürsten zurück, während die anderen Mucius abführten. Die Unterhändler nahmen ihre Arbeit mit großem Unbehagen wieder auf.
»Laß mich los!« befahl Arunth dem Hauptmann.
»Nein, Arunth. Du kennst den König. Gib ihm ein wenig Zeit, um sich zu beruhigen.«
Der Junge schüttelte den Kopf. Er hörte, wie der König mit seiner Wache das Zeltlager verließ. Eine schreckliche Vorahnung überkam ihn, und er sah in die Runde ... Keiner der Anwesenden wagte es, ihm ins Gesicht zu sehen.
Dabei hatten Mucius' Beschuldigungen niemanden außer den König in Erstaunen versetzt. Warum gaben ihm also die Umstehenden plötzlich das Gefühl, ein anderer zu sein? Und warum fühlte er sich schuldig?
»Laß mich vorbei!« befahl er, und dieses Mal gehorchte der Mann, denn Arunths Stimme hatte dieselbe bedingungslose Eindringlichkeit, die oft auch aus dem Mund des Königs von Ruma zu vernehmen war.

Pursiena ritt in vollem Galopp seinen Leuten voran durch den Wald, so daß sie ihn oftmals sogar aus den Augen verloren. Die hochstehende Sonne fiel in den Wald ein und erfüllte ihn mit Wärme und Düften, mit Schatten und einem schwirrenden Licht, dem es Spaß zu machen schien, ihn zu narren, sich über ihn lustig zu machen und ihm den Verrat vor Augen zu führen.
Sein Pferd schäumte.
Pursiena fand den von Tarxnes Männern geschlagenen Pfad zum Abtransport der Stämme und folgte ihm. In der Ferne hörte er das Geräusch der Äxte. Ohne anzuhalten, ritt er an den Männern und den Wachposten vorbei und erreichte schnell den Abhang, wo sich, wie man ihm gesagt hatte, der König von Ruma aufhielt, der dort den Ritus zum Abholzen der Bäume in diesem Teil des Waldes vollzog.
Auf der Kuppe des Hügels hielt er an. Der Hang vor ihm war fast kahl, aber an seinem Fuß wuchsen hohe Buchen und Ulmen. Das Rauschen eines Wasserlaufes und ein Blitzen zwischen dem Grün zeigte außerdem an, daß das Gelände etwas weiter hinten sumpfig wurde. Einige Baumstämme, abgebrochene Äste und Haufen von Laub hatten sich dort zu natürlichen Dämmen angehäuft, an denen das Wasser sich staute.

Dort entdeckte er Tarxne, der reglos am Rande des Sumpfes stand. Pursiena überlegte, daß er vielleicht Stimmen hörte oder dem Wind lauschte, aber selbst der Gedanke, eine heilige Zeremonie zu stören und damit Mächte gegen sich aufzuwiegeln, vor denen er sich hüten sollte, konnte ihn nicht abhalten.

Er spornte sein Pferd wieder an, ritt den Abhang hinunter und sprang direkt neben dem König von Ruma mit gezogenem Schwert ab.

»Tarxne!« schrie er und hob das Schwert.

Tarxne drehte sich um, ohne sein Schwert, das im Gürtel steckte, auch nur zu berühren.

»Verteidige dich!« forderte ihn Pursiena auf.

»Gegen dich?«

»Du hast mich verraten. Vor vielen Jahren öffnete ich dir mein Haus und mein Herz, und du nahmst die Frau, die ich liebte.«

Tarxne gab keine Antwort. Pursiena stand jetzt vor ihm, das Schwert in beiden Händen, von blinder Wut ergriffen.

Tarxne hob einen Moment den Blick und bemerkte, daß sowohl seine eigene Wache als auch Pursienas Männer oben auf dem Hügel standen und nicht wagten, etwas zu unternehmen. »Ich werde nicht gegen dich kämpfen, Laris«, war alles, was er sagte.

»Dann werde ich dich töten!«

»Ich kann dich nicht daran hindern.«

»Suche nicht Schutz hinter deiner Überlegenheit als Auserwählter der Götter!« schrie Pursiena mit erhobenem Schwert. »Nicht mit mir! Schwöre, daß Arunth nicht dein Sohn ist, oder gestehe, daß er es ist!«

Tarxne schüttelte den Kopf. »Ich werde weder das eine noch das andere tun. Du liebst den Jungen, und er ist dein Thronfolger. Was sollte sonst noch von Bedeutung sein?«

Pursiena schloß kurz die Augen, und die Erinnerung an einen lang vergangenen Abend im Palast von Clevsi überkam ihn. Er hörte die Musik, und sein damaliges Glück verwandelte sich nun in eine schwermütige Erinnerung. Er sah die schöne Cilnia vor sich, ihren Blick, der von ihm zu dem jungen Trutnot an seiner Seite ging. In diesem Blick lag die Antwort auf seine Frage.

Er berührte die Stirn mit dem Schwert, und die kalte Klinge riß ihn aus seinen Gedanken.

»Wie konnte ich nur diese Ähnlichkeit verkennen. Ich alleine. Und dabei war es gerade diese Ähnlichkeit, die ihn in meinen Augen so edel erscheinen ließ«, murmelte er für sich. »Ich war stolz auf seine Schönheit . . ., der herrlichste meiner Söhne. Der einzige, der meine Gedanken vorwegnahm und mir die Wünsche von den Augen ablas!«
Er öffnete die Augen und wurde sich bewußt, daß er verzweifelt gewünscht hatte, Tarxne wäre verschwunden. Aber er stand noch immer da, vor ihm, ohne das Schwert zu berühren.
»Jetzt verstehe ich, warum du von mir keine weiteren Freundschaftsgelübde wolltest! Was soll ich davon halten, Tarxne? Sag es mir!«
»Ich kann dir nichts sagen, und selbst wenn, was immer ich auch sagen würde, es würde nichts nutzen. Ich könnte dich bitten, vernünftig zu sein, aber das entspricht nicht deiner Natur.«
»Dann kämpfe und zahle für das, was du mir genommen hast.«
Wie rasend warf Laris sich nach vorne, aber sein Zorn machte ihn blind, und er rutschte auf dem nassen Gras aus. Der tödliche Hieb, den er angesetzt hatte, verfehlte sein eigentliches Ziel und versetzte Tarxne nur einen langen Schnitt von der Schulter über die Brust. Tarxne nutzte den Moment und versetzt Pursiena einen Stoß. Dieser fiel in den Schlamm, aber er erhob sich sofort wieder und stürzte erneut auf Tarxne zu. Ineinander verschlungen gingen sie zu Boden. Pursiena krallte sich an Tarxnes verletzter Schulter fest, Mund und Augen voller Schlamm. Er merkte, wie er vollends die Beherrschung verlor und etwas in seinem Inneren explodierte. Tarxnes Hand packte ihn im Nacken und zog ihn aus dem Schlamm. Dann ließ Tarxne ihn los, und seine Hand fuhr mit einer zornigen Geste zu seinem Schwert am Gürtel.
»Tu es nicht!« schrie ihm Arunth entgegen, während er den Abhang herunterpreschte. »Tu es nicht!«
Tarxnes Arm blieb für einen Moment wie erstarrt in der Luft hängen, dann ließ er ihn sinken.
Pursiena lag keuchend da, er rang nach Luft. Tarxne legte ihm seine offene Handfläche auf die Stirn, und im selben Augenblick entspannte sich Pursiena. Tarxne hatte seinen Schmerz in sich aufgenommen.
Pursiena hob, plötzlich ruhig geworden, den Blick. In seinen Augen standen Tränen. »Du hast es für mich getan, als wir uns zum erstenmal begegnet sind und jetzt wieder . . . Warum? Warum hast du mich diese ganze Zeit über verraten? Antworte mir!«

Tarxne wich einen Schritt zurück, so übermächtig waren die Wut und der Schmerz, die er in sich aufgenommen hatte. Pursiena schüttelte heftig den Kopf, als wollte er damit auch den Gedanken abschütteln, der ihn verzehrte und dem er nicht einmal einen Namen geben konnte.

»Geh mir aus den Augen«, sagte er leise. »Geh, Tarxne! *Deine Stadt ist mein, und dein Sohn ist mein!* Du kannst nur gehen oder mich töten.«

Tarxne ließ seinen Blick von dem Freund zu Arunth schweifen, der näher gekommen war. »Begleite den König von Clevsi zum Lager zurück und bleibe an seiner Seite, bis das Fieber ihn wieder verlassen hat.«

»Und du?«

Tarxne rief mit einer Kopfbewegung seinen karthagischen Hauptmann heran. »Meine Wachen und die Männer, die mir treu geblieben sind, werden das Lager umgehend verlassen und in Gabii, bei Sextus, auf mich warten. Vier Männer werden bei mir bleiben. Bring mir mein Pferd!«

»Aber du bist verletzt!« widersprach Arunth. »Du wirst dich nicht lange auf dem Pferd halten können.«

Tarxne lächelte kaum merklich, denn sein Hauptmann, der dasselbe gedacht hatte, war bereits gegangen, um den Befehl auszuführen. Dann stützte er sich, von Schmerzen gepeinigt, auf Arunth.

»Siehst du, Arunth«, flüsterte er. »Genau das ist unser größter Fehler, wir können nicht gehorchen.«

»Wohin willst du gehen?«

»Nach Gabii. Aber ich werde einige Zeit brauchen, denn wie du bemerkt hast, werde ich zu Pferd nicht sehr weit kommen. Darum müssen meine Männer vor mir nach Gabii reiten. Ich will nicht, daß diejenigen, die mir noch treu ergeben sind, gegen die Männer des Königs von Clevsi kämpfen müssen oder daß dein Vater sie, wenn er morgen aufwacht, als Verräter betrachtet.«

Der Karthager kam mit dem Pferd zurück. Von der Hügelkuppe her hörte man schon das wilde Hufgetrappel der Reittiere, die von den aufbrechenden Männern zum Galopp angespornt wurden. Tarxne bestieg, auf Arunth gestützt, das Pferd und ritt hinter seinem Hauptmann den sonnenüberfluteten Hang hinauf. Arunth schaute zu dem König von Clevsi hinüber, der seinem Blick auswich. Dann ging er zu ihm und half ihm schweigend aufzustehen.

24.

Mit einer heftigen Armbewegung wischte Pursiena alles, was sich auf dem langen Steintisch im Gemach des Königs von Ruma befand, auf den Boden: die wertvollen Pokale, einen aus Elfenbein und Bronze gearbeiteten Schrein, die Schriftrollen, die Federn und die Farbenbehälter. Aber auch diese impulsive Geste konnte seine Wut nicht mindern. Die bebenden Händen auf die Tischplatte gestützt, blieb Pursiena stehen und versuchte mühsam, einen klaren Gedanken zu fassen.

In diesem Raum war Tarxnes Anwesenheit so stark zu spüren, daß sie fast mit den Händen zu greifen war. An keinem anderen Ort in Ruma hatte Pursiena das so eindringlich gespürt. Aber nicht alleine das machte sein Unbehagen aus. Da gab es noch etwas weitaus Mächtigeres, etwas Unbekanntes. Es war, als wäre er nur ein Gespenst an diesem Ort, als wäre er für diese Mauern ein Nichts und ein Niemand.

Pursiena schüttelte sich. Ihm fehlte der Magier, den er nach der Ursache für seine Empfindungen hätte befragen können, ebensosehr wie der Freund, der ihm half, seine Ängste und Qualen zu überwinden. Aber vielleicht war das Fieber ja noch nicht vorüber. Vielleicht war nur das Fieber der Grund für sein Unwohlsein.

»Diener!« schrie er. »Schafft das alles hier weg! Ich will, daß dieser Raum vollkommen leer ist.«

Aber die Diener wagten sich nicht herein, und Pursiena hörte nur ihre leisen Schritte im Säulengang vor der Tür.

An diesem Morgen hatte er mit seinen Truppen Besitz von der Stadt ergriffen. Er hatte Publius Valerius und Ebuzio festnehmen und in eine Zelle des Palastes sperren lassen. Dann hatte er die soeben aus Ostia eingetroffene Ladung Weizen an das Volk von Ruma verteilt, so daß die Bürger nun damit beschäftigt waren, ihren Hunger zu stillen, und sich vorerst nicht um die Angelegenheiten ihrer Führer sorgen würden. Der

Ältestenrat und der Duumvirat hatten zudem den Einmarsch in die besiegte Stadt, den sie ohnedies nicht hätten verhindern können, begrüßt.
Ein neuer König der Rasna saß nun wieder auf dem Thron Rumas.
»Aber ich werde nicht in deinen Gemächern bleiben!« schrie Pursiena. »Nicht, um hier gegen deine Geister anzukämpfen.« Er stürzte auf den Wandteppich los, riß ihn herunter und stieß dabei eine kostbare Vase um, die in tausend Stücke zersprang.
»Deine Wut an den Dingen auszulassen ist ungerecht und wird dir nichts nützen«, sagte Arunth, der in diesem Moment auf der Schwelle erschienen war. »Du wirst ihn nicht dadurch aus deinem Geist und deinem Herzen vertreiben, indem du Dinge, die ihm gehörten, zerstörst.«
Pursiena nickte, aber er war gekränkt durch die harte Zurechtweisung, die ausgerechnet Arunth ihm erteilte. Der Anblick des jungen Mannes war ihm unerträglich geworden, aber ebenso schmerzhaft war es für ihn, ihn nicht an seiner Seite zu haben.
»So haben dich meine Hauptleute also gerufen, weil sie dachten, ich sei verrückt geworden«, stellte er fest.
»Nein, die Diener des Palastes haben mich gerufen«, erwiderte Arunth. »Sie haben Angst vor dir. Sie verstehen dich nicht und fürchten deine Zornausbrüche. Im übrigen glaube ich nicht, daß es eine gute Idee war, die Stadt zu besetzen ...«
»Ruma gehört uns!« unterbrach ihn Pursiena. »Die vorhergehende Absprache hat ihre Berechtigung verloren. Eine eroberte Stadt wird zerstört oder besetzt. Wir werden diese reiche Stadt nicht zerstören, aber wir werden alles nehmen, was uns nützlich erscheint.«
»Wenn sich das Volk gegen uns erhebt, sind wir eine leichte Beute«, wandte Arunth ein.
»Das Volk war hungrig, und wir haben ihm zu essen gegeben. Wir werden es auch weiterhin versorgen. Solange wir es sein werden, die seinen Hunger stillen, wird es sich ruhig verhalten.«
»Und was dann? Was willst du danach tun?«
Pursiena lächelte und sah sich um. »Ich weiß nicht. Ich habe bisher an das Nachher noch nicht gedacht.«
Arunth blickte ihn durchdringend an. »Ich habe erfahren, daß du Valerius gefangengenommen hast.«

»Nicht nur ihn, auch Ebuzio. Bist du gekommen, um ihre Sache zu verteidigen?«
»Nein.«
»Um so besser«, meinte Pursiena. »Ich habe nämlich nicht vor, sie freizulassen, bevor Ruma sich nicht an uns gewöhnt hat. Außerdem habe ich jemanden geschickt, um die Tochter von Valerius hierher zu holen.«
»Warum?«
Pursiena lächelte und stellte fest, daß es stimmte, was man ihm gesagt hatte. Das Mädchen hatte zwar die Nacht im Zelt des Königs von Ruma verbracht, aber Arunth war trotzdem an ihr interessiert. Mehr noch, er hatte darauf bestanden, daß mit dem Eintreffen der Weizenladung, der Wiedereröffnung des Hafens und mit dem Einmarsch König Pursienas in Ruma auch die Geiseln an ihre Familien zurückgegeben würden.
»Der König von Ruma hat diesem Mädchen Unrecht angetan, und wir müssen das wiedergutmachen«, erklärte Pursiena. »Ihr Vater hat das verlangt, und ich muß ihm recht geben. Außerdem könnte es sein, daß du es bist, der zukünftig in meinem Namen über die Stadt herrschen wird. Wenn deine Frau eine Sabinerin ist, wird dir auch das Volk hier ergeben sein. Habe ich deine Frage ausreichend beantwortet?«
»Du willst, daß ich Clelia heirate?« fragte Arunth.
»Ihr Vater hat die Mitgift akzeptiert, und du hast das Brautgeld mit einem Teil der Beute aus diesem Feldzug bezahlt. Sie ist bereits deine Frau.«
»Weiß sie es?«
»Es ist ihr, wie dir, in diesem Moment gesagt worden. Es wird keine Hochzeitszeremonien geben.«
Arunth ging über die Scherben und Bruchstücke der von Pursiena zerstörten Gegenstände zu der schwarzen Feuerstelle. Ihm war, als sähe er auf dem Stein eine pulsierende, dunkle Flamme, ein Zeichen, das er leicht hätte deuten können, hätte er sich dieser Vision überlassen.
Plötzlich jedoch wußte er, daß er nicht mehr nach Clevsi zurückkehren würde, daß er die geliebte Stadt nie mehr wiedersehen würde, ebensowenig wie seine Mutter, seine Brüder und Schwestern. Er würde nie mehr in sein altes Leben zurückkehren.
Etwas war unwiederbringlich zerbrochen im König von Clevsi, und er, der bis dahin heißgeliebte Sohn, war jetzt ein Fremder geworden, der

vorteilhaft verheiratet und als Statthalter in einer eroberten Stadt eingesetzt wurde. »Das hast du also mit mir vor«, sprach Arunth seine Gedanken laut aus. »Du willst mich zum Statthalter über diese Stadt machen.«
»Du scheinst mir der geeignetste Mann zu sein. Ruma braucht eine starke Hand ... Und du bist aus der richtigen Familie, scheint mir. Ein wirklicher Erbe.«
»Deine Stimme klingt bitter«, erwiderte der junge Mann und wandte sich um. »Bin ich dir jetzt etwa weniger lieb? Ist er dir weniger teuer? Kannst du das im Ernst behaupten?«
»Nein, ich kann es nicht, und das ist nur meine Schuld. Jetzt schicke mir die Diener! Ich will, daß dieses Gemach ausgeräumt wird und daß man alles, was sich darin befindet, zerstört.«
»Auf diese Art wirst du dich nicht von ihm befreien«, sagte Arunth. »Du könntest die ganze Stadt niederbrennen und würdest dich dadurch nicht befreien.«
»Schicke mir die Diener!«
Arunth nickte und schickte sich an zu gehen. Das Licht der untergehenden Sonne ergoß sich nun blutrot über die Gegenstände und Steine im Raum. Doch an der Wand, von der der Wandteppich heruntergerissen war, verdichteten sich die Schatten, als ob sie schon von der herannahenden Nacht künden wollten.
Arunth blieb einen Moment auf der Schwelle stehen, und ihm schien, als wüchse der Schatten weit über Tarxnes Gemach hinaus, über seinen ganzen ehemaligen Palast, um sich dann über die ganze Erde auszubreiten. Er verließ den Raum, unglücklich über den düsteren Schmerz des Königs von Clevsi, der sich weiterhin selbst belog.
Es war bereits dunkel, als er die Gemächer, in denen er untergebracht war, erreichte. Sie hatten vorher Juno gehört und befanden sich im selben Stockwerk wie die königlichen Gemächer, aber am anderen Ende des Ganges, und ihre mit schweren Leinwänden abgeschirmten Öffnungen führten ebenfalls auf den Haupthof.
Arunth hielt einen Augenblick inne, bevor er die Schwelle überschritt, die von zwei der vertrautesten Männer von König Pursienas Wache bewacht wurde. Im übrigen war der gesamte Palast von Wachen umringt, aber Arunth empfand diese Machtdemonstration eher als Eingeständnis der Schwäche.

Dann überschritt er die Schwelle, und die Wachen verstellten den Eingang hinter ihm. Im Raum brannten an verschiedenen Stellen Lampen, aber sie konnten die feindselige Kälte kaum vertreiben. Arunth hatte Juno, Mastarnas Sohn, selbst nicht kennengelernt. Aber nun empfand er lebhaft die Trauer, die über diesem Gemach lag, und den Atem des Mannes, der hier schwere Stunden durchlebt hatte. Einen Augenblick blieb er noch in Gedanken versunken stehen, dann aber wandte er sich dem Mädchen zu, das ihn erwartete und das die Frauen des Palastes in eine helle, an den Kanten goldverzierte Tunika gekleidet hatten. Sie trug um den Hals ein Schmuckstück der Rasna, und ihre hochgesteckten lockigen Haare waren mit Bernstein und Silber geschmückt.
Clelia schien dieser Pracht gegenüber gleichgültig zu sein. Sie sah Arunth herausfordernd an. Arunth spürte ihre Unruhe, aber er fühlte auch, daß sie keine Angst vor ihm hatte.
»Du bist viel schöner als letztes Mal, aber vor allem viel trockener«, sagte er zur Begrüßung.
Aber Clelia blieb ernst. »Man hat mir mitgeteilt, daß ich nun deine Ehefrau bin«, sagte sie.
»Das wurde auch mir gesagt.«
»So hatte ich mir meine Hochzeit nicht vorgestellt.«
»Du wirst es nicht bereuen, das verspreche ich dir.«
Clelia zuckte mit den Schultern. »Mein Vater wurde gefangengenommen«, sagte sie.
»Es wird ihm nichts geschehen«, versuchte Arunth sie zu beruhigen. »Er wird freigelassen, sobald keine Gefahr mehr für uns besteht.«
Das Mädchen senkte den Kopf, und Arunth spürte, wie sehr es sie verletzte, von neuem wie ein Tauschobjekt behandelt worden zu sein. Aber daneben spürte Arunth auch ein ehrliches Gefühl, dem Clelia selbst noch keinen Namen zu geben wußte.
Hatte sie doch in den vergangenen Tagen mehr an ihn gedacht als an irgend jemand sonst.
Er ging zu ihr, streichelte über ihre Arme und Schultern und fühlte, wie sie leicht erbebte. Sanft zog er sie an sich. Das Mädchen blieb reglos stehen, während die Hände des jungen Mannes ihren Rücken entlang glitten und sie berührten, wie niemand zuvor es je getan hatte. Dann küßte Arunth sie auf den Mund, und Clelia öffnete ihre Lippen. Arunth schlang ihre Arme um seinen Hals und trug sie zum Bett. Während er

sie auf die Kissen legte, streifte er ihre Tunika ab. Das Mädchen wagte kaum zu atmen, ihre Brüste waren klein und hart, und Arunth streichelte sie sanft. »Hab keine Angst«, flüsterte er. »Du gehörst mir nun an. Aber ich werde dich nicht nur zu meinem Gefallen nehmen, sondern dich die Liebe lehren, damit wir beide Lust daran finden. So ist es üblich unter den Rasna, und so hat mein Vater es mich gelehrt.«
Clelia schloß die Augen, während Arunth ihr Hüfttuch löste.

Tarxne öffnete die Augen beim Flügelschlag einer Schar von Wildgänsen, die dem Sonnenuntergang entgegenflog. Es gab einen Teich in der näheren Umgebung, aber hier, wo die Karthager ihm eine Hütte aus Ästen und Laub gebaut hatten, war der Wald sehr dicht und schon fast in Dunkelheit getaucht. Er sah zwei Männer, die mit dem Rücken zu ihm vor der Hütte saßen. Die anderen beiden waren etwas weiter hinten damit beschäftigt, den am Vormittag gejagten Hirsch zu braten. Die brennenden Beerenäste verbreiteten einen angenehmen Geruch.
Tarxne versuchte, seinen inneren Blick über das Lager hinaus schweifen zu lassen, aber vergebens. Er sah und hörte das Rascheln des Windes, das Zirpen der Insekten, das Rauschen des Wassers.
Sonst nichts.
Ist mir denn gar nichts von meiner Macht geblieben, fragte er sich, während er versuchte, sich aufzusetzen, um den Schmerz in der Brust zu lindern. Der karthagische Hauptmann hatte die klaffende Wunde nach seinen Anweisungen zusammengenäht. Doch hatte er weder das Wissen noch die Sorgfalt eines Chirurgen besessen. Außerdem war keiner seiner Begleiter in der Lage, die Kräuter im Wald zu finden, die seine Genesung beschleunigt und seine Schmerzen gelindert hätten.
Die Sonne war schon achtmal auf- und untergegangen, aber das Fieber war nicht gefallen, und der Schmerz, den die Wunde verursachte, war immer noch unerträglich.
Alter Pilger, mein Freund ... dachte Tarxne bei sich. Hast auch du meinen Pfad verlassen? Ich brauche dich noch einmal.
Einen Augenblick lang glaubte er, den Schatten des Alten schon auf der Schwelle zu erkennen. Vielleicht würde er sich auch nur umwenden müssen und er sähe ihn auf seinem Lager sitzen ... Aber die bescheidene Unterkunft blieb leer, und nur der Schatten der Nacht breitete sich langsam darin aus.

Die Männer hatten schon lange das Feuer angezündet, und der Hauptmann brachte ihm ein wenig Brühe, in die er einige Fleischstücke gelegt hatte. Mit qualvoller Anstrengung begann Tarxne zu essen.

Der Karthager war unruhig. Auf der morgendlichen Jagd hatte er etwas vom Lager entfernt Spuren von Menschen gefunden. Vielleicht von einem anderen Jäger oder von einem Räuber. Vielleicht aber auch von jemandem, der Ruhm erlangen wollte, indem er den König von Ruma tötete.

Wieder alleine, streckte sich Tarxne auf dem Lager aus und konnte dabei einen Schmerzensschrei nicht unterdrücken. Plötzlich kam ihm der Gedanke, wieviel es ihn wohl kosten würde, zu sterben. Jetzt, da die Macht ihn offensichtlich verlassen hatte.

»Jeder bestimmt sein eigenes Maß«, wiederholte er bei sich Velvurs Worte.

Der Wind nahm den Satz auf und machte daraus ein unendliches Raunen. Das Fieber ließ ihn in einen unruhigen Schlaf mit flüchtigen Träumen fallen. Aber auf einmal schien es ihm, als stünde Veliza neben ihm, und er fühlte ihre kühlenden Hände auf seiner Stirn. Die Herrin von Turan war dabei, einen Trank für ihn zu bereiten, doch Tarxne sah nur ihren Rücken. Veliza hingegen war damit beschäftigt, seinen Verband zu wechseln und seine Haut mit duftendem Wasser zu benetzen.

Sie befanden sich an einem hellen, freundlichen Ort. Dennoch war Tarxne über die Anwesenheit der Priesterin verstimmt, die ihn daran hinderte, Veliza zu umarmen, denn das war sein einziger Wunsch.

»Vorsicht«, hörte er die mahnende Stimme der Herrin von Turan, während sie auf ihn zukam, um ihm den Trank zu reichen. *»Du bist schon wieder dabei, dein eigenes Maß festzulegen.«*

Tarxne schaute sie an und stellte erstaunt fest, daß es nicht die alte Frau war, die er im Tempel kennengelernt hatte, sondern eine junge Frau mit schwarzen Haaren und blauen Augen und einem Lächeln, das aus uralten Zeiten zu stammen schien und bezaubern konnte.

»Du kannst nicht meine Tochter sein. Meine Tochter ist noch ein Kind«, murmelte er und ergriff den Becher mit bebenden Händen.

Die junge Frau schüttelte bedächtig den Kopf. »Es gibt einen Ort auf der Scheidelinie, an dem die Zeit nicht existiert und an dem das, was geschehen ist, und das, was geschehen wird, nebeneinander besteht.

Dieser Ort ist schwer zu erreichen, und manchmal ist es noch schwieriger, ihn wieder zu verlassen ...«

Tarxne leerte den Becher, und sein Blick wurde von dem Schmuckstück, das die junge Frau trug, angezogen. Es war eine Kette mit einem Anhänger, einem dunklen Opal, der von milchig weißen Streifen durchzogen war.

Er streckte seine Hand danach aus, schloß sie um den Stein, und im selben Augenblick spürte er, wie ihn eine wohltuende, heilende Wärme umfing.

»Vor sehr langer Zeit, es war im Hof des Palastes von Tarchna, legte ein Mädchen namens Caitli diesen Stein einem Knaben um ... Larth ...«

Er wandte den Kopf zur Seite und sah sie, die Kinder und den Hof, an einem sonnigen Nachmittag, während im Palast Vorbereitungen für ein Bankett getroffen wurden ... Sehnsucht schnürte ihm die Kehle zu, und er glaubte fast ersticken zu müssen.

Das Sonnenlicht lag bereits auf der Schwelle der Hütte, als Tarxne die Augen öffnete. Er hatte das Gefühl, die Faust fest um den Opal geschlossen zu haben, und als er seine Hand öffnete, sah er noch den Abdruck des Steines auf der Haut. Das Fieber war zurückgegangen, und der Schmerz in der Brust hatte spürbar nachgelassen. Schwankend erhob er sich von seinem Lager und trat vor die Hütte. Bei seinem Anblick starrten ihn die Männer ungläubig an.

»Begleite mich zum Teich«, befahl er dem Hauptmann. »Ich will ein Bad nehmen. Nach dem Essen werden wir nach Gabii weiterreiten.«

Der Karthager war beim Anblick des Königs aufgesprungen, und selbst als er sich anschickte, den Befehl auszuführen, konnte er sein ungläubiges Staunen nicht unterdrücken. »Bist du wirklich geheilt, mein König?« fragte er leise, während er nach der Tebenna griff und Tarxne zum See folgte.

»Noch nicht ganz, aber es geht mir sehr viel besser. Verblüfft dich das?«

»Gestern abend fürchtete ich noch um dein Leben«, gestand der Mann.

»Ich auch«, sagte Tarxne.

Die Sonne stand hoch am Himmel, als die Männer zu Pferde und im Schritt reitend, langsam den Weg nach Gabii einschlugen.

»Soeben sind Boten eingetroffen, nach deren Bericht Pursienas Truppen einen Tagesmarsch von Aricia entfernt sind!« rief Sextus, als er den Thronsaal, von seinen Hauptleuten gefolgt, betrat. In der Ferne hörte man das leise Rollen des Donners.

Vecelinus, König von Aricia, rutschte unruhig auf seinem Sessel hin und her.

»Auch unsere Truppen sind bereit!« bemerkte Mamilius beruhigend. »Und nie waren wir so vereint gegen einen gemeinsamen Feind!«

»Wir haben dreitausend Mann aus Gabii, Tusculum, Circei, und Aricia«, bestätigte Sextus. »Und noch mal fast tausend, wenn man die Hernicier aus Anagnia und die Volsker aus Antium dazuzählt.«

»Wer führt Pursienas Truppen an?« fragte Tarxne, der bis dahin schweigend an einer der Fensteröffnungen gestanden und die näher rückende Gewitterfront beobachtet hatte.

»Fürst Arunth«, antwortete Sextus und machte den anderen Königen ein Zeichen, nichts weiter zu dieser Nachricht zu bemerken.

Tarxne nickte. Wie üblich war er in Schwarz gekleidet, und seine dunkle Gestalt hob sich wie ein Schatten vor dem Hintergrund des Himmels ab.

Die Könige des Latinischen Bundes waren ihm kurz zuvor auf den Berg gefolgt, um dort auf dem Altar zu opfern, und dann waren sie in den Palast des Königs von Aricia zurückgekehrt. Aber sie fürchteten Tarxne genauso sehr wie Laris Pursiena, der Ruma bezwungen hatte und nun mit seinen Truppen gegen sie vorrückte.

Es hatte im vergangenen Sommer unzählige Übergriffe und Verwüstungen in den Gebieten südlich von Ruma gegeben, wo viele Räuber die Landstriche unsicher machten und alles, was sie finden konnten, mitgenommen oder niedergebrannt hatten. Die Straßen waren unsicher geworden, zumal die ständig umherziehenden Truppen in den Wäldern häufig unerwartet aufeinandertrafen und sich in kleinen Gefechten, die ebenso blutig wie sinnlos waren, bekämpften. Als Folge davon war die Beunruhigung in den Küstenstädten groß, wo sich die Warenlager mit den ankommenden Ladungen immer mehr füllten, ohne daß die Ware über Land weitertransportiert werden konnte.

»Wenn du möchtest und mich dessen für würdig erachtest, würde ich gerne unsere verbündeten Truppen in die Schlacht führen«, sagte Sextus, und sein Ton verriet, daß er Tarxne immer noch als *seinen* König betrachtete.

Tarxne drehte sich langsam zu ihm um. »Niemand ist würdiger als du, diese Last von meinen Schultern zu nehmen, mein Freund«, erwiderte er.

Sextus nickte.

»So soll es sein«, warf Mamilius ein, obwohl er sich bewußt war, daß die anderen Könige zwar bereit waren, dem König von Ruma zu folgen, aber die Entscheidung, den König von Gabii zum Heerführer zu machen, nicht gerade teilten. »Deine Wunden erlauben es dir noch nicht, das Schwert zu führen. Sextus wird also in deinem Namen auf dem Schlachtfeld die Truppen des Latinischen Bundes anführen.«

Tarxne stimmte der Rede seines Schwiegersohnes mit dem Anflug eines Lächelns zu. Dann ging er auf den Thron des Königs von Aricia im Zentrum des langen, schmalen Raumes zu, in dem sich die unnatürliche Dunkelheit des nahenden Gewitters ausgebreitet hatte.

»Man hat mir berichtet, daß du, Vecelinus, auch die Griechen aus Cuma zu Hilfe gegen Pursiena gerufen hast«, sagte er.

»Das stimmt«, bekannte der König von Aricia. »Cuma ist seit jeher der Feind der Rasna und hat uns schon seit geraumer Zeit seine Hilfe im Falle eines Krieges gegen sie angeboten. Als ich hörte, du seist in Gabii eingetroffen, habe ich ihnen mein Gesuch um Hilfe zukommen lassen. Die Schiffe mit den Truppen aus Cuma müßten jeden Tag in Antium eintreffen.«

»Im Gegenzug für eine reiche Beute, versteht sich.«

»Beute und Gefangene ... Alles, was sie von den Rasna nehmen können.«

Tarxne nickte nur. Vecelinius hatte selbst nicht einmal bemerkt, mit welch haßerfülltem Ton er das Wort *Rasna* ausgesprochen hatte.

»Es ist Nacht geworden«, sagte Sextus, dem die Situation Unbehagen bereitete. Die Diener liefen bereits geschäftig umher, um die Fackeln anzuzünden.

»Nein, Sextus«, entgegnete Tarxne. »Es ist nur ein Gewitter. Es wird allerdings die ganze Nacht über anhalten und Pursienas Truppen aufhalten, weil es ihr Lager überschwemmen wird. Bei Morgengrauen kannst du unsere Truppen aus der Stadt führen. Du wirst auf die Feinde treffen, noch bevor sie die Sümpfe verlassen haben. Sollten sie diese Schlacht gewinnen, hast du trotzdem ein trockenes und etwas höher gelegenes Gebiet im Rücken, von dem aus du sie in Schach halten kannst, bis Verstärkung eintrifft.«

Sextus verneigte sich zum Zeichen der Zustimmung. Ein Blitz ging unweit des Palasthofes nieder, und der Donner ließ die Mauern erbeben. Die ersten Regentropfen schlugen wie Peitschenhiebe auf den trockenen Boden.

Tarxne umarmte Sextus. »Mach dich auf den Weg«, sagte er.

Sextus nickte und verließ mit allen Hauptleuten und den Königen, mit Ausnahme des Königs von Aricia, den Saal.

»Ich werde aufbrechen, um die Männer aus Cuma in Antium zu empfangen«, sagte Vecelinus. »Anschließend werde ich sie dann hierher führen.«

»Nein.« Tarxne hielt ihn zurück. »Ich selbst werde die Truppen aus Cuma empfangen. Du wirst dich inzwischen um die Männer der Nachhut kümmern. Die Stadt muß sich ununterbrochen in Alarmbereitschaft befinden.«

»Warum? Wird das Latinische Bündnis die Schlacht verlieren? Besteht eine Gefahr für Aricia?« bedrängte ihn der König von Aricia besorgt.

Ein weiterer Blitz ging über dem Palast nieder, und Angstschreie erhoben sich aus dem Küchenvorhof. »Es ist keine Zeit mehr, Fragen zu stellen, Vecelinus«, sagte Tarxne. Dann wandte er ihm den Rücken zu und beobachtete die Könige und Hauptleute, die, von Sextus angeführt, den Palast unter strömendem Regen verließen.

25.

Im Hafen von Antium lagen sechzehn Schiffe vor Anker. Das Meer erschien fast farblos unter dem weißen, vor Hitze noch immer flimmernden Spätsommerhimmel.

Alle Segel waren eingezogen und fest am Mast vertäut, und alle waren weiß. Die eindrucksvoll in Schwarz und Gold bemalten Schiffe zeugten von der Macht und dem Reichtum von Aricias neuem Verbündeten.

Alle weiß bis auf eines ..., dachte Tarxne in Erinnerung an den Traum, den Urste ihm gesandt hatte, um ihm den Tod Arunths vor Augen zu führen.

Es gab keine schwarzen Segel auf den Schiffen aus Cuma, aber das beruhigte Tarxne nur wenig.

Wer immer du sein magst, Aristodemo von Cuma, ich werde dir nicht erlauben, meinen Sohn zu töten, aber auch nicht, diese Schlacht zu verlieren! Und auch dies ist ein Gelübde an die Schicksalsgöttin!

»Soll das eine Herausforderung sein?« klang es aus dem Schrei einer Möwe.

»Andere vor dir haben gesagt, ich will nicht ...«, schienen die kurzen Wellen, die leise gegen die Steine des Hafendamms schlugen, zu murmeln.

Nur mit Mühe gelang es der karthagischen Wache, sich einen Weg durch die Menge auf der Mole zu bahnen, auf der sich Diener, Wasser- und Obstverkäufer, Händler und Marktschreier und vor allem die eben eingetroffenen Soldaten aus Cuma drängten. Einige Volsker waren damit beauftragt worden, die neu angekommenen Soldaten zum Lager jenseits der Mauern zu geleiten, wo sich auch das Zelt des Königs von Ruma befand.

Da, plötzlich, erblickte ihn Tarxne. Der Mann war so groß wie er selbst, vielleicht ein wenig älter, sehnig, mit breiten Schultern und ebenso wie Tarxne ganz in Schwarz gekleidet. Allerdings trug er Goldschmuck am Hals und am Gürtel und an den Handgelenken breite Armreifen. Sein Gesicht war regelmäßig, mit sehr dunklen Augen, und die schmalen Lippen ließen es hart erscheinen.

Beim Anblick Tarxnes verneigte sich der Mann mit ehrerbietiger Geste, was gewiß nicht seine Gewohnheit war. »Ich fühle mich geehrt, dich zu meinem Empfang anzutreffen, König von Ruma«, begann er. »Man spricht an allen Küsten des Mar Grande von dir.«

»Ich hätte es vorgezogen, dich nicht treffen und gleich darauf in eine Schlacht führen zu müssen, Aristodemo von Cuma«, erwiderte Tarxne.

»Warum? Das Leben eines so mächtigen Mannes besteht nun mal aus Kampf.«

Tarxne hielt seinem durchdringenden Blick stand. Er spürte die Ruhelosigkeit seines Gegenübers.

»Folge mir«, sagte er schroff. »Wir haben nicht viel Zeit.«

»Die Nacht wird bald hereinbrechen, und meine Männer haben eine anstrengende Reise hinter sich. Aber morgen früh, beim ersten Tageslicht, werden sie bereit zum Aufbruch sein«, entgegnete Aristodemo, während er an Tarxnes Seite schritt, und unwirsch einen Händler beiseitestieß, der ihm Früchte verkaufen wollte.

»Mein Zelt ist bereit, dich zu beherbergen«, antwortete ihm Tarxne.

Ein kaum merkliches Lächeln umspielte die Lippen von Aristodemo. »Das ist mehr, als ich zu hoffen gewagt hatte. Aber warum diese Eile?«

»Es hat bereits eine Schlacht gegeben. Pursienas Truppen haben die unseren besiegt und sie zum Rückzug gezwungen. Sie werden einem weiteren Angriff nicht standhalten können, und damit wäre der Weg nach Aricia frei.«

»Aber wir werden das verhindern, König von Ruma. Darf ich dich fragen, warum du hier in Antium statt bei dem Heer des Latinischen Bundes bist?«

»Du darfst«, antwortete Tarxne, ohne jedoch die erwartete Erklärung abzugeben. Statt dessen bestieg er sein Pferd, während einer seiner Wachen auch für Aristodemo ein Pferd heranführte.

Als sie das Lager vor den Stadtmauern Antiums erreichten, dämmerte es bereits, und von Norden her zogen erneut dunkle Gewitterwolken auf. Das hohe von der Sonne versengte Gras schien sich vor dem drohenden Unwetter zu ducken, und die Luft war von herben Düften erfüllt.
Die Männer aber feierten die freie Nacht nach der langen Reise und vor der Schlacht am nächsten Morgen. Sie saßen um die Lagerfeuer, scherzten über die eine oder andere am Hafen noch eilig getroffene amouröse Verabredung und kosteten die vielgerühmten Spezialitäten des Ortes, wie die Honig-Sesamkuchen, die in die breiten Blütenblätter des Knöterichs eingerollt und dann zwischen Steinen gebacken wurden.
Das Zelt des Königs von Ruma war hell erleuchtet, und die Diener waren eifrig damit beschäftigt, das abendliche Mahl aufzutischen.
Beim Essen beschrieb Tarxne seinem Gast die Aufstellung der Truppen und den Verlauf der ersten Schlacht, die Arunth trotz seiner nachteiligen Ausgangslage für sich entschieden hatte. Arunth hatte Sextus und seine Verbündeten zwar nicht in die Flucht schlagen können, aber er hatte sie zum Rückzug in Richtung Aricia gezwungen und würde sie beim nächsten Angriff vernichten, um dann in die Stadt einzufallen.
»Wir müßten ihn umzingeln, so daß er gezwungen wäre, an drei Fronten zu kämpfen. Sextus übernähme die mittlere Front, und ich selbst würde die Truppen aus Cuma und die Volsker von den Seiten heranführen. So könnten wir seine Kraft brechen. Wirst du an meiner Seite sein, König von Ruma?«
Tarxne schüttelte den Kopf.
»Nicht auf dem Schlachtfeld. Wegen einer frischen Wunde kann ich den Arm nicht heben und das Schwert noch nicht führen.«
»Und aus diesem Grund bist du hier bei mir, statt im Feldlager bei Sextus zu sein ... natürlich«, murmelte Aristodemo. »Verzeih mir, ich bin manchmal etwas unbeholfen ... In Cuma gibt es wenig Gelegenheit, den Umgang mit gebildeten Menschen zu pflegen. Das ist einer der Gründe, weswegen ich ein Bündnis mit dem Latinischen Bund und Ruma wollte.«
»Du wirst in Ruma ohne die Rasna keine Kultur vorfinden. Außerdem wird ein von Latinern und Sabinern beherrschtes Ruma die nach Süden führenden Straßen für die dem Städtebund der Rasna angehörenden

Städte schließen, was bedeutet, daß die südlich von Ruma liegenden Städte der Rasna isoliert und deinen Heeren schutzlos ausgeliefert wären.«

Aristodemo nickte. »Bist du jemals in diesen Gebieten gewesen?«

»Ja, als ich noch sehr jung war. Ich habe deine Stadt von weitem gesehen.«

»Und was hast du damals beim Anblick von Cuma gedacht?«

Tarxne zuckte nur mit den Schultern. Er wollte sich die Unruhe, die er damals gefühlt hatte, nicht in Erinnerung rufen. Er hatte sich damals wie ein Fremder gefühlt, der den sehnsüchtigen Wunsch empfand, wieder nach Hause zurückzukehren.

»Cuma kann sich nicht in die hinter der Stadt liegende weite Ebene ausdehnen, denn dort herrschen in Volturnum, Suessula und den anderen Städten die Rasna. Wundert es dich also, wenn ich neue Gebiete für meine Stadt suche?«

»Du bist nicht König in deiner Stadt.«

»Aber ich werde es bald sein. Vor langer Zeit war ich einmal in Pyrgi, im Heiligtum der Göttin Uni, und mir wurde vorhergesagt, daß ich König werden würde ... Ich glaube an diese Vorhersage, denn die Rasna sind mächtig, was die Magie anbetrifft.«

»Mächtiger, als du glaubst«, erwiderte Tarxne, und Aristodemo ahnte, daß dieser Mann mehr wußte, als er bis jetzt preisgegeben hatte.

»Du bist ein Rasna, und ich habe gehört, du seist ein Magier, der den Blitzen gebietet ... Warum benutzt du deine Macht nicht, um unseren Truppen zu helfen?« fragte er.

»Die Macht kann dem Gott des Todes nicht dienen ... und abgesehen davon erzählen die Stimmen oft nur Träume.«

»Träume? Warum sprichst du plötzlich von Träumen, König von Ruma?«

Tarxne bedeutete dem Diener, der ihnen den Wein eingeschenkt hatte, sich zu entfernen. Er stand auf und ging zur Zeltöffnung, um ein wenig Luft zu schöpfen. Das Grollen des Donners kam ständig näher.

»Erzähle mir von deinen Träumen, denn sie haben dich hierhergeführt ...«

Tarxne vernahm deutlich Urste Afunas Stimme, so deutlich wie den Donner. Er drehte sich zu seinem Gast um, aber der schien nichts gehört zu haben. Aristodemo hatte das köstliche Mahl und den Wein genossen, aber es wäre falsch gewesen, ihn deshalb für gefügiger zu halten. »Hast du dich mit jemandem getroffen, als du in Pyrgi warst?«

»Warum fragst du?« gab Aristodemo erstaunt zurück. »Das ist schon so lange her ...«

»Aber du hast einen Mann getroffen, den du nicht vergessen konntest.«

»Das stimmt«, gab Aristodemo zu. »Jemand mit großen magischen Kräften erklärte mir einen Traum, der mich damals quälte, und sagte mir eine Schlacht voraus, die noch zu schlagen sei. Ich gestehe, daß ich sehr oft daran gedacht habe. Aber dann, im Verlauf der Jahre, wurde die Erinnerung schwächer, und irgendwann habe ich mich dann sogar gefragt, warum ich damals dieses Risiko auf mich genommen habe, als Händler verkleidet nach Pyrgi zu reisen. Dann erhielt ich die Botschaft des Königs von Aricia, der mich um die ihm schon oft angebotene Unterstützung bat, und der Traum ist noch einmal wiedergekommen. In der Nacht vor meiner Abreise aus Cuma. Derselbe Traum, nach so vielen Jahren ... Aber dich verwundern solche Dinge bestimmt nicht. Du bist ein Rasna und ein Magier. Willst du nicht wissen, was in diesem Traum passierte?«

»Ich weiß es schon.«

Aristodemo starrte ihn an.

»Sechzehn Schiffe mit weißen Segeln, bis auf eines, das schwarz ist ... Du wirst die Schlacht gewinnen, Aristodemo, und du wirst König über deine Stadt werden.«

»Wenn ich Laris Pursienas Sohn töte, bevor er mich tötet.«

Tarxne antwortete nicht. Der erste Blitz zuckte über den Himmel, und der Donner, der im Lager nachhallte, ließ die Männer in ihre Zelte flüchten. Ein peitschender Regen prasselte nieder. Tarxne zog sich wieder ins Zelt zurück und schaute den Mann aus Cuma an.

»Ich hebe meinen Pokal auf unsere Freundschaft«, sagte Aristodemo lächelnd. »Und auf unser Bündnis!«

Der König von Ruma aber erwiderte den Trinkspruch nicht. »Entschuldige, wenn ich nicht länger in deiner Gesellschaft verweile«, sagte er nur. »Ruhe dich aus, Aristodemo.«

Aristodemo nickte dankend, ohne sich über den ausbleibenden Trinkspruch zu wundern oder wegen Tarxnes jähem Aufbruch gekränkt zu

sein. Er fühlte nur ein Kribbeln bei dem Gedanken, wie sehr es ihm gefiele, zu entdecken, was sich hinter dem Verhalten dieses Mannes und hinter seiner königlichen Ausstrahlung verbergen mochte.
Tarxne warf sich die Tebenna über die Schultern und verließ das Zelt. Draußen gab er den Dienern und seiner Wache einige Anordnungen und ließ sich dann sein Pferd bringen, denn er wollte zum Strand reiten. Trotz des Gewitters war noch keine vollständige Ruhe im Lager eingekehrt, und Tarxne zweifelte, ob die Männer morgen beim ersten Tageslicht zum Abmarsch bereit sein würden.
Der Strand von Antium, der sich hinter der Hafenanlage erstreckte, war breit und mit Rosmarinsträuchern gesäumt, die so hoch wie die Bäume hinter den Sanddünen wuchsen. Tarxne stieg vom Pferd. Lange blieb er reglos stehen und fühlte den Regen auf der Haut. Aber er konnte weder das Meer vor sich sehen noch die sechzehn vor Anker liegenden Schiffe und nicht die Schlacht, die noch geschlagen werden mußte.

»Schlaf, es ist noch früh«, flüsterte Arunth in Clelias Ohr, die plötzlich aufgewacht war. Das Mädchen gehorchte, und Arunth, der ihre Angst spürte, nahm sie in seine Arme. Seit fast drei Monden erwartete Clelia sein Kind, und dieser Sohn, trotz allem der Erbe eines Tarquiniers, würde vielleicht eines Tages mächtig werden in dieser Stadt, an die Arunth nur mit Widerwillen denken konnte.
Im Zelt brannte nur ein Licht, und der Vorhang am Eingang war sorgfältig geschlossen. Die Männer aus Clevsi, die vor dem Zelt Wache hielten, besaßen Arunths volles Vertrauen. Sie hatten Clelia am Vortag ins Lager begleitet und würden sie bei Morgengrauen wieder zurückbringen.
Arunth hatte auf dieses Zusammentreffen nicht zu hoffen gewagt, als ob er den Göttern damit zuviel abverlangen würde. Aber da auch zahlreiche andere Frauen mit den Lieferungen der Lebensmittel ins Lager gekommen waren, hatte Clelia beschlossen, sich ihnen anzuschließen.
Arunth streichelte sanft über Clelias Gesicht und legte seine Hand auf ihren Bauch. Mit Hilfe seiner magischen Kräfte konnte er das kleine Wesen bereits spüren. »Heute nacht, während du schliefst, hast du gemurmelt: ›Dies ist der Tag, der Tag der Schlacht‹«, flüsterte Clelia ängstlich.

»Ich habe nur geträumt«, versuchte Arunth sie zu beruhigen. Die junge Frau schüttelte den Kopf, erwiderte aber nichts. Ein schwaches Licht drang durch einen Spalt zwischen den Zeltplanen. Ein Zeichen, daß sich die Nacht ihrem Ende zuneigte.
Arunth setzte sich auf und zog auch Clelia mit sich hoch, von deren warmer Haut und deren Brüsten er sich nicht losreißen konnte. Er hätte nie geglaubt, eine so große Liebe empfinden zu können, die in gleichem Maß erwidert wurde.
»Du hast recht«, gestand er, »es ist falsch, dich im unklaren zu lassen. Die Truppen von Sextus haben gestern Verstärkung bekommen. Unsere Kundschafter haben berichtet, daß es sich um mehr als zweitausend gut ausgerüstete Männer handelt. Es sind auch Griechen aus Cuma unter ihnen, man hat sie an den Helmen und Waffen erkannt.«
»Und was ist mit dem König von Ruma?«
»Niemand hat ihn gesehen.«
»Du mußt dich verteidigen, wenn du ihm im Kampf gegenüberstehen solltest, bitte!« sagte Clelia flehend. Arunth hatte diese Möglichkeit noch nicht in Erwägung gezogen. Man sagte, daß der König noch immer unter der Verwundung litt, die ihm Pursiena zugefügt hatte, und somit noch nicht wieder in der Lage war, mit dem Schwert zu kämpfen.
»Versprich es!« sagte Clelia noch einmal flehend. »Tu es, und wenn nicht für mich, dann für unseren Sohn.«
»Mein Sohn ist auch sein Enkel, Clelia. Der König von Ruma wird sein Schwert nicht gegen mich erheben.«
»Wie ich es hasse, wenn du wie ein Rasna sprichst«, erwiderte Clelia und stieß ihn von sich.
Arunth hüllte sie in einen Umhang. »Bedecke dich. Oder ich werde vergessen, daß mich meine Männer bereits erwarten«, sagte er scherzend. Clelia versuchte zu lächeln, aber sie konnte nur mühsam ihre Tränen unterdrücken.
Bei Sonnenaufgang verließen die Frauen das Lager. Arunth setzte Clelia auf den Pferdewagen und stützte sie unter ihrem lauten Protest mit zahlreichen Decken ab, damit ihr die Erschütterungen nicht schadeten. Eine der älteren Frauen des Palastes, die sie begleitete, mußte ihm schwören, auf Clelia wie auf ihre eigene Tochter zu achten. Dann rief Arunth seine Wache und begab sich zu seinen Männern.

Er hatte seinen Hauptleuten bereits den Befehl erteilt, die Truppen in Angriffsstellung zu bringen. Als er an ihre Spitze ritt, war er im ersten Augenblick erstaunt über die augenscheinliche Ruhe in den feindlichen Reihen, die die Straße nach Aricia versperrten, als ob sie keine Verstärkung erhalten hätten.

»Mir kommt das merkwürdig vor«, bemerkte einer der Hauptleute. »Unsere Kundschafter haben uns die neuangekommenen Truppen aus Cuma und die der Volsker genau beschrieben.«

Arunth nickte. Auch ihm schien die Anordnung der feindlichen Truppen auf eine Falle hinzudeuten, aber er war noch zu unerfahren im Umgang mit der Macht, um die Absicht des Feindes genau zu erkennen. Außerdem verwirrte Clelia seine Gedanken, und er fühlte eine so starke und alles umfassende Leidenschaft, daß jede andere Empfindung dagegen verblaßte. Er versuchte, sich zu konzentrieren, aber immer nur sah er sie vor Augen, wie sie in seinen Armen lag. Nie scheu oder unterwürfig, doch zärtlich und sanft. Ein Bild, das ihn berauschte und verwirrte.

Vom rechten Lagerflügel kam in diesem Augenblick das Zeichen zum Angriff durch eine Handvoll Männer, die vor den Reihen laufend die mittlere Front erreicht hatten. Arunth teilte seine Truppen sofort auf und ließ zwei weitere Gruppen auf der anderen Seite Stellung nehmen, denn er dachte, der Feind wolle ihn zuerst schwächen, indem er seine Kräfte zerteilte, und ihn dann nach der Zerstörung des Lagers aus dem Hinterhalt angreifen.

Von dem plötzlichen Gedanken gepeinigt, der Feind könnte die Wagen mit den Frauen abfangen, reagierte Arunth, ohne auch nur einen Augenblick nachzudenken. Er schrie seinen Hauptleuten zu, die mittlere Front vorrücken zu lassen, um Sextus in Schach zu halten, und befahl seiner Wache, ihm auf die linke Flanke zu folgen, von wo trotz der beträchtlichen Entfernung lautes Kampfgeschrei herüberscholl.

In wildem Galopp durchquerten Arunth und seine Männer das Waldstück, das sie von der anderen Flanke trennte. Aber schnell wurde er sich bewußt, daß die Kampflinie dort in unzählige, kleinere Gefechte zerrissen war und daß seine Männer bald unterliegen würden. Die Männer aus Cuma kämpften mit einer ungewohnten Härte, sie hetzten sogar hinter den Verwundeten her und schlugen auf sie ein, bis sie tot zu Boden sanken.

Ohne zu zögern hob Arunth das Schwert und stürzte sich in die

Schlacht, von einem Zweikampf zum nächsten, den Göttern dankend, daß es sich bei seinen Gegnern um Männer handelte, die er nicht kannte. Schon kurze Zeit darauf war er blutüberströmt, doch selbst nicht verletzt.
Er hatte gerade noch Zeit zu bemerken, daß er von seiner Wache abgeschnitten war, als eine Lanze sein Pferd traf. Nur ein schneller Sprung rettete ihn davor, von dem zu Boden sinkenden Tier erdrückt zu werden. Dann stürzte er sich auf den Mann, der die Lanze geschleudert hatte, und streckte ihn mit einem Hieb nieder.
Plötzlich allein und ohne Gegner drehte sich Arunth, sein Schwert fest mit beiden Händen gepackt, einmal um sich selbst. Der Raum zwischen den dicht aneinander stehenden Bäumen war voller Leichen und das Gras vom Blut rot gefärbt.
In diesem Augenblick sah er ihn. Der Mann näherte sich zu Pferd im Galopp und mit Gebrüll. Er hielt sein Schwert wie eine Lanze. Der schwarze Mantel wehte ihm um die Schultern, und die hochstehende Sonne ließ seine Armreife und den goldenen Halsschmuck aufblitzen.
Arunth starrte auf die heranpreschende Gestalt, die ihm wie eine von Charon ausgespiene Furie erschien. Nicht einen Augenblick kam ihm der Gedanke, daß dieser Mann ihn töten könnte.
Zu spät hob er das Schwert zur Verteidigung. Mit unaufhaltbarer Wucht durchbohrte die Klinge Arunths Brust, und einen kurzen Moment blieb er mit weit aufgerissenen Augen reglos stehen, während der Reiter weiterjagte.
Als es Aristodemo endlich gelang, sein Pferd zu zügeln und zu der Stelle zurückzureiten, lag Arunth ins Gras gestreckt da. Der Cumaner sprang vom Pferd und starrte reglos auf den leblosen Körper. Er wagte nicht einmal, sich ihm zu nähern, um das Schwert aus der Brust des jungen Mannes zu ziehen. Die Worte, die ihm Urste Afuna in Pyrgi gesagt hatte, hallten ihm im Ohr wider: *»Denn dieser junge Mann ist heute noch ein Kind, und sein Tod würde seinem eigentlichen Vater, dem er in Wirklichkeit gilt, noch keinen Schmerz bereiten.«*
Jetzt erkannte er das Gesicht wieder, das ihn damals in seinen Träumen verfolgt hatte und das ihm, wie von Urste vorhergesagt, auch in der Nacht vor dieser Schlacht wieder erschienen war.
Dasselbe Gesicht wie das des Königs von Ruma.

Von einem Schaudern gepackt schloß Aristodemo die Augen. Auch seine Wache war mittlerweile eingetroffen und scharte sich um ihn. Schon bald würden die Männer aus Cuma den linken Flügel durchbrochen und ausgetilgt haben, um dann die mittlere Front in eine tödliche Zwinge zu schließen. Aristodemo betrachtete noch einmal den Leichnam des jungen Mannes zu seinen Füßen. Er dachte, daß die Götter gnädig gewesen waren, als sie den König von Ruma von diesem Schlachtfeld ferngehalten hatten.
Ja, die Schicksalsgöttin hatte Erbarmen mit ihm gehabt. Als sich die Truppen aus Cuma dem linken Flügel des Lagers der Rasna genähert hatten, hatten sie dabei auch die Wagen der Frauen, die sie nach Ruma zurückbringen sollten, aufgehalten, die sie als Teil ihrer Beute betrachteten. Tarxne hatte die Männer jedoch dazu gezwungen, den Wagenzug unbehelligt weiterziehen zu lassen, und jedem mit dem Tod gedroht, der es wagen sollte, sich seinem Befehl zu widersetzen. Dann hatte er sich entschlossen, selbst mit seinen karthagischen Wachen die Wagen ein Stück des Weges zu begleiten. Auf diese Weise hatte er die Schlacht versäumt, und es war ihm erspart geblieben, den Tod des Fürsten von Clevsi mitansehen zu müssen.
Aber vielleicht wollte die Schicksalsgöttin auch nur mein Leben schützen, überlegte Aristodemo, während er sein Pferd bestieg. *Vielleicht wäre sonst ich es, der hier tot im Gras läge.*
»Vorwärts!« schrie er dann seinen Kriegern zu. »Vernichtet die Rasna!«
Seine Truppen formierten sich neu und schlossen die Zwinge um das feindliche Heer, das Sextus und Mamilius von der mittleren Front aus angriffen.

»Fürst Arunth ist tot! Das Heer, dessen Führung Pursiena ihm anvertraut hat, ist vernichtet!« Mit diesem Siegesruf betrat Aristodemo den Thronsaal des Königs von Aricia. Die Bevölkerung der Stadt hatte seinen Einmarsch mit Jubelgeschrei begrüßt, und Aristodemos Augen leuchteten.
Blutbeschmiert und mit Staub bedeckt, so wie auch die anderen Könige, die ihre Krieger in die Schlacht geführt hatten, trat er vor den König von Aricia und umarmte ihn.
»Es ist eine Freude, dich zu sehen, mein Freund«, rief Vecelinus ergrif-

fen aus. »Und du selbst kannst hören, wie dankbar die Stadt ist. Heute nacht werden wir den Sieg feiern!«

Aristodemos nickte und löste sich aus seiner Umarmung. Seine Augen suchten den Mann, den er vor allen anderen sehen wollte. Dann entdeckte er ihn, und ihm wurde bewußt, daß der König von Ruma sich nicht im Kreis der Könige befand.

»Es tut mir leid, daß dieser junge Mann, der so große Ähnlichkeit mit dir hatte, meinen Weg gekreuzt hat. Aber ich danke den Göttern, daß du in jenem Augenblick nicht an meiner Seite warst«, sagte er, während er auf Tarxne zutrat. »Du bist der König von Ruma, und nur als solchen kennen wir dich. Die Rasna sind unsere Feinde. Also mußt auch du dich über den Sieg freuen.«

»Die Rasna sind besiegt, aber die, die den Thron von Ruma unrechtmäßig an sich gerissen haben, leben. Von nun an sind sie unsere Feinde«, warf Mamilius ein.

Tarxnes erhobene Hand ließ Mamilius verstummen, und Grabesstille legte sich über den Thronsaal. Nur von draußen war das Jubelgeschrei des feiernden Volkes zu hören.

»Waren deine Männer mit der Beute zufrieden, Aristodemo?« fragte Tarxne, und der Tonfall seiner Stimme ließ den Cumaner erschauern.

»Natürlich. Aber dem Freund, der mich gerufen hat, einen Dienst erwiesen zu haben, ist mein höchster Lohn.«

Tarxnes Gesicht verzog sich zu einem Lächeln. »Daran zweifelt niemand. Breche mit deinen Schiffen so bald wie möglich auf, noch bevor der Herbst die Richtung des Windes ändert, Aristodemo. Du bist jetzt König in deiner Stadt, denn du hast keine Rivalen mehr.«

Aristodemo nickte verunsichert. Offensichtlich wollte ihn der König von Ruma so schnell wie möglich loswerden.

»Du hast recht«, gab er zur Antwort. »Auch das wurde mir vorhergesagt. Ich werde aufbrechen, sobald meine Krieger sich in Antium gesammelt haben, und ich bin sicher, daß du für den richtigen Wind in unseren Segeln sorgen wirst.«

Tarxne nickte. Der Tag lastete wie Blei auf seinen Schultern, und die Freude seiner Verbündeten berührte ihn nicht.

Er sah noch Clelias verstörten Blick vor sich, als die Männer von Aristodemo sie vom Wagen heruntergezerrt und eben dabeigewesen wa-

ren, ihr die Kleider vom Leibe zu reißen. Genau in diesem Moment war er hinzugekommen, und die junge Frau hatte die Hände auf ihren Leib gelegt und ihn ohne Furcht angeblickt.
»Lasse nicht zu, daß der Sohn eines Tarquiniers als Sklave geboren wird!« hatte sie gesagt.
In diesem Augenblick hatte Tarxne begriffen, daß er nicht an der Seite von Aristodemo in der Schlacht sein würde, weil es nicht so geschrieben stand.
»Sei unbesorgt, Clelia«, hatte er sie beruhigt und sich zwischen die Frauen und die Soldaten gestellt. Und keiner der Männer aus Cuma hatte es gewagt, sich ihm zu widersetzen.
Die Frauen hatten den Wagen wieder bestiegen, und Tarxne hatte persönlich den Wagen begleitet, auf dem Clelia saß. Die junge Frau hatte kein weiteres Wort an ihn gerichtet, nur ein kaum merkliches Lächeln, das in ihren Augen und um ihre Mundwinkel gespielt hatte, war ihm noch in Erinnerung geblieben.
»Das Bankett zur Siegesfeier ist vorbereitet«, sagte Vecelinus gerade zu Aristodemo. »Wir erwarten dich.« Der Cumaner verabschiedete sich und verließ eilig den Saal, um sich für das Bankett zu waschen und umzuziehen.
Sextus trat zu Tarxne. Von allen Anwesenden kannte er alleine die Wahrheit. »Es tut mir leid, mein König«, sagte er leise. »Die Schicksalsgöttin wollte ein Opfer, und sie hat es erhalten.«
Tarxne antwortete nicht und folgte ihm in den Bankettsaal. In Gedanken war er weit weg. Sein Geist hatte sich verdüstert, weil er an den Tod Arunths und so vieler junger Soldaten dachte, und er verlor sich in unzähligen Fragen ohne Antwort.
Wer würde jetzt Laris Pursienas Schmerz lindern?
Wer würde dem Freund, in dessen Herzen nichts als Groll geblieben war, zur Seite stehen?
Wie viele Menschen würden noch sterben für die Macht eines Königs, der keinem Ort angehörte?

26.

Noch bevor sich die Regenfälle des Herbstes in Schnee verwandelt hatten, verließ Laris Pursiena mit dem Rest seines Heeres die Stadt. An einem grauen, kalten Morgen übergab er Ruma an Publius Valerius und verzichtete auf alle weiteren Ansprüche auf den ihm verhaßten Ort.
Alle, die ihn kannten, waren sich einig, daß der König von Clevsi sich sehr verändert hatte. Aus dem ehemals übermütigen und verwegenen Herrscher war ein in sich gekehrter, verschlossener Mann geworden. Laris Pursiena lehnte seine Mitmenschen im gleichen Maße ab wie sich selbst. Und nicht der *Verrat* war der Grund für seine unheilbare Wunde, sondern das *Verlassensein*.
Arunth, den er mehr als sich selbst geliebt hatte, war tot, die Hälfte seines Heeres vernichtet . . . und das kostbare Band, das Tarxne in jener längst vergangenen Nacht mit ihm geknüpft hatte, um den Schmerz einer Trauer zu lindern, war zerrissen.
»Bin ich dir jetzt etwa weniger lieb? Ist er dir etwa weniger teuer?«
Arunths aufrichtige, leidenschaftliche Stimme begleitete ihn überall, und die Antwort verwandelte sich oft in einen Schrei: »Nein!!«
Aber Laris konnte und wollte sich das nicht eingestehen, und der einzige, der ihm hätte helfen können, war ausgerechnet der Mann, den er um jeden Preis aus seinem Leben löschen wollte. Jener Mann, dem er auch noch sein Mausoleum zu verdanken hatte.

Tarxne verbrachte den Winter und den Frühling im Palast des Königs von Gabii, wo er erneut mit der Aufstellung eines Heeres beschäftigt war. Die Zurückeroberung Rumas schien nun sein letzter Lebenszweck geworden zu sein. Aber in Wirklichkeit waren seine Gedanken hin- und hergerissen zwischen der qualvollen Sehnsucht nach Veliza und einem dunklen, düsteren Gefühl, das ebenso stark wie seine Sehnsucht war, dessen Grund oder Ursprung er sich aber nicht erklären konnte. Es war eine Art tiefes Unbehagen, das ihn überfiel, während er Bündnisse und Pakte mit anderen Königen schloß, wenn er den Kampfübungen der Krieger beiwohnte, wenn er die Kriegsausrüstungen begutachtete und selbst wenn er schweigend an Sextus' Tisch oder allein vor dem Feuer in seinem Gemach saß.

Was immer es auch war, er hatte das Gefühl, als würde sich etwas in ihm einen langen, dunklen Tunnel graben, einen Tunnel, an dessen Ende vielleicht Licht sein würde. Einmal ritt er nach Tusculum, um seine Tochter Anaies und seinen Enkel zu besuchen. Es war ein schöner Junge, und Mamilius war stolz auf ihn. Er ähnelte seiner Mutter und somit Tullia. Mamilius schloß sich ihm bei der Rückreise mit fünfhundert bewaffneten Männern an.

Es war Sommeranfang.

»Valerius, Postumius und Ebuzio haben Ruma mit mindestens fünftausend Mann verlassen. Sie kommen uns entgegen, um uns den Weg zu versperren. Meine Kundschafter haben zwei Pferde zuschanden geritten, um uns zu warnen!« stieß Vecelinus hervor, als er atemlos in Tarxnes Zelt stürzte, das eben erst von den Dienern errichtet worden war.

»Valerius will seinen Fehler nicht wiederholen und die Stadt nicht belagern lassen«, bemerkte Sextus, der als einziger anwesend war. Er machte dem König von Aricia ein Zeichen, Platz zu nehmen, denn dessen Auf- und Abgehen begann ihn zu stören.

Wegen eines kurzen, aber heftigen Nachmittagsgewitters hatten sie früher als geplant am Ufer des Regillus-Sees haltmachen müssen, obwohl Tarxne geraten hatte, weiterzumarschieren.

Der See, der sich rechts vom Lager erstreckte, lag ruhig da. Die langgezogene Ebene, auf der das Zeltlager lag, war mit hohem Gras bewachsen, dazwischen leuchteten Mohnblumen und Lupinen. Das Gras war so hoch, daß die Pferde darin bis zum Bauch versanken. Weiter nach links wurde das Gebiet hügelig und bewaldet, und das tiefe Grün war nur von wenigen Pfaden wie von Narben durchzogen. Hier und da auf den Hügeln und am Ufer des Sees stieg der Dampf von heißen Quellen in die vom Regen gereinigte Luft.

Die bunten Zelte der Könige und die weißen der Priester vermochten der heiteren Schönheit des Ortes noch nichts anzuhaben. Aber hier und da zündeten bereits die Soldaten, dreitausend Fußsoldaten und tausend Reiter und Bogenschützen, die ersten Lagerfeuer an.
Tarxne hatte seinen Einwand gegen diesen Lagerplatz nicht weiter begründet, und seine Verbündeten hatten, abgesehen von Sextus und Mamilius, darauf bestanden. Es war zu riskant, daß die anderen sich mit ihren Truppen von dem übrigen Heer abspalteten. »Wir könnten sogar riskieren, sie zu verlieren«, schloß Mamilius gerade seinen Lagebericht ab, während er an Tarxnes Seite das Zelt betrat.
Tarxne schüttelte den Kopf, um seinen Schwiegersohn zu beruhigen. Es gab keinen Grund, so schwarz zu sehen.
»Hast du gehört, was meine Kundschafter berichten?« wandte sich Vecelinus sofort aufgeregt und ohne Gruß an ihn.
Tarxne nickte. »Valerius, Ebuzio und Postumius kommen uns entgegen, um uns den Weg zu versperren«, sagte er. »Auch sie haben ihre Spione in unseren Reihen, König von Aricia. Valerius kann uns natürlich nicht näher an Ruma herankommen lassen. Nicht einmal er macht denselben Fehler zweimal. Es wird sehr bald zum Kampf kommen.«
»Hier?« fragte der König von Aricia fassungslos.
»Vielleicht. Ich habe bereits die Wachen verdoppeln lassen, und wir werden sobald wie möglich dieses Tal verlassen. Dies ist kein guter Platz, mit dem See auf der einen und den Hügeln auf der anderen Seite. Kehrt jetzt zu euren Männern zurück und haltet sie in Alarmbereitschaft.«
»Das wird nicht leicht sein«, brummte Mamilius. »Es sind Unmengen von Fischen in der Nähe des Ufers gesichtet worden. Die Priester haben das als ein Zeichen des Wohlwollens der Götter ausgelegt, und so haben die Männer die Fische mit Netzen gefangen. Heute abend wird es ein Festmahl an jedem Lagerfeuer geben!«
»Was befürchtest du?« fragte ihn Vecelinus. »Wir könnten die Haruspizen dazu befragen!«
»Nein«, entschied Tarxne. »Geht jetzt zu euren Männern.«
Die beiden anderen gehorchten, aber Sextus rührte sich nicht.
»Was gibt es noch, Sextus?« fragte Tarxne, ohne sich nach ihm umzuwenden.

»Ich habe Angst, mein König. Nicht vor Rumas Heer oder dem Urteil der Götter, sondern davor, was dir durch den Kopf geht, was dich bedrückt und was du uns verschweigst.«
»Vielleicht hast du recht«, sagte Tarxne leise. »Du kennst mich besser als alle anderen, und du bist der einzige Freund, der mir noch geblieben ist.«
»Aber auch Mamilius und Vecelinus ...«
»Sie nicht. Sie sind anders«, unterbrach ihn Tarxne. »Du bist ein Rasna.«
Sextus senkte den Blick. Plötzlich überkam ihn das Gefühl, eigentlich keinem Ort mehr anzugehören. Ruma, die Stadt seines Vaters, wo er geboren war, und Gabii, über das er als König herrschte, betrachteten ihn beide als Fremden. Und diese Erkenntnis durchfuhr ihn so grausam wie eine feindliche Klinge.
»Die Götter! Ein Zeichen der Götter!« schrie da Mamilius, der aufgeregt ins Zelt stürzte. »Kommt raus und seht selbst!«
Draußen hatten sich alle Männer, Soldaten, Könige und Priester, versammelt und blickten zum See, über dem sich eine dichte, von der untergehenden Sonne entflammte Wolke gebildet hatte. In ihrer Mitte sah man die Umrisse von zwei Reitern im Galopp. Der eine mit einem schwarzen, der andere mit einem weißen Umhang, der eine dunkel, der andere hell, aber beide umgeben von Licht.
»Die Dioskuren«, schrie Vecelinus. »Sie verkünden uns den Sieg!«
Alle Männer stimmten jubelnd ein und schwenkten die Arme zum Zeichen des Grußes und des Sieges.
Tarxne hingegen schwieg. Er legte eine Hand auf die Brust, und plötzlich merkte er, wie ihn Wärme durchdrang und er die Last und Kraft eines Opals spürte, der nie seinen Hals geschmückt hatte. Er fühlte den Stein, als berührte er wirklich seine Haut, und diese Gewißheit bewirkte, daß sein Bewußtsein als Trutnot zurückkehrte.
Er kannte diese beiden Gestalten. Sie waren Teil von ihm, Teil seines Körpers und seines Geistes.
Larth und Axal.
Sie ritten in den Wolken und verkündete allen dasselbe Zeichen. Jeder der anderen würde es ohne den geringsten Zweifel als ein Zeichen des Sieges für sich werten.
Aber welchen Sieg würde er selbst erringen?

Das Netz ist geknüpft, der Plan der Götter erfüllt. Die mächtigste Nation aller Zeiten ist geboren. Sie ist groß und wird sich wie ein Sturm über die gesamte bekannte Welt verbreiten.
Siehst du es nicht, Sohn des Larth und des Axal?
Siehst du nicht die Pforte zur Nacht für das Volk der Rasna?
Tarxne versuchte, die Stimme in seinem Innern zu unterdrücken.
»Bedeutet das ... den Sieg? Bedeutet das wirklich den Sieg?« fragte Sextus von dem Schauspiel überwältigt.
»Es bedeutet Sieg. Aber ich weiß nicht *welchen*«, antwortete Tarxne mit so leiser Stimme, daß ihn keiner der anderen hören konnte.
Mittlerweile hatten die Wolken ihren Strahlenkranz verloren. Ihr goldener Glanz ging in Blau- und Grautöne über, und die beiden Gestalten waren verschwunden. Verschlungen vom aufsteigenden Dunkel der Nacht. Die Männer waren wie verrückt vor Freude über dieses Zeichen, und Vecelinus strahlte.
»Jetzt sind wir sicher!« rief er. »Die Priester werden die Danksagungsopfer feiern, und die Männer werden Wein bekommen.«
»Nein!« widersprach Tarxne.
»Was fürchtest du denn noch?« fragte der König der Volsker aus Antium aufgebracht, und die anderen Könige stimmten ihm zu. »Hast du das Zeichen etwa nicht gesehen?«
»Auch Valerius wird es mit seinen Männern gesehen haben, und auch sie werden an den Sieg glauben. An *ihren* Sieg. Deshalb frage ich euch: Auf welcher Seite stehen die Götter?«
«Unsere Götter stehen auf unserer Seite!« erwiderte Vecelinus. »Denn wir sind ein Bund, und du warst es selbst, der uns geeint hat. Vielleicht zweifelst du, weil du ein Fremder bist?«
Tarxne gab sich keine Mühe mehr, sie zu überzeugen. Er wandte sich ab und ging in sein Zelt. Sextus allein folgte ihm, während sich die anderen Könige verstimmt durch Tarxnes vermeintliche Beleidigung entfernten. Im Lager fingen die Soldaten schon zu feiern an.
Bei Sonnenaufgang würde die letzte Schlacht geschlagen werden.
Tarxne rührte weder das Mahl noch den Wein an und befahl Sextus, bei ihm im Zelt zu bleiben. Das Lager der Reiter aus Gabii befand sich direkt am See, wo die Pferde das beste Gras fanden, aber es war auch der am weitesten vorgerückte Posten. Sextus gehorchte, und auch er trank keinen Wein.

Noch in der Nacht führte Postumius seine Männer über die Hügel. Ebuzio hingegen marschierte am See entlang, wobei er das Geräusch der Wellen ausnutzte, das das Pferdetrappeln überdeckte. Sein Ziel war die Reitertruppe aus Gabii und ihre satt geweideten Pferde.
Valerius selbst führte die Schar an, die den Überfall auf das Lager durchführen würde. Die Dioskuren hatten Ruma den Sieg verheißen, und für ihn war die einzige Alternative der Tod. Er hatte die ganze Nacht in Gedanken an den bevorstehenden Kampf verbracht und all seine Wut und Kraft gesammelt. Er wußte, daß seine Männer mit der gleichen Entschlossenheit in die Schlacht gehen würden.
Ein erster Lichtstreifen erhellte den Horizont, und das noch dunkle Wasser des Sees wurde von einer leichten Brise bewegt. Die Angreifer waren im hohen Gras und dem Schilf am Ufer des Sees nicht zu sehen.
Nur langsam erhoben sich die Männer des Latinischen Bundes, angetrieben von ihren Hauptleuten. Der Wein der vorhergehenden Nacht lastete schwer auf ihnen.
»Wir werden es nicht schaffen, bei Sonnenaufgang marschbereit zu sein«, stellte Sextus verärgert fest, während er vom Zelteingang aus das Geschehen im Lager betrachtete.
Zu seinem Erstaunen trug Tarxne schon sein Schwert, nur noch selten sah man den König von Ruma bewaffnet. Er wollte gerade nach dem Grund fragen, als der Warnschrei eines Wachpostens ertönte, gefolgt von seinem Todesröcheln. Noch im selben Augenblick erschollen die wilden Angriffsschreie der Kommandanten von Valerius, und überall im Gras tauchten feindliche Krieger auf. Gleichzeitig war von den Hügeln ein Donnertosen zu hören: Postemius stürzte sich mit seinen Truppen in vollem Galopp auf das Lager. Sein Angriff wurde von Bogenschützen unterstützt, die mit flammenden Pfeilen den Reitern einen Weg ins Lager freischossen.
»Unsere Reitertruppen!« schrie Sextus und rannte aus dem Zelt, aber auch von der Landzunge direkt am Wasser erscholl bereits Kriegsgeschrei und Schwerterklirren.
Sextus drehte sich entgeistert nach Tarxne um, während die karthagischen Wachen, die dem König als einzige gehorcht und nicht an dem Fest teilgenommen hatten, die Pferde herbeibrachten.
Ohne sich um Sextus oder seine Wachen zu kümmern, sprang Tarxne

auf sein Pferd und ritt in vollem Galopp mit hoch erhobenem Schwert quer durch das Lager, sammelte die Soldaten um sich und gab den Hauptleuten Anweisungen für eine vorläufige Verteidigungsstrategie.

Die berittenen Krieger aus Gabii hatten Ebuzios Überraschungsangriff standhalten können und sogar einige Pferde zurückerobert. Ihre Verluste waren allerdings hoch, und bei Sonnenaufgang trieben unzählige Leichen auf dem See. Dennoch gelang es den Überlebenden der Truppen aus Gabii, sich zum Hauptlager zurückzuziehen. Der rechte Flügel mußte als erster den wiederholten Angriffen von Postumius weichen, und die Front wurde aufgerieben. Das ganze Tal war mittlerweile zu einem einzigen Schlachtfeld geworden. Das Schilfrohr am Ufer des Sees brannte und auch das Zelt des Königs von Aricia. Viele Soldaten lagen tot an den Lagerfeuern, wo sie vom Feind überrascht worden waren, und der dichte Rauch nahm allen die Sicht und den Atem. Nachdem er die Überreste der Reiterei um sich gesammelt hatte, hielt sich Sextus ständig an der Seite des Königs von Ruma, und oft genug wehrte er Schwerthiebe oder hinterrücks angreifende feindliche Soldaten ab. Die Sonne hatte ihren höchsten Punkt bereits überschritten, und die Schlacht hatte sich in unzähligen Zweikämpfen aufgerieben. Die Männer wurden von ihren Pferden gerissen, weil sie keine Kraft mehr hatten, sich zu verteidigen, andere blieben einfach auf der Erde liegen, weil die Angreifer sie für tot hielten oder selbst nicht mehr genügend Kraft hatten, ihnen einen tödlichen Hieb zu versetzen.

Tarxne hatte um sich die Überlebenden seiner Wache gesammelt, insgesamt zehn Mann und weitere dreißig berittene Soldaten aus Gabii. Er hielt die Zügel von Sextus' Pferd in der einen Hand, der, von einer Lanze seitlich durchbohrt, wie leblos über dem Hals des Tieres hing. Er gab Mamilius, den er von weitem sah, ein Zeichen, hinter ihm herzureiten, spornte sein Pferd an und galoppierte die Hügel hinauf, ohne darauf zu achten, ob ihm die Männer und sein Schwiegersohn auch wirklich folgten. Der dichte Wald war ungewohnt dunkel im Vergleich zum gleißenden Licht auf dem Schlachtfeld, und die kühle Luft traf die brennende Haut wie ein Peitschenhieb. Tarxne entdeckte einen der Pfade, die sich, wie er schon von weitem gesehen hatte, durch den Wald über den Kamm der Hügel zogen, und lenkte die Pferde dorthin.

Sobald sie den ersten Hügelkamm überschritten hatten, zügelte er die

Pferde und machte auch seinen Gefolgsleuten ein Zeichen anzuhalten. Auf der anderen Seite des Hügels war der Wald genauso dicht und erstreckte sich, so weit das Auge reichte, über zahlreiche weitere, teilweise unzugängliche, felsige Hügelketten. Zwei Anhöhen weiter mußte sich ein Dorf befinden, das von zwei Ausläufern verdeckt wurde. Eine dichte Rauchwolke erhob sich an diesem Punkt.

»Dorthin«, befahl er seinen Männern und Mamilius, der in diesem Moment zu ihm an die Spitze der Männer vorgestoßen war.

»Bist du verletzt?« fragte er seinen Schwiegersohn, dessen Schulter blutete.

»Nichts Schlimmes«, antwortete Mamilius, »aber viele meiner Männer sind schwerer verletzt als ich.«

»Da hinten ist ein Dorf. Dort werden wir anhalten und die Verletzten versorgen.«

Mamilius nickte, und Tarxne spornte sein Pferd an. Von neuem wurde die Schar vom Schatten des Waldes verschluckt. Der Weg führte steil ins nächste Tal hinunter und war so schmal, daß die Männer hintereinander reiten mußten. Es duftete nach Moos, und der Himmel hoch über ihnen schien nur noch ein verschlissenes graues Band zu sein. Dann ritten sie auf der anderen Seite den Pfad wieder hinauf. Langsam wurde der Weg breiter, und hier und da öffneten sich grasbewachsene Lichtungen. Auf dem höchsten Punkt des Bergrückens befand sich das Dorf, ein Dutzend strohbedeckte Hütten, hier und da ein Zaun und eine niedrige Mauer aus aufeinandergeschichteten Felsbrocken als Schutz.

Die Hälfte der Hütten war niedergebrannt, aber das Feuer war bereits erloschen. Der Rauch, der von weitem zu sehen gewesen war, rührte von den Hirsefeldern her, die sich direkt hinter dem Dorf bis zum Waldrand erstreckten. Die wenigen Überlebenden, etwa zwanzig Erwachsene und ebenso viele Kinder, flüchteten, als sie den Trupp heranreiten sahen.

Tarxne spürte ihre panische Todesangst so stark, daß ihm für einen Augenblick der Atem stockte, und er begriff: Postumius war auf seinem Weg zum Schlachtfeld hier vorbeigekommen, und da sich das Dorf auf tusculanischem Gebiet befand, hatte er nicht gezögert, mit aller Grausamkeit vorzugehen.

Tarxne stieg vor der größten noch stehenden Hütte vom Pferd. Die Eingangstür aus geflochtenen Ästen war herausgerissen und das Innere verwüstet. Er befahl, die Schwerverletzten, unter ihnen auch Sextus, dorthin zu bringen. Dann trug er den nur leicht Verletzten auf, Wasser zu besorgen, sich nach etwas umzusehen, das als Verbandszeug dienen konnte, und ein Feuer in der Feuerstätte aus Stein vor der Hütte anzuzünden.

Als er sich umdrehte, sah er, daß die Männer des Dorfes, allen voran der Dorfälteste, näher gekommen waren und ihn anstarrten.

»Wir wollen euch nicht hier haben«, begann der Mann. Er war von kleiner Statur, hager, mit einem sonnengegerbten Gesicht, und er sprach mit verzweifelter Entschlossenheit. »Du mußt ein König sein ... Wenn du hier bleibst, werden sie dich suchen und uns alle töten.«

Tarxne schüttelte den Kopf. »Ich kann nicht weiterreiten. Diese Männer hier werden sterben, wenn sie nicht sofort versorgt werden.«

»Diese Männer gehören nicht zum Dorf und du auch nicht.«

»Aber *ich* bin *dein* König«, mischte sich nun Mamilius ein.

»Ich habe dich noch nie gesehen«, erwiderte der Mann. »Und außerdem sind diese Männer schon tot. Geht weg von hier. Wir werden für ihr Begräbnis sorgen.«

Tarxne beachtete ihn nicht weiter und betrat die Hütte. Die Soldaten hatten alle Gefäße, die sie hatten finden können, mit Wasser gefüllt. Tarxne wusch sich die Hände, die Arme und das Gesicht. Auch er war blutbesudelt, aber unversehrt. Er beugte sich über Sextus, der auf das einzige Strohlager gelegt worden war. Tarxne legte ihm seine Tebenna unter den Kopf. Sextus hatte das Bewußtsein wiedererlangt, und Tarxne netzte ihm Gesicht und Lippen mit frischem Wasser.

»Du wirst sie nicht herausziehen können, oder?« flüsterte Sextus und blickte auf die abgebrochene Lanze, die aus seiner Seite ragte.

»Nein«, antwortete Tarxne und drückte seine Hände. »Mit meinen chirurgischen Instrumenten hätte ich es vielleicht gekonnt, aber nicht hier.«

Sextus blickte ihn an und versuchte zu lächeln.

»Haben wir gesiegt?« fragte er.

»Natürlich«, beruhigte ihn Tarxne. »Wir haben gesiegt.« Froh und erleichtert über diese Nachricht erwiderte Sextus den Händedruck.

»Ruma gehört wieder zu uns?«

»Ja, so ist es. Jetzt und für alle Zukunft gehört Ruma uns«, log Tarxne, und Sextus schloß beruhigt die Augen. »Als ich auf dem Weg nach Gabii war«, sagte er mit schwacher Stimme, »erinnerst du dich, mein

König? Da gab es einen Augenblick, an dem ich dachte, ich sterbe. Ich dachte, ich würde es nicht schaffen, und genau da habe ich den alten Pilger getroffen, der mir geholfen hat. Er ist auch jetzt gekommen, weißt du?«

»Siehst du ihn?« fragte Tarxne.

»Er steht genau hinter dir, mein König. Und ich fühle keine Schmerzen mehr.«

Tarxne nahm die Hand von der Stirn des Freundes.

»Ruhe dich jetzt aus«, sagte er, und Sextus gehorchte ihm voller Vertrauen. Sein Atem war nur noch ein Hauch und ging in immer kürzeren Abständen.

Tarxne hob den Blick zu Mamilius, der herangetreten war. Er war ein in vielen Schlachten erprobter Mann, aber diese Schlacht hatte ihn aufgerieben.

»Nimm deine Männer und kehre nach Tusculum zurück, Mamilius. Herrsche über deine Stadt, akzeptiere die Abkommen und die Bündnisse, die Ruma dir anbieten wird, und verzeihe mir, wenn du kannst, den Tod all derer, die für mich gestorben sind.«

»Ich werde dich nicht verlassen«, widersprach der Mann. »Glaubst du wirklich, daß ich jetzt gehen würde und dich im Stich lasse? Valerius hat die Absicht, dich zu töten. Es wird ihm nicht schwerfallen, deine Spur aufzunehmen und dich zu finden.«

»Mach dich auf den Weg, Mamilius! Sofort!« befahl ihm Tarxne.

»Dann komme mit mir.«

»Nein, ich muß bleiben. Vielleicht kann ich noch das Leben des einen oder anderen hier retten. Und du könntest mit niemandem verhandeln, wenn ich mich in deinem Palast befände. Tusculum würde angegriffen und dein Reich vernichtet werden. Geh jetzt!«

Der König von Tusculum schwieg. Er konnte diesem Mann nicht widerstehen, dessen eigenartige Macht ihm plötzlich neu und anders vorkam als die des Königs von Ruma, den er kannte. *Es war etwas, das er nie gesehen oder kennengelernt hatte.* Er verbeugte sich und befahl seinen Männern, die erschöpft und müde in den Ecken kauerten, sich zum Aufbruch vorzubereiten.

Tarxne beauftragte die Männer des Dorfes, ihm noch mehr Wasser zu bringen, wies die Karthager und die Reiter aus Gabii an, Wachposten aufzustellen, und gab zwei Männern den Befehl, den Pfad über dem

Hügelkamm im Auge zu behalten. Schließlich kehrte er in die Hütte zurück, um sich um die Verletzten zu kümmern. Nach einiger Zeit betrat eine Dorfbewohnerin mit ihrer kleinen Tochter die Hütte, die am Kopf von einem von Postumius' Kriegern von einer Lanze verletzt worden war. Tarxne tat, was er konnte, für das Kind, und aus Dankbarkeit bot sich die Frau an, ihm bei der Versorgung der Verletzten zur Hand zu gehen. Er erklärte ihr, welche Kräuter sie am Waldrand pflücken sollte. Er trug ihr auch auf, Mohn mitzubringen, der am Rand des Pfades wuchs.

Die Dunkelheit war bereits hereingebrochen, als er den Aufguß mit der Kräutermischung zubereitet hatte, einen schmerzlindernden Aufguß, der den Verletzten einen wohltuenden Schlaf schenken würde.

Dann kümmerte er sich wieder um Sextus, der ihn aber bereits nicht mehr erkannte.

Tarxne saß am Eingang der Hütte. Das Feuer brannte schwach die Dorfbewohner befanden sich in einer anderen Hütte und schliefen erschöpft.

Vollkommene Stille lag über dem Wald. Kein Windhauch regte sich, kein Nachtvogel, keine Tierrufe ...

Nichts.

Und Tarxne war es plötzlich, als schwebe er, als treibe er in diesem Nichts, müde, während in seinem Innern die Macht wuchs.

Die einzige, die *wirkliche Macht.*

Er hob die Augen zum Himmel. Lange Zeit schaute er hinauf und zog im Geist die Linien nach, die die Sterne miteinander verbanden. Dann versuchte er, sich zu erheben und die Baumspitzen zu berühren, die Wellen des Windes zu erkennen und auf ihnen zu reiten ... Er versuchte, die blutende Erde von oben zu betrachten, und es gelang ihm, sich auszubreiten, sie zu bedecken, und plötzlich wurde er von einem gleißenden Licht erfaßt, das den dunklen Tunnel seines Gefängnisses sprengte.

Er zuckte zusammen.

Vielleicht war er eingeschlafen. Seine Hand lag noch immer auf Sextus' Brust, aber kein Herzschlag war mehr zu spüren. Der Schrei einer weißen Eule, die auf einem tiefhängenden Ast gegenüber der Hütte kauerte, zerriß die Stille.

Und gleich danach setzten die Geräusche der Nacht wieder ein.

»Wach auf, König Tarquinio! Sie kommen direkt auf den Paß zu. Es sind sehr viele!«
Tarxne schreckte aus seinem Schlummer hoch und erblickte den Karthager, der sich direkt über ihn beugte. Er hob den Blick und sah als erstes den langsam sich lichtenden Himmel und dann sofort die Gesichter der Dorfbewohner, die sich hinter dem Wachposten versammelt hatten und ihn mit anklagender Miene anstarrten.
Er sprang auf und ging ohne ein Wort auf den Kamm des Hügels zu.
»Was hast du vor?« rief der Karthager beunruhigt aus. »Wir müssen das Dorf verlassen und uns im Wald verstecken.«
»Nein. Bleib mit den anderen hier. Bleibt alle hier«, befahl er den Männern, die sich mittlerweile alle um ihn versammelt hatten.
»Sie werden dich töten!« widersprach der Mann, aber Tarxne hörte ihn nicht. Einer der Männer nahm das Schwert und folgte ihm, seinen Befehl mißachtend. Tarxne wandte sich nicht einmal um.
Er spürte, wie die *Macht* in ihm strömte wie ein Fluß, der erneut genug Wasser führte, um über die Ufer zu treten und alle Hindernisse zu überwinden.
Er erreichte den Paß, blieb stehen und schloß die Augen, um Valerius mit seinem inneren Auge erkennen zu können. Der Sabiner ritt an der Spitze seiner Schar. So, wie der Wachposten gesagt hatte, waren es viele Männer, und Valerius ritt sein Pferd zuschanden, um möglichst schnell ans Ziel zu gelangen. Das Geräusch der galoppierenden Pferde erfüllte das letzte noch vor ihnen liegende Tal, das nach Moos duftete und noch in nächtliches Dunkel gehüllt war.
Tarxne hob seinen Blick. Der Himmel war klar, ohne Wolken, und der leichte Wind trug noch immer den Geruch der Brände vom Schlachtfeld mit sich.
Tarxne erinnerte sich.
Er befreite seinen Geist, streckte die Arme weit aus und fühlte, wie die Energie Form annahm und seinen Körper bis in die Fingerspitzen durchströmte.
»Die wahre Energie ist eingeschlossen in einer kleinen Lichtkugel, die mächtiger als jede Waffe ist. Diese Lichtkugel kann klein sein wie eine Nuß oder groß wie ein Schild, sie kann laufen oder rollen, kann Stadtmauern durchbrechen und die Erde erbeben lassen. Sie kann Leben

bedeuten, denn ihr Wesen ist, das Leben oder den Tod bringen, denn sie zu berühren bedeutet Tod...«
Tarxne schloß die Augen und fühlte, wie sie näher kam. Er spürte, wie etwas in seinem Inneren sich öffnete. Doch auch dieses Mal, genau wie damals auf dem Berg Tiv, war es alleine seine eigene Energie.
Niemand sonst, weder seine Mutter noch eine andere Kraft, unterstützte ihn. Und *sein Sieg* machte ihn frei und mächtig.
Der Aufprall der leuchtenden Energie auf den Felswänden des Hügelkammes war so wuchtig, daß sich die Erde mit einem Schrei zu spalten schien. Auf dieses erste Dröhnen folgten noch unzählige weitere, während die einstürzenden Felswände den Hügelkamm zerstörten und ein riesiger, hoher Staubvorhang sich über alles legte.
Die folgende Erschütterung warf sowohl die Männer zu Boden, die Tarxne gefolgt waren, als auch die der Vorhut von Valerius auf dem gegenüberliegenden Hügel.
Der Sabiner, etwas weiter zurück, gab seinen Leuten den Befehl, abzusteigen und sich zu verstecken. Beim Anblick des vom wolkenlosen Himmel herabstürzenden Lichtballs hatte seinen Männern der Atem gestockt. Die Soldaten der Nachhut, von ihren Kommandanten abgeschnitten, wurden von panischer Angst erfaßt. Sie rissen ihre Pferde herum und ritten so schnell wie möglich zurück.
»Der weiße Blitz! Warum kommt er jetzt und nicht, als er ihnen auf dem Schlachtfeld den Sieg hätte bringen können oder als sie vor Rumas Mauern standen? Warum jetzt und warum hier? Was für einen kostbaren Schatz mag er da oben versteckt halten?« murmelte Valerius.
»Vielleicht konnte er vorher nicht, oder er *wollte* nicht. Wir wissen über dieses Volk der Rasna zu wenig, Valerius«, erwiderte Ebuzio neben ihm.
»Wir können ihn nicht mehr erreichen!«
»Aber du wolltest ihn doch um jeden Preis töten, Valerius. Hast du das vergessen. Du wolltest seinen Kopf mit nach Ruma nehmen!«
Valerius gab keine Antwort. Er hatte es nicht vergessen, aber jetzt versetzte ihm der Gedanke, den Tarquinier zu töten, einen ebenso großen Schrecken wie die Vorstellung, ihn wieder auf Rumas Thron zu sehen.
»Laß uns nach Ruma zurückkehren!« sagte Ebuzio. »Die Männer sind müde, Valerius, und es gibt viele Verletzte. Wir haben zahlreiche Ge-

fangene gemacht, um die wir verhandeln können. Der Tarquinier wird keine Verbündeten mehr finden, und wir werden das Latinische Bündnis ohne Schwierigkeiten unter unsere Herrschaft bringen. Wir sollten nicht weiter den Zorn von Göttern, die wir nicht kennen, riskieren, oder die Magie eines Mannes, der nichts mehr zu verlieren hat.«

Valerius nickte schweren Herzens. Ebuzios Einwände waren angebracht, doch ausgerechnet diesem Feind das Leben zu lassen schmälerte seinen Sieg. Von Wut gepackt, sprang er auf, ohne sich um die dichte Staubwolke zu bekümmern, die sich auf die Erde gelegt und allen den Atem und den Blick genommen hatte.

»Wir werden umkehren«, befahl er. Dann stieg er auf sein Pferd und sprengte über die schutzsuchend auf dem Pfad kauernden Männer davon.

Tarxne ließ seine Arme sinken, während sein inneres Auge die abziehenden Männer begleitete.

Die Schlacht am Regillus-See war geschlagen.

27.

»Was ist los? Hat dir irgend jemand im Palast nicht den gebührenden Respekt entgegengebracht? Oder hat Cuma dich etwa enttäuscht?« Aristodemo hatte sich mehr als gewöhnlich erhitzt, aber Tarxne ließ sich von seinem Ungestüm nicht beirren.
Sie befanden sich auf der weitläufigen Terrasse des Palastes, dem höchsten Punkt der Küste. An diesem klaren, windigen Tag lag die Stadt weißblau unter ihnen, und die Umrisse der Inseln hoben sich scharf auf dem kristallenen Meer ab. Cuma war eine herrliche Stadt, und an seinem Hofe herrschten gepflegte Sitten. Dennoch fühlte Tarxne sich wie der Reisende vor langer Zeit, der junge Mann, der den Feind von weitem mit dem sehnlichen Wunsch betrachtet hatte, wieder in die Heimat aufzubrechen.
»Deine Gastfreundschaft ist vorbildlich, Aristodemo. Sie wäre einer Stadt der Rasna würdig, und ich versichere dir, daß es eine Zeit gab, in der sich kein Palast an Reichtum und Gastlichkeit mit dem meines Volkes messen konnte.«
»Deines Volkes? Aber du bist der König von Ruma! Du hast gegen das Volk der Rasna gekämpft!«
»Wenn du es so siehst, habe ich auch gegen Ruma und vor langer Zeit auch gegen dich gekämpft.«
Aristodemo betrachtete lächelnd den Weinpokal in seinen Händen. »Du bist seit kaum einem Mond hier und, ehrlich gesagt, mein Freund, ich verstehe nicht, warum du bereits wieder aufbrechen willst«, sagte er leise. »In keiner anderen Stadt, sei es eine der Sabiner, Latiner oder Rasna, wirst du Gastfreundschaft finden. Kein König, außer mir, wird sich der Gefahr aussetzen wollen, dich in seinem Palast aufzunehmen. Das weißt du doch, oder?«
»Natürlich«, gestand Tarxne.

»Und deine Männer? Was ist mit den Soldaten, die dich bis hierher begleitet haben?«
»Sie sind frei. Sie können tun und lassen, was sie wollen. Es sind gute Krieger. Du könntest sie in deine Wache aufnehmen.«
»Meinst du, ich werde sie brauchen?«
»Du wirst dich gegen die Patrizier, den Adel, den du übergangen hast, wehren müssen.«
Aristodemo dachte einen Augenblick nach. Es stimmte, seine Gegner nannten ihn ›Malakos den Tyrannen‹, aber aus ihnen sprach Neid. Doch wer weiß, vielleicht befand sich wirklich der eine oder andere unter ihnen, der ihm nach dem Thron trachtete, und dann wäre die Anwesenheit des Königs von Ruma in seinem Palast sicherlich nicht zu seinem Vorteil.
Er stand beunruhigt auf. »Und wie soll ich deine Abreise rechtfertigen?«
»Gar nicht. Die Leute werden sagen, ein verbannter König habe bei dir Asyl gesucht und sei knapp einen Mond später gestorben. Du hast mir Schutz und dann ein ehrenvolles Begräbnis gegeben, und sie werden diesen König vergessen.«
»Es ist schwierig, einen großen König zu vergessen.«
»Dennoch wird *dieser* König in Vergessenheit geraten.«
Aristodemo versuchte vergebens, den Blick von dieser schwarzgekleideten, hochgewachsenen und strengen Gestalt abzuwenden, und von diesen Augen, die blauer und tiefer waren als das Meer.
»Vielleicht ist es besser so«, sagte er. »Aus welchem Grund auch immer du wünschst, den Schutz meines Palastes zu verlassen ... Wenn du willst, daß sie sagen, du seist tot, dann werde auch ich es sagen. Dennoch bedauere ich, dir in den Zeiten deines Glanzes kein Freund gewesen zu sein, und es tut mir leid, unwissentlich deinen Sohn getötet zu haben.«
»Du trägst daran keine Schuld«, murmelte Tarxne.
»Wenn nicht dies der Grund ist, aus dem du Cuma so schnell wie möglich verlassen willst, dann warte noch einen Tag. Ich bitte dich, nur noch einen Tag! Genieße den Wind und die Sonne, denn der Sommer geht seinem Ende entgegen. Das ist das einzige, worum ich dich bitte.«
»Nein«, antwortete Tarxne lächelnd, stellte den Weinpokal auf dem Tisch ab und legte sein Schwert daneben.

Aristodemo schaute ihn verständnislos an. »Warum dein Schwert?«
»Ich brauche es nicht mehr. Du kannst es an meiner Statt begraben.«
»Ein König kann nicht ohne Schwert sein!«
Tarxnes Lächeln war jetzt lebendig und warm. »Der König von Kuma, der letzte, der ein Tarquinier war, ist in diesem Moment gestorben«, sagte er.

Es war bereits dunkel, als Tarxne den Palast von Aristodemo von Cuma verließ. Er war bis über den Kopf in einen schweren, schwarzen Umhang gehüllt und trug nur den Lituus, den langen, an der Spitze gekrümmten Stab der Trutnot, bei sich. Wie eine Aura umgab ein leuchtender Schein seinen Schatten auf dem Pfad.

Der alte Pilger stieg mühsam den steil ansteigenden Pfad, der mit blühendem Ginster und Blaustern gesäumt war, hinauf. Nicht weit entfernt leuchtete das Meer, und die unendlich vielen Düfte erfüllten ihn mit einem Vergnügen, das ihn in vergangene Zeiten versetzte. Er liebte diesen Platz auf der Anhöhe des Hügels, der ihn an den Tivrit und an eine Zeit in seinem Leben erinnerte, die nun schon so weit in der Vergangenheit lag. Schließlich setzte er sich unter einem Baum auf einen Felsvorsprung und ließ sich von der Sonne wärmen. Von hier aus konnte er das Meer sehen.
Dann hörte er die Kinder kommen, die ihn jedesmal besuchten, wenn er sich in der Nähe ihres Fischerdorfes aufhielt. Sie fragten nach Heilmitteln gegen dieses oder jenes Übel, denn sie waren mutiger als ihre Eltern, und manchmal ließ er sich durch ihre Begeisterung dazu hinreißen, ihnen einen seiner Zaubertricks zu zeigen. Dann verwandelte er einen Stein in einen Schmetterling oder ließ im tiefsten Winter einen Dornenbusch erblühen ... Er hatte schon viel größere Magie vollbracht, und überall, von Luni bis Cuma, standen dem alten Pilger mit dem schwarzen Mantel und dem langen Krummstab, der alle Sprachen beherrschte, die Stadttore offen. Alle kannten den hochgewachsenen alten Mann mit den leuchtend blauen Augen und dem langen weißen Haar, das nach der Gewohnheit der Völker des Nordens im Nacken zusammengebunden war. Ihm konnte jeder Fragen stellen, aber nur so lange, wie er es zuließ.
Einer der Jungen zog ihn am Ärmel seiner langen Tunika. »Du bist

eingeschlafen«, sagte er vorwurfsvoll. Doch dann beeilte er sich, die Geschenke vor dem Alten auszubreiten: eine Schale mit Suppe, etwas Obst und sogar eine Handvoll Gebäck aus Honig und Trauben.
Der alte Pilger lächelte beim Anblick des reichen Mahls und erblickte dann das Mädchen hinter dem Rücken des Knaben. »Ich sehe, du bist heute nicht allein«, sagte er und nahm sich etwas von dem Gebäck.
Die Augen des Jungen leuchteten. Der Wunsch, erwachsen zu erscheinen, hatte ihn verwegen gemacht, aber jetzt wußte er nicht, was er sagen sollte.
Der alte Pilger streckte die Hand aus. Das Mädchen nahm seinen ganzen Mut zusammen und streckte ihm ebenfalls seine kleine, braungebrannte Hand entgegen.
»Was möchtest du wissen?« fragte der alte Mann.
Der Blick des Mädchens wurde ernst. Ihre eben erst erwachenden Sinne ließen sie etwas spüren, was dem Knaben entgangen war. Die *Macht*.
»Werde ich glücklich sein?« fragte sie, und ihre Augen leuchteten voller hoffnungsvoller Erwartung.
Der alte Pilger war nicht erstaunt über diese Frage. Es war immer dieselbe ...
»Für eine Zeit, vielleicht ... wie alle«, antwortete er. »Aber dein Freund hat nicht verstanden, warum du diese Frage gestellt hast. Er sieht nicht über seinen Weg hinaus, deshalb mußt du ihn führen.«
»Bist du auch morgen noch hier?« unterbrach ihn der Junge, der sich ausgeschlossen fühlte.
»Vielleicht.«
»Die Männer im Dorf sagen, daß du ein großer Magier bist, deshalb haben sie uns verboten, mit dir zu sprechen.«
»Und was meinst du dazu?«
»Ich sehe hier keine Gefahren, und ich habe noch nie gesehen, daß du etwas Schlechtes getan hast.«
»Dann glaube an das, was du siehst, und vergiß nie, deinem Herzen zu folgen. Geh jetzt! Du hast die Arbeiten, die dir deine Eltern für heute aufgetragen haben, noch nicht erledigt.«
»Woher weißt du das?«
»Frag deine Freundin in der ersten Vollmondnacht dieses Mondes.«
»Du meinst hier, an dieser Stelle?«

Der Alte schaute sich um und lächelte. »Dieser Platz würde sich doch bestens dafür eignen.«
Der Junge nickte. Er ahnte, daß diese Verabredung ein wichtiges Ereignis sein würde, und er fragte sich, ob der Alte wirklich verstanden hatte, welche Absichten er mit dem Mädchen hatte, das bis zum Tag zuvor nur seine Spielgefährtin gewesen war.
Der Alte lächelte. Seine Augen verrieten, daß er den Jungen genau verstanden hatte, und der Knabe errötete. Er verabschiedete sich verlegen und lief, das Mädchen am Arm hinter sich her ziehend, davon.
Der alte Pilger lächelte. Die erste Vollmondnacht im Monat Acale ...
Er stützte sein Kinn auf den Stab und schloß die Augen.
Taghell erleuchtete der Mond den Tivrit, der von hohen Felswänden gesäumt war, deren Umrisse sich scharf vor dem klaren Sternenhimmel abzeichneten.
Anaies war zierlich, die dunklen Haare fielen ihr bis zu den Hüften, und ihre Haut roch nach duftenden Kräutern ...
In diesem Augenblick zerrissen die Schreie eines auffliegenden Vogelschwarms die Stille. Alle Vögel waren schwarz, bis auf einen ...
Nur einer war weiß. Frei erhob er sich in die Lüfte, um sich dann auf einem der felsigen Berggipfel niederzulassen.

Nachwort

Einer Reihe von Zufällen ist es zu verdanken, daß mein Interesse an den Etruskern geweckt wurde; Zufälle, die schon lange auf dem Altar der Zeit geschrieben waren. Sich selbst nannten die Etrusker ›Rasna‹, und ich will sie auch nicht mehr anders nennen.

Auch heute noch liegt der Ursprung der Rasna im dunkeln, und sie teilen das Schicksal der Völker, die dem römischen Eroberungsdrang zum Opfer fielen. Bis heute wird die Tatsache, daß sie ein Imperium geschaffen haben, geleugnet. Aufgrund der Studien von Mario Torelli, Massimo Pallottino, Werner Keller und Romolo Stacciolo, aber auch mit Hilfe vieler anderer Quellen habe ich den Kern meiner Erzählung geformt, wobei ich versucht habe, das wichtigste Detail hervorzuheben. In der Überlieferung ist von sieben Königen von Roma (eigentlich Ruma, in der Sprache der Rasna) die Rede, aber ebendiese Überlieferung ist, wie man heute weiß, verfälscht. Denn die Geschichtsschreiber des Römischen Reiches wollten die Taten des inzwischen unterworfenen Volkes aus der Erinnerung auslöschen. Dabei war es den Rasna zu verdanken, daß sich die ehemalige Ansammlung von Hirtendörfern in eine richtige Stadt verwandelt hatte. Bei den ersten vier Königen einschließlich des legendären Romulus handelte es sich denn auch sehr wahrscheinlich um die Oberhäupter dieser auf dem Palatin, dem Esquilin und dem Quirinal angesiedelten Dörfer, während die sumpfigen Täler zwischen den Hügeln zur damaligen Zeit unbewohnt waren.

Deshalb werden die letzten drei, in den »geschichtlichen« Quellen genannten Könige, zu den »Fixpunkten« meiner Geschichte, denn ihnen hat, wie auch die archäologischen Funde in Rom bestätigen, die Stadt ihre Existenz zu verdanken. Und bei diesen drei Königen handelt es sich offensichtlich um Rasna: Tarquinius Priscus, Servius Tullius und Tarquinius Superbus. Der erste von ihnen, der das jenseits des Grenzflus-

ses Tiber gelegene Gebiet eroberte, war ein Wahrsager und ein Krieger. Er hatte eine Braut namens Thanaquil, die die Kunst der Traumdeutung ebenso meisterhaft beherrschte wie er. Dieser erste König ist eine zentrale Figur, der ich einen etruskischen Namen, Larth von Tarchna, gab. Seine Herrschaft über Ruma nimmt in meinem Roman allerdings eine geringere Bedeutung ein, als die Legende ihr zugesteht.
Bei dem zweiten König, Servius Tullius, handelte es sich um einen Adligen aus Vulci (Velx) namens Mastarna, der den Thron gewaltsam an sich riß. Man spricht in diesem Zusammenhang von einen Kampf zwischen zwei verfeindeten Fraktionen aus Tarchna und Velx, die am Celio stationiert waren, in den auch andere adlige Rasna aus Velx, die Vibenna, verwickelt wurden und in dessen Verlauf einer der Brüder des Königs starb. Gemäß der römischen Legende war es Thanaquil selbst, die dem Volk vom Palastfenster aus die Rechtmäßigkeit der Thronfolge verkündete. Dabei wird Servius Tullius in einigen Fassungen als ihr neuer Gatte, in anderen als ihr Schwiegersohn dargestellt.
Ich habe mich dazu entschlossen, die Figur des Ancus Marzius zu »splitten«: auf der einen Seite steht Ancus, Bruder des zweiten Königs, der im Kampf das einzige Mittel sieht, seine Welt zu verteidigen, auf der anderen der junge Marzius, der einen leidenschaftlichen Willen zur Erneuerung verkörpert und damit einen Wesenszug des römischen Volkes in seinem Eroberungsdrang vorwegnimmt.
Die Überlieferung schreibt Ancus Marzius die Gründung Ostias und die Errichtung des Ponte Sublicio zu. In meinem Roman gründet Ancus die Hafenstadt, während Marzius als Erbauer der Brücke genannt wird. Allerdings gebührt im letzten Fall die Urheberschaft mit allergrößter Wahrscheinlichkeit den »Wasserbaumeistern« der Rasna, die auch die Sümpfe trockenlegten, zahlreiche Quellwasser kanalisierten und mit einem unterirdischen Abwasserkanal, der noch heute erhaltenen Cloaca Maxima, ein zu ihrer Zeit in Europa einzigartiges Bauwerk errichteten.
Außerdem existieren Hinweise auf eine Schlacht der Könige, die laut Keller in der Nähe von Veio im Anschluß an von den Vibenna und von Mastarna versuchten Handstreich stattgefunden haben soll. In ihr standen sich Tarquinius Priscus und die Könige des Zwölfstädtebundes einerseits und die Könige der aufständischen Städte andererseits gegenüber.

Natürlich habe ich auch Forschungsergebnisse über die Kontakte mit angrenzenden Völkern verwertet. So ist zum Beispiel die Romanfigur des Kelten Axal wegen der meist friedlichen und auf Handel ausgerichteten Beziehungen zwischen den beiden Völkern vollauf gerechtfertigt. In einem bei Todi wiedergefundenen Grab wird eines Kelten namens Ahal gedacht, und wenn auch außer dem Namen nichts weiter überliefert wurde, war dieser Hinweis der Ursprung für die Romanfigur.

Zur Zeit, in der der Roman spielt, gegen 590 v. Chr., war die italienische Halbinsel mit dichten Wäldern bedeckt, es gab zahlreiche felsige Erhebungen, große Sumpfgebiete und viele Vulkanseen. Zahlreiche Erdbeben und Gasausbrüche waren Zeichen eines äußerst aktiven Erdinneren, und das Klima war kälter als heute. Das Mittelmeer war zur damaligen Zeit bereits viel befahren, während das Tyrrhenische Meer von den Rasna beherrscht wurde, den Herren der See (von den feindlichen Griechen, die als Piraten die Meere unsicher machten, wurden sie Tyrrhener genannt). Aber auch im Tyrrhenischen Meer waren zunehmend karthagische, phokäische (focesische) und griechische Schiffe auf der Suche nach neuen Kolonien und Märkten anzutreffen. (Die Griechen hatten zum Beispiel erst kurz zuvor die Hafenstadt Massilia, das heutige Marseille, gegründet.) Die Kelten im Norden trieben angeregten Handel mit den nördlich gelegenen Städten des Bundes (Felsina, Spina), so daß sich der kulturelle Einfluß der Rasna, den Handelswegen folgend, bald über das gesamte kalte Europa verbreitete. Die Rasna waren Meister in der Kunst der Metallverarbeitung und Experten in der Wasserbautechnik. Ihre Weltanschauung unterschied sich wesentlich von der aller angrenzenden Völker. Sie lebten in einer oligarchisch geordneten Gesellschaft, in einem Bund von zwölf eigenständigen Städten organisiert. Sie waren eher Händler und Gelehrte denn Krieger. Ihr gesamtes Leben war von einer religiösen Kraft beherrscht, in der für jeden einzelnen die Zukunft als vorausbestimmt galt. Immer noch ist Senecas Definition in seiner ›Naturales quaestiones‹ die beste Darstellung des Denkens der Rasna: »Das ist es, worin wir mit den Etruskern, diesen meisterhaften Deutern der Blitze, nicht übereinstimmen: Für uns explodiert der Blitz, wenn die Wolken sich gesammelt haben, für sie sammeln sich die Wolken, um den Blitz explodieren zu lassen. Da die Etrusker alles auf die Göttlichkeit zurückführen, sind sie überzeugt, daß die Blitze sich bilden, weil sie die Zukunft vorhersagen müssen, und nicht, daß sie die Zukunft vorhersagen, weil sie sich gebildet haben.«

Aber es gibt mittlerweile immerhin Ansätze und Versuche, die Religion der Rasna zu verstehen, und alle im Roman genannten Riten und Zeremonien basieren auf diesem Verständnis, auch wenn ich sie natürlich ausgeschmückt habe, wie zum Beispiel die alljährliche Versammlung in Fanu Veltune und die Zeremonie der Niederlegung der zwölf Streitäxte oder die Wahl des Re Supremo.

Die genaue Bestimmung des Ortes, an dem die obengenannte Zusammenkunft stattfand, ist im übrigen weiterhin umstritten. Einige Wissenschaftler nehmen an, daß der Ort sich in der Nähe des Bolsena-Sees befand, während er aufgrund anderer Untersuchungen am heutigen Vico-See anzusiedeln ist. Im Vergleich zu damals stellt sich diese Gegend dem heutigen Betrachter durchaus anders dar. Vor zweitausendsechshundert Jahren war der ganze Krater mit Wasser gefüllt, in dessen Mitte ein Berg wie eine Insel herausragte. Dieser Berg, der heute Venusberg heißt, ist mittlerweile weit von dem jetzigen See entfernt. Ringsherum erheben sich die Monti Cimini mit einem ›Wald‹ <Selva> genannten Gebiet. Die Annahme, daß es sich hierbei um den Heiligen Wald <Foresta Sacra> der Rasna gehandelt haben könnte, scheint also nicht aus der Luft gegriffen, so daß ich mich dafür entschieden habe, die Versammlung an diesem Ort stattfinden zu lassen. Die faszinierende Religion der Rasna, ihre Wissenschaft der Blitzdeutung, die komplizierte Kunst des Wahrsagens aus der Leber geopferter Tiere sowie die Traumdeutung haben die antike Welt in hohem Maße beeinflußt und wurden von den Römern, denen nichts an einer eigenen Religion und an eigenen Wissenschaften gelegen war, assimiliert. In der Folgezeit wurden die Künste und religiösen Wissenschaften der Rasna zwar vernachlässigt, aber sicherlich nicht vergessen, und noch oft befragten die römischen Kaiser die Priester des nunmehr unterworfenen Volkes nach der Zukunft. Erst im 5. Jahrhundert n. Chr. verbannte Kaiser Onorius das etruskische Wissen endgültig und ließ auch die letzten drei Sibyllischen Bücher verbrennen. Damit gerieten die Prophetischen Bücher des Tages (Die neun Bücher von Tagete) ein für allemal in Vergessenheit, die Schriften, die Tarquinius Superbus einst von einer fremden Sibylle <sibilla straniere> überreicht und die von da an im Jupitertempel auf dem Kapitol aufbewahrt worden waren ... aber das ist eine andere Geschichte.

Ein weiteres interessantes Thema ist die Stellung, die die Frau in der Rasnagesellschaft einnimmt. Sie besitzt bürgerliche Rechte sowie Meinungs- und Bewegungsfreiheit, während beispielsweise in Griechenland die Frau nicht die geringste Möglichkeit hatte, am öffentlichen Leben teilzunehmen. In ihren Geschichtswerken zeichnen <Teopompo> und <Timeo> aus Taormina das Bild einer geradezu zügellosen Gesellschaft. Allerdings ist das Bild verzerrt, denn die Autoren stehen ihrem Gegenstand feindlich gegenüber und verfolgen eher propagandistische Zwecke. Weniger voreingenommene griechische Gelehrte, wie <Diodoro Siculo> und <Posidonius>, stellen das gesellschaftliche Leben der Rasna zwar als gesitteter dar, aber auch bei ihnen spürt man deutlich die Verwirrung angesichts der Teilnahme der Frauen am gesellschaftlichen Leben, an Festessen und Darbietungen, an Wettspielen und heiligen Zeremonien, ja sogar an Geschäftsverhandlungen und nicht zuletzt angesichts des Rechts der matronymischen Namengebung bei den Söhnen.

Dieser Aspekt der Rasnagesellschaft war mir bei der Persönlichkeit der Romanfigur Caitli dienlich, ich habe Caitlis Charakter nichts hinzugefügt, was sich nicht auf ihre Zeit zurückführen ließe.

Soweit möglich habe ich die rasnischen Begriffe beibehalten. Den Begriff Haruspize habe ich allerdings trotz seiner lateinischen Abstammung (von *Haruspex*) übernommen, um allgemein diese Kaste von Priestern zu bezeichnen, die das Wahrsagen anhand der Beschauung von tierischen Innereien praktizierten (der entsprechende etruskische Begriff war vielleicht *netsvis*), während sich der Rasnabegriff *Trutnot* auf die Priester, die den Blitz deuteten und ihn beherrschten, bezieht. Somit sind beide Kasten auch begrifflich klar voneinander getrennt.

Bei einigen Gegenständen, bei denen keine angemessene italienische Variante vorliegt, habe ich den griechischen Begriff benutzt (clinai, holkades, kèrnos). Was zu guter Letzt die geographischen Eigennamen betrifft, so habe ich die etruskischen Namen benutzt, wie sie die oben genannten Wissenschaftler entschlüsselt haben. Vielleicht ist es ein interessanter Anstoß für den einen oder anderen, anhand der Karte die antiken etruskischen Städte aufzusuchen, die, wenn auch unter anderem Namen und mit gewandeltem Äußeren, auch heute noch viel von sich erzählen, wenn wir nur, wie der weise Velvur sagte, der Stimme der Steine und dem Atem des Windes zu lauschen vermögen.

M. C.

Anmerkung der Übersetzerin:
Die Griechischen Eigennamen wurden wie im italienischen Originaltext wiedergegeben und sind in <> Klammern gesetzt. Es gibt hier teilweise mehrere Möglichkeiten der Wiedergabe: eingedeutscht, lateinisch, griechisch; siehe ›Diodoro‹ = Diodor, Diodoros, Diodorus. Keller nennt z. B. *Diodorus Siculus* und *Theopompos*. Christofani: Diodoros Siculus, Poseidonius.

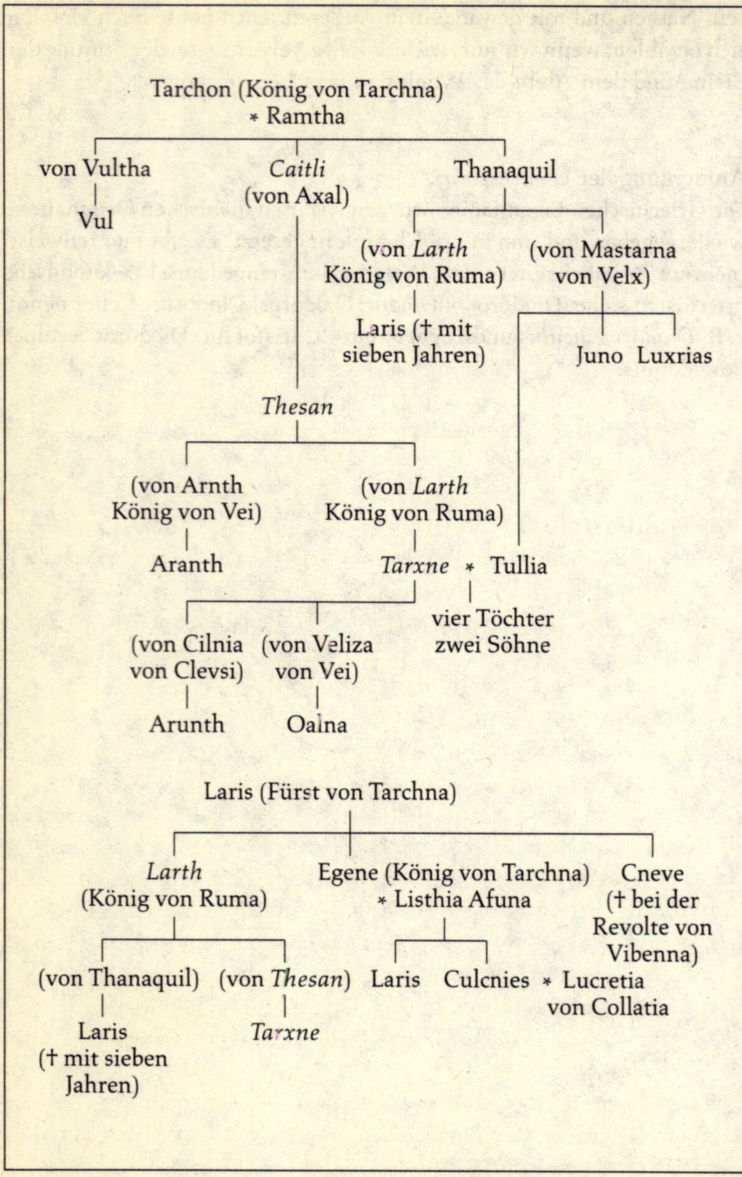
Tarchon (König von Tarchna)
∗ Ramtha
von Vultha
Vul
Caitli
(von Axal)
Thanaquil
(von Larth
König von Ruma)
Laris († mit
sieben Jahren)
(von Mastarna
von Velx)
Juno
Luxrias
Thesan
(von Arnth
König von Vei)
Aranth
(von Larth
König von Ruma)
Tarxne ∗ Tullia
vier Töchter
zwei Söhne
(von Cilnia
von Clevsi)
Arunth
(von Veliza
von Vei)
Oalna
Laris (Fürst von Tarchna)
Larth
(König von Ruma)
(von Thanaquil)
Laris
(† mit sieben
Jahren)
(von Thesan)
Tarxne
Egene (König von Tarchna)
∗ Listhia Afuna
Laris
Culcnies ∗ Lucretia
von Collatia
Cneve
(† bei der
Revolte von
Vibenna)

Glossar

Acale (etruskisch) der Monat Juni.

Alalia von den Phokäern an der Westküste Korsikas gegründete Kolonie. In der Seeschlacht von Alalia, von der die Chroniken berichten und die wahrscheinlich im Jahr 564 v. Christus stattfand, besiegte eine etruskisch-karthagische Flotte die Phokäer und beendete damit deren Versuch, die Schiffsrouten im Tyrrhenischen Meer und im Mittelmeer zu beherrschen.

Ancus (Bruder von König Numa) und **Marzius** (Enkel von König Numa). Romanfiguren, die von Ancus Marzius, dem dritten in der römischen Legende genannten König, inspiriert sind. Letzterem schreibt die Überlieferung den Bau der ersten Tiberbrücke, der Sublicio (von den *sublicae*, den Stützpfählen), und die Gründung der Hafenstadt Ostia an der Tibermündung zu.

Aristodemus aus Cuma Sohn des Aristokrates mit dem Beinamen Malakos, der Weibische. Er unterstützte die Latiner bei Aricia gegen das von Arunth, dem Sohn des Königs von Chiusi (Clevsi), Laris Pursiena, angeführte etruskische Heer. Dank seines militärischen Erfolges wurde Aristodemus Tyrann über Cuma, wo er, nach dem Fall der Königsherrschaft in Rom, dem verbannten König Tarquinius Superbus Gastfreundschaft gewährte. Aristodemus wurde um 490 vor Chr. von Fürsprechern des oligarchischen Regimes in Cuma getötet, die damit die Herrschaft über die Stadt übernahmen.

Asphodill (Asphodelus) Liliengewächsgattung mit Rispen weißer, rosafarbener oder gelber Blüten. Bei den antiken Völkern die Blume des Todes.

Athrpa (etruskisch) Göttin des Schicksals. Ist auf dem sog. Athrpa-Bronzespiegel aus Perugia (Ende des 4. Jh. v. Chr.) dargestellt.

Beltane (oder **Beltine**) keltischer Begriff für Feuer; bezeichnet ein heiliges Fest, das zu Beginn der warmen Jahreszeit, meist im Mai, zur Feier des Weidenwechsels der Herden abgehalten wurde.

Bücher des Tagete Bücher der etruskischen ›Regeln der Disziplin‹. Wahrscheinlich umfaßten sie drei Kategorien von Schriftstücken: die »Libri haruspicini« über die Wahrsagung durch Prüfung der Leber geopferter Tiere, die »Libri fulgurales«, die sich mit der Deutung der Blitze befaßten, und di »Libri rituales«, in denen Gesetze, Vorschriften und Regeln für den Frieden wie für den Kriegsfall enthalten waren. Diese Ritualbücher umfaßten auch noch andere Schriftstücke wie die sogenannten »Libri fatales«, die die Zeiteinteilung und die Lebensdauer der Menschen und Völker behandelten, die »Libri acherontici« über das Reich der Unterwelt und die damit verbundenen Riten und die »Libri ostantaria«, die die Regeln zur Deutung von Zeichen aufzeigten und festlegten, welche Riten zu vollziehen seien, um die Götter günstig zu stimmen.

Cabens Priester des Jupiter auf dem Monte Albanus (heute Monte Cavo).

Calatia und **Suessula** Städte des Etruskischen Bundes des Südens. Den Etruskern gehörte von der sorrentinischen Halbinsel bis zum Sele der gesamte <agro picentino>.

Celi (etruskisch) der Monat September.

Charun Dämon der Unterwelt, der vielleicht dem griechischen Charon entspricht.

Chiton Tunika orientalischer Herkunft, ohne Ärmel, manchmal auch an den Seiten offen.

Clinai kleines Bett, auf dem man im Liegen essen kann.

Cneve Tarquinio Bruder des Königs Tarquinius Priscus. Nach der Überlieferung wurde er getötet, als Mastarna und die Vibenna-Familie versuchten, die Herrschaft an sich zu reißen.

Crotali Schlaginstrument bestehend aus zwei Knochen-, Holz- oder Elfenbeinplatten, die mit einem Riemen verbunden sind.

Cuma um 750 v. Chr. von den Griechen mit dem Namen Kyme gegründete Kolonie.

Doppelaxt Streitaxt mit beidseitiger Klinge, Symbol der Macht, mit dem Könige und Gottheiten dargestellt werden. Ist mit derselben Funktion bereits in der minoischen Kultur im 2. Jahrtausend v. Chr. anzutreffen.

Doppelflöte Blasinstrument aus zwei verschieden langen, mit Löchern versehenen Rohren mit einem Mundstück.

Duumvir ein mit der Rechtsprechung von politischen und religiösen Vergehen beauftragter Beamter <magistrato>, auch Duumvirat.

Eichenhügel (Hügel der Eichen) der heutige <Celio>. Der Legende zufolge geht der Name auf Caile Vibenna und auf seine Befreiung während des Putschversuchs zurück.

Faleri wichtigste Stadt im Gebiet der Falisker, eines italienischen Volkes lateinischer Sprache.

Fanu (etruskisch) heiliger Ort.

Fanu Veltune (etruskisch) Heilige Stätte des Gottes Veltune; Ort der alljährlichen Versammlung der zwölf Städte des Bundes der Etrusker, in deren Verlauf Opferriten gefeiert, Spiele und Besprechungen abgehalten und der Re Supremo gewählt wurde.

Fibel Gewandnadel aus Bronze (aber auch aus Silber, Eisen oder Goldgranulat) verschiedener Schmiedeart und Größe, bestehend aus der eigentlichen Anstecknadel, dem Bogen und dem Bügel; manchmal auch mit Glaspaste, harten Steinen oder Bernstein geschmückt.

Forum großer, gepflasterter Marktplatz, der um 575 v. Chr. von Tarquinius Priscus zu Füßen des Campidoglio gebaut wurde, nachdem er die Sümpfe dort trockengelegt hatte. Aus derselben Zeit stammen die Via Sacra, der Rindermarkt (»forum boarium«), die große, zwischen Palatin und Aventin gelegene Pferderennbahn (der spätere Circus Maximus), die Cloaca Maxima und die Regia.

Gabii Der Legende zufolge ist die Stadt niemals erobert worden. Noch zur Zeit Augustus' war im Tempel Semo Sanco auf dem Quirinal das Lederschild zu bewundern, in das die von Tarquinius Priscus geschlossenen Bündnisvereinbarungen zwischen Rom und Gabii eingeritzt waren. Tarquinius Superbus soll es nur durch eine List gelungen sein, Sextus auf den Thron Gabiis zu setzen, der, nach der Überlieferung, sein Sohn war.

Gravisca Hafenstadt von Tarchna.

Griechisches Opium aus Mohnblüten gewonnene Droge, mit der die Griechen Handel trieben.

Haruspizen (in etruskisch vielleicht **Netsvis**) Priester, die das Wahrsagen aus der Beschauung von tierischen Innereien, vorzugsweise Lebern, praktizierten, denn die Innereien versinnbildlichten den

Etruskern den Kosmos, bildeten einen Mikrokosmos, der dem Makrokosmos entsprach.

Hermiolia typisches, mit anderthalb Ruderreihen ausgestattetes Piratenschiff. Seine Spezialausrüstung unterstützte wohl die von den Piraten angewandte Taktik: sie verfolgten ein Schiff mit voll gehißten Segeln, um sich ihm dann, nachdem der Mast abgebaut und am Heck vertäut war, mit Ruderkraft anzunähern.

Hermna (etruskisch) der Monat August.

Holkas (Pl. **Holkades**) Einmastige Handelsschiffe ohne Rudervorrichtung, für eine vier- bis achtköpfige Mannschaft, die auch zu Schwertransporten genutzt wurden.

Metallberge befinden sich zwischen Pupluna, Vatluna und Velathri. In diesem Gebiet wurde Eisen abgebaut, das dann vor allem in Pupluna weiterverarbeitet wurde.

Ilva (etruskisch) auch Aethalia oder Fumosa, die »Rauchgeschwärzte« genannt, wegen des Rauches, der aus den Schmieden aufstieg, in denen das in den Minen abgebaute Eisen unter freiem Himmel weiterverarbeitet wurde. Ilva ist die heutige Insel Elba.

Ishtar phönizische Göttin, entspricht der etruskischen Göttin Uni.

Jahrhundert Für die Etrusker waren die Jahrhunderte nicht alle gleich lang, sondern wurden von besonderen Ereignissen eingeleitet und beendet. Sie glaubten, daß jede Nation zehn Jahrhunderte lebte. Die Etrusker unterschieden neun Jahrhunderte von jeweils ungefähr einhundertundzwanzig Jahren, während das zehnte im Jahr 44 v. Chr. endete, wie es vorausgesagt war, und zwar mit dem Vorbeiflug eines Kometen (derselbe, der beim Mord an Julius Caesar zu sehen war).

Kernòs zusammengesetztes Gefäß, das aus vielen kreisförmig angeordneten, kleineren Gefäßen besteht.

König Numa König Pompilius, sabinischer Abstammung. Nach der Überlieferung war er der zweite König Roms.

Larth von Tarchna Tarquinius Priscus, in der Legende als vierter König von Rom genannt, ist aber historisch gesehen der erste. Der Legende zufolge handelte es sich um einen äußerst wohlhabenden, hochgebildeten Adligen aus Tarquinia. Seine Frau, Thanaquil, war von hohem Stand und beherrschte die Kunst der Weissagung. In seiner der Legende zufolge vierzigjährigen Herrschaft eroberte König Tarquinius Priscus die jenseits des Grenzflusses Tiber gelegenen Gebiete und kämpfte in zahlreichen Feldzügen vor allem gegen die Sabiner. Tarquinius Priscus ließ das Forum, den Rindermarkt, die große Rennbahn und die Via Sacra bauen. Unter seiner Herrschaft wurden auch die Fundamente des Jupitertempels auf dem Kapitol gelegt.

Latinischer Bund Vor der Gründung Roms ursprünglich ein Bündnis verschiedener Zentren. Tarquinius Superbus rief den Latinischen Bund wieder ins Leben, um die Städte Latiums an sich zu binden. Der mit dem Bündnis verbundene Kult fand alljährlich im April statt und dauerte drei Tage, in deren Verlauf auf dem Monte Albanus (dem heutigen Monte Calvo) eine Reihe von Zeremonien abgehalten wurden. Unter anderem wurde dort ein weißer Stier geopfert, dessen Fleisch von den anwesenden Königen verspeist und ein Teil an die Ältesten aller Bundesstädte geschickt wurde. Danach fand ein Fest zu Füßen des Berges bei der Ferentina-Quelle statt mit Gesang und Tanz, zu dem alle Völker geladen waren, da die Götter selbst über den friedlichen Verlauf wachten.

Lega Nemorense (Bund von Nemi) Ein Bündnis, das von den ältesten Zentren unter dem Schutz der Göttin Diana Aricina geschlossen worden war, deren Heiligtum sich im Krater des Nemi-Sees im Herrschaftsgebiet Aricias befand. Der Höhepunkt des Kultes der Göttin fand bei Vollmond während der Iden des Monats August statt. Das grausame Ritual sah vor, daß der neu eingesetzte Priester der Göttin (der den Titel Rex Nemorensis trug) in den Wald ging und dort den vorhergehenden Priester tötete. Der Ort wurde ein Zentrum der Anhänger des Kultes, als die latinischen Völker versuchten, sich Roms Vorherrschaft zu widersetzen.

Lituus oben gekrümmter Stab, Zeichen der Priester.

Lucretia Tochter des Lucretius Triciptinus aus Collatia und Ehefrau von Tarquinius Collatinus (der der Legende zufolge ein Cousin des Königs und Sohn des Egene war). Lucretias Geschichte wird uns von Livius und von <Dionigi di Alicarnasso> überliefert.

Machaira seit dem 6. Jahrhundert gebräuchlicher Krummsäbel.

Madre Dia antike Gottheit, die in archaischer Zeit als Mutter der Erde verehrt wurde.

Mar Grande (Großes Meer) so nannten die italischen Seefahrervölker den damals bekannten Teil des Mittelmeers.

Marzius Neffe des Königs Numa.

Mastarna aus Velx Wie aus einer überlieferten, von Kaiser Claudius im Jahr 48 n. Chr. gehaltenen Rede hervorgeht, war Mastarna ein adliger Etrusker aus Velx (Vulci) und ein Kampfgefährte der Vibenna-Brüder, der nach Tarquinius Priscus unter dem Namen Servius Tullius über Rom herrschte. Die Fresken des 1875 bei Vulci entdeckten François-Grabes aus dem 3. Jahrhundert bestätigen die Authentizität Mastarnas, denn sie schildern eine zwei Jahrhunderte zuvor geschehene Begebenheit: die Befreiung der Vibenna-Brüder durch Mastarna, der ein Aufstand und eine gegen Tarquinius gerichtete Spaltung innerhalb des etruskischen Bundes vorausgegangen war. Die Geschichtsschreiber Tacitus und Festus berichten, daß Caelius und Aulus Vibenna zur Herrschaftszeit von König Tarquinius Priscus nach Rom gekommen waren und auf dem Monte Celio (Caeliushügel = Hügel der Eichen) wohnten. Infolge des Aufstands kam es zu einer Schlacht, in der der König getötet wurde, woraufhin Mastarna den Thron besetzte. König Servius Tullius führte während seiner Herrschaft eine Schlacht gegen die Städte des etruskischen Bundes. Er ist als Reformator in die Geschichte eingegangen, als Begründer der »Servianischen Verfassung«, durch die die Schätzung eingeführt wurde. Unter ihm wurde der erste Mauerring zur Verteidigung der Hügelstadt erbaut.

Mitra Kopfbedeckung der Priester, die auf die Tiara zurückgeführt werden kann.

Motye karthagische Festung im äußersten Westen Siziliens.

Opal durchsichtiger Edelstein. Der Name geht auf das Sanskrit-Wort ›upala‹ zurück, das Edelstein bedeutet. Er war bereits in frühester Zeit im Orient bekannt. Der Edelopal ist milchigweiß mit mehr oder weniger lebhaften, schillernden Farben. Sehr selten ist dagegen der schwarze Opal mit seinem blauschwarzen Schillern.

Ostia Hafen an der Tibermündung. Nach der Überlieferung wurde Ostia von König Ancus Marzius gegründet.

Phersu (etruskisch) Maske, maskierte Person (von daher das lateinische *perso-na*). In einer Opferzeremonie tötet der Phersu anonym einen zum Opfer bestimmten Mann, einen Gefangenen oder Verurteilten, indem er einen Hund auf ihn hetzt. In der Tomba degli Auguri in Tarquinia (6. Jh. v. Chr.) befindet sich ein Fresko, das den

Phersu darstellt, der einen Hund an langer Leine auf einen mit einer Keule bewaffneten Mann hetzt, dem ein Sack über dem Kopf gestülpt ist. Dieser Kampf ersetzte die früheren Menschenopfer, mit denen die Geister der Verschiedenen »kompensiert« oder auch die Toten gesühnt werden sollten.

Phokäer (Focesen) Kolonisten aus Phokäa in Ionien, die nach der Belagerung ihrer Stadt durch <Arpago> (Feldherr des persischen Königs Ciro) verbannt worden waren und Alalia, einen ehemaligen phokäischen Posten, besetzt hatten.

Pithoi Großes, kugelförmiges Gefäß zur Aufbewahrung von Flüssigkeiten oder von Getreide.

Pomerium freigelassener Raum an der Innen- und Außenseite der Stadtmauern.

Publius Valerius Publicola Sabiner, vielleicht der Hauptmann der jungen römischen Soldaten und Anführer der Gruppe, die den Sturz der Monarchie herbeiführte.

Puls typisches, volkstümliches Gericht im alten Rom, eine Polenta aus dicken Bohnen und Getreide.

Pursiena (Laris) König von Chiusi, in literarischen latinischen Quellen auch als Porsenna bezeichnet. Die Geschichtsschreiber (Livius, Dionigi di Alicarnasso, Tacitus) berichten, daß er mit seinem Heer bis Rom vorgerückt sei und die Stadt bis zur Schlacht von Aricia (504 v. Chr.), in der sein Sohn Arunth den Tod fand, belagert habe. Die Legende, die die Heldentaten von Mucius Scaevola, Horatius und Cloelia ausgiebig rühmt, befaßt sich hingegen nur kurz mit Pursienas Person, der, wie einige Historiker meinen, kurze Zeit in Rom geherrscht hat. Varro liefert uns auch die Beschreibung von Pursienas Grab, dem Mausoleum, das sich unterhalb von Chiusi befinden müßte und bis heute unentdeckt geblieben ist. Bei diesem Mausoleum handelte es sich um einen grandiosen Bau mit quadratischem Grundriß und einer Seitenlänge von je dreihundert Fuß. Es umfaßte mehrere Stockwerke, die auf hohen, an der Spitze mit Glöckchen verzierten Pyramiden auflagen. Das Fundament hingegen war von einem dichten Labyrinth unterirdischer Gänge durchzogen.

Tages (Tagete) geniusgezeugter Sohn der Erde und Enkel des Gottes Tinia, wird als ›Schöpfer‹ der etruskischen Religion genannt. Die Legende berichtet, daß er vor Urzeiten einem Bauern auf dem Feld in einer frisch gepflügten Furche erschien. Tages (im Text Tagete), der das Aussehen eines Kindes und die Weisheit eines Greises besaß, verkündete dem Bauern seine Lehre und verschwand wieder in der Erdscholle. Der Bauer namens Tarchon gründete auf dem Stück Land die Stadt Tarchna und galt den Etruskern als Vater aller anderen Städte des Bündnisses, die die von Tagete verkündeten und in der ›Disciplina‹ festgehaltenen Lehren befolgten.

Tanasa (etruskisch) Schauspieler oder Schausteller.

Tarchon der Bauer, der die Lehren des Tagete empfing und auf dem frisch gepflügten Feld, auf dem ihm Tagete erschienen war, die Stadt Tarchna gründete. Er galt als Vater des etruskischen Volkes.

Tebenna Umhang, Bekleidungsstück für Männer. Sie ähnelt der Toga, die von ihr abstammt, ist aber kürzer als letztere.

Tempio del Chiodo (Tempel des *Nagels der Zeit*) Tempel der Göttin Nortia, ähnlich der etruskische Athrpa, Gottheit des Schicksals in Fanu Ventune, wo die Zeremonie des *Nagels der Zeit* stattfand. (Im Buch allerdings als Tempel des Gottes Veltune beschrieben, die Göttin Nortia wird nirgendwo erwähnt.)

Tempel der Mater Matuta und Fortuna Der Tempel befand sich im Bereich der heutigen Kirche Sant'Omobono. Er war auf einer antiken Kultstätte errichtet und wurde gegen Ende des 6. Jahrhunderts im Verlauf der Kämpfe um die Herrschaft zerstört. Der erste Wiederaufbau geht auf das 5. Jahrhundert zurück, dann folgen zahlreiche weitere Zerstörungen und Wiederherstellungen bis zum 5. Jahrhundert n. Chr., als an dem Ort eine christliche Kirche errichtet wurde. Im Jahr 1482 wurde die Kirche Sant'Salvatore in Porticu (oder de Statera oder in Aerario) genannt und im 18. Jahrhundert den Heiligen Omobono und Antonius gewidmet. Sie wurde zuletzt 1940 restauriert.

Thanaquil Adelsfrau aus Tarquinia. Gemäß der Überlieferung war sie die Gattin des Tarquinius Priscus und mit der Gabe der Weissagung ausgestattet. Sie war es, die Servius Tullius dem Volk als neuen König vorstellte.

Tharros die wichtigste karthagische Stadtfeste in Sardinien auf der Sinis-Halbinsel (Golf von Oristano). Die Stadt war Teil eines genau festgelegten Systems zur Kontrolle des westlichen Mittelmeers, das heißt aller Schiffsrouten, die Sizilien mit Nordafrika, mit Spanien und den Balearen verband.

Thesan (etruskisch) Göttin der Morgenröte; das Wort hat auch die Bedeutung von Morgen, Tag.

Tibrin (etruskisch) der Fluß Tiber.

Tinia (etruskisch) Gottheit, die dem römischen Gott Jupiter entspricht.

Tiv (etruskisch) Mond.

Tofet heiliger Bereich in der phönizischen Religion, in dem die Urnen mit der Asche der als Opfergabe im Verlauf der Fruchtbarkeits- und Erneuerungsriten der Erde verbrannten Knaben beigesetzt wurden.

Truia (etruskisch) ein Spiel, in dem junge Männer zu Pferd ein immer komplizierter werdendes Labyrinth durchreiten mußten.

Trutnot (oder **Trutnot Frontac**) Priesterkaste, die den Blitz und andere Himmelszeichen deutete. Wahrscheinlich die oberste Kaste der komplexen priesterlichen Hierarchie der Etrusker.

Turan (etruskisch) Gottheit, die der römischen Göttin Venus entspricht.

Turana (etruskisch) der Monat Juli.

Turnus Herdonius aus Aricia Diktator und Führer der gegen den latinischen Bund gerichteten Lega Nemorense. Nachdem sein Komplott gegen den latinischen Bund und König Tarquinius aufgedeckt war, wurde er, wie die Legende berichtet, zum Tode durch Ertrinken in der Ferentinischen Quelle verurteilt, die zu diesem Zweck mit einem steinbeschwerten geflochtenen Gitter über ihm geschlossen wurde.

Uni (etruskisch) Göttin der Geburt und des Lichts, die der römischen Göttin Juno entspricht.

Vanth weiblicher Dämon aus der Welt jenseits des Grabes; wird mit der Schriftrolle des Schicksals in der Hand dargestellt.

Velchitna (etruskisch) Monat März.

Veltune etruskischer Gott, der sich auf keine ursprünglich griechische Gottheit zurückführen läßt noch Entsprechungen bei den Griechen findet. Veltune war der Gott des Bundes und als solcher allen Städten des Bündnisses gemein.

Vibenna, Aule und **Caile** Adelige aus Velx (Vulci), Waffengefährten des Mastarna, deren Taten im François-Grab geschildert werden.

Villaggi dei Fusori (Unterkünfte der Metallschmelzer) in den Tolfa-Bergen gelegene Dörfer, wo Kupfer, Eisen, Blei, Silber und

Merkurium abgebaut, eingeschmolzen und weiterverarbeitet wurden.

Vulca Plinius der Ältere berichtet, daß Tarquinius Superbus den berühmten Bildhauer Vulca aus Vei mit der Ausführung des Jupiterstandbildes auf dem Kapitol in Rom beauftragte. Auch die Quadriga, die den Tempelgiebel schmückte, stammte aus Vei. Plutarch überliefert die Legende des wundersamen ›Wachsens‹ der Quadriga im Brennofen.

Vulture das heutige Santa Maria Capua Vetere. Dem römischen Geschichtsschreiber Vellejus Patercolus <Velleio Patercolo> zufolge wurde die Stadt um 800 v. Chr. gegründet. Nach Livius ist der Name Capua samnitischen Ursprungs, geht auf den namengebenden Capys zurück und besteht seit dem Jahr 421 v. Chr., als die Samniter, die mittlerweile das Bürgerrecht und Grundbesitzrecht erlangt hatten, die Herrschaft über die Stadt übernahmen.

Zeit Bei den Etruskern war die Zeit der Menschen in Siebenjahresabschnitte unterteilt, wobei jeweils das letzte Jahr vor Beendung eines solchen Zeitraums als kritisch angesehen wurde. Jedem Menschen standen zehn Siebenjahresabschnitte zu. Danach konnte er zwar noch ein oder zwei Abschnitte weiterleben, aber seine Verbindung zu den Göttern galt als unterbrochen, die Gottheiten nahmen seine Gaben nicht mehr an, und sein Geist war als vom Körper getrennt anzusehen.

Zeremonie der Jahresnägel (Nagel der Zeit) Alljährliche Zeremonie, bei der ein Nagel sinnbildlich für den unaufhaltsamen Lauf der Zeit eingeschlagen wurde. In diesem Zusammenhang steht auch der Glaube an die zehn Jahrhunderte, die dem etruskischen Volk zugewiesen sind. Die Zeremonie wurde von den Römern übernommen und, wenn auch nicht mit derselben Regelmäßigkeit, bis in die Kaiserzeit beibehalten.

Zilath (etruskisch) Titel des höchsten Richterstandes, hohes öffentliches Amt.

Zwölfstädtebund zwölf durch einen Bund vereinte Städte der Etrusker mit gleicher Sprache, Religion und Schrift. Ihr Oberhaupt war ein alljährlich gewählter Re Supremo, der im Kriegsfall die politische und militärische Macht innehielt.

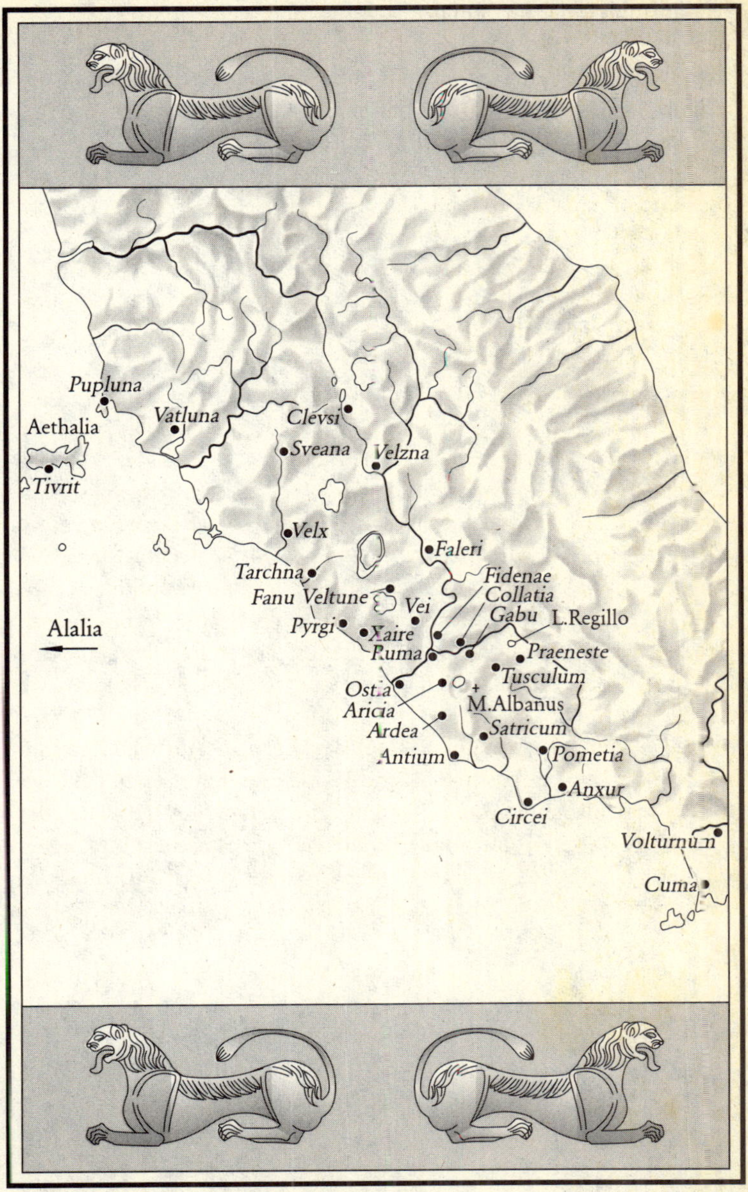
Pupluna
Vatluna
Aethalia
Tivrit
Clevsi
Sveana
Velzna
Velx
Faleri
Tarchna
Fanu Veltune
Fidenae
Collatia
Vei
Gabu
L.Regillo
Alalia
Pyrgi
Xaire
Ruma
Praeneste
Tusculum
Ostia
Aricia
M.Albanus
Ardea
Satricum
Antium
Pometia
Anxur
Circei
Volturnum
Cuma